Die Andere Bibliothek

Begründet von
Hans Magnus Enzensberger

NADESCHDA MANDELSTAM

Erinnerungen
an das Jahrhundert der Wölfe

NADESCHDA MANDELSTAM

Erinnerungen
an das Jahrhundert der Wölfe

Aus dem Russischen übersetzt,
mit Anmerkungen und
einem Nachwort versehen
von Ursula Keller

Ein Frauengesicht starrte in die Fensterscheibe,
und über die Scheibe kroch die Flüssigkeit
von Tränen,
so als hätte die Frau sie die ganze Zeit
bereitgehalten.
Andrej Platonow

Nur das, worunter Blut fließt, ist beständig.
Nur haben sie vergessen,
diese Mistkerle, dass Bestand nicht jene haben,
die Blut vergießen, sondern die,
deren Blut vergossen wird.
Das ist das Gesetz des Blutes auf unserer Erde.
Fjodor Dostojewski, Notizbücher

ны быть четко заполнены:
отчество, установочные данные регистрируемого и его подпись. 2) Когда, где и в каком аппар
влена и кем проверена. 3) В квадратиках каждый палец прокатать на своем месте полност
х оттисках левой и правой руки сделать оттиски 4-х пальцев каждой руки б... большого.

...вления.-

.....м-ца 21 ...дня г. Вла...
УГБ НКВД по "ДАЛЬСТРОЮ"
ми пальце-отпечатками с...
декабря 1938
о-ротной карточки под фами...
Осип Эмильев...
.... с н...
ами на дакто-карте, зарегистрированной на имя Манд...
...Осипа Эмильевича...
ятого из личного дела № 117794
КАЗАЛОСЬ: что строения папиллярных линий, узоров и характер...
...пальце-отпечатков обоих сличаемых дакто-картам иден...

Eine Nacht im Mai

Nachdem er Alexej Tolstoj geohrfeigt hatte, kehrte O. M. eilends nach Moskau zurück. Von dort rief er jeden Tag Anna Andrejewna an und bat flehentlich, sie möge nach Moskau kommen. Sie zögerte, er ärgerte sich darüber. Sie hatte bereits gepackt und ein Billett für den Zug gekauft, stand dann gedankenverloren am Fenster. »Beten Sie, dass dieser Kelch an Ihnen vorübergehen möge?«, fragte Punin, ein kluger, zynischer und prächtiger Mensch. Er war es auch, der einmal bei einem Gang durch die Tretjakow-Galerie unvermittelt zu Anna Andrejewna gesagt hatte: »Und nun lassen Sie uns anschauen, wie Sie zur Hinrichtung gefahren werden.« So entstanden die Verse: »Und schließlich auf dem Bauernschlitten, in der Dämmerung / im niedergefahrenen Schnee versinken. / Wer wird der wahnsinnige Surikow sein, / der meinen letzten Weg malt.« Diese Fahrt indes musste Anna Andrejewna nicht antreten. »Man wartet mit Ihnen bis zum Schluss«, sagte Nikolaj Nikolajewitsch Punin, und sein Gesicht zuckte nervös. Am Schluss jedoch vergaß man sie und verhaftete sie nicht, sie aber begleitete ihr Leben lang Freunde auf deren letztem Weg, auch Punin.

Ljowa fuhr zum Bahnhof, um Anna Andrejewna abzuholen – er war damals bei uns zu Besuch. Es war dumm von uns, ihn mit dieser wirklich nicht allzu schwierigen Aufgabe zu betrauen, denn er brachte es doch tatsächlich fertig, seine Mutter zu verfehlen, und sie war betrübt, weil alles anders war als sonst. In jenem Jahr besuchte Anna Andrejewna uns häufig, und sie war es gewohnt, bereits am Bahnhof mit Scherzen von

Mandelstam empfangen zu werden. Oft erzählte sie von seinem ärgerlichen: »Sie reisen ja mit der Geschwindigkeit Anna Kareninas«, als ihr Zug einmal Verspätung hatte, und an seine Begrüßung: »Warum haben Sie sich denn als Taucher verkleidet?«, als sie in Stiefeln und Regenmantel mit Kapuze aus dem Zug gestiegen war, weil es in Leningrad geregnet hatte, während in Moskau die Sonne aus voller Kraft strahlte. Wenn die beiden einander sahen, waren sie heiter und unbeschwert, ganz der junge Mann und die junge Frau, als die sie sich in der Zunft der Dichter zum ersten Mal begegnet waren. »Ruhe jetzt!«, rief ich immer wieder. »Ich habe keine Lust, von zwei Papageien umgeben zu sein.« Im Mai 1934 aber gelang es ihnen nicht mehr, fröhlich zu sein.

Der Tag zog sich quälend in die Länge. Abends kam der Übersetzer Brodskij, setzte sich fest und bewegte sich nicht mehr von der Stelle. Im Vorratsschrank herrschte gähnende Leere, es war absolut nichts Essbares vorhanden. O.M. klapperte die Nachbarschaft ab, um etwas zum Abendessen für Anna Andrejewna aufzutreiben. Brodskij eilte ihm nach, und wir hofften, er würde der Sache überdrüssig und ginge endlich wieder. Schon bald kehrte O.M. mit seiner Beute, einem Ei, zurück. Brodskij hatte er nicht abschütteln können. Wieder saß dieser dann wie angewachsen im Sessel und fuhr fort, die Lieblingsgedichte seiner Lieblingsdichter zu rezitieren – Slutschewskij und Polonskij. Er war aber auch mit den Gedichten unserer Generation und französischer Lyrik bis ins kleinste Detail vertraut. So saß er also da, rezitierte und kramte in seinem Gedächtnis, und erst nach Mitternacht begriffen wir, warum er derart lästig war.

Wir brachten Anna Andrejewna, wenn sie bei uns zu Besuch war, immer in unserer winzig kleinen Küche unter. Das Gas war noch nicht angeschlossen, deshalb bereitete ich so etwas wie ein Essen auf dem Kerosinkocher im Flur zu. Zu Ehren unseres Gastes warfen wir ein Wachstuch über den noch nicht funktionierenden Gasherd und verwandelten ihn so in einen Tisch. Die

Küche nannten wir Götzentempel. »Was liegen Sie hier wie eine Abgöttin in ihrem Tempel?«, hatte Narbut einmal gefragt, als er einen Blick zu ihr in die Küche warf. »Sie sollten lieber auf einer dieser endlosen Versammlungen sitzen.« So war unsere Küche zum Götzentempel geworden. Wir saßen dort zu zweit beieinander und hatten O. M. dem Gedichteliebhaber Brodskij zum Fraß überlassen. Gegen ein Uhr in der Nacht hörten wir plötzlich ein deutlich vernehmbares, unerträglich vehementes Klopfen. »Sie kommen, um Ossja abzuholen«, sagte ich und ging öffnen.

An der Tür standen Männer – mir schien, dass es viele waren –, alle in Zivil. Für den verschwindend geringen Bruchteil einer Sekunde flammte Hoffnung auf, dass es doch noch nicht so weit sei. Mein Blick hatte die Uniformen, die sich unter den Mänteln verbargen, nicht wahrgenommen. Tatsächlich waren diese Mäntel aber Teil der Uniform und dienten als Tarnkleidung, wie einstmals die graugrünen Mäntel der zaristischen Geheimpolizisten, doch das wusste ich damals noch nicht.

Die Hoffnung verflog in dem Augenblick, als die ungebetenen Gäste die Schwelle übertraten.

Aus alter Gewohnheit hatte ich ein »Guten Abend!« oder »Ist das die Wohnung von Mandelstam?« oder ein »Ist er zu Hause?« oder auch nur ein »Hier ist ein Telegramm für Sie« erwartet, schließlich pflegt ein Besucher ja für gewöhnlich mit dem, der ihm die Tür geöffnet hat, ein paar Worte zu wechseln und zu warten, bis dieser zur Seite tritt und ihm Einlass in sein Zuhause gewährt. Wie vermutlich alle Agenten der Geheimdienste der ganzen Welt zu allen Zeiten befolgten die nächtlichen Besucher unserer Zeit dieses Zeremoniell jedoch nicht. Ohne zu fragen oder zu warten, ohne auch nur einen einzigen Augenblick vor der Tür stehen zu bleiben, schoben sie mich, ohne mich zu stoßen, zur Seite und drangen mit unerhörter Leichtfüßigkeit und Schnelligkeit in die Wohnung ein, die plötzlich voller Menschen war. Sogleich begannen sie, Ausweispapiere zu kontrollieren und uns mit gekonnten, genauen und gut einstudierten Bewegungen über die Hüften zu streichen und die Hosentaschen zu befühlen, um sicherzustellen, dass dort keine Waffe versteckt sei.

O. M. kam aus dem Zimmer. »Kommen Sie meinetwegen?«, fragte er. Ein kleingewachsener Kommissar blickte ihn an und begann fast zu lächeln: »Ihre Ausweispapiere.« O. M. nahm seinen Pass aus der Hosentasche.

Als er ihn kontrolliert hatte, übergab der Tschekist ihm den Haft- und Hausdurchsuchungsbefehl. O. M. las ihn und nickte.

In ihrer Sprache nannte sich so etwas »nächtliche Operation«. Später wurde mir klar, dass sie tatsächlich davon überzeugt waren, sie hätten in jeder Nacht in einer jeden Wohnung mit Widerstand zu rechnen. Zur Aufrechterhaltung des Kampfgeistes brodelten unter ihnen abenteuerliche Legenden über die Gefahren der Nacht. Ich selbst habe einen Bericht darüber gehört, wie der um sich schießende Babel einen »von uns« lebensgefährlich verletzt hätte, wie es die Erzählerin ausdrückte, die Tochter eines namhaften Tschekisten, der sich im Jahr 37 emporgearbeitet hatte. Für sie waren diese Legenden verbunden mit der Angst um ihren »Nachtschichten leistenden« Vater, einen gutmütigen und verwöhnten Kerl, der Kinder und Tiere so sehr liebte, dass zu Hause immer eine Katze auf seinem Schoß saß. Seinem Fräulein Tochter brachte er bei, sich niemals schuldig zu bekennen und auf alle Fragen beharrlich mit »Nein« zu antworten. Dieser gemütliche Katzenfreund konnte es den Beschuldigten nicht verzeihen, dass sie, aus welchen Gründen auch immer, alles, dessen man sie bezichtigte, gestanden. »Warum haben sie das getan«, plapperte die Tochter dem Vater nach. »Dadurch haben sie doch nicht nur sich selbst, sondern auch uns Unannehmlichkeiten bereitet!« Dieses »Wir«, »uns« waren jene, die des Nachts mit Haftbefehlen kamen, Verhöre führten und Urteile sprachen und in ihren Mußestunden Freunden fesselnde Geschichten über die Gefahren der Nacht erzählten. Mich indes erinnern diese Tschekisten-Legenden über die Schrecken der Nacht stets an das kleine Loch im Schädel des vorsichtigen, klugen Babel mit der hohen Stirn, der sicher niemals im Leben eine Pistole in Händen gehalten hatte.

Sie kamen in unsere ruhigen und armseligen Wohnungen wie in Räuberhöhlen, wie in zwielichtige Spelunken, wie in geheime Laboratorien, in denen maskierte Carbonari Dynamit für den bewaffneten Widerstand herstellen. Zu uns kamen sie in der Nacht vom dreizehnten auf den vierzehnten Mai des Jahres 1934.

Als sie die Pässe kontrolliert, den Haftbefehl vorgelegt und sich überzeugt hatten, dass wir keinen Widerstand leisten würden, begannen sie mit der Hausdurchsuchung. Brodskij ließ sich wieder schwerfällig in den Sessel fallen und erstarrte. Riesig saß er da, gemahnte an die Holzstatue eines über alle Maßen wilden Volkes und atmete schwer, atmete schwer und schnarchte, schnarchte und saß da. Er wirkte bösartig und beleidigt. Ohne mir dabei etwas zu denken, wandte ich mich einmal kurz an ihn und bat ihn, wenn ich mich recht erinnere, einige Bücher im Regal zu suchen, um sie O. M. mitzugeben. Da fuhr er mich an: »Soll Mandelstam doch selbst suchen!«, und begann wieder, schwer zu atmen. Gegen Morgen, als wir uns wieder frei in der Wohnung bewegen konnten, ohne dass die müden Tschekisten uns mit ihren misstrauischen Blicken überallhin verfolgten, kam Brodskij plötzlich wieder zu sich, hob die Hand wie in der Schule und fragte um Erlaubnis, auf die Toilette gehen zu dürfen. Der Uniformierte, der die Hausdurchsuchung leitete, blickte ihn spöttisch an: »Sie können ruhig nach Hause gehen«, sagte er. »Was?«, fragte Brodskij erstaunt. »Ja, nach Hause«, wiederholte der Tschekist und drehte sich um. Die Hauptamtlichen verachteten ihre Helfer in Zivil. Brodskij hatten sie wohl bei uns platziert, um zu verhindern, dass wir nach ihrem Klopfen noch Manuskripte vernichteten.

Beschlagnahme

O. M. zitierte häufig Chlebnikows Zeilen: »Das Revier ist eine großartige Sache! Es ist ein Ort, an dem der Staat und ich uns treffen.« Aber das, wovon dort berichtet wird, ist vollkommen harmlos, denn Chlebnikow erzählt von der üblichen Kontrolle der Ausweispapiere eines verdächtigen Taugenichts, also vom geradezu klassischen Verhältnis des Staates zum Dichter. Unser Zusammentreffen mit dem Staat jedoch verlief anders und auf höherer Ebene.

Einem strengen Ritual folgend, teilten die ungebetenen Gäste ohne Absprache die Rollen untereinander auf. Sie waren zu fünft – drei Geheimdienstmitarbeiter und zwei hinzugezogene Zeugen. Diese flegelten sich auf Stühlen herum und nickten immer wieder ein. Drei Jahre später – 1937 – haben sie vermutlich vor lauter Ermüdung geschnarcht. Welche Grundsatzerklärung hat uns das Recht zugestanden, dass bei Hausdurchsuchung und Verhaftung Zeugen hinzugezogen wurden? Wem von uns ist noch gewahr, dass es ebendieses verschlafene Zeugenpaar war, das hinsichtlich der Rechtmäßigkeit der Verhaftung den Staatsbürgern gegenüber eine gesellschaftliche Kontrollfunktion übernahm, denn schließlich verschwand bei uns niemand ohne Haftbefehl und Hinzuziehung von Zeugen in der Masse und Finsternis. Dies war Tribut an das, was man in den vergangenen Jahrhunderten unter Recht verstanden hatte.

Sich als Zeuge bei Verhaftungen zur Verfügung zu stellen wurde bei uns fast so etwas wie ein Beruf. In jedem größeren Wohnhaus wurden stets dieselben zuvor ausgewählten Personen zu diesem Zweck geweckt, in der Provinz betreuten zwei Zeugen jeweils eine ganze Straße oder ein ganzes Quartier. Sie lebten ein Doppelleben: Am Tag waren sie Angestellte der Hausverwaltung – Schlosser, Hauswart, Klempner – weil bei uns die Wasserhähne immer tropfen? –, in der Nacht drückten sie sich, so es erforderlich war, bis zum Morgen in fremden Wohnungen herum. Für ihre Alimentation wurde ein Teil unserer Miete aufgewendet, denn das waren ja auch Betriebsausgaben für den Erhalt des Hauses. Wie aber ihre Arbeit eingruppiert wurde, entzieht sich meiner Kenntnis.

Der die Verhaftung leitende Tschekist widmete sich dem Reisekoffer, in dem sich unser Archiv befand, die beiden jüngeren besorgten die Hausdurchsuchung. Wie stumpfsinnig sie ihre Arbeit verrichteten, war augenfällig.

Sie handelten nach Dienstanweisung, sprich, sie suchten dort, wo nach allgemeiner Annahme gewiefte Gauner geheime Dokumente und Manuskripte verstecken. Sie schüttelten nacheinander jedes Buch aus, untersuchten die Buchrücken, ruinierten die Einbände, indem sie sie einschnitten, interessierten sich für die Geheimfächer – wer kennt diese Geheimfächer nicht? – im Schreibtisch, wühlten in Taschen und Betten. Hätte man ein Manuskript in einem Kochtopf versteckt, so hätte es dort unentdeckt bis zum Ende der Ära gelegen. Oder besser noch hätte man es schlicht auf den Esstisch gelegt.

An einen der beiden jüngeren erinnere ich mich, ein kindlicher, grinsender junger Mann mit aufgedunsenem Gesicht. Er sah die Bücher durch, geriet in Verzückung ob der alten Einbände und suchte uns zu überzeugen, weniger zu rauchen. Statt des schädlichen Tabaks bot er Lutschpastillen aus einem Blechdöschen an, das er aus der Tasche seiner Uniformhose zog. Ein guter Bekannter aus heutigen Tagen, Schriftsteller und Funktionär des Schriftstellerverbands, der gewissenhaft Bücher sammelt und mit alten Bänden und antiquarischen Fundstücken wie Erstausgaben von Sascha Tschornyj und Sewerjanin prahlt, bietet mir stets Lutschpastillen aus einem Blechdöschen an, das er aus der Tasche seiner eleganten, eng geschnittenen Hose zieht, die er in einem nur dem kleinsten Kreis von Literaten zugänglichen Modeatelier schneidern lässt. Dieser Schriftsteller hatte in den dreißiger Jahren eine bescheidene Anstellung im Staatsapparat inne und war dann erfolgreich an den Plänen für die Literatur beteiligt. Und diese beiden Personen – der nicht mehr ganz junge Schriftsteller am Ende der fünfziger Jahre und der junge Geheimdienstagent der dreißiger – verschmelzen vor meinem inneren Auge zu einer. Mir scheint, der junge Freund der Lutschpastillen hat den Beruf gewechselt und wurde zu einer angesehenen Persönlichkeit, trägt Zivil, befindet über Fragen der Moral, wie es einem Schriftsteller ansteht, und hält mir immer noch dasselbe Blechdöschen hin.

Dieses Gebaren – das Anbieten von Lutschpastillen – wiederholte sich in zahlreichen Wohnungen bei zahlreichen Hausdurchsuchungen. Sollte es tatsächlich ein ebensolches Ritual gewesen sein wie die Art und Weise des Eindringens in ein fremdes Heim, die Kontrolle der Ausweispapiere, das Abtasten auf der Suche nach Waffen und das Abklopfen nach Geheimfächern? Man ließ uns eine Behandlung zuteil werden, die bis ins kleinste Detail durchdacht war und in nichts an die chaotischen Hausdurchsuchungen der ersten Tage der Revolution und des Bürgerkriegs erinnerte. Was jedoch mehr Angst einflößte, vermag ich nicht zu sagen.

Der die Operation leitende Tschekist, ein kleiner, hagerer, schweigsamer Blondschopf, sah hockend die Papiere im Reisekoffer durch. Er tat das langsam und gründlich. Man hatte durchaus qualifizierte Angestellte des Referats Literatur zu uns geschickt, besser gesagt, uns mit diesen beehrt. Es heißt, dieses Referat sei Teil der Dritten Abteilung, aber mein Bekannter, der Schriftsteller in den eng geschnittenen Hosen, jener, der die Lutschpastillen anbietet, versucht mit Schaum vor dem Mund davon zu überzeugen, das Referat, welches für uns zuständig gewesen sei, gehöre zur Zweiten oder Vierten. Es spielt keine Rolle, aber die Einhaltung gewisser administrativer polizeilicher Traditionen ist ganz im Geiste der stalinistischen Epoche.

Jedes gesichtete Blatt Papier aus dem Reisekoffer wurde entweder auf dem Stuhl abgelegt, auf dem der Stapel der zur Beschlagnahmung vorgesehenen Dokumente allmählich immer größer wurde, oder auf den Boden geworfen. Die Art der Auswahl der Schriftstücke lässt erkennen, wie die Anklage aufgebaut werden soll, deshalb drängte ich mich dem Geheimdienstmann als Beraterin auf, las ihm O. M.s schwer entzifferbare Handschrift vor, datierte die Manuskripte und eroberte zurück, was nur möglich war, so ein Poem von Pjast, das wir in Verwahrung hatten, und die Petrarca-Sonette. Uns allen fiel auf, dass der leitende Tschekist sich für die Manuskripte der letzten Jahre interessierte. Er zeigte O. M. einen Entwurf des »Wolf« und las mit zusammengekniffenen Augenbrauen halblaut dieses wenig gelungene Gedicht von Anfang bis Ende, dann fiel ihm ein Spottgedicht auf den Hauswart in die Hände, der in einer Wohnung eine nicht genehmigte Orgel hatte zerstören lassen. »Worum geht es hier?«, fragte er verständnislos und warf das Manuskript auf den Stuhl. »Ja, worum eigentlich?«, antwortete O. M.

Wie sich die Zeit vor und nach 1937 unterschied, zeigte sich an den Hausdurchsuchungen, denen wir unterzogen wurden. Im Jahr 38 wurde nichts mehr gesucht und keine Zeit mehr mit der Durchsicht von Papieren verschwendet. Die Mitarbeiter des Geheimdienstes wussten nicht einmal mehr, welchen Beruf der, den sie verhaften sollten, ausübte. Unachtsam drehten sie die Matratzen um, kippten den Inhalt des Reisekoffers auf den Boden, stopften Papiere in einen Sack, wühlten herum, verschwanden wieder und nahmen O. M. mit. Im Jahr 38 dauerte all das lediglich zwanzig Minuten, 34 hingegen zog sich die Operation die ganze Nacht über bis in den Morgen hinein hin.

Aber beide Male sagten sie, als sie sahen, dass ich Kleidung zusammenpackte, im Scherz – so waren sie angewiesen! –: »Warum so viel? Wozu? Hat er denn vor, lange unser Gast zu sein? Sie sprechen mit ihm und entlassen ihn wieder.« – Das waren Relikte der Epoche des »erhabenen Humanismus« der zwanziger und dreißiger Jahre. »Mir war gar nicht bewusst, dass wir in den Fängen von Humanisten waren«, sagte O. M. im Winter 37/38, als er in der Zeitung die Schmähungen Jagodas las, der angeblich Erholungsheime statt Lager hatte einrichten lassen.

Das Ei, das für Anna Andrejewna aufgetrieben worden war, lag unberührt auf dem Tisch. Wir alle – bei uns wohnte damals auch O.M.s Bruder Jewgenij Emiljewitsch, der kurz zuvor aus Leningrad gekommen war – bewegten uns in der Wohnung, unterhielten uns und versuchten, die Personen, die in unseren Habseligkeiten wühlten, nicht zu beachten. Dann sagte Anna Andrejewna plötzlich, O.M. möge etwas essen, bevor er ginge, und hielt ihm das Ei hin. Er nahm das Angebot an, setzte sich an den Tisch, salzte das Ei und aß es, und währenddessen wuchsen die Papierhaufen auf Stuhl und Boden weiter. Wir bemühten uns, nicht auf die Manuskripte zu treten, den Eindringlingen aber war das ganz gleich. Heute bedaure ich sehr, dass unter den Manuskripten, die von der Witwe Rudakows gestohlen wurden, die Entwürfe von Gedichten aus den zehner und zwanziger Jahren waren – diese waren nicht zur Beschlagnahme vorgesehen und lagen deshalb auf dem Boden –, die ganz wundervolle Abdrücke von Soldatenstiefeln trugen. Ich habe diese Blätter stets in Ehren gehalten und sie deshalb an einem Ort in Verwahrung gegeben, wo ich sie vollkommen sicher wähnte, nämlich dem treu ergebenen jungen Rudakow. In Woronesch, wo er etwa anderthalb Jahre in Verbannung war, teilten wir mit ihm jedes Stück Brot, denn er hatte keinerlei Einkommen. Zurück in Leningrad nahm er bereitwillig auch Gumiljows Archiv in Verwahrung, das Anna Andrejewna ihm vertrauensvoll mit einem Schlitten brachte. Weder sie noch ich haben die Manuskripte jemals wiedergesehen. Bisweilen kommt ihr gerüchteweise zu Ohren, dass irgendjemand ihr bestens bekannte Briefe aus diesem Archiv erstanden hat.

»Ossip, ich beneide dich«, hatte Gumiljow immer wieder gesagt, »du wirst auf dem Dachboden sterben.« Beide hatten ihre seherischen Verse damals bereits geschrieben, und doch wollten sie beide ihren eigenen Vorhersagen nicht glauben und beruhigten sich mit der französischen Variante des unglückseligen Schicksals des Poeten. Denn ein Dichter ist doch auch ein Mensch, nur ein Mensch, und deshalb wird ihn das ganz gewöhnliche, durchschnittliche und für das Land und die Epoche charakteristische Schicksal eines jeden ereilen. Nicht Glanz oder Schrecken der individuellen Fügung, sondern schlicht der »zahllos geteilte« Weg. Der Tod auf dem Dachboden war nichts für unsere Epoche.

Während der Kampagne, die sich für eine Revision des Urteils gegen Sacco und Vanzetti einsetzte – wir lebten damals in Zarskoje Selo –, wandte sich O. M., unterstützt von einem Geistlichen, mit seinem Vorschlag, auch die Kirche möge sich den Protesten gegen dieses Todesurteil anschließen, an die Obrigkeit der Kirche. Die Antwort folgte auf dem Fuße: Die Kirche sei bereit, für die Interessen der zum Tode Verurteilten einzutreten, unter der Bedingung, dass O. M. sich verpflichte, ebensolche Protestkundgebungen zu organisieren, wenn Gleiches mit russischen Priestern geschähe. O. M. stöhnte auf und gestand sogleich seine Niederlage ein. Das war eine der ersten Lektionen, die O. M. in jenen Tagen erhielt, als er versuchte, die Realität anzunehmen.

Der Morgen des vierzehnten Mai brach an. Alle Gäste, die gebetenen und ungebetenen, gingen. Die ungebetenen nahmen den Hausherrn mit. Anna Andrejewna und ich blieben zurück, allein in der leeren Wohnung, in der nur die Spuren des nächtlichen Aufruhrs geblieben waren. Soweit ich mich erinnere, saßen wir einfach einander gegenüber und schwiegen. Auf jeden Fall legten wir uns nicht schlafen und kamen auch nicht auf den Gedanken, Tee zu trinken. Wir warteten auf die Stunde, zu der wir, ohne Aufmerksamkeit auf uns zu lenken, das Haus verlassen könnten. Wozu? Wohin? Das Leben ging weiter. Wir waren wohl wie Ertrunkene. Möge Gott mir diese Reminiszenz an die Literatur verzeihen – wir dachten damals absolut nicht an die Literatur.

Morgendliche Gedanken

Wenn wir hörten, dass wieder jemand verhaftet worden war, fragten wir damals nicht: »Weswegen hat man ihn abgeholt?«, aber es gab nur wenige, die waren wie wir. Die Menschen waren wahnsinnig vor Angst und stellten einander diese Frage schlicht, um sich selbst zu beruhigen – »Wenn jemand verhaftet wird, so hat es einen Grund, ich aber werde nicht verhaftet, denn dafür gibt es keinen Grund!« Die Menschen übten sich darin, für jede Verhaftung sinnvolle Gründe und Rechtfertigungen zu finden – »Sie hat ja tatsächlich Schwarzhandel betrieben!«, »Er hat sich doch einiges herausgenommen!«, »Ich habe selbst gehört, wie er gesagt hat …«, und auch: »Das war zu erwarten, er hat einen niederträchtigen Charakter«, »Ich habe schon immer geahnt, dass irgendetwas mit ihm nicht stimmt«, »Er ist ein Mensch, der ganz anders ist als wir«. All das schien Grund genug, verhaftet und vernichtet zu werden: Er ist anders, schwatzhaft, unsympathisch … Dies waren Variationen eines einzigen Themas, das bereits im Jahr 17 erklungen war: »Er ist keiner von uns.« Die öffentliche Meinung und die Ahndungsbehörde erdachten verwegene Variationen dieses Themas und gossen Öl ins Feuer, ohne das kein Rauch ist. Das ist der Grund, warum die Frage »Weswegen hat man ihn abgeholt?« für uns tabu war. »Weswegen?«, rief Anna Andrejewna wütend, wenn jemand aus unserem Kreis, angesteckt vom allgemein verbreiteten Denken, diese Frage stellte. »Was soll das heißen: Weswegen? Begreifen Sie doch endlich, dass Menschen ohne Grund verhaftet werden.«

Aber als O. M. abgeführt wurde, stellten auch Anna Andrejewna und ich uns diese mit absolutem Tabu belegte Frage: Weswegen? Für die Verhaftung Mandelstams gab es mehr als genug Gründe – entsprechend den Rechtsnormen unseres Landes, versteht sich. Ganz allgemein seiner Gedichte oder seiner Ansichten über die Literatur oder ganz konkret des Gedichts über Stalin wegen. Auch die Ohrfeige, die er Tolstoj gegeben hatte, hätte als Grund dienen können, ihn abzuholen. Nach dieser Ohrfeige hatte Tolstoj vor Zeugen aus vollem Halse geschrien, er werde dafür sorgen, dass kein Verlag mehr ein Werk von Mandelstam annehmen werde, dass er keine Möglichkeit mehr zur Veröffentlichung bekomme, dass er ihn aus Moskau ausweisen ließe. Tolstoj sei noch am selben Tag, so sagte man uns, nach Moskau gereist, um sich über den Beleidiger bei der höchsten Autorität der sowjetischen Literatur, bei Gorki nämlich, zu beschweren. Bald kam uns folgender Satz zu Ohren: »Wir werden ihm schon zeigen, was es heißt, einen russischen Schriftsteller zu ohrfeigen.« Diesen Satz schrieben wir, ohne daran zu zweifeln, Gorki zu. Heute will man mich überzeugen, Gorki habe einen solchen Satz niemals sagen können und er sei vollkommen anders gewesen, als wir uns vorstellten. Es ist weitverbreitete Tendenz, aus Gorki einen Märtyrer des stalinistischen Systems zu machen, einen Kämpfer für die Gedankenfreiheit und für die Intelligenzija. Ein Urteil darüber maße ich mir nicht an und glaube durchaus, dass Gorki große Meinungsverschiedenheiten mit seinem Chef hatte und dass er gewaltig unterdrückt wurde. Aber daraus folgt keineswegs, dass Gorki sich geweigert hätte, Tolstoj in seinem Kampf gegen einen Schriftsteller wie O. M. zu verteidigen, dem gegenüber er zutiefst feindselig eingestellt und der ihm fremd war.

Gorkis Artikel, Reden und Bücher geben hinlänglich Auskunft über seine Einstellung zur Gedankenfreiheit. Sei es, wie es sei – wir hofften jedenfalls, die Verhaftung sei Vergeltung für die dem »russischen Schriftsteller« Alexej Tolstoj verabreichte Ohrfeige. Wie auch immer die Anklage in einem solchen Strafverfahren formuliert worden wäre, in diesem Fall drohte nur Ausweisung aus Moskau, und die fürchteten wir nicht. Ausweisung und Verbannung waren in jener Zeit für uns alltäglich. In den Jahren, in denen wir ein wenig Luft schöpfen konnten, weil der Terror nicht grenzenlos tobte, kam es im Frühling, normalerweise im Mai, und im Herbst zu großen Verhaftungswellen, vor allem in Kreisen der Intelligenzija. Diese lenkten die Aufmerksamkeit von den regelmäßig wiederkehrenden wirtschaftlichen Misserfolgen ab. Dass Menschen spurlos verschwanden, kam damals eigentlich nicht vor. Sie schrieben Briefe aus der Verbannung, und wenn sie ihre Strafe abgesessen hatten, kehrten sie zurück und wurden erneut in die Verbannung geschickt. Andrej Belyj, den wir im Sommer 33 in Koktebel trafen, berichtete, er komme gar nicht hinterher, all seinen »Rückkehrer-Freunden« Telegramme und Briefe zu schreiben. In den Jahren 27 und 29 war ein Sturm über die theosophischen Kreise hinweggefegt, und so kam es 33 zu einer Massenrückkehr. Im Frühling vor der Verhaftung O. M.s kehrte Pjast aus der Verbannung zu uns zurück. Nach drei oder fünf Jahren der Abwesenheit ließen die Rückkehrer sich in Kleinstädten außerhalb der Hundert-Werst-Zone nieder. Warum sollte es uns auch besser ergehen, nun, da alle »auf Reisen gingen«. Einmal hatte ich gehört, wie überaus unbekümmert O. M. sich mit Außenstehenden unterhielt, und hatte ihn nicht allzu lange vor seiner Verhaftung erinnert: »Der Mai steht vor der Tür. Du solltest vorsichtiger sein!« O. M. aber winkte ab: »Und wenn schon? Dann schicken sie mich in die Verbannung. Sollen andere davor Angst haben, aber wir doch nicht!« Und tatsächlich fürchteten wir die Verbannung nicht.

Ganz anders hätten die Dinge gelegen, sollte das Stalin-Gedicht der Grund für die Verhaftung sein. In diesem Bewusstsein küsste O. M. Anna Andrejewna zum Abschied auf die Wange. Niemand hatte auch nur den geringsten Zweifel daran, dass er für dieses Gedicht mit dem Leben bezahlen würde. Das war auch der Grund, warum wir so aufmerksam alles verfolgten, was die Tschekisten taten, denn wir wollten begreifen, wonach sie suchten. Der »Wolf-Zyklus« verhieß kein größeres Unglück, im äußersten Fall Lagerhaft.

Wie werden wohl später einmal all die nur möglichen Anschuldigungen bewertet werden? Ist das denn nicht ganz gleich! Es ist lachhaft, jene Epoche vom Standpunkt des römischen Rechts, des napoleonischen Kodex oder ähnlicher Rechtsnormen zu betrachten. Die Ahndungsbehörden handelten präzise, vorausschauend und konsequent. Sie verfolgten zahlreiche Ziele – die Vernichtung von Zeugen, die sich hätten erinnern können, die Schaffung eines einheitlichen Denkens, die Vorbereitung für die Ankunft der tausendjährigen Herrschaft und so weiter und so weiter. Die Menschen wurden schichtweise in Kategorien aufgeteilt (auch das Alter wurde berücksichtigt): Geistliche, Mystiker, idealistische Wissenschaftler, Spötter, Widerborstige, Denker, Schwätzer, Schweiger, Streitlustige, Menschen mit rechtlichen, gesellschaftlichen oder ökonomischen Idealen, ja auch Ingenieure, Techniker, Agronomen, denn es kam der Begriff »Volksschädling« auf, mit dem alle Misserfolge und Fehlschläge erklärt wurden. »Setzen Sie diesen Hut nicht auf«, warnte O. M. Boris Kusin. »Man darf nicht auffallen, das wird böse enden.« Und tatsächlich endete es böse. Aber glücklicherweise änderte sich die Einstellung zu Hüten, als beschlossen wurde, dass sowjetische Wissenschaftler nicht schlechter gekleidet sein sollten als die Schnösel im Westen, und Boris Sergejewitsch erhielt, nachdem er seine Strafe abgesessen hatte, einen recht anständigen Posten in der Wissenschaft. Das mit dem Hut war lediglich ein Scherz, denn der Kopf unter dem Hut war es, der über das Schicksal bestimmte.

Diejenigen, die Berufsgruppen angehörten, die mit der Wurzel ausgerottet werden sollten, erdachten den Ausspruch: »Hat man erst jemanden, findet sich schon irgendwas.« Zum ersten Mal hörten wir diesen Satz in Jalta (1928) von Furmanow, dem Bruder des Schriftstellers. Als Tschekist, der soeben in die Planungsbehörde für Kinematographie aufgerückt war, aber durch seine Ehefrau noch mit dem Geheimdienst verbunden war, verfügte er durchaus über gewisse Kenntnisse in diesen Dingen. In der kleinen Pension, in der die meisten Gäste zur Kur aufgrund von Tuberkulose untergekommen waren, während Furmanow an der Meeresluft seine angegriffenen Nerven stärken wollte, wohnte auch ein gutmütiger und heiterer NEP-Mann. Furmanow und er freundeten sich rasch an, und sie erdachten das Spiel »Ermittlungsverfahren«, das durch seine Realitätsnähe ihre Nerven kitzelte. Furmanow führte den erwähnten Ausspruch, dass sich schon etwas fände, wofür man jemanden anklagen könne, in einem Verhör des zitternden NEP-Manns vor, und dieser verfing sich unausweichlich in den Netzen spitzfindiger und weitläufiger Auslegungen eines jeden von ihm geäußerten Wortes. Zu jener Zeit hatte nur ein vergleichsweise kleiner Kreis tatsächlich, sprich an eigenem Leibe, die Besonderheiten der Rechtsprechung unseres Landes kennengelernt: Durch dieses Feuer waren damals nur jene gegangen, die ich weiter oben beschrieben habe, also die, die unter ihrem Hut auch einen Kopf hatten, und die, deren Eigentum beschlagnahmt worden war, und die NEP-Männer, also die, die der Neuen Ökonomischen Politik vertraut hatten. Aus diesem Grund schenkte niemand dem heiteren Zeitvertreib des einstigen Untersuchungsrichters große Beachtung und das Katz-und-Maus-Spiel verlief unbemerkt. Auch ich hätte ihm wohl kaum größere Aufmerksamkeit geschenkt, hätte nicht O. M. zu mir gesagt: »Hör dir das doch einmal an.« Mir scheint heute, O. M. habe mich auf all das aufmerksam gemacht, damit ich mich später erinnern möge. Durch Furmanows Schauspiel bekamen wir eine erste Vorstellung vom Rechtswesen in unserem sich gerade erst formierenden neuen Staat. Grundlage dieses Rechtswesens war die Dialektik sowie die erhabene und unerschütterliche Überzeugung: »Wer nicht für uns ist, ist gegen uns.«

Anna Andrejewna, die von Anfang an die Entwicklungen mit gespannter Aufmerksamkeit verfolgte, wusste mehr als ich. Zu zweit in der von der Hausdurchsuchung verwüsteten Wohnung zurückgeblieben, gingen wir alle Möglichkeiten durch und versuchten, in die Zukunft zu sehen, doch wir wechselten dabei fast kein Wort. »Sie müssen Ihre Kräfte schonen«, sagte Anna Andrejewna. Und das bedeutete, dass ich mich auf ein langes Warten einzustellen hätte: Ringsum saßen die Menschen wochen-, ja monatelang ein, manchmal gar mehr als ein Jahr, bis man sie in die Verbannung schickte oder umbrachte. Diese Zeit brauchte es aufgrund der Formalia der Anklageschrift. Daran hielt man fest und legte all den Unsinn auf Papier schriftlich nieder. Ob sie wirklich meinten, dass spätere Generationen bei Durchsicht der Archive all diesem Unsinn ebenso blinden Glauben schenken würden wie ihre außer sich geratenen Zeitgenossen? Möglicherweise war es ja lediglich der bürokratische Instinkt, der hier zu Tage trat, der Tintenteufel, der sich nicht vom Gesetz, sondern von Erlassen nährt und Tausende Tonnen Papier frisst. Wobei ja auch die Gesetze unterschiedlich sind.

Für die Familie des Verhafteten war die Zeit des Wartens ausgefüllt mit Bittgängen – O. M. hat sie in seiner »Vierten Prosa« »unscheinbare Fürsprachebemühungen« genannt –, mit Auftreiben von Geld und Stehen in Warteschlangen, um Pakete zu übergeben. Anhand der Länge der Warteschlangen wurde uns bewusst, in welcher Welt wir lebten. Im Jahr 34 waren sie nicht sehr lang. Ich musste meine Kräfte schonen, um all diese Wege gehen zu können, die bereits andere Ehefrauen vor mir gegangen waren. Mir jedoch stellte sich in jener Mainacht eine weitere Aufgabe, für die ich lebte und weiterhin lebe. O. M.s Schicksal zu beeinflussen lag nicht in meiner Macht, aber ein Teil der Manuskripte war verschont geblieben, vieles war im Gedächtnis bewahrt, und nur ich allein vermochte es, all dies zu retten, und dafür musste ich meine Kräfte schonen.

Als Ljowa kam, löste sich unsere Erstarrung. Weil Anna Andrejewna bei uns zu Gast war, hatten ihn die Ardows mitgenommen, damit er bei ihnen übernachtete, denn wir hätten für ihn keinen Platz mehr gehabt. Da er wusste, dass O. M. früh aufzustehen pflegte, erschien er, kaum dass es hell geworden war, um mit ihm Tee zu trinken, und erfuhr schon an der Tür die Neuigkeit. Der gute Junge, der, wohin er in jenen Jahren auch kam, mit seinen Ideen beeindruckte, war erschüttert.

Alle spürten die ihm innewohnende dynamisch gärende Kraft und ahnten, dass er zum Untergang verurteilt war. Unser Haus schien verseucht und unheilbringend für alle, die in ihm der Gefahr der Ansteckung ausgesetzt waren. Deshalb wurde ich beim Anblick Ljowas von Entsetzen erfüllt: »Gehen Sie«, sagte ich zu ihm, »gehen Sie schnell. Heute Nacht wurde Ossja abgeholt.« Ljowa gehorchte und ging. So war es in unseren Tagen üblich.

Zweite Runde

Wir weckten meinen Bruder Jewgenij Jakowlewitsch mit einem Anruf, beim Aufwachen hörte er, was uns widerfahren war. Selbstverständlich sprachen wir dabei nicht eines der verbotenen Worte wie »verhaftet«, »abgeholt«, »inhaftiert« aus. Es hatte sich ein besonderer Code ausgebildet, und wir verstanden einander, ohne dass wir die Dinge beim Namen nannten. Bald erschienen Shenja und Emma Gerschtejn. Dann verließen wir alle vier nacheinander das Haus, die eine mit einem Einkaufskorb in der Hand, der andere mit einer Handvoll Manuskripten in der Manteltasche. So retteten wir einen Teil des Archivs. Ein Gefühl sagte uns, dass es nicht angebracht war, alles wegzuschaffen. Auf dem Boden häufte sich nach wie vor das Papier. »Rühren Sie die nicht an«, warnte Anna Andrejewna mich, als ich den Reisekoffer öffnete, um die vielsagende Papiermenge dort zu verstauen, und ich gehorchte, ohne zu wissen, warum. Ich vertraute schlicht ihrem Instinkt.

Als wir von unseren Erledigungen an jenem Tag wieder nach Hause zurückgekehrt waren, ertönte plötzlich wieder ein Klopfen an der Tür, dieses Mal geradezu dezent, und ich ließ ein weiteres Mal einen ungebetenen Gast ein. Es war der Tschekist, der auch in der Nacht bei uns gewesen war und die Operation geleitet hatte. Zufrieden blickte er auf die Manuskripte, die auf dem Boden lagen. »Sie haben ja noch nicht einmal aufgeräumt«, sagte er und machte sich sogleich daran, sie ein zweites Mal durchzusehen. Dieses Mal war er allein und interessierte sich ausschließlich für den Reisekoffer, und zwar nur für die darin befindlichen Gedicht-Manuskripte, die Prosa würdigte er keines Blickes. Als Jewgenij Jakowlewitsch von der zweiten Hausdurchsuchung erfuhr, sagte er, ein wie kein anderer auf der Welt beherrschter und schweigsamer Mensch, bedrückt: »Wenn sie noch einmal kommen, dann betrifft es euch beide.«

Wie war die zweite Hausdurchsuchung zu erklären? Anna Andrejewna und ich blickten uns nur an – Sowjetmenschen verstanden einander ohne Worte. Offenbar hatte der Untersuchungsrichter bereits die in der Nacht beschlagnahmten Manuskripte durchgesehen – viel Zeit brauchte es dafür nicht, denn die Gedichte waren nur kurz – und nicht das gefunden, was er gesucht hatte. Also hatte er eine weitere Hausdurchsuchung angeordnet, weil er fürchtete, dass in der nächtlichen Eile das von ihm benötigte Blatt übersehen worden sein könnte. Daraus konnte ohne Weiteres der Schluss gezogen werden, dass die Suche zielgerichtet gewesen war und dass er sich mit Gedichten wie dem »Wolf« nicht zufriedengeben wollte. Das Manuskript, für das er sich interessierte, befand sich allerdings nicht im Reisekoffer – weder ich noch O. M. hatten diese Verse je niedergeschrieben. Dieses Mal drängte ich mich nicht als Beraterin auf, Anna Andrejewna und ich tranken Tee und schauten bisweilen etwas schief in Richtung unseres Gastes.

Der Geheimdienstmitarbeiter erschien kaum zwanzig Minuten nach unserer Rückkehr. Daraus folgte, dass ihn irgendjemand darüber informiert haben musste. Wer aber konnte das gewesen sein? Vielleicht ein im Haus wohnender Spitzel oder ein Nachbar, der den Auftrag erhalten hatte, ein Auge auf uns zu haben, vielleicht aber auch ein »Wassja«, der auf der Straße Wache schob. Damals waren wir noch nicht geübt darin, jene, die wir später »Wassja« nannten, zu identifizieren. Erst im Laufe der Zeit, nachdem wir lange genug hatten beobachten können, wie sie, ohne es in irgendeiner Weise verbergen zu wollen, vor dem Haus Anna Andrejewnas die Stellung hielten, bekamen wir Übung darin. Warum taten sie das nicht im Verborgenen, sondern derart offensichtlich? Arbeiteten sie schlecht, schamlos ungeschlacht, oder war es der ebenso schamlos ungeschlachte Versuch der Einschüchterung? Vermutlich war es beides. Sie gaben uns mit ihrem ganzen Auftreten zu verstehen: Ihr könnt uns nicht entwischen, wir haben euch im Blick, sind immer zur Stelle. Mehrmals gaben uns gute Bekannte, gegen die wir nicht den geringsten Verdacht hegten, mit einem Satz zu verstehen, wer sie waren und weshalb sie uns mit ihrer Freundschaft beehrten. Es kann sein, dass diese Art der Aufrichtigkeit im Programm der allgemeinen Ausbildung verankert war, denn nach einem solchen, den Horizont erweiternden Satz klebte unsere Zunge fest am Gaumen und wir verstummten.

Mir wurde auch immer wieder geraten, das, was von O. M.s Manuskripten übrig war, nicht bei mir zu haben, die Vergangenheit zu vergessen, nicht nach Moskau zurückkehren zu wollen. »Man wird es gutheißen, wenn Sie in Taschkent leben.« Wer das gutheißen werde, fragte ich lieber nicht. Diese Frage wurde mit einem Lächeln beantwortet. Diese Andeutungen, kurze Sätze und dunkle Reden weckten in mir wahnsinnigen Widerstand: Vielleicht war dies ja nur das leere Geschwätz eines miesen kleinen Menschen, der von nichts eine Ahnung hatte, sondern sich lediglich als zur führenden Macht zugehörig stilisierte? Menschen dieser Art gab es viele. Aber es ereignete sich auch anderes. In Taschkent, wo ich mit Anna Andrejewna zusammenwohnte, fanden wir des Öfteren bei unserer Rückkehr nach Hause den Aschenbecher voll mit fremden Zigarettenkippen vor, fanden ein Buch, eine Zeitung oder Zeitschrift, die uns unbekannt waren, und einmal gewahrte ich auf dem Esstisch einen geradezu ekelerregend kreischend-grellen Lippenstift und daneben den Handspiegel, der aus dem anderen Zimmer irgendwie dorthin geraten war. In Schubladen und Koffern herrschte bisweilen plötzlich Unordnung, die zu übersehen unmöglich war. Geschah es auf Anweisung gar, dass Spuren hinterlassen wurden, oder erlaubten sich schlicht jene einen Spaß, denen aufgetragen war, unsere Sachen zu durchwühlen? Ein heiteres Lachen und ein: »Ach, die werden Augen machen!« – Beides ist möglich. Warum nicht uns einschüchtern, damit wir nur nicht überheblich würden? Ich wurde im Übrigen viel weniger eingeschüchtert als Anna Andrejewna.

An einen derer, die wir »Wassja« nannten, erinnere ich mich besonders gut, das war bereits in der Nachkriegszeit. Es herrschten Minustemperaturen, und er wärmte sich, indem er auf und ab sprang und wie ein Kutscher mit den Armen den Oberkörper klopfte. Anna Andrejewna und ich gingen, wenn wir das Haus verließen, einige Tage lang beschämt an diesem wie wild tanzenden »Wassja« vorbei. Plötzlich stand dann ein anderer, nicht ganz so temperamentvoller Kollege an seiner Stelle. Und einmal, als wir durch den Innenhof des Fontannyj-Hauses gingen, leuchtete hinter uns plötzlich ein Magnesiumlicht auf – wir waren fotografiert worden, offensichtlich wollte man herausfinden, wer bei der in Ungnade Gefallenen zu Gast war.

Um in diesen Innenhof zu gelangen, musste man das Vestibül des Hauptgebäudes durchqueren. An der Tür, die zum Hof führte, stand ein Wächter. Am Tag des Magnesiumblitzes wurden wir recht lange an dieser Tür aufgehalten. Der Grund dafür klang vorgeschoben und nicht nachvollziehbar: Angeblich war der Schlüssel verloren oder etwas in dieser Art. Hatte der Fotograf des Geheimdienstes womöglich seinen Apparat erst in Stellung gebracht, nachdem er von unserer Rückkehr informiert worden war? Dies ereignete sich kurz vor dem Erlass bezüglich Achmatowas und Soschtschenkos, und mir lief ob dieser Zeichen der besonderen Aufmerksamkeit, die meiner Freundin entgegengebracht wurde, ein kalter Schauer über den Rücken.

Mir selbst wurde keine derartige Aufmerksamkeit entgegengebracht, ich war kaum wichtig genug für die Personenbeobachtung. Um mich herum tummelten sich in der Regel nicht Hauptamtliche, sondern gemeine Denunzianten. Einmal jedoch, in Taschkent, wurde ich von der Tochter eines hohen Geheimdienstmitarbeiters, Larissa Glasunowa, gewarnt, und zwar vor einer meiner Privatschülerinnen, einer Studentin, die mir empfohlen worden war: »Sie will ausschließlich bei Ihnen Stunden nehmen.« Larissa hatte sie zufällig einmal bei mir gesehen, als sie gerade ging, und erklärte mir daraufhin, diese junge Dame arbeite »für Papa«. Ich beruhigte Larissa und antwortete, das wisse ich längst. Meine hübsche Schülerin erschien nämlich niemals zur verabredeten Zeit und war stets erpicht darauf, mich zu überraschen, um sich zu entschuldigen und zu sagen, sie habe so viel zu tun und bitte deshalb, die Stunde zu verschieben. Darüber hinaus legte sie das charakteristische Gebaren von Spitzeln der niederen Ränge an den Tag und konnte sich nicht enthalten, mir mit misstrauischen Blicken zu folgen, wenn ich im Zimmer umherging. Es war nicht eben schwierig zu erraten, warum sie diese Stunden brauchte, die sie dann doch nicht nahm. Die von Larissa Enttarnte verschwand rasch wieder. Die Studentin, die sie mir empfohlen hatte – sie war kein schlechter Mensch –, litt ganz offensichtlich unter alldem und unternahm immer wieder Versuche, sich mit mir auszusprechen. Es gelang mir irgendwie, dies abzuwehren, aber ich habe nie vergessen, wie die kleine Zuträgerin immer wieder seufzte: »Ach, ich bewundere Achmatowa und Ihren Gatten.« In diesen Kreisen nannte man die Ehemänner »Gatten«. Gatte – welch tugendhafter Klang! In der Sprache der Tschekisten aber hieß es »Genosse«.

All das jedoch ereignete sich erst später. 1934 hatten wir noch nicht einmal den Spitznamen »Wassja« erfunden, ja uns war nicht einmal klar, wer den Tschekisten darüber informiert hatte, dass wir nach Hause zurückgekehrt waren.

Einkaufskörbe

Der Geheimdienstmann, der zum zweiten Mal im Reisekoffer wühlte und die Manuskripte durchsah, bemerkte nicht einmal, dass die Poeme von Pjast verschwunden waren, dabei hätte ebendies ihm verraten können, dass es auch uns gelungen war, eine Beschlagnahme durchzuführen. Anna Andrejewnas Finesse und ihr Rat, das Zimmer nicht aufzuräumen, erwiesen sich als klug, denn hätte ich alle Papiere wieder in den Reisekoffer zurückgelegt, wäre der Tschekist vielleicht aufmerksam geworden. Die Poeme von Pjast waren sehr umfangreich. Und eben sie haben wir in den Einkaufskörben weggetragen. Sie waren unterteilt in Kapitel, die als »Bruchstücke« bezeichnet waren. O. M. gefielen die Poeme, vielleicht, weil in ihnen die Ehefrauen verflucht wurden. Pjast nannte die Ehefrau »Angetraute«, und er war nicht gewillt, mit ihr zusammenzuleben. Als O. M. zum ersten Mal sein Leben in einer normalen, wenngleich auch nur winzigen Wohnung einrichtete, wollte auch er gegen die Bürden des Familienlebens aufbegehren und lobte Pjast leidenschaftlich. Ich stellte seine Begeisterung in Frage: »Wer ist denn deine Angetraute? Doch hoffentlich nicht ich?«

Wenn ich mir nur vorstelle, dass auch wir ein ganz gewöhnliches Leben mit gebrochenen Herzen, Streit und Scheidung hätten führen können! Es gibt doch tatsächlich Wahnsinnige auf dieser Welt, die nicht wissen, dass genau dies das ganz normale Leben eines Menschen ist, und dass es dieses Leben ist, nach dem man mit aller Kraft streben sollte. Was gäbe ich für ein solches Drama!

Pjast hatte mir die handschriftlichen Kopien zweier Poeme zur Aufbewahrung übergeben – eine Schreibmaschine war teuer und weder wir noch er hatten das Geld dafür. Dies waren die einzigen Exemplare in Reinschrift, wie man in alten Zeiten zu sagen pflegte. Wie sehr ich mich auch bemühte, ihn zu überzeugen, wollte Pjast einfach nicht glauben, dass es keinen schlechteren Ort für die Aufbewahrung seiner Manuskripte gab. Nach seiner Verbannung schien ihm, unser Haus sei beständig, wohlbehalten und ruhig – fast eine Burg. Als er die »Bruchstücke« in den Händen unseres nächtlichen Gastes sah, seufzte O. M. voll bitteren Mitgefühls: Was wird nur aus Pjast! Und da wurde ich plötzlich von »solcher Kraft erfüllt«, wie Anna Andrejewna es ausdrückte, dass ich das Manuskript aus den Händen des Geheimdienstmannes zurückeroberte, die Verfluchung der »Angetrauten« und die Lobeshymnen auf die illegitimen Schönheiten, auf die Pjastschen Titaninnen – Pjast gefielen nur Frauen, die hochgewachsen waren wie Grenadiere – für die Nachwelt erhielt. Die letzte seiner Titaninnen brachte er zu uns mit, um ihr seine »Bruchstücke« vorzulesen. Ob sie sein Manuskript aufbewahrt hat? Sie schien weniger an Pjast als vielmehr an den Honoraren für seine Rabelais-Übersetzungen interessiert, die er damals im »Gosisdat« herausschlug. Ich erinnere mich, dass Pjast sich in jener Zeit über die Launen seiner Stieftochter beschwerte. Sie lebt heute, so hörte ich, irgendwo in fernen Landen und gedenkt wohlmeinend ihres wunderlichen Stiefvaters. Vielleicht sind die von mir geretteten Pjast-Poeme ja auch in ihrem Besitz?

Vor O.M.s Verhaftung hatten wir häufig Besuch von Milizionären, denn Pjast hatte bei seiner Anmeldung im Antrag auf die Genehmigung, sich einige Tage in Moskau aufzuhalten, damit er seine literarischen Angelegenheiten organisieren könne, unsere Adresse angegeben. Die Frist war abgelaufen und man versuchte, ihn aus der verbotenen Zone wieder in jene, in der er sich aufhalten durfte, abzuschieben. Wie gut, dass er bei der nächtlichen Hausdurchsuchung nicht bei uns war und verhaftet werden konnte, denn so wäre es gekommen, hätten ihn die Milizionäre zuvor nicht aufgeschreckt. Wäre er dem Geheimdienst untergekommen, wäre er zusammen mit seinen Manuskripten mitgenommen worden. Er hatte einfach Glück. Ein zweites Mal entzog er sich erfolgreich der erneuten Verhaftung, indem er in Tschuchloma, wo man ihm die Niederlassung gestattet hatte, im eigenen oder im Krankenhausbett an Krebs starb. Ebenso wie Familiendramen ist dies das ganz normale Leben – und deshalb Glück. Um das zu begreifen, muss man die hohe Schule durchlaufen haben.

Es gelang uns, einen kleinen Stapel Gedichtmanuskripte O.M.s aus mehreren Jahren zu retten. Nach dieser Hausdurchsuchung bewahrten wir sie nicht mehr zu Hause auf. Ich brachte sie in kleinen Packen nach Woronesch, um die Texte zu gliedern und vollständige Listen der bis dahin ungedruckten Gedichte zu erstellen. Das tat ich gemeinsam mit O. M., der seine Einstellung zu Manuskripten und Abschriften nunmehr geändert hatte. Zuvor hatte er sie nicht mehr anschauen wollen und ärgerte sich stets darüber, dass ich sie nicht wegwarf, sondern in Mamas gelbem Reisekoffer ablegte. Nach der Hausdurchsuchung aber begriff er, dass Manuskripte einfacher zu schützen sind als ein Mensch, und er hörte auf, sich allein auf sein Gedächtnis zu verlassen, das bekanntlich mit dem Menschen verschwindet. Das eine oder andere dieser Manuskripte ist bis zum heutigen Tag erhalten, der Großteil allerdings verschwand während der beiden Verhaftungen. Was fing man in den Abgründen der Schauprozesse mit diesen Papieren an, die zuerst in Portefeuilles und später säckeweise beschlagnahmt wurden? Doch was bringt es, Mutmaßungen über Papier anzustellen, wenn wir nicht einmal wissen, was mit den Menschen geschah? Dass Zeugen ebenso wie ein Stapel Manuskripte diese Epoche überdauert haben, muss man als Wunder betrachten.

Fürsprachebemühungen

Ein drittes Mal kamen sie nicht, und wir wurden auch nicht verhaftet. Wir taten nun das, was für diejenigen, deren Angehörige abgeholt worden waren, alltäglich war: Wir unternahmen Bittgänge. Und wenn wir nach einem langen Tag in der Stadt abgekämpft nach Hause kamen, öffneten wir eine Konserve mit Mais zu einem Rubel. Das war unser Abendessen. So ging es drei Tage lang. Am vierten Tag kam meine Mutter aus Kiew. Sie hatte ihr Zimmer dort aufgelöst, die wuchtigen Familienmöbel verkauft und hatte vor, die ihr verbleibende Zeit mit Schwiegersohn und Tochter zu verbringen, die endlich eine Wohnung gefunden hatten. Niemand hatte sie am Bahnhof abgeholt, sie war verärgert und beleidigt. Aber diese Gefühle waren in dem Augenblick verflogen, als sie von der Verhaftung O. M.s hörte. Sofort war sie wieder die liberale Kursistin, die wusste, wie man sich der Regierung gegenüber und bei Inhaftierungen verhält. Sie krempelte die Ärmel auf, tat ihre Ansicht über Theorie und Praxis des Bolschewismus kund, inspizierte unsere Vorräte, erklärte, bereits zu ihrer Zeit hätten die Wissenschaftler erkannt, dass die Pellagra in Bessarabien auf eine Mangelernährung mit Maisbrei zurückzuführen sei, nahm Geld aus dem Geldbeutel, den sie um den Hals trug, und eilte auf den Markt. Unser lausiges Leben war zu Ende, und wir konnten uns nun mit noch mehr Kraft den Bittgängen widmen.

Nikolaj Iwanowitsch Bucharin suchte ich bereits in den ersten Tagen auf. Als er die Nachricht von mir hörte, veränderte sich sein Gesichtsausdruck, und er überschüttete mich mit Fragen. Ich hätte gar nicht gedacht, dass er sich derart aufzuregen vermag. Er lief in seinem geräumigen Kabinett hin und her, blieb von Zeit zu Zeit vor mir stehen, um mir erneut eine Frage zu stellen. »Haben Sie ihn schon besuchen können?« Ich musste ihm erklären, dass die Zeit der Häftlingsbesuche vorbei war. Nikolaj Iwanowitsch war das noch nicht bekannt. Wie jeder Theoretiker war auch er nicht in der Lage, Schlüsse für die Praxis aus seiner Theorie zu ziehen.

»Hat er vielleicht irgendetwas in der Hitze des Gefechts geschrieben?« Ich verneinte, behauptete, keine anderen als die ketzerischen Gedichte, die er selbst kenne. Ich habe gelogen. Und ich schäme mich bis heute dafür. Aber hätte ich damals die Wahrheit gesagt, hätten wir nicht die »Atempause in Woronesch« gehabt. Muss man lügen? Darf man lügen? Ist eine »Lüge um der Rettung willen« gerechtfertigt? Es ist gut, wenn man in Verhältnissen lebt, in denen man nicht lügen muss. Gibt es auf der Welt einen solchen Ort? Uns wurde seit Kindertagen erzählt, allerorten gäbe es nur Lüge und Heuchelei. Ohne zu lügen, hätte ich in dieser furchtbaren Zeit nicht überlebt. Ich log mein ganzes Leben lang – den Studenten gegenüber, an meiner Arbeitsstelle, guten Bekannten gegenüber, denen ich nicht vollkommen vertraute, und diese waren in der Mehrzahl. Und niemand glaubte mir. Es waren die alltäglichen Lügen der Epoche, in der wir lebten, eine formelhafte Höflichkeit. Dieser Lügen schäme ich mich nicht, Nikolaj Iwanowitsch jedoch führte ich ganz bewusst, mit kalter Berechnung in die Irre. Den Einzigen, der uns Beistand leisten konnte, durfte ich nicht verschrecken. In diesem Fall ist die Lüge eine andere. Aber hätte ich diese Lüge umgehen können?

Nikolaj Iwanowitsch war sicher, dass die Verhaftung nicht der Ohrfeige wegen erfolgt sein könne. Ich beharrte darauf, dass man aus den nichtigsten Gründen verhaftet werden konnte. Der Paragraph 58 des Strafgesetzbuchs konnte auf alles angewendet werden – was wäre einfacher gewesen?

Mein Bericht von den Drohungen Tolstojs und der Satz »Wir werden ihm schon zeigen, was es heißt, einen russischen Schriftsteller zu ohrfeigen«, hinterließen Eindruck: Nikolaj Iwanowitsch stöhnte geradezu auf. Dieser Mann, der die zaristischen Gefängnisse kennengelernt hatte und ein Vertreter der Strategie des revolutionären Terrors war, bekam an diesem Tag wohl eine sehr genaue Vorstellung von seiner Zukunft.

In jenen Tagen der Bittgänge suchte ich Nikolaj Iwanowitsch häufig auf. Korotkowa, die O. M. Eichhörnchen nannte, da sie mit jedem Besucher Nüsse knabberte (»Vierte Prosa«), blickte mich jedes Mal erschrocken-freundlich an und meldete sogleich meinen Besuch. Dann öffnete sich die Tür zum Kabinett, und Nikolaj Iwanowitsch kam mir von seinem Schreibtisch entgegengeeilt: »Nichts Neues? Auch bei mir nicht. Niemand weiß irgendetwas.«

Das waren unsere letzten Begegnungen. Bevor wir von Tscherdyn nach Woronesch fuhren, schaute ich noch einmal in der »Iswestija« vorbei. »Welch beängstigende Telegramme haben Sie aus Tscherdyn geschickt«, sagte Korotkowa und verschwand im Kabinett. Als sie zurückkam, weinte sie fast:

»Nikolaj Iwanowitsch will Sie nicht sehen wegen irgendeines Gedichts.« Ich sah ihn nie wieder. Er hat Ehrenburg später erzählt, Jagoda habe ihm das Stalin-Gedicht vorgetragen, und daraufhin habe er sich aus Angst zurückgezogen. Zuvor jedoch hatte er alles getan, was in seiner Macht stand. Ihm verdanken wir die Revision des Strafverfahrens.

Die Besuche bei Bucharin in der Redaktion der »Iswestija« nahmen jeweils weniger als eine Stunde in Anspruch, die anderen Bemühungen erforderten endlose Wege durch die Stadt. Die Ehefrauen der Verhafteten – die Mehrzahl der in den Gefängnissen Inhaftierten waren auch nach 37 Männer – hatten bereits den Weg zu Peschkowa ins Politische Rote Kreuz geebnet. Dorthin ging man vor allem, um ein wenig zu reden und sein Herz zu erleichtern, dies vermittelte einem die Illusion, man unternehme etwas in dieser schweren Zeit des beklemmenden Wartens. Das Rote Kreuz hatte allerdings keinerlei Einfluss. Mit seiner Hilfe konnte man bisweilen ein Paket ins Lager übergeben sowie in Erfahrung bringen, ob schon ein Urteil gesprochen oder die Todesstrafe bereits vollzogen worden war. 37 wurde diese merkwürdige Organisation aufgelöst und so die letzte Verbindung zwischen Gefängnis und Außenwelt abgeschnitten. Allein der Ansatz einer Unterstützung politischer Gefangener stand ja in offenkundigem Gegensatz zum gesamten System unseres Alltags – wie viele wurden allein deshalb zu Katorga oder Einzelhaft verurteilt, weil sie mit jemandem bekannt waren, der schuldig gesprochen worden war. Insofern war die Auflösung des Politischen Roten Kreuzes ein folgerichtiger Vorgang, danach jedoch lebten die Familien der Inhaftierten lediglich von Gerüchten, die teilweise ganz bewusst verbreitet wurden, um uns in Angst und Schrecken zu versetzen.

Peschkowa stand dieser Organisation seit ihrer Gründung vor, ich jedoch wandte mich nicht an sie, sondern an ihren Assistenten Winawer, einen überaus klugen Mann. Seine erste Frage war: »Welchen Rang hatte der Geheimdienstmann, der den Reisekoffer durchwühlt hat?« So erfuhr ich, dass die Strafsache umso ernster und das zu erwartende Schicksal umso grauenvoller war, je höher der Dienstgrad des nächtlichen Besuchers war. Von dieser Art, die Zukunft zu ergründen, hörte ich zum ersten Mal und hatte deshalb nicht auf die Rangabzeichen geachtet. Winawer ließ mich darüber hinaus wissen, dass die Lebensbedingungen im Gefängnis durchaus anständig seien, es sei sauber und die Verpflegung sei gut. »Das Essen ist wahrscheinlich besser als bei uns beiden zu Hause.« Doch ich musste ihm nicht erklären, dass es besser ist zu hungern, dafür aber in Freiheit zu sein, und dass dieser niederträchtigen »Zivilisierung« der Gefängnisse etwas unerträglich Unheilvolles innewohnte, denn dies war ihm bewusst, ohne dass ich es ihm erklärte. Einige Zeit später erläuterte er mir, was wir von der Zukunft zu erwarten hatten, und seine Vorhersage trat ein. Er hatte sehr große Erfahrung und vermochte es, daraus seine Schlüsse zu ziehen. Ich suchte ihn auf, wie man zur Arbeit geht, später hielt ich ihn über die weiteren Entwicklungen auf dem Laufenden. Ich tat das nicht, um von ihm Rat zu erhalten, sondern aus dem Wunsch heraus, mit einem der letzten Menschen zu sprechen, der in der verwirrten Auffassung von Recht, die bei uns herrschte, nicht den Überblick verloren hatte und, wenngleich vergeblich, gegen den Machtmissbrauch kämpfte.

Trotz allem konnte Winawer mir einen guten Rat geben. Er überzeugte mich davon, O. M. dazu zu bringen, so wenig wie möglich zu unternehmen, keine Gesuche beispielsweise um Verlegung einzureichen, sondern sich im Gegenteil durch keinerlei Handlungen in Erinnerung zu bringen, sich im Verborgenen zu halten, zu schweigen, kurz, sich totzustellen. »Es darf nicht ein weiteres Dokument mit Ihrem Namen auftauchen. Damit sie Sie vergessen.« Das war seiner Ansicht nach die einzige Möglichkeit, sich zu retten oder zumindest für einige Zeit das Leben zu verlängern. Winawer vermochte es allerdings nicht, dieses Rezept auf seine eigene Person anzuwenden, und war stets gegenwärtig. In der Zeit der Jeshowschtschina verschwand er. Es gibt Gerüchte, er habe ein Doppelleben geführt und sei ein anderer gewesen als der, für den wir ihn hielten. Ich glaube das nicht, werde es niemals glauben und wünschte, nachfolgende Generationen würden sein Andenken von diesem Verdacht befreien. Ich habe Kenntnis davon, dass kompromittierende Gerüchte dieser Art über missliebige Personen des Öfteren aus der Lubjanka selbst gestreut wurden. Und selbst wenn in den Archiven Dokumente zu finden sein sollten, die Winawer entwürdigen, so können sie doch nicht beweisen, dass er diejenigen, die sich an ihn gewandt haben, dem Geheimdienst verraten hat. Und selbst wenn man Peschkowa davon überzeugt hat, dass Winawer auf sie angesetzt war, so kann ich es nicht glauben. Dokumente dieser Art zu fälschen ist ein Leichtes, in den Folterkellern unterschreiben die Menschen der Teufel weiß welch widersinnigen Unsinn; einer alten Frau mit Hilfe von Spitzeln und Provokateuren Angst einzujagen ist nicht schwierig. Wie aber sollen die Historiker die Wahrheit herausfinden, wenn überall und allerorten jedes Körnchen Wahrheit haufenweise von ungeheuerlichen Lügen überschüttet ist? Nicht von Vorurteilen oder Fehlern, die in jener Zeit gemacht wurden, sondern von bewussten und wohlbedachten Lügen?

Die öffentliche Meinung

Anna Andrejewna übernahm viele der sogenannten Bittgänge. Sie erreichte, dass Jenukidse sie empfing. Er hörte sie aufmerksam an, ließ aber selbst kein Wort fallen. Danach eilte sie zu Sejfullina, die sogleich zum Telefon griff, um einen Bekannten anzurufen, der bei der Tscheka arbeitete. »Hoffentlich treiben sie ihn dort nicht in den Wahnsinn«, sagte ihr Bekannter, der Tschekist, »darin sind meine Kollegen Meister.« Am nächsten Tag berichtete er Sejfullina, dass er Erkundigungen eingeholt habe – in diese Angelegenheit dürfe man sich nicht einmischen. Warum? Eine Antwort auf diese Frage gab es nicht. Sejfullina waren die

Hände gebunden. Sobald man den Rat erhielt, sich in irgendeine Angelegenheit nicht einzumischen, waren uns stets die Hände gebunden, und wir traten sogleich den Rückzug an. Das war ein erstaunliches Charakteristikum unseres Lebens: Meine Zeitgenossen verfassten Petitionen und Bittschriften, äußerten ihre Ansichten und handelten erst dann, wenn klar war, was »die in der oberen Etage« zu dieser Angelegenheit meinten. Allen war ihre Hilflosigkeit allzu bewusst, als dass man zum Trotz und ohne Rücksicht auf Verluste agiert hätte. »Ich habe für derartige Dinge kein Händchen«, sagte Ehrenburg und erklärte so, warum er sich weigerte, für den ein oder anderen ein gutes Wort einzulegen – in Bezug auf eine Rente beispielsweise oder hinsichtlich der Zuweisung von Wohnraum oder der Propiska. Auch er konnte doch nur bitten, nicht aber darauf bestehen. Was gibt es Angenehmeres für die Obrigkeit! Jegliche öffentliche Meinungsäußerung konnte unterbunden werden durch die Andeutung, »in der oberen Etage« werde sie nicht gefallen. Das wurde auf der mittleren und oberen Ebene für die eigenen Belange genutzt, und auf diese Art wurden Vorgänge geschaffen, die nicht in Frage gestellt werden durften. So wurde seit der zweiten Hälfte der zwanziger Jahre das »Flüstern der öffentlichen Meinung« kaum mehr vernehmbar und man gab es auf, Vorhaben in die Tat umsetzen zu wollen. Alles, was Verhaftungen betraf, durfte selbstverständlich nicht in Frage gestellt werden, sich in irgendeiner Weise in dieser Angelegenheit zu bemühen – also, sich an Peschkowa zu wenden und an die Staatsanwaltschaft –, stand ausschließlich Familienangehörigen zu. Dass ein Außenstehender sich in diese Bemühungen einschaltete, war nicht die Regel, sondern eine Ausnahme, und das musste ihm entsprechend vergolten werden. Sich in die Angelegenheit O. M.s einzumischen war selbstredend nicht angezeigt, denn er hatte in seinem Gedicht eine überaus furchteinflößende Persönlichkeit angegriffen. Deshalb weiß ich es zu schätzen, dass 1934 auch Pasternak seine Hilfe anbot. Er suchte Anna Andrejewna und mich auf und fragte, an wen er sich wenden könne. Ich schlug vor, bei Nikolaj Iwanowitsch Bucharin vorstellig zu werden, denn ich wusste bereits, wie er zu O. M.s Verhaftung stand, sowie bei Demjan Bednyj.

Demjan Bednyj erwähnte ich nicht zufällig. Durch Pasternak erinnerte ich ihn an ein Versprechen, das er 1928 gegeben hatte. O. M. hatte damals zufällig von seinem Namensvetter Issaja Benediktowitsch Mandelstam, dem er auf der Straße begegnet war, von fünf Bankbeamten Kenntnis erlangt, »Lakaien des einstigen Regimes«, die aufgrund einer Anklage wegen Veruntreuung oder unwirtschaftlichen Handelns zum Tode durch Erschießung verurteilt worden waren. Trotz aller Einsicht – seiner eigenen und der seines Gesprächspartners – und trotz der Regel, sich nicht in fremde Angelegenheiten einzumischen, stellte O. M. ganz Moskau auf den Kopf und rettete ganz gegen jede Erwartung die alten Herren. Dies erwähnt er in der »Vierten Prosa«. Unter anderem beinhalteten seine »Fürsprachebemühungen« ein Gespräch mit Demjan Bednyj. Ihre Begegnung fand auf einem Hof unweit des »Internationalen Buches« statt. Als leidenschaftlicher Bücherliebhaber war Demjan häufig in diesem Geschäft anzutreffen und traf sich dort wohl auch mit seinen Bekannten – wer im Kreml wohnte, wagte zu dieser Zeit bereits nicht mehr, jemanden zu Hause zu empfangen. Demjan lehnte es ganz entschieden ab, sich für die alten Herren einzusetzen. »Was haben Sie mit denen zu schaffen?«, fragte er O. M., als er begriffen hatte, dass die Rede weder von dessen Verwandten oder auch nur dessen Bekannten war. Aber er setzte sogleich hinzu, er werde sich, sollte O. M. selbst das einmal brauchen, unbedingt für ihn einsetzen.

Dieses Versprechen freute O. M. aus irgendeinem Grund sehr, obgleich wir zu jenem Zeitpunkt noch fest überzeugt waren: »Sie bringen dich nicht um.« Als er nach Jalta kam, berichtete er mir von diesem Gespräch: »Das ist doch sehr erfreulich. Ob er mich enttäuschen wird? Ich glaube es nicht.« Aus diesem Grund empfahl ich Pasternak im Jahr 34, sich an Demjan zu wenden.

Boris Leonidowitsch rief ihn wohl noch an jenem Tag an, als bei uns zum zweiten Mal der Reisekoffer durchwühlt worden war, aber Demjan schien bereits etwas zu wissen. »Wir sollten uns in diese Angelegenheit nicht einmischen, weder Sie noch ich«, sagte er zu Pasternak. Wusste Demjan, dass es um ein Gedicht gegen den Mann mit den fetten Fingern ging, der auch ihm bereits Ungemach bereitet hatte, oder antwortete er mit der gewöhnlichen sowjetischen Formel, die besagte, dass man sich besser von mit der Pest Infizierten fernhielt? Möglich ist beides. Auf jeden Fall war auch Demjan damals bereits in Ungnade gefallen, und zwar wegen seiner Liebhaberei für Bücher. Er war so unvorsichtig gewesen, in seinem Tagebuch zu notieren, dass er Stalin nicht gern seine Bücher ausleihe, da dieser Abdrücke seiner fetten Finger auf den Seiten hinterließe. Demjans Sekretär wollte sich einschmeicheln und schrieb diesen Auszug aus dem Tagebuch für Stalin ab. Dieser Verrat war ihm wohl nicht von Nutzen, Demjan aber lebte lange Zeit in Armut und verkaufte gar seine Bibliothek. Und als seine Werke wieder veröffentlicht wurden, nachdem die Frist des fünfzehnjährigen Urheberrechts bereits abgelaufen war – ich glaube, seine letzte Ehe war damals noch nicht offiziell eingetragen –, habe ich selbst miterlebt, wie sein Erbe, ein ausgemergelter junger Mann, immer wieder Surkow aufsuchte, um im Namen seines Vaters eine geringe Hilfe zu erbitten. Surkow lehnte jedoch in meiner Gegenwart jegliche Unterstützung rigoros ab. Das war die letzte Erniedrigung, die Demjan in Person seines Nachkommen erleiden musste. Wofür? Demjan hatte doch nicht aus Angst, sondern aus Überzeugung für die Sowjetmacht gearbeitet. Deshalb brauche auch ich mich nicht zu wundern, dass man mich von Zeit zu Zeit mit Füßen tritt. Ich habe ganz offenbar nichts anderes verdient.

Mitte Mai des Jahres 34 trafen Demjan und Pasternak sich auf einer Versammlung, bei der es vermutlich um die Gründung des Schriftstellerverbands ging. Demjan bot an, Pasternak in seinem Wagen nach Hause zu bringen, und fuhr dann, nachdem er dem Chauffeur Feierabend gegeben hatte, lange mit ihm durch Moskau. Damals hatten die meisten Funktionäre noch keine Angst, Gespräche im Dienstwagen zu führen, das Gerücht, auch dort seien Aufnahmegeräte installiert, kam erst später auf. Demjan sprach mit Pasternak darüber, dass »die russische Poesie ohne Fehlschüsse beschossen« werde, und erwähnte unter anderem Majakowski. Seiner Ansicht nach war Majakowski gestorben, weil er in ein Gebiet eingedrungen war, in dem er, Demjan, sich wie zu Hause fühle, das Majakowski aber fremd gewesen sei.

Als ihr Gespräch beendet war, fuhr Demjan Pasternak nicht nach Hause, sondern in die Furmanow-Gasse, wo Anna Andrejewna und ich nach zwei Hausdurchsuchungen vollkommen außer uns waren.

Auf dem Journalistenkongress, der in jenen Tagen stattfand, lief Baltruschaitis von einem zum anderen, flehte jeden an, O. M. zu retten, und beschwor alle, dies im Angedenken an Gumiljow zu tun. Ich stelle es mir lebhaft vor, welchen Klang diese beiden Namen in den Ohren der abgefeimten Journalisten der dreißiger Jahre hervorriefen, aber Baltruschaitis war Staatsangehöriger eines anderen Staates, und deshalb konnte man ihm nicht nahelegen, dass es »nicht ratsam« sei, »sich in diese Angelegenheit einzumischen«.

Baltruschaitis spürte lange im Voraus, welches Ende O. M. erwartete. Bereits ganz zu Beginn der zwanziger Jahre (1921, vor der Ermordung Gumiljows) versuchte er O. M. zu überreden, die litauische Staatsbürgerschaft anzunehmen. Das wäre möglich gewesen, denn O. M.s Vater hatte früher in Litauen gelebt, und O. M. selbst war in Warschau geboren. O. M. hat damals sogar einige Papiere zusammengesammelt und sie Baltruschaitis gezeigt, aber sich dann doch anders entschieden – seinem Schicksal zu entgehen sei ohnehin nicht möglich, deshalb brauche man es gar nicht erst zu versuchen.

Die Bemühungen und Unruhe, die nach der ersten Verhaftung O. M.s entstanden, spielten, ganz augenscheinlich, eine gewisse Rolle, denn der Verlauf des weiteren Verfahrens folgte nicht dem gewöhnlichen Schema. Dies meinte zumindest Anna Andrejewna. Schließlich war in den Bedingungen, unter denen wir lebten, selbst die geringste Resonanz – ein kleines Getöse, ein Geraune – eine ungewöhnliche, erstaunliche Erscheinung. Aber was gefunden worden wäre, hätte man begonnen, diese Unruhe genauer zu ergründen, bleibt unbekannt. In meiner Naivität dachte ich, die öffentliche Meinung im Kampf gegen den Starken sei stets auf Seiten des Schwächeren, auf Seiten des Beleidigten und nicht des Beleidigers, auf Seiten des Opfers und nicht des Raubtiers. Doch mir wurden die Augen geöffnet, und zwar durch Lida Bagrizkaja, die sich in diesen Zeiten besser zurechtfand als ich. 1938, als ihr Freund Postupalskij verhaftet wurde, klagte sie mir voller Bitterkeit: »Früher war alles anders. Als Ossip Emiljewitsch abgeholt wurde, waren die einen dagegen, während andere der Ansicht waren, es sei richtig so. Und jetzt? Werden die eigenen Leute verhaftet.«

Die Formulierung, die Lida Bagrizkaja wählte, ist wahrlich bemerkenswert. In unerbittlicher Direktheit brachte sie zum Ausdruck, was das grundlegende moralische Prinzip jener war, denen es zugefallen war, unsere Intelligenzija zu sein. Und wird nicht in dieser Schicht die öffentliche Meinung gebildet? Die Unterteilung in »die zu uns gehören« und »die Fremden« – damals wurden sie »feindliche Elemente« genannt – gab es bereits seit dem Bürgerkrieg mit der unvermeidlichen Frage: »Wer bringt wen um?« Nach der Kapitulation der Gegner begehren die Sieger stets Auszeichnungen, Belohnungen und Zugeständnisse, während die Besiegten der vollkommenen Vernichtung unterliegen. Und nun erwies es sich plötzlich, dass die Zugehörigkeit zur Kategorie »einer von uns« weder vererbbar noch lebenslang gültig ist. Um das Recht dieser Zugehörigkeit wurde und wird ein unablässiger Kampf geführt, und jener, der gestern noch »einer von uns« war, kann von einem Augenblick auf den nächsten plötzlich zur anderen Kategorie gehören. Damit nicht genug: Logischerweise führt das Prinzip der Unterteilung in »Wir« und »die Feinde« dazu, dass jeder, der abweicht, zum Feind wird, und zwar nur aus dem Grund, dass er abweicht. Das Jahr 38 und alles, was ihm folgte, war nur möglich in einer Gesellschaft, in der das Prinzip dieser Unterteilung in »Wir« und »die Feinde« in seine letzte Phase eingetreten war.

Normalerweise verhielt es sich bei der Nachricht über eine Verhaftung so, dass die einen verstummten und sich noch tiefer in ihre Höhle zurückzogen – was im Übrigen niemanden rettete –, während sich die anderen in Eintracht das Maul zerrissen. Meine gute Bekannte Sonja Wischnewskaja hörte in den vierziger Jahren täglich, dass wieder einer ihrer Freunde verhaftet worden war. »Überall Verrat und Konterrevolution«, rief sie voller Entsetzen. So hatten die zu sprechen, die ein besseres Leben und etwas zu verlieren hatten. Möglicherweise liegt in diesem Satz eine Beschwörungsformel wie »Weiche! Weiche von mir!« Was blieb uns denn anderes, als zu Beschwörungen zu greifen?

Das Wiedersehen

Nach zwei Wochen geschah ein Wunder – das erste an der Zahl: Ich erhielt einen Anruf des Untersuchungsrichters, der mir anbot, zu einem Treffen zu erscheinen. Der benötigte Passierschein wurde mit unerhörter Schnelligkeit ausgefertigt. Ich stieg die breite Treppe des geheimnisvollen Hauses empor, ging den Korridor entlang und blieb, wie mir geheißen worden war, vor der Tür des Untersuchungsrichters stehen. Und da geschah etwas, das aus dem Rahmen des Gewohnten fiel: Ein Häftling wurde durch den Korridor geführt. Offenbar hatte man nicht erwartet, dass es möglich sei, in diesen heiligen Hallen könne ein Außenstehender anzutreffen sein. Ich konnte erkennen, dass der Häftling ein hochgewachsener Chinese mit wild hervorspringenden Augen war. Mehr als diese Augen und die herunterrutschende Hose, die er mit der einen Hand festhielt, war nicht zu erkennen. Als sie mich wahrnahmen, hasteten die Wachschutzsoldaten rasch weiter, und die ganze Gruppe verschwand im nächsten Augenblick in einem der anliegenden Zimmer oder in einem Seitengang. Die Physiognomien der Soldaten des Inneren Gefängnisses, die von anderer Typologie als die des im Außendienst eingesetzten Wachschutzes waren, konnte ich nicht genau sehen, sondern lediglich erspüren. Es war ein flüchtiger Eindruck, aber es blieb ein Gefühl des Entsetzens und einer seltsamen Kälte, die mir den Rücken hinunterlief. Seit dieser Begegnung kündigen mir stets eine leichte Kälte und ein leichtes Erschauern an, wenn Menschen des Inneren Gefängnisses sich nähern, noch bevor ich ihren Blick wahrnehme – der Kopf unbewegt, folgen sie dir nur mit ihren Augen. Die Kinder übernehmen diesen Blick von ihren Eltern, ich habe ihn bei Schülern und Studenten bemerkt. Tatsächlich eine Eigenart des ausgeübten Berufs, ist sie, wie alles andere, erschreckend verbreitet – alle haben den Blick eines Geheimpolizisten, ganz wie die Klassenbesten, die dem Lehrer zeigen wollen, dass sie ihre Lektion gut gelernt haben.

Der Chinese wurde abgeführt, und jedes Mal, wenn ich das Wort »Erschießung« höre, sehe ich seine Augen vor mir. Wie kam es dazu, dass diese Begegnung möglich war? Gerüchten zufolge bediente man sich im »Inneren« aufs feinste ausgefeilter technischer Vorrichtungen, damit es eben nicht zu derartigen Begegnungen kam. Die Korridore seien, so heißt es, in Sektoren untergliedert, und eine besondere Ampelanlage zeige den Wachschutzsoldaten an, dass der Durchgang nicht passierbar ist. Aber wissen wir denn tatsächlich, was dort vor sich ging? Wir wurden mit Gerüchten gefüttert und erschauerten. Dieses Erschauern spielt sich auf der physiologischen Ebene ab und hat mit herkömmlicher Angst nichts gemein. Als Anna Andrejewna das hörte, wurde sie ärgerlich. »Was heißt, das ist nicht Angst? Was denn sonst?« Sie war überzeugt, dass dies nichts Physiologisches, sondern Angst, ganz gewöhnliche, quälende, tobende Angst war, die sie all die Jahre bis zum Tode Stalins quälte.

Die Berichte über die technische Ausstattung betrafen nicht nur die Ampelanlage in den Korridoren, sondern vielerlei andere Dinge und verstummten erst Ende der dreißiger Jahre, als die Verhörmethoden »vereinfacht« wurden. Die neuen Methoden waren derart einleuchtend und altbewährt, dass sie allen Legenden ein Ende machten. »Nun ist alles klar«, sagte Anna Andrejewna, »nimm die Mütze mit den Ohrenklappen und ab in die Taiga.« Hierauf beziehen sich die Zeilen: »Und dort hinter dem Stacheldraht, / Im Herzen der tiefsten Taiga / geht mein Doppelgänger zum Verhör.«

Ich weiß bis heute nicht, von welcher Abteilung ich einbestellt wurde, von der Dritten oder der Vierten, aber der Untersuchungsrichter hatte einen in der russischen Literatur bekannten Vatersnamen – Christoforytsch. Warum hatte er ihn nicht geändert, wo er doch in der für Literatur zuständigen Sektion arbeitete? Offensichtlich gefiel ihm diese Koinzidenz. O.M. ärgerte sich schrecklich über derartige Dinge, denn er war der Ansicht, der Name Puschkin dürfe nicht grundlos erwähnt werden. Dass wir einmal, als ich krank war, zwei Jahre lang in Zarskoje Selo leben mussten, noch dazu im Lyzeum, wo annehmbare Wohnungen vergleichsweise günstig zur Miete angeboten wurden, bereitete O.M. großen Kummer, es war für ihn geradezu Gotteslästerung! Er ergriff unter dem erstbesten Vorwand die Flucht, und wir waren wieder einmal zur Obdachlosigkeit verurteilt. Aus diesem Grund konnte ich mich nicht dazu durchringen, mit ihm über den Vatersnamen Christoforytsch zu sprechen.

Unser Wiedersehen fand im Beisein von Christoforytsch statt – ich nenne ihn bei dem verbotenen Namen, da mir sein Familienname entfallen ist. Ein stattlicher Mann, der beinahe die Intonation eines Schauspielers des Kleinen Theaters hatte – ebenso penetrant und scharf –, der beständig in unser Gespräch hineinredete, aber nichts sagte, sondern verdeutlichte und unterstrich. Alle seine Sentenzen waren voll dunkler und bedrohlicher Andeutungen. Die Struktur unserer Psyche ist jedoch derart, dass mir, die ich aus der Freiheit kam, all dies keine Angst einflößte, sondern lediglich zuwider war. Nach zwei Wochen ohne Schlaf in einer Zelle des Inneren Gefängnisses und mit Verhören in den Knochen wäre mein Befinden ganz sicher ein anderes gewesen.

O. M. wurde hereingeführt und ich bemerkte, dass seine Augen ebenso wahnsinnig blickten wie die des Chinesen und dass seine Hose rutschte. Als Selbstmordprophylaxe wurden den Häftlingen Gürtel und Hosenträger abgenommen sowie Verschlusshaken abgeschnitten.

Obwohl er wie wahnsinnig aussah, bemerkte O. M. sofort, dass ich einen ihm unbekannten Mantel trug. »Von wem?« – »Von Mama.« – »Wann ist sie gekommen?« – Ich nannte ihm dem Tag. »Das heißt, du warst die ganze Zeit zu Hause?« Mir war nicht gleich klar, warum er sich derart für den dummen Mantel interessierte, aber dann begriff ich – man hatte ihm gesagt, dass auch ich verhaftet worden sei. Eine ganz gewöhnliche Praxis, um die psychische Widerstandskraft des Inhaftierten zu brechen. In einem System wie dem unsrigen, in dem Gefängnis und Verfolgung von Geheimnissen umgeben sind und keinerlei gesellschaftlicher Kontrolle unterliegen, funktioniert eine derartige Praxis zuverlässig.

Ich forderte den Untersuchungsrichter zu einer Erklärung auf. Dass es unangebracht war, in diesem erbärmlichen Verfahren Erklärungen zu fordern, ist eigentlich offenkundig. Man tut das aus Naivität oder im Zustand verzweifelter Wut. Ich hatte von beidem genug. Aber eine Antwort ohne Umschweife habe ich selbstverständlich nicht erhalten.

Weil er dachte, dass wir uns lange Zeit oder möglicherweise niemals wiedersehen würden, beeilte O. M. sich, mir eine Nachricht für die Außenwelt zu übergeben. Das Wissen um die Praktiken des Gefängnisses ist bei uns allen – ob jemand eingesessen hat oder nicht – bestens, und wir vermögen es, »die letzte Möglichkeit, gehört zu werden«* zu ergreifen. In seinem »Gespräch über Dante« hat O. M. dieses Bedürfnis Ugolino zugeschrieben. Doch dies ist lediglich unsere Eigenheit – um sie zu entwickeln, muss man unser Leben leben. Die Möglichkeit »gehört zu werden« bot sich mir einige Male, und ich bemühte mich, sie zu ergreifen, meine Gesprächspartner allerdings begriffen den tieferen Sinn nicht und nahmen das, was ich sagen wollte, nicht wahr. Sie glaubten, wir, die wir uns soeben erst kennengelernt hatten, würden ewig miteinander in Verbindung bleiben, und sie könnten, ohne Eile oder Anstrengung, nach und nach alles in Erfahrung bringen. Das war ihrerseits ein schicksalhafter Irrtum, und meine Bemühungen waren vergeblich. O. M. war während unseres Wiedersehens in einer besseren Lage: Ich war bestens darauf vorbereitet, Informationen entgegenzunehmen, nichts musste mir bis ins Detail ausgeführt werden, und nicht ein einziges Wort war verloren.

O. M. ließ mich wissen, dass der Untersuchungsrichter eine Abschrift des Gedichts besaß, und zwar in der ersten Version mit dem Wort »Bauernabschlächter« in der vierten Strophe: »Nur zu hören vom Bergmenschen im Kreml, dem Knechter, / Vom Verderber der Seelen und dem Bauernabschlächter.« Das war überaus bedeutsam für die Beantwortung der Frage, wer den Geheimdienst informiert hatte. Außerdem begann O. M. rasch zu berichten, wie die Untersuchung geführt wurde, wurde dabei aber in einem fort vom Untersuchungsrichter unterbrochen, der sogleich versuchte, die so entstandene Situation zu nutzen, um mir Angst zu machen. Ich entnahm dem Hin und Her zwischen ihnen aufmerksam alle nur möglichen Angaben, um diese mit nach draußen zu nehmen.

Der Untersuchungsrichter bezeichnete das Gedicht als ein »beispielloses konterrevolutionäres Dokument«, mich als Mit-

* Aus dem Gedächtnis wiedergegebenes Zitat aus *Gespräch über Dante*. [Die Fußnoten im Text hat Nadeschda Mandelstam ihrem Text 1977 hinzugefügt, Anm. d. Übersetzerin].

täterin eines Verbrechens: »Wie hätte ein sowjetischer Mensch sich an Ihrer Stelle verhalten müssen?«, fragte er mich. Der sowjetische Mensch hätte an meiner Stelle, so stellte sich heraus, unverzüglich den Geheimdienst von diesem Gedicht in Kenntnis setzen müssen, andernfalls habe er sich strafrechtlich zu verantworten. Jedes dritte Wort aus dem Mund unseres Gesprächspartners war »Verbrechen« und »Strafe«. Es stellte sich heraus, dass ich nur deshalb nicht zur Verantwortung gezogen worden war, da man beschlossen hatte, gegen mich keine »Strafsache zu eröffnen«. In diesem Zusammenhang hörte ich zum ersten Mal die Formel: »Isolieren, aber erhalten« – dies war die Anweisung von oben – der Untersuchungsrichter deutete an, sie käme von ganz oben –, die erste Gnadenerweisung. Das zuerst vorgesehene Urteil – Zwangsarbeit beim Kanalbau – war von höchster Instanz außer Kraft gesetzt worden. Der Verbrecher wurde nach Tscherdyn verbannt. Und Christoforytsch bot an, ich könne O. M. in die Verbannung begleiten. Dies war die zweite unerhörte Gnadenerweisung, und ich war selbstverständlich sogleich dazu bereit, aber bis heute wäre ich neugierig zu erfahren, was geschehen wäre, hätte ich mich geweigert.

Wie viele hätten sich in eine Warteschlange eingereiht, wäre ihnen 1937 angeboten worden, freiwillig in die Verbannung zu gehen, gemeinsam mit der Familie, den Kindern, Habseligkeiten und Büchern! Die Ehefrauen hätten sich neben den Liebhaberinnen eingereiht, die Stiefmütter neben den Stieftöchtern.

Vielleicht aber auch nicht. Die Menschen geben nur deshalb nicht auf, weil sie ihre Zukunft nicht kennen und weil sie hoffen, dem Schicksal, das alle anderen ereilt, zu entgehen. Während die Nachbarn ihr Leben lassen, beruhigen sich die, die davongekommen sind, mit der Frage: »Weswegen hat man ihn abgeholt?« und gehen allen unvorsichtigen und fahrlässigen Handlungen auf den Grund, die bei dem, der sein Leben ließ, zu bemerken waren. Die Frauen – sie sind es doch, die das häusliche Wohlergehen aufrechterhalten – halten den kleinsten Funken der Hoffnung mit dämonischer Kraft am Glimmen. Lilja Jachontowa sagte im Jahr 37 beim Vorübergehen an der Lubjanka: »Solange dieses Gebäude steht, fühle ich mich sicher.« Durch ihren heiligen Glauben hat sie vielleicht den Tod ihres Mannes um einige Jahre aufgeschoben – er hat sich in einem Anfall wahnsinniger Angst, weil er dachte, man käme, um ihn zu verhaften, aus dem Fenster gestürzt. Und 1953 versuchte eine rechtgläubige Doktorin der Biologie, eine Jüdin, eine andere Jüdin zu überzeugen – Letztere war aus Westeuropa und deshalb vollkommen erschüttert –, dass ihr nichts geschehen könne, selbstverständlich nur, wenn »Sie kein Verbrechen begangen haben und Ihr Gewissen rein ist.« Und dann noch jene Reisebekanntschaft, die mir 1957 erklärte, den Rehabilitierten müsse man mit Vorsicht gegenübertreten, da sie ja aus humanitären Gründen in Freiheit kämen und keinesfalls deshalb, weil sie unschuldig seien. Ursächlichkeit und Zweckdienlichkeit – diese Kategorien sind grundlegend in unserer Philosophie des Konsums.

Theorie und Praxis

Zu Hause konnte ich berichten, dass der Untersuchungsrichter O. M. das Stalin-Gedicht unterbreitet und O. M. die Autorschaft bestätigt sowie eingestanden habe, etwa zehn Personen aus seinem engsten Umfeld hätten es zu Gehör bekommen. Ich war wütend, dass er nicht alles abgestritten hatte, wie es einem Verschwörer gebührt. Allerdings ist es vollkommen unmöglich, sich O. M. in der Rolle des Verschwörers vorzustellen – er war ein offener Mensch, ohne jegliches Geschick für die kleinste Hinterlist. Die Eigenschaft, die man Abgefeimtheit nennt, war ihm absolut nicht zu eigen. Und was waren wir denn auch für Verschwörer! Jemand, der sich politisch betätigt, ein Untergrundkämpfer, Revolutionär, Verschwörer ist ein Mensch von besonderer Disposition. Uns war eine Betätigung in diesem Bereich kontraindiziert. Doch durch das Leben gerieten wir in eine Lage, als seien wir Geheimbündler. Wenn wir uns trafen, flüsterten wir und warfen misstrauische Blicke in Richtung der Wände – lauschten die Nachbarn oder schnitt ein Tonband mit? Als ich nach dem Krieg nach Moskau kam, bemerkte ich, dass überall die Telefone unter Kissen verborgen waren, denn es ging das Gerücht um, darin seien Tonaufnahmevorrichtungen installiert. Alle zitterten vor Angst vor diesem schwarzen Zeugen aus Metall, der ihre verborgenen Gedanken belauschte. Niemand vertraute niemandem, in jedem Bekannten vermuteten wir einen Denunzianten. Bisweilen schien es, das ganze Land leide an Verfolgungswahn. Und bis heute sind wir davon nicht genesen.

Aber wir hatten ja Gründe für dieses Gebrechen: Unser Leben war wie von Röntgenstrahlen durchleuchtet. Die gegenseitige Bespitzelung war das grundlegende Prinzip unserer Führung. »Warum sollten wir Angst haben?«, hatte Stalin gesagt. »Wir haben zu arbeiten«. Die Angestellten einer Behörde brachten ihren Honig dem Direktor, dem Sekretär der Parteiorganisation und in die Kaderabteilung. Mit Hilfe der Klassenselbstverwaltung – des Klassensprechers, des Gewerkschaftsgruppenorganisators, des Komsomol-Gruppenleiters – konnte ein Lehrer jedem Schüler Butter abpressen. Die Studenten erhielten den Auftrag, ihren Dozenten zu beobachten. Die gegenseitige Durchdringung der Sphären der Zuchthauswelt und der Außenwelt war umfassend angelegt. In jeder Institution, vor allem in den Hochschulen, war eine Vielzahl von Menschen angestellt, die ihre Karriere in der Lubjanka begonnen hatten. Dort hatten sie eine derart gute Ausbildung erhalten, dass die Leitung jedes Fachbereichs sie zu fördern bereit war. In ihrem »Studium« erhielten sie aufgrund ihres Dienstes jede nur mögliche Protektion und brachten es nicht selten bis zur Dissertation. Ein weiteres Verbindungsglied waren die Denunzianten, die in der Masse der gewöhnlichen Angestellten untertauchten, von ihnen in keiner Weise zu unterscheiden waren, und diese stellten eine noch größere Gefahr dar. Um sich hochzudienen, waren sie bereit zu allen nur möglichen Provokationen, was sie von den ehemaligen Geheimdienstmitarbeitern unterschied. Das war unser alltägliches Leben, das noch bereichert wurde durch nächtliche Bekenntnisse des Nachbarn, er sei »von dort« einbestellt worden und man habe ihm dies oder jenes angedroht oder angeboten, oder durch Warnungen von Freunden, vor wem aus dem Bekanntenkreis man sich in Acht nehmen möge. All dies geschah massenhaft, mit Menschen, die nicht der persönlichen Bespitzelung unterlagen. Jede Familie ging auf der Suche nach Provokateuren, Denunzianten und Verrätern sorgsam ihren Bekanntenkreis durch. Nach 37 hörten die Menschen auf, einander zu treffen. Und damit hatten die Organisationen des Geheimdienstes ihre hoch gesteckten Ziele erreicht. Zum einen hatten sie erreicht, dass ununterbrochen Informationen erfasst wurden, zum anderen wurden die Verbindungen der Menschen untereinander geringer, die Gesellschaft fiel auseinander. Eine Vielzahl von Menschen wurde zudem noch immer wieder in die Welt des Geheimdienstes hineingezogen, indem man sie vorlud, in Unruhe versetzte und sie Geheimhaltungsvereinbarungen unterschreiben ließ. Und die Masse dieser »Vorgeladenen« lebte in der ständigen Angst, enttarnt zu werden, und war deshalb, ebenso wie die Geheimdienstmitarbeiter, daran interessiert, dass sich die gegebene Ordnung nicht veränderte und die Archive, in denen ihre Namen zu finden gewesen wären, nicht zugänglich wurden.

Diese alltäglichen Gepflogenheiten hatten sich zu Anfang noch nicht durchgesetzt, doch O. M. hatte die Ehre, als einer der Ersten der persönlichen Bespitzelung zu unterliegen. Wie seine Stellung innerhalb der Literatur aussah, war bereits seit dem Jahr 23, als sein Name aus den Autorenlisten aller Zeitschriften getilgt wurde, eindeutig, und deshalb drängten sich schon in den zwanziger Jahren Denunzianten um ihn. Wir unterschieden einige Unterarten dieser Spezies. Am einfachsten zu erkennen waren die jungen Männer mit militärischer Haltung, die nicht einmal Interesse am Autor heuchelten, sondern sogleich »die neuesten Werke« von ihm forderten. Für gewöhnlich versuchte O. M. auszuweichen, indem er sagte, er habe gerade kein überzähliges Exemplar. Die jungen Männer boten umgehend an, alles selbst auf der Schreibmaschine abzutippen: »Und ich fertige auch für Sie ein Exemplar aus.« Mit einem dieser Besucher verhandelte O. M. lange, denn er weigerte sich, den »Wolf« herauszugeben. Das war im Jahr 32. Der geschäftige junge Mann war sehr beharrlich und versuchte O. M. zu überzeugen, der »Wolf« sei ohnehin schon weit bekannt. Er ging ohne das Manuskript, kehrte am nächsten Tag zurück und rezitierte den »Wolf« auswendig. Da er so bewiesen hatte, dass das Gedicht tatsächlich »weit bekannt« sei, erhielt er eine Abschrift vom Autor. Denunzianten dieser Art verschwanden spurlos, sobald sie die ihnen zugeteilte Aufgabe erledigt hatten. Sie hatten einen weiteren Vorzug: Stets in Eile, erwarteten sie nicht, wie Gäste behandelt zu werden. Augenscheinlich gehörte die »Beobachtung des Bekanntenkreises«, also derer, die uns besuchten, nicht zu ihren Aufgaben.

Die zweite Unterart der Denunzianten waren die »Literaturliebhaber«. Sie hatten häufig den gleichen Beruf, waren Kollegen, Nachbarn. In den Wohnhäusern für Angestellte der staatlichen Einrichtungen ist der Nachbar immer zugleich auch Kollege. Diese erschienen, ohne sich zuvor telefonisch anzukündigen, ohne Verabredung, wie aus heiterem Himmel, schauten »einfach einmal« herein. Sie blieben lange, führten Gespräche über Fachthemen, ließen leise Provokationen fallen. Wenn wir einen solchen Denunzianten bei uns empfingen, drängte O. M. mich stets, dass ich Tee anbot: »Jemand, der arbeitet, braucht Tee.« Um in unser Zuhause eingelassen zu werden, griffen sie zu kleinen Listen. Als er zum ersten Mal bei uns erschien, präsentierte Sargidjan bzw. Borodin uns Erzählungen aus dem Orient, behauptete, er stamme aus Mittelasien und habe an einer Medresse studiert. Als Beweisstück für seine Abkunft aus »dem Osten« brachte er eine kleine Buddha-Statuette vom Jahrmarkt mit. Dieser Buddha sollte beweisen, dass B. bzw. S. ein Kenner der Kultur des Ostens und ein wahrer Liebhaber der Künste sei. Wie aber Buddha und der Islam der Medresse zusammenpassen sollten, haben wir nicht herausfinden können. Bald schon ging es mit S. durch, und er brüllte herum. Die Vakanz bei O.M. wurde danach augenscheinlich neu besetzt, denn es erschien ein anderer Nachbar, der zur ersten Begegnung die gleiche Buddha-Statuette mitbrachte. Dieses Mal wurde O.M. ärgerlich: »Schon wieder Buddha! Es reicht! Die sollten sich wirklich mal was anderes ausdenken!«, und er warf den stümperhaften Nachfolger hinaus. Tee haben wir ihm nicht angeboten.

Die dritte und gefährlichste Spezies nannten wir »die Adjutanten«. Das waren junge Männer mit literarischem Hintergrund oder Doktoranden an der Hochschule, bestens vertraut mit der Poesie, sie konnten alle Gedichte der Welt auswendig rezitieren. Meist hatten sie, wenn sie uns zum ersten Mal aufsuchten, tatsächlich lautere Absichten und wurden erst danach angeworben. Manche von ihnen gestanden O.M. offen – so beispielsweise A.A. –, dass sie »einbestellt und befragt« würden. Nach derartigen Geständnissen verschwanden sie für gewöhnlich wieder. Wieder andere stellten ihre Besuche bei uns ohne Erklärungen ein. Mitunter habe ich Jahre später erfahren, was ihnen widerfahren war, sprich, auf welche Weise sie einbestellt wurden. So beispielsweise hinsichtlich L.s, über den Anna Andrejewna mich ins Bild setzte. Er hatte nicht den Mut, sie in Leningrad aufzusuchen, und tat dies bei einem ihrer Aufenthalte in Moskau. »Sie können sich gar nicht vorstellen, in welchem Maße alles um Sie herum ausgekundschaftet wird«, sagte er ihr. Es war immer schmerzlich, wenn jemand, mit dem wir Freundschaft geschlossen hatten, plötzlich ohne Erklärungen wieder aus unserem Leben verschwand, aber bedauerlicherweise war dies das Einzige, das aufrichtige Menschen tun konnten – aus unserem Leben treten, also die Beförderung zum »Adjutanten« ablehnen. Die »Adjutanten« nämlich waren jene, die zwei Göttern zur selben Zeit dienten. Ihre Liebe zur Poesie blieb ihnen, und sie erinnerten sich plötzlich wieder daran, dass ja auch sie Schriftsteller und Dichter seien und dass es an der Zeit sei, endlich auch einmal etwas zu veröffentlichen und einen Platz im Leben zu finden. Das war es, womit sie verführt wurden. Nähe, Freundschaft oder eine Beziehung welcher Art auch immer zu Mandelstam oder Achmatowa ebneten den Weg in die Literatur nicht. Aber der offenherzige Bericht über ein – selbstverständlich vollkommen unverfängliches – Gespräch, das am Abend bei uns geführt worden war, verhalf den »Adjutanten« zur erhofften Veröffentlichung in den Zeitschriften ihrer Sehnsucht. Ein kritischer Augenblick: Der junge Mann mit literarischem Hintergrund kapitulierte und sein Doppelleben begann.

Es gab selbstredend auch wahrhaft überzeugte Handlanger des Bösen, die Gefallen an ihrer widersprüchlichen Position fanden. Unter ihnen waren sogar bekannte Persönlichkeiten wie beispielsweise Elsberg. Er war zweifelsohne in seinem Bereich nicht unbedeutend. Er bearbeitete einen anderen Kreis, und ich habe nur von ihm gehört, aber als ich einmal die Überschrift eines seiner Artikel las – »Die moralische Erfahrung der sowjetischen Epoche« – wurde mir jäh klar, wie raffiniert und durchtrieben dieser Mensch ist. Sein Artikel erschien zu der Zeit, in der die Enttarnung des Autors erwartet wurde, und mit der Wahl der Überschrift und des Themas teilte er dem Leser mit, dass er als glaubwürdiger Fachmann in Angelegenheiten der moralischen Normen unserer Epoche nichts zu fürchten habe. Die Enttarnung erfolgte dennoch, obgleich nicht umgehend, aber es gelang nicht, auch nur die geringste Sanktion wie beispielsweise den Ausschluss aus dem Schriftstellerverband der UdSSR gegen ihn zu verhängen. Er hatte keinerlei Einbußen, selbst die Loyalität seiner Doktoranden verlor er nicht. Eine charakteristische Eigenschaft Elsbergs war, dass er, nachdem er seinen Freund Schtejnberg in die Verbannung geschickt hatte, dessen Frau weiterhin Besuche abstattete und ihr Ratschläge erteilte. Diese war sich über die Rolle, die Elsberg spielte, im Klaren, fürchtete jedoch, ihre Wut darüber zu zeigen – Denunzianten die Maske vom Gesicht zu reißen geziemte sich in jenen Zeiten nicht, dafür hätte man möglicherweise grausam bezahlen müssen. Als Schtejnberg nach dem XX. Parteitag zurückkehrte, empfing Elsberg ihn mit einem Korb voll Blumen, Glückwünschen und warmen Händedrücken.

Wir lebten inmitten von Menschen, die ins Jenseits befördert wurden, in die Verbannung, ins Lager, in die Hölle, und denen, die andere ins Jenseits, in die Verbannung, ins Lager, in die Hölle beförderten. Sich Menschen zu nähern, die zu denken und zu arbeiten fortfuhren, war gefährlich, und darum tat Alissa Gugowna Ussowa vollkommen recht daran, ihrem Mann zu verbieten, mit O.M. Kontakt zu pflegen. »Zu ihnen darf man nicht gehen, dort treibt sich alles nur mögliche Pack herum«, sagte sie. Der Gedanke, der sie leitete, war, dass man besser kein Risiko einging, denn man wusste ja nie, mit wem man es in der Hitze des literarischen Gefechts zu tun hatte. Ihre Vorsicht nützte Dmitrij Sergejewitsch jedoch nichts – es fand sich ein Weg, auch ihn ins Lager zu befördern, zusammen mit anderen Sprachwissenschaftlern in der »Wörterbuchaffäre«. Alle Wege führten ins Lager. Die alte Redensart mit der gepackten Tasche, die man für den Fall der Verhaftung bereithalten solle, galt weiterhin, das Wort »schreiben« erhielt eine zusätzliche Bedeutung. Der altgediente Wissenschaftler Shirmunskij sagte über eine Gruppe erfolgreicher Doktorinnen zu mir: »Sie alle schreiben«, und Schklowskij behauptete, vor der Hündin Amka müsse man sich in Acht nehmen, denn sie habe bei den jungen, aufmerksamen »Adjutanten« mit den guten Umgangsformen das Schreiben gelernt. Als ich mit Ussowa in Taschkent zusammenarbeitete, haben wir nicht nach Denunzianten Ausschau gehalten, denn alle »schrieben«. Und wir übten uns in der »äsopischen Sprache«. In Anwesenheit von Doktoranden sprachen wir den ersten Toast auf jene aus, die uns ein solch glückliches Leben ermöglicht haben – die Eingeweihten und die Doktoranden verstanden darunter das jeweils Notwendige. Nun ist es ja selbstverständlich, dass »Adjutanten« und andere »schrieben« – dass wir indes unseren Humor nicht verloren und lachten, ist allerdings doch merkwürdig. 1938 erfand O. M. eine Vorrichtung zur Prävention gegen Späße, denn diese waren eine gefährliche Sache. Er bewegte die Lippen, ohne etwas zu sagen – wie Chlebnikow – und zeigte gestikulierend, dass die kleine Maschine sich bereits in seinem Hals befände. Seine Erfindung erwies sich jedoch als untauglich, und er hörte nicht auf, sich lustig zu machen.

Spenden und Geleit

Kaum war ich zurück, füllte sich die Wohnung mit Menschen. Männer kamen nicht in unser von der Pest infiziertes Heim, aber sie schickten ihre Frauen, denen weniger Gefahr drohte als ihnen selbst. Sogar im Jahr 37 noch wurden Frauen zum Großteil ihrer Männer wegen verfolgt. Deshalb war es nicht verwunderlich, dass Männer größere Vorsicht walten ließen als Frauen. Im Übrigen gab es zahlreiche »Hüterinnen des heimischen Herds«, die in ihrem »Patriotismus« die vorsichtigsten Männer übertrafen. Ich begriff sehr gut, warum die Männer uns nicht aufsuchten, war aber zugleich überrascht von der großen Zahl der Frauen, die dies taten, denn für gewöhnlich wurden jene, die in die Verbannung geschickt wurden, von allen gemieden. Anna Andrejewna seufzte: »So viele hübsche Frauen!«

Ich begann, die Körbe zu packen – ebenjene Körbe, die dem Bediensteten der Zekubu auf die Nerven gegangen waren, wie O. M. in der »Vierten Prosa« berichtet. Genauer gesagt packte ich nicht, sondern warf einfach alles hinein, was mir in die Hände fiel: Töpfe, Wäsche, Bücher. Als er verhaftet wurde, nahm O. M. Dante mit, ließ ihn sich aber nicht in die Zelle geben, denn man hatte ihm gesagt, dass ein Buch, das in der Zelle gewesen ist, nicht mehr in die Freiheit entlassen, sondern in die Gefängnisbibliothek überführt würde. Da ich nicht genau wusste, unter welchen Umständen ein Buch auf immer gefangen blieb, nahm ich eine andere Dante-Ausgabe mit. Nichts durfte ich vergessen, an alles musste ich denken, denn ein Umzug, noch dazu zur Ansiedlung am Ort der Verbannung, hat mit einer gewöhnlichen Reise mit zwei Koffern nichts gemein. Mir ist das sehr bewusst, denn mein ganzes Leben lang schon ziehe ich mit meiner gesamten armseligen Habe von einem Ort zum anderen.

Meine Mutter überließ mir die gesamte Summe Geldes, die sie in Kiew für die Möbel erhalten hatte. Doch das war nur ein lächerlicher Betrag, ein Haufen Papier. Die Frauen strömten nach allen Richtungen aus, um für unsere Reise Geld zu sammeln. Das war das Geleit, das man seinen Freunden im Jahr 17 unserer neuen Gesellschaft bei der Abreise gab. Siebzehn Jahre sorgfältiger Umerziehung hatten nichts genutzt. Die, die für uns Geld zusammensammelten, und die, die ihnen etwas gaben, verletzten damit den Verhaltenskodex, der sich ausgebildet hatte hinsichtlich der Beziehung denen gegenüber, die von den Machthabern abgestraft wurden. In einer Epoche der Gewalt und des Terrors ziehen sich die Menschen in ihre Höhle zurück und verbergen ihre Gefühle, aber diese Gefühle sind unausrottbar und können durch keinerlei Umerziehung zunichte gemacht werden. Und selbst wenn es gelänge, sie in einer Generation vollkommen auszumerzen – und in unserer Zeit ist das in großen Teilen gelungen –, werden sie doch in der nächsten Generation wieder aufbrechen. Wir haben uns davon nicht nur einmal überzeugen können. Das Ideal des Guten ist wohl doch dem Menschen zu eigen, und auch diejenigen, die die Gesetze der Menschlichkeit brechen, werden das früher oder später entweder selbst oder in ihren Nachkommen begreifen.

Anna Andrejewna ging zu den Bulgakows und war bei ihrer Rückkehr sehr ergriffen von der Reaktion Jelena Sergejewnas, die zu weinen begonnen hatte, als sie von unserer Verbannung hörte, und buchstäblich alle Taschen auf links stülpte. Sima Narbut eilte zu Babel, kam aber nicht wieder. Aber die anderen brachten ihre Beute, und das Ergebnis war eine große Summe, mit der wir nach Tscherdyn reisten und von dort nach Woronesch und von der wir sogar noch zwei Monate lebten. Für die Zugfahrkarten hatten wir eingestandenermaßen fast nichts zu bezahlen, nur auf der Rückreise mussten wir etwas dazubezahlen – das ist der Vorteil, den in die Verbannung Reisende genießen. Als wir bereits im Zug waren, bemerkte O. M., dass ich zu Geld gekommen war, und er fragte, woher ich es habe. Ich erklärte es ihm. Und er lachte – ein beachtliches Verfahren, um an Geld für eine Reise zu kommen. Sein ganzes Leben lang hatte er reisen wollen und konnte es nicht, da ihm das Geld dafür fehlte. Die gesammelte Summe war für jene Zeiten erheblich. Wir waren nie reich, und gerade in der Zeit vor dem Krieg hätte niemand in unseren Kreisen auch nur behaupten können, ihm gehe es materiell gut. Alle schlugen sich von Tag zu Tag durch. Mancher jener Schriftsteller, die als »Weggenossen« bezeichnet wurden, kam bereits 1937 zu einem gewissen Wohlstand, doch war dieser nur Illusion, und er war nur im Vergleich mit dem Rest der Gesellschaft spürbar, der stets gerade nur sein Auskommen hatte.

Als der Tag bereits zu Ende ging, kam Dligatsch mit Dinotschka. Ich bat auch ihn um etwas Geld. Er ging los, um etwas zu holen, und ließ Dinotschka bei uns. Ich habe ihn nie wieder gesehen, er verschwand auf immer. Ich hatte gar nicht erwartet, von ihm Geld zu bekommen, sondern lediglich wissen wollen, ob er sich davonmachte. Wir hatten stets vermutet, dass er ein »Adjutant« war. Nachdem er von meinem Wiedersehen mit O. M. erfahren hatte, musste der »Adjutant« von der Bildfläche verschwinden, aus Furcht, ich könne durchschaut haben, welche Rolle er spielte. Und so geschah es. Und doch kann sein Verschwinden nicht als letzter Beweis seiner Schuld gewertet werden. Vielleicht hat er es einfach mit der Angst bekommen. Auch das ist nicht ausgeschlossen.

Anna Andrejewna sowie O. M.s und mein Bruder, Shenja Chasin und Alexander Emiljewitsch, begleiteten mich zum Bahnhof. Auf dem Weg dorthin machte ich, wie mit dem Untersuchungsrichter vereinbart, am Eingangstor des Hauses an der Lubjanka Halt, durch das ich am Morgen gegangen war, um O. M. wiederzusehen. Der Wachhabende ließ mich ein, und kaum eine Minute später erschien der Untersuchungsrichter mit O. Ms. kleinem Koffer in der Hand. »Fahren Sie mit?« – »Ja, ich fahre.« Bei der Verabschiedung reichte ich ihm unwillkürlich die Hand, denn ich hatte schlicht und einfach vergessen, mit wem ich es zu tun hatte. Wir waren schließlich, ich wiederhole es, keine Narodowolzen, keine Verschwörer, keine Menschen der politischen Aktion, sondern fanden uns vollkommen unerwartet in einer uns fremden Rolle wieder, und ich hätte fast die hehre Tradition gebrochen, indem ich einem Mitarbeiter der Geheimpolizei die Hand gegeben hätte. Der Untersuchungsrichter indes ersparte mir, dieses ungeschriebene Gesetz zu überschreiten. Es kam nicht dazu, dass wir uns die Hand gaben – solchen Leuten wie mir, also einer potentiell Verdächtigen, reichte Christoforytsch nicht die Hand. Und so erhielt ich eine wichtige Lektion – die erste Lektion politischen Bewusstseins im Geiste der revolutionären Tradition: Gendarmen reicht man nicht die Hand. Ich schäme mich zutiefst, dass der Untersuchungsrichter mir in Erinnerung bringen musste, wer ich bin und wer er ist. Seit jenem Augenblick habe ich das niemals wieder vergessen.

Wir betraten den Bahnhofssaal. Ich wollte zum Fahrkartenschalter gehen, wurde aber von einem untersetzten blonden jungen Mann in sackartigem Anzug aufgehalten, den ich als denjenigen wiedererkannte, der im Reisekoffer gewühlt und die Manuskripte auf dem Boden verteilt hatte. Er händigte mir die Fahrkarten aus. Geld nahm er nicht. Gepäckträger nahmen unsere Sachen, aber es waren nicht die, die wir damit beauftragt hatten. Mir wurde gesagt, ich brauche für nichts Sorge zu tragen, sie würden das Gepäck gleich zum Zug bringen. Und mir fiel auf, dass die Gepäckträger nicht einmal zu mir herantraten, um ein Trinkgeld zu erbetteln, sondern dass sie sich schlicht in Luft aufgelöst hatten.

Wir mussten lange warten, und Anna Andrejewna musste sich verabschieden, denn ihr Zug nach Leningrad fuhr ab. Dann erschien wieder der blonde junge Mann und wir gingen, frei von allen Mühen, die man für gewöhnlich auf dem Bahnhof hat, ohne Gepäck zum Gleis. Der Zug fuhr ein. Im Glas der Fenster spiegelte sich O. M.s Gesicht wider. Ich zeigte den Fahrschein vor, und die Schaffnerin wies uns an, bis zum Ende des Waggons durchzugehen. Unsere Brüder, die uns begleiteten, durften den Zug nicht mit uns besteigen. O. M. war bereits im Zug, bei ihm drei Soldaten. Wir belegten zu zweit mit dem Wachschutz insgesamt sechs Plätze, zwei davon am Gang. Unsere Abreise, die der blonde junge Mann organisierte, der einmal Uniform trug, dann wieder in Zivil erschien, verlief so reibungslos, als wolle er uns die Wunder aus dem Märchen Tausendundeine sowjetische Nacht präsentieren.

O. M. presste sein Gesicht ans Fenster. »Ein Wunder!«, sagte er und drückte sich wieder gegen das Glas. Auf dem Bahnsteig standen unsere Brüder Shenja und Schura. O. M. wollte das Fenster öffnen, aber einer der Wachschutzsoldaten hielt ihn davon ab: »Nicht erlaubt.« Erneut kam der blonde junge Mann und überzeugte sich davon, dass alles in Ordnung sei. Die letzte Anweisung an die Schaffnerin: Die Tür an dieser Plattform sei die gesamte Fahrt über geschlossen zu halten und unter keinen Umständen zu öffnen, die Toilette auf dieser Seite dürfe nicht benutzt werden. An den Bahnhöfen unterwegs sei das Aussteigen jeweils nur einem Soldaten des Wachschutzes gestattet, die anderen beiden müssten, ohne von unserer Seite zu weichen, im Zug bleiben. Kurz: »Allen Anweisungen ist unbedingt Folge zu leisten.« Er wünschte uns eine gute Reise und entfernte sich dann, aber ich sah, dass er auf dem Bahnsteig wartete, bis der Zug sich in Bewegung setzte. Vermutlich auch dies eine Anweisung.

Nach und nach füllte sich der Waggon. An der Tür zum letzten Abteil stand ein Soldat. Er schickte die Passagiere weg, die die freien Plätze belegen wollten, der platzkartenfreie Waggon war vollkommen überfüllt. O.M. blieb am Fenster stehen. Auf beiden Seiten standen Menschen, die einander etwas mitteilen wollten, aber durch das Glas drang kein Laut. Das Ohr war gehörlos, der Sinn der Gesten unverständlich. Zwischen uns und der Welt auf der anderen Seite baute sich eine Wand auf. Noch war sie gläsern, durchsichtig, aber schon unüberwindlich. Und dann setzte sich der Zug in Richtung Swerdlowsk in Bewegung.

Jenseits

In dem Augenblick, als ich den Waggon betrat und durch die Fenster unsere beiden Brüder sah, zersprang meine Welt auf einmal in zwei Teile.

Alles, was zuvor gewesen war, hatte sich plötzlich aufgelöst, war nur noch vage Erinnerung, ein Wunderland, vor mir tat sich eine Zukunft auf, die ich mit der Vergangenheit nicht verbunden wissen wollte. Und dies ist keine Literatur, sondern der zaghafte Versuch, zu beschreiben, wie das Bewusstsein sich verrückte, etwas, das vermutlich viele andere ebenfalls empfanden, die diese schicksalhafte Linie überschritten. Diese Bewusstseinsveränderung fand ihren Ausdruck vor allem in vollkommener Gleichgültigkeit allem gegenüber, das hinter uns lag, da wir absolut überzeugt waren, dass wir nun auf dem unumkehrbaren Weg ins Verderben waren. Dem einen bleibt vielleicht eine Stunde, einem anderen eine Woche oder möglicherweise gar ein Jahr, aber das Ende ist das gleiche. Das Ende von allen und allem – von den Anverwandten, Freunden, der Mutter und von Europa. Ich nenne Europa ganz bewusst, denn in jenem »Neuen«, in das wir geraten waren, war die gesamte europäische Ideen-, Gefühls- und Vorstellungswelt nicht existent, in der und durch die ich bis dahin gelebt hatte. Es existierten andere Begriffswelten, andere Maßstäbe, andere Anforderungen.

Nicht allzu lange zuvor noch war ich erfüllt von Sorge um die mir Nahestehenden, um das, was mir teuer war, um alles, auf dem meine Existenz gründete. Von einem Augenblick auf den anderen aber verschwand diese Sorge und die Angst kam abhanden. An ihre Statt trat ein Bewusstsein der Verdammnis und daraus erwuchs Gleichgültigkeit, die nachgerade physisch erlebbar war, greifbar war, mit einem Gewicht von nahezu einem Pud. Und es erwies sich, dass die Zeit nicht mehr existent war, sondern es nur noch Fristen gab bis zum Vollzug jenes Unumkehrbaren, das auf uns alle lauert, die wir an unserem Europa, unserer Handvoll letzter Ideale und Gefühle festhielten.

Wann bricht diese Hoffnungslosigkeit herein? Wo? Wie geht das vor sich? Es ist doch ganz gleich! Widerstand ist zwecklos. Ich verlor das Gefühl für den Tod, denn ich trat ein in einen Raum der Nichtexistenz. Im Angesicht der Verdammnis gibt es keine Angst. Angst ist ein Lichtstrahl, ist Lebenswille, Selbstbehauptung. Ein zutiefst europäisches Gefühl. Es ist erstanden aus der Selbstachtung, aus dem Bewusstsein des eigenen Wertes, der eigenen Rechte, Lebensnotwendigkeiten, Bedürfnisse und Wünsche. Der Mensch klammert sich am Eigenen fest und fürchtet, es zu verlieren. Angst und Hoffnung bedingen einander. Wenn wir die Hoffnung verlieren, verlieren wir auch die Angst – denn es gibt nichts mehr, das wir fürchten müssten.

Der Stier, der zum Schlachtplatz geführt wird, hofft, er könne sich losreißen und den schamlosen Schlächter niedertrampeln. Denn die anderen Stiere vermochten es nicht, ihn davon zu überzeugen, dass dies nicht von Erfolg gekrönt sein würde und dass das Vieh, das zum Schlachtplatz geführt wird, niemals in die Herde zurückkehrte. In der menschlichen Gesellschaft jedoch gibt es einen unablässigen Austausch von Erfahrungen. Und dies ist der Grund, dass nie davon gehört ward, dass jemand, den man zur Vollstreckung der Todesstrafe auf den Richtplatz bringt, Widerstand leistet, sich losreißt, sich zu verteidigen sucht, die Schranken niederreißt und davonläuft. Man ist sogar der Meinung, es zeuge von besonderer Mannhaftigkeit, wenn der zum Tode Verurteilte es ablehnt, dass man ihm die Augenbinde anlegt, und er ohne diese in den Tod geht. Ich hingegen bin auf Seiten des Stieres, bin für die blinde Wut. Für das sture Tier, das seine Möglichkeiten zum Erfolg nicht ausgehend von der menschlichen Vernunft und Dummheit berechnet und das schmutzige Gefühl der Hoffnungslosigkeit nicht kennt.

Später habe ich häufig darüber nachgedacht, ob man heulen und kreischen soll, wenn man geprügelt und mit Füßen getreten wird. Oder ob es besser sei, in teuflischem Hochmut zu erstarren und den Henkern mit verachtungsvollem Schweigen zu antworten. Und ich kam zu dem Schluss, dass man heulen und kreischen muss. In diesem bemitleidenswerten Heulen, das mitunter in die abgeschiedenen, fast schalldichten Gefängniszellen drang, sind die letzten Reste menschlicher Würde und des Glaubens an das Leben verdichtet. Mit diesem Heulen hinterlässt der Mensch eine Spur auf der Erde und teilt den anderen mit, wie er gelebt hat und gestorben ist. Mit dem Heulen verteidigt er sein Recht auf Leben, schickt eine kleine Botschaft in die Freiheit, ruft um Hilfe und fordert Widerstand. Bleibt einem nichts mehr, so muss man laut aufheulen. Zu schweigen ist wahrlich ein Verbrechen gegen die menschliche Spezies.

An jenem Abend jedoch, unter dem Geleit dreier Soldaten, im dunklen Waggon des Zuges, in den man mich voller Komfort überstellt hatte, hatte ich alles verloren, sogar die Verzweiflung. Es gibt einen Augenblick, in dem der Mensch eine Grenze überschreitet und in Staunen erstarrt: »Das also ist mein Leben, umgeben von solchen Menschen! Das also ist es, wozu diese Menschen fähig sind! Das also ist der Ort, an den ich geraten bin!« Das Staunen lähmt uns derart, dass wir gar die Fähigkeit verlieren zu heulen und zu kreischen. Und ist dieses Staunen nicht lediglich ein Vorbote des absoluten Stupors, und somit folgerichtig des Verschwindens aller Maßstäbe und Normen, aller unserer Werte, der die Menschen erfasst hat, die, nachdem sie in Gewahrsam des Geheimdienstes geraten sind, jäh begriffen, an welchem Ort und unter welchen Menschen sie leben und welches das wahre Antlitz ihrer Zeit ist? Allein mit den physischen Qualen und der Angst ist nicht zu erklären, was dort mit den Menschen geschah und dass sie alles unterschrieben, taten, gestanden und andere mit sich in den Untergang rissen. All das ist nur möglich, wenn man diese Grenze überschritten hat, im Zustand des Wahnsinns, wenn es scheint, dass alles innegehalten hat, das Ende der Welt erreicht, alles in die Brüche gegangen ist und niemals wieder neu erstehen wird. Der Verlust der gesamten Vorstellungswelt – auch das ist das Ende der Welt.

Was aber ist mir geschehen? Wenn man es vernünftig betrachtet, stellt sich die Frage, was denn so furchtbar sei an einer Übersiedlung in eine kleine Stadt an der Kama, in der wir, wie wir annahmen, drei Jahre leben sollten. Warum sollte Tscherdyn schlechter sein als Malojaroslawez, Strunino, Kalinin, Muinak, Schambyl, Taschkent, Uljanowsk, Tschita, Tscheboksary, Wereja, Tarussa, Pskow, wohin es mich, die Unbehauste, nach O. M.s Tod verschlagen hat? Gab es denn einen Grund, den Verstand zu verlieren und auf das Ende der Welt zu warten?

Tatsächlich gab es einen Grund dafür. Heute, da die Verzweiflung zu mir zurückgekehrt ist und ich die Fähigkeit des Heulens und Kreischens wiedererlangt habe, bin ich davon absolut und unerschütterlich überzeugt. Es gab und gibt einen Grund. Mir scheint, die vorzügliche Organisation unserer Abreise, die reibungslos und wie am Schnürchen vonstatten ging, mit der Station an der Lubjanka, um den Koffer zu holen, den Gepäckträgern, die wir nicht bezahlen mussten, dem höflichen blonden jungen Mann in Zivil, der alles unter seine Fittiche nahm und uns eine gute Reise wünschte – niemand außer uns war auf diese Weise in die Verbannung aufgebrochen – deutet furchteinflößender, widerwärtiger und nachdrücklicher noch auf das Ende der Welt hin als all die Pritschen, Zuchthäuser, eisernen Ketten und ungehobelten Beschimpfungen der Gendarmen, Henker und Mörder. Alles verlief gefällig und glatt, ohne ein einziges grobes Wort, und wir fuhren unter dem Geleitschutz dreier junger Burschen vom Lande – Soldaten mit Anweisungen –, fortgerissen von einer unbekannten und unbestimmbaren Macht, in Richtung Osten, zur Ansiedlung in der Verbannung, in die Isolation, wo, so war es befohlen, wie man mir mitzuteilen geruht hatte, der Verbannte »zu erhalten« sei. Das hatte man mir in einem ordentlichen, großen Kabinett mitgeteilt, in dem vielleicht gerade in jenem Moment, als wir im Zug saßen, der Chinese verhört wurde, der sicher auch eine Frau hatte.

Irrationales

Die Begegnung mit einer irrationalen Kraft, mit irrationaler Zwangsläufigkeit und irrationaler Angst hat unsere Psyche drastisch verändert. Viele unter uns glaubten, was vor sich gehe, geschehe zwangsläufig, andere glaubten, es diene einem Zweck. Alle waren plötzlich der Überzeugung, es gebe kein Zurück. Das Gefühl dieser Überzeugung war bedingt durch die Erfahrungen, die wir in der Vergangenheit gemacht hatten, die Vorahnung hinsichtlich der Zukunft und den hypnotischen Zustand in der Gegenwart. Ich bin sicher, dass wir alle, die Städter mehr als die, die auf dem Land lebten, uns in einem Zustand befanden, der einem hypnotischem Dämmerschlaf gleichkam. Man redete uns tatsächlich ein, eine neue Ära sei angebrochen und uns bliebe nur die Unterordnung unter die historische Zwangsläufigkeit, die im Übrigen mit den Vorstellungen der vortrefflichsten Menschen und Kämpfer für das Glück der Menschheit übereinstimme. Durch die Verkündigung des historischen Determinismus wurden wir unseres Willens und der Freiheit zur Urteilsbildung beraubt. Denen, die noch zweifelten, lachten wir ins Gesicht und vollendeten selbst die Arbeit der Zeitungen, indem wir beständig die rituellen Formeln und Gerüchte über Vergeltungsaktionen wiederholten – Das kommt davon, wenn man passiven Widerstand leistet! – und nach Rechtfertigungen für die uns umgebende Realität suchten. Das wichtigste Argument war die Entlarvung der Geschichte in Zeit und Raum: Allerorten geschieht das Gleiche, es war immer so, die Menschheit kannte nie anderes als Gewalt und Willkür. »Überall werden Menschen erschossen«, sagte mir L., ein junger Physiker. »Hier mehr als woanders? Das ist der Fortschritt!« »Sie müssen verstehen, Nadja«, versuchte L. E. mich zu überzeugen,* »dass es in anderen Ländern doch auch nicht besser ist.« Viele begreifen den Unterschied zwischen »nicht besser« und unserem »siebten Himmel« bis heute nicht.

In der Mitte der zwanziger Jahre, als die Luftsäule zunehmend auf unsere Schultern drückte – in unheilvollen Zeiten ist sie schwerer als Blei –, begannen die Menschen, dem Kontakt mit anderen auszuweichen. Mit der Angst vor Denunzianten und Verrat allein war das nicht zu erklären, denn damals waren wir noch nicht richtig in Angst versetzt. Es hatte schlicht ein Verstummen eingesetzt, erste Symptome der Lethargie traten auf. Worüber soll man auch sprechen, wenn alles bereits gesagt, erklärt, veröffentlicht ist? Allein die Kinder hatten sich ihren durchaus menschlichen Blick auf die Dinge erhalten, und die Erwachsenen – Buchhalter ebenso wie Schriftsteller – zogen ihre Gesellschaft den Gesprächen mit den ihnen Gleichrangigen vor. Die Mütter indes, die ihre Kinder auf das Leben vorzubereiten hatten, lehrten diese die geheiligte Sprache der Erwachsenen. »Meine Söhne lieben an erster Stelle Stalin, erst dann komme ich«, erklärte Pasternaks Ehefrau Sinaida Nikolajewna. Andere gingen nicht ganz so weit, aber niemand teilte seine Zweifel mit seinen Kindern – warum sie zum Tode verurteilen? Schließlich wäre es möglich, dass sie in der Schule ein unachtsames Wort sagten und die ganze Familie damit in den Untergang rissen. Warum sollten sie etwas wissen, das sie nicht

* Ljuba Ehrenburg.

zu wissen brauchen? Mögen sie leben wie alle anderen. Die Kinder wuchsen auf und vergrößerten die Zahl derer, die einem hypnotischen Zustand anheimgefallen waren. »Das russische Volk ist krank«, sagte mir Polja. »Man muss es kurieren.« Die Erkrankung wurde erst in unseren Tagen, in denen die Krise überwunden ist und erste Anzeichen einer Heilung zu erkennen sind, tatsächlich offensichtlich. Zuvor hielt man uns, die wir nicht aufhörten zu zweifeln, für krank.

Michail Alexandrowitsch fiel früh in einen hypnotischen Dämmerzustand oder in Lethargie. Das hinderte ihn nicht, zur Arbeit zu gehen, Geld zu verdienen und Kinder zu erziehen. Vielleicht half dieser Dämmerzustand ihm auch, am Leben zu bleiben und gänzlich normal und gesund zu wirken. Blickte man jedoch tiefer, so zeigte sich, dass er lange schon die Grenze überschritten hatte und die gläserne Wand nicht zu durchbrechen vermochte. Senkewitsch lebte in dem Bewusstsein, dass alles, was früher einmal den Sinn seiner Existenz ausgemacht hatte, unwiderruflich und endgültig auf der anderen Seite dieser gläsernen Wand zurückgeblieben war. Dieses Gefühl hätte sich in Gedichten niederschlagen können, der sechste Akmeist jedoch war zu der Überzeugung gekommen, es könne keine Gedichte mehr geben, da es die Zunft der Dichter und jene Gespräche, die seine frühe Jugend so reich gemacht hatten, nicht mehr gebe. Er streifte durch die Ruinen seines Roms und suchte sich selbst ebenso wie die anderen davon zu überzeugen, dass es notwendig sei, sich besser heute als morgen nicht nur in physische, sondern auch in intellektuelle Gefangenschaft zu begeben. »Begreifst du denn nicht, dass all dies nicht mehr existiert, dass nunmehr alles anders ist!«, sagte er zu O. M. Das meinte er in Bezug auf Fragen der Poesie, des Anstands und der Ethik, in Bezug auf eine neue Wendung in Politik oder Gewaltanwendung, auf Prozesse, Verhaftungen und Entkulakisierung. Mit diesem »Nunmehr ist alles anders!« rechtfertigte er alles. Bisweilen jedoch versuchte er sich reinzuwaschen, sagte, er habe so viel Brom getrunken, dass sein Gedächtnis nicht mehr funktioniere. Tatsächlich aber erinnerte er sich an alles und war auf anrührende Weise O. M. verbunden, obgleich er über dessen Hartnäckigkeit und unvernünftiges Beharren auf seinen Standpunkten verwundert war. Das Einzige, das Senkewitsch in sein neues posthumes Dasein mit hinübernehmen wollte, waren Autographen. »Gumiljow ist nicht mehr am Leben, und ich habe nicht ein einziges Blatt von ihm«, klagte er gegenüber O. M. und versuchte, ein Blatt mit einem Gedichtentwurf zu erbetteln. O. M. wurde wütend und gab ihm keins. »Er bereitet sich schon auf meinen Tod vor!«

Zu Beginn der fünfziger Jahre – es war eine widerwärtige Zeit! – traf ich Mischenka Senkewitsch im Hof des Herzen-Hauses, und er begann wie immer über Autographen zu sprechen (wir hatten uns wohl fünfzehn Jahre lang nicht gesehen): »Was ist mit Ossips Manuskripten? Ich habe ja nichts von ihm, kein einziges Autograph. Geben Sie mir doch eins.« Da ich ja wusste, dass O. M. dieses Gebettel nicht ertragen konnte, gab auch ich ihm keines, irgendwoher hat er dann aber doch noch eins aufgetrieben. Von der Vergangenheit blieben ihm nicht Bücher oder klangvolle Gedichte, sondern lediglich Blätter mit Versen, verfasst von alten, zu Tode gekommenen Gefährten, ein dokumentarisches Zeugnis eines vergangenen literarischen Lebens. »Auch die Gedichte sind heute ja andere«, klagte er.

Senkewitsch war einer der Ersten, die an den Kanal fuhren, und in Ausführung des Auftrags, den er erhalten hatte, eine Lobeshymne auf die Umgestalter der Natur schrieben. Dafür verlieh O. M. ihm das Recht, sich Senkewitsch-Kanalskij zu nennen, wie einst Semjonow der ehrende Namenszusatz »Tjan-Schanskij« verliehen worden war. 1937 ermöglichte Lahuti O. M. eine Reise im Auftrag des Sowjetischen Schriftstellerverbands an den Kanal. Der wohlgesinnte Perser hoffte, O. M. würde etwas darüber schreiben und damit sein Leben retten. Nach seiner Rückkehr schrieb O. M. auch gewissenhaft ein hübsches kleines Gedicht und zeigte es mir mit der Frage: »Sollen wir das Senkewitsch schenken?« O. M. kam ums Leben, das

Gedicht aber blieb erhalten, ohne die ihm zugedachte Funktion erfüllt zu haben. Als es mir eines Tages in Taschkent zufällig unter die Augen kam, bat ich Anna Andrejewna um Rat, was damit zu tun sei. »Kann es in den Ofen?«, fragte ich sie. »Nadenka«, antwortete Anna Andrejewna, »Ossip hat Ihnen alle Rechte übertragen, über die Gesamtheit seiner Manuskripte zu verfügen.« Das war reine Heuchelei. Wir alle verurteilen doch jegliche Falsifikation, die Vernichtung von Dokumenten und Verdrehung der Literaturgeschichte. Anna Andrejewna fiel es nicht leicht, den von mir beabsichtigten Schritt zu sanktionieren, und deshalb gewährte sie mir unversehens dieses Recht in O. M.s Namen, das O. M. selbst mir niemals übertragen hatte, nämlich nach meinem Gutdünken zu vernichten und aufzubewahren. Sie tat das, um O. M. von diesem Kanal-Gedicht zu befreien, und einen Augenblick später war nur noch ein Häuflein Asche von ihm geblieben.

Sollte irgendjemand zufälligerweise noch eine verirrte Abschrift dieses Gedichts in seinem Besitz haben, bitte, nein, flehe ich ihn kraft des Rechts, das Anna Andrejewna und ich uns in Balachany genommen haben, an, seine Leidenschaft für Autographen und originelle Sammlerstücke zu überwinden und es ins Feuer zu werfen. Dieses Gedicht kann lediglich für die internationale Abteilung des Sowjetischen Schriftstellerverbands von Interesse sein, um neugierigen Ausländern zu beweisen, wie es um das literarische Erbe Mandelstams bestellt ist – »Sehen Sie nur, so etwas muss wirklich veröffentlicht werden! Wir haben schließlich keinerlei Bedenken, Biographien und Todesdaten zu fälschen.« – Wer hat denn das Gerücht in Umlauf gebracht, O. M. sei in Woronesch von den Deutschen ermordet worden? Wer hat die Tode aller im Lager Umgekommenen auf den Anfang der vierziger Jahre datiert? Wer publiziert Bücher lebender und toter Dichter, ohne das beste, das sie geschrieben haben, in diese Bücher aufzunehmen? Wer hält bereits lektorierte Manuskripte von Dichtern und Schriftstellern, die in den Lagern umgekommen sind, ebenso wie von denen, die sie überlebt haben, in den Verlagsmappen zurück? Alles zu benennen ist unmöglich, denn allzu vieles liegt in den unterschiedlichsten Magazinen versteckt und vergraben und mehr noch ist vernichtet.

Das Gedicht mit den Beschreibungen des wundervollen Kanals machte mich auch deshalb wütend, weil O. M. zunächst ja selbst zum Kanalbau verurteilt werden sollte, dies jedoch lediglich aufgrund der Anweisung »isolieren, aber erhalten« nicht geschah. Die Verurteilung zum Kanalbau wurde umgewandelt in die Verbannung nach Tscherdyn, denn beim Kanalbau jemanden zu erhalten war unmöglich. Die jungen, kräftigen Sprachwissenschaftler Dmitrij Sergejewitsch Ussow und Jarcho sind nahezu sofort, nachdem sie wieder in Freiheit gekommen waren, verstorben, so sehr haben die wenigen Jahre des Kanalbaus sie zerstört, und sie hatten noch nicht einmal schwere körperliche Arbeit zu leisten. Wäre O. M. zum Kanalbau verurteilt worden, so wäre er bereits 1934 und nicht erst 1938 gestorben. – Das »Wunder« hat ihm ein paar Jahre geschenkt. Ich aber habe bis heute Furcht vor Wundern, wobei ich nicht glaube, undankbar zu sein, doch Wunder sind etwas Orientalisches, dem westlichen Menschen sind sie kontraindiziert.

Mein Blick auf Mischa Senkewitsch, den Römer aus freien Stücken, der auf den Ruinen seines Kolosseums ein paar Autographen ermordeter Dichter in Obhut nahm, hat sich im Laufe der Zeit verändert. Mittlerweile erscheint mir sein Leben anrührend und, ungeachtet dessen, dass es keine Katastrophen kannte – er war nicht im Gefängnis und wurde nicht Hungers gequält –, geradezu tragisch. Von empfindlicher Natur, war Senkewitsch einer der Ersten, die, von der Pest seelisch infiziert, niedergeworfen wurden, bei ihm jedoch nahm diese Infektion nicht, wie bei mir im Zug vor der Abreise nach Tscherdyn, jene schwere akute Form an, sondern war langandauernd und chronisch, ein Krankheitsbild, von dem man nicht gesunden kann. Kann die Leichtigkeit, mit der sich die Intellektuellen dieser Erkrankung ergaben, allein mit den postrevolutionären Umständen erklärt werden? Waren nicht die ersten Erreger der Infektion bereits in den vorrevolutionären Wirren, Exzessen und falschen Prophezeiungen verborgen?

Von besonderer Ausprägung war die Erkrankung – die Lethargie, Pest, der hypnotische Dämmerzustand – bei jenen, die im Namen der »neuen Ära« Furchtbares taten. All die Mörder, Provokateure, Denunzianten hatten eines gemeinsam: Sie waren sicher, dass ihre Opfer niemals aus ihren Gräbern wieder auferstehen und zu sprechen beginnen würden. Sie glaubten, die Zeit sei angehalten worden und auf immer eingefroren. Dies aber ist das Hauptsymptom der beschriebenen Erkrankung. Man hatte versucht, uns davon zu überzeugen, dass sich in unserem Land niemals mehr etwas verändern würde, dass die übrige Welt lediglich auch den gesellschaftlichen Umbruch vollziehen müsse, der bei uns vollzogen wurde, dass die übrige Welt also ebenfalls in diese neue Ära eintreten müsse, dann wären jegliche Veränderungen in der Gesellschaft auf immer Vergangenheit. Und diejenigen, die sich diese Doktrin anverwandelten, leisteten ehrliche Arbeit im Namen der neuen Moral, die sich aus dem bis zum letzten Extrem gesteigerten historischen Determinismus ergab. Sie glaubten, jeder, den sie ins Lager oder in den Tod schickten, sei auf immer aus dem Leben getilgt. Es kam ihnen nicht in den Sinn, dass deren Schatten sich erheben und ihre Totengräber zur Verantwortung ziehen könnten. Das ist der Grund, warum sie in der Zeit der Rehabilitierungen in wahre Panik verfielen. Es schien ihnen, die alte Zeit sei zurückgekehrt und jene mit dem »Staub der Lager« Getauften hätten erneut Namen und Leib erlangt. Unter ihnen breitete sich Angst aus. In jenen Tagen hatte ich die Gelegenheit, eine unbedeutende Denunziantin, die mit Wassilissa Schklowskaja in einer Kommunalwohnung lebte, ein wenig zu beobachten. Sie wurde ohne Unterlass zur Staatsanwaltschaft zitiert, wo sie ihre alten Aussagen zurücknahm und auf diese Weise die Überlebenden und die Toten reinwusch. Wenn sie nach Hause zurückkehrte, schaute sie oftmals bei Wassilissa herein, deren

Leben sie allerdings nicht ausspioniert hatte, und erklärte mit beeindruckenden Worten, sie habe, bei Gott!, niemals über irgendjemanden aus Wassilissas Kreis auch nur ein schlechtes Wort gesagt und nun mache sie bei der Staatsanwaltschaft über alle nur die allerbesten Angaben, damit die Verstorbenen alsbald rehabilitiert werden könnten. Diese Frau hatte niemals so etwas wie ein Gewissen besessen, aber selbst sie hielt dies alles nicht mehr aus und erlitt einen Schlaganfall. Möglicherweise hat sie es jäh mit der Angst zu tun bekommen, weil sie glaubte, die Revisionen der Strafverfahren würden ernsthaft betrieben und all die Verleumder und Verleumderinnen tatsächlich strafrechtlich zur Verantwortung gezogen. Das ist selbstredend niemals geschehen, aber für sie war es besser, gelähmt und wieder in den Zustand der Kindheit versetzt worden zu sein – die Zeit war für sie erneut stehen geblieben.

Und dann gab es in Taschkent noch einen hochrangigen Geheimdienstmitarbeiter, der nach den erneuten Veränderungen in der Gesellschaft in Rente geschickt und bisweilen zu Gegenüberstellungen mit einstigen Verfolgten hinzugezogen wurde, die durch ein Wunder das Lager überlebt hatten und zurückgekehrt waren. Er hielt das alles nicht aus und erhängte sich. Ich hatte Gelegenheit, den Entwurf seines Abschiedsbriefs zu lesen, der an das ZK adressiert war. Seine Argumentation war schlicht: Selbstlos und treu ergeben, war er als Komsomolze zum Geheimdienst abkommandiert und immerwährend befördert und belobigt worden. In all den Jahren habe er außer mit seinen Kollegen und denen, die er bespitzelte, mit niemandem Kontakt gehabt, habe Tag und Nacht gearbeitet und erst nach seiner Entbindung vom Dienst Zeit und Muße gefunden, das Geschehen zu überdenken, und nun habe er verstanden, dass er möglicherweise nicht dem Volk, sondern »einem Bonapartismus« gedient habe. Der Selbstmörder versuchte, die eigene Schuld abzuwälzen: zuerst auf die Verfolgten, die ihre Unterschrift unter alle nur möglichen erfundenen Geschichten gesetzt und damit die Untersuchungsrichter und Staatsanwälte in die Irre geleitet hatten, dann auf die Vorgesetzten im Dienst, die ihnen die Order hinsichtlich der »vereinfachten Verhörmethoden« erläutert und Planerfüllung gefordert hatten, und schließlich auf die Informanten, die dem Geheimdienst aus freien Stücken Dinge zugetragen und diesen damit gezwungen hatten, Ermittlungsverfahren gegen eine Vielzahl von Menschen einzuleiten. Das Klassenbewusstsein habe es den Mitarbeitern des Geheimdienstes nicht erlaubt, diese Informationen zu ignorieren. Letzter Anlass zum Selbstmord sei das Buch »Der letzte Tag eines Verurteilten« gewesen.

Der Selbstmörder wurde begraben, die Angelegenheit wurde vertuscht, was unabdingbar war, denn er hatte die Namen der Vorgesetzten und der Informanten genannt. Die Tochter des Selbstmörders war lange in Aufruhr und träumte davon, sich mit denen auszutauschen, die ihr Vater ins Verderben gestürzt hatte. Ihre Wut war gegen jene gerichtet, die das Unheil angerichtet hatten: »Man hätte doch auch an die denken müssen, die damals die ganze Arbeit gemacht haben! Die haben sich das doch alles nicht selbst ausgedacht, sondern lediglich Befehle ausgeführt«, sagte Larissa, die im Angedenken an Larissa Rejsner diesen Namen trug. Sie versicherte, sie werde das »nicht so stehen lassen«, und hatte sogar vor, Informationen über diesen Vorgang ins Ausland zu übermitteln, damit man dort Kenntnis darüber erlange, wie mit ihrem Vater umgegangen worden sei. Ich fragte sie, was sie denn anzuklagen gedenke. Für Larissa war das vollkommen klar: Man dürfe doch nicht so plötzlich alles ändern, denn das traumatisiere die Menschen. Und man hätte es nicht zulassen dürfen, dass ihr Vater und all seine Kollegen traumatisiert wurden. »Wer wird Mitgefühl mit Ihnen haben?«, fragte ich sie, aber sie verstand nicht, was ich meinte. Es sei doch versprochen worden, nichts würde sich mehr ändern, und deshalb dürften keinerlei Veränderungen in der Gesellschaft mehr stattfinden. »Es braucht ja niemand mehr verhaftet und verurteilt zu werden, aber alles hätte so bleiben müssen, wie es war.« Die Zeit, die angehalten worden war, sollte weiterhin stehen bleiben. In einer Zeit, die stehen geblieben ist, liegen Stabilität und Ruhe. Und diese waren unabdingbar für die, die am Geschehen unserer Epoche aktiv beteiligt waren.

Larissa forderte, die Zeit möge wieder stehen bleiben, und ihrer Bitte wurde in bedeutendem Maße entsprochen. Die Söhne der des Dienstes enthobenen Kollegen ihres Vaters gingen nach Moskau, um dort die neuen Methoden zu erlernen, und legten vor ihrer Abreise Blumen am Grab ihres Vater nieder. Sie nahmen die alten Plätze und Kabinette ein, stets bereit, die Anweisungen, die sie von oben erhielten, auszuführen. Bleibt einzig die Frage, welcher Art diese Anweisungen in Zukunft sein werden.

Larissa und ich können einander nicht verstehen, aber mit Blick auf sie fragte ich mich stets, warum unser Weg zwangsläufig in den Untergang führen musste. Wie muss man sein, um sich selbst zu retten? Wo ist die Höhle, in die man kriechen kann, um sich selbst zu retten? Larissa und ihre Freunde hatten sich auch eine Höhle gegraben und alles hineingeschleppt, was in ihren Augen Wohlergehen symbolisierte: Vertikos, Weingläser, Stehlampen, tschechisches Kristallglas und Porzellan der Manufaktur Kusnezow, kunstvoll bestickte Hauskleidung und japanische Fächer. Sie fuhren nicht nur nach Moskau, um dort Möbel zu kaufen, sondern auch Grabsteine, denn die ihnen beschiedene Zeit war ebenfalls nicht allzu lang. Die einen verschwanden auf Befehl Stalins, die anderen nahmen sich das Leben.

Ein Namensvetter

Als ich in den Zug kam, begriff ich nicht sogleich, was mit O. M. war. Er begrüßte mich begeistert und nahm mein Erscheinen wie ein Wunder. Es war ja auch ein Wunder. O. M. berichtete, er habe sich die ganze Zeit über darauf eingestellt, erschossen zu werden: »Das geschieht bei uns schließlich aus viel geringfügigeren Gründen.« Eine anscheinend absolut vernünftige Aussage. Wir hatten nie Zweifel daran gehegt, dass ihm die Erschießung drohe, würde das Gedicht bekannt. Winawer, ein kenntnisreicher Mann mit viel Erfahrung, der Einsicht hatte in eine unendlich große Zahl von Fakten und Geheimnissen, sagte mir, als ich ihn einige Monate später anlässlich einer Reise nach Moskau aufsuchte und ihm auf seinen Wunsch hin das Stalin-Gedicht vortrug: »Was wollen Sie? Man hat noch Gnade walten lassen mit Ihnen. Andere werden schon für viel kleinere Vergehen erschossen.« Damals war es auch, dass er mir zu verstehen gab, wir mögen nicht allzu große Hoffnungen auf die von oben erwiesene Gnade legen. »Sobald sich der Lärm gelegt hat, kann jederzeit alles wieder rückgängig gemacht werden.« – »Kommt das denn vor?«, fragte ich. Meine Naivität erstaunte ihn. »Aber natürlich!«, und darüber hinaus warnte er noch: »Bringen Sie sich keinesfalls in Erinnerung, vielleicht wird man sie vergessen.« Und ebendiesen Rat – mucksmäuschenstill zu sein – haben wir nicht befolgt. O. M. war ein lauter Mensch und lärmte bis zu seinem bitteren Ende.

Im Zug sagte O. M. zu mir, die Gnadenerweisung der dreijährigen Verbannung zeige lediglich, dass die tatsächliche Strafe auf einen späteren, gelegeneren Tag verschoben sei, also genau das, was ich später von Winawer hörte. Und diese Auffassung überraschte mich keineswegs, denn im Jahr 34 wussten wir alle bereits so einiges. O. M. war überzeugt, dass er dem Tod ohnehin nicht entgehen könne, und er behielt recht – die nüchterne Einschätzung der Lage führte zu genau diesem Schluss. Und deshalb nickte ich nur, als er mir zuflüsterte: »Glaub ihnen kein Wort!« Wie auch! Wer sollte ihnen denn Glauben schenken?

Ebendies machte die durch das Trauma im Gefängnis des Geheimdienstes ausgelöste Psychose O. M.s aus. Zunächst schien mir jedoch nicht O. M. wahnsinnig zu sein, sondern der Dienstälteste der Wachschutzsoldaten, Oska, ein Namensvetter O. M.s und dessen, an den das Gedicht adressiert war, als er mich zur Seite nahm und mir mit hervorquellenden gutmütigen Hammelaugen sagte: »Beruhige ihn! Sag ihm, dass man bei uns für Lieder nicht erschossen wird.«

Dass es um ein Gedicht ging – volkstümlich als Lied bezeichnet –, hatte Oska unseren Gesprächen entnommen. Seiner Meinung nach wurden bei uns Spione, Diversanten und Volksschädlinge erschossen. In den bürgerlichen Ländern aber, so sagte mir Oska, kommt man nicht so einfach davon, dort werde man umgehend ins Jenseits befördert, errege ein Gedicht, das man geschrieben habe, Missfallen.

Selbstredend glaubten wir alle in dem einen oder anderen Maße das, womit man uns bis zum Erbrechen fütterte, besonders die Jugend, die Studenten, Wachschutzsoldaten, Schriftsteller, die einfachen Soldaten. »Das ist doch die beste Wahl, die man haben kann«, sagte ein in Reserve versetzter Soldat zu mir, »uns wird etwas vorgeschlagen, und wir treffen unsere Wahl.« O. M. selbst fiel für kurze Zeit auf diesen Betrug herein, denn er war über die Maßen vertrauensselig. »Am Anfang werden die Wahlen auf diese Art abgehalten, nach und nach werden sie dazulernen, und es wird richtige Wahlen geben«, sagte er, als wir das Wahllokal verließen und uns über die Neueinführungen wunderten. Es war dies die einzige Wahl, an der er je teilnahm. Selbst wir, die wir ausreichend Erfahrung gesammelt hatten, waren nicht in der Lage, alle sich vollziehenden Umwälzungen zu begreifen. Was sollte man da von den jungen Menschen, von den Soldaten und Studenten erwarten? Eine Nachbarin, die mir vor dem Krieg in Kalinin immer etwas Milch brachte, sagte mir: »Wir bekommen wenigstens von Zeit zu Zeit einmal Hering, Zucker oder etwas Kerosin. Und was ist in den kapitalistischen Staaten? Da geht man wahrscheinlich einfach vor die Hunde!« Die Studenten glauben bis heute, eine allgemeine Schulbildung gebe es nur im Sozialismus, während die Bevölkerung »drüben« in Unbildung und Dunkelheit versinke. Und einmal kam es am Tisch bei Larissa, der Tochter des Selbstmörders, zu einem hitzigen Streit darüber, ob kriegsinvalide Reservisten der

Luftwaffe in Großstädten wie London oder Paris das Recht auf polizeiliche Anmeldung haben und dort ihren Wohnsitz nehmen könnten. In jenen Tagen (1959) war es vorgekommen, dass kriegsinvaliden Piloten dieses Recht in Taschkent verweigert worden war. Larissa war der Ansicht, man dürfe ihnen das nicht verweigern. Ich versuchte zu erklären, dass es »drüben« das System der Propiska nicht gebe, aber niemand wollte mir Glauben schenken. »Drüben« war doch alles viel schlechter als bei uns, folglich mussten auch die Gesetze der Niederlassung und der polizeilichen Anmeldung viel strenger sein. Und wer würde schon ohne Anmeldung leben wollen? Was, wenn man in eine Kontrolle gerät? Wenn wir alle unseren Ziehvätern Glauben schenkten und diese schließlich auch in die Irre gingen und sich selbst zu glauben begannen – ist es da überraschend, dass der dienstälteste Soldat des Wachschutzes Oska glaubte, was sie erzählten?

Als Reiselektüre hatte ich einen Puschkin-Band eingesteckt. Oska war von der Erzählung vom alten Zigeuner derart entzückt, dass er die gesamte Fahrt über seinen beiden gleichgültigen Kameraden daraus vorlas. Diese beiden hat O. M. den »Stamm der Uniformpuschkinisten« genannt, denen, in Uniformmänteln und mit Revolvern bewehrt, Puschkin »eingepaukt« wurde. »Schaut, wie die alten Zaren ihren Untertanen Unrecht getan haben«, erklärte Oska seinen Kameraden. »Wegen einem Lied hat man ihn in die Verbannung geschickt.« Die Erzählungen aus dem Norden zeitigten unwiderstehliche Wirkung. Die Verbannung nach Sibirien war selbstredend eine grausame Sache, und Oska beschloss, mich zu beruhigen – eine solch grauenvolle Strafe wie dem ehemals Verbannten drohe uns ja nicht. Als er mich zur Toilette begleitete – so wollte es die Anweisung –, wagte Oska, mir zuzuflüstern, das Ziel unserer Reise sei Tscherdyn, dort sei das Klima gut, und die erste Umsteigestation sei Swerdlowsk. Als sich jedoch herausstellte, dass der Untersuchungsrichter uns bereits den Ort der Verbannung genannt hatte, war Oska erschüttert, denn uns gegenüber zu erwähnen, wohin wir fuhren, war ihm verboten worden, ebenso wie man ihm befohlen hatte, die Reiseroute geheim zu halten. Dies alles durfte außer dem Wachschutz für gewöhnlich niemand wissen. Da er uns ins Herz geschlossen hatte, übertrat Oska die ihm erteilte Anweisung und nannte uns den Bestimmungsort unserer Fahrt. Und dann stellte sich heraus, dass es gar nicht notwendig gewesen wäre, weil ich ihn schon kannte. Doch ich beruhigte ihn, denn ohne seine offenherzige Bestätigung dessen, was der Untersuchungsrichter mir gegenüber angegeben hatte, hätte ich mir Gott weiß was ausgemalt – bei all den Geheimnissen, die gemacht wurden, kannte man sich wirklich nicht mehr aus.

Dies war nicht das einzige Zugeständnis, zu dem Oska sich durchrang. Auf den zahlreichen Umsteigebahnhöfen ließ er seine Kameraden unsere Sachen schleppen, und als wir in Solikamsk das Schiff nahmen, flüsterte er mir zu, ich solle auf eigene Rechnung eine Kabine nehmen: »Dann kann dein Mann sich erholen.« Seine Kameraden ließ er nicht zu uns vor, und sie drückten sich auf Deck herum. Ich fragte ihn, weshalb er die Anweisungen missachtete, aber Oska winkte ab. Bisher habe er Verbrecher und Volksschädlinge bewacht, und bei diesen müsse man auf der Hut sein. »Aber bei deinem Mann doch nicht! Auf den muss man doch nicht aufpassen!« Das Essen jedoch, das ich ihnen immer wieder anbot, rührten sie nicht an – da befolgten sie die Anweisung. Erst als sie O. M. in Tscherdyn an die Kommandantur übergeben hatten, nahmen sie etwas an: »Jetzt sind wir frei und können uns bewirten lassen.«

In meinem Leben gab es zwei weitere Begegnungen mit Männern von Oskas Profession. Der eine der beiden knirschte mit den Zähnen und sagte immer wieder, wir wüssten, verstünden überhaupt nichts, hätten nicht die leiseste Vorstellung. Er träumte davon, aus dem Dienst entlassen zu werden, und als ich hörte, dass er ein freier Mann war, freute ich mich für ihn. »Sogar die Sowchose ist dagegen ein Paradies«, sagte er mir, als wir uns wiederbegegneten. Dem anderen, eine viehische Kreatur mit niedriger Stirn, hatte sich einst ein Verbrecher durch Flucht entzogen, und er war deshalb aus dem Dienst entlassen worden, der ihm zahlreiche Möglichkeiten geboten hätte und ganz augenscheinlich ganz nach seinem Geschmack war. Jahrelang verfluchte er, betrunken ebenso wie nüchtern, den »Konterrevolutionär«, »Deutschen«, »Volksschädling«, »Faschisten«, »Feind«, der seine Karriere ruiniert habe. Er träumte sein Leben lang davon, den Halunken zu finden und zu bestrafen. Auch gegen die Sowjetmacht hegte er Zorn: Weshalb gab sie sich mit solchen Verbrechern überhaupt ab? Man müsse sie nicht ins Lager schicken, sondern einfach als Abgang verbuchen, und er knackte vieldeutig mit den Fingergelenken. Es wäre uns schlecht ergangen, wäre nicht Oska, sondern dieser verachtenswerte Mensch mit der Überstellung Mandelstams in die Verbannung betraut worden.

Eine kleine Tafel Schokolade

Die erste Umsteigestation war Swerdlowsk. Dort brachten wir lange Stunden des Wartens auf dem Bahnhof zu, während derer die Wachschutzsoldaten nicht von O. M.s noch von meiner Seite wichen. Ich wollte ein Telegramm aufgeben – Verboten! Brot kaufen – Verboten! Auf den Bahnstationen, die am Weg lagen, hatten sie mich nicht aussteigen lassen – Nicht erlaubt! O. M. fiel das sogleich auf: »Das bedeutet, dass auch du in Gewahrsam bist.« Ich versuchte, den Wachschutzsoldaten begreiflich zu machen, dass ich nicht verurteilt worden sei, dass ich lediglich meinen Mann in die Verbannung begleite. »Verboten. So ist die Anweisung.«

Swerdlowsk bedeutete für uns stundenlanges Sitzen – von morgens bis zum späten Abend – auf der Holzbank des Bahnhofs zusammen mit zwei bewaffneten Bewachern. Bei der kleinsten Bewegung unsererseits – wir durften weder aufstehen, um uns ein wenig die Beine zu vertreten, noch uns überhaupt nur bewegen und unsere Haltung verändern – wurden unsere Bewacher sogleich unruhig und griffen nach ihren Pistolen. Aus irgendeinem Grund hatten sie uns Plätze direkt gegenüber dem Eingang zugewiesen, und wir schauten, ob wir wollten oder nicht, auf den unablässigen Strom des Kommens und Gehens. Wir waren das Erste, das die Menschen sahen, doch alle wandten ihren Blick umgehend von uns ab. Selbst die Knaben schenkten uns keinerlei Aufmerksamkeit. Auch war uns nicht gestattet, etwas zu essen, denn der Proviant war im Koffer und wir durften unsere Sachen nicht anrühren – Nicht erlaubt! Auch Wasser bekamen wir nicht. Hier wagte Oska nicht, die Anweisungen zu übertreten – Swerdlowsk war eine wichtige Bahnstation.

Am Abend bestiegen wir die Schmalspurbahn nach Swerdlowsk-Solikamsk. Wir bestiegen den Zug vom Abstellgleis aus, im Waggon wurden wir durch einige Sitzbänke, die freizuhalten waren, von den anderen Reisenden separiert. Zwei Soldaten standen die ganze Nacht über neben uns, ein dritter war an der letzten freien Sitzbank platziert und verjagte dort widerspenstige Mitreisende. In Swerdlowsk hatten wir nebeneinander gesessen, nun saßen wir einander am Fenster des unbeleuchteten Waggons gegenüber. Es war bereits die Zeit der weißen Nächte, an uns flogen die Wälder des Urals, die Hügellandschaft und Bahnstationen vorbei. Die Gleise führten durch tiefen Wald, und O. M. blickte die ganze Nacht aus dem Fenster. Es war die dritte oder vierte Nacht ohne Schlaf.

Wir reisten in überfüllten Zügen und Schiffen, saßen auf lärmenden Bahnhöfen, auf denen sich Menschen drängten, aber nirgends nahm auch nur ein einziger von ihnen den absonderlichen Anblick zweier von drei bewaffneten Soldaten bewachten Personen unterschiedlichen Geschlechts wahr. Niemand drehte sich um, um einen Blick auf uns zu werfen. War man am Ural bereits an Derartiges gewöhnt oder fürchteten alle die Ansteckung? Wer weiß das schon? Vermutlich war das Ausdruck einer besonderen sowjetischen Etikette, die von der Bevölkerung über viele Jahrzehnte eisern befolgt wurde: Wenn die Obrigkeit jemanden in die Verbannung schickt, wird das schon seine Richtigkeit haben, ich weiß von nichts. Die Gleichgültigkeit der Menschen verletzte und quälte O. M. »In früheren Zeiten steckte man den Strafgefangenen Almosen zu, heute blickt man sie nicht einmal an.« Voller Entsetzen flüsterte er mir zu, dass man mit einem Gefangenen vor den Augen dieser Masse alles tun könne – ihn erschießen, erschlagen, in Stücke reißen –, und keiner würde einschreiten. Alle würden dem unerfreulichen Schauspiel den Rücken zuwenden, um sich von diesem Anblick freizumachen. Die ganze Fahrt über versuchte ich, auch nur einen einzigen Blick aufzufangen – es gelang mir nicht.

Vielleicht war ja nur der Ural derart hartherzig? Im Jahr 38 lebte ich in Strunino, außerhalb der Hundert-Werst-Zone von Moskau, einem kleinen Ort der Textilfabrikation an der Eisenbahnverbindung nach Jaroslawl, über die damals die nächtlichen Häftlingstransportzüge gingen. Die Nachbarn, die bei meiner Zimmerwirtin hereinschauten, sprachen von nichts anderem als von diesen Häftlingstransportzügen. Es bedrückte sie, dass es ihnen verboten war, den Häftlingen aus Mitgefühl etwas Brot zuzustecken. Einmal wagte meine Zimmerwirtin es, in eines der zerbrochenen vergitterten Fenster eines der Güterwaggons eine kleine Tafel Schokolade zu werfen – die sie eigentlich für ihre Tochter besorgt hatte! So etwas war eine seltene Köstlichkeit in einer bettelarmen Arbeiterfamilie. Ein Soldat stieß sie fluchend mit dem Gewehrkolben zurück, aber sie war den ganzen Tag danach glückselig – es war ihr trotz allem gelungen, etwas zu tun! Die eine oder andere ihrer Nachbarinnen seufzte zwar auf: »Leg dich mit denen nur nicht an. Die befördern dich von dieser Welt, zitieren dich vors Gewerkschaftskomitee.« Aber meine Hauswirtin war »zu Hause«, hatte also keine Arbeit und fürchtete das Gewerkschaftskomitee deshalb nicht.

Ob wohl die Menschen der nachfolgenden Generationen verstehen können, was diese kleine Tafel Schokolade mit dem

Kinderbild auf der Verpackung in einem stickigen Häftlingswaggon im Jahr 38 bedeutet haben mag? Jene, für die die Zeit stehen geblieben war, für die der Raum nur noch Gefängniszelle, Karzer oder Bunker war, in dem man nur stehen konnte, ein Güterwaggon, bis aufs äußerste überfüllt mit halbtoter menschlicher Fracht, Ausschussware, Vergessenen, aus der Liste der Lebenden Gestrichenen, die weder Namen noch Kosenamen mehr trugen, nur noch Nummern, und abgestempelt waren und sich laut Frachtpapieren auf dem Weg ins dunkle Nichts des Lagers befanden – jene also erhielten unerwartet das erste Lebenszeichen aus der anderen, für sie verbotenen Welt, eine kleine Tafel Schokolade für Kinder von minderer Qualität, die ihnen mitteilte, dass sie nicht vergessen waren und dass auf der anderen Seite der Gefängnismauern noch Menschen lebten. Auf der Fahrt nach Tscherdyn beruhigte ich mich mit dem Gedanken, dass der harte Menschenschlag des Urals schlicht Angst hatte, uns anzublicken, aber dass ein jeder, der uns auf unserem Weg begegnete, nach Hause zurückgekehrt dem Vater, der Mutter oder seiner Frau von den beiden Menschen, einem Mann und einer Frau, erzählte, die von drei Soldaten des Geheimdienstes irgendwohin nach Norden gebracht werden.

Ein Sprung

In der ersten Nacht der Zugfahrt, als ich sah, dass O. M. nicht schlief, sondern mit übereinandergeschlagenen Beinen dasaß auf der Sitzbank und angestrengt auf etwas lauschte, begriff ich, dass er krank war. »Hörst du?«, fragte er mich, als unsere Blicke sich trafen. Ich horchte – das Rattern der Gleise und das Schnarchen der Passagiere. »Du hörst einfach schlecht. Nie hörst du etwas.« Er verfügte tatsächlich über ein ganz besonders feines Gehör, vernahm das leiseste Geräusch, das ich nicht hörte, aber dieses Mal war es anders.

Die gesamte Fahrt über lauschte O. M. angestrengt, zuckte bisweilen zusammen und teilte mir mit, die Katastrophe nähere sich, wir müssten auf der Hut sein, um nicht überwältigt zu werden und rechtzeitig zu entkommen. Ich begriff, dass er nicht nur auf die letzte Strafmaßnahme wartete – auch ich war überzeugt, dass sie kommen würde –, sondern dass er glaubte, diese würde in einem der nächsten Augenblicke vollzogen, jetzt, hier, auf unserer Fahrt. »Während wir unterwegs sind?«, fragte ich, »Du denkst wahrscheinlich an die sechsundzwanzig Kommissare?« – »Warum denn nicht?«, antwortete er mir. »Glaubst du denn, bei uns ist man zu so etwas nicht fähig?« Und wir wussten beide, dass man bei uns zu allem fähig war. In seinem Wahn aber hoffte O. M., dem Tod zuvorkommen, entfliehen, entgehen zu können – ums Leben zu kommen, aber nicht durch die Hand derer, die auf ihn schossen. Es ist schon merkwürdig, dass wir alle, die Wahnsinnigen ebenso wie die Nichtwahnsinnigen, niemals die Hoffnung aufgeben. Der Selbstmord ist die Zuflucht, die wir uns vorbehalten, und aus irgendeinem Grunde glauben wir, es sei niemals zu spät, von ihm Gebrauch zu machen. Und doch gerieten Unzählige, die sich vorgenommen hatten, der Geheimpolizei nicht lebend in die Hände zu fallen, in letzter Minute in die Fänge des Regimes.

Der Gedanke an diesen letzten Ausweg beruhigte und tröstete mich unser gesamtes gemeinsames Leben über, und ich trug O. M. in den unerträglichen Zeiten unseres Daseins immer wieder den Vorschlag an, gemeinsam aus dem Leben zu scheiden. O. M. lehnte das jedoch stets entschieden ab.* Seine wichtigste Frage dazu war: »Woher weißt du, was uns dort erwartet? Das Leben ist ein Geschenk, das zurückzuweisen niemand das Recht hat.« Und sein letztes und für mich überzeugendstes Ar-

* Georgij Iwanows Bericht, O. M. habe in frühen Jugendjahren versucht, sich das Leben zu nehmen, entbehrt, wie zahlreiche andere Legenden dieses Memoiristen auch, nach meinem Dafürhalten jeglicher Grundlage.

gument war: »Weshalb hast du dir nur in den Kopf gesetzt, du müsstest glücklich sein?« O. M. war ein überaus lebensfroher Mensch, der die Betrübnis nicht suchte, zugleich jedoch setzte er nicht auf das sogenannte Glück. Für ihn existierten derartige Kategorien nicht.

Oft antwortete er auch mit einem Scherz: »Sich das Leben nehmen? Unmöglich! Was wird Awerbach sagen! Das wäre doch ein positives Faktum der Literatur!«, oder: »Ich kann nicht mit einer professionellen Selbstmörderin zusammenleben.«

Der Gedanke an Selbstmord als Möglichkeit, der ihm unausweichlich scheinenden Erschießung zu entgehen, kam ihm zum ersten Mal während seiner Erkrankung auf der Fahrt nach Tscherdyn. Und nun antwortete ich ihm: »Es ist doch gut, wenn du erschossen wirst, dann musst du nicht Selbstmord begehen.« Und er, der bereits erkrankt und nicht zurechnungsfähig, von einer einzigen Idee besessen war, antwortete mir: »Ach, du wieder mit immer demselben ...« Das Leben verlief auch später derart, dass dieses Thema immer wiederkehrte, aber O. M. sagte stets: »Warte ab, noch nicht, lass uns erst noch schauen.«

1937 fragte er diesbezüglich sogar Anna Andrejewna um Rat, aber sie enttäuschte ihn: »Sie wissen doch, was sie jetzt tun? Sie nehmen sich der Schriftsteller noch entschlossener an, und einer wie Leontjew erhält eine Datscha. Brauchen Sie so etwas wirklich?« Hätte er sich damals zu diesem Schritt entschlossen, wäre er verschont geblieben von der zweiten Haftstrafe und von der endlosen Fahrt im Güterwaggon nach Wladiwostok – ins Lager, ins Verderben und in den Tod, und ich wäre verschont geblieben von meiner Existenz nach seinem Tode. Mich erstaunt immer wieder, warum es den Menschen derart schwer fällt, diesen schicksalhaften Schritt zu tun. Dem christlichen Verbot des Selbstmords liegt etwas zugrunde, das der menschlichen Natur zutiefst entspricht. Der Mensch tut diesen Schritt nicht, obgleich das Leben schlimmer ist als der Tod, wie uns die Epoche, die wir durchlebt haben, gezeigt hat. Nachdem ich allein zurückgeblieben war, hat mir O. M.s Frage »Weshalb hast du dir nur in den Kopf gesetzt, du müsstest glücklich sein?« immer wieder Kraft gegeben, ebenso wie die Worte des Protopopen Awwakum: »Wie weit ist es noch, Protopope?«, fragte seine Frau entkräftet. »Bis zum Grab, Popenfrau«, antwortete er, und sie erhob sich und ging weiter.

Wenn meine Aufzeichnungen nicht verloren gehen, werden die, auf die sie gekommen sind und die sie lesen, vielleicht denken, sie seien geschrieben von einem kranken Menschen, der sich Dinge einbildet. Denn bis dahin wird alles vergessen sein, und die Menschen werden den Berichten der Zeugen keinen Glauben schenken – ebenso wie zahlreiche Menschen im Ausland uns bis heute keinen Glauben schenken. Dabei sind sie doch unsere Zeitgenossen, und uns trennt nur der Raum, nicht die Zeit voneinander. Jüngst erst las ich folgende vernünftige Überlegung: »Es heißt, ALLE dort hätten in Angst gelebt. Dass alle in Angst lebten, ist nicht möglich. Die einen lebten in Angst, die anderen nicht.« Das klingt vernünftig und logisch, aber unser Leben war alles, aber nicht logisch. Und ich war auch absolut keine »professionelle Selbstmörderin«, als die O.M. mich im Scherz bezeichnete. Viele dachten daran, diesen Schritt zu tun. Nicht umsonst war das wichtigste Stück der sowjetischen Dramatik das mit dem Titel »Der Selbstmörder«.

Im Zug, unter der Begleitung dreier Soldaten also, dachte O.M. zum ersten Mal über Selbstmord nach, und dass er das tat, war seine Erkrankung. Er war ein Mensch, der stets die kleinsten Details dessen, was gerade geschah, wahrnahm und eine überaus scharfe Beobachtungsgabe besaß. »Die Aufmerksamkeit«, so schrieb er in einem Entwurf, »ist der Heldenmut des Dichters, Zerzausung und Zerstreuung sind Ausflucht der lyrischen Bequemlichkeit.« Auf der Fahrt nach Tscherdyn wandten sich seine unbändige Achtsamkeit und sein feines Gehör gegen ihn, brachten seine Erkrankung noch stärker zum Auflodern. Im chaotischen Treiben auf den Bahnstationen und in den Zügen registrierte er jede Kleinigkeit, bezog alles auf sich – ist nicht Egozentrismus ein erstes Anzeichen für seelische Erkrankungen? – und schloss aus allem nur eines: Der schicksalhafte Augenblick näherte sich unaufhörlich.

In Solikamsk wurden wir auf einem Lastwagen vom Bahnhof an die Schiffsanlegestelle gebracht. Die Fahrt ging durch eine Waldlichtung.

Der Lastwagen war übervoll mit Bauern, die im Wald arbeiteten. Einer von ihnen, ein Bärtiger in grellrotem Hemd, der eine Axt in Händen hielt, verstörte O.M. »Die Hinrichtung wird grausam wie zu Zeiten Peters sein«, flüsterte er mir zu. Auf dem Schiff, in unserer Kabine, die wir dank Oska bekommen hatten, lachte O.M. jedoch über seine Anfälle von Angst und ihm wurde bewusst, dass er Leute fürchtete, die gar nicht furchteinflößend waren, wie die Männer in Solikamsk. Und er beschwerte sich darüber, dass man ihn in Sicherheit wiege, damit er zur Ruhe komme, um ihn dann »hochzunehmen«, wenn er nicht damit rechne. Und so geschah es denn auch, allerdings erst vier Jahre später.

In seinem Wahnsinn begriff O.M., was ihn erwartete; als er indes wieder von seiner Erkrankung genesen war, verlor er das Gefühl für die Realität und war überzeugt, er sei nicht in Gefahr. Die Umstände unseres Lebens führten dazu, dass Menschen mit gesunder seelischer Verfassung die Augen vor der Realität verschlossen, um sie nicht für einen Fieberwahn zu halten. Die Augen zu verschließen ist nicht einfach, es erfordert große Kraftanstrengung. Nicht wahrzunehmen, was um einen herum geschieht, ist in keiner Weise ein passiver Akt. Der Sowjetmensch war in hohem Maße psychisch blind, und dies wirkte sich auf die gesamte seelische Verfassung zersetzend aus. Heute stirbt die Generation der freiwillig Erblindeten langsam aus, und der Grund dafür ist simpel: das Alter. Aber hat diese Generation ihre Erkrankung möglicherweise an die Nachkommen vererbt?

Tscherdyn erfreute uns mit seiner landschaftlichen Umgebung und seinem Antlitz aus vorpetrinischer Zeit. Wir wurden zur Tscheka gebracht und mit den Begleitdokumenten dem

Kommandanten übergeben. Oska erklärte, er habe hier einen besonderen Vogel mitgebracht, der laut Befehl unbedingt erhalten werden müsse. Er gab sich augenscheinlich größte Mühe, dies dem Kommandanten verständlich zu machen, einem Mann vom Typ der Mitarbeiter des Inneren Gefängnisses, einer derer, die Menschen erschossen und gefoltert hatten und für ihre Grausamkeit, also als Zeuge von Geschehnissen, an die niemand erinnert werden sollte, in entlegene Gebiete versetzt worden waren. Dass Oska sehr bemüht war, bemerkte ich an den neugierigen und zugleich boshaften Blicken des Kommandanten und daran, wie einfach es war, ihn dazu zu bringen, dabei behilflich zu sein, eine Krankenhauseinweisung zu erhalten. Normalerweise, so hörte ich später von anderen in Tscherdyn in der Verbannung Lebenden, ließ er mit denen, die unter Bewachung gebracht wurden, keinerlei »Nachsicht walten«. Im Krankenhaus wurde uns ein riesiges Krankenzimmer zugewiesen, und man stellte zwei quietschende Betten für uns an die Wand.

Ich hatte buchstäblich fünf Nächte nicht geschlafen und den Paria bewacht. Im Krankenhaus fiel ich, müde nach den endlosen weißen Nächten, gegen Morgen in einen unruhigen, wie durchsichtigen Schlaf, durch den hindurch ich wahrnahm, wie O. M., die Beine übereinandergeschlagen, mit zugeknöpftem Jackett auf dem wackligen Krankenhausbett saß und in die Stille horchte.

Plötzlich – ich spürte es im Schlaf – veränderte sich die Situation: Er saß plötzlich im Fenster, ich stand neben ihm. Er ließ die Beine hinab, und ich bemerkte, dass er sich ganz hinabließ. Das Fensterbrett war hoch. Verzweifelt streckte ich die Hand aus und krallte sie fest in die Schulter seines Jacketts. Er glitt aus dem Ärmel, stürzte hinunter und ich hörte das Geräusch des Aufpralls – etwas krachte hernieder und dann ein Schrei. Ich hatte das Jackett in der Hand. Schreiend lief ich den Krankenhausflur entlang, die Treppe hinunter und ins Freie hinaus. Die Pflegerinnen rannten mir nach. Wir fanden O. M. auf einem

Erdhaufen, der für ein Beet aufgeschüttet worden war. Dort lag er zusammengekrümmt. Unter Schimpfen schleifte man ihn nach oben. Vor allem mir machte man Vorwürfe, dass ich nicht aufgepasst hatte.

Eine zerzauste und überaus ungehaltene Ärztin kam herbeigerannt und untersuchte ihn oberflächlich. Sagte, er habe sich die rechte Schulter ausgerenkt. Alles andere sei unversehrt. Es war noch einmal gut ausgegangen. Er hatte sich aus dem ersten Stock eines alten Landeskrankenhauses gestürzt, der von der Höhe her wenigstens drei Stockwerken unserer heutigen Zeit entspricht. Plötzlich war eine große Zahl von Pflegerinnen und Knochenklempnern oder Gott weiß, wer auch immer, zugegen. O.M. lag auf dem Fußboden eines vollkommen leeren Raumes, der sich Operationssaal nannte, versuchte sich aus dem Griff der Männer, die ihn festhielten, loszureißen, während die Ärztin seine Schulter einrenkte, und zwar unter lauten Flüchen, die die Narkose ersetzten, da das Krankenhaus nicht über entsprechende Mittel verfügte. Der Röntgenapparat funktionierte nicht, da in der Zeit der Weißen Nächte der Generator aus Gründen der Energieersparnis abgestellt wurde und der Mechaniker sich im turnusmäßigen Urlaub befand. Deshalb bemerkte die Frau Doktor nicht, dass der Oberarmknochen gebrochen war (ohne Verschiebung). Dieser Bruch wurde erst sehr viel später bemerkt, nämlich in Woronesch, wo wir uns an einen Chirurg wenden mussten, weil O.M. den Arm nicht mehr bewegen konnte. Er wurde lange behandelt und schließlich konnte er ihn wieder benutzen, aber er konnte ihn nicht hochheben, um beispielsweise seinen Mantel aufzuhängen. Das tat er seitdem immer mit links.

Nach dem Sprung trat wieder innere Ruhe ein. In einem Gedicht hat O.M. es folgendermaßen ausgedrückt: »Ein Sprung. Ich bin erwacht.«

Tscherdyn

Unrasiert, mit biblischem Bart, alles aufmerksam und sehr gelassen beobachtend, verbrachte O. M. zwei Wochen im Krankenhaus von Tscherdyn. Mir scheint, er habe niemals zuvor und danach derart aufmerksam und gelassen auf die Dinge geblickt wie in dieser Phase seiner Erkrankung. Die Bauern, die, ebenso bärtig wie er, die Krankenhauskorridore auf und ab gingen, flößten ihm keine Angst ein. Das hatte die Erfahrung, die er in Solikamsk gemacht hatte, bewirkt, wie er mir erklärte. Die Bauern sind Bauern, von ihnen hat man nichts zu fürchten. »Jene« sehen ganz anders aus. Die Bauern hatten wüste eitrige Geschwüre, und sie wurden mit denselben quacksalberischen Methoden behandelt wie O. M. Untereinander führten sie unaufgeregte Gespräche und aus irgendeinem Grunde lachten sie oft spöttisch auf. Vieles im menschlichen Verhalten ist nicht zu verstehen. Dieses Lachen gehört dazu. Für die Geschwüre dagegen gab es Erklärungen – die Umsiedlung unter erbärmlichsten Umständen, viel zu schwere Lasten, Schläge. Eine magere Frau mit dem Gesicht einer Sechzigjährigen, die auch in der Verbannung lebte, im Krankenhaus als Wäscheverwalterin arbeitete und diese Arbeit als außergewöhnliches Glück empfand, sagte, sie sei bereit, für diese Bauern ihr Leben zu geben, und anhand dieser Aussage erkannte O. M., wer sie war.*

Wie wurden diese bärtigen Bauern damals genannt? Umgesiedelte? Deportierte? Ich weiß es nicht mehr, aber sie als enteignete Kulaken zu bezeichnen war verboten, denn es gehörte sich nicht, die Dinge beim Namen zu nennen. Diese bärtigen Männer mit ihren eitrigen Geschwüren liegen lange schon unter der Erde. Wir gedenken ihrer nie und nirgends. Fürchten wir ihre Geschwüre?

In dieser Zeit war man einander nicht nur in der Katorga, sondern auch in den weit entlegenen Orten der Verbannung

* S.-r.

kameradschaftlich und in gegenseitiger Hilfe verbunden. In der Freiheit gab es diese Verbundenheit längst nicht mehr, aber in Tscherdyn wurde die Tradition gelebt, und die Wäscheverwalterin nahm wärmsten Anteil an uns. Sie bestand darauf, dass ich für den Winter Fellstiefel mit hohem Schaft kaufte, die später nicht mehr aufzutreiben gewesen wären, und dass ich ein Gemüsegärtchen anlegte, ohne das man nicht überleben könne. Ein Landstück für einen Gemüsegarten wurde den in der Verbannung Lebenden zugewiesen, ein Zimmer jedoch musste man selbst finden und mieten. In Tscherdyn war wie allerorten in jener Zeit die Wohnungslage höchst angespannt, die in der Verbannung Lebenden hausten in Zimmerecken. Wir gingen in Begleitung der Wäscheverwalterin zu einem kurzbeinigen Mann, der recht gut untergekommen war – mit dicken Vorhängen hatte er bei jemandem im Hause eine Ecke abgeteilt, Regale gebaut und diese von oben bis unten mit den Werken von Marx und Engels vollgestellt. Hinter diesem Vorhang wohnte er mit seiner Frau, und beide gingen sie alle drei Tage auf die Kommandantur, um sich zu melden. Das musste auch O. M., obgleich er im Krankenhaus war. Man hatte ihm ein Papier ausgestellt, das nicht als Ausweis galt, auf das der Kommandant alle drei Tage seinen Stempel setzte.

Die Gemeinschaft der in Tscherdyn in der Verbannung Lebenden fürchtete, dem Kommandanten könne es in den Sinn kommen, O. M. aus der Stadt in den Landkreis abzuschieben, denn in der Stadt wollte man die Verbannten nicht. »Sie finden, es gäbe hier schon mehr als genug von uns.« – »Aber haben sie denn das Recht dazu?«, fragte ich und erklärte, O. M.s Zielort sei »Tscherdyn« und nicht »Landkreis Tscherdyn«. »Sie sind in seiner Hand. Er schickt sie, wohin er will. Und im Moment weist er alle aus der Stadt aus. Zu Frühlingsbeginn gab es hier viel mehr Politische, aber sie sind alle in den Landkreis ausgewiesen worden, und dort findet man keine Arbeit außer schwerer körperlicher. Unter den Ausgewiesenen waren schwerkranke Genossen«, erklärte die Wäscheverwalterin. In der Verbannung hatte das Wort »Genosse« noch jene besondere Bedeutung, die in der anderen Welt längst vergessen war.

Der Ehemann der Wäscheverwalterin stritt ohne Unterlass mit dem kurzbeinigen Marxisten, der hinter den dicken Vorhängen wohnte. Sie hatten den alten Parteien und Bewegungen angehört, die mittlerweile aufgelöst worden waren, sie hatten bereits zu Zarenzeiten im Untergrund Streitgespräche geführt. Ihre Ehefrauen waren vor allem mit Haushalt und Arbeit beschäftigt, weniger mit politischen Diskussionen, und es war offensichtlich, dass sie Sehnsucht nach ihren Kindern hatten, die beide Ehepaare bei Verwandten zurückgelassen hatten. »Wie mag es ihnen dort wohl ergehen?«, seufzten die Mütter, die sie aber nicht zu sich nehmen wollten. »Wir sind dem Tode geweiht, sie wenigstens sollen leben.« Ihre eigene Zukunft sahen sie sehr klar: Bei nächster Gelegenheit würde man sie umbringen oder ins Lager schicken. »Vielleicht wird es ja leichter«, sagten wir einmal zu dem Marxisten. »Wo denken Sie hin!«, entgegnete er. »Jetzt beginnt es doch erst.« Und ich glaubte es nicht. Dass sie so finster in die Zukunft blicken, ist doch ganz verständlich, dachte ich bei mir, in ihrer Lage gibt es keinen Grund zu Optimismus. Aber es kann doch nicht ewig so weitergehen. Im Lauf meines langen Lebens meinte ich viele Male, nun sei das letzte Extrem erreicht, und es begänne endlich das, was ich »leichter« nannte. Niemand trennt sich gern von seinen Illusionen.

Die in Tscherdyn in der Verbannung Lebenden beruhigten mich hinsichtlich O. M.s Gesundheit. »Alle, die aus der Untersuchungshaft kommen, sind in derartiger Verfassung, aber sie werden wieder gesund.« – »Warum ist das so?«, fragte ich. Sie wussten nicht, wie sie es mir erklären sollten. »Und war das früher auch so?« Sie alle hatten ja auch Erfahrungen in den zaristischen Gefängnissen gemacht und könnten es mir sicher erklären. Aber sie sagten nur, früher habe ein Gewahrsam nicht derartige psychische Folgen gezeitigt. Gleichwohl müsse ich mich nicht beunruhigen, »das« gehe vorüber, ohne Spuren zu hinterlassen. Die Erkrankung dauere zwei bis drei Monate. Vor allem müsse man innere Disziplin walten lassen: Wir dürften keinesfalls in die Zukunft blicken, denn diese verheiße nichts Gutes. Und sollten Tscherdyn als letzte Ruhepause nutzen. Nichts erwarten und auf alles vorbereitet sein. Dies ist das Geheimnis des inneren Gleichgewichts.

Sie beschworen mich, das Schicksal anzunehmen und nicht das letzte Geld für Telegramme auszugeben. Alle, die an ihrem Verbannungsort ankamen, erschüttert von all dem Unfassbaren, das sie im Gefängnis erlebt hatten, begannen damit, die Regierung mit Protesttelegrammen zu überschütten. Antwort erhielt niemand. Meine neuen Bekannten hatten sehr viel Erfahrung, seit mehr als zehn Jahren gingen sie durch Verbannung und Lager, zunächst getrennt voneinander, später war es den Ehepaaren gelungen, wieder zusammenzukommen. Ich erinnerte mich an den alten G.*, einen Arzt in der Provinz, dem ich zu Beginn der zwanziger Jahre in Moskau begegnet war. Er war dorthin gereist, um Fürsprache einzulegen, konnte aber nichts erreichen. »Niemand ist mehr übrig«, sagte er zu mir. »Alle haben sie in die Verbannung geschickt, sogar Milja und Nolja.« Er zählte die Namen seiner Söhne und halbwüchsigen Enkel auf. »Das gab es früher nicht.« Der alte Mann erinnerte sich, dass früher, wenn, was mehrmals geschehen war, sein Sohn in die Verbannung geschickt wurde, dessen Kinder zu ihm gebracht worden seien. Die Verurteilung des Sohnes hatte keine Auswirkungen auf die übrigen Familienmitglieder, sie blieben in Freiheit und wählten ihren Wohnort, wo sie wollten. Aber als er nun versuchte, den einen oder anderen seiner minderjährigen Enkel in Freiheit zu bringen, konnte er nichts erreichen.

Ich berichtete den in Tscherdyn lebenden Verbannten von dem Satz »Isolieren, aber erhalten«. Was verheißt er, dieser Satz? Vielleicht würde der Kommandant deshalb ja doch nicht wagen, O. M. in den Landkreis, in noch schwierigere Lebensumstände auszuweisen? Womöglich würde es gelingen, eine

* Gendelman.

Verbesserung seines Loses, die Möglichkeit zur Behandlung seiner Erkrankung zu erreichen? Sie bezweifelten es. Zahlreiche von ihnen kannten Personen, die der Macht, ja Stalin nahegestanden hatten. Sie waren ihnen im Untergrund in Zeiten des zaristischen Regimes und in den Lagern begegnet. Auch ihnen war häufig zugesichert worden, sie würden lediglich »isoliert«, und man werde sich dafür einsetzen, ihnen »annehmbare Bedingungen« zu schaffen, damit sie leben und arbeiten könnten. Das waren allerdings nur leere Versprechungen, und alle Briefe und Eingaben, mit denen sie die Regierung überschütteten, liefen ins Nichts. Die Isolierung verhieß nicht »Erhaltung«, sondern lediglich ganz gewöhnliche Vernichtung im Unbemerkten, ohne Zeugen, in einer »günstigen Minute«. Das Einzige, worauf man bauen könne, sei das eigene Durchhaltevermögen und Selbstdisziplin. Lass alle Hoffnung fahren, erwarte den Tod und halte fest an deinen geistigen und sittlichen Werten. Diese zu bewahren ist schwer, dafür muss man alle Kräfte zusammennehmen. Das lehren Erfahrung und nüchterne Betrachtung der Lage. Dies waren die Lektionen jener, die über mehr Erfahrung verfügten als wir. Und uns wollte scheinen, sie seien in ihrem Pessimismus nicht ausreichend objektiv, ihr Schicksal sei nun einmal dergestalt, dass sie unwillkürlich alles in übertrieben dunklem Licht sehen. Drei Jahre Verbannung in Tscherdyn – sollten sie denn tatsächlich das Ende sein? Alles würde sich einlaufen, leichter werden, das Leben sich durchsetzen.

Der Mensch klammert sich an den kleinsten Hoffnungsschimmer, niemand will sich von seinen Illusionen verabschieden, dem Leben direkt ins Gesicht zu blicken ist nicht einfach. Nüchterne Analyse und Schlussfolgerungen erfordern übermenschliche Kräfte. Es gibt die freiwillig Erblindeten, aber sind unter denen, die sich für sehend halten, denn viele, die nicht nur schauen, sondern auch erkennen? Oder besser gesagt, das, was sie erkennen, nicht verzerren, um ihre Illusionen und Hoffnungen zu erhalten? Vielleicht ist das die Erklärung für unsere Zähigkeit?

Meine Bekannten aus Tscherdyn hatten nur noch ein einziges Ziel: den Erhalt ihrer geistigen und sittlichen Werte. Dafür entsagten sie jeglicher politischer Betätigung und verurteilten sich selbst freiwillig zu vollständiger Isolation und der Aussicht auf einen nahen Tod. Zweifelsohne ist dies eine Form des passiven Widerstands. Im Vergleich dazu ist das, was man unter diesem Namen kennt und was in Indien praktiziert wurde, aktiver politischer Kampf. Sie traten den Weg der Selbstvervollkommnung an, den ihnen einstmals die Anhänger der Wechi-Bewegung anempfohlen und den sie damals voller Empörung zurückgewiesen hatten. Doch sie hatten ja keine Wahl. Das Einzige, das ihnen blieb, war Heulen und Kreischen, doch das hätte ohnehin niemand vernommen.

Durch einen Zufall erfuhr ich später vom weiteren Schicksal der Wäscheverwalterin aus Tscherdyn. Es verschlug sie in eines der Lager im Kolymagebiet, und dort erzählte sie einer Leningraderin von O. M.s Erkrankung. Nach dem Sprung aus dem Fenster erwartete er weiterhin seine Erschießung, versuchte aber nicht mehr, sich durch Flucht in Sicherheit zu bringen. Die Ankunft seiner Mörder erwartete er zu einer bestimmten Stunde und sah dieser mit Unruhe und Angst entgegen. Im Krankenzimmer, in dem wir untergebracht waren, hing eine große Wanduhr. Einmal bekannte O. M. mir gegenüber, er erwarte den Vollzug der Erschießung um sechs Uhr am Abend, und die Wäscheverwalterin riet mir, die Uhr unbemerkt vorzustellen. Sie half mir dabei, und O. M. blieb von der aufwühlenden Angstattacke, die ihn ergriffen hätte, wenn sich die schicksalhafte Stunde genähert hätte, verschont. »Du hast doch gesagt, sie kommen um sechs«, sagte ich zu ihm, »und jetzt ist es schon viertel nach sieben.« Merkwürdigerweise gelang dieser Betrug, und die Erregungszustände, die auf eine bestimmte Uhrzeit bezogen waren, wiederholten sich danach nicht mehr.

Die Wäscheverwalterin erinnerte sich an diese Begebenheit sehr gut und erzählte davon einer ihrer Leidensgenossinnen, die mit ihr in einer Baracke lebte, der Schriftstellerin Je. M. Tager. Nachdem sie etwa zwanzig Jahre im Lager zugebracht hatte, wurde Tager nach dem XX. Parteitag rehabilitiert und konnte in ihre Geburtsstadt zurückkehren. Sie erhielt eine Wohnung in dem Haus, in dem auch Anna Achmatowa lebte, dort habe ich sie kennengelernt. Und ich, die ich ebenfalls durch Zufall unbeschadet an Körper und Geist überlebt hatte, erkannte in der, die von der Begebenheit mit der Uhr berichtet hatte, die Wäscheverwalterin aus Tscherdyn wieder. Ein Zufall folgt auf den anderen, damit ich auf Papier festhalten kann – ob dies wohl von anderen Menschen irgendwann einmal gelesen wird? –, dass die schlimmsten Befürchtungen der in Tscherdyn in Verbannung Lebenden sich bewahrheitet haben. Meine namenlose Schwester aus Tscherdyn starb an der Kolyma an akuter Entkräftung. Und es ist mir bis heute nicht gelungen, zu erfahren, was aus ihren Kindern wurde, von denen sie sich lossagte, damit sie am Leben blieben. Ob sie von dem Schicksal, das für gewöhnlich die Kinder Verbannter und Lagerhäftlinge traf, verschont blieben? Mussten sie mit Gefängnis und Lager für ihre Eltern bezahlen, die ihre geistigen und sittlichen Werte zu bewahren suchten? Und nicht zuletzt – haben die Kinder die geistigen und sittlichen Werte bewahren können, für die ihre Eltern so teuer bezahlt haben?

Das alles weiß ich nicht, und ich werde es niemals erfahren.

Halluzinationen

Wir spazierten durch Tscherdyn, sprachen mit den Menschen, schliefen im Krankenhaus, und ich hatte keine Angst mehr vor dem offenen Fenster. Allein der verbundene Arm erinnerte mich an den ersten Morgen – oder war es eine weiße Nacht? – und daran, wie ich plötzlich mit dem leeren Jackett in der Hand dastand. Als im Jahr 38 die Tschekisten wiederkamen und O. M. erneut mitnahmen, stand ich ein zweites Mal mit dem leeren Jackett in der Hand da. In der Eile hatte O. M. vergessen, es anzuziehen.

Nach einigen Tagen in Tscherdyn war O. M. sehr viel ruhiger geworden, das akute Stadium der Erkrankung war überwunden, gleichwohl dauerte sie fort. Er erwartete weiterhin den Vollzug der Erschießung, aber sein psychischer Zustand hatte sich verändert, und er war in gewisser Weise in die Realität zurückgekehrt. Nach der Begebenheit mit der Uhr hatte er mir gesagt, dass er sich dem Vollzug der Strafe nicht entziehen könne, denn man schaffe es wohl kaum, etwas zu unternehmen, selbst sich das Leben zu nehmen sei nicht so einfach: »Sonst würde ja niemand lebend in ihre Gewalt kommen.«

Der Erregungszustand hatte sich gelegt, die akustischen Wahnvorstellungen indes bestanden weiterhin. Diese machten sich nicht als etwas in der Art einer inneren Stimme bemerkbar, sondern es war etwas Rabiates und vollkommen Fremdes. Bereits in Tscherdyn sprach O. M. über diese Wahnvorstellungen uneingeschränkt objektiv, suchte sie zu durchdringen und zu begreifen. Er erklärte mir, dass die Stimmen, die er höre, nicht aus ihm heraus, sondern nur von außen kommen könnten, denn sie sprächen nicht mit seinem Vokabular. »Solches könnte ich nicht einmal denken«, lautete seine Überlegung, aufgrund derer er zu dem Schluss kam, dass die Stimmen real seien. In gewisser Weise also hinderte seine Begabung zur Analyse ihn daran, seine Halluzinationen zu überwinden. Er vermochte nicht zu glauben, dass die Stimmen ihren Ursprung in ihm hatten, denn er meinte, Halluzinationen müssten in irgendeiner Weise das innere Erleben des Erkrankten abbilden.

»Vielleicht handelt es sich um Verdrängtes?«, fragte ich nach, aber er beharrte darauf, sein Verdrängtes sei gänzlich anders, die Stimmen seien etwas ihm Fremdes. »Es sind Ängste, aber nicht meine Ängste.« In seinen Gedichten offenbarte O. M. sich, sodass, zumindest für mich, wenige »dunkle Flecken« blieben, und ich schreibe ganz bewusst »dunkle Flecken«, denn er war auf seine Art ein sehr zurückhaltender Mensch, für den es Themen gab, über die er kaum sprach. So legte er beispielsweise die Assoziationsketten in seinen Gedichten niemals offen, kommentierte seine Gedichte generell nicht und äußerte sich nur in dürren Worten über die ihm liebsten Dinge und Menschen, beispielsweise seine Mutter oder Puschkin. Mit anderen Worten: Für ihn existierten Bereiche, die zu berühren ihm fast einer Gotteslästerung gleichkam, und das meine ich, wenn ich Zurückhaltung schreibe. Dies war aber keine »Störung«, denn er war kein Mensch zurückgehaltenen Denkens oder Empfindens, im Gegenteil. Und kann man denn überhaupt in dieser Kategorie denken, wenn die Erkrankung hervorgerufen wurde durch eine übersteigerte Reaktion auf die Realität?

»Wessen Sprache ist es denn? Wessen Worte hörst du?« Eine genaue Antwort auf diese Frage konnte er mir nicht geben. Mag sein, dass es Sprache und Worte jener waren, die ihn durch die Gefängniskorridore zu den nächtlichen Verhören geführt hatten. Diese Männer zwinkerten einander mitunter zu und knackten mit den Fingergelenken – eine symbolische Geste, die für »als Abgang verbuchen« stand – und tauschten kurze, furchteinflößende Floskeln aus. Ihr ganzes Verhalten diente ebenfalls der Einschüchterung der Inhaftierten, sie arbeiteten auf diese Weise mit den Untersuchungsrichtern zusammen – das war allen, die im Inneren Gefängnis gewesen waren, bekannt. O. M. erinnerte sich darüber hinaus häufig an die Stimme jenes Mannes, der ihn die »Eisentore der GPU« passieren ließ. Er nannte ihn Kommandant, möglicherweise aber war er lediglich der Diensthabende des Wachschutzes. Er konnte ihn nicht sehen, denn er saß im »Raben«, doch er hörte, dass jemand die Papiere kontrollierte, bevor der Wagen das Tor passieren konnte, und die Stimme sowie diese gesamte Prozedur hinterließen einen nachhaltigen Eindruck bei ihm. Am stärksten jedoch hatten dies die Reden über »Verbrechen und Strafe« getan.

»Die Stimmen sind«, so sagte er mir einmal, »wie ein ›Sammelzitat‹ aus all dem, was ich dort zu hören bekam.« (Den Begriff »Sammelzitat« hatte Andrej Belyj geprägt. Jeder Autor, so erläuterte er, sei für ihn nicht durch vereinzelte und genaue Zitate repräsentiert, sondern durch ein generalisiertes »Sammelzitat«, das so etwas wie die Quintessenz der Gedanken und Worte dieses Autors darstelle.)

Um zu prüfen, inwieweit O. M. sich in der Realität orientierte, fragte ich ihn, ob er nicht auch die Stimmen von Oska und den Wachschutzsoldaten höre oder von den Bauern, die mit uns im Krankenhaus waren. O. M. war empört: Die Wachschutzsoldaten seien doch einfache Jungen vom Lande gewesen, die einen schrecklichen Dienst zu erfüllen hatten, sie seien »wie die Hühner in die Suppe geraten«, und die enteigneten Großbauern nahm er für die, die sie waren. »Gewöhnliche Menschen können so etwas weder denken nach aussprechen.« Die »gewöhnlichen« Menschen und jene, mit denen er im Gefängnis zu tun gehabt hatte, schienen ihm Menschen entgegengesetzter Gemütsarten zu sein. O. M. sagte mir mehrmals in Tscherdyn und auch später: »Du machst dir keinerlei Vorstellung, wer sich da versammelt hat.« Zugleich war er in der Lage, die gewöhnlichen Mitarbeiter und einige der Höherrangigen, mit denen wir in Woronesch zu tun hatten, von denen des besonderen, den Nachtdienst im Inneren Gefängnis verrichtenden Stabs zu unterscheiden. Erstere wurden nach den allgemeinen Verfahren der Roten Armee ausgewählt, die anderen waren von ganz besonderem Schlage: »Für diesen Dienst muss man berufen sein, ein gewöhnlicher Mensch hält das nicht aus.« Von denen, mit denen wir in Tscherdyn zu tun hatten, rechnete er nur den Kommandanten zu diesen Menschen, und diese Einschätzung deckte sich mit der der anderen dort in der Verbannung Lebenden. Sie warnten uns, dass wir dem Kommandanten gegenüber ganz besonders vorsichtig sein und ihm so wenig wie möglich unter die Augen kommen sollten – »Wer weiß schon, was ihm in den Sinn kommt.« Er war ein Mann des Bürgerkriegs und hörte stets auf »seinen Klasseninstinkt«, berichtete der kurzbeinige Marxist mir voller Entsetzen. »Und das führt zu nichts Gutem, denn man weiß nie, wozu ihn das fähig macht.« Der

Ärmste war der Macht des ins Hinterland versetzten und ohne Kontrolle herrschenden Kommandanten absolut ausgeliefert. O. M.s intuitives Entsetzen, das dieser Mann in ihm hervorrief, war absolut begründet.

O. M. hörte derbe, furchteinflößende Männerstimmen, die Bewertungen des Verbrechens, dessen er sich schuldig gemacht haben sollte, abgaben, alle nur möglichen Strafen aufzählten, sie sprachen die Zeitungssprache der Tage der stalinistischen Verleumdungskampagnen, beschimpften O. M. mit den schmutzigsten Worten, warfen ihm vor, er habe zahlreiche Menschen vernichtet, die sein Gedicht gehört hatten. Eine dieser Stimmen zählte die Namen dieser Menschen als Beschuldigte bei zu eröffnenden Strafverfahren auf und appellierte an das Gewissen dessen, der sie vernichtet hatte. Wobei es merkwürdig war, dass das Wort »Gewissen« gesagt wurde, das bei uns vollkommen aus dem Gebrauch geraten war, im Inneren Gefängnis aber weiterhin Verwendung fand. Weder in Zeitungen noch in Büchern oder in der Schule wurde dieses Wort noch verwendet. Die Funktion des Gewissens hatte zuerst das »Klassenbewusstsein« und später das »Staatswohl« übernommen. Den Verhafteten der Lubjanka indes wurde unaufhörlich mit den »Gewissensqualen« gedroht, die sie erleiden würden. Boris Sergejewitsch Kusin berichtete, er sei, als man versucht habe, ihn zum Denunzianten zu machen, eingeschüchtert worden, indem man ihm gedroht habe, man würde ihn verhaften oder ihm Unannehmlichkeiten bei seiner Arbeit bereiten, mit Gerüchten, er sei ein Agent des Geheimdienstes, die man unter seinen Freunden und Kollegen verbreiten werde, aber auch mit den Gewissensqualen, die er erleiden werde, da er durch seine Weigerung, das Angebot des Geheimdienstes anzunehmen, seine ganze Familie ins Unglück stürzen würde. Dass dieses Wort in den akustischen Halluzinationen O. M.s auftauchte, zeigte, dass sie ihren Ursprung in den nächtlichen Verhören hatten. Und das »Strafverfahren« sowie die Liste der einer Verschwörung gegen Stalin Beschuldigten waren ebenfalls nicht den dunklen Sphären von O. M.s

Bewusstsein entsprungen. Dieses Thema hatte der Untersuchungsrichter in meinem Beisein angesprochen und erklärt, er werde das Verfahren nur auf Anweisung von oben nicht eröffnen. Wobei dieser Erklärung sogleich die rhetorische Frage folgte, wie das Verhalten dieser Leute wohl anders bezeichnet werden könne, wenn nicht als Verschwörung. Unsere Realität überstieg die tollkühnsten und absurdesten Vorstellungen.

Wo verläuft in Epochen wie der unsrigen die Grenze zwischen Norm und Krankheit? O. M. und ich dachten über dieselben Dinge nach, bei ihm jedoch hatten diese Überlegungen eine emotionale Komponente – er dachte nicht nur über die Dinge nach, sondern stellte sich zugleich vor, was alles geschehen könnte. Er weckte mich mitten in der Nacht und sagte, Anna Andrejewna sei verhaftet worden und würde in diesem Augenblick zum Verhör gebracht. »Warum denkst du das?« – »Es scheint mir so zu sein.« Wenn wir während unserer Zeit in Tscherdyn spazieren gingen, hielt er in den Schluchten nach Anna Andrejewnas Leichnam Ausschau. Das ist selbstverständlich Wahnsinn. Aber auch ich, die ich aus der Lethargie erwacht war, die mich im Zug erfasst hatte, schlief des Nachts nicht und stellte Mutmaßungen darüber an, wer von unseren Verwandten und Freunden bereits abgeholt worden war und was ihnen vorgeworfen würde. Außer der Anschuldigung des Unterlassens einer Anzeige könnte man ihnen alles nur Mögliche anhängen. Dem Untersuchungsrichter, der erklärt hatte, er werde kein Verfahren eröffnen, Glauben zu schenken, war reiner Wahnsinn, ja Niedrigkeit. Zum Beispiel Adalis: Ich wandte mich von ihr ab, als ich erfahren hatte, dass sie in der Strafsache gegen einen ihrer Männer den Anschuldigungen des Untersuchungsrichters geglaubt und sich von einem vollkommen Unschuldigen losgesagt hatte.

War ich auch krank, als ich mir in schlaflosen Nächten die Verhöre und Folter ausmalte – zunächst nur psychische Folter oder solche, die keinerlei Spuren am Körper hinterlässt –, denen meine Freunde und Bekannten unterzogen wurden? Nein, von Krankheit war da keine Spur, jeden normalen Menschen an meiner Stelle hätten diese Gedanken gequält. Wer von uns hat sich selbst nicht im Kabinett des Untersuchungsrichters gesehen, wer von uns hat aus nichtigsten Gründen nicht Antworten erdacht auf Fragen, die ihm gestellt werden könnten? Davon zeugen auch Anna Andrejewnas Verse: »Und dort hinter dem Stacheldraht, / Im Herzen der tiefsten Taiga / geht mein Doppelgänger zum Verhör.«

O. M. war fraglos ein Mensch von besonders hoher Sensibilität und Erregbarkeit. Er nahm äußere Reize stärker als andere wahr und war deshalb mehr als andere prädestiniert, Traumata zu erleiden. Aber braucht es eine derartige Hypersensibilität, um an diesem Leben zu zerbrechen?

Kranke müssen kuriert werden. Ich forderte eine Begutachtung seines Zustands. Die leitende Ärztin des Krankenhauses weigerte sich kategorisch, ihn zur Begutachtung zu überweisen. Ihre Antworten erinnerten mich an jene von Oska: »Nicht erlaubt.« Ich blieb hartnäckig, sie wich den Gesprächen mit mir aus und antwortete mit Lamentieren. Einmal konnte sie nicht an sich halten und hielt mir entgegen: »Was wollen Sie eigentlich? Alle, die dort waren, kommen hier in diesem Zustand an.«

Ich hatte die unzeitgemäße Vorstellung, ein Wahnsinniger dürfe von Gesetz wegen nicht in die Verbannung geschickt werden, und sah in der Ärztin eine Helfershelferin der Schergen. Dann aber fiel mir auf, dass die bärtigen Bauern gut mit ihr standen. »Es bringt nichts, ihr auf die Nerven zu fallen«, sagte einer von ihnen zu mir. »Was kann sie denn bewirken? Absolut gar nichts.« – »Aber was ist sie nur für ein Mensch?«, fragte ich. – »Kein schlechterer als alle anderen.« Und tatsächlich ist es so, dass es nicht möglich ist, unter allen Umständen hohe moralische Ansprüche umzusetzen. Als ich all das etwas näher betrachtete, wurde mir klar, dass sie nur eine ganz gewöhnliche Kreisärztin war. Sie hatte kein Glück gehabt, denn sie war an einen Ort versetzt worden, in den jene kamen, die im Inneren Gefängnis gewesen waren, und deshalb war sie zum ständigen

Kontakt mit Geheimdienstmitarbeitern und zur Arbeit »nach Anweisung« gezwungen. Sie hatte deshalb gelernt, ihre Zunge in Zaum zu halten und die Verfügungen von oben nicht offen in Frage zu stellen. Ihre Tage verbrachte sie damit, die eitrigen Verbände der Bärtigen zu wechseln, sie war ihnen gegenüber ungehalten und keifte sie an, aber sie behandelte sie im Rahmen ihrer Möglichkeiten. Und mir gab sie einen guten Rat: Ich solle nicht durchzusetzen versuchen, dass O.M. zur Begutachtung nach Perm überwiesen würde, und ihn nicht in eine Heilanstalt einweisen lassen. »Es geht vorbei – in einer solchen Anstalt aber wird er zugrunde gehen. Sie wissen, wie es bei uns in solchen Anstalten zugeht.« Diesen Rat nahm ich an und tat gut daran, denn tatsächlich ging »es« vorbei. Und doch wüsste ich gern, welchen medizinischen Namen »es« hat, warum so viele Untersuchungsgefangene daran erkrankten und welche Bedingungen dort im Gefängnis diese epidemische Erkrankung ausgelöst haben. Ich wiederhole, dass O.M. eine besonders hohe Erregbarkeit zu eigen war, möglicherweise auch eine Disposition zu psychischen Erkrankungen, und dass es nicht die Tatsache war, dass er an dieser Krankheit litt, die mich überraschte, sondern deren epidemisches Ausmaß, das mir alle, mit denen ich zu tun hatte, bestätigten. Wobei jene, die die Gefängnisse zu Zarenzeiten aus eigener Anschauung kannten, die sich nun wirklich nicht durch humane Haftbedingungen auszeichneten, meine Vermutung bekräftigten, dass sich die Inhaftierten damals sehr viel besser gehalten haben und ihre Psyche nicht derart geschädigt wurde.

Viele Jahre später teilte ich ein Abteil im Zug, der nach Osten fuhr, mit einer jungen Frau, die es ebenfalls nicht glücklich getroffen hatte. Sie hatte eine Zuweisung zu einer Anstellung in einem Lagerkrankenhaus erhalten. Die Zeiten waren nicht mehr so schlimm, es war das Jahr 54, und die junge Frau begann zu erzählen. Wohin soll man gehen? Wie kann man sich retten vor alldem? Das alles ist doch nicht mehr auszuhalten. »Das Schlimmste ist, dass man nichts tun kann. Was kann ich als Ärztin denn schon tun? Wir schreiben, was uns vorgegeben wird, und was wir zu tun haben, wird uns auch vorgegeben.« Zu jener Zeit war mir bereits bewusst, dass Ärzte nicht wagen, nach eigenem Ermessen zu verfahren, und nur allzu oft gezwungen sind, gegen ihr Gewissen zu handeln, wobei einigen nicht einmal in den Sinn kommt, dass sie gegen das ärztliche Gewissen handeln, wenn sie beispielsweise Attestationen von Krankheit, Bescheinigungen von Arbeitsunfähigkeit oder Invaliditätsnachweise verweigern. Doch warum sollte man die Ärzte besonders hervorheben? Wir alle tun ja nur das, was angeordnet ist. Wir alle leben »nach Anweisung«, und es gibt keinen Grund, davor die Augen zu verschließen.

Beruf und Krankheit

Akustische Halluzinationen sind, so scheint mir, bei einem Dichter so etwas wie eine Berufskrankheit.

Der Prozess des Dichtens beginnt auf diese Weise – viele Dichter bezeugen das, Achmatowa im »Poem ohne Held« ebenso wie O. M.: Eine aufdringliche, zunächst verschwommene, später immer genauer sich herausbildende musikalische Phrase, die jedoch noch ohne Worte ist, beginnt im Inneren zu klingen.

Viele Male habe ich beobachtet, wie O. M. sich von dieser Melodie zu befreien, sie abzuschütteln und ihr zu entkommen suchte. Er schüttelte den Kopf, als sei es möglich, die Melodie wie Wasser, das bei einem Bad ins Ohr geraten ist, herauszuschleudern. Nichts jedoch vermochte die Melodie zum Verstummen zu bringen – nicht Lärm noch Radio noch Gespräche im selben Raum.

Anna Andrejewna berichtete, sie sei, als das »Poem ohne Held« in ihr zu klingen begann, bereit gewesen, alles nur Mögliche zu unternehmen, um sich von ihm zu befreien, sie habe sich sogar in Tätigkeiten wie Wäschewaschen gestürzt, aber nichts habe geholfen.

Plötzlich beginnen Worte durch die musikalische Phrase hindurchzuscheinen und die Lippen zu bewegen. Die Arbeit des Komponisten und des Dichters sind sich vermutlich in gewisser Weise ähnlich, wobei sich diese beiden Arten des schöpferischen Prozesses durch jenes kritische Momentum, in dem die Worte zu Tage treten, unterscheiden.

Bisweilen hörte O. M. eine Melodie im Traum, aber wenn er erwachte, konnte er sich an die Verse, die er geträumt hatte, nicht mehr erinnern.

Mein Eindruck war, dass die Verse existierten, noch bevor sie gedichtet wurden (O. M. sagte nie, er habe ein Gedicht »geschrieben«: Er »dichtete« zuerst, dann schrieb er die Verse nieder). Der gesamte Schaffensprozess des Dichtens besteht im mühsamen Erfassen und Auftauchenlassen einer bereits existenten und aus unbekannter Quelle übertragenen harmonischen Sinneinheit, die allmählich ihren Ausdruck in Worten findet.

Der letzte Arbeitsschritt schließlich ist die Aussonderung der zufällig ins Gedicht gelangten Wörter, die sich nicht in das harmonische Ganze einfügen, das vor Entstehung der Verse bereits vorhanden ist. Diese Wörter, die sich zufällig in die Verse hineingemogelt hatten, waren in der Eile gewählt worden, um Leerstellen zu füllen, als sich das Ganze entwickelte. Sie setzten sich fest, und sie wieder zu entfernen war ebenfalls mühselige Arbeit. Dieser letzte Schritt ist ein quälendes Insichhineinhorchen auf der Suche nach jenem objektiven und absoluten einheitlichen Ganzen, das Gedicht genannt wird. Bei dem Gedicht »Nun bewahr es auf immer, mein Wort« war es der Begriff »Gewissen« (»für den Teer des Gewissens, der Mühe«), der zuletzt auftauchte. O. M. klagte, hier brauche es eine genaue und schlichte Begriffsbestimmung, wie bei Anna Andrejewna: »Sie ist die Einzige, die das wirklich beherrscht.« Es war, als warte er auf ihre Hilfe.

Bei seiner Arbeit an den Gedichten bemerkte ich nicht nur ein einmaliges, sondern ein zweimaliges »aufrichtendes Aufatmen«, und zwar, wenn die ersten Worte eines Verses oder einer Strophe ins Bewusstsein traten, und ein weiteres Mal, wenn das letzte genau zutreffende der Worte gefunden war, durch die jene, die sich zufällig ins Gedicht hineingemogelt hatten, wieder ausgesondert wurden. Dann war der Prozess des Insichhineinhorchens vorüber, der Prozess, der den Boden bereitet für Zerrüttung und Krankheit. Das Gedicht fällt dann von seinem Autor gewissermaßen ab und surrt nicht weiter um ihn, quillt nicht weiter in ihm. Der Besessene erfährt Befreiung. Die arme Kuh Io ist den Bienen entkommen.

Lässt ihn ein Gedicht nicht los, bedeute dies, so sagte O. M., dass etwas in ihm noch nicht vollkommen oder noch verborgen sei, dass also eine fruchtbare Knospe geblieben sei, aus der eine neue Blüte erwachsen will – mit anderen Worten: Die Arbeit ist noch nicht beendet.

War die innere Stimme verstummt, war O. M. bestrebt, das neue Gedicht schnellstmöglich jemandem zu Gehör zu bringen. Meine Person war nicht genug, ich hatte die Unruhe beim Entstehen ja aus nächster Nähe beobachtet, und es schien O. M. deshalb, ich hätte den gesamten Prozess des Klingens und Entstehens mitvollzogen. Bisweilen warf er mir sogar vor, ich hätte etwas nicht genau vernommen. In der letzten Zeit in Woronesch (als die Gedichte des »Zweiten« und des »Dritten Woronescher Heftes« entstanden) suchten wir Natascha Schtempel auf oder riefen Fedja Maranz zu uns, einen affenähnlichen Agronom, tatsächlich aber ein überaus reizender und anständiger Mensch, der ursprünglich Geiger hatte werden wollen, sich in der Jugend aber eine Verletzung an der Hand zugezogen hatte. Er besaß jene innere Harmonie, die musikalischen Menschen zu eigen ist. Mit Gedichten hatte er zuvor nichts zu tun gehabt, aber seine musikalische Begabung machte ihn zu einem besseren Zuhörer, als mancher Fachkundige es war.

Das Gedicht zum ersten Mal jemandem vorzutragen stellt den Abschluss des Arbeitsprozesses an ihm dar, und der erste Hörer kann als am Entstehungsprozess Beteiligter gesehen werden. Die ersten Hörer von O. M.s Gedichten waren Boris Sergejewitsch Kusin, ein Biologe, dem O. M. das Gedicht »An die deutsche Sprache« gewidmet hat, und Alexander Morgulis, der im Wesentlichen die Gedichte der ersten beiden »Woronescher Hefte« verbreitet hat, indem er sie sich durch den Vortrag einprägte oder eine Abschrift erhielt und sie dann Freunden und Bekannten vortrug, deren er zahllose hatte. O. M. verfasste eine endlose Zahl von »Marguletten«, Gedichte über Morgulis, die allesamt mit den Worten »Der alte Morgulis« begannen und unbedingt von diesem gutgeheißen werden mussten, und versicherte, bei dem bettelarmen alten Morgulis (der damals nicht älter als dreißig Jahre war) säße zu Hause ein noch bettelärmerer Alter, den er insgeheim durchfüttere. Morgulis war wie ein menschliches Orchester, er konnte die schwierigsten Symphonien pfeifen. Es ist ein Jammer, dass die besten »Marguiette« darüber, wie der alte Morgulis auf den Boulevards von Moskau Beethoven zum Besten gibt, verloren sind. Er heiratete die Pianistin Isa Chanzin, eine wundervolle Interpretin der Werke Skrjabins. Morgulis liebte Musik, Gedichte und Abenteuerromane. Wie ich hörte, erzählte er, bevor er unter dem Himmel des Fernen Ostens langsam den Tod fand, den Kriminellen dort Märchen und Abenteuergeschichten und wurde dafür von ihnen durchgefüttert.

Erster Hörer der Gedichte O. M.s war oftmals auch Ljowa Gumiljow, der im Winter 33/34 bei uns wohnte. Den Anfang des »ersten Woronescher Hefts« trug O. M. Rudakow vor, der mit anderen Adligen aus Leningrad ausgewiesen worden war (er konnte jedoch schon bald wieder dorthin zurückkehren).

Der Zufall wollte es, dass alle, denen O. M. seine Gedichte zuerst vorgetragen hatte, ein tragisches Schicksal ereilte. Alle – außer Natascha – mussten Gefängnis und Verbannung durchleiden. Fedja beispielsweise war während der Jeshowschtschina über ein Jahr lang inhaftiert, widerstand allem, unterschrieb nichts und gehörte deshalb zu jenen Glücklichen, die in Freiheit kamen, nachdem Jeshow seines Postens enthoben worden war. Dieses Martyrium machte ihn zu einem kranken und zerrütteten Menschen. Nach dem Krieg wurde er in die Verbannung geschickt, und zwar einzig deshalb, weil Wien seine Geburtsstadt war, obgleich seine Eltern schon drei Wochen nach seiner Geburt mit ihm nach Kiew zurückgekehrt waren.

Man ist versucht, in dem Umstand, dass alle, denen O. M. seine Gedichte als ersten Hörern vorgetragen hat, Repressionen ausgesetzt waren, einen logischen Zusammenhang festzustellen. Tatsächlich aber gibt es keinen solchen. Kusins hatte man sich bereits vor der Bekanntschaft mit uns im Zusammenhang mit den Strafprozessen gegen die Biologen angenommen. Zum ersten Mal war man wegen Schmähgedichten, die er geschrieben und sorgsam vor uns geheim gehalten hatte, auf ihn aufmerksam geworden. Er war in Privatwohnungen zitiert worden, in denen in einem speziell zu diesem Zweck gesicherten Raum ein Untersuchungsrichter saß, der Mitarbeiter anzuwerben versuchte. Schon 1932 war Kusin erstmals inhaftiert worden, ein zweites Mal wurde er am selben Tag wie der Biologe Wermel verhaftet – sie galten als Neo-Lamarckisten und waren zuvor bereits aus der Timirjasew-Akademie ausgeschlossen worden.

Der Biologe Kusin, der Agronom Fedja Maranz, Rudakow, Sohn eines Generals, der erschossen worden war, und der Sohn des Dichters Gumiljow, der erschossen worden war – sie alle waren nicht einmal miteinander bekannt. Das Einzige, das sie verband, war ihre Liebe zur Poesie. Dieses Gefühl erfordert offenbar jene in hohem Maße ausgebildete innere Kultur, aufgrund derer in unseren Zeiten Menschen zum Tode oder im besten Fall zur Verbannung verurteilt wurden. Einzig Übersetzern war das Leben gestattet.

Der Arbeitsprozess einer Übersetzung ist dem schöpferischen Prozess der Arbeit an Gedichten vollkommen entgegengesetzt. Ich meine hier natürlich nicht jenes wundervolle Verschmelzen mit den zu übersetzenden Dichtern, wie das bei Shukowskij und A. K. Tolstoj der Fall war, die durch ihre Übersetzungen etwas ganz Neues in die russische Poesie eingebracht haben und deren Übersetzungen von Gedichten eigenständiger Teil der russischen Literatur wurden, wie die von uns allen so geliebte »Braut von Korinth«. Derartig gelungen vermögen nur echte Dichter zu übersetzen, und auch sie schaffen das nur höchst selten. Die Übersetzung an sich jedoch ist ein kühler und vernunftmäßiger Akt der Verifizierung, in dem dichterische Elemente nachgeahmt werden. Es mag merkwürdig anmuten, doch bei der Übersetzung ist zuvor kein einheitliches Ganzes vorhanden. Der Übersetzer kurbelt sich selbst an wie einen Motor und ruft durch langwierige, mechanische Bemühung jene Melodie herbei, die er braucht. Er verfügt nicht über das, was Chodassewitsch sehr zutreffend als »Wahrnehmung von etwas Geheimem, Verborgenem« bezeichnet hat. Die Beschäftigung mit Übersetzung ist dem wahren Dichter kontraindiziert, denn sie ist tatsächlich geeignet, die Entstehung von Gedichten zu verunmöglichen.

Im »Gespräch über Dante« bezeichnet O. M. sowohl die, die Verse verwenden, um ihren Gedanken Ausdruck zu verleihen, als auch die, die übersetzerisch tätig sind, als »Übersetzer eines bereits fertigen Gedankens«. Diese unterschied O. M. stets von den wahrhaften Dichtern. Es gab eine Zeit, in der in unserem Land keine Gedichte mehr gelesen wurden. »Mit den Gedichten ist es so eine Sache«, sagte Anna Andrejewna einmal. »Wer ihr Surrogat einmal geschluckt hat, ist auf immer wie vergiftet.« Die Menschen sind zu den Gedichten zurückgekehrt und lesen sie wie niemals zuvor, jedoch nur deshalb, weil sie gelernt haben, sie von allen anderen Erzeugnissen des übersetzerischen Handwerks zu unterscheiden.

Ein Gedicht ist wie ein Wort. Ein erdachtes Wort ist nicht lebensfähig. Das haben alle verunglückten Versuche der Neuschöpfung von Wörtern bewiesen – sie sind naives, individualistisches Spiel mit der göttlichen Gabe des Menschen, der Sprache. Der phonetischen Einheit, die Wort genannt wird, werden willkürlich irgendwelche Bedeutungen angeheftet, und es entsteht eine Geheimsprache oder eine Worthülse, die von Hohepriestern, Beschwörern, Regierenden oder sonstigen Scharlatanen zu eigennützigen Zwecken verwendet wird. Diese Schändung wird an Wörtern ebenso vollzogen wie an Gedichten, und sie werden benutzt, wie ein Hypnotiseur seine Kristallkugel benutzt. Der Betrug wird zwar früher oder später aufgedeckt, die Menschen indes sind stets in Gefahr, neuen Betrügern, die ihnen die Kristallkugel von der anderen Seite zeigen, auf den Leim zu gehen.

»Im Inneren«

Was ging im Gefängnis während der Untersuchungshaft vor sich? Während unserer Zeit in Woronesch sprach O.M. viel mit mir darüber und rang darum, Halluzinationen und Wahnvorstellungen von der Realität zu scheiden. Seine ausgeprägte Beobachtungsgabe hatte er zu keinem Augenblick verloren. Das zeigte mir seine Frage, was das für ein Mantel sei, den ich trug, die er mir sogleich stellte, als wir uns wiedersahen, und seine Schlussfolgerung aus meiner Antwort, dies sei der Mantel meiner Mutter: »Das heißt, du bist nicht verhaftet worden.« Aber er war krank, und es zeigte sich, dass bei weitem nicht alle seine Beobachtungen und Schlussfolgerungen richtig waren. Sorgfältig lasen wir gemeinsam die kleinen Splitter der Realität heraus, aber das ging uns nicht allzu leicht von der Hand.

Ein recht gutes Kriterium für den Wahrheitsgehalt seiner Erinnerung war für uns die Vielzahl der Fragen, die der Untersuchungsrichter während unserer Begegnung aufgeworfen hatte. Sein Ziel war dabei offensichtlich, nämlich mich seine Version des Verfahrens im Allgemeinen und einzelner Aspekte der strafrechtlichen Untersuchung im Besonderen glauben zu machen. Ich habe damit also gewissermaßen von höherer Autorität die Erläuterung erhalten, wie das Geschehen zu interpretieren sei. Es gab zahlreiche Frauen, die, wie Adalis, derartige Erläuterungen dankbar aufnahmen. Die meisten taten es aus dem Gefühl des Selbstschutzes heraus, manche aber auch, weil es sie überzeugte. Ich war während der Begegnung mit O. M. im Kabinett des Untersuchungsrichters gewissermaßen eine unbeschriebene Tafel, auf die der Untersuchungsrichter ebenso wie O. M. ihre Version des Geschehens einritzten, damit ich diese der Welt draußen mitteilte. Der Untersuchungsrichter versuchte ganz bewusst, mir und durch mich all jenen, mit denen ich sprechen würde, Angst einzujagen. Aber ebenso wie viele andere aktiv am Geschehen beteiligte Persönlichkeiten unserer Epoche verkalkulierte er sich, denn es kam ihnen absolut nicht in den Sinn, dass ihr Opfer sich gewisser Dinge entsinnt und den Mut hat, das Geschehen nicht aus der offiziellen, sondern aus der eigenen Perspektive zu betrachten. Terror und Selbstherrschaft sind stets kurzsichtig.

O. M. schien ihnen aufgrund seiner leichten Erregbarkeit wohl eine leichte Beute zu sein, und deshalb wurden bei ihm keine besonders ausgefeilten Methoden angewandt. Er saß in einer »Zweierzelle«. Die Einzelzelle kommentierte der Untersuchungsrichter folgendermaßen: »Die Unterbringung in Einzelhaft ist bei uns aus humanitären Gründen verboten.« Ich wusste, dass dies eine Lüge war. Sollte ein derartiges Verbot jemals existiert haben, so lediglich auf dem Papier. Zu allen Zeiten haben wir Menschen getroffen, die in Einzelhaft gesessen hatten. Später, als der zu nutzende Raum in den Gefängnissen knapp wurde, wurden diese winzigen Zellen erbarmungslos überbelegt. Davon hörten wir zum ersten Mal in der Zeit der Konfiszierung von Wertsachen. Wer der Haft entronnen war, berichtete, die Häftlinge hätten ganze Tage und Nächte in vollkommen überbelegten Einzelzellen im Stehen verbringen müssen. Normalerweise wurde die zweite Pritsche auf besondere

Weise genutzt, wovon wir vor O.M.s Inhaftierung im Jahr 34 allerdings noch nichts ahnten.

O.M.s Zellengenosse machte ihm Angst vor dem Prozess, der ihm angeblich bevorstand. Er versuchte ihm einzureden, alle seine Verwandten und Bekannten seien bereits verhaftet und stünden bei Prozesseröffnung ebenfalls unter Anklage. Er ging die Paragraphen des Strafgesetzbuches durch und »beriet« O. M., soll heißen, er schüchterte ihn ein mit Anklagepunkten wie Terrorismus, Verschwörung und Ähnlichem. Nach der Rückkehr von den nächtlichen Verhören geriet O. M. in die Klauen seines »Zellengenossen«, der ihn nicht zur Ruhe kommen ließ. Jedoch arbeitete dieser Herr nicht sehr geschickt, und O. M. reagierte auf seine Behelligungen einmal mit der Frage: »Wie kommt es eigentlich, dass Sie so saubere Fingernägel haben?« Dieser Häftling war nämlich so dumm gewesen, zu behaupten, er säße schon mehrere Monate, seine Fingernägel jedoch waren akkurat geschnitten. Und eines Morgens wurde er einige Zeit nach O. M. zurück in die Zelle gebracht, angeblich vom Verhör, aber O. M. bemerkte, dass er nach Zwiebeln roch, und sagte ihm dies auf den Kopf zu.

O. M.s Darstellung, er werde in Einzelhaft gehalten, beantwortete der Untersuchungsrichter mit der Erklärung, Einzelhaft sei aus humanitären Gründen verboten, und fügte hinzu, O. M. habe sich in einer Zelle mit einem anderen Häftling befunden, er habe seinen Zellengenossen jedoch brüskiert und deshalb habe dieser verlegt werden müssen. »Welche Fürsorge!«, gelang es O. M. noch, darauf zu antworten, und damit war das Wortgefecht zu diesem Thema beendet.

Bereits im ersten Verhör hatte O. M. die Autorschaft an dem inkriminierten Gedicht gestanden, es kann also nicht die Aufgabe des bei ihm platzierten Mitarbeiters gewesen sein, Fakten herauszufinden, die O. M. vor dem Untersuchungsrichter geheim zu halten suchte. Wahrscheinlich war es die Funktion dieser Leute, die Beschuldigten einzuschüchtern und so zu zermürben, dass ihnen ihr Leben nicht mehr lieb war. Bis 1937 bediente man sich bei uns seelischer Folter, die später durch körperliche Folter ersetzt wurde, und zwar durch vollkommen primitives Zusammenschlagen. Nach 1937 habe ich nicht mehr davon gehört, dass jemand in einer Zweierzelle mit oder ohne Spitzel untergebracht wurde. Möglicherweise deshalb, weil diejenigen, die einer Einzelzelle in der Lubjanka für würdig befunden wurden, diese nicht mehr lebend verlassen würden.

O. M. wurde der körperlichen Folter unterzogen, die in unserem Land jederzeit praktiziert wurde, nämlich in erster Linie Schlafentzug. Jede Nacht wurde er zu Verhören abgeholt, die mehrere Stunden dauerten. Die meiste Zeit verbrachte er jedoch nicht beim Verhör, sondern unter Bewachung mit Warten vor der Tür zum Kabinett des Untersuchungsrichters. In einer der Nächte fand kein Verhör statt, trotzdem wurde O. M. geweckt und zu einer Frau geführt, die ihn einige Stunden vor ihrer Tür warten ließ, bis sie ihn schließlich zu fragen geruhte, ob er irgendwelche Beschwerden vorzubringen habe. Die Sinnlosigkeit, einem Aufsichtsbeamten der Staatsanwaltschaft gegenüber Beschwerden vorzubringen, liegt klar auf der Hand, und O. M. machte demzufolge von diesem seinem Recht keinen Gebrauch. Man hatte ihn dieser Mitarbeiterin der Staatsanwaltschaft vermutlich aus rein formalen Gründen vorgeführt und um das Regime des Schlafentzugs für den Häftling auch in einer Nacht aufrechtzuerhalten, in der sich der Untersuchungsrichter offensichtlich einmal ausschlief. Diese Nachteulen führten ein viehisches Leben, aber sie kamen trotz allem zu ihrem Schlaf, wenngleich nicht zu der Zeit, in der gewöhnliche Menschen zu schlafen pflegen. Was aber die Folter durch Schlafentzug und durch direkt in die Augen gehaltenes grelles Licht bedeutet, ist all jenen bekannt, die den Weg durch die Gefängnisse gehen mussten.

Beim Wiedersehen mit O. M. fiel mir auf, dass seine Lider entzündet waren, und ich fragte, was mit seinen Augen sei. Der Untersuchungsrichter beeilte sich, O. M. mit der Antwort zuvorzukommen, und behauptete, O. M. lese zu viel, wobei sich gleich darauf herausstellte, dass O. M. keine Bücher in der Zelle erlaubt waren. Mit den entzündeten Augenlidern hatten wir die ganzen verbleibenden Jahre unsere liebe Not, und es gelang nicht, die Entzündung ganz auszukurieren. O. M. war davon überzeugt, die Entzündung rühre nicht allein vom grellen Licht her, sondern auch von einer ätzenden Flüssigkeit, die ihm in die Augen gesprüht worden sei, wenn er durch den Spion in der Zellentür geschaut habe. Unruhe äußerte sich bei ihm stets dadurch, dass er sich bewegen musste, und als er allein in der Zelle verblieben war, lief er darin auf und ab. Von anderen habe ich gehört, dass der Spion in der Zellentür durch zwei dicke Gläser gesichert ist, weshalb es wohl nicht möglich ist, eine Flüssigkeit hindurchzusprühen. Möglicherweise also trog ihn die Erinnerung hinsichtlich dieser ätzenden Flüssigkeit. Aber kann allein das grelle Licht einer Lampe eine solch manifeste Entzündung der Augenlider hervorrufen?

O. M. erhielt salzreiche Nahrung, aber nichts zu trinken. Das war der übliche Umgang mit den Häftlingen der Lubjanka. Als er einmal beim Wächter, der durch den Türspion sah, um Wasser bat, wurde er in den Karzer gebracht und in eine Zwangsjacke gesteckt. So eine Zwangsjacke hatte er nie zuvor gesehen, und deshalb bot er mir an, diese Erinnerung folgendermaßen zu überprüfen: Er beschrieb, wie sie aussah, und wir suchten dann gemeinsam ein Krankenhaus auf, um zu überprüfen, ob seine Beschreibung zutraf. Und das war der Fall.

Beim Wiedersehen fiel mir auch auf, dass beide Handgelenke O. M.s verbunden waren. »Was ist mit den Armen?«, fragte ich. O. M. überging diese Frage, der Untersuchungsrichter jedoch hielt eine wütende Tirade darüber, dass O. M. verbotene Gegenstände in die Zelle gebracht habe, was nach Paragraph soundso bestraft würde. Es stellte sich heraus, dass O. M. sich mit einer »Gilette«-Klinge die Pulsadern aufgeschnitten hatte. Kusin, der im Jahr 33 nach zweimonatiger Haftstrafe wieder freigekommen war, nachdem ein an Insektenkunde interessierter Tschekist sich für ihn eingesetzt hatte, hatte O. M. nämlich berichtet, dass ein Messer oder eine Rasierklinge in der Not des Gefängnisses das ist, was am meisten fehlt. Und dass er sich überlegt habe, wie er zumindest eine Rasierklinge zu seiner Verfügung haben könnte: nämlich, indem er sie in der Schuhsohle versteckte. Daraufhin hatte O. M. einen ihm bekannten Schuhmacher überredet, ein paar Rasierklingen unter seiner Schuhsohle einzunähen. Eine derartige Weitsichtigkeit lag in unserer Natur. Bereits Mitte der zwanziger Jahre hatte Losinskij uns seine für den Fall einer Verhaftung gepackte Tasche gezeigt. Ingenieure und Menschen anderer »unter Beobachtung stehender Berufe« hatten auch gepackte Taschen. Erstaunlich ist dabei nicht die Tatsache, dass sie diese gepackten Taschen bereitgestellt hatten, sondern dass dies und die Erzählungen darüber uns in keiner Weise überraschten und wir uns lediglich dachten, es sei vollkommen nachvollziehbar, dass jemand sich auf das, was da kommen mag, vorbereitet. Das war unser Alltag, und die rechtzeitig in der Schuhsohle versteckte Rasierklinge gab O. M. die Möglichkeit, sich die Pulsadern aufzuschneiden. Zu verbluten war nicht der schlechteste Tod angesichts unseres Lebens.

Auf ganzer Linie und systematisch war man in der Lubjanka damit beschäftigt, der Psyche der Häftlinge zuzusetzen, und weil unser Geheimdienst zugleich eine bürokratische Institution war, in der ohne Anweisung nichts unternommen wurde, wird es wohl auch diesbezüglich entsprechende Anweisungen gegeben haben. Die psychische Folter ist nicht mit den niederen Gefühlen der verrohten Mitarbeiter zu erklären, obgleich selbstverständlich entsprechende Leute eingestellt wurden – bei entsprechender Anweisung jedoch hätten dieselben Mitarbeiter sich als gutherzig erwiesen. Unter uns, die wir in Freiheit lebten, kursierte das Gerücht, Jagoda habe geheime Laboratorien eingerichtet, in denen Wissenschaftler mit Sprachaufzeichnungen, Drogen und Suggestion experimentierten. Diese Gerüchte zu verifizieren war nicht möglich, möglicherweise entsprangen sie allein unserer kranken Phantasie, oder sie wurden verbreitet, um uns in Angst und Schrecken zu halten.

In seiner Zelle hörte O. M. von ferne eine Frauenstimme, die er für die meine hielt. Sie klagte, stöhnte und sprach gehetzt, alles aber derart undeutlich, dass er die Worte nicht verstehen konnte. Er glaubte deshalb, ich sei tatsächlich auch verhaftet worden, wie es der Untersuchungsrichter ihm in den Verhören zu verstehen gegeben hatte. Als wir darüber sprachen, waren wir uns unsicher, ob diese Stimme ebenfalls den akustischen Halluzinationen zuzurechnen sei. Weshalb hatte er dann aber keine Worte verstehen können? Bei akustischen Halluzinationen waren die Worte für ihn überdeutlich. Zahlreiche andere, die in jenen Jahren im Inneren Gefängnis inhaftiert waren, hatten ebenfalls die Stimmen und Schreie ihrer Ehefrauen gehört, die, wie sich im Nachhinein herausstellte, jedoch die gesamte Zeit über in Freiheit gewesen waren. Sollte das bedeuten, dass sie alle unter akustischen Halluzinationen litten? Und falls ja, wie war das zugegangen? Es hieß, der Geheimdienst verfüge in seinem Magazin über Tonaufzeichnungen von typischen Frauenstimmen, die verwendet würden, um den Inhaftierten psychische Qualen zu bereiten. Später, als die raffinierten Methoden der psychischen Folter durch primitivere ersetzt wurden, berichtete niemand mehr davon, er habe die Stimme seiner Ehefrau gehört. Ich habe Kenntnis von noch brutaleren Methoden: Es wurde beispielsweise durch einen Schlitz hindurch ein zusammengeprügelter, blutüberströmter Mann gezeigt, der furchtbar aussah, und dann sagten sie, das sei der Sohn oder der Ehemann der Verhafteten. Von Stimmen aus der Ferne berichtete dann niemand mehr. Ob es diese Tonaufzeichnungen tatsächlich gab? Ich weiß es nicht, und es gibt niemanden, bei dem ich es in Erfahrung bringen könnte.

Da O.M. nach der Entlassung aus dem Gefängnis Halluzinationen hatte, neige ich zu der Annahme, dass auch diese Stimme eine jener inneren Stimmen war, die ihn in Tscherdyn quälten. Und hinsichtlich Laboratorien, in denen mit Drogen experimentiert wird, kursieren auch heute noch entsprechende Gerüchte.

All diese Methoden sind nur möglich, wenn der Inhaftierte mit dem Augenblick der Verhaftung von jeglicher Verbindung mit der Außenwelt abgeschnitten wird. Außer der Unterschrift in dem Buch, in dem die Übergabe von Paketen quittiert wird, sieht und hört er nichts von jenen, die in Freiheit geblieben sind, wobei es längst nicht allen gestattet war, Pakete zu empfangen. Die erste Möglichkeit der Einwirkung auf den Inhaftierten war es, ihm den Empfang von Paketen, dem letzten Verbindungsglied zur Außenwelt, zu verbieten. Das ist der Grund, warum es in unserem Leben besser war, keinerlei Bindungen einzugehen – um wie viel stärker fühlt man sich, wenn man nicht gezwungen ist, während des Verhörs vermeintliche Versprecher und Andeutungen des Untersuchungsrichters zu erhaschen, um etwas über das Schicksal eines nahestehenden Menschen zu erfahren. Einem Menschen ohne jegliche Bindungen psychisch zuzusetzen ist sehr viel schwieriger, denn er vermag es viel besser, sich auf seine eigenen Interessen zu konzentrieren und sich systematisch zu schützen. Denn ungeachtet der Tatsache, dass das Urteil ohnehin von vornherein feststand, spielte eine kluge Selbstverteidigung doch eine gewisse Rolle. So gelang es einem meiner Freunde* auf eindrucksvolle Weise, den Untersuchungsrichter, der eingestandenermaßen aus der Provinz stammte, zu überlisten. Nach langem Kampf erklärte er sich bereit, in seiner Zelle all die Märchengeschichten, die ihm zur Last gelegt wurden, niederzuschreiben. Er erhielt Papier, und er schrieb all das auf, was der Untersuchungsrichter von ihm verlangte, setzte jedoch keine Unterschrift unter die Niederschrift seiner Aussage, was der Untersuchungsrichter in seiner Freude gar nicht bemerkte. Mein Freund war selbstredend unter einem Glücksstern geboren, denn zur selben Zeit wurde Jeshow seines Postens enthoben. Die Strafsache wurde nicht weitergeleitet, ein Urteil wurde nicht gesprochen, und er erwirkte eine Revision aufgrund der Tatsache, dass seine Aussage

* Schura Rumnjow, ein Schauspieler der Kammerspiele.

durch die fehlende Unterschrift nichtig sei. Er gehörte zu den wenigen, die nach Jeshows Amtsenthebung in Freiheit kamen. Unter einem Glücksstern geboren zu sein reicht indes nicht aus, und es ist ratsam, einen kühlen Kopf zu bewahren. Das fällt Menschen ohne Bindungen leichter als anderen.

Christoforytsch

O. M.s Untersuchungsrichter, der sattsam bekannte Christoforytsch, war ein Mann von einem gewissen Snobismus, der seine Dienstpflicht, nämlich die Inhaftierten einzuschüchtern und ihre psychische Verfassung zu erschüttern, ganz offensichtlich mit Vergnügen erfüllte. Mit seinem Auftreten, seinem Blick und seinem Tonfall gab er zu verstehen, dass der Untersuchungsgefangene ein Nichts, ein verachtenswertes Wesen, menschlicher Abschaum sei. »Was bläst er sich denn so auf?«, hätten wir gefragt, wenn wir einen Menschen wie ihn unter normalen Umständen getroffen hätten, aber bei nächtlichen Verhören fühlt man sich von solchen Blicken vernichtet oder erkennt zumindest die eigene vollkommene Machtlosigkeit. Er trat auf, als sei er ein Mensch einer höheren Rasse, der körperliche Schwäche und die bemitleidenswerten Verblendungen der Intellektuellen verachtet. Sein gesamtes antrainiertes Gehabe brachte dies zum Ausdruck und selbst ich, die ich nicht eingeschüchtert war, fühlte die ganze Zeit des Wiedersehens mit O. M. über, wie ich nach und nach unter seinem Blick kleiner wurde, obgleich ich schon damals ahnte, dass diese Christoforytschs und Siegfriede, diese Nachkommen und Freunde des Übermenschen, selbst keinerlei Prüfung standhalten würden und in unserer Lage dem Untergang geweiht wären. Sie sind einzig dann großartig, wenn ein Schutzloser vor ihnen steht, und vermögen ihr Opfer nur dann mit den Krallen zu packen, wenn es bereits in den Fangeisen steckt.

Der Snobismus des Untersuchungsrichters beschränkte sich nicht auf die Art seiner Körperhaltung, sondern bisweilen erlaubte er sich auch höherklassige Ausfälle, die den Beigeruch der literarischen Salons hatten. Die erste Generation junger Tschekisten, die 1937 abgelöst und umgebracht wurde, zeichnete sich durch einen sehr modernen und durchaus gewählten Geschmack sowie durch eine Schwäche für Literatur, selbstverständlich die moderne, aus. In meiner Gegenwart sagte Christoforytsch zu O. M., einem Dichter sei das Gefühl der Angst zuträglich, denn es fördere die Entstehung von Gedichten – »Das haben Sie mir doch selbst gesagt.« –, und O. M. werde diesbezüglich »ein vollumfänglich stimulierendes Erlebnis« haben. Wir bemerkten beide, dass Christoforytsch die Zeitform des Futurs verwendete, er sagte nicht »Sie hatten«, sondern »Sie werden haben«.

In welchen literarischen Salons hatte der Untersuchungsrichter sich so etwas angeeignet?

Wir hatten beide den gleichen Eindruck, den O. M. mit den Worten ausdrückte: »Bei Christoforytsch ist alles umgekehrt und andersherum.« Die Tschekisten waren in der Tat eine avantgardistische Stoßtruppe des »neuen Menschen« und brachen vom Standpunkt des Übermenschen aus radikal mit allen allgemein gültigen Überzeugungen. Sie wurden ersetzt durch Menschen vollkommen anderen Typs, die absolut frei waren von irgendwelchen Überzeugungen, seien es neue oder richtige.

Die vorrangige Methode, derer sich der Untersuchungsrichter bei der Einschüchterung O. M.s bediente, war vollkommen banal: Er nannte ein paar Namen – meinen, Anna Andrejewnas oder Jewgenij Jakowlewitschs – und behauptete, wir hätten dieses oder jenes ausgesagt. Auf O. M.s Frage, ob die genannte Person ebenfalls verhaftet sei, antwortete der Untersuchungsrichter weder mit Ja noch mit Nein, sondern gab wie unbeabsichtigt zu verstehen, »wir« seien ihrer schon habhaft, um in der nächsten Minute seine Worte wieder zurückzuziehen: »Das haben Sie nicht von mir.« Die Ungewissheit in solcherlei Dingen ist für den Beschuldigten zerstörerisch, und sie ist auch nur möglich unter Haftbedingungen, wie sie bei uns gang und gäbe waren. Christoforytsch spielte mit O. M. Katz und Maus, ließ Andeutungen fallen über vermeintliche Verhaftungen O. M. nahestehender Personen im Zusammenhang mit seinem Verfahren und verhielt sich damit höchstklassig, wie es seinem Dienstgrad entsprach, denn für gewöhnlich wurden derartige Spiele nicht gespielt, sondern lediglich erklärt, alle seien bereits verhaftet, verhört und erschossen worden. Und damit sitzt man dann als Untersuchungshäftling in seiner Zelle und stellt Mutmaßungen darüber an, ob das nun der Wahrheit entspricht oder nicht.

Der Untersuchungsrichter, ein »Experte für Literatur«, unterstrich aufdringlich, wie gut er informiert sei – alle wollte er kennen und gab vor, über »all Ihre Angelegenheiten« auf dem Laufenden zu sein. Er war bestrebt, den Eindruck zu erwecken, er verkehre mit all unseren Bekannten und deshalb seien ihm unsere verborgenen Geheimnisse bekannt. Zahlreiche Personen nannte er nicht bei ihrem Namen, sondern bezeichnete sie anhand charakteristischer Eigenschaften: »der Bigamist«*, »der Ausgeschlossene«**, »die Theaterliebhaberin«***. Diese Namen verwendete er in meinem Beisein, aber O. M. sagte, er habe auch für andere Spitznamen gebraucht. Er wollte damit nicht nur zeigen, wie gut er informiert war, sondern darüber hinaus eine weitere Botschaft übermitteln. In den Geheimdiensten werden die Mitarbeiter stets nicht unter ihren Namen, sondern unter Decknamen geführt. Und indem er diese Decknamen nannte, warf er einen Schatten auf diese Menschen. Charakteristischerweise war auch der Selbstmörder aus Taschkent, den Worten seiner Tochter zufolge, »mit allen bekannt und gab ihnen Decknamen«. O. M. schenkte dem keine Beachtung, denn

* Schengeli.
** Narbut.
*** Petrowych.

er durchschaute, was der Untersuchungsrichter damit zu erreichen suchte.

O. M. war sich sicher, dass in der Arbeit des Untersuchungsrichters stets bürokratisch vorgegebene Schemata befolgt wurden. Die Justizbeamten unseres Landes gingen davon aus, jede Klasse, ja sogar jede Gesellschaftsschicht habe charakteristische, einheitliche Gesprächsthemen. Es heißt, wissenschaftliche Angestellte der Lubjanka hätten ganze Bände mit Gesprächsthemen der unterschiedlichen Klassen zusammengestellt, und mit deren Hilfe versuchte der Untersuchungsrichter nun, O. M. eine Falle zu stellen. »Dem und dem gegenüber haben Sie angegeben, Sie würden statt in Moskau lieber in Paris leben.« Er ging davon aus, O. M. als bürgerlicher Schriftsteller und Ideologe der zum Untergang verurteilten Klassengesellschaft müsse voller Ungeduld zurück in deren Schoß streben. Dabei wurde irgendein weit verbreiteter Familienname des hypothetischen Gesprächspartners wie Iwanow oder Petrow bzw. bei Erfordernis auch Ginzburg oder Rabinowitsch fallen gelassen. Der Untersuchungsgefangene hatte, einem Kaninchen gleich, daraufhin zu erzittern und voller Qualen alle ihm bekannten Petrows oder Rabinowitschs, denen er seinen geheimen Traum vom Ausland vielleicht mitgeteilt haben könnte, an seinem inneren Auge vorbeiflanieren zu lassen. Wenngleich in unserer Rechtsprechung ein solcher Traum auch kein vollendetes Verbrechen darstellte, so war er doch ein belastendes Momentum und konnte bisweilen ein schlimmes Ende nehmen und mit einem beliebigen Paragraph des Strafgesetzbuchs belegt werden. Auf jeden Fall wurde durch den Traum von Paris aber das Klassenbewusstsein des Beschuldigten aufgedeckt, und die Klassenzugehörigkeit nicht heranzuziehen war in unserer klassenlosen Gesellschaft unmöglich. Eine ebensolche der entsprechenden Schablone folgende Frage war: »Sie haben sich dem und dem gegenüber beschwert, Sie hätten vor der Revolution mit Ihrer Literatur ungleich mehr verdient als heutzutage.« Es versteht sich, dass O. M. auf derartige Manipulationen nicht hereinfiel.

Die Arbeitsweise des Geheimdienstes war tatsächlich allzu grobschlächtig, an feinnervigeren Methoden bestand seinerseits indes kein Bedarf. Warum auch? Hat man erst jemanden, findet sich schon irgendwas.

Anfangs führte der Untersuchungsrichter die Ermittlungen in Hinblick auf einen »Strafprozess«, aber der Prozess wurde von höherer Stelle nicht zugelassen, wie er mich bei unserem Treffen wissen ließ – »Wir haben beschlossen, keine Anklage vor Gericht zu erheben« und so weiter. Den bei uns herrschenden Gepflogenheiten entsprechend war mehr als genug Material für eine »Anklage« vorhanden, und diese wäre tatsächlich auch viel wahrscheinlicher gewesen als das, was dann geschah. Die Vorgehensweise in der Ermittlung war, dass jedes einzelne Wort des inkriminierten Gedichts zu erläutern war. Der Untersuchungsrichter interessierte sich besonders für die Frage, was der Auslöser für das Gedicht gewesen sei, und O. M. überraschte ihn mit einer unerwarteten Antwort: Ganz besonders sei ihm der Faschismus verhasst, sagte er. Diese Antwort brach wohl ganz unwillkürlich aus ihm heraus, denn O. M. hatte nicht die Absicht, dem Untersuchungsrichter gegenüber sein Herz zu öffnen, aber in jenem Augenblick, als er es aussprach, war ihm alles gleich.

Wie es sich für ihn gehörte, wetterte der Untersuchungsrichter ob dieser Antwort laut, schrie, fragte, wo O. M. im Alltag unseres Landes Faschismus sehe. Diese Frage wiederholte er in meinem Beisein, gab sich jedoch – wirklich erstaunlich! – mit einer ausweichenden Antwort zufrieden und forderte keine Erläuterung des Gesagten. O. M. legte mir dar, dass das Verhalten des Untersuchungsrichters durchaus nicht eindeutig war und dass ungeachtet seines harschen Tonfalls und seiner Drohungen immer wieder sein Hass auf Stalin deutlich wurde. Ich glaubte es nicht, aber als 1938 bekannt wurde, dass Christoforytsch erschossen worden war, wurde ich doch nachdenklich. Möglicherweise hatte O. M. damals etwas bemerkt, das einem nüchtern und vernünftig denkenden Menschen, der sich, wie es bei nüchternen und vernünftig denkenden Menschen stets der Fall ist, ganz unter der Macht der bereitgelegten Konzepte befindet, nicht aufgefallen wäre. Es fällt schwer, sich vorzustellen, dass sich der machtbewusste Jagoda mit dem gesamten ihm zur Verfügung stehenden martialischen Apparat ohne jeglichen Widerstand Stalin ergeben hat. 1934, als die Ermittlungen wegen des Gedichts gegen O. M. geführt wurden, war bereits weithin bekannt, dass Wyschinskij Jagodas Macht zu untergraben suchte. Mit unglaublicher Blindheit – da ist sie, die Macht der bereitgelegten Konzepte! – verfolgten wir damals die Gerüchte über den Kampf zwischen dem Staatsanwalt und dem Leiter der Geheimpolizei und glaubten, der Jurist Wyschinskij werde der Willkür und dem Terror der Geheimprozesse ein Ende bereiten. Und wir glaubten das, obgleich wir doch durch die Prozesse der zwanziger Jahre wussten, was von Wyschinskij zu erwarten war! Denen, die auf Seiten Jagodas waren, so auch Christoforytsch, war jedoch klar, dass ihnen bei einem Sieg Wyschinskijs kein Glück beschieden sein würde, und sie waren sich selbstverständlich dessen bewusst, welche Schikanen und Qualen ihnen vor ihrem Ende bereitet würden. Wenn zwei Gruppen um das Recht kämpfen, unkontrolliert über Leben und Tod ihrer Mitbürger zu befinden, sind alle, die unterliegen, zum Tode verurteilt, und O. M. hat vielleicht tatsächlich die geheimen Gedanken seines beinharten Untersuchungsrichters zu lesen vermocht. Aber das bemerkenswerte Charakteristikum jener Epoche war doch, dass all die neuen Menschen, jene, die töteten ebenso wie jene, die getötet wurden, einzig ihr eigenes Recht auf Denken und Urteilen anerkannten. Jeder von ihnen wäre in Lachen ausgebrochen, hätte er erfahren, dass jemand, dessen Hosen herunterrutschten und der ohne jede theatralische Betonung sprach, ebenjener Mensch, der zu jeglicher Stunde am Tag und in der Nacht unter Wachschutz zu ihnen geführt wurde, trotz allem sein Recht, frei Gedichte schreiben zu können, nicht in Frage stellte. Jagoda gefiel dieses Gedicht O. M.s offenbar so sehr, dass er es auswendig rezitieren konnte – er war es ja, der es Bucharin vortrug, als wir bereits in Tscherdyn waren –, aber zugleich hätte er ohne zu zögern die Literatur der Vergangenheit, der Gegenwart und der Zukunft vernichtet, hätte es ihm zum Vorteil gereicht. Für Menschen von derartig bemerkenswerter Mentalität ist menschliches Blut wie Wasser. Alle sind austauschbar, außer dem, der Sieg und Herrschaft errungen hat. Der Sinn eines jeden bestand allein darin, welchen Nutzen er für den Machthaber und seine Clique hatte. Geschickte Agitatoren, die der Bevölkerung Begeisterung der Macht gegenüber einzureden vermochten, verdienten besser als das gewöhnliche Pack. Den eigenen Bekannten konnte man bisweilen Liebenswürdigkeiten erweisen – jedem von ihnen gefiel es, anderen eine Gunst zu erweisen und wie Harun ar-Raschid mit märchenhaften Winkelzügen zu beeindrucken, niemandem aber billigten unsere Machthaber zu, sich in ihre Angelegenheiten zu mischen und sich ein eigenes Urteil zu bilden. Von dieser Warte aus gesehen war O. M.s Gedicht tatsächlich ein vollendetes Verbrechen, nämlich die widerrechtliche Inbesitznahme des einzig den Machthabern zustehenden Rechts auf freies Denken und freie Meinungsäußerung. Dieser Überzeugung waren sowohl Stalins Feinde als auch seine Clique. Diese bemerkenswerte Vorstellung ging unseren Machthabern in Fleisch und Blut über: Das Recht, sich ein eigenes Urteil zu bilden, ist festgelegt durch Stellung, Rang und Dienstgrad. Vor noch nicht allzu langer Zeit legte Surkow mir gegenüber dar, warum Pasternaks Roman schlecht sei: Doktor Schiwago stünde das Recht, sich ein Urteil über unser Leben zu erlauben, nicht zu, denn »wir« haben ihm dieses Recht nicht verliehen. Christoforytsch konnte ebenfalls nicht anerkennen, dass Mandelstam dieses Recht zustünde.

Allein den Sachverhalt, dass O. M. das Gedicht geschrieben hatte, bezeichnete Christoforytsch als »terroristischen Akt«, das Gedicht als »Dokument«. Bei unserem Zusammentreffen erklärte er, ein derart ungeheuerliches und beispielloses »Dokument« habe er nie zuvor zu Gesicht bekommen. O. M. stritt nicht ab, dass er das Gedicht einigen Bekannten vorgetragen habe, mit mir, Anna Andrejewna, meinem und seinem Bruder insgesamt elf an der Zahl. Die Namen presste der Untersuchungsrichter einzeln aus O. M. heraus, indem er alle aufzählte, die bei uns verkehrten, und dabei stellte sich heraus, dass er über den Kreis unserer nahen Bekannten tatsächlich gut informiert war. Die Namen der Personen, die in den Ermittlungen erwähnt worden waren, nannte O. M. mir bei unserem Wiedersehen, damit ich die Betreffenden warnen könne. Keiner von ihnen wurde in Mitleidenschaft gezogen, aber der Schrecken war groß. Die Namen führe ich hier nicht an, damit niemand versucht ist, unter ihnen einen Verräter zu suchen. Der Untersuchungsrichter fragte auch, wie die Reaktion eines jeden, der das Gedicht zu Gehör bekommen habe, gewesen sei. O. M. versicherte ihm, jeder Einzelne habe ihn angefleht, das Gedicht zu vergessen und weder sich selbst noch andere damit ins Verderben zu stürzen. Außer diesen elf kannten noch sieben oder acht andere Personen das Stalin-Gedicht, unter ihnen beispielsweise Pasternak und Schklowskij, aber da der Untersuchungsrichter ihre Namen nicht genannt hatte, tauchten sie in der Ermittlungsakte nicht auf.

Die ihm vorgelegten Protokolle unterzeichnete O. M., ohne sie durchzulesen, und ich machte ihm die ganzen Jahre über deswegen Vorwürfe. Auch der Untersuchungsrichter beanstandete das in meiner Gegenwart. »Er hat vermutlich Vertrauen zu Ihnen«, giftete ich. Und tatsächlich, so meine ich bis heute, konnte man dem Untersuchungsrichter in dieser Hinsicht vertrauen. Das Strafverfahren entsprach der Lebenswirklichkeit unserer Zeit, das Material hätte für zehn Prozesse ausgereicht, und deshalb war es absolut nicht notwendig, noch etwas hinzuzudichten.

Zu Beginn der Ermittlungen war der Untersuchungsrichter, wie O. M. aufgefallen war, sehr viel aggressiver als an ihrem Ende. Er qualifizierte das Werk sogar nicht mehr als »terroristischen Akt« und drohte nicht mehr mit Erschießung, wobei er anfangs noch mit Erschießung nicht nur des Autors gedroht hatte, sondern aller seiner »Mittäter«, also all derer, die das Gedicht kannten. Wir kamen zu dem Schluss, diese Milderung im Verhalten liege wohl in der Anweisung, der Beschuldigte sei zu »erhalten«, begründet. Ich hatte den Untersuchungsrichter in der ersten Phase der Drohungen ja nicht erlebt, doch mir schien er selbst bei meiner ersten Begegnung mit ihm noch ungeheuer aggressiv. Aber das verlangte nun einmal sein Beruf, vermutlich nicht nur in unserem Land.

Der Untersuchungsrichter befragte O. M. auch zu seinem Verhältnis zur Sowjetmacht, und O. M. antwortete, er sei zur Zusammenarbeit mit jeder sowjetischen Institution außer der Tscheka bereit. Er sagte das nicht, weil er mutig oder tollkühn war, sondern weil er absolut unfähig war zu taktieren. Ich glaube, diese außerordentliche Unfähigkeit zu taktieren war für den Untersuchungsrichter ein Rätsel, das zu lösen er außerstande war. Eine solche Verlautbarung, noch dazu in seinem Kabinett, konnte er sich nur damit erklären, dass sie aus Dummheit getätigt wurde, aber da er zuvor noch nie mit Dummköpfen dieser Art konfrontiert gewesen war, gelang es ihm nicht, seine Verständnislosigkeit diesbezüglich zu verbergen, als er bei unserem Zusammentreffen diese vollkommen törichte Antwort zitierte. O. M. und ich erinnerten uns an diese Begebenheit auf dem Höhepunkt der Jeshowschtschina, als in der »Prawda« ein überaus schlechter Artikel Schaginjans erschien, in dem sie berichtete, dass die Beschuldigten den Untersuchungsrichtern bereitwillig ihr Innerstes öffneten und mit ihnen während der Verhöre zusammenarbeiteten. Und dies geschehe, so Schaginjan, aus jenem Verantwortungsbewusstsein heraus, das dem Sowjetmenschen zu eigen sei. Ob Schaginjan diesen Artikel freiwillig oder auf Anweisung von oben geschrieben hat, entzieht sich meiner Kenntnis, aber vergessen darf man ihn nicht.

In Sachen Verrohung und moralischem Niedergang übertreffen Schriftsteller alle anderen. Bereits im Jahr 34 erreichten uns und Anna Andrejewna Berichte des Schriftstellers Pawlenko darüber, dass er aus Neugier die Einladung eines Freundes, der Untersuchungsrichter war und die Ermittlungen in O. M.s Strafsache führte, angenommen hatte, in einem Schrank oder zwischen einer Doppeltür versteckt einem der nächtlichen Verhöre beizuwohnen. Im Kabinett des Untersuchungsrichters fielen mir einige gleich aussehende Türen auf – zu viele für einen einzigen Raum. Später erklärte man uns, dass eine der Türen als Falle in einen Schrank führe und eine weitere als eine Art Notausgang diente. Die wissenschaftlich ausgefeilte und überaus moderne Architektur derartiger Gebäude hatte zum Ziel, den Untersuchungsrichter, der ja im Kampf für die Rechtsordnung sein Leben aufs Spiel setzte, vor dem Inhaftierten zu schützen, falls dieser einen Fluchtversuch unternehmen oder sich auf seinen Christoforytsch stürzen sollte.

Pawlenko berichtete, Mandelstam habe während des Verhörs einen bemitleidenswerten und konfusen Eindruck gemacht, seine Hosen seien immer wieder heruntergerutscht, er habe sie festhalten müssen und vollkommen deplatzierte Antworten gegeben, auf keine der ihm gestellten Fragen habe er klar oder eindeutig Auskunft gegeben, habe wirres Zeug geredet, sei vollkommen außer sich gewesen und habe sich gewunden wie ein Fisch in der Pfanne und Ähnliches mehr. In unserem Land wandte sich die öffentliche Meinung stets gegen den Schwachen, aber Pawlenko übertraf doch alles. Nicht einmal Bulgarin hätte sich erdreistet, Derartiges zum Besten zu geben. In den Kreisen der offiziellen Literatur, zu denen Pawlenko gehörte, hatte man ganz offensichtlich vergessen, dass dem Untersuchungshäftling einzig ein Vorwurf gemacht werden konnte, wenn er, um bei den Verantwortlichen kein Missfallen zu erregen oder um seine Haut zu retten, Falschaussagen tätigte, nicht jedoch, dass er kopflos und verängstigt war. Weshalb sollten wir uns durch Tapferkeit auszeichnen? Allein um das Entsetzen der Gefängnisse und Lager des zwanzigsten Jahrhunderts auszuhalten und mit einem Lied auf den Lippen in die Gruben und Massengräber zu fallen? Um guten Mutes in den Gaskammern zu ersticken? Um mit einem Lächeln auf dem Gesicht in Viehwaggons gepfercht zu reisen? Um mit Untersuchungsrichtern wie in einem literarischen Salon Gespräche über die Rolle der Angst im dichterischen Schaffen zu führen? Oder um den Impuls zur Niederschrift eines im Zustand von Wut und Empörung entstandenen Gedichts zu entdecken?

Diese Angst, die den schöpferischen Prozess beim Entstehen eines Gedichts begleitet, hat mit der Angst vor der Geheimpolizei nichts gemein. Sobald diese urtümliche Angst vor Gewalt, vor Vernichtung und Terror emporsteigt, verschwindet jene andere, geheimnisvolle Angst vor dem Dasein als solchem. O. M. hat oft gesagt: Mit der Revolution, die vor unseren Augen Blut in Strömen vergossen hat, ist jene andere Angst verschwunden.

Wer hat Schuld?

Die erste Frage des Untersuchungsrichters lautete: »Weshalb hat man Sie verhaftet, was meinen Sie?« Nach der ersten ausweichenden Antwort auf diese Frage legte der Untersuchungsrichter O. M. nahe, sich der Gedichte zu erinnern, die Grund seiner Inhaftierung sein könnten. O. M. trug daraufhin »Wolf«, »Staryj Krim« und »Die Wohnung« vor, denn er hoffte zu diesem Zeitpunkt noch, damit würde man sich zufriedengeben. Jedes dieser Gedichte hätte seinen Autor ins Lager bringen können. Der Untersuchungsrichter kannte weder »Staryj Krim« noch »Die Wohnung« und notierte sie umgehend. Bei »Die Wohnung« ließ O. M. acht Zeilen ungesagt – »Noch frecher als Komsomol-Banden, / Noch gröbres Getön als die Herrn, / Die Schulbänke drücken im Lande, / Um Henker das Zwitschern zu lehrn. // Ich lese nur Zeug, mir zuwider, / wie hänfen das Reden hier rinnt, / Und schreckliche Wiegenlieder / Sing ich für das Kulakenkind.« – und in dieser Fassung tauchte das Gedicht dann in den Abschriften Tarassenkows* auf. Schließlich nahm der Untersuchungsrichter ein Blatt aus der Akte, gab eine Zusammenfassung des Stalin-Gedichts und las einige Verse vor. O. M. gestand, der Autor dieses Gedichts zu sein. Der Untersuchungsrichter forderte O. M. auf, das Gedicht vorzutragen. Er hörte es an, bemerkte, dass die erste Strophe in seiner Abschrift anders lautete, und las seine Fassung vor: »Wir leben, doch die Füße, sie spüren keinen Grund, / Auf zehn Schritt nicht mehr hörbar, was er spricht, unser Mund, / Nur zu hören vom Bergmenschen im Kreml, dem Knechter, / Vom Verderber der Seelen und Bauernabschlächter.« O. M. erläuterte, dies sei die erste Fassung. Dann musste O. M. das Gedicht aufschreiben und der Untersuchungsrichter legte das Autograph zu den Akten.

O. M. sah die Niederschrift, die der Untersuchungsrichter vorliegen hatte, aber er konnte sich nicht entsinnen, ob er sie in die Hand genommen und das Gedicht gelesen hat. Er hatte in dieser Situation derart den Kopf verloren, dass er nicht einmal mehr wusste, wie er hieß. Deshalb bleibt die Frage ungeklärt, ob das Gedicht in Gänze oder ob nur einzelne Verse des Gedichts dem Geheimdienst zur Kenntnis gelangt waren und ob deren Wortlaut fehlerfrei war.

Unter jenen, die das Gedicht gehört hatten, waren viele, die in der Lage gewesen wären, sich alle sechzehn Zeilen nach nur einmaligem Hören einzuprägen. Das fällt besonders Menschen, die selbst auch Gedichte schreiben, nicht schwer, gleichwohl sind kleine Ungenauigkeiten wie Vertauschungen von Wörtern oder Auslassungen unvermeidlich. Hätte O. M. derartige Ungenauigkeiten bemerkt, so hätte er sicherlich sagen können, dass das Gedicht dem Geheimdienst von jemandem übergeben worden war, der es selbst nur gehört und nicht aufgeschrieben

* Woher hat Tarassenkow den Text des Gedichts »Die Wohnung« bekommen? Vielleicht ja dort.

hatte, und so den einzigen Menschen, dem er erlaubt hatte, es aufzuschreiben, und zwar in der ersten Fassung, von jeglichem Verdacht befreien können. Diese Überprüfung indes erlaubte sein Zustand ihm nicht. Es war natürlich einfach, im Nachhinein in Woronesch zu erörtern, was er hätte tun müssen und wie er sich hätte verhalten sollen. Ich höre heutzutage immer wieder Berichte darüber, wie ganz besonders Mutige die Untersuchungsrichter an der Nase herumgeführt und zum Schwitzen gebracht haben wollen. Aber womöglich entspringen solcherlei Berichte ja auch späteren Überlegungen, was man hätte tun und wie man sich hätte verhalten sollen.

O. M.s Gleichgültigkeit erklärte sich auch dadurch, dass ihm keineswegs daran gelegen war, den Verräter zu enttarnen, und er ging davon aus, dass ihm dafür keine Zeit bliebe. Wir lebten in einer Zeit, in der alle vom Geheimdienst einbestellt wurden und »dort« von ihnen gefordert wurde, die Obrigkeit über unsere Gedanken und Befindlichkeiten zu informieren. Auch Frauen wurden einbestellt, schöne und nicht so schöne, wobei die Funktionen, die ihnen jeweils zugedacht wurden, und die Belohnungen, mit denen sie verführt wurden, gänzlich unterschiedlich waren. Sie bestellten Menschen mit biographischen und psychischen Unzulänglichkeiten ein, versetzten den einen damit in Angst und Schrecken, dass er Sohn eines Beamten, Bankiers oder Offiziers war, und verhießen dem anderen Zuwendung und Förderung. Sie bestellten die ein, die Angst hatten, ihre Anstellung zu verlieren, und nach Karriere strebten, ebenso wie die, die nach nichts strebten und vor nichts Angst hatten, und die, die zu allem bereit waren. Und damit, dass sie die Menschen einbestellten, verfolgten sie nicht nur das Ziel, Informationen zu sammeln. Nichts verbindet so sehr wie ein gemeinschaftlich begangenes Verbrechen – je mehr Menschen es gab, die sich etwas hatten zuschulden kommen lassen, die in Verbrechen verwickelt und verstrickt waren, je mehr Verräter, Denunzianten und Zuträger es gab, desto mehr Parteigänger des Regimes gab es, die davon träumten, es werde Tausende

Jahre fortdauern. Und wenn allen bewusst ist, dass ein jeder einbestellt werden kann, verlieren die Menschen innerhalb der Gesellschaft die Fähigkeit, miteinander in Kontakt zu treten, ihre Verbindungen untereinander werden schwächer, ein jeder verkriecht sich in seinen Winkel und schweigt, und das ist für die Machthaber von unschätzbarem Vorteil.

Bei Kusin beispielsweise appellierten sie an das Gefühl des Sohnes seiner Mutter gegenüber: »Ihre Mutter wird Ihre Inhaftierung nicht verwinden.« Kusin entgegnete, er wünsche seiner Mutter den Tod, und sein Gesprächspartner war ob dieser Herzlosigkeit schockiert. Daraufhin drohte er, Gerüchte zu verbreiten, dass »wir Sie angeworben haben, und dann können Sie niemandem mehr in die Augen schauen.«

B.*, ein Künstler und grundehrlicher Mensch, den wir sehr mochten, erschien, wenn er einbestellt worden war, stets mit Verspätung. Einer Vorladung nicht nachzukommen wagte niemand, obgleich die Vorladungen inoffiziell waren und meist am Telefon übermittelt wurden, wie bei Kafka. Als man ihm vorhielt, dass er zu spät sei, erwiderte er: »Ich schlafe immer ein, wenn mir Unangenehmes bevorsteht.« Meine Freundin, eine damals hübsche junge Frau**, wurde bereits in den zwanziger Jahren auf der Straße aufgegriffen und abgeführt – wie der Raub der Europa. Was hat man nicht alles unternommen.

Für gewöhnlich wurde man nicht in die Lubjanka vorgeladen, sondern in Wohnungen, die eigens zu diesem Zweck unterhalten wurden. Wer sich der Zusammenarbeit verweigerte, wurde dort über Stunden, eine endlos scheinende Frist lang festgehalten mit dem Angebot, »doch noch einmal nachzudenken«. Aus den Vorladungen wurde kein Geheimnis gemacht, sie waren ein wichtiges Element des Systems der Einschüchterung und dienten zugleich der Überprüfung der staatsbürgerlichen Gedankenwelt – Starrköpfe behielt man im Auge, und zu ge-

* Ljowa Bruni.

** Ljulja Arens.

gebenem Anlass nahm man sich ihrer an. Wer sich zur Zusammenarbeit bereit erklärte, dem wurde der Karriereweg geebnet, bei Kürzungen oder Säuberungen am Arbeitsplatz konnten sie auf Wohlwollen seitens der Kaderabteilung bauen. Vorzuladende gab es zu allen Zeiten genug, es wuchsen ja stets neue Generationen heran.

Eine jede Generation hatte ihre eigene Umgehensweise mit dem Angebot zur Zusammenarbeit mit dem Geheimdienst. Die Älteren machten sich Vorwürfe, wenn sie aus Angst unterschrieben hatten, dass sie über das Gespräch niemandem gegenüber etwas verlautbaren lassen würden. Aus meinem Bekanntenkreis war Soschtschenko der Einzige, der sich geweigert hatte, ein solches Dokument zu unterzeichnen. Die späteren Generationen begriffen nicht einmal, warum die Unterschrift unter einem solchen Dokument verurteilenswert war. Sie wichen dieser Situation aus, indem sie sagten: »Wenn ich von etwas wüsste, hätte ich mich von mir aus an Sie gewendet. Aber ich habe ja gar keine Möglichkeit, irgendetwas in Erfahrung zu bringen, außer zur Arbeit gehe ich nirgendwohin.« Dies alles betrifft jene, die eine Zusammenarbeit verweigerten. Wobei unter Zusammenarbeit alles nur Mögliche fiel. Aber wie viele haben die Zusammenarbeit verweigert? Das wird man nie herausfinden. Man kann davon ausgehen, dass der Prozentsatz in den Phasen anstieg, in denen der Terror nachließ. Aber außer denen, die zur Zusammenarbeit gezwungen wurden, gab es ja auch noch die Masse der Freiwilligen. Die Institutionen wurden von Denunziationen geradezu überschwemmt. Denunziationen wurden zu einer Geißel. Ich war selbst Zeugin, wie vor dem XX. Parteitag ein Inspektor des Ministeriums für Bildung auf einer Mitarbeiterversammlung im Tschuwachischen Pädagogischen Institut, an dem ich arbeitete, die Dozenten aufforderte, keine weiteren Anzeigen mehr einzureichen, und er kündigte an, anonyme Anzeigen würden zukünftig unterschiedslos nicht mehr gelesen. Ob das auch stimmte? Ob sie tatsächlich nicht gelesen wurden? Mir fehlt der Glaube.

Im Zusammenhang mit den Vorladungen entwickelten die Menschen zweierlei Krankheiten: Die einen sahen in jedem anderen einen Denunzianten, die anderen fürchteten, sie könnten für einen solchen gehalten werden. Vor nicht allzu langer Zeit klagte ein Dichter mir, er habe ja gar keine Gedichte von O. M. Ich bot ihm eine Abschrift an, und daraufhin geriet er in Panik, ich könne glauben, er schwatze mir diese Kopie für die Lubjanka ab!

Sch.* hielt es für seine Pflicht, mir, als ich ihm eine Abschrift von Gedichten anbot, ausführlich zu berichten, dass er seit vielen Jahren Vorladungen erhalten und in die Enge getrieben würde. 1934, als O. M. bereits in Woronesch war, erschien M.** bei mir, finster und deprimiert: »Glauben Sie, dass es meine Schuld ist?« Er wollte herausfinden, ob wir ihm die Verantwortung an der Verhaftung anlasteten, obgleich er das inkriminierte Gedicht gar nicht kannte und ein wirklich guter Freund war. Als ich ihm dies sagte, fiel ihm ein ganzes Gebirge vom Herzen.

Des Öfteren geboten wir anderen Einhalt, die allzu frei sprachen: »Gott bewahre Sie! Was soll das! Für wen wird man Sie halten, wenn Sie so reden?« Und uns versuchten manche zu überreden, mit niemandem mehr Kontakt zu pflegen. Beispielsweise meinte Mischenka Senkewitsch, man solle nur noch mit Menschen verkehren, die man sein Leben lang kenne, worauf ich ihm wohlbegründet erwiderte, dass auch diese sich verändern und ganz andere werden könnten als die, die sie zu anderen Zeiten waren. So war unser Leben, und deshalb sind wir nicht wie alle anderen.

Ein Leben wie dieses geht nicht spurlos an den Menschen vorüber. Wir alle sind psychisch lädiert, leicht neben der Norm, nicht krank, aber auch nicht ganz gesund – argwöhnisch, in Lügen verstrickt, verwirrt, mit augenfälligen Verzögerungen in

* Schengeli.
** Morgulis.

unserer Sprache und einem verdächtigen unreifen Optimismus. Sind Menschen wie wir als Zeugen geeignet? Zum Programm der Vernichtung gehörte ja auch die Vernichtung der Zeugen.

»Der Adjutant«

Die »Stanzen« aus den »Woronescher Heften« entstanden, nachdem ein gewisser D. in einer der dicken Zeitschriften ein Gedicht veröffentlicht hatte, in dem er behauptete, den Klassenfeind allein am Klang seiner Lyrik zu erkennen. In diesem Gedicht führte er das »Igorlied« an.

D. hatten wir Mitte der zwanziger Jahre in Kiew kennengelernt, als ein paar junge Journalisten dem Dummkopf von Redakteur der Lokalzeitung derart zugesetzt hatten, dass er bereit war, einige kleinere Aufsätze O. M.s zu drucken. In der Hauptstadt war das damals bereits nicht mehr möglich. D.s Frau, eine jener ätherischen blonden Frauen, die O. M. stets anrührten, hatte dasselbe Gymnasium besucht wie ich. Sie wohnten in der Nähe meiner Eltern, und wenn wir in Kiew waren, trafen wir sie. Einige Jahre später begegneten wir ihnen in Moskau wieder, wo D. mit O. M. zusammen in der Redaktion des »Moskowskij komsomolez« arbeitete. Er war nicht sehr erfolgreich, die arroganten Moskauer behinderten den Provinzler in seinem Fortkommen. Einmal suchte er uns freudestrahlend auf und berichtete, endlich hätte er einmal Glück. Er habe einen Brief eines der leitenden Redakteure der Zeitung, der sein Widersacher war, aufgetan. Es war dies ein ganz klassischer Brief eines jungen Mannes vom Lande, der der Arbeit wegen in die Stadt gegangen war. Er grüßt dort seine Verwandten, Bekannten, Freunde, Altersgenossen und Nachbarn. Berichtet seinem Mamachen, dass seine Vorgesetzten ihn, Gott sei Dank, mögen und fördern und er nicht ohne Unterstützung und Arbeit bleiben werde. Und wenn er erst besser gestellt sei und als Belohnung für seine gute Arbeit ein Zimmer zugewiesen bekomme, werde er einen der Brüder zu sich nehmen und auch ihm werde dann der Weg offenstehen, es zu etwas zu bringen.

Dieser Brief war ein sehr menschlicher, aber sein Autor sprach von persönlichen Interessen, und dazu hatte ein leitender Redakteur einer Komsomol-Zeitung kein Recht. Darüber hinaus hatte der grüne Junge Gott erwähnt, und das war den Komsomolzen-Führern nicht erlaubt. Selbst stehende Redewendungen wie »Gott sei Dank« galten als Tribut an die Religion. Der junge Kerl führte also ganz offensichtlich ein Doppelleben und sprach zwei unterschiedliche Sprachen. Wann pflegten diese Menschen von der dienstlichen und hochideologischen Sprache in die Familiensprache überzugehen? Der bedeutendste Dramatiker unseres Landes* wollte immer ein Stück über diese Art der Zweisprachigkeit und über den kritischen Augenblicks des Übergangs von der einen in die andere Sprache schreiben. Er gehörte jedoch der alten Generation an und hat deshalb diesen Plan nie verwirklichen können. Aber das Thema reizte ihn sehr und er fragte immer wieder: »Wann tritt dieser Wechsel ein? Noch auf der Straße oder erst zu Hause?« Viele Jahre später griff ein anderer, deutlich jüngerer Schriftsteller dieses Thema in einem Text über eine Sitzung des Dorfsowjets auf. Bei ihm gingen die Bauern mit dem Klingeln des Vorsitzenden, das die Sitzung eröffnete, zur Papiersprache über.

D. hatte vor, seinen Fund – den Brief des Ideologen der Komsomol-Zeitung, der zwei unterschiedliche Sprachen sprach – zu verwenden und seinen Widersacher damit vor den Vorgesetzten bloßzustellen. Er suchte uns auf, um uns von dieser glücklichen Fügung zu berichten, und zeigte O.M. den Brief. O.M. entriss ihm den Brief und warf ihn in den Ofen.

D.s Verhalten war ganz typisch für jene Zeit am Ende der zwanziger und zu Beginn der dreißiger Jahre. Im Kampf um die reine Ideologie unterstützte die Obrigkeit auf jegliche Weise

* Erdman.

diejenigen, »die beherzt Missstände aufdeckten« und »ohne Rücksicht auf die Person« »Überlebtes aus der Vergangenheit« und Relikte alten Denkens bei ihren Kollegen enttarnten. Reputationen fielen in sich zusammen und die, die ihre Kollegen enttarnt hatten, kletterten auf der Karriereleiter nach oben. Jeder, der sich in jenen Jahren in eine gesellschaftlich herausgehobene Stellung emporgearbeitet hat, hat wenigstens ein Mal diese Methode, also die »Enttarnung« seines Vorgesetzten, angewandt. Wie sonst hätte er seinen Platz einnehmen können? Der Brief hätte D. somit einen großen Dienst erweisen können, aber zu unserer Verwunderung erreichten O. M.s Argumente ihn, und er ging, traurig zwar, aber nicht erbost, wieder nach Hause, obgleich seine Hoffnung auf eine bessere Zukunft in Rauch aufgegangen war. Vielleicht war er aber doch wütend gewesen, denn nach diesem Vorfall sahen wir ihn einige Jahre nicht wieder.

Erst im Winter 33/34 erschien er dann in der Furmanow-Gasse wieder bei uns. Dinotschka, eine winzig kleine Schauspielerin und ungeschickte, aber überaus liebenswürdige Frau, die uns Jachontow vererbt hatte, brachte ihn mit. Wir erinnerten uns des Briefs, und D. dankte O. M. dafür, dass er ihn vor dieser Niedertracht bewahrt habe. Rasch schlich er sich wieder in unser Vertrauen, die alte Komsomol-Geschichte wurde nicht mehr erwähnt. Was auch immer unerfahrene junge Männer damals nicht alles getan haben mögen – man konnte ihnen doch einen einzigen Fehler nicht das ganze Leben lang vorwerfen.

1933 schwarwenzelte D. auch um Besymenskij herum, und dieser war ihm behilflich, seine Zeitungsgeschichten voranzutreiben. Er riet auch O. M. immer wieder, sich in den unterschiedlichsten Angelegenheiten bei Besymenskij Rat zu holen – damals war O. M. noch sehr wütend aufgrund der Sache mit Sargidjan und Tolstoj. Nur sehr kurze Zeit vor der Verhaftung überredete D. O. M., sich an eine Staatsanwältin, eine Freundin Besymenskijs, zu wenden und ihr darzulegen, was der Grund gewesen sei, Tolstoj zu ohrfeigen. Ich weiß nicht, was das alles zu bedeuten hatte, aber ich weiß, dass O. M. D. das Stalin-Gedicht vorgetragen hat.

Am Morgen nach der Verhaftung rief Besymenskij sehr früh an. Ich erklärte ihm – selbstverständlich verklausuliert, aber diese Sprache verstanden damals alle –, was in der Nacht geschehen war. Besymenskij stieß einen Pfiff aus und legte auf. Weder zuvor noch danach hat er jemals bei uns angerufen. Was hatte D. ihm über O. M. erzählt? Vielleicht war ihm etwas über die Verhaftung zu Ohren gekommen, und er rief an, um es zu überprüfen? Aber wer hätte ihm davon erzählen können? Wer wusste davon? Der Haftbefehl war ja von Jagoda unterzeichnet worden, und es waren nur wenige Stunden vergangen, nachdem O. M. abgeholt worden war, also viel zu wenig Zeit, als dass sich das Gerücht schon hätte verbreiten können. Warum also hatte er angerufen?

Ein letztes Mal sah ich D. im Flur unserer Wohnung in der Furmanow-Gasse an jenem Tag, als ich nach dem Wiedersehen mit O. M. im Kabinett des Untersuchungsrichters nach Hause zurückkehrte. D. ging, wie ich ihn gebeten hatte, um Geld aufzutreiben, und er kam nie wieder. Als Dinotschka zu uns nach Woronesch reisen wollte, machte D. ihr eine schreckliche Szene und forderte sie auf, sie solle von diesem Plan ablassen. Dinotschka war empört, und sie trennten sich. Immer noch vollkommen verwundert, berichtete Dinotschka uns in Woronesch von diesem absolut nicht vorhersehbaren hysterischen Anfall ihres Liebhabers und vom Ende ihrer Beziehung mit ihm, die sie offensichtlich einige Jahre hatte. Nach dem Krieg kam mir zu Ohren, dass D. sich erhängt hatte – wohl aus Angst während der Kampagne gegen die »Kosmopoliten«. Mutig war D. nie gewesen.

O. M. versuchte nicht, dem Verräter auf die Spur zu kommen. Er sagte immer wieder, er sei selbst an allem schuld – in Zeiten wie den unsrigen dürfe man niemanden in Versuchung bringen. Nicht ohne Grund hatte ebenjener Brodskij, der während der Hausdurchsuchung bei uns im Sessel gesessen hatte,

O. M. einmal gebeten, ihm keine gefährlichen Gedichte vorzutragen, denn er sei ja verpflichtet, das dann zu melden. »Wenn es nicht D. war, dann ein anderer«, sagte O. M. mit erstaunlicher Gleichgültigkeit. Ich war es, die ihm D.s wegen immer wieder in den Ohren lag. Ich wollte einfach alles diesem kleinen Wicht anlasten, denn alle möglichen anderen Erklärungen waren tatsächlich unerträglich. Es war viel einfacher, den jämmerlichen D. in den Schmutz zu ziehen, als jemanden zu verdächtigen, den wir für einen rechtschaffenen Menschen und Freund hielten. Gleichwohl bin ich nicht endgültig davon überzeugt, dass er der Verräter war.

D.s Name wurde in der Ermittlung nicht erwähnt. Möglicherweise wollte man den Agenten schützen, denkbar ist aber auch, dass die Zuträger, die die Namen derer, die bei uns verkehrten, weitergeleitet hatten, D. nicht begegnet waren, denn er hatte uns zusammen mit Dinotschka zumeist tagsüber besucht, da sie abends am Theater arbeitete und ganz allgemein Begegnungen mit unseren Bekannten aus dem Wege ging und lieber allein mit uns war. Für gewöhnlich informierten Spitzel den Geheimdienst über alle Gäste eines Hauses, die Aufmerksamkeit wurde nicht auf einen einzigen Menschen gerichtet, sondern auf den gesamten Bekanntenkreis. In unserem Fall kannte Christoforytsch die Namen fast aller, die bei uns ein und aus gingen.

War D. in der Lage, sich die gesamten sechzehn Strophen eines Gedichts einzuprägen, das ihm nur mündlich vorgetragen worden war? Er hat in meinem Beisein nie ein Gedicht, das er gehört hatte, wiederholt. Das Stalin-Gedicht hat O. M. ihm nur ein einziges Mal vorgetragen, und zwar, ganz gegen seine Gewohnheit, in Anwesenheit einer weiteren Person, nämlich des Malers T.* Auch dieser Name wurde in der Ermittlung nicht genannt. Die entscheidende Frage jedoch, in welcher Variante D. nämlich das Gedicht gehört hatte, ob das Wort »Bauernab-

* Tyschler.

schlächter« in der ihm vorgetragenen Version vorkam oder nicht, konnten wir uns nicht mehr beantworten. Vermutlich war es die Version ohne dieses Wort. T. war selten bei uns, er besuchte uns kurz vor der Verhaftung, als die erste Variante des Gedichts bereits gänzlich verworfen war. Der Einzige, dem O. M. erlaubt hatte, das Gedicht aufzuschreiben, hatte die erste Version, aber dieser Mensch steht, wenn man sein ganzes Leben in Betracht zieht, außerhalb jeglichen Verdachts. Womöglich wurde ihm die Niederschrift entwendet? Diese Schlussfolgerung entbehrt nicht einer gewissen Plausibilität, allerdings glaube ich, dass die Wege, auf denen dem Geheimdienst Informationen zur Kenntnis gelangten, sehr viel einfacher waren.

D.s Verhalten nach O. M.s Verhaftung kann auch Angst entsprungen sein oder mit der weit verbreiteten Krankheit, nämlich der Furcht, für einen Denunzianten gehalten zu werden, erklärt werden. Seiner ganzen Vita nach kommt das eher in Frage als alles andere, aber das Furchtbare ist ja, dass auch Menschen, von denen man das niemals erwartet hätte, sich für die Rolle des Denunzianten hergaben. Unter den Informanten des Geheimdienstes waren ja auch unzählige untadelige Damen und junge Männer aus gutem Hause – ihnen vertraut ein jeder! – oder vernunftbegabte Menschen, denen das Wohl der Wissenschaft oder der Kunst am Herzen lag und die in feinsinnigen, klugen und erlesenen Gesprächen förmlich ins Innerste ihres Gegenübers eindrangen. Sie waren für diese Rolle ungleich geeigneter als der täppische D.! Aber sei's drum. Er war schließlich nur ein armer Wurm, der in schrecklichen Zeiten zu leben gezwungen war. Trägt denn der Mensch tatsächlich Verantwortung für sich selbst? Sein Handeln und sein Charakter liegen doch in der Epoche, in der er lebt, begründet. Die Lebensumstände halten ihn umklammert und pressen die in ihnen erforderlichen Tropfen des Guten oder Bösen aus ihm heraus.

Auch eine weitere Frage, wann nämlich der Geheimdienst vom Stalin-Gedicht Kenntnis erlangte, bleibt unbeantwortet. Das Gedicht entstand im Herbst 33, die Verhaftung erfolgte im

Mai 34. Vielleicht wurde O.M.s Verfolgung durch die Machthaber verstärkt betrieben, nachdem er Tolstoj geohrfeigt hatte, wurden Informanten befragt, und infolge dieser Befragungen erlangten sie womöglich Kenntnis von dem Gedicht. Oder war ihnen das Gedicht bereits seit Herbst 33 bekannt, doch sie nutzten diese Information nicht? Letzteres scheint ausgeschlossen. D. indes tauchte recht spät, nämlich Mitte des Winters, erst wieder bei uns auf und gewann unser Vertrauen im Frühling.

Und eine letzte Frage: Habe ich die Schuld, weil ich nicht alle Freunde und Bekannten aus unserem Haus gejagt habe und allein mit O. M. zurückgeblieben bin, wie es die meisten meiner Zeitgenossinnen, gute Ehefrauen und Mütter, taten? Einzig die Tatsache, dass O. M. sich ohnehin früher oder später meiner Aufsicht entzogen und das unstatthafte Gedicht – wobei aus damaliger Sicht ja all seine Gedichte unstatthaft waren – irgendjemandem vorgetragen hätte, macht meine Schuld weniger groß. Rückzug oder ein Sich-Zurücknehmen entsprachen nicht O. M.s Charakter.

Über die Natur des Wunders

Winawer, der häufig in der Lubjanka zu tun hatte, war der Erste, der bemerkte, dass im Verfahren gegen O. M. etwas Ungewöhnliches vor sich ging. »In dieser Angelegenheit herrscht eine besondere Befindlichkeit und Betriebsamkeit, es wird getuschelt.« Es stellte sich heraus, dass die Strafsache unerwartet revidiert und ein neues Urteil erlassen worden war – »Minus zwölf«. Und all das geschah mit unerhörter Schnelligkeit, die Revision war innerhalb eines Tages oder gar weniger Stunden nur erfolgt. Allein schon diese Schnelligkeit zeugte von einem Wunder. Wenn in den oberen Etagen die entsprechenden Knöpfe gedrückt wurden, ließ die bürokratische Maschinerie plötzlich eine erstaunliche Wendigkeit zu Tage treten.

Je stärker die Zentralmacht, desto beeindruckender das Wunder. Wir erfreuten uns der Wunder und erkannten sie mit der Reinherzigkeit der einfachen Menschen des Orients, ja vielleicht gar Assyriens an. Wunder wurden Bestandteil unseres Daseins. Wer schrieb nicht alles an höhere Instanzen und die stahlhärtesten Namen gerichtete Briefe? Und jeder dieser Briefe flehte gewissermaßen darum, dass jemand Wunder wirken würde. Diese überwältigenden Berge von Briefen sind, so sie erhalten werden, wahrhaftig ein Schatz für die Historiker, da sie das Leben unserer Epoche viel eindrucksvoller abbilden als jegliches andere schriftliche Zeugnis, denn sie sprechen von Verletzungen, Beleidigungen, Schlägen, Gruben und Fallen. Aber es bedarf buchstäblich einer Sisyphos-Arbeit, um diese Briefe zu verstehen und die winzig kleinen Bestandteile der Wirklichkeit unter dem Wortstaub zu finden. Denn in diesen Briefen pflegten wir einen besonderen Stil und sprachen über das Unglück, das uns ereilt hatte, in der Sprache der Leitartikel in den Zeitungen. Beim Anblick dieser Berge von Briefen an die Obrigkeit muss man unweigerlich zu dem Schluss kommen, dass an Wundern überlebensnotwendiger Bedarf bestand, mit anderen Worten, dass ein Leben ohne Wunder unmöglich war. Es darf allerdings nicht aus den Augen verloren werden, dass die, die schrieben, bitter enttäuscht waren, selbst wenn sich ein Wunder ereignete. Denn die Bittsteller waren nicht darauf vorbereitet, dass ein Wunder, wie es die Weisheit des Volkes seit jeher weiß, lediglich ein Aufflammen für einen kurzen Augenblick ist, das keinerlei Veränderungen herbeiführt. Was bleibt, wenn die drei Wünsche erfüllt sind? Was ist am Morgen aus dem Gold geworden, das in der Nacht vom Hinkenden geschenkt wurde? Ein Lehmfladen, eine Handvoll Staub. Nur ein Leben, das keine Wunder braucht, ist ein gutes Leben.

Das Wunder, das O. M. geschah, zog eine ganze Folge von Berichten über Wunder nach sich, in denen man einander erzählte, wie jäh ein Donnerhall von oben ertönt war und sich ein wohltuendes Gewitter entladen hatte, so denn ein Gewitter wohltuend zu sein vermag. Trotz allem – ein Wunder hat uns gerettet, und es wurden uns drei Jahre in Woronesch geschenkt. Kann man auf Wunder verzichten? Unmöglich.

Jewgenij Chasin ließ uns per Telegramm wissen, dass das Urteil geändert worden war. Wir zeigten das Telegramm dem Kommandanten. Er zuckte die Schultern und meinte: »Die Schnecke kriecht langsam. Bis sie bei uns ist, wird es schneien.« Und er mahnte, es sei an der Zeit, das Krankenhaus zu verlassen und sich um eine Wohnung für den Winter zu bemühen. »Achten Sie darauf, dass es nicht durch die Ritzen zieht. Der Winter ist hier nicht zu verachten.«

Das offizielle Telegramm traf am nächsten Tag ein. Womöglich hätte der Kommandant uns darüber nicht umgehend informiert, aber Telegrafistin und Registratorin – zwei junge Frauen, mit denen O. M. zu plaudern und zu scherzen pflegte – berichteten uns davon, bevor der Kommandant selbst zum Dienst erschienen war. Wir gingen zur Kommandantur und warteten lange auf den »Herrn«. In unserem Beisein las er das Telegramm, und er glaubte seinen Augen nicht. »Vielleicht haben das ja irgendwelche Verwandten von Ihnen abgeschickt? Woher soll ich das wissen?« Er ließ – was uns einige Nerven kostete – O. M. zwei, drei Tage warten und entließ ihn erst, nachdem er die offizielle Bestätigung aus Moskau erhalten hatte, dass das Telegramm tatsächlich von der Regierung und nicht eine gekonnte Fälschung von Verwandten des ihm zur Aufsicht unterstellten Verbannten war. Dazu bestellte er uns ein und forderte uns auf, die Stadt, in der wir leben wollten, festzulegen, und zwar, darauf bestand er, umgehend, schließlich war im Telegramm keine Rede davon, dass uns eine Bedenkzeit einzuräumen sei. »Unverzüglich!«, befahl er, und so überlegten wir unter seiner Aufsicht. Wir kannten die Provinz nicht und hatten, außer in den zwölf verbotenen Städten und Landkreisen, in denen niederzulassen uns ebenfalls untersagt war, nirgendwo Bekannte. Da erinnerte sich O. M., dass Leonow, ein Biologe der Universität in Taschkent, erzählt hatte, Woronesch sei eine schöne Stadt. Er war dort geboren und sein Vater arbeitete dort als Gefängnisarzt. »Wer weiß, vielleicht brauchen wir ja irgendwann einmal einen Gefängnisarzt«, meinte O. M., und wir entschieden uns für Woronesch. Der Kommandant stellte die Dokumente aus. Er war derart erstaunt über den Verlauf der Angelegenheit, sprich von der Schnelligkeit, mit der die Revision vollzogen worden war, dass er eine unerhörte Liebenswürdigkeit an den Tag legte. Er stellte uns gar ein staatliches Fuhrwerk zur Verfügung, das unsere Habe zur Anlegestelle brachte. Wagen privat zu mieten war damals nicht mehr möglich, da seit der Kollektivierung, die nicht allzu lange zuvor durchgeführt worden war, alle Pferde in Staatsbesitz waren. Zum Abschied wünschte uns der Kommandant alles erdenklich Gute, vermutlich hielt er uns gar in gewisser Weise für »seinesgleichen«, weil er einer der ersten Zeugen dieses Wunders geworden war, das wie ein Blitz aus heiterem Himmel von oben niedergegangen war.

Mit der Wäscheverwalterin indes verhielt es sich entgegengesetzt: Sie verlor jegliches Vertrauen zu uns. Wem widerfuhr etwas in der Art, wie es O. M. widerfahren war? Diese Frage las ich als stummen Vorwurf in ihrem Blick. Sie zweifelte selbstverständlich keinen Augenblick daran, dass O. M. furchtbare Dienste geleistet haben müsse, andernfalls hätten »sie« ihn niemals aus ihren Klauen gelassen, denn niemanden, den sie einmal ergriffen haben, lassen sie jemals wieder laufen. Die Erfahrungen, die die Wäscheverwalterin hatte machen müssen, waren größer als unsere, und in unserer Gesellschaft hatte sich ein merkwürdiger, zugleich jedoch ganz und gar verständlicher Egozentrismus herausgebildet – die Menschen wollten nur noch ihren eigenen Erfahrungen Vertrauen schenken. Sie hatte den zur Verbannung verurteilten O. M. für ihresgleichen gehalten, hatte jedoch bereits die Erfahrung gemacht, dass bei weitem nicht jeder zur Verbannung Verurteilte zu »ihresgleichen« gezählt werden konnte und dass man auch ihnen gegenüber die Zunge im Zaum halten muss. Der unerwartet Begnadigte – von Tscherdyn aus gesehen schien Woronesch das Paradies – war ihr plötzlich verdächtig und fremd. Ich glaube, die in Tscherdyn in Verbannung Lebenden versuchten sich noch lange nach unserer Abreise zu erinnern, ob sie in unserer Gegenwart nicht etwas gesagt hätten, das ihnen gefährlich werden könnte, und dachten darüber nach, ob wir nicht mit dem Auftrag, ihre geheimen Gedanken auszuforschen, zu ihnen geschickt worden waren. Man kann der Wäscheverwalterin das nicht verübeln – an ihrer Stelle hätte ich ebenso empfunden. Der Verlust des gegenseitigen Vertrauens ist erstes Anzeichen für die Vereinzelung innerhalb der Gesellschaft in Diktaturen wie der unsrigen, und genau das war es, was die Machthaber erreichen wollten.

Auch für mich war die Wäscheverwalterin nicht »meinesgleichen«. Ich verstand nur weniges von dem, was sie sagte. Es herrschten und herrschen bei uns derart verquere Vorstellungen von Recht, wir waren derart verroht und betrachteten die Welt mit halb wahnsinnigem Blick, dass zwischen denen, »die wissend waren«, und denen, »die noch nicht wissend waren«, keinerlei Beziehung möglich war. In jenem denkwürdigen Jahr hatte ich bereits einiges an Wissen erlangt, aber es war noch nicht genug. Die Wäscheverwalterin versicherte, sie alle wären vollkommen grundlos in die Verbannung geschickt worden. Sie beispielsweise habe zum Zeitpunkt ihrer Verhaftung nicht mehr aktiv an der Arbeit in ihrer Partei teilgenommen und sei, als man sie abgeholt habe, nur noch Privatperson gewesen: »Und das wussten sie!« Und ich, vollkommen verroht von allem, was man mir ins Gehirn geblasen hatte, verstand ihre Argumente nicht. Sie gab doch selbst zu, dass sie einer der aufgelösten Parteien angehört hatte, warum beklagte sie sich dann, zur Verbannung verurteilt worden zu sein? Das entsprach doch den Normen, die bei uns herrschten. Davon war ich damals überzeugt. Dass »unsere Normen« furchtbar, grausam seien, gestand ich ein, aber so war nun einmal die Realität, und eine Regierung, die Stärke zeigt, kann keine offene Gegnerschaft dulden, denn auch wenn die Gegner nicht mehr aktiv sind, sind sie doch potentiell gefährlich. Ich war durch die staatliche Propaganda nicht zu beeinflussen, aber die verrohten Rechtsnormen hatte ich doch übernommen. Narbut war ein noch gelehrsamerer Schüler des neuen Rechts. Seiner Ansicht nach war O. M. zwingend zu verurteilen: »Der Staat muss sich doch verteidigen, oder etwa nicht? Wo kämen wir sonst hin?« Ich widersprach nicht. Sollte man denn streiten und zu erklären versuchen, dass ein Gedicht, das unveröffentlicht geblieben und auf keiner öffentlichen Versammlung vorgetragen worden war, nur in der Welt des eigenen Denkens existiert und dass man für das, was man denkt, nicht verurteilt werden kann? Erst das eigene Unglück öffnete uns die Augen und bewirkte, dass wir menschenähnlicher wurden. Aber auch das nur nach und nach.

Damals hatten wir Furcht vor dem Chaos und begannen sogleich, um eine starke staatliche Macht zu flehen, um eine starke Hand, die den menschengemachten Aufruhr wieder in seine Bahnen leiten möge. Diese Angst, die, nebenbei bemerkt, das beständigste aller unserer Gefühle ist, haben wir bis heute nicht hinter uns gelassen und geben sie an die nachfolgenden Generationen weiter. Einem jeden, den Älteren, die bereits die Revolution erlebt haben, ebenso wie den Jüngeren, die noch gänzlich ohne Erfahrungen sind, will es scheinen, dass gerade er erstes Opfer der wütenden Masse wird. Immer, wenn ich den Satz »Wir sind die Ersten, die am nächsten Laternenpfahl aufgehängt werden« höre, denke ich an Herzens Ausspruch hinsichtlich der Intelligenzija, die solch große Angst vor dem Volk habe, dass sie bereit sei, in Ketten zu gehen, wenn nur das Volk nicht von seinen Ketten befreit werde.

Den Gang der Geschichte zu ebnen und alles aus dem Weg zu räumen, auf dass es keine Unwägbarkeiten mehr gebe und alles glatt und planmäßig verlaufe – das ist es, was wir wollten. Dieser Traum hat den Boden bereitet für jene Weisen, die uns unseren Weg vorgeben. Und da sie nun einmal in Erscheinung getreten waren, wagten wir nicht mehr, ohne ihre Führung zu handeln, und warteten auf genaue Weisungen und Rezepte. Weder ich noch ein anderer war befähigt, ein besseres Rezept zusammenzustellen, so glaubten wir, und meinten deshalb, dankbar sein zu müssen für das, was uns von oben verabreicht wurde. Einzig in kleinen Bereichen erkühnten wir uns zu fragen, ob zum Beispiel möglicherweise der soziale Auftrag der Kunst in verschiedenen Stilrichtungen umgesetzt werden könne. Das sei doch sehr wünschenswert. Wir waren blind und fochten selbst für die Gesinnungsgleichheit, denn in jedem Dissens, in jeder anderen Meinung sahen wir vermeintliche Anarchie und unüberwindliches Chaos. Und so trugen wir selbst durch unser Schweigen oder unsere Zustimmung dazu bei, dass die starke staatliche Macht noch mächtiger wurde und sich vor jenen schützte, die sie schlechtredeten, vor einer Wäscheverwalterin, einem Dichter oder einem Schwätzer.

So lebten wir, kultivierten unsere Minderwertigkeit, bis wir an eigener Haut spürten, wie instabil das eigene Glück doch war. Und zwar erst, wenn wir es an eigener Haut spürten, denn Erfahrungen, die andere gemacht haben, schenkt der Mensch keinen Glauben. Und so wurden wir tatsächlich minderwertig und unterlagen somit keiner Verantwortung. Und konnten einzig durch Wunder gerettet werden.

Auf dem Weg zum Bestimmungsort

Man händigte uns Dokumente mit dem Stempel der einflussreichsten sowjetischen Behörde aus, und wir erhielten die Berechtigung zum Erhalt einer kostenfreien Fahrkarte an der Militärkasse. In jenen Zeiten war das ein unerhörtes Privileg, denn alle Häfen und Bahnhöfe waren belagert von verdreckten und finsteren Menschenmassen, die wochenlang vor den Fahrkartenschaltern ausharrten. Eine erbärmliche Masse, wie zu Zeiten der Umsiedlung von Volksgruppen oder der Evakuierung. Der Hafen von Perm: Auf Säcken, Lumpen, neben Holztruhen mit derben Lackverzierungen lagerten ganze Familien und Sippschaften, vollkommen erschöpfte, heruntergekommene Menschen mit Gesichtern, die schwarz waren von Staub. Am Ufer glomm Kohle in Löchern im Sand – darüber köchelte dünne Suppe für die Kinder. Die Erwachsenen kauten Rinde, die sie als Vorrat in Säcken mitgenommen hatten, denn Brot gab es zu jener Zeit nur auf Bezugsscheine. Die Entkulakisierung hatte riesige Menschenmassen aus ihren angestammten Heimatorten vertrieben, sie zogen durchs Land auf der Suche nach einem besseren Ort und trauerten um ihr Zuhause.

Im buchstäblichen Sinne von der Entkulakisierung Betroffene gab es damals dort aber nicht mehr. Sie waren längst an ihre Bestimmungsorte verbracht worden. Diese waren ebenfalls von der Woge erfasst worden, hatten in einer Stunde der Angst ihre Heimat verlassen und irrten durchs Land, ohne Ziel, nur weg vom Heimatdorf. Wir haben zahlreiche zwangsweise angeordnete und einige wenige freiwillige Umsiedlungen von Volksgruppen erleben müssen: Bürgerkrieg, Hungersnöte im Wolgagebiet und in der Ukraine, Evakuierung. Bis zum Krieg waren die Bahnhöfe voll von Bauern, die ihre Dörfer verlassen hatten. Nach dem Krieg begaben sich die Menschen auf der Suche nach Brot und Arbeit wieder auf den Weg, aber nicht mehr in diesen Massen. Jede Familie, in der ein Mann überlebt hatte, wollte dorthin, wo es, wie zu hören war, Brot gab und fleißige Hände gefragt waren. Manchmal erfolgte die Umsiedlung organisiert, waren Arbeitskräfte also im Voraus angeworben worden. Aber nachdem sie am eigenen Leibe erfahren hatten, dass Meerrettich auch nicht süßer als Rettich schmeckt, wollten alle wieder zurück oder suchten einen neuen Zufluchtsort. Jede gewaltsame Umsiedlung – von Klassen oder Volksgruppen – zog Wogen freiwilliger Flüchtlinge nach sich. Kinder und Greise starben wie die Fliegen.

Die zwangsweise angeordneten Umsiedlungen waren etwas vollkommen Neues, das das zwanzigste Jahrhundert uns bescherte. Vielleicht haben uns aber auch die ägyptischen oder assyrischen Eroberer dies bereits zugeeignet? Ich habe Züge mit Bärtigen aus der Ukraine und aus dem Kubangebiet gesehen, dann verplombte Viehwaggons mit politischen Häftlingen, die in den Fernen Osten verbracht wurden. Später die Züge mit den Wolgadeutschen, Tataren, Polen, Esten. Und wieder Viehwaggons mit politischen Häftlingen. Diese fuhren ohne Unterlass, einmal in höherer Dichte, dann seltener. Anders verhielt es sich, als die Adligen Leningrad verlassen mussten. Das war die zweite Massenumsiedlung nach der Entkulakisierung. Im Jahr 35 begleitete ich mit Anna Andrejewna eine zarte, kränkliche Frau mit ihren drei kleinen Jungen zum Pawelezer Bahnhof. Für sie war die ständige Wohnsitznahme in Saratow angeordnet worden. Selbstverständlich nicht in der Stadt, hilflose Menschen wie sie können schließlich auch im Landkreis leben. Auf dem Bahnhof trafen wir auf das bereits gewohnte Bild. Nirgendwohin konnte man auch nur einen Fuß setzen, alles war vollkommen überfüllt, aber die Wartenden saßen nicht auf Säcken, sondern auf ziemlich respektabel aussehenden Koffern und Schrankkoffern, auf denen noch bunte Schildchen aus dem Ausland klebten. Auf dem Weg zum Bahnsteig wurden wir immerfort von älteren Damen, die wir kannten, aufgehalten – Enkelinnen von Dekabristen, einstmals hochangesehene Damen der Gesellschaft, schlicht – Frauen. »Ich wusste gar nicht, dass so viele von Adel unter meinen Bekannten sind«, sagte Anna Andrejewna. »Was beschweren sie sich? Weshalb sollten sie sich weiterhin in Leningrad breitmachen«, sagte mit zusammengekniffenen Lippen die Ehefrau von O. M.s jüngerem Bruder, Tanja Grigorjewna, eine parteilose Bolschewikin.

Ich habe einmal gelesen, in der Geschichte eines jeden Volkes gebe es eine Zeit, in der die Menschen »mit Körper und Geist herumirren«.* Dies sei die Jugend eines Volkes, die schöpferische Periode seiner Geschichte, die viele Jahrhunderte lang nachwirkt und seine Kultur vorantreibt. So auch wir. »Wir alle

* Tschaadajew.

sind gleichsam Wanderer«, aber nicht nur »gleichsam«, sondern im wahrsten Sinne des Wortes. Wird auch unser Umherirren fruchtbar sein, wie der Philosoph es uns verheißen hat? Allzu schwer hatten wir zu tragen, als dass wir den Glauben daran bewahren konnten. Gleichwohl vermag ich es nicht zu verneinen. Wir haben als gesamtes Volk, von den höchsten Schichten bis ganz unten, etwas gelernt, wenngleich wir dabei unsere gesamte Kultur vernichtet haben und schlicht verroht sind. Aber das, was wir gelernt haben, scheint sehr existentiell.

Von Tscherdyn bis Kasan fuhren wir mit zwei Schiffen, und das Umsteigen in Perm gestaltete sich durchaus schwierig. Wir mussten bis zum folgenden Tag auf das nächste Schiff warten. Im Hotel konnten wir nicht unterkommen, weil O.M. keinen Pass besaß. Dieser war ihm bei der Verhaftung abgenommen worden. Ein Passeport ist Privileg des Städters, auf den Dörfern besaß niemand einen, und so fanden seltsame Vögel wie Bauern sowie Städter, die eine Katastrophe ereilt hatte, keine Aufnahme – wobei in Hotels ohnehin für gemeine Bürger kein Platz zu finden war und ist.

Wegen der Massen an freiwilligen Flüchtlingen war am Hafen kein Platz zu finden, an dem wir uns hätten niederlassen können, und wir spazierten deshalb den ganzen Tag bis zur völligen Erschöpfung ziellos durch die Stadt. Saßen auf Bänken im welken Stadtpark, wunderten uns über die Blässe der wohlsituierten Stadtkinder und erinnerten uns an die Zeiten, als uns die gelblichen Gesichter der Moskauer Kinder erschüttert hatten – diese zeigten jedes Mal überdeutlich die Auswirkungen der großen Hungersnöte. Ein letztes Mal hatten wir das 1930 erlebt, als wir kurz nach der allgemeinen Preiserhöhung und vor der Einführung des Systems der Bezugsscheine für Lebensmittel und Verteilerstellen aus Armenien nach Moskau zurückgekehrt waren. Das war der Preis, den Moskau für die Entkulakisierung zu zahlen hatte. Als wir nach Tscherdyn aufgebrochen waren, stand es in Moskau bereits wieder besser, aber Perm rief mit seinem Anblick noch Erschrecken hervor. Wir aßen in einem

Restaurant, aber es war nicht möglich, dort eine Weile sitzen zu bleiben, denn vor jedem Tisch warteten schon die nächsten in langen Reihen: In der Stadt gab es keine Lebensmittel zu kaufen, im Restaurant indes erhielt man wenigstens so etwas wie ein kärgliches Mahl.

Je müder O. M. wurde, desto größer wurde seine Erregtheit, und ich fürchtete, er werde einen Rückfall erleiden. Die beiden langen Fahrten – eine unter Wachschutz, die zweite ohne diesen – verlängerten und verschlimmerten die durch das Trauma ausgelöste Erkrankung. In der Nacht, als wir noch in der Stadt unterwegs waren, wollte O. M. unbedingt zur städtischen Niederlassung des Ministeriums für Staatssicherheit, um dort seine Strafsache zu besprechen. Der Diensthabende jagte ihn fort: »Machen Sie, dass Sie fortkommen! Tag für Tag werden wir hier von Leuten wie Ihnen belästigt.« O. M. kam jäh wieder zu sich. »Dieser verfluchte Schalter dort hat wie ein Magnet auf mich gewirkt«, erklärte er, und wir gingen zum Hafen. Anna Andrejewna nannte diese Zeit eine vergleichsweise vegetarische, aber der Wirkung dieses »Magneten« konnte sich keiner entziehen. Es gab wohl niemanden, dessen Gedanken nicht um Verhöre, Verfolgung, »Prozess« und Erschießung kreisten. Lediglich unter den jungen Leuten war vielleicht noch der ein oder andere Glückliche, bei dem das nicht der Fall war.

Das Schiff legte in der Nacht an. Weil wir unsere Bordkarten an der Militärkasse erhalten hatten, durften wir uns nicht wie in die Verbannung Reisende, sondern wie Hätschelkinder der furchteinflößenden Behörde fühlen, uns einen Weg durch die unwirsche Menschenmenge bahnen und waren so unter den Ersten, die die Landebrücke betraten. Die Menge begleitete uns mit neidischen und verdrießlichen Blicken. Die Menschen mögen es nicht, wenn ein anderer Privilegien genießt. Aber die am Hafen von Perm Wartenden ahnten ja nicht, welche Umstände uns die Annehmlichkeit beschert hatte, Fahrkarten außer der Reihe kaufen zu können. In unserer Epoche, in der schon ein Stück Brot ein Privileg war, war der Hass auf Privilegierte besonders heftig. In wenigstens zehn der ersten vierzig Jahre erhielten wir Lebensmittel nur auf Bezugsscheine, und selbst bei Brot gab es keinerlei einheitliche Zuteilung – der eine erhielt keines, der andere nur wenig, wieder ein anderer mehr als genug. »Bei uns herrscht Hunger«, erklärte Jewgenij Jakowlewitsch uns 1930, als wir aus Armenien zurückkehrten. »Aber jetzt ist nichts mehr wie zuvor. Man hat die Menschen in Kategorien unterteilt, und ein jeder hungert oder isst seiner Stellung entsprechend. Jeder erhält so viel, wie er verdient.« Und nach dem Krieg verblüffte ein junger Physiker seine Schwiegermutter nach Verzehr des in der Verteilerstelle des Schwiegervaters erhaltenen Beefsteaks mit dem Lob: »Sehr gut! Und besonders fein ist es, dass andere so etwas nicht bekommen.« Die Menschen waren stolz auf kostenlose Lebensmittelzuteilungen, auf Anrechte und Privilegien und verheimlichten das, was sie erhielten, vor den niedrigeren Kategorien. Durch eine Ironie des Schicksals hatten wir dieses Mal Karten an der Kasse erhalten, die nur der am höchsten privilegierten Kategorie zugänglich war, und das rief allseitigen Neid hervor, wobei unser Anblick nun wirklich nicht dem der höheren Ränge entsprach, was die Verärgerung noch verstärkte. Ein »höherer Rang«, also jemand, der bei Bedarf auch »in die Fresse geben darf«, hat der Masse bei uns schon immer imponiert, das ist nicht zu ändern. Und so wurden wir auf der ganzen Fahrt von den niederen Dienstgraden der Besatzung hervorragend behandelt, denn sie hatten verinnerlicht, dass jene, die als Erste die Landebrücke betreten, nur respektable Menschen sein können, und zwar von derart hohem Rang, dass sie nicht einmal Trinkgeld geben.

Wir belegten eine Zweibettkabine, schlenderten an Deck, nahmen ein Bad und reisten wie echte Touristen. Während dieser Tage an Bord des Schiffes vollzog sich eine merkliche Besserung des Zustands von O. M. Ich war regelrecht erstaunt, wie wenig vonnöten war, dass er wieder zu sich kam – drei Tage Stille und Erholung. Er wurde sogleich ruhig, schlief gut, las Puschkin, unterhielt sich und war bei alldem vollkommen gelassen. Unter anderem beeindruckte er mich durch einen brillanten Vergleich von Wundertätern und führte aus, dass die bei uns verbreitete Ansicht der Kritik nicht standhalte. Er sprach zum ersten Mal seit Wochen dieses Thema an, ganz ohne an sein Schicksal zu denken und daran, dass sie ihn würden zerquetschen können. In diesem Augenblick begriff ich, dass die Erkrankung besiegt war. Nicht ohne Grund hat Emma Gerschtejn O. M. einen Phönix genannt, der sich nach seinem Feuertod wieder aus der Asche erhebt. Die akustischen Halluzinationen, Angstattacken, Übererregbarkeit und ichbezogene Wahrnehmung der Realität traten danach kaum mehr auf, und wenn, dann war O. M. in der Lage, die leichten Rückfälle ohne Hilfe zu bewältigen. Die Erkrankung war jedoch noch nicht vollständig geheilt, die Tage auf dem Schiff waren lediglich der Wendepunkt. Bis in den späten Herbst hinein blieb eine erhöhte Erregbarkeit und Ermüdbarkeit. Auch zuvor war O. M. rasch erschöpft gewesen, da sein Herz zu klein war, dieser Sommer aber hatte es nochmals geschwächt. Darüber hinaus bemerkte ich eine ihm nicht eigene Verletzlichkeit und mir an ihm vollkommen unbekannte intellektuelle Mattigkeit. Er begann zwar sogleich wieder zu lesen, wich aber aktiver geistiger Beschäftigung aus, selbst Dante nahm er kaum zur Hand. Womöglich verlief die Rückkehr ins Leben deshalb so langsam, weil in Woronesch neues Ungemach auf ihn wartete. Ich wurde krank. Zuerst hatte ich Flecktyphus, den ich mir irgendwo am Hafen oder am Bahnhof eingefangen hatte. Wenn ein Volk vom Unheil getroffen wird, geht das stets mit Flecktyphus einher. In unserem Land ist man dieser Krankheit bis in die jüngste Zeit nicht Herr geworden. Um die Statistik zu hintergehen, wurde sie in den Krankenhäusern nicht beim Namen genannt, sondern mit einer Ziffer bezeichnet, die Kranken hatten nicht Fleckfieber, sondern die Krankheit Nummer fünf oder sechs, an die genaue Zahl erinnere ich mich nicht. Selbst daraus machte man ein Geheimnis, damit die Feinde des Sozialismus keine Kenntnis davon erlangten, woran wir krankten. Nachdem ich vom Fleckfieber genesen war, fuhr ich nach Moskau und schnappte dort Dysenterie auf. Auch diese wurde konspirativ behandelt und unter irgendeiner Nummer geführt. Ein weiteres Mal wurde ich in eine Quarantäne-Baracke gesteckt und mit alten Mitteln kuriert. Der Bakteriophage war noch nicht bis in diese Baracken vorgedrungen, dieser war Erkrankten höherer Kategorien vorbehalten. Zur selben Zeit wie ich erkrankte auch Wischnewskij an der Ruhr, und nur dadurch erfuhr ich, dass eine neue Behandlungsmethode existierte, die meine Gesundung wesentlich hätte vorantreiben können. Aber auch Medizin wurde und wird in unserem Land der Rangtabelle entsprechend zugeteilt. Als ich mich einmal bei einem ehemaligen Funktionär mit den Worten, alle sollten Zugang zu derartigen Dingen haben, darüber beschwerte, erwiderte er ehrlich erstaunt: »Wie, alle?! Sie wollen wirklich, dass ich gleich behandelt werde wie irgendeine Putzfrau?« Dieser ehemalige Funktionär war kein schlechter, ja sogar ein anständiger Mensch, aber selbst ihm war das Gehirn umgedreht worden von der ewigen Gleichmacherei.

Obgleich O.M. und ich der untersten Kategorie entsprechender medizinischer Behandlung unterlagen, überlebten wir beide, und die dreijährige »Atempause« in Woronesch begann.

Du sollst nicht töten

Die Todesstrafe oder das »Höchstmaß«, wie wir sie aus taktischen Gründen nannten, war unter den Verfahrensweisen, Menschen zu vernichten, über die der Staat gebot, jene, die O.M. am meisten verhasst war. Das war der Grund, warum er in seinem Zustand der Bewusstseinsstörung während seiner Erkrankung fürchtete, erschossen zu werden. Verbannung, Ausweisung und andere Methoden, die Menschen in Lagerstaub zu verwandeln, stand er gelassen gegenüber – »Davor haben wir doch keine Angst!« –, einzig der Gedanke an die Todesstrafe bereitete ihm Angst. Immer wieder hatten wir Meldungen von Erschießungen zur Kenntnis zu nehmen. In den Städten wurden diese bisweilen durch entsprechende Aushänge kundgetan. Von der Erschießung Bljumkins (oder war es Konrad?) lasen wir in Armenien – diese Meldung klebte an allen Laternenpfählen und Mauern. O. M. und Boris Sergejewitsch kehrten vollkommen erschüttert und marode ins Hotel zurück. Sie konnten es schlicht nicht ertragen. Die Todesstrafe war für sie offensichtlich nicht allein Symbol für die grausamste Art der Gewalt, sondern stellte sich ihnen darüber hinaus in ihrer Phantasie sehr konkret und anschaulich dar. Für den rationalen weiblichen Verstand ist das nicht so deutlich spürbar, und deshalb waren und sind für mich Massendeportationen, Lagerhaft, Gefängnis, Zuchthaus und sonstige Verhöhnung des Menschen durchaus hassenswerter als ein Mord, der in einem Augenblick vollzogen wird. Für O. M. jedoch war das anders. Bei der ersten Auseinandersetzung, die er mit einem Vertreter des damals noch »allzu neuen Staates« hatte, ging es namentlich um seine Einstellung zur Todesstrafe. Die Geschichte dieses Streits zwischen O. M. und Bljumkin ist allgemein bekannt durch die ungenaue und phantasievoll ausgeschmückte Schilderung Georgij Iwanows, der davon lediglich vom Hörensagen Kenntnis hatte. Auch bei Ehrenburg findet sich eine Erwähnung dieses Zwischenfalls, der einmal bei einem Ausfall Bljumkins gegen O. M. zugegen war: Wenn Bljumkin O. M. in öffentlichen Räumen begegnete, drohte er ihm jedes Mal mit dem Revolver. Auch mir blieb es nicht erspart, einmal bei einer derartigen Begegnung zugegen zu sein.

Diese ereignete sich 1919 in Kiew. O. M. und ich standen im ersten Stock auf einem Balkon des Hotels »Kontinental« und wurden plötzlich eines Reiterzugs gewahr, der die breite Nikolajew-Straße heruntergejagt kam. Die Kavalkade bestand aus einem Reiter in schwarzem Kosakenumhang und berittener Begleitung. Beim Näherkommen hob der Reiter den Kopf, und als er uns erblickte, drehte er sich jäh im Sattel in unsere

Richtung und streckte uns die Hand mit dem gezückten Revolver entgegen. O. M. fuhr instinktiv zurück, lehnte sich dann aber über das Geländer und winkte dem Reiter zum Gruß zu. Als die Reiter gleichauf mit uns waren, war die Hand mit dem Revolver unter dem Umhang verschwunden. Das alles war eine Sache von Sekunden. Im Kaukasus wurde einmal vor meinen Augen ein Mord begangen. Ein Straßenbahnfahrer schoss im Vorbeifahren auf einen an der Hauptstraße stehenden Schuhputzer. Das war Blutrache. Die Szene mit Bljumkin spielte sich ganz ähnlich ab, es fiel jedoch kein Schuss – die Blutrache kam nicht zur Ausführung. Die Reiter flogen vorüber, bogen ab und verschwanden in Richtung Lipki, wo sich damals die Tscheka befand.

Der Reiter mit dem Umhang war Bljumkin, jener Mann, der den Gesandten des Kaisers, Graf Mirbach, erschossen hatte. Er war vermutlich auf dem Weg zu seinem Dienstort, der Tscheka. Ihm war, wie zu hören war, die überaus wichtige und konspirative Arbeit der Spionagebekämpfung übertragen worden. Umhang und Reiterzug waren wohl Tribut an den persönlichen Geschmack dieses geheimnisvollen Mannes. Allerdings ist mir nicht ganz klar, wie diese Art der Effekthascherei mit der ihm gebotenen Geheimhaltung zu vereinbaren war.

Zum ersten Mal war ich Bljumkin begegnet, noch bevor ich O. M. kennengelernt hatte. Ich lebte damals im selben kleinen ukrainischen Dorf wie seine Frau. Unter den dort zahlreich lebenden jungen Künstlern und Journalisten waren einige, die sich dort vor der Verfolgung durch Petljura versteckten. Nachdem die »Roten« die Herrschaft im Dorf übernommen hatten, erschien Bljumkins Frau unerwartet bei mir und übergab mir eine auf meinen Namen ausgestellte Schutzurkunde für Wohnung und Besitz. »Warum tun Sie das?«, fragte ich erstaunt. »Die Intelligenzija muss geschützt werden«, war ihre Antwort. Auf ähnliche Art und Weise hatten einfache Frauen aus Arbeitervereinigungen am 18. Oktober 1905 versucht, die Juden des Dorfes vor den Pogromen zu bewahren, indem sie als Nonnen verkleidet Ikonen in deren Häuser brachten, in der Hoffnung, diese Camouflage werde die Pogromtäter täuschen. Die Schutzurkunde, die auf meinen Mädchennamen lautete – ich war damals achtzehn Jahre alt – und ganz offensichtlich als Fälschung zu erkennen war, hat mein Vater kein einziges Mal bei den zahlreichen Hausdurchsuchungen und Beschlagnahmen vorgewiesen. Von dieser Frau, die die Intelligenzija auf derart naive Weise zu retten versuchte, und von ihren Freunden hörte ich vom Mörder Mirbachs und begegnete ihm, der immer wieder klandestin im Dorf auftauchte und wieder verschwand, auch einige Male.

Die Balkonszene erinnerte mich nicht von ungefähr an Blutrache, denn Bljumkin hatte O. M. Rache geschworen und ihm bereits mehrmals zuvor mit dem gezückten Revolver gedroht, aber nie war es zum Schuss gekommen. O. M. war überzeugt, dass es sich nur um eine leere Drohung handelte, da Bljumkin melodramatische Effekte sehr liebte. »Mich zu erschießen wäre ein Leichtes für ihn. Hätte er es gewollt, dann hätte er es längst getan.« Und doch fuhr O. M. jedes Mal unwillkürlich zusammen, wenn Bljumkin den Revolver zückte. Dieses kaukasische Spiel fand im Jahr 26 sein Ende, als O. M. auf dem Rückweg von der Krim, wo er mich besucht hatte, zufällig im selben Abteil wie Bljumkin reiste. Beim Anblick seines »Feindes« nahm Bljumkin demonstrativ die Halfter ab, verstaute den Revolver im Koffer und reichte O. M. die Hand. Die ganze Fahrt über unterhielten sie sich freundschaftlich. Kurze Zeit später lasen wir von der Erschießung Bljumkins. Das Zerwürfnis zwischen O. M. und Bljumkin lag in der Frage begründet, ob die Erschießung eines politischen Gegners moralisch vertretbar sei. Georgij Iwanow hat diese Geschichte zum Gefallen der anspruchslosen Leser derart blumig ausgeschmückt, dass sie jeglichen Sinnes entbehrt, jedoch zitieren selbst Menschen von Reputation sie, ohne den logischen Ungereimtheiten Beachtung zu schenken. Grund dafür ist, dass wir von Westeuropa abgeschnitten sind.

Nicht allzu lange vor Beginn ihres Konflikts hatte Bljumkin O. M. die Mitarbeit in einer soeben erst begründeten Institution angeboten, der er eine großartige Zukunft vorhersagte. Bljumkin war der Überzeugung, diese werde für die Epoche von großer Bedeutung sein und im Zentrum des neuen Machtgefüges stehen. Erschreckt lehnte O. M. eine Zusammenarbeit ab, obgleich zu dem Zeitpunkt noch niemand wusste, worin die Besonderheit dieser neuen Einrichtung bestand. Allein die Tatsache, dass diese Behörde von großer Machtbefugnis sei, genügte O. M., sich schnellstens zu distanzieren. Auf geradezu kindliche Art wich er jeglicher Annäherung an die Macht stets aus. So wohnte er nach seiner Ankunft in Moskau 1918 beispielsweise – er hatte die Reise in den für die Regierungsmitglieder eingesetzten Zügen zurückgelegt – einige Tage bei Gorbunow im Kreml. Eines Morgens wurde er beim Betreten des Speisesaals vom Bediensteten – einem einstigen Diener am Zarenhof, der nun der Revolutionsregierung diente, ohne sein unterwürfiges Gebaren des Lakaien abgelegt zu haben – informiert, gleich werde Trotzki höchstselbst erscheinen, »um Kaffee zu nehmen«. O. M. warf umgehend den Mantel über, rannte davon und verzichtete damit auf die einzige Möglichkeit, in der hungernden Stadt etwas zu essen. Eine Erklärung für diesen Impuls zur Flucht hatte er nicht. »Was sollte ich denn da! Ich wollte nicht mit ihm gemeinsam frühstücken.« Ähnliches ereignete sich mit Tschitscherin, als O. M. von diesem eingeladen wurde, um über eine Arbeit im Volkskommissariat für Auswärtige Angelegenheiten zu sprechen. Tschitscherin schlug ihm vor, den Text eines Regierungstelegramms auf Französisch als Arbeitsprobe zu verfassen, und ließ ihn dann allein. O. M. nutzte die Gelegenheit und ging, ohne überhaupt begonnen zu haben einen Text zu schreiben. »Warum hast du die Flucht ergriffen?«, fragte ich und erhielt die gleiche ausweichende Antwort – hätte ein kleiner Beamter mit ihm das Gespräch geführt, wäre er geblieben und hätte den Dienst im Volkskommissariat für Auswärtige Angelegenheiten angetreten, aber von denen, die Macht haben, hielte man sich besser fern. Womöglich hat diese instinktive, ja unbewusste Ablehnung der Macht O. M. davor bewahrt, Wege einzuschlagen, die falsch und zerstörerisch gewesen wären und die sich ihm zu einer Zeit eröffneten, als auch überlegte und umsichtige Menschen nicht in der Lage waren, die Entwicklungen einzuschätzen. Wie sich sein Schicksal gestaltet hätte, wäre er ins Volkskommissariat für Auswärtige Angelegenheiten oder in jene »neue Behörde« eingetreten, wie Bljumkin es ihm so dringend nahegelegt hatte, weiß niemand zu sagen.

Welche Funktion diese »neue Behörde« innehatte, wurde O. M. durch eine Auseinandersetzung mit Bljumkin klar. Diese Szene spielte sich im Moskauer Dichtercafé ab, und dies ist das Einzige, was Georgij Iwanow richtig in Erinnerung hat. Allerdings war Bljumkin dort gern gesehener Gast und nicht angsteinflößender Tschekist, der nach Opfern Ausschau hält, wie es im Westen erzählt wird. Er stand schließlich auf gutem Fuße mit den Machthabern, und das wurde in den Kreisen der Literatur durchaus geschätzt. Der Streit zwischen O. M. und Bljumkin ereignete sich einige Tage vor der Ermordung Mirbachs. Allein aus dem Zeitpunkt wird deutlich, dass es sich um Tage handelt, in denen mit dem Begriff »Tschekist« noch nicht allzu viel verbunden wurde. Die Tscheka war gerade erst gegründet worden, zuvor lagen Terror und Erschießungen in der Verantwortung anderer Strukturen, nämlich, wenn ich mich recht erinnere, der Kriegs- und Standgerichte. Im Gespräch mit Bljumkin begriff O. M. womöglich erstmals zur Gänze, worin die Funktion der »neuen Behörde« bestehen würde, in der mitzuarbeiten Bljumkin ihm einige Tage zuvor angeboten hatte.

Bljumkin habe geprahlt, so berichtete O. M., er sei Herr über Leben und Tod und werde demnächst einen »Intelligenzler« erschießen, der von »der neuen Behörde« verhaftet worden sei. Die Verhöhnung »intellektueller Schwächlinge« und die kaltschnäuzige Einstellung Erschießungen gegenüber waren so etwas wie eine Modeerscheinung jener Jahre, und Bljumkin folgte mit seinem Verhalten nicht nur dem Zeitgeist, sondern war einer derer, die die Grundlage dafür legten und den neuen Zeitgeist propagierten. Die Rede war von einem Kunsthistoriker, einem ungarischen oder polnischen Grafen, den O. M. nicht kannte. Als er mir in Kiew von dieser Geschichte berichtete, konnte O. M. sich weder an den Namen noch die Staatsangehörigkeit des Mannes erinnern, für den er eingetreten war. Ebenso, wie er sich nicht der Namen jener fünf alten Herren entsinnen konnte, die er 1928 vor der Erschießung gerettet hatte. Heute ist es ein Leichtes, anhand der von der Tscheka veröffentlichten Dokumente festzustellen, um wen es sich bei dem Grafen handelte, denn Dserschinskij erwähnt in seinem Bericht über die Ermordung Mirbachs, er habe den Namen Bljumkins bereits gehört.

Die Prahlerei Bljumkins, er werde mir nichts, dir nichts den kleinen intellektuellen Kunsthistoriker vernichten, führte bei einem anderen schwächlichen Intellektuellen, nämlich Mandelstam, zu einem Wutausbruch, und er empörte sich, er werde diesen Gewaltakt nicht zulassen. Bljumkin erwiderte, er dulde keinerlei Einmischung in »seine Angelegenheiten« und werde O. M. umbringen, wenn dieser es wage, seine »Nase in diese Sache zu stecken«. In diesem ersten Streit hat Bljumkin O. M. wohl schon mit dem Revolver bedroht. Er tat das aus dem nichtigsten Anlass selbst bei sich zu Hause, wie mir berichtet wurde.

Der im Westen kursierenden Version zufolge ist es O. M. angeblich gelungen, Bljumkin den entsprechenden Befehl abzunehmen und ihn zu zerreißen. Von welchem Befehl ist hier die Rede? Der Kunsthistoriker war ja bereits inhaftiert, also war der entsprechende Haftbefehl längst in der Akte abgelegt und nicht mehr in Händen Bljumkins. Darüber hinaus hätte eine derartige Tat jeglichen Sinnes entbehrt, denn es ist ein Leichtes, ein solches Dokument neu auszufertigen. Ich weiß um O. M.s Temperament und schließe deshalb nicht aus, dass er Bljumkin irgendein Papier entwendet und es zerrissen hat, aber dabei hätte er es niemals bewenden lassen. Das wäre nicht seine Art gewesen, denn es hätte bedeutet, er hätte sich von Bljumkins

Drohungen einschüchtern lassen und nachgegeben, indem er zur eigenen Befriedigung einen kleinen Skandal inszenierte. Wäre dies der Fall, so könnte man an diese Geschichte allein erinnern, um den Niedergang der Sitten zu verdeutlichen. Die Angelegenheit fand jedoch eine Fortsetzung.

Direkt aus dem Café ging O. M. zu Larissa Rejsner und schilderte die Angelegenheit dort dergestalt, dass Larissas Ehemann Raskolnikow Dserschinskij anrief und erreichte, dass dieser Larissa und O. M. empfing. Im maschinenschriftlichen Protokoll heißt es, Raskolnikow selbst sei mit Mandelstam dort erschienen, aber das entspricht nicht den Tatsachen, er wurde von dessen Ehefrau Larissa dorthin begleitet. Ich glaube, keine Kraft der Welt hätte Raskolnikow dazu bewegen können, einer solchen Angelegenheit wegen bei der Tscheka vorzusprechen, noch dazu gemeinsam mit O. M., den er nicht mochte. Ihm missfiel alles, was Larissas Liebe zur Literatur betraf.

Der übrige Verlauf ist im Protokoll recht genau festgehalten. Dserschinskij hörte O. M.s Bericht an, ließ sich die Akte kommen, nahm O. M.s Erklärung, dass er sich persönlich für diesen Herrn verbürge, entgegen und gab Order, den Kunsthistoriker zu entlassen. Ob diese Order umgesetzt wurde, entzieht sich meiner Kenntnis. O. M. ging davon aus, dass dies der Fall war, aber einige Jahre später erfuhr er von einem ähnlichen Fall, in dem Dserschinskijs Anordnung, einen Inhaftierten zu entlassen, nicht umgesetzt worden war. Im Jahr 18 kam es O. M. jedoch nicht in den Sinn zu überprüfen, ob die Zusage dieses hochrangigen Funktionärs tatsächlich eingehalten wurde. Irgendwie kam ihm aber auch zu Ohren, dass der Graf entlassen worden und in die Heimat gereist sei. Nicht zuletzt deutete das Verhalten Bljumkins darauf hin.

Dserschinskij begann sich auch für Bljumkin selbst zu interessieren und fragte Larissa über ihn aus. Sie wusste im Grunde nichts über ihn zu sagen, aber O. M. beklagte später mir gegenüber ihre Redseligkeit und Taktlosigkeit. Dafür war sie berühmt. Ihr dummes Geschwätz zeitigte für Bljumkin allerdings keine Folgen, und man wurde nicht auf ihn aufmerksam. Auch O.M.s Beschwerde hinsichtlich des willkürlichen Gebarens dieses Mannes verhallte ungehört wie die Stimme des Rufers in der Wüste. Hätte man damals Bljumkins Treiben Beachtung geschenkt, hätte der aufsehenerregende Mord an dem deutschen Gesandten womöglich vereitelt werden können. So jedoch konnte Bljumkin seinen Plan ausführen, ohne auch nur im Geringsten daran gehindert zu werden. Dserschinskij erinnerte sich erst nach dem Mord an Mirbach daran, dass O.M. ihn aufgesucht hatte, und benutzte ihn in seinem Rapport, um zu zeigen, wie gut er informiert sei, hatte zugleich jedoch vergessen, wer O.M. begleitet hatte. Nach der Ermordung Mirbachs wurde Bljumkin kurzzeitig des Dienstes in der Tscheka enthoben, kehrte aber bald zurück und blieb bis zu seiner Hinrichtung Mitarbeiter des Geheimdienstes.

Weshalb hat Bljumkin dafür, dass O.M. sich in »seine Angelegenheiten« eingemischt hat, keine Rache geübt, wie er es angedroht hatte? O.M.s Ansicht nach war Bljumkin ein Mann, der Angst einflößte, aber nicht primitiv war. Er war überzeugt, dass Bljumkin nicht die Absicht hatte, ihn zu ermorden, denn es gab mehrere Angriffe auf ihn, aber jedes Mal gab er denen, die der Szene beiwohnten, die Gelegenheit, ihn zu entwaffnen, und in Kiew steckte er selbst den Revolver wieder zurück in die Halfter. Das Zücken des Revolvers und das wie besessene Toben und Schreien waren Tribut an sein Temperament und seine Liebe zum Effekt. Bljumkin entsprach seinem Charakter nach jenem Typ des zügellosen Terroristen, dem niemand Einhalt zu gebieten vermag, wie es sie in Russland vor der Revolution zahlreich gab.

Eine andere Frage ist, wie die widerwärtige Prahlerei mit Erschießungen und Verunglimpfung des »schwächlichen Intellektuellen«, den er als Opfer auserkoren hatte, mit dem Handeln seiner Frau zusammenpasste, die, wenngleich auf ungeschickte Weise, aktiv versuchte, Intellektuelle vor der Verfolgung zu schützen. Möglicherweise war diese Frau, deren

Bekanntschaft ich damals in dem ukrainischen Dorf gemacht hatte, nur eine von mehreren »beliebigen« Frauen Bljumkins, wie es in diesem Milieu damals üblich war, und teilte seine Ansichten nicht. Doch bei Menschen vom Schlage eines Bljumkin hat man absolut keine Sicherheit, ob der äußere Anschein ihrem Wesen entspricht. Manche schlossen deshalb nicht aus, dass er als linker Sozialrevolutionär seine Tätigkeit für den Geheimdienst nutzte, um durch sein widerwärtiges Gerede über Erschießungen »intellektueller Schwächlinge« Misstrauen dieser »neuen Behörde« gegenüber hervorzurufen. In diesem Fall wäre O.M.s Reaktion genau die gewesen, die Bljumkin beabsichtigt hatte, und das wäre dann auch der Grund dafür, dass die Rache dafür nicht vollzogen wurde. All diese Fragen werden allein von den Historikern zu klären sein, die sich diese merkwürdige Zeit und diesen wunderlichen Menschen zum Gegenstand ihrer Forschung nehmen.

Mir indes scheint, dass Bljumkin kein doppeltes Spiel trieb, sondern dass die grünen Jungen, die in jenen Tagen Geschichte schrieben, sich durch jugendliche Grausamkeit und Inkonsequenz auszeichneten. Weshalb ist es einfacher, einen jungen Menschen zum Mörder zu machen? Weshalb stehen junge Menschen dem menschlichen Leben so voll sträflichem Leichtsinn gegenüber? Besonders deutlich tritt dieses Verhalten in Epochen zu Tage, in denen Blutvergießen und Morden alltäglich werden. Wir wurden wie Hunde gegen andere Menschen aufgehetzt, und unter wahnwitzigem Heulen leckte die Meute die Hand des Jägers. Die antropophagische Psyche breitete sich aus wie eine Infektion. Ich selbst war leicht infiziert, doch es fand sich ein kundiger Arzt für mich. In Kiew trug im Atelier Alexandra Exters ein auswärtiger Gast, er hieß Roschal oder Tschernjak, Tschastuschki von Majakowski vor, in denen es darum ging, wie Offiziere in der Mojka ertränkt werden. Die heiteren Verse verfehlten ihre Wirkung nicht, und ich brach in Lachen aus. Wutschnaubend fiel daraufhin Ehrenburg über mich her. Er wetterte derart, dass ich ihm bis heute Respekt zolle für diese gestrenge Zurechtweisung und mir selbst dafür, dass ich ihn anhörte und diese Lektion mein ganzes Leben lang nicht vergessen habe. Das war, bevor ich O. M. kennenlernte, und so hatte nicht er die Arbeit des Arztes zu übernehmen, mich von der Ansteckung mit Antropophagie zu heilen und mir zu erklären, aus welchem Grund er für den Kunsthistoriker eingetreten war.

Das ist etwas, das bei uns kaum jemand versteht, und bis heute werde ich oft gefragt, warum O. M. sich in einer Zeit, in der zu allen Seiten Menschen erschossen wurden, für einen ihm unbekannten Menschen eingesetzt habe. Man bringt Verständnis dafür auf, wenn jemand sich für einen ihm nahestehenden Menschen einsetzt, für einen Verwandten, einen Bekannten, den Chauffeur, die Sekretärin. Selbst in Zeiten unter Stalin taten die Menschen dies. Aber in Fällen ohne persönliches Interesse sollte man das besser unterlassen. Menschen, die in einer Diktatur leben, sind rasch von ihrer eigenen Hilflosigkeit überzeugt, und diese ist für sie Beruhigung und Rechtfertigung für die eigene Passivität. »Wie sollte ich denn durch meinen Einspruch die Erschießungen aufhalten?«, »Auf mich kommt es doch nicht an.«, »Auf mich hört doch niemand.« Das sagten unsere klügsten Köpfe, und die Gewohnheit, mit dem Strom zu schwimmen, führte dazu, dass jeder David, der es mit bloßen Händen mit Goliath aufnahm, lediglich Unverständnis und Schulterzucken hervorrief. Diese Erfahrung musste auch Pasternak machen, als er sich in wirklich gefährlichen Zeiten weigerte, seine Unterschrift unter einen offenen Brief von Schriftstellern zu setzen, in dem die Erschießungen von »Volksfeinden« gutgeheißen wurden. Nur deshalb war es ein Leichtes für die Goliaths, die letzten Davids vernichten.

Wir alle gingen den Weg des geringsten Widerstands. Wir schwiegen, in der Hoffnung, man möge nicht uns, sondern unseren Nachbarn töten. Wir wussten nicht einmal, wer unter uns ein Mörder war und wer einfach nur sein Leben durch Schweigen rettete.

Die Frau und die Russische Revolution

»Wir müssen einen neuen Frauentypus der Russischen Revolution schaffen«, erklärte Larissa Rejsner, als wir nach ihrer Rückkehr aus Afghanistan das einzige Mal bei ihr zu Gast waren. »Die Französische Revolution hat einen eigenen Frauentypus hervorgebracht. Und wir müssen es auch.« Dies bedeutete keineswegs, dass sie sich mit dem Gedanken trug, einen Roman über die Frauen der Russischen Revolution zu schreiben, sie wollte einen realen Prototyp schaffen und hatte sich selbst für diese Rolle vorgesehen. Mit diesem Ziel überschritt sie Grenzen und Fronten, bereiste Afghanistan und Deutschland. Mit dem Jahr 1917 hatte sie ihren Weg im Leben gefunden, der dem, den ihre Familie eingeschlagen hatte, folgte. Professor Rejsner, ihr Vater, hatte sich bereits in Tomsk den Bolschewiki angenähert, Larissa war dadurch auf Seiten der Sieger.

Während unseres Besuchs überhäufte Larissa O. M. mit Geschichten, die von jener Leichtfertigkeit umweht waren, mit der Bljumkin seinen Revolver zückte, und von ebenjener Leidenschaft für äußere Effekte. Bei der Schaffung des neuen »Frauentyps« griff Larissa auf ähnliches Material zurück wie Bljumkin. Mit jenen, die in ihr Kopfkissen weinten und ihre Hilflosigkeit beklagten, hatte sie nichts gemein. In ihren Kreisen hatte man sich dem Kult der Macht verschrieben. Seit jeher wird das Recht, die Macht zu nutzen, damit gerechtfertigt, dass man das ja nur zum Nutzen des Volkes täte, das beruhigt, ernährt und vor Ungemach beschützt werden müsse. Diese Argumentation lehnte Larissa ab. Sie hatte gar das Wort »Volk« aus ihrem Vokabular gestrichen, denn dieser Begriff war für sie Ausdruck des alten Dünkels der Intelligenzija. All ihre wütenden Angriffe und ihr Pathos waren gegen die Intelligenzija gerichtet. Berdjajew irrt in der Annahme, die Intelligenzija sei durch das Volk vernichtet worden, für dessen Rettung sie sich einst aufopferungsvoll auf den Weg gemacht hatte. Die Intelligenzija hat sich selbst vernichtet, indem sie, wie Larissa es tat, in sich selbst alles ausgemerzt hat, das nicht dem Kult der Macht entsprach.

Beim Besuch O. M.s erinnerte Larissa sich daran, wie sie ihren eigenen Prinzipien untreu geworden war, als sie sich damals mit ihm zu Dserschinskij begeben hatte. »Weshalb haben Sie diesen Kunsthistoriker retten müssen? Solche Leute sind doch alle Spione!« Nicht ohne Koketterie beschwerte sie sich bei mir über O. M. Er habe sie derart überfallen, dass sie unwillentlich »in diese Geschichte hineingeraten« sei. Was aber war tatsächlich der Grund, weshalb sie gegen ihre Überzeugung handelte und sich für einen ihr unbekannten »intellektuellen Schwächling« einsetzte? O. M. meinte, Larissa habe ihren Einfluss demonstrieren und sich mit ihrer Nähe zur Macht brüsten wollen. Ich hingegen glaube, sie hat schlicht dem nachgegeben, was sie für eine Laune O. M.s hielt, denn sie war bereit, ihm seiner Gedichte wegen alles nachzusehen und Gutes zu tun. Ihre Liebe zur Poesie abzulegen gelang Larissa nicht, obgleich das eigentlich Teil ihres Programms war, denn diese Liebe entsprach keineswegs dem von ihr entworfenen Bild der »Frau der Russischen Revolution«. In den ersten Jahren waren unter jenen, die zu den Siegern zählten, zahlreiche Liebhaber der Poesie. Es bleibt allerdings die Frage, wie es ihnen gelang, diese Liebe mit ihrer grausamen Moral – »Wenn ich töte, ist es gut, wenn ich getötet werde, ist es böse« – zu vereinen.

Larissa liebte nicht nur die Poesie, sondern glaubte insgeheim auch an ihre Bedeutsamkeit, und deshalb war die Ermordung Gumiljows der einzige dunkle Fleck auf dem Priestergewand der Revolution. Als Gumiljow erschossen wurde, war sie in Afghanistan, und sie war überzeugt, dass sie, wäre sie in jenen Tagen in Moskau gewesen, durch rechtzeitigen Einspruch seine Hinrichtung hätte verhindern können. Bei unserem Treffen kam sie immer wieder auf dieses Thema zurück, und wir waren zugegen, als die Legende in Bezug auf Lenins Telegramm mit dem Befehl, das Urteil nicht zu vollziehen, aus der Taufe gehoben wurde. An dem Abend präsentierte Larissa uns diese Legende in der Version, dass ihre Mutter, als sie erfahren habe, was in Petrograd vor sich ging, sich umgehend in den Kreml begeben und Lenin überredet habe, dieses Telegramm aufzugeben. Nun wird die Rolle dessen, der Lenin hinsichtlich dieses Vorgangs kontaktiert habe, jedoch Gorki zugeschrieben. Der Wahrheit entspricht weder das eine noch das andere. In Larissas Abwesenheit waren wir mehrmals bei ihren Eltern zu Gast, und ihre Mutter hatte sich in unserem Beisein schreckliche Vorwürfe gemacht, dass sie Gumiljows Verhaftung keine Bedeutung beigemessen habe und in dieser Angelegenheit nicht an Lenin herangetreten sei, obgleich sie womöglich etwas hätte bewirken können. An Gorki hat man sich diesbezüglich wohl tatsächlich gewandt, und zwar war es Ozup, der ihn aufsuchte. Gorki war absolut kein Freund Gumiljows, doch er versprach, sich für ihn einzusetzen. Sein Versprechen konnte er jedoch nicht einlösen, da das Urteil unerwartet rasch vollstreckt und die Öffentlichkeit über die Vollstreckung in Kenntnis gesetzt wurde, bevor Gorki sich dazu aufgerafft hatte, etwas zu unternehmen. Immer, wenn wir diese anrührenden Geschichten hinsichtlich des Telegramms zu hören bekamen, erinnerte O. M. daran, wie diese Legende bei Larissa entstanden war. Vor ihrer Rückkehr aus Afghanistan war keine Rede von Derartigem, und allen war klar, dass Lenin das Schicksal eines Dichters, von dem er nie zuvor gehört hatte, vollkommen gleich war. Es bleibt die Frage, warum ebendiese Legende in unserem Land, in dem so viel Blut vergossen wurde, derart beharrlich wiederholt wurde. Ich begegne immer wieder Menschen, die beschwören, dieses Telegramm sei in Band soundso einer Werkausgabe publiziert oder in einem Archiv erhalten. Die Legende kam gar dem Schriftsteller mit den eng geschnittenen Hosen zu Ohren, ebendem, der stets Lutschpastillen in einem Blechdöschen in der Hosentasche bei sich trug. Er versprach mir, den Band, in dem das Telegramm abgedruckt sei, das er selbst gelesen habe, vorbeizubringen, erfüllte sein Versprechen jedoch nicht. Diese mythenhafte Erzählung, die Larissa in die Welt gesetzt hat, um ihre eigene Schwäche zu verschleiern, wird in unserem Land noch lange Zeit weitergegeben werden.

Bei der Schaffung des Bildes der Frau in der Russischen Revolution war Larissa weniger Glück beschieden als bei der Geschichte um jenes Telegramm. Dies kann möglicherweise damit erklärt werden, dass sie eher der Klasse der Sieger als der der Kämpfer zuzurechnen war. O. M. hatte mir berichtet, dass Raskolnikow und Larissa während des Hungerwinters in Moskau regelrecht in Luxus schwelgten – sie wohnten in einem Palais, hatten Bedienstete, der Tisch war stets reich gedeckt. Dies unterschied sie von den Bolschewiki der alten Generation, die lange Zeit ihre bescheidenen Gewohnheiten nicht ablegten. Ihren Lebensstil erklärten Larissa und ihr Ehemann damit, dass sie einen neuen Staat aufbauten, dass sie gebraucht würden und ihre Tätigkeit unverzichtbar sei und dass es deshalb Heuchelei wäre, auf das zu verzichten, das denen, die an der Macht sind, für gewöhnlich zusteht. Larissa war ihrer Zeit voraus und kämpfte von Anfang an gegen die Gleichmacherei, noch bevor dieser Kampf eröffnet worden war.

Von O. M. hörte ich folgende Geschichte über Larissa: Kurz nach der Revolution sollten einige Militärs verhaftet werden, ich glaube, es handelte sich um Admirale. Das Ehepaar Raskolnikow wurde um Unterstützung in dieser Angelegenheit gebeten. Sie baten die Militärexperten, wie sie damals genannt wurden, zu sich, und diese reisten entweder direkt von der Front oder aus einer anderen Stadt an. Die wundervolle Hausherrin bewirtete und unterhielt die Gäste, die anderntags beim Frühstück von Tschekisten festgenommen wurden, ohne dass auch nur ein einziger Schuss fiel. Diese Operation war tatsächlich nicht ungefährlich, aber dank Larissas Finesse, mit der sie die Herren in die Falle gelockt hatte, ging alles ohne Schwierigkeiten vonstatten.

Larissa war zu vielem fähig, und doch bin ich aus irgendeinem Grunde davon überzeugt, dass sie, wäre sie in den Tagen, als Gumiljow verhaftet wurde, in Moskau gewesen, seine Freilassung aus dem Gefängnis hätte bewirken können und dass sie, hätte sie zu der Zeit, als O. M. zu Tode gebracht wurde, noch gelebt, alles getan hätte, um ihn zu retten. Aber sicher kann man sich natürlich nie sein, denn das Leben verändert die Menschen.

O. M. und Larissa verband eine Freundschaft. Sie wollte, dass er mit ihr zusammen nach Afghanistan reiste, aber Raskolnikow war dagegen. Wir waren bei ihr, nachdem sie sich von Raskolnikow getrennt hatte, danach jedoch hatten wir keinen Kontakt mehr zu ihr. O. M. war diese Frau der Russischen Revolution zunehmend fremd geworden. Er empfand Trauer, als er von ihrem Tod hörte; im Jahr 37 aber bemerkte er einmal, Larissa könne sich doch glücklich schätzen, da sie beizeiten gestorben sei. In jenem Jahr begann die massenhafte Ermordung jener, deren Kreisen sie angehört hatte.

Raskolnikow war uns in jeglicher Hinsicht fremd. Nachdem Woronskij von seiner Funktion als Chefredakteur der »Krasnaja Now« entbunden worden war und Raskolnikow dessen Stellung eingenommen hatte, überhäufte er O. M. mit Telegrammen. Es mutet seltsam an, aber die Schriftsteller, deren Arbeiten Woronskij veröffentlicht hatte, sogenannte »Weggenossen«, boykottierten die »Krasnaja Now« unter dem neuen Redaktionsleiter, der ungeniert den Platz des plötzlich entlassenen Gründers der Zeitschrift eingenommen hatte. Raskolnikow brauchte derart dringend Material, dass er sich sogar an O. M. wandte. O. M. kommentierte das mit den Worten: »Mir ist es ganz gleich, wer dort Chefredakteur ist. Weder Woronskij noch Raskolnikow werden irgendetwas von mir drucken.« Die Weggenossen erinnerten sich schon bald nicht mehr ihres einstigen Förderers und ignorierten die folgenden Wechsel in der Redaktion, und O. M. hätte sein »Rauschen der Zeit« nirgendwo unterbringen können, wenn nicht im damals noch existierenden Verlag »Wremja« Georgij Blok gearbeitet hätte.

Alle, die Larissa kannte, als sie ein Professorentöchterchen war, das eine törichte kleine Zeitschrift herausgab und mit den ersten Proben törichter Verse Dichter aufsuchte, sowie später, als sie die »Frau der Revolution« werden wollte, sind umgekommen, ohne ihr Leben zu Ende gelebt zu haben. Sie war von schwerer deutscher Schönheit. Als sie im Kreml-Krankenhaus im Sterben lag, übernahm ihre Mutter die Krankenwache. Unmittelbar nach dem Tod ihrer Tochter nahm sie sich das Leben. Der natürliche Tod durch Krankheit ist uns mittlerweile derart fremd geworden, dass ich gar nicht zu glauben vermag, dass der gemeine Typhus diese vor Leben strotzende schöne Frau umgebracht haben soll. Sie war eine widersprüchliche und ungezügelte Frau, die mit ihrem frühen Tod für all ihre Sünden bezahlt hat. Manchmal will mir scheinen, sie habe die Geschichte mit den Admiralen erfunden, um ihre Rolle als »Frau der Russischen Revolution« mit einem Mord zu garnieren. Denn jene, die die neue Welt aufbauten, behaupteten zornig, Gesetze wie das »Du sollst nicht töten« seien reine Heuchelei und Lüge. Aber als Larissa auf dem Zenit der Hungersnot Anna Andrejewna aufsuchte, war sie vollkommen entsetzt, in welcher Armut diese lebte. Einige Tage später schleppte sie ein Bündel mit Kleidung und einen Sack voll Lebensmitteln herbei, die sie per Anordnung erhalten hatte, wobei man wissen muss, dass es mindestens ebenso schwierig war, eine derartige Anordnung zu erhalten, wie zu erwirken, dass ein Inhaftierter aus dem Gefängnis entlassen wird.

Transmissionsriemen

Ein Wunder besteht aus zwei aufeinanderfolgenden Schritten. Zuerst ist es notwendig, einen Brief oder eine Bittschrift einem Empfänger zu übermitteln, der außerhalb der Grenzen allgemeiner Erreichbarkeit steht. Andernfalls geht die Angelegenheit den ganz gewöhnlichen behördlichen Gang, der keinerlei Aussicht darauf bietet, dass sich ein Wunder vollzieht. Der Briefe sind es Millionen, Wunder indes kann man an den Fingern abzählen. Hier gibt es keine Gleichmacherei. Dieser erste Schritt muss unbedingt getan werden.

Die Telegramme an die Machthaber wären, wie die Wäscheverwalterin es vorhergesagt hatte, ohne Ergebnis geblieben, hätte ich nicht Kopien an Nikolaj Iwanowitsch Bucharin geschickt. Dieses Detail konnte meine Beraterin in Tscherdyn nicht wissen, im Grunde genommen jedoch hatte sie vollkommen recht. Nikolaj Bucharin war ebenso impulsiv wie O. M. Er stellte sich nicht die Frage, was ihn »dieser Kunsthistoriker« angehe, und dachte nicht über seine Möglichkeiten, ob er etwas erreichen könne, nach. Stattdessen setzte er sich hin und schrieb Stalin einen Brief. Bucharins Verhalten entsprach absolut nicht den damals in unserem Lande geltenden allgemeinen Normen. Menschen, die zu derart impulsivem Handeln fähig waren, waren zu der Zeit bereits umerzogen oder umgebracht worden.

Im Jahr 30 kam ich in dem kleinen exklusiven Erholungsheim in Suchumi, in das es uns nur aufgrund des Fehlers von Lakoba verschlagen hatte, mit Jeshows Ehefrau ins Gespräch. »Wir pflegen Beziehungen zu Pilnjak«, sagte sie mir. »Zu wem pflegen Sie Beziehungen?« Als ich O. M. empört von diesem Gespräch berichtete, beruhigte er mich: »Alle pflegen zu irgendjemandem Beziehungen. Offensichtlich geht es nicht anders. Auch wir haben jemanden, an den wir uns wenden können, nämlich Nikolaj Bucharin.« Mit Nikolaj Bucharin pflegten wir seit dem Jahr 22 »Beziehungen«, als O. M. sich für die Freilassung seines inhaftierten Bruders Jewgenij Emiljewitsch eingesetzt hatte. Alle Lichtblicke seines weiteren Lebens verdankte O. M. Bucharin. Sein Gedichtband hätte 1928 ohne die aktive Unterstützung durch Nikolaj Bucharin, der auch noch Kirow als Unterstützung hinzuzog, nicht veröffentlicht werden können. Die Reise nach Armenien, die Wohnung, die Lebensmittelzuteilungen, die Verträge über weitere Bücher, die dann gleichwohl nicht veröffentlicht wurden, obwohl das Honorar ausbezahlt worden war, was nicht unwesentlich war, da man O. M.

auszuhungern versuchte, indem man ihm jegliche Anstellung verweigerte – all dies hatte Bucharin erwirkt. Sein letztes Geschenk war die Übersiedlung von Tscherdyn nach Woronesch.

Bereits in den dreißiger Jahren klagte Nikolaj Bucharin, er habe keine Möglichkeit mehr, den »Transmissionsriemen« anzuwerfen. Er hatte seinen Einfluss verloren und befand sich bereits in tiefer Isolation. Doch er verweigerte O. M. in keinem Fall die Unterstützung und zerbrach sich den Kopf darüber, an wen er sich wenden und wie er am besten vorgehen könne. Auf dem Zenit seiner Macht jedoch, am Ende der zwanziger Jahre, als dieser Mann, damals gerade einmal vierzig Jahre alt, im Mittelpunkt der kommunistischen Weltbewegung gestanden hatte und in einem schwarzen Automobil, begleitet von einer aus drei oder vier weiteren schwarzen Automobilen bestehenden Wagenkolonne, in denen seine Leibwächter saßen, ins Graue Haus chauffiert wurde, sagte er bereits Dinge, die die Zukunft ahnen ließen.

Als O. M. zufällig auf der Straße von der bevorstehenden Erschießung von fünf alten Herren erfahren hatte und wütend ganz Moskau aufsuchte, um eine Revision des Urteils zu erreichen, zuckten alle nur die Schultern. Er überfiel in dieser Angelegenheit auch Bucharin, und er war der Einzige, der seine Ausführungen anhörte und ihn nicht fragte, was ihn diese Männer angingen. Als letztes Argument gegen die Hinrichtung dieser Männer sandte O. M. Bucharin seinen soeben erschienenen Gedichtband mit der Widmung: Jede Zeile in diesem Buch spricht gegen das, was Sie zu tun im Begriff sind. Ich setze diesen Satz nicht in Anführungszeichen, denn ich erinnere mich nicht an den genauen Wortlaut, sondern lediglich an den Sinn. Dass das Urteil aufgehoben wurde, teilte Nikolaj Bucharin O. M. per Telegramm nach Jalta mit, wohin dieser, nachdem er alles versucht hatte, gefahren war, um mich zu besuchen. Zu Beginn hatte Bucharin noch versucht, O. M.s Druck zu widerstehen, und ihm entgegnet: »Für uns Bolschewiki ist die Sache einfach. Jeder von uns weiß, dass ihm das Gleiche geschehen kann. Dies zu leugnen ist sinnlos.« Zur Illustration seiner Worte berichtete er von einer Gruppe Komsomolzen in Sotschi, die erst jüngst aufgrund des Vorwurfs der Zersetzung »als Abgang verbucht« worden waren. Während des Prozesses gegen Bucharin erinnerte sich O.M. an dessen eigene Worte.

Von welcher Seite erwartete Bucharin, dieser Bolschewik, der nichts leugnen wollte, den Schlag? Fürchtete er, die zerschmetterten Feinde würden auferstehen, oder witterte er eine Bedrohung durch die eigenen Leute? Darüber konnten wir nur mutmaßen. Die Frage danach hätte dieser Mann mit dem roten Bart mit einem Scherz beantwortet.

Im Jahr 28 bekundeten in jenem Kabinett, in dem die Fäden der grandiosen Fortschritte des zwanzigsten Jahrhunderts zusammenliefen, zwei zum Untergang verurteilte Männer ihre Ansichten über die Todesstrafe. Beide gingen ihrem Tod entgegen, aber die Wege dahin waren unterschiedlich. O. M. glaubte noch, dass der »wunderbare Eid, dem Vierten Stand geleistet« zur Versöhnung mit der sowjetischen Realität verpflichte – »alles bis auf die Todesstrafe!«. Die Neuerungen anzunehmen hatte ihn Herzens Postulat »prioritas dignitatis« gelehrt, das seine Vorstellung von der Herrschaft des Volkes aufs stärkste untergraben hatte. »Was ist schon eine mechanische Mehrheit!«, versuchte O. M. die Absage an die demokratische Regierungsform zu rechtfertigen. Auch die Idee, das Volk erziehen zu müssen, stammt ja von Herzen, der sie jedoch mit der Einschränkung »durch Gesetze und Institutionen« abgeschwächt hat. Liegt hier womöglich der grundlegende Irrtum unserer Zeit und eines jeden von uns begründet? Will das Volk denn tatsächlich erzogen werden? Welch diabolischen Hochmut braucht es doch, um sich als Erzieher aufzuspielen? Nur in Russland wurde das Streben, dem Volk Bildung zukommen zu lassen, durch die Forderung, es zu erziehen, ersetzt. Und O. M., der selbst zu einem Objekt dieser Volkserziehung wurde, ging als einer der Ersten gegen diese Idee und ihre Methoden auf die Barrikaden.

Der Weg Nikolaj Bucharins war ein gänzlich anderer. Er sah sehr klar, dass der neue Staat, an dessen Aufbau er so aktiv mitgewirkt hatte, entsetzlich wenig mit dem zu tun hatte, was man einst gewollt hatte. Das Leben verlief nicht den postulierten Schemata entsprechend, die darüber hinaus nicht hinterfragt werden durften. Das einst in der Theorie Entworfene mit dem abzugleichen, was in der Praxis entstand, war untersagt. Der theoretische Determinismus gebar, wie zu erwarten gewesen war, in der Praxis Funktionäre neuen Typs, die sich erkühnten, jegliche Analyse der Realität mit einem Tabu zu belegen. Wozu die Grundfesten erschüttern und überflüssige Zweifel zulassen, wenn die Geschichte uns doch ohnehin auf schnellstem Wege zum vorhergesagten Ziel führt? Wenn die Hohepriester einander durch gegenseitigen Eid verpflichtet sind, haben Abweichler keine Gnade zu erwarten. Nikolaj Bucharin war nicht von der Lehre abgewichen, doch er hatte bereits eine Vorahnung davon, in welch ausweglose Lage ihn seine Zweifel oder die bittere Notwendigkeit, die Dinge wenigstens bisweilen einmal beim Namen zu nennen, bringen würden.

O. M. beschwerte sich einmal Bucharin gegenüber, im Verlag »Semlja i fabrika« sei kein »gesunder sowjetischer Geist« spürbar. »Und welcher Geist ist in anderen Institutionen zu spüren?«, fragte Bucharin ihn. »Er scheint von der Müllkippe zu kommen. Er stinkt.« »Sie machen sich keine Vorstellung, auf welche Art und Weise die Menschen verfolgt werden«, warf O. M. ihm ein anderes Mal vor. »Wir machen uns keine Vorstellung!«, stöhnte Nikolaj Bucharin. Sein Sekretär und Freund und er lachten auf.

Das grundlegende Gebot der Epoche war es, der Realität keine Beachtung zu schenken. Die Funktionäre hatten ausschließlich mit der Kategorie dessen, was gewollt ist, zu operieren und aus der Höhe ihres Elfenbeinturms – sie waren es, die in ihm saßen, nicht wir! – wohlgeneigt auf die Bewegung der menschlichen Masse herunterzublicken. Jene, die sich bewusst waren, dass es nicht möglich ist, mit den Steinen der Zukunft die Gegenwart zu erbauen, fanden sich mit dem unausweichlichen Ende ab und wussten, dass ihnen die Erschießung bevorstand. Was blieb ihnen auch anderes? Wir alle waren auf dieses Ende vorbereitet. Als O. M. sich im Winter 37/38 von Anna Andrejewna verabschiedete, sagte er zu ihr: »Ich bin zum Sterben bereit.« Diesen Satz habe ich in den unterschiedlichsten Varianten von Dutzenden anderen gehört. »Ich bin auf alles vorbereitet«, sagte Ehrenburg einmal, als wir uns im Korridor voneinander verabschiedeten. Das war zur Zeit der Ärzteprozesse und des Kampfes gegen den Kosmopolitismus, und es war absehbar, dass die Reihe bald an ihm war. So folgte Welle auf Welle und wir waren allzeit auf alles vorbereitet.

Dank der Verbindung zu Bucharin sah O. M. die Auswirkungen der »neuen Epoche«, die vor uns erstand, ganz klar und war sich als einer der Ersten bewusst, von welcher Seite Schlimmes drohte. 1922 setzte er sich für seinen Bruder Jewgenij ein, der verhaftet worden war. Damals wandte er sich zum ersten Mal an Bucharin. Wir suchten ihn im »Metropol« auf. Nikolaj Bucharin rief umgehend Dserschinskij an und bat ihn, O. M. zu empfangen, was dieser am nächsten Morgen tat. Ein zweites Mal begab O. M. sich in jene Behörde, der Bljumkin eine große Zukunft vorausgesagt hatte, und konnte nun zwei Epochen, die des revolutionären Terrors und die des neu entstehenden Staates, miteinander vergleichen. Dserschinskij war noch dem alten Stil verpflichtet. Er empfing O. M. sofort und schlug ihm vor, seinen Bruder gegen Vorlage einer Bürgschaft zu entlassen. Dies vorzuschlagen hatte eingestandenermaßen Bucharin ihm nahegelegt. Dserschinskij griff zum Telefon und erteilte dem Untersuchungsrichter entsprechende Anordnung. Von seinem Besuch beim Untersuchungsrichter am nächsten Morgen kehrte O. M. sehr beeindruckt zurück. Der Untersuchungsrichter trug Uniform, war bewaffnet und stand unter dem Schutz von Leibwächtern. »Die Anordnung habe ich erhalten«, teilte er O. M. mit, »trotzdem werden wir Ihren Bruder nicht gegen Vorlage einer Bürgschaft entlassen.« Grund für die Weigerung: »Es wäre uns unangenehm, Sie verhaften zu müssen, sollte Ihr Bruder ein weiteres Verbrechen gehen.« Aus dieser Aussage folgte, dass bereits ein Verbrechen stattgefunden haben musste. »Ein weiteres Verbrechen«, wiederholte O. M., als er wieder zu Hause war, »was haben sie da wohl konstruiert?« Wir hatten keinerlei Vertrauen, und wir hatten Angst, dass sie Jewgenij Emiljewitsch etwas »anhängen« würden. Uns kam der Gedanke, dass Dserschinskij seine telefonische Anordnung auf eine Art und Weise erteilt haben könnte, die den Untersuchungsrichter zu nichts verpflichtete.

Die abschlägige Antwort des Untersuchungsrichters war noch einigermaßen höflich formuliert – »Sie wollen wir nicht verhaften« –, aber das allgemeine Gebaren, das pompöse Auftreten mit bewaffneter Leibgarde, die Geheimniskrämerei und die Einschüchterung – »Sollte er ein neues Verbrechen begehen« – all das klang anders als in den Zeiten zuvor. Die Kräfte, die von der alten Generation in Machtpositionen gehievt worden waren, kannten keinerlei Grenzen mehr. Und es zeichnete sich eine Zukunft ab, die in keiner Weise dem Terror der ersten Revolutionstage gleichen würde. Sogar eine neue, staatliche Phraseologie entstand. Der Terror der ersten Zeit war furchtbar, aber er hält dem Vergleich mit der Massenvernichtung, mit der die Staatsgewalt »neuen Typs« im Einklang mit den von Kollegien, Sekretariaten, Sondersitzungen und schlicht »von der Obrigkeit« angeordneten Gesetzen, Anweisungen, Verfügungen und Ordern die Untertanen überzog, nicht stand.

Als Bucharin hörte, wie der Untersuchungsrichter O. M. abgefertigt hatte, bekam er einen Wutanfall. Seine Reaktion war derartig ungestüm, dass wir verwundert waren. Zwei Tage später suchte er uns auf, um uns mitzuteilen, dass keinerlei Verbrechen, weder eines, das bereits begangen worden war, noch eines, das vielleicht begangen werden könnte, gegen Jewgenij Emiljewitsch vorlag und dass er in zwei Tagen aus der Haft entlassen werde. Diese zwei Tage wurden benötigt, um die Strafakte eines Verbrechens, das nicht begangen worden war, zu schließen.

Wie war Bucharins Reaktion zu erklären? Er selbst befürwortete doch den Terror, was also war der Grund, dass er derart in Wut geriet? Zur Abschreckung der Studenten war ein grüner Junge verhaftet worden, dem nicht einmal Erschießung drohte. Ein ganz gewöhnlicher Vorgang. Warum also hatte Bucharin sich derart hinreißen lassen? Womöglich hatte er eine Vorahnung dessen, was sich zusammenbraute und uns allen drohte. Oder er erinnerte sich an Goethes Besen, der auf Befehl des Zauberlehrlings Wasser schleppte. Vielleicht war ihm bereits klar geworden, dass es ihm und seinen Kampfgenossen nicht mehr gelingen würde, die von ihnen entfesselten Mächte aufzuhalten, ganz wie der Goethesche Zauberlehrling dem Besen keinen Einhalt mehr zu gebieten vermochte. Nein, vermutlich war er lediglich empört darüber, dass ein kleiner Untersuchungsrichter sich über die Anordnung eines in der Hierarchie über ihm Stehenden hinweggesetzt hatte. Das Räderwerk lief noch nicht fehlerlos und geriet immer noch aus dem Takt. Nikolaj Bucharin war ein temperamentvoller Mann, der schnell und stark reagieren konnte, er äußerte seinen Unmut in den verschiedenen Zeiten jedoch auf unterschiedliche Art und Weise.

Bis 1928 rief er »Idioten!« und griff zum Telefon, seit 1930 verfinsterte sich seine Miene und er sagte: »Ich muss nachdenken, an wen ich mich diesbezüglich wenden kann.« Die Reise nach Armenien organisierte er mit Hilfe Molotows, ebenso die Rente, die O. M. erhalten hatte aufgrund seiner »Verdienste für die russische Literatur bei gleichzeitiger Nichteignung« des Schriftstellers für die sowjetische. Diese Formulierung entsprach in gewisser Weise der Realität, und wir vermuteten, dass sie Bucharins Feder entsprungen war. Bei Anna Andrejewna indes fiel den Behörden nichts Besseres ein, als ihr eine Rente aus Altersgründen zuzusprechen, obgleich sie damals erst um die fünfunddreißig Jahre alt war. Die fünfunddreißigjährige »Alte« erhielt monatlich siebzig Rubel – der Staat versorgte sie mit Streichhölzern und Papirossy.

Zu Anfang der dreißiger Jahre wollte Bucharin »Maximitsch« als »Transmissionsriemen« einsetzen und ihm von O. M.s auswegloser Lage als Schriftsteller berichten, dessen Werke nicht veröffentlicht wurden und der auch zu keiner sonstigen Anstellung zugelassen wurde. O. M. versuchte erfolglos, ihn davon zu überzeugen, dass dies vollkommen sinnlos sei. Wir berichteten sogar von der alten Geschichte mit der Hose: O. M. war über Georgien aus der von Wrangel eingenommenen Krim nach Leningrad zurückgekehrt, war zwei Mal verhaftet worden, halbtot und ohne warme Kleidung dort angekommen. In jenen Jahren gab es keine Kleidung zu kaufen, sie war nur auf Bezugsscheine zu erhalten. Bezugsscheine für Kleidung für Schriftsteller mussten von Maxim Gorki befürwortet werden. Als ihm der Antrag auf eine Hose und einen Pullover für Mandelstam vorgelegt wurde, strich er die Hose und sagte: »Braucht er nicht.« Nie zuvor hatte er jemandem eine Hose verweigert, und zahlreiche Schriftsteller, die in der Folge zu Weggenossen wurden, erinnerten sich später an Gorkis väterliche Sorge für sie. Die Hose ist lediglich eine Kleinigkeit, aber diese Kleinigkeit zeugt von der Feindseligkeit, mit der Gorki einer ihm unverständlichen literarischen Strömung gegenüberstand – für ihn waren deren Vertreter ebenjene »intellektuellen Schwächlinge«, die nur zu erhalten waren, wenn sie über grundlegendes und breit gefächertes Wissen verfügten. Ebenso wie andere mit ähnlicher Biographie, hielt Gorki große Stücke auf Bildung und bewertete sie nach Quantität – je mehr Kenntnisse jemand hatte, desto besser. Bucharin schenkte O. M. keinen Glauben und beschloss, es auf einen Versuch bei Gorki ankommen zu lassen. Bald darauf jedoch sagte er uns: »Sich an Maximitsch zu wenden hat keinen Sinn.« Sosehr ich mich auch bemühte herauszufinden, warum – es gelang mir nicht.

Bei der Beschlagnahme im Jahr 34 wurden alle kurzen brieflichen Benachrichtigungen, die Bucharin uns geschickt hatte, konfisziert. Sie waren ein wenig blumig und garniert mit lateinischen Zitaten: Er bitte um Entschuldigung, dass er uns im Augenblick nicht empfangen könne, nolens volens müssten wir mit einem Termin vorliebnehmen, den seine Sekretärin festgelegt hat ..., Bitte fassen Sie das nicht als Bürokratismus auf, denn andernfalls käme ich zu nichts ..., Würde es Ihnen morgen früh um neun Uhr passen? ... Ein Passierschein wird ausgefertigt vorliegen ..., Sollte Ihnen dieser Termin nicht zusagen, nennen Sie bitte selbst eine Zeit ...

Ich gäbe viel, könnte ich noch einmal mit seiner Sekretärin Korotkowa, dem Eichhörnchen aus der »Vierten Prosa«, einen Termin vereinbaren, Nikolaj Bucharin aufsuchen und mit ihm über alles sprechen, das wir zuvor einander zu sagen nicht vermochten. Vielleicht würde er wieder zum Telefon greifen und Kirow anrufen. »Was ist da bei Ihnen in Leningrad los? Warum gibt es keine Publikationsgenehmigung für Mandelstam? Das Buch steht doch schon längst auf dem Plan und wird trotzdem Jahr um Jahr verschoben. Er ist doch jetzt schon fünfundzwanzig Jahre tot.«

Das Schicksal ist keine geheimnisumwitterte äußere Macht, sondern ein mathematisch errechenbares Ergebnis aus der inneren Anlage eines Menschen und den allgemeinen Tendenzen einer Epoche. In der Epoche, in der wir lebten, waren nicht wenige Märtyrerbiographien nach einem abscheulichen Standardschnittmuster zugeschnitten. Bucharin und O. M. jedoch – zwei Menschen mit ähnlichen inneren Anlagen – haben über ihre Beziehung zu der Epoche, in der sie lebten, selbst bestimmt.

Die neue Stieglitz-Heimat

Bei der Verhaftung wurde der Pass eingezogen. Als wir in Woronesch ankamen, war das von der GPU in Tscherdyn ausgestellte Begleitschreiben, auf dessen Vorlage wir die Fahrkarten an der Militärkasse erhalten hatten, das einzige Dokument, mit dem O. M. sich ausweisen konnte. Dieses legte O. M. an einem Sonderschalter der heruntergekommenen GPU-Dienststelle für Meldeangelegenheiten vor und erhielt eine neue Bescheinigung, mit der allerdings lediglich eine zeitlich auf einige Wochen befristete polizeiliche Anmeldung eingeräumt wurde. Mit dieser Bescheinigung lief er von einer Stelle zur anderen, bis geklärt war, ob es dem Verbannten gestattet war, in der Kreisstadt zu verbleiben, oder ob er in den Landkreis abgeschoben werden konnte. Darüber hinaus hatte man in der Behörde, der wir unterstellt waren, keine Kenntnis davon, welcher Kategorie der Verbannung O. M. zuzurechnen war. Hier gab es zahlreiche Abstufungen. Mir sind zwei grundlegende Kategorien bekannt, und zwar mit Meldepflicht und ohne. Wenn man der Meldepflicht unterlag, hatte man in regelmäßigen Abständen an einem Schalter dieser Dienststelle zu erscheinen. In Tscherdyn musste O. M. seiner Meldepflicht alle drei Tage nachkommen. Bei Verbannung ohne Meldepflicht existierten unterschiedliche Varianten, und zwar mit Freizügigkeit im Landkreis oder ohne. Im Herbst wurde O. M. von der Behörde vorgeladen, und er erhielt die Genehmigung zum Erhalt eines Passes. Die Kategorie der Verbannung, in die er fiel, war die mit den wenigsten Einschränkungen und beinhaltete das Recht auf einen Pass. In diesem Zusammenhang erfuhren wir, dass der Besitz eines Passes ein hohes Privileg war, das nicht jedem zugesprochen wurde. Einen Pass zu erhalten war ein großes Ereignis im Leben eines Verbannten, denn er verlieh die Illusion, über Bürgerrechte zu verfügen.

Das erste Jahr in Woronesch war ausgefüllt mit ständigen Besuchen bei der Miliz, um ein Papier zu erhalten, das sich »befristetes Ausweisdokument« nannte. Sieben oder acht Monate lang wurde dieses Dokument, das jeweils für einen Monat gültig war, immer wieder aufs Neue ausgestellt. Eine Woche vor Ablauf der Frist begann O. M. die für die Neuausstellung notwendigen Papiere zusammenzusammeln: eins von der Hausverwaltung, das nachwies, dass O. M. nicht ohne Wohnsitz war, sondern, ganz wie es sich gehört, in diesem oder jenem Haus polizeilich angemeldet war, eins von der GPU und schließlich eins von seiner Arbeitsstelle. Von Seiten der GPU erforderte die Angelegenheit keine Nachfragen, das letzte Papier stellte jedoch immer wieder ein großes Hindernis dar – woher sollte er es bekommen? In der ersten Zeit musste es in der regionalen Sektion des Schriftstellerverbands erbettelt werden. Dies ging nie ohne Schwierigkeiten ab. Der eine oder andere Verbandsfunktionär hätte jederzeit Bestätigungen aller Art in seine Maschine gehämmert, doch es fehlte ihm der Mumm, während anderen vielleicht tatsächlich das Herz schneller schlug bei dem Gedanken an ihr Recht, den Stempel des Schriftstellerverbandes auf ein Blatt Papier zu drücken, denn es war ja nicht ausgeschlossen, dass sie einen schlechten Schriftsteller mit diesem Stempel auszeichneten. Deshalb wandten sich die führenden Funktionäre der regionalen Sektion an die übergeordnete Stelle, um eine Genehmigung für die Ausstellung der Bestätigung, dass O. M. tatsächlich Schriftsteller war, einzuholen. Das alles wurde von Getuschel, finsteren Blicken und Hin- und Hergerenne begleitet. Wenn die Genehmigung erteilt war, lächelten die Schriftsteller von Woronesch freundlich. Auch sie waren angenehm berührt, dass alles zu einem guten Ende gekommen war. Es war noch eine harmlose, eine »vegetarische« Zeit.

Jedes Mal waren wenigstens zwei Gänge notwendig, um das befristete Ausweisdokument zu erhalten: der erste zur Beantragung, der zweite zur Abholung. Oftmals verzögerte sich die Ausstellung: »Liegt noch nicht vor.« Die Dokumente wurden vom Leiter der Passabteilung in der Miliz ausgestellt. Vor dieser Abteilung standen immer lange Warteschlangen. Zwei, drei Tage später begab O. M. sich dann ein weiteres Mal dorthin, reihte sich wieder in die Schlange ein, und am Tag darauf musste er die polizeiliche Anmeldung ins neu ausgestellte Dokument eintragen lassen und reihte sich in die Warteschlange vor dem Schalter der für die Anmeldung zuständigen jungen Dame ein. Diese Dame bei der Miliz hatte ein Herz, sie nahm O. M. aus irgendeinem Grunde unter ihre Protektion und rief ihn stets gleich zum Schalter, ohne dem Murren der Hausverwaltungsangestellten Beachtung zu schenken, die mit ihren Hausbüchern unter dem Arm, in dem jeder Aus- und Einzug vermerkt werden musste, in der Schlange schmachteten, nahm sein Ausweisdokument entgegen, um ihm am nächsten Morgen erneut außerhalb der Reihe dieses wertvolle Papier, das nunmehr mit dem Stempel der polizeilichen Anmeldung versehen war, wieder auszuhändigen.

Im Sommer 1935 erwies man uns die Wohltat, O. M. einen auf drei Monate befristeten Pass mit der Genehmigung auf dreimonatige polizeiliche Anmeldung auszustellen. Dies erleichterte uns das Leben sehr, zumal die Warteschlangen nach der Säuberung in Leningrad noch länger geworden waren. Die Glücklichen, die sich in Woronesch wiederfanden, mussten die aufwendigen aufenthaltsrechtlichen Prozeduren durchlaufen. Als dann alle sich neue Pässe ausstellen lassen mussten, da die alten für ungültig erklärt worden waren, erhielt O. M. unerwartet einen richtigen Pass, der drei Jahre gültig war.

Die Menschen in Ländern, die keine Pässe kennen, machen sich keinerlei Vorstellung davon, wie viel Zerstreuung ein solches mit Zauberkraft versehenes Dokument bereiten kann. Als der Pass noch eine wertvolle neue Errungenschaft für O. M. war, kam Jachontow zu einem Gastspiel nach Woronesch. Mit ihm hatte O. M. sich dereinst in Moskau einen Spaß daraus gemacht, aus einem Heft mit Bezugsscheinen für Lebensmittel einer Sonderzuteilungsstelle für Schriftsteller vorzutragen: »Ich lese nur Zeug, mir zuwider, / Wie hänfen das Reden hier rinnt«. Nun gingen sie dazu über, aus dem Pass vorzulesen, und das klang, das muss gesagt werden, sehr viel düsterer. Die Bezugsscheine lasen sie zu zweit oder allein: Milch, Milch, Milch. Käse. Fleisch. Als Jachontow aus dem Pass las, tat er dies mit vieldeutiger und bedrohlicher Intonation. Grund für die ... Ausgestellt am ... Ausgestellt von ... Besondere Kennzeichen ..., Wohnhaft, Wohnhaft, Wohnhaft. Vom Heft mit den Bezugsscheinen schlug O. M. einen Bogen zur Literatur, die uns in den Zeitschriften und staatlichen Verlagen zugeteilt wurde, und wenn er die »Nowyj mir« oder die »Krasnaja now« aufschlug, sagte er stets: »Heute gibt es Gladkow, Senkewitsch oder Fadejew.« In dieser doppelten Bedeutung ging das ins oben zitierte Gedicht ein. Auch der Pass fand Eingang in ein Gedicht. »Und dann press ich, zerreibe im Fäustepaar, / Meine Jahreszahl, die zahllos geteilte, / Und ich flüstre mit blutleeren Lippen: / Bin geboren zur Nachtzeit vom zweiten zum dritten / Januar einundneunzig, im glücklosen Jahr – / Und wie Feuer umzingeln mich: Zeiten.«

Auf der Bühne erlaubte Jachontow sich einen ähnlichen Scherz. Er trat mit einer Lesung unter dem Titel »Dichter reisen« auf, in der er Ausschnitte aus Puschkins »Reise nach Arzrum« und Texte von Majakowski las, die nahelegten, dass Schriftsteller nur unter der Sowjetmacht ins Ausland reisen könnten. Das Publikum war vollkommen gleichgültig, denn niemandem kam überhaupt in den Sinn, dass man ins Ausland reisen könnte. »Sie haben sich überfressen«, sagten die Anwesenden, als sie nach dem ihnen unverständlichen Abend auseinandergingen. Um den Spaß an der Sache nicht zu verlieren, griff Jachontow zu kleinen Tricks, die ihm Vergnügen bereiteten. Er fügte in die Lesung einen Ausschnitt aus dem »Sowjetischen Pass« ein, zog den seinen aus der Hosentasche, hielt ihn hoch und blickte O. M. ins Gesicht. Und auch O. M. nahm seinen neuen, ihm so wichtigen Pass aus der Tasche, hielt ihn hoch und die beiden tauschten wissende Blicke. Solcherlei Späße hätte die Obrigkeit niemals gutgeheißen, aber sie war allzu geradlinig in ihrem Denken, und in den Dienstanweisungen fanden sich keine Ausführungen in Bezug auf derartige Darbietungen.

Anhand des Passes konnten aber auch Vorhersagen getroffen werden. Die Prozedur, wenn die Pässe für ungültig erklärt wurden und neue beantragt werden mussten, kam jedes Mal einer Säuberung gleich, die still und heimlich durchgeführt wurde. Ich riskierte es deshalb nicht, der Beantragung des neuen Passes wegen nach Moskau zu reisen, und unterzog mich ihr in Woronesch. Dadurch verlor ich mein Wohnrecht in der Hauptstadt und erhielt es erst achtundzwanzig Jahre später wieder. Es hätte jedoch auch keinerlei Aussichten darauf gegeben, dass ich in Moskau einen neuen Pass erhielt, denn woher hätte ich eine Bescheinigung über eine Arbeitsstelle bekommen sollen? Wie hätte ich erklären sollen, wo sich mein Mann aufhielt, der zugleich Wohnungsgeber für den Wohnraum war, in dem ich angemeldet war, und in welcher Beziehung ich zu ihm stand? Als wir unsere neuen Pässe in Woronesch erhielten, fiel uns auf, dass sie aus derselben Serie stammten, der Buchstabe vor der Zahlenreihe also übereinstimmte. Wir glaubten damals alle, diese Buchstaben seien eine geheime Chiffre, welche auf die Kategorie verwies, unter die der Passinhaber zu rechnen war – freier Bürger, Verbannter, Vorbestraft. »Jetzt bist du endgültig in die Falle getappt«, sagte O. M., als er die Seriennummer las. Optimistisch gestimmte Freunde beruhigten uns, dass nicht ich es sei, die in die Falle getappt sei, sondern dass man in der Miliz vergessen habe, dass O. M. sich in der Verbannung befand, und ihm nicht die entsprechende Nummer zugeordnet worden sei. Wir waren so fest davon überzeugt, dass alle Staatsbürger durchnummeriert und abgestempelt waren, dass es uns nicht in den Sinn kam, den Verdacht anzuzweifeln, die Seriennummern und Zahlenreihen hätten etwas zu bedeuten. Erst einige Jahre nach O. M.s Tod stellte sich heraus, dass die Seriennummern keinerlei Bedeutung hatten. Die Phantasie der völlig verstörten Bürger übertraf insofern also sogar die der GPU und der Miliz.

Der Verlust meines in Moskau ausgestellten Passes betrübte uns wenig. »Sollte ich jemals zurückkehren können, wirst auch du dich dort wieder anmelden können. Und solange es mir nicht möglich ist, wirst auch du keine Anmeldung dort erhalten.« Tatsächlich verlor ich mein Aufenthaltsrecht in Moskau offiziell im Jahr 38, und danach war es mir immer nur möglich, mich im Zusammenhang mit einem beruflichen Aufenthalt für ein, zwei Monate dort anzumelden. Schließlich bot mir Surkow dann einmal an, ich könne nach Moskau zurückkehren – »Sie sind jetzt lange genug in der Verbannung gewesen«. Ich kündigte meine Stelle und fuhr nach Moskau, wo mir vom

Schriftstellerverband ein Zimmer zugewiesen werden sollte. Ungefähr ein halbes Jahr hielt man mich hin, bis mir Surkow dann verkündete, dass ich weder das zugesagte Zimmer noch das Aufenthaltsrecht in der Hauptstadt erhalten werde, was damit begründet würde, dass ich meinen Wohnsitz dort »freiwillig aufgegeben« hätte, und er selbst habe keine Zeit mehr, um über meine Angelegenheit mit den Genossen zu sprechen. Nun wurde mir 1964 das Aufenthaltsrecht in Moskau plötzlich wieder zuerkannt. Es haben sich ja auch viele Menschen dafür eingesetzt und zahlreiche Briefe und Bittschreiben verfasst. Womöglich steht es ja auch damit in Zusammenhang, dass eine furchtlose Zeitschrift sich mit dem Gedanken trägt, einige von O. M.s Gedichten zu veröffentlichen. Das würde bedeuten, dass er nach Moskau zurückkehrt. Zweiunddreißig Jahre lang ist keine Zeile von ihm im Druck erschienen, fünfundzwanzig Jahre sind seit seinem Tod, dreißig Jahre seit der ersten Verhaftung vergangen.

Der Erhalt eines richtigen Passes war wirklich eine große Erleichterung. Das ganze Hin und Her, als O. M. noch mit dem »befristeten Ausweisdokument« leben musste, kostete nicht nur viel Zeit, sondern ging auch mit viel Unsicherheit und Kaffeesatzleserei einher, da man nie wusste, ob es erneuert würde oder nicht. Bei GPU und Miliz war stets ein und dasselbe zu hören: Die einen beschwerten sich am Schalter, dass ihnen die Anmeldung verweigert worden war, die anderen baten, man möge ihnen dies oder jenes gewähren. Der Mensch auf der anderen Seite des Schalters antwortete nicht, sondern nahm nur den Antrag entgegen oder machte Mitteilung über den abschlägigen Bescheid. Wer einen solchen erhalten hatte, versuchte es im Landkreis, wo die Möglichkeiten, eine Arbeit zu finden, gleich null und die Lebensumstände unerträglich waren. Und wie alle anderen fürchteten auch wir jedes Mal, wenn wir der Bescheinigungen wegen eine Behörde oder ein Milizrevier aufsuchten, dass es dieses Mal nicht glücklich abgehen würde und wir uns von neuem auf den Weg durch die Instanzen machen müssten, um dies oder jenes zu beantragen. »Und dann press ich, zerreibe im Fäustepaar, / Meine Jahreszahl, die zahllos geteilte.« Als er dieses Gedicht Michoels vortrug, nahm O.M. seinen Pass und hielt ihn fest umklammert.

Ärzte und Krankheiten

Nach unserer Ankunft in Woronesch fanden wir sogar Aufnahme in einem Hotel. Jene, die über uns wachten, hatten offensichtlich gestattet, dass die an ihren Bestimmungsorten Angekommenen im Hotel unterkommen durften, auch wenn sie keinen Pass besaßen. Ein eigenes Zimmer gab man uns aber nicht, sondern lediglich jeweils eine Bettstatt im Schlafsaal für Männer und für Frauen. Wir wohnten auf unterschiedlichen Stockwerken, und ich lief ständig die Treppe hinauf und hinunter, da ich mir Sorgen um O.M. machte. Mit jedem Tag fiel mir das Treppensteigen schwerer. Nach einigen Tagen stieg meine Temperatur sprunghaft an, und mir wurde klar, dass ich mich auf der Reise mit Flecktyphus angesteckt hatte. Der Beginn von Flecktyphus ist, so glaube ich, mit keiner anderen Krankheit zu verwechseln, zumindest nicht mit einer Grippe. Diese Krankheit bedeutete einen Aufenthalt von mehreren Wochen in einer Klinik oder Krankenbaracke. Ich sah immer wieder die Szene vor mir, wie O.M. sich aus dem Fenster stürzt, verheimlichte ihm deshalb meinen Zustand, obgleich das Fieber bereits recht hoch war und immer weiter stieg, und überredete ihn, einen Psychiater zu konsultieren. »Wenn du unbedingt möchtest«, willigte er ein. O.M. beschrieb den Verlauf seiner Erkrankung ausführlich, ich hatte nichts zu ergänzen, denn er war in diesen Tagen bereits wieder vollkommen objektiv und genau. Er klagte beim Arzt darüber, dass er, wenn er müde sei, vor allem kurz vor dem Einschlafen, immer noch Halluzinationen habe. Mittlerweile, so sagte O.M., sei es ihm möglich, zu erkennen, was das für »Stimmen« seien, und es gelänge ihm, sie mit seiner Willenskraft zum Schweigen zu bringen, aber im Hotel gäbe es viele Situationen, die es ihm schwer machten, mit der Erkrankung fertig zu werden – Lärm, die fehlende Möglichkeit, am Tag zu ruhen usw., am schlimmsten aber seien die verschlossenen Türen, obgleich er ja wisse, dass die Türen hier nicht von außen, sondern von innen verschlossen würden.

Das Gefängnis war Teil unseres Lebens geworden. Wassilissa Schklowskaja konnte es nicht aushalten, wenn Türen geschlossen waren, denn in jungen Jahren war sie lange Zeit inhaftiert gewesen und wusste deshalb aus eigener Erfahrung, was es bedeutete, hinter Schloss und Riegel zu sein. Aber auch jene, die diese Erfahrung nicht gemacht hatten, konnten sich solcher Assoziationen nicht erwehren. Als Jachontow anderthalb Jahre später im selben Hotel unterkam, fiel ihm sogleich auf, wie dort die Schlüssel in den Türschlössern klapperten. »Oh!«, kommentierte er, als wir aus dem Zimmer gingen und er die Tür verschloss. »Das hört sich anders an«, beruhigte O. M. ihn. Sie hatten einander sogleich verstanden. Aus diesem Grund trat O. M. in seinen Gedichten so leidenschaftlich für das Recht »zu atmen und Türen zu öffnen« (1937) ein, das er selbst zu verlieren fürchtete.

Der Psychiater war vorsichtig im Umgang mit ihm. In jenen Zeiten sah jeder in jedem einen Zuträger des Geheimdienstes, deren es unter den Repressierten eine Vielzahl gab, denn zahlreiche derer, die ein psychisches Trauma erlitten hatten, hatten ihre Widerstandskraft verloren. Gleichwohl kam er nach dem Gespräch mit O. M. zu dem Schluss, dass bei »psychasthenischen Persönlichkeiten«, die einen Gefängnisaufenthalt hinter sich hätten, derartige »Störungen« häufig zu beobachten seien.

Ich berichtete dem Arzt auch von meiner Krankheit – da begriff O. M., was der wahre Grund für den Besuch beim Psychiater war, und bekam einen gehörigen Schreck – und fragte, ob es nicht angezeigt sei, O. M. in einer Klinik unterzubringen, bis ich wieder gesund sei. Der Arzt erklärte entschieden, das sei absolut nicht notwendig, da die durch das Trauma hervorgerufene Psychose offenbar vollkommen ausgeheilt sei. Bei zahlreichen anderen in Woronesch in Verbannung Lebenden habe er Zustände beobachtet, die jenem, den O. M. beschrieben habe, ähnlich seien. Diese Zustände könnten von einer mehrere Wochen dauernden Inhaftierung, ja mitunter gar nur nach wenigen Tagen im Gefängnis ausgelöst werden. Die Erkrankung würde jedoch stets überwunden und zeitige keinerlei Folgen.

Dieses Mal stellte nicht ich, sondern O. M. die Frage, warum heutzutage derart viele nach nur wenigen Tagen Gefängnis eine seelische Erkrankung davontrugen, während früher die Menschen nach vielen Jahren Festungshaft gesund entlassen wurden. Der Arzt winkte nur resigniert ab.

Es fragt sich jedoch, ob die Entlassenen früher tatsächlich gesund waren. Womöglich löst jede Gefängnisstrafe psychische Erkrankungen, ganz zu schweigen von Traumata, aus. Oder ist dies ein spezifisches Merkmal der Haftanstalten unseres Landes? Vielleicht ist unsere Psyche ja auch bereits vor einer Haftstrafe zerrüttet – durch Vorahnungen, Ängste und Gedanken, die mit dem Gefängnis zu tun haben. Derlei Fragen sind hier nicht von Interesse, und im Ausland hat man von dieser Thematik keine Kenntnis, denn wir verstehen es sehr gut, unsere kleinen Geheimnisse vor anderen zu verbergen.

Soweit ich gehört habe, wurden kürzlich die Erinnerungen eines ehemaligen Lagerhäftlings veröffentlicht, und der Autor zeigte sich erschüttert über die große Zahl von psychisch Kranken unter den Gefangenen. Er selbst war Ausländer. Er hatte in der Sowjetunion unter besonderen Bedingungen gelebt und wusste nicht, wie unser Leben war, oder hatte, besser gesagt, nur eine sehr oberflächliche Vorstellung davon. Er schlussfolgerte, bei uns würden Erkrankungen wie Psychasthenie nicht behandelt und psychisch Kranke würden bei Verletzung der Regeln am Arbeitsplatz oder sonstigen Verstößen, die in ihrer Erkrankung begründet liegen, mit Lagerhaft bestraft. Tatsächlich ist die Zahl von Menschen mit instabiler Psyche in unserem Lande recht hoch.

Unter denen, die das Gesetz brechen und aufgrund von Rowdytum und Diebstahl verurteilt werden, sind, so glaube ich, viele Psychastheniker und sogar Psychopathen. Dafür, dass sie Schlösser aufgebrochen und ein paar Liter Wodka erbeutet haben, verbüßen sie Haftstrafen von wenigen Jahren, werden, kaum dass sie in die Freiheit entlassen worden sind, wieder straffällig und kommen dann als Wiederholungstäter für zehn Jahre oder mehr ins Gefängnis. Unter Stalin wurde derartigen kleinen Verbrechen wenig Aufmerksamkeit geschenkt, und die Täter wurden seltener als heute zu Lagerhaft verurteilt, während zugleich die Menschen massenhaft von ihren Angehörigen dorthin abgeschoben wurden. Die Frage indes, warum intelligente und vor allem nervenschwache und sensible Menschen derart stark auf die Haftstrafe reagierten und oftmals an dieser mysteriösen Psychose erkrankten, die rasch überwunden war und keinerlei Folgen zeitigte, bleibt offen. Was hat denn die Erkrankung derer ausgelöst, die der ausländische Autor in seinen Erinnerungen beschrieben hat? Haben sie sich ihre Erkrankung in der Haftzeit zugezogen oder waren sie bereits zuvor erkrankt? Wer waren sie, grüne Jungen, die einen Diebstahl begingen, um an Alkohol zu kommen, oder friedliche Bürger? Waren sie Psychopathen oder litten sie an der mysteriösen Psychose? All diese Fragen bleiben für alle, die sie stellen, unbeantwortet, und man wird kein Licht in diese Sache bringen können, bevor wir nicht mit lauter Stimme über unsere Vergangenheit, Gegenwart und Zukunft zu sprechen beginnen.

Als ich aus dem Krankenhaus entlassen war, suchte O. M. ein weiteres Mal einen Psychiater auf, und zwar eine Kapazität aus Moskau, der zur Inspektion des psychiatrischen Krankenhauses angereist war. O. M. wandte sich auf eigene Initiative an ihn, um ihm seine Krankengeschichte zu schildern und zu erfragen, ob die Erkrankung womöglich nicht doch organisch begründet sei. Er berichtete, dass er zuvor bereits unter Zwangsgedanken gelitten habe, beispielsweise habe er während der Zeit des Konflikts mit den Schriftstellerorganisationen an nichts anderes denken können. Darüber hinaus sei er – und das entspricht absolut der Wahrheit – für Traumata jeglicher Art sehr empfänglich. Dieses Charaktermerkmal ist mir übrigens auch bei beiden Brüdern von O. M. aufgefallen, die zwar von ganz anderem Typ waren als er, aber jedes schwierige biographische Ereignis ebenso als traumatisch erlebten und aufgrund dessen Zwangsgedanken entwickelten.

Der Moskauer Psychiater tat etwas Ungewöhnliches: Er schlug O. M. vor, ihn bei der Patientenvisite zu begleiten. Danach fragte er O. M., ob er glaube, er habe etwas mit den Patienten der Klinik gemein und in welche Kategorie er sich selbst einordnen würde: Altersschwachsinn? Schizophrenie? Zirkuläre Psychose? Hysterie? Arzt und Patient gingen als Freunde auseinander.

Am Tag darauf suchte ich, ohne O. M. davon zu erzählen, nochmals den Psychiater auf, denn ich fürchtete, dass der schauderhafte Anblick, den er uns am Vortag geboten hatte, ein neues Trauma hervorrufen könne. Der Arzt beruhigte mich und erklärte, er habe O. M. ganz bewusst seine Patienten vorgeführt, da ihm die Kenntnis der entsprechenden Krankheitsbilder hilfreich sein würde, um sich von der aufwühlenden Erinnerung an seine durch ein Trauma ausgelöste Psychose zu befreien. O. M.s nervliche Übererregbarkeit und seine verminderte Abwehrkraft gegenüber Traumata sah der Psychiater nicht als pathologisch, denn die Traumata seien in der Tat durch schwerwiegende Umstände ausgelöst, und es bliebe nur zu wünschen, dass diese in unserem Leben weniger würden. »Er ist eine leicht erregbare und höchst sensible Persönlichkeit«, schlussfolgerte er. Und das entsprach den Tatsachen.

Es erstaunte mich, mit welcher Leichtigkeit O. M. sich über seine Erkrankung lustig machte und wie schnell es ihm gelang, diese von Wahnsinn und Wahnvorstellungen geprägte Zeit seines Lebens hinter sich zu lassen. »Nadenka«, sagte er, verstimmt eines schlecht zubereiteten Essens wegen, wohl zweieinhalb Monate nach unserer Ankunft in Woronesch zu mir, »ich kann so einen Fraß nicht essen, schließlich bin ich doch jetzt nicht mehr verrückt.« Und in den »Stanzen« nannte er seine Erkrankung »siebenwerstiges Durcheinander« (1935) sowie den Suizidversuch einen Sprung – »Ein Sprung. Ich bin erwacht«.

Das Einzige, das, wie mir schien, von der Krankheit zurückblieb, war, dass O. M. immer wieder versuchte, sich mit der Realität abzufinden und sie zu rechtfertigen. Es kam wie ein Anfall über ihn und ging mit einem nervlich angespannten Zustand einher, als sei er in diesen Minuten unter Hypnose. Er sagte dann, er wolle ein Teil der Masse sein, habe Angst, abseits der Revolution zu stehen und aus Kurzsichtigkeit das grandiose Geschehen, das sich vor unseren Augen vollziehe, zu verpassen. Zahlreiche andere, unter ihnen respektable Menschen wie Pasternak, durchlebten diese Zustände auch. Mein Bruder Jewgenij Jakowlewitsch war der Meinung, dass die Zähmung der Intelligenzija nicht in erster Linie in Angst oder Bestechlichkeit begründet lag, obgleich von beidem ausreichend vorhanden war, sondern in dem Wort »Revolution«, von dem man sich auf keinen Fall lossagen wollte. Mit diesem Wort wurden nicht nur ganze Städte, sondern millionenstarke Völker in Bann geschlagen. Dieses Wort hatte eine derart bombastische Kraft, dass es im Grunde unverständlich ist, wozu die Machthaber noch Gefängnisse und Hinrichtungen brauchten.

Glücklicherweise wurde O. M. nicht allzu häufig von diesen Anfällen dessen, was heutzutage als Patriotismus bezeichnet wird, heimgesucht. Wenn er wieder zu sich kam, bezeichnete er selbst diese als Wahnsinn. Und doch ist es interessant, dass bei Menschen, die im künstlerischen Bereich tätig waren, die absolute Ablehnung der Realität zum Verstummen führte, während die absolute Annahme der Realität sich vernichtend auf ihr Werk auswirkte und dieses erbärmlich werden ließ. Produktiv waren in dieser Hinsicht nur die Zweifel, aber die wurden von den Machthabern verfolgt.

Der Versuch, sich mit der Realität auszusöhnen, lag nicht zuletzt in ganz gewöhnlicher Liebe zum Leben begründet. O. M.

hatte keinerlei Bestrebungen, zum Märtyrer zu werden, aber der Preis für das Recht auf Leben schien ihm zu hoch. Als er sich entschied, eine erste Zahlung zu leisten, war es, wie sich herausstellen sollte, zu spät.

Ich wurde in eine Flecktyphus-Baracke eingewiesen. Der Oberarzt, der an meinem Bett stand, sagte zu irgendeinem Inspektor, ich sei schwer krank und stehe »auf der Liste der Sicherheitsorgane«. Später glaubte ich, dieses Gespräch sei eine Fieberphantasie gewesen, aber als ich wieder gesund war, bestätigte mir der Oberarzt, der, wie sich herausstellte, ein Bruder eines guten Bekannten, nämlich des Agronomen Fedja, war, dass diese Worte tatsächlich gefallen waren und dass ich »auf der Liste der Sicherheitsorgane stehe«. Während meiner langen Odyssee durch die Sowjetunion wurde mir des Öfteren von offiziellen wie inoffiziellen Mitarbeitern des Geheimdienstes, also von Kadern und von Spitzeln, beschieden, dass ich »auf der Liste Moskaus stehe«. Was das heißen soll, weiß ich nicht. Um das begreifen zu können, müsste man die Struktur des Geheimdienstes kennen, »auf dessen Liste« ich aus irgendeinem Grunde stand. Ich bin davon überzeugt, dass es sehr viel angenehmer ist, nicht auf irgendwelchen Listen zu stehen, aber es ist mir ein Rätsel, wie dies zu bewerkstelligen ist. Interessant wäre es zu erfahren, ob wir alle »auf Listen standen« oder nur Auserwählte.

Die Stationsärztin, eine gutmütige Frau, erzählte mir, ihr Ehemann, ein Agronom, stehe kurz vor der Entlassung aus der Lagerhaft. Er war, wie zahlreiche andere in der Provinz ansässige Intellektuelle, als Brunnenvergifter verurteilt worden. Das war keine Erfindung, keine Ausgeburt der Phantasie, sondern Tatsache. Als ich genesen war, reiste ich zuweilen nach Moskau, und sie gab mir jedes Mal Lebensmittelpakete mit, die ich für sie von dort ins Lager absendete. Damals war das nur von Moskau aus möglich, heutzutage können diese Pakete nur in den Kreisstädten aufgegeben werden. Emma Grigorjewna Gerschtejn fuhr, beladen mit schweren Paketen, deren Inhalt Anna Andrejewna für Ljowa zusammengesammelt hatte, viele Jahre lang in die entlegensten kleinen Städtchen.

Als der »Brunnenvergifter« seine Strafe abgesessen hatte, kehrte er zurück und wir wurden zu einer kleinen Feier eingeladen. Wir tranken süßen Wein auf sein Wohl, er war glücklich und sang mit weichem Bariton. 1937 wurde er als »Wiederholungstäter« erneut verhaftet.

Eine Krankenpflegerin namens Njura kümmerte sich sehr gut um mich. Ihr Mann hatte in einer Mühle gearbeitet und war, nachdem er einmal eine Handvoll Mehl für seine hungernde Familie mitgenommen hatte, auf Grundlage des Dekrets zu fünf Jahren verurteilt worden. Die Krankenpflegerinnen aßen gierig, was die an Flecktyphus und Ruhr Erkrankten übrig ließen und berichteten uns, in welcher Armut und Not sie lebten.

Als ich nach Hause zurückkehren konnte, war ich kahlgeschoren und O. M. nannte mich seine Zwangsarbeiterin.

Der in seiner Ehre gekränkte Zimmerwirt

Als er mich aus der Flecktyphus-Baracke abholte, brachte O. M. mich nicht zurück ins Hotel, sondern in unser »eigenes« Zimmer. Es war ihm gelungen, eine zeitlich befristete Unterkunft für uns anzumieten, und zwar die verglaste kleine Terrasse einer im Verfall befindlichen Villa, die dem besten Koch der Stadt gehörte. Das Haus war aufgrund der Verdienste des Eigentümers – er hatte eine Anstellung in einer nur Auserwählten zugänglichen Speisegaststätte – in Privatbesitz belassen worden. In diesem Zusammenhang meinte O. M., dass wir nun endlich erfragen könnten, was es mit diesem geheimnisvollen Zusatz Speisegaststätte »kontingentierter Kategorie« auf sich habe. Als wir nämlich im Sommer 33 auf der Krim waren, wurde uns sowohl in Sewastopol als auch in Feodossija in jeder Speisegaststätte der Zutritt verwehrt, und zwar immer mit der Begründung, sie sei von »kontingentierter Kategorie«. In Staryj Krim gab es sogar einen Friseursalon von »kontingentierter Kategorie«, und O. M. scherzte, das sei ein neues »Kannitverstan«. Vom Koch jedoch erfuhren wir nichts über dieses »kontingentierte Kannitverstan« – er war nicht zu Scherzen aufgelegt. Dieser kranke und müde alte Mann, der keinerlei Appetit mehr hatte, hauste in einem einzigen Zimmer seines Hauses; in den übrigen Zimmern waren Mieter untergebracht, die ihm seit langem nur die gesetzlich festgelegte Miete bezahlten. Als Eigentümer hatte der Koch Renovierungsarbeiten auf seine Rechnung durchzuführen, und deshalb vermietete er im Sommer die kleine Terrasse, um wenigstens irgendwie über die Runden zu kommen. Sein einziger Traum war es, dass das Haus abgerissen oder in eine Wohnungsgenossenschaft überführt würde, aber eine Ruine wie diese wollte kein einigermaßen vernünftiger Sowjet übernehmen. Der letzte Hauseigentümer in Woronesch war schwermütig und ging seinem Ruin entgegen, gab aber die Hoffnung nicht auf, Mieter in dem Haus zu werden, das einstmals ihm gehört hatte und dann genossenschaftlich verwaltet und schließlich abgerissen würde.

Das Woronesch des Jahres 34 war eine düstere, brotlose Stadt. Enteignete Kulaken und von den Kolchosen geflohene Bauern fristeten ein Bettlerdasein auf den Straßen. Sie lungerten vor den nichtstaatlichen Brotgeschäften herum und streckten einem die Hände entgegen. Sie hatten offensichtlich die Vorräte an getrockneten Baumrinden, die sie aus ihrem Dorf mit sich geschleppt hatten, schon aufgegessen. Im Haus des Kochs lebte auch der alte Mitrofan, der durch den Hunger vollkommen heruntergekommen war. Er träumte davon, wenigstens irgendwo eine Anstellung als Nachtwächter zu finden, aber niemand stellte ihn ein. All sein Ungemach schrieb er seinem Namen zu: »Weil ich Mitrofan heiße, glauben alle, ich sei ein Kirchenmann, und werfen mich achtkantig raus.« Im Stadtzentrum stand die halbverfallene Kirche des Heiligen Mitrofan, und der alte Mann hatte wohl recht mit seiner Vermutung. Als wir im Winter auszogen, erhängte er sich, denn mit uns hatte er seine letzte Einnahmequelle verloren: Er hatte uns bei der Suche nach einem Zimmer geholfen, indem er uns mit älteren Frauen zusammenbrachte, die ihrerseits einer eigentümlichen Art der Kuppelei nachgingen – sie machten Eigentümer von Zimmerecken, Schlafstätten und Zimmern mit potentiellen Mietern bekannt.

Bei der Zimmersuche musste man sich in windschiefe Häuser begeben, die in Privateigentum geblieben waren oder unter genossenschaftlicher Verwaltung standen. Die Vermietung dort war nicht legal und galt als Spekulation mit Wohnraum. Zimmerwirt und Mieter hassten einander schon, bevor sie ins Geschäft kamen. Die Mieter wollten nichts anderes, als sich schnellstmöglich mit den Zimmerwirten zu überwerfen, um die Mietzahlung, die zwanzig Mal so hoch war wie der genossenschaftliche Mietpreis, einzustellen. Die Vermieter wiederum, die mit dem Geld, das sie erhalten hatten, das Dach geflickt oder die Zierstücke erneuert hatten, begriffen plötzlich, dass sie für eine wässrige Linsensuppe ihr angestammtes Recht verkauft hatten, und bekamen es mit der Angst, sie hätten die Mieter für den Rest ihres Lebens am Hals, sprich, diese könnten den Wohnraum offiziell zugesprochen bekommen. Für gewöhnlich nahm eine Vermietung nämlich tatsächlich ein solches Ende: Wenn er die Propiska erhalten und ein paar Monate in dem Zimmer gewohnt hatte, kam der Mieter, meist unter Zuhilfenahme von »Schmiermittel«, mit dem Hausverwalter ins Geschäft und erhielt ein Anrecht auf eigenen Wohnraum. Derartiges war in den genossenschaftlich verwalteten Wohnhäusern der Fall; in Häusern, die sich in Privateigentum befanden, weigerte der Mieter sich schlicht auszuziehen und stellte die Mietzahlungen ein. Vor Gericht eine Räumung des Wohnraums zu erwirken war nicht möglich. Auf diese Weise wurden die meisten sesshaft mit eigenem Wohnraum. So ging sozusagen die natürliche Umverteilung vonstatten, die sehr viel rascher verlief als die Beschlagnahme überzähligen Wohnraums und die Erteilung von Anordnungen, und sie wurde begleitet von Dramen, Skandalen und Denunziationen in Hülle und Fülle, mit deren Hilfe Mieter und Vermieter sich voneinander zu befreien suchten. Mittlerweile sind diese Angelegenheiten in eine bestimmte Ordnung gebracht worden, denn Zimmer werden nur noch ohne Propiska vermietet. Ein Mieter, der sich in einer quasi rechtlosen Situation befindet, da er nicht über eine Propiska verfügt, ist nicht in der Lage, etwas einzufordern. Die einzige Möglichkeit, dass es doch zu Unannehmlichkeiten kommt, ist die Anzeige eines Nachbarn hinsichtlich des polizeilich nicht gemeldeten Mieters, aber die Obrigkeit drückt diesbezüglich heutzutage ein Auge zu. Die Zeiten haben sich geändert.

In Woronesch wurde Wohnraum am liebsten an die dort in der Verbannung Lebenden vermietet. Diesen drohte stets die Ausweisung an einen noch entlegeneren Ort, und im Fall eines Konflikts konnte der Zimmerwirt dabei selbst ein wenig nachhelfen. Aus diesem Grund erhielten wir eine Vielzahl von Angeboten, und O. M. besichtigte von morgens bis abends Zimmer in allen nur erdenklichen Bruchbuden, trotzdem konnten wir lange Zeit kein Quartier finden, denn überall wurde die Miete für ein Jahr im Voraus verlangt. Auf der Sommerterrasse begann bereits das Wasser zu gefrieren, als ich eines Übersetzungsauftrags wegen nach Moskau fuhr. Ich erhielt diesen erstaunlicherweise ohne Schwierigkeiten. Luppol hatte von dem »Wunder« gehört und war deshalb überzeugt, er könne O. M. einen Auftrag zukommen lassen, ohne dass er damit ein Risiko einginge. Er tat dies sehr gern. Den für die Übersetzung erhaltenen Vorschuss übergaben wir dem Besitzer eines kleinen Häuschens am Stadtrand, der sich mit einer Zahlung der Miete für ein halbes Jahr im Voraus zufrieden zeigte. Jede Fahrt in die Stadt – und wir mussten wegen diverser Bescheinigungen, Neuausstellung der Pässe und Arbeitssuche häufig in die Stadt – war wahrlich eine Pein: endloses Warten an den Haltestellen, an den Plattformen der Straßenbahnen hängende Menschentrauben, Gedränge und Geschubse. In den Vorkriegsjahren war der öffentliche Nahverkehr, selbst in Moskau, in furchtbarem Zustand. In jenem Winter lernten wir die ganze Strenge der Steppenwinde kennen – Menschen, die einen Schock erlitten haben, sind Kälte gegenüber besonders empfindlich. Wir machten diese Erfahrung in einer Phase, als es wieder einmal nichts zu essen gab und Hunger herrschte. Solche Phasen wiederholen sich in regelmäßigen Abständen von einigen Jahren nach Kriegen und Vertreibungen.

Bald schon stellte sich heraus, dass der Zimmerwirt, in dessen Wohnung wir ein Zimmer bezogen hatten – er war Agronom –, uns aufgenommen hatte, um interessante Bekanntschaften zu machen. »Ich bin davon ausgegangen, dass Sie Schriftsteller wie die Kretowa und Sadonskij zu Gast haben und wir zusammen das Tanzbein schwingen werden«, beschwerte sich der in seiner Ehre gekränkte Zimmerwirt in seinen russischen Stiefeln. Er fühlte sich gekränkt und »ergriff Maßnahmen«: Er kam ungebetenerweise in unser Zimmer, wenn unsere Freunde Kalezkij und Rudakow zu Besuch waren, die ebenso wie wir in der Verbannung lebten und keinen Pass hatten, und wollte ihre Pässe kontrollieren. »Sie halten hier eine Versammlung ab und ich als Zimmerwirt habe dafür geradezustehen.« Wir wiesen ihn aus dem Zimmer, er seufzte traurig, und als er mich einmal allein zu fassen bekam, klagte er, der mir vertraute: »Hätten Sie doch nur anständige Freunde, die Sie besuchen.« Das Geld, das wir im Voraus bezahlt hatten, konnte er nicht zurückerstatten, und deshalb mussten wir die vereinbarte Zeit dort wohnen. O. M. scherzte, Verbannte hätten schon immer unter denen, bei denen sie ein Obdach gefunden hatten, zu leiden gehabt, das habe Tradition. Früher seien die Hausherren zur Polizei gegangen, heute gingen sie zur GPU, unser Agronom indes drohe nur damit, mache aber keine Meldung. Und das sei doch schon viel wert.

Das nächste Zimmer – wir wohnten dort von April 35 bis Februar 36 – war in einer ehemaligen Pension im Stadtzentrum, wo sich nunmehr allerlei Gesindel herumtrieb. Mehrmals wurden nächtliche Razzien durchgeführt, bei denen nach Schwarzbrennern gefahndet wurde. Unsere Nachbarin, eine junge Prostituierte, himmelte O. M. an, weil er sie auf der Straße mit einer Verbeugung grüßte. Sie kam immer wieder mit dem Eimer zu uns, um den Boden zu wischen, wollte aber auf gar keinen Fall Geld dafür nehmen: »Das mache ich aus Freundschaft.« Und eine alte Jüdin, die drei Enkel großzog, saß oft bei uns und klagte über ihr Leben. Unser Zimmerwirt wollte sie vom Hals haben und schrieb an die entsprechenden Stellen Anzeigen, in denen er sie der Prostitution bezichtigte. Die Großmutter rechtfertigte sich mit ihrem Alter – »Wer will denn etwas von so einer?« – und mit der Größe des Zimmers, in dem die Enkel schliefen und gar kein Platz für so etwas war.

Es war unser Glück, dass die Verfasser der Anzeigen niederschrieben, was auch immer ihnen einfiel, ohne auch nur auf die geringste Glaubwürdigkeit ihrer Denunziationen zu achten. Bis zum Jahr 37, als in der Presse Artikel erschienen, in denen dazu aufgefordert wurde, die Behörden über Gespräche der Nachbarn zu unterrichten, wurde bei der Auswertung der Anzeigen doch irgendwie auf Glaubwürdigkeit Wert gelegt. Eine Anzeige offenbart darüber hinaus in der Regel das Niveau des Denunzianten und illustriert, zu welchen Höhenflügen seine Phantasie in der Lage ist. Unser zweiter Vermieter in Woronesch schaffte es auf dieser Leiter nur auf eine der niedrigen Stufen. Bei einer Vorladung zum MGB wurde uns eine seiner Anzeigen gegen uns vorgelegt, und wir wurden aufgefordert, eine Erklärung dazu abzugeben. Es hieß dort, eines Nachts habe uns ein verdächtiger Mann aufgesucht, und aus unserem Zimmer seien Schüsse zu hören gewesen. Der erste Teil dieser Anzeige war durchaus glaubwürdig, der zweite aber machte alles zunichte. Der nächtliche Besucher war Jachontow, dessen Auftritt in der Stadt allerorten auf Plakaten angekündigt wurde. Er bestätigte, dass er bis in die Morgenstunden unser Gast gewesen sei, und damit war die Angelegenheit erledigt.

Die Tatsache, dass man eine Anzeige wegen einer Vorladung erhielt, deutete bereits darauf hin, dass man nicht vorhatte, sie zu verwenden. Gleiches geschah mir 1937, allerdings nachdem Jeshow bereits seines Amtes enthoben worden war und der Terror nachgelassen hatte. Ich erhielt eine Vorladung der GPU-Abteilung bei der Miliz in Moskau, wo ich mir nach O. M.s Tod eine zeitlich befristete Propiska für meine eigene Wohnung erkämpft hatte, und wurde zu einer Erklärung aufgefordert. Dieses Mal erwies sich die Anzeige als ziemlich sachkundig abgefasst: In meinem Zimmer fänden Versammlungen statt, auf denen konterrevolutionäre Reden geführt würden. Der Einzige, der mich aufgesucht hatte, war Pasternak gewesen. Er hatte bei mir vorbeigeschaut, als er von O. M.s Tod erfahren hatte. Außer ihm hatte niemand den Mut gehabt, mich zu besuchen, was ich dem mit der Angelegenheit befassten Beamten erklärte. Die Sache wurde nicht weiter verfolgt, wohl aber empfahl man mir, mich noch vor Ablauf der Frist der Propiska aus Moskau zu entfernen. Dieses Mal gehörte die Wohnung mir selbst, und ich wurde verdrängt von einem Mieter, der vom Schriftstellerverband auf Stawskijs Initiative hin auf Zeit dort einquartiert worden war. Er nannte sich Schriftsteller, gab aber manchmal auch an, er stünde im Rang eines Generals. Sein Name war Kostyrew. Als ich nach dem XX. Parteitag eine Zuweisung für Wohnraum in Moskau erhalten sollte, wurde ich bei einer Anhörung beim Schriftstellerverband gefragt, wie ich die Wohnung verloren hätte. Ich erzählte die Geschichte mit Kostyrew. Ein Mitarbeiter des Schriftstellerverbandes suchte lange in den Mitgliederlisten, konnte diesen Namen aber nicht finden. Wer auch immer er gewesen sein mag, Schriftsteller oder General – es spielt keine Rolle. Die Art und Weise, wie er an seine Wohnung gekommen ist, folgte dem Muster der damaligen Zeit. »Geschrieben« wurde ungeachtet der Zugehörigkeit zu einer bestimmten Schicht. Vielleicht hat Kostyrew von seiner Arbeit beim Geheimdienst zur Literatur wechseln wollen, konnte das aber nicht umsetzen. Und möglicherweise war die Zeit, in der ihm Wohnraum in unserer Wohnung zugewiesen wurde, die des geplanten Übergangs von einer Tätigkeit zur anderen.

Der Zimmerwirt in Woronesch, der eines Nachts Schüsse in unserem Zimmer wahrzunehmen vermeint hatte, sah darin, dass er eine Anzeige gegen uns schrieb, nichts Verachtenswertes. Vermutlich meinte er gar, er sei ein nützliches Mitglied der Gesellschaft, das für die Wahrung der Ordnung eintritt. Wo er seinen Dienst versah, war undurchsichtig. Er sprach nicht darüber, und wir zogen es vor, nicht danach zu fragen. Er nannte sich selbst einen »Agenten« und war ständig »in Sachen Kollektivierung« dienstlich unterwegs. Jedenfalls war er ein kleines Rädchen im Getriebe, aber auch diese wurden recht sorgfältig ausgewählt.

Die Ehefrau des »Agenten«, eine sehr junge Frau, fast noch ein Mädchen, derer er sich angenommen hatte, um sie vor dem Schicksal ihrer von der Entkulakisierung betroffenen Familie zu bewahren, hatte das Zimmer während einer seiner längeren Dienstreisen »in Sachen Kollektivierung« ohne sein Wissen vermietet. Sie zog in die Küche und ließ die Mieteinnahmen ihren Eltern zukommen. Ihr Ehemann hatte also uns als Mieter auf dem Hals und keinerlei Gewinn davon. Die Ehefrau hatte den Ritter, der sie »gerettet« hatte, fest in der Hand. Wie wir ihren Gesprächen entnehmen konnten, hatte sie Kenntnis von etwas, das selbst in jener grausamen Zeit nicht ohne Folgen geblieben wäre. Sie sprach über ihn als »Herodes«, nannte ihn auch in seinem Beisein so, und wenn sie die ordinärsten Schimpfwörter auf ihn niederprasseln ließ, zog er unterwürfig den Schwanz ein. Mit uns als Mietern konnte er sich trotz allem nicht abfinden und verhielt sich so niederträchtig wie möglich. Einmal kam er zu uns ins Zimmer und hielt eine Maus am Schwanz in der Hand; in der Wohnung wimmelte es von Ungeziefer. In militärisch gespannter Haltung grüßte er höflich von der Türschwelle, fragte dann: »Erlauben Sie, dass ich sie brate?« und ging geradewegs auf den Elektrokocher mit der offenen Heizspirale zu. Diesen Elektrokocher verachtete er zutiefst, denn er sah in ihm eine wunderliche Vorrichtung für Intellektuelle, die der aufrichtige Sowjetbürger ganz wie die Kulaken zu bekämpfen habe. Einer unserer Gäste, Rudakow oder Kalezkij, die eigentlich immer bei uns waren, trat für die Maus ein, und der Vermieter, ein rechter Feigling, trat schmählichst den Rückzug an. Aus dem Nebenzimmer hörten wir seine Scherze über die Nerven der Intellektuellen: »Das nächste Mal werde ich sie noch besser erschrecken und den Kater braten.« Anzumerken ist, dass er nicht trank und all seine Nummern in vollkommen nüchternem Zustand zum Besten gab. Die mit der Maus war seine Paradenummer.

Während O. M.s Sanatoriumsaufenthalt in Tambow räumte der »Agent« unsere gesamte Habe aus dem Zimmer. Die Prostituierte nahm sie an sich. Nach seiner Rückkehr wusste O. M. nicht, wo wir unterkommen sollten, und setzte sich in die Zeitungsredaktion im Nachbarhaus. Von dort aus rief jemand bei der Behörde an, bei der unser Vermieter, der Mäusefänger und »Agent«, angestellt war. Gegen Abend erschien er dann unerwarteterweise in der Zeitungsredaktion und sagte: »Kommen Sie zurück, ich wurde angewiesen, kein Aufsehen zu erregen«, und wir begriffen, wie gut es war, bei einem Angestellten jener Behörde untergekommen zu sein, bei der militärische Disziplin herrschte. Nach diesem Zwischenfall war der »Agent« absolut handzahm. Als wir ein neues Zimmer gefunden hatten und auszogen, trug er eigenhändig unsere Sachen zum Wagen. Es fehlte nicht viel, und er hätte sich vor Freude bekreuzigt – wer hätte gedacht, dass Mieter, die den Sieg davongetragen hatten, nicht auf immer blieben?

Es heißt, des nächsten Mieters habe er sich 1937 entledigt, allerdings konnte er den Wohnraum nicht allzu lange nutzen, denn er wurde in den Innendienst in einem Lager versetzt.

In den drei Jahren in Woronesch bewohnten wir insgesamt fünf Zimmer, die kleine Terrasse mitgezählt. Nach dem »Agenten« zogen wir zu einer jungen Witwe in ein prachtvolles neues Haus für Ingenieure und Techniker, die zwei Zimmer vermietete, und zwar eines an uns und das andere an einen jungen Journalisten namens Dunajewskij. Dieser nette junge Mann hatte uns dorthin vermittelt, aber auch diese Zimmerwirtin erwies sich als ungemütlich. Dem Journalisten stand nicht der Sinn nach einer Heirat mit ihr, und uns hatte sie lediglich aufgenommen, um ihr »neues Glück« zu finanzieren. Nun wollte sie dieses erneut suchen, und wir mussten wieder ausziehen, um einem neuen potentiellen Bräutigam Platz zu machen. Das letzte Zimmer in einem kleinen Haus bei einer Theaterschneiderin schließlich war ein Paradies, Erinnerung an eine unwiderruflich vergangene Zeit, Lohn für unseren gesamten Leidensweg. Und obgleich O. M. allen Misshelligkeiten mit Zimmerwirten überaus gleichmütig gegenüberstand, lebte er hier wieder auf.

Die Schneiderin war eine einfache Frau, freundlich und gutherzig. Sie lebte zusammen mit ihrer Mutter, die sie Babuschka nannte, und mit ihrem Sohn Wadik, einem Knaben, wie es alle Knaben sind. Ihr Mann, ein Schuhmacher, war vor einigen Jahren verstorben, und die Schauspieler, die ihre Schuhe zu ihm gebracht hatten, brachten sie im Theater unter, damit der Lebensunterhalt für sie und ihre Familie gesichert war. Und für den Sohn erwirkten sie eine Waisenrente – der Schuhmacher war Kommunist gewesen. Sie kamen einigermaßen durchs Leben, ernährten sich von Kartoffeln, und die Babuschka hielt ein Dutzend Hühner im Stall. Die zweihundert Rubel für das Zimmer waren bei ihren Einnahmen ein Posten von großer Bedeutung. Für gewöhnlich wohnten Schauspieler bei ihr, die sie verehrten, weil sie so gutherzig war. Deshalb hatten sie uns an sie vermittelt, und wir konnten bei ihr ein wenig durchatmen.

In früheren Zeiten hatte es viele gutherzige Menschen gegeben. Selbst schlechte Menschen hatten sich den Anschein gegeben, sie seien gut, denn es geziemte sich so. So kamen Heuchelei und Bigotterie auf, die großen Sünden der Vergangenheit, die vom Kritischen Realismus am Ende des neunzehnten Jahrhunderts enthüllt und angeprangert wurden. Das Ergebnis war unerwartet – die guten Menschen starben aus. Denn das Gute im Menschen ist keine angeborene Eigenschaft, man muss es hegen und pflegen, und das tut man, solange es Nachfrage gibt. In unseren Zeiten galt es als altmodische, vorgestrige Eigenschaft, gut zu sein, ein guter Mensch war so etwas wie ein Mammut. All die Erfahrungen, die wir in der Epoche, in der wir lebten, machen mussten – Entkulakisiserung, Klassenkampf, Enthüllungen, Anprangerung und das Suchen nach Hintergründen für jegliches Verhalten –, ließen alle nur möglichen Eigenschaften entstehen, nicht aber das Gute.

Das Gute musste ebenso wie die Gutherzigkeit an den entlegensten Orten gesucht werden, die den Forderungen, welche die Zeit erhob, gegenüber taub waren. Nur passive Menschen erhielten sich diese von den Vorfahren übereignete Eigenschaft. Der auf links gestülpte Humanismus hinterließ bei allen und jedem Spuren.

Bei der Schneiderin lebten wir ruhig und friedlich und vergaßen sogar, dass wir keinen eigenen Wohnraum besaßen. Wenn ich auf einem Pferdewagen, in einem Automobil oder in der Straßenbahn durch die riesigen Städte der Sowjetunion fuhr, zählte ich oft voller Erstaunen die Fenster der vorüberfliegenden Häuser und fragte mich, warum ich nicht ein einziges dieser Fenster mein Eigen nennen konnte. Ich hatte schwere Träume: Flure, gleich überdachten Straßen, mit Türen zu beiden Seiten. Die Türen öffneten sich, und ich würde ein Zimmer aussuchen. Bisweilen lebten hinter den Türen längst verstorbene Verwandte, und ich wurde böse: Hier also seid hier, warum muss ich dann umherirren? Wie soll man solche Träume mit Freud und seiner Theorie der verdrängten Komplexe, in den Hintergrund gedrängten sexuellen Triebe, dem ganzen Ödipus-Unsinn und sonstigen gut gemeinten Brutalitäten erklären?

Irgendjemand hat einmal gesagt, Sowjetbürger brauchten keine eigenen Häuser zu bauen, denn sie könnten vom Staat kostenlosen Wohnraum verlangen. Bei wem aber sollen sie diesen einfordern? Selbst im Traum war mir nicht klar, wie ich das anstellen sollte, und ich wachte stets auf, bevor jene Minute des Glücks eintrat, in der eine Niederlassungsgenehmigung, die Propiska und das Anrecht auf Wohnraum ausgestellt worden waren. In Woronesch hielt mich noch die Illusion aufrecht, ich sei im Besitz einer Wohnung, die ich unter großen Schwierigkeiten erhalten hatte – die einzige, die ich jemals besessen hatte. Heute habe ich keinerlei Illusionen mehr, sondern weiß vielmehr um die Gesetze, aufgrund derer ich kein Recht auf irgendetwas habe. Wie viele andere sind in derselben Situation wie ich? Bitte denken Sie nicht, ich sei eine Ausnahme. Legion heiße ich, denn wir sind viele.

Spätere Generationen werden die Bedeutung von »Wohnraum« in unserem Leben nicht begreifen können. Wohnraum war Grund für zahlreiche Verbrechen. Die Menschen waren an ihren Wohnraum gebunden und konnten sich nicht vorstellen, ihn zu verlassen. Wer wäre in der Lage, sein nicht eben hübsches, aber doch unbezahlbares zwölfeinhalb Quadratmeter großes Zimmer, das er so liebgewonnen hat, einfach aufzugeben? Es gibt niemanden in diesem Land, der derart wahnsinnig wäre, und deshalb wird Wohnraum an die Nachkommen vererbt, als sei es ein Schloss, eine Villa oder ein Anwesen. Eheleute, die einander in Hass verbunden sind, Schwiegereltern und Schwager, erwachsene Söhne und Töchter, einstige Dienstmädchen, die das Mädchenzimmer neben der Küche mit Beschlag belegt haben – sie alle sind durch den »Wohnraum«, den sie nicht aufgeben können, auf immer aneinander gefesselt. Bei Fragen von Eheschließung oder -scheidung wird als Erstes die Frage nach dem Wohnraum gestellt. Ich hörte von Kavalieren, die bei der Trennung der Ehefrau den tatsächlich ihnen zustehenden Wohnraum überließen, von heiratswilligen jungen Damen mit schönen Wohnungen und von Männern, die auf der Suche nach einer ebensolchen waren. Kluge Frauen kauften sich eine wattierte Weste und ließen sich in dieser Verkleidung als Putzfrau im Studentenwohnheim anstellen, wo ihnen ein Winkel zum Wohnen zugewiesen wurde. Und dort blieben sie hängen und ließen über Jahre die Flüche der Vorgesetzten und die Drohungen, sie auf die Straße zu setzen, über sich ergehen. In solchen Studentenwohnheimen leben, von der Verwaltung geduldet, ebenso Dozenten der Universität. Auch mir hätte es passieren können, dass ich in einem solchen Wohnheim hängen bleibe und durch die verschlossene Tür Lieder und Tänze ausgelassener Studentinnen höre, von denen oft genug nicht einmal jede ihre eigene Schlafstatt hat und die deshalb in fester Umarmung mit ihrer Freundin im Bett nächtigen.

Untrennbar mit dem Wohnraum hängt die Propiska zusammen – verliert man diese, wird man auf lange Zeit nicht mehr in die Stadt, in der man gelebt hat, zurückkehren können. Für den Großteil der Menschen wurde die eigene Wohnung zur Falle. Das Unwetter zog sich bereits über den Köpfen zusammen, nach und nach wurden Freunde und Kollegen abgeholt. Die Einschläge kommen näher – so sagten wir. Und die mit eigenem Wohnraum harrten aus, bis man sich ihrer annahm. Und während sie ausharrten, beruhigten sie sich selbst mit dem hoffnungsvollen Gedanken, dieser Kelch würde aus irgendeinem Grunde an ihnen vorübergehen. So wachten sie über ihren Unterschlupf, die sogenannte Wohnung, und wenn diese nur ihnen gehörte und sich in einem Neubau befand, gab es in ihr, um die Ähnlichkeit mit einer Falle noch zu verstärken, nur einen einzigen Ausgang, denn Wohnungen in Neubauten verfügen nicht über Dienstboten- oder Hinterausgang. Ich kannte nur eine einzige Frau, die klug genug war, während der Ausweisung der Adligen aus Leningrad ihre Sachen zu packen und sich aufs Land zurückzuziehen. Aus diesem Grund hatte sie keinen Vermerk in ihrem Pass und war so vor vielerlei Ungemach beschützt.

Mich selbst hingegen bewahrte die Wohnungslosigkeit vor der Verhaftung. Ein einziges Mal gelang es mir, eine Zuweisung für Wohnraum zu erhalten. Das war im Jahr 33, als wir mit Bucharins Hilfe den Taubenschlag im sechsten Stock des Schriftstellerhauses bekamen. Ein halbes Jahr später wurde

O. M. verhaftet, die Wohnung aber blieb weiterhin unsere. Aufgrund des Drucks, den unsere Schriftstellerkollegen ausübten, suchte unser Verwalter Matthieu Salka damals das MGB auf, um von dort die Genehmigung zu erhalten, die alte Frau, die in der Wohnung eines zur Verbannung Verurteilten lebte, meine Mutter, auszuquartieren, um die Wohnung einem anerkannten sowjetischen Schriftsteller übergeben zu können. Aber das Wunder dauerte weiterhin an: Die Genehmigung dafür wurde nicht erteilt und man trug ihm auf, den Schriftstellern, die ein Auge auf die Wohnung geworfen hatten, auszurichten, sie mögen doch nicht königstreuer sein als der König selbst. Dass die Wohnung weiterhin auf unseren Namen registriert blieb, nährte in uns die Hoffnung, dass O. M. irgendwann die Rückkehr nach Moskau gestattet würde, aber als es an der Zeit war, wurde uns die Wohnung entzogen, und auch ich verlor das Wohnrecht dort, obgleich ich ja weder verhaftet noch verurteilt worden war. Hätte ich weiterhin mit dem Schriftsteller-General in der Wohnung in Moskau gelebt, würden meine Knochen längst in der Grube eines Massengrabs irgendeines Lagers modern. Nach O. M.s zweiter Verhaftung, als ich obdachlos und ohne Propiska durchs Land irrte, suchte man später in unserem letzten gemeinsamen Zimmer in Kalinin auch nach mir, aber ich war bereits nicht mehr dort, denn ich hatte dieses Zimmer nicht behalten können, da es sich in einem Haus in Privateigentum befand und viel zu teuer war. Für mich gab es keine Falle, und ich, die ich ohne Obdach war, wurde schließlich vergessen. So habe ich überlebt und O. M.s Gedichte gerettet.

Was hätte die gutherzige Schneiderin unternommen, wäre nach uns im Sommer 37 ein Mieter eingezogen, der aufgehört hätte, die Miete zu bezahlen, und dann ein eigenes Wohnrecht für den von ihm belegten Wohnraum für sich erwirkt hätte? Wäre es ihr in den Sinn gekommen, wie alle anderen zu handeln und bei den Behörden Anzeige gegen ihn zu erstatten – bei diesem Herrn finden nicht erlaubte Zusammenkünfte statt, auf denen konterrevolutionäre Reden geführt werden. Deshalb halte ich als seine Zimmerwirtin es für meine Pflicht ... – Oder hätte sie selbst sich das Essen vom Munde abgespart, um Mutter und Sohn durchzubringen? Ich weiß nur eines: Ihr Haus wurde im Krieg zerstört, und an seiner Stelle ist etwas vollkommen anderes erstanden.

Geld

In der ersten Zeit ging es uns in Woronesch materiell besser als zuvor. Der »Goslitisdat« war durch das Wunder beeindruckt, und wir erhielten Aufträge für Übersetzungen. Shenja behauptete gar, Moskau sei nach dem Brand noch schöner geworden. Ich übersetzte rasch einen grauenhaften Roman und bekam sogleich einen weiteren Vertrag. Im Winter 34/35 aber erhielten die Auftraggeber offensichtlich einen Verweis für ihre Gutmütigkeit, und ich wurde nach Moskau zitiert, damit ich mich »mit den Methoden der Übersetzung« vertraut mache. Der Redakteur zu der Zeit war Starzew. Er hieß meine Methoden gut, aber der Abteilungsleiter forderte das zu übersetzende Buch unter einem Vorwand von mir zurück – er wollte plötzlich prüfen, ob der Roman nicht gekürzt werden müsse. Ich erhielt das Buch (»Das Nest der einfachen Leute«) nicht zurück, und es wurde kurze Zeit später in der Übersetzung einer anderen Übersetzerin veröffentlicht. Auf Grundlage eines alten Vertrags erhielten wir noch das Honorar für einige wenige Druckbögen einer Maupassant-Übersetzung, aber danach war der Geldfluss aus Moskau versiegt.

Auf der Suche nach Arbeit schrieb O. M. unzählige Eingaben und wandte sich immer wieder an die regionale Sektion des Schriftstellerverbands. Die Frage, ob man ihm Arbeit geben dürfe, war offensichtlich »eine prinzipielle«, wie es damals bei uns hieß. Das bedeutete, dass man auf Weisung von oben wartete, und diese wurde von der Sektion des Schriftstellerverbands erbeten, deren Mitglied O. M. war. Weder O. M. noch ich haben jemals eine Arbeit erhalten, ohne dass wir warten mussten, weil Beamte mit Papier raschelten. Sogar 1955 erhielt ich die Arbeit in Tscheboksary lediglich, nachdem Surkow sich irgendwohin begeben, eine Genehmigung erhalten und danach in meinem Beisein im Bildungsministerium angerufen hatte, um es von den Ergebnissen seiner Bemühungen in Kenntnis zu setzen. Im Jahr 34 wagte es keine Institution, einem zur Verbannung Verurteilten ohne entsprechende Weisung von oben Arbeit zu geben. Damit versuchten die Zuständigen in den Institutionen, sich der Verantwortung dafür zu entziehen, dass sich ein minderwertiges Element in die Belegschaft einschleichen könnte. Sobald eine Phase erhöhter Wachsamkeit begann, halfen jedoch auch Verweise auf Genehmigung oder Weisung von oben nichts, zumal diese niemals schriftlich erlassen wurden, sondern lediglich jemand mit dem Kopf nickte, ins Telefon brummte: »Nun, wie auch immer« oder bestenfalls sagte: »Entscheiden Sie selbst, wir haben nichts dagegen.« Dieses Nicken oder Brummen hinterließ keinerlei Spuren, und deshalb hatten später dann die Zuständigen in den Institutionen oftmals schwer für die »Verseuchung« der ihnen unterstellten Belegschaft durch »ein fremdes Element« zu büßen. Wir waren so viele Jahre lang »fremde Elemente«, dass wir diesen Mechanismus allzu gut kannten. Er machte im Laufe der Jahre eine gewisse Evolution durch, und die Macht des Staates über den Menschen nahm immer deutlicher ausgeprägte Formen an. Seit dem XX. Parteitag jedoch hat sich die Lage entscheidend verändert, und eine neue Epoche ist angebrochen. Meine Ausführungen beziehen sich auf die Stalin-Ära, und die unterschiedlichen Phasen, die sich auf O. M.s Schicksal niederschlugen, illustrieren den Prozess der Knechtung der Literatur. Gleiches vollzog sich auch in anderen Bereichen der Kultur, vielleicht auf etwas andere Weise, aber im Wesentlichen war die Entwicklung dieselbe.

Als wir 1922 aus Georgien zurückkehrten, nahmen alle Zeitschriften O. M.s Namen in die Liste ihrer Mitarbeiter auf, aber es wurde immer beschwerlicher, Gedichte von ihm zu veröffentlichen. Woronskij stand dafür exemplarisch – er lehnte alles ab. »Was soll ich gegen ihn unternehmen?«, klagte der Redaktionssekretär Sergej Antonowitsch Klytschkow. »Er behauptet, die Gedichte seien nicht aktuell.« 1923 wurde O. M.s Name aus den Mitarbeiterlisten aller Zeitschriften gestrichen. Das geschah wie koordiniert überall zur selben Zeit, was deutlich zeigt, dass dies kein Zufall sein konnte. Vermutlich hatte im Sommer eine Beratung zu ideologischen Fragen stattgefunden, nach der im Bereich der Literatur unterteilt wurde in jene, die dazugehörig, und jene, die »fremde Elemente« waren. Im Winter 23/24 teilte Bucharin, der damals Redakteur der Zeitschrift »Proshektor« war, O. M. mit: »Ihre Gedichte kann ich nicht veröffentlichen. Lassen Sie uns Übersetzungen machen.« Aller Wahrscheinlichkeit nach betraf die Beschränkung zunächst lediglich die Periodika, sodass der Gedichtband (»Zweites Buch«), für den O. M. im Jahr 22 einen Vertrag erhalten hatte, 1923 erscheinen konnte. Zwei Jahre später jedoch sagte Narbut, der damals den Verlag »Semlja i fabrika« leitete, das Gleiche wie Bucharin: »Deine Gedichte kann ich nicht veröffentlichen, aber Übersetzungsaufträge kann ich dir geben, so viele du möchtest.« Zu der Zeit schrieben alle Zeitungen, Mandelstam habe sich von der Poesie abgewandt und übersetze nur noch. Diese Behauptung der Presse wurde in der Emigrantenzeitung »Nakanune« wiederholt, was O. M. sehr betrübte. Bereits in jenen Tagen war alles ziemlich beschwerlich. »Man lässt mich nur noch übersetzen«, klagte O. M. Darüber hinaus standen die Dinge indes auch in Hinblick auf Übersetzungen nicht allzu gut. Zum einen gab es selbstverständlich Konkurrenten, zum anderen gehörte O. M. nie zu denen, die mit Aufträgen zu versorgen angewiesen worden war. Seit der zweiten Hälfte der zwanziger Jahre wurde es immer schwieriger, Übersetzungsaufträge zu erhalten, offensichtlich war nun auch O. M.s Recht in Frage gestellt, überhaupt irgendwelche Einkünfte zu erzielen. Kinderbücher boten keine Alternative. Marschak hatte »Luftballons« und »Die beiden

Trams« vollkommen entstellt. Die einzige Nische boten mittellose Privatverlage, solange diese noch existierten. Den einen oder anderen Artikel konnte O. M. in Kiew und in kleinen Theaterzeitschriften unterbringen. Ein umfassendes Publikationsverbot gab es also nicht, sondern lediglich »Empfehlungen«, auf »Aktualität« zu achten. Der Kampf für die »reine Linie«, der mit Stalins Artikel im »Bolschewik« eröffnet worden war, in dem er anordnete, nicht der vorgegebenen Linie Entsprechendes dürfe nicht mehr veröffentlicht werden, stellte eine neue Etappe dar (1930). Ich arbeitete damals bei der Zeitschrift »SKP« und konnte den Gesprächen in der Redaktion entnehmen, dass die Partisanenzeit nun vorbei sei und zum gezielten Angriff übergegangen werden sollte. Gleichwohl gelang es noch, das eine oder andere Gedicht zu veröffentlichen. Für die Publikation der »Reise nach Armenien« in der Zeitschrift »Swesda« wurde der verantwortliche Redakteur Zesar Wolpe entlassen, der jedoch wusste, was er tat. Die Schlinge wurde langsam zugezogen. Mandelstam und Achmatowa waren die Ersten, die zu spüren bekamen, was es mit dem Stalinismus auf sich hatte, aber nach und nach spürten es auch alle anderen. Es gab viele, für die es von Vorteil war, dass der Schraubstock an die Literatur angelegt wurde. Sie würden eine Rückkehr zu den alten Zeiten noch in unseren heutigen Tagen begrüßen und kämpfen nun für ihre Positionen und die alten Verbote.

Während der Verbannung war an Veröffentlichung nicht zu denken. O. M. erhielt auch keine Übersetzeraufträge mehr und sein Name wurde außer in einigen Schmähartikeln die ganzen Jahre über nicht mehr erwähnt. Mittlerweile ist sein Name nicht mehr verboten, wird aber aus lauter Trägheit nicht mehr genannt. In Kreisen um Kotschetow ruft er bis heute Ärger hervor. Ehrenburg beispielsweise wurde insbesondere wegen ein paar Worten über Mandelstam und Zwetajewa angeprangert. Im Winter 36/37 hatten wir keinerlei Einkommen mehr. Ich fand erst im Jahr 39 wieder eine Arbeit, nachdem offiziell erklärt worden war, den Ehefrauen von zur Verbannung Verurteilten stünde das Recht auf Arbeit zu; in den Phasen erhöhter Wachsamkeit wurde ich stets entlassen. Da der Staat allein über die Arbeit gebot, war das »Klagen an den Mauern des Kremls« das Einzige, was blieb. Als Möglichkeiten, die Existenz zu sichern, blieb (heute gibt es diese Möglichkeiten nicht mehr): ein kleines Haus auf eigenem Grund und Boden, Gemüseanbau, eine Kuh, allerdings wurde Heu staatlicherseits zugewiesen; schwarz für andere schneidern, bis einem die Finanzbehörden auf die Schliche kamen, was auch für die schwarz tippenden Schreibkräfte galt, Schreibmaschinen kosteten in der Zeit vor dem Krieg jedoch ein Vermögen; und nicht zuletzt Bettelei, was in unserem Land jedoch nicht einträglich war, da nur treue Diener des Staates über ausreichend Geld verfügten, diese sich aber nicht durch Kontakte zu aus der Gesellschaft Ausgestoßenen kompromittieren wollten. Wir entschieden uns unter all diesen Möglichkeiten für das »Klagen«, solange dies noch möglich war, soll heißen, wir versuchten eine Entscheidung in dieser »prinzipiellen Frage« herbeizuführen. O. M. bemühte sich in Woronesch um diese Entscheidung, ich reiste mehrmals nach Moskau und sprach, solange man mich vorließ, mit Funktionären des Schriftstellerverbands wie Martschenko, Schtscherbakow und anderen. Sie setzten eine undurchdringliche Miene auf und beantworteten keine einzige meiner Fragen, leiteten aber dennoch alles an irgendjemanden in höherer Instanz weiter.

Im ersten Winter nach der Verurteilung wurde O. M. die Rente aberkannt. Ich versuchte, dies rückgängig zu machen, indem ich Schtscherbakow davon zu überzeugen suchte, »Verdienste für die Literatur« könnten nicht aberkannt werden und demzufolge könne eine für diese Verdienste zuerkannte Rente nicht plötzlich entzogen werden. Meine scharfsinnige Argumentation machte keinerlei Eindruck auf diesen arroganten Kerl. »Von welchen Verdiensten kann hier denn überhaupt die Rede sein!«, parierte er. »Schließlich ist Mandelstam aufgrund seiner Werke verbannt worden.« Bei uns allen, auch bei mir selbst, war das Verständnis der Rechtsnormen vollkommen durcheinandergeraten, und ich würde bis heute gern wissen, ob es möglich ist, jemandem, der verurteilt wurde, die bürgerlichen Rechte gleichwohl nicht aberkannt wurden, die ihm zuerkannte Rente zu entziehen.

Nicht von ungefähr habe ich Schtscherbakow als arroganten Kerl bezeichnet. Schon rein äußerlich hatten sich die Funktionäre verändert. Bis in die Mitte der zwanziger Jahre hatten wir es überall mit Männern zu tun, die zuvor im revolutionären Untergrund gekämpft hatten und von entsprechenden jungen Kräften umgeben waren. Sie waren schroff und davon überzeugt, ihre Position sei unanfechtbar, sie scheuten keinen Streit, agitierten, legten oftmals eine grobe Art an den Tag. Sie gemahnten an Seminaristen und an Pissarew. Nach und nach wurden sie von Blondschöpfen mit runden Gesichtern abgelöst, die ukrainische Bauernblusen trugen. Diese jungen Männer in ihren Bauernblusen waren ungebührlich fröhlich und beliebten zu scherzen, sie legten ein unnatürliches Gebaren und absichtsvolle Grobschlächtigkeit an den Tag. Ihren Platz wiederum nahmen schweigsame Diplomaten ein, jedes Wort von ihnen war Gold wert, denn sie waren bemüht, nichts Überflüssiges zu sagen, keine Versprechungen zu machen, zugleich jedoch den Eindruck zu hinterlassen, sie verfügten über Autorität und Einfluss. Einer der Ersten dieses Typs von Funktionär war Schtscherbakow. Als ich ihn zum ersten Mal aufsuchte, saßen wir einander einige Minuten lang gegenüber und schwiegen. Ich wollte, dass er das Gespräch eröffnete, aber diesen Gefallen tat er mir nicht, denn er wiederum wünschte, der Bittstellerin die Möglichkeit zu geben, ihr Anliegen vorzutragen. Obgleich mir von vornherein klar war, dass jeglicher Versuch, eine Antwort zu erhalten, zum Scheitern verurteilt war, fragte ich, wie es sich mit den Veröffentlichungen von O. M.s Werken verhalte. Er legte mir dar, das einzige Kriterium bei der Veröffentlichung literarischer Werke sei ihre Qualität. Mandelstams Verse hielten diesem Kriterium offensichtlich nicht stand, da sie nicht veröffentlicht würden. Dasselbe erklärte mir Martschenko, allerdings nicht mit der gleichen gewählten Betonung. Einmal lebte Schtscherbakow plötzlich auf, nämlich bei meiner Antwort auf die Frage, worüber O. M. schreibe. Meine Antwort »Über die Kama« missverstand er und begann zu lächeln. »Über den Partisan?«, fragte er zurück, aber sein Lächeln verschwand sogleich wieder, als er begriff, dass die Rede von der Kama war. »Wie? Über den Fluss?«, fragte er verständnislos. Die Tatsache, dass er für einen Augenblick aufgelebt war, ließ uns vermuten, dass in jenen Tagen von O. M. erwartet wurde, dass er Lobgesänge und Hymnen schrieb, und man ob der Tatsache, dass er ebendies nicht tat, verwundert war. Zu diesem Schritt entschloss er sich erst im Jahr 37, aber da wurde das bereits nicht mehr zur Kenntnis genommen.

Trotz allem gelang es O. M. und mir mit vereinten Kräften, den Widerstand zu brechen und einen gewissen Erfolg zu erringen: O. M. erhielt eine Anstellung am Stadttheater. Er wurde Leiter der Abteilung Literatur, hatte aber keinerlei Vorstellung davon, was er dort tun sollte. Tatsächlich plauderte er lediglich mit den Schauspielern, und diese mochten ihn sehr. Des Weiteren fanden wir eine weitere Einnahmequelle, nämlich den örtlichen Rundfunksender. Diese Art der anonymen Tätigkeit war selbst denen zugänglich, die in der Verbannung lebten, freilich nur in ruhigeren Phasen, während derer in der Presse nicht stets und ständig das Wort »Wachsamkeit« zu hören und zu lesen war. Für das Radio verfassten wir gemeinsam einige Sendungen. Über Goethes Jugend, Gulliver für Kinder und Ähnliches. O. M. schrieb Einführungen zu Konzerten oder Opern, beispielsweise zu Glucks »Orpheus und Eurydike«, und es machte ihn glücklich, wenn er durch die Straßen ging und überall aus den Lautsprechern seine Worte über die Liebe zu Eurydike zu hören waren. Damals übersetzte er auch ein paar neapolitanische Lieder für eine in der Verbannung lebende Altistin.

Auch wenn diese Zeit in Woronesch einigermaßen glücklich war, war das Leben doch nicht einfach. Das Einkommen am Theater betrug 300 Rubel.

Das reichte gerade einmal für die Miete (wir bezahlten zwischen 200 und 300 Rubel für unsere Behausungen) und für Papirossy. Vom Radio bekamen wir auch 200 bis 300 Rubel, ich schrieb darüber hinaus Gutachten für den internen Gebrauch der Zeitungsredaktion und Antworten auf »unaufgeforderten Zufluss« von Autodidakten. Alles zusammen bot eine bescheidene Lebensgrundlage: Rührei zum Mittagessen, Tee, Butter. Eine Dose Konservenfisch war für uns ein Festmahl. Wir kochten Kohlsuppe und mitunter, wenn wir es gar nicht mehr aushielten, kauften wir eine Flasche georgischen Weins. Wir fütterten sogar Sergej Borissowitsch Rudakow durch, dem seine Frau 50 Rubel monatlich zukommen ließ, was gerade einmal für seine Schlafstatt reichte. In jenem Jahr – wir lebten damals bei dem »Agenten« – waren wir kaum einmal allein, ständig hatten wir Schauspieler oder Musiker, die auf Gastspielreise waren, zu Besuch. Woronesch war eine der wenigen Städte, die über ein Symphonieorchester verfügten, und alle machten bei ihren Gastspielreisen hier Station.

O. M. besuchte nicht nur Konzerte, sondern auch die Proben, denn er fand es interessant, wie unterschiedlich die Dirigenten mit dem Orchester arbeiteten. Er hatte die Idee, einen Prosatext über Dirigenten schreiben, konnte diesen Plan aber nicht mehr umsetzen, da seine Zeit zu kurz war. Als Leo Ginzburg mit seinem Namensvetter Georgij Ginzburg anlässlich einiger Konzerte in der Stadt war, verbrachten sie viel Zeit bei uns, und die Festmahle wurden ergänzt durch eingelegtes Kompott, das sie sehr mochten. Maria Wenjaminowna Judina kam eigens zu Konzerten nach Woronesch, um O. M. wiederzusehen, und spielte viel für ihn. In unserer Abwesenheit – wir waren auf dem Land – wollte uns der Sänger Migaj besuchen, und wir bedauerten sehr, dass er uns nicht antraf. Die Begegnungen mit diesen Menschen bereicherten unser Leben sehr. O. M. war ein sehr geselliger Mensch und konnte ohne andere nicht leben.

Die Zeit unseres Wohlergehens ging im Herbst 36, als wir aus Sadonsk zurückkehrten, zu Ende. Der Rundfunksender der Stadt wurde nach der Zentralisierung aller Radioprogramme aufgelöst, das Theater ging zugrunde, die Honorare aus der Zeitung versiegten. Es kam alles zur selben Zeit. Wir gingen alle Möglichkeiten durch, wie wir überleben könnten, und O. M. meinte: »Wir brauchen eine Kuh!« So begannen wir, von einer Kuh zu träumen, bis uns einfiel, dass diese ja Heu braucht.

Wie schwierig das Leben in dieser sogenannten Phase des Wohlergehens auch gewesen sein mag, war die Atempause, die wir in Woronesch hatten, doch ein unerhörtes Glück. Schon allein die Stadt gefiel O. M. sehr. Er mochte alles, das wenigstens ein bisschen daran erinnerte, dass es andere Länder gab, und es erfreute ihn, dass Woronesch eine Grenzstadt aus Zeiten Peters des Großen war, wo der Zar die Asow-Flotte hatte bauen lassen. O. M. schien es, er fühle hier den freien Atem einer modernen Stadt, und er lauschte aufmerksam dem südrussischen Dialekt, der dem Ukrainischen ähnlich ist. Die Sprachgrenze verlief etwas südlicher, und in den Fragen der Bauersfrauen, die mit ihren Fingern die Trockenfrüchte betasteten, gerieten Russisch und Ukrainisch durcheinander. In einem Dorf namens Nikolskoje notierte O. M. alle Straßennamen, die zwar bereits umbenannt waren, aber die alten Namen waren im Gedächtnis der Bewohner noch präsent. Die Bewohner dieses Dorfes waren stolz auf ihre Abkunft von einstmals Verbannten und Flüchtlingen der petrinischen Zeit, und die Straßen waren nach den Verbrechen benannt gewesen: Räuber-, Veruntreuer-, Falschmünzergasse. Die Hefte mit den Tagebuchaufzeichnungen sind mit der zweiten Verhaftung abhandengekommen, und ich habe die altrussischen Worte und Wendungen, die die Bewohner von Nikolskoje noch mit Leichtigkeit verwendeten, vergessen. Einige gehörten der Sekte der Priguny an, und sie hatten Gedichte geistlichen Inhalts über ihre Versuche geschrieben, in den Himmel aufzusteigen. Kurz vor unserem Aufenthalt in dem Dorf hatte sich dort ein Drama abgespielt. Sie glaubten, an einem bestimmten Tag würden sie in den Himmel aufsteigen, und hatten, da sie fest davon überzeugt waren, am nächsten Tag nicht mehr auf dieser Erde zu sein, ihre gesamte Habe an die Nachbarn verschenkt, die nicht über Flügel verfügten. Nachdem ihr Aufstieg doch nicht eingetreten war, beeilten sie sich, die Geschenke, die sie gemacht hatten, wieder zurückzuholen, und es kam zu fürchterlichen Schlägereien. Das jüngste Gedicht, das wir gehört hatten, berichtete davon, wie einer der Priguny sich von seinem Bienenstock verabschiedet, bevor er ihn einem anderen zum Geschenk macht. O.M. zitierte dieses Gedicht, das sich ihm nach einmaligem Hören eingeprägt hatte, oft. Es berichtete davon, dass der Prigun nicht in den Himmel auffahren wollte, denn ihm gefiel es auf dieser Erde, wo sein Bienenstock, seine Frau und Kinder waren.

Im Winter war Woronesch eine einzige riesige Eisfläche, allerorten Glätte und jenes Kristallglas, auf dem Achmatowa »zögernd geht«. Selbst in den Hauptstädten gab es damals nicht genug Hausmeister, die mit Schneeschaufeln und Sand die Gehwege freihalten konnten. O.M. fürchtete weder Eis noch Wind. Von Zeit zu Zeit gefiel ihm die Stadt, zumeist jedoch verfluchte er sie und wollte fliehen. Es zermürbte ihn, dass er wie hinter verschlossenen Türen angebunden war. »Ich bin meiner Natur nach ein Wartender«, sagte er, »und man hat mich nach Woronesch gebracht, damit ich hier meine Zeit mit Warten zubringe.« Und tatsächlich war unser Leben so, dass wir immerfort auf etwas warteten – auf Geld, die Antwort auf einen Brief oder eine Eingabe, auf ein gnädiges Kopfnicken oder auf die Rettung. Ich habe nie einen anderen Menschen gesehen, der so begierig im Augenblick lebte wie O.M. Er fühlte fast körperlich, wie die Zeit verging, jede Minute des Lebens. In dieser Hinsicht war er ganz das Gegenteil von Berdjajew, bei dem es in einem seiner Werke heißt, er habe sich nie mit der Zeit an sich abfinden können, und jede Sehnsucht sei Sehnsucht nach Ewigkeit. Ich glaube, für jeden Künstler ist die Ewigkeit in jedem Augenblick spürbar, den er anhalten möchte, um ihn noch deutlicher wahrnehmen zu können. Das Verlangen des

Künstlers ist nicht das Verlangen nach Ewigkeit, sondern der vorübergehende Verlust des Gefühls, dass jeglicher Augenblick vollkommen, übervoll und von allem derart durchdrungen ist, dass er selbst eine Ewigkeit ist. In diesem Sehnen keimte wie selbstverständlich das Gefühl für die Zukunft auf, und O. M. wurde so zu einem »Wartenden«. In Woronesch verstärkten sich diese beiden Eigenschaften O. M.s, sein Zeitempfinden und sein Warten auf etwas, das die Zukunft bringt, und mitunter wollte er einfach nur weg, aber er konnte nicht, da er den Ort seiner Verbannung nicht verlassen durfte. Er war wie ein Vogel, der es in seinem Käfig nicht aushält, und war deshalb ununterbrochen mit dem Sammeln von Bescheinigungen und Attesten beschäftigt, weil er hoffte, wenigstens für ein paar Tage nach Moskau reisen zu können – wegen einer Mandeloperation, obgleich er nie an einer Angina erkrankt war, wegen einer medizinischen Behandlung oder um seine »literarischen Angelegenheiten« voranbringen zu können, wobei er vollkommen vergessen hatte, dass seine »literarischen Angelegenheiten« ein für alle Mal begraben waren. Eine Genehmigung für eine Reise nach Moskau konnte er selbstredend nicht erwirken. Aufgrund seiner Klagen wandten sich Anna Andrejewna und Boris Leonidowitsch gar persönlich an Katanjan und fragten, ob eine Überstellung O. M.s in eine andere Stadt möglich sei. Auch dies wurde abschlägig beschieden. Katanjans Kabinett, das jedem offenstand, existierte ausschließlich, um Eingaben und Anträge entgegenzunehmen und diese abschlägig zu bescheiden. So musste O. M. also die ganzen drei Jahre in Woronesch zubringen und durfte das von den Behörden zum Aufenthalt festgelegte Gebiet nur ein einziges Mal verlassen, nämlich zu einem Sanatoriumsaufenthalt in Tambow, den er gleich zu Beginn der Zeit in Woronesch antrat. Den Landkreis Woronesch bereiste er einige Male im Auftrag der Zeitung, für die er arbeitete, und einmal verbrachten wir einige Wochen auf dem Land bei Sadonsk. Das konnten wir uns leisten, weil Anna Andrejewna 500 Rubel von Pasternak für uns bekommen und selbst noch 500 Rubel beigesteuert hatte. Wir fühlten uns reich und verbrachten sechs Wochen in der Sommerfrische.

All unsere Bemühungen fanden im Sommer des Jahres 36 ihr Ende, als wir in Sadonsk die Meldung über die bevorstehenden Prozesse und den Anbruch einer neuen Epoche unseres Lebens im Radio hörten. Das Jahr 37 stand bevor. Zu dieser Zeit war O. M. bereits schwer erkrankt. Die Ärzte wollten oder konnten keine Diagnose stellen. Die Anfälle ähnelten einer Angina Pectoris. Er bekam schwer Luft, aber er arbeitete weiterhin. Er rieb sich auf, brannte aus, und er tat gut daran. Wie viel mehr Leid hätte er noch aushalten müssen, wäre er körperlich gesund gewesen.

Ein fürchterlich schwerer Weg stand ihm bevor, und heute wissen wir, dass der Tod sein einziger Ausweg war. Für Menschen von O. M.s und meiner Generation gab es nichts, für das es sich gelohnt hätte weiterzuleben. Selbst die Zeit des relativen Wohlergehens in der poststalinistischen Epoche, das Anna Andrejewna und ich als wahres Glück empfinden, hat er nicht mehr erlebt. Mir wurde dies in aller Eindrücklichkeit gegen Ende der vierziger, Anfang der fünfziger Jahre klar, als der Großteil derer – unter ihnen viele, die im Krieg gewesen waren –, die nach Ablauf ihrer Frist aus den Lagern zurückgekehrt waren, erneut zu Lagerhaft verurteilt wurden.

»O. M. hat recht daran getan, dass er gestorben ist«, sagte Kasarnowskij zu mir, der ihm im Durchgangslager begegnet war und selbst wohl zehn Jahre im Kolymagebiet zugebracht hatte. Hätten wir uns das alles vorstellen können, als wir noch in Woronesch waren? Auch wir glaubten doch, das Schlimmste liege bereits hinter uns. Genauer gesagt versuchten wir, wie alle anderen zum Untergang Verurteilten auch, nicht in die Zukunft zu blicken. Wir bereiteten uns nach und nach auf den Tod vor, indem wir jeden Augenblick in die Länge zu ziehen suchten, damit sein Geschmack auf unseren Lippen bliebe. Woronesch war ein Wunder, und ein Wunder war es, das uns dorthin verschlagen hatte.

Der Auftakt des Wunders

In seinem Brief an Stalin hatte Bucharin in einem Postskriptum hinzugefügt, der wegen Mandelstams Verhaftung beunruhigte Pasternak habe ihn aufgesucht. Mit diesem Zusatz deutete Bucharin an, welche Reaktion der Vorfall hervorgerufen hatte und wie die allgemeine Einschätzung war. Den herrschenden Gepflogenheiten entsprechend musste diese Information personalisiert werden. Der Hinweis, dass eine bestimmte Person beunruhigt sei, war möglich, die Stimmung oder Verärgerung einer ganzen Gruppe, der Intellektuellen oder Literaten, anzusprechen, galt als Fauxpas, denn einer Gruppe wurde nicht das Recht auf eine eigene Meinung hinsichtlich eines Ereignisses zugestanden. In diesen Angelegenheiten war mit subtilster Feinheit vorzugehen, die nur jemand, der in unserer Haut gesteckt hat, nachvollziehen kann. Bucharin kannte die vorgegebenen Regeln, die zu befolgen waren, damit Bemühungen von Erfolg gekrönt waren. Und sein Postskriptum ist die Erklärung dafür, warum Stalins Wahl für seinen Telefonanruf eben auf niemand anderen als auf Pasternak fiel.

Das Telefongespräch fand Ende Juni statt, als das Urteil bereits revidiert worden war. Pasternak berichtete in weiten Kreisen über dieses Gespräch, er suchte beispielsweise am selben Tag noch Ehrenburg auf, der sich damals in Moskau aufhielt. Aber den unmittelbar Beteiligten, also mir, meinem Bruder Jewgenij Jakowlewitsch oder Anna Andrejewna gegenüber erwähnte er es mit keinem Wort. Er rief zwar am selben Tag Jewgenij Jakowlewitsch an, der bereits von der Revision des Urteils wusste, und versicherte ihm, alles werde sich zum Guten wenden, beließ es aber bei dieser Versicherung. Mein Bruder hielt diese Worte für einen optimistischen Allgemeinplatz und maß ihnen keine Bedeutung bei. Ich selbst erfuhr von Stalins Telefonanruf bei Pasternak erst einige Monate später, als ich nach meiner Genesung von Typhus und Ruhr zwei Mal nach Moskau reiste. Ich unterhielt mich mit Schengeli, den ich zufällig traf, und dieser fragte mich, ob wir von dem Gerücht, Stalin habe

Pasternak angerufen, gehört hätten und ob es der Wahrheit entspreche. Als er hörte, dass Pasternak mir nichts davon erzählt hatte, war Schengeli davon überzeugt, dieses Gerücht entbehre jeglicher Grundlage. Ich aber beschloss, in die Wolchonka zu fahren, denn wo Rauch ist – zumal solch starker Rauch –, ist auch Feuer. Pasternak bestätigte bis ins kleinste Detail, was ich von Schengeli gehört hatte. Er berichtete mir von dem Gespräch in der direkten Rede, zitierte also sich selbst ebenso wie seinen Gesprächspartner. Dies entsprach genau dem, was Schengeli mir erzählt hatte. Ganz offensichtlich hatte Pasternak von dem Gespräch allen in derselben Version berichtet, und die in Moskau kursierende Version entsprach somit der Wahrheit. Ich gebe seine Erzählung im Folgenden wortgetreu wieder.

Pasternak wurde zum Telefon gerufen, und man sagte ihm auch, wer ihn zu sprechen wünsche. Gleich zu Beginn wies Pasternak darauf hin, dass er das Gesagte schlecht verstehen könne, da er aus einer Kommunalwohnung telefoniere und Kinder im Flur lärmten. In jenen Jahren wurde eine derartige Aussage noch nicht als Bitte um eine schnellstmögliche Verbesserung der Wohnsituation aufgefasst, die einem Wunder gleichgekommen wäre. Boris Leonidowitsch begann damals jedes seiner Telefongespräche mit dieser Klage. Anna Andrejewna und ich fragten einander bei seinen Anrufen immer leise: »Ist er mit dem Thema Kommunalwohnung schon fertig?« Er sprach also mit Stalin wie mit allen anderen.

Stalin teilte Pasternak mit, Mandelstams Verfahren werde der Revision unterzogen, und dieser brauche sich keine Sorgen zu machen. Darauf folgte unerwartet die vorwurfsvolle Frage, warum Pasternak sich nicht an die Schriftstellervereinigungen oder »an mich« gewandt und sich für Mandelstam eingesetzt habe. »Wäre ich ein Dichter und meinen Dichterfreund hätte ein Unglück ereilt, hätte ich alle Mauern überwunden, um ihm zu Hilfe zu kommen.«

Pasternaks Antwort war: »Die Schriftstellervereinigungen befassen sich schon seit 1927 nicht mehr mit derlei Fragen, und wenn ich mich nicht für ihn eingesetzt hätte, hätten Sie womöglich von der Angelegenheit keine Kenntnis erlangt.« Und er fügte etwas über das Wort »Freund« hinzu, um seine Beziehung zu O. M. zu verdeutlichen, die selbstverständlich nicht dem entsprach, was man unter Freundschaft versteht. Diese Anmerkung hatte nicht das Geringste mit der Sache zu tun, aber sie war ganz im Stile Pasternaks. Stalin unterbrach ihn mit der Frage: »Aber er ist doch ein Meister, oder nicht?« Pasternak erwiderte: »Darum geht es nicht.« – »Worum geht es dann?«, fragte Stalin. Pasternak sagte daraufhin, er würde sich gern einmal auf ein Gespräch mit Stalin treffen. »Ein Gespräch? Worüber?« – »Über Leben und Tod«, antwortete Pasternak. Stalin legte auf. Pasternak versuchte, nochmals mit ihm verbunden zu werden, konnte aber nur mit dem Sekretär sprechen. Stalin ging nicht mehr ans Telefon. Pasternak fragte den Sekretär, ob er über das Telefonat mit Stalin sprechen dürfe oder nicht, und wider Erwarten wurde er geradezu dazu aufgefordert, sich darüber zu verbreiten. Aus diesem Gespräch müsse man kein Geheimnis machen. Sein Gesprächspartner wünschte ganz offensichtlich, dass eine breite Öffentlichkeit davon erfuhr. Ein Wunder ist schließlich kein Wunder, wenn es niemand bestaunt.

Ähnlich wie in jenem Fall, als ich den Namen des einzigen Menschen, der O. M.s Stalin-Gedicht schriftlich festgehalten hatte, nicht genannt habe, weil ich ihn der Denunziation für unschuldig und somit nicht verantwortlich für O. M.s Verhaftung halte, führe ich hier die einzige Erwiderung Pasternaks nicht an, die, wenn man ihn nicht kennt, gegen ihn verwendet werden könnte. Diese Erwiderung war an sich vollkommen arglos, aber sie macht eine gewisse Selbstzufriedenheit und Egozentrik Pasternaks deutlich. Uns, die wir Pasternak gut kannten, schien diese Replik schlicht lachhaft.

Mittlerweile wissen wir alle, von welchem Wert Stalins Wunder war. Pasternak aber war nicht nur die Ehre zugefallen, die Kunde von dem Wunder in Moskau zu verbreiten, sondern auch eine Lektion erteilt zu bekommen. Das mit dem Wunder beabsichtigte Ziel war erreicht – die Aufmerksamkeit war vom Opfer auf den Wohltäter gelenkt, vom in die Verbannung Geschickten auf den, der das Wunder vollbracht hatte. Es war bezeichnend für jene Zeit, dass niemand, der über das Wunder sprach, die Frage stellte, warum Stalin im Falle eines Dichters es für notwendig erachtete, dass sein Dichterfreund Mauern überwinden sollte, um ihn aus dem Unglück, das ihn ereilt hatte, zu retten, während er seine eigenen Freunde und Genossen stillschweigend in den Tod schickte. Dieser Widerspruch fiel nicht einmal Pasternak auf, und als ich ihn darauf aufmerksam machte, war er unangenehm berührt. Meine Zeitgenossen nahmen Stalins Lektion über die Dichterfreundschaft tatsächlich für bare Münze und waren hingerissen von ihrem Herrscher, der solch Leidenschaft und Temperament an den Tag legte. O. M. und ich jedoch dachten an Lominadse, der zu jenem Zeitpunkt, als O. M. mit ihm darüber verhandelte, ob es möglich sei, dass er für eine Arbeit im Archiv in Tiflis bleiben könne, aus Tiflis zu seiner Hinrichtung nach Moskau zitiert worden war. Und außer Lominadse hatten wir noch all jene vor Augen, deren Köpfe bis dahin schon gerollt waren. Das waren schon in diesen Tagen nicht wenige, gleichwohl beginnt man bei uns erst ab dem Jahr 37 zu zählen, seit dem Stalin plötzlich nicht wiederzuerkennen gewesen sei und begonnen habe, seine Gegner zu vernichten.

Boris Leonidowitsch war mit dem Telefonat mit Stalin unzufrieden und machte seinem Ärger darüber, dass er es nicht vermocht hatte, ihn zu einem persönlichen Gespräch zu bewegen, bei vielen Bekannten Luft. Auch mir gegenüber regte er sich darüber auf. Über O. M.s Schicksal hingegen machte er sich keine Sorgen, da er den Worten seines Gesprächspartners, die Angelegenheit werde einen guten Verlauf nehmen, uneingeschränkt Glauben schenkte. Den eigenen Misserfolg empfand er als viel schlimmer. Wie viele andere unserer Landsleute hatte Boris Leonidowitsch ein geradezu krankhaftes Interesse an dem Eremiten im Kreml. Ich meine heute, dass Pasternak von Glück hätte reden können, dass es nicht zu dem von ihm vorgeschlagenen persönlichen Gespräch mit Stalin gekommen ist, aber zu der Zeit, als sich dies alles ereignete, machten wir uns von Vielem noch gar keinen Begriff. Manches lernten wir erst nach und nach zu verstehen. Und es stellt sich die Frage, wie es den absoluten Machthabern, die versprachen, das Paradies auf Erden zu schaffen, und zwar um welchen Preis auch immer, gelingen konnte, ihre Zeitgenossen derart zu verblenden. Heute wird wohl niemand in Zweifel ziehen, dass in dem Konflikt der beiden Dichter mit dem Machthaber die moralische Autorität ebenso wie das historische Empfinden und das Recht auf Seiten der Dichter waren. Aber Boris Leonidowitsch litt lange Zeit darunter, was er als Misserfolg empfand, und bekannte mir gegenüber, er habe nach diesem Gespräch lange keine Gedichte schreiben können. Das wäre verständlich, wenn Pasternak eigenhändig die Geschwüre der Zeit hätte befühlen wollen. Er hat dies bekanntermaßen später getan, dafür brauchte es aber keine Gespräche mit den Machthabern. Damals aber glaubte Pasternak offensichtlich noch, in seinem Gesprächspartner vereinigten sich Gegenwart, Vergangenheit und Zukunft, und er wollte sich die Gelegenheit nicht entgehen lassen, dieses lebende und atmende Wunder aus der Nähe zu bestaunen.

Heute wird behauptet, Pasternak habe es in dem Gespräch derart mit der Angst zu tun bekommen, dass er sich von O. M. losgesagt habe. Einige Zeit vor seiner Krankheit traf ich ihn auf der Straße, und er erzählte mir davon. Ich bot ihm deshalb an, das Gespräch gemeinsam schriftlich festzuhalten, aber das wollte er nicht. Möglicherweise wollte er so, wie die Dinge nunmehr lagen, schlicht nicht mehr an das, was in der Vergangenheit lag, denken.

Was also kann man Pasternak zur Last legen, insbesondere, wenn man bedenkt, dass Stalin sogleich von der Revision und von der Gnade, die er walten ließ, berichtete? In den Versionen des Telefongesprächs, die heute im Umlauf sind, heißt es, Stalin habe gefragt, ob Pasternak für O. M. bürgen könne, und Pasternak habe dies verneint. Nichts davon ist zutreffend, davon war auch nicht im Ansatz die Rede.

O. M. war mit Pasternaks Verhalten während des Telefongesprächs, so, wie ich es ihm geschildert habe, absolut einverstanden. Besonders freute ihn der Satz, die Schriftstellervereinigungen befassten sich schon seit 1927 nicht mehr mit derlei Fragen. »Das ist eine zutreffende Aussage«, amüsierte er sich. Er ärgerte sich lediglich über die Tatsache, dass das Gespräch stattgefunden hatte. »Warum hat man Pasternak in diese Sache hineingezogen? Ich muss selbst irgendwie zurechtkommen, er hat doch gar nichts damit zu tun.« Und dann sagte er noch: »Er hat vollkommen recht, wenn er gesagt hat, dass es nicht darum gehe, ob jemand ein Meister ist oder nicht. Warum hat Stalin davor solchen Respekt? Das ist vielleicht so etwas wie Aberglaube. Er meint wohl, wir hätten Zauberkräfte.« Und dann sagte er noch: »Das Gedicht hat offensichtlich Eindruck hinterlassen. Sonst hätte er wohl kaum die Sache mit der Revision derart herumposaunt.« Wie die Angelegenheit weitergegangen wäre, hätte Pasternak ein Loblied auf O. M. und seine Meisterschaft gesungen, steht in den Sternen. Womöglich wäre es mit O. M. ganz wie mit Michoels sogleich zu Ende gewesen, zumindest aber wären umfassendere Maßnahmen zur Vernichtung der Manuskripte ergriffen worden. Ich bin sicher, dass diese nur aufgrund der ständigen Schmähungen von Seiten der LEF und des Symbolismus überdauern konnten. Wenn man davon ausging, dass O. M. bereits vernichtet und totgetreten war, weil er, wie es hieß, ein »Dichter der Vergangenheit« sei, war es nicht notwendig, nach Manuskripten zu suchen und jegliche Spuren auszulöschen. Die Machthaber vernichteten all das, was ihnen durch Zufall in die Hände fiel, und waren es zufrieden. Hätten sie eine höhere Meinung vom dichterischen Werk Mandelstams gehabt, so hätten weder ich noch die Gedichte überlebt. Dann wäre die Asche in alle Winde verstreut worden, wie es damals hieß.

Die im Ausland kursierende Version des Telefonats Pasternaks mit Stalin ist vollkommen abwegig. Dort heißt es, O. M. habe das Stalin-Gedicht bei einem Besuch bei Pasternak vorgetragen, bei dem auch andere Gäste zugegen waren, und daraufhin sei Pasternak als Gastgeber in den Kreml zitiert und dort quälenden Fragen unterzogen worden. Jedes Wort davon zeugt von völliger Unkenntnis der Lebensumstände unserer Zeit. Wer verfügt heutzutage über ausreichend Phantasie, um sich auszumalen, wie sehr wir uns zurücknahmen? Allein den Namen Stalin wagte niemand auszusprechen, ganz zu schweigen davon, dass niemand ein Gedicht wie dieses anlässlich eines Besuchs rezitiert hätte. So etwas hätte einzig ein Agent provocateur tun können, und selbst dieser hätte es wohl nicht gewagt.

Darüber hinaus wurde man »zu Befragungen« nicht in den Kreml zitiert, denn dies war der Ort für festliche Empfänge und Ordensverleihungen. Zu Verhören wurde man in die Lubjanka einbestellt, Pasternak jedoch erhielt in Mandelstams Angelegenheit keine Vorladung dorthin. Pasternak ist wegen des Telefongesprächs mit Stalin also absolut nicht zu bedauern – es hat ihm nicht geschadet. Überdies hatte es sich so ergeben, dass wir kein einziges Mal bei Pasternak zu Gast waren, während er nur einige wenige Male bei uns gewesen ist. Und das war uns sehr recht.

Antipoden

In mancher Hinsicht waren O. M. und Pasternak Antipoden. Antipoden befinden sich an zwei einander gegenüberliegenden Punkten desselben Raumes, sie können mit einer Linie miteinander verbunden werden. Sie haben ähnliche Eigenschaften und existieren nebeneinander. Keiner der beiden hätte ein Antipode beispielsweise von Fedin, Oschanin oder Blagoj sein können.

Zwei seiner Gedichte hat O. M. gewissermaßen als Antwort auf Pasternak geschrieben, eines auf ein Gedicht, das andere als

Fortsetzung eines Gesprächs, das sie nicht beendet hatten. Ich gehe zunächst auf Letzteres ein, also auf das Gedicht über die Wohnung. Es entstand als Reaktion auf eine zufällige Bemerkung Pasternaks, als er einmal bei uns in der neuen Wohnung in der Furmanow-Gasse vorbeischaute. Den Abschied im Flur zog er mit irgendwelchen Bemerkungen in die Länge. »Nun denn, jetzt, wo man eine Wohnung hat, kann man Gedichte schreiben«, sagte er im Gehen.

»Hast du gehört, was er gesagt hat?« O. M. war wütend. Er konnte Klagen über äußere Umstände, darüber, dass der Alltag schwer zu organisieren sei, über die Wohnsituation, Geldnot und wie sehr all dies von der schöpferischen Arbeit abhalte, nicht ertragen. Er war der Überzeugung, dass nichts einen Künstler daran hindern könne, das zu tun, was er tun muss, sowie umgekehrt auch äußerliches Wohlergehen nicht Stimulus für schöpferische Arbeit sein könne. Das bedeutet jedoch nicht, dass er etwas gegen äußerliches Wohlergehen einzuwenden gehabt hätte. Unter den Schriftstellern um uns herum wurde ein erbitterter Kampf um Zuweisungen geführt, die zur Verbesserung der materiellen Lebensgrundlage beitrugen, und in diesem Kampf galt die Zuweisung einer Wohnung als Hauptgewinn. Einige Zeit später erhielten manche für ihre besonderen Verdienste ein Sommerhaus. Pasternaks Worte hatten ins Schwarze getroffen. O. M. verfluchte die Wohnung und meinte, dass diejenigen sie hätten bekommen sollen, für die sie eigentlich vorgesehen war, nämlich die aufrichtigen Verräter, die, die nur so taten, als seien sie Künstler.

Das Verfluchen der Wohnung war kein Bekenntnis zur Obdachlosigkeit, sondern das Erschrecken vor dem Preis, der für die Wohnung gefordert wurde. Ohne Gegenleistung erhielt man nichts – weder Wohnung noch Sommerhaus noch Honorar.

In Pasternaks Roman geht es auch um das Wohnungsthema, besser gesagt um den Schreibtisch, den der geistig arbeitende Mensch brauche. Pasternak selbst konnte ohne Schreibtisch nicht arbeiten, er war ein Mensch der Schrift. O. M. hingegen verfasste seine Gedichte im Gehen, und erst wenn sie fertig waren, setzte er sich kurz, um sie niederzuschreiben. Selbst in der Art, wie sie arbeiteten, waren die beiden Antipoden. Und Mandelstam hätte in einer Zeit des äußersten Unrechts der gesamten Bevölkerung gegenüber wohl kaum das besondere Recht des Schriftstellers auf einen Schreibtisch verteidigt.

Das zweite Gedicht, das in Reaktion auf Pasternak verfasst wurde, lautet »Draußen herrscht Nacht. Herrisch und taub!« Es ist eine Antwort auf Pasternaks Verse, in denen es heißt, »Reim ist nicht Wiederholung an den Zeilenenden, sondern eine Garderobenmarke, ein Billett für einen Platz bei den Säulen.« Pasternak zeichnet hier ein deutliches Bild des großen Saales des Moskauer Konservatoriums, in den wir stets Einlass fanden, auch wenn wir keine Eintrittskarten hatten, was zugleich Symbol ist für die gesellschaftlich anerkannte Stellung des Dichters. Auf diesen »Platz bei den Säulen« erhob O. M. mit seinen Gedichten keinen Anspruch. In seinen Ansichten zu äußerlichem Wohlergehen und der Frage, ob man die Gegenwart anzunehmen habe, stand O. M. Zwetajewa näher als Pasternak; Zwetajewas Ablehnung indes war eher abstrakt. O. M. hingegen ging in die direkte Konfrontation mit der Epoche, machte ihre charakteristischen Eigenschaften deutlich und rechnete mit ihr ab.

Schon 1927 habe ich zu Pasternak gesagt: »Nehmen Sie sich in Acht, sie werden Sie noch adoptieren.« Er erinnerte mich mehrfach an diese Worte, das letzte Mal wohl dreißig Jahre später, nachdem »Doktor Schiwago« bereits erschienen war. In dem Gespräch, als ich dies zum ersten Mal sagte – wir unterhielten uns damals über O. M. und ihn –, sagte ich auch, dass er, also Pasternak, ein vertrautes Moskauer Hausgewächs sei, der sein komfortables Sommerhaus schätze. Sein Moskauer Hintergrund sei die Ursache, warum ihn die Literaturfunktionäre verstehen und bei ihm zu Zugeständnissen bereit seien. Gleichwohl sei ein Zerwürfnis zwischen ihnen unausweichlich, da sie in Bereiche vordringen, in die Pasternak ihnen nicht zu folgen imstande sei. Mandelstam hingegen war ein Nomade, ein Unsteter, vor dem sogar die Wände der Moskauer Häuser erschreckt zurückweichen. Später begriff ich, dass es sich mit O. M. anders verhielt, dass er nämlich ganz bewusst zu einem Nomaden gemacht worden war. Hinsichtlich Pasternaks hatte ich gar nicht den Anspruch, Kassandra zu spielen, sondern ich war lediglich ein wenig früher als er mit der Realität konfrontiert worden. Ähnlich der Wäscheverwalterin, die mir in ihrer Erfahrung voraus war. Ich aber war davon überzeugt, dass früher oder später allen die Augen aufgehen würden, wobei viele jedoch nicht darüber sprechen würden, dass sie sehend geworden sind. Bei einer unserer letzten Begegnungen erinnerte Pasternak mich an meine Worte über die Unausweichlichkeit des Zerwürfnisses.

Wie in der Puppe bereits der Schmetterling enthalten ist, war das Schicksal dieser beiden Menschen durch ihre physische Struktur vorgegeben. Es war beider Verhängnis, Schriftsteller zu sein – Pasternak versuchte jedoch bis zu einem gewissen Zeitpunkt, sich zu arrangieren, während O. M. sofort das Weite suchte. Pasternak war klar, dass es ihm nur in der Literatur möglich war, eine gewisse Sicherheit, besonders in materieller Hinsicht, zu erringen. Er zog sich nie aus dem Literaturbetrieb zurück. Doktor Schiwago ist ja auch nicht Arzt, sondern Dichter. Aber Boris Leonidowitsch sagte sich nie von der Literatur los, sondern lediglich Schiwago, und auch das erst, nachdem sein Autor erkannt hatte, dass das Zerwürfnis unausweichlich war.

In seiner Jugend hatte Pasternak sich immer wieder den Kopf darüber zerbrochen, durch welche literarische Form er Anerkennung und ebenjene Sicherheit erlangen könne. In einem Brief hat er damals O. M. sogar mitgeteilt, er werde eine Anstellung als Redakteur annehmen. Es steht außer Frage, dass dies die Phantasien eines grünschnäbeligen jungen Mannes waren. Auch in ihren phantastischen Plänen unterschieden Pasternak und O. M. sich grundlegend voneinander. O. M. sträubte sich sein ganzes Leben lang gegen den Literaturbetrieb und Tätigkeiten wie Übersetzung, Lektorat, Versammlungen im Herzen-Haus oder Stellungnahmen, wie sie die Epoche forderte. Pasternak stand unter dem Einfluss zentripetaler, O. M. unter jenem zentrifugaler Kräfte. Und dementsprechend wurde im Literaturbetrieb mit ihnen verfahren – Pasternak gegenüber war man zunächst gnädig, während man Mandelstam von Anbeginn an zu vernichten suchte. »Pasternak ist uns tatsächlich ja auch irgendwie fremd«, bemerkte Fadejew einmal mir gegenüber, als er ein paar von O. M.s Gedichten überflog, »aber er steht uns trotzdem näher, und mit ihm kann man Kompromisse finden.« Fadejew war, als er dies sagte, Redakteur der »Krasnaja Now«, Mandelstam zu jener Zeit bereits ein verbotener Dichter. Da O. M. krank war, hatte ich Fadejew einige Gedichte vorbeigebracht, und zwar jene, die heute im ersten Band der »Neuen Gedichte« zusammengefasst sind. Fadejew schenkte weder dem Gedicht »Wolf« noch dem gesamten »Wolfszyklus« Beachtung. Ihn interessierte lediglich ein Achtzeiler: »Auf fein geripptem Polizistenpapier / (Nacht herrscht, verschluckt all das Stachelgetier) / Singen Sternchen – Kanzleivögel stets stramm am Örtchen, / Schreiben und schreiben da ihre Rappörtchen. // Solang sie es möchten noch dauert der Fluch, / Reichen sie weiter Gesuch um Gesuch – / Für ihr Geschreibsel, Geflimmer, Gewimmer / Gibt's die Erlaubnis stets neu und auf immer.« Dass O. M. mir dieses Scherzgedicht mitgegeben hatte, war reine Provokation. »Warum schreibt er ›Rappörtchen‹ mit zwei p?«, und kam dann gleich selbst darauf, dass damit auf die RAPP Bezug genommen wurde. Kopfschüttelnd und mit den Worten: »Mit Pasternak haben wir es sehr viel leichter. Er schreibt über die Natur«, gab er mir das Gedicht zurück. Es ging jedoch nicht nur um die Thematik der Gedichte, ja nicht einmal um die Gedichte an sich, sondern darum, dass es bei Pasternak auf diese oder jene Weise immerhin noch Berührungspunkte mit der profanen ebenso wie mit der traditionellen Literatur gab und dadurch auch mit den Vertretern der RAPP, während Mandelstam diese Berührungspunkte nicht habe. Pasternak wollte Freundschaft, Mandelstam schlug diese aus. Die Frage, wer von beiden recht hatte, ist unerheblich. Denn sie ist falsch gestellt. Bemerkenswert indes ist, dass beide am Ende ihres Lebens Dinge getan haben, die in Widerspruch zu ihrem gesamten Leben davor standen: Während Pasternak einen Roman schrieb und im Ausland publizierte, wodurch es zum offenen Bruch kommen musste, war Mandelstam letztendlich zu Zugeständnissen bereit, aber als er dazu bereit war, war es, wie sich herausstellte, bereits zu spät. Im Grunde genommen versuchte Mandelstam sich in dem Augenblick zu retten, als die Schlinge bereits um seinen Hals gelegt worden war. Aber er hat diesen Versuch unternommen. Bei Achmatowa gestaltete sich die Situation etwas anders. Auf sie wurde Druck ausgeübt, indem man Ljowa als Geisel nahm. Ohne die Geiselhaft ihres Sohnes hätten ihre sogenannten »positiven« Gedichte niemals das Licht der Welt erblickt. In einer Sache blieb Pasternak sich sein Leben lang treu, nämlich in seiner Beziehung zur Intelligenzija oder besser gesagt zu jenen Intellektuellen, deren Leben nach der Revolution seine Behaglichkeit verloren hatte und deren ruhiger Alltag erschüttert war. Pasternak ließ die Entwicklungen, die die Intelligenzija als Gesamtheit betrafen, stets unbeachtet – für ihn waren Menschen wie Universitätsprofessoren Langweiler oberflächlichen Denkens, die der Freundschaft mit Schiwago nicht würdig waren. Das Leben der Familie Schiwago ist zerstört, und die Verantwortung dafür weist der Autor dem aufständischen Volk zu. Zwischen dem Intellektuellen und dem Volk will Pasternak die Schutzmauer des Staates errichten. Welche Rolle spielt der jüngere Bruder Schiwagos, ein Mann von aristokratischem Äußeren und mit den Augen eines Kirgisen, der immer wieder wie ein guter Geist mit Lebensmittelpaketen, Geld, guten Ratschlägen und seinen guten Beziehungen zu Hilfe eilt? »Das Geheimnis seiner Macht blieb unerklärlich«, heißt es bei Pasternak. Zugleich aber ist seine Verbindung mit den Siegern und dem Staat im gesamten Roman sehr deutlich, und die Unterstützung, die er dem Bruder zukommen lässt, gehört ganz offensichtlich zu jenen »vom Staat bewirkten Wundern«, für die es Telefonanrufe, Transmissionsriemen und die auf Vorschlag von Gorki gegründeten Kommissionen zur Verbesserung der Lebensbedingungen von Wissenschaftlern brauchte. Der Bruder war von derart hohem Rang, dass er Schiwago versprechen konnte, er könne dafür sorgen, dass er ins Ausland reisen oder die nach Paris emigrierte Familie nach Moskau zurückkehren kann. Pasternak wusste sehr gut, wer von den Machthabern zu Beginn der dreißiger Jahre Derartiges hätte bewirken können. Wäre Schiwago nicht gestorben, hätte er von seinem Bruder »ein Billett für einen Platz bei den Säulen« erhalten. Diese Art, auf den Staat und seine Wunder zu setzen, war Mandelstam vollkommen fremd. Er begriff sehr früh, was der Staat neuen Typs den Menschen bringen würde, und hegte keinerlei Hoffnung auf Unterstützung durch diesen Staat. Er glaubte, dass »das Volk richten wird wie ein Richter«. »In taube Jahre gehst du, geht die Reise / O Sonne, Volk, du Richterschar!«, heißt es bei ihm auch. Die Überzeugung, dass das Volk sein Urteil spricht, auch wenn es schweigt, teile ich.

Unter dem Namen Ginz figuriert in Pasternaks Roman der Kommissar Linde, der von seinen Soldaten an der Front umgebracht wurde. Für Pasternak ist dieser Tod Vergeltung dafür, dass Menschen, die es nicht vermochten, die Masse der Soldaten ebenso zu kontrollieren wie die Kosakenoffiziere, das Volk in Aufruhr versetzt haben. O. M. kannte Linde gut, soweit ich weiß, durch die Familie Sinani. Seine Ansicht zu diesem Mord wird deutlich in folgenden, wenngleich auf Kerenski bezogenen Zeilen: »Zu segnen dich bis in die Hölle schickt / sich Russland leichtfüßig geschwinde.«

In seinem Aufsatz über Hamlet schreibt Pasternak, Hamlets Tragödie liege nicht in seiner Willenlosigkeit, sondern darin, dass er durch die Tat, zu der er als Sohn verpflichtet gewesen sei, sein Erbe, das ihm rechtmäßig zustehe, und damit sein Billett für einen Platz bei den Säulen verloren habe. Moskau war Pasternaks Geburtsstadt und deshalb gleichsam sein Besitz. Es gab eine Zeit, in der er möglicherweise glaubte, er habe dieses ihm rechtmäßig zustehende Erbe ausgeschlagen, aber tatsächlich kam es nie so weit und alles blieb ihm. Auch Marina Zwetajewa war von Geburt rechtmäßige Besitzerin Moskaus und wurde von ihm als solche aufgenommen. Aber das Erbe anzutreten war ihr kontraindiziert, und sie schlug es tatsächlich aus, als sie ihre Stimme in der Dichtung fand. Die Akmeisten – Achmatowa, Gumiljow und Mandelstam – wurden vollkommen anders aufgenommen. Sie hatten etwas an sich, das auf beiden Seiten des literarischen Lagers dumpfe Wut hervorrief. Sowohl Wjatscheslaw Iwanow und sein Zirkel als auch der Kreis um Gorki standen den Akmeisten feindlich gesinnt gegenüber. Bei Gumiljow war dies nicht von Beginn an der Fall, sondern erst nach der Veröffentlichung des ersten akmeistischen Buches »Fremder Himmel«. Der Kampf gegen sie zielte auf Vernichtung und wurde sehr viel härter geführt als gegen andere Dichter. O.M. sagte immer, die Bolschewiki würden nur die verschonen, die ihnen von den Symbolisten übergeben worden seien. Bei den Akmeisten war das nicht der Fall gewesen. Sowohl die LEF als auch die verbliebenen Symbolisten holten in der Sowjetzeit zum härtesten Schlag gegen die letzten der Akmeisten – Achmatowa und Mandelstam – aus. Bisweilen nahm dieser Kampf lachhafte Formen an, beispielsweise in Artikeln, in denen Brjussow den »Neoakmeismus« und dessen führenden Kopf Mandelstam pries und ihm, allein um diese literarische Richtung in Verruf zu bringen, alle möglichen Dichter als Schüler zuschrieb. Noch abenteuerlicher waren nur die persönlichen Zusammenstöße O.M.s und Brjussows. Einmal rief Brjussow O.M. in sein Dienstzimmer und lobte dessen Gedichte lang und breit, wobei er Makkajewskij zitierte, einen Kiewer Dichter, der sich mit Latein wichtigtat. Ein anderes Mal bestand Brjussow auf einer Versammlung, die über die Zuteilung von Lebensmitteln befand, darauf, dass Mandelstam eine Zuteilung der zweiten Kategorie erhielt, wobei er sich den Anschein gab, er verwechsle ihn mit einem Juristen gleichen Familiennamens. Mit derlei Dingen vertrieb man sich in den 1910er-Jahren die Zeit. Jedoch ging Brjussow nie zur politischen Diskriminierung Mandelstams über – das übernahmen die jüngeren Mitglieder der LEF.

O. M. strebte zwar nach Anerkennung durch die Symbolisten und die LEF, vor allem durch Werchowskij und Kirsanow, aber diese blieb ihm versagt. Beide hielten beharrlich an ihren Überzeugungen fest. Und alle Freunde machten sich aufgrund dieses Fiaskos immer wieder über O. M. lustig.

Zwei Stimmen

Nach Andrej Belyj ist das literarische Feuilleton eine Gattung, die so gut wie alles umfasst, das nicht unter das ihm verhasste Etikett des sozialen Romans oder der Belletristik überhaupt fällt. »Wenn man es so versteht«, sagte O. M., »ist ›Gespräch über Dante‹ auch ein Feuilleton.« Andrej Belyj bekräftigte das.

Wir trafen Andrej Belyj 1933 in Koktebel. Die beiden Männer suchten den Kontakt miteinander, Belyjs Ehefrau jedoch fielen die alten Auseinandersetzungen und die Artikel, die O. M. geschrieben hatte, wieder ein, und es war sehr offensichtlich, dass sie keine Wiederannäherung wollte. Vielleicht wusste sie um O. M.s Gegnerschaft zur Anthroposophie und Theosophie, und diese machte ihn für sie zu einem Menschen, der ihr seinem Wesen nach fremd, ja ein Feind war. Gleichwohl trafen die beiden Männer sich, wenn auch heimlich, und genossen die Gespräche miteinander. Damals schrieb O M. sein »Gespräch über Dante« und las es Belyj vor. Ihre Gespräche waren leidenschaftlich, und Belyj verwies immer wieder auf seinen Aufsatz über Gogol, den er zu jener Zeit noch nicht fertiggestellt hatte.

Wassilissa Schklowskaja hat einmal zu mir gesagt, Belyj habe von allen Menschen, die sie kenne, den größten Eindruck bei ihr hinterlassen. Das kann ich gut nachvollziehen. Er war, so schien es, ganz von Licht durchdrungen. Einem derart leuchtenden Menschen bin ich nie wieder begegnet. Ob dies von seinen Augen herrührte oder von seinen ohne Unterlass aus ihm heraussprudelnden Gedanken, kann ich nicht sagen. Auf jeden, der ihm näherkam, sprang gleichsam ein Funke von Belyjs Intellekt über. Seine Anwesenheit, sein Blick, seine Stimme befruchteten das Denken und erhöhten den Puls. In meiner Erinnerung blieb ein Eindruck von Körperlosigkeit, elektrischer Spannung, eines materialisierten Gewitters, eines Wunders. In jener Zeit in Koktebel war er ein Mensch, der seinem Ende zuging, sammelte Kieselsteine und Blätter des Herbstes, um damit kunstvolle Muster zu gestalten, und flanierte mit seiner kleinen, klugen und einstmals schönen Ehefrau, die alle in ihre anspruchsvolle anthroposophische Welt nicht Eingeweihten verachtete, unter einem schwarzen Schirm den Strand von Koktebel entlang.

Die Symbolisten waren Schmeichler und Menschenfänger. Und Belyj warf wie alle anderen seine Netze aus. Als ich ihm einmal zufällig über den Weg lief, hielt er mich auf und erläuterte mir ausführlich seine Verstheorie, die er in seinem Werk »Der Symbolismus« dargelegt hatte. O. M. sagte lachend, wir alle hätten dieses Werk verinnerlicht, und ich sei eine begeisterte Leserin. Das war selbstverständlich übertrieben, aber ich widersprach nicht, denn Belyj, der in dieser Hinsicht verwöhnt und von geradezu kultischer Verehrung umgeben war, war hochzufrieden über seine neue Leserin und erstrahlte vor Freude. Offenbar empfand auch er bereits in jenen Jahren Vereinsamung und Verlorenheit und fühlte sich als geschmähter Autor, dessen Werke niemand mehr las. Schließlich war das Schicksal seiner Leser und Freunde ein wirklich bitteres: Viele begleitete er zum Zug, der sie in die Verbannung brachte, oder holte sie ab, wenn ihre Strafe abgebüßt war. Ihn selbst ließ man in Ruhe, aber der Kreis, der ihn umgab, fiel den Säuberungen zum Opfer. Als seine Frau abgeholt wurde, was mehrmals der Fall war, schrie er vor Wut und Verzweiflung. »Warum nehmen sie sie mit und nicht mich?«, beklagte er sich in jenem Sommer bei uns. Erst kurze Zeit zuvor hatte sie einige Wochen in der Lubjanka zugebracht. Diese Frage brachte ihn zur Raserei und verkürzte sein Leben erheblich. Der letzte Tropfen, der das Fass zum Überlaufen und ihn um den Verstand brachte, war Kamenews Vorwort zu seinem Buch über Gogol. Dieses Vorwort machte deutlich, dass freies Denken trotz aller innerparteilichen Diskussionen nicht zugelassen wurde. Wie auch immer die Dinge sich wendeten, blieb die Ideologie der Erziehung des Menschen und seine Bevormundung im Denken Grundlage des Systems. Dies ist der richtige Weg, wurde uns gesagt, und warum wollt und sollt ihr Nebenwege beschreiten, wenn wir diesen Weg doch für euch schon gebahnt haben? Wozu braucht es persönliche Erfahrungen, wenn die entscheidenden Aufgaben skizziert und deren Lösungen bereits vorgegeben sind!

Unsere Vormünder, ganz gleich welcher Couleur, irrten nie und kannten keine Zweifel. Kühn diagnostizierten sie, welchen Ertrag ein Keim bringe, und von dieser Diagnose war es nur ein weiterer Schritt zu dem Erlass, unnütze Keime, Triebe und Gedanken seien allesamt zu vernichten. Das taten sie und waren dabei auch ziemlich erfolgreich.

Eine charakteristische Eigenschaft Belyjs war, dass er meinte, sein Denken sei schwer zu fassen, kompliziert, holprig. Das war der Grund für seine Art zu sprechen, die der Art Pasternaks vollkommen entgegengesetzt war. Belyj hüllte seinen Gesprächspartner in eine Wortwolke ein, eroberte ihn langsam, indem er überzeugte und verzauberte. Seine Intonation war fast verlegen, bittend, man spürte Unsicherheit dem Gesprächspartner gegenüber, Angst, unverstanden und ungehört zu bleiben, das Bedürfnis, Vertrauen und Aufmerksamkeit zu erringen.

Pasternak hingegen brachte das, was er sagte, und sein Lächeln wie ein Geschenk dar. Er betäubte mit lautem Tönen, das von Selbstgewissheit war, als sei der Boden bereits gepflügt und zur Aufnahme des Samens bereit. Er überzeugte nicht wie Belyj, debattierte nicht wie Mandelstam, sondern frohlockte vertrauensvoll, tönte laut und gestattete den anderen, ihm zu lauschen und ihn zu bewundern. Es war, als sänge er eine Solopartie, in der Überzeugung, das ihm von Kindheit an eigene Moskau biete ihm ein reifes Publikum, das mit einem ihm gleichen Gehör und Geist ausgestattet sei und von seiner Stimme unbedingt entzückt sein müsse. Er machte bekannterweise gar Zugeständnisse an sein Publikum, da er niemanden vergrätzen wollte. Denn er brauchte ein Publikum und keinen Gesprächspartner – den mied er. Belyj indes brauchte Material, um seine Gedanken entwickeln zu können, Menschen, die in seiner Anwesenheit zu denken und zu suchen begannen. Ich fragte O. M., welche der beiden Arten zu kommunizieren er für sich selbst als charakteristisch sehe. »Selbstverständlich Belyjs Art«, antwortete er, aber das entspricht nicht den Tatsachen. O. M. suchte stets nur gleichrangige Gesprächspartner. Ihm setzten Publikum, Adepten und Verehrer gleichermaßen zu. Er war begierig nach Austausch mit seinesgleichen, und von Jahr zu Jahr wurde es schwieriger, dieses Bedürfnis zu erfüllen. In unserer Gesellschaft war ein Prozess der intellektuellen Mimikry in Gang gesetzt. Jeder Gedanke und jede Stimme nahmen eine Tarnfarbe an.

Weg ins Unheil

Der Tod eines Künstlers ist kein zufälliges Schicksal, sondern ein letzter schöpferischer Akt, wie ein Scheinwerfer, der seinen Lebensweg beleuchtet. O. M. war das bereits als jungem Mann klar, als er seinen Artikel über Skrjabin schrieb. Warum ist man verwundert, wenn Dichter mit prophetischer Klarsicht ihr eigenes Schicksal vorhersagen und um den Tod, der sie erwartet, wissen? Ende und Tod sind doch das stärkste strukturelle Element, dem sich der gesamte Lebensfluss unterordnet. Das ist kein Determinismus, sondern muss als freie Willensäußerung betrachtet werden.

O. M. gebot vollständig über sein Leben und führte es bewusst jenem Ende entgegen, das auf ihn lauerte, jener bei uns so verbreiteten, »zahllos geteilten« Todesform. An dem Abend im Winter 32/33, als O. M. in der Redaktion der »Literaturnaja gaseta« seine Gedichte vortrug, wurde Markisch plötzlich alles klar, und er sagte: »Sie nehmen sich selbst am Arm und bringen sich zum Richtplatz.« Damit paraphrasierte er einen Vers von O. M.: »Ich führte mich selbst am Arm durch die Straßen«.

O. M. sprach in seinen Gedichten immer wieder über diese Todesart, aber niemand schenkte dem Beachtung, wie auch niemand den Reden Majakowskis über den Selbstmord Beachtung schenkte. Aber wenn man auf den Tod zugeht, versucht man gleichwohl im letzten Augenblick das unabwendbare Ende aufzuhalten. Man verschließt die Augen, glaubt, man könne sich verstecken und einfach weiterleben – man sucht eine Wohnung, kauft festes Schuhwerk, wendet sich ab von der bereits ausgehobenen Grube. Das war es, was O. M. tat, als er das Stalin-Gedicht schrieb.

Das Gedicht schrieb er, als die Entkulakisierung ihrem Ende entgegenging, es ist zeitlich einzuordnen zwischen den Gedichten »Staryj Krim« und »Die Wohnung«. Ursache für dieses Gedicht waren wohl einige Impulse unterschiedlicher Art, und jeder dieser Impulse trug dazu bei, was in der Sprache des Untersuchungsrichters als »Betätigung« bezeichnet und zu Beginn des Verfahrens als terroristischer Akt betrachtet wurde.

Den ersten Impuls könnte man als das »Ich kann nicht schweigen« bezeichnen. Die Generation unserer Väter hat diese Formel häufig benutzt. Wir haben sie den Vätern nicht einfach nachgesprochen, aber offensichtlich ist es doch so, dass ein letzter Tropfen das Fass zum Überlaufen bringt. Bis zum Jahr 33 war uns vieles, was die Realität betraf, klar geworden. Der Stalinismus hatte sein wahres Gesicht gezeigt, zum einen als auf die massenhafte Vernichtung zielendes Unternehmen – die Entkulakisierung – und zum anderen durch die Neuorganisation im Bereich der Literatur, die nur noch dem Wohle des Staates zu dienen hatte.

Im Sommer waren wir in Staryj Krim, und danach schrieb O. M. in seinen Gedichten erstmals über die Spuren, die die Entkulakisierung hinterlassen hatte, die furchterregenden Schatten in der Ukraine und im Kubangebiet, die hungernden Bauern. In der ersten Version des Gedichts nannte er Stalin einen »Verderber der Seelen und Bauernabschlächter«. Alle sahen das in ihm und sprachen darüber, selbstredend nur flüsternd, aber das Gedicht war seiner Zeit keineswegs voraus, sondern lediglich dem Bewusstsein der Regierungskreise und derer, die ihnen dienten.

Die zweite Voraussetzung für dieses Gedicht war das Bewusstsein der Unausweichlichkeit des eigenen Schicksals. Es war zu spät, sich »gleich einer Mütze im Ärmel« zu verstecken. Die in den dreißiger Jahren geschriebenen Gedichte wurden bereits von Hand zu Hand gereicht. In der »Prawda« erschien ein vernichtender anonymer Verriss, in dem die »Reise nach Armenien« als »Lakaienprosa« bezeichnet wurde. Das war keine Warnung mehr, sondern zusammenfassende Bilanz der vorliegenden Punkte. Kurz zuvor hatte mir Tschetschanowskij, Redakteur des Verlags »Gosudarstwennaja Literatura«, in einem Gespräch den »Rat« gegeben, die Veröffentlichung der »Reise nach Armenien« schnellstmöglich zurückzuziehen, andernfalls würden wir es bereuen. Es waren bereits zahlreiche Warnungen in Form von Drohungen und guten Ratschlägen (Trotzki, Gussew) erfolgt, aber O. M. hatte sie ignoriert. Der Zeitpunkt der Vernichtung rückte immer näher.

Ich habe keine schlimmere Erinnerung als jene an den Winter 33/34 in der neuen und bis heute einzigen eigenen Wohnung. Durch die Wand klingt Kirsanows Hawaii-Gitarre, durch die Lüftungsrohre dringen Gerüche von Schriftstellermahlzeiten und Wanzenbekämpfungsmitteln zu uns, wir haben kein Geld, nichts zu essen und abends eine große Zahl von Leuten zu Besuch, von denen die Hälfte im Auftrag kommt. Die Vernichtung konnte schnell oder langsam erfolgen. O. M., ein Mann von Tatendrang, gab der schnellen Form der Vernichtung den Vorzug. Er wollte lieber nicht durch die Hände der Schriftstellervereinigungen zu Tode kommen, von denen die Initiative zu seiner Vernichtung ausging, sondern durch die Ahndungsbehörden.

Den gewöhnlichen Selbstmord lehnten O. M. wie auch Anna Andrejewna ab. Aber tatsächlich trieb ihn alles in den Selbstmord – die Vereinsamung, die Isolation, die Zeit, die gegen uns arbeitete.

Vereinsamung bedeutet nicht, dass wir keine Freunde und Bekannte gehabt hätten – davon hatten wir stets genug –, sondern beschreibt das Leben in einer Gesellschaft, die ihre Ohren verschließt vor allen Mahnungen, die die Augen verschließt und auf dem Weg des Brudermordes weitergeht und alle und jeden auf diesem Weg mit sich reißt. Nicht zufällig nannte O. M. Anna Andrejewna Kassandra. In dieser Situation waren nicht nur Dichter. Menschen, die einer älteren Generation als wir angehörten, sahen, was auf uns zukam, aber ihre Stimmen verhallten und erstarben. Noch bevor das »Neue« den Sieg errungen hatte, hatten sie Kritik geübt an dessen Ethik, Ideologie, Ungeduld und an den verzerrten Vorstellungen hinsichtlich des Rechts. Diese Kritik verhallte wie die Stimme des Predigers in der Wüste. Und mit jedem Tag wurde deutlicher, wie schwierig es war, mit herausgerissener Zunge zu sprechen.

Bei der Wahl seiner Todesform machte O. M. sich eine bemerkenswerte Eigenschaft der Machthaber zunutze: ihre grenzenlose, geradezu abergläubische Verehrung der Dichtung. »Was beklagst du dich?«, fragte er mich. »Vor der Dichtung hat man nur in unserem Land einen solchen Respekt, dass man ihretwegen tötet. An keinem anderen Ort der Welt wird ihretwegen getötet.«

O. M. betrachtete die in den Schaukästen ausgehängten Porträts der Machthaber und sagte, er fürchte nichts so sehr wie Menschenhände. Die fetten Finger im Stalin-Gedicht spielen zweifelsohne auf Demjans Geschichte an. Dieser bekam jedenfalls einen Schreck und gab Pasternak den Rat, sich in diese Angelegenheit nicht einzumischen. Bei Molotow fiel O. M. ein sehr feiner Hals auf, der aus dem Kragen ragte und von einem kleinen Kopf gekrönt war. O. M. deutete auf das Porträt und sagte zu mir: »Wie bei einem Kater.«

Die Ersten, die das Gedicht hörten, waren erstarrt vor Schreck und flehten O. M. an, es zu vergessen. Die Offensichtlichkeit der darin ausgesprochenen Wahrheit minderte für die Zeitgenossen zudem noch den Wert dieser Verse. In den letzten Jahren erfahre ich jedoch immer mehr wohlwollende Reaktionen, und manche fragen mich, wie es sein könne, dass O. M. bereits im Jahr 34 begriffen habe, wie es um die politische Situation bestellt sei, und ob das Gedicht nicht falsch datiert sei. Die diese Fragen stellen, sind Menschen, die die offizielle Version verinnerlicht haben, nämlich dass bis zur Jeshowschtschina alles gut und dass selbst die Zeit unter Jeshow nicht allzu schlimm gewesen sei, dass dieser erst im Alter, nach Beginn des Krieges, von Sinnen gewesen sei und Unheil angerichtet habe. Die Zeit, in der man dieser offiziellen Version Glauben geschenkt hat, läuft jedoch ab, und die Wahrheit kommt nach und nach ans Licht. Trotzdem werden die zwanziger sowie der Beginn der dreißiger Jahre bis heute idealisiert. Diese Auffassung wird immer noch beharrlich verbreitet. Die alte Generation ist gestorben, ohne dass sie Zeugnis ablegen konnte. Und die, die heute alt sind, erzählen, selbst wenn sie im Lager gesessen haben, immer noch von der Blütezeit ihrer Jugend, die erst durch die Verhaftung an ihr Ende gekommen sei. Wie soll die junge Generation begreifen, wenn wir alle schweigend aus dem Leben gehen?

Von meinen Zeitgenossen habe ich drei unterschiedliche Ansichten in Bezug auf das Stalin-Gedicht gehört. Kusin war der Meinung, O. M. habe nicht das Recht gehabt, dieses Gedicht zu schreiben, da er der Revolution eigentlich positiv gegenübergestanden habe. Er warf O. M. Inkonsequenz vor, denn wer die

Revolution begrüßt habe, hätte sich mit ihren Führern abfinden müssen und sich nicht beschweren dürfen. Dieser Standpunkt hat eine gewisse einfältige Logik. Ich habe nie begreifen können, wie Kusin, der Gedichte liebte und auswendig kannte – im Alter vergaß er das und schrieb sogar Morosow in einem Brief, er habe die »Reise nach Armenien« nie gelesen –, nicht bemerkt hat, wie zerrissen und unbeständig O. M. war. Ganz offensichtlich fällt es den Menschen schwer, verschleierte und indirekte Äußerungen zu verstehen. Sie brauchen es, dass ihnen alles geradezu ins Gesicht gesagt wird. Bisweilen scheint mir, dass O. M. zu solcherart direkten Aussagen übergegangen ist, weil er der Taubheit der anderen müde war, die immer wieder bestätigten, welch schöne Gedichte er schrieb, zugleich aber fragten, was sie denn mit Politik zu tun hätten und warum sie nicht veröffentlicht würden.

Ilja Ehrenburg missbilligte das Stalin-Gedicht, nannte es zum Entsetzen seiner liebenswürdigen und überaus höflichen Ehefrau Ljuba wenig gelungen, die nicht wissen konnte, dass wir selbst oft ein wenig despektierlich über O. M.s Gedichte sprachen; Ilja Grigorowitsch hielt das Gedicht für eindimensional und in O. M.s Werk fehl am Platze.

Wie auch immer es um die Qualität des Gedichts bestellt sein mag – kann man es tatsächlich als fehl am Platze im Werk des Dichters nennen, dem es den Tod brachte? Dieses Gedicht war ein Akt des Widerstands, eine bewusste Tat. In meinen Augen ist es eine logische Folge aus O. M.s gesamtem Lebensweg und allen seinen Arbeiten. Und ebenso zweifellos entbehrt es nicht eines durchaus eigentümlichen Opportunismus: Mandelstam, der niemals auch nur einen Schritt auf den Leser zugegangen ist, der nicht Fürsorge dafür tragen wollte, verständlich zu sein, da er jeden Leser und Gesprächspartner als einen ihm Ebenbürtigen betrachtete und es deshalb nicht für notwendig erachtete, ihm seine Gedankengänge vorzukauen und sie zu versimpeln, schuf mit ebendiesem Stalin-Gedicht für jeden zugängliche Verse, die direkt und leicht verständlich waren. Zugleich aber sorgte er dafür, dass sie nicht als primitives Instrument der politischen Propaganda missbraucht werden konnten. »Das ist nicht meine Aufgabe«, sagte er mir. Mit anderen Worten: Er schrieb dieses Gedicht und rechnete damit auf mehr Leser, als er gemeinhin hatte, obgleich er sich bewusst war, dass er zu der Zeit, als er das Gedicht schrieb, keine Leser haben konnte. Ich glaube, er wollte nicht aus dem Leben gehen, ohne eine unzweideutige Stellungnahme im Blick auf das, was sich vor unseren Augen vollzog, zu hinterlassen.

Auch Pasternak lehnte das Gedicht ab und ließ eine Flut von Vorwürfen auf mich – O. M. war zu der Zeit bereits in Woronesch – niederhageln. Von all seinen Vorwürfen erinnere ich mich nur an einen: »Wie konnte er dieses Gedicht schreiben? Er ist doch ein Jude!« Dieser Gedanke ist für mich bis heute nicht nachvollziehbar. Damals habe ich Pasternak vorgeschlagen, ihm das Gedicht nochmals vorzutragen, damit er mir an konkreten Zitaten zeigen könne, was von dem dort Gesagten einem Juden zum Nachteil gereiche, aber er lehnte dies entsetzt ab.

Die Einstellung jener, die dieses Gedicht als Erste hörten, erinnerte an Herzens Bericht über sein Gespräch mit Schtschepkin, der nach London gereist war, um ihn zu überzeugen, er möge seine Zeitschrift »Kolokol« einstellen, da die jungen Leute in Russland für die Lektüre dieser Zeitschrift verhaftet würden. Glücklicherweise wurde gegen niemanden, der Kenntnis von O. M.s Gedicht erlangt hatte, ein Verfahren eingeleitet und niemand wurde deswegen zum Tode verurteilt. Und Mandelstam war ja in keiner Weise ein politischer Schriftsteller, und seine gesellschaftliche Rolle war eine vollkommen andere als die Herzens. Wo aber verläuft die Grenze? Bis zu welchem Punkt muss man seine Mitbürger schützen und schonen? Was Herzen betrifft, so mutet mich das Verhalten seines Zeitgenossen Schtschepkin seltsam an. Warum sollte man Menschen auf diese Weise schützen? Man kann sie doch nicht in Watte packen. Meine Zeitgenossen indes möchte ich keiner Gefahr aussetzen.

Mögen sie leben und mit dem Strom der Zeit schwimmen. So Gott will, werden sich die Zeiten auch wieder ändern, und dann werden wir sehen. Das Leben wird sich durchsetzen und alles wieder ins rechte Lot kommen. Warum die Schlafenden aufwecken, wenn ich doch davon überzeugt bin, dass sie von selbst erwachen werden? Ich weiß nicht, ob es richtig ist, aber ebenso wie die anderen hat auch mich die Passivität, der Untertanengeist und die Widerstandslosigkeit erfasst.

Nur eines ist mir überdeutlich: O. M.s Gedicht war seiner Zeit voraus. Als er es schrieb, waren die Menschen noch nicht bereit für seine Botschaft, die Ideologie war noch nicht überwunden. Die Anhänger des Regimes warben noch um Verständnis, und die Adepten glaubten es noch ehrlich, wenn sie sagten, dass ihnen die Zukunft gehöre und dem tausendjährigen Reich, das sie aufbauten, kein Ende beschieden sei. Die Übrigen – und ihrer gab es womöglich mehr als Adepten –, flüsterten lediglich untereinander und seufzten. Niemand hörte, was sie sagten, denn ihre Stimmen waren nicht erwünscht. Der Vers »Auf zehn Schritt nicht mehr hörbar, was er spricht, unser Mund« gibt die Situation jener Jahre sehr genau wieder. Einwände gegen das Regime hielt man für alt und überlebt, in die Vergangenheit gehörig, die nicht mehr zurückkommen würde. Die Adepten glaubten nicht nur an ihren Triumph in der Zukunft, sondern auch daran, dass sie die gesamte Menschheit beglücken würden, ihrer Weltanschauung wohnte eine eigentümliche Geschlossenheit und Schlichtheit inne, die immense Verführungskraft hatten. Bereits die Epoche zuvor war begierig nach dieser Geschlossenheit, die die Möglichkeit barg, mit einer einzigen Idee die gesamte materielle Welt und das Leben der Menschen zu erklären und alles mit vereinter Anstrengung in Harmonie zu bringen. Deshalb waren die Menschen dazu bereit, ihre Augen zu verschließen und einem Führer zu folgen, und verboten sich selbst, die Theorie mit der Praxis abzugleichen und die Folgen ihrer Handlungen abzuwägen. Deshalb kam es zu einem systematischen Realitätsverlust. Wo in der Theorie der erste Fehler lag, hätte man nur herausfinden können, wenn man das Gefühl für die Realität wiedererlangt hätte. Es wird noch einige Zeit bis zu jenem Tag vergehen, an dem wir die Summe errechnen werden, was dieser Fehler in der Theorie uns gekostet hat, und an dem wir darüber nachzudenken beginnen, ob es richtig war, dass »zehn Himmel uns diese Erde wert« war. Haben wir wirklich die Erde erhalten, als wir mit dem Himmel bezahlt haben?

Kapitulation

Für einige Zeit verstummte O. M. Mehr als fünf Jahre, zwischen 1926 und 1930, schrieb er keine Gedichte. Gleiches geschah mit Achmatowa, die eine Zeit lang verstummte, und mit Pasternak, bei dem die Phase des Verstummens gut zehn Jahre andauerte. »Es lag wohl irgendetwas in der Luft«, sagte Anna Andrejewna. Und tatsächlich lag etwas in der Luft, womöglich hatte uns alle eine Erstarrung erfasst, aus der wir uns bis heute nicht lösen können.

Ist es denn ein Zufall, dass drei produktive Dichter eine Zeit lang verstummten? Ihre Anfänge waren unterschiedlich, aber das ist unerheblich. Jeder von ihnen hatte seine Stimme und seinen Platz in der Welt gefunden, deren Neuerschaffung sich vor unseren Augen vollzog, und durch die Gestaltung seines eigenen Schicksals zu zeigen vermocht, welchen Platz in dieser Welt der Mensch einnimmt.

Als Erster dieser drei verstummte O. M. Das war vermutlich deshalb der Fall, weil bei ihm dieser Prozess der Selbstfindung am schwierigsten verlief. Seine Einstellung zur Epoche wurde zur wichtigsten treibenden Kraft seines Lebens wie seiner Dichtung, und durch die Eigenschaften, die seinen Charakter ausmachten – »seine Art war wohl nicht lilienrein« – versuchte er nicht, Gegensätze auszugleichen, sondern spitzte sie im Gegenteil eher noch zu und stellte die Dinge mit aller Schärfe in Frage.

Sein Schreibfluss versiegte Mitte der zwanziger Jahre. Was lag damals in der Luft, das O. M. ersticken und verstummen ließ?*

Die auf die Revolution folgenden vier Jahrzehnte zeichneten sich durch unterschiedliche Charakteristika aus. Wir lebten also nicht in einer einzigen, sondern in mehreren Epochen. Vom historischen Standpunkt aus gesehen kann diese Zeit leicht in Etappen eingeteilt werden, die nicht nur voneinander verschieden sind, sondern sogar gegensätzlich scheinen, wobei ich davon überzeugt bin, dass die Etappen in jeweils logischer Folge auseinander hervorgingen. In einem fort verschwand die Machtelite und veränderte sich jeweils auch das physische Erscheinungsbild der Funktionäre. So bemerkten wir zu einem bestimmten Zeitpunkt, dass der »dunkle« vom »hellen« Typus abgelöst worden war, und Letzterer war seinerseits bald wieder verschwunden. Mit den unterschiedlichen Typen fand jeweils auch eine Veränderung in Alltag und Regierungsführung statt. Dennoch existierte ein die unterschiedlichen Perioden vereinendes Element, nämlich die Idee, der ökonomische Faktor sei treibende Kraft der geschichtlichen Entwicklung, und die, die diese Ideologie vertraten, suchten sie durch die Praxis zu beweisen. Diese Ideologie formierte das Bewusstsein mehrerer

* Zu jener Zeit erkrankte O. M. am Herzen und an schwerer Kurzatmigkeit. Jewgenij Jakowlewitsch war der Meinung, O. M.s Kurzatmigkeit habe nicht ausschließlich körperliche Ursachen, sondern sei eine »Klassen-Erkrankung«. Die Umstände des ersten Anfalls Mitte der zwanziger Jahre bestätigen diese Sichtweise. Damals suchte Samuil Jakowlewitsch Marschak uns auf und erläuterte O. M. auf ans Herz gehende Weise lange das Wesen der Dichtung. Seine Ausführungen folgten der sentimentalen offiziellen Linie. Marschak sprach wie immer aufgeregt und mit der ihm eigenen merkwürdigen Intonation. Er verstand es auf ganz besondere Weise, Menschen einzuwickeln, und zwar die von schwachem Charakter ebenso wie die gebieterischen. O. M. argumentierte nicht, mit Marschak hatte er nichts gemein. Aber er hielt es nicht aus, seine Ohren begannen plötzlich zu klingeln, er konnte Marschak nicht mehr hören und hatte seinen ersten Angina-Pectoris-Anfall.

Generationen, warb um Anhänger, griff um sich, eroberte kluge Köpfe, begründete neue Formen des Staats- und Gesellschaftslebens, triumphierte und überlebte sich. Als wir Wjatscheslaw Iwanow 1921 auf der Reise nach Tiflis in Baku besuchten, sagte er, er habe sich nach Baku ins Exil zurückgezogen, weil »die Ideen nicht mehr die Welt regieren«. Was hatte es denn mit dem Dionysos-Kult auf sich, der Idee des Lehrers, Meisters und Propheten der 1910er-Jahre, wenn Iwanow nicht bemerkt hatte, dass zum Zeitpunkt unseres Gesprächs eine einzige Idee bereits die Macht über ein riesiges Reich und über Zehntausende von Menschen sowohl im In- als auch im Ausland übernommen hatte? Nämlich die Idee, es existiere eine unanfechtbare wissenschaftliche Wahrheit, die denen, die diese Wahrheit erkannt haben, die Macht verleihe, die Zukunft vorherzusehen und nach ihrem Gutdünken den Verlauf der Geschichte mit der Vernunft zu beeinflussen. Die Erkenntnis der Wahrheit verleiht Autorität. Diese Religion, von den Adepten bescheiden Wissenschaft genannt, erhebt den, der durch die Erkenntnis der Wahrheit im Besitz der Autorität ist, in den Rang einer Gottheit. Sie hat ihre eigenen Glaubenssymbole und ihre eigene Moral entwickelt, deren Umsetzung wir erleben mussten. In den zwanziger Jahren wurde oftmals der Bezug hergestellt zum Siegeszug des Christentums und analog dazu die tausendjährige Herrschaft der neuen Religion prophezeit. Und die feinsinnigsten Vertreter der neuen Religion führten die Analogie sogar noch weiter, indem sie darlegten, die historischen Verbrechen der Kirche wie beispielsweise die Inquisition hätten doch das Wesen des Christentums nicht verändert. Niemand stellte deshalb den Primat der neuen Ideologie in Frage, die das Paradies auf Erden statt himmlischen Lohn versprach. Das Wesentlichste aber war die völlige Absage an jegliche Zweifel sowie der absolute Glaube an die durch wissenschaftliche Methoden erlangte Wahrheit.

»Was aber, wenn das alles gar nicht der Wahrheit entspricht und es in der Zukunft mit ganz anderen Augen betrachtet wird?«, fragte ich Awerbach. Wir sprachen über seine literarischen Begutachtungen. »Die allgemeine Einschätzung ist«, antwortete er mir, »Ossip Mandelstam habe nach seiner Rückkehr aus Armenien schlechte Gedichte veröffentlicht.« Ich wollte wissen, nach welchen Kriterien dies bewertet würde, und er erklärte mir, O. M. fehle der klassenbewusste Standpunkt. Einen Augenblick später fügte er hinzu, Kultur und Kunst an sich existierten nicht, sondern lediglich eine bürgerliche und eine proletarische Kunst, dasselbe gelte für die Kultur. Und deshalb gebe es nichts von absolutem Wert, denn alle Werte seien ausschließlich klassenbedingt. Dass er seine klassenbedingten Werte indes für absolut hielt, irritierte ihn dabei nicht. Weil mit dem Sieg des Proletariats eine neue Ära angebrochen sei, die ewig andauern würde, gälten jene klassenbedingten Werte, die Awerbach festlegte, auf ewig. Er war ehrlich überrascht ob der Tatsache, dass ich seine Beurteilungen in Zweifel zog, schließlich verfügte er über die einzig gültige wissenschaftliche Methode, und deshalb waren seine Urteile unanfechtbar. Das von ihm Verurteilte war auf ewig verurteilt. All diese Wahrheiten wurden mir bei einer Straßenbahnfahrt kundgetan. Als ich Mandelstam davon berichtete, war er geradezu entzückt ob der einprägsam zur Schau gestellten Erhabenheit Awerbachs, der tatsächlich glaubte, die Wahrheit zu kennen, und sich an der absonderlichen Eleganz seiner logischen Konstrukte ergötzte. Das ereignete sich im Jahr 1930, und damals war es O. M. bereits möglich, angesichts der intellektuellen Gedankenspiele Awerbachs Entzücken zu empfinden, denn zu diesem Zeitpunkt hatte er seine innere Freiheit wiedererlangt und seine Stimme wiedergefunden. Die zwanziger Jahre mit all ihren Schwierigkeiten und Zweifeln lagen hinter uns, und deshalb konnte O. M. aus der Distanz den »hänfenen Reden« lauschen und sich das Gesagte nicht zu Herzen nehmen.

Awerbach war ein überaus typischer Vertreter der Funktionäre des ersten Jahrzehnts nach der Revolution. Alle Adepten der neuen Religion dachten, argumentierten und redeten wie er.

Sie hatten eine Schwäche dafür, mit eifernden Reden zu belehren und zu beeindrucken. Sie übernahmen es, die Götzenbilder, also die alten Wertvorstellungen, zu stürzen, die Zeit arbeitete für sie, und deshalb bemerkte niemand, mit welch brachialen Mitteln sie kämpften.

»Wofür haben wir gekämpft?« – Diese Frage wurde zu Beginn der zwanziger Jahre kurze Zeit laut gestellt. Die Bevölkerung hatte die Sprache noch nicht verloren, aber sie schwieg, denn sie erwartete das ihr versprochene Leben in Wohlergehen. Die Intelligenzija war in ihren Mußestunden mit der Umwertung aller Wertvorstellungen beschäftigt – das war die Zeit der massenhaften Kapitulation. Im Grunde genommen beschritten alle den von den Bilderstürmern der vorrevolutionären Jahre und ihren Nachfolgern wie Awerbach vorgezeichneten Weg, jedoch versuchten sie, die Extreme und die grobschlächtige Geradlinigkeit der Pioniere zu vermeiden. Die Masse derer, die kapitulierten, wurde angeführt von der Generation der Dreißigjährigen, die im Krieg gewesen waren, und die Jüngeren folgten ihnen. In jenen Jahren gaben vor allem die Dreißig- bis Vierzigjährigen den Ton an. Die Älteren, so sie überlebt hatten, traten schweigend zur Seite. Jede Kapitulation wurde damit gerechtfertigt, das »Alte« werde vom »Neuen« abgelöst, und wer am »Alten« festhalte, werde ohne alles zurückbleiben. Diese Auffassung lag in der Theorie des Fortschritts sowie des historischen Determinismus der neuen Religion begründet. Die Kapitulanten schleiften alle alten Vorstellungen allein deshalb, weil sie alt und einzig deswegen überlebt seien. Für die überwiegende Mehrheit der Anhänger der neuen Religion existierten außer denen, die gerade gebraucht wurden und die, da es so bequem war, als klassenbedingt bezeichnet wurden, keinerlei Werte, Wahrheiten und Gesetze mehr. Mit großer Leichtigkeit wurde die christliche Moral und zugleich das biblische Gebot »Du sollst nicht töten« mit der bürgerlichen Moral gleichgesetzt. Alles wurde zu Kopfgeburten erklärt. Freiheit? Haben wir sie jemals erfahren? Es gab und gibt sie nicht! Die Kunst, zumal die Literatur, so wurde erklärt, sei stets die Dienerin ihrer Klasse gewesen, und aus dieser Prämisse schloss man folgerichtig, dass der Schriftsteller einen bewussten Schritt machen und sich in die Dienste des neuen Auftraggebers stellen müsse. Zahlreiche Begriffe verschwanden aus dem alltäglichen Gebrauch – Ehre, Gewissen und Ähnliches. Die in diesen Begriffen vermittelten Vorstellungen als schandbar bloßzustellen war ein Leichtes, als das Rezept zu ihrer Entschleierung gefunden war.

Charakteristisch dabei war, dass in jenen Jahren die Begriffe als rein abstrakte aufgefasst wurden, die vermeintlich keinerlei sozialen und menschlichen Bezug hatten. Auf diese Weise waren sie leicht zu entthronen: Nichts ist einfacher, als den Beweis zu führen, dass beispielsweise nirgends auf der Welt absolute Pressefreiheit existiert, und anschließend kundzutun, es sei doch besser, sich nicht mit Surrogaten abzufinden, mit denen sich bedauernswerte Liberale trösten, sondern gleich mit mutiger Geradlinigkeit freiwillig allen gequälten Bemühungen nach Freiheit zu entsagen. Diese Argumentationsschemata schienen jenen unreifen Geistern überzeugend, die weder zu restriktiver Auslegung noch zu negativer Definition fähig sind.

Psychologisch gesehen waren die Gründe für die Kapitulation die Angst, einsam am Rande zu stehen, und das Bedürfnis nach einer sogenannten ganzheitlichen und organischen Weltsicht, die auf alle Bereiche des Lebens angewendet werden kann, sowie der Glaube, der Sieg sei unumstößlich und die Herrschaft der Sieger währe ewig. Das Wesentlichste aber war, dass die Kapitulanten selbst für nichts standen. Diese eindrucksvolle Leere hat wohl Schklowskij in »Zoo. Briefe nicht über die Liebe«, jenem unglückseligen kleinen Buch, in dem er tränenreich die Sieger bittet, ihn in ihre Obhut zu nehmen, am besten beschrieben. Ob diese Menschen sich nun selbst beraubt haben oder ob die Erfahrung von Krieg und Schützengräben Grund für die klägliche Kapitulation war, sei dahingestellt. Jedenfalls waren das Gefühl der Unmündigkeit und das Bedürfnis nach Bevormundung sehr weit verbreitet. Und nur der, der dieses Gefühl und Bedürfnis ebenfalls empfand, konnte als Mensch jener Zeit anerkannt werden.

»In Fragen der Literatur sollte man sich an uns wenden und nicht wir uns an die Funktionäre«, kritisierte O. M. in der Redaktion der Zeitschrift »Priboj«, als er sich weigerte, eine Schriftstellerpetition zu unterzeichnen, die mit dem Erlass des ZK über die Literatur begründet wurde. Mit der Petition sollte ein Kritiker gegen Angriffe von Seiten der RAPP verteidigt werden, die ihm vorwarf, einen Roman Ljaschkos rezensiert zu haben, ohne dass er diesen zu Ende gelesen habe. Die Schriftsteller wandten sich mit ihrem Brief an die Obrigkeit und forderten das ZK auf, der Hetze ein Ende zu bereiten, und bezogen sich dabei auf den Beschluss, in dem die Partei dazu aufgerufen hatte, dem Kampf – »Zerwürfnis«, wie man es damals nannte – innerhalb der Literatur ein Ende zu bereiten, sich mit vereinten Kräften an die Arbeit zu machen und den Parteiauftrag zu erfüllen.

Im Redaktionsbüro drängten sich wie immer zahlreiche Menschen, und alle scharten sich sogleich um O. M. Die Begründung für seine Weigerung, die Petition zu unterschreiben, so fiel uns auf, rief bei allen absolutes Unverständnis hervor. Seine Worte wurden aufgenommen, als habe er alten Plunder aus einer Truhe geholt und als Beweis seiner Rückständigkeit gedeutet. Dass sie O. M.s Einwände tatsächlich nicht begreifen konnten, steht außer Zweifel. Ich erinnere mich an das Erstaunen, das Kawerin, der die Unterschriften sammelte, ins Gesicht geschrieben stand. Er sah in O. M. schlicht einen altmodischen Sonderling, der seine Zeit und deren grundlegende Strömungen nicht versteht. O. M. und Anna Andrejewna, die um die dreißig Jahre alt waren, wurden tatsächlich für alt gehalten. Aber beide werden im Bewusstsein der Menschen wieder jung, während die Positionen der Vertreter des »Neuen« zunehmend als haltlos betrachtet werden.

Der Knabe, der in Andersens Märchen sagt, der König sei nackt, tut dies nicht zu früh oder zu spät, sondern genau zur rechten Zeit. Vor ihm haben es vermutlich auch schon viele andere gesagt, aber ihre Worte wurden nicht gehört. Vieles, das O. M. zum Ausdruck brachte, sagte er indes allzu früh, nämlich zu einer Zeit, in der allgemein gültige Überzeugungen hoffnungslos veraltet und verurteilenswert schienen. Für den, der nicht in den kollektiven Chorgesang einfiel, war kein Platz. Dieser Chorgesang übertönte alles und klang tatsächlich kraftvoll. In unseren Tagen suchen manche eine Verbindung zwischen den zwanziger Jahren und der heutigen Zeit herzustellen und eine auf Freiwilligkeit gründende Einheit wiederherzustellen, die damals angeblich existierte. Die Überlebenden der zwanziger Jahre wollen den Jüngeren einreden, damals hätten Wissenschaft, Literatur und Theater eine unerhörte Blütezeit erlebt, und wäre alles auf dem vorgezeichneten Weg weitergegangen, hätte unser Leben bereits ungeahnte Höhen erreicht. Einstige Vertreter der LEF, Mitarbeiter Tairows, Meyerholds und Wachtangows, ehemalige Studenten und Dozenten des WIFLI und des Subow-Instituts, Absolventen des Instituts der Roten Professur, Marxisten und die Formalisten, die überall entlassen worden waren, alle, die in den zwanziger Jahren in ihren Dreißigern waren, fordern bis heute, auf den von ihnen damals eingeschlagenen Weg zurückzukehren und ihn weiterzugehen.

Mit anderen Worten: Sie fühlen sich bis heute für all das, was später geschah, nicht verantwortlich. Aber sind sie tatsächlich nicht verantwortlich? Schließlich waren sie diejenigen, die in den zwanziger Jahren den Ton angaben, die die alten Werte zertrümmerten und jene Formeln erdachten, die bis heute gültig sind: Ein junger Staat, der ein einmaliges Experiment wagt – wo gehobelt wird, da fallen Späne. Jede Erschießung wurde damit gerechtfertigt, dass eine Welt erschaffen werde, in der es keine Gewalt mehr gebe, und alle Opfer seien gerechtfertigt durch das unerhörte »Neue«. Niemand bemerkte, wie zunächst der Zweck die Mittel heiligte und wie das Ziel schließlich, wie es in solchen Fällen nun einmal zu sein pflegt, nach und nach aufgegeben wurde. In den zwanziger Jahren war doch damit begonnen worden, akkurat die schwarzen von den weißen Schafen zu separieren, zu unterteilen in jene, die zu uns, und jene, die nicht zu uns gehören, in Anhänger des »Neuen« und jene, denen die einfachsten Regeln des Zusammenlebens noch gegenwärtig waren.

Die Sieger hätten erstaunt sein können, mit welcher Leichtigkeit der Sieg zu erringen war, aber sie nahmen ihn als gegeben, denn sie waren überzeugt, im Recht zu sein, da sie die Menschheit beglücken wollten. Lediglich die Forderungen an die Kapitulanten erhöhten sie ohne Unterlass. Beleg dafür ist die Tatsache, wie schnell das Wort »Weggenossen« aus dem Sprachgebrauch verschwand. Es wurde ersetzt durch den Begriff »parteiloser Bolschewik«, und schließlich löste der treu der Heimat ergebene, das Volk leidenschaftlich liebende und der Partei und Regierung selbstlos dienende Sohn des Heimatlandes sie alle ab. Diese Begrifflichkeit hatte dann Bestand.

Das menschliche Gedächtnis ist derart beschaffen, dass es undeutliche Konturen und Legenden bewahrt und nicht das, was sich tatsächlich ereignet hat. Um zu den Fakten vorzudringen, muss man reinen Tisch machen, und dafür ist es zuerst einmal notwendig festzustellen, in welchen Kreisen eine bestimmte Legende erschaffen wurde. Die idealisierenden Stoßseufzer, mit denen die zwanziger Jahre beschworen werden, basieren auf einer Legende, die von den damals dreißigjährigen Kapitulanten, die durch einen Zufall am Leben geblieben sind, und ihren jüngeren Brüdern erschaffen wurde. Tatsächlich aber waren die zwanziger Jahre jene Zeit, in der alle Vorbereitungen für unsere Zukunft getroffen wurden – die kasuistische Dialektik, das Außerkraftsetzen aller Werte, der Wille zu Gleichgesinntheit und Unterordnung. Jene, die am eifrigsten all dies betrieben, verloren ihre Köpfe, doch sie vermochten den Boden für die Zukunft zu bereiten, bevor sie den Tod fanden. In den zwanziger Jahren sammelten die Ahndungsbehörden zwar noch Kräfte, aber sie traten bereits in Aktion. Die Dreißigjährigen predigten beharrlich ihren Glauben. Zunächst suchten sie zu überzeugen, schließlich begannen sie einzuschüchtern und führten auf diese Weise die Massen in die nächste Epoche, in der die Stimmen Einzelner bereits nicht mehr zu vernehmen waren.

In unserem Land gibt es kein Meinungsforschungsinstitut, und es wäre auch gar nicht möglich, dass es ein solches gibt, obgleich es doch gerade jene gärenden Prozesse feststellen könnte, die sich in der Psyche der Menschen abspielen. Die Funktion eines solchen Instituts übernahmen in gewisser Weise die Ahndungsbehörden. In den zwanziger Jahren sondierten sie gar die Lage in unterschiedlichen Kreisen der Gesellschaft und suchten die dort kursierenden Meinungen in Erfahrung zu bringen. Diese Aufgabe übernahmen eigens dafür eingesetzte Informanten. Später kam man zu dem Schluss, dass die Meinung der Bevölkerung mit der offiziell vorgegebenen übereinstimme. Und die Rolle der Informanten beschränkte sich nur noch darauf, mögliche Differenzen dazu zu registrieren, aus denen auf administrativer Ebene dann die entsprechenden Schlüsse gezogen wurden. Nach 1937 verlor diese Art der Sondierung aufgrund der »prophylaktischen« Maßnahmen, die massenhaft ergriffen wurden, schließlich jegliche Bedeutung, und die öffentliche Meinung wurde zur Gänze verstaatlicht.

In den zwanziger Jahren aber spielten wir noch mit dem Feuer und begriffen nichts. Gerade als O. M. zu mir gesagt hatte: »Was willst du denn? Wir werden in Ruhe gelassen und nicht umgebracht«, zeigten sich die ersten Vorboten der Zukunft. Als wir in Zarskoje Selo waren, besuchte uns Wsewolod Roshdestwenskij mit seinem rosigen Gesicht. Er kam, nachdem er eine kurze Haftstrafe abgesessen hatte, um O. M. zu warnen, denn angeblich habe der Untersuchungsrichter großes Interesse an O. M. gezeigt. Allerdings weigerte sich Roshdestwenskij rundweg, Auskunft darüber zu geben, wonach genau er in Bezug auf Mandelstam befragt worden sei. »Ich habe mein Wort gegeben, und mir wurde schon als Kind beigebracht, mein Wort zu halten.« O. M. wies dem braven Kind die Tür. Im Nachhinein begriffen wir, dass Roshdestwenskij geschickt worden war, um O. M. einzuschüchtern und ihn daran zu erinnern, dass die Obrigkeit alles sah und wusste. Ähnliches ereignete sich später mehrmals. In seinem »Gespräch über Dante« spricht O. M. unter anderem von der gegenseitigen Durchdringung der Welt des Gefängnisses und der freien Außenwelt und davon, wie nutzbringend es für die Machthaber ist, dass die Untertanen sich gegenseitig durch erschreckende Erzählungen aus dem Gefängnis in Angst versetzen. Wsewolod Roshdestwenskij hat seinen Auftrag anweisungsgemäß ausgeführt, aber aus irgendeinem Grunde vergaß er, diese Begebenheit in seinen Erinnerungen zu erwähnen. Stattdessen ließ er Mandelstam über die akmeistische Dichtung eines elitären Kreises sprechen und schrieb ihm Gedanken und Lehrsätze zu, die der Ästhet, der so allerdings ausschließlich in der Vorstellung der sowjetischen Kritik existierte, offenbar zu sagen hatte. Mandelstam werden sicher noch viele alberne Aussagen in den Mund gelegt werden. Das beste Kriterium, um die Authentizität dieser vermeintlichen Aussagen zu prüfen, sind die von O. M. verfassten Aufsätze, denn diese sind seine Stimme, mit der er seine Positionen kundtat. Seine Zeitgenossen waren ihm nicht gewachsen, und sie haben in ihren Erinnerungen seine Gedanken mit Bedacht oder unbedacht entstellt. Denen, die in den zwanziger Jahren, als die Fesseln bereits enger angezogen wurden und man die Menschen mit den Predigten über die neue Religion manipulierte, als die alten Werte abgeschafft und der Weg in die Zukunft bereitet wurde, den neuen Ideen gläubig ergeben waren, fiel es besonders schwer, O. M. zu verstehen.

Umwertung der Werte

O. M. glaubte nicht, dass die Herrschaft des Neuen tausend Jahre währen würde, und stand der Revolution gewappnet gegenüber. Sein Rüstzeug war ein schweres, nämlich zum einen seine christlich-jüdische

Kultur, wie seine unwissenden Freunde es nannten, zum anderen die mit Großbuchstaben geschriebene Revolution und der Glaube in ihre rettende und erneuernde Kraft, an soziale Gerechtigkeit, den Vierten Stand und an Herzen. Als wir uns kennenlernten, hatte O. M. die Lektüre der Werke Herzens bereits beendet, die ihn zweifelsohne maßgeblich geprägt hatten. Die Einflüsse der Werke Herzens sind in O. M.s gesamtem Werk zu finden – in »Rauschen der Zeit«, in der Angst vor der Vogelsprache, im Löwenjungen, das der gleichgültigen Masse seine schmerzende Pfote entgegenstreckt, die sich entzündet hat, weil es sich einen Splitter eingetreten hat – wobei sich später herausstellt, dass der Splitter eine Hechtgräte ist, die im Unterholz steckte –, in seinen Übersetzungen Barbiers und in seiner Auffassung über die Rolle der Kunst. »Die Poesie ist eine Macht«, sagte er in Woronesch zu Anna Andrejewna, und sie neigte ihren langen Hals. Die Verbannten, Kranken, Erniedrigten, Gehetzten weigerten sich, ihrer Macht zu entsagen. O. M. trat auf wie jemand, der über Macht verfügte, und das machte jene, die ihn verfolgten, ganz besonders wütend. In ihrem Verständnis war Macht der Besitz von Waffen, ein Geheimdienst, die Möglichkeit, alles, auch den Ruhm, auf Bezugsscheine zuzuteilen und beim Künstler Selbstporträts in Auftrag zu geben. O. M. jedoch wiederholte beharrlich seinen Standpunkt: Wenn man Menschen umbringt, weil sie Gedichte schreiben, bedeutet das, dass der Dichtung die ihr zustehende Hochachtung und der ihr zustehende Respekt erwiesen wird, das bedeutet, dass man sie fürchtet, und das wiederum bedeutet, dass sie eine Macht ist.

Ein unheilvolleres Rüstzeug als das, mit dem O. M. ausgestattet war, hätte man sich nicht vorstellen können. Dass er zum Untergang verurteilt war und in dieser Welt keinen Platz für sich finden würde, war vorherzusehen. Es war unmöglich, das, was geschah, im Namen Herzens zu rechtfertigen. Es war leichter, die Schuld anderen zuzuweisen, als sich zu rechtfertigen. Herzen behielt sich das Recht auf Rückzug und stolze Einsamkeit vor – Omnia mea mecum porto –, O.M. indes erkannte dieses Recht nicht an und nahm es sich nicht. Sein Weg führte nicht von den Menschen weg, sondern zu den Menschen hin, er fühlte sich nicht als Mensch, der über der Masse steht, sondern als Teil der Masse. Jegliche Absonderung verbot sich für ihn, vielleicht ist dies Ausdruck seiner christlich-jüdischen Kultur. Zahlreiche derer, die die Revolution begrüßt hatten, durchlebten einen schweren seelischen Konflikt. Ihr Leben stand im Widerspruch zwischen der Realität, die zu missbilligen war, und dem Prinzip, das die Rechtfertigung dessen, was vor sich ging, erforderlich machte. So verschlossen sie die Augen vor der Realität, um nach Gutdünken Rechtfertigungen für sie zu finden. Wenn sie ihre Augen aber wieder öffneten, erkannten sie deutlich, was vor sich ging. Viele, die ihr Leben lang auf die Revolution gewartet hatten, wandten sich erschreckt ab, als sie begriffen, wie der revolutionäre Alltag aussah. Es gab aber auch jene, die Angst vor ihrer eigenen Angst hatten, vielleicht verpassten sie ja etwas und sahen den Wald vor lauter Bäumen nicht. Zu diesen gehörte O.M. Außenstehende erkannten nicht, dass er die Revolution begrüßt hatte, und entwarfen ein vereinfachtes Bild seines Lebens, indem sie es dessen beraubten, was seine Gedankenwelt entscheidend geprägt hatte. Hätte er die Revolution nicht begrüßt, so hätte er die Entwicklung des Geschehens ignorieren können und sie nicht unter den Kriterien seiner Wertmaßstäbe betrachten müssen. Die vollständige Verneinung der Entwicklungen nach der Revolution hätte Kraft gegeben zu leben und zu lavieren. Davon aber war Mandelstam gänzlich frei. Er lebte das Leben der Menschen seiner Zeit und führte es zu seinem logischen Ende.

Aus O.M.s Gedichten der zwanziger Jahre wird deutlich, dass er keine Zweifel daran hegte, dass mit dem Sieg der Revolution eine neue Ära anbrechen würde. »Die zerbrechliche Zeitrechnung unserer Ära geht dem Ende zu.«

Vom Alten bleibe nur noch ein Laut, obgleich »die Ursache des Lautes verschwunden ist«. Und schließlich das Jahrhundert als Tier mit gebrochenem Rückgrat, das auf die Spuren seiner Pranken starrt. In all diesen Gedichten tritt die Bewertung der eigenen Situation im neuen Leben implizit oder explizit zu Tage: »Der Kalk im Blut des kranken Sohnes«. Hierzu gehört auch die Doppelzüngigkeit aus der »Griffel-Ode«: »Ein Doppelmund, mit Seelen – zwei«.* Bekenntnisse wie dieses sind in allen Gedichten O. M.s zu finden, sie brechen wie unwillkürlich heraus, sind voller Unausgesprochenem, in einen Kontext eingefügt, in dem sie unerwartet sind, wie beispielsweise in »den zu früh geholten Broten, als ein Zustück mitverpasst«. O. M. machte dem Leser den Zugang zu seinen Gedichten nicht leicht, und er spielte nicht mit ihm. Um ihn zu verstehen, musste man ihn kennen.

In den Gedichten dieser Periode ist das zukünftige Schweigen bereits vorhergesagt: »Die menschlichen Lippen, die nichts mehr zu sagen haben, / Bewahren die Form des letzten Wortes, das sie sagten«. Dieser Vers war Grund für den Vorwurf, er wie-

* In den Gedichten der dreißiger Jahre finden sich sehr direkte, auf den Kopf zugesagte Äußerungen ebenso wie bewusst chiffrierte Gedanken. In Woronesch wurden wir einmal von einem »Gedichtliebhaber« mit fast militärischem Habitus aufgesucht, vom Typus, den wir heute »Kunsthistoriker in Diensten« nennen, allerdings war er grobschlächtiger, und er fragte lange und neugierig nach, was denn die Zeile »Es laufen Wellen, brechen Wellen jäh den Rücken« bedeuten solle. »Das bezieht sich doch wohl nicht auf die Fünfjahrespläne?« O. M. ging im Zimmer auf und ab und fragte zurück: »Tatsächlich?« – »Was sollen wir machen«, fragte ich O. M. später, »wenn nun in allem eine versteckte Bedeutung gesucht wird?« – »Sie werden erstaunt sein!«, antwortete O. M. Der Hintersinn seiner Gedichte erschloss sich mir nicht immer, und O. M. erläuterte ihn mir nicht, denn er war sich bewusst, dass auch ich verhaftet werden konnte. Wenngleich sie einen nicht retten konnte, so konnte echte Verwunderung das Schicksal womöglich erleichtern. Beschränktheit und absolute Unkenntnis der Dinge waren in unserem Alltag hochgeschätzt und dienten als Schutzschirm bei einer Verhaftung sowie als Vorzug für das Beamtentum.

derhole sich nur noch. Aber die, die diesen Vorwurf erhoben (Brik, Tarassenkow), fühlten sich nicht in die Gedichte hinein und kamen auf ungeschickte Weise gleich zur Sache. Ihnen war im Kampf jedes Mittel recht. Bereits 1922 wurden Achmatowa und O. M. vom Kreis um Brik, zu dem Literaten und seine Kollegen bis hin zu Agranow gehörten – dort wurde die öffentliche Meinung sondiert, und es wurden erste Dossiers zusammengestellt – als »innere Emigranten« bezeichnet. Das war für ihren weiteren Weg durchaus entscheidend, wobei Brik möglicherweise sogar der Erste war, der im Kampf in der Literatur nichtliterarische Mittel angewandt hat. Gleichwohl ist es mir wichtig, den Unterschied zwischen Brik und den anderen Schergen vom Typ eines Tarassenkow hervorzuheben. O. M. nannte Tarassenkow einen »gefallenen Engel«. Er war ein hübscher, auf Gedichte versessener junger Mann, der ohne Weiteres den »sozialen Auftrag« der Auslöschung der Dichtung übernahm und zugleich gewissenhaft die Manuskripte jener Gedichte sammelte, deren Veröffentlichung er energisch verhinderte. Dadurch unterschied er sich beispielsweise von Lelewitsch, der von Hass gegen die Dichtung an sich ganz durchdrungen war, da sie seiner Ansicht nach eine »bürgerliche« literarische Gattung war. Brik unterschied sich von beiden. Er war ein kluger Mann und begriff vom ersten Tag an, dass bestimmten literarischen Strömungen ein staatliches Patent verliehen würde. Und um ebendieses Patent kämpfte er mit einer großen Zahl von Konkurrenten. Der Kampf wurde verwegen geführt, und eine ganze Zeit lang schien es, Brik würde obsiegen. Er gewann zahlreiche Anhänger, die jungen Menschen überzeugte er im Handumdrehen mit seinem Charme. Einflussreiche Persönlichkeiten aus Kreisen der Partei, besonders Tschekisten, die sich für Ästheten hielten, unterstützten ihn. Er taktierte zielstrebig, riskierte viel, den Sieg aber trug schließlich Awerbach davon, der erst später mit seiner RAPP auf den Plan getreten war und die Position mit dem Rückgriff auf Pissarew eroberte, den die Mittelschicht der Intellektuellen seit ihrer Kindheit liebte. Mit dem

Sturz der RAPP fiel kein Schatten des Kampfes mehr auf die Literatur. Der Streit unter den zahlreichen Gruppierungen, die einander das staatliche Literaturpatent streitig machten, wurde ausschließlich mit politischen Waffen geführt. Brik jedoch hatte, als er Achmatowa und Mandelstam aus dem Weg räumte, nicht die Absicht, sie politisch zu denunzieren, sein Interesse war ausschließlich, junge Leser, die für das »Neue« entflammt waren, auf seine Seite zu ziehen, was ihm lange auch gelang – O. M. und Achmatowa waren plötzlich isoliert. Die letzten Mohikaner der LEF, die heute über sechzig sind, singen immer noch das Loblied der zwanziger Jahre und sind bis heute erstaunt über die jungen Leser, die sich von ihrem Einfluss befreit haben.

Die zwanziger Jahre waren die vielleicht schwierigste Zeit in O. M.s Leben. Weder früher noch später, als das Leben ungleich schrecklicher war, sprach O. M. mit so viel Bitterkeit über seine Position in der Welt. Seine frühen Gedichte, die noch ganz erfüllt sind von der Wehmut und Sehnsucht der Jugend, lassen seine Vorfreude auf den kommenden Sieg und die Gewissheit der eigenen Kraft erkennen: »Der Flügelschlag, gewiß, / Ich hör, ich fühle ihn«. In den zwanziger Jahren indes schreibt er immer wieder über Krankheit, eigenes Ungenügen und schließlich Unzulänglichkeit. Diese Periode endete damit, dass er sich gleichsam mit Parnok verwechselte und in ihm geradezu seinen Doppelgänger sah. Durch die Gedichte wird deutlich, dass er seine ersten Zweifel an der Revolution als seine Unzulänglichkeit und Krankheit sah: »Wen bringst du um noch? Wen wirst du noch preisen? / Und welche Lüge fällt dir wohl noch ein?« Doppelmund ist der, der versucht, »das Jahrhundert-Wirbelband« zu leimen, und die Umwertung der Werte nicht wagt.

Die Umwertung der Werte betrachtete O. M. mit äußerster Vorsicht, machte aber auch Zugeständnisse. Vor allem suchte er seine Beziehung zur »Welt der Mächtigen« zu klären. Darüber schreibt er in »Rauschen der Zeit«, »Die ägyptische Briefmarke«

und im Gedicht »Der Welt der Mächtigen war ich nur kindlich verbunden«. Dieses Gedicht ist, obgleich in den dreißiger Jahren entstanden, inhaltlich in die zwanziger Jahre einzuordnen. Seine Verbindung zur »Welt der Mächtigen« bezeichnete O. M. als kindlich, rechnete ihr aber vieles zu, sogar die Kränkungen, die ihm als jungem Mann von schönen Frauen, den »zärtlichen Europäerinnen«, zugefügt wurden. Die größten Zugeständnisse an die Umwertung der Werte machte er in drei oder vier literarischen Aufsätzen, die in »Russkoje isskustwo«, »Rossija« und in der Kiewer Abendzeitung erschienen – 1926 war eine Veröffentlichung seiner Arbeiten in den wichtigsten Zeitungen und Zeitschriften für O. M. bereits nicht mehr möglich, aber es kam vor, dass in der nicht in Moskau herausgegebenen, zweitrangigen Presse das eine oder andere durch die Maschen der Zensur schlüpfte. In diesen Aufsätzen wird das Verlangen deutlich, seine Stimme zu erheben, was auch immer geschehen möge, und sie sind sein zaghafter Versuch, am Leben teilzuhaben, indem er dieses oder jenes befürwortete und guthieß, etwas anderes hingegen ablehnte. O. M. unternahm gar den Versuch, Rechtfertigungen für den einen oder anderen zeitgenössischen Prosaschriftsteller der sogenannten »Weggenossen« zu finden, obwohl ihm selbstverständlich klar war, dass sie einen anderen Weg gingen als er. In zwei in »Russkoje isskustwo« veröffentlichten Aufsätzen findet sich Kritik an Achmatowa – auch dies ein Tribut an die Zeit. Ein Jahr vor der Veröffentlichung in »Russkoje isskustwo« war ein Artikel O. M.s in der Charkower Zeitung erschienen, in dem er Achmatowas Genesis aus der russischen Prosa herleitete, und in einer noch früheren, unveröffentlichten Rezension des »Musenalmanach« schrieb er, die »ärmlich gekleidete, doch sehr würdevolle Frau« werde einstmals Russland ganzer Stolz sein. 1937 hielt er in Woronesch einen Vortrag über den Akmeismus, zu dem man ihn gedrängt hatte in der Erwartung, er werde diesen diskreditieren, und er antwortete im Anschluss auf eine Frage aus den Reihen der örtlichen Schriftsteller in Bezug auf Achmatowa und Gumiljow:

»Ich sage mich weder von den Lebenden noch von den Toten los.« Diese Antwort gab er auch auf die Frage der Schriftsteller in Leningrad bei einer Lesung im Haus der Presse. Mit anderen Worten: Er stellte seine Verbindung zu Achmatowa und Gumiljow niemals in Frage. Der Versuch, sich 1922 vom Akmeismus loszusagen, ist zurückzuführen auf die Treibjagd, die gegen dessen Vertreter losgetreten worden war, auf die lauthals vorgetragene Kritik, der Akmeismus sei nicht mehr zeitgemäß, bürgerlich und Ähnliches. O. M. fühlte sich »allein, wo ich auch bin«, und hielt dem Druck nicht stand. Er wusste sich wirklich nicht anders zu helfen. Allein gegen den Strom der Zeit zu schwimmen ist nicht einfach. In gewissem Sinne hat sicher jeder von uns die Versuchung verspürt, hinter den anderen herzurennen, ein Teil der Masse zu werden, die wusste, welchen Weg sie zu gehen hatte. Die Macht der »öffentlichen Meinung« ist erdrückend, sich ihr zu widersetzen ist schwieriger, als man denkt, und jedem Einzelnen drückt die Zeit ihren Stempel auf. Die Bestrebungen der Zeit waren es, O. M. gegen seine einzige Verbündete, nämlich Achmatowa, aufzubringen. Tatsächlich ist es nicht viel einfacher, zu zweit gegen alle anderen zu stehen, als allein, und deshalb suchte er das verbindende Band zu ihr durchzuschneiden, aber er besann sich rasch eines Besseren. Schon bei der Arbeit an einem Sammelband seiner Aufsätze im Jahr 1927 sortierte er einen der in »Russkoje iskusstwo« erschienenen Artikel aus, aus dem anderen strich er die Kritik an Achmatowa. Auch auf den in der in Kiew erscheinenden Zeitung »Rossija« publizierten Artikel verzichtete er und bezeichnete diese beiden Artikel in seinem Vorwort zum Sammelband als »irrig«. Die Zeit, in der diese Aufsätze entstanden, betrachtete er im Nachhinein als die schlimmste Zeit seines Lebens. In seiner Abrechnung mit den für ihn so niederdrückenden Jahren 22 bis 26 entging O. M. allerdings, dass er auch dort viel Richtiges und sehr unkonventionelle Gedanken geäußert hatte; das bezieht sich vor allem auf einige Artikel, in denen er gegen die allgemeine Erstarrung anschrieb.

Besonders charakteristisch für die Zeit der Umwertung der Werte war vielleicht O. M.s Einstellung zu seinem Aufsatz über Skrjabins Tod. In diesem Artikel hatte er seine Auffassung über die christliche Kunst dargelegt, er ist also so etwas wie sein wahrhaftiges Credo. Hier führte er seine Idee aus, dass der Tod eines Künstlers nicht sein Ende, sondern ein letzter schöpferischer Akt ist. Und unter dem Gesichtspunkt, dass er für sich den »zahllos geteilten« Tod wählte, sind diese Ausführungen von großer Bedeutung.

Dieser Aufsatz wurde nie veröffentlicht, es war ein Vortrag, den O. M. in Petersburg gehalten hat, vielleicht auf einer Versammlung der Religiös-Philosophischen Gesellschaft. Die Versammlungen dieser Gesellschaft fanden im privaten Kreis statt. Zu einer dieser Versammlungen erschien ein bekannter Hochstapler, der sich Fähnrich Sawin nannte, baute auf dem Treppenabsatz einen Tisch auf, verlangte Eintritt und sprach dann in der Diskussion vom russischen Teufel, der sich durch besondere Schläue, Pfiffigkeit und besonderen Scharfsinn auszeichne. O. M. besuchte die Versammlungen dieser Gesellschaft nur selten, da er mit Kablukow, einem der Organisatoren, bekannt war. Dieser ältere Herr nahm sich sehr aufmerksam O. M.s an, der damals noch am Beginn seiner Laufbahn als Dichter stand. Erst kürzlich habe ich das einstmals Kablukow gehörende Exemplar des Gedichtbands »Der Stein« erstehen können, in das dieser seine Abschriften sowie Varianten und Autographen von O. M.s Gedichten eingeklebt hatte. Er war es auch, der O. M.s Manuskript über Skrjabin an sich genommen hatte. Als wir 1921 im Kaukasus waren, starb Kablukow, und sein Archiv wurde der Russischen Öffentlichen Bibliothek in Petrograd übergeben. O. M. beklagte sich bitterlich darüber, dass die Arbeit über Skrjabin damit für ihn unzugänglich geworden war. »Das ist mit das Wichtigste, das ich geschrieben habe, und jetzt ist es für mich verloren. Ich habe einfach kein Glück.« In den zwanziger Jahren habe ich einige einzelne Seiten des Entwurfs für das Manuskript in einem Reisekoffer bei O. M.s

Vater gefunden. O. M. hat sich darüber sehr gefreut, seine Einstellung zu dieser Arbeit aber war zwiespältig. Er bat mich, die Blätter aufzubewahren, in der Zeit der »Umwertung« indes war er versucht, seine dort getroffenen Aussagen zu revidieren. In den Entwürfen zur »Ägyptischen Briefmarke« finden sich Spöttereien über Parnok, der einen Vortrag im »Salon der Madame Perepletnik« zu halten gedachte – ein eindeutiger Hinweis auf den Skrjabin-Vortrag. In der Endfassung ist lediglich die Vorhersage, dass Parnok aus den »prunkvollen Gemächern der Musik und Geschichte« hinausgeworfen würde, da der Rasnotschinze dort nichts verloren habe und es ihm nicht anstehe, einen »allzu herrschaftlichen Pelz« zu tragen. Auf das Thema des Rasnotschinzen, der im Gegensatz zum prunkvoll-prächtigen Petersburg steht, kommt O. M. immer wieder zurück. Er hat wohl selbst in seinen jungen Jahren in den Petersburger Salons die Erfahrung gemacht, dass er in diesen Kreisen ein Fremder blieb. Beispielsweise betrübte ihn sehr die Lektüre von Makowskijs Erzählung, in der davon berichtet wird, wie O. M.s Mutter einmal im Redaktionsbüro der Zeitschrift »Apollon« erschien. Makowskij stellte O. M.s Mutter als ein ungehobeltes jüdisches Marktweib dar, denn ihm lag offensichtlich daran, einen billigen Effekt zu konstruieren – ein genialer junger Mann aus unfeiner Familie. Tatsächlich aber war O. M.s Mutter eine sehr kultivierte Frau, sie war Musiklehrerin, hatte ihrem Sohn die klassische Musik nahegebracht und allen ihren Kindern eine gute Bildung zukommen lassen. Die unfeine Sprache, die Makowskij ihr in den Mund legte, war absolut nicht ihre Art. Dies ist nur ein Beispiel für die herablassend-großherrschaftliche Art, die O. M. zu der Überzeugung gelangen ließ, er sei als Rasnotschinze nicht wohlgelitten. Seine Beziehung zur »Welt der Oberen« und seine Herkunft aus der Schicht der Rasnotschinzen hat O. M. in der »Ägyptischen Briefmarke« dargelegt. Ähnliches findet sich auch im »Gespräch über Dante«, wo der weltgewandte Vergil den ungelenken und sich leicht ereifernden Dante immer wieder zurückhält, damit er sich nicht bloßstelle. Das ist aber keine Abrechnung mit der alten Welt, denn vor unseren Augen erstand zu jener Zeit eine neue Welt der Oberen, gegen die sich die alte bemitleidenswert dilettantisch ausnahm. Die damals erfolgende Umwertung half O. M. dabei, seinen Platz in dieser neuen Welt zu finden. Ein weiteres Mal erklärte er, dieses Mal in einem Gedicht, seine Stellung als Rasnotschinze: »Haben dafür denn die klugen Habenichtse / Sich die Stiefelsohlen abgetreten, damit ich sie nun hier verrate?« Und was blieb dem Rasnotschinzen in der Sowjetunion außer der christlich-jüdischen Kultur? O. M. bewahrte sie zusammen mit den Seiten des Aufsatzes über Skrjabin. Und im Gegenzug sprach er einem anderen Rasnotschinzen, dem Bruder Parnoks, Alexander Gerzowitsch, das Recht auf Musik ab: »Ist alles, du mein Gerzowitsch, / Seit langem alter Brei ... / Lass Alexander Scherzowitsch, / Was nützt es! Einerlei!«

Seine Versuche, mit der Epoche übereinzukommen, waren zum Scheitern verurteilt, denn sie forderten allzu viel vom Kapitulanten. O. M. setzte sich mit der Revolution auseinander, nicht jedoch mit dem »Neuen«, das im Entstehen begriffen war, nicht mit der herrschenden Welt besonderen Typs, in der wir uns unvermittelt wiederfanden. Seine Auseinandersetzung hatte in unserer Realität keinen Ansprechpartner. Der Chor der Adepten der neuen Religion, die massenhaft die revolutionäre Terminologie verwendeten, wollte vom neuen Rasnotschinzen mit seinen Zweifeln und Unsicherheiten nichts wissen. Den Adepten und Weggenossen war alles klar. »Die Frage ist doch nur, wer das größte Stück vom Kuchen ergattert«, sagte W. I. »Wahrheit heißt auf Griechisch ›Mrija‹«, lachte Katajew. »Anderes ist hier bei uns nicht möglich.« Sätze wie »Man muss sich darüber klar sein, wo man lebt!« und »Was wollt ihr eigentlich!« bekamen wir von allen Seiten zu hören, O. M. aber setzte weiterhin alle mit dem Vierten Stand gleich: »Lass ich sie je verleumden und verlästern – / ... Den wunderbaren Eid, dem Vierten Stand geleistet.« Womöglich hat er, von der Entfesselung der Adepten erschreckt, in diesen Versen ja seine Treue dem gegenüber beschworen, das die Adepten längst verraten hatten? Sie hatte er im Sinn, als er Barbiers Gedicht »Hundezank« übersetzte: »Mit den Krallen reißen sie das Fleisch, unter den Zähnen krachen die Borsten – jeder braucht sein eigenes Stück. So lautet das Gesetz der Hundehütte, das Gesetz der Hundeehre: Schleif dein Stück nach Hause, wo eifersüchtig die stolze Hündin mit gesträubtem Fell ihren Mann erwartet, damit er, wie es dem Familienvater ansteht, ihr den noch dampfenden Knochen in seinen Zähnen zeige und, wenn er ihr das Aas hinwirft, rufe: ›Das ist Macht! Das ist unser Anteil in dieser erhabenen Zeit.‹« Dieses Gedicht Barbiers übersetzte O. M. 1923; 1933 nahm er das Motiv des »Familienvaters« in dem Gedicht über die Wohnung noch einmal auf: »Nur irgendein reiner Verräter, / So saubergekocht wie das Salz, / Ein Ehefrau- und Kindervertreter / Schlägt Motten wie die, und bezahlt's.« Mit der Übersetzung von Barbiers Gedicht beschäftigte sich O. M. im Sommer, in den Winter desselben Jahres fiel sein Eid, den er dem Vierten Stand geschworen hat. Es ist sicher kein Zufall, dass dieser Eid bei denen, die über die Verteilung der Wohltaten befanden, eine derart kühle Aufnahme fand.

Vielleicht hörte O. M. auf zu dichten, weil er in seinen Zweifeln und Unsicherheiten nicht mehr davon überzeugt war, ob er mit seinen Positionen recht hatte oder nicht. Durch seine Prosaarbeiten definierte er seinen Platz im Leben, bekräftigte seine Position, fand die Begründung für seinen Standpunkt. Sein »Hier stehe ich. Ich kann nicht anders.« Die Gedichte kehrten zu ihm zurück, als O. M. sich wieder sicher war, im Recht zu sein und den richtigen Standpunkt gewählt zu haben. »Er ließ fließen, er ließ tanzen / Wellen echter Redlichkeit«. Bereits in »Über den Gesprächspartner«, einem der ersten Aufsätze, die er schrieb, bekräftigte O. M., »Poesie [sei] das Bewusstsein ihrer Rechtlichkeit«, und dieses Bewusstsein war für ihn Voraussetzung und Bedingung für die Arbeit, denn andernfalls hätte er sie nicht ganz zu Beginn seiner dichterischen Laufbahn so kühn formulieren können – er war ja gerade erst zweiundzwanzig Jahre alt, als er diesen Aufsatz schrieb. Als er versuchte, die Realität anzunehmen, musste er seine Zweifel und Unsicherheiten verwerfen. Als er dem Chor der Vertreter des »Neuen« aufmerksam gelauscht hatte, war er ob seines einsamen Standpunkts nicht mehr verwundert. Er wurde von den Symbolisten, den Anhängern der LEF, der RAPP und allen anderen Gruppierungen angegriffen, die die neue Realität bedingungslos verteidigten, und deshalb musste er sich wie »ein zu früh geholtes Brot« fühlen. Mit diesen Gefühlen ist das Bewusstsein, im Recht zu sein, nicht zu vereinbaren. Wohl gab es immer auch Leser, die nicht von ihm abrückten und seinen Namen verehrten, aber O. M. wich unwillkürlich vor ihnen zurück, und unerklärlicherweise war er mit ihnen unzufrieden, vielleicht, weil er sie auch zu den »zu früh geholten Broten« zählte und glaubte, es gäbe tatsächlich irgendwo wahrhafte neue Menschen. In den zwanziger Jahren begriff er noch nicht, dass diese »neuen Menschen«, die so forsch und lautstark waren, eine klassische Metamorphose durchmachen und versteifen, was ganz natürlich ist, wenn man verliert, was den Mensch zum Menschen macht, nämlich den Begriff von Wertvorstellungen.

Die Befreiung erfolgte durch die Prosa, und zwar durch die »Vierte Prosa«. So nannten wir das Werk eigentlich nur unter uns, denn es war zusammen mit den Artikeln, die er geschrieben hatte, sein viertes Prosawerk, und zugleich verweist die Zahl auf den Vierten Stand sowie auf Rom – unser Rom war ja auch das vierte. Es war ebendiese Prosaarbeit, die wieder den Weg für Gedichte bereitete, O. M.s Position in der neuen Realität definierte und ihm das Gefühl gab, mit dieser Position im Recht zu sein. In der »Vierten Prosa« bezeichnete O. M. unsere Welt als blutdurchtränkt, verurteilte die offizielle Literatur, riss sich den literarischen Pelz vom Leib und reichte seine Hand wieder dem Rasnotschinzen, dem »allerältesten Komsomolzen Akakij Akakijewitsch«. In einer Zeit der Gefahr vernichteten wir das erste Kapitel, in dem von unserem Sozialismus die Rede war.

Der Grund für die Entstehung der »Vierten Prosa« ist ein biographischer, nämlich die Eulenspiegel-Affäre mit all ihren Auswüchsen. Diese Angelegenheit hätte kein derartiges Aufsehen erregt, hätte O. M. sie nicht aus lauter Verzweiflung aufgebauscht. Zugleich aber zwang ihn diese Sache, die Augen vor der Realität nicht mehr zu verschließen. Der in den sowjetischen Behörden herrschende Geist erinnerte tatsächlich, wie Nikolaj Bucharin es einmal zutreffend ausgedrückt hat, an den Gestank einer Jauchegrube. Während dieser »Angelegenheit« schien uns, vor uns liefe ein Film ab, der von der zum Dienst am »Neuen« verpflichteten Literatur handelte, vom Beamtentum, von einem ungeheuerlichen bürokratischen Apparat – wir mussten ja sogar mit Schkirjatow sprechen –, von Redaktionsbüros der Zeitungen mit ihren Typen vom Schlage Saslawskijs und von der Komsomol-Zeitung, in der O. M. etwa ein Jahr, nachdem er mit allen Schriftstellervereinigungen gebrochen hatte, gearbeitet hatte, und so weiter und so fort. Die Streitigkeiten dauerten fast zwei Jahre, aber diese Zeit zahlte sich hundertfach aus – der »kranke Sohn seines Jahrhunderts« begriff plötzlich, dass ja er es war, der gesund war. Als er wieder dichten konnte, erinnerte in seinen Versen nichts, aber auch gar nichts mehr an das »Zustück«. Seine Gedichte waren nun die Stimme eines Abtrünnigen, der sich darüber im Klaren war, warum er allein auf weiter Flur stand, und der stolz war auf seine Isolation. O. M. war erwachsen geworden und wurde zum »Augenzeugen«. Das Gefühl der Unzulänglichkeit verschwand wie ein Traum. Bis Mai 1934, also in der ersten Zeit der Auslöschung von Mandelstam, wurden Methoden angewandt, die weder mit Politik noch mit Literatur etwas zu tun hatten. Unterstützt »von oben«, handelten die Schriftsteller eigenmächtig und selbständig. »Mir als Dichter kommen sie nicht bei«, war O. M. überzeugt, »deshalb beißen sie in das Übersetzerbein.« Vielleicht war es ebendieses Spiel der Einschränkung, das ihm half, sich wieder aufzurichten. Merkwürdigerweise war es auch in seinem Fall so, dass die persönliche Erfahrung den Schlüssel zum Verständnis der Realität lieferte. Einfacher gesagt, die Sowjetmenschen schätzten ihre Blindheit sehr und waren erst bereit, die Realität zu erkennen, wenn sie sie an eigener Haut erfahren hatten. Massenvernichtungskampagnen wie die Entkulakisierung, die Jeshowschtschina und die Maßnahmen der Nachkriegsjahre – sie beförderten die Tatsache, dass der Kreis derer, die das Augenlicht wiedererlangten, größer wurde. O. M. war unter jenen, denen dies früh geschah, aber er war keinesfalls unter den Ersten.

O. M. war sich stets dessen bewusst, dass seine Auffassungen denen der Zeit entgegengesetzt waren, »der Welt gegen den Strich« liefen, aber nach der »Vierten Prosa« machte ihm das keine Angst mehr. Es ist kein Zufall, dass er im »Gespräch über Dante« und in »Kanzone« über den besonderen Sehsinn der Raubvögel und Toten in Dantes »Komödie« sprach – sie erkennen die Dinge aus der Nähe nicht, verfügen aber über die Fähigkeit, etwas in großer Entfernung klar zu sehen. Sie sind blind für die Gegenwart, vermögen aber die Zukunft klar zu sehen. Die Prosa ergänzt hier wie immer die Gedichte und taucht sie in ein klareres Licht.

Auf der Rückreise aus Armenien, als wir in Tiflis Station machten, konnte O. M. plötzlich wieder dichten. Es war, als liefe der Film weiter. Vor unseren Augen begann die Abrechnung mit Lominadse. Er hatte sich in seinen letzten Tagen in Tiflis O. M. gegenüber sehr wohlwollend gezeigt, denn er hatte ein Telegramm des ZK von Gussew erhalten mit der Anordnung, O. M. in Tiflis zu unterstützen, und war gewillt, dies zu tun, wurde dann aber nach Moskau zitiert, kehrte nicht mehr nach Tiflis zurück, und die Zeitungen überschlugen sich mit Kraftausdrücken über irgendeine feindlich gesinnte Gruppierung Lominadses und Syrzows. Das war unser Schicksal: Jeder aus den oberen Etagen, mit dem O. M. eine gemeinsame Sprache finden konnte, kam wie zwangsläufig zu Tode. Das bedeutete, dass es für den Rasnotschinzen neuen Typs in der neuen Welt der Macht keinen Platz gab. Nachdem Lominadses Tragödie wie aus heiterem Himmel ihren Lauf genommen hatte – O.M. hatte ihn drei oder vier Mal offiziell im Obkom aufgesucht –, bemerkten wir, dass uns auf Schritt und Tritt Spitzel folgten. Offensichtlich hatten die örtlichen Behörden beschlossen, ein Auge auf den merkwürdigen Besucher des in Ungnade gefallenen Lominadse zu haben. Dadurch begriffen wir, dass wir in Tiflis nichts mehr verloren hatten, und nahmen Reißaus Richtung Moskau. Als wir Gussew, der ja den Kontakt zu Lominadse hergestellt hatte, von der Überwachung durch die Spitzel berichteten, hörte er uns mit versteinerter Miene an. Derart versteinerte Mienen vermochten nur sowjetische Beamte aufzusetzen. Sie bedeutete: »Woher soll ich denn wissen, wieso Sie sich an einen Volksfeind gewandt haben und welche Gründe die georgischen Genossen für Ihre Überwachung hatten!« Damals bereits konnte jeder, obgleich er absolut nichts damit zu tun hatte, in ein Verfahren hineingezogen werden, das gegen einen anderen geführt wurde, und das war der Grund, weshalb Gussew seine steinerne Maske aufsetzte. Auch Molotow, der auf Bitte von Bucharin hin Gussew mit der Organisation unserer Reise nach Suchumi und Armenien und weiterer Unterstützung O.M.s beauftragt hatte, hätte dies getan. Wohin auch immer wir auf unserer Reise gekommen waren, hatte Gussew die örtlichen Parteiorganisationen um Unterstützung und Beistand gebeten. Bei Lominadse hatte er sich an einen Menschen gewandt, dem es bestimmt war, kurze Zeit später ums Leben zu kommen.* Das hätte auch O.M.s Tod bedeuten können, doch diese Angelegenheit blieb folgenlos. Ein Verfahren wurde dessentwegen nicht eingeleitet, hätte aber durchaus eingeleitet werden können. Wir hatten Glück. Damals war uns das nicht klar, und wir lachten über Gussews steinerne Maske. Mit der

* Lominadse kam zu dieser Zeit noch nicht ums Leben, sondern wurde nur aus Georgien abberufen.

Affäre um Lominadse endete Gussews Unterstützung O. M.s, aber ich kann nicht behaupten, dass wir mit leeren Händen dagestanden hätten, denn in Armenien begann er wieder zu dichten, und es brach eine neue Zeit in seinem Leben an.

Künstlerisches Arbeiten

Erst im Jahr 1930 habe ich begriffen, wie Gedichte entstehen. Zuvor meinte ich immer, es sei ein Wunder geschehen – etwas, das nicht existiert hatte, war plötzlich da. Zu Beginn, in den Jahren zwischen 1919 und 1926, hatte ich nicht die leiseste Idee, dass O. M. arbeitete, und war immer wieder überrascht, warum er plötzlich derart angespannt und konzentriert war, mir keine Beachtung schenkte, wenn ich ihn ansprach, und nach draußen, auf den Hof oder die Straße eilte. Später konnte ich es mir dann erklären, habe den Prozess aber noch nicht ganz durchdrungen. Erst als die Zeit des Schweigens zu Ende war, also im Jahr 1930, wurde ich, ohne dass ich es wollte, Zeugin seines künstlerischen Arbeitens.

Besonders eindrücklich war dies in Woronesch der Fall. Das Leben in einem der Zimmer, die wir angemietet hatten, in einem Loch, Kabuff oder auf einer Schlafstatt – wie soll ich es nennen? –, wo wir einander ständig unter den Augen waren, ganz auf uns gestellt, das armselige Leben der aus der Heimat Vertriebenen also ließ mich Einblick gewinnen in alle Details des »süßen Tons des künstlerischen Mühens«. Während seiner Arbeit zog sich O. M. nicht von den Menschen zurück. Er sagte, wenn die Arbeit einmal begonnen habe, könne ihn nichts mehr stören. Wassilissa Georgijewna Schklowskaja, mit der er sehr gut befreundet war, berichtet, im Jahr 1921 – sie waren damals Nachbarn im Haus der Kunst an der Mojka – sei er immer wieder bei ihr aufgetaucht, um sich am kleinen Kanonenofen aufzuwärmen. Manchmal legte er sich auf den Diwan und hielt sich mit einem Kissen die Ohren zu, um die Gespräche der zahlreichen im Zimmer Anwesenden nicht zu hören. Wenn er dichtete und ihm in seinem Zimmer die Decke auf den Kopf fiel, ging er hinüber zu Wassilissa. Das Gedicht über den Engel Maria entstand im Zoologischen Museum bei einem Besuch bei Kusin, der dort Kustos war. Wir wollten mit ihm und einigen seiner Freunde eine Flasche georgischen Weins trinken, die mit ein paar Kleinigkeiten zu essen heimlich im wissenschaftlichen Portefeuille ins Museum geschmuggelt worden war. Wir saßen am Tisch, O.M. aber verstieß gegen das Ritual der Weintrinker und ging im riesigen Kabinett auf und ab. Das Gedicht entstand wie immer im Kopf. Noch im Museum diktierte er es mir. Überhaupt war er nach unserer Heirat zu bequem, die Gedichte selbst zu notieren, und wollte nur noch diktieren.

Unter Lebensumständen wie den unsrigen in Woronesch war es unmöglich, unbeobachtet zu sein. Wo immer wir ein Zimmer mieteten, gab es keinen Ort wie Korridor oder Küche, an den O.M. sich hätte zurückziehen können, wenn er das Bedürfnis hatte, allein zu sein. Auch in Moskau hatten wir nicht Gott weiß wie gewohnt, besser gesagt, Gott weiß, wie wir gewohnt haben, aber dort hatte ich zumindest die Möglichkeit, für ein Stündchen irgendwohin zu gehen, damit er alleine sein konnte. In Woronesch jedoch konnte ich nirgendwohin, draußen war es kalt, denn zu allem Überfluss waren die Winter streng. Und so tat ich, je näher der Schaffensprozess seiner Vollendung entgegenging, in meinem Mitgefühl für das in seinem Käfig eingesperrte wilde Tier alles, was ich konnte: Ich legte mich aufs Bett und stellte mich schlafend. Nachdem O.M. das durchschaut hatte, bat er mich bisweilen, etwas zu »schlafen« oder ihm wenigstens den Rücken zuzukehren.

In unserem letzten Jahr in Woronesch, als wir bei der Schneiderin wohnten, war unsere Isolation kaum auszuhalten. Unser Leben spielte sich zwischen unserem Kabuff und der Telefonvermittlungszentrale ab, die sich in unmittelbarer Nähe des Hauses befand. Von dort riefen wir meinen Bruder an. Von zweien unserer Freunde, nämlich Wischnewskij und

Schklowskij, erhielt er in jenem Winter regelmäßig jeweils hundert Rubel, die er an uns weiterleitete. Beide hatten Angst, uns das Geld auf direktem Wege zukommen zu lassen. In der Zeit machte alles Angst. Das Geld wandten wir für die Miete des Zimmers auf, es kostete genau zweihundert Rubel. Wir hatten keinerlei Einkommen, sowohl in Moskau als auch in Woronesch ließ man weder O. M. noch mich zu irgendeiner Arbeit zu. Man war übervorsichtig. Wenn wir Bekannten auf der Straße begegneten, wandten sie den Blick ab oder schauten uns an, als würden sie uns nicht kennen – auch dies ein sehr verbreiteter Ausdruck der Vorsicht. Lediglich Schauspieler erlaubten sich, von diesen allgemein geltenden Regeln abzuweichen, sie lächelten uns an und kamen sogar auf der Hauptstraße auf uns zu. Das ist vermutlich damit zu erklären, dass auf die Theater weniger Druck ausgeübt wurde als auf andere Institutionen. Die Einzigen, die uns zu Hause besuchten, waren Natascha Schtempel und Fedja, aber beide arbeiteten und hatten deshalb nur selten Zeit. Natascha erzählte, ihre Mutter habe sie gewarnt, dass diese Besuche unangenehme Folgen zeitigen könnten, und daraufhin habe sie der Mutter nicht mehr erzählt, wenn sie bei uns gewesen ist. Ihre Mutter habe sie daraufhin gefragt, warum sie es verheimliche, sie wisse ja doch, dass sie uns besuche. Es sei die Aufgabe der Mutter, sie zu warnen, Natascha aber müsse selbst entscheiden, was sie tue. Und sie möge uns doch einmal einladen. Danach waren wir dann oft bei den beiden zu Gast, die Mutter bewirtete uns mit allem, was sie im Hause hatte. Von ihrem Mann, einem Adelsmarschall, war sie schon lange geschieden und arbeitete seitdem, um sich und ihre beiden Kinder durchzubringen, als Lehrerin, zunächst an der städtischen Lehranstalt, später an einer Grundschule. Maria Iwanowna war eine bescheidene, kluge und unbeschwerte Frau, und sie war der einzige Mensch in Woronesch, der uns zu Hause empfing. Alle anderen Türen waren für uns fest verschlossen, mit Schlössern zweifach gesichert. Wir waren Parias, Unberührbare der sozialistischen Gesellschaft.

Alles deutete auf ein nahes Ende hin, und O. M. suchte die Zeit, die ihm noch blieb, zu nutzen. Ihn trieb vor allem das Gefühl an, er müsse sich beeilen, denn er fürchtete, es könne plötzlich zu spät sein, und er werde nicht mehr alles sagen können, was er noch sagen wollte. Mitunter bat ich ihn, er möge sich schonen, ein wenig spazieren gehen, schlafen, aber er winkte stets ab. »Ich kann nicht, ich habe keine Zeit mehr, ich muss mich beeilen.«

Die Gedichte flossen nur so aus ihm heraus, eines nach dem anderen. Es waren stets mehrere zur gleichen Zeit im Entstehen. Er bat mich häufig, sie schriftlich festzuhalten, und oftmals diktierte er mir dann die erste Fassung von zwei, drei Gedichten auf einmal, die er bereits fertig im Kopf hatte. Ich konnte ihn nicht aufhalten: »Begreif doch, dass ich es sonst nicht mehr schaffe.«

Er hatte eine ganz rational empfundene Vorahnung, dass sein Tod immer näher rückte, mir jedoch war dies nicht im gleichen Maße klar wie ihm. Er äußerte es nicht direkt, aber in Briefen, die er mir nach Moskau schickte, wohin ich in jenem Winter zwei Mal fuhr, um etwas Geld aufzutreiben, berührte er bisweilen die Frage, was uns erwarten möge, unterbrach sich aber gewissermaßen sogleich selbst und suchte den Anschein zu vermitteln, er spreche über ganz alltägliche Schwierigkeiten. Vielleicht wollte er diese Gedanken nicht zulassen, doch ich glaube eher, dass er mich schützen und die letzten Tage unseres Zusammenlebens nicht überschatten wollte.

Er hetzte durch dieses Jahr. Beeilte sich. Beeilte sich sehr. Die durch diese Eile hervorgerufene Atemnot quälte ihn zunehmend. Der Atem stockte, der Puls war unregelmäßig, die Lippen liefen blau an. Diese Anfälle überfielen ihn meist, wenn wir unterwegs waren. Im letzten Jahr in Woronesch konnte er nicht mehr allein das Haus verlassen. Und auch zu Hause war er nur ohne Angst, wenn ich bei ihm war. Und so saßen wir einander gegenüber, ich schaute auf seine sich bewegenden Lippen, und er beeilte sich, die verlorene Zeit aufzuholen und seine letzten Worte zu formulieren.

Wenn ein Gedicht notiert war, zählte O. M. die Zeilen und ließ mich wissen, welches Honorar er nach dem Höchstsatz dafür erhalte, einen niedrigeren Satz war er nicht zu akzeptieren bereit. Nur in ganz seltenen Fällen, wenn ihm ein Gedicht absolut nicht gefiel, schlug er vor, es als »zweitklassig«, also zum geringeren Satz anzubieten, wie es Sologub tat – bei ihm waren die Gedichte nach unterschiedlichen Kategorien und dementsprechend unterschiedlichen Preisen abgelegt. Wenn wir dann die Tageseinkünfte errechnet hatten, machten wir uns auf, um bei den uns bekannten Schauspielern, Schriftsetzern und bisweilen auch bei zwei Professoren – einer war ein Freund von Natascha, ein anderer ein Literaturwissenschaftler – etwas Geld für ein Päckchen Tee, ein Stück uns nicht zustehenden Brotes oder ein Rührei zum Essen zu erfragen. Mit unseren Gönnern verabredeten wir uns für gewöhnlich in einer unbelebten Seitenstraße, wo wir unter Beachtung der Regeln von Verschwörern langsam aneinander vorbeigingen und das Kuvert mit der Spende entgegennahmen. War es uns nicht gelungen, am Vortag eine Verabredung zu treffen, suchten wir die Schriftsetzer in der Druckerei auf. O. M. hatte sie im Sommer 35 kennengelernt, als wir in dem Haus neben Zeitungsredaktion und Druckerei beim Mäuseschlächter gewohnt hatten. O. M. hatte ihnen oft seine neuen Gedichte vorgetragen, besonders, wenn diese in der Nacht entstanden waren, denn dann waren die Schriftsetzer die Einzigen, die wach waren. Sie freuten sich immer, wenn er kam, bisweilen aber brachten O. M. die jüngeren unter ihnen mit ihren Urteilen, die klangen wie die »Literaturnaja gaseta«, aus der Fassung, die älteren jedoch veranlassten sie gleich wieder zu schweigen. Als wir in Armut lebten, hörten die älteren O. M.s Gedichte an und plauderten dann noch ein paar Minuten über dies und jenes mit ihm, während einer von ihnen rasch ein paar Sachen zu essen kaufte, die sie ihm dann zusteckten. Sie verdienten wenig und kamen selbst wohl kaum über die Runden, aber sie meinten, man könne »einen Genossen in seinem Unglück in diesen Zeiten nicht sich selbst überlassen«.

Wenn wir in der Stadt unterwegs waren, brachten wir die Gedichte zur Post und schickten sie an die Redaktionen der Moskauer Zeitschriften. Nur ein Mal erhielten wir eine Antwort, nämlich zu den »Versen vom unbekannten Soldaten«. Die Redaktion der »Snamija« teilte uns mit, es gebe gerechte und ungerechte Kriege, und Pazifismus an und für sich sei als Überzeugung nicht zu billigen. In unserer Lage schien uns selbst eine derart bürokratisch-abgeschmackte Antwort wie eine vortreffliche Nachricht, denn es war wenigstens eine Reaktion.

Das Gedicht vom Schatten, der sich unter Fremden wärmt und »den Himmel, ihren Wein« nimmt, schickten wir ausnahmsweise nicht nach Moskau, sondern nach Leningrad, ich glaube, an die Zeitschrift »Swesda«. Unter den handschriftlichen Kopien von Gedichten, die heute im Umlauf sind, finden sich bisweilen verloren gegangene Gedichte und Varianten, die auf die Sendungen an die Zeitschriften zurückgehen. Die Mitarbeiter stahlen Seiten mit den verbotenen Gedichten, schrieben sie ab und verbreiteten sie.

Der Journalist Kasarnowskij, der mit O. M. im Durchgangslager war, berichtete, O. M. sei zur Last gelegt worden, er habe Gedichte unter den Redakteuren der Zeitschriften verbreitet. Die Gedichte wurden in diesem Zusammenhang mit irgendeinem donnergleichen Begriff belegt. Aber ist es denn nicht ganz gleich, was man ihm zur Last legte? Die Akte der Vernichtung O. M.s besteht insgesamt aus zwei Seiten. Ich habe sie in der Staatsanwaltschaft gesehen, als ich über den Bescheid hinsichtlich der Rehabilitierung O. M.s in Bezug auf das zweite Verfahren gegen ihn, die sogenannte Wiederholungstat, informiert wurde, und ich würde wirklich zu gern lesen, was dort geschrieben steht, noch lieber aber würde ich das dort Niedergeschriebene veröffentlichen, und zwar ohne Änderungen oder Kommentar.

Gehen und Flüstern

Es war 1932, als ich einmal abseits der Hauptstraßen aus der Redaktion der Zeitschrift »SKP« nach Hause ging, die in der Nikitskaja-Straße gelegen war. Wir wohnten damals am Twerskoj-Boulevard. Plötzlich sah ich O. M. Er saß auf der Vortreppe einer heruntergekommenen Villa und hielt den Kopf so gewendet, dass er mit dem Kinn fast die Schulter berührte. Mit der rechten Hand schwang er den Spazierstock, mit der linken stützte er sich auf einer der Stufen ab, um das Gleichgewicht nicht zu verlieren. Er bemerkte mich sofort und wir setzten den Weg gemeinsam fort.

Wenn er dichtete, hatte O. M. stets das Bedürfnis nach Bewegung. Er ging im Zimmer auf und ab – bedauerlicherweise wohnten wir stets in derartigen Löchern, dass die Möglichkeiten der Bewegung eingeschränkt waren, und deshalb lief er nach draußen, in den Park, auf den Boulevard und wanderte ziellos durch die Stadt. An jenem Tag, als ich ihn auf der Treppe hatte sitzen sehen, war er vom ziellosen Gehen schlicht müde gewesen und hatte sich niedergelassen, um etwas auszuruhen. Zu der Zeit arbeitete er am zweiten Teil der »Verse über die russische Poesie«.

Verse und Bewegung, Verse und Umherwandern waren für O. M. untrennbar miteinander verbunden. Im »Gespräch über Dante« stellte er die Frage, wie viele Sohlen Alighieri wohl durchgelaufen hat, als er seine »Comedia« schrieb. Die Vorstellung von Dichtung und Gehen findet sich auch im Gedicht über Tiflis, in dem er von der »abgelaufenen Majestät der Sohlen« des Dichters spricht. Hier ist nicht allein die Armut gemeint – unsere Schuhsohlen waren selbstverständlich stets abgelaufen –, sondern auch die Dichtung als solche.

Nur zwei Mal habe ich in der Zeit unseres Zusammenlebens erlebt, dass O. M. dichtete, ohne umherzuwandern. In Kiew, wo wir 1923 über Weihnachten bei meinen Eltern zu Gast waren, saß er ein paar Tage am kleinen Kanonenofen und rief bisweilen nach mir oder meiner Schwester Anja, um uns die Verse des Gedichts »1. Januar 1924« zu diktieren. Und in Woronesch wollte er, furchtbar erschöpft von der Arbeit, einmal tagsüber etwas ruhen und legte sich hin. Aber in seinem Kopf lärmten die Verse, er konnte sich nicht von ihnen befreien. Damals entstand das Gedicht über die Sängerin mit der tiefen Stimme am Ende des »Zweiten Woronescher Heftes«. Kurz vorher hatte er im Radio Marian Anderson gehört und am Tag zuvor hatte er eine andere Sängerin besucht, die aus Leningrad ausgewiesen worden war. Für diese hatte er eine freie Übersetzung einiger neapolitanische Lieder angefertigt, mit denen sie im Radio auftrat, wo beide ihr Brot verdienten. Als wir erfuhren, dass ihr Mann, der gerade erst nach fünf Jahren Lagerhaft die Genehmigung zur Niederlassung in Woronesch erhalten hatte, erneut verhaftet worden war, eilten wir zu ihr. Es war das erste Mal, dass wir von einer sofortigen Wiederverhaftung hörten, und wir wussten noch nicht, worauf diese Maßnahme hindeutete. Die Sängerin lag im Bett. Menschen, die aus dem inneren Gleichgewicht gebracht werden, legen sich für gewöhnlich hin. Meine Mutter, die vor der Revolution als Ärztin während einer Hungersnot im Wolgagebiet an einem Hilfseinsatz beteiligt war, erzählte danach, dass alle in ihren Bauernhütten lagen, selbst in den Dörfern, in denen es noch Brot zu essen gab und keine gesundheitsbedrohliche Entkräftung durch den Hunger festzustellen war. Emma, eine Dozentin des Pädagogischen Instituts in Tschita, berichtete nach einem Arbeitseinsatz mit ihren Studenten in einer Kolchose, aus irgendwelchen Gründen lägen alle Kolchosarbeiter. Die Studenten lagen und liegen in ihren Wohnheimbetten, es liegen die Angestellten zu Hause nach ihrem Dienst. Wir alle liegen. Auch ich habe mein ganzes Leben hauptsächlich liegend verbracht.

Die Sängerin schmiedete fieberhaft Zukunftspläne – dieses Fieber ergreift uns in schicksalhaften Augenblicken wie Tod, Verhaftung, Vorladung zum Geheimdienst und anderen Katastrophen. Vielleicht ist es dieser Fieberwahn, der uns hilft, jene Dinge zu ertragen, die dem menschlichen Verstand unbegreiflich sind, wie der Tod eines geliebten Menschen oder seine Verschleppung in die Gefängnisse des zwanzigsten Jahrhunderts. Die Sängerin sagte, es könne doch gar nicht sein, dass ihr Mann ins Lager solle, wo er doch gerade erst aus einem Lager zurückgekehrt sei. Das bedeute also, dass er lediglich in die Verbannung geschickt werde, nun, das sei ja nicht so schlimm, wohin auch immer er geschickt würde, sie werde ihn dorthin begleiten und dann eben dort singen. Es sei doch ganz gleich, wo sie sänge, ob in Leningrad, Ischim, Woronesch oder Yrgyz. Schließlich könne sie überall singen, auch im kleinsten sibirischen Dorf. Sie würde singen und dafür Mehl erhalten, mit dem sie dann Brot backen könnte, das sie mit ihrem Mann essen würde.

Ihr Mann kehrte nicht zurück, denn es war ein Erlass verabschiedet worden, dass alle, die bereits eine Strafe verbüßt hatten, ein weiteres Mal zu verhaften seien. Damals, oder in den fünfziger Jahren, ich weiß es nicht mehr genau, gab es einen weiteren Erlass des Inhalts, dass die, die in Lagerhaft gewesen waren, auf Lebenszeit in der Verbannung leben müssten. Auch die Sängerin verschwand später, sie wurde auf Tournee oder zum Holzfällen geschickt, wir haben nie erfahren, was mit ihr geschah.

O. M. erklärte mir, dass in dem Gedicht über die Sängerin mit der tiefen Stimme zwei Personen zu einer geworden seien, nämlich diese Sängerin aus Leningrad und Marian Anderson. Ich bemerkte an dem Tag gar nicht, dass er an einem Gedicht arbeitete, denn er lag mucksmäuschenstill. Bewegung war stets das erste Anzeichen, an dem ich merkte, dass er arbeitete. Das zweite waren die gleichsam sprechenden Lippen. In O. M.s Gedichten heißt es, ihrer könne man den Dichter nicht berauben und sie würden noch unter der Erde sich wie sprechend bewegen. Und so ist es gekommen.

Die Lippen sind das Handwerkszeug des Dichters, denn er arbeitet mit der Stimme. Das Formen mit den Lippen ist es, was die Arbeit des Dichters und des Flötisten gemeinsam haben. Hätte O. M. nicht erfahren, wie die Lippen die Verse formen, hätte er weder die Zeilen über den Flötisten – »Dieses Flüsternde, hellklingend, streng, / Die Erinnerung tritt in die Lippen ... / Wie er kargt, schmäht das Geschenk, / Hört die Klänge noch strenger geschnitten.« – noch über die Flöte – »Ganz unmöglich, sie jemals zu lassen, / Mit den Zähnen zu zwingen – nicht leicht, / Nie mit Zungen ins Wort hin zu schaffen, / Jenes Lippenpaar bricht sie nicht leicht.« – schreiben können. Mir scheint, dass diese Gedanken über die Flöte, die keine Worte formen kann, dem Dichter vertraut sind. Hier ist die Rede von jenem Augenblick, in dem der Laut bereits gehört wird, die Lippen diese Laute schon formen, aber die ersten Worte noch suchen.

Der Flötist des Gedichts war ein Bekannter von uns. Sein Name war Schwab. Er war Deutscher und seine größte Sorge galt seiner einzigen Flöte, die ihm von einem alten Studienkollegen am Konservatorium aus Deutschland geschickt worden war. Wir waren des Öfteren bei ihm zu Gast, und er nahm dann stets die ihm anvertraute Flöte aus dem Futteral und spielte Bach, Schubert und andere klassische Werke für O. M. Alle, die zu Gastspielen nach Woronesch kamen, mochten Schwab. Er sei ein wahrer Musiker, lobten beide Ginzburgs. Eines Abends, O. M. war damals noch am Theater, noch vor »Beginn der furchtbaren Taten«, nahmen wir nach der Arbeit freie Plätze auf einem der Ränge ein und wollten das Konzert hören. Von oben hatte man einen guten Blick auf das ganze Orchester, und ich bemerkte deshalb, dass ein anderer Flötist auf Schwabs Platz saß. Ich beugte mich zu O. M. hinüber, und machte ihn darauf aufmerksam. Die Nachbarn zischten, aber wir hörten nicht auf zu flüstern. »Ob sie ihn wirklich abgeholt haben?«, fragte O. M. und eilte in der Pause in die Garderobe. Seine Vermutung bestätigte sich. In unserem Leben bestätigten sich derartige Vermutungen stets. Wir wurden abergläubisch und fürchteten, Derartiges auszusprechen – »Das fehlte noch! Beschrei es nicht!« Schwab, so hörten wir später, war der Spionage bezichtigt und zu fünf Jahren Straflagerhaft verurteilt worden. Im Lager fand er den Tod, er war ja schon alt, ein alter Mann mit

Flöte. O.M. überlegte oft, ob Schwab wohl seine Flöte mit ins Lager genommen oder ob er Angst gehabt habe, die anderen Häftlinge könnten sie ihm dort stehlen, denn man lebte dort ja mit Kriminellen in den Baracken. Und wenn er sie mit ins Lager genommen habe, was er seinen Mithäftlingen wohl vorspiele. Das Flötenspiel, das tragische Schicksal des alten Flötisten und die durch die ersten Anzeichen der »furchtbaren Taten« beginnende Angst waren Inspiration für das Gedicht »Theta und Iota der griechischen Flöte«.

In diesem Gedicht spricht O.M. von der Bewegung der sich erinnernden Lippen. Wissen denn nur die Lippen des Flötisten, welchen Laut sie hervorbringen werden? Der Entstehungsprozess eines Gedichts ist wie eine Erinnerung an etwas, das noch nie zuvor gesagt worden ist. Was meint das »verlorene Wort« – »Ich habe das Wort vergessen, das ich sagen wollte, / Die blinde Schwalbe kehrt in den Prunksaal des Schattens zurück.« – wenn nicht den Versuch der Erinnerung an etwas nicht Existierendes? Hier klingt die Konzentration an, mit der wir nach etwas suchen, das vergessen ist, und das jäh wieder ins Bewusstsein kommt. In der ersten Phase bewegen sich die Lippen lautlos, dann kommt ein Flüstern hinzu und »plötzlich die Dehnung des Bogens / Im Murmeln aufklingt, mich bewohnt.« Die im Inneren erklingende Melodie ergießt sich in Sinneinheiten. Die Erinnerung ist wieder da wie die Platte einer Fotografie mit dem ersten sichtbaren Abdruck.

Nicht ohne Grund hasste O.M. das Gerede über den Dualismus von Form und Inhalt, das in unseren Zeiten so modern ist und dem Auftraggeber so gelegen kommt: Für offiziöse Inhalte war stets die schöne Form gefordert. Die unterschiedliche Auffassung hinsichtlich der Trennung von Inhalt und Form war auch Ursache dafür, dass die armenischen Schriftsteller sich von ihm distanzierten. Bei einer der ersten Zusammenkünfte kritisierte O.M. heftig die Losung, Kultur, Literatur und Ähnliches habe »national in der Form, sozialistisch im Inhalt« zu sein, wobei ihm nicht bewusst war, von wem dieses Zitat stammte. So waren wir auch in Armenien isoliert. O. M.s Überzeugung, dass Inhalt und Form untrennbar miteinander verbunden seien, entsprang offensichtlich dem Prozess während der Arbeit an den Gedichten. Die Gedichte entstanden aufgrund eines Impulses, der beides einschloss: Die Melodie, die er zu Beginn innerlich vernahm, trug bereits das, was wir Inhalt nennen, in sich. Im »Gespräch über Dante« verglich O. M. die »Form« mit einem Schwamm, aus dem der »Inhalt« ausgedrückt würde. Ist der Schwamm trocken und inhaltslos, kann nichts hervorgebracht werden, wenn man ihn ausdrückt. Der umgekehrte Weg ist es, für einen im Vorhinein vorgegebenen Inhalt die entsprechende Form zu finden. Diesen Weg kritisierte O. M. im »Gespräch über Dante« und bezeichnete die, die diesen Weg gehen, als »Übersetzer eines vorgefertigten Sinns«.

Ilja Grigorjewitsch Ehrenburg legte in meinem Beisein einmal im Gespräch mit Sluzkij dar, O. M. habe seine Gedichte verhunzt, indem er zahlreiche »phonetische Verbesserungen« an ihnen vorgenommen habe. Dergleichen habe ich nicht bemerkt. Varianten eines Gedichts und »Verbesserungen« sind qualitativ verschiedene Dinge. O. M. sagte: »Wir sind Wortdeuter«, in dem Wissen, dass ein Wort stets eine bestimmte Information enthält, also einen bestimmten Bedeutungsinhalt übermittelt. Mir scheint, dass Verbesserungen für die Arbeit des Übersetzers charakteristisch sind, beim Probieren, einen bereits fertig formulierten Gedanken bestmöglich wiederzugeben, wobei phonetische Korrekturen lediglich ästhetischer Art sind. Bei der Gedichtvariante ist entweder etwas entfernt worden, das überflüssig war, oder etwas, das zu einem neuen Gedicht führte. Der Dichter bahnt einen Weg zu einem ganzheitlichen Harmoniebündel, das in den entlegenen Schatzkästchen seines Bewusstseins verborgen ist, indem er Überflüssiges und Trügerisches beiseite schiebt, die jenes verbergen, das ich das bereits existierende Ganze nenne.

Gedichteschreiben ist schwere und kräftezehrende Arbeit, die gewaltige innere Spannung und Konzentration erfordert.

Während der Arbeit an einem Gedicht vermag nichts die innere Stimme zu stören, die wohl mit ungeheurer Macht dröhnt. Deshalb kann ich Majakowskis Aussage, er sei seinem eigenen Lied auf die Kehle getreten, auch nicht glauben. Wie hat er das getan? Meine merkwürdige Erfahrung, die Erfahrung als Zeugin der dichterischen Arbeit, zeigt, dass man diesem künstlerischen Prozess keine Zügel anzulegen, dem eigenen Lied nicht auf die Kehle zu treten und sich selbst keinen Maulkorb anzulegen vermag. Gedichte sind eine der tiefsten Manifestationen des Menschen, der die Harmonie der Welt in sich trägt, und sie können nichts anderes sein.

Diese Manifestationen sind per se von Bedeutung für die Gesellschaft, und sie behandeln die Belange der Menschen, denn der, der die Harmonie in sich trägt, ist ein Mensch, lebt unter den Menschen und teilt ihr Schicksal. Er spricht nicht »für sie«, sondert sich nicht von ihnen ab – und genau hierin liegt seine Wahrheit.

Der erste Impuls der harmonischen Selbstmanifestation – mit den Menschen und unter ihnen lebend – hat mich in seiner Bestimmtheit stets erstaunt. Diesen zu simulieren oder zu stimulieren ist nicht möglich – zum Unglück dessen, der Dichter genannt wird. Mir sind die Klagen Schewtschenkos nachvollziehbar, mit denen O. M. sich auseinandergesetzt und mich darauf aufmerksam gemacht hat, er könne sich den Gedichten, die sich ihm aufzwängen, nicht entziehen, obgleich sie ihm nur Unglück brächten und ihn daran hinderten, das Handwerk des Malers auszuüben, das ihm einzig und allein Freude bereite. Dieser Impuls hört zu wirken auf, wenn das Material versiegt, wenn also die Verbindung des Dichters mit der Welt und den Menschen schwächer wird, wenn er nicht mehr hört, was die Menschen sagen, und nicht mehr unter ihnen lebt. Denn es ist diese Verbindung mit den Menschen, aus welcher der Dichter sein Gefühl der Wahrhaftigkeit schöpft, ohne die es keine Dichtung gibt. Wer sind, nebenbei gefragt, diese Dummköpfe, die behaupten, Dichter, die ihre eigenen Gedichte vortragen, verunstalteten sie? Was wissen sie denn schon von Gedichten? Allein die Stimme des Dichters lässt Gedichte wahrhaft lebendig werden, ebenso wie die Stimme des Dichters in seinen Gedichten auf ewig leben wird.

Wenn Anna Andrejewna arbeitete, mit der ich ja eine Zeit lang zusammenlebte, trat das nicht so offen zu Tage wie bei O. M. Ich bemerkte nicht immer, wann sie an einem Gedicht arbeitete. Sie war in allen Gefühlsregungen sehr viel verschlossener und zurückhaltender als O. M. Ihre besondere weibliche Mannhaftigkeit, die etwas Asketisches hatte, habe ich immer bewundert. Sie gestand sich nicht zu, dass ihre Lippen sich derart offensichtlich bewegten, wie O. M. es tat. Mir scheint, dass sich ihre Lippen, wenn sie an einem Gedicht arbeitete, zusammenpressten und ihr Mund einen noch bittereren Zug annahm. Als ich sie noch nicht kannte, sagte O. M. einmal – und später wiederholte er es oft –, dass man beim Blick auf ihre Lippen ihre Stimme hören könne, dass ihre Gedichte aus ihrer Stimme gemacht seien und mit dieser zusammen ein unteilbares Ganzes bildeten, dass ihre Zeitgenossen, die diese Stimme vernommen hätten, reicher seien als die späteren Generationen, die dies nicht mehr könnten. Diese Stimme mit der der Achmatowa eigenen Intonation, die ihr in jungen und in reiferen Jahren zu eigen war, mit der ihr eigenen Tiefe, die O. M. bewunderte, ist erst jüngst bei Nika erstaunlich gut auf Band aufgezeichnet worden. Bleibt dieses Band erhalten, werden meine Worte eine objektive Bestätigung finden.

O. M. fielen immer wieder charakteristische Bewegungen Anna Andrejewnas auf, und er fragte mich stets, wenn wir mit ihr zusammen gewesen waren, ob ich bemerkt hätte, wie sie plötzlich den Hals gestreckt, den Kopf gewiegt habe und ihre Lippen sich gespannt hätten, als sage sie »Nein«. Er führte mir die Bewegung vor und war erstaunt, dass ich sie nicht in derselben Weise wahrgenommen hatte wie er. In Varianten des »Wolf« ist die Rede von einem »Nein« sagenden Mund, aber es ist kein Frauenmund, sondern der Mund dessen, der diese

Bewegung wiederholt. Die lebenslange Freundschaft dieser beiden so unglückseligen Menschen war wohl der einzige Lohn für ihr tragisches Werk und den tragischen Weg, den jeder von ihnen ging. Nun, da Anna Andrejewna alt ist, hat ein Hoffnungsstrahl ihr Leben erhellt, und es wird leichter für sie. Ihre Gedichte sind bis heute nicht veröffentlicht, das Vergangene kann nicht ungeschehen gemacht werden, und wäre nicht die Gabe, in der Gegenwart zu leben, die wohl den Dichtern, zumindest jenen beiden, zu eigen ist, so wäre es ihr sicher nicht möglich, ein solches Glück im Leben zu empfinden, wie sie es heute tut.

Buch und Heft

»Ein Buch drängt sich Ihnen auf«, sagte Tscharenz, als er die Armenien-Gedichte hörte. Das war in Tiflis, in Jerewan hätte er nicht gewagt, uns einen Besuch abzustatten. O. M. freute sich über diese Worte: »Wer weiß, vielleicht wird daraus ja wirklich ein Buch.« Einige Jahre später brachte ich auf O. M.s Bitte hin einen Packen Gedichte, die in Woronesch geschrieben worden waren, zu Pasternak und dieser sprach unvermittelt von dem »Wunder, wie ein Buch entsteht«. In seinem Leben sei ihm dies, so sagte er, nur einmal geschehen, nämlich als er »Meine Schwester, das Leben« geschrieben habe. Ich berichtete O. M. von diesem Gespräch. »Das heißt also, ein Buch ist mehr als nur Gedichte?«, fragte ich. O. M. lachte nur.

Das Gefüge der Aufeinanderfolge beim Entstehen der Gedichte unterliegt einer ebensolchen Gesetzmäßigkeit wie die Anordnung der einzelnen Verse in einem Gedicht, jedoch ist diese Gesetzmäßigkeit nicht in derselben Weise augenfällig. Bei einer ganzheitlichen äußeren Form wie einem Poem ist diese Gesetzmäßigkeit für jeden nachvollziehbar, die Aufeinanderfolge von für sich stehenden Gedichten hingegen ist nicht derart deutlich. Wobei O. M.s Ausführungen über den »stereometrischen Instinkt« des Dichters im »Gespräch über Dante«

sowohl auf einzelne Gedichte als auch auf das gesamte Gefüge, das »Buch« genannt wird, zu beziehen sind.

Der Prozess der Entstehung eines Buches ist sicherlich bei jedem Dichter anders. Bei den einen entstehen die strukturell zusammenhängenden Gedichte in chronologischer Abfolge, andere fassen Gedichte zu Gruppen zusammen, so Annenskij bei seinen »Kleeblättern« oder Pasternak, der Gedichte, die zwar zu unterschiedlichen Zeiten entstanden, aber derselben schöpferischen Periode zuzuordnen sind, in seinen Büchern in Kapiteln anordnete. O. M. gehörte zu den Ersteren. Die Gedichte flossen wie ein Strom, bis der Schwall versiegt war. Die strukturelle Komposition eines Buches ergab sich bei ihm durch die Einhaltung der chronologischen Abfolge des Entstehens der Gedichte. »Tristia« hat er nicht selbst zusammengestellt, insofern ist dieses für ihn gültige Prinzip in diesem Buch nicht befolgt.

Die chronologische Abfolge des Entstehens der Gedichte zu rekonstruieren ist nicht nur heute, da zahlreiche Entstehungsdaten der Gedichte nicht mehr genau erinnerlich sind, eine schwierige Aufgabe. Auch zu Lebzeiten Mandelstams, als die Entstehungsdaten der Gedichte noch bekannt waren, warf die Chronologie Schwierigkeiten auf, denn die Daten sind per se ungenau, da sie lediglich den Augenblick der Niederschrift eines Gedichts festhalten, nicht aber Beginn und Ende der Arbeit daran. Mir scheint, dass der Beginn der Arbeit an einem Gedicht nur anhand eines rational geleiteten Verifikationsprozesses festgestellt werden kann, denn O. M. war sich ja selbst kaum bewusst darüber, was er zu schreiben im Begriff war und welche Worte seine Lippen formen würden, wenn er dem Summen einer Wortmelodie zu lauschen begann. Eine zweite Schwierigkeit ist die Bestimmung des entscheidenden Augenblicks für die Entstehung eines Gedichts – ist es der Beginn oder das Ende der Arbeit daran? Diese Frage ist umso wichtiger, als ja häufig nicht nur ein einziges Gedicht, sondern mehrere Gedichte zur gleichen Zeit im Entstehen sind.

Bei einigen Gedichten ist die chronologische Abfolge zu Lebzeiten O. M.s nicht genau festgelegt worden. So war er sich beispielsweise unschlüssig, wo der »Wolfs-Zyklus« und die Gedichte des »Zweiten Woronescher Heftes« einzuordnen seien. Er hat es nicht mehr geschafft, hier eine letztgültige Entscheidung zu treffen. Die Hauptarbeit für die Drucklegung, nämlich die Unterteilung in »Hefte«, erfolgte jedoch noch zu seinen Lebzeiten. Des Öfteren schon wurde ich gefragt, was es mit diesen »Heften« auf sich habe. Dieser Titel wurde ursprünglich nur im Hausgebrauch verwendet. Die in den Jahren 30 bis 37 entstandenen Gedichte sind in Woronesch niedergeschrieben worden, da die Manuskripte der Jahre 30 bis 34 bei den Hausdurchsuchungen beschlagnahmt und einbehalten worden waren. Für die Niederschrift beschafften wir uns – und auch das nicht ohne Schwierigkeiten, denn gutes Schreibpapier zu bekommen war zu keiner Zeit möglich – gewöhnliche Schulhefte. Den Anfang machten jene Gedichte, die nun unter dem Titel »Erstes Woronescher Heft« vereinigt sind. Daraufhin mussten die Gedichte der Jahre 30 bis 34 wieder ins Gedächtnis gerufen und niedergeschrieben werden, die den Titel »Neue Gedichte« tragen. Die Gliederung der beiden Hefte der »Neuen Gedichte« stammt von O. M.s Hand. »Heft« trägt hier also die Bedeutung »Abschnitt eines Buches«.

Als im Herbst 1936 bereits eine große Anzahl Gedichte niedergeschrieben war, bat O. M. mich, ein weiteres Heft aufzutreiben, obgleich in dem vorhandenen noch Platz gewesen wäre. Dies wurde das »Zweite Woronescher Heft«. »Zweites« und »Drittes Heft« entstanden gewissermaßen zur selben Zeit, trotzdem wird im »Dritten Heft« augenscheinlich, dass es Beginn von etwas Neuem ist. Die Gedichte des »Dritten Heftes« sind nicht Fortsetzung des vorhergegangenen Stroms, der versiegt war. Mit Hilfe konkreter Gedichtanalyse – so sie denn existiert – könnte nachgewiesen werden, dass jedes »Heft« einem bestimmten Thema und schöpferischen Fluss folgt. Dies wird aber auch bei einfacher Betrachtung ersichtlich.

Die Bezeichnung »Buch« ist beeinflusst durch unsere Auffassung dessen, wie ein Druckerzeugnis zu sein hat. Für ein Buch ist ein bestimmter Umfang, eine bestimmte Zeilenzahl erforderlich. Für ein »Heft« existieren indes derlei Vorgaben nicht, hier werden keine arithmetischen Maßstäbe angelegt. Anfang und Ende eines »Heftes« sind allein durch den einheitlichen schöpferischen Fluss vorgegeben, in dem innerlich miteinander verbundene Gedichte entstanden sind. Ein »Heft« ist im Grunde genommen – Tscharenz', Pasternaks und Mandelstams Auffassung entsprechend – ein »Buch«, das nicht den Bedingungen eines Verlags unterworfen ist, die einen bestimmten Umfang und eine bestimmte Struktur erfordern, wobei Letztere bisweilen sogar künstlich anmutet. Die Bezeichnung »Heft« aber ist vollkommen zufällig aus der ewigen Papiernot entstanden. Sie verfügt zum einen über den konkreten Bezug zur unangenehmen Realität, zum anderen drängt sich die Assoziation zu Schumanns »Notenheft« auf. Das »Heft« steht also in einer Tradition der häuslichen, handschriftlichen Überlieferung, und ihm kommt in unserem gleichsam vorgutenbergschen Zeitalter enorme Bedeutung zu.

In seiner Jugend verwendete O. M. die Bezeichnung »Buch« in der Bedeutung »Phase«. 1919 schien es ihm, er werde Autor eines einzigen Buches bleiben, dann bemerkte er, dass »Der Stein« und jene Gedichte, die später im Band mit dem Titel »Tristia« zusammengefasst wurden, unterschiedlich sind. Diesen Titel hat, nebenbei bemerkt, Kusmin ohne Rücksprache mit Mandelstam gewählt. Der Inhalt von »Tristia« ist willkürlich zusammengestellt aus einer Sammlung ungeordneter Manuskripte, die der Verleger ohne Wissen des Autors nach Berlin mitgenommen hatte. Das »Zweite Buch« wurde von der Zensur entstellt, den Titel wählte O. M., weil er begriffen hatte, dass es ein Fehler war anzunehmen, er werde Autor eines einzigen Buches bleiben. Es war ihm nicht sogleich bewusst geworden, dass die Phase des vorrevolutionären »Der Stein« zu Ende war und das Buch über Krieg, Vorahnung der Revolution und die Revolution begonnen hatte. »Neue Gedichte« ist das Buch über den bewussten Entschluss zum Renegatentum, die »Woronescher Hefte« handeln von Verbannung und Verhängnis. Unter jedes der von mir in Woronesch niedergeschriebenen Gedichte setzte O. M. das Datum und den Buchstaben »W«. »Warum tust du das?«, fragte ich. »Nur so«, antwortete O. M. Es war, als brandmarke er diese Blätter. Nur wenige von ihnen sind erhalten. Das Jahr 37 lag noch vor uns.

Zyklus

Der Begriff »Phase« beruht auf der Auffassung, dass sich im Verlauf der Entfaltung des Menschen seine Beziehung zur Welt und zur Poesie verändert. Die Gedichte in »Tristia« entstanden aus dem Gefühl der Vorahnung und unter dem ersten Eindruck der Revolution, die »Neuen Gedichte« hingegen, als nach der »Vierten Prosa« die Periode des Schweigens beendet worden war. In jeder Phase können unterschiedliche Bücher entstehen. Mir scheint beispielsweise, dass die beiden Bücher »Neue Gedichte« und »Woronescher Hefte«, obgleich zwischen ihnen Verhaftung und Verbannung liegen, einer »Phase« im Leben O. M.s zuzuordnen sind. Eines ist in zwei, das andere in drei Abschnitte unterteilt, die als »Hefte« bezeichnet sind. Mit anderen Worten entspricht für O. M. ein Buch einer Periode seiner Biographie, während die Gedichte durch die »Hefte« in Abschnitte unterteilt werden, die jeweils eine zusammenhängende Einheit bilden.

Der Zyklus wiederum ist die nächste kleinere Einheit, wie beispielsweise im »Ersten Heft« der »Neuen Gedichte« der »Wolfs-« oder auch Zuchthaus-Zyklus und der armenische Zyklus. Wobei »Armenien« eigentlich kein Zyklus ist, sondern eine Auswahl. Zusammenstellungen dieser Art von ausgewählten Gedichten gibt es zwei in O. M.s Werk: »Armenien« und »Achtzeiler«. Nur in diesen Zusammenstellungen gab er die Chronologie und somit den Charakter des lyrischen Tagebuchs auf, der beispielsweise den Woronescher Heften zu eigen ist, in frühen Schaffensperioden jedoch, in denen O. M. eine konsequente Auswahl traf und zahlreiche ihm nicht ausgereift erscheinende Gedichte vernichtete, nicht so deutlich zu Tage tritt.

Im »Zweiten Woronescher Heft« beginnt ein Zyklus mit dem Gedicht »Hinter den Häusern«, ein weiterer mit dem Gedicht »Hefe, kostbar, dieser Welt«. Jedem dieser Zyklen liegt ein Gedicht zugrunde, aus dem die nächsten erwachsen sind. Dieses Gedicht war aber nicht unbedingt das, welches als erstes entstand, sondern es war das, an dem O. M. am längsten gearbeitet hat. Es gibt aber auch Zyklen, in denen sich die Gedichte bei ihrer Entstehung wie Glieder einer Kette aneinanderreihten, sowie solche, in denen sich die Gedichte wie zu einem Knäuel vereinigten und alle gleichermaßen aus einem einzigen Gedicht geboren wurden.

Da die Entwürfe des »Wolf« erhalten sind, ist es ein Leichtes zu zeigen, dass dieses Gedicht der Entstehung des gesamten Lager-Zyklus zugrunde liegt. Gedichte, die einen gemeinsamen Ursprung haben, sind gleichwohl bisweilen derart verschieden, dass auf den ersten Blick keine Verbindung zwischen ihnen zu erkennen ist, da während des Arbeitsprozesses Wörter und Verszeilen, die miteinander in Bezug standen, verschwunden sind. Ganz allgemein kann gesagt werden, dass die Arbeit an einem Zyklus, in dem die Gedichte wie in einem Knäuel miteinander verflochten sind, differenzierenden Charakter trägt. Die Versgebilde werden gleichsam voneinander getrennt, wobei jedes von ihnen alle charakteristischen Eigenschaften des Zyklus enthält. Diese Arbeit erinnert an die des Gärtners, bei der dieser Stecklinge auswählt.

Die Zeile »Wer mir gleichkommt, nur der bringt mich um« aus dem »Wolf-Zyklus« ist als letzte entstanden, obgleich sie inhaltlich gesehen der Schlüssel des gesamten Zyklus ist. Quelle dieses Zyklus sind die russischen Zuchthaus-Lieder, die O. M. als einzige Gattung der Folklore gefielen. In »Wimpernhaar, stechend« wird Bezug genommen auf diese Lieder: »So singt der Häftling zu der Zeit sein heiseres Lied«, ebenso in den Varianten des »Wolf«: »Und nur einer, gebieterisch, singt« und »In den Flammen dort singt sie, die Zeit...« und weiter: »Doch ich höre die Stimme und nehme die Axt, / Und für ihn sing ich weiter, zu End...«. Es kommt nicht häufig vor, dass O. M. auf das Lied Bezug nimmt. In der letzten Schaffensperiode findet sich ein solcher Bezug lediglich drei Mal, nämlich in den Entwürfen zu »Wolf« und »Wimpernhaar, stechend« sowie in »Ich singe, karg die Seele, feucht die Kehle, kalt, / Der Blick maßvoll benetzt, der Geist will nichts verstellen.« In den ersten beiden Fällen werden »Lied« und »Gedicht« nicht gleichgesetzt, denn das war etwas, das O. M. nicht ertragen konnte. Wenn er eine Ausgabe der Zeitschrift »Swesda« aufschlug, war er immer wieder überrascht darüber, dass die sowjetischen Dichter, insbesondere die in Leningrad ansässigen, behaupteten, sie seien jung und sängen Lieder. Einmal zählte er sogar, wie oft diese Wesensmerkmale verwendet wurden. Es war eine eindrucksvolle Zahl.

Wie die Gedichte des »Wolfs-Zyklus« entstanden sind, lässt sich anhand der Entwürfe ablesen. Die Varianten »Und von Unwahrheit verzerrt mein Mund« und »Aber sonst führ mich weg – bitte, schnell – / zur sechsfingrigen Unwahrheit ins Haus« gingen in das Gedicht »Unwahrheit« ein – »Hin zur sechsfingrigen Lüge ins Haus / Geh ich mit einem rauchenden Stab«. »Doch ich höre die Stimme und nehme die Axt« führten zur Axt im Gedicht »Nun bewahr es auf immer, mein Wort – für die Spuren von Unglück und Rauch«. Der Gedanke des »Wortes«, das gegen alle Widerstände bewahrt werden müsse, vereinigte sich mit der Axt der petrinischen Epoche.

Die Gedichte »Mein Alexander Gerzowitsch« und »Ich trink auf soldatische Astern« stehen an der Peripherie des Zyklus. Formal ist die Zugehörigkeit durch das Wort »Pelz« gekennzeichnet. In »Ich trink auf soldatische Astern« ist es der prächtige Pelz, für den O. M. gescholten wurde, in »Alexander Gerzowitsch«

heißt es: »Doch dort – nur als ein Rabenkleid / Auf Kleiderbügeln ruhn, für lang.« Beide stehen in Bezug zum »Pelz der sibirischen Glut«. Der »Pelz« ist ein oftmals von O. M. verwendetes Bild. Bereits im »Stein« taucht es auf: Hausknechte in schweren Pelzen, die Dame im eleganten Pelzmantel und schließlich der von goldenem Schaffell umgebene Engel. O. M.s erste Prosaarbeit, die im Verlag der Schwester Rakowskijs in Charkow verloren ging, trug den Titel »Pelz«. Und zuletzt »Im allzu herrschaftlichen Pelz« aus »Rauschen der Zeit« und der »Pelz der Literatur« aus der »Vierten Prosa«, den O. M. sich von den Schultern reißt und zertritt. Der Pelz steht für die Stabilität des Daseins, für den russischen Winter, für eine soziale Stellung, die der Rasnotschinze für sich einzufordern nicht den Mut aufbringt.

Der Pelz aus dem Gedicht »Ich trink auf soldatische Astern« steht in Zusammenhang mit einer interessanten Begebenheit. Ende der zwanziger Jahre gab eine vornehme Dame, die später umgekommen ist, Emma Gerschtejn gegenüber an, sie habe O. M. nie besonders gemocht, denn sie könne nicht vergessen, in welch elegantem Pelzmantel er zu Beginn der NEP-Zeit durch Moskau flaniert sei. Wir seufzten nur, als wir das hörten, denn wir hatten diesen Pelz, einen roten, bereits dünn gewordenen Schupp, der in seiner Plumpheit an ein Priestergewand erinnerte, auf dem Markt in Charkow buchstäblich einem verarmten Kirchendiener vom Leibe weggekauft. Der alte Kirchenmann hatte ihn verkauft, um etwas Geld für Brot zu bekommen, und O. M. hatte ihn auf der Fahrt aus dem Kaukasus zurück nach Moskau erstanden. Diesen ersten »literarischen«, »allzu herrschaftlichen Pelz« überließ er Prischwin, der in einem Wohnasyl am Twerskoj-Boulevard nächtigte und den Pelz dort als Matratze nutzte. Mit diesem Pelzmantel erstickte er die Flammen seines kleinen Primuskochers, als dieser explodierte. So verkohlten denn auch noch die letzten Haare des roten Schupp, und O. M. hatte tatsächlich gar nicht die Zeit, sich den Pelz vom Leib zu reißen und mit Füßen zu treten, obgleich es angebracht gewesen wäre. Warum musste er denn auch den

Pelz eines anderen tragen? Ein Pelzmantel entsprach nicht seinem Rang.

Mit den Pelzmänteln war es immer irgendwie kompliziert. Einmal hatten wir irgendwo Geld auftreiben können und wollten in einem Univermag einen ganz gewöhnlichen sowjetischen Pelzmantel kaufen, aber es waren nur Mäntel aus Hundefell im Angebot. O. M. konnte sich nicht zum Verrat an der edlen Gattung der Hunde durchringen und zog es vor zu frieren. Und so trug er bis zum letzten Jahr seines Lebens, in dem wir ständig in ungeheizten Eisenbahnabteilen in die Hundert-Werst-Zone fahren mussten, im Winter nur einen leichten Mantel. Irgendwann hielt Schklowskij diesen Anblick nicht mehr aus: »Sie sehen so verfroren aus, als hätten Sie während der Fahrt auf den Puffern gesessen«, sagte er. »Wir müssen uns irgendetwas ausdenken, damit Sie an einen Pelz kommen.« Wassilissa erinnerte sich, dass sie Schklowskijs Pelz vor einiger Zeit einmal an Andronikow verliehen hatte und dass dieser ihn nun nicht mehr brauchte. Andronikow trug ihn, als er noch auf dem Weg nach oben war, nun aber besaß er einen vornehmeren. Andronikow wurde also gebeten, den Pelz zurückzugeben, und mit zeremonieller Feierlichkeit legte er ihn O. M. an. Im Winter in Kalinin leistete er O. M. gute Dienste. O. M.s Verhaftung erfolgte im Frühjahr, und da er fürchtete, sein Gepäck würde zu schwer, nahm er den Pelzmantel nicht mit. Er verblieb in Moskau, und O. M. fror in seinem dünnen gelben Ledermantel, der ihm im letzten Winter seines rastlosen Lebens außerhalb der Hundert-Werst-Zone Moskaus ebenfalls von irgendjemandem geschenkt worden war.

Der »Wolfs-Zyklus« bereitet auf die Verbannung vor – sibirische Wälder, Pritschen, Holzverschläge. Das Material dieses Zyklus ist Holz. Die Epitheta in diesem Zyklus gehören zu dieser Reihe.

Das Thema der Verbannung klingt bereits in den vor dem »Wolf« entstandenen Gedichten an, und zwar in den Türketten, dem kalten Petersburger Winter, dem scharfen Messer und dem runden Brotlaib, im Gefühl, »Petersburg: ein Sarg. In Särgen lebt man schlecht«, in dem Bedürfnis, schnellstmöglich auf den Bahnhof zu fliehen, »Wo uns keiner finden kann«. Der Grundgedanke dieses Zyklus ist Ausgestoßensein, Nichtanerkennung als Bruder. Bei Baudouin habe ich gelesen, dass »Bruder« ursprünglich nicht den Blutsverwandten bezeichnet, sondern einen, der »in den Stamm aufgenommen ist«. In den Stamm der sowjetischen Schriftsteller ist O. M. nicht aufgenommen worden, und selbst der Pelzmantel des verarmten Kirchendieners wurde als Beweis für seine bürgerliche Gesinnung gewertet. Des Weiteren handelt der Zyklus von jenen, die »Nein« sagen, und von jenen, die den Weg des »automatisch schreibenden schwarzen Volkes« gehen. Das Jahr 17 hallt nach im keuchenden grollenden Lastwagen und im schwarzen Volk, das gegen »Paläste, Moräste« zieht.

Das Motiv des Holzes und die damit verbundenen Themen aus dem »Wolfs-Zyklus« durchziehen das gesamte Heft. Der Versuch, eine zweite Heimat in Armenien zu finden, war erfolglos. Gezwungenermaßen nach Moskau zurückgekehrt – »War ich zurückgekehrt, nein, lies: gewaltsam ins buddhahafte Moskau überführt.« – suchte O. M. dort seinen Platz.

In den »Stanzen« sind im Vers »nach der Atemnot« zwei Anfälle beschrieben, einer beim Anblick der unbekannten Erde, der Schwarzerde, und ein zweiter, nachdem das Erstaunen vorüber ist und O. M. sich gewahr wird, auf welchem Wege er dorthin gelangt ist. Das war der Auslöser für die Gedichte über unser Leben in Tscherdyn.

In beiden Zyklen dieses Heftes entwickelte sich jedes neue Gedicht wie aus einem fruchtbaren Trieb des zuvor entstandenen. Die Knospen in den »Kopfhörern« – »Und frag nicht, ob die Knospen schwellen …« – tauchten zuerst als Reimwort auf. Formal-instrumentierende und inhaltliche Arbeit sind derart miteinander verbunden, dass es unmöglich ist, sie auseinanderzudividieren, und kaum festzustellen ist, ob die Erwähnung von »Freiheitserde« in »Schwarzerde« oder einiger Reimworte auf das unausgesprochene Wort »Gefängnis« in den »Stanzen« bewusst oder unbewusst gewählt wurde. Und warum werden Assoziationen zur Hinrichtung an Stellen hervorgerufen, an denen man es am wenigsten erwartet, wie beispielsweise in »Geschorene Kinder«: »Wir sind erfüllt noch mit dem Höchstmaß Leben«?

Bestimmte Assoziationen waren stark in unser Leben eingedrungen. In O. M.s Gedichten ist ebenso wie in seiner Prosa mehrfach vom Gefängnis die Rede. Sprachliche Wendungen wie »Man hat ihn abgeholt«, »Er sitzt«, »Er ist wieder frei« haben im Russischen jeweils eine weitere Bedeutung erhalten – Ausdruck dessen, wie stark unser Leben von der Realität des Gefängnisses beeinflusst war. Wie beim Prozess der Diffusion durchdrangen Gefängniswelt und die Welt des Alltags einander, und das war für die Machthaber unabdingbar zur Einschüchterung derer, über die sie herrschten.

Zur Veranschaulichung meiner Ausführungen über das Gefängnis soll eine Episode aus dem Alltag des Jahres 37 dienen. In einem im Zentrum Moskaus gelegenen Haus lebten Schriftsteller und Tschekisten Tür an Tür. Der Himmel weiß, auf welchem Weg die Tschekisten dort hingelangt waren, möglicherweise waren ihnen die Wohnungen derer zugewiesen worden, die in einer anderen Behörde tätig und dann verhaftet worden waren. Nun also wohnten sie dort und gerieten aus den unterschiedlichsten Anlässen in Konflikt mit den Schriftstellern. Einmal beispielsweise lärmte ein betrunkener Tschekist, den seine Frau vor die Tür gesetzt hatte, auf der Treppe. Er gab lauthals seine Erinnerungen daran kund, wie er einen seiner Genossen verhört und geschlagen habe, und vergoss Tränen später Reue. Ich klingelte bei seiner Ehefrau und brachte sie dazu, ihren Mann wieder hineinzulassen, indem ich ihr erklärte, dass seine lauten Reden ihm durchaus zum Schaden gereichen könnten. Im Hof des Hauses sangen immer wieder Wandersänger ihre Lieder, oftmals die schönsten des klassischen Zuchthaus-Liedguts aus den unterschiedlichsten Landstrichen

Russlands. Sogleich erschienen zahlreiche Zuhörer auf den Balkonen, und zwar selbstverständlich nicht die Schriftsteller. Es wurde mitgesungen und Münzen wurden geworfen. Das dauerte immer wohl eine halbe Stunde, bis schließlich einer der ideologisch gefestigten Hausbewohner nach unten eilte, um die Sänger vom Hof zu jagen. Doch die auf den Balkonen Stehenden riefen ihnen rechtzeitig zu, sie sollten verduften, und sie verduftеten.

Auch O. M. und ich standen auf dem Balkon und warfen eine Münze oder einen Schein hinunter – der wurde in ein Stück Zeitungspapier gewickelt und mit einem Steinchen beschwert, damit er auch den Weg nach unten fand – und zollten so der russischen Volksdichtung Tribut. Ossja der Jüngere, wie Iosif Brodsky genannt wird, der wegen »Parasitentums« oder besser gesagt seiner Gedichte wegen ins Zwangsarbeitslager geschickt wurde, denn es wiederholt sich alles im Leben, wenngleich in anderer Form, sagte jüngst zu Anna Andrejewna, bei Pasternak fänden sich keine Elemente der Volksdichtung. Kann das denn sein? Mir scheint, die Analyse hinsichtlich der Elemente der Volksdichtung ist eine der wichtigsten Frage bei der Interpretation lyrischer Werke. Die Elemente der Zuchthaus-Folklore in O. M.s Werk springen deutlich ins Auge. Sie wurde ihm vom Leben diktiert und liegt offen zu Tage. Und dies ist nicht die einzige Verbindung zur europäischen und russischen Volksdichtung in O. M.s Werk. Die Volksdichtung zu übergehen ist nicht möglich, die Frage ist lediglich, wie sie im eigenen Werk bearbeitet wird.

Zwillinge und Drillinge

Die Arbeit am Gedicht »Ein Gebiet von dunklem Nass« ging langsam und mühselig voran und dauerte mehrere Tage. O. M. war unzufrieden, weil »etwas«, das schon geradezu greifbar und sehr wichtig war, nicht hervortreten wollte. Die letzte Strophe reifte heran – sie entstand tatsächlich auch zuletzt, was bei weitem nicht immer der Fall ist.

O. M. stand mit dem Rücken zu mir am Tisch und notierte etwas. »Komm einmal her und schau, was ich habe.« Ich freute mich, dass die Arbeit am »dunklen Nass« beendet sei und wir ein wenig spazieren gehen könnten. Ich war des Gedichts bereits ebenso überdrüssig wie der Übersichtskarte des Bezirks Woronesch in der Telefonvermittlungszentrale der Post, auf der die Lämpchen, die anzeigten, mit welchen Punkten gerade Verbindungen bestanden, ständig an- und ausgingen. Aber ich wurde enttäuscht. Auf dem Blatt, das er mir entgegenhielt, las ich: »Wegzeichen für den langen Tross«. »Warte, das ist noch nicht alles«, sagte O. M. und schrieb weiter: »Wie verspätetes Geschenk / Ist mir nun der Winter«. »Du hast den Verstand verloren!«, schimpfte ich. »So werden wir nie mehr an die frische Luft kommen. Lass uns jetzt auf den Markt gehen, oder ich gehe allein.«

Wir gingen gemeinsam – er war nur wenige Schritte entfernt –, verkauften und kauften etwas. Wenn ich mich recht entsinne, verkauften wir an jenem Tag das Jackett aus besonders edlem Tuch. »Mit einem solchen Jackett geht man ins Gefängnis«, bemerkte der Käufer, ein kluger und lebenserfahrener einfacher Mann. »Ganz recht«, erwiderte O. M. »Aber es hat seinen Aufenthalt dort schon hinter sich, es besteht also diesbezüglich keine Gefahr mehr.« Der Mann schmunzelte und bezahlte den von uns verlangten Preis. Wir setzten das Geld gleich wieder um und kauften für ein Festgelage ein, das heißt, wir erstanden ein eigentlich entbehrliches Stück Fleisch oder Wurst, so es Letztere damals zu kaufen gab. Es ist nicht leicht, sich zu erinnern, was in den unterschiedlichen Zeiten im Angebot war, aber es gab zu allen Zeiten jeweils ein »Tagesgericht«, das alle aßen. Momentan ist das in Moskau Kochwurst. Damals wurden uns, wenn mich meine Erinnerung nicht trügt, bläuliche Hühner aufgetischt. Konserven mit Eingelegtem waren Luxus.

Es gab die Zeit der gefrorenen Fasane und Tauben, aber sie ging schnell vorüber. Kabeljau hielt sich entschieden länger auf dem Speiseplan. Zugegebenermaßen schaffte es das »Tagesgericht« kaum bis aufs platte Land, und deshalb wusste man dort das lebenswichtige Brot besonders zu schätzen.

Die Strophe mit dem nächtlichen Samowar entstand wohl am selben Tag, zwei weitere kurze Gedichte, die aus dem »dunklen Nass« hervorgingen, wurden nur noch leicht überarbeitet. In den »Wegzeichen für den langen Tross« ist der Blick auf die Landschaft aus dem Fenster des Sanatoriums in Tambow festgehalten – deshalb hier das Wort »Palais«. Wir wohnten nicht in Palais, sondern dort, wohin uns das Schicksal verschlug, vorzugsweise in erbärmlichen Hütten. Es scheint mir klar, wie die letzte Strophe des »dunklen Nass« das Gedicht »Wie verspätetes Geschenk / Ist mir nun der Winter« anregte – sie gab den Impuls für den Vers »Winterlose Steppe, kahl«. Mit diesem Gedicht schien jäh die Thematik der Jahreszeit auf – alles erstarrte in Erwartung des spät anbrechenden Winters. Die Natur wartete auf den Winter, und den Menschen war im Dezember 36 bereits bewusst, was das kommende Jahr 37 ihnen bringen würde. Dafür brauchte es keinen ausgeprägten Instinkt, denn bereits im Sommer waren wir durch das Radio auf die bevorstehenden Prozesse vorbereitet worden. In dieser Strophe sagte O. M. über den Winter in Woronesch: »Wo bin ich? Nur schlechte Träume? / Winterlose Steppe, kahl: / Stiefmutter Kolzows. / Die neue Stieglitz-Heimat allemal.« Diese Verse sind Synthese seiner Gemütslage in jener Zeit – das Gefühl, von einem Unglück heimgesucht worden zu sein, vermochte es nicht, die unendliche und unbändige Lebensfreude, die vollkommen unerklärliche Fröhlichkeit des im Käfig eingesperrten Dichters niederzuringen. Und auch im weiteren Verlauf des Gedichts finden sich Details aus seinem Leben: Spät am Abend pflegte er, erschöpft von der Arbeit, das Haus zu verlassen und durch die menschenleere Stadt zu gehen, wo auf allen Wegen Glatteis war. Die Städte in den entlegenen Provinzen unseres

Landes waren, als es plötzlich keine Hausknechte mehr gab, im Winter Bezirke »der ewigen Glätte«. Darüber schreibt auch Achmatowa, die es nie gelernt hat, auf dem spiegelglatten Eis zu gehen, in ihren Woronescher Gedichten: »Zögernd geh ich über Kristallglas«. Der erwähnte Samowar war ein elektrischer, was in jenen Jahren einen unerhörten Luxus darstellte, den wir uns aber erlaubten, weil O. M. bei seiner nächtlichen Arbeit stets sehr viel Tee trank. Er konnte lediglich auf zwei Dinge nicht verzichten: auf Tee und auf Papirossy. Alles andere würde sich finden, so waren wir überzeugt.

In Woronesch erblickten zwei Mal »Drillinge« das Licht der Welt, also drei Gedichte desselben Ursprungs. Zum ersten »Drilling« gehören »Dunkles Nass«, »Wie verspätetes Geschenk« (wir nannten dieses Gedicht »der Rabe«) und »Wegzeichen für den fernen Tross«. Der zweite »Drilling« besteht aus den Gedichten »Tausendfache Wälder«, »Was tun mit ihr, der Ebene: Erschlagenheit« und der Reminiszenz an die Kama, »Wie ist er langsam-zäh, erstockend, dieser Raum«. Im ersten »Drilling« war alles miteinander verbunden wie in einem Zyklus, im zweiten hingegen entstanden die Gedichte unabhängig voneinander wie aus einer gemeinsamen Wurzel. Die Verse »Was tun mit ihr, der Ebene: Erschlagenheit, / Mit dem gedehnten Hunger ihres Mysteriums / Mit ihrem weitgedehnten, wunderlichen Hunger?« und »Die Ebene, atmendes Wunder, ewige Wiederkehr« verbinden die ersten beiden Gedichte miteinander. Das dritte ist mit ihnen wiederum verbunden durch das Thema des Atmens, der Kurzatmigkeit, das auch in den anderen beiden zu finden ist. Der »erstickende Raum« im dritten Gedicht ist Widerhall des »atmenden Wunders«. In dem Gedicht, in dem Judas genannt wird, wird die Kurzatmigkeit durch die Struktur des Rhythmus übermittelt: »Es wachsen Fragen: geht wohin? Und kommt woher?«. Die Kurzatmigkeit, unter der O. M. litt, fand ihren Niederschlag in zahlreichen Gedichten, die in diesem Winter entstanden sind. »Ich bin das Ich, Licht ist das Licht« ist ein Beispiel dafür.

Im ersten »Drilling« ist noch eine weitere formale Übereinstimmung zu bemerken, und zwar die Reime »Sowchosen« und »drohend« des dem Drilling zugrunde liegenden Gedichts sowie die Häufung des Lautes »s« in den beiden anderen Gedichten, so in den Reimen »Frost« – »Tross« – »Prosa«.

In allen Gedichten O. M.s sticht die Zeile hervor, die als Erstes entstanden ist, aber auf der Suche nach ihr muss man sich dessen bewusst sein, dass sie sehr selten nur auch die erste Zeile des Gedichts ist. Hat man sie gefunden – so sie noch im Gedicht erhalten ist und nicht, was auch vorkommt, aus dem Text gestrichen wurde –, kann man den gesamten Arbeitsprozess am Gedicht nachvollziehen. Die Streichung des als erster entstandenen Verses aus dem endgültigen Text entspricht durchaus der Natur der Sache. O. M. erinnerte sich in diesem Zusammenhang oft an die Worte Gumiljows, der ihm einmal gesagt hatte: »Das ist ein gutes Gedicht, Ossip, aber wenn es fertig ist, wird keine der Zeilen, die es jetzt ausmachen, mehr vorhanden sein.« In solchen Fällen ist die Entstehungsgeschichte des Textes natürlich nicht mehr nachzuvollziehen, denn ein großer Teil der Arbeit vollzieht sich im Geiste und mit den Lippen und ist nicht auf dem Papier festgehalten.

Die erste, das Gedicht anregende Zeile und das letzte Wort, das gefunden wird, sind ein Schlüssel der schöpferischen Komposition des Gedichts, denn in ihnen liegt der Impuls des Anfangs und des Endes. Die Epitheta »tausendfache Wälder«, »der faule, faule Held« sind Beispiele für Wörter, mit denen die Arbeit am Gedicht beendet wurde.

»Drillinge« sind selten bei O. M., viel öfter sind in seinem Werk »Zwillinge« zu finden, also zwei Gedichte desselben Ursprungs. Unter den veröffentlichten Gedichten sind »Ich weiß nicht, seit wann das Lied« und »Auf der Leiter kroch ich hinauf auf den leergefegten Heuboden / Auf den Boden zum zerzausten Heu« sowie »Der 1. Januar 1924« und »Nein, ich war nirgendwo und niemands Zeitgenosse« sind charakteristische Beispiele für »Zwillinge«, von denen in unserer Zeit in Woronesch auch einige entstanden sind, so zwei Gedichte über die Kama – »Auf dem Kama-Fluss, dunkel dem Auge, da schien / Eine Stadt durch die Schatten, auf eichenen Knien« und »Und ich schaute, schon weiter im Nadelbaum-Osten auf dem Weg in den nadeligen Osten« – die ein ganz typischer »Zwilling« sind. Das Erstere, in dem die zweite Strophe mit der Zeile »Und der Hüne des Flusses erhob sich in die Höhe« endet, ist ein seltenes Beispiel einer bewusst vorgenommenen Änderung aufgrund der Zensur. In den Gedichten »Hefe, kostbar, dieser Welt« und »Teufelchen« ist die erste Variante erhalten, die beide miteinander verbindet.

Die beiden Gedichte »Hab mich verirrt im Himmel« sind ebenfalls ein »Zwilling«, sie beginnen gleich, entwickeln sich aber unterschiedlich. Diese »Paarstruktur« ist für O. M. sehr charakteristisch, außer den hier aufgezählten »Zwillingen« gibt es zahlreiche weitere in seinem Werk.

O. M. wollte eigentlich beide Variationen des Anfangs von »Hab mich verirrt im Himmel« erhalten und im Druck nebeneinander veröffentlicht wissen. Komponisten und Maler tun so etwas ja häufig. Sollte zu meinen Lebzeiten eine unzensierte Werkausgabe O. M.s möglich werden, so werde ich diesen Wunsch von ihm erfüllen. Aber selbst wenn der geplante Band mit Gedichten O. M.s veröffentlicht wird, dessen Manuskript seit langem in der »Dichterbibliothek« Staub ansetzt, wird man das weder mir noch Chardshijew gestatten, denn wir sind diesbezüglich rechtlos. Irgendein kluger Lektor wird mir sehr logisch darlegen, dass bei zwei Varianten die bessere zu wählen sei, dass die Dichter selbst, ihre Freunde und Anverwandten von solchen Dingen nichts verstehen, dass das Vermächtnis eines Dichters nicht denen zufällt, die nach seinem Tod fünfzehn Jahre lang die Hälfte seines Honorars erhalten, sondern gelehrten Experten und Fachleuten, die die Weisheit mit Löffeln gefressen haben und deshalb genauestens darüber zu urteilen imstande sind, was gut und was schlecht ist. Neben der korrekten Ideologie schätzt der sowjetische Lektor der heutigen Zeit besonders Klarheit, Genauigkeit, glatte Faktur und opulente Komposition, bei der, wie auf einer Servierplatte, Vergleiche, Metaphern und ähnliche rhetorische Figuren dargereicht werden. O. M. hat es nicht mehr erlebt, dass die Kultur diesen Zenit erreicht hat, aber er war immer wieder darüber erstaunt, wie wenig die Literaturexperten in unserem Land für Gedichte übrig hatten. Auch Anna Andrejewna war dieser Ansicht. Als sie hörte, dass man einen unglückseligen jungen Mann* als »neuen Puschkin« bezeichnete, war ihr Kommentar: »Das sagen sie nur, weil sie keine Gedichte mögen.« Dieser junge Mann schrieb makellose Gedichte, in denen diese Literaturexperten all das über Jahrhunderte Altbekannte wiederfanden. Am liebsten sind ihnen Übersetzungen, die mit dem Glanz neuer Waren funkeln. Solcherart Experten und Fachleute gibt es in allen Bereichen, während der stalinistischen Epoche sind sie aufgeblüht, haben sich überall festgesetzt und sitzen nun in Kunst, Architektur, Film und Literatur an den entscheidenden Stellen. Aber sei's drum. Man hat ihnen aufgetragen, eine Renaissance zu erschaffen, aber es kam nur etwas wie das »Café Renaissance« dabei heraus. Der Umgang mit ihnen indes ist schwierig.

In seiner Jugend hat O. M. die Spuren der gemeinsamen Abkunft von Gedichten getilgt oder eines von zwei Gedichten desselben Ursprungs vernichtet. Die Gedichte »Der Zeitgenosse« und »Ich weiß nicht, seit wann das Lied« hat er lange nicht niedergeschrieben, weil er ihr Recht, ein jeweils eigenständiges Werk darzustellen, nicht anerkennen konnte. Später hat sich seine Position diesbezüglich stark verändert; offensichtlich hatte er sich entschieden, das Prinzip desselben Ursprungs zweier Gedichte gelten zu lassen, und er betrachtete die beiden Werke deshalb nicht mehr als zwei Varianten eines Gedichts. »Der Anfang ist bei beiden gleich? Und wenn schon! Es sind doch zwei unterschiedliche Gedichte«, sagte er. Oder:

* Walja Berestow.

»Umso besser, wenn es offensichtlich ist. Warum sollte ich das denn verstecken?« Während er in der Jugend noch verschlossen war und seinem Leser nur ausgewählte Werke darbot, war er in seiner späteren Schaffensperiode, in der er seine Meisterschaft erreicht hatte, bereit, den ganzen Entstehungsweg offenzulegen, und betrachtete den poetischen Impuls selbst als das eigentlich Wertvolle und nicht die Werke, in denen er sich niederschlug. Das war Ausdruck der inneren Freiheit, die er erreicht hatte. Und diese innere Freiheit stieß zahlreichen seiner einstigen Verehrer bitter auf. Für sie sind diese Gedichte O. M.s unfertig und unvollkommen. »Er hat diese Gedichte ja nicht mehr für eine Veröffentlichung vorbereitet. Deshalb muss man eine Auswahl treffen«, beschieden mir die Brüder Bernschtejn – Sergej Ignatewitsch und Alexander Iwitsch – überzeugt. »Bei so vielen Wiederholungen kann man doch nur von Varianten sprechen«, sagte Orlow. Und ebenso wie Orlow ist auch Sluzkij der Überzeugung, O. M.s publizierte Gedichte könne man verstehen, seine nicht publizierten Gedichte seien jedoch übermäßig hermetisch. Doch mittlerweile ist eine neue Generation von Lesern herangewachsen, die einen ganz anderen Zugang zu diesen Gedichten hat, und das ist gut.

Ein Dichter, dessen Schaffensphasen sich stark voneinander unterscheiden, ist damit konfrontiert, dass seine Leser, denen die Werke der einen Phase gefallen, die einer anderen Phase nicht gutheißen. Zahlreiche seiner alten Verehrer lehnten die neuen Gedichte und dichterischen Ansätze ab, da sie in ihnen das Altbekannte nicht wiedererkannten. So äußerte Emma Gerschtejn beispielsweise immer wieder die Ansicht, O. M. habe den »Wolf-Zyklus« niemals schreiben dürfen. Und Kusin fasste jedes neue Gedicht geradezu als persönliche Beleidigung auf. Aber beide konnten die Gedichte später doch annehmen und Gefallen an ihnen finden. Schengeli hingegen konnte sich mit den neuen Gedichten nicht anfreunden und blieb O. M.s Werk aus der frühen Periode verbunden. An den späteren Gedichten missfielen ihm vor allem das Vokabular und die Wahl unpoetischer Worte. Mittlerweile haben O. M.s späte, bisher unveröffentlichte Gedichte durch die Abschriften, die von Hand zu Hand gereicht werden, zahlreiche neue Leser gefunden. Ob diesen die Gedichte aus O. M.s früher Periode gleichermaßen gefallen, weiß ich nicht. Wobei das Recht des Lesers darauf, eine Auswahl nach seinem Geschmack zu treffen, ebenso unbestritten ist wie das Recht des Dichters auf Publikation jener Werke, die er für wichtig hält, und das Recht, eine eigene Position in der Poesie einzunehmen. Auf den Leser mit seinem eigenen Geschmack, ja seinen Launen blicke ich deshalb mit ganz anderen Augen als auf den Lektor, der die Macht hat, ein Werk zu verdammen, und oftmals ein Manuskript auf die lange Bank schiebt. Hinsichtlich der »Unvollkommenheit« der Werke aus O. M.s letzter Schaffensperiode, also seines Wunsches, sein Laboratorium dem Leser zu öffnen, ist dieser für die posthumen Ausgaben dieser Gedichte absolut zu respektieren, und zwar deshalb, weil diese Werke zu seinen Lebzeiten gegen seinen Wunsch nicht publiziert wurden. Denn er war durchaus in der Lage, Gedichte auszusondern, so er dies für notwendig hielt.

Dass zwei Gedichte denselben Ursprung haben, ist wohl keine individuelle Besonderheit O. M.s. Paare dieser Art finden sich auch bei Achmatowa, beispielsweise sind die Gedichte »Dante« (»Auch nach seinem Tode kehrte er nicht zurück / In sein altes Florenz«) und »Weshalb habt Ihr das Wasser vergiftet / Und mein Brot mit Dreck vermischt« zweifellos »Zwillinge«. In vielen Fällen ergänzen und kommentieren diese Gedichte einander. Bei den Versen »Nein, ohne Henker und Richtplatz / Kann der Dichter auf Erden nicht sein. / Für uns sind die Büßerhemden, / Wir haben der Kerze zu folgen und zu klagen« handelt es sich beispielsweise um den gemeinsamen schöpferischen Impuls für zwei Gedichte.

Bei der Auswahl für ein Buch verwarf O. M. die »Zwillinge« nicht, während der Arbeit an den Gedichten seiner letzten Schaffensphase jedoch zweifelte er viel. So wollte er zum Beispiel auf das Gedicht »Ich bin bei Kolzow: steh angeholzt, /

Gleich einem Falken bin ich abgestolzt« verzichten, weil es Impuls für ein weiteres Gedicht war: »Trägt in die Zweige trauernd / Der Hexenmeister flink / Vom Goldfuchs und vom Braunen / Das Farbenflüstern hin –« Diese beiden »Zwillinge« entbehren jeglicher Übereinstimmung in der Form, gleichwohl wollte O. M. das erste nicht erhalten, da es ihm als allzu direkt erschien. Die Bewertung seiner eigenen Gedichte durch den Dichter ist während des Prozesses der Arbeit an ihnen niemals objektiv und von vielerlei schwierigen Umständen beeinflusst. Der Grund, dass ein Gedicht verworfen wird, ist oftmals lediglich die Tatsache, dass es einem anderen gleichsam im Wege steht, das bereits im Entstehen begriffen ist, aber noch nicht zu Tage treten will. Bisweilen liegt in einem Gedicht bereits der Keim für ein neues, und wenn aus diesem Keim etwas erwachsen ist, scheint dem Dichter, dass das vorhergehende Gedicht lediglich Vorbereitung war für das darauffolgende – wie ein Präludium des Arbeitsprozesses an ihm. Dieses Gefühl ist besonders stark ausgeprägt, wenn zwei Triebe aus demselben Ursprung erwachsen und sich rasch in unterschiedliche Richtungen entwickeln. So verhielt es sich beispielsweise bei den Gedichten »Die Geburt des Lächelns« und »Stieglitz«. In den Texten der Endversionen der Gedichte ist keinerlei offensichtliche Gemeinsamkeit zu bemerken, gleichwohl ist der »Stieglitz« aus »Die Geburt des Lächelns« hervorgegangen. Durch Zufall ist die erste Fassung erhalten, in der die Wechselbeziehung der beiden Gedichte deutlich wird. Es gibt dort eine Strophe, in der Kindermund, Spreu und Stieglitz vorkommen. Eben die Spreu hat den Stieglitz mit sich gebracht, zugleich aber ihre stechenden Eigenschaften bewahrt und sich in den stechenden Frost dieses nicht durch seine Kälte furchtbaren Winters verwandelt. Zu Anfang betrachtete O. M. den »Stieglitz« als illegitimes Kind.

Die beiden Gedichte über Ariost hingegen entstanden auf ganz andere Weise. Das erste wurde im Sommer des Jahres 33 geschrieben, als wir mit dem gerade aus dem Gefängnis entlassenen Kusin in Staryj Krim bei der Witwe Grins zu Gast waren.

Die Manuskripte und Entwürfe sind bei der Hausdurchsuchung im Mai 34 beschlagnahmt worden. Als wir dann in Woronesch waren, versuchte O. M., sich diese Texte wieder ins Gedächtnis zu rufen, aber seine Erinnerung trog ihn, und es entstand ein zweiter »Ariost«. Kurze Zeit später stieß ich in Moskau in einem unserer Geheimverstecke auf den »Ariost« aus dem Jahr 33. So gab es nun also zwei Gedichte über dasselbe Thema.

Diese Episode entspricht dem Geist jener Zeit, und ich schenke sie denen, die in späteren Zeiten O. M.s Werk kommentieren werden.

Der letzte Winter in Woronesch

Den Sommer 36 konnten wir auf dem Land verbringen. Anna Andrejewna hatte Geld auftreiben können. Ich hatte bereits erwähnt, dass sie von Pasternak noch etwas erhalten hatte, schließlich gab auch Jewgenij Jakowlewitsch ein wenig dazu, sodass wir über eine Summe verfügten, die uns einen mehrwöchigen Aufenthalt auf dem Land möglich machte. Dieser war auch dringend notwendig, da O. M.s Herzattacken sich häuften und verstärkten. Unsere Wahl fiel auf Sadonsk, eine kleine, einstmals ihres Klosters und des Starez Tichon von Sadonsk wegen berühmte Stadt am Don. Wir verbrachten also sechs Wochen am Oberlauf des Don, erfreuten uns des Lebens und gaben uns keinen schweren Gedanken hin. Doch dann wurden wir plötzlich durch das Radio über den Beginn des Terrors informiert. Die Mörder Kirows, so verlautbarte der Sprecher, seien ermittelt, und es würde ihnen der Prozess gemacht. Als wir diese Meldung gehört hatten, gingen wir schweigend hinaus auf den Klosterweg. Es gab nichts dazu zu sagen, nun war alles klar. An jenem Tag wies O. M. mit seinem Spazierstock auf die Spuren von Pferdehufen, in denen sich Wasser gesammelt hatte – am Abend zuvor hatte es geregnet. »Wie ein Speicher der Erinnerung«, sagte er. Diese Spuren tauchten später als »Spuren eines Pferdehufs« wieder auf, als die Erinnerung an die dröhnende Stimme des Radiosprechers O. M. veranlasste, Maßnahmen zu ergreifen, um sein Leben zu retten.

Nach unserer Rückkehr nach Woronesch erwies sich, dass uns alle Türen verschlossen waren. Niemand sprach mehr mit uns, niemand lud uns mehr zu sich nach Hause ein, niemand wollte uns mehr kennen, zumindest in der Öffentlichkeit. Gleichwohl versuchten doch einige, uns unauffällig zu unterstützen. So verhalf der Theaterleiter uns zu dem Zimmer bei der Schneiderin seines Theaters. Ihr Haus – eine armselige Hütte, die gleichsam in die Erde eingewachsen war –, stand hoch über dem Fluss auf einem Berg. Von dem Grundstück, auf dem das Haus gelegen war, sahen wir das andere Ufer mit einem kleinen Waldstreifen. Auf ihren Schlitten flogen die Jungen bis an den Fluss hinunter. Dieses Bild blieb für immer vor unserem inneren Auge, O. M. beschwor es in seinen Versen, verfluchte es und konnte sich nicht satt sehen daran.

Die Jungen fragten immer wieder: »Was bist du? Ein Pope oder ein General?« O. M. gab ihnen stets dieselbe Antwort: »Von beidem ein bisschen.« Die Jungen hielten O. M. für einen General, weil er sich überaus gerade hielt und »die Nase hoch«, also den Kopf zurückgelegt trug. Wadik, der Sohn unserer Zimmerwirtin, verkaufte Vögel und O. M. half ihm ein wenig dabei. »Jungen haben eine besondere Beziehung zu Vögeln«, meinte er. »Hast du je ein Mädchen gesehen, das Tauben züchtet oder verkauft?« Die Vögel hielten auch Einzug in O. M.s Gedichte. Einzig der Tannenmeise hat er nicht die Ehre erwiesen und sie mit keinem Wort erwähnt. Er redete mir ein, dass die Tannenmeise tatsächlich lediglich eine gewöhnliche Meise sei, und dieser habe er doch bereits Tribut gezollt, wenngleich auch nur in einem Kindergedicht.

Uns war bewusst, dass dieser elendige Winter unsere letzte Atempause war, und wir nutzten ihn bestmöglich. Alles erinnerte uns an die Verse von Klytschkow, die O. M. sehr liebte: »Vor uns liegt einzig Ungemach / Und Ungemach liegt hinter uns. / Setz dich zu mir für eine Weile, / Bei Gott, setz dich zu mir«. Und deshalb ist das heiterste und am stärksten lebensbejahende der Woronescher Hefte in ebendieser Zeit entstanden.

Auf eine intellektuelle Arbeit muss der Mensch sich einstimmen, ganz wie ein Instrument gestimmt wird, bevor es gespielt werden kann. Vermutlich sind die Menschen in dieser Hinsicht unterschiedlich – der eine arbeitet kontinuierlich und stimmt sich wie im Vorbeigehen ein, andere wiederum müssen nach einer Pause, in der sie geschwiegen haben, ihre Klaviatur insgesamt neu stimmen. Dichter, in deren Werk deutlich zu unterscheidende Phasen erkennbar sind, gehören zum letzteren Typ, und Schlüsselgedichte, die für sie so etwas wie der Kammerton sind, entstehen stets zu Beginn einer neuen Phase. Zu Beginn des »Zweiten Heftes« entstand »Pfeifen«. »Warum Pfeifen?«, fragte ich. »Vielleicht bin das ja ich«, antwortete O. M.

Wie war es möglich, dass dieser gehetzte Mensch, der in vollkommener Isolation lebte, in der Ödnis und Dunkelheit, in der wir uns wiederfanden, sich selbst als das Pfeifen, »die Sowjetstädte hell begleitend« empfand? Aus dem Nichts heraus erhob O. M. die Stimme und war überzeugt, sie würde sich in den sowjetischen Städten verbreiten. Das ist wohl jenes Gefühl, im Recht zu sein, ohne das es nicht möglich ist, Gedichte zu schreiben. Der Kampf für das Recht des Dichters auf gesellschaftliche Achtung, für das Recht, seine Stimme erheben zu dürfen und seine Position zu verteidigen, ist wohl das, was O. M.s Leben und Werk auszeichnet. Darum geht es im »Gespräch über Dante«. Und ich habe ihm damals noch vorgeworfen, es gehe ihm um persönliche Abrechnung. »Das muss sein«, antwortete er mir.

Auch im »Zweiten Heft«, sogleich mit dem ersten Gedicht »Hinter den Häusern«, klingt das Thema der Selbstbehauptung des Dichters durch die Dichtung an. In Zeiten des zunehmenden Terrors war es absolut unmöglich, dieses Thema aufgrund nüchterner Überlegung aufzugreifen. Es drängte sich von selbst auf, wie es eigentlich immer der Fall ist, denn das Thema eines Gedichts diktiert nicht der Verstand. Zunächst klang es nur zurückhaltend an und verbarg sich hinter Realia wie dem Pfeifen oder wurde nur andeutungsweise ausgesprochen wie im Gedicht »Weder mir nicht, und auch nicht dir – in ihnen / Liegt sie, die volle Kraft der Wortausgänge«. »Wen meinst du mit ›ihnen‹?, fragte ich, »das Volk?« – »Nein«, erwiderte O. M., »das wäre zu einfach.« Also meint dieses »ihnen« eine Kraft, der der Dichter nicht zuzurechnen ist, jene Stimmen und jene Harmonie, die er wahrzunehmen und den Menschen – »für ihre Menschenherzen, lebensweiche« – zu vermitteln sucht.

Auch im Gedicht über den Stieglitz klingt das Dichter-Thema an, allerdings wird das nur in der Variante deutlich, in der O. M. dem Stieglitz, der sein Ebenbild verkörpert, zu leben befiehlt. In einem seiner Aufsätze erzählt O. M. von einem jungen Dichter, der von Redaktion zu Redaktion läuft und seine literarische Ware feilbietet, die absolut niemand haben will. Diesen jungen Dichter, den unerfahrenen Neuling, bezeichnet er als Stieglitz. O. M. war sich der Assoziationen, Gedanken und Bilder in seinen früheren Werken stets gewahr. Mit seinen Verweisen auf den Stieglitz spielte er also auch darauf an, dass seine literarische Ware niemand mehr haben wollte, und vielleicht war ebendies der Grund, warum er sich selbst derart beharrlich zu leben befahl.

Der Stieglitz wurde in einen Käfig gesperrt und nicht in die Freiheit des Waldes entlassen. »Mich aber können sie nicht halten«, sagte O. M. »Erst kürzlich bin ich heimlich auf der Krim gewesen.« Er meinte damit sein Gedicht »Aufspringen runder Buchten«. In diesem Gedicht ist das Tempo stark verlangsamt – »Ein träges Segel, das in Wolken weiterzieht«. Uns machte stets zu schaffen, dass die Zeit so unfassbar schnell verflog, und O. M. meinte, das Gefühl für die Gegenwart habe man, so wie man es früher empfunden habe, nur im Süden und allein dort.

»Du warst doch auch in Tiflis«, sagte ich, und erinnerte an sein Tiflis-Gedicht. »Eine Reise, zu der ich gezwungen wurde«, erwiderte O. M. »Eine dunkle Kraft hat mich dorthin entführt.« Seine Gedichte über Tiflis entstanden bei den Versuchen, eine Ode auf Stalin zu schreiben.

Als das zuvor verworfene Gedicht »Vergleiche nicht, das Lebende ist unvergleichlich« in seinen Augen wieder Gnade fand, bemerkte O. M.: »Nun weiß ich wenigstens, warum ich nicht nach Italien fahren darf.« Und es wurde deutlich, dass seine »helle Sehnsucht« die Reise dorthin nicht zuließ: »Und die helle Sehnsucht geht mir nicht mehr aus dem Sinn / Von den noch jungen Woronescher Hügeln / Zu den toskanischen, die Habe aller Menschen sind.« Durch die italienischen Dichter und die Bilder der italienischen Architektur war Italien gleichwohl bei uns auch weiterhin stets gegenwärtig. O. M. lud mich immer wieder zu einem Gang durch das florentinische Baptisterium ein, und dieser Gang bereitete ihm nicht weniger Freude als ein Spaziergang über das Grundstück des Hauses, in dem wir wohnten. Die Jahreszeiten folgten aufeinander. O. M. sagte immer wieder: »Auch das ist eine Reise. Und die können sie uns nicht nehmen.« Dieser so unendlich lebensfrohe Mensch schöpfte Kraft aus all dem, das andere, insbesondere auch mich, lediglich verzweifeln ließ, wie beispielsweise das feuchte Herbstwetter oder die Kälte. Er lebte mit dem Gefühl, früher einmal alles besessen zu haben – den Süden, das Reisen, die Züge und Schiffe –, und deshalb beschrieb er seine Verbannung nach Woronesch mit den Worten: »Sie haben es mir genommen.«

Das Gedicht über die Sterne betrübte O. M., denn es schien ihm ein schlechtes Vorzeichen. Sterne würden zum Thema der Dichtung, wenn die Schaffenskraft zu Ende gehe, meinte er, oder wenn »der Schneider keinen Stoff mehr hat«. Gumiljow war der Ansicht, jeder Dichter habe seine eigene Beziehung zu den Sternen, so erinnerte O. M. sich. Für ihn selbst kamen die Sterne der Abkehr von der Welt und dem Verlust der Orientierung gleich.

Das Gedicht »Die Kiewerin«, das zweite Gedicht über eine Frau, die auf der Suche nach ihrem Ehemann ist, das in jenem Winter entstand, betrübte O. M. noch mehr. »Das kommt nicht von ungefähr«, sagte er immer wieder. Die Angst, dass wir voneinander getrennt würden, quälte ihn immerfort. Er fürchtete stets, das, was er in seinen Gedichten beschrieben hatte, könne Wirklichkeit werden, insbesondere jene Verse über die Frau, »Deine Füße so zart, müssen nackt übers Glas, / Müssen nackt übers Glas, und den Sand blutig-nass«. Von diesem Gedicht trug er mir nur einige wenige Verse vor – ich erinnere mich nur noch an das Plätteisen und die Stricke – und erwähnte es danach nie wieder. »Frag nicht danach«, bat er mich. »Sonst wird es Wirklichkeit.«

Wir waren abergläubisch und meinten, alle Dinge, von denen er in seinen Gedichten sprach, seien verloren. So kam O. M. auf tatsächlich sehr dumme Weise sein Spazierstock mit dem weißen Griff abhanden, der im »Patriarch« erwähnt ist – »Bald scherzhaft lächelnd, bald voll scheuer Würde / Geh ich mit meinem weißen Stock hinaus« –, ebenso wie das Schottenplaid, mit dem ich ihn immer zudecken musste – »Nimm es als Flagge und decke mich zu, wenn ich sterbe« – zerschliss, nachdem er diese Verse geschrieben hatte. Nur ein kleiner Fetzen blieb von diesem Plaid, und den trage ich stets in meinem Gepäck mit mir. Auch die Wohnung, für die ich so sehr gekämpft hatte, wurde durch ein Gedicht von O. M. zunichtegemacht, den Stieglitz hat die Katze gefressen und danach verschwand auch sie. Wenigstens bin ich nicht blind geworden. Das war stets meine Angst. Ein weiser Maler hat mich aber noch zu Lebzeiten Stalins mit den Worten beruhigt, dass wir eher sterben, als dass wir erblinden. Und beim Sterben wird auch noch nachgeholfen.

Die Ode

Die Wirklichkeit versteht der Dichter durch seine Gedichte, denn in ihnen ist etwas, das die Zukunft vorwegnimmt. Das Auge des Raubvogels erkennt Objekte in der Nähe nur schlecht, ist aber in der Lage, ein riesiges Jagdgebiet zu überblicken; die Bewohner der Hölle sind blind für die Gegenwart, sehen aber die Zukunft. »Das ist bei allen seinen Gedichten so«, sagte Anna Andrejewna ungerührt, als ich ihr ein kleines Gedicht O. M.s zeigte, in dem die Vorahnung der Zukunft offensichtlich war. Sie hatte seine Gedichte aufmerksam gelesen und war deshalb nicht überrascht.

Das »Zweite Woronescher Heft« enthält einen Zyklus, dessen Ursprung die »Ode« war, die O. M. sich abgerungen hatte. Sie hat jedoch ihren Zweck nicht erfüllt und ihren Autor nicht gerettet. Durch die »Ode« entstanden indes zahlreiche andere Gedichte, die vollkommen im Gegensatz zu ihr standen, als wirke hier das Gesetz, dass eine überspannte Feder zurückspringt.

Der »Stieglitz«-Zyklus entsprang einem heftigen Lebenshunger, einer Lebensbejahung, aber die Vorahnung des Unheils brach sich von Anfang an auch Bahn. Sie klingt an in den Zeilen »In einen Fliederschlitten / Werd ich mich setzen bald« /, mit denen O. M. seinen baldigen Tod vorhersagt – er verweist hier auf den »im Schlitten Sitzenden« – und in der Vorwegnahme unserer Trennung und aller Schrecken, die auf uns lauerten. Wir hatten bis dahin nur den »Beginn der furchtbaren Taten« erlebt, aber die Zukunft näherte sich »vorsichtig«, »drohend«, doch unabwendbar, wie die Wolke in dem Gedicht »Ein Gebiet von dunklem Nass«. Und schließlich schrieb O. M. das Gedicht über die Ebenen, auf der jener kriecht, »den unser Schrei im Schlaf uns nennt, / den Zukunftsvölkern Judas-Element?«. Er sah alles so deutlich vorher, dass er vor dem Dilemma stand, passiv den eigenen Tod zu erwarten oder einen Versuch zu unternehmen, sich zu retten. Der 12. Januar 1937 war der Wendepunkt, das Ende des »Stieglitz«-Zyklus und Beginn eines neuen Zyklus, der um die »Ode« herum entstand.

Unser Denken drehte sich in solchem Maße um den, zu dessen Ehren die »Ode« geschrieben wurde, dass getarnte Äußerungen über ihn an Stellen zu finden sind, an denen man es am wenigsten erwartet. Seine Assoziationsketten verraten O. M. immer – es gibt in seinem Werk feststehende und häufig wiederkehrende Assoziationen. Dass beispielsweise der »Götze« in seinem Gedicht »im Innern seines Berges« lebt, ist möglicherweise aus der phonetischen Ähnlichkeit von Kreml – kremen [dt.: »Kieselstein«] – kamen [dt.: »Stein«] abgeleitet. Dieser Götze ist einstmals auch ein Mensch gewesen – Jachontows Frau, die ihn auf der Gastspielreise nach Woronesch begleitet hatte und eine anrührende Stalinistin war, hatte O. M. erzählt, welch überragender, mutiger und leidenschaftlicher Revolutionär Stalin als junger Mann gewesen sei. Und dann geriet das gefährliche Wort »Fett« in dieses Gedicht, das auf die »Finger, wie Maden so fett« verweist. Weil wir in Assyrien lebten, war es unmöglich, nicht an den Assyrer zu denken. O. M. bereitete sich auf das Schreiben der »Ode« vor.

In unserem Zimmer bei der Schneiderin stand am Fenster ein Esstisch, den wir für alles nutzten. O. M. nahm ihn in Beschlag und legte Bleistifte und Papier zurecht. Etwas in dieser Art hatte er nie zuvor getan, Papier und Bleistift kamen ja für gewöhnlich erst am Ende der Arbeit zum Einsatz. Für die Arbeit an der »Ode« indes beschloss er, seine Gewohnheiten zu ändern, und fortan hatten wir uns beim Essen mit einer kleinen Ecke des Tisches zu begnügen, bisweilen aßen wir auch am Fensterbrett. Jeden Morgen nahm O. M. am Tisch Platz und nahm den Bleistift zur Hand, wie es einem Schriftsteller ansteht – ganz wie ein Fedin. Ich wartete nur noch darauf, dass er sagte: »Jeden Tag wenigstens eine Zeile«, aber das tat er, Gott sei es gedankt, nicht. Er saß ungefähr eine halbe Stunde in der Pose des Schriftstellers am Tisch, sprang dann plötzlich auf und begann sich zu verfluchen, weil es ihm an dichterischer Meisterschaft fehle. »Assejew, ja, der ist ein Meister. Er würde sich keine großen Gedanken machen und hätte sofort etwas geschrieben.« Er beruhigte sich unvermittelt wieder, legte sich aufs Bett, bat um Tee, fütterte durch das kleine Lüftungsfenster den Nachbarshund mit Zucker, wofür er auf den Tisch mit den akkurat ausgelegten Blättern steigen musste, ging durchs Zimmer und begann, wenn sein Gemüt sich wieder etwas aufgehellt hatte, zu murmeln. Dieses Murmeln deutete darauf hin, dass es ihm nicht möglich war, die eigenen Verse zu unterdrücken, und dass diese, indem sie sich in sein Bewusstsein drängten, die dunkle Kraft des Gehörnten besiegt hatten. Der Versuch, sich selbst Gewalt anzutun, wollte einfach nicht gelingen. Das Gedicht, das er zu schreiben sich vorgenommen hatte und in das er all das in ihm gärende Material hineingeben wollte, wurde zum Ursprung eines ganzen Zyklus von vollkommen entgegengesetzten, ihm verhängnisvollen Gedichten. Dieser Zyklus beginnt mit dem Gedicht »Hefe, kostbar, dieser Welt« und endet mit dem letzten Gedicht des »Zweiten Woronescher Hefts«.

Formal wird die Zusammengehörigkeit der »Ode« und der Gedichte dieses Zyklus durch einige Wörter angezeigt, die hier wie dort verwendet werden, sowie durch die Ähnlichkeit einiger Reime. Das Schlüsselwort in der »Ode« ist »Achse« – »Weltenachse«, »die Achse Ähnlichkeit«. Dieses Schlüsselwort findet sich auch im »Teufelchen« und in »Wespen«: »Mit Sehsinn leiser Wespen reich versehen / sie saugen an der Achse, Achse dieser Welt«. In allen Gedichten des Zyklus wie in der »Ode« finden sich darüber hinaus Reime und Assonanzen mit dem Laut »s«.

Gleichwohl ist der inhaltliche Gegensatz der »Ode« zu den Gedichten dieses Zyklus bedeutsamer als die formalen Übereinstimmungen. In der »Ode« zeichnet ein Künstler unter Tränen ein Porträt des Führers, während in »Wespen« O. M. brüsk erklärt, er könne nicht zeichnen: »Ich zeichne nicht, ich singe nicht«. O. M. war selbst von diesem unvermuteten Eingeständnis überrascht: »Schau, was mein Fehler ist – es zeigt sich, dass ich gar nicht zeichnen kann.«

Die Erwähnung von Aischylos und Prometheus in der »Ode« führte in den Gedichten des Zyklus, die O. M. sich nicht abgerungen hat, hin zum Thema der Tragödie und des Märtyrertums. Die Lippen, die ja das Werkzeug des Dichters sind, sind nicht im Zaum zu halten und bringen ihn so »bis in den Kern« der Tragödie. Vom Thema des Märtyrertums handelt auch das Gedicht »Rembrandt«. O. M. spricht hier ganz offen über sich selbst – »Doch meine jähe Rippe und ihr Brand« – und über sein Golgatha, das jeglichen Glanzes entbehrt. Ein kleines Golgatha-Gemälde von Rembrandt und schwarzfigurige Keramik der antiken griechischen Vasenmalerei – Überreste der reichen Sammlung der Universität zu Dorpat – befanden sich damals im Museum von Woronesch, das wir häufig besuchten.

Der Kaukasus, der in der »Ode« als Geburtsort dessen erwähnt wird, der in ihr gepriesen wird, verweist jedoch nicht auf den Machthaber, sondern auf den Dichter mit den abgetretenen Schuhen. Der Elbrus wird zum Sinnbild der Nöte der Bevölkerung, die den Schnee des Berges ebenso braucht wie Brot und »unerklärliche und vertraute« Verse. Im auf die »Ode« folgenden Gedicht erhob O. M. die Klage, »mein gerades / Wort wird schief, es schnattert bloß: / Durch es hin preschte ein andres, / Brach voll Spott die Achse los.«

Poesie ist »Hefe, kostbar, dieser Welt«, der »süße Ton des künstlerischen Mühens« ist ohne Sünde. In diesem Zyklus erklärt O. M., er dichte, wenn sein »Geist nichts verstellen« will, und rühmt das »selbstlose Lied«: »Das Lied, das selbstlos ist, ist selbst sein Lob, und strahlt – / Den Feinden: Teer, den Freunden: Trost, Erkennungsmal.« Der Feind, der in unsere Moskauer Wohnung einquartiert worden war, den wir den Schriftsteller-General nannten, tippte auf seiner Maschine – ein solches Objekt von unermesslichem Wert konnte in jenen Jahren kaum jemand sein Eigen nennen – eigenhändig alle Gedichte O. M.s ab. Er gab vor, dies aus Liebenswürdigkeit zu tun, und es wäre unmöglich gewesen, ihm die Manuskripte nicht auszuhändigen. Er hätte sie sonst unter meinem Kopfkissen hervorgezogen. Als

Warnung unterstrich er mit rotem Buntstift den Vers mit dem »selbstlosen Lied«. Wenn die Archive einstmals geöffnet werden, wäre es sicher aufschlussreich, sich auf die Suche nach der Anzeige hinsichtlich dieses Gedichts zu begeben.

In den Gedichten des Zyklus verherrlicht O. M. den Menschen: »Vergleiche nicht – das Lebende ist unvergleichlich«, und zollte der Liebe zum Leben seinen letzten Tribut. Zugleich beweinte er, dass die Augen, die »nicht sensenscharf, schärfer« waren, schwächer werden und nicht mehr »die einsame Vielzahl im Sternenbestand« erblicken werden. In diesem Gedicht zieht er Bilanz des Lebens: »Und ich begleit den Taumel Weltallsrausch / Wie Orgeltöne halblaut-leis begleiten – / Und wen? Die Stimme einer Frau.« In Bezug auf sich selbst verwendet er die gleichen Worte wie im »Gespräch über Dante«: »die unerbittliche Vergangenheit«. Nur wenige Monate später sagte er dann zu Anna Andrejewna: »Ich bin zum Sterben bereit.« Diese Worte finden sich wieder in ihrem »Poem ohne Held«, und in der Widmung steht O. M.s Todesdatum, der 27. Dezember 1938.

Der Höhepunkt dieses Zyklus aber sind die stolzen Worte eines zum Tode Verurteilten, der um sein Leben ringt:

»Unglücklich der, den wie sein eigner Schatten / Ein Bellen schreckt und den der Windstoß mäht, / Und arm der halblebendig Niemalssatte, / Der dort beim Schatten um Almosen fleht.«

Den, bei dem alle um Gnade flehten, nannte O. M. einen Schatten, der er auch tatsächlich war. Ein unrasierter, um Atem ringender, von allem in Furcht versetzter, aber nichts fürchtender Mensch, niedergetreten und zum Untergang verdammt, forderte in seinen letzten Tagen nochmals den mit einer Machtfülle wie niemals zuvor in der Menschheitsgeschichte ausgestatteten Diktator heraus.

Die, die stimmgewaltig waren, wurden der niederträchtigsten aller Folterarten unterzogen: Man riss ihnen die Zunge heraus und befahl ihnen, mit dem verbliebenen Stummel den Herrscher zu preisen. Der Überlebenswille ist unbezwingbar. Er trieb die Menschen dazu, sich selbst auf diese Weise zu vernichten, einzig, um die physische Existenz zu retten. Die an ihrem Leib Unversehrten waren ebenso Leichname wie die, die ums Leben gebracht worden waren. Ihre Namen aufzuzählen ist überflüssig, denn von denen, die in jenen Jahren auf der Bühne der Literatur standen, kann keiner das Geschehene bezeugen. Sie haben sich verstrickt und werden sich aus dieser Verstrickung niemals lösen und mit den Stummeln ihrer Zunge nichts sagen – wobei unter ihnen zahlreiche waren, die unter anderen Bedingungen ihren Weg gegangen wären und ihre eigene Sprache gefunden hätten.

Im letzten Moment tat O. M. das, was man von ihm forderte: Er schrieb eine Lobeshymne. Gleichwohl erfüllte die »Ode« ihren Zweck nicht. Sie rettete O. M. nicht. Vielleicht ist sie jedoch der einzige Grund, warum man nicht auch mich noch umgebracht hat, obgleich man es im Eifer des Gefechts versucht hat. Für gewöhnlich kam es den Ehefrauen zugute, wenn ihr Mann den »Auftrag« erfüllt hatte, auch wenn die abgelieferte Arbeit nicht für gut befunden wurde. O. M. wusste das. Und ich konnte so seine Gedichte retten, die andernfalls lediglich in den vollkommen unzulänglichen Abschriften des Jahres 37 erhalten geblieben wären.

Um das Flehen, der Kelch möge vorübergehen, gänzlich verstehen zu können, muss man begreifen, wie unerträglich das schleichend langsame Herannahen des Todes ist. Auf die »Bleikugel« zu warten ist sehr viel schwieriger, als jäh niedergeschossen zu Boden zu gehen. Wir erwarteten das Ende während des ganzen letzten Jahres in Woronesch und während des sich anschließenden Jahres, in dem wir als Vertriebene ohne Bleibe durch das Umland von Moskau zogen.

Um in der Lage zu sein, ein Gedicht wie die »Ode« zu schreiben, muss man sich einstimmen, sich stimmen, wie ein Instrument, sich ganz bewusst der allgemeinen Hypnose hingeben und sich von den Worten der Liturgie betören lassen, die in jenen Tagen alle menschlichen Stimmen übertönte. Ein Dichter vermag auf andere Weise nichts zu erschaffen, denn seine Kunst ist nicht Kunsthandwerk. Zu Beginn des Jahres 37 unterzog O. M. sich selbst einem wahnwitzigen Experiment. Dadurch, dass er sich antrieb und auf die »Ode« einstimmte, zerstörte er sich seelisch selbst. »Jetzt begreife ich«, gestand er Anna Andrejewna, »dass das krank war.«

»Warum«, so fragte er mich, »sehe ich, wenn ich an ihn denke, nur Köpfe, ganze Berge von Köpfen? Was tut er mit diesen Köpfen?«

Bevor wir Woronesch verließen, bat O. M. Natascha, die »Ode« zu vernichten. Viele haben mir den Rat gegeben, ihre Existenz zu verheimlichen und so zu tun, als habe es ein Gedicht wie dieses nie gegeben. Doch ich folge diesem Rat nicht, denn es wäre ja nicht die ganze Wahrheit. Dass die Menschen ein Doppelleben führten, ist unumstößliche Tatsache dieser Epoche, und niemand konnte dem entrinnen. Während andere Oden wie diese in ihren eigenen Wohnungen und Sommerhäusern verfassten und dafür belohnt wurden, tat O. M. es mit dem Strick um den Hals, und Achmatowa tat es, als ihrem Sohn der Strick um den Hals gelegt worden war. Wer kann sie dieser Gedichte wegen verurteilen?

Goldene Regeln

Zu Beginn des Jahres 1937, O. M. hatte gerade sein Gedicht »Lächle, aufgebrachtes Lamm« fertiggestellt und niedergeschrieben, tauchte ein junger Mann bei uns auf, noch vollkommen grün hinter den Ohren, setzte sich und erklärte, »Schriftsteller müssen mit ihren Lesern zusammenarbeiten«. Es war das alte Lied: Er wollte, dass O. M. ihm seine neuen Gedichte gab, damit er sie abschreiben konnte. Dessentwegen hatte man ihn geschickt, ihn zu instruieren indes hatte man vergessen. Er verhedderte sich, log, erzählte dummes Zeug und konnte nicht einmal vernünftig darlegen, was er nun eigentlich wollte.

Wir Russen sind ja geduldig, und wir haben eine goldene Regel: Widersetze dich nicht, wenn du bedrängt wirst. Wähle, wie man es von dir erwartet, unterschreibe jeden Aufruf, kaufe Staatsanleihen und antworte den Spitzeln auf all ihre Fragen, damit sie ihren Vorgesetzten gegenüber Rechenschaft ablegen können, denn sonst wirst du »vorgeführt«, wie man zu sagen pflegte – sie setzen sich so oder so durch. Das Wichtigste in einer solchen Situation ist, sich schnellstmöglich von dem, der einem zusetzt, zu befreien. O. M. befolgte diese goldene Regel normalerweise stets, aber in diesem Fall wurde er aus irgendeinem Grund wütend und »trat über die Ufer«, wie Anna Andrejewna später sagte. In unserer vollkommenen Ödnis, in der wir keine Freunde mehr hatten, waren Besucher wie dieser junge Mann offensichtlich unerträglich für ihn. Zornig und unbedacht warf O. M. den ungebetenen Gast hinaus. Später lachte er über sich selbst: Wie dumm war er doch, zu erwarten, dass man ihm einen qualifizierten Schnüffler schickte! Als aber nach dem Hinauswurf ein zweiter Mitarbeiter erschien, älter zwar, aber von gleicher Qualifikation, lachte O. M nicht mehr, sondern »geriet außer sich« – ich zitiere hier wieder Achmatowa.

Es gebührte sich nicht, Agenten aufzudecken. Die Behörde, die hinter ihnen stand, duldete es nicht, dass ihre Arbeit kompromittiert wurde, und nahm sich dessen, der sie desavouiert hatte, früher oder später an. Selbst heute noch ziehen es viele, die im Gefängnis oder im Lager waren, vor, sich über die dortigen »Paten« auszuschweigen – besser gar nicht davon anfangen, sonst kommt man am Ende nicht mehr aus der Sache heraus. In jenen Jahren schwiegen alle. Die seltenen Ausnahmen bestätigen die Regel. Eine solche Ausnahme war Marietta Schaginjan. Alle wussten, dass sie keinen Spitzel in ihre Nähe ließ und dass sie, falls es doch einmal einer wagte, eine Szene machte, um ihn vor allen anderen bloßzustellen. Im Jahr 34 brach sie eine solche Szene in meinem Beisein vom Zaun. Und ich glaube, ich habe begriffen, warum sie das tat. Wir kamen zusammen aus dem »Goslitisdat«, und sie erkundigte sich nach unserem Leben in Woronesch. Damals hatten die Menschen noch keine Angst, mit uns gesehen zu werden, denn alle hatten von Stalins Telefongespräch mit Pasternak gehört. Nach uns verließ der Dichter B. das Verlagsgebäude und schloss zu uns auf – auch er wollte sich nach O. M. erkundigen –, da fiel Marietta über ihn her. »Ich habe Beziehungen zum ZK«, schrie sie ihn an. »Und ich verbitte es mir, von Spionen verfolgt zu werden!« Ich versuchte, Marietta zu beschwichtigen, und erklärte, dass B. ein guter Bekannter von mir war. Sie wollte nichts davon hören, und ich konnte mich des Eindrucks nicht erwehren, dass ihre Wahl auf ihn als Zielobjekt für diesen Skandal ganz bewusst gefallen war. Marietta stürzte sich offensichtlich auf Menschen von Anstand und Ehre, in der Hoffnung, damit die echten Spitzel und Zuträger einzuschüchtern, denen gegenüber sie ein solches Gebaren selbstverständlich niemals gewagt hätte. Aber wie bereits gesagt, war Marietta mit diesem Verhalten eine Ausnahme, und die Zuträger des Geheimdienstes wurden, da sie auf keinerlei Widerstand trafen, immer dreister und frecher.

Der Woronescher Spitzel, der den hinausgeworfenen unfähigen Vorgänger ablöste, tauchte zu den unmöglichsten Zeiten – am Morgen, am Abend oder mitten am Tag –, wann immer es ihm in den Sinn kam, bei uns auf und klopfte nicht einmal an. Die Tür des Hauses der Schneiderin war für gewöhnlich nicht abgeschlossen, denn ihr Sohn Wadik, der begeisterte junge Vogelhändler und Fachmann für Gimpel und Stieglitze, rannte in einem fort hinaus und wieder herein. Der neue Spitzel stand stets so vollkommen unerwartet in der Tür, dass wir vor Schreck auffuhren und keine Zeit hatten, die Manuskripte vom Tisch zu räumen. Ohne abzulegen nahm er am Tisch Platz, sah die Papiere durch und kommentierte: »Wie viele Strophen sind das hier? Das kann man ja nicht entziffern – was ist das nur für eine Handschrift! Die von ihr (also meine) ist viel besser.« O. M. riss ihm die Manuskripte aus den Händen und fetzte sie voller Wut in Stücke. Danach mussten wir das Niedergeschriebene aus dem Gedächtnis rekonstruieren, und das machte unsere Wut nur noch größer.

»Wie kann es sein, dass Sie hier zu Zeiten auftauchen, in denen Sie eigentlich arbeiten müssten?«, fragte O. M. ihn immer wieder, weil der Spitzel sich als Arbeiter ausgab, als Fräser oder Schlosser oder was auch immer. Er antwortete dann, er habe sich freigenommen oder gerade Nachtschicht. »Sie können sich also freinehmen, wann immer Sie wollen?«, fragten wir nach, aber er machte sich nichts daraus und erwiderte, was ihm gerade einfiel, ohne sich Gedanken darüber zu machen, ob das, was er sagte, in irgendeiner Weise glaubwürdig war. Jedes Mal, wenn er ihn hinausbegleitet hatte, sagte O. M.: »Der kommt bestimmt nicht noch einmal!«, denn er war sicher, der Bursche werde sich nicht entblöden, nochmals in ein Haus zu kommen, in dem er enttarnt worden war. Doch unsere Hoffnung war jedes Mal vergeblich, und zwei oder drei Tage später begann alles wieder von vorn. Er war nicht so dumm, seinen Misserfolg seinen Vorgesetzten gegenüber einzugestehen, denn ein enttarnter Agent war nichts mehr wert.

O. M. arbeitete bereits an der »Bettlerfreundin« – »Unglücklich der, den wie sein eigner Schatten / Ein Bellen schreckt und den der Windstoß mäht« –, als er eines schönen Tages bei der örtlichen GPU anrief und darum ersuchte, von deren Leiter empfangen zu werden. Entgegen allen Gepflogenheiten wurde seiner Bitte stattgegeben. Normalerweise wurde bei ähnlichen Ansinnen beschieden, man möge eine Eingabe schreiben und in den dafür vorgesehenen Postkasten bei der Kommandantur werfen. Kontakt mit der Chefetage erfolgt in unserem Land per Eingabe, die in den dafür vorgesehenen Postkasten zu werfen ist. Ich wurde dieses Vorgangs erst gewahr, als der Termin für eine Unterredung bereits feststand, und begleitete O. M. ins »große Haus«. Nach dem Angina-Pectoris-Anfall im Jahr 36 ging O. M. nach Möglichkeit nicht mehr allein aus. Er wäre nicht einmal ohne mich telefonieren gegangen, wäre der nächste Fernsprecher nicht in der nur wenige Schritte entfernt gelegenen Telefonvermittlungsstelle gewesen. Natascha berichtete mir im Übrigen später, O.M. habe sie einmal, als sie zusammen spazieren gingen, zu einem Münztelefon gezerrt und bei der GPU angerufen, um sich zu erkundigen, ob bereits ein Termin für die Unterredung, um die er gebeten habe, feststehe. Da ihm klar war, dass ich sein Tun nicht gutheißen würde – es würde ja doch nichts dabei herauskommen, wozu sich also unnötigerweise in Erinnerung bringen? –, hatte er sie gebeten, mir nichts davon zu sagen.

Wir mussten nicht lange verhandeln, um von der Kommandantur einen Passierschein für zwei Personen zu erhalten, denn den Behörden in Woronesch war bekannt, dass O. M. herzkrank war und deshalb nicht allein ausging. Wir wurden vom stellvertretenden Leiter empfangen. Er war ein Mann jenes Typus, wie er in der Roten Armee weit verbreitet ist, und damit ein charakteristischer Vertreter der höheren Leitungsebene der Ahndungsbehörde. O.M. war überzeugt, dass Männer dieses Typs speziell für die Außendarstellung des Geheimdienstes zuständig waren, da am offenen Ausdruck ihrer breiten Gesichter nicht abzulesen war, was im Inneren ihrer Behörde vor sich ging. Der Mitarbeiter, mit dem wir es zu tun hatten, wechselte bald nach dem Gespräch mit uns ins Filmgeschäft. Schklowskij bekräftigte immer wieder, mit ihm komme man aus, er sei ein Mensch von großzügiger Natur. Auch Furmanow d. J., der in seiner Berufslaufbahn den gleichen Weg gegangen war, genoss ja offensichtlich die Sympathie der Cineasten. Im Übrigen tummeln sich in der Kinematographie zuhauf Menschen mit dieser Praxiserfahrung. Auch in anderen Bereichen gibt es ihrer übergenug, insbesondere an wissenschaftlichen Instituten und Hochschulen, wo sie mit wissenschaftlicher Arbeit auf dem Gebiet der Literatur, der Philosophie und Ökonomie befasst sind. Allerorten stellt man sie sehr gern ein, und das wird dann »Verstärkung der Kader« genannt. Ich kann mich des Eindrucks nicht erwehren, dass junge Menschen ganz bewusst in großer Zahl die Schule des Geheimdienstes durchlaufen mussten, wo sie Ausbildung und erste Berufspraxis erhielten. Im Anschluss entließ man sie ins echte Leben, ihre Alma Mater jedoch vergaßen sie niemals. Unter ihnen waren prächtige Kerle, die bei einem Gläschen durchaus amüsante Geschichten über ihre Dienstzeit zu erzählen wussten und darüber, wie sie den Fängen des Geheimdienstes entkommen waren. Während meiner Zeit am Tschuwaschischen Pädagogischen Institut hatte ich die Gelegenheit, einen solchen prächtigen Kerl etwas näher kennenzulernen. Er schrieb an einer Dissertation über die materielle Basis der Kolchosen Tschuwaschiens und klagte, dass bei diesem Thema der Teufel selbst stolpere und sich ein Bein breche. Er erzählte mir, er habe sich nach dem Schulabschluss auf der Suche nach »Abenteuer« dem Geheimdienst angedient und dann bei Wind und Wetter stundenlang vor einem Haus Wache schieben müssen, um alle Besuche eines älteren Herrn, der dort lebte, zu protokollieren. Ärgerlicherweise jedoch habe niemand diesen Herrn besucht, und der »Verdächtige« selbst habe sich nicht außer Haus begeben, sondern nur ab und zu einmal den Vorhang zur Seite geschoben und die Nase zum Fenster hinausgestreckt. Dem nunmehrigen Doktoranden schien es deshalb bisweilen, dass der ältere Herr beauftragt war zu überwachen, ob der junge Tschekist den Wachdienst auch gewissenhaft versehe oder ob er sich während seiner Arbeitszeit in die Kneipe entferne. »Warum hätte er sonst nach mir Ausschau halten sollen? Was interessiere ich ihn?«, fragte mein Kollege verständnislos. Er war einer von denen, die Anna Andrejewna und ich »Wassja« nannten. Aber die, die ihren Dienst vor Achmatowas Haus ableisteten, hatten mehr Zerstreuung, denn bei ihr schaute doch immer wieder einmal jemand vorbei, ihre Freunde überließen sie nicht sich selbst. Der »Verdächtige«, hatte man »Wassja« wissen lassen, war übrigens ein ehemaliger Menschewik.

Die Genossen Kollegen standen denen, die ihre Karriere im Geheimdienst begonnen hatten, im Allgemeinen recht positiv gegenüber. Es hieß, dass sie nicht mehr als Zuträger fungierten, was vollkommen nachvollziehbar ist, denn für eine junge Dame oder einen jungen Herrn aus einer bekannten Familie der Intelligenzija oder von Adel war es viel einfacher als für einen ehemaligen Tschekisten, sich das Vertrauen der Mitarbeiter zu erschleichen und sie zu unvorsichtigen Äußerungen zu verleiten. Und da diejenigen, die »zur Verstärkung des Kaders« eingestellt worden waren, keine Angst haben mussten, von Stellenstreichungen betroffen zu sein, beteiligten sie sich seltener an Intrigen, die an wissenschaftlichen Einrichtungen die Regel sind, um Konkurrenten aus dem Feld zu schlagen.

Der Leiter des Woronescher Geheimdienstes empfing uns in einem großen Kabinett, das auf gleiche Weise mit Türen oder Schränken ausgestattet war wie das des Moskauer Untersuchungsrichters. Er fragte O. M., was sein Anliegen sei, und betrachtete uns mit offensichtlicher Neugier – womöglich hatte er ja allein deswegen gegen die Gepflogenheiten verstoßen und uns empfangen, weil er den komischen Kauz, der in seinem Käfig saß, einmal persönlich in Augenschein nehmen wollte. Schließlich haben auch die, die in den oberen Etagen sitzen, menschliche Schwächen. Ich fürchte jedoch, dass O. M. dem sowjetischen General nicht zu imponieren vermochte. Wenn man in dieser Behörde tätig ist, hat man sicher eine etwas andere Vorstellung von einem Schriftsteller. Ausgezehrt, hohlwangig, die Lippen farblos, wirkte Mandelstam neben dem breitschultrigen, schon etwas aus der Figur geratenen, aber immer noch schneidigen, wohlrasierten und rotbackigen Behördenleiter so »halblebendig«, wie er sich im Gedicht »Die Bettlerfreundin« beschrieben hatte.

O. M. gab an, er habe zweier Fragen wegen um das Gespräch ersucht. Erstens: Wie er Geld für seinen Lebensunterhalt verdienen solle. Ein in der Verbannung Lebender würde nirgendwo eine Anstellung finden, denn wer ihn einstelle, würde der »fehlenden Wachsamkeit« beschuldigt und gemeinsam mit ihm entlassen. Eine Stellenbörse gebe es nicht. Wie also könne er sein Recht auf Arbeit wahrnehmen? Alle Türen seien ihm verschlossen, aber als er noch vorgelassen worden sei, habe er bereits mehrfach bei sowjetischen Organisationen und denen der Partei in dieser Frage vorgesprochen. Das letzte Mal, im Sommer 36, habe er sogar im Gebietskomitee einen Termin erhalten, um die Frage seiner Situation bei der Arbeitssuche zu besprechen. Dort habe man ihm beschieden, er müsse ganz unten beginnen und eine Anstellung als Wächter oder Garderobier annehmen und sich bei der Arbeit beweisen. Aber das sei bigott, denn als Wächter nehme ihn auch niemand, und zwar aus ebendem Grund der Wachsamkeit, und des Weiteren werde es, wenn ein Intellektueller eine derartige Stelle antrete, als politische Bekundung ausgelegt. Alle Organisationen, angefangen vom Schriftstellerverband, könnten bestätigen, dass er kein Mitglied sei und auch sonst in keinerlei Beziehung zu ihnen stünde, weshalb sie ihn bei der Arbeitssuche zu unterstützen nicht verpflichtet seien. Offenbar ist »Ihre Behörde die einzige, zu der ich in irgendeiner Beziehung stehe«, so O. M. Insofern, als Lagerhäftlinge mit Arbeit versorgt würden, frage er also, ob dies nicht auch auf in der Verbannung Lebende ausgeweitet werden könne.

Der Behördenleiter antwortete, der Geheimdienst sei nicht damit befasst, denen, die in der Verbannung lebten, bei der Arbeitssuche behilflich zu sein, denn das stelle eine »zu große Belastung« dar, die darüber hinaus auch nicht vonnöten sei, da es den in der Verbannung Lebenden freistünde, zu arbeiten, was immer sie wollten, und bekanntermaßen gebe es in der Sowjetunion keine Arbeitslosigkeit.

»Was arbeiten Sie zurzeit?«, fragte er noch.

O. M. antwortete, er beschäftige sich, da er keiner bezahlten Arbeit nachgehe, mit der spanischen Sprache und Literatur, insbesondere mit einem Dichter, einem Juden, der viele Jahre lang in den Verliesen der Inquisition eingekerkert gewesen sei und jeden Tag ein Sonett verfasst habe. In die Freiheit entlassen, habe er seine Sonette niedergeschrieben, doch kurze Zeit später sei er erneut gefasst und in Ketten gelegt worden. Ob er dann noch weiter seiner dichterischen Tätigkeit nachging, sei unbekannt. Vielleicht sei es ja möglich, fragte O. M., im Klub des MGB eine Arbeitsgemeinschaft zur spanischen Literatur zu begründen und ihm die Leitung zu übertragen?

Ich kann es nicht mit Gewissheit sagen, aber ich meine, dass uns zu jener Zeit, als wir beim Leiter des Woronescher Geheimdienstes vorsprachen, bereits Gerüchte über die Verhaftungen unter den Hispanisten in Leningrad zu Ohren gekommen waren und dass O. M. deshalb gerade dieses unter den ihn interessierenden Gebieten, mit denen er sich beschäftigte, angab.

Der Behördenleiter war sehr erstaunt, als er von dem Vorschlag einer spanischen Arbeitsgruppe hörte, und antwortete, »unsere guten Jungs« würden wohl kaum Interesse für die spanische Sprache aufbringen. Ich glaube, er hat O. M.s Erzählung über die Inquisition nicht einmal zur Gänze verstanden und sich lediglich über den Sonderling gewundert, der da vor ihm saß.

»Warum unterstützen denn Ihre Verwandten und Bekannten Sie nicht?«, fragte er unvermittelt. O. M. erwiderte, er habe keine Verwandten, Freunde würden sich von ihm abwenden, wenn er ihnen auf der Straße begegnete, und seine Briefe an sie blieben unbeantwortet. »Sie wissen schon, warum.«

»Wir verbieten niemandem den Kontakt mit denen, die in der Verbannung leben«, lachte der Behördenleiter sanftmütig und schlug vor, zur zweiten Frage überzugehen.

Diese betraf die Gedichte: O. M. schlug dem Geheimdienstmann vor, ihm alle seine neuen Gedichte per Post zuzuschicken, »damit Sie Ihre Mitarbeiter nicht von wichtigeren Aufgaben zurückstellen müssen«, erläuterte er. Er hatte eigentlich, so sagte er mir später, die von unserem Gegenüber verwendete Wendung »gute Jungs« wiederholen wollen: »Warum sollen sich Ihre guten Jungs der Gedichte wegen zu mir bemühen?«, aber glücklicherweise enthielt er sich dieser patriarchalisch-herablassenden Formulierung.

Unser Gesprächspartner wurde immer umgänglicher. Er versicherte O. M., seine Behörde befasse sich nicht mit Gedichten, sondern interessiere sich ausschließlich für konterrevolutionäre Tätigkeiten. »Was gehen uns Ihre Gedichte an? Schreiben Sie, was immer Sie wollen!« Unvermittelt jedoch fragte er dann: »Warum haben Sie eigentlich das Gedicht geschrieben, das der Grund für alles ist? Hat die Kollektivierung Ihnen einen Schrecken versetzt?« In Parteikreisen war es üblich, von der Entkulakisierung als einem in der Vergangenheit liegenden Ereignis zu sprechen, wobei mehr oder weniger elegant angedeutet wurde, dass diese unabdingbare und nutzbringende Maßnahme auf derart entschlossene Weise durchgeführt worden sei – »Natürlich gab es Auswüchse, die man nicht kleinreden kann« –, dass sie einigen politisch unzuverlässigen Mitbürgern gegen den Strich gegangen sei. O. M.s Antwort war vage: Nun ja, vielleicht, aber eigentlich nicht ... möglicherweise auch nicht nur deshalb ...

Während unseres Gesprächs erhielt der Behördenleiter einen Telefonanruf, und wir hörten seine Antworten mit: »Ja, ja ... Das ist Hochverrat ... Schicken Sie uns eine Anzeige, wir stellen die notwendigen Papiere aus ...« Uns war klar, dass hier über das Schicksal eines Menschen entschieden wurde und ein Haftbefehl auf Grundlage einer Denunziation ausgefertigt würde – irgendjemand hatte irgendetwas gesagt, und das reichte aus, um ihn aus dem Leben zu befördern. Alles, was wir sagten, sei es auch ganz und gar harmlos gewesen, etwas, das überall außer in unserem Land zu sagen erlaubt war, konnte uns zur Last gelegt werden. Deshalb verabschiedeten wir uns nach einem Gespräch mit Freunden voneinander damals stets mit dem bitteren Scherz: »Was wir heute geredet haben, reicht für zehn Jahre.«

Wir gingen mit dem Behördenleiter nach dem Gespräch durchaus freundschaftlich auseinander. Ich fragte: »Was sollte dieses Kaspertheater? Was willst du von diesem Hanswurst?« – »Er kann ruhig Bescheid wissen«, antwortete O. M., worauf ich mit meiner bewährten weiblichen Logik erwiderte, sie wüssten doch ohnehin über alles Bescheid. Doch damit konnte ich O. M.

die gute Laune nicht verderben. Er war die nächsten Tage über bester Stimmung und erinnerte sich immer wieder an diese oder jene Einzelheit der Unterredung. Trotz allem hatte er etwas erreicht: Die Spitzel verflüchtigten sich, und bis ans Ende unserer Zeit in Woronesch ward keiner mehr gesehen. Gleichwohl fragt man sich, weshalb sie überhaupt kamen. Die Gedichte gelangten auf die eine oder andere Weise ja doch an die zuständige Stelle, eingestandenermaßen jedoch lediglich in Moskau, wo der wachsame Kostyrew und die Redakteure der Zeitschriften tätig waren.

Bleibt die Frage, warum der Geheimdienstleiter seine Spitzel abzog, statt O. M. des Hochverrats zu bezichtigen und einen Haftbefehl auf seinen Namen auszustellen. Möglicherweise griff der Befehl »Isolieren, aber erhalten« zu jenem Zeitpunkt immer noch, oder O. M. stand auf der »Liste Moskaus«, und Woronesch war lediglich im Eifer des Gefechts tätig geworden, um zu beweisen, dass sie nicht von gestern waren. Vielleicht hat unser Gesprächspartner auch nur Nachsicht walten lassen. Auch das kam bisweilen vor, schließlich saßen auch in den oberen Etagen Menschen, und manche von ihnen waren des Mordens womöglich schlicht überdrüssig. Merkwürdig nur, dass es auch Menschen waren, die all das taten, ganz gewöhnliche Menschen. »Menschen wie du und ich, mit Augen im Kopf. / Richter wie du und ich.« Wie kann man das erklären? Wie begreifen? Und vor allem: Warum taten sie all das?

Meine Tugend

Die drei Jahre der Verbannung, zu denen O. M. verurteilt worden war, waren Mitte Mai 1937 zu Ende, aber wen interessierte es schon, dass ein Strafmaß verbüßt war? Wir hielten uns doch nicht mit Formalitäten auf! Das Strafmaß war Glückssache und kein Recht – es konnte nach Gutdünken nachgelassen oder erweitert werden – der eine hatte

Glück, der andere nicht. Wer bereits Erfahrung gesammelt hatte wie die in Tscherdyn in der Verbannung Lebenden, freute sich über eine nicht förmlich erteilte Verlängerung des Strafmaßes um ein paar Jahre. Denn die offizielle Paraphierung des »Nachschlags« hätte erneut Haft, Befragungen und Anklage bedeutet, schließlich Verbannung an einen noch entlegeneren Ort, und wer Verbannung und Lagerhaft am eigenen Leibe erlebt hat, weiß nur allzu gut, wie wichtig es ist, so lange als nur irgend möglich am selben Ort durchzuhalten. Denn das ist, so die eherne Regel, die einzige Rettung. Man hat sich mit anderen angefreundet, unterstützt einander, um die Bedingungen des Lebens in der Verbannung besser zu ertragen, man hat sich einen Hausrat zusammengesucht, so armselig er auch sei, man hat, wie es so schön heißt, Wurzeln geschlagen und muss nicht mehr so viel Kraft für den Überlebenskampf aufwenden. Aber das alles betrifft ja nicht nur jene, die in Verbannung leben! Ein Umzug bedeutete in den Bedingungen, in denen wir lebten, für jeden eine kaum auszuhaltende Erschütterung. Deshalb krallen sich die Menschen bis heute auch derart am ihnen einmal zugewiesenen Wohnraum fest. Einzig ein Freigeist wie O. M., dem allein der Gedanke, zu irgendetwas gezwungen zu sein, unerträglich war, konnte das Dasein in Woronesch als bedrückend empfinden und davon träumen, den Wohnort zu wechseln. Doch eine Veränderung bringt stets nichts als Unheil.

Im April fuhr ich nach Moskau und sah mich einer undurchdringlichen Mauer gegenüber. Um O. M. zu beruhigen, schrieb ich nach Woronesch, nach Ablauf des Strafmaßes würden wir an einen anderen Ort ziehen. O. M. reagierte in keiner Weise, aber meine Mutter, die in Woronesch war, um für ihn zu sorgen, während ich mich in Moskau auf die Suche nach Hoffnung begab, glaubte es.

Aus welchem Grund hat man mich zu Anbruch einer neuen Epoche, kurz vor Beginn des brudermörderischen zwanzigsten Jahrhunderts, Nadeschda genannt? Von Freunden und Bekannten hörte ich doch nichts als: »Hoffe doch nicht, dass dir irgendjemand helfen wird, alle haben sich schon mit dem Gedanken angefreundet, dass ihr des Todes seid«, »Hoffe nicht auf Hilfe aus dem Freundeskreis, hoffe nicht darauf, eine Arbeit zu finden«, »Niemand wird deinen Brief lesen – hoffe es nicht«, »Niemand wird dir die Hand geben – hoffe es nicht«, »Niemand wird dir zunicken, wenn er dir auf der Straße begegnet – hoffe es nicht«, »Was glaubst du eigentlich?«. Worauf aber konnte ich hoffen? Ohne Hoffnung kann man doch nicht leben. Ich ging vom einen zum anderen, aber jedes Mal wurde meine Hoffnung zerschlagen. In Woronesch konnten wir nur überleben, weil Freunde und Bekannte uns unterstützten, ganz wie es uns der Leiter des dortigen MGB großmütig ans Herz gelegt hatte. Wir begriffen aber, dass wir nicht darauf hoffen konnten, und deshalb blieb uns nichts anderes als die Hoffnung, an einem anderen Ort sei es besser.

Am 16. Mai 1937 gingen wir also zu jenem Schalter der Kommandantur, an dem O. M. drei Jahre zuvor das ihm in Tscherdyn ausgestellte Begleitdokument abgegeben hatte und an dem er mit dem Staat alle Verhandlungen über sein weiteres Schicksal hatte führen müssen. Dorthin kamen die nach Woronesch »Zugewiesenen«, um sich zu melden, manche einmal im Monat, andere alle drei Tage. Wir waren viele – menschlicher Fliegendreck, vom Staat ins Visier genommen. Deshalb sammelte sich vor dem Schalter stets eine lange Schlange Wartender. Und wir ahnten damals nicht einmal, dass diese lange Warteschlange ein Zeichen für Stabilität und Wohlergehen war, weil jene Epoche, die Anna Achmatowa als »vergleichsweise vegetarische« bezeichnete, immer noch andauerte. Alles ist relativ. Schon kurze Zeit später lasen wir in den Zeitungen, dass die Häftlinge unter Jagoda in den Lagern wie in den Erholungsheimen der Badeorte lebten. Die Zeitungen schmetterten im Chor die Beschuldigung in Richtung Jagoda, er zeige allzu viel Nachsicht gegenüber dem Gesindel in den Lagern und an den Verbannungsorten. »Das heißt also, wir waren bisher in den Klauen von Humanisten. Wer hätte das gedacht!«

Mitte Mai des Jahres 37 warteten in der Schlange vor dem Schalter nur noch etwa ein oder anderthalb Dutzend düstere und heruntergekommene Intellektuelle. »Alle sind fort«, flüsterte O. M. mir zu. Ungeachtet der Isolation, in der wir uns befanden, begriffen wir doch sofort, wie die Dinge standen: Die meisten der in Woronesch in der Verbannung Lebenden waren erneut verurteilt worden, und die neu gesprochenen Urteile lauteten nicht mehr auf Verbannung. Die »vegetarische Zeit« war zu Ende, »Minus irgendetwas« und »Ausweisung« gab es nicht mehr. Es gab nur noch zwei Wege aus dem Gefängnis – ins Lager oder ins Jenseits. Einige wenige wurden für würdig befunden, in Gefängnishaft verbleiben zu dürfen. Sogar Ehefrauen und Kinder wurden nicht mehr an ihnen zugewiesenen Orten zwangsangesiedelt, sondern in Speziallagern interniert. Für Kinder, sogar Kleinkinder, wurden spezielle Kinderheime eingerichtet, denn man sah in den Kindern die künftigen Rächer ihrer Väter. »Gumiljow hat sich sicher etwas zuschulden kommen lassen«, sagte Surkow im Jahr 56 zu mir. »Sein Vater wurde ja erschossen. Er hat bestimmt versucht, Rache für ihn zu nehmen.« Interessant hierbei ist, dass Surkow dies mir gegenüber äußerte. Offenbar hatte er die kaukasische Mentalität vollkommen verinnerlicht und ging davon aus, Blutrache sei Angelegenheit der Männer und nicht der Frauen. Bis 1937 wurden potentielle Rächer noch in die Verbannung geschickt und standen in den Warteschlangen vor den Schaltern der Kommandanturen in entlegenen Ortschaften. In Woronesch begegneten wir kurz nach unserer Ankunft dort dem Sohn von Stoletow. Er war allein und halb wahnsinnig, lief ziellos in der Stadt umher und schimpfte über seinen Vater, der ein »Volksschädling« gewesen sei. Im Jahr 37 wäre jemand, dessen Vater erschossen worden war, nicht mehr nach Woronesch geschickt worden, sondern gleich hinter Stacheldraht gekommen. Die Reden über seinen Vater hätten ihm dann auch nicht mehr geholfen, denen im Übrigen niemand Glauben schenkte, auch O. M. und ich nicht. Es gab jedoch auch Söhne, die ihre Eltern, die hingerichtet worden waren, ehrlichen Herzens verfluchten. Nach O. M.s Tod verschlug es mich in eine Vorstadt von Kalinin (Twer), wo auch einige Ehefrauen Hingerichteter lebten, die durch irgendeinen Zufall nicht zu Lagerhaft, sondern zu Verbannung verurteilt worden waren. Auch einem Jungen von wohl vierzehn Jahren, der irgendwie mit Stalin verwandt war, war dieser Ort als Wohnort zugewiesen worden. Eine in der Nähe wohnende Tante, auch sie in Verbannung lebend, und eine einstige Gouvernante hatten sich seiner angenommen. Seine Eltern waren verschwunden, wie vom Erdboden verschluckt. Der Junge wetterte in einem fort über Vater und Mutter, sie hätten die Arbeiterklasse verraten, seien Volksfeinde und Schmarotzer. Er verwendete die Formulierung, die ihm durch umsichtige Erziehung eingegeben worden war: »Stalin ist mein Vater, einen anderen brauche ich nicht«, und erinnerte damit an den Helden Pawlik Morosow aus den sowjetischen Lesebüchern, der seine Eltern als Volksfeinde anzeigt. Ihn quälte nun der Gedanke, dass er die verbrecherischen Aktivitäten seiner Eltern nicht rechtzeitig bemerkt habe und deshalb nicht in die Reihen der Helden wie aus den Lesebüchern eingehen werde. Seine Tante und die Gouvernante konnten dazu nur schweigen. Sie wussten, wozu ihr Zögling imstande war, sollten sie auch nur ein Wort sagen. Dieser Knabe verblieb auch im Jahr 37 in der Verbannung, aber Ausnahmen bestätigen ja bekanntlich die Regel. In Woronesch jedenfalls kam in dem Jahr niemand mehr an, der zur Verbannung verurteilt worden war.

Wohl eine halbe Stunde standen wir ohne jegliche Hoffnung und Zuversicht in der Schlange der wenigen Wartenden. »Welche Überraschung uns wohl erwartet?«, flüsterte O. M. mir zu, als wir an den Schalter traten. Er nannte seinen Namen und fragte, ob etwas in seiner Angelegenheit vorliege, da seine Strafzeit zu Ende sei. Man reichte ihm ein Papier. Er verstand nicht sofort, was dort geschrieben stand, dann seufzte er auf und wandte sich an den Diensthabenden am Schalter. »Das bedeutet, dass ich fahren kann, wohin auch immer ich möchte?«, fragte er.

Der Diensthabende bellte ihn an – sie bellen ihr Gegenüber immer an, das ist ihr üblicher Umgang mit Bittstellern –, und wir begriffen, dass O. M. seine Freiheit zurückerhalten hatte. Auf die trostlos hinter uns in der Schlange Wartenden sprang ein Funke über. Die Leute wurden lebendig und begannen zu tuscheln. Unser Fall hatte offensichtlich ihre Hoffnung, die bereits erloschen war, wieder entfacht – wenn einer in die Freiheit entlassen wurde, so wäre dies auch einem anderen vielleicht beschieden.

Die nächsten Tage vergingen mit der Auflösung unseres Haushalts. Ungeachtet unserer elenden Armut hatten wir doch so einiges angesammelt. Wir besaßen Eimer und einen Wasserbottich, Pfanne, Bügeleisen – O. M. hatte Benedikt Liwschiz geschrieben, dass ich Herrenhemden sehr gut bügele –, Kochplatte, Lampe, Petroleumlampe, Matratze und Strohsack, Gläser, Teller, zwei oder drei Kochtöpfe. All das hatten wir auf dem Markt gekauft, und es hatte uns viel Geld gekostet – jede Anschaffung war ein Ereignis gewesen. Aber es wäre teurer gekommen, diese ganzen Habseligkeiten mit uns zu nehmen, die Fuhrleute und Gepäckträger hätten uns »ruiniert«, wobei dieses Wort in unserer Lage vollkommen unangebracht ist. Einen Teil unserer Hausrats verkauften, das meiste aber verschenkten wir. Wozu brauchte man beispielsweise einen Wasserbottich in Moskau, dort gab es ja schließlich fließendes Wasser. Wir zweifelten keinen Augenblick daran, dass wir nach Moskau zurückkehren würden, uns schien, die Tatsache, dass O. M.s Strafmaß in dieser schweren Zeit nicht erhöht worden war, bedeute die Erlaubnis zur Rückkehr in die Hauptstadt. Und uns fiel plötzlich ein, dass unsere Wohnung aus irgendeinem Grund die ganzen drei Jahre lang weiterhin als unsere galt. Zahlreich hatten andere Schriftsteller, die ihrer Einzimmerwohnungen überdrüssig waren, darum gebeten, man möge uns diesen Palast entziehen, und in diesem Zusammenhang meine Mutter aufgesucht, um zu überprüfen, ob dort Leerstand herrsche. Sie hatte aber niemanden in die Wohnung gelassen, sondern die Besucher gleich an der Schwelle abgefertigt und ihnen erklärt, wie ein Schriftsteller sich den ethischen Maßstäben der Intelligenzija zufolge einem in der Verbannung lebenden Kollegen gegenüber zu verhalten habe. Kostyrews wegen machten wir uns keine Gedanken, denn wir glaubten weiterhin an den Anstand derer, die gesellschaftliche Organisationen vertraten, schließlich hatte Stawskij für ihn gebürgt. Deshalb gingen wir davon aus, er würde das Zimmer räumen, wenn wir es wieder benötigten. Und wir erinnerten uns auch der Worte Stalins aus dem Telefongespräch mit Pasternak, in dem er sagte: »Es wird sich alles zum Guten wenden für Mandelstam.« Aber wir hatten vergessen, was Winawer uns einstmals gesagt hatte, ebenso wie wir vergessen hatten, wo wir leben.

Einige Tage später saßen wir mit unseren Siebensachen auf dem Bahnhof von Woronesch. Das Geld, das meine Mutter und ich in Moskau erhalten hatten, reichte gerade für die Fahrkarten für uns drei. Niemand brachte uns zur Bahn. Fedja hatte Dienst, Natascha unterrichtete. Natascha war ja Lehrerin, und O. M., der immer wieder Scherzgedichte für sie verfasst hat, hatte folgende Verse erdacht: »Wenn Gott wüsste, / Dass Natascha ist ein Pädagog, / Würd' er sagen: Bei Gott, / Entfernt diesen Pädagog.« Am Abend zuvor hatten wir eine Flasche Wein mit ihr geleert, und O. M. hatte Natascha nicht gehen lassen wollen, obgleich sie immer wieder sagte, dass ihre Mutter sich Sorgen machen würde. Und so entstand ein kleines Gedicht: »Da kommt Natascha. Wo war sie? / Sie hat doch nichts getrunken, wie? / Und die Mama wittert, schwarz wie die Nacht: / Sie riecht nach Wein und Zwiebel, ach!«

Bei unserer Abreise aus Woronesch waren wir heiter und voll freudiger Hoffnung. Doch wir hatten vergessen, wie trügerisch und flüchtig jene ist, deren Namen ich trage.

»Ein zusätzlicher Tag«

Wir öffneten die Tür mit unserem Schlüssel und sahen mit Erstaunen, dass niemand da war. Auf dem Tisch lag eine kurzsilbige Nachricht. Kostyrew teilte uns mit, er sei mit Frau und Kind aufs Land gefahren. In der Wohnung war nichts, das auf Kostyrew hindeutete, als habe niemand in unserer Abwesenheit dort gewohnt, als habe niemand O. M.s Gedichte abgeschrieben und niemand die Gespräche belauscht, die ich während meiner Aufenthalte hier mit meiner Mutter, meinem Bruder oder den wenigen Freunden, die trotz allem keine Angst hatten, mich zu besuchen, führte. Warum hatte Kostyrew die Flucht ergriffen? Ganz sicher nicht aus Taktgefühl. Wir fassten sein Verschwinden als gutes Zeichen auf, er hatte ja versprochen, die Wohnung zu übergeben, wenn Mandelstam sie wieder benötigte. Dass er sie geräumt hatte, schien uns zu bedeuten, dass Mandelstams Rückkehr nach Moskau rechtswirksam sei.

Die Abwesenheit Kostyrews und die Tatsache, von den eigenen vier Wänden und Gegenständen wie Bett, Vorhängen, Kochtöpfen und Bücherregalen umgeben zu sein, verdrängte die Erinnerung an Tscherdyn und Woronesch, und wir gaben uns der Illusion hin, dies sei tatsächlich unser Zuhause, in dem wir gelebt hatten und nach unserer unbegreiflichen und sinnlosen Odyssee fortan wieder leben würden. In einem winzigen Augenblick fügten sich Vergangenheit und Gegenwart aneinander, und das Stück Leben, das uns von außen aufgezwungen und nicht frei gewählt worden war und sich zwischen sie gekeilt hatte, verblasste und verschwand. Dank seiner Begabung, im Augenblick zu leben, war O. M. in der Lage, ohne zu hadern von einem zum anderen überzugehen – das ist auch bei seinen Gedichten zu bemerken, deren Gliederung in unterschiedliche Phasen sehr deutlich ist. Deshalb war die dreijährige Zeit der Verbannung für ihn mit Betreten der Wohnung ganz plötzlich nicht mehr real, und die Realitäten dessen, was zuvor gewesen war, und der Gegenwart fügten sich sogleich aneinander. Es kommt vor, dass sich unterschiedliche Abschnitte des Lebens aneinanderfügen, manchmal tun sie es aber auch nicht. Ich habe bereits berichtet, wie sich Abschnitte unseres Lebens nicht aneinanderfügen wollten, als wir nach Tscherdyn aufbrachen. Aber nun in Moskau schien uns, als seien wir nie fort gewesen. Dieser Vorgang, dass zwei Lebensrealitäten sich aneinanderfügen oder nicht, ist vielen bekannt. Lagerhäftlinge, die ein Zuhause hatten, in das sie zurückkehren konnten, haben diese Erfahrung gemacht. Unzählige jedoch waren so viele Jahre im Nirgendwo verschwunden, dass sie, als sie zurückkehrten, nur Asche und Staub fanden: Die Ehefrau war ebenfalls ins Lager geschickt worden, die Eltern gestorben, die Kinder gestorben oder als Erwachsene vollkommen fremd. Diesen Menschen blieb nichts, außer von vorne zu beginnen, und ihr Leben besteht aus vielen unterschiedlichen Abschnitten, die sich nicht aneinanderfügen. Manchmal fügte sich das Leben nicht im einstigen Zuhause und in der Familie aneinander, sondern in der Rückkehr in den alten Beruf nach vielen Jahren entfremdeter Zwangsarbeit. Ich selbst habe das Glück, nicht in Lagerhaft gewesen zu sein, gleichwohl habe ich die Erfahrung gemacht, wie sich unzusammenhängende Abschnitte des Lebens aneinandergefügt haben. In einem solchen Augenblick ist der Mensch plötzlich wieder er selbst und kann den äußeren Panzer, die eiserne Maske, die er angelegt hatte, weil die Umstände es so wollten, wieder abwerfen. Viele lebten in Umständen, in denen sie die eigene Identität verbergen und so tun mussten, als unterschieden sie sich nicht von denen, in deren Gesellschaft sie sich plötzlich befanden. In diesen Umständen war es nicht angezeigt, auch nur die geringsten Verbindungen zur eigenen Vergangenheit zu bewahren. Ein von der Entkulakisierung Betroffener konnte irgendwie überleben, wenn er Hilfsarbeiter wurde und den Verlust seines Grund und Bodens schlicht vergaß. Zwischen dem Tag, an dem ich von Mandelstams Tod erfuhr, und jenem Augenblick, als ich die Manuskripte mit den geretteten Gedichten aus dem Geheimversteck nahm und sie auf den Tisch legte – besser gesagt, auf den Koffer, denn einen Tisch besaß ich nicht –, vergingen fast zwanzig Jahre, und während all dieser Jahre war ich eine andere, trug gewissermaßen eine eiserne Maske. Und mit niemandem konnte ich es teilen, dass ich eigentlich gar nicht lebe, sondern mich tatsächlich verkrochen hatte und nur auf den Moment wartete, in dem ich wieder ich selbst sein würde und offen sagen konnte, worauf ich gewartet und was ich aufbewahrt habe.

Die voneinander isolierten Abschnitte meines Lebens fügten sich im Jahr 56 wieder aneinander, im Mai 1937 war das noch nicht möglich, denn die zeithistorischen Umstände begünstigten die Aneinanderfügung der auseinandergehackten Teile nicht, sondern machten die Kluft zwischen ihnen nur noch größer. An jenem Tag unserer Ankunft in Moskau wurden wir tatsächlich also Opfer einer optischen Illusion, trogen uns unsere Gefühle in jeder Beziehung. Aber dieser Illusion verdankte O. M. »einen zusätzlichen Tag«.

In einem Leben wie dem unseren geben sich alle allzu gern Illusionen hin, suchen die Menschen etwas, an das sie glauben, an das sie sich klammern können, um das Gefühl für die Realität zurückzuerlangen. Der in einer Scheinwelt lebende Mensch begibt sich freiwillig in Scheinbeschäftigung, Scheinbeziehungen oder Scheinlieben zu anderen – einzig, um etwas zu haben, an dem er sich festhalten kann. »Wir glauben, alles gehe den Gang, den es gehen soll, das Leben gehe weiter, aber dem ist nur so, weil die Straßenbahnen fahren«, sagte mir O. M. lange vor der ersten Verhaftung, als wir eines Abends an einer Straßenbahnhaltestelle warteten. Die verlassene Wohnung, in der nichts mehr an Kostyrew erinnerte, und das Regal mit unseren eigenen Büchern boten sehr viel mehr Anlass, sich einer Illusion hinzugeben, als eine überfüllte Straßenbahn in Vorkriegsjahren. Und wir munterten einander noch damit auf, dass wir uns an Aussprüche von Stalin oder Stawskij erinnerten – »Stalin hat gesagt…«, »Stawskij hat gesagt…« – obgleich wir doch nur allzu gut wussten, welche Bedeutung die Worte in unserer Welt besaßen, denn Worte waren die furchtbarste aller Scheinwelten. Aber wir bemühten uns, nicht darüber nachzudenken, um die uns wohltuende Illusion nicht zu zerstören. Statt durch die Erörterung unserer Lage, die nur zu erschreckenden Schlüssen hätte führen können, in Resignation zu verfallen, ließen wir all unsere Sachen mitten im Zimmer stehen und gingen sofort zu »den Franzosen« im kleinen Museum in der Kropotkin-Straße.

»Sollte ich jemals zurückkehren«, sagte O. M. in Woronesch immer wieder, »gehe ich sofort zu ›den Franzosen‹«. Maria Wenjaminowna Judina wusste, wie sehr O. M. die französische Malerei vermisste – jedes Mal, wenn sie in Woronesch war, erwähnte er das. Sie schickte ihm zum Trost einen neu erschienenen Bildband des Museums. Der Anblick der Reproduktionen, die noch dazu ziemlich minderwertig waren, marterte O. M. aber nur noch mehr. Und so eilten wir – wir hatten uns nach der langen Fahrt nicht einmal umgezogen, sondern nur rasch Tee getrunken – gleich ins Museum, das gerade erst seine Tore öffnete. O. M. wollte auch noch zu Tyschler gehen. »Wir müssen es auskosten, bevor noch etwas geschieht!«, sagte er. Tyschlers Bedeutung hat O. M. schon sehr früh, als er bei dessen erster Ausstellung der OST die Serie von Zeichnungen mit dem Titel »Der Wetterdirektor« gesehen hatte, erkannt. »Du weißt gar nicht, was der Tyschler für ein wundervoller Künstler ist«, sagte er damals zu mir, als er mich in Jalta besuchte. Ein letztes Mal war er im Mai 38, kurz vor seinem Tod, bei Tyschler, um sich dessen Bilder anzuschauen.

Der bessarabische Kremser

Unser erster Gast war Anna Andrejewna. Sie besuchte uns am Morgen des ersten Tages nach unserer Ankunft. Sie hatte es so eingerichtet, dass ihre Reise nach Moskau mit dem Zeitpunkt unserer Rückkehr aus Woronesch zusammenfiel. Ich lag mit schrecklichen Kopfschmerzen auf der Matratze in der Küche, und O.M. lief in diesem winzig kleinen Raum auf und ab – es war ebenjener Raum, den wir Götzentempel nannten –, und trug ihr seine Gedichte vor. Er präsentierte ihr das zweite und dritte der »Woronoscher Hefte«. Dass sie einander gleichsam Rechenschaft ablegten über jede Zeile, die sie schrieben, hatte sich in ihren jungen Jahren so unter ihnen eingebürgert. Anna Andrejewna ihrerseits trug an jenem Tag ihr erstes O.M. gewidmetes Gedicht über Woronesch vor. Es endet mit den Versen: »Im Zimmer des in Ungnade gefallenen Dichters aber / Wachen einander abwechslend Angst und Muse«.

Tatsächlich hatte uns alle, als Anna Andrejewna uns in Woronesch besucht hatte, eines Abends eine verzweifelte, sinnlose Angst erfasst. Wir saßen im Zimmer bei dem »Agenten«, der die Maus hatte braten wollen, im Licht der Petroleumlampe beieinander – der Strom war abgeschaltet, wie es in Städten in der Provinz häufig der Fall war –, als plötzlich die Tür geöffnet wurde und Leonow, ein Bekannter von uns, Biologe aus Taschkent, ohne vorherige Ankündigung mit einem uns unbekannten Begleiter ins Zimmer trat. Eigentlich gab es keinerlei Grund zu erschrecken, denn wir wussten, dass Leonows Vater in Woronesch lebte und er ihn von Zeit zu Zeit besuchte. Leonow, ein Anachoret oder russischer Derwisch und stets etwas angeheiterter Hausphilosoph, war für uns absolut vertrauenswürdig. Kusin hatte ihn einmal mitgebracht, und seitdem besuchte er uns hin und wieder. Wenn er in Taschkent war, wo er an der Universität mit Poliwanow zusammengearbeitet hatte, durch den sein Interesse für Philologie und Poesie geweckt worden war, meldete er sich nicht bei uns. Warum erschraken wir derart? Immer, wenn wir mit Anna Andrejewna zusammen waren, fühlten wir uns buchstäblich wie Verschwörer, und der nichtigste Anlass ließ uns vor Schreck zusammenfahren. Im Übrigen erschraken alle sowjetischen Bürger bei unerwartetem Besuch, wenn Automobile vor dem Haus hielten oder wenn sich in der Nacht plötzlich der Fahrstuhl in Bewegung setzte. Als Anna Andrejewna uns in Woronesch besuchte, war die Angst noch nicht unser ständiger Gast, sondern drückte uns lediglich von Zeit zu Zeit die Luft ab. In den Tagen in Moskau, als wir der Illusion anheimgefallen waren, verspürten wir indes keinerlei Angst. Wir waren, was kaum erklärlich ist, vollkommen gelassen und glaubten, unser Leben sei sicher. Es ist unglaublich, gleichwohl war es so.

Diese Tage in Moskau sind mir seltsam bruchstückhaft im Gedächtnis geblieben, wie sehr deutliche, kurze Episoden eines Films, zwischen denen Ereignisse liegen, die unwiederbringlich verloren sind. In einer weiteren ebenso bruchstückhaften Episode warteten wir gemeinsam mit Anna Andrejewna unerträglich lange auf Chardshijew. Er wollte kommen und hatte versprochen, Wein mitzubringen, aber er verspätete sich über Gebühr, wie nur die Moskauer sich verspäten konnten in Zeiten, als niemand mehr eine Uhr hatte und Straßenbahnen und Autobusse nur sporadisch fuhren. Anna Andrejewna wollte nicht länger warten und brach auf – bei jenem Aufenthalt in Moskau wohnte sie bei Tolstaja in der Pretschistenkaja-Straße. Irgendwann tauchte Chardshijew schließlich doch noch auf. »Sie muss zurückkommen«, sagte O. M. und rief bei Tolstaja an. Es war Hauptverkehrszeit, Anna Andrejewna war in keiner der überfüllten Straßenbahnen mitgekommen und hatte deshalb den ganzen Weg zu Fuß zurückgelegt. Als sie ankam, wurde sie sogleich zum Telefon gerufen. »Kommen Sie zurück«, sagte O. M. zu ihr, und sie machte sich umgehend wieder auf den Weg wie Feb aus der »Anthologie antiker Dummheit«, einer Sammlung von Scherzgedichten, die Gumiljow, Georgij Iwanow, Losinskij und O. M. in den Tagen ihrer unbeschwerten Jugend verfasst hatten. »Im goldenen Streitwagen fährt Feb den Himmel entlang / Und morgen fährt er denselben Weg zurück.«

Wir saßen im großen Zimmer zusammen, das wir jetzt das »Kostyrew-Zimmer« nannten, und gingen, als Anna Andrejewna zurück war, wieder in unser sehr kleines und enges

Durchgangszimmer. Dort war mit einem Schrank eine kleine Nische abgeteilt, in der ein kleiner Tisch und eine Liege standen – Einzimmer-Menschen lernen schnell, ohne Bett zurechtzukommen. Die Liege stand normalerweise an der Wand, aber damals hatten wir sie aus Angst vor Wanzen nur mit dem Kopfende zur Wand längs ins Zimmer gestellt. Sie nahm fast die ganze Nische ein, es war nur ein schmaler Gang zum großen, stets geöffneten Fenster frei. Ich war in der Küche zugange, und die drei hatten sich auf der Liege niedergelassen.

»Wie in einem bessarabischen Kremser«, sagte O. M., als ich hereinkam. »Hier die verarmte Gutsbesitzerin mit ihrem Verwalter und ich, der Jid.«

Daran, wie O. M. und Anna Andrejewna miteinander umgingen, war stets zu spüren, dass ihre Freundschaft in ausgelassenen Jugendtagen begonnen hatte. Wenn sie zusammen waren, wurden sie wieder jung und scherzten, einander ins Wort fallend, ohne Unterlass. Sie hatten ihre geflügelten Worte, ihre eigene Sprache. Das ungestüme Lachen, das sie immer wieder überfiel, wenn sie zusammen waren, nannten sie »das große Lacken« – wenn man sie so beieinander sitzen sah, machten sie nicht den Eindruck zweier bis zur Erschöpfung Getriebener und zum Untergang Verurteilter, sondern man hätte sie für eine etwas heruntergekommene junge Frau, die sich ohne Wissen ihrer Eltern mit einem abgerissenen jungen Mann traf, halten können. Der Ausdruck »großes Lacken« stammte aus der Zeit, als Anna Andrejewna für Altman, der sie malte, Modell gesessen hatte. O. M. hatte hin und wieder dort vorbeigeschaut, und einmal war, so erzählten sie, ein Nachbar Altmans, ein Italiener, der ebenfalls Maler war, dazugekommen. Als er ihr Lachen hörte, kommentierte er: »Hier ist ja ein großes Lacken!« Es gab noch weitere derartige Redewendungen. So sagte O. M. beispielsweise stets, wenn er von einer unangenehmen Szene hörte: »Aber es ist doch gar nichts Peinliches geschehen.« Auch diese Worte hatten ihre Geschichte. Anna Andrejewna war einmal zu dem hochbetagten Schauspieler G. gebeten worden, der gelähmt war. Man stellte sie ihm vor, er betrachtete sie eine Weile und sagte dann: »Eine vollkommen uninteressante Person.« O. M. hörte irgendwann einmal davon und meinte nur: »Aber es ist doch gar nichts Peinliches geschehen.« Und um diese beiden Redewendungen gebrauchten sie fortan bei jeder passenden und unpassenden Gelegenheit. Das Leben tat alles, diesen beiden Menschen das Lachen abzugewöhnen, aber sie waren in dieser Hinsicht schwer erziehbar.

An jenem Tag, als der bessarabische Kremser durch die Welt rumpelte, entstand ein weiteres geflügeltes Wort. Aus den Eiern, die Chardshijew mitgebracht hatte, machte ich Rührei, und als ich mit dem Tablett ins Zimmer kam, streckten alle drei mir ihre Hände entgegen und riefen: »Das ist unsere Mama!«, was O. M. sogleich umdeutete in: »Sie ist unsere Mamanas!« Ich ärgerte mich darüber: »Ihr seid alt und unausstehlich, seit wann bin ich eure Mama?« Aber es half nichts, und ich blieb für immer ihre »Mamanas«. Die übermütigen alten Leute – Chardshijew war jünger als ich – zur Vernunft zu bringen, war mir nicht möglich, sie waren ja schließlich schwer erziehbar.

Die Episode im bessarabischen Kremser ist die letzte, die mir von diesem Aufenthalt Anna Andrejewnas in Moskau in Erinnerung geblieben ist. Sie ist dann wohl schon bald wieder zurück nach Leningrad gefahren, um ihre Beziehung zu Punin zu klären. Sie hatten schon lange Schwierigkeiten, ich weiß gar nicht mehr, wann sie mir zum ersten Mal gestanden hatte, dass es ihr mit ihm nicht gut ginge. In Moskau hatte sie sich mit Garschin ausgesprochen, und das führte zum endgültigen Bruch mit Punin. Als sie weg war, stiegen Jachontow und seine Frau Lilja in den Kremser ein. Ihrem Äußeren nach ging Lilja durchaus als bessarabisches Fräulein durch, aber sie stimmte nicht in das große Lachen ein, sondern versuchte wie stets, O. M. im Geiste des empfindsamen und sentimentalen Stalinismus – auch einen solchen gab es –, umzuerziehen. Sie war der Meinung, ein Schriftsteller, der sich nicht dem Dienst an Stalin verschrieben hatte, sei ein Verlorener. Da ihm alle Wege in die

Literatur versperrt seien, würde niemand seine Werke lesen und sein Name dem ewigen Vergessen anheimfallen. Dass Stalin der Retter der Menschheit war, zog Lilja nicht in Zweifel. Sie trug sich sogar mit dem Gedanken, Stalin einen Brief zu schreiben, dass man O. M. behilflich sein müsse, auf den rechten Weg zu gelangen, wofür seine Gedichte schnellstmöglich veröffentlicht werden müssten. Später nannte man so etwas »Gaponowschtschina«.

Da Lilja Textmontagen für Jachontow zusammenstellte, war sie in der Parteiliteratur sehr belesen. Jeden Tag tischte sie eine neue Geschichte über die vom Führer vollbrachten Wunder auf. Jachontow teilte ihre Ansichten nicht, er machte lieber Späße und amüsierte uns mit heiteren kleinen Szenen. Eine seiner Paradenummern war die Darstellung seines eigenen Vaters, eines großen, fettleibigen, schwitzenden Beamten, der aus Angst vor seinen Vorgesetzten zittert. Liljas Kommentar dazu war: »Unter dem Zar hatten alle Beamten Angst.« Bisweilen rezitierte Jachontow Lermontows »Prophet« und hantierte dabei mit seinem Spazierstock wie mit einer Marionette. Der Spazierstock kämpfte sich durch eine unsichtbare Menschenmenge, wich ängstlich zurück, verneigte sich demutsvoll vor Lilja. »Er ist nackt und arm«, sagte Jachontow und wies auf O. M., und dieser seinerseits wies auf Jachontow, der damals ebenfalls arm war. Trotzdem war er es, der uns in jenen Tagen finanziell unterstützte, damit wir diese Zeit ohne große Schwierigkeiten durchstehen konnten.

Vor unserer Abreise nach Woronesch nahm Lilja ein paar marxistische Bücher von ihrem Regal und wollte sie O. M. zur Weiterbildung mitgeben, aber Jachontow sagte: »Die braucht er nicht, das ist sinnlos«, und schenkte O. M. seine eigene Bibel. Auch er war schwer erziehbar. Die Bibel besitze ich heute noch.

Anna Andrejewna kennt das Alte Testament sehr gut und liebt es sehr. Mit Vergnügen erörtert sie Feinheiten der Auslegung mit Amusin, einem großen Kenner der Bibel, mit dem ich sie bekannt gemacht habe. O. M. indes fürchtete den alttestamentarischen Gott und seine totalitäre, furchteinflößende Macht. Er sagte – und diesen Gedanken fand ich später bei Berdjajew wieder, die Dreieinigkeit des christlichen Gottes habe die Alleinherrschaft des jüdischen Gottes überwunden. Es ist nur allzu verständlich, dass wir die Alleinherrschaft fürchteten.

Illusion

Was eine »Illusion« ist, begriffen wir im Herbst 33, als wir uns gerade in unserer einzigen und unersetzlichen Wohnung in jener kleinen Straße, die später zu Ehren eines unserer Nachbarn von Naschtschokin-Gasse in Furmanow-Gasse umbenannt wurde, eingerichtet hatten.

Eines schönen Tages klopfte ein junger Mann mit einem Quersack über der Schulter bei uns und fragte nach O. M.s Bruder Schura. O. M.s Vater war damals gerade bei uns zu Besuch, und er wusste gleich, um wen es sich bei diesem jungen Mann handelte. Er trug einen sehr außergewöhnlichen Familiennamen, der aus vielen feudal klingenden Teilen zusammengesetzt war – etwas in der Art von Dolgopalowoj –, ließ sich von uns aber mit dem ihm verliehenen Spitznamen ansprechen, und dieser war Bublik. Ich wollte den Gast an Alexander Emiljewitsch verweisen – sollte er sich doch mit diesem Bublik auseinandersetzen! –, denn ich hatte genug von den ungebetenen Übernachtungsgästen, die bei ihren Aufenthalten in Moskau bei Bekannten unterkommen wollten, da es keine Hotels gab, aber Großvater trat für Bublik ein. Bublik hatte nämlich mit Schura zusammen das Gymnasium besucht, und der Großvater erinnerte sich an ihn als gepflegten und rotwangigen Gymnasiasten. »Was ist nur aus ihm geworden!«, sagte er, fast den Tränen nahe. Es war das alte Lied: »Kinder, ihr seid ja vollkommen auf den Hund gekommen und lauft in Lumpen herum ...« O. M. wusste, was das bedeutete, schob mich zur Seite und bat Bublik herein.

Der Ankömmling begann sogleich, uns zu beruhigen, erklärte, er habe nur einer Strafsache wegen gesessen, und es gebe für uns nichts zu befürchten, denn mit dem gefürchteten 58er habe er absolut nichts zu tun. »Wenn Sie wüssten, wie bei uns mit Kriminellen umgegangen wird!«, sagte Bublik. Wie bei uns mit Gefangenen, und zwar nicht nur mit Kriminellen, umgegangen wird, hatten wir tatsächlich bereits schon Anfang der zwanziger Jahren gehört.

Bublik war von unverwüstlicher Fröhlichkeit. Er war in einem fort unterwegs und traf sich mit Kameraden, mit denen er sich in den Hohen Norden aufmachen wollte, wo es »mehr als genug von unsereinem« gebe, deshalb werde er dort schon irgendwie unterkommen. Ein Vollbad zu Hause lehnte er ab – wir hatten ja auch noch keinen Gasanschluss und machten das Wasser dafür in einem Kessel in der Küche heiß –, er suchte deshalb samstags die Banja auf und trank danach bei uns Tee, zu dem er Lebkuchen aß. Meinen Tee mochte er durchaus, zog es aber vor, sich selbst einen zu brühen. Er machte sich gern im Haushalt nützlich, schlug liebevoll Nägel ein, befestigte Regalbretter und brachte den Fußboden mit Bohnerwachs auf Hochglanz. Er war von diesen Tätigkeiten entwöhnt und deshalb sehr froh, mit O. M. gemeinsam diese Männerarbeiten in unserem einfachen Alltagsleben erledigen zu können. In O. M.s Auftrag suchte er mit einer Vollmacht immer wieder den »Goslitisdat« auf und nahm dort ziemlich hohe Geldsummen entgegen, denn wir erhielten 60 Prozent des Honorars für die geplante Ausgabe der Gesammelten Werke, die dann doch nicht veröffentlicht wurde, weil O. M. auf keinen Fall auf »Die Reise nach Armenien« sowie eine große Anzahl von Gedichten und Aufsätzen verzichten wollte. Die Veröffentlichung wäre in dieser Form ohnehin nicht zustande gekommen – Bucharin verfügte nicht mehr über die nötigen »Transmissionsriemen«, und deshalb wäre früher oder später so oder so alles Unbotmäßige gestrichen worden. Deshalb wäre es besser gewesen, aus taktischen Gründen einen Kompromiss einzugehen, um wenigstens irgendeine

Publikation vorweisen zu können, denn die Tatsache, dass O. M. keine Bücher mehr veröffentlichte, nutzten die Funktionäre der offiziellen Literatur, um Gerüchte zu verbreiten, O. M. habe es bereits in den zwanziger Jahren aufgegeben, Gedichte zu schreiben, und sei nur mehr in Kneipen anzutreffen. Dieser Verleumdung gingen viele auf den Leim – sowohl bei uns als auch im Westen. Wenn ein Schriftsteller keine Bücher mehr veröffentlicht, wird dies im Westen gleichgesetzt damit, dass er aus dem Schreibrhythmus geraten ist – wie soll man dort begreiflich machen, dass das bei uns auch etwas anderes bedeuten kann! Die Dichtung indes ist ein seltsam Ding. Man kann sie nicht lebendig begraben, denn ungeachtet aller Bemühungen eines derart mächtigen Propagandaapparats wie des unsrigen wird sie wieder auferstehen. »Ich bin wieder ganz gelassen«, sagte Anna Andrejewna in den sechziger Jahren zu mir, »denn wir wissen jetzt, wie schwierig es ist, Gedichte auszurotten.«

Bublik brachte das Geld in einem Portefeuille nach Hause und wollte stets, dass ich nachzähle. Er nahm nur einen geringfügigen Betrag davon für ein Butterbrot, um sich für die lange Warterei in der Schlange vor der Kasse zu entschädigen. »Bublik ist unersetzlich geworden«, sagte O. M. immer wieder. Er schätzte unseren Gast besonders für dessen vorzügliche Lateinkenntnisse.

Mit jedem, der uns besuchte, führte O. M. Gespräche über ganz spezielle Themen. Kusin und die Biologen sprachen über Genetik, Bergsons Élan vital und die aristotelische Entelechie. Sie waren alle eher Erzähler denn Gesprächspartner, und O. M. war mehr Zuhörer, als dass er sich am Gespräch beteiligte. Mit Kusin besuchte O. M. häufig Konzerte, beide hatten ein musikalisch geschultes Gehör und konnten die kompliziertesten symphonischen Themen wiedergeben – O. M. pfiff sie nach, Kusin sang sie. Auch Morgulis war ein solches Einmannorchester. Seine Frau, Isa Chanzin, unterrichtet heute am Konservatorium. Sie erinnert sich immer, wie hingebungsvoll O. M. Musik hörte und wie sie ihm vorspielte. Damals lebte Isa in Leningrad und Morgulis hetzte auf der Suche nach Möglichkeiten, Geld zu verdienen, durch Moskau. O. M. sagte immer wieder, Morgulis sei für ihn Ersatz für die Druckerpresse. Er war begierig, neue Gedichte zu hören, schrieb sie auf und sie verbreiteten sich dann durch Abschriften weiter. Es war der Beginn der Ära der handschriftlich verbreiteten Literatur, die Verbreitung wurde allerdings durch Beschlagnahmung der Abschriften und Manuskripte bei Hausdurchsuchungen erschwert.

Ein weiterer häufiger Gast war Tschetschanowskij, mit dem ich Anfang der dreißiger Jahre in der Zeitschrift »SKP« zusammengearbeitet hatte. Ihn luden wir ein, um über den Marxismus zu diskutieren. »Entwicklung ist Fortschritt«, war er überzeugt. »Wir lassen nicht zu, dass Mandelstam uns diesen Fortschritt streitig macht.« Es war übrigens Tschetschanowskij, den man beauftragt hatte, O. M. anzutragen, auf die Publikation der »Reise nach Armenien« zu verzichten. Ob er uns auch ausspionierte, ist unklar. Wohl eher nicht, aber das ist tatsächlich unerheblich. Das verhängnisvolle Gedicht trug O. M. ihm nicht vor, gleichwohl lieferte er an jedem Abend, den wir gemeinsam mit Tschetschanowskij verbrachten, mehr als genug Gründe zur Verhaftung – das war ja nicht schwierig. Kurz: Er hat jedes Mal geredet, dass es für zehn Jahre reichte.

Dann war da noch Nilender, ein Hellenist und Experte für Althebräisch. Der einstige Marineoffizier arbeitete nunmehr in der Staatlichen Öffentlichen Bibliothek, kam für gewöhnlich gegen Mitternacht und hatte für alle Fälle immer ein Päckchen Tee dabei. Er übersetzte Sophokles und sprach stets und ständig über den »Goldenen Schnitt«. Einmal lud Scherwinskij O. M. und Anna Andrejewna ein, um ihnen eine Übersetzung vorzutragen. Sie hätten ihn nicht zu zweit besuchen dürfen. Als sie zurückkamen, schütteten sie sich vor Lachen aus. Und nicht zuletzt pflegten wir in jenem Jahr Kontakt mit Wygotskij, einem außerordentlich klugen Menschen, Psychologe und Autor des Buches »Denken und Sprechen«. Wie alle wissenschaftlich Tätigen war jedoch auch er in seinem Denken durch den in jener Zeit herrschenden Rationalismus eingeschränkt. Bisweilen begegneten wir auch dem Hegel-Übersetzer Stolpner, der O. M. stets davon zu überzeugen suchte, dass das Denken nicht sprachlich sei.

Unter all diesen Gesprächspartnern nahm Bublik seinen Platz ein. Auch mit ihm wurden ganz spezielle Themen erörtert und dabei immer wieder Bücher aus dem Regal genommen. O. M. nutzte die Gelegenheit, dass Bublik über die umfassende Bildung des humanistischen Gymnasiums verfügte, und gemeinsam berauschten sie sich an Ovids Briefen aus der Verbannung – der eine in Vorahnung seiner Zukunft, der andere bereits mit der Erfahrung des Daseins des Ausgestoßenseins aus der sowjetischen Gesellschaft.

Bublik wohnte einige Wochen bei uns und genoss die unerwartete Verschnaufpause. Der grünliche Teint des Zuchthäuslers verblasste, er sah wieder frisch aus und erinnerte an einen Lateinlehrer einer Stadt irgendwo in der Provinz in den guten alten Zeiten. Doch seine Kameraden drängten zur Eile, und die Furcht vor der Miliz trieb ihn, Moskau zu verlassen. Wir baten ihn, O. M.s Vater, den sogenannten »Großvater«, nach Leningrad zu begleiten. Akkurat packte Bublik die klägliche großväterliche Kledage in einen lachhaft altmodischen Koffer und erbat auch noch den alten Wasserkessel – »um rasch einmal heißes Wasser holen zu können« – sowie die zerschlissene Schlafdecke – »Dann müssen wir im Zug nicht noch für die Wäsche bezahlen«. Den Wasserkessel band er sorgsam an den Koffergriff – »Sonst verlieren wir ihn noch«.

Wir brachten die beiden zum Bahnhof, und am nächsten Tag erhielten wir ein entrüstetes Telegramm vom Großvater: Bublik hatte ihn auf dem Gleis einfach stehen gelassen und mit dem Koffer das Weite gesucht. Der alte Mann fühlte sich zu Tode beleidigt und wollte, dass wir die Sache der Kriminalpolizei übergaben, die Bubliks habhaft werden müsse, um ihm den Koffer abzunehmen, dem rechtmäßigen Besitzer zurückzugeben und den Verbrecher vor ein ordentliches Gericht zu bringen. Zu diesem Zweck möge O. M. doch bitte eine wohlformulierte Anzeige erstatten, dann den Leiter der Kriminalpolizei aufsuchen und mit Hinweis auf seinen Beruf als Schriftsteller entsprechenden Druck auf ihn ausüben. Andernfalls, so glaubte der Großvater, würde der Koffer wohl nicht gefunden. O. M. wandte sich, selbstredend, nicht an die Kriminalpolizei, sondern war lediglich darüber erstaunt, dass der großväterliche Koffer mit dem sorgsam am Griff festgebundenen Wasserkessel und nicht die recht anständigen Summen des im Verlag erhaltenen Geldes Bublik hatten in Versuchung bringen können. Diese Selbstlosigkeit von Bublik schätzten wir hoch und kauften dem Großvater vom Rest des Verlagsgeldes neue wattierte Jacken, aber der alte Herr war noch lange wütend und bedauerte immer wieder, dass er selbst es gewesen war, der darauf bestanden hatte, dass wir diesen Landstreicher aufnahmen, der ihn dann derart verraten habe. Bubliks sorgfältig gepacktes Päckchen, in dem er Großvaters Ausweisdokumente, dessen Briefe und die Aufzeichnungen seiner Erinnerungen übersandte, vermochte ihn nicht zu besänftigen. In seinen Mußestunden hatte der alte Herr die Erinnerungen seines unsteten Lebens mit seiner vollkommen unleserlichen Handschrift in deutscher Sprache niedergeschrieben und immer wieder O. M. bedrängt, er solle sie lesen und für eine Veröffentlichung sorgen.

Es war ebendieser Bublik, der uns veranschaulichte, was eine Illusion ist. An jenem Abend, als O. M. und der Großvater gemeinsam für diesen heruntergekommenen jungen Mann eintraten, lag ich krank darnieder und sabotierte den ungebetenen Gast. Frauen gehen derlei Unannehmlichkeiten ja sehr gern aus dem Weg und übernehmen rasch die Rolle allmächtiger Herrinnen von Haus und Hof, die es als solche doch längst nicht mehr gibt. Bublik verstand die Situation und beschloss, sich seine Schlafstatt für die Nacht selbst zu machen. Er breitete auf dem Küchenboden ein paar Zeitungen aus, rief O. M. »Ossip Emiljewitsch, wissen Sie, was eine Illusion ist? Hier, bitte!«, und wies mit großer Geste auf die Zeitungen. Das war zu viel für O. M., und er gab ihm die einzige Matratze im Hause, auf der ich gerade lag, ich gab ihm großzügig noch ein Kopfkissen, ein Laken und ebenjene Schlafdecke, die später mit dem großväterlichen Koffer verschwand.

Unsere Wohnung mit den Büchern in den Regalen und unsere ganze Existenz waren gleichermaßen Illusionen eines friedlichen Daseins. In unsere Kissen vergraben, wollten wir glauben, dass wir friedlich schliefen.

Leser eines einzigen Buches

In jungen Jahren dachte O. M. während des Sprechens. Später wurde er leichtsinniger. 1919, er war noch ganz jung, sagte er einmal zu mir, man brauche gar nicht viele Bücher, der beste Leser sei der, der sich sein ganzes Leben mit nur einem einzigen Buch beschäftigte. »Welches Buch soll das sein?«, fragte ich. »Die Bibel?« – »Und sei es die Bibel«, antwortete er. Ich hatte sogleich die schönen bärtigen alten Männer des Orients vor Augen, die ihr ganzes Leben lang im Koran lesen. Sie waren in unseren Tagen wohl die einzigen Vertreter jener alten Gattung, die nur ein einziges Buch lasen. Meinen heiteren Gefährten konnte ich mir in dieser Rolle jedoch absolut nicht vorstellen. »Nein, ich natürlich nicht«, gestand er mir. »Aber trotzdem…«

Ein idealer Leser in diesem Sinne war O. M. selbst also nicht – im zwanzigsten Jahrhundert ist das auch nicht möglich –, aber diesen wie beiläufig geäußerten Satz sagte er durchaus mit Bedacht. Es gibt Menschen, bei denen jeder Gedanke, den sie äußern, einem allgemeinen Verständnis der Zusammenhänge der Dinge entspringt. Diese Menschen verfügen über ein ganzheitliches Verständnis der sie umgebenden Welt. Aller Wahrscheinlichkeit nach gehören Dichter zu dieser Kategorie von Menschen und unterscheiden sich jeweils lediglich in Umfang und Tiefe der Erkenntnis. Drängt möglicherweise ebendiese Eigenschaft sie dazu, ihren Platz in der Gesellschaft und sich selbst zu finden? Und ist es nicht ebendiese Eigenschaft, die Maßstab ist für die Wahrhaftigkeit des Dichters? Es gibt ja auch Menschen, die Gedichte schreiben, die nicht schlechter sind als die von wahren Dichtern geschriebenen, gleichwohl ist allen sogleich bewusst, dass irgendetwas diesen Gedichten fehlt. Was es aber ist, kann man nicht sagen. Alles Gerede darüber, dass ein Dichter von seinen Zeitgenossen nicht anerkannt wird, ist naiv. Ein wirklicher Dichter wird sofort als solcher erkannt, und zwar von denen, die sich seiner Gedichte erfreuen, ebenso wie von denen, die sie wütend machen. Und Unmut und Wut ruft er bei vielen hervor, das ist offenbar ganz unausweichlich. Selbst Pasternak, der es lange und geschickt vermochte, der unbändigen Wut derer zu entgehen, die seine Gedichte nicht einmal gelesen hatten, der es vermochte, jeden seiner Gesprächspartner klug und ganz bewusst zu verzaubern, ereilte am Ende seines Lebens dieses Schicksal. Womöglich fordern die Dichter diese blinde Wut ja selbst heraus, weil sie überzeugt sind von ihrer Position sowie durch die Offenheit, mit der sie ihre Überzeugungen kundtun. »Die Geradheit des Redens« ist nicht nur Kinderschreck, sondern folgt zugleich aus der ihnen eigenen ganzheitlichen Weltsicht. Jeder Dichter bringt ja den Sinn des Bildes ins Wanken, verwendet also bei der Äußerung seiner Anschauungen nicht jene vorgestanzten Formeln die in seiner Epoche im Umlauf sind, sondern formuliert sie auf Grundlage seines ureigenen Verständnisses von der Welt. Die, die sich der opportunen und allgemein verbreiteten Formeln bedienen, können gar nicht anders, als sich beleidigt zu fühlen, wenn sich vor ihnen ein neuer, unvollendeter Gedanke mit unbehauenen Ecken und Kanten auftut. Das hatte O. M. wohl im Sinn, als er über die Natur der Dichtung als Rohmaterial sprach, die unvergleichlich viel roher sei als gar die Umgangssprache. Menschen, die dieser Rohheit aus dem Wege gehen, fragen: »Warum sollte er besser sein als wir?«, oder sie sagen: »Er ist überempfindlich, misstrauisch, überheblich. Immer sucht er Streit und will alle belehren.« Das war der Grundton der Hetzkampagnen gegen Achmatowa, Mandelstam, Pasternak und Majakowski, bevor dieser zum Staatsdichter wurde. Lange wurde das auch noch über den toten Gumiljow gesagt. Denn ohne all diese Behauptungen kommt man nicht aus, sosehr man sich auch bemüht. Wenn aber eine Korrektur der opportunen Meinungen vorgenommen wird, vergessen jene, die stets die vorgestanzten Formeln verwendet haben, plötzlich, was sie noch in der Woche zuvor gesagt haben, und wechseln die alten Formeln gegen die neuen aus. Man muss sich jedoch immer dessen gewahr sein, dass der Dichter nicht nur von denen umgeben ist, die seine Gedichte nicht lesen, sondern auch von Freunden. Und dass diese letztlich immer den Sieg davon tragen.

Mit seinen Überlegungen über den »Leser eines einzigen Buches« spielte O. M. auch auf die ihm so verhasste Fähigkeit an, gleichgültig miteinander Unvereinbares zu verschlingen, auf unzulängliches Urteilsvermögen und auf das, was er »Duldsamkeit allem und jedem gegenüber« nannte – was war doch das Mütterchen Philologie einst gewesen, und was ist aus ihm geworden: »sie war ganz Leidenschaft, ganz Unduldsamkeit und ist nun hündisch, duldsam gegen alles und jeden.«

Ein anderer Name für dieses Phänomen war »Allesfresserei«. Die erste Philippika O. M.s gegen die Allesfresserei hörte ich im gleichen Jahr 1919 in Kiew in Bezug auf Brjussows Gedicht über historische Epochen, die er mit bunten Laternen vergleicht. Ein solcher Vergleich zeige, so O. M., dass Brjussow alles gleich und die Geschichte für ihn lediglich ein ergötzlicher Gegenstand sei. So in etwa war der Sinngehalt seiner Worte, derer ich mich nicht genau entsinne. Anna Andrejewna und er verwendeten dafür die Formulierung »Zeiten und Völker«. O. M. selbst wusste oder meinte zumindest immer zu wissen, wozu er »Ja« und wozu er »Nein« sagen musste. Seine Urteile waren möglicherweise auf die eine oder andere Weise extrem, worin ein gewisser Dualismus lag, ähnlich der antiken Lehre von Gut und Böse als den beiden grundlegenden Gegensätzen des Seins. Dichter können jedoch dem Guten ebenso wie dem Bösen nicht gleichgültig gegenüberstehen und werden niemals sagen, dass alles Seiende vernünftig ist.

O. M.s klares Urteilsvermögen und die Fähigkeit, eine bewusste Auswahl zu treffen, wurden auch in seiner Art zu lesen deutlich. In den »Notizbüchern« zur »Reise nach Armenien« finden sich ein paar Worte über den »Dämon des Lesens«, der sich aus den Tiefen der »Verwüstungskultur« erhoben habe. Der lesende Mensch begibt sich in eine Welt der Illusion, ist bemüht, sich das Gelesene einzuprägen, und gibt sich so ganz der Macht des gedruckten Wortes hin. O. M. indes begriff das Lesen nicht als ein Einprägen, sondern als ein Erinnern, also als ein Abgleichen des Geschriebenen mit der eigenen Erfahrung, ein In-Übereinstimmung-Bringen mit der eigenen Überzeugung, die die individuelle Persönlichkeit des Menschen ausmacht. Denn auf der passiven, »einprägenden« Lektüre beruhen seit jeher die Propaganda leicht eingängiger Ideen und die für die massenhafte Anwendung geeignete Darreichung vorgefertigter und geschliffener Wahrheiten. Eine derartige Lektüre regt nicht zum Denken an, sondern ist eher eine Art Hypnose, obgleich es in der heutigen Zeit gewiss besser geeignete Mittel gibt, die Menschen ihres Willens zu berauben.

Für O. M. war Lesen »aktives Tun«, und zwar seiner Ansicht nach vor allem aktive Auswahl. Manche Bücher blätterte er nur durch, andere, wie beispielsweise Hemingway und Joyce, las er mit Interesse und Neugier. Manche Lektüre jedoch prägte ihn grundlegend, das waren Bücher, mit denen er gleichsam in Kontakt trat, die eine bestimmte Phase seines Lebens oder sein ganzes Leben beeinflussten. Die Begegnung mit einem Buch, das prägend für eine Lebensphase war, glich der Begegnung mit einem Menschen, der zum Freund wurde. Die Zeile »Da weckte mich die Freundschaft wie ein Schuss« bezieht sich keineswegs nur auf die Begegnung mit Kusin, sondern in weit größerem Maße auf die Begegnung mit den deutschen Dichtern:

»Ihr Freunde, waren wir schon in Walhalla, / Wo man zusammen seine Nüsse knackt? / Und welche Freiheit gab es da, für alle? / Auch Wege, die ihr mir gewiesen habt?« O. M. hatte diese Dichter – Goethe, Hölderlin, Mörike, die Romantiker – früher bereits gekannt, aber damals war es nur Lektüre, noch keine »Begegnung« mit ihnen gewesen.

Es war kein Zufall, dass die Begegnung mit ihnen in Armenien stattfand. Die lang ersehnte Reise in dieses Land – in der »Vierten Prosa« erzählt O. M. von seinem ersten, gescheiterten Versuch, dorthin zu reisen – weckte sein bis dahin schlummerndes Interesse für das, was ich hier ganz unzutreffend als Naturphilosophie bezeichne und was noch weniger treffend als Kulturphilosophie bezeichnet werden könnte. Es war die Neugier für dieses kleine Land, diesen Vorposten im Orient, der über Jahrhunderte den Angriffen des Islam getrotzt hatte. Vielleicht fühlte O. M. sich in der Epoche der Krise des christlichen Bewusstseins in unserem Land von Armenien eben aufgrund seiner Standhaftigkeit angezogen und nicht beispielsweise von Georgien, dessen Schicksal ungleich leichter war. Unser kleines Zimmer im Hotel-Chjuranoz füllte sich rasch mit Büchern über die armenische Kultur: Strzygowski, armenische Chroniken, Moses von Choren und vieles andere über Wirtschaft und Natur des Landes. Von den Büchern über die Wirtschaft Armeniens schätzte O. M. besonders die »Darstellung der Kameralistik Armeniens« von Chopin, einem Staatsbeamten zu Zeiten Zar Alexanders I. O. M. setzte das echte Interesse Chopins an diesem Land mit der Gleichgültigkeit der verdrießlichen und verbitterten dorthin abkommandierten Funktionäre in Bezug, denen wir im Hotel begegneten.

Die Beschäftigung mit Armenien weckte O. M.s Passion für Goethe, Herder und andere deutsche Dichter. Die Begegnung mit dem jungen Biologen Kusin, der sich damals, wenngleich auch ein wenig burschenhaft, sehr für Philosophie und Literatur interessierte, hätte vielleicht, wenn sie irgendwo in Moskau stattgefunden hätte, nicht denselben Zauber gehabt wie dort in

Armenien. Auf dem Hof einer Moschee, wo in kleinen Gläsern persischer Tee gereicht wurde, kamen die beiden miteinander ins Gespräch und ihr lebhafter Austausch setzte sich im Hotel fort. O. M. war, so mein Eindruck, sehr am biologischen Ansatz in Bezug auf all jenes interessiert, das sein Denken beschäftigte, sowie an den zeitlosen Fragen der Formenbildung. Lange bevor er Kusin kennenlernte, hatte O. M. irgendwo notiert, dass die Gedichtanalyse erst dann exakte Wissenschaft sei, wenn sie die Methoden der Biologie anwende. Es ist durchaus möglich, dass diese Bemerkung die in den zehner Jahren populäre Theorie der Sprachwissenschaft hinsichtlich ihrer Verbindung zu Sozialwissenschaften und Biologie reflektierte. Diesen biologistischen Ansatz in Bezug auf die Poesie gab O. M. jedoch auf, bevor er ihn weiterentfaltete, er interessierte sich aber weiterhin sehr für beschreibende biologische Darstellungen und den Blick der Biologie auf die Themen des Lebens als solchem.

Kusin liebte Goethe, und das war damals von großer Bedeutung für O. M. Nach seiner »Begegnung« mit Dante, die in Moskau stattfand, wurde seine Freundschaft mit Kusin und den anderen Biologen zu einem kameradschaftlichen Verhältnis, bei dem man sich auf ein Glas Wein trifft. In Bezug auf Dante war O. M. gleich bewusst, dass dies die wichtigste Begegnung in seinem Leben war. Fortan trennte er sich nie wieder von ihm und nahm ihn sogar zwei Mal mit ins Gefängnis. Im Bewusstsein, dass er jederzeit verhaftet werden könne – jeder, den ich kannte, traf diesbezüglich Vorkehrungen –, hatte O. M. eine kleinformatige Ausgabe der »Komödie« aufgetrieben, die er stets in der Jackentasche bei sich trug. Man konnte schließlich nicht nur zu Hause, sondern auch von der Straße weg oder beim Aufsuchen irgendeiner Behörde verhaftet werden, bisweilen wurde man auch einbestellt, um dann für alle Ewigkeit zu verschwinden. Ein Bekannter beschwerte sich, er könne doch nicht stets und ständig seinen bereits mit allem für das Leben im Lager Notwendigen gepackten Reisesack mit sich zur Arbeit nehmen. Als er schließlich eines Nachts von zu Hause abgeholt wurde, geriet er derart außer sich, dass er seinen so vorausschauend gepackten Reisesack mitzunehmen vergaß. Die Dante-Taschenausgabe ließ O. M. in Moskau und nahm eine andere, ziemlich schwergewichtige Ausgabe mit nach Samaticha, wo er zum zweiten Mal verhaftet wurde. Ich weiß nicht, ob er dieses Buch bei sich hatte, als er im Lager Wtoraja Retschka bei Wladiwostok ankam, wo er starb. Wohl eher nicht – in den Lagern der Zeit unter Jeshow und Stalin dachte niemand mehr an Bücher.

Ohne mit O. M. über Dante gesprochen zu haben, begann zufällig auch Anna Andrejewna zur gleichen Zeit mit der Lektüre von dessen Werken. Als sie dies herausfanden, rezitierte Anna Andrejewna eine Stelle aus der »Göttlichen Komödie«, die sie im Gedächtnis behalten hatte: »Donna m'apparve sotto verde manto«. O. M. war fast zu Tränen gerührt davon, diese Worte Dantes von Anna Andrejewna, deren Stimme er so sehr liebte, vorgetragen zu hören.

Sowohl Achmatowa als auch O. M. besaßen die außergewöhnliche Fähigkeit, bei der Lektüre von Werken aus vergangenen Epochen die sie von den Dichtern trennende zeitliche und räumliche Entfernung gleichsam zu vergessen. Diese Art der Lektüre ist zwar per se anachronistisch, aber sie gingen dadurch mit dem Dichter eine fast persönliche Beziehung ein, eine Beziehung zu lange Verstorbenen, die gleichwertig war mit der Beziehung und dem Gespräch mit den Zeitgenossen. Aufgrund der Art, wie Dante in der Hölle den von ihm geliebten Dichtern der Antike begegnet, ging O. M. davon aus, dass auch Dante diese Fähigkeit besaß. In seinem Aufsatz »Über die Natur des Wortes« verweist O. M. auf Bergson, der Verbindungen zwischen gleichartigen, lediglich zeitlich voneinander getrennten Erscheinungen aufzuspüren versucht, und setzt dies in Bezug zu ebendieser Fähigkeit, über die Grenzen von Raum und Zeit hinweg Freundschaften zu schließen. Keats hätte sicherlich verstanden, was O. M. im Sinn hatte, denn auch er träumte davon, seinen lebenden und toten Freunden im Gasthaus zu begegnen. Achmatowa interessierte sich, wenn sie jene, die nicht mehr unter uns weilten, für sich wiederauferstehen ließ, um mit ihnen Freundschaft zu schließen, für deren Leben, ihren Alltag und ihre Beziehungen zu anderen Menschen. Sie machte mich dieserart mit Shelley bekannt. Die Beschäftigung mit ihm war für sie gleichsam eine Fingerübung. Nach Shelley begann ihre Freundschaft mit Puschkin. Mit dem scharfen Auge eines Wissenschaftlers oder einer eifersüchtigen Frau forschte sie nach und nach aus, was die, von denen Puschkin umgeben war, dachten, sagten oder taten, setzte sich mit den psychologischen Motiven für deren Handeln auseinander und stülpte jeden, den der Dichter auch nur ein einziges Mal eines Lächelns gewürdigt hatte, wie einen Handschuh mit der Innenseite nach außen. Ein solch lebhaftes, ja leidenschaftliches Interesse brachte Achmatowa keinem der Lebenden entgegen. Sie konnte vor allem die Schriftstellergattinnen, besonders die der Dichter, nicht ausstehen. Ich werde nie begreifen, warum sie bei mir eine Ausnahme machte, aber sie machte sie, obgleich sie selbst nicht erklären konnte, warum. Im Gegensatz zu Achmatowa befasste O. M. sich kaum mit dem Privatleben seiner verstorbenen Freunde – ich meine die Dichter vergangener Epochen –, obgleich er unsere realen Freunde trotz seiner vermeintlichen Zerstreutheit in diesem Punkt sehr aufmerksam beobachtete und über sie viel besser informiert war als ich. Ich schenkte dem, was er über unsere Bekannten erzählte, oftmals keinen Glauben, aber es erwies sich, dass er immer recht hatte. Den Schwestern Natalja Gontscharowas, der Poletika oder Anna Grigorjewna Dostojewskaja brachte er jedoch keinerlei Interesse entgegen, und da Anna Andrejewna wusste, dass er allem, was diese betraf, gleichgültig gegenüberstand, erörterte sie ihre Gedanken dazu nicht mit ihm. Über die Lebenden schwieg er – sollten sie doch tun, was sie wollten. Anna Andrejewna und O. M. unterhielten sich über Verse und Textstellen: »Haben Sie dieses Wundervolle bemerkt?«, »Erinnern Sie sich, was er dort schreibt?« Häufig lasen sie zusammen laut, machten einander auf Lieblingsstellen aufmerksam, schenkten einander ihre besonderen Entdeckungen. Ihre letzten gemeinsamen Jahre waren ausgefüllt mit der gemeinsamen Lektüre Dantes und anderer Italiener sowie selbstverständlich der russischen Dichter.

Welche Bücher O. M. in früheren Phasen als Freunde begleiteten, ist schwieriger zu sagen. Als er 1919 nach Kiew kam, hatte er Florenskijs »Der Pfeiler und die Grundfesten der Wahrheit« bei sich. In diesem Buch hat ihn wohl das, was dort über den Zweifel gesagt wird, beeindruckt, denn er sprach damals oft im dort beschriebenen Sinne über den Zweifel, allerdings ohne die Quelle zu nennen. Zu Schulzeiten schon hatte er Herzen gelesen, und für ihn als Heranwachsenden war Wladimir Solowjow eine Zeit lang Gesprächspartner, der als Philosoph, nicht als Dichter, O. M. sehr viel näher ist, als gemeinhin angenommen wird. Warum O. M. den Namen Solowjow in seinen Aufsätzen indes nicht anführt, liegt auf der Hand. Die meisten seiner Aufsätze schrieb er zur Veröffentlichung in sowjetischen Zeitschriften, und kein Redakteur hätte eine Erwähnung Solowjows zugelassen, so sie ihn und sein Werk nicht schmähte und kritisierte. Gleichwohl ist der Einfluss von Wladimir Solowjows Werk bei O. M. allerorten spürbar, beispielsweise in seiner christlich-religiösen Weltanschauung, die auf Solowjows Lehre beruht, in Methodik und Verfahren seiner Polemik, in Gesprächen, in vielen feststehenden Wendungen, ja sogar in einzelnen Wörtern. Als Beispiel seien die »Menge von Menschen, Köpfen, Taten, Wahrnehmungen« aus einem der Belyj gewidmeten Gedichte genannt. Dies ist eine offenkundige Reminiszenz an Solowjows »Ideenmenge«, ein Ausdruck, den er irgendwo in seinen philosophischen Arbeiten verwendet. O. M. schätzte W. Solowjow sehr. Bei unserem Aufenthalt im Erholungsheim der Zekubu in Uskoje, das auf dem einstigen Landgut der Familie Trubezkoj eingerichtet worden war, zeigte O. M. sich sehr befremdet darüber, mit welcher Gleichgültigkeit die sowjetischen Wissenschaftler in jenem blauen Salon, in dem Solowjow gearbeitet hatte und gestorben war, ihren Tätigkeiten nachgingen, ihre Artikel schrieben oder Nachrichten hörten. Ich wusste damals so gut wie nichts über Solowjow und O. M. warf mir voller Verachtung vor: »Du bist eine ebensolche Barbarin wie sie!« Das Verhalten dieser Professorenhorde kam für O. M. einem Einfall der Barbaren in die heiligen Stätten der russischen Kultur gleich. Er sprach an Orten wie diesem mit kaum jemandem und hielt sich abseits. Als wir einmal in Bolschewo waren, drängten sich ein paar Damen auf, Philosophinnen und Literaturwissenschaftlerinnen, baten ihn, er möge ihnen seine Gedichte vortragen, und versicherten: »Sie sind unser Dichter.« Er antwortete ihnen, sie müssten verstehen, dass es entweder seine Dichtung oder ihre Wissenschaft gebe, und deshalb sei für friedliebende Allesfresserei kein Platz. Derartige Ausfälle gab es immer wieder, in Redaktionen, bei Vorträgen – nicht bei öffentlichen Vorträgen, selbstredend –, in privaten Gesprächen, und sie waren der Grund, warum in weiten Kreisen behauptet wurde, O. M. sei unerträglich, obgleich er lediglich nicht bereit war, Kompromisse einzugehen. O. M.s Kompromisslosigkeit hätte für mehr als ein Dutzend Schriftsteller gereicht, aber diese Charaktereigenschaft wird bedauerlicherweise nicht auf Bezugsscheine zugeteilt. Der akademischen Intelligenzija unseres Landes gegenüber war O. M. ganz besonders unnachgiebig. »Sie sind alle käuflich!« Gegen Ende der zwanziger und zu Beginn der dreißiger Jahre hatten die Machthaber bereits damit begonnen, den Lebensstandard derer, die ihnen nützlich waren, anzuheben, und dabei keinerlei Gleichmacherei zugelassen. Die Spaltung der Gesellschaft war deutlich, und jeder wollte sein mit Mühe errungenes Wohlergehen erhalten. Man klammerte sich geradezu an dieses Wohlergehen, denn hinter uns lag die grausame Armut der Jahre kurz nach der Revolution. Niemand wollte diese Erfahrung noch einmal machen, und so entstand ganz unbemerkt eine sehr kleine Schicht von Privilegierten, die über Sonderzuteilungen von Lebensmitteln, Sommerhäuser und Automobile verfügen konnten. Dass ihr Wohlergehen vergänglich war, begriffen sie erst in den Jahren des Massenterrors, als sich herausstellte, dass ihnen all das jederzeit und grundlos wieder genommen werden konnte. Solange sie jedoch ein Stück vom Kuchen abbekamen, versuchten sie, alles zu erfüllen, was von ihnen verlangt wurde. In Woronesch zeigte O. M. mir einmal eine Zeitung mit einer Notiz von Bach, einem Mitglied der Akademie der Wissenschaften, über den »Kurzen Lehrgang«, der damals gerade erschienen war. »Schau, was er sich zu schreiben erdreistet: ›Der ›Kurze Lehrgang‹ ist ein besonders wichtiges Buch in meinem Leben.‹ ... Und noch dazu ist er kurz.« »Nicht zu ›schreiben‹, sondern zu ›unterschreiben‹«, merkte ich an. Denn Notizen dieser Art wurden bereits in ihrer zur Veröffentlichung vorgesehenen Form vorgelegt, und es blieb nur, die eigene Unterschrift darunterzusetzen. »Umso schlimmer«, erwiderte O. M. Was aber hätte das Mitglied der Akademie der Wissenschaft Bach denn auch tun sollen? Den ihm vorgelegten Text korrigieren, umformulieren, um nicht einen allzu offensichtlich von Bürokraten des Staatsapparats verfassten Text zu unterschreiben? Ich bin mir nicht sicher. Oder hätte er den Redakteur, der ihn mit der Bitte um Unterschrift aufsuchte, hinauswerfen sollen? Kann man das von Menschen erwarten, die wussten, welche Konsequenzen ihnen drohten? Ich glaube nicht. Ich weiß es nicht. Das ist es ja gerade, was den Terror ausmacht: Alle sind an Händen und Füßen gefesselt und keiner kann auch nur den kleinen Finger rühren.

Heutzutage stellt sich eine andere Frage: Gab es einen Moment in unserer Geschichte, in dem die Intelligenzija ihre Unabhängigkeit hätte verteidigen können? Vermutlich gab es diesen Moment, aber die Intelligenzija, deren Zusammenhalt noch vor der Revolution unterminiert und gespalten worden war, verschwendete keinen Gedanken an ihre Unabhängigkeit, denn sie hatte kapituliert und mit der Umwertung aller Werte begonnen. Vielleicht besinnt man sich nun wieder der alten Werte. Diese wieder zusammenzuklauben ist jedoch langwierig und mühselig. Ich werde es wohl nicht mehr erfahren, ob sie angesichts der uns noch bevorstehenden Bewährungsproben verteidigt und bewahrt werden können.

Kolja Tichonow

Der Dichter Nikolaj Tichonow sprach immer überzeugt, laut und ausdrucksstark. Er konnte die Menschen bezaubern, war einer der Seelenfänger und Verführer. Die Literatenwelt nahm ihn freudig in ihre Reihen auf – Kolja, der Jugendliche, Kolja, der vor Leben Sprühende, Kolja, der Außergewöhnliche. Er war der neue Mensch, durch und durch Soldat, ein wundervoller Erzähler. Viele stehen auch heute noch im Bann jenes Kolja Tichonow, der er einstmals war, und begreifen nicht, was später aus ihm geworden ist. Kolja Tschukowskij brachte ihn irgendwann einmal mit, und beide jungen Männer gefielen O. M. »Was hat Tschukowskij doch für einen netten Sohn.« Und über Tichonow sagte er: »Ach, der geht schon. Man denkt immer, er betritt gleich das Eisenbahnabteil und sagt: ›Die Ausweisdokumente bitte!‹«, wobei er »Dokumente« auf der zweiten Silbe betonte, ganz wie es die Leiter der Lebensmittelbrigaden taten, die zu Zeiten des Bürgerkriegs die Züge nach Schwarzhändlern durchsuchten, die ein Pud Mehl in die Stadt zu schmuggeln versuchten. Und trotzdem geriet auch O. M. in Kolja Tichonows Bann, wenngleich nur für kurze Zeit. Uns zeigte er früher als anderen sein wahres Gesicht. Ganz besonders ist mir die aufrichtig überzeugte Betonung folgender Worte Tichonows in Erinnerung: »Mandelstam wird nicht in Leningrad wohnen. Von uns erhält er keinen Wohnraum.« Das sagte er nach unserer Rückkehr aus Armenien zu mir. Wir hatten keine Wohnung, und O. M. wandte sich deshalb mit der Bitte, ihm ein Zimmer im Haus der Literaten zuzuweisen, so eines frei würde, an die Schriftstellervereinigungen. Überrascht von der Ablehnung und über die Art, wie sie formuliert war, fragte ich Tichonow, ob O. M. für die Niederlassung in Leningrad beispielsweise in einem privat gemieteten Zimmer bei den Schriftstellervereinigungen um Erlaubnis ansuchen müsse. Er wiederholte stur: »Mandelstam wird nicht in Leningrad wohnen.« Ich wollte herausfinden, ob dies seine eigenen Worte waren oder ob er angewiesen war, dies zu sagen, aber es gelang mir nicht. Wenn er angewiesen war, dies zu sagen, wozu dann diese Betonung mit dem Brustton der Überzeugung? Jedenfalls verhieß das nichts Gutes, und wir fuhren nach Moskau. Tichonows Betonung bedeutete so viel wie: »Wir alle verhalten uns angemessen und tun, was sich gebührt. Wer ist dieser Mandelstam, der keinerlei Rücksicht nimmt auf nichts und niemanden, sonst was von sich gibt und dann auch noch von uns Wohnraum und Arbeit bekommen will. Der erlaubt sich ziemlich viel, und wir müssen dann für sein Verhalten geradestehen.« Von seiner Warte aus gesehen hatte Tichonow ja recht. Für einen selbstlos ergebenen Menschen, wie er es war, war Mandelstam eine abnorme Erscheinung, eine schadenbringende Ausgeburt vergangener Zeiten, ein überflüssiger Mensch in der Literatur, in der jeder den Platz einnahm, der ihm von höheren Instanzen und jenen, die dafür den Auftrag erhalten hatten, zugeteilt worden war.

Damals wussten wir bereits, wen wir in Tichonow vor uns hatten. Kurz vor dem Gespräch über das Zimmer und das Wohnrecht in Leningrad hatten wir ihn getroffen, als er gerade aus der Redaktion der Zeitschrift »Swesda« kam, seine Taschen vollgestopft mit Manuskripten, die er zur Begutachtung erhalten hatte. Er klopfte auf seine Taschen und sagte: »Wie an der Front.« Wir wussten, wie gern er sich an den Bürgerkrieg erinnerte, verstanden aber nicht sofort, in welcher Beziehung die Front und seine vollgestopften Taschen standen. Das war rasch geklärt: »Krieg in der Literatur.« Seinen Kriegseifer übertrug Tichonow auf seine überaus bescheidene Arbeit im Feld der Literatur: Man nehme sich ein Dutzend von Graphomanen verfasste Manuskripte vor, die die Mappen der Redaktionsbüros stets überquellen lassen, spüre dort etwas nicht der Ideologie Entsprechendes auf – schon hat man das Gefühl, seine revolutionäre Pflicht erfüllt zu haben. War das kein Krieg? Ein Krieg jedoch, in dem der Kämpfer keinerlei Risiko einging – wie sollte ihm hierbei eine Verwundung zugefügt werden? – und zugleich sein Heim ohne zu marodieren mit der bescheidenen sowjetischen Gemütlichkeit füllte. Was ist daran schlecht?

»Wie an der Front« war Tichonows Lieblingsredewendung. Bisweilen aber vernahmen wir auch andere Siegesausrufe aus seinem Munde. Einmal musste ich ihn in Moskau aufsuchen. Er war im Herzen-Haus untergekommen, wo wir zu der Zeit auch wohnten, er jedoch auf der »Herrenseite« bei Pawlenko. Diese Begegnung mit ihm fand am Tag der Auflösung der RAPP, am 23. April 1932, statt. Wir hatten davon am Morgen, als wir die Zeitung aufschlugen, erfahren. Das Ende der RAPP kam für alle unerwartet. Ich traf Tichonow und Pawlenko bei einer Flasche Wein. Sie stießen miteinander an und feierten den Sieg. »Nieder mit den Herren der RAPP!«, rief Tichonow, während Pawlenko, sehr viel klüger, aber auch furchterregender, nur beredt schwieg.

»Aber Sie waren doch mit Awerbach befreundet«, sagte ich erstaunt. Nicht Tichonow, sondern Pawlenko gab mir zur Antwort: »Der Krieg in der Literatur ist in eine neue Phase eingetreten.«

Als wir in Woronesch lebten, schickte O. M. Tichonow einmal das Gedicht über den Kater und Koschtschej. Er hoffte aus irgendeinem unerfindlichen Grund, Tichonow würde etwas Geld senden, wenn er von einem in Verbannung und Armut lebenden Kollegen ein Gedicht über Gold und Edelsteine erhielte. Tichonow antwortete umgehend per Telegramm, er werde tun, was er könne. Das war das Ende unserer Beziehung zu ihm. Offensichtlich konnte er nichts tun. Anfang der sechziger Jahre brachte ich Tichonow dieses Telegramm über Surkow wieder in Erinnerung. In der »Dichterbibliothek« suchte man händeringend jemanden, der das Vorwort für die dort geplante Ausgabe von O. M.s Gedichtband schreiben würde. Alle, die gefragt wurden, lehnten der Reihe nach ab, dieses unliebsame Vorwort zu schreiben, denn niemand wollte mit dem Verlag gemeinsam in der Verantwortung stehen, die Auferstehung Mandelstams herbeigeführt zu haben. Hätte Tichonow sich bereit erklärt, das

Vorwort zu schreiben, wäre das Buch sicherlich längst veröffentlicht. Die Vorzeichen waren damals günstig, denn es war kurz vor der Publikation von Solschenizyns Erzählung. Tichonow wäre der am besten geeignete Kandidat für das Vorwort gewesen, denn seine Beteiligung an der Veröffentlichung hätte den Band davor schützen können, dass durch entsprechende Anfeindungen die Veröffentlichung verhindert wird. Surkow versuchte Tichonow zu überreden und erinnerte ihn daran, dass er in seinem Telegramm versprochen habe, er werde tun, was er könne, aber Tichonow weigerte sich kategorisch. »Er ist ganz zum chinesischen Götzen geworden«, war mein Kommentar Surkow gegenüber, und dieser widersprach nicht, denn es gab keinen Grund, dem zu widersprechen.

Sich von Kolja Tichonow, dem jungen Mann mit den weit ausholenden Bewegungen, ganz loszusagen fällt nicht leicht. »Tichonow und Lugowskoj haben niemals für irgendjemanden irgendetwas getan«, sagte Anna Andrejewna einmal zu mir. »Und doch sind sie besser als die anderen.« Anna Andrejewna hatte Tichonow im Jahr 37 irgendwann einmal zufällig getroffen, und sie waren gemeinsam eine halbe Stunde an der Newa entlangspaziert. Tichonow habe sich die ganze Zeit über die schlimmen Zeiten beklagt: »Er sagte nichts anderes als das, was wir auch sagen«, berichtete Anna Andrejewna. Deshalb lässt sie bis heute nichts auf ihn kommen. Aber wie er das sagte! Im Nachhinein konnte sie nicht einen einzigen von ihm gesagten Satz anführen, in dem er seine Ansicht über den Terror geäußert hätte. Alles, was er sagte, war aalglatt, weil er nicht einmal der Achmatowa »Material« gegen ihn liefern wollte. Er klagte ganz allgemein, sagte aber kein Wort zu viel – das ist die höchste Disziplin! Ich meine, dass man ihn nicht mit Lugowskoj auf eine Stufe stellen kann, denn dieser war von ganz anderem Charakter – viel naiver und anständiger, hatte Angst, an die Front geschickt zu werden, führte keinen Krieg in der Literatur und konnte, wenn er angetrunken war, sehr viel Unsinn reden. Tichonow indes blieb sich selbst und der Sache, der er diente, stets treu. Wenn er stirbt, werden die letzten Mohikaner bei seinem Begräbnis erscheinen und dem parteilosen Kämpfer der Literatur, der sich dessen bewusst war, dass die Zeitschrift »Swesda« auch eine Kampffront war, ihre militärischen Ehrenbezeigungen erweisen.

Tichonows Frau stellte, so heißt es, Spielzeugfiguren aus Pappmaché her. Und Tichonow selbst, der einstmals so lebensvoll gewesen war, wurde schließlich zu einer solchen Figur aus Pappmaché. Diese Hülle aus Pappmaché kann niemals wirkliche Werte in sich tragen. Womöglich hat er diese Werte auch zuvor nicht besessen und deshalb auch nie deren Umwertung vornehmen müssen. Er ist einer der herausragenden Vertreter jener, die zu Beginn der zwanziger Jahre für das »Neue« standen.

Bücherregal

Vor mehr als einem Vierteljahrhundert kam ich am Maifeiertag 1938 aus Samaticha, einem Erholungsheim in der Nähe von Muromsk, wo O. M. erneut verhaftet worden war, nach Moskau. »Ich muss durchhalten, solange noch nicht alles verloren ist«, beschloss ich, nahm einige Bücher aus dem Regal und ging in ein Antiquariat. Von dem Geld, das ich für die Bücher bekam, kaufte ich Lebensmittel für das erste und einzige Paket an O. M. Es wurde zurückgesandt mit dem Vermerk: »Empfänger verstorben«. Ich hatte immer wieder den Wunsch, es wäre etwas von diesem Bücherregal geblieben, dem wir die Illusion eines friedvollen Lebens verdankten, denn die Auswahl der Bücher spiegelte O. M.s Interessen in den dreißiger Jahren wider. Und deshalb gab ich damals Chardshijew eine Liste der Bücher, die ich verkauft hatte. Diese Liste war selbstverständlich nicht vollständig – in einer solchen Situation, in der ich mich damals befand, kann man sich natürlich nicht auf derartige Dinge konzentrieren. Die Bücher, die geblieben sind, also die, die die Antiquare nicht wollten, sind heute bei meinem

Bruder Shenja – ich habe immer noch keinen Platz, sie unterzubringen.

Wir begannen mit der Anschaffung von Büchern, als ich in der Redaktion der Zeitschrift »SKP« zu arbeiten begann. Dort erhielt ich jeden Monat einen »Bezugsschein für den kostenlosen Erwerb von Büchern« – den Journalisten wurde Kultur nahegebracht. »Legen Sie sich grundlegende Werke zu«, riet Tschetschanowskij, als er mir den ersten Bezugsschein aushändigte. Er legte mir die sechsbändige Lenin-Ausgabe oder die Ausgabe von Stalins Gesammelten Werken, deren Bände damals gerade sukzessive veröffentlicht wurden, besonders ans Herz. Bei allen unseren Bekannten standen die gesammelten Werke der Klassiker des Marxismus im Regal – sie waren unverzichtbares Requisit des Intellektuellen-Haushalts geworden. Unsere Erzieher bestanden unnachgiebig darauf. Stalin glaubte wohl tatsächlich, die Intellektuellen würden, so sie all diese Bücher nur gründlich genug studierten, von deren bestechender Logik überzeugt all ihren idealistischen Vorurteilen abschwören. Die Nachfrage nach marxistischer Literatur erlebte damals ihren Höhepunkt. Der Tschekist mit dem rotwangigen Gesicht, der uns während der Hausdurchsuchung im Jahr 34 Lutschpastillen aus seinem Blechdöschen anbot, war erstaunt ob der Tatsache, dass in unserem Bücherregal keine marxistische Literatur zu finden war. »Wo haben Sie denn die Klassiker des Marxismus stehen?«, fragte er mich. O. M., der diese Frage gehört hatte, flüsterte mir zu: »Er verhaftet zum ersten Mal jemanden, der keinen Marx hat.«

Wir besaßen keine grundlegenden Klassiker dieser Art und auch sonst keinerlei mehrbändige Ausgaben, obgleich man uns immer wieder nahelegte, solche anzuschaffen. Benedikt Liwschiz indes gelang es, O. M. zu überreden, einen mehrbändigen Larousse zu kaufen, weil er mehrfach unterstrich, ein Übersetzer könne ohne diesen nicht auskommen. Das war Mitte der zwanziger Jahre, als O. M. nur noch mit Übersetzungen Geld verdienen konnte. Die dicken Bände des Larousse lagen dann aber, immer noch als Paket zusammengeschnürt, nur bei uns herum und wanderten schließlich unberührt wieder zurück ins Antiquariat – O. M. ist kein Übersetzer geworden. Grundlegende und gesammelte Werkausgaben haben O. M. nie in Versuchung geführt. Die Sammelleidenschaft lag ihm absolut nicht im Blut, und er hatte keinerlei Bedürfnis, seltene Buchausgaben oder alle Bücher »zur umfassenden Betrachtung« einer bestimmten Frage in seinem Besitz zu haben. Er wollte mit den Büchern, mit denen er eine persönliche Beziehung und einen wirklichen Austausch begonnen hatte, zusammenleben. Anderen Büchern konnte er ebenfalls Wertschätzung entgegenbringen, aber es fiel ihm nicht schwer, sich von ihnen zu trennen. Er hatte beispielsweise nichts dagegen, dass Katajew »Meine Schwester, das Leben« mitnahm, kurz nachdem das Buch erschienen war. »Das Buch habe ich gelesen und brauche es nicht mehr. Er braucht es nötiger.« Das sagte er immer wieder: »Ein Buch soll bei dem sein, der es braucht.«

Kaum je einmal gelang es mir, O. M. mit einem Fund aus den Buchhandlungen zu erfreuen. Einmal hatte ich aus den Bücherstapeln des antiquarischen Gelumps den Gedichtband »Cor ardens« gezogen, denn ich zumindest wollte den verlorenen Bestand unseres einstigen Bücherregals wiederherstellen. O. M. blieb gleichgültig: »Wozu immer ein und dasselbe?« Für ihn war das Vergangenheit, und er wollte dorthin nicht zurück. Über den kleinen Band von Bürger allerdings freute er sich: »Du weißt immer, was ich brauche!« Aber das entsprach nicht den Tatsachen. Alles andere, was ich anbrachte, stieß bei ihm auf Ablehnung.

In den dreißiger Jahren standen außer Annenskij, den Akmeisten – Gumiljow und Achmatowa – und zwei, drei weiteren Bänden keine Bücher von Dichtern des zwanzigsten Jahrhunderts in unserem Regal. Mit der Poesie des zwanzigsten Jahrhunderts hatte sich O. M. 1922 ausführlich beschäftigt. Zwei junge Männer hatten sich als Verleger versucht und bei O. M. eine Anthologie russischer Dichtung von den Symbolisten bis

»heute« in Auftrag gegeben. Die Anthologie begann mit Konjewskij und Dobroljubow und endete mit Boris Lapin. O.M. wählte, wie bei derartigen Veröffentlichungen üblich, jeweils ein besonders typisches Gedicht aus, das ihm besonders gelungen schien: von Dobroljubow »Die sprechenden Adler«, von Balmont »Der Araber, dessen Name nichts ist«, von Komarowskij »Das einzige Wort auf den Plätzen ist Daquis«, von Borodajewskij »Mauersegler«, von Losina-Losinskij »Schachspieler«. Mit großem Vergnügen fertigte er eine Abschrift von zwei oder drei Gedichten von Boris Lapin an, eines über eine Denkerstirn, ein anderes über »Sterne in den Fenstern der Tscheka« und »Als beiße er den Astern die Finger ab, küsste Trill-Trall die Blumen«. Nur Brjussow war ein Problem. O.M. konnte kein geeignetes Gedicht von ihm finden – auf ihn zu verzichten war aber auch nicht möglich. Damals schien er sehr viel bedeutender als heute, und uns fehlte die »gewisse Entfernung« Lomonossows, um sein Werk richtig einschätzen zu können. Auf allzu geringe Entfernung verzerrt sich gemeinhin die Perspektive. Bei der Lektüre Brjussows, dessen Werk breit vertreten sein sollte, geriet O.M. außer sich: »Was soll das bedeuten: ›Heiß wie eine Flamme sollst du sein, Scharf wie ein Schwert sollst du sein‹?«, fragte er gereizt. Als er auf Brjussows Verse über die von unterirdischer Flamme verbrannten Wangen Dantes stieß, begab er sich eilends zu den Verlegern, um von dem Vertrag für die Anthologie zurückzutreten. Sie aber legten massenhaft weitere Gedichte von Brjussow vor, als hätten sie es darauf angelegt, O.M. zu ärgern. Doch sie waren anständige junge Männer, nach einer kurzen Auseinandersetzung kühlten sich die Gemüter wieder ab, und sie legten ihre Schätze wieder zurück in die Mappen ihrer geheimen Anthologie zur eigenen Erbauung. O.M. erinnerte sich später oft an sie – im Vergleich zu jedem anderen sowjetischen Redakteur schienen sie lautere Engel. Die Anthologie wurde schließlich verboten, da O.M. in seine Auswahl keine Dichter aufgenommen hatte, die bereits zu jener Zeit von Seiten des Staates protegiert wurden, sprich, proletarische. Ihre Namen sind im Schoß der Ewigkeit versunken, und ich kann mich nicht entsinnen, um wen es ging. Darüber hinaus wurde aufgrund der Zensur auch eine größere Zahl »bürgerlicher und klassenfeindlicher« Gedichte gestrichen. Lediglich ein paar Seiten der Druckfahnen sind von dieser ganzen Arbeit geblieben. Gleichwohl war dies von allen Auftragsarbeiten die angenehmste, weil sie die einzige war, die tatsächlich zur inneren Beschäftigung mit Lyrik anregte. Deshalb glaube ich, jeder junge Dichter sollte einmal eine eigene Auswahl der Dichtung seines Landes zusammenstellen.

»Was soll das bedeuten?«, war häufiges Argument O. M.s bei Gedichten, die ihm nicht gefielen. Das fragte er mich auch bei Majakowskis Gedicht »Unser Gott der Lauf, Trommel unser Herz«. Mir gefiel dieser Text, bis ich darüber nachzudenken begann, was das eigentlich bedeuten sollte. Eigentlich mochte O. M. Majakowski durchaus und erzählte immer wieder davon, wie sie einstmals in Petersburg miteinander befreundet waren, ihre Wege dann aber wieder auseinandergingen, weil die Freundschaft von Dichtern unterschiedlicher Richtungen als ungebührlich betrachtet wurde. Aus dieser Zeit stammt eine Fotografie O. M.s mit Majakowski, Liwschiz und Tschukowskij. Sie war in irgendeiner Zeitung veröffentlicht worden, um zu illustrieren, welche Kretins es heutzutage in die Literatur schaffen. Hier sei angemerkt, dass die veränderte Einstellung des Publikums zur Lyrik seit dem Ersten Weltkrieg oder der Revolution ein Ergebnis der großartigen und inspirierenden Arbeit der Symbolisten ist. Ich selbst, die ich so alt bin wie dieses Jahrhundert, gehöre der von ihnen geformten Generation an. In den unter ihrem Einfluss stehenden literarischen Kreisen – die damals immer zahlreicher wurden – öffnete sich ein neuer Blick auf Tolstoj und vor allem auf Dostojewski, begann die intensive Beschäftigung mit Puschkin, wurden Tjutschew, Baratynskij, Fet und viele andere wiederentdeckt. Die realistische Darstellung mit ihren sozialen Themen verlor zwar an Bedeutung bei den Lesern, nahm aber unter den Schriftstellern selbst eine gewichtige Position ein. Und diese gaben denn auch das Trommelsignal zum Angriff auf die Symbolisten, auf die kulturelle Blüte, die durch deren Wirken ausgelöst worden war, obgleich auch sie es nicht mehr vermochten, dem Symbolismus als solchem etwas anzuhaben. Lange Zeit schien es, als sei die Kultur des sogenannten »Silbernen Zeitalters« zu Tode getreten, aber mittlerweile leuchtet sie bisweilen wieder auf. Was wird aus ihr werden? Wohin führt unser Weg?

In den dreißiger Jahren beschäftigte O. M. sich nicht mehr mit der Lyrik des zwanzigsten Jahrhunderts, und in unserem Regal sammelten sich Bücher mit Gedichten des neunzehnten Jahrhunderts. O. M. mochte Erstausgaben von Gedichtsammlungen, was aber nicht dem widerspricht, was ich zuvor sagte, nämlich dass ihm die Sammelleidenschaft nicht im Blut lag. In den Erstausgaben ist stets noch die Hand des Dichters spürbar, wie er seine Gedichte einschätzte, wie er auswählte und zusammenstellte. Wir besaßen Erstausgaben von Dobroljubow, Jasylow, Baratynskij, Fet, Polonskij und anderen. O. M. spürte nach, welche Gedichte ihm besonders gelungen schienen. Er hob »Die Pompejanerin« von Mej hervor, »Jaroslawna« und »Die Hinrichtung in Genf« – die Verse über die alte Frau im letzten Gedicht gemahnen an Annenskij – und »Die Zigeunerin« von Poleshajew. Ich entsinne mich nicht, welches Gedicht von Apollon Grigorjew er besonders hervorhob, den er auch in der Erstausgabe las, das kleine Büchlein, das in einer Auflage von nur fünfzig Exemplaren erschienen war, hatte er zufällig irgendwo aufgetrieben. Vielleicht war es die »Hymne«. Ihm gefielen viele Gedichte von Fet, darunter »Die Schlange«. Diese Auswahl zeugt wohl vom unbewussten Einfluss seines ersten Lehrers Wladimir Wassiljewitsch Gippius, von dem O. M. im »Rauschen der Zeit« berichtet. Anna Andrejewnas Lieblingsvers von Fet war: »Meinen Wahnsinn wollte jener, der dieser Rose Wendungen drehte«. O. M. und Anna Andrejewna tauschten ihre Lieblingsgedichte untereinander, machten sie einander gleichsam zum Geschenk. Mit Majkow verhielt es sich wie mit

Brjussow – O. M. konnte kein Gedicht von ihm finden, das ihm gefiel. Unser Bücherregal füllte sich mit Bänden russischer Lyrik, aber es gab niemanden und konnte niemanden geben, der eine Anthologie in Auftrag gegeben hätte.

Nach den Büchern russischer Dichter folgten zahlenmäßig die Italiener. Mit Dante zogen Ariost, Tasso und Petrarca bei uns ein, in Originalausgaben sowie in deutschen Prosaübersetzungen. Zu Beginn seiner Beschäftigung mit der italienischen Lyrik, als O. M. die Sprache noch nicht ausreichend beherrschte, griff er bisweilen zu Übersetzungen. Von den Übersetzungen schätzte er nur eine einzige, nämlich die in den zehner Jahren erschienene russische Prosaübersetzung des »Purgatorium« – ich entsinne mich nicht genau, von wem sie stammte, vielleicht von Gorbow. Übersetzungen in Versform fand O. M. schrecklich. Allzu selten ist die Übersetzung so gelungen, dass sie selbst Literatur ist, wie das bei Gneditsch der Fall war. Alle Ausgaben waren sehr einfach, mit wenigen Kommentaren, so wie die Oxford-Ausgabe von 1904. Wir hätten selbstredend auch neuere Ausgaben gekauft, aber diese sind auch heute nur schwer zu bekommen. Italienische Prosa besaßen wir von Vasari, Boccaccio und Vicco, aber das sind sicher nicht alle.

Auch ziemlich viele Bücher lateinischer Dichter sammelten sich an – Ovid, Horaz, Tibull, Catull, fast alle in zweisprachigen Ausgaben mit deutscher Übersetzung, denn die Deutschen sind als Übersetzer genauer als die Franzosen.

In Armenien kehrte O. M. zu den deutschen Dichtern zurück und kaufte viele Bücher von Goethe, den Romantikern – Bürger, Lenau, Eichendorff, die beiden Kleists, Herder und so weiter und so weiter. Auch Klopstock erstand er, denn dieser klinge, so sagte er, wie eine Orgel. Darüber hinaus kamen Mörike und Hölderlin dazu, und O. M. machte auch noch das eine und andere aus der mittelhochdeutschen Dichtung ausfindig. Die Franzosen waren weit weniger vertreten. Aus früheren Zeiten besaß O. M. noch Chénier, Barbier und Villon, der immer seinen Platz hatte. Neu schaffte er Verlaine, Baudelaire und

Rimbaud an. In jüngeren Jahren hatte er sich einmal an Übersetzungen von Mallarmés Gedichten versucht. Das war ein Rat von Annenskij gewesen, der ihm gesagt hatte: »Lernen Sie durch Übersetzung.« Aber es kam nichts dabei heraus, und O. M. sagte mir immer wieder, Mallarmé habe sich mit seinen Gedichten einfach einen Spaß erlaubt. Auch Gumiljow und Georgij Iwanow würden sich über ihn in Versen lustig machen.

Schon 1922, als er einen Auftrag zur Übersetzung eines altfranzösischen Epos erhalten hatte, hatte O. M. seine in jungen Jahren angeschafften altfranzösischen Bücher aus Leningrad nach Moskau gebracht. Vor nicht allzu langer Zeit hat Sascha Morosow in einem Archiv diese freien Übersetzungen der Klage über Alexius und von Aliscans ausfindig gemacht. Das waren nicht nur Übersetzungen. In beiden Texten sprach auf seltsame Weise das Schicksal, und O. M. spürte das. Alexius war das Armutsgelübde, und Aliscans gegenüber legte er gleichsam den Schwur ab, sich niemals zurückzuziehen, wenn das Leben zu verteidigen war. O. M. ging stets sehr nachlässig mit seinen Manuskripten um, bewahrte sie nicht auf – »wer es braucht, bewahrt sie auf« – und vertraute auf die Archive und Redaktionsstuben. Das einzige Exemplar der Niederschrift dieser Übersetzungen gab er in der Redaktion der Zeitschrift »Rossija« ab, ohne mir zuvor erlaubt zu haben, davon eine Abschrift anzufertigen. Neben der ihm ohnehin eigenen diesbezüglichen Nachlässigkeit spielte hierbei etwas anderes mit: Er fürchtete diese Texte auf dieselbe Weise wie jenen Zweizeiler mit der Vorhersage über das schwere Schicksal einer Frau. Vor solchen Gedichten zog er sich zurück, erwähnte sie nicht mehr und bewahrte sie nicht zu Hause auf. Ganz wie ein Kind die Augen schließt und meint, man könne es dann nicht sehen, oder wie ein Vogel, der seinen Kopf unter dem Flügel verbirgt. Doch was war hier Vorhersage? Wie hätte sich unser Schicksal in jener Welt, in der wir lebten, anders gestalten sollen? Zumindest kann ich dankbar sein, weil ich überlebt habe und die Gedichte bewahren konnte. Allein das muss man als Glücksfall betrachten –

so sind wenigstens die Gedichte nicht verloren. Und auch Anna Andrejewna hat standgehalten. Ist das denn kein Wunder?

Neben der russischen Lyrik kaufte O. M. vor allem Bücher der russischen Philosophen wie Tschaadajew und der Slawophilen. Seine Beziehung zur deutschen Philosophie war schwierig. Einmal kaufte er einen kleinen Band von Kant, schnupperte ein wenig hinein, sagte dann: »Nadenka, das ist nichts für uns«, und stellte es in die zweite Reihe hinter die anderen Bücher, um nicht in Versuchung zu kommen, es doch zu lesen. Mit den russischen Philosophen lagen die Dinge vollkommen anders – mit ihnen lebte er. Wir hörten schon früh von Berdjajews Entwicklung in der Emigration. O. M. versuchte, alles über ihn in Erfahrung zu bringen und seine Bücher zu erstehen, aber das wurde mit jedem Tag schwieriger und gefährlicher. So lebten wir abgeschnitten von den zeitgenössischen Entwicklungen, gleichsam auf Trockenration. Uns blieb nur die Vergangenheit, und aus ihr zogen wir den größtmöglichen Nutzen.

Eine kurze Zeit lang, von 1930 bis zur Verbannung, beschäftigte O. M. sich ausgiebig mit der altrussischen Literatur. Er trug Chroniken in den unterschiedlichsten Ausgaben zusammen, das »Igorlied« natürlich, das er immer sehr liebte und auswendig kannte, einige Erzählungen sowie russische und slawische Lieder in unterschiedlichen Ausgaben, von Kirejew, Rybnikow und anderen. Die altrussische Literatur fesselte O. M. sehr, er war vertraut mit Awwakums Werken ebenso wie mit der unglücklichen Fürstentochter, die den Bruder der Zarenbraut heiratete. Es wanderte deshalb auch Kljutschewskij ins Regal, ebenso seine frühen Arbeiten wie die »Erzählungen von Ausländern«, sowie historische Dokumente, die umfassend publiziert wurden, beispielsweise über den Pugatschow-Aufstand oder über die Ermittlungen gegen die Dekabristen und Narodowolzen. Auch Anna Andrejewna interessierte sich dafür und las während der Jeshow-Ära fast ausschließlich »Katorga i ssylka«. Die Tenischew-Lehranstalt hat ihren Schülern doch recht gute Kenntnisse der altrussischen Sprache und Literatur vermittelt, sie gingen ihnen gleichsam ins Blut über. Während meiner Zeit als Dozentin an den unterschiedlichen Pädagogischen Hochschulen habe ich oft darüber nachgedacht, welch fatale Rolle die Zerschlagung dieser Art Lehranstalten gespielt hat. Ich glaube, weder O. M. noch ich hätten eine sowjetische Schule abschließen können und hätten uns im Leben niemals solch umfangreiche Kenntnisse aneignen können, wie sie uns durch das russische Gymnasium vermittelt worden war.

Neu waren für O. M. die armenischen Chroniken. Irgendwie konnte er in den Antiquariaten ein Exemplar von Moses von Choren und noch das eine oder andere bekommen, aber es war nicht allzu viel. Im Bereich der Biologie hatte er mehr Glück. Er erstand Linné, Buffon, Pallas, Lamarck und Darwins »Reise auf der Beagle« und einige Werke von Philosophen, die sich auf die Biologie stützten, wie beispielsweis Drisch.

Der Auseinandersetzung mit Kultur- und Biologie-Philosophie ging O. M. nicht aus dem Weg, aber mit Hegel konnte er ebenso wenig anfangen wie mit Kant. Marx hatte er bereits als Gymnasiast gelesen, und damit war die Auseinandersetzung mit dessen Philosophie auch beendet.

Nur kurze Zeit vor der Verhaftung wollte Leshnjow ihm die »Dialektik der Natur« schenken, aber O. M. wies dieses Geschenk zurück und brüskierte den Schenkenden mit einem Wutanfall. Leshnjow hatte in früheren Zeiten die Zeitschrift »Rossija« herausgegeben, und O. M. hatte damals mit ihm zusammengearbeitet. Er war es auch gewesen, der bei O. M. »Das Rauschen der Zeit« in Auftrag gegeben, dann aber die Veröffentlichung abgelehnt hatte, da er sich die Erinnerungen O. M.s an seine Kindheit ganz anders vorgestellt hatte. Den Text, den er haben wollte, schrieb er schließlich selbst, nämlich die Geschichte eines jüdischen Jungen aus einer Kleinstadt in der Provinz, der den Marxismus entdeckt. Leshnjow hatte Glück. Das Manuskript seines Buches, das niemand veröffentlichen wollte, obgleich es nicht schlechter war als andere, fiel Stalin in die Hände, der es für gut befand. Er rief sogar bei Leshnjow an, aber dieser war nicht zu Hause. Leshnjow blieb danach, in der Hoffnung, es werde ein zweiter Anruf erfolgen, eine ganze Woche zu Hause und saß buchstäblich neben dem Telefon. Er hoffte auf eine Wiederholung dieses Wunders, aber bekanntlich wiederholen Wunder sich nicht. Eine Woche später teilte man ihm mit, dass Stalin nicht noch einmal anrufen werde, aber bereits verfügt habe, das Buch zu drucken, Leshnjow in die Partei aufzunehmen – Stalin bürge für ihn – und zum Leiter des Literaturteils der »Prawda« zu ernennen. Aus einem Niemand, einem politisch entrechteten ehemaligen Inhaber eines Verlags, den jeder mit Füßen treten konnte, stieg Leshnjow in ungeahnte Höhen auf und verlor aufgrund seiner Ergriffenheit ob des Glücks, das ihm widerfahren war, fast den Verstand. Von all den Wundern der Märchen über Harun ar-Raschid war es dieses, das am längsten Bestand hatte, und Leshnjow blieb bis zu seinem Tode auf diesem oder einem gleichermaßen bedeutenden Posten.

Als er von seinem glücklichen Los erfahren hatte, rang Leshnjow sich letztlich dazu durch, seinen Platz neben dem Telefon zu verlassen. Zuerst eilte er zum Barbier, denn nach dieser Woche zu Hause war ihm ein anständiger Bart gewachsen. Dann suchte er uns mit dem Geschenk auf, berichtete über die glückliche Wendung in seinem Leben und darüber, wie er zum Marxismus gefunden hatte. In seinen Zeiten als Verleger der Zeitschrift »Rossija« habe er sich Derartiges nicht im entferntesten vorstellen können. Er sei, so erzählte er uns, durch die Lektüre der Bücher von Engels, insbesondere der »Dialektik der Natur«, zu einem anderen Menschen geworden. Und er hatte sogar in einer Buchhandlung ein weiteres Exemplar dieses Buches besorgt, weil er hoffe, dass auch O. M. zu einem anderen Menschen würde. Leshnjow war über die Maßen aufrichtig und gutmütig. Ich beneidete ihn damals geradezu ein wenig: Er hatte ein ehrliches Glaubensbekenntnis abgelegt, dieses hatte ihn von allem Ungemach befreit und ihm sogleich ein regelmäßiges festes Einkommen beschert – das war sicher eine überaus angenehme Sache.

O. M. schlurfte vor sich hin pfeifend in Hausschuhen im Zimmer auf und ab und warf Leshnjow von Zeit zu Zeit einen Blick zu. Hinsichtlich des Geschenks winkte er nur gelangweilt ab. Leshnjow wollte es ihm aufdrängen, da griff O. M. zum letzten Mittel: »Kein Bedarf«, sagte er und wies auf mich. »Sie hat es gelesen und meint, ich brauche es nicht.« Leshnjow stöhnte nur auf: »Wie kann man nur seiner Frau die Auswahl der Literatur in derart grundlegenden ideologischen Dingen überlassen!« – »Man kann«, erwiderte O. M. »Sie weiß da besser Bescheid als ich. Sie weiß immer, was ich lesen soll und was nicht.« Leshnjow verließ uns sehr aufgebracht, und als wir einander zufällig in Taschkent über den Weg liefen, wohin wir beide in Kriegszeiten evakuiert worden waren, grüßte er mich nicht. Womöglich glaubte er, ich sei O. M.s böser Geist gewesen. Der Gerechtigkeit halber aber muss auch erwähnt werden, dass er die Regierung nicht darauf aufmerksam machte, dass auch ich zu verhaften und vernichten sei. Welches Verhalten Leshnjow bei der »Prawda« an den Tag legte, entzieht sich meiner Kenntnis. Vermutlich war er wie alle anderen. Mir indes schien er stets ein Mensch von Anstand und Aufrichtigkeit. Und ich schenke seiner Erzählung darüber, dass die »Dialektik der Natur« ihm die Augen geöffnet habe, durchaus Glauben, denn dieses Buch war wie für ihn geschrieben.

Als er mit dem Hinweis auf mich das Geschenk ablehnte, versteckte O. M. sich gleichsam hinter meinem Rücken, und so blieb es dabei, dass unser Bücherregal frei blieb von marxistischer Literatur. Tatsächlich war O. M. lange, bevor Leshnjow ihn auf dieses Buch aufmerksam machte, von seinen Biologen-Freunden auf dieses Buch hingewiesen worden, und sie hatten sich darüber beklagt, wie schwer es ihnen das Leben gemacht habe. Nicht zuletzt ist die Tatsache, dass Leshnjow sich eine ganze Woche lang nicht rasiert hatte, nicht verwunderlich. Jeder Sowjetbürger hätte so gehandelt, selbst auf die Gefahr hin, dass er seine Arbeit verlor.

Statt marxistischer Literatur standen in unserem Regal

Architektur-Bildbände, darunter das Buch von Rodin über die französische Gotik. Aus Italien erhielten wir 1937 einige Kataloge. O. M. freute sich sehr darüber, aber sein Vergnügen trübte Kostyrew, der uns riet, keine Beziehungen ins imperialistische Ausland zu pflegen, denn dort wimmele es von Spionen. »Man wird Ihnen diese Bücher sicher nicht ohne Grund geschickt haben.«

Im untersten Fach des Bücherregals standen die Bücher aus O. M.s Kindheit. Puschkin in einem »Gewand, das gar keiner bestimmten Farbe angehörte«, Lermontow, Gogol, die »Ilias«. Über diese Bücher schreibt O. M. im »Rauschen der Zeit«, und durch Zufall hatten sie bei seinem Vater überlebt. Den Großteil davon habe ich auf der Flucht vor den Deutschen in Kalinin verloren. Von Hitler auf der einen und von Stalin auf der anderen Seite bedrängt, wurden wir durch das zwanzigste Jahrhundert getrieben.

Der Bücher waren es noch viel mehr, aber ich kann mich nicht an alle erinnern. Winckelmann zum Beispiel, ein überaus hübsches Rosarium und so weiter und so fort. Die Antiquare wussten, was uns gefiel. So brachten sie O. M. mit einem höchst interessanten »Totentanz« in große Verführung, aber er war zu teuer, und wir kauften ihn nicht. »Keine Ursache«, sagte der alte Antiquar. »Dann nimmt Leonow ihn. Der kauft alles, was teurer als fünfzig Rubel ist.« Ich habe diesen Leonow nie gesehen, und vielleicht war er ja auch nur eine Erfindung.

Unsere Literatur

In den vierziger Jahren unterstand der Marxismus-Leninismus-Lesesaal der Universität in Taschkent einer sympathischen älteren, an Krücken gehenden Frau mit Kurzhaarfrisur. Man erzählte sich, sie sei von einem verrückten Velozipedisten überfahren worden, und aufgrund einer durch den Unfall verursachten Gangrän habe ihr ein Bein amputiert werden müssen. Ussowa indes beschwor, dies sei in böser Absicht getan worden, da die Alte allen auf den Wecker gegangen sei. Mir hat sie einmal einen großen Dienst erwiesen, und ich glaube Ussowas böser Zunge nicht.

Die alte Frau war seit dem Jahr 1905 Mitglied der Partei, und nachdem sie zur Invalidin geworden war, wurde sie, die in ihrer Vergangenheit eine stolze Arbeiterin gewesen war, nicht ganz freiwillig auf eine Stellung in der Universität gesetzt. Sie wurde von niemandem ernst genommen und alle ließen sie links liegen, gleichwohl war sie gefürchtet. Hinsichtlich der neuen Staatlichkeit und der tatsächlichen Realität war sie bestens orientiert, fühlte sich aber dem geheiligten Vermächtnis der Vergangenheit verbunden und war bereit, jeder Kleinigkeit wegen Alarm zu schlagen. Wie sie die Jeshowschtschina unbeschadet überstanden hatte, war schwierig nachzuvollziehen, vermutlich hatte man sie schlicht vergessen, denn sie war über ein Jahr im Krankenhaus gewesen. Hätte man sich jedoch zufällig ihrer erinnert, so hätte man sich durchaus nicht geniert, mit dem Haftbefehl im Krankenzimmer zu erscheinen. Derartige Fälle gab es. Als ich in der Warteschlange im Butyrka-Gefängnis vor dem Schalter mit dem Buchstaben »M« stand, erzählte mir meine Namensvetterin, ihr Mann, ein betagter Herr von siebzig Jahren – war er vielleicht Jurist? –, sei direkt aus dem Botkin-Krankenhaus abgeholt worden, wo er mit einer Herzbeutelentzündung lag. Insofern war die hinkende alte Frau mit der unglaublich langen Partei-Mitgliedschaft ein Anachronismus, da sich in den schicksalhaften Jahren niemand ihrer erinnert hatte.

Ich bereitete mich auf das Philosophie-Examen im Rahmen meiner Promotion vor, saß an einem kleinen, mit Büchern überhäuften Tisch im Marxismus-Lesesaal und sah rasch die vom Lehrplan geforderten Werke durch. Die alte Frau trat in den Lesesaal und traute ihren Augen nicht, dass jemand doch tatsächlich die Ausgaben all jener Bücher vor sich liegen hatte, die eine solch wichtige Rolle in ihrem Leben gespielt hatten.

Vielleicht erinnerte sie sich an die Jahre, die sie in ihrer Jugend im Untergrund verbracht hatte, und an das ehrfürchtige Schaudern, mit dem sie zum ersten Mal das geheiligte »Kapital« aufgeschlagen hatte.

»Ach, wenn doch alle Doktoranden ihre Lektüre so auswählten wie Sie!«, sagte sie zu mir. »Die anderen lesen immer nur das Wörterbuch.« Ich geriet ob des unverdienten Kompliments in Verlegenheit, denn diese Praxis der Examensvorbereitung war auch mir nicht unbekannt. »Nein, nein«, meinte die alte Frau. »Die anderen nutzen nur ihre Mitschriften der Vorlesungen, das Wörterbuch und sonst nichts.« Sie gestattete mir, alle Bücher nach Hause zu entleihen, und suchte alle meine Prüfer auf, um ein gutes Wort für mich einzulegen. »Sie kennen die jungen Dozenten nicht. Sie wollen alles genau Wort für Wort hören, wir Alten waren nicht so. Wenn Sie dann irgendwo mal ins Stolpern kommen, machen die Sie fertig. Aber ich habe denen erzählt, wie Sie sich im Gegensatz zu deren eigenen Kandidaten vorbereiten.« Die Sache mit der Vorbereitungspraxis der anderen Prüfungskandidaten war für mich wesentlich. Aus Angst, mit der boshaften alten Frau in Konflikt zu geraten, ließen meine Prüfer mich nicht durchfallen, obgleich dies ein Leichtes gewesen wäre, denn ich beherrschte die Kunst, Fragen und Antworten wie einen Tennisball hin- und herzuspielen, nicht sehr gut, und hätte auch durchaus mit den Parteitagen durcheinandergeraten können. In den Fluren wurde auch schon getuschelt, man könne mir nicht trauen, und deshalb seien meine Kenntnisse auf Herz und Nieren zu prüfen. Das war eingestandenermaßen keine Anweisung von oben, die hätte befolgt werden müssen, sondern eigene Initiative der jungen Lehrkräfte. Sie wollten schlicht nicht, dass ich als fremdes Element in die privilegierte Schicht der Doktoren mit stattlichem Gehalt, mit anderen Worten in die »Kaderschicht«, eindrang. Diese Menschen haben tatsächlich ein sehr gutes Gespür. Auf einen Kilometer gegen den Wind erkennen sie den Fremden, und mag er auch noch so sehr ihren Blick meiden. Kurz: Die alte Frau hat mich gerettet, denn sie wusste, wie schwer sich ein unbeholfener und naiver Mensch damit tut, sich in der Welt der Intrigen und hitzigen Gefechte der jungen Generation zu behaupten. Außerdem spürte sie wohl, dass es etwas gab, das uns beide verband, denn in jenen Jahren las niemand ihre Literatur, ebenso wenig, wie jemand meine Literatur las. Unsere Literatur hatte ausgedient, und wir beide hofften, dass sie dereinst eine Renaissance erleben werde. Sie glaubte ebenso wie ich daran, dass unsere jeweiligen Werte nicht vernichtet werden könnten. Der Unterschied war lediglich, dass meine Literatur damals wie heute Untergrundliteratur, während die Untergrundliteratur ihrer Jugend heute staatstragend ist. Gleichwohl hat sowohl die ihre als auch meine Literatur ihre Leserschaft verloren.

Mittlerweile sind wohl zwanzig Jahre vergangen. Die alte Frau ist sicher längst gestorben, aber nach wie vor gibt es Menschen, die ebenso denken wie sie, nämlich die Kommunisten der zwanziger Jahre, die beharrlich darauf hoffen, dass die, die heute jung sind, so sie sich endlich besinnen, die Antworten auf alle Fragen wieder im dialektischen Alphabet ihrer Jugend suchen werden. Sie hoffen, dieses Alphabet sei lediglich deshalb aufgegeben worden, da es durch das »Vierte Kapitel« ersetzt wurde. Es gibt aber auch jene – sie sind jünger, noch keine sechzig Jahre alt –, die davon träumen, dass ebendieses »Vierte Kapitel« mit all seinen Begleiterscheinungen seine Renaissance erlebt. Es sind nicht viele, aber die Lehre von These – Antithese – Synthese beruhigt sie. Sie hoffen, die Synthese noch zu erleben, um sich dann zu neuer Macht aufschwingen zu können. Und nicht zuletzt gibt es auch noch jene jungen Menschen, die sich noch der ruhmreichen Tage ihrer Väter erinnern, die nunmehr außer Diensten sind. »Der Zweck heiligt die Mittel nicht«, sagte ein Student in einem meiner Kurse. »Nein, ich meine, dass er sie heiligt«, erwiderte gestreng eine hübsche junge Frau, die in einer schönen Wohnung lebte und alle Vorteile genoss, die eine kleine Kreisstadt ihren angesehenen Bürgern zu bieten vermag – Sanatorien und exklusive Läden. Der Vater dieser jungen Frau war nach dem XX. Parteitag in den Ruhestand gegangen und hatte sich in ebenjener Stadt niedergelassen, in der ich damals arbeitete. Sie war die Einzige in diesem Kurs, die genau wusste, was sie wollte, sie war die Einzige, die Solschenizyn gelesen hatte und sprach sich entschieden gegen die Veröffentlichung derartiger Bücher aus. Während die alte Bibliothekarin verbittert war, weil die Doktoranden das »Kapital« nicht mehr lasen, interessierte diese junge Frau sich allein für das »Vierte Kapitel« und für Ordnung. Und beide hofften sie auf die Rückkehr der Vergangenheit.

Ich meinerseits beobachte indes mit einer gewissen Rührung und mit Hoffnung, wie die Zahl derer immer größer wird, die Gedichte und die »Vierte Prosa« lesen. Die grundlegenden Ideen und Überzeugungen werden für gewöhnlich in den Jahren der Jugend entwickelt, und nur selten werden sie revidiert. Meine Antagonisten bestehen ebenso wie ich auf ihren eigenen Vorstellungen. Wir sind These und Antithese. Ich glaube nicht an eine Synthese, aber ich wüsste gern, wem die Zukunft gehört.

Italien

Auf die Frage, was der Akmeismus sei, antwortete O. M. einmal: »Sehnsucht nach Weltkultur«. Das war in den dreißiger Jahren entweder im Haus der Presse in Leningrad oder auf der bereits erwähnten Lesung bei der Woronescher Sektion des Schriftstellerverbands, bei der er kundtat, dass er sich weder von den noch Lebenden noch von den Toten lossage. Kurz danach schrieb er: »Und die helle Sehnsucht geht mir nicht mehr aus dem Sinn / Von den noch jungen Woronescher Hügeln / Zu den toskanischen, die Habe aller Menschen sind.«

In diesen Versen kommt O. M.s Beziehung zu Italien und zum Mittelmeerraum vielleicht deutlicher als irgend sonst zum Ausdruck. Ich bin einmal über einen kurzen Artikel von Gleb Struve gestolpert, in dem er der Frage nachgeht, ob O. M. je in Italien gewesen sei, und alle von ihm sogenannten »italienischen Motive« in Mandelstams Gedichten auflistet. O.M. war zwei Mal in Italien, und zwar als er in Heidelberg und an der Sorbonne studierte. Diese in jungen Jahren ohne Begleitung unternommenen Reisen waren kurz – insgesamt nur wenige Wochen –, oberflächlich und stellten ihn nicht zufrieden. »Es ist, als sei ich niemals dort gewesen«, sagte er einmal. Die Frage ist aber nicht, ob O.M. in Italien war, sondern welche Rolle für ihn Italien, das für ihn »Habe aller Menschen« ist, spielte. »Es ist undenkbar, Geschichte anzufangen«, schrieb er als junger Mann in einem Aufsatz über Tschaadajew. »Es fehlt ihr dann die Kontinuität, die Einheit. Einheit kann man nicht erschaffen, nicht erfinden, man kann sie nicht erlernen. Wo sie nicht ist, gibt es bestenfalls ›Fortschritt‹, doch keine Geschichte, mechanische Bewegung des Uhrzeigers, doch keinen geheiligten Zusammenhang, keine Ablösung der Ereignisse.« Das sind Tschaadajews Worte, diese Überlegungen entsprachen aber zweifellos auch O.M.s Ansichten über Geschichte. Der Mittelmeerraum war für ihn ein heiliges Land, in dem die Geschichte ihren Anfang genommen hat, die dann durch eine innere Abfolge der Ereignisse das Fundament gelegt hat für die christliche Kultur in Europa. »Die Pflanze in der Welt: Ereignis, Vorfall, Pfeil, und nicht etwa eine langweilige, öde, bärtige Entwicklung!« Diese spitze Bemerkung O.M.s in seiner »Reise nach Armenien«, die alle Marxisten aufhorchen ließ, ist mir nicht ganz nachvollziehbar. Der Begriff »Entwicklung« steht für O.M. offensichtlich in direktem Zusammenhang mit den Positivisten, mit Comte, Stewart Mill und all jenen Autoren, die von Leuten, die der Generation seiner Mutter angehörten, gelesen und verehrt wurden und dem Marxismus in Russland den Boden bereitet haben. Für O.M. existierten zwei unterschiedliche Arten von Erscheinungen, positive und negative. Zu den positiven zählte er Gewitter, Ereignisse, Kristallbildung. Er verwendete diese Begriffe auch in Bezug auf Geschichte und Kunst, ja sogar auf die Entwicklung des menschlichen Charakters. Negative

Erscheinungen waren für ihn alle Arten mechanischer Bewegung wie der Lauf eines Uhrzeigers, Entwicklung, Fortschritt. Zu den negativen Erscheinungen kann auch die Abfolge der Einzelbilder eines Films gezählt werden, die er im »Gespräch über Dante« als »Bandwurmmetamorphose« bezeichnet. Dieser Vergleich ist ein Seitenhieb gegen den bestechenden Glanz Eisensteins, der in jenen Tagen sehr in Mode war, und gegen dessen mechanistische Schönheiten. Bewegung dieser Art war für O. M. gleichbedeutend mit Unbewegtheit, mit Buddhismus, wie Wladimir Solowjow ihn auffasste, mit den Ochsenkarren des »Barbarenzugs«. Ebendeshalb nannte er das zeitgenössische Moskau buddhahaft – »War ich zurückgekehrt, nein – lies: gewaltsam / Ins buddhahafte Moskau überführt.« Die Reden über das neue Leben und die ewig währende zukünftige Herrschaft eines nicht enden wollenden Fortschritts, die bei uns stets und ständig geführt wurden, brachten O. M. zur Weißglut und machten ihn streitlustig. In diesen Theorien glaubte er, den »altslawischen Traum vom Stillstand der Geschichte« zu spüren. Ich weiß nicht, in welchem Maße O. M. an die Zielgerichtetheit des historischen Prozesses glaubte – bis zur Mitte des zwanzigsten Jahrhunderts war dies über die Maßen schwierig –, zumindest jedoch hielt er das kollektive Glück nicht für das Ziel der Geschichte. Seine Ansicht über kollektives Glück entsprach der im Blick auf individuelles Glück: »Wieso meinst du, dass du glücklich sein musst?« Die Theorie vom kollektiven Glück hielt er für die bürgerlichste Idee des zwanzigsten Jahrhunderts.

Ein zweiter Grund für ständige Diskussionen war die Frage nach der Kontinuität, die O. M. allerorten suchte – in der Geschichte, in der Kultur, in der Kunst. Auch hier half ihm die Analogie zur Uhr: Diese wird aufgezogen, die Bewegung der Zeiger beginnt wie aus dem Nichts, ein Ereignis indes ist ohne Kontinuität nicht vorstellbar.

O. M. verhielt sich bisweilen auf nahezu lächerliche, kindlich geradlinige Art. Weil ihn die Uhrzeiger aufgrund der von ihm gefundenen Analogie nun einmal an die »furchtbare Endlosigkeit« gemahnten, übertrug er seine Antipathie auf einen so nützlichen Gegenstand wie die Uhr. Er mochte keine Uhren und besaß nie eine. »Wozu brauche ich eine Uhr«, meinte er, »ich kann auch ohne sie sagen, wie spät es ist.« Tatsächlich verfügte er über ein erstaunlich genaues Zeitgefühl und täuschte sich nie um mehr als wenige Minuten. Dies ist, so scheint es, eine typische Eigenschaft von Städtern, und er war von Kopf bis Fuß ein Städter. Die einzige Uhr, die ins Haus Eingang finden durfte – und auch dies nur, weil ich wirklich sehr darauf bestand –, war eine Pendelwanduhr mit Gewichten. Der Perpendikel, die Gewichte an den Ketten und das Bild auf dem Zifferblatt besänftigten seine Feindschaft gegen den mechanischen Zeitmesser. Die Wanduhr erinnerte ihn an eine Küche, die stets sein bevorzugtes Zimmer einer Wohnung war, obgleich er selbst nie eine Wohnung mit Küche sein Eigen nennen konnte. Er mochte auch Sanduhren, wie man sie in Apotheken findet, und wollte sehr gern eine für das Badezimmer kaufen, doch aus unserer Wohnung mit Badezimmer wurden wir so schnell wieder vertrieben, dass wir gar nicht mehr dazu kamen. Auch in den Kindergedichten tauchten Uhrzeiger auf, dort verglich O. M. sie mit Schnurrbärten, die über einen Teller laufen – es gibt ja Gesichter, die so flach sind wie ein Teller.

Maschinen gegenüber verspürte O. M. hingegen keinerlei Abneigung, sondern er interessierte sich für sie, mochte es, wie ausgeklügelt sie ihre Arbeit verrichten, und unterhielt sich gern mit Ingenieuren, obgleich er sich darüber ärgerte, dass keiner von ihnen seine Werke zur Kenntnis nahm. In jenen Jahren begeisterten sich junge Techniker – so sie überhaupt Interesse für Literatur hatten – für die LEF. Manche lasen Pasternak, zu dem sie ebenfalls durch die LEF gekommen waren. Mittlerweile ist das anders, und man hält die technische Intelligenz nicht mehr für die herausragenden Vertreter der Epoche, für die modernsten aller Menschen. Im Gegenteil ist es denen, die etwas Verstand haben, sogar ein wenig peinlich, dass sie Technokraten geworden sind. Der Mythos von der Erhabenheit der Industrie und der entscheidenden Rolle, die sie angeblich spiele, der »historischen Notwendigkeit« und des Überbaus, der sich in absoluter Abhängigkeit von der Basis befinde, ist heutzutage gleichsam vom Winde verweht. Die Epoche des sozialen Determinismus scheint sich ihrem Ende zuzuneigen, aber der in ihr geborene Mythos, dass Kultur und Zivilisation einander als Gegensätze unvereinbar gegenüberstehen, lebt weiter. Womöglich krankt unsere Kultur ja daran, dass wir heute weitaus vollkommenere Werkzeuge und Geräte besitzen als vor hundert Jahren.

Bereits Blok sprach vom Unsegen der Zivilisation, die an die Stelle der Kultur getreten sei, und verglich unsere Epoche mit dem Niedergang Roms. Unsere individualistische Zivilisation entbehre, so Blok, der Ganzheitlichkeit und reiße in ihrem Sturz den Humanismus und dessen ethische Werte mit in den Abgrund. Abgelöst werde sie von barbarischen, von der Zivilisation unberührten Massen, die den »Geist der Musik« bewahrt hätten und eine neue Kultur bringen. Interessant hierbei ist, dass diese Massen für Blok germanische und slawische sind, als habe er bereits im Jahr 1918 den Faschismus vorhergesehen. Bloks Konzeption erinnert an Spengler, und doch bleibt Blok ungeachtet seines volkstümlichen Christentums und seines Glaubens an den »Geist der Musik« seinem Wesen nach ein Positivist, denn die Persönlichkeit ist für ihn nicht Kennzeichen der christlichen Kultur, sondern ebenso wie die ethischen Werte und die Humanität lediglich ein Charakteristikum des Humanismus. O. M. ließ sich von Spenglers Theorien keinen Augenblick lang verführen. Nach der Lektüre von Spenglers »Untergang des Abendlandes« bemerkte er mir gegenüber beiläufig, dessen Analogien seien wohl kaum auf die christliche Kultur anzuwenden. O. M. hatte nie das Gefühl, das Ende stünde bevor. Dieses Gefühl ist eine der wichtigsten Ursachen für Bloks Pessimismus. O. M. verstand unter Kultur eine dem historischen Prozess zugrunde liegende Idee. Die Geschichte wiederum war für ihn der Weg der Erprobung dieser Idee, wirkungsreiche Erprobung von Gut und Böse.

Die Überzeugung, dass Kultur wie eine Gnade überliefert und ohne sie Geschichte überhaupt nicht existent sei, führte dazu, dass er den Mittelmeerraum als sein heiliges Land betrachtete. Deshalb nimmt er in seinen Gedichten immer wieder Bezug auf Rom und Italien. Rom ist der Mittelpunkt des Erdenreichs, und Schritte klingen dort wie Taten. Zum Mittelmeerraum gehörten für ihn auch die Krim und Transkaukasien. In seinem Gedicht über Ariost brachte er seinen Traum zum Ausdruck: »Und wir verschmelzen hin zu brüderlichen Fluten / Das Deine, tiefes Blau, und schwarz mein Meer, das gute.«

Armenien, »Dieser Erde hohlleibiges Buch, / Lehrbuch der ersten und ältesten Menschen«, war für O. M. das einzig mögliche Ziel für eine Pilgerfahrt. Deshalb lehnte er es trotz all seiner Liebe für Reisen entschieden ab, nach Mittelasien oder in den Fernen Osten zu fahren. Es zog ihn einzig auf die Krim oder in den Kaukasus. Die alten Verbindungen der Krim und Transkaukasiens, vor allem Armeniens, mit Griechenland und Rom schienen ihm die Gemeinschaft mit der Weltkultur, besser gesagt mit der europäischen Kultur zu bezeugen. Reisen in entlegene Republiken waren sehr beliebt, die meisten Schriftsteller wählten als Ziel ihrer Reisen jedoch für gewöhnlich die Welt des Islam. O. M. war der Ansicht, diese bei uns verbreitete Sehnsucht nach dem muslimischen Orient sei durchaus kein Zufall. Der Determinismus, das Sichauflösen des Individuums in einem heiligen Kriegsheer, die ornamentalen Schriften an den Fassaden einer den Menschen erdrückenden Architektur – all dies stand den Menschen unserer Epoche näher als die christliche Lehre von der Willensfreiheit und dem jedem Individuum innewohnenden Wert.

O. M. hingegen, dem die muslimische Welt fremd war – »und sie wandte sich mit Scham und Schmerz ab von den Städten des bärtigen Orients« –, suchte nur nach dem hellenistischen und christlichen Vermächtnis.

Feodossija liebte er nicht allein seiner ungewöhnlichen Landschaft, sondern auch des Namens, der Überreste seiner Genueser Festung und des Hafens mit seinen Mittelmeerschiffen wegen. Zu Chardshijew hat O. M. einmal gesagt, er betrachte sich als den letzten in christlich-hellenistischer Tradition stehenden Dichter Russlands. Dieses Wort »letzter« ist die einzige Äußerung von ihm, in der Angst vor dem Ende der Kultur zu spüren ist. Ich glaube, er wäre gern auf der Krim begraben worden und nicht in der Erde der Vertreibung – irgendwo bei Wladiwostok.

Dass die Fähigkeit zu dichten bei einem Aufenthalt in Transkaukasien zu ihm zurückkehrte, ist durchaus nachvollziehbar. An einer Stelle bekennt O. M., er arbeite, wenn er in sich »die leise Welle von Kolchis« verspüre, das heißt die Verbindung mit der Geschichte und der Kultur fühlte. Einzig wenn dies der Fall ist, kann ein »selbstloses Lied« entstehen. Lange und beharrlich verfolgte er seinen Wunsch, nach Armenien zu reisen. Er zog Armenien, wohl aufgrund seiner Rolle als christlichem Vorposten im Osten, sogar Georgien vor, sprach aber oft über die Bedeutung Georgiens für die russische Dichtung.

Auch diese Reise hat uns Bucharin ermöglicht – wie alles Positive in unserem Leben. Bereits Ende der zwanziger Jahre versuchte er zum ersten Mal, uns einen Aufenthalt in Armenien zu vermitteln. Damals war Mrawjan Volkskommissar für Bildung. Er lud O. M. ein, ein Seminar an der Universität von Jerewan zu halten. Diese erste geplante Reise zerschlug sich, weil Mrawjan unerwartet verstarb und O. M. die Vorstellung, ein Seminar leiten zu müssen, furchtbar schreckte. Er glaubte nicht, dass er jemandem etwas beibringen könne, denn er war sich dessen bewusst, dass er über keinerlei systematischen Kenntnisse verfügte. Als O. M. Ende 1930 auf die Frage Korotkowas, wohin wir gern fahren würden, »Nach Armenien« zu Antwort gab, seufzte die in der »Vierten Prosa« »Eichhörnchen« genannte Sekretärin tief, blickte ihn eindringlich an und erwiderte: »Wieder nach Armenien? Dann ist es Ihnen wohl wirklich ernst damit.« Dass O. M. diese Sekretärin in seiner »Vierten Prosa« erwähnt hat, ist kein Zufall. Sie war auf eine Art herzlich und aufmerksam, wie es in den sowjetischen Behörden zu jener Zeit nicht an der Tagesordnung war. Im Gegensatz dazu steht die »Sekretärin von unmenschlicher Schönheit« aus den Szenen eines Dramas der Achmatowa, das diese, aus vollkommen nachvollziehbaren Gründen, aus Angst vernichtet hat. Diese Sekretärin wiederholte immerfort den Satz, den wir allerorten hörten: »Es gibt so viele wie Sie, und ich bin allein.« In diesem Satz einer kleinen Vertreterin des Staates spiegelte sich der Stil der gesamten Epoche wider.

Der Redakteur einer amerikanischen Ausgabe von O. M.s Werken, Filippow, konstatierte mit dem allen Redakteuren eigenen Scharfsinn, dass O. M. mit seiner Reise nach Armenien vor der Beteiligung an der Umsetzung der Fünfjahrespläne geflohen sei. Dies ist eine wohlfeile politische Unterstellung. In den jungen Republiken wurde der Aufbau viel stärker vorangetrieben als im Zentrum, und O. M. hatte dagegen keinesfalls etwas einzuwenden. Aus welchem Grund hätte er der planmäßigen Organisation der Wirtschaft feindselig gegenüberstehen sollen?

Die Krim, Georgien und Armenien waren O. M.s Auffassung nach dem Schwarzmeerraum zuzuordnen, durch ihre Verbindung mit dem Mittelmeer haben sie aber doch Anteil an der Weltkultur. Maßstab aller Dinge indes war für ihn Italien. Mit Bedacht hat er Dante gewählt, um seine Ansicht über Poetologie darzulegen. Dante war für O. M. die Quelle, der die gesamte europäische Poetik entsprang, und Maßstab der poetischen Rechtlichkeit. In seinen Notizbüchern zum »Gespräch über Dante« finden sich einige Bemerkungen über die »italienische Veredelung« russischer Dichter. Diese Bemerkungen fanden keinen Eingang in die endgültige Fassung des Textes, vielleicht aus dem Grund, weil O. M. allzu offensichtliche Geradlinigkeit stets vermied und die Entwicklung seiner Gedanken nicht offenlegen, sondern für sich behalten wollte.

Bei den Kathedralen des Kremls bemerkte er ihren italienischen Charakter: »Fünfköpfig stehen Moskaus Kathedralen / Mit ihrer Seele italienisch-russisch, wild« und »Die zarte Himmelfahrt – Florenz in Moskau!«

Bei der Betrachtung der »Dreieinigkeit« von Rubljow sagte er, Rubljow habe ganz sicher die italienischen Meister gekannt, und dies unterscheide ihn von den anderen Ikonenmalern seiner Zeit. Für eine kurze Rundfunksendung über Goethes Jugend wählte er Episoden, die nicht nur für Goethes Biographie charakteristisch waren, sondern für die Biographien aller Dichter, und schloss mit der »Italienischen Reise«. Eine solche Pilgerfahrt zu den heiligen Stätten der europäischen Kultur schien O. M. unabdingbare und entscheidende Etappe im Leben eines jeden Künstlers.

Bleibt die Frage, warum O. M., obgleich er doch mit den Italienreisen seiner Jugend durchaus nicht sehr glücklich war, es in den zwanziger Jahren ablehnte, ins Ausland zu reisen. Der damals noch allmächtige Bucharin bürgte für ihn, ein weiterer Bürge war Woronskij, und somit wäre gewährleistet gewesen, dass O. M. einen Auslandsreisepass erhält. Die beiden Bürgschaften lagen ungenutzt im Reisekoffer, in dem ich sie aufbewahrte, und zwar bis zur Hausdurchsuchung im Jahr 34, bei der sie zusammen mit den Manuskripten der Gedichte in einer Aktenmappe ihren Weg in die Lubjanka machten. Sie wurden sozusagen in das Verfahren einbezogen.

In jungen Jahren begriff ich den Zusammenhang zwischen O. M.s Handlungen und dem, was er schrieb, nicht endgültig. Mittlerweile ist mir vieles klarer als zu seinen Lebzeiten, als alltäglicher Zwist, gegenseitige Sticheleien und Streitigkeiten unsere Zeit und unsere Gedanken einnahmen. Die Erklärung, warum er nicht noch einmal nach Europa reisen wollte, fand ich im Aufsatz über Tschaadajew, in dem O. M. ausführt, dieser habe den Westen, die »historische Welt« bereist, sei jedoch gleichwohl nach Russland zurückgekehrt. Tschaadajew hatte den Weg zurück gefunden, und darin sah O. M. sein Verdienst. Mit der gleichen naiven Unmittelbarkeit, mit der er zu Hause keine Uhren duldete, widerstand er, als er sich der Rückkehr Tschaadajews erinnerte, der Versuchung, ein weiteres Mal Europa zu besuchen.

O. M. setzte seine Überlegungen stets in die Tat um, legte mir die Hintergründe seines Handelns jedoch nicht immer offen, da er meinen Spott fürchtete. Gleichwohl war mir noch zu seinen Lebzeiten bereits bewusst, dass seine Gedichte und seine Prosa sein Handeln gleichsam erläutern, besser gesagt, dass vieles von dem in seinen Werken Gesagten für ihn wie ein heiliges Versprechen klang. So legte er im Gedicht über Alexius das Gelübde der Armut ab, in »Aliscans« das Versprechen, den Kampf, so gefährlich und fatal er auch sei, fortzusetzen, und im Aufsatz über Tschaadajew verzichtete er auf Europa. Diesen Aufsatz hatte er in seiner frühen Jugend geschrieben, hatte aber seine Weltanschauung bereits gefunden, und den heiligen Versprechen, die er als sehr junger Mann abgelegt hatte, blieb er bis zu seinem Tode treu.

Architektur des Sozialen

Ganz zu Beginn der dreißiger Jahre sagte O. M. einmal zu mir: »Wenn es je ein Goldenes Zeitalter gegeben hat, dann war es das neunzehnte Jahrhundert. Aber es war uns nicht bewusst.«

In der Tat wussten und begriffen wir vieles nicht und mussten dafür, dass uns die Augen geöffnet wurden, einen hohen Preis zahlen. Weshalb müssen die Menschen bei der Suche nach besseren Formen des sozialen Lebens immer derart grausam bezahlen? Jüngst erst hörte ich von einem jungen Mann: »Es ist doch nichts Neues, dass alle, die die Menschheit beglücken wollten, ihr immer nur das größte Unglück beschert haben.« Der junge Mann, der das sagte, war gegen jede Art von Veränderung, damit ihn und alle anderen nicht neues Unglück träfe. Menschen wie ihn gibt es heutzutage in den mehr oder minder wohlsituierten Kreisen zahlreich.

Oft sind es junge naturwissenschaftliche Experten, deren Arbeit der Staat braucht. Sie wohnen in Zwei- oder gar Drei- bzw. Vierzimmerwohnungen, die ihnen von den Eltern zugefallen sind, oder warten auf die Zuweisung einer solchen Wohnung durch ihr Institut. Was ihre Väter getan haben, erschreckt sie, mehr noch aber fürchten sie jegliche Veränderung. Ihr höchstes Ziel ist es, ihr ganzes Leben lang ungestört an ihren Maschinen zur Datenverarbeitung zu sitzen, ohne je darüber nachzudenken, wozu ihre Daten benötigt werden und was sie bewirken. Ihre Mußestunden verbringen sie entsprechend ihren Interessen – die einen mit Literatur, die anderen mit Frauen, Musik oder Reisen in den Süden. Als er die Zuweisung für seine neue Wohnung erhielt, hat der alte Zyniker Schklowskij nicht von ungefähr zu den anderen Auserwählten, die ins selbe Haus zogen, gesagt, nun müsse man zu Gott beten, dass es nicht noch eine Revolution gebe. Damit hatte er ins Schwarze getroffen: Das Ziel des individuellen Glücks war erreicht, jetzt wollte man es genießen, seine Ruhe haben, wenigstens ein bisschen Ruhe, man hatte ja nie genug Ruhe gehabt.

Die Experten, die gegen Veränderung sind, haben eine ausgezeichnete Formel gefunden: Die Jagd nach Vollkommenheit führe stets zu Auswüchsen – was ja tatsächlich stimmt. Erst kürzlich bekannte ein betagter Mann, der viel durchgemacht hatte, für »das Neue«, wenngleich nicht in unserem Land, gekämpft hatte und sich für das, was sich ereignet hatte, verantwortlich fühlte, mir gegenüber: »Wir haben versucht, unser Volk zu beglücken, und werden uns das niemals verzeihen.« Ich glaube trotzdem, dass er sich alles verziehen hat und nun vom Leben all das zu erhalten sucht, das ihm aufgrund seiner Verdienste vermeintlich zusteht. Und zur gleichen Zeit zerbrechen sich die Massen, über die so viel Unsinn geredet wurde – die Bauern, die von der Zivilisation Unberührten, die Industriearbeiter und so weiter – den Kopf darüber, wie sie zu ihrem Lohn etwas hinzuverdienen können, um ebenfalls in Ruhe und Frieden leben zu können. Manch einer arbeitet zu Hause schwarz, um das

Fundament seines Hauses zu reparieren oder sich Schuhwerk leisten zu können, andere, um sich ein Fläschchen kaufen zu können. Woher soll man Geld nehmen, wenn man sich mit Wodka betäuben will? Als ich in Pskow lebte, wohnte neben mir ein Anstreicher, ein alter Partisan, immer noch durch und durch Anhänger Stalins. An den Zahltagen überschüttete er den Brigadier, der ihn angeblich betrogen hatte, mit Schimpfworten, am Abend dann lärmte er im Korridor der Kommunalwohnung: »Schaut euch an, wie Grigorij Semjonytsch lebt: Er hat alles! All das verdankt er Stalin.« Seine Frau schleift ihn in das Zimmer, in dem sie zu viert leben, dort setzt sich der Lobgesang fort: »Er hat mir eine Wohnung gegeben, einen Orden, das Leben, Ehre und Respekt. Wer es mir gegeben hat, wisst ihr ja selbst.« Die Familienfeiern dieser Sippe waren famos. Die Schwestern der Ehefrau kamen mit ihren Männern und man erinnerte sich der Entkulakisierung. Sie konnten rechtzeitig vom elterlichen Hof fliehen, waren dann zuerst Hausgehilfinnen, später kamen sie in staatliche Dienste. Die Ehefrau des Anstreichers – sie war die forscheste von allen – hatte im Finnischen Krieg nahe der Front in einer Kantine des MGB gearbeitet und wusste immer noch, dass »die Finnen böse sind«. Sie tranken auf Stalin und beschworen, dass früher, zu seinen, Stalins, Zeiten alles besser war, während es jetzt hinten und vorne nicht reiche ... Überall kriegsverstümmelte Schwiegersöhne und alte Frauen mit kleinen Kindern, die nach dem Krieg geboren wurden ... Die Ehefrau des Anstreichers ging mir den ganzen Winter über zur Hand, und im Frühjahr denunzierte sie dann aus alter Gewohnheit ihre Nachbarin, die mir ein Zimmer vermietet hatte, und hinterbrachte den Behörden, dass bei ihr eine wohne, die keine Propiska habe. Später vergoss sie bittere Tränen, bat mich um Verzeihung, ging in die Kirche und flehte dort um Vergebung ihrer Sünden. Welch großartige Vergangenheit wir doch haben, die nun langsam zunichtegemacht wird. Menschen dieses Schlages, so sie denn Veränderung wollen, sehnen sich einzig nach der Rückkehr ihrer Jugendzeit, die ihnen heute so glücklich scheint, und dessen, der sie die schlichte Formel: »Dank dem Genossen Stalin für unser glückliches Leben!« gelehrt hat. Und sie haben Musik, die aus dem Fernsehapparat, einem Gegenstand von größter Notwendigkeit, zu ihnen dringt. Dass wir beglückt wurden, steht außer Frage, und niemand empfindet deswegen Reue.

Aus heutiger Sicht ist mit klar, dass man zu Beginn des zwanzigsten Jahrhunderts zunehmend der Überzeugung war, es sei an der Zeit, vollkommene oder besser sogar ideale Strukturen des Soziallebens schaffen, die in der Lage seien, allgemeines Wohlergehen und Glück zu gewährleisten und zu garantieren. Diese Idee geht auf die humanistischen und demokratischen Überzeugungen des neunzehnten Jahrhunderts zurück, ebendiese erwiesen sich jedoch zugleich als hinderlich bei der Verwirklichung der sozialen Gerechtigkeit, denn das neunzehnte Jahrhundert wurde später zum Zeitalter der hehren Worte und der Kompromisse, des Lavierens und der allgemeinen Unsicherheit erklärt. Im Gegensatz dazu versuchte man im zwanzigsten Jahrhundert, Ideen durch Unnachgiebigkeit, eiserne soziale Ordnung und Disziplin, die auf Unterordnung unter die staatliche Autorität basierte, durchzusetzen. Alles wurde in strikter Abgrenzung zur Vergangenheit organisiert. Das Streben nach einem System, dem eine einzige Idee zugrunde liegt, ließ die Akteure um die Wende des neunzehnten zum zwanzigsten Jahrhundert verzweifeln. Das Lieblingskind des Humanismus – die Gedankenfreiheit – erschütterte die staatliche Autorität und fiel den neuen Idealen zum Opfer. Das rationalistische Programm der sozialen Umwälzungen machte blinden Glauben und vollkommene Unterordnung unter die staatliche Autorität erforderlich. Auf diese Weise wurde staatliche Autorität hergestellt, und es entstand die Idee der Diktatur. Enthusiasmus ist kein leeres Wort. Die Akteure waren fanatisch enthusiastisch. Ein Diktator ist nur dann mächtig, wenn er über ihm blind ergebene Kader verfügt, die seine Befehle vollziehen. Sie zu kaufen ist nicht möglich – das wäre allzu einfach. Wenn sie ihm jedoch bereits ergeben sind, können sie durch Zugaben und Bestechung weiter gefügig gemacht werden, insbesondere, wenn es für sie keine Alternativen gibt. Jede Idee hat aber ihren Beginn, ihren Höhepunkt und ihren Abstieg. Wenn der Abstieg beginnt, bleibt die Trägheit – junge Menschen, die Veränderung fürchten, innerlich Versehrte, die nach Ruhe lechzen, einige Alte, die erschrocken darüber sind, was sie angerichtet haben, die, die auf niedrigster Ebene Befehle vollzogen haben und nur mehr mechanisch die ihnen in der Jugend eingeimpften Worte wiederholen.

O. M. hat sich vom Humanismus und seinen Werten niemals losgesagt, aber auch er hatte einen langen Weg zurückzulegen, um zu dem Schluss zu kommen, dass das neunzehnte Jahrhundert ein »Goldenes Zeitalter« war. Wie all seine Zeitgenossen unterzog auch er das Vermächtnis des neunzehnten Jahrhunderts einer Prüfung und legte seine Bilanz vor. Ich glaube, dass O. M.s persönliche Erfahrung, seine Erfahrung als Künstler, die ebenso wie die mystische Erfahrung die Weltsicht stark beeinflusst, bei der Herausbildung seiner Überzeugungen eine große Rolle spielte. Deshalb suchte er auch im sozialen Leben nach einer Harmonie, in der die einzelnen Bestandteile mit dem Ganzen im Einklang stehen. Nicht von ungefähr fasste er die Kultur als Idee auf, die der Architektonik des historischen Prozesses zugrunde liegt. Er sprach von der Architektur der Persönlichkeit, von der Architektur des Sozialen und des Rechts sowie der Ökonomie. Das neunzehnte Jahrhundert stieß ihn ab durch seine Armut und die Unzulänglichkeit seiner sozialen Architektur; er hat dies in seinen Aufsätzen ausgeführt. In den westlichen Demokratien, über die schon Herzen gespottet hatte, fand O. M. jene Harmonie und Größe, nach denen er strebte, nicht. Er wollte einen klaren Aufbau der Gesellschaft, eine »Jakobsleiter«, wie er es in seinem Aufsatz über Tschaadajew und in »Rauschen der Zeit« formuliert hat. Diese »Jakobsleiter« sah er in der Organisationsstruktur der katholischen Kirche und des Marxismus, mit denen er sich schon als Schüler beschäftigt hatte. Das hat er in »Rauschen der Zeit« und in einem Brief an seinen Lehrer W. W. Gippius nach Abschluss der Tenischew-Lehranstalt während seines Studiums in Paris geschrieben. Sowohl im Katholizismus als auch im Marxismus meinte er eine Idee zu erblicken, die die gesamte Struktur zu einem Ganzen verband. 1919 sagte er in Kiew einmal zu mir, etwas in der Art einer Theokratie scheine ihm die beste Form einer sozialen Struktur zu sein. Aus diesem Grunde schreckte ihn die Idee der Autorität, die zur Diktatur werden kann, auch nicht. In jenen Jahren störte ihn wohl nur die Organisationsstruktur der Partei. »Die Partei ist eine auf links gestülpte Kirche.« Soll heißen, dass die Partei in ihrer Organisationsstruktur der Kirche mit ihrer Unterordnung unter die Autorität gleicht, nur eben ohne Gott. Der Vergleich mit dem Jesuitenorden hat sich damals noch nicht aufgedrängt.

Die neuen Formen der Staatlichkeit wurden erstmals nach dem Bürgerkrieg spürbar. Engels hat sehr richtig bemerkt, dass die »todbringende Industrie« stets die modernste ist. Dies wird deutlich durch die Geschichte – zunächst die Erfindung des Schießpulvers, in unseren Tagen die atomare Kernspaltung. Ebenso verhält es sich mit den für den Staat charakteristischsten Institutionen der industriellen Tötung von Menschen im Namen des »sozialen Aufbaus«. O. M.s erste Begegnung mit dem neuen Staat fand statt, als er 1922 Dserschinskij und den zuständigen Untersuchungsrichter aufsuchte, um sich für die Freilassung seines inhaftierten Bruders einzusetzten. Diese Begegnung brachte ihn dazu, über die Relativität der Werte der »sozialen Architektur« und der Persönlichkeit des Menschen nachzudenken. Die »Architektur« zeichnete sich damals erst undeutlich ab, aber es war bereits deutlich, dass sie von unerhörter Größe und bedeutender als die ägyptischen Pyramiden sein würde. Und dass ihr eine einheitliche Idee zugrunde lag, war ihr nicht abzusprechen. Es schien, als werde O. M.s Jugendtraum wahr, aber wie jeder andere Künstler verlor O. M. nie das Gefühl für die Realität, und deshalb machte ihn die Größe der staatlichen Struktur des Sozialismus nicht blind, sondern flößte ihm eher Angst ein. In dieser Zeit entstanden das Gedicht »Meine Zeit«, in dem er in die Vergangenheit zurückkehrt und fragt, wie man das »Jahrhundert-Wirbelband« verbinden solle, sowie der Aufsatz »Humanismus und Gegenwart«. In diesem Aufsatz spricht er davon, dass der Maßstab der Architektur des Sozialen der Mensch sei, dass es aber auch Epochen gebe, in denen nicht für den Menschen gebaut werde: »Sie erklären, dass der Mensch sie nichts angehe, dass man ihn benutzen solle wie einen Ziegelstein, wie Zement, dass man *mit* ihm, nicht *für* ihn bauen solle.« Als Beispiel für eine menschenfeindliche Architektur des Sozialen führt er Assyrien und das alte Ägypten an. »Assyrische Gefangene wirbeln umher wie Küken unter den Füßen eines riesenhaften Herrschers. Krieger, die die menschenfeindliche Macht des Staates verkörpern, töten mit langen Speeren gefesselte Pygmäen. Ägypter, ägyptische Baumeister verfahren mit der menschlichen Masse wie mit Baumaterial, das zur Genüge vorhanden ist und in beliebiger Quantität herbeigeschafft werden kann.« Die Gegenwart erinnerte O. M. an Ägypten und Assyrien, aber er hoffte damals noch, die monumentalen Strukturen der entstehenden Staatlichkeit würden in der Zukunft durch den Humanismus abgeschwächt.

Es sind zwei charakteristische Fotografien von O. M. erhalten. Die eine zeigt ihn als jungen Mann im Pullover, mit sorgenvollem, ernstem Gesichtsausdruck. Diese Aufnahme stammt aus dem Jahr 22, in dem er erstmals den assyrischen Charakter unserer Staatlichkeit für sich aufgedeckt hatte. Die zweite Aufnahme zeigt ihn gealtert, mit Bart. Zwischen beiden Fotografien liegen lediglich zehn Jahre, aber 1932 war sich O. M. bereits darüber klar, was aus seinen jugendlichen Träumen von einer schönen »Architektur des Sozialen«, der staatlichen Autorität und der Überwindung des Vermächtnisses des neunzehnten Jahrhunderts geworden war. Damals hatte er bereits über den assyrischen König gesagt: »Er hat sich meine Atemluft genommen. Der Assyrer hält mein Herz fest«, und die Verse »Und wir leben, doch die Füße, sie spüren keinen Grund« geschrieben. Er war einer der Ersten, der sich auf das neunzehnte Jahrhundert besann und es das »Goldene Zeitalter« nannte, obgleich ihm bewusst war, dass die neuen Ideen aus jenem Samen stammten, der im neunzehnten Jahrhundert gesät worden war.

Kurz vor seinem Lebensende nahm O. M. nochmals Bezug auf die berüchtigte »Architektur des Sozialen« und lachte über sich selbst: »Die sich auserwählt hündisch benahm: / Der Ägypter verstaatlichte Schande – / Schmückte Leichen mit allerlei Kram, / Ragt als nichts pyramidisch im Sande. [...] War ein Nachbar der Gotik, und vorlauter Bengel, / Gab der Spinnenmoral seine Spucke – na, na! / Frechdachs-Scholar und ein klauender Engel – / Unvergleichlich: mein Villon, François.«

Womöglich aber sind wir selbst Assyrer und stehen deshalb dem Massenmord an den Sklaven und Gefangenen, Geiseln und Rebellen so gleichgültig gegenüber? Wenn uns zu Ohren kam, dass wieder jemand umgebracht worden war, sagten wir zueinander: »Es geschieht doch massenhaft. Was kann man machen!« Wir respektieren Massenkampagnen, Massenveranstaltungen, Entscheidungen und Anordnungen. Unter den assyrischen Königen gab es gute und böse. Wer aber fällt dem König in den Arm, wenn er das Zeichen gibt zur Vernichtung der Gefangenen oder dem Architekten gestattet, einen Palast für sich selbst zu erbauen? Und waren nicht vielleicht diese ermordeten Gefangenen ebenjene Masse, die uns heute derart schreckt? Überall, wo eiserne Ordnung herrscht, entsteht »Masse«, aber in ihrem Alltag leben die Menschen ihr Leben und bleiben Menschen. Mir ist immer wieder aufgefallen, dass im Krankenhaus, in der Fabrik, im Theater, also in einem in sich geschlossenen Raum, durchaus menschlich miteinander umgegangen und ein Leben geführt wird, das die Menschen dort nicht zur »Masse« macht.

»Brauchen wir nicht«

»Wir leben offenbar im Überbau«, stellte O. M. nach unserer Rückkehr aus Georgien im Jahr 22 fest. Nicht lange zuvor hatte er über die Abtrennung der Kultur vom Staat geschrieben, nun war der Bürgerkrieg zu Ende und die jungen Erbauer des neuen Staates begannen, wenngleich zunächst nur theoretisch, allen Lebensbereichen ihren Platz zuzuweisen. Dabei wurde die Kultur dem Überbau zugeschlagen, und dies zeitigte sogleich entsprechende Folgen. Klytschkow, ein unsicherer Mensch von sehr sanfter Umgangsart, ein Zigeuner mit strahlend hellblauen Augen, sagte fassungslos zu O. M. über Woronskij: »Er will nicht und ist zu nichts zu bewegen. Er sagt nur: ›Brauchen wir nicht‹.« Woronskij weigerte sich wie alle anderen auch, O. M.s Werke zu veröffentlichen, schließlich hatte der Überbau die Basis zu festigen, und O. M.s Gedichte taugten dazu nicht.

Die Formulierung »Brauchen wir nicht« klang auf ukrainisch noch viel lachhafter. 1923 suchte O. M. in Kiew die für Kunst und Kultur zuständige Abteilung auf, um die Genehmigung für eine Lesung zu beantragen. Der Beamte im ukrainischen Hemd mit Stickerei lehnte ab. Warum? »Ne treba« – »Brauchen wir nicht« –, antwortete er gleichgültig. Diese Antwort wurde bei uns zum geflügelten Wort, die ukrainischen Hemden kamen in Mode, lösten etwa in der Mitte der zwanziger Jahre die russischen Stehkragenhemden ab und wurden gleichsam zur Uniform der verantwortungsbewussten Arbeiter des ZK und der Kommissariate.

Die endgültige Ordnung im Überbau wurde 1930 hergestellt, als in der Zeitschrift »Bolschewik« ein Brief Stalins veröffentlicht wurde, der forderte, nichts, das von der staatlichen Linie abweiche, dürfe publiziert werden. Damit verlor die Zensur im Grunde genommen ihre Bedeutung. Die so oft verfluchte Zensur ist nämlich tatsächlich ein Zeichen für relative Pressefreiheit – sie verbietet die Publikation gegen den Staat gerichteter Werke. Selbst wenn die Zensoren so dumm sind, wie es ihnen ansteht, vermag die Zensur es nicht, die Literatur zu vernichten. Der stalinistische Apparat aus Redakteuren und Lektoren handelte sehr viel zielgerichteter: Er wies alles zurück, was dem klaren staatlichen Auftrag nicht entsprach. In der Redaktion der Zeitschrift »SKP«, wo ich zum Zeitpunkt des Erscheinens von Stalins Brief arbeitete, begann eine fieberhafte Durchsicht der Manuskripte – wir zerpflückten und beschnitten haufenweise Material. Das wurde als »Anpassung an die Weisung des Genossen Stalin« bezeichnet. Ich brachte die Nummer des »Bolschewik«, in der Stalins Brief veröffentlicht worden war, mit nach Hause und zeigte ihn O. M. Als er ihn gelesen hatte, meinte er nur: »Wieder ›Ne treba‹, aber dieses Mal endgültig.« Er sollte recht behalten. Dieser Brief war der Wendepunkt in der Ausformung des Überbaus. Bis heute ist er bei den Hütern der Stalinschen Traditionen nicht vergessen, die die sowjetische Literatur vor den Mandelstams, Sabolozkijs, Achmatowas, Pasternaks und Zwetajewas schützen. Die Begründung »Ne treba« klingt bis zum heutigen Tag in unseren Ohren.

Sergej Klytschkow war lange Jahre im Herzen-Haus und später in der Furmanow-Gasse ein Nachbar von uns, und wir standen stets in freundschaftlichem Verhältnis zu ihm. Der dritte Teil der »Verse über die russische Poesie« ist ihm gewidmet – »Schön fand ich den Wald, vortrefflich«. O. M. widmete ihm dieses Gedicht, nachdem Klytschkow die Zeilen »Ausgeburten nutzlos kauen / Sich hinein zur höchsten Qual« gelesen und gesagt hatte: »Das bezieht sich auf Sie und auf mich, Ossip Emiljewitsch.«

Klytschkow wurde bereits sehr früh aus der Redaktion entfernt, da er aufgrund seines bäuerlichen Charakters kein Beamter werden konnte, der sich bemühte, dass der Überbau unbefleckt blieb. Er lebte von der Übersetzung irgendeines endlosen Werkes, des Abends setzte er seine Brille auf, an der ein Bügel abgebrochen war – er ersetzte diesen durch eine Schnur –, und las in der Enzyklopädie, ganz wie ein gelehrter Schuster in der Bibel liest. Mir hat er einmal das Schmeichelhafteste gesagt, das eine Frau über sich zu hören bekommen kann: »Sie, Nadenka, sind eine sehr kluge Frau und ein sehr dummes Mädchen.« Der Anlass für dieses Kompliment war, dass ich Luppol O. M.s Epigramm über ihn vorgelesen hatte.

O. M. schätzte Klytschkows »Wolfs«- bzw. Abtrünnigen-Zyklus und las häufig Teile daraus vor, wobei er Klytschkows Dialekt nachahmte. Diese Gedichte sind bei der Hausdurchsuchung beschlagnahmt worden und verloren, weil Klytschkow nicht daran gedacht hatte, sie rechtzeitig in Sicherheit zu bringen. Sie sind verschwunden, wie alles, was in die Lubjanka verbracht wurde. Auch Sergej Antonowitsch selbst ist verschwunden. Seiner Frau wurde mitgeteilt, er sei zu »zehn Jahren ohne Recht auf Briefverkehr« verurteilt. Wir haben nicht sofort begriffen, dass dies gleichbedeutend war mit Erschießung. Es hieß, dass er sich dem Untersuchungsrichter gegenüber mutig und unabhängig verhalten habe. Ich glaube, dass Augen wie seine einen Untersuchungsrichter zur Weißglut treiben müssen. Die Untersuchungsrichter waren damals ja überzeugt, dass jeder, den sie für schuldig hielten, auch schuldig war und deshalb eine Gerichtsverhandlung nicht unbedingt notwendig sei. Mitunter erschossen sie die Verdächtigen beim Verhör, und es heißt, dass auch Klytschkow auf diese Weise umgekommen ist.

Nach Klytschkows Tod war Moskau weniger ausdrucksstark. Er war mit Pawel Wassiljew befreundet gewesen, den er seinen bösen Engel nannte, weil Pawel ihn immer wieder zum Trinken animierte und zu Frauen mitschleppte. Einmal wurden in der »Krasnaja Now« aufgrund eines Versehens der jungen Damen, die in der Redaktion arbeiteten, Gedichte von Klytschkow unter dem Namen Mandelstam veröffentlicht und die beiden mussten zusammen die Redaktion aufsuchen, um die jungen Frauen zu schelten und die Honorarzahlung auf Klytschkows Namen zu überschreiben. Sie waren kluge Männer und sehr dumme Jungen, denn es kam ihnen nicht in den Sinn, dass in späteren Zeiten einmal die Frage der Autorschaft dieser Gedichte gestellt werden könnte. Die jungen Damen wollten keine Richtigstellung veranlassen, dass versehentlich Mandelstam anstelle Klytschkows als Autor angegeben worden war, denn sie fürchteten einen Verweis der Vorgesetzten für ihre Unachtsamkeit oder gar die Entlassung. Deshalb bestanden O. M. und Klytschkow nicht auf der Berichtigung, und so sind diese Gedichte am Ende der amerikanischen Ausgabe der Gedichte O. M.s zu finden. Gern würde ich die Herausgeber einer folgenden Ausgabe auf diesen Fehler aufmerksam machen, allein – ich kann ja nicht mit ihnen in Kontakt treten.

In jenen Tagen, als sich das Schicksal Klytschkows und Wassiljews entschied, warteten O. M. und ich am Bahnhof von Sawjolowo auf den Zug, und es fiel uns zufällig eine Zeitung in die Hände. Wir lasen dort, dass die Todesstrafe abgeschafft, die Höchststrafe jedoch auf zwanzig Jahre erhöht worden sei. O. M. freute sich anfangs darüber, denn die Todesstrafe empfand er stets als Gräuel, aber dann begriff er. »Wie viele mögen sie wohl dort umbringen, wenn sie es nötig haben, die Todesstrafe abzuschaffen«, meinte er. Im Jahr 37 wurde uns klar, dass auch die Menschen nach dem Prinzip »Brauchen wir« oder »Brauchen wir nicht« zur Vernichtung ausgewählt wurden.

Die Welt und das Weltliche

Eine Frau, die viele Jahre in Lagern zugebracht hatte, erzählte mir, sie und ihre Leidensgenossinnen hätten Trost in Gedichten gefunden, insbesondere in den Zeilen aus O. M.s Jugendjahren »Dennoch lieb ich sie: arm, meine Erde – / Eine andre hab ich nie gekannt«, die sie zu ihrem Glück auswendig kannten.

Unser Leben förderte die Abkehr von der Welt und die Suche nach transzendenten Wahrheiten nicht. »Du hast noch genug Zeit dafür«, entgegnete O. M. mir immer wieder, wenn ich von Selbstmord sprach, »das Ende ist überall gleich, und bei uns hilft man noch nach.« Der Tod war um so vieles realer und einfacher als das Leben, dass jeder es wie gegen seinen Willen wenigstens um einen Augenblick zu verlängern suchte – womöglich brachte ja der nächste Tag bereits Erleichterung! In Kriegszeiten, in Lagern und in Phasen des Terrors denken die Menschen sehr viel weniger über Tod oder gar Selbstmord nach als in Friedenszeiten. Wenn sich auf der Erde Pfropfen von Todesangst bilden und Berge absolut unlösbarer Probleme, treten allgemeine Fragen des Daseins in den Hintergrund. Warum hätten wir Naturgewalten und die ewigen Gesetze des Seins fürchten sollen, wo doch die Angst allerorten in der Gesellschaft spürbar war? So seltsam das auch klingen mag, lag darin nicht nur das Grauen, sondern auch der Reichtum unseres Lebens. Wer kann denn schon sagen, was Glück ist? Lebensfülle und -intensität sind, so scheint mir, konkretere Begriffe als das berühmt-berüchtigte Glück. Vielleicht lag ja darin, wie wir uns ans Leben klammerten, etwas viel Tieferes als in dem, nach dem die Menschen für gewöhnlich streben? Ich weiß nicht, wie man das nennen soll – vielleicht Lebenskraft. Aber ich erinnere mich immer wieder an ein Gespräch mit Sonja Wischnewskaja, der Witwe Wischnewskijs. Wir resümierten darüber, wie es uns so ergangen ist, und sie sagte zu mir: »Wir haben also unser Leben gelebt, ich ein glückliches, du ein unglückliches.« Arme, dumme Sonja! Nein, sie war nicht dumm, sondern geradezu eine Törin! Ihr Mann hatte die Schimäre der Macht in Händen, vor ihm krochen die Schriftsteller zu Kreuze, da er über Gelder verfügte, und wer ihm ergeben war, dem leitete er die neuen Aufträge der Regierung weiter. Er pflegte Kontakte ins ZK und war einige Male von Stalin empfangen worden. Er trank nicht weniger als Fadejew, saugte gierig die Luft der Staatlichkeit ein und erlaubte sich in kleinen Dingen so etwas wie Opposition – er forderte, Joyce zu veröffentlichen, und unterstützte einen in Ungnade gefallenen Marine-Offizier, indem er ihm Geld nach Taschkent schickte, wo dieser sich in der Verbannung befand, später nach Woronesch mit Geldsendungen über meinen Bruder. Er hatte ein Automobil, eine Wohnung und ein Sommerhaus, das Sonja nach seinem Tod auf niederträchtige Weise genommen wurde. Bis zu ihrem Tode blieb Sonja jenem treu ergeben, der sie mit diesem Luxus versorgt hatte, und war wütend auf Chruschtschow, weil Erben seit seinem Machtantritt nur noch die Hälfte der Schriftstellerhonorare ausgezahlt wurde, das ihnen ihrer Meinung nach doch zur Gänze zustand. Über Sonja wurden viele Geschichten erzählt, in denen man sich über sie lustig machte, aber sie war trotz allem eine wundervolle Frau, und niemand nahm es ihr übel, dass sie lauthals herumposaunte, Volksfeinde hätten ihren Mann im Kreml-Krankenhaus ums Leben gebracht. Tatsächlich aber war es ihr Glück, dass er früh genug starb und nicht mehr die Zeit hatte, sein Erbe einer ihrer Konkurrentinnen zu überschreiben. Viele beneideten Sonja und hätten gern etwas von ihrem Glück gehabt. Und das konnte man durchaus als Erfolg und Glück bezeichnen, insofern hatte sie recht.

Auch ich wollte, wenn schon nicht »Glück«, so doch wenigstens Wohlergehen – »Oh, lieber war ihr das Gekreisch von Ruderdollen, / Ein Haufen Schafe und ein Deck, breit wie ein Schoß.« – ein ruhiges Leben mit seiner schlichten Verzweiflung, mit Nachdenken über die Unausweichlichkeit des Todes und die Eitelkeit alles Irdischen. Das war uns nicht vergönnt, und vielleicht ist es gerade das, was O. M. meinte, als er dem Untersuchungsrichter sagte, er habe nach der Revolution seine Angst verloren.

Der Akmeismus war für O. M. nicht nur »Sehnsucht nach Weltkultur«, sondern auch Anerkenntnis des Irdischen und Sozialen. Wie bei jedem, dem eine ganzheitliche Weltsicht zu eigen ist, wird in jeder Äußerung O. M.s sein Verständnis des Gesamten ersichtlich. Dies ist selbstredend kein wohldurchdachtes philosophisches System, sondern eher das, was er selbst in einem seiner Aufsätze als »Weltgefühl des Künstlers« bezeichnet hat. »Ich habe begriffen«, sagte Tyschler, dieser wunderbare Künstler, einmal zu mir, »dass ein Mensch, der schlicht mit einem Messer ein Stück Holz schnitzt, plötzlich Gott hervorbringt.« Über Pasternak sagte er: »Warum musste er konvertieren? Wozu brauchte er die Religion und ihre Vermittler? Er hat doch seine Kunst.« Ähnlich wie die mystische Erfahrung die religiöse Weltsicht bestimmt, eröffnet die Erfahrung des künstlerischen Arbeitsprozesses dem Künstler die dingliche und geistige Welt. Vielleicht liegt ja gerade in dieser Erfahrung des Künstlers der Grund dafür, dass O. M.s Anschauungen hinsichtlich der Poesie, der Rolle des Dichters in der Gesellschaft und der »Verschmelzung des verstandesmäßigen und moralischen Elements« in der Kultur insgesamt und bei jedem einzelnen Menschen sich im Verlauf seines Lebens nicht grundlegend verändert haben und er sich nicht von seinen frühen, in der Zeitschrift »Apollon« veröffentlichten Aufsätzen distanzieren musste. Im Grunde waren bei ihm Anschauungen und Weltgefühl sein ganzes Leben lang eins. Auch in seinen Gedichten ist, ungeachtet der deutlich unterschiedenen Entstehungsphasen, diese Übereinstimmung zu bemerken, und er nimmt in ihnen sogar oftmals Bezug auf die Prosa, die in einer früheren Phase entstanden ist. Insofern kann die Prosa als Kommentar zu den Gedichten gelesen werden.

Die Verbundenheit mit der Welt und dem Weltlichen blieb O. M. bis in seine letzten Tage erhalten. Seinen Lohn erwartete er »nicht im Himmel – auf Erden, hier unten«, obgleich er auch fürchtete, das nicht mehr zu erleben. »Hoffentlich erleben wir es«, sagte er einmal zu mir. In einem seiner letzten Gedichte schreibt er, sich schon auf den Tod vorbereitend: »Unterm vorläufigen Fegfeuerhimmel / geht das Gedächtnis uns allzu oft aus / Dieses glückliche Himmelsrauminnre / Ist uns weitgespannt, ein Leben lang Haus.«

Bei der Lektüre der »Selbsterkenntnis« von Berdjajew, einem der außerordentlichen Denker unserer Zeit, fiel mir auf, wie unterschiedlich die Einstellungen zum Leben und dem Weltlichen bei O. M. und Berdjajew sind. Möglicherweise waren sie es aufgrund der Tatsache, dass der eine Künstler war und der andere ein Mensch des abstrakten Denkens. Darüber hinaus ist ja Berdjajew in seinem Denken dem Symbolismus verhaftet, obgleich Differenzen mit den Symbolisten und eine gewisse Enttäuschung seinerseits nicht zu übersehen waren, brach er doch nicht mit ihnen, während O. M.s gesamtes Leben und Werk von der Rebellion gegen den Symbolismus bestimmt waren.

Für Berdjajew war das »Leben aus Sorgen bestehende Alltäglichkeit«, er strebte »nach der Poesie des Lebens und nach Schönheit, im Leben aber herrscht Prosa und Hässlichkeit«. Berdjajews Auffassung von Schönheit war jener entgegengesetzt, die ich bei allen Künstlern und Dichtern, die sich vom Symbolismus losgesagt hatten, bemerkt habe. Weder für den Maler noch für den Dichter war die Alltäglichkeit verachtenswert, denn eben darin sah er Schönheit – wobei dieses Wort von meiner Generation so gut wie gar nicht verwendet wurde. Die Symbolisten – Wjatscheslaw Iwanow und Brjussow – haben sich die Rolle der Hohepriester des Lebens zu eigen gemacht, für sie schlossen Alltäglichkeit und Schönheit einander aus. Die auf sie folgende Generation kehrte wieder auf die Erde zurück, ihre Welt wurde auf diese Weise größer, in ihr gab es nun keine Trennung mehr zwischen hässlicher Prosa und erhebender Poesie. In diesem Zusammenhang erinnere ich an Achmatowa, die wusste, »aus welchem Schmutz Gedichte ganz ohne Scham erwachsen können«, sowie an Pasternak und seine leidenschaftliche Verteidigung des alltäglichen Lebens in seinem Roman. Mandelstam war dieses Dilemma vollkommen fremd. Er suchte nicht, wie Berdjajew und die Symbolisten, dem Irdischen, Gewöhnlichen, der Sphäre von Raum und Zeit zu entfliehen in jene des rein Geistigen. In seinem ersten Aufsatz, in dem er eine Art Poetologie entwickelte, versuchte er die Verbindung zur Welt mit ihren drei Dimensionen zu begründen. Er führt aus, dass die Welt für ihn »nicht Last und unglückliche Zufälligkeit, sondern ein von Gott gegebener Palast« ist. Es folgt eine Polemik gegen solche Denker wie Berdjajew, die aus dem

Diesseits zu einer besseren Welt strebten und meinten, das Leben auf dieser Erde sei ein Zeichen dafür, dass Gott den Menschen verlassen habe. In diesem seinem Manifest »Der Morgen des Akmeismus« schreibt O. M.: »Wirklich, was würden Sie über den undankbaren Gast sagen, der auf Kosten des Hausherrn lebt und von seiner Gastfreundschaft profitiert, ihn im Grunde seines Herzens jedoch verachtet und nur daran denkt, wie er ihn überlisten könnte.« Mit »überlisten« ist hier gemeint, sich aus dem dreidimensionalen Raum und aus der Zeit herauszubegeben. Für Mandelstam bzw. den Akmeisten, als den er sich bezeichnet, ist der dreidimensionale Raum lebensnotwendig, denn er fühlt sich seinem Gastgeber gegenüber verpflichtet – er ist auf dieser Welt, um etwas zu erbauen, und das ist nur in der Dreidimensionalität möglich. Aus dieser Auffassung ergibt sich sein Verhältnis zur dinglichen Welt. Diese ist dem Künstler bzw. dem Baumeister, wie er es nennt, nicht feindlich gesinnt, denn die Materie ist uns gegeben, um mit ihr etwas zu erbauen. Baumaterial ist der Stein. Dieser »dürstet gleichsam nach einem anderen Dasein«, und er will ins »Kreuzgewölbe«, um teilzuhaben an der freudigen Wechselwirkung mit seinesgleichen. O. M. verwendet das Wort »Schöpfung« nicht, dieser Begriff war ihm fremd. Seit seiner Jugend sah er sich als »Baumeister« – »aus trüber Schwere / Werd ich, auch ich, sie schaffen – Schönheit und Gestalt.« Er weicht also nicht vor der Materie zurück, sondern spürt ihr Gewicht, ihre Schwere, ihre Bestimmung, Teil des Bauwerks zu werden. Berdjajew spricht des Öfteren von der höheren Bestimmung des Menschen auf dieser Erde, von seinem Schöpfertum, aber er führt nicht aus, worin dieses Schöpfertum besteht, vermutlich, weil er nicht die Erfahrung des Künstlers gemacht hat, die Erfahrung des Gewichts eines Gegenstands und eines Wortes. Seine Erfahrung war eine mystische, die ihn aus der Welt der Materie herausführte. Die dem Mystischen vergleichbare Erfahrung des Künstlers eröffnet diesem den Schöpfer durch das, was er erschafft, und Gott durch den Menschen. So, wie ich es verstehe, ist es dieser Weg, den W. Solowjows und

Berdjajews Lehre vom Gottmenschentum beschreibt. Ist nicht deshalb jedem wahren Künstler das Gefühl zu eigen, im Recht zu sein, von dem O. M. sprach?

Wenngleich er es nicht zulassen wollte, empfand Berdjajew doch Verachtung für den »Menschen der Masse«. Auch dies dokumentiert seine Nähe zu den Symbolisten. Ob das auf Nietzsche zurückzuführen ist, der auf die Symbolisten einen sehr großen Einfluss hatte? Berdjajew beklagt, dass »wir in einem Zeitalter der Kleinbürgerlichkeit leben, das das Hervortreten starker Persönlichkeiten verhindere«. Berdjajew neigte dazu, sich zurückzuziehen. Es war ihm »zuwider, andere seine Bedeutsamkeit und geistige Überlegenheit spüren zu lassen«. Als ich dies las, erinnerte ich mich an die Worte Puschkins »Und aller Elenden hienieden / Scheint er der Elendste zu sein«, die von dem ganzen Weresajew-Gezücht vollkommen falsch verstanden wurden. Puschkin meint hier das schlichte Gefühl, eins mit den anderen Menschen zu sein, da keiner besser sei als der andere, Fleisch vom Fleische, Knochen vom Knochen – warum sollte einer schlechter sein als der andere? Ich meine, dieses Gefühl, eins zu sein mit den anderen, ihresgleichen zu sein und, ja, möglicherweise auch ein wenig Missgunst zu empfinden, dass alle ebenso wohlgeraten sind wie man selbst, ist das, was einen Dichter ausmacht. In seinem in jungen Jahren geschriebenen Aufsatz »Über den Gesprächspartner« geht O. M. auf den Unterschied von Literatur und Poesie ein und schreibt: »Der Literat wendet sich immer an den konkreten Zuhörer, den lebenden Vertreter der Epoche. [...] Der Gehalt des Literaten fließt aufgrund des Gesetzes von den ungleichen Ebenen auf den Zeitgenossen über. Folglich ist der Literat verpflichtet, ›höher‹ zu stehen, ›besser‹ zu sein als die Gesellschaft. Belehrung ist der Nerv der Literatur. [...] Anders verhält es sich mit der Poesie. Der Dichter ist nur mit seinem providentiellen Leser verbunden. Höher zu stehen als seine Epoche, besser zu sein als seine Gesellschaft – dazu ist er nicht verpflichtet.« O. M. empfand sich tatsächlich als den anderen Menschen ebenbürtig, als einer von ihnen, einer, der vielleicht sogar schlechter war als sie. »Und neben Bauernbärten träumend / Geh ich vorüber, geh nur, geh.« Die Position der Symbolisten war, dass sie die Menschen belehren wollten, das war ihre kulturelle Mission. Deshalb meinten sie, über der Masse zu stehen, und deshalb huldigten sie starken Persönlichkeiten. Nicht einmal Blok war davor gefeit, sich für etwas Besonderes zu halten, allerdings war dieses Bewusstsein bei ihm gepaart mit dem für den Dichter natürlichen Gefühl der Verbundenheit mit den einfachen Menschen von der Straße, der Masse. Für Berdjajew – als Philosoph, nicht als Künstler – ist das Bewusstsein seiner Überlegenheit ganz natürlich, wobei seine Verehrung der Aristokratie und der starken Persönlichkeit auch dem Denken der Zeit entsprachen.

O. M. erlaubte sich keine Ausfälle gegen das »Kleinbürgertum«. Im Gegenteil stand er den Kleinbürgern mit Respekt gegenüber und nannte deshalb nicht von ungefähr Herzen, der sie an den Pranger gestellt hatte, einen »Werten Herrn«. Besonders aber erstaunten ihn die Angriffe auf das Kleinbürgertum und die Kleinbürger in unserer Zeit. »Was wollen sie nur von den Kleinbürgern?«, fragte er einmal. »Sie sind doch die Schicht, die am robustesten ist und alles zusammenhält.« Im Grunde stieß ihn nur eine einzige Kategorie von Menschen ab, und zwar die literaturbeflissenen Damen, die einen Salon führten, und ihre Schwestern aus den technischen Berufen. Diese waren ihm allzu prätentiös, und er mochte sie nicht. Das beruhte auf Gegenseitigkeit. In der »Reise nach Armenien« findet sich eine Stelle, die wie ein Ausfall gegen das Kleinbürgertum wirkt. Dort geht es um unsere Nachbarn in Samoskworetschje. Aber diese Nachbarn waren keine Kleinbürger im eigentlichen Sinne mit gefestigtem Alltag und Traditionen, sondern eine verzopfte finstere Herde freudloser Menschen, die sich freiwillig und mit Freude in die neue Sklaverei begab. Hier ist er auf Seiten Berdjajews, der konstatierte, dass »nach dem Ersten Weltkrieg eine Generation auf den Plan getreten ist, die die Freiheit verachtete und Autorität und Gewalt zu lieben begann.« Berdjajew jedoch ist der Ansicht, dies sei eine Folge des »demokratischen Zeitalters«, und hier liegt sein Irrtum. Die gesamte Geschichte der letzten Jahrzehnte war zutiefst antidemokratisch, und in unserem Land trat das ganz besonders zu Tage.

Das »Führerprinzip«, an dem die erste Hälfte des zwanzigsten Jahrhunderts krankte, war doch eine Absage an die Demokratie. Aus der Ferne bemerkte Berdjajew nicht, wie der einfache Mensch niedergetrampelt wurde, und nahm die Entwicklung hin zu »GPU-Menschenverachtung«, wie wir es nannten, nicht wahr. Es gab ja nicht nur einen »Führer«, sondern jeder, der auch nur über ein winziges Stück der Macht verfügen konnte – jeder Untersuchungsrichter und jeder Hausverwalter –, fühlte sich als solcher. Wir hatten nicht begriffen, was es bedeutet, von der Macht verführt zu werden. Wer will schon ein Napoleon sein? Aber das ist es ja gerade! Kein Direktor eines Instituts will doch nach ganz oben, sondern klammert sich verzweifelt an seinen Direktorenposten und zieht aus ihm alle Genugtuung seiner Macht. Aus allen Löchern krochen kleine Diktatoren. Sie bevölkerten und bevölkern unsere Erde, aber sie werden weniger, denn die Menschen haben sich dieses Spiels bereits ausreichend erfreut, dieses Spiel ist Vergangenheit.

Berdjajew erkennt wie die Symbolisten die »Moral der Gruppe« sowie das »Element der Vererbung« nicht an, da sie der Freiheit wiedersprächen. Hiermit ist sein Freiheitsbegriff jener Selbstherrlichkeit nahe, die der Intelligenzija in der Zeit vor der Revolution zum Verhängnis wurde. Kultur ist ja nicht nur das, welchem die höheren Klassen frönen, sondern auch das, was von Generation zu Generation weitergegeben wird, ebenjene Kontinuität, ohne die das Leben in sich zusammenstürzen würde. Die »Vererbung« ist oftmals unerträglich und nimmt starre Formen an, kann jedoch nicht ganz so furchtbar sein, da die Menschheit ja weiterhin existiert. Die Bedrohung der Menschheit geht also nicht von der ererbten Moral aus, sondern vom übermäßigen Erfindungsgeist der zu allem bereiten

Gruppen. O. M. bezeichnet den Dichter als einen, der »den Sinn des Bildes ins Wanken« bringt; was jedoch nicht Rebellion gegen die Grundfesten und Erbfolge meint, sondern vielmehr die Abkehr vom Erstarrten, von der leblosen Phrase, die, weil sie wie versteinert ist, den Sinn des Gesagten verzerrt. Insofern ist dies ein Aufruf zum Leben, zur lebendigen Beobachtung, zur Erfassung der Ereignisse und gegen die Versteinerung. Spricht er nicht in diesem Sinne auch von der »Kultur des Anstands«? In der Kunst findet ganz offensichtlich eine Wiederholung dessen statt, das bereits stattgefunden hat und zu Ende gegangen ist, das aber von den Menschen mit Freude aufgenommen wird, denn sie ziehen es vor, sich von denen, die »den Sinn des Bildes ins Wanken« bringen, fernzuhalten.

Am problematischsten bei Berdjajew ist sein Freiheitsbegriff. Er setzte sich sein Leben lang mit der Frage der Freiheit auseinander, O. M. hingegen stellte sich diese Frage überhaupt nicht, da er sich, wie wohl jeder andere Künstler auch, nicht vorstellen konnte, dass es Menschen gibt, die nicht über innere Freiheit verfügen. Offenbar meinte er, die Freiheit sei mit dem Menschen untrennbar verbunden. Im sozialen Bereich strebte Berdjajew den Primat der Persönlichkeit über die Gesellschaft an, für O. M. indes ging es um die Persönlichkeit innerhalb der Gesellschaft, ähnlich, wie er um die Stellung der Poesie und des Dichters in der Gesellschaft kämpfte. Daraus folgt, dass er die Gesellschaft als Grundtatsache und als höchste Form der sozialen Struktur akzeptierte.

Es mag lachhaft klingen, aber selbst bei Kleinigkeiten wie der Beziehung zur Frau, oder besser gesagt der Beziehung zu Frauen, war Berdjajew Symbolist und O. M. Akmeist. Die Symbolisten huldigten in ihren Gedichten der »Schönen Dame«, der Hohepriesterin und jener, »auf deren Schultern die Welt ruht«, wie Anna Achmatowa und ich es nannten. In Zeiten meiner Jugend waren diese »Schönen Damen« noch zahlreich, und sie waren unvorstellbar überheblich, da sie sich der Erhabenheit ihres »Dienstes« bewusst waren. Sie gaben unerhörten Unsinn von sich, wie beispielsweise Je. Rapp in ihren Anmerkungen zur »Autobiographie«, in denen Schlangen aus unerfindlichen Gründen Krallen, Frauen Schlangengesichter haben und Männer in Umhängen und mit Schwertern auftreten. All diese Frauen sind außergewöhnlich und ebenso sind es die Beziehungen mit ihnen. Bei den Akmeisten war alles sehr viel schlichter.

Berdjajew waren weltliche Freuden fremd. Obgleich Mandelstam das Glück nicht suchte, sah er all das, was ihm im Leben kostbar war, als Freude und Spiel. »Unsere ganze zweitausendjährige Kultur ist dank der wunderbaren Güte des Christentums eine *Entlassung der Welt in die Freiheit* zum Spiel, zur geistigen Heiterkeit, zur freien ›Nachahmung Christi‹.« Und: »Nur das Wort kann Schwermut heilen, / Wort, du reine Heiterkeit.«

Ich würde gern auch O. M.s Auffassung des Wortes darlegen, aber das vermag ich nicht. Ich glaube, er wusste, was die »innere Form des Wortes« ist, und kannte den Unterschied zwischen dem Wort als Zeichen und als Symbol. Von Gumiljows berühmtem Gedicht über das Wort war er nicht besonders angetan, aber er erklärte nicht, warum. Seine Auffassung von der Zahl war offenbar eine andere als die Gumiljows. O. M. legte stets Wert auf die Anzahl der Verse und Strophen eines Gedichts und der Kapitel in der Prosa. Meine erstaunte Frage, ob das denn wichtig sei, verärgerte ihn – er wertete mein Unverständnis als Nihilismus und Ungebildetheit, schließlich gebe es doch nicht von ungefähr heilige Zahlen wie beispielsweise die Drei oder die Sieben. Auch die Zahl war Kultur und von den Ahnen überlieferte Gabe.

In Woronesch entstanden O. M.s Gedichte mit sieben, neun, zehn und elf Zeilen. Die Sieben- und Neunzeiler bildeten häufig einen Teil eines Gesamten eines längeren Gedichts. Ihm schien dann, es sei eine neue Form im Entstehen. »Du verstehst doch«, sagte er zu mir, »was diese Vierzehnzeiler bedeuten. Also müssen auch diese Sieben- und Neunzeiler etwas bedeuten. Sie entstehen immer ganz ungewollt.« Das war aber keine Zahlenmystik, sondern eher so etwas wie eine erprobte Methode zur Überprüfung der Harmonie.

All meine Ausführungen über die Gegensätzlichkeit Berdjajews und O. M.s beziehen sich auf die Auffassungen, die Berdjajew mit den Symbolisten verbanden. Gleichwohl ist er in seinem philosophischen Denken nicht immer einig mit ihnen, es finden sich lediglich einige Aussagen bei ihm, die das Zeichen ihrer Zeit tragen. Es liegt auf der Hand, dass alle Denker dem Geschmack ihrer Zeit unterworfen sind, und obgleich Berdjajew ebenso wie O. M. behauptete, er sei niemandes Zeitgenosse, war er doch ein Kind seiner Zeit. Trotzdem war er es, der etwas Grundlegendes über die Symbolisten sagte: Für sie existierten weder ethische noch soziale Probleme. Sie weigerten sich, sich dieser Thematik zuzuwenden, und ebendies ist der Grund, warum O. M. gegen die »Allesfresserei« Brjussows aufbegehrte, gegen die Schemenhaftigkeit und Zufälligkeit aller Werte. Berdjajew hat die symbolistische Gedankenwelt in seinem Denken überwunden, gleichwohl blieb er dem Zauber dieser großen Seelenfänger stets verhaftet.

Es ist bedauerlich, dass es O. M., obgleich er sich sehr darum bemüht hat, nicht gelungen ist, Berdjajews Bücher zu bekommen. So hat er die Werke seines Zeitgenossen nicht lesen können, und ich kann deshalb nicht sagen, wie er sie aufgenommen hätte. Es ist ein Unglück, dass wir in unserer Isolation vom philosophischen Denken der Welt abgeschnitten waren. Das ist das größte Unglück, das dem Menschen widerfahren kann.

Archiv und Stimme

»Das Weltgefühl ist indessen für den Künstler nur Werkzeug und Mittel, wie etwa der Hammer in den Händen des Steinmetzes, und das einzig Reale ist das Werk selbst.« (»Morgen des Akmeismus«)

Das eine oder andere der Gedichte oder Prosastücke O. M.s

ist verloren, der Großteil jedoch konnte erhalten werden. Das ist das Ergebnis meines Kampfes gegen die Urgewalten, die auch mich und die erbärmlichen Fetzen Papier, die ich aufbewahrte, hinwegzureißen suchten.

In jungen Jahren bewahrt niemand seine Manuskripte auf. Kommt denn einem jungen Mann in den Sinn, dass die Blätter, die er vollgeschrieben hat, irgendwann einmal von Interesse sein könnten? Aber vielleicht ist es ja auch nicht schlecht, wenn die in der Jugendzeit entstandenen Gedichte verloren gehen. Das ist gewissermaßen eine Auswahl, die jeder Künstler treffen muss. Als er nach Kiew kam, hatte O. M. einen Korb bei sich. Darin hatte seine Mutter ihre Nähsachen aufbewahrt, und er hatte ihn mitgenommen, denn er war das Einzige, was ihm von seiner Mutter geblieben war. Der kleine Korb war mit einem großen Schloss versperrt. O. M. sagte mir, er bewahre dort die Briefe seiner Mutter und sonstige Papiere auf. Er wusste selbst nicht genau, was er dort hineingeworfen hatte. Von Kiew aus verschlug es O. M. und seinen Bruder auf die Krim. Schura spielte Karten mit Soldaten und verspielte ein Hemd seines Bruders nach dem anderen. Als O. M. einmal nicht zugegen war, wurden die Soldaten des kleinen Korbs habhaft, entfernten das Schloss und drehten sich mit dem darin befindlichen Papier Zigaretten. O. M. waren die Briefe der Mutter lieb gewesen, und er war wütend auf seinen Bruder. Seiner Manuskripte wegen zerbrach er sich nicht den Kopf – alles, was dort niedergeschrieben war, hatte er im Kopf.

In den ersten Jahren unseres Zusammenlebens hatte O. M. nicht ein einziges Blatt mit schriftlichen Aufzeichnungen. »Das zweite Buch« stellte er ganz aus dem Gedächtnis zusammen: Er diktierte die Gedichte oder schrieb sie selbst nieder, sah sie durch, nahm die einen auf und strich die anderen. Zuvor hatte er einen ganzen Stapel von nicht überarbeiteten Manuskripten dem Verlag »Petropolis« übergeben, von dort gelangten sie ins Ausland, wo dann der Band »Tristia« veröffentlicht wurde. Uns kam es nicht in den Sinn, dass ein Mensch ja sterben wird und mit ihm sein Gedächtnis. Darüber hinaus glaubte O.M., seine Gedichte, die er in Redaktionen abgegeben hatte, würden dort für alle Zeiten aufbewahrt. Er hatte keine Vorstellung, wie schlampig und liederlich in den Redaktionen gearbeitet wurde.

Meine Mutter schenkte mir sehr hübsche Koffer und einen großen Reisekoffer mit Aufklebern europäischer Hotels. Die kleinen Koffer brachten wir zum Schuhmacher, der uns aus dem festen Leder Stiefel machte. In den damaligen Zeiten war das ein großer Luxus, und wir schindeten großen Eindruck mit unseren Halbstiefeln aus hellgelbem Kofferleder. Der große, elegante Reisekoffer jedoch war zu nichts zu gebrauchen – woher hätten wir die Dinge nehmen sollen, die wir hätten hineinpacken können? Und so begann ich, die unterschiedlichsten Manuskripte dort abzulegen, wobei mir nicht einmal klar war, dass hier ein Schriftstellerarchiv entstand.

O.M.s Vater wurde krank, und wir mussten nach Leningrad fahren. Der betagte Herr konnte aus dem Krankenhaus nicht mehr in sein schrecklich heruntergekommenes Zimmer zurückkehren, und wir brachten ihn bei O.M.s jüngerem Bruder Jewgenij Emiljewitsch unter. Als wir seine Habseligkeiten zusammenpackten, stieß ich auf einen Reisekoffer wie den von meiner Mutter, ein wenig größer zwar, aber mit ebensolchen Aufklebern und Banderolen. O.M. hatte diesen Koffer einst in München gekauft, um wie ein vornehmer Tourist zu wirken. Reisekoffer solcher Art waren vor dem Ersten Weltkrieg in Mode gewesen. Der alte Herr hatte seine Bestandsbücher, Geldscheine und Münzen aus der Zarenzeit und aus Zeiten der Provisorischen Regierung dort hineingeworfen. Zuunterst entdeckte ich einen Stapel von O.M.s Manuskripten – frühe Gedichte und einige Seiten seines Vortrags über Skrjabin. Die Manuskripte und den Reisekoffer nahmen wir mit nach Moskau. So wurde das Archiv begründet. In den Reisekoffer flog alles, was nicht mehr gebraucht wurde: Gedichtentwürfe, Briefe, Aufsätze. O.M. machte keine Einwände, und so wuchs die Menge der Blätter stetig an. Die Arbeiten für den Lebensunterhalt – Übersetzungen von Gedichten und Prosa, Artikel für Zeitschriften, Verlagsgutachten zu hauptsächlich fremdsprachigen Büchern und Manuskripten – legte ich nicht im Koffer ab. Die Verlagsgutachten gingen im Lengis allesamt verloren – und O. M. hatte geglaubt, sie seien dort gut aufgehoben. Zwei oder drei sind zufällig, aufgrund eines Flüchtigkeitsfehlers gewissermaßen, in den Koffer geraten und deshalb erhalten geblieben. Als O. M. einen Sammelband mit seinen Aufsätzen zusammenstellte, waren diese vonnöten. Mein Bruder Shenja und ich schrieben die Aufsätze in Bibliotheken ab, vermutlich mit Streichungen und Änderungen durch die Zensur. Aus irgendeinem Grund wurde das Manuskript von »Rauschen der Zeit« nicht für aufbewahrenswert befunden. Möglicherweise ist der Reisekoffer erst später in unseren Besitz gelangt.

Nach der »Vierten Prosa« veränderte sich unsere Einstellung zu den Manuskripten, besser gesagt war es für uns damals ein erstes Zeichen, das uns mahnte, etwas zu unternehmen. Ein zweites Zeichen war die Verhaftung im Jahr 34.

Ich wollte nicht unbedingt das einzige Exemplar der »Vierten Prosa« auf unsere Reise nach Armenien mitnehmen. Die Zeiten waren zwar noch vergleichsweise unschuldige, doch für diesen Text hätte man O. M. nicht gerade liebevoll übers Haar gestrichen. Deshalb mussten wir einen vertrauensvollen Menschen finden, dem wir das Manuskript anvertrauen konnten. Das war der erste Versuch, einen Text nicht zu Hause aufzubewahren. Obgleich, der allererste war es nicht. Bei seinem Aufenthalt auf der Krim 1919 schrieb O. M. zwei Gedichte, die er nicht selbst aufbewahren wollte, und übergab sie Ljonja Landsberg. Ich habe ihn später einmal in Moskau getroffen, und damals, das war im Jahr 22, sagte er mir, die Gedichte seien nach wie vor in seinem Besitz. Sie verschwanden später ebenso wie Ljonja. Ich erinnere mich nur noch an ein oder zwei Zeilen aus diesen Gedichten. Sie werden wohl nie mehr ans Tageslicht kommen. Diese Geschichte war mir eine Mahnung, die Orte, an denen ich die Manuskripte aufbewahrte, zu überprüfen und jeweils mehrere Abschriften anzufertigen. Ein Manuskript der »Vierten Prosa« bewahrten wir zu keiner Zeit zu Hause, sondern nur an unterschiedlichen Orten auf, ich habe sie so oft abgeschrieben, dass ich sie auswendig kannte.

Als wir aus Armenien zurückgekehrt waren, strömten die Gedichte nur so aus O. M. heraus, und er spürte sogleich, dass er ein Ausgestoßener war. Ein Gespräch in Leningrad ist mir besonders im Gedächtnis geblieben. Es fand im Redaktionsbüro der »Iswestija« am Newskij-Prospekt statt. Ein Redakteur las das Gedicht »Meine Stadt fand ich wieder, mir zum Weinen vertraut« und sagte gleichsam wohlmeinend zu O. M.: »Sie sind sich klar darüber, was nach einem solchen Gedicht geschieht? Es erscheinen drei Männer bei Ihnen ... In Uniform ...« Uns war das klar, aber die sowjetische Macht hatte es damals noch nicht allzu eilig. Das Gedicht verbreitete sich mit unfassbarer Geschwindigkeit in einem wenngleich kleinen Kreise. O. M. war der Ansicht, dass auch dies eine Möglichkeit sei, die Gedichte zu bewahren: »Die Menschen bewahren sie auf.« Mich stellte das nicht zufrieden, und die Zeit sollte zeigen, dass ich recht hatte. Damals begann ich, Abschriften zu erstellen und sie zu verstecken. Ich stopfte sie in alle möglichen Ritzen in unserer Wohnung, zugleich aber gab ich jeweils einige Exemplare zur Aufbewahrung in die Hände anderer. Bei der Hausdurchsuchung im Jahr 34 konnten wir beobachten, wo gesucht wurde, aber da waren die Gedichte bereits ins Kissen eingenäht, im Kochtopf oder in den Stiefeln versteckt. Dort schaute niemand nach. Bedauerlicherweise versteckten wir dort keine Originalmanuskripte, sondern nur Abschriften, und auch diese waren nicht vollständig – schließlich trennte man das Kopfkissen nicht eines jeden neuen Gedichts wegen auf. Diesem Kissen entnahm ich nach unserer Ankunft in Woronesch das Gedicht über Ariost.

Woronesch war eine neue Etappe in unserem Leben, die mit einer Veränderung unserer Einstellung zur Archivierung einherging. Die Ära der idyllischen Kopfkissen ging zu Ende, denn ich erinnerte mich nur zu gut, wie zu Zeiten der Denikin-Pogrome in Kiew die Federn aus den jüdischen Kissen gestoben waren. O.M.s Gedächtnis wurde schlechter, je älter er wurde, zudem hatten wir bereits begriffen, dass das Gedächtnis mit dem Menschen untergeht und der Preis eines Menschenlebens an der Geheimbörse unseres Landes mit jedem Tag sank. Wir mussten also Menschen finden, die bereit waren, die Manuskripte an sich zu nehmen und aufzubewahren, doch es gab immer weniger solcher Menschen. Plötzlich hatte ich einen neuen Beruf: Während der gesamten drei Jahre in Woronesch fertigte ich Abschriften der Gedichte an, die ich unter den entsprechenden Personen verteilte, allerdings gab es keinen wirklich vertrauenswürdigen Ort für das Archiv außer meinem Bruder Shenja, und auch er bewahrte die Abschriften nicht bei sich zu Hause auf. In dieser Lage also erschien unvermittelt Rudakow auf dem Plan.

Sergej Borissowitsch Rudakow, Sohn eines Generals der zaristischen Armee, hatte bei der Ausweisung der Adligen aus Leningrad seine Heimatstadt verlassen müssen. Sein Vater und seine älteren Brüder waren kurz nach der Revolution erschossen worden. Seine Schwestern zogen ihn groß, er hatte die gewöhnliche Kindheit eines sowjetischen Pioniers, war in der Schule einer der Besten, hatte sogar ein Studium abgeschlossen und stand kurz davor, eine wohlanständige Stellung anzutreten, als er plötzlich von der Ausweisung betroffen war. Wie andere, die elternlos aufgewachsen waren, war er ganz besonders bemüht, den Anforderungen seiner Zeit zu entsprechen. Er hatte sogar eine sehr eigene Literaturtheorie entwickelt: Man dürfe nur das schreiben, was auch veröffentlicht würde. Er schrieb, wohl nicht zuletzt unter Einfluss von Marina Zwetajewas Werk, erlesene Gedichte, die dem Geschmack der damaligen Zeit entsprachen, und wählte Woronesch als Wohnort, um mit O.M. Kontakt pflegen zu können. Als er zum ersten Mal bei uns erschien, war ich gerade in Moskau und versuchte, einen Übersetzungsauftrag zu erhalten. Etwa einen Monat lang verbrachte

Rudakow mit O. M. allein. O. M. holte mich vom Bahnhof ab und erzählte mir auf dem Weg nach Hause, er habe einen neuen Freund gefunden, und zwar nicht einen Boris Sergejewitsch, sondern einen Sergej Borissowitsch, der ein Buch über Dichtung schreiben wolle und ein ganz wundervoller junger Mann sei. Nach seiner Erkrankung hatte O. M. sein Selbstvertrauen verloren und brauchte einen ihm freundschaftlich verbundenen Zuhörer, mit dem er die Gedichte, an denen er arbeitete, besprechen konnte. Er war auch davor nicht in der Lage gewesen, in vollständiger Abgeschiedenheit zu arbeiten – ich glaube, das kann niemand.

Sergej Borissowitsch versuchte nicht einmal, in Woronesch eine Arbeit zu finden, denn er hoffte, seine Frau könnte mit Unterstützung eines hochrangigen Offiziers – einer derer, die dann später, im Jahr 37, umgebracht wurden – seine Rückkehr erwirken. Er mietete eine Bettstatt in einem Zimmer, das er mit Troscha, einem Arbeiter und sehr feinem Kerl, teilte, und aß und trank bei uns. In dieser Zeit erging es uns mit den Einnahmen für Übersetzungen, aus dem Theater und dem Rundfunk noch einigermaßen gut, und deshalb machte es uns nichts aus, einen armen Knaben durchzufüttern. Als ich noch in Moskau war, hatte Rudakow sorgfältig alle Varianten des Gedichts »Schwarzerde« aufgehoben, das damals entstand. Nach meiner Rückkehr machten O. M. und ich uns daran, uns die bei der Hausdurchsuchung beschlagnahmten Gedichte ins Gedächtnis zu rufen, und Rudakow notierte sie in einem Heft. Am nächsten Morgen brachte er die Abschriften der Gedichte, die er mit einer lachhaft kalligraphischen Handschrift mit Schnörkeln auf die Seitenränder eines Pseudo-Whatman-Papiers übertragen hatte. Er verachtete mein Krähenfuß-Gekrakel und meine Ignoranz der Ästhetik der Handschrift gegenüber. Rudakow empfand es beispielsweise als ungebührlich, mit Tinte zu schreiben, er selbst schrieb ausschließlich mit Tusche. Er beschäftigte sich auch mit Tuschmalerei und zeichnete Silhouetten, die nicht schlechter waren als die der Trinker, die diese auf den Prachtstraßen am Fließband herstellen, und präsentierte uns seine Meisterwerke voller Stolz. Wenn er mir die Abschriften von O. M.s Gedichten vorlegte, sagte er mir immer wieder: »Diese Kopie wird im Archiv überdauern und nicht Ihr oder O. M.s Gekritzel.« Wir lächelten nur und wollten ihn nicht verletzen.

Des Öfteren warnten wir Rudakow, die Nähe zu uns könne ihm schaden, worauf er uns jedes Mal einen ganzen Schwall edelster Floskeln entgegenhielt, die uns aufstöhnen ließen, und wir wurden dadurch einigen seiner eher unangenehmen Eigenschaften gegenüber vielleicht etwas nachsichtiger gestimmt. Er war doch überaus hochmütig und Kalezkij, unserem anderen ständigen Gast, gegenüber ziemlich unverschämt, der ebenfalls aus Leningrad stammte und Student bei mit uns gut bekannten Professoren wie Ejchenbaum, Tynjanow und anderen gewesen war. Kalezkij war ein bescheidener und schüchterner junger Mann und sprach bisweilen offen aus, was andere niemals zu sagen gewagt hätten. Einmal sagte er voller Abscheu zu O. M.: »Alle Institutionen, mit denen wir zu tun haben, sind vollkommen unfähig, nicht in der Lage, die kleinsten Schwierigkeiten zu bewältigen. Die sowjetische Bürokratie ist heruntergekommen und am Ende. Und wenn jetzt die Armee im gleichen Zustand ist wie alles andere? Was ist, wenn ein Krieg ausbricht?« Rudakow erinnerte sich daran, was ihm in der Schule beigebracht worden war, und verkündete: »Ich glaube an die Partei!« Kalezkij wurde verlegen und errötete. »Ich glaube an das Volk«, sagte er leise. Neben dem hochgewachsenen und gutaussehenden Rudakow wirkte er ziemlich unauffällig, doch er hatte einen starken Charakter. Rudakow nannte ihn »das Quäntchen« und erläuterte: »Das ist die kleinstmögliche Einheit, die Arbeit verrichten kann.«

Ein weiterer, kaum erträglicher Wesenszug von Rudakow war sein ständiges Gejammer. In Russland sei es schon immer so gewesen, dass »die Umstände die Talente fressen«, und deshalb sei es auch ihm, so Rudakow, nicht möglich, das zu tun, wozu er bestimmt sei, nämlich sein Buch über Dichtung zu schreiben, den Menschen die Augen zu öffnen. O. M. ertrug solches Gerede nicht. »Warum schreiben Sie denn nicht?«, fragte er ihn. »Wenn jemand etwas zu sagen hat, dann wird er es zu allen Zeiten aussprechen.« So entzündete sich immer wieder Streit. Rudakow klagte über die Umstände – das Zimmer, Geld, Befindlichkeit –, wurde ärgerlich, stand auf, knallte die Tür und ging. Und ein oder zwei Stunden später kam er zurück, als sei nichts gewesen.

Rudakow hatte auch eine ausgeprägte Neigung, alle und jeden zu belehren. Und zwar in jedem Bereich – mich, wie Abschriften anzufertigen seien, O. M., wie Gedichte zu schreiben seien, Kalezkij, wie man zu denken habe. Jedes neu entstandene Gedicht O. M.s unterzog er einer verwegenen Interpretation gemäß der Theorie seines ungeschriebenen Buches, aus der stets der Vorwurf »Warum haben Sie mich nicht früher gefragt?!« herauszuhören war. Ich bemerkte, dass seine Anwesenheit O. M. immer wieder störte, und wollte ihn manchmal hinauswerfen, aber O. M. erlaubte es nicht: »Was soll er denn essen?«, fragte er, und alles ging weiter wie zuvor. Trotz allem hatten Rudakow und Kalezkij eine beruhigende Wirkung – ohne sie hätten wir unsere Isolation bereits viel früher empfunden. Beide kehrten zu Beginn des Jahres 36 nach Leningrad zurück, und wir blieben allein. Dann erschien Natascha auf der Bildfläche. Zu der Zeit, als wir in Woronesch bei dem Agenten, der Mäuse briet, wohnten, war Rudakow an Scharlach erkrankt und hatte im Krankenhaus die Bekanntschaft einiger »junger Damen« gemacht, was er vor uns verheimlicht hatte. Natascha, einer dieser »jungen Damen«, hatte er gar vor seiner Abreise das Versprechen abgenommen, dass sie nicht unsere Bekanntschaft suchen würde, aber sie hat ihr Wort nicht gehalten, und das war auch gut so. Kurz: Der junge Mann war ein seltsamer Kauz, und in Zeiten wie den unseren nehmen Freundschaften mit solchen Menschen kein gutes Ende. Er war es, dem ich die Manuskripte von größtem Wert anvertraut habe, und Achmatowa hat Gumiljows gesamtes Archiv auf einem Schlitten hinter sich hergezogen und zu ihm gebracht.

Nach einer Kriegsverwundung wurde Rudakow Rekrutierungsoffizier in Moskau. Ein Verwandter von ihm gab an, er sei Tolstojaner und könne seiner pazifistischen Überzeugung wegen kein Soldat sein. Rudakow nutzte seine Befugnisse und stellte ihn von der Wehrpflicht zurück, die Angelegenheit kam ans Licht, Rudakow wurde ins Strafbataillon versetzt und fiel gleich darauf an der Front. Die ihm übergebenen Manuskripte fielen seiner Witwe zu, und sie gab sie nie zurück. Als Anna Andrejewna sie im Jahr 53 einmal zufällig bei einem Konzert traf, sagte sie, das Archiv sei noch vollständig, ein halbes Jahr später gab sie Emma Gerschtejn gegenüber an, sie sei ganz zuletzt noch verhaftet und alle Manuskripte seien beschlagnahmt worden. Die Version der Geschichte des Verbleibs der Manuskripte veränderte sich später wieder, es hieß dann, sie sei verhaftet worden und ihre Mutter habe alles verbrannt. Es war nicht möglich festzustellen, was sich tatsächlich zugetragen hatte. Wir wissen nur, dass das eine oder andere Manuskript Gumiljows verkauft wurde, jedoch nicht von der Rudakowa selbst, sondern über Mittelspersonen.

Anna Andrejewna ist fuchsteufelswild wegen dieser Sache, aber sie kann nichts unternehmen. Einmal luden wir die Witwe Rudakow-Finkelschtejn unter dem Vorwand, dass wir einen Artikel von Rudakow veröffentlichen wollten, zu Achmatowa ein, aber es gelang uns nicht, irgendetwas zu erwirken. Mehr Erfolg hatte Chardshijew, er gewann ihr Vertrauen, sie übergab ihm Briefe Rudakows mit der Erlaubnis, daraus zu exzerpieren, was ihm vonnöten sei. Chardshijew ist ja ein großer Schmeichler, eine Circe, gutaussehend und bezaubernd, wenn er will. In Rudakows Briefen, die er täglich wie ein Tagebuch geschrieben und für die Nachwelt sorgfältig nummeriert hatte, war indes nichts erwähnt, das für uns relevant gewesen wäre. Der bedauernswerte Knabe war ganz offensichtlich psychisch sehr krank. Seine Briefe waren voll wahnsinnigen Gefasels von der Art, in O. M.s Zimmer habe sich die gesamte Poesie versammelt – ich erinnere mich nicht, ob er von der Dichtung der Welt oder nur der russischen sprach –, jedenfalls meinte er sich selbst, O. M. und einen kleinen Gedichtband von Waginow, der auch ein großer Dichter gewesen sei. Er schreibt davon, dass er O. M. das Dichten gelehrt, ihm alles erklärt habe und entsetzt darüber sei, dass aller Ruhm nicht ihm, sondern Mandelstam zufalle. Mandelstam habe sich aufgeführt wie Derschawin: Einmal habe er lauthals verkündet, er sei ein König, dann wieder habe er geklagt, er sei ein Wurm. In einem der Briefe erklärt Rudakow sich zum Erben Mandelstams, der angeblich zu ihm gesagt habe: »Sie sind mein Erbe und können mit meinen Gedichten verfahren, wie Sie wollen.« Ich zitiere den Inhalt dieser Briefe aus dem Gedächtnis, die Abschriften davon hat Chardshijew. Bei der Lektüre dieser Briefe wurde uns klar, dass es kein Zufall war, dass Rudakows Witwe O. M.s Archiv als ihr Eigentum betrachtete – ihr Mann hatte sich das ausgedacht, und sie handelte lediglich seinem Willen entsprechend. Was wir als reines Streben nach Profit aufgefasst hatten – schließlich ist der Verkauf von Autographen gewinnbringend –, war, so zeigte sich, Rudakows Wahnideen entsprungen. Schwer zu sagen, was geschehen wäre, wenn auch ich gestorben wäre. Womöglich hätte Rudakow vermeintliche Gerechtigkeit walten lassen und O. M.s Gedichte für seine eigenen erklärt. Allerdings wäre das doch schwierig gewesen, denn der Großteil der Gedichte kursierte ja in Abschriften. Ein solcher Versuch hatte in einem anderen Fall mit einem Skandal geendet, als Sewa Bagrizkijs Mutter das Gedicht »Stieglitz« unter dessen Namen veröffentlichte. Wirklich schlimm wäre es gewesen, wenn ich damals auf Rudakow gehört – er hatte mich von Emma Gerschtejn, mit der er befreundet war, in diesem Sinne bearbeiten lassen – und ihm alle Schriften O. M.s übergeben hätte, da alle Manuskripte an einem einzigen Ort aufbewahrt werden müssten. Chardshijew und ich kamen jedoch zu dem Schluss, dass es besser sei, die Manuskripte und Abschriften auf unterschiedliche Orte zu verteilen – wenn ein Ort aufflöge, gäbe es immer noch Exemplare, die an einem anderen aufbewahrt würden. Eine gewisse Anzahl von Gedichten – fast die gesamten in Woronesch entstandenen Entwürfe von Gedichten und der Großteil des Manuskripts von »Tristia« – sind bei Rudakow verschwunden. O. M. hatte offensichtlich bereits eine Vorahnung dessen, was mit seinem Archiv geschehen würde, als er im »Gespräch über Dante« schrieb: »Das Fortbestehen des Entwurfs entspricht also dem Gesetz der Energieerhaltung im literarischen Werk. Um ans Ziel zu kommen, muss man den Wind, der in eine leicht andere Richtung bläst, auffangen und nutzen.«

In dieser Angelegenheit sehe ich den Schuldigen nicht in dem dummen Jungen Rudakow, was auch immer seine Ziele gewesen sein mögen. Schuld haben jene, die uns ein solch »glückliches Leben« beschert haben. Hätten wir gelebt wie Menschen und nicht wie gejagtes Vieh, wäre Rudakow einer von vielen gewesen, die bei uns verkehrten, und es wäre ihm wohl kaum in den Sinn gekommen, sich das Archiv Mandelstams anzueignen und sich zu dessen Erbe zu erklären, und auch seine Witwe hätte nicht begonnen, mit den Briefen, die Gumiljow an Achmatowa geschrieben hat, Handel zu treiben.

Rudakow war einer der Protagonisten in der Geschichte des Archivs, es gab allerdings weitere positive und negative Momente, Episoden, die dem Drehbuch zu einem Film entnommen sein könnten. Natascha, die mir nach der Besetzung durch die Deutschen O. M.s Briefe aus dem brennenden Woronesch in einer Teedose brachte. Nina, die die Abschriften der Gedichte O. M.s in jenen Tagen vernichtete, als sie die erneute Verhaftung ihrer Schwiegermutter erwartete, sowie ihr Freund Edik, der damit prahlte, alle Blätter, die ich ihm anvertraut hätte, seien erhalten, obgleich er keinerlei Grund zu prahlen hatte, denn er wohnte bei seinem Schwiegervater, dem Selbstmörder aus Taschkent. Ich gab Abschriften in unterschiedliche Hände und stellte Mutmaßungen darüber an, welche erhalten bleiben würden. Der Einzige, der mich dabei unterstützte, war mein Bruder, und wir waren ständig unterwegs, um den wichtigsten Bestand von einem Ort zum anderen zu bringen. Ich schleppte in einem Koffer einen ganzen Stapel von Entwürfen zu Prosastücken mit mir herum, die ich unter einem Haufen sprachwissenschaftlicher Exzerpte zu meiner Dissertation versteckte, damit die unbedarften Zuträger, so sie sich in meiner Abwesenheit Zugang dazu verschafften, nicht erkennen konnten, was das für Papiere waren, und das Falsche mitnahmen. Mitunter verschwanden Blätter, auch heute kommt das noch vor, aber sicherlich aus einem ganz anderen Grund. Ich habe keine genaue Erinnerung an jedes einzelne Blatt, aber mir ist aufgefallen, dass vor nicht allzu langer Zeit erst eine ganze Mappe mit der Aufschrift »Material für die Biographie« verschwunden ist. Dieses Material ist in einer Abschrift erhalten, doch wohin die Originale verschwunden sind, ist mir unbegreiflich. In einem Buch, das ich für zweihundert Rubel gekauft hatte, waren vier Autographen eingelegt, nunmehr sind es nur noch zwei. Es handelte sich um den Band »Der Stein« mit den von Kablukow darin notierten Varianten und den von ihm dort aufbewahrten Autographen. Des Weiteren ist ein Brief Pasternaks an mich verschwunden, in dem er schrieb, von der zeitgenössischen Literatur – der Brief stammte aus der Zeit gleich nach dem Krieg – seien für ihn nur Simonow und Twardowskij von Interesse, weil er verstehen wolle, wie die Mechanismen des Ruhms funktionieren. Ich stelle mir vor, dass der Brief und die Autographen von Literaturliebhabern entwendet wurden und deshalb nicht verloren sind. Jedenfalls bewahre ich, ganz gleich, was auch geschehen möge, seit diesen Verlusten nichts mehr bei mir zu Hause auf – ich habe ja nicht einmal ein Zuhause! Und wieder quäle ich mich mit Überlegungen, wo etwas sicher und wo es verloren sein wird.

Wie dem auch sei, ich bin mit nicht allzu großen Verlusten auf der Zielgeraden eingelaufen, das eigentliche Ziel aber ist immer noch nicht in Sicht. Lediglich von einer Art der Archivierung des Werkes von O. M. musste ich aus Altersgründen Abstand nehmen. Bis zum Alter von 56 Jahren hatte ich alles im

Kopf – die Prosa ebenso wie die Gedichte. Um etwas, das man auswendig kann, nicht zu vergessen, muss man sich jeden Tag ein paar Stücke ins Gedächtnis zurückrufen, und das tat ich, solange ich daran glaubte, ich hätte mehr Kraft als sie. Aber es dauert zu lange. In diesem Zusammenhang berichte ich noch eine kleine Begebenheit, die nichts mit mir zu tun hat.

Die Frau, von der ich erzählen werde, ist noch am Leben, und deshalb nenne ich ihren Namen nicht. Im Jahr 37 waren in der Presse täglich Artikel über ihren Mann, einen wichtigen Funktionär, zu lesen. Er erwartete seine Verhaftung und wagte nicht, das Haus zu verlassen, denn davor hatten Spitzel ihre Posten bezogen. Nachts verfasste er ein Schreiben an das ZK, das seine Frau in derselben Nacht Stück für Stück auswendig lernte. Er wurde erschossen, und sie brachte gut zwanzig Jahre in Lagern und Gefängnissen zu. Als sie wieder in Freiheit war, schrieb sie den Brief ihres Mannes nieder und brachte ihn zu denen, an die er adressiert war. Dort verschwand er, aber, so hoffe ich, nicht für alle Ewigkeit. Wie viele Frauen mag es wohl geben, die jede Nacht die Worte ihrer Ehemänner, die umgebracht worden waren, memorierten?

Und noch eine Anmerkung zur Sprache. Die Phonothek Sergej Ignatjewitsch Bernschtejns wurde vernichtet, er selbst aufgrund des Vorwurfs des Formalismus aus dem Subow-Institut hinausgeworfen. In der Phonothek waren auch Aufnahmen Gumiljows und Mandelstams, aber damals zerstreute man die Asche derer, die umgekommen waren, in alle Winde. Die Fotografien, von denen nur sehr wenige erhalten sind, habe ich auf dieselbe Weise zu bewahren versucht wie die Manuskripte, über die Tonaufnahme indes verfügte ich nicht. Ich erinnere mich gut an O. M.s Stimme und die Art seines Vortrags, doch das ist unwiederbringlich verloren und klingt nur noch in meinen Ohren. Könnte man ihn heute noch hören, so würde deutlich, was er als »einfühlenden Vortrag« oder »dirigieren« bezeichnete. Mit Hilfe von phonetischen und Intonierungszeichen kann die Abfolge von Pausen, das Anheben und Senken der Stimme nur sehr annähernd wiedergegeben werden. Unberücksichtigt bleiben Vokallängen, Oberton und Timbre. Doch welches Gedächtnis ist imstande, sich aller Klänge einer Stimme zu erinnern, die vor einem Vierteljahrhundert verstummte!

Gleichwohl ist der Klang der Stimme O. M.s in der Struktur seiner Gedichte erhalten und jetzt, wo die Zeit des Stimmverlusts zu Ende geht, haben Tausende von jungen Menschen den Klang dieser Gedichte in sich aufgenommen, ihre Tonalität vernommen und, ohne es zu wollen, die Intonation des Autors übernommen. Nichts kann auf ewig in alle Winde zerstreut werden.

Glücklicherweise haben sich Schauspieler, Sprecher und Lehrer dieser Gedichte noch nicht bemächtigt. Einmal hörte ich durch Zufall die dreiste Stimme einer Sprecherin von »Radio Liberty«, die das Gedicht »Ich trink auf soldatische Astern« rezitierte. Dieses hübsche kleine Scherzgedicht war von Nikulin und ihm Gleichgesinnten einst benutzt worden, um O. M. in ein schlechtes Licht zu setzen, nun benutzte es eine Sprecherin aus dem westlichen Ausland und trug es mit so übertrieben ausdrucksstarker Intonation vor, die sie von den sowjetischen Sprechern übernommen hatte, dass ich angewidert und traurig das Radio ausschaltete.

Altes und Neues

An einem der ersten Tage nach unserer Rückkehr aus Woronesch fuhr Valentin Katajew uns in seinem Automobil, das er aus Amerika mitgebracht hatte, durch Moskau. Mit geradezu verliebtem Blick betrachtete er O. M. und sagte: »Ich weiß, Ihnen fehlt die Zuweisung des Aufenthaltsortes.« Am Abend saßen wir im neu erbauten »Haus der Schriftsteller« mit seinem prunkvollen Entree aus Labrador-Granit zusammen, das auf die Schriftsteller, die sich noch der Entbehrungen von Revolution und Bürgerkrieg gewahr waren, mächtig Eindruck machte. In der neuen Wohnung Katajews war alles neu – eine neue Ehefrau, ein neues Kind, neues Geld und neue Möbel. »Ich liebe Jugendstil«, sagte Katajew augenzwinkernd. Ein Stockwerk unter ihm begeisterte sich Fedin für Möbelgarnituren aus Mahagoni. Das Geld hatte die Schriftsteller um den Verstand gebracht, denn es war nicht nur neues Geld, sondern auch neu für sie. Nach seinem Einzug in das Haus war Katajew ins dritte Stockwerk hinaufgestiegen, um zu besichtigen, wie Schklowskijs neue Wohnung eingerichtet sei. Die Stockwerke des Hauses verwiesen auf den schriftstellerischen Rang. Wischnewskij beispielsweise bestand darauf, die Wohnung Ehrenburgs zu bekommen, der auf Reisen war, denn er war der Überzeugung, angesichts der Stellung, die er im Schriftstellerverband innehatte, sei es nicht angemessen, bis unters Dach klettern zu müssen. Offiziell wurde die Vergabe von Ehrenburgs Wohnung an Wischnewskij damit begründet, dieser leide an Höhenkrankheit. Bei der Besichtigung von Schklowskijs Wohnung fragte Katajew verwundert: »Wo hängen eigentlich Ihre Anzüge?« Schklowskij hatte noch dieselbe Ehefrau, dieselben kleinen Kinder und ein oder bestenfalls zwei Paar alte Hosen, hatte den ersten Anzug seines Lebens aber bereits in Auftrag gegeben, schließlich gehörte es sich in den neuen Zeiten nicht, einen heruntergekommenen Eindruck zu machen, sondern man musste wirken wie ein wirklicher Herr, wenn man eine Redaktion oder das Filmkomitee betrat. Die schlichte Jacke und das Tolstoj-Bauernhemd, wie sie die Komsomolzen in den zwanziger Jahren getragen hatten, waren endgültig aus der Mode gekommen, alles sollte aussehen wie früher. Zu Kriegsende versprach man gar den Lehrern, die es irgendwie schafften, sich gut zu kleiden, eine Prämie.

Katajew bot uns spanischen Wein, der ganz neu in Moskau war, und Apfelsinen an, die es nach der Revolution nun wieder zu kaufen gab. Alles war »wie früher«, sogar Apfelsinen gab es wieder! Unsere Eltern jedoch hatten noch keine elektrischen Kühlschränke, sie lagerten die Lebensmittel in Eisschränken, und jeden Morgen wurde ein Block Grundeis geliefert. Katajew besaß als erster Schriftsteller einen Kühlschrank, den er aus Amerika mitgebracht hatte, und im Wein schwammen kleine Eiswürfel, die nach dem neuesten Stand von Technik und Komfort gefroren waren. Nikulin und seine neue Ehefrau, die ihm gerade Zwillinge geboren hatte, schauten herein, und Katajew stöhnte nur, wie schlimm es sei, dass solch schamlose Menschen wie Nikulin auch Kinder bekommen. Mir kam ein Ausspruch Nikulins aus alten Zeiten wieder in den Sinn, der mich nun nicht mehr amüsieren konnte: »Wir sind keine Dostojewskijs, alles, was wir wollen, ist Geld.« Nikulin trank spanischen Wein und dozierte über spanische Dialekte. Er war soeben erst von einer Reise nach Spanien zurückgekehrt, wo er die dortige Revolution besichtigt hatte.

Als wir Moskau verlassen hatten, waren die Schriftsteller noch keine privilegierte Schicht gewesen, nun aber waren sie etabliert und machten sich Gedanken darüber, wie sie ihre Privilegien am besten erhalten konnten. Katajew meinte: »Heute muss man schreiben wie ein Walter Scott«, und das sei nicht eben der einfachste Weg, dafür brauche es harte Arbeit und Begabung.

Die Bewohner des neuen Hauses mit dem Entree aus Labrador-Granit konnten die Bedeutung des Jahres 37 besser verstehen als wir, denn sie beobachteten den Prozess von beiden Seiten. Es ereignete sich etwas wie das Jüngste Gericht, bei dem die einen von Teufeln niedergetrampelt, den anderen Lobeshymnen gesungen werden. Wer das paradiesische Manna gekostet hat, will nicht in die Hölle. Wer will das denn schon? Deshalb beschlossen sie bei Zusammenkünften mit Familie und Freunden, man müsse sich an das Jahr 37 anpassen. »Walja ist ein Mensch von zutiefst Stalinscher Prägung«, sagte Katajews neue Ehefrau, sie hieß Esther und hatte in ihrem Elternhaus erfahren, was es bedeutet, das Leben Ausgestoßener zu führen. Und Katajew, ebenfalls aufgrund früherer Erfahrungen weise geworden, sagte immer wieder: »Ich will keine Unannehmlichkeiten. Nur die Obrigkeit nicht gegen sich aufbringen …«

»Wer erinnert sich denn heute noch an Mandelstam?«, fragte uns der untröstliche Katajew. »Außer mir und Jewgenij Petrow erwähnt keiner der jungen Leute seinen Namen im Gespräch.« O. M. war ob solcher Aussagen durchaus nicht gekränkt, denn das war nichts als die Wahrheit, mit Ausnahme dessen, dass auch die Brüder Katajew es nicht wagten, den Namen Mandelstam im Beisein von Außenstehenden zu erwähnen. Das neue Moskau richtete sich ein, kam zu Ehren und Ansehen, errang erste Rekorde, eröffnete zum ersten Mal Bankkonten, kaufte Möbel und schrieb Romane. Ein jeder hatte die Möglichkeit, auf eine leitende Stellung berufen zu werden, denn jeden Tag trat jemand aus dem Leben ab, und ein anderer nahm seinen Platz ein. Ein jeder war, selbstredend, auch Kandidat für die Vernichtung, aber am Tage machte man sich über Derartiges keine Gedanken. Für Ängste solcher Art ist die Nacht lang genug. Die aus dem Leben abgetreten waren, vergaß man umgehend, und ihren Ehefrauen, so diese denn einen Teil des einstmals zu zweit bewohnten Wohnraums für sich zu erhalten vermochten, waren sogleich alle Türen wohlgestellter Häuser verschlossen. Es gab im Übrigen immer weniger hinterbliebene Ehefrauen – seit dem Jahr 37 wurden nämlich nicht nur einzelne Personen vernichtet, sondern ganze Familien ausgerottet.

O. M. mochte Katajew. »Er hat die Eleganz eines Banditen«, sagte er über ihn. Wir hatten ihn 1922 in Charkow kennengelernt. Damals war er ein heruntergekommener junger Mann mit lebhaften Augen und hatte es bereits geschafft, in ernsthafte Schwierigkeiten hineinzuschliddern sowie sich irgendwie wieder aus ihnen herauszuwinden. Von Charkow aus begab er sich nach Moskau, um es zu erobern. Er suchte uns in Moskau immer wieder auf und gab unzählige folkloristische Witze aus der Mylnikow-Gasse – früher ein Quartier der aus Odessa stammenden Boheme – zum Besten. Zahlreiche dieser Witze lasen wir später in den »Zwölf Stühlen«. Valentin hatte sie seinem jüngeren Bruder geschenkt, der aus Odessa nach Moskau gezogen war, um zur Kriminalpolizei zu gehen, aber auf Anraten seines älteren Bruders hin Schriftsteller wurde.

Ende der zwanziger Jahre brach sich bei allen Prosaschriftstellern unserer Generation – außer bei Tynjanow und Soschtschenko – nach ihren ersten Erfolgen etwas Abstoßend-Belletristisches, Dümmliches Bahn. Bei Katajew nahm diese Metamorphose aufgrund seiner Begabung und seines Zynismus eine besondere Ausprägung an. Zu Beginn der dreißiger Jahre saßen wir mit Katajew in einem Taxi. Wir hatten ihn einige Jahre nicht gesehen, denn wir hatten lange in Leningrad und auf der Krim gelebt. Obgleich wir uns so lange nicht gesehen hatten, war die Wiederbegegnung überaus freundschaftlich, Katajew bot sich sogar an, uns zu begleiten. Er saß auf dem zusätzlichen Klappsitz und sprach ununterbrochen. Solche Reden waren mir vollkommen neu. Er warf O. M. vor, dass er wenig Seiten produziere und nur in kleinen Auflagen veröffentliche. »Wenn Sie einmal sterben, wo sind dann Ihre ›Gesammelten Werke‹? Wie viele Druckbögen werden sie ausmachen? Nicht einmal genug, um es binden zu lassen! Jeder Schriftsteller muss wenigstens zwölf Bände mit Goldschnitt haben!« Das »Neue« Katajews fand zum Alten zurück – alles, was geschrieben wurde, war wie die Beilage zur »Niwa«. Seine Frau ging »Einkäufe machen«, und er, der Versorger und Despot, bekam einen Wutanfall, wenn die Köchin den Braten hatte anbrennen lassen. Als junger Mann war er der Todesangst und dem Hunger entronnen und wollte deshalb nun Stabilität und Ruhe – Geld, junge Frauen, das Vertrauen der Obrigkeit. Mir war es lange Zeit nicht möglich, zu begreifen, wo der Spaß aufhörte und die Heuchelei begann. »Sie sind alle so«, sagte O. M., »aber er ist klug.«

Es war auf dieser Fahrt im Taxi, dass Katajew sagte, es tue nicht Not, die Wahrheit zu suchen: »Wahrheit heißt auf Griechisch mrija.«

Als ich in Taschkent in der Evakuierung lebte, traf ich einen glücklichen Katajew wieder. Auf einer Reise nach Aral hatte er ein Kamel gesehen und sich an Mandelstam erinnert: »Es hielt seinen Kopf ganz genau so wie Ossip Emiljewitsch.« Diese Begegnung hatte Katajew wieder jung werden lassen, und er begann Gedichte zu schreiben. Das war der Unterschied zwischen Katajew und seinen Schriftstellerkollegen – sie hätten niemals solcherlei kindische Assoziationen gehabt. Was hatte beispielsweise jemand wie Fedin mit Kamelen und Gedichten am Hut? Unter denen, die auserwählt waren, in Wohlstand zu leben, war womöglich Katajew der Einzige, der seine Liebe zur Dichtung und sein Gefühl für die Literatur nicht verlor. Das ist der Grund, warum O. M. im Juni des Jahres 37 mit ihm durch Moskau fuhr und mit ihm spanischen Wein trank. Und als er uns hinausbegleitete, sagte Katajew im Flur: »Ossip Emiljewitsch, vielleicht bringt man Sie ja nun endlich einmal zur Vernunft. Es wäre an der Zeit.«

In den Jahren der Rehabilitierungen war Katajew krampfhaft bemüht, Gedichte O. M.s in der Zeitschrift »Junost« zu veröffentlichen, wagte dann aber doch nicht, die Obrigkeit gegen sich aufzubringen. Andere zogen es nicht einmal in Erwägung, sich für eine Veröffentlichung einzusetzen.

Was wäre aus Katajew geworden, hätte er nicht schreiben müssen »wie ein Walter Scott«? Er hatte großes Talent, war scharfsinnig und scharfzüngig, einer derer, die zu dem Flügel der sowjetischen Literatur gehörten, der am freiesten dachte.

In jenem Sommer stand es uns tatsächlich nicht allzu fern, »zur Vernunft zu kommen«. Wir schmiedeten Pläne für die Zukunft: Ein Wohnungstausch wäre doch gut, damit wir nicht im vierten Stock ohne Fahrstuhl wohnen müssten. Damit hatten wir es aber nicht eilig, zuerst einmal musste ja Stawskij den in unserer Wohnung lebenden Kostyrew irgendwo anders unterbringen. O. M. stritt verzweifelt mit Jewgenij Jakowlewitsch über die Frage, die uns so dringend beschäftigte, nämlich ob es angebracht sei, Übersetzungsaufträge anzunehmen. Jewgenij Jakowlewitsch meinte, das sei zumindest für die erste Zeit absolut unabdingbar, »und wenn es Ihnen zuwider ist, soll eben Nadenka übersetzen«. O. M. wiederholte beharrlich, die Tätigkeit des Übersetzens sei ihm unerträglich, und es triebe ihn um, wenn »Nadenka übersetzt«. Der Streit wurde von Luppol, dem Chefredakteur des »Goslitisdat«, entschieden. Er verkündete, solange er den Posten des Chefredakteurs innehabe, werde Mandelstam keinen Auftrag zur Übersetzung auch nur einer einzigen Zeile und auch sonst keine Arbeit erhalten. Bald darauf wurde Luppol verhaftet und ums Leben gebracht, ein anderer nahm seinen Posten ein, aber das änderte nichts – das Verschwinden eines Menschen bedeutete nicht, dass »Direktiven von grundsätzlicher Bedeutung« außer Kraft traten, denn diese waren beständiger als die Menschen. Eine »Direktive von grundsätzlicher Bedeutung« ist eine undurchdringbare Wand. Das gilt bis heute.

Luppols Antwort ernüchterte uns nicht – wir hofften nach wie vor, alles werde sich finden. Narbut war bereits nicht mehr am Leben. Morgulis war nicht mehr am Leben. Klytschkow war nicht mehr am Leben. Viele waren nicht mehr am Leben. O. M. murmelte Gumiljows Verse »Leid, Leid, Angst, Schlinge und Grube«, aber dann erfreute er sich wieder des Lebens und sprach mir Mut zu – alles werde sich finden. »Was jammerst du?«, fragte er mich. »Lebe, solange du es kannst, es wird sich alles zeigen. Es kann doch nicht immer so weitergehen!« Wie viele Jahre sagten wir diesen Satz »Es kann doch nicht immer so weitergehen!« schon. Er war der einzige Quell unseres Optimismus. Schon Lew Tolstoj wusste das, und als Besuchow diese Worte aussprach, kommentierte er verachtungsvoll, dass »sie« sich stets auf diese Weise beruhigen.

»Ein zusätzlicher Tag« dauerte etwas mehr als eine Woche.

Anna Andrejewna las die Bibel und fand heraus, dass es sich bei dem Vers »Leid, Leid, Angst, Schlinge und Grube« um ein fast wörtliches Zitat aus dem Buch des Propheten Jesaja handelt: »Darum kommt über euch, Bewohner der Erde, Schrecken, und Grube und Strick.«

Miliz

»Können Feuerwehrmänner denn wirklich auch sterben?«, fragte O.M.s Nichte Tatka einmal. »Können Reiche denn wirklich auch sterben?«, fragte O.M. in Woronesch, als er begriff, dass Wohlstand und Geld tatsächlich ein langes Leben begünstigten. »Kann man denn wirklich auch in Moskau eine Propiska bekommen?«, fragte O.M., als ich ihn daran erinnerte, dass wir uns um die Anmeldung kümmern müssen. Als dann wenig später Kostyrew für ein, zwei Tage kam, begriff O.M., dass dies nicht länger aufgeschoben werden konnte. Er ging hinunter zur Hausverwaltung und war sogleich wieder zurück. »Gib mir deinen Pass!«, sagte er. »Wozu braucht es meinen?« Es stellte sich heraus, dass Kostyrew, nachdem ich im Mai nach Woronesch gefahren war, für Ordnung gesorgt und sich auf unser Wiedersehen vorbereitet hatte: Er hatte mich abgemeldet. Zuvor galt ich als in Moskau wohnhaft, war lediglich zeitweise abwesend und in Woronesch auf Besuch. Die Hausverwaltung hatte keine Kenntnis davon erhalten, dass mein neuer Pass in Woronesch ausgestellt worden war, das war auf irgendeine Weise unbemerkt geblieben. Kostyrew selbst hatte es fertiggebracht, statt der befristeten eine unbefristete Propiska in Moskau zu erhalten. Für die unbefristete Propiska hätte er eine nicht unerhebliche Zeit in Moskau leben müssen, aber er hatte es irgendwie geschafft, dass die Zeit schneller vergangen war. »Wir wurden angewiesen«, so sagte uns der Hausverwalter, »bei Kostyrew eine Ausnahme zu machen.« Unsere Wohnung war eine baugenossenschaftliche, und wir hatten eine solide Summe für sie berappt. Dem Gesetz nach waren wir also Eigentümer und ohne unsere Zustimmung hätte niemand dort angemeldet werden dürfen. Mit diesen baugenossenschaftlichen Wohnungen gab es ziemlich viele Scherereien – die Verwandten der im Nirgendwo Verschwundenen versuchten, deren Propiska zu erhalten, und setzten sich gegen die Einquartierung neuer Bewohner in deren Wohnung zur Wehr. Deshalb war ein neues Gesetz in Vorbereitung, das die Rechte von Eigentümern von baugenossenschaftlich erbauten Wohnungen für nichtig erklärte. Das Gesetz war noch nicht verabschiedet, aber es wurde auf höchster Ebene erörtert, Ende des Jahres 38 erst trat es dann in Kraft, aber in einem Land wie dem unseren hat sogar ein noch nicht verabschiedetes Gesetz rückwirkende Kraft. Und was nützen denn Gesetze! Die Propiska Kostyrews machte deutlich, dass er dabei unterstützt wurde, unsere Wohnung in Besitz zu nehmen, und das war ein schlechtes Vorzeichen. O. M. aber bereitete das aus irgendeinem Grunde absolut keinen Kummer, denn er war mittlerweile Fatalist sowjetischer Prägung geworden. »Wenn die da oben wollen, geht alles, wenn nicht, kann man ohnehin nichts machen.« Sein Fatalismus ging auch auf mich über, und in dieser Situation sagte O. M. den Satz: »Du wirst nach Moskau zurückkehren können, wenn ich es darf. Allein wird man es dir nicht gestatten.« Ein Vierteljahrhundert nach O. M.s Tod erhielt ich schließlich das Recht, mich wieder in Moskau niederlassen zu dürfen, obgleich er bis heute aus dieser Stadt ferngehalten wird, wenn man von jenem schmalen Spalt absieht – nämlich der Zeitschrift »Moskwa«, in der einige seiner Gedichte veröffentlicht worden sind –, durch den er einen Blick auf diese Stadt werfen durfte.

Kostyrew war ein winziges Detail, eine kleine Schraube in einem komplizierten Mechanismus. Er war ein gesichtsloser Mensch, einer derer, die man auf der Straße oder im Autobus nicht wiedererkennt, weil sein Aussehen sich in nichts von dem zahlreicher anderer unterscheidet. In ausnahmslos jeder historischen Phase hätte sich für ihn ein graugrüner Mantel gefunden, aber die Zeit, in der wir lebten, beförderte diese Gattung Mensch, und so wurde er Schriftsteller und General zugleich. Nachdem er sich in O. M.s Zimmer einquartiert hatte, hämmerte er seine fernöstlichen Erzählungen in die Maschine, auf der er auch O. M.s Gedichte abschrieb. Als er »Aufspringen runder Buchten« abtippte, sagte er zu mir: »Ossip Emiljewitsch liebt die Krim nur, weil er noch nie im Fernen Osten gewesen ist.« Seiner Meinung nach sollte jeder Schriftsteller den Fernen

Osten gesehen haben. Zu jener Zeit fuhren bereits die Güterzüge nach Wtoraja Retschka bei Wladiwostok – das Kolymagebiet wurde zu einem Gefangenenlager, und alle wussten das. Jemand, dem ein solcher Mensch wie Kostyrew an die Seite gestellt wurde, hatte große Chancen, in den Fernen Osten zu geraten; zunächst aber war vom Kolymagebiet noch keine Rede, sondern es ging lediglich um die Propiska in Moskau.

Die Ablehnung durch das für den Wohnbezirk zuständige Milizrevier erfolgte ungewöhnlich rasch. Dort erklärte man uns, dass wir uns noch ans zentrale Milizrevier in der Petrowka wenden könnten. »Wenn unser Antrag auch dort abgelehnt wird, fahren wir wieder nach Woronesch«, sagte O. M. Wir riefen sogar unsere ehemalige Zimmerwirtin an, damit sie für alle Fälle das Zimmer für uns freihalte. In der zentralen Milizstation wurde unser Antrag ebenfalls abgelehnt. Die Erklärung, weshalb O. M. die Rückkehr nach Moskau nicht gestattet sei, war ein einziges Wort: Vorstrafe. Die rein sowjetische Auffassung des Begriffs Vorstrafe – der nunmehr wohl außer Kraft gesetzt ist, wenn die im Urteil zugesprochene Strafe fünf Jahre nicht übersteigt – sei nicht verwechselt mit der Aberkennung der Bürgerrechte durch ein Gerichtsurteil. Eine Vorstrafe ist in der Sowjetunion für alle Zeiten ein Kainsmal, mit dem nicht nur der gezeichnet ist, der verurteilt wurde, sondern seine gesamte Familie. Dutzende Male habe ich Formulare ausfüllen müssen, in denen die Frage gestellt wurde, ob ich oder einer meiner nahen Verwandten vorbestraft seien. Um Vorstrafen naher Verwandter zu verschweigen, dachten sich die Menschen falsche Lebensläufe aus. Ob man es angeben oder besser nicht angeben solle, dass der Vater umgebracht worden war, war eines der wichtigsten Themen in Familien, die zufällig davongekommen waren, wenn die Kinder die Schule abschlossen. Seit einigen Jahren lebe ich nun ohne das Kainsmal der Vorstrafe meines verstorbenen Mannes, aber immer noch mit dem literarischen Kainsmal.

Im zentralen Milizrevier in der Petrowka wurde uns zum ersten Mal klar, was eine Vorstrafe bedeutet. »Wo gedenken Sie sich nun niederzulassen?«, fragte der Milizionär, als er O. M. die Ablehnung aushändigte. Er müsse in der Akte vermerken, wohin wir uns begeben. »Wir fahren zurück nach Woronesch«, antwortete O. M. »Tun Sie das«, erwiderte der Milizionär und setzte hinzu: »Aber auch dort werden Sie keine Propiska erhalten.« Wie sich herausstellte, war O. M. aufgrund des Urteils »Minus zwölf« während seiner Strafzeit die Niederlassung in zwölf Städten nicht gestattet, zugleich jedoch war ihm durch das Urteil nach Verbüßung der dreijährigen Strafe das Recht auf Niederlassung in mehr als siebzig Städten entzogen worden, und dies auf Lebenszeit.

»Und wenn ich in Woronesch geblieben wäre?«, fragte O. M. Der Milizionär erläuterte, es gäbe noch »gewisse Mängel im Arbeitsablauf«, deshalb hätte es durchaus sein können, dass O. M. durchs Sieb gefallen wäre, allerdings nur für eine gewisse Zeit. Schlussendlich wäre er früher oder später aus Woronesch als einer Stadt, in dem ihm die Niederlassung nicht gestattet sei, ausgewiesen worden. Dies alles erstaunt uns heutzutage nicht mehr. Die Propiska ist eine hohe Hürde, die nur preisgekrönte Hürdenläufer nehmen können. Außer den angeforderten Arbeitskräften ist es keinem Normalsterblichen möglich, in einer Stadt seiner Wahl eine Propiska zu erhalten. Darüber hinaus braucht man für die Propiska einen Pass, und es existiert eine zahlenmäßig große Kategorie von Menschen, denen dieses Dokument entzogen wurde. Diese sind somit nicht in der Lage, überhaupt von einem Ort zum anderen umzuziehen. Bis heute ist es vielen Menschen nicht bewusst, dass der Besitz eines Passes in unserem Land wahrhaft ein Privileg ist. Im Jahr 37 indes war das noch neu. O. M. meinte ganz ernst, das sei ein »Fortschritt«.

»Versuch es noch einmal ohne mich«, sagte O. M., als wir wieder zu Hause waren. »Schließlich hast du ja keine Vorstrafe.«

Es war dies das erste und einzige Mal, dass O. M. mein Schicksal von dem seinen zu trennen versuchte. Ich versuchte mein Glück. Und dies war das erste und einzige Mal, dass ich versuchte, die Wohnung für uns zu retten.

An den Schaltern im großen Saal saßen die höchstrangigen Milizionäre der Stadt. Als ich die Ablehnung erhalten hatte, fragte ich nach der Begründung. »Vorstrafe«, antwortete der Milizionär. »Ich habe keine Vorstrafe«, erwiderte ich. »Was soll das heißen?«, meinte er erstaunt und wühlte in den Papieren. »Hier: Ossip, Vorstrafe.« – »Ossip ist ein Mann«, wandte ich ein, »aber ich bin eine Frau, und ich heiße Nadeschda.« Der Beamte pflichtete mir bei. »Das ist richtig«, sagte er, und dann wurde er wütend. »Was soll das! Natürlich ist Ossip ein Mann. Und in welcher Beziehung stehen Sie zu ihm? Ist er womöglich Ihr Ehemann?«

Der Milizionär erhob sich und schlug mit der Faust auf den Tisch. »Sie wissen, was es mit dem Artikel 58 auf sich hat?« Er schrie noch irgendetwas, aber ich hatte aus lauter Angst bereits das Weite gesucht, obgleich mir klar war, dass seine Wut nur aufgesetzt war und er, indem er meinen Antrag ablehnte, lediglich eine Anweisung ausführte und nicht wusste, was er auf meine lästigen Fragen antworten sollte. Es wurden immer und überall lediglich Anweisungen ausgeführt, und wenn jemand Widerspruch wagte, änderte sich plötzlich der Ton. Manche waren in der glücklichen Lage, dass die Anweisungen, die sie auszuführen hatten, nicht weiter ins Gewicht fielen, wie beispielsweise die Ablehnung eines medizinischen Attests, der Entzug eines Studienstipendiums oder die Abordnung eines Hochschulabsolventen an einen ihm nicht genehmen Ort. Andere waren von der Obrigkeit zu großer Schlagkraft ermächtigt, wiesen aus und verhafteten. Welche Anweisungen zu befolgen waren, war festgelegt durch den Beruf. Hätte mich lediglich ein gehässiger Milizionär angeschrien, so hätte mich das nicht verschreckt. Aber durch ihn sprach der Staat. Seit dieser Zeit ist es mir nicht möglich, eine Milizstation ohne zu zittern zu betreten, und zwar auch deshalb, weil all diese Probleme weiterhin bestehen und ich stets an einem Ort lebe, an dem ich nicht befugt bin, mich niederzulassen. Ich habe Obdachlosigkeit und Wurzellosigkeit von Mandelstam geerbt. Nur deshalb hat man vergessen, auch mich mit der Wurzel auszurotten.

Mandelstam wartete auf der Straße auf mich. Was blieb uns, als uns Gumiljows Parodie auf das Gedicht »Venedigs Leben« zu erinnern: »Ein Mensch wird geboren, und er stirbt. Die Miliz aber wird immer gebraucht.« Und wir gingen nach Hause, in eine Wohnung, die nicht mehr unser Zuhause war.

Zufall

Unser beider Schicksal wollte nicht voneinander getrennt werden, und ebendas ist der Grund, weshalb mein Schicksal als Bürgerin der Sowjetunion anders verlief als das Mandelstams. Ohne festes Zuhause zog ich von Ort zu Ort, lebte unter fremden Menschen und geriet deshalb rasch in Vergessenheit. Hätte ich weiterhin im Schriftstellerhaus oder auch nur in Moskau gelebt, hätte man sich meiner wohl erinnert. Selbstredend begleitete das von den Geheimdienstorganen über mich erstellte Dossier, die Akte über meine Person, all meine Wege, aber ich stand ja »auf der Liste Moskaus« und so bedeuteten die andernorts erfolgten Denunziationen nicht mein Verderben. Dank Kostyrew, der mich aus meinem Zuhause warf, und dank dem Milizionär, der mich angeschrien hat, habe ich überlebt. Wäre ich in der Furmanow-Gasse geblieben, hätte sicherlich der eine oder andere Schriftstellerkollege, in Versuchung gebracht von der Möglichkeit, Wohnraum zu erlangen, oder aus Staatsräson, meine Person den Machthabern in Erinnerung gebracht.

Der Zufall hat mich gerettet. Das Schicksal der Menschen in unserem Land wurde allzu oft vom Zufall entschieden, meist in fataler Weise, ein Versehen brachte einen Menschen zufällig ums Leben. Zahlreiche solcher Zufälle sind mir in den Stunden zu Ohren gekommen, die ich in Warteschlangen zubrachte, um Geld zur Weiterleitung zu übergeben oder eine Bescheinigung der Staatsanwaltschaft zu erhalten. Einmal sah ich eine Frau, deren Sohn verhaftet worden war, versehentlich anstelle des

Nachbarn, der den gleichen Familiennamen hatte und zur Zeit der Verhaftung zufällig nicht zu Hause war. Der Frau war es gelungen, an irgendeiner Stelle vorzusprechen und den Beweis zu führen, dass im Haftbefehl, aufgrund dessen ihr Sohn festgenommen worden war, Name und Vatersname des Nachbarn aufgeführt waren. Allein dafür hatte sie Berge versetzen müssen, und es war ihr gelungen. Die Entlassung ihres Sohnes war bereits angeordnet, und da stellte sich plötzlich heraus, dass der Sohn nicht mehr am Leben war. Ein wahnwitziger Zufall hatte ihn umgebracht, und durch Zufall konnte der Nachbar fliehen und überlebte.

Die Frau weinte und jammerte – diese Szene spielte sich in der Staatsanwaltschaft ab –, als sie vom Tod ihres versehentlich verhafteten Sohnes erfuhr. Der zuständige Beamte trat aus seinem Schalter heraus und schrie sie an, mit der gleichen gespielten Wut, mit der der Milizionär mich angeschrien hatte. Sein Schreien war erzieherische Maßnahme – wie soll man seine verantwortungsvolle Arbeit als Beamter der Staatsanwaltschaft verrichten, wenn man keine Ruhe hat? Die Pflicht dieser Beamten bestehe darin, Auskünfte zu erteilen und Bescheinigungen auszustellen – dem einen teile er mit: zehn Jahre, dem anderen: zehn Jahre ohne Recht auf Briefverkehr. Sterbeurkunden würden nicht hier ausgestellt. Die Frau, deren Sohn gestorben war, musste außergewöhnlich hartnäckig und geschickt gewesen sein, da sie in Erfahrung gebracht hatte, was mit ihrem Sohn geschehen war. Vom Tod eines Verhafteten erfuhr man meist nur durch Zufall oder überhaupt nicht, und was der Urteilsspruch »ohne Recht auf Briefverkehr« bedeutete, wussten wir damals noch nicht.

Sogleich scharten sich Menschen um den schreienden Beamten und die weinende Frau. Auch sie nahmen Anstoß am lauten Weinen der Frau. »Was weinen Sie denn noch?«, fragte eine andere Frau, die mehr Geduld hatte und ebenfalls um Auskunft zum Verbleib ihres Sohnes ansuchte. »Er wird ja doch nicht wieder lebendig. Das hält uns nur auf.« Die Ruhestörerin wurde hinausgeführt, und die Ordnung war wieder hergestellt. Gegenüber der Behörde bzw., wie man früher sagte, dem Kontor empfindet der sowjetische Mensch besondere Ehrfurcht. Wäre der Sohn zu Hause gestorben, hätte niemand das Weinen und Wehklagen der Mutter missbilligt, aber die verinnerlichte Disziplin erlaubte es nicht, sich in einem Kontor derart ungebührlich zu verhalten. Uns allen war eine beeindruckende Zurückhaltung zu eigen. Wir waren in der Lage, am Morgen nach einer nächtlichen Hausdurchsuchung und der Verhaftung eines nahestehenden Menschen zum Dienst zu erscheinen und zu lächeln, als sei nichts geschehen. Lächeln war angeraten. Unser Verhalten war geleitet vom Selbsterhaltungstrieb, von der Angst um die Familienangehörigen und von einem besonderen sowjetischen Verhaltenskodex. Als ihr Sohn zum zweiten Mal verhaftet wurde, hielt sich Anna Andrejewna nicht an diesen Kodex: In Gegenwart derer, die gekommen waren, um Ljowa zu verhaften, schrie sie laut. Die übrige Zeit aber hielt sie sich den Regeln entsprechend, was sogar von Surkow lobend hervorgehoben wurde: »Anna Andrejewnas Haltung in all den Jahren ist wirklich beeindruckend.« Man hätte ja einmal versuchen können, sich anders zu verhalten, wenn die andere Seite eine Geisel genommen hat. Ist es ein Zufall, dass fast niemand gegen den sowjetischen Verhaltenskodex verstieß? O. M. jedoch befolgte diese Regeln nicht. Er nahm sich absolut nicht zurück. Er machte Witze, schrie, rannte gegen verschlossene Türen, wütete und hörte bis zur letzten Minute nicht auf, sich über das, was vor sich ging, zu wundern.

Mittlerweile sind meine Selbstbeherrschung und Selbstdisziplin nicht mehr allzu stark, und ich schreibe diese Seiten, obgleich uns erklärt wurde, es brauche entsprechenden Sachverstand, um sich an diese Jahre zu erinnern. Erinnerungen an jene Zeit sind einzig dann zulässig, wenn sie aufzeigen, dass der Mensch, unter welchen Umständen auch immer, dem Kommunismus treu ergeben bleibt und es vermag, das Wesentliche – unser aller Ziel – vom Nebensächlichen – sein eigenes versehrtes und zugrunde gerichtetes Leben – zu unterscheiden. Niemand machte sich Gedanken darüber, ob diese Grundauffassung an sich richtig sei – darauf verzichtete man. Entwickelt wurde diese Grundauffassung ja vorgeblich von denen, die ihr halbes Leben in Lagern verbracht haben, und die, die sie dorthin geschickt hatten, nickten zustimmend. Ich bin nur einmal einem Vertreter dieser Auffassung begegnet, denn Menschen dieser Kategorie und mich trennen unüberwindbare soziale Gräben, weshalb diese Begegnung nur durch Zufall erfolgen konnte.

»Was hat es denn mit diesem Solschenizyn auf sich, von dem Ihre Bekannten da die ganze Zeit gesprochen haben?«, fragte mich auf der Fahrt von Moskau nach Pskow der neben mir sitzende Herr im Eisenbahnabteil. Eine große Gruppe von Freunden hatte mich zum Zug gebracht, und alle waren wir freudig erregt, nachdem sich am Abend zuvor die Nachricht verbreitet hatte, dass Twardowskij endlich die Genehmigung zur Veröffentlichung von Solschenizyns Erzählung in der Zeitschrift »Nowyj mir« erkämpft hatte. Ein Blick auf meinen finster dreinschauenden Reisebegleiter genügte, um mir klarzumachen, dass zwischen uns, vergleichbar den kommunizierenden Röhren, eine unsichtbare Verbindung bestand. Der Unterschied jedoch war, dass die Flüssigkeit bei den kommunizierenden Röhren in Bewegung ist, bis der Flüssigkeitsspiegel zum Gleichstand gekommen ist, während seine und meine seelische Befindlichkeit niemals auf Gleichstand sein werden – je höher seine Befindlichkeit, desto niedriger die meine und umgekehrt.

Ich erzählte ihm also von Solschenizyn und hörte sogleich sein Urteil: So etwas zu veröffentlichen sei absolut verzichtbar. »Haben Sie die Erzählung ›Der Goldklumpen‹ gelesen? Auf diese Erzählung könnte man auch verzichten, aber zumindest hat sie eine erzieherische Grundidee.« Meinen Einwand, es sei notwendig, an die Geschehnisse der Vergangenheit zu erinnern, parierte er: »Man muss sich darüber klar sein, dass dies alles historisch notwendig war.« – »Wieso denn notwendig?«, fragte ich. »Es heißt doch, dass alles nur geschehen konnte aufgrund der Persönlichkeit Stalins, dass es gewissermaßen also Zufall war.« – »Sie scheinen ja eine gebildete Frau zu sein, Marx aber haben Sie nicht richtig gelesen. Sie haben wohl vergessen, dass das angeblich Zufällige die Form ist, hinter der die Notwendigkeit sich verbirgt?« Damit wollte er sagen, hätte nicht Stalin die Menschen in die Lager geschickt, dann hätte es eben ein anderer getan.

Mein Reisegefährte trug eine Uniformjacke ohne Schulterstücke und hatte ein gelbliches, aufgedunsenes Gesicht, wie Menschen, die ihr Leben lang am Schreibtisch sitzen und unter Schlaflosigkeit leiden. Seiner Gewohnheit nach suchte er, den Oberkörper zu mir als seiner Gesprächspartnerin vorgebeugt, buchstäblich die Lehnen, um sich mit den Armen abzustützen.

Bei der Unterhaltung mit meinen Freunden hatte er auch den Namen Pasternak aufgeschnappt: »Der Pasternak?« Seine Meinung zur Veröffentlichung von Pasternaks Roman war von fachkundiger Eindeutigkeit: »Wie konnte das passieren! Dass man es so weit hat kommen lassen, dass er sein Manuskript in den Westen schicken konnte. Und dort hat man ihm dann Beifall geklatscht.« Pasternaks Roman hatte er nicht gelesen und gedachte auch nicht, es zu tun. »Wer liest den denn schon? Ich bin auf dem Laufenden, was die Literatur betrifft, das muss ich sein. Und trotzdem hatte ich zuvor noch nie von ihm gehört.« Ich wandte ein, dass er wohl auch noch nie von Tjutschew oder Baratynskij gehört habe. Er zückte sein Notizbuch: »Wie sagen Sie? Ich werde mir das vornehmen.«

Zunächst sagte er, er habe als Arzt gearbeitet, sei mittlerweile in Rente – er schien zu jung, um Rentner zu sein – und sei jetzt mit der Arbeit mit jugendlichen Rechtsbrechern zur Unterstützung der Miliz befasst. »Warum arbeiten Sie nicht wie früher im Bereich der Medizin?« – »Das hat sich so ergeben.« Die Medizin sei ein lange vergangenes Kapitel, und bei seiner jetzigen Tätigkeit habe er sowohl mit Vertretern als auch mit

Feinden des einstigen Regimes zu tun. »Wo haben denn die Feinde des Regimes ihre Meinung kundtun können?«, fragte ich, erhielt aber keine Antwort. Als er in den Ruhestand ging, hatte er sich entschieden, sich in Tallinn, wo er häufig »aus dienstlichen Gründen« gewesen war, niederzulassen, und ihm war eine Dreizimmerwohnung zugewiesen worden, in der er mit seiner Frau und dem jüngsten Sohn lebte. »Das habe ich ja noch nie gehört, dass ein Arzt mit solch kleiner Familie eine Dreizimmerwohnung erhält«, sagte ich. »Es kommt vor«, erwiderte er lakonisch.

Als die Rede auf seine Familie kam, begann er, mir als Pädagogin sein Leid zu klagen. Die beiden älteren Kinder seien wohlgeraten. Er sagte, er habe Urlaub genommen und war auf dem Weg zu einem Besuch bei ihnen. Die Tochter sei mit dem Sekretär des Gebietskomitees verheiratet, der Sohn arbeite im Gebietskomitee. Der jüngste, der nach dem Krieg geboren wurde, sei hingegen ein Nichtsnutz, wolle die Schule abbrechen und Fabrikarbeiter werden. »Warum ist er denn dann ein Nichtsnutz? Er will doch arbeiten«, fragte ich. Er wolle auch nicht mehr mit ihm unter einem Dach wohnen, weil seine Freunde übel über ihn, den Vater, redeten. Und auch die Mutter stehe schon unter seinem schlechten Einfluss und mache nun ebenfalls Schwierigkeiten. »Die beiden Älteren wussten, was es heißt, Not zu leiden, es gab ja alles nur auf Bezugsscheine, und das war nicht genug. Dem Jüngsten ist es zu gut gegangen. Hatte alles, Apfelsinen, Schokolade. Und das ist aus ihm geworden. Wir hätten ihn gar nicht erst bekommen sollen.« Er konnte mir nicht erklären, wie es denn dann im Kommunismus sein werde, wenn die Kinder keine Not mehr kannten – würden dann alle außer Rand und Band geraten? Die Kameraden des jüngsten Sohnes hatten ganz offensichtlich begriffen, was der aus dienstlichen Gründen nach Tallinn abkommandierte Vater von Berufs wegen getan hatte.

Mir war klar, dass ich mit einem »Überbleibsel des Imperiums« sprach. Es war sicher kein Zufall, dass der Sohn gegen den Vater rebellierte. Und es war sicher kein Zufall, dass der Vater nicht an der Vergangenheit, jener »historischen Notwendigkeit«, für die er sich so eingesetzt hatte, rühren wollte. Solschenizyns Erzählung ist ein Prüfstein – die Reaktion darauf lässt erkennen, welche Vergangenheit und welchen familiären Hintergrund jemand hat. Die Vergangenheit ist weder überwunden noch aufgearbeitet. Es haben zu viele Menschen eine Rolle gespielt, waren aktiv oder passiv an den Ereignissen beteiligt oder haben zumindest über das, wovon sie Kenntnis hatten, geschwiegen, deshalb ist es heute kaum möglich, der Vergangenheit direkt ins Gesicht zu blicken. Was die »Überbleibsel des Imperiums« beabsichtigen, die bis heute unerkannt sind und die Miliz beim Umgang mit schwererziehbaren Jugendlichen unterstützen, ist vollkommen klar: Sie warten darauf, dass ihnen Gleichgesinnte mit renovierter Fassade an die Macht kommen, um die junge und unwissende Generation zu segnen.

Und auch diejenigen, die zu den Ereignissen geschwiegen oder ihre Augen davor verschlossen haben, beschönigen und rechtfertigen die Vergangenheit. Mir werfen solche Leute für gewöhnlich vor, ich sei viel zu subjektiv: »Sie sehen das alles einseitig, aber es gab ja auch viel Gutes: Es wurde gebaut, die Inszenierungen von Meyerhold, die »Tscheljuskinzy« und noch so viel mehr.« Ich könnte hinzufügen, dass ja auch der Himmel existierte, die Sterne, dass man sich gleichwohl mit dem, was geschehen ist, auseinandersetzen muss. Wir haben eine schwere Krisis des Humanismus des zwanzigsten Jahrhunderts durchlebt, den Zusammenbruch all seiner ethischen Werte, denn sie waren ausschließlich auf die Bedürfnisse und Wünsche des Menschen oder schlicht auf sein Streben nach Glück gegründet. Zugleich hat uns das zwanzigste Jahrhundert mit lehrhafter Anschaulichkeit aufgezeigt, welch unermesslich große Selbstzerstörungskraft dem Bösen innewohnt. Seine Entwicklung läuft unausweichlich auf Widersinn und Selbstmord zu. Unglücklicherweise haben wir bis heute nicht begriffen, dass das Böse durch seine selbstzerstörerische Kraft nicht nur sich selbst, sondern alles Leben auf der Erde vernichten kann, dessen sollte man sich stets gewahr sein. Doch sooft diese einfachen Wahrheiten auch von den Menschen herausgeschrien werden, werden sie doch nur von denen gehört, die selbst nicht das Böse wollen. Alles ist schon einmal dagewesen, ist an sein Ende gekommen und hat von neuem begonnen, jedes Mal jedoch mit neuer Macht und in größerem Ausmaß. Glücklicherweise werde ich nicht mehr erleben, was die Zukunft uns bringt.

Der Installateur

»Es ist noch zu früh aufzugeben«, sagte O. M. am nächsten Morgen und ging zum Schriftstellerverband, um sich an Stawskij zu wenden, aber der empfing ihn nicht. Er könne ihm frühestens in einer Woche einen Termin einräumen, ließ er durch seinen Sekretär ausrichten, denn er stecke bis zum Hals in Arbeit. Vom Schriftstellerverband eilte O. M. zum Literaturfonds, und dort erlitt er auf der Treppe einen Herzanfall. Ein Rettungswagen brachte ihn nach Hause, der Arzt verordnete Bettruhe. Das war genau das, was O. M. wollte: Er ging davon aus, schließlich einen Termin bei Stawskij wahrnehmen zu können und dann mit dessen Hilfe die Propiska zu erhalten. Es wollte ihm absolut nicht in den Kopf, dass all die Stawskijs, die als Mittler zwischen uns und unseren Herren fungieren, nie auch nur die geringste Verantwortung übernehmen wollen und stets zu sagen pflegen, sie seien beschäftigt und könnten auch nicht eine Minute erübrigen. Ebenso verhielt sich Surkow, als ich 1959 ein letztes Mal auf offizielle Anordnung Moskau verlassen musste. Er erklärte mir, er könne sich auch nicht einen Augenblick lang freimachen, um mit den Genossen meinen Fall zu besprechen. Wobei ich ja lediglich von Wohnsitzlosigkeit bedroht war, während es zu Zeiten des Stalinismus um Leben und Tod ging.

Recht guter Laune verbrachte O. M. die Tage liegend im

»bessarabischen Kremser«. Jeden Tag suchte ihn ein Arzt des Literaturfonds auf. Wohl neun Tage später wurde er aufgefordert, sich einer ärztlichen Begutachtung durch eine Ärztin des Literaturfonds zu unterziehen, Professor Rasumowa, eine Frau mit klugem Gesicht, in deren Sprechzimmer Skizzen von Nesterow hingen. Wir waren durchaus verwundert, mit welcher Leichtigkeit sie attestierte, O. M. brauche weiterhin Bettruhe und müsse gründlich untersucht werden. Selbstverständlich musste sie nicht über die rechtliche Lage, in der O. M. sich befand, informiert sein, aber nach dem Leidensweg durch Woronesch und Tscherdyn erschien uns das Verhalten der Rasumowa ebenso wie das der anderen Ärzte des Literaturfonds als durchaus bemerkenswert – es war fast, als sei die alte russische Intelligenzija mit ihrem Verhalten gegenüber den zur Verbannung Verurteilten wieder zum Leben erweckt worden.

In dieser Situation verfiel O. M. auf die wahnwitzige Idee, das Schicksal zu überlisten und – auf welche Weise auch immer – in Moskau zu bleiben, schließlich war dies die einzige Stadt, in der wir immerhin ein Dach über dem Kopf hatten und irgendwie unser Dasein fristen konnten. Das Entgegenkommen des Literaturfonds, der seine Ärzte schickte und sich für seine Gesundheit interessierte, verwirrte O. M. Welche Erklärung gab es dafür? Empfand womöglich einer der Funktionäre dort Mitgefühl mit ihm, oder hatten die Funktionäre es lediglich mit der Angst zu tun bekommen, nachdem sich ein solcher Herzanfall vor ihren Augen ereignet hatte, und sie wollten nur, dass man ihnen später nicht vorwerfe, sie hätten zur gegebenen Zeit die Hilfe unterlassen? Sei es, wie es sei. Der Literaturfonds war um Unterstützung bemüht, was in unserer Lage wirklich erstaunlich war, schließlich gab es in unserem Land keine Gleichmacherei und jeder bekam das, was er verdient hatte.

Unerwartet erschien Kostyrew, entfaltete hektische Betriebsamkeit, schlug mit den Türen und ging wieder, nachdem er meiner Mutter mitgeteilt hatte, er werde ein paar Tage in Moskau bleiben. Kurze Zeit später war er schon wieder zurück und ließ die Tür zu unserem Zimmer offenstehen. Wir hatten in jenen Tagen Besuch von Rudakow, der auf der Durchreise von Leningrad auf die Krim war, und gingen davon aus, Kostyrew wolle unser Gespräch belauschen, aber es stellte sich heraus, dass er jemanden erwartete. Als sein Gast erschien, gingen sie nicht in sein Zimmer, sondern blieben in unserem Zimmer vor dem Schrank stehen, der den Schlafbereich abteilte, in dem wir saßen. Kostyrew sprach mit dem Besucher über ein Kabel. Der Besucher, ganz offensichtlich ein Handwerker, riet, das Kabel zu erneuern, und ich war doch etwas verwundert, dass Kostyrew sich plötzlich so angelegentlich um Wohnungsangelegenheiten kümmerte. »Das ist irgendwie merkwürdig«, sagte O. M. alarmiert. Ich konnte ihn nicht zurückhalten und hatte den Eindruck, er habe wieder Wahnvorstellungen, als er hinter dem Schrank hervorsprang und geradewegs auf den Installateur zuging: »Sie brauchen gar nicht so tun«, sagte er, »sagen Sie einfach, weswegen Sie hier sind. Vielleicht meinetwegen?« – »Was tut er bloß«, flüsterte ich Rudakow verzweifelt zu, denn ich war der festen Überzeugung, O. M. sei von Wahnvorstellungen getrieben. Zu meinem Erstaunen jedoch war der Installateur keineswegs überrascht. Es wurden noch zwei, drei Sätze gewechselt, und beide legitimierten sich durch ihre Ausweisdokumente. Der Herr, der einen Augenblick zuvor noch den Installateur gegeben hatte, verlangte, O. M. möge ihn auf die Milizstation begleiten. Ich empfand Schrecken und Freude zugleich. Zwei Gedanken schossen mir durch den Kopf. »Muss er ins Gefängnis und von dort ins Lager?« und »Gott sei es gedankt! Er hat keine Wahnvorstellungen!«

O. M. wurde abgeführt. Rudakow folgte ihm. Sie kamen allerdings nicht bis zum Revier, denn auf dem Weg dorthin erlitt O. M. erneut einen Herzanfall. Wieder wurde er vom Rettungswagen nach Hause gebracht, und im Armlehnstuhl, den man sich bei Kolytschew in der Wohnung im Erdgeschoss ausgeliehen hatte, nach oben getragen. Während der Arzt sich um O. M. kümmerte, wartete der Installateur und Geheimpolizist im Zimmer. Als es O.M. etwas besser ging, legte er dem merkwürdigen Gast alle ärztlichen Atteste vor. »Geben Sie mir das mit dem dreieckigen Stempel«, sagte der Geheimpolizist, nahm das Attest der Rasumowa und ging hinüber zu Kostyrew, um zu telefonieren. Er nahm eine Anweisung entgegen und kam zurück: »Bis auf Weiteres können Sie im Bett bleiben«, sagte er und ging.

Einige Tage lang hütete O.M. das Bett. Zwei Mal am Tag, morgens und abends, suchte uns der Installateur oder einer seiner Kollegen auf, immer in Zivil. Darüber hinaus kamen Ärzte zur Visite. Tagsüber amüsierte O.M. sich: »Wie viele Scherereien sie doch mit mir haben!«, und sann darüber nach, dass sie wohl in der Nacht gekommen wären, um ihn abzuholen, hätte er nicht rechtzeitig begriffen, mit wem wir es bei dem Installateur zu tun hatten. In den Nächten war seine Stimmung schlecht. Einmal erwachte ich und sah, wie er mit zurückgeworfenem Kopf und ausgebreiteten Armen an der Wand am Fußende des Bettes stand. »Was ist dir?«, fragte ich. Er wies auf das geöffnete Fenster: »Vielleicht ist es an der Zeit? Lass es uns tun, solange wir zusammen sind.« Ich antwortete: »Lass uns noch warten«, und er widersprach nicht. Habe ich recht damit getan? Wie viel Leid hätte ich ihm ersparen können. Und auch mir.

Nachdem wir eines Morgens den Besuch des Installateurs hinter uns gebracht hatten, bei dem dieser angekündigt hatte, einen »Arzt seines Vertrauens« zu schicken, warteten wir den abendlichen Besuch nicht mehr ab und verließen die Wohnung. Wir übernachteten bei Jachontow und versuchten uns so gut als möglich abzulenken. Am nächsten Tag ging ich nach Hause, um einige Sachen zusammenzupacken, aber Kostyrew war natürlich zur Miliz gerannt, und ich wurde abgeführt. »Wo ist Mandelstam?« – »Weg.« – »Wo ist er?« – »Ich weiß es nicht.« Ich wurde aufgefordert, Moskau innerhalb der nächsten vierundzwanzig Stunden zu verlassen. Für seine Mitarbeit erhielt Kostyrew O.M.s Zimmer von sechzehn Quadratmetern. Heute wohnen dort seine Witwe und seine Tochter. Ich würde mir wünschen, dass die Tochter dies über ihren Vater liest, aber die Kinder solcher Eltern lesen keine Bücher, es sei denn »aus dienstlichen Gründen«, wenn auch sie zufällig in der »Abteilung für Literatur« der Lubjanka gelandet sind. Sollte dies der Fall sein, so ist es sicherlich besser, wenn dieses Manuskript ihr dort nicht unterkommt.

Wir blieben drei Tage bei Jachontow und studierten Karten des Moskauer Umlandes. Unsere Wahl fiel auf Kimry. Dafür sprach, dass der Sawjolowoer Bahnhof von Marjina Roschtscha, wo die Jachontows wohnten, gut erreichbar war, und Kimry an der Wolga liegt. Eine an einem Fluss gelegene kleine Kreisstadt ist besser als eine nicht an einem Fluss gelegene kleine Kreisstadt. In unserer Wohnung in der Furmanow-Gasse ließen wir uns nicht mehr blicken. Unsere Brüder – Alexander Emiljewitsch und Jewgenij Jakowlewitsch – versprachen, unsere Sachen zum Bahnhof zu bringen. Wir baten meine Mutter, uns in der Stadt zu treffen, damit wir uns verabschieden konnten. Als O. M. sie sah, ging er mit weit ausgebreiteten Armen auf sie zu. »Ich grüße Sie, meine illegale Schwiegermutter!«, sagte er. Sie seufzte nur.

Anfang Juli verließen wir Moskau.

Im Grunde genommen waren die Mitarbeiter der Miliz ungewöhnlich human und milde, als sie einem sich illegal in Moskau aufhaltenden Kranken die Möglichkeit gaben, sich auszukurieren, und mich schließlich aufforderten, Moskau zu verlassen. Für gewöhnlich wurde kein solches Gewese gemacht, und Krankheit war kein Grund, sich an einem Ort illegal aufzuhalten. Die Miliz handelte in unserem Fall im Übrigen absolut im Einklang mit dem Gesetz, denn schließlich war Vorbestraften der Aufenthalt in Großstädten nicht gestattet. Und ich hatte mein Wohnrecht in Moskau verloren, als ich die Stadt mit einem Vorbestraften verließ. »Der Staat muss sich schließlich verteidigen«, so hatte Narbut es einmal mir gegenüber formuliert. Und zu diesem Zweck hat der Staat sehr viele Gesetze erlassen, um sich vor seinen Bürgern zu schützen.

Es bleibt die Frage, ob O. M. seinen Zustand übertrieben hat, um den Staat zu täuschen. Zweifellos. Es brauchte schließlich noch ein weiteres Jahr des ziellosen Umherziehens und acht Monate Gefängnis und Lager, um ihn ins Jenseits zu befördern. In unserem Land haben nur die, die dem Staat nützlich sind, das Recht, über nicht lebensbedrohliche Erkrankungen zu klagen. Politische Verbrecher haben unterwegs zu sterben. O. M. hat sich zu Bett begeben, als er sich noch auf den Beinen halten konnte, und getan, als sei er ein nützlicher Mensch, dessen sich der Staat annimmt, den er ärztlich behandelt, pflegt und hätschelt. In diesem Sinne hat er seinen Zustand übertrieben und den Staat zu täuschen versucht. Und dieser Staat hatte nicht nur das Gesetz auf seiner Seite, sondern auch das moralische Recht, sich dieses skrupellosen Bürgers zu erwehren und sich vor ihm zu schützen.

Unser Staat hat zweihundert Millionen Bürger unter seine Fittiche genommen und kann jenen gegenüber, die ihm nicht aufrichtig und treu dienen, keine Nachsicht walten lassen. Der Staat ist eine autarke Macht, die weiß, was wir brauchen, und zwar besser als wir selbst. Wenn alle anderen Völker unseren Weg beschreiten, werden auch sie begreifen, dass das angeblich Zufällige die Form ist, hinter der die Notwendigkeit sich verbirgt.

Sommerfrischler

»Wir sind in diesem Jahr ja früh in die Sommerfrische aufgebrochen«, meinte O. M., als wir uns auf der Flucht vor der Moskauer Miliz in Sawjolowo, einem kleinen, gegenüber von Kimry gelegenen Dorf am Steilufer der Wolga versteckt hielten. Der Wald dort ist licht. Auf dem kleinen Markt an der dortigen Eisenbahnstation wurden Beeren, Milch und Getreide feilgeboten, und für all das gab es nur eine einzige Maßeinheit – das Glas. Wir gingen bisweilen in die Teestube am Marktplatz und sahen dort die Zeitungen durch. Die Teestube hieß »Echo der Invaliden« – dieser Name erheiterte uns derart, dass ich mich bis heute an ihn erinnere. In der Teestube gab eine rußende Kerosinlampe etwas Licht, zu Hause hatten wir Kerzen, aber O. M. konnte bei Kerzenlicht nicht lesen. In unserem Leben haben wir alle ja sehr viel Zeit in Zimmern verbracht, die von rußenden Lichtern mehr schlecht als recht erleuchtet wurden, deshalb waren unsere Augen ziemlich schlecht. Wir hatten auch kaum Bücher mitgenommen, denn wir hatten ja nicht vor, Wurzeln zu schlagen, und so lebten wir wie richtige Sommerfrischler. Es war eine kurze Rast, die wir brauchten, um durchzuatmen und klarer zu sehen.

Sawjolowo ist ein kleiner Ort mit nur zwei oder drei Straßen. Alle Häuser dort waren alt und solide, aus Holz, mit altertümlichen Fensterstöcken und Türen. In der Nähe lag Kaljasin, das kurze Zeit später überflutet wurde. Deshalb wurde in Sawjolowo mit bestem Bauholz aus Kaljasin gehandelt, und auch wir hätten gern unser eigenes kleines Haus erbaut, aber wir hatten ja nicht einmal genug Geld für das tägliche Leben. Die Bewohner Sawjolowos arbeiteten in der Fabrik und verdienten ihren Lebensunterhalt darüber hinaus mit Fischfang – die Fische, die sie in der Wolga fingen, verkauften sie unter der Hand. Auch im Winter versorgte sie der Fluss – nachts zogen sie mit Flößerstangen das Holz, das vom Oberlauf heruntertrieb, ans Ufer. Zu jenen Zeiten versorgte die Wolga die Menschen noch, heute sind die Flüsse in Bahnen gelenkt und ernähren uns nicht mehr.

Wir beschlossen, in Sawjolowo, der Endstation der Eisenbahnlinie in diese Richtung, zu bleiben und nicht, wie wir es ursprünglich vorgehabt hatten, nach Kimry zu fahren. Diese kleine Stadt mit bröckelnden Fassaden lag auf der anderen Seite des Flusses, und das Übersetzen über den Fluss hätte unsere Fahrten nach Moskau erschwert. Die Eisenbahnlinie war gewissermaßen das letzte Band zum Leben. »Sie können in jedem noch so kleinen Ort bleiben«, hatte uns G. Meck geraten, die alles durchgemacht hatte, was man bei uns durchmachen kann, also Lager und das darauf folgende »Vorbestraft« in der Akte, »aber bleiben Sie immer in der Nähe der Eisenbahnlinie. Wenigstens das Pfeifen der Lokomotive sollte zu hören sein.«

Eine verbotene Stadt zieht wie ein Magnet an. Da Menschen wie uns nur die Niederlassung außerhalb einer Zone von 105 Werst um die zuzugskontrollierten Städte gestattet war, waren alle Eisenbahnstationen am Rande dieser Zone mit einstigen Lagerhäftlingen und Verbannten überbevölkert. Die Alteingesessenen nannten sie die »Hundertwerstler«, die Frauen genauer Hundertfünfwerstlerinnen. Ich hörte dieses Wort zum ersten Mal nicht in Sawjolowo, sondern in Strunino, wo ich mich nach O. M.s Verhaftung niederließ. So wurde ich von den Arbeiterinnen der dortigen Textilfabrik genannt, wo ich zwölf Spulenmaschinen zu bedienen hatte. Häufig tauschte ich meine Tages- gegen eine Nachtschicht – alle arbeiten lieber am Tag als in der Nacht – und fuhr dann am Tag nach Moskau, um ein Paket für O. M. abzugeben oder irgendwelcher Bescheinigungen oder Auskünfte wegen, die mir niemand erteilte.

Bei den aus Moskau stammenden Hundertwerstlern war Alexandrowo besonders beliebt – »die närrisch kleine Stadt«, wie es in einem Gedicht von O. M. heißt – denn von dort konnte man in Sagorsk den Vorortzug nehmen und für einen Tag nach Moskau fahren, um Geld aufzutreiben oder Bittgänge zu absolvieren und am Abend mit dem letzten Zug an seinen gesetzlich vorgeschriebenen Wohnort zurückkehren, denn man hatte dort zu übernachten, wo man gemeldet war. Die Fahrt von Alexandrowo nach Moskau dauerte mit dem Vorortzug nicht mehr als drei Stunden, mit anderen Verkehrsmitteln hätte es vier oder gar viereinhalb Stunden gebraucht. Als im Jahr 37 eine erneute Verhaftungswelle begann, kam es den Behörden überaus gelegen, dass jene, die bereits in Lagern und Gefängnissen gewesen waren, sich in bestimmten Orten angesiedelt hatten. Statt jeden einzeln herausfischen zu müssen, konnten sie gleich ganze Ortschaften verhaften. Auch Maßnahmen wie Verhaftungen wurden nach einem vorgegebenen Aktionsplan durchgeführt, die Zahlen entsprechend überprüft, und die Tschekisten erhielten sicherlich anständige Belohnungen für ihre aufopferungsvolle Tätigkeit und die Plansollerfüllung. In den gesäuberten Ortschaften siedelten sich neue Hundertwerstler an, die das gleiche Schicksal erwartete. Wer hätte gedacht, dass Orte wie Alexandrowo schlicht Fallen waren? Niemand von uns hätte sich ausmalen können, dass die systematische Vernichtung bestimmter Kategorien von Menschen, also derer, die zuvor bereits Repressionen ausgesetzt waren, vorgenommen würde. Jeder meinte, er sei ein Einzelfall, und hielt die Erzählungen über die »verfluchten Orte« für dummes Gerede. Wir hatten noch in Moskau von der Hatz in Alexandrowo erfahren, und auch wir haben es, selbstredend, nicht geglaubt. Wir ließen uns dort nur deshalb nicht nieder, weil O.M. nicht in der »närrisch kleinen Stadt« leben wollte. »Einen schlechteren Platz kann man nicht finden«, sagte er. Darüber hinaus hatten wir in Erfahrung gebracht, dass die Preise für ein Zimmer in Alexandrowo schrecklich hoch waren, und deshalb gingen wir nicht den ausgetretenen Weg.

In Sawjolowo gab es, abgesehen von einigen wenigen kriminellen ehemaligen Häftlingen, die dort warteten, dass das Unwetter vorüberzog, keine Sommerfrischler oder Hundertwerstler. Auf die Kriminellen wurde zwar keine Jagd gemacht, aber wenn zu wenige Verhaftungen gemacht wurden, nahm man auch sie mit, damit die Zahlen nicht unter dem Plansoll blieben. Mit einem dieser Kriminellen kamen wir in der Teestube ins Gespräch, und er erklärte uns sehr anschaulich, welche Vorteile Sawjolowo gegenüber Alexandrowo oder Kolomna aufwies: »Wenn alle Gauner sich an einem Ort aufhalten, kann man sie alle auf einmal hoppnehmen, wie man den Schaum abschöpft.« Er war tatsächlich klüger und gewitzter als die naiven Achtundfünfziger, unter denen zahlreiche mit akademischen Abzeichen aus der Zarenzeit waren. Diese erinnerten sich noch genau daran, dass Verbrechen individuell zu verantworten seien und man für ein und dasselbe Verbrechen nicht zwei Mal zur Verantwortung gezogen werden könne. Und da sie sich ja keines Verbrechens, das sie begangen haben sollten, bewusst waren, redeten sie sich die ganze Zeit über ein, sie würden Gerechtigkeit erlangen können – schließlich kann es doch nicht immer so weitergehen! Stattdessen verfrachtete man sie in einen Fourgon, der im Volksmund »Schwarze Marussja« oder »Schwarzer Rabe« genannt wurde.

In den Jahren 1948–53 wurde ich erneut Zeugin eines Hundertwerstler-Dramas, jedoch nur eines kleinen, ohne Häutungen, Massengräber, ohne Folter, mit denen unser Zeitalter uns so sehr verwöhnte. Ich lebte damals in Uljanowsk und sah, wie eine Stadt akribisch von den Vorbestraften gesäubert wurde. Einige wurden sofort abgeholt, den anderen wurde die Propiska entzogen, und sie siedelten sich außerhalb der Hundert-Werst-Zone, vor allem im Städtchen Melekess, an. Dort ließ sich auch ein Bekannter von mir nieder, er war in O. M.s Alter, ein Geiger, der einstmals Mitglied der RAPM und Parteimitglied gewesen war und mit Brjussows Schwester eine Rolle in der offiziellen Musik gespielt hatte. 1937 war er ins Lager gekommen, wo er acht oder zehn Jahre zugebracht hatte, dann hatte es ihn Ende der vierziger Jahre nach Uljanowsk verschlagen. Er war außer sich vor Glück, glaubte, das Schlimmste liege hinter ihm – wie oft sind wir alle in diese Falle gegangen! –, und beschloss, ein neues Leben zu beginnen, fand eine neue Frau – die alte hatte sich mit den gemeinsamen Kindern von ihm »losgesagt« –, eine Kollegin von mir, eine wirklich nette Frau, und bekam eine Anstellung an einer Musikschule. Mit seiner neuen Frau bekam er einen Sohn, einen Jungen mit ausgeprägter Stirn, der unbedingt Geige spielen wollte, und der glückliche Vater träumte davon, aus ihm einen Geiger zu machen. Er erzählte mir immer wieder, dass es kein größeres Glück gebe, als für die und mit der Kunst zu leben, und zitierte dabei die marxistischen Klassiker. Der Sohn war drei Jahre alt, als sein Vater von der Miliz einbestellt, ihm die Propiska entzogen und er aufgefordert wurde,

Uljanowsk binnen vierundzwanzig Stunden zu verlassen. Zufällig schaute ich an jenem Tag bei ihnen vorbei. Mir war, als ich ihre Gesichter sah, sogleich klar, was vorgefallen war, und ich wurde so zu ihrer Konfidentin. Solcherlei Begebnisse wurden für gewöhnlich geheim gehalten, denn wäre das bekannt geworden, hätte die ganze Familie in Mitleidenschaft gezogen werden können.

In der darauffolgenden Nacht verließ der Geiger Uljanowsk. Er mietete eine Zimmerecke in Melekess, und es gelang ihm sogar, ein paar Schüler zu finden, denen er Geigen- und Klavierstunden gab. Kurz darauf begannen die Verhaftungen der einstmaligen Lagerhäftlinge, die sich in Melekess zahlreich angesiedelt hatten. In Kleinstädten sprechen sich derartige Ereignisse in Windeseile herum – eine Zimmerwirtin kann ihrer Nachbarin gar nicht schnell genug erzählen, dass des Nachts ihr Mieter abgeführt worden ist. Die Verhaftungen zeigten, dass Melekess zu einem Sammelbecken verdächtiger Elemente geworden war und die örtlichen Behörden die Anweisung zur Säuberung der Stadt erhalten hatten. Sogleich eilten alle auf die Milizstation, um sich abzumelden, und der Bahnhof wurde von Flüchtlingen überflutet. Auch dem Geiger gelang es, die gefährliche Stadt rechtzeitig zu verlassen. Bis zu Stalins Tod, also gut zwei Jahre lang, zog er von einer an der Wolga gelegenen Stadt in die andere, bis hinauf nach Sisran, und an den Eisenbahnlinien von einem Ort zum anderen. Manchmal konnte er nicht einmal eine Schlafstatt finden, denn alles war mit Flüchtlingen überfüllt, ein anderes Mal erhielt er keine Propiska. Manchmal kam er irgendwo unter und konnte sogar an der örtlichen Musikschule ein paar Stunden geben, aber stets hörte er dann, dass auch an diesem Ort die Verhaftungen begannen, und er machte sich erneut auf den Weg und suchte das Weite. Auf seinen Irrwegen kam er mitunter durch Uljanowsk und schlich sich des Nachts zu seiner Frau. Tagsüber wagte er es nicht, sich auf der Straße oder an der Tür seiner Frau zu zeigen – die Nachbarn hätten sogleich Meldung gemacht. Er zitterte vor Angst, magerte ab, hustete und machte sich mit seiner Geige wieder auf den Weg. Und an jedem neuen Ort begann alles wieder von neuem. Er fuhr sogar einmal nach Moskau, um beim Komitee der Künste, wo man sich noch an ihn erinnerte, Beschwerde einzulegen, dass Musikschulen Leute ohne musikalische Ausbildung anstellten, während er, mit all seinen Qualifikationen, keine Arbeit finden könne. Man sagte ihm Unterstützung zu, aber dann begannen in der Stadt, in der er sich niederlassen wollte, Verhaftungen, und er musste fliehen. So war es ihm nicht zu erfahren vergönnt, ob die Moskauer Beamten ihre Zusage der Unterstützung eingehalten hatten.

Nach Stalins Tod wurde ihm als Invaliden gestattet, zu seiner Frau nach Uljanowsk zurückzukehren. Er starb zu Hause, seinem Sohn aber hatte er die Kunst des Geigenspiels nicht beibringen können. Er wagte nicht einmal, sich dem Jungen zu nähern, denn er fürchtete, ihn mit Tuberkulose anzustecken, die er sich bei seinen Irrwegen, die sein Leben hatten retten sollen, zugezogen hatte.

Für den Geiger standen die Sterne günstig: Er hatte eine Frau mit ständigem Wohnsitz, die ihre Arbeit nicht verlor, denn sie hatte es vermocht, die Ehe zu ihm geheim zu halten, zumal diese nicht offiziell eingetragen war – das hatte die Erfahrung geraten –, er hatte stets zur rechten Zeit erfahren, wenn Gefahr drohte, und nicht zuletzt seine nationale Zugehörigkeit – in jenen Jahren wurde der erste Schlag gegen die Juden geführt. Mit der Geige konnte er seinen Lebensunterhalt verdienen, wenngleich auch nur so viel, dass es für ein kleines Stückchen Brot reichte, zu mehr nicht, aber das ist ja auch genug. Musiker hatten insgesamt gesehen weniger zu leiden als Menschen anderer Berufsgruppen. Er überlebte allein aufgrund seiner unbezwingbaren Energie. Viele andere wären an seiner Stelle in Melekess geblieben und hätten auf ihre Verhaftung gewartet – »Denen kann man ohnehin nicht entkommen!« Und er überlebte nur, um zu Hause zu sterben. Und auch das ist ein großes Glück.

Immer, wenn ich diesen Geiger sah, dem das Glück so hold war, dachte ich daran, was O. M. erwartet hätte, hätte er überlebt und wäre aus dem Lager zurückgekehrt. Hätten wir es vermocht, alle nur möglichen Wege, die das Schicksal für uns bereithalten könnte, vorherzusehen, so hätten wir sicherlich die letzte Möglichkeit nicht verstreichen lassen, eines gewöhnlichen Todes zu sterben – das geöffnete Fenster unserer Wohnung in der vierten Etage des Schriftstellerhauses in der Furmanow-Gasse in der Stadt Moskau.

Woronesch war ein Wunder, ein Wunder hatte uns dorthin verschlagen, aber Wunder wiederholen sich nicht.

Den Wolf ernähren seine Beine

Als ich in meiner Kindheit über die Französische Revolution las, fragte ich mich immer wieder, ob man den Terror unversehrt überstehen kann. Mittlerweile weiß ich sicher, dass dies nicht möglich ist. Wer die Luft des Terrors geatmet hat, ist vernichtet, auch wenn er durch Zufall sein Leben erhalten konnte. Tote sind tot, alle anderen aber – die Henker, Ideologen, Handlanger, jene, die Ruhmeslieder sangen und mit geschlossenen Augen ihre Hände in Unschuld wuschen, und selbst jene, die des Nachts mit den Zähnen knirschten – sind ebenfalls Opfer des Terrors. Jede Bevölkerungsgruppe hat, je nachdem, welcher Schlag sie traf, eine jeweils eigene Form dieser durch den Terror hervorgerufenen Krankheit durchgemacht, ist bis heute schwer davon gezeichnet, leidet weiterhin daran und ist nicht in der Lage, ein normales bürgerliches Lebens zu führen. Diese Krankheit wird weitervererbt, die Söhne bezahlen die Schuld ihrer Väter, und erst die Enkel werden gesunden, besser gesagt, die Krankheit wird bei ihnen eine andere Form annehmen.

Welcher Lump wagte zu behaupten, es habe keine verlorene

Generation in unserem Land gegeben? Das ist eine unerhörte Lüge, und auch sie ist Ergebnis des Terrors. In unserem Land ist eine Generation nach der anderen vernichtet worden, aber in gänzlich anderer Weise als im Westen. Alle sind ihrer Arbeit nachgegangen, haben um ihre Stellung gefürchtet, auf Rettung gehofft und versucht, nur an die alltäglichen Angelegenheiten zu denken. In solchen Zeiten sind alltägliche Angelegenheiten wie eine Droge. Es braucht immer mehr davon. Man muss sich ihnen ganz hingeben, dann fliegen die Jahre dahin, und es bleiben nur graue Schatten im Gedächtnis. Nur ganz wenige meiner Generation bewahrten einen klaren Kopf und ein klares Gedächtnis. Alle, die derselben Generation wie O. M. angehörten, waren von frühem Gedächtnisverlust befallen.

Gleichwohl höre ich nicht auf, mich zu wundern, wie standhaft wir doch waren. Nach Stalins Tod sagte mein Bruder Shenja einmal zu mir: »Uns ist noch gar nicht bewusst, was wir durchgemacht haben«, und das war die Wahrheit. Jüngst fuhr ich in einem überfüllten Omnibus. Auf den Platz neben mir setzte sich eine alte Frau, die sich mit ihrem ganzen Gewicht an mich lehnte. »Ist dir das zu schwer?«, fragte sie plötzlich. »Keineswegs«, antwortete ich. »Wir sind doch alle nicht totzukriegen.« – »Nicht totzukriegen?«, fragte die Frau nach und begann dann zu lachen. »Ja, das stimmt. Nicht totzukriegen.« – »Ja, wirklich«, sagte ein anderer und begann ebenfalls zu lachen. Und augenblicklich wiederholten alle anderen es auch: »Wir sind nicht totzukriegen.« Aber dann hielt der Bus an, alle strömten Richtung Ausgang und gingen wieder ihren »alltäglichen Angelegenheiten« nach, das heißt, sie begannen, ihren Nachbarn zur Seite zu schieben. Die Erleuchtung kam und verflog. Tatsächlich sind wir nicht totzukriegen, denn andernfalls hätten wir das, was das Schicksal uns aufgebürdet hat, nicht überlebt.

In der Phase, die »Jeshowschtschina« genannt wird, folgte eine Verhaftungswelle auf die andere, die Wellen schwollen an und ebbten wieder ab. Womöglich war in den vollkommen überfüllten Gefängnissen schlicht kein Platz mehr, aber uns, die wir noch in Freiheit waren, schien jedes Mal, das Schlimmste sei vorüber, der Sturm habe sich gelegt. Nach jedem Prozess atmeten die Menschen auf: »Nun hat es ein Ende!« Und das bedeutete: »Gott sei es gedankt, ich habe überlebt!« Dann aber erhob sich eine neue Welle, und dieselben, die zuvor gehofft hatten, es habe ein Ende, machten sich eilends daran, Artikel mit Verfluchungen von »Volksfeinden« zu schreiben. Was haben sie nicht alles geschrieben über die, die bereits erschossen worden waren, nur um dann selbst erschossen zu werden. »Stalin braucht niemanden zu köpfen«, sagte O. M. immer wieder. »Die Köpfe fliegen von selbst, wie Pusteblumen.« Ich glaube, er sagte das zum ersten Mal, als er einen Artikel Kosiors gelesen und erfahren hatte, dass dieser, ungeachtet all seiner Artikel, ebenfalls verhaftet worden war.

Im Sommer 37 waren wir »Sommerfrischler«, und »im Sommer ist immer alles einfacher«, wie O. M. zu sagen pflegte. Wir fuhren recht häufig nach Moskau, besuchten mitunter sogar Bekannte in deren Sommerhäusern. Einmal waren wir bei Pasternak in Peredelkino. Er sagte: »Sina backt, glaube ich, Pirogen«, und ging nach unten. Bekümmert kehrte er zurück – Sina wollte uns nicht sehen. Einige Jahre später sagte sie mir am Telefon, als ich nach meiner Rückkehr aus Taschkent Boris Leonidowitsch anrief: »Aber bitte kommen Sie nicht nach Peredelkino.« Danach rief ich ihn nie wieder an. Wenn er mir in der Nähe des Hauses in der Lawruschinskij-Gasse, wo ich lange bei Wassilissa Schklowskaja wohnte, begegnete, kam er manchmal zu mir hinauf. Er war der Einzige, der mich aufsuchte, als er von O. M.s Tod erfahren hatte.

Als wir das letzte Mal bei Pasternak in Peredelkino waren, begleitete er O. M. und mich zur Bahnstation. Wir unterhielten uns lange auf dem Bahnsteig und ließen einen um den anderen Zug ohne uns abfahren. Boris Leonidowitsch war immer noch vollkommen fixiert auf Stalin und klagte, er könne keine Gedichte mehr schreiben, da er es damals am Telefon nicht vermocht hatte, eine persönliche Unterredung mit ihm herbeizuführen. O. M. lachte leise und mitfühlend, und ich war erstaunt. Nach dem Krieg war diese Fixierung auf Stalin offensichtlich vorüber, zumindest erwähnte er ihn in den Gesprächen mit mir nicht mehr. Er trug sich lange mit dem Gedanken, einen Roman zu schreiben, und erzählte jedes Mal, wenn wir uns sahen – schon vor dem Krieg –, er schreibe ein Prosastück »über uns alle«. Sicherlich änderte sich die Konzeption dieses Buches im Laufe der Arbeit, was am Roman auch deutlich wird. Es war schlicht eine Zeit, in der die Menschen unsicher waren und nicht wussten, auf wessen Seite die Wahrheit ist.

Schklowskij begriff alles bereits sehr früh, aber er hoffte, dass die Verhaftungen »durch ihre schiere Zahl« beschränkt würden. Er selbst differenzierte: Als Kolzow verhaftet wurde, sagte er, das betreffe uns nicht, aber wenn grundlos Intellektuelle verhaftet wurden, reagierte er heftig. Er wollte als »Zeuge« überleben, aber als die Stalin-Ära zu Ende war, waren wir gealtert und dessen verlustig gegangen, was den Menschen zum Zeugen macht, nämlich Verständnis der Geschehnisse und des eigenen Standpunkts dazu. Das betraf auch Schklowskij.

Ljowa Bruni steckte O. M. Geld zu und sagte: »Wer braucht dieses verfluchte Regime!« Marietta gab sich den Anschein, als habe sie von den Verhaftungen nichts gehört: »Wer ist verhaftet worden? Warum? Man hat eine Verschwörung aufgedeckt und fünf Personen festgenommen, und die Intellektuellen erheben Geschrei.« Ihre eigene Tochter schrie ihr ins Ohr, was mit der Familie Tretjakow geschehen war, aber Marietta hatte sich in gesegnete Schwerhörigkeit gerettet und verstand nichts. Adalis hatte Angst, uns bei sich übernachten zu lassen, was absolut nachvollziehbar war, aber sie spielte dazu eine Komödie: »Warum geht ihr nicht nach Hause? Ich gehe mit, und wenn die Miliz auftaucht, erkläre ich ihnen, wie sich alles verhält. Das übernehme ich.«

Die vollkommen konfusen Menschen schwankten in ihren Urteilen, jeder sagte das, was ihm in seinen verwirrten Sinn kam, und rettete sich, wie er konnte. Die Angst ist eine der schlimmsten Methoden der Folter, von der der Mensch sich nie wieder erholen kann.

Wir hatten nichts zum Leben und waren gezwungen, vom einen zum anderen zu gehen und um Unterstützung zu bitten. Eine Zeitlang lebten wir in jenem Sommer von dem Geld, das Katajew, Shenja Petrow und Michoels uns gegeben hatten. Michoels umarmte O. M. und bemühte sich, ebenso wie Markisch, der ihn ständig unterbrach, so Tröstendes als möglich zu sagen. Bis zu seiner Abreise gab Jachontow uns immer wieder Geld. Jedes Mal, wenn er in Moskau war, suchte O. M. den Schriftstellerverband auf, um bei Stawskij vorzusprechen, aber dieser wich der Begegnung aus und verwies O. M. an seinen Stellvertreter Lahuti.

Lahuti versuchte nach Kräften, etwas für O. M. zu erreichen. Er verschaffte ihm sogar eine Abordnung des Schriftstellerverbands für eine Fahrt an den Weißmeerkanal und flehte ihn an, wenigstens ein kleines Gedicht über dessen Bau zu schreiben. Dieses Gedicht habe ich dann, durch Anna Andrejewna sanktioniert, in den Ofen geworfen. Im Übrigen war O. M. mit diesem Gedicht nie zufrieden: Er hatte sich lediglich eine Landschaftsbeschreibung abringen können.

Lesung und Kuh

Auch wir suchten Rettung. In jeder noch so ausweglosen Situation suchen die Menschen Rettung. Selbstverbrennung – das ist Ferner Osten, wir Russen jedoch sind trotz allem Europäer und nicht gewillt, uns ins Feuer zu werfen. Wir hatten zwei Ideen, wie wir uns retten könnten, eine stammte von mir, die andere von O. M. Beide hatten eines gemeinsam: Sie waren vollkommen undurchführbar.

Mein Plan hieß »die Kuh«. In einem Land wie dem unseren, in dem alle Möglichkeiten des Broterwerbs verstaatlicht sind, also in Händen des Staates liegen, bleiben zwei Auswege – Armut oder eine Kuh. In Armut hatten wir gelebt, und sie war kaum zu ertragen. Von den Armen und Bedürftigen wenden alle sich ab, niemand will Almosen geben, zumal, wenn man selbst nur über Mittel verfügt, die einzig Gnadenerweisung und milde Gaben des Staates sind.

Einstmals im alten Russland hatte die Bevölkerung Mitgefühl mit den »Unglückseligen«, die zu Zuchthaus und Zwangsarbeit verurteilt waren. Die Intelligenzija hielt es für ihre Pflicht, aus politischen Gründen zur Verbannung Verurteilte zu unterstützen, aber dieses Selbstverständnis verschwand mit dem »abstrakten Humanismus«. Nicht zuletzt empfanden die Menschen Furcht vor uns, denn wir waren nicht nur arm, sondern mit der Pest infiziert. Alle hatten Angst voreinander, schließlich konnte es jede Nacht geschehen, dass selbst jemand in bester Position, von dem eben erst ein Artikel in der »Prawda« gegen irgendwelche »Volksfeinde« erschienen war, von den Vertretern des Staates aufgesucht wird. Und wie in einer Kettenreaktion wurde dann einer nach dem anderen verhaftet – Verwandte, Bekannte, jene, deren Telefonnummern im Adressbuch des Verhafteten notiert waren, jene, die mit ihm Silvester gefeiert hatten, und auch jener, der mitzufeiern versprochen hatte, dann aber doch nicht dabei war, weil er es plötzlich mit der Angst zu tun bekommen hatte. Die Menschen fürchteten jede Begegnung und jede Unterhaltung, und umso ängstlicher wichen sie vor uns zurück, die wir mit der Pest bereits in Berührung gekommen waren. Wir selbst glaubten, dass wir die Pest weitertrugen. Ich hatte nur einen einzigen Wunsch: mich in irgendeinem Winkel zu verstecken und niemanden zu sehen, deshalb träumte ich von einer Kuh. Es war diese »letzte kleine Kuh« aus der volkstümlichen Literatur, die der Bauer an den Hörnern auf den Markt führt, um sie zu verkaufen. Aufgrund der Besonderheiten unseres ökonomischen Systems konnte eine Kuh über viele Jahre eine Familie ernähren. In kleinen Häusern hausten zusammengepfercht Millionen Familien und lebten von einem kleinen Flecken Land, der sie mit Kartoffeln, Gurken, Kohl, Roter Bete, Möhren und Zwiebeln versorgte, und von einer Kuh. Einen Teil des Melkertrags wandten sie für den Kauf von Heu auf, und doch blieb ihnen genug Milch, um die Kohlsuppe zu weißen. Eine Kuh gibt den Menschen Unabhängigkeit, und sie brauchen, ohne die Ärmel aufkrempeln zu müssen, nur noch einen kleinen Verdienst für das tägliche Brot. Der Staat ist sich bis heute nicht darüber im Klaren, wie mit diesem muhenden und Milch gebenden Relikt aus alten Zeiten umzugehen sei. Gibt man den Besitzern der Kuh Heu für deren Unterhalt, legen sie sich auf die faule Haut und arbeiten in der Kolchose nur, um das Nötigste hinzuzuverdienen; nimmt man ihnen die Kuh, verhungert die Bevölkerung. Deshalb ist der Besitz einer Kuh heute gestattet und morgen wieder verboten. Allmählich jedoch wird ihre Zahl geringer, denn die Bauernfrauen haben keine Kraft, ihren gehörnten Schatz zu verteidigen.

Eine Kuh hätte uns gerettet, und ich war davon überzeugt, dass ich das Melken lernen würde. Wir wären in der Masse verschwunden, hätten uns in nichts aufgelöst, hätten das Haus nicht mehr verlassen und uns in unsere vier Wände zurückgezogen. Aber ein Haus – und sei es auch nur eine armselige Hütte – und eine Kuh erfordern die Investition gewaltiger Summen, selbst heute übersteigt dies meine Möglichkeiten. In Sawjolowo suchten uns Frauen auf und boten Holzhäuser zu überaus günstigen Preisen an, und wir hätten sie sehr gern gehabt, sie schienen so gemütlich mit ihren dottergelben Wänden. Um in der Masse zu verschwinden, muss man indes von Geburt an Teil dieser Masse sein und eine windschiefe Hütte mit undichtem Dach sowie ein mit einem wackeligen Gatter eingezäuntes Stück Land von einer vom Hunger ausgemergelten Großmutter vererbt bekommen. Vielleicht hätten sich irgendwo in Westeuropa ein paar Sonderlinge gefunden, die für einen zur Verbannung verurteilten Dichter etwas Geld gesammelt hätten, damit er sich ein kleines Bauernhaus und eine Kuh kaufen konnte, bei uns aber war so etwas unmöglich. Unterstützung eines

Vorbestraften durch Sammeln von Spenden wurde als Verbrechen geahndet, und man konnte dafür mit Lagerhaft bestraft werden.

O. M. stand dem Plan mit der Kuh eher kühl gegenüber, Geld, um ihn in die Tat umzusetzen, hatten wir ohnehin nicht. Und auch die Idee an sich missfiel ihm – »Aus solcherlei Vorhaben wird nie etwas«, sagte er. Sein Plan war das Gegenteil von meinem: Er wollte sich aus der Masse hervorheben. Aus irgendeinem Grunde glaubte er, dass man ihm eine Arbeit nicht verweigern könne, wenn es ihm gelänge, eine Dichterlesung im Schriftstellerverband durchzusetzen. Er lebte weiterhin in der Illusion, man könne mit Gedichten überzeugen und sogar einen Sieg erringen. Diese Illusion war ihm noch aus Jugendzeiten geblieben – er hatte mir einmal gesagt, niemand könne ihm etwas abschlagen, wenn er Gedichte schreibe. Vielleicht war das wirklich so. Seine Jugend war vom Glück begünstigt, seine Freunde schätzten und schützten ihn. Dies auf das Moskau des Jahres 37 zu übertragen war selbstverständlich vermessen. Das Moskau des Jahres 37 glaubte nichts und schenkte niemandem Glauben. Es lebte nach der Devise: Rette sich, wer kann. Und gab nichts auf die Werte der Welt und schon gar nichts auf Gedichte.

Wir wussten das, aber O. M. war ein Mensch von außergewöhnlichem Betätigungsdrang, er konnte die Hände nicht in den Schoß legen. Den Wolf ernähren seine Beine, und eine Atempause vor seinem Tod war ihm nicht vergönnt.

Lahuti griff die Idee des Abends mit einer Lesung auf. Auch er glaubte, sie sei die Rettung. Aber was weiß ich schon von Lahuti, außer dass er freundlich und aufmerksam war? Rein gar nichts. In unserem entmenschlichten Alltag jedoch schien seine Freundlichkeit wie ein Wunder. Es lag weder in der Zuständigkeit Stawskijs noch Lahutis, eigenverantwortlich über die Veranstaltung einer Lesung O. M.s zu entscheiden. Über alles wurde in den oberen Etagen befunden. Wir warteten in Sawjolowo auf die Entscheidung dieser Frage von staatlicher Wichtigkeit und erkundigten uns nur wenige Male beim

Schriftstellerverband nach der Meinung der höheren Instanzen in dieser Angelegenheit. Bei einem unserer Besuche dort unterhielt O.M. sich auf dem Flur mit Surkow und fand später, als wir das Gebäude wieder verlassen hatten, 300 Rubel in der Tasche seines Jacketts. Offensichtlich hatte Surkow ihm diese unbemerkt zugesteckt. Nicht jeder hätte das gewagt, denn es hätte ernsthafte Unannehmlichkeiten nach sich ziehen können. Wenn man dereinst zu einem Urteil über Surkow und seine Person zu kommen versucht, möge man dieses zugesteckte Geld nicht vergessen* – Taten wie diese sind wie ein Leuchtturm, der einem Hoffnung gibt, dass man nicht ganz verloren ist.

Es wurde und wurde kein Termin für die Lesung festgelegt. Nach längerer Zeit rief jemand aus dem Schriftstellerverband bei Jewgenij Jakowlewitsch an, fragte, wie Mandelstam ausfindig gemacht werden könne und ob es möglich sei, ihm schnellstmöglich mitzuteilen, dass die Lesung am morgigen Abend stattfinden solle. Das Telegrafenamt arbeitete nach Lust und Laune, und Jewgenij Jakowlewitsch wagte nicht, sich auf dessen Gunst zu verlassen. Deshalb machte er sich eilends auf den Weg zum Bahnhof und kam mit dem letzten Zug zu uns nach Sawjolowo. Auch er glaubte zu jenem Zeitpunkt wohl an die Macht der Gedichte und an die Dichterlesung.

Am nächsten Tag fuhren wir nach Moskau und waren zur festgesetzten Stunde im Schriftstellerverband. Die Sekretärinnen waren noch am Platz, aber von einer Dichterlesung wusste niemand etwas – ja, sie hätten wohl so etwas gehört, aber was genau, das wussten sie nicht. Im Literaturklub waren alle Türen verschlossen, und wir konnten keine Aushänge mit der Ankündigung entdecken. Uns blieb also nur, in Erfahrung zu bringen, ob Einladungen verschickt worden waren. Schklowskij hatte keine erhalten, und er riet uns, einen der Dichter anzurufen, da

* Es waren ziemlich viele Personen auf dem Flur. Mittlerweile glaube ich, dass es nicht Surkow war, der O.M. das Geld zugesteckt hat.

nur Mitglieder der jeweiligen Sektion Einladungen erhielten. Wir hatten die Telefonnummer Assejews zur Hand, O.M. rief ihn an, fragte, ob er eine Einladung erhalten habe, und als er den Hörer auflegte, war er blass geworden. Assejew hatte geantwortet, er habe irgendetwas im Vorbeigehen gehört, könne jetzt aber nicht, denn er sei im Aufbruch ins Bolschoj-Theater zu »Schneewittchen«. Weitere Dichter anzurufen wagte O.M. nicht.

Das Rätsel dieses Abends mit der Dichterlesung konnten wir nicht lösen. Es hatte ja tatsächlich jemand aus dem Schriftstellerverband angerufen, aber wer, das war ungewiss. Vielleicht jemand aus der Kaderabteilung, denn die Sekretärinnen, die für gewöhnlich mit solcherlei Dingen befasst waren, waren damit nicht beauftragt worden, obgleich sie irgendetwas hatten läuten hören. Aber wenn es jemand aus der Kaderabteilung war, was wollte dieser Jemand von O.M.? Uns schoss der Gedanke durch den Kopf, dass O.M. unter falschen Voraussetzungen aus Sawjolowo nach Moskau gelockt worden war, um ihn zu verhaften, dass das Plazet von vorgesetzter Stelle – womöglich von Stalin höchstselbst, denn die zuvor ausgefertigten Dokumente der Akte trugen seine Unterschrift – dazu jedoch nicht erteilt worden war. Um den völlig überlasteten Tschekisten die Arbeit zu erleichtern, wurden immer wieder Personen zu bestimmten Behörden oder Institutionen bestellt, um sie von dort in die Lubjanka zu überstellen. Geschichten dieser Art waren zahlreich in Umlauf. Aber es hatte keinen Sinn, herausfinden zu wollen, was es nun tatsächlich mit alldem auf sich hatte. Wir kehrten also nach Sawjolowo zurück und taten so, als seien wir Sommerfrischler.

Beide Pläne zur Rettung waren gescheitert – die Dichterlesung mit einem großen Knall, die Kuh in aller Stille. Wir wagten nicht einmal mehr, von Rettung zu träumen.

Und dass Assejew gerade die Oper »Schneewittchen« genannt hatte, war auch kein Zufall. Die dichterische Schule, der er sich zurechnete, begeisterte sich für das vorchristliche Russland. Herauszufinden, was an jenem Abend im Bolschoj-Theater gegeben wurde und ob das Theater nicht vielleicht schon in der Sommerpause war, schien uns müßig. Ich habe gehört, dass Assejew im Alter einsam und von allen verlassen war und dies damit erklärte, dass er sich gegen den Personenkult gestellt habe, woraufhin er seine herausragende Position verloren habe. Auch über Kotschetow heißt es in Aufsätzen, die von seinesgleichen geschrieben werden, er habe sich gegen den Personenkult gestellt. Es hat, so scheint es, in unserem Land keinen einzigen Stalinisten gegeben, und alle haben mutig gegen das Regime gekämpft. Ich kann jedoch bezeugen, dass von meinen Bekannten niemand gegen das Regime gekämpft hat, sondern dass alle schlicht versucht haben, aus dem Sichtfeld zu geraten. All die, die noch so etwas wie ein Gewissen hatten, haben das getan. Und allein dafür brauchte es wirklich Mut.

Ein alter Freund

Der Misserfolg des Plans mit der Dichterlesung brachte O. M. nicht aus der Fassung. »Das müssen wir auf den Herbst verschieben«, meinte er. Moskau war, wie stets, ab Anfang Juli verwaist, und deshalb machten wir keine weiteren Pläne zur Rettung, sondern dachten nur daran, dass wir irgendwie bis zum Herbst durchhalten müssten. Damals erklärte O. M.: »Ich brauche einen anderen Beruf, jetzt, wo wir Bettler sind.«

Und er schlug vor, nach Leningrad zu fahren.

In früheren Zeiten standen O. M. und ich immer miteinander im Austausch durch das Gespräch. Einige seiner Worte und Gedanken sind mir in Erinnerung geblieben. In unserem letzten Jahr indes wechselten wir nicht mehr wohlartikulierte Worte, sondern lediglich kurze Äußerungen. Worüber wir sprachen? Schlicht über nichts: »Ich bin müde, lass uns ins Bett gehen.« – »Ich kann nicht dorthin gehen.« »Wir müssen etwas unternehmen.« – »Das macht nichts, es wird sich schon finden.« – »Von jetzt an wird es immer so sein.« – »Oh Gott! Wen haben sie abgeholt? Schon wieder!«

Wenn das Leben vollkommen unerträglich wird, glaubt man, der Schrecken werde nie enden. Während der Bombardements in Kiew jedoch begriff ich, dass auch das Unerträgliche trotz allem irgendwann ein Ende hat, aber damals war mir noch nicht bewusst, dass dieses Ende oftmals mit dem des menschlichen Lebens einhergeht. Im Hinblick auf den stalinistischen Terror waren wir indes stets überzeugt, dass die Maßnahmen vielleicht abgeschwächt oder verstärkt werden könnten, dass er jedoch kein Ende finden würde. Warum sollte er beendet werden? Wozu? Alle waren auf Trab gehalten, gingen ihrer Beschäftigung nach, lächelten, erfüllten widerspruchslos, was befohlen wurde, und lächelten wieder. Wenn jemand nicht lächelte, bedeutete das Angst oder Missbehagen, und das zuzugeben wagte niemand, denn Angst war gleichbedeutend damit, dass man etwas auf dem Gewissen hatte. Jeder, der in Diensten des Staates stand – und in unserem Land ist jeder kleine Verkäufer ein Angestellter des Staates, noch dazu einer mit Verantwortung –, gab sich gutmütig und fröhlich und gab zu verstehen: Ich habe mit dem großen Ganzen nichts zu tun, habe eine verantwortungsvolle Arbeit und bin damit vollauf ausgelastet. Ich nutze dem Staat, lasst mich in Ruhe. Mein Gewissen ist rein, und wenn mein Nachbar verhaftet wird, wird es schon seinen Grund haben. Die Maske des Lächelns legte man nur zu Hause ab, und auch das tat nicht jeder, denn das Entsetzen, das man empfand, musste man vor den eigenen Kindern verstecken – Gott behüte, dass sie in der Schule etwas Falsches sagten! Viele passten sich dem Terror an und lernten, ihren Nutzen daraus zu ziehen, schafften sich den Nachbarn vom Halse und übernahmen den frei gewordenen Wohnraum oder Arbeitsplatz. Eine ganz natürliche Sache. Die Maske sah jedoch ausschließlich ein Lächeln vor, nicht aber ein Lachen, denn Heiterkeit war ebenfalls verdächtig und erregte gesteigertes Interesse bei den Nachbarn: Was haben die denn zu lachen? Machen sie sich vielleicht lustig? Die Heiterkeit ist verschwunden und wird nicht zurückkehren.

Nach unserer Ankunft in Leningrad suchten wir Losinskij in seinem einsam gelegenen Sommerhaus bei Luga auf. Er legte sogleich fünfhundert Rubel auf den Tisch, mit denen wir nach Sawjolowo zurückkehren und die Miete für unser Häuschen bis Ende des Sommers bezahlen konnten. Was waren diese fünfhundert Rubel wert? Es gab keine stabilen Preise, sie änderten sich pausenlos, und wir konnten in den Preissprüngen keinerlei Logik erkennen. In der freien Marktwirtschaft unterliegen Preisschwankungen ebenso wie Anstieg oder Verfall des Geldwerts gewissen Gesetzmäßigkeiten, in den geheimnisvollen Schwankungen der Planwirtschaft kennt sich nicht einmal der Teufel aus – die Preise werden nach Belieben erhöht oder gesenkt. Den Hundertern und Tausendern, mit denen wir hantierten, wohnte echte magische Kraft inne, und als wir die fünfhundert Rubel von Losinskij erhalten hatten, fühlten wir uns deshalb nicht mehr wie gewöhnliche, sondern wie ausgezeichnete, wundervolle Bettler, die Almosen in großen Scheinen erhalten. Und tatsächlich waren wir das, denn gewöhnlichen Bettlern wirft man Kopekenmünzen zu, die für ein Viertel Brot reichen.

Wir aßen bei Losinskij. Unter den ernsten Blicken der jüngeren Generation riss er Possen, und O. M. machte einen Witz nach dem anderen, sie lachten wie in Zeiten der Zunft der Dichter. Nach dem Essen zogen Losinskij und O. M. sich ins Haus zurück und O. M. trug ihm lange seine Gedichte vor. Beschwingt begleitete Losinskij uns zur Bahnstation. Wir nahmen den Weg durch den Wald, denn wir wagten nicht, uns gemeinsam auf der Straße blicken zu lassen – es hätte ja jemand Losinskij mit einem verdächtigen Fremden sehen können! Schlimmer wäre nur gewesen, wenn uns jemand aus dem Schriftstellerverband, der O. M. erkannt hätte, begegnet wäre.

Es lag uns fern, Losinskij kompromittieren zu wollen, und deshalb verabschiedeten wir uns am Waldrand voneinander.

Achmatowa, Losinskij und O. M., alle in den 1890er-Jahren geboren, wurden in den dreißiger Jahren bereits zur älteren Generation der Intelligenzija gerechnet, denn die Älteren waren bereits umgekommen, emigriert oder in der Bedeutungslosigkeit versunken. Den anderen schienen diese drei sehr früh gealtert, während die »Weggenossen« der Macht – Kawerin, Fedin, Tichonow und andere – sehr lange Zeit als jung galten, obgleich sie tatsächlich nur wenige Jahre jünger waren. Babel gehörte weder zu den Alten noch zu den Jungen, er blieb für sich. O. M. und Losinskij alterten in der Tat sehr früh, als wollten sie die öffentliche Meinung über sie bestätigen. Im Jahr 1929, als O. M. in der Zeitung »Moskowskij komsomolez« arbeitete, deren Redaktion im Stadtzentrum in der Passage neben dem Varieté-Theater in der Twerskaja gelegen war, sagte der Theaterdiener einmal zu mir, als er bemerkte, dass ich auf der Suche nach jemandem war: »Ihr alter Herr ist in die Kantine gegangen.« Der alte Herr war nicht einmal vierzig Jahre alt, sein Herz aber gab damals schon langsam auf.

Nebenbei gesagt: Es ist eine Erfindung von Ehrenburg, dass O. M. klein gewesen sei. Ich trug Schuhe mit hohen Absätzen und reichte ihm gleichwohl kaum bis ans Ohr, und ich bin mittelgroß. Ehrenburg selbst war kleiner als O. M. Auch war O. M. nicht schmächtig, sondern breitschultrig. Vielleicht hatte Ilja Ehrenburg den von schwerem Hunger ausgezehrten O. M. vor Augen, dem er auf der Krim begegnet war, vielleicht passte O. M. nur als der hinfällige, feinsinnige Jude vom Typ des Pianisten Aschkenasi in sein journalistisches Konzept – ein solch schwacher und harmloser Mensch, was hat man ihm angetan! Aber O. M. war nicht vom Typ eines Aschkenasi, er war sehr viel kräftiger.

O. M. war herzkrank, denn sein Herz war der fürchterlichen Last unseres Lebens und dem ungezügelten Temperament dessen, in dessen Brust es schlug, nicht gewachsen. Losinskij indes wurde von der geheimnisvollen Krankheit Elephantitis heimgesucht, die in die Bibel und nicht in den Leningrader

Alltag zu gehören schien. Seine Finger, Zunge, Lippen – sein gesamter Körper schwoll zu zweifacher Größe an. Als ich ihm Mitte der zwanziger Jahre zum ersten Mal begegnete – er besuchte uns in der Morskaja –, schien er die ihm bevorstehende Krankheit buchstäblich zu spüren. Er sagte, nach der Revolution sei alles so schwer geworden, alle seien von der leichtesten Anstrengung – einem Gespräch, einem Besuch, einem Spaziergang – vollkommen ermüdet. Losinskij war ebenso wie O. M. damals bereits im Gefängnis gewesen, er gehörte zu denen, die zu Hause stets eine gepackte Tasche stehen hatten. Er wurde einige Male verhaftet, einmal, weil seine Studenten – er hatte irgendwo ein Übersetzungsseminar gegeben – einander mit Spitznamen ansprachen. Spitznamen waren nicht gern gesehen, man vermutete sogleich eine Verschwörung. Alle aus dieser Gruppe, die sich derlei Späße erlaubt hatten, kamen in Haft. Glücklicherweise kannte Losinskijs Ehefrau jemanden in Moskau, und sie machte sich nach der Verhaftung ihres Mannes eilends auf den Weg zu ihrem Schutzpatron. Das Gleiche tat Shirmunskijs Ehefrau. Ohne den Zufall dieser schützenden Hand wären beide nicht so glimpflich davongekommen. Eigentlich schienen Losinskij und Shirmunskij von Anfang an dem Untergang geweiht, und deshalb waren wir alle froh, als wir Losinskijs Namen in der Liste der Schriftsteller lasen, die als Erste mit einem Orden ausgezeichnet wurden. Er war unter den Schriftstellern auf dieser Liste gewissermaßen ein weißer Rabe, und wir folgerten daraus, dass es also auch dem weißen Raben gestattet war, unter anderen, ihm fremden Vögeln zu leben. Erst später stellte sich heraus, dass Orden nicht schützten – sie wurden bei einer Verhaftung schlicht aberkannt. Losinskij aber hatte Glück, und er erlag seiner furchtbaren und irgendwie unwirklichen Krankheit.

Wir alle waren nach den ersten Revolutionsjahren traumatisiert und krank. Zuerst traf es die Frauen, aber sie erwiesen sich als zählebig, waren ihr halbes Leben lang krank und gesundeten. Die Männer waren dem Anschein nach kräftiger und hielten den ersten Schlägen stand, aber ihr Herz verkraftete diese Schläge nicht, und kaum einer wurde älter als siebzig Jahre. Jene, die Gefängnis und Krieg verschont hatten, wurden von Herzinfarkten oder unglaublichen Krankheiten wie die, unter denen Losinskij und Tynjanow litten, dahingerafft. Niemand von uns glaubt, es gebe keinen Zusammenhang zwischen Krebs und seelischer Erschütterung. Allzu oft haben wir schon miterlebt, wie sich über jemandem ein Unwetter entlud, er öffentlichen Schmähungen ausgesetzt war, eingeschüchtert und bedroht wurde, und es dann ein Jahr später hieß, er sei an Krebs erkrankt. Es braucht nichts weiter gesagt zu werden – wir wurden nach allen Regeln der Kunst gehätschelt. Einzig die objektive Statistik bestätigt, dass die durchschnittliche Lebenserwartung beständig steigt. Vermutlich aufgrund des Überschusses von Frauen und Kindern. Das weibliche Geschlecht hat sich tatsächlich als nicht totzukriegen erwiesen.

Die parteilose Tanja

O. M.s Bruder Jewgenij Emiljewitsch lebte mit seiner Familie in der Siwerskaja. Nach dem Besuch bei Losinskij fuhren wir zu ihm, denn O. M. wollte seinen Vater sehen. Zu seinem Bruder hatte er kein schlechtes, sondern gar kein Verhältnis. Er war Geschäftsmann in Sachen Literatur, hatte die Medizin einer Beschäftigung im Dunstkreis der Schriftstellerorganisationen wegen aufgegeben, die ihm mehr einbrachte. Er war mit der Beschaffung von Honoraren für Dramaturgen des Literaturfonds befasst, gegen Ende seines Lebens ging er in die Kinematographie. Er hat O. M. in seinem Leben nicht ein einziges Mal in irgendeiner Weise unterstützt und verlangte immer wieder, dass wir den alten Vater zu uns nehmen sollten. Jedes Mal, wenn wir ihn sahen, lag er uns damit in den Ohren, schrieb dessentwegen Briefe nach Woronesch, Sawjolowo, wo immer wir waren. O. M. schrieb ihm ein paar

Briefe aus Woronesch und fertigte sogar Kopien davon an, weil er wusste, dass Jewgenij Emiljewitsch die Briefe vernichtete. In diesen Briefen sprach er seine Missbilligung über das Verhalten seines Bruders ihm gegenüber aus und bat diesen, niemals zu erwähnen, dass sie Brüder seien. Bis 1956 stand es Jewgenij Emiljewitsch fern, dies zu erwähnen, und er beschimpfte alle, die sich bei ihm nach mir erkundigten, aufs Übelste. Seit einigen Jahren jedoch bringt er O. M.s Andenken Wertschätzung entgegen und hat ein paar Mal versucht, mit mir Kontakt aufzunehmen. Einmal stand er sogar plötzlich vor meiner Tür und lud mich hartnäckig zu sich ein. Er ist ein gewöhnlicher Geschäftemacher, der im Leben all das erreicht hat, was er sich erträumt hatte – Wohlstand, Geld, Automobil und sogar eine Filmkamera, um zum Zeitvertreib ein wenig zu filmen. In solch brutalen Zeiten wie den unseren lebten Menschen wie Jewgenij Emiljewitsch nicht von herkömmlicher kaufmännischer Arbeit, sondern von ihrer Verschlagenheit, was ihnen nicht zur Ehre gereicht.

O. M. wollte außer seinem Vater noch seine Nichte sehen, Jewgenij Emiljewitschs Tochter Tatka aus erster Ehe mit der Schwester von Sarra Lebedewa. Sie erkrankte während der Blockade von Leningrad an Tuberkulose und starb früh. Ich lernte sie als junges, bezauberndes Mädchen kennen, das seinem Vater in nichts ähnlich war. Großgezogen wurde sie von ihrer Großmutter mütterlicherseits, der wundervollen alten Dame Maria Nikolajewna Darmolatowa, in deren Wohnung Jewgenij Emiljewitsch lebte. Nach O. M.s Verhaftung organisierte die Großmutter heimliche Treffen von Tatka und mir bei der Lebedewa, denn Jewgenij Emiljewitsch hatte seiner Tochter den Umgang mit mir verboten. Tatka beklagte sich bei mir, ihr Vater habe die Abschriften von O. M.s Gedichten, die sie nur mit Mühe hatte auftreiben können, in den Ofen geworfen. Abschriften der Gedichte gab es damals nur wenige, und bei Hausdurchsuchungen wurden sie beschlagnahmt. Bei Kriegsbeginn war Tatka Studentin an der Fakultät für Geschichte und Braut eines jungen Mannes, der Gedichte schrieb und O. M. verehrte. Er fiel in einer der ersten Schlachten, und Tatka ging im hungernden Leningrad von einer Stelle zur anderen, um irgendetwas über sein Schicksal in Erfahrung zu bringen. Zu Hause hatte Tatka es nicht leicht – der Vater brach ständig Streit mit der Großmutter vom Zaun, wie ein Komsomolze, der eine Anhängerin des alten Regimes entlarvt hatte. Ihrer Stiefmutter ging Tatka aus dem Weg. Ich habe mich immer wieder gewundert, wie es möglich war, dass diese junge Frau, die in solch schweren Zeiten aufgewachsen war, die besten Traditionen der russischen Intelligenzija bewahren konnte, jener vergessenen, lächerlich gemachten und von der höheren Vernunft der neuen Ethik überwundenen Schicht.

Tatkas Stiefmutter, Tanja Grigorjewna, war Tochter eines Lehrers für Chemie an den besten und fortschrittlichsten Gymnasien und in einer jener Familien der Intelligenzija auf gewachsen, die den Stil der 1860er-Generation gepflegt und ihren Belinskij und Dobroljubow gelesen hatten. Sie war stolz auf diese Familientradition und empfand leise Verachtung für Tatkas Großmutter Maria Nikolajewna Darmolatowa wegen deren Herkunft von Adel. Auch ihrem Aussehen nach verkörperte Tanja die typische demokratisch orientierte Kursistin alter Prägung: ein kluges Gesicht, glattes Haar von unbestimmbarer Farbe, das zu einem Knoten zusammengefasst war, gerade geschnittene Kleider von ebenfalls unbestimmbarer Farbe, wie sie vor der Revolution die Lehrerinnen von fortschrittlichster Gesinnung zu tragen pflegten. Sie hatte eine sanfte Stimme und scherzte gern. Besonders stolz war sie darauf, dass sie die Namen aller Bäume, Vögel und Gräser kannte, denn ihr Vater hatte sie und ihre Schwestern in der Kindheit häufig zu langen Spaziergängen auf dem Land mitgenommen und ihnen die heimische Natur nahegebracht. Tatka, so meinte die Stiefmutter, habe eine vollkommen andere, undemokratische Erziehung genossen, und sie machte sich immer wieder über Tatka lustig, weil diese die Bäume und Sträucher im Winter nicht zu unterscheiden wusste. Tatkas Entscheidung, Geschichte zu studieren, amüsierte Tanja. Sie akzeptierte nur Berufe, die dem Volk Nutzen bringen, wobei sie die übliche Formulierung abwandelte und vom Nutzen für die Kolchose sprach. Tanja ging mit dem Mädchen regelmäßig ins Museum in der Isaakskathedrale, damit Tatka von der Großmutter nicht mit der Religiosität infiziert würde, und einmal vollzog sich vor unseren Augen folgende Szene: Tatka wollte einer dort propagierten Interpretation eines Textes aus dem Evangelium keinen Glauben schenken und brach in Tränen aus, weil Vater und Stiefmutter auf sie einredeten, sie müsse dem Wissen des Kollektivs der besten Sachverständigen, die den Betrug der Pfaffen aufgedeckt hätten, vertrauen und dürfe nicht so überheblich sein. Es hieß, der Text aus dem Evangelium predige die Verherrlichung des Reichtums, und das kluge Mädchen begriff sehr wohl, dass dies nicht sein könne. Wir waren damals in Leningrad zu Besuch, und Tatka wandte sich dann heimlich an O. M., um von ihm zu erfahren, wer denn nun recht habe – die Großmutter oder die Stiefmutter und der Vater. Ihre Zuneigung für ihren Onkel lag sicherlich in jenen Tagen begründet.

Durch ihren Vater hatte Tanja beste Beziehungen zur Parteielite. Sie und ihre Schwester Natascha waren kurz nach der Revolution zu Waisen geworden, und Jenukidse hatte sich ihrer angenommen. Sie nannten ihn den »rothaarigen Abel«. Das war vielleicht sein Deckname innerhalb der Partei gewesen, oder man hatte ihn in der Familie Grigorjew scherzhaft so genannt. 1937 wurde Jenukidse verhaftet, aber Tanja ging mit der Zeit und erklärte mir: »Er hat sich wohl etwas zuschulden kommen lassen. Macht verdirbt den Charakter.« Damals war sie bereits selbständig und brauchte keinen Ziehvater mehr. Sie wuchs sogar über ihn hinaus – denn er und seinesgleichen waren rückständig, weil sie nicht den Weg beschreiten wollten, den Stalin eingeschlagen hatte, um alle notwendigen revolutionären Umgestaltungen vorzunehmen, von denen ihr verstorbener Vater geträumt hatte. Das war Tanjas Erklärung für die Verhaftungen der alten Bolschewiki. Sie unterstützte von ganzem Herzen alle groß angelegten Maßnahmen gegen ganze Bevölkerungsgruppen, die Entkulakisierung ebenso wie die Ausweisung der Adligen aus Leningrad und die Massenverhaftungen des Jahres 37. Um konkret zu bleiben, führte sie für alles Beispiele aus ihrem Institut und dem zuständigen Amt für Wohnungswirtschaft an.

Die Stiefmutter war das ideologische Zentrum des Hauses und regierte, ohne ihre Stimme zu erheben. Vermutlich trat sie im Dienst genauso auf, ich habe sie zwar dort nie erlebt, kannte aber Frauen von ihrem Schlage. Tatka hatte früh gelernt zu schweigen, aber durch keine Macht der Welt konnte sie dazu bewegt werden, die Theorien der Stiefmutter auch nur mit einem Wort gutzuheißen. Zur ersten großen Auseinandersetzung zwischen Tatka und ihrer Stiefmutter kam es während der Zeit der Ausweisung der Adligen aus Leningrad, von der auch Tatkas Freundin Olenka Tschitschagowa betroffen war. Tanja behauptete steif und fest, Adlige hätten in der Stadt Lenins nichts zu suchen und man brauche nun wirklich keine Träne darüber zu vergießen, dass die Tschitschagows ausgewiesen würden. Tatka schwieg. Die Stiefmutter sagte, angesichts der derzeitigen Wohnungsnot sei es wirklich ein Verbrechen, Adligen und nicht Arbeitern Wohnraum in Leningrad zu überlassen. Tatka schwieg. Die Stiefmutter führte aus, ihr sei es immer schon seltsam vorgekommen, dass Tatka sich Freundinnen suchte, die gar nicht zu ihr passten – was könne sie, die sie in der Familie von Jewgenij Emiljewitsch und Tanja aufgewachsen sei, schon mit einem adligen Fräulein gemein haben? Tatka schwieg und begleitete Olenka trotz allem zum Bahnhof. Und Tanja machte der Großmutter Vorhaltungen, sie sei zu nachsichtig. Kurz nach diesem Drama folgte die Farce: Tanja und ihre Schwester erhielten nun ihrerseits eine Vorladung der Kommission zur Säuberung Leningrads, und auch sie wurden aufgefordert, die Stadt zu verlassen. Die Ausweisungen wurden auf Grundlage des Adressbuchs vorgenommen, in dem ihr Vater als von persönlichem

Adel geführt wurde. Die mit den Ausweisungen befasste Kommission interessierte sich ausschließlich für das Wort »Adel«, schließlich hatten sie ihre zahlenmäßigen Vorgaben zu erfüllen, und Vertreter des erblichen Adels waren offensichtlich in der Minderzahl oder nur schwer auffindbar. Der »rothaarige Abel«, der zu jener Zeit noch nicht gänzlich an Einfluss verloren hatte bzw. zumindest in einer solch unbedeutenden Angelegenheit noch etwas zu erreichen vermochte, befreite die beiden Schwestern aus dieser misslichen Lage. »Die Gerechtigkeit hat gesiegt«, verkündete Tanja, als wir uns in Moskau sahen. »Warum hat denn euer Vater nicht verhindert, dass er als von persönlichem Adel eingetragen wurde?«, fragte ich. »Mit einem halben Rubel haben viele diesen Eintrag verhindert.« – »Mein Vater hat aus Prinzip niemals Bestechungsgeld gegeben!«, erwiderte Tanja kühl. Die Großmutter Maria Nikolajewna und ich empfanden ein wenig Schadenfreude und zwinkerten uns zu, denn wir ahnten, dass es dem unbeugsamen Fortschrittler Grigorjew wohl gefallen hatte, sich adlig zu nennen, und dass er dieses Recht, das ihm durch seinen Universitätsabschluss zugefallen war, gern angenommen hatte.

Uns war im Vorhinein klar, welchen Empfang wir in der Siwerskaja zu erwarten hatten, und wir waren froh, dass Jewgenij Emiljewitsch nicht zu Hause war. Er kam erst spät in der Nacht von einer Reise zurück. Am nächsten Morgen spielte sich die altbekannte Szene ab: Er verlangte, wir sollten den alten Herrn zu uns nehmen. Sein Vater, so Jewgenij Emiljewitsch, sei eine unerträgliche Belastung für seine Familie, sei sein Verhängnis und reiße sie alle in den Abgrund. O. M. stritt nicht mit seinem Bruder. Er hatte bereits zuvor mit seinem Vater und mit Tatka gesprochen – O. M. stand stets früh auf – und Tatka das Gedicht, wie die »helle Natascha« verheiratet wurde, vorgetragen, und Tatka bedauerte ebenso wie ihr Onkel, dass dieses Gedicht bereits eine Widmung trug. Kurz nachdem Jewgenij Emiljewitsch aufgestanden war und über den Vater zu sprechen begann, verabschiedeten wir uns und wollten aufbrechen. Beim

Abschied fragte Tanja, warum wir eigentlich nach Leningrad gekommen seien. Wir erklärten es ihr, so gut wir konnten, und sie erwiderte sehr erstaunt: »Ich begreife nicht, dass zwei erwachsene Menschen nicht ihren Lebensunterhalt verdienen können!« Ich versuchte ihr zu erklären, dass alle Arbeit staatlicherseits kontrolliert und Unwürdigen wie uns kein Zugang zu irgendeiner Arbeit gewährt würde, aber Tanja qualifizierte das als »Hysterie« und intellektuelle Hirngespinste ab. Ganz wie Marietta Schaginjan hatte sie noch nie etwas von Verhaftungen gehört. Ich erinnerte an den »rothaarigen Abel«, und in diesem Zusammenhang ließ sie ihr oben erwähntes Urteil über ihn fallen. Sie hatte etwas Hartes und Unerschütterliches und erinnerte darin an hehre Vorbilder wie die Spartanerinnen, die Mutter der Gracchen, eine Kämpferin der Narodnaja Wolja. Im Gehen sagte ich zu ihr: »Wenn über Nacht plötzlich die Faschisten statt der Bolschewiki an die Macht kommen, werden Sie den Unterschied nicht einmal bemerken.« Tanja erwiderte, dies sei unmöglich.

Das war O. M.s letzte Begegnung mit seinem Vater und Tatka. Über Tanja amüsierte er sich: »So muss das doch sein. Sie ist schließlich eine parteilose Bolschewikin.« Damals kam dieser Begriff in Mode, und alle, die einen Arbeitsplatz von gewissem Ansehen hatten, nannten sich parteilose Bolschewiki und verhielten sich dementsprechend. Menschen wie Tanja wurden auf der Karriereleiter nach oben befördert, bis in jene Höhen, in denen es gestattet war, parteilos zu sein. Sie vertraten in den Behörden und Institutionen die demokratische Intelligenzija, auf die sich zu stützen Stalin angeordnet hatte. In ihrem gesamten Gebaren erinnerten sie an die aufopferungsvollen Generationen der Jahrzehnte vor der Revolution und waren für die Familien ebenso notwendig wie für den Staat.

Tanja sah ich nach über zwanzig Jahren wieder, als sie und Jewgenij Emiljewitsch mich bei den Schklowskijs besuchten. Selbstverständlich erkundigte ich mich nach ihrer Meinung zum XX. Parteitag, und statt ihrer sagte Jewgenij Emiljewitsch, zunächst sei sie sehr ungehalten gewesen: »Was getan wurde, kann man nicht rückgängig machen. Was soll also der ganze Lärm!« Sie habe nicht einmal einen Blick auf Chruschtschow werfen wollen, als er in Leningrad war, und das Auto, in dem er chauffiert wurde, ihr Auto überholte. »Stellen Sie sich vor – sie hat sich abgewendet!« Aber dann akzeptierte sie die neue politische Situation, schließlich habe es tatsächlich Auswüchse gegeben und nicht zuletzt – die Dialektik.

1938 besuchte ich ein letztes Mal O. M.s im Sterben liegenden Vater. In Absprache mit Maria Nikolajewna Darmolatowa wählte ich für diesen Besuch eine Zeit, zu der Jewgenij Emiljewitsch und Tanja nicht zu Hause waren. Der alte Herr freute sich, mich zu sehen. Er glaubte, Ossja und ich könnten ihn vor Armut, Einsamkeit und seiner letzten schweren Krankheit retten. Die Verhaftung seines ältesten Sohnes verheimlichte ich ihm. Kurze Zeit nach meinem Besuch brachte Jewgenij Emiljewitsch ihn ins Krankenhaus, wo er an Krebs starb. Die Ärzte riefen den mittleren Sohn aus Moskau per Telegramm ans Krankenbett, aber als er in Leningrad ankam, fand bereits die Beerdigung statt. Den Worten des Krankenhauspersonals zufolge hatte der alte Herr nicht ein einziges Mal Besuch erhalten. Er starb einsam. Ich erinnere mich an Tanjas Erzählung, wie ihre Großmutter gestorben sei: Fein sauber habe sie sich still wie ein Mäuschen in ihr Kämmerlein zurückgezogen und dort ohne großes Aufsehen und mit Leichtigkeit ihr Leben ausgehaucht, um den geregelten Arbeitsalltag ihrer beiden Enkelinnen nicht zu stören. Tanja erzählte diese herzzerreißende Geschichte immer wieder, und Maria Nikolajewna Darmolatowa war davon überzeugt, dass dies als Lehrstück für sie und O. M.s Vater aufzufassen sei. Beide starben denn auch, ohne Jewgenij Emiljewitsch oder Tanja zur Last zu fallen: O. M.s Vater im Sommer, als Tanja auf dem Land war, im Krankenhaus und Maria Nikolajewna während der Blockade. Tatka starb in einem Krankenhaus in Wologda. Dorthin war sie geflohen, als die Leningrader Blockade durchbrochen war. In ihren letzten Tagen war ihre Tante, Sarra Lebedewa, bei ihr. Einen Tag vor ihrem Tod erdreistete ihre Stiefmutter sich, Tatkas gesamte Kleidung aus dem Krankenhaus abzuholen – Tatka trug Krankenhauswäsche. In jenen Tagen lebte man vom Tausch jämmerlicher Kleidung gegen Brot, und Tanja schien es offenbar angebracht, Tatkas Habseligkeiten gegen Brot für ihren Sohn und sich selbst einzutauschen, statt auch den Sohn noch zu beerdigen. Das berichtete mir Sarra Lebedewa.

Es gibt eine Stufe der Entmenschlichung, auf der die Menschen jegliche Hemmungen fallen lassen, die von der bigotten Gesellschaft erdacht wurden, um das tatsächliche Wesen der Dinge zu verbergen. Wir hingegen unterschieden uns von den anderen, weil wir unsere schöne, liebenswürdige bürgerliche Maske niemals fallen ließen. Ich bin in meinem Leben häufig Menschen begegnet, die einzig durch ihren klugen Gesichtsausdruck und ihre sanfte Stimme Karriere gemacht haben, beispielsweise der Direktor des Pädagogischen Instituts in Uljanowsk, der freudig den Pogrom im Jahr 53 anführte. Im Vorfeld meiner Entlassung wurde eigens eine Versammlung am Lehrstuhl einberufen, deren Vorsitz der Direktor innehatte, und ich konnte meinen Blick nicht von ihm abwenden: Er sah Tschechow zum Verwechseln ähnlich und trug, da er sich dessen offensichtlich bewusst war, keine Brille, wie es üblich gewesen wäre, sondern einen Kneifer mit dünnem Goldrand. Sein Mienenspiel und die sanfte Modulation seiner Stimme sind mir unvergesslich. Es ist der Mühe nicht wert, das näher zu beschreiben – man würde es für eine Karikatur halten. Ich war die Erste in der Reihe derer, die aus dem Institut gejagt wurden. Die Anweisung war erst spät in den dezentral gelegenen Landesteilen angekommen, und schon kurz darauf machte die Nachricht vom Tod unseres Führers die Runde. Ich nahm noch an den Trauerfeierlichkeiten teil, bei denen – ich übertreibe nicht – alle weinten. Eine der Laufgängerinnen des Instituts erklärte mir: »Irgendwie haben wir uns doch schon an alles gewöhnt. Wir leben und man lässt uns in Ruhe. Was wird denn jetzt werden!«

Der Direktor hatte nicht genügend Zeit gehabt, das Plansoll der Entlassungen zu Lebzeiten Stalins zu erfüllen, und setzte seine Arbeit deshalb auch nach dessen Tod noch fort – bei jeder Entlassung waren schließlich entsprechende Formalitäten zu wahren. Er zeichnete für die Entlassung von sechsundzwanzig Personen verantwortlich, und zwar nicht ausschließlich von Juden, sondern auch von herausragenden Vertretern der Intelligenzija anderer Nationalität. Während der Hetzjagd auf Professor Ljubischew, einen Biologen, der gegen Lyssenko Partei ergriffen hatte, wurde der Direktor entlassen. Er wurde an ein anderes Institut versetzt, wo er mit seiner Sanftheit und seinem an Tschechow erinnernden Aussehen von seinen Kollegen sehr geschätzt wurde. Er hatte den Pogrom aus Überzeugung umgesetzt, und in der heuchlerischen Ära, in der wir lebten, wurden Menschen wie er aufgrund ihres trügerischen Äußeren benutzt. Eine derartige Mimikry war hoch geschätzt, und viele schlichte Gemüter ließen sich von einem feinsinnigen Aussehen und einer sanften Stimme nur allzu gern täuschen.

Gedichtliebhaber

Wir waren zwei Tage in Leningrad, übernachteten bei den Punins, und alle versuchten, O. M. aufzuheitern. Sogar Andronikow wurde eingeladen, der damals noch ein famoser junger Mann war und vor O. M. seine Possen riss. Am Abend saßen wir am Tisch, stießen miteinander an und unterhielten uns. Allen war bewusst, was uns bevorstand, aber niemand wollte, dass die letzten Minuten des Lebens getrübt würden. Anna Andrejewna schien heiter und unbeschwert. Nikolaj Punin war laut und lachte viel, aber mir fiel auf, dass das nervöse Zucken der Wange und des Augenlids auf der linken Seite stärker geworden war.

Am nächsten Tag gingen wir zu Stenitsch, den Blok einen russischen Dandy genannt hatte. Den sowjetischen Schriftstellern galt er als Zyniker. Womöglich, weil alle seine spitze Zunge fürchteten? Auch Stenitsch riss Possen, aber sie waren ganz anderer Art als die Andronikows. Bereits in den zwanziger Jahren hatte er ein Bravourstück. Er erzählte, wie sehr er seine Vorgesetzten fürchtete und zugleich verehrte, und zwar so sehr, dass er jederzeit bereit sei, dem Direktor des »Goslitisdat« in den Pelz zu helfen. Er gab diese Nummer vor allen Schriftstellerkollegen zum Besten, aber diese reagierten ziemlich kühl. Es war leichter, in Stenitsch einen Zyniker zu sehen, der sich mit der eigenen Speichelleckerei brüstete, als sich selbst in seinen Worten zu erkennen. War Stenitsch nun ein Satiriker oder ein Zyniker?

Er hatte als Dichter begonnen. In Kiew hatte er 1919 im Literatenkeller »Chlam« scharfzüngige Gedichte vorgetragen, von denen vielen bis heute »Die Versammlung des Sownarkom« in Erinnerung ist, ein Gedicht, in dem die damalige Realität nicht wie in der Auftragsliteratur beschrieben wurde, sondern wie sie wirklich war. Er schrieb selbst keine Gedichte mehr, war aber immer noch einer der größten Liebhaber von Gedichten. Er hätte sicher ein guter Prosaschriftsteller, Essayist oder Kritiker werden können, wie man diese seltsamen Berufe heute zu nennen pflegt, mit einem Wort, aus ihm wäre etwas geworden, doch die Zeiten waren für Menschen wie ihn nicht günstig. Aber er war immer noch am Leben, unter Menschen, erregte Aufsehen und übersetzte ein wenig. Seine Übersetzungen wurden zu Vorbildern für alle, die Prosa übersetzten. Er war, wie man so sagt, ein »Stilist« und fand in seinen Übersetzungen amerikanischer Schriftsteller adäquate Entsprechungen. Tatsächlich bot ihm diese Arbeit die Möglichkeit, seine Begabung, sein genaues Gefühl für die Moderne, den Menschen, für Sprache und Literatur zu verwirklichen.

Stenitsch umarmte O. M. zur Begrüßung. Als O. M. erzählte, weshalb wir nach Leningrad gekommen waren, antwortete Stenitsch seufzend, dass die meisten Schriftsteller zurzeit nicht in der Stadt seien, der eine oder andere jedoch auf dem Land in der Sommerfrische anzutreffen sei. Dieser Umstand mache es für uns natürlich schwierig, Geld aufzutreiben. Stenitschs Ehefrau Ljuba beruhigte ihn und versprach, nach Sestrorezk zu fahren. Nach dem Essen setzte sie ein kokettes Hütchen auf und machte sich auf den Weg. Stenitsch bestand darauf, dass wir bei ihm blieben, und so warteten wir bei ihm auf ihre Rückkehr. Den ganzen Tag über schauten Leute vorbei, die uns sehen wollten, unter ihnen Anna Andrejewna und Wolpe, der in der Redaktion der Zeitschrift »Swesda« gearbeitet hatte und entlassen worden war, weil er die »Reise nach Armenien« veröffentlicht hatte, und zwar noch dazu mit dem Ende über den Zar Schapuch, dem der Assyrer keinen »zusätzlichen Tag« zugestand. Dieses Ende war von der Zensur verboten worden. Der Tag, den wir bei Stenitsch verbrachten, war ein ebensolcher »zusätzlicher Tag«.

Ljuba kehrte mit Beute zurück – ein wenig Geld und haufenweise Kleidung. Unter den ganzen Klamotten fanden sich zwei Paar Hosen, eine davon riesig und weit, die andere genau in der passenden Größe. Die riesige Hose nahmen wir mit nach Sawjolowo, und dort ging sie in den Besitz des Kriminellen über, der uns erklärt hatte, dass die Hundertwerstler sich besser nicht an Orten wie Alexandrowo ansiedeln sollten, da sie dort »wie Schaum abgeschöpft« würden. Immer, wenn O.M. ein zweites Paar Hosen besaß, blieb es nicht lange bei ihm. Es fand sich immer jemand, der nicht einmal eines hatte. Auch Schklowskij gehörte damals zu den Ein-Paar-Hosen-Besitzern, und sein Sohn Nikita bereitete sich schon auf das gleiche Schicksal vor. Als ihn seine Mutter einmal fragte, was er sich wünsche, wenn eine Fee ihm wie im Märchen einen Wunsch erfüllte, antwortete der Junge ohne nachzudenken: »Dass alle meine Freunde Hosen haben.« In unserer Lage sagte der Verzicht auf eine zweite Hose und die Fürsorge für hosenlose Freunde mehr über einen Menschen aus als seine Worte, als Romane, Erzählungen, Reportagen oder Artikel. Meiner Beobachtung nach sind die sowjetischen Schriftsteller ein ziemlich unerbittlicher Menschenschlag, aber Stenitschs Ehefrau gegenüber fiel es ihnen nicht leicht, die Unterstützung für einen Ausgestoßenen zu verweigern.

Der Tag, den wir bei Stenitsch verbrachten, schien ruhig und friedlich, aber auch hier brach die bittere Realität ein. Stenitsch war mit Alexej Dikijs Ehefrau befreundet. Sie war schon einmal in Haft gewesen, auch Dikij war bereits verhaftet worden. Stenitsch erwartete dieses Schicksal auch für sich selbst. Er sorgte sich um Ljuba. Was sollte aus ihr werden, wenn sie allein zurückblieb? Am Abend klingelte das Telefon. Ljuba nahm ab. Niemand antwortete, und sie brach in Tränen aus. Wir alle wussten, dass auf diese Weise bisweilen überprüft wurde, ob jemand zu Hause war, bevor man sich mit dem Haftbefehl auf den Weg machte. An jenem Abend wurde Stenitsch nicht abgeholt. Er musste bis zum Winter warten, bis sein Schicksal sich erfüllte. Als wir uns im Treppenhaus verabschiedeten, zeigte Stenitsch auf eine Wohnungstür nach der anderen und erzählte, wann und unter welchen Umständen die Mieter der anderen Wohnungen verhaftet worden waren. Auf zwei Stockwerken war er fast der Einzige, der noch in Freiheit war, so man es denn Freiheit nennen konnte. »Jetzt bin ich an der Reihe«, sagte er. Als wir das nächste Mal in Leningrad waren, war Stenitsch bereits fort, und Losinskij war entsetzt, als wir vor seiner Tür standen: »Wissen Sie denn nicht, was mit Ihrem Amphitryon geschehen ist?« Losinskij glaubte, Stenitsch sei verhaftet worden, weil wir einen Tag bei ihm verbracht hatten. Und wir mussten sogleich das Weite suchen, ohne Losinskij fragen zu können, ob er uns mit Geld aushelfen könne. Mir scheint, dass Losinskij die kriminalistischen Methoden unserer Ahndungsbehörden überschätzte. Nichts kümmerte sie weniger als die Realität. Mit Hilfe eines Netzwerks von Spitzeln und Anzeigen von freiwilligen Zuträgern wurden Listen erstellt, auf deren Grundlage die Verhaftungen vorgenommen wurden. Sie interessierten sich nicht für Fakten, sondern allein für die Erfüllung des vorgegebenen Plansolls. Während der Ermittlungen bevorrateten sie sich dann mit Aussagen der Verhafteten gegen jede beliebige Person, sogar gegen solche, die sie gar nicht zu verhaften gedachten.

Ich hörte von einer Frau, die heroisch der Folter standhielt und keine Aussage gegen Molotow machte. Von Spasskij forderte man Aussagen gegen Ljuba Ehrenburg, die er nie gesehen hatte. Es gelang ihm, aus dem Lager, in dem er war, eine Nachricht zu übermitteln, und Ljuba konnte rechtzeitig gewarnt werden. Soweit ich weiß, war es Anna Andrejewna, die ihr davon berichtete. Ljuba glaubte ihr nicht: »Wer ist dieser Spasskij? Ich kenne ihn gar nicht.« Sie war damals noch naiv, aber später durchschaute sie alles.

In den Kabinetten der Schergen schwollen die Ermittlungsakten über Ehrenburg, Scholochow, Alexej Tolstoj an, obgleich nicht daran gedacht wurde, sie anzurühren. Dutzende, wenn nicht gar Hunderte Menschen wurden aufgrund der Anschuldigung, sie seien an einer Verschwörung beteiligt gewesen, die von Tichonow und Fadejew angeführt worden sei, zu Lagerhaft verurteilt, unter ihnen der bereits erwähnte Spasskij. Hirnrissige Erfindungen, ungeheuerliche Anschuldigungen wurden zum Selbstzweck. Die Mitarbeiter des Geheimdienstes beherrschten diese Instrumente perfekt und genossen buchstäblich ihre uneingeschränkte Macht. Grundlage einer Ermittlung war das Prinzip, das uns Ende der zwanziger Jahre Furmanows Bruder entdeckt hatte: »Hat man erst einen, findet sich schon irgendwas.« An jenem Tag, als wir bei Stenitsch waren, stand sein Name vermutlich bereits auf der Verhaftungsliste, denn seine Telefonnummer stand in Dikijs Adressbuch. Mehr Beweise brauchte es nicht. Grundsätze und Ziele des Massenterrors unterscheiden sich grundlegend von den herkömmlichen Aufgaben der Ahndungsbehörden. Terror ist Einschüchterung. Um das Land in einen Zustand andauernder Angst zu versetzen, müssen die Opferzahlen in astronomische Höhen getrieben und auf jedem Stockwerk muss eine gewisse Anzahl von Wohnungen gesäubert werden. Diejenigen, die im Haus, in der Straße, der Stadt, durch die der Besen gefegt ist, zurückgeblieben sind, werden bis ans Ende ihres Lebens vorbildliche Bürger sein. Allerdings dürfen die nachwachsenden Generationen nicht vergessen werden, die ihren Vätern keinen Glauben schenken, deshalb müssen die Säuberungen regelmäßig wieder aufgenommen werden. Stalin hat ein langes Leben gelebt und stets darauf geachtet, dass die Terrorwellen von Zeit zu Zeit an Intensität und Ausmaß erhöht wurden. Befürworter des Terrors verkalkulieren sich jedoch immer wieder. Man kann nicht alle umbringen, und in der Masse derer, die sich halbverrückt vor Angst versteckten, wird sich ein Zeuge finden für das, was geschehen ist.

Bei unserem ersten Aufenthalt in Leningrad besuchten wir auch Soschtschenko in Sestrorezk (oder war es Rasliw?). Soschtschenko hatte ein krankes Herz und wunderschöne Augen. Die »Prawda« hatte bei ihm eine Erzählung in Auftrag gegeben, und er hatte über die Ehefrau des Dichters Kornilow geschrieben, wie sie versucht, eine Arbeit zu finden, und als Ehefrau eines Inhaftierten überall hinausgeworfen wird. Diese Erzählung wurde selbstredend nicht veröffentlicht. Das Regime derart vorzuführen konnte sich in jenen Jahren nur Soschtschenko erlauben. Es ist wirklich erstaunlich, dass man ihm dies durchgehen ließ, aber es wurde zweifellos auf seine Rechnung gesetzt, und er hat letztendlich all seine Rechnungen auf einmal bezahlen müssen.

Nach einem Besuch bei den Punins begaben wir uns zum Bahnhof. Wir nahmen den letzten Zug und verließen das Haus deshalb erst nach zwölf. Nach dem Weg durch die »mitternächtliche Bläue« schrieb Anna Andrejewna über die Stadt, sie sei »Nicht europäische Hauptstadt / Von herausragender Schönheit – / Ort der Verbannung nach Jenissejsk, / Umstiegsbahnhof nach Tschita, / Nach Ischim, ins trockne Irgis, / ins berüchtigte Akbasar, / Etappe ins Lager Swobodnyj, / In den Leichengeruch der vergammelten Pritschen / – So erschien mir diese Stadt / in mitternächtlicher Bläue, / Diese Stadt, vom besten Dichter gerühmt / Von uns Sündigen – und von dir.« Was sie schreibt in diesem Gedicht, verwundert nicht. Wir alle hatten diesen Eindruck. Denn es war die Realität – obgleich die Gefangenentransporte nicht mehr in diese doch relativ dicht besiedelten Gebiete fuhren.

Ljuba Stenitsch erinnerte mich an eine Szene, die ich schon vergessen hatte: Im Bahnhof ging O. M. zu einer Palme, die dort in einem Pflanzenkübel stand, hängte etwas an ihr auf und sagte: »Der Araber ist ein Nomade in der Wüste.«

Unsere erste Reise nach Leningrad verschaffte uns eine Atempause von drei Monaten. Als der Frühling anbrach, beschlossen wir, vor unserer Abreise nach Samaticha nochmals nach Leningrad zu fahren. Dieses Mal war unser Aufenthalt allerdings nicht von Erfolg gekrönt. Am Morgen unserer Ankunft gingen wir zu Anna Andrejewna, die O. M. das ihm gewidmete Gedicht über die von den Dichtern gerühmte europäische Hauptstadt vortrug. Es war das letzte Mal, dass Anna Andrejewna und O. M. einander sahen. Ein weiteres Treffen wurde zwar verabredet, fand aber nicht statt: Wir wollten uns bei Losinskij noch einmal sehen, aber da wir bei ihm gleich wieder das Weite suchen mussten, traf sie uns dort nicht an. Ohne in Leningrad zu übernachten, reisten wir am Abend desselben Tages ab, haben uns aber in letzter Minute noch telefonisch von ihr verabschieden können.

Nachdem wir bei Losinskij gewesen waren, standen wir lange auf der Straße, da wir nicht wussten, wohin wir gehen sollen. Vielleicht zu Marschak?

Samuil Jakowlewitsch begrüßte uns derart übertrieben freundlich, dass O. M. das Thema Geld nicht einmal ansprach. Es entspann sich eine Unterhaltung über literarische Themen. O. M. trug einige seiner in Woronesch entstandenen Gedichte vor. Marschak seufzte nur. Die Gedichte gefielen ihm nicht: »Aus ihnen geht gar nicht hervor, wer Ihre Gesprächspartner sind, was Ihre Themen sind. In der Epoche Puschkins hingegen ...« – »Kaum zu glauben, was will er eigentlich!«, flüsterte O. M. mir zu, und wir verabschiedeten uns. Danach trafen wir einen Schriftsteller, den wir aufsuchen wollten, nicht an, warteten lange auf ihn und begegneten ihm dann auf der Straße. O.M. bat ihn um Geld, aber er hatte keins – er baute gerade ein Sommerhaus.* Das war die zweite abschlägige Antwort, die wir in der ganzen Zeit bekamen. Die erste erteilte uns Selwinskij. Den Namen des anderen Schriftstellers möchte ich nicht nennen, da ich glaube, dass seine Zurückweisung nicht böse gemeint, sondern schlicht ein Missverständnis war. Er war ein wirklich anständiger Mensch. Wir baten ausschließlich die letzten verbliebenen Angehörigen der alten Intelligenzija um Hilfe. Der Leningrader Schriftsteller war ein solcher, und er war ein Liebhaber von Gedichten. In jenen Tagen aber haben sich wohl seine Sinne vernebelt, und er wurde Mitglied des Schriftstellerverbands.

In den letzten Tagen vor unserer Abreise nach Samaticha sagte O.M. einmal zu mir: »Wir könnten ja Paustowskij um Geld bitten.« Wir waren nicht einmal mit Paustowskij bekannt, und deshalb war ich verwundert. »Er gibt uns sicher etwas«, beruhigte O.M. mich. Erst jüngst habe ich dem gealterten Paustowskij davon berichtet. »Warum sind Sie damals nicht zu mir gekommen?«, fragte er bekümmert. »Wir haben es nicht mehr geschafft. O.M. wurde verhaftet«, erklärte ich. »Wenn Sie mich aufgesucht hätten, hätte ich auf der Suche nach Geld alle Taschen auf links gedreht«, sagte er und lachte sein feines Lachen. Ich bin sicher, dass er uns etwas Geld gegeben hätte, denn er war einer jener Vertreter der alten Intelligenzija, die sich in die innere Emigration zurückgezogen hatten. Nun kann er wieder offen leben und muss seine Einstellungen nicht mehr verbergen.

Erst kürzlich hörte ich folgenden Klatsch: Ein hoher Literaturbeamter** äußerte sein Unverständnis über Mandelstam – was sei das denn für ein Mensch gewesen, habe sich überall Geld geliehen und es nicht zurückgegeben. Dieser Mandelstam

* Kawerin. Er hat meine »Erinnerungen« gelesen und gesagt: »Das hätten Sie wirklich nicht zu schreiben brauchen.«

** Orlow.

gefiel ihm nicht. Es mag sein, dass O. M. unbedachterweise in jungen Jahren tatsächlich Schulden nicht zurückbezahlt hat, aber das war zu Zeiten, als dieser Literaturbeamte noch nicht einmal geboren war. Das, wozu wir in den Jahren der Stalin-Ära gezwungen waren, ist etwas anderes, als sich Geld zu »leihen«. Es war unverhohlenes Betteln, zu dem wir vom Staat gezwungen wurden, oder besser gesagt von jenem Leben, das in der Literatur jenes Staates glücklich genannt wurde. Armut und Bettlertum waren nicht die schlechteste Seite dieses Lebens.

Dunkelheit

»Wer braucht schon dieses verfluchte Regime?«, sagte Ljowa Bruni und steckte O. M. Geld für die Reise nach Malyj Jaroslawez zu. Im Herbst schien es uns ratsam, Sawjolowo zu verlassen, und wir begannen erneut, die Landkarte des Umlands von Moskau zu studieren. Ljowa empfahl uns, nach Malyj Jaroslawl zu fahren. Er hatte dort ein kleines Haus für die Ehefrau seines Bruders Nikolaj gebaut, der ursprünglich Priester und später Flugzeugbauer gewesen war. Dann war er Lagerhäftling geworden und, nachdem seine erste Haftzeit vorüber war, 1937 »für ein im Lager begangenes Verbrechen«, wie es damals hieß, erneut verurteilt worden. Er war also ein »Wiederholungstäter«, der nicht eine Minute in Freiheit kam. Seine aus Moskau ausgewiesene Ehefrau Nadja Bruni lebte mit den Kindern schon seit einigen Jahren in Malyj Jaroslawez. Sie lebten von ihrem Stück Land, für eine Kuh hatte Ljowa nicht genug Geld. Er kam für den Lebensunterhalt seiner eigenen vielköpfigen Familie und der seines Bruders auf. Auch in besseren Zeiten war ihm wohl nie allzu viel zugefallen. Er lebte von Kartoffeln und starb völlig ausgezehrt nach dem Krieg. Dieses Schicksal teilte er mit zahlreichen anderen Vertretern der alten Intelligenzija, die sich in die innere Emigration zurückgezogen hatten. Alle mochten Ljowa. Trotz aller Prüfungen, die ihm das Schicksal auferlegt hatte, war er Mensch geblieben. Das gelang den meisten von uns nicht, sie lebten nicht wie Menschen, sondern existierten zurückgezogen vom Morgen bis zum Abend und warteten darauf, dass etwas geschah.

Im Herbst dunkelt es früh. In Malyj Jaroslawez war nur der Bahnhof erleuchtet. Wir gingen die vom Dreck rutschige Straße hinauf. Unseren Weg beleuchtete keine Laterne, kein Licht aus den Fenstern, niemand war unterwegs. Wir mussten zwei Mal an fremde Fenster klopfen, um nach dem Weg zu fragen. Auf unser Klopfen zeigte sich ein angstverzerrtes Gesicht. »Wie kommen wir zu…?«, fragten wir, und es vollzog sich eine Metamorphose mit dem Menschen am Fenster: Die Angst verschwand, es ging ein Lächeln über das Gesicht, und man erklärte uns außergewöhnlich freundlich und ausführlich den Weg. Als wir schließlich an unserem Ziel ankamen, berichtete Nadja Bruni, der wir von der Reaktion der Dorfbewohner auf unser Klopfen erzählten, dass in den Wochen zuvor in Malyj Jaroslawez verstärkt Verhaftungen vorgenommen worden und die Einwohner deshalb verängstigt waren und erstarrt in ihren vier Wänden saßen. Während des Bürgerkriegs hatte man des Abends kein Licht gemacht, um die Aufmerksamkeit der umherstreifenden Condottiere nicht auf sich zu lenken – wenn sie Licht sahen, würden sie womöglich dorthin kommen. Auch in den von den Deutschen besetzten Städten saß man im Dunkeln. Im Jahr 37 indes war es eigentlich unerheblich, ob irgendwo Licht brannte, denn die Verhaftungen wurden aufgrund entsprechender Anordnungen vorgenommen. Gleichwohl gingen die Menschen früh zu Bett, nur um kein Licht zu machen. Womöglich folgten sie einem Urinstinkt – in der dunklen Höhle fühlt man sich sicherer als im Licht. Auch ich kenne dieses Gefühl. Wenn ich höre, dass ein Automobil vor dem Haus hält, lösche ich unwillkürlich das Licht.

Die nächtliche kleine Stadt versetzte uns in derartiges Entsetzen, dass wir nur einmal bei Nadja Bruni übernachteten und am nächsten Morgen nach Moskau flohen. Ljowas Rat, in Malyj

Jaroslawl zu bleiben, nahmen wir nicht an. Es braucht eine seelische Kraft wie jene, die der bescheidenen und zarten Nadja Bruni eigen war, um diese Angst, die sich wie ein Tuch über den Ort gelegt hatte, aushalten zu können. Richtiger wäre es wohl zu sagen, die sich über das ganze Land gelegt hatte, aber in größeren Ortschaften und Großstädten war sie nicht so stark zu spüren.

Der Nächste, an den wir uns um Rat wandten, war Babel. Er hat, soweit ich weiß, wohl nie in einem der Schriftstellerhäuser gelebt, sondern stets an sehr ungewöhnlichen Orten, er war nicht wie die anderen. Wir fanden ihn nur mit Mühe in einem ehemals großbürgerlichen Palais. Ich erinnere mich dunkel, dass in diesem Haus damals wohl Ausländer lebten, bei denen Babel ein Zimmer in der ersten Etage gemietet hatte. Vielleicht aber hat er das auch nur gesagt, damit wir uns wunderten. Er sagte gern Dinge, die andere nicht verstanden. Alle fürchteten Ausländer wie das Feuer, denn bereits beim leisesten Verdacht auf Kontakt mit ihnen konnten Köpfe rollen. Wer wäre da auf die Idee gekommen, sich bei Ausländern einzumieten? Ich bin immer noch ganz verwundert und kann deshalb nicht sagen, was es mit dieser Aussage Babels auf sich hatte. Jedes Mal, wenn wir uns sahen, hat er irgendetwas zum Besten gegeben, von dem wir wie vor den Kopf geschlagen waren.

Wir erzählten Babel von unserer Not. Es war ein langes Gespräch, und er hörte uns mit ungewöhnlichem Interesse zu.

Wie er den Kopf hielt, sein Mund, sein Kinn und insbesondere seine Augen verrieten stets Neugier. Nur selten blicken Erwachsene derart unverhohlen neugierig. Mir drängte sich der Eindruck auf, dass Babels Hauptantriebskraft eine ungestüme Neugier war, mit der er das Leben und die Menschen sehr genau betrachtete.

Unsere Probleme löste Babel sehr schnell – er vermochte es, den Stier bei den Hörnern zu packen. »Fahren Sie nach Kalinin«, sagte er, »dort ist auch Erdman. Ihn lieben die Frauen.« Babel hatte natürlich junge Frauen im Sinn, und was er meinte, war:

Erdman würde sich nie an einem schlechten Ort niederlassen, denn seine Verehrerinnen hätten das nicht zugelassen. Babel meinte, es sei sicher möglich, Erdmans »Frauen« falls notwendig auch für unsere Zwecke einzuspannen, beispielsweise bei der Suche nach einem Zimmer. Aber Babel hatte Erdmans Macht über die Frauen überschätzt, und in Kalinin stellten wir fest, dass nicht sie ihn, sondern er sie besuchte.

Babel bot an, Geld für die Reise dorthin am nächsten Tag aufzutreiben, und wir wechselten das Gesprächsthema.

Babel erzählte uns, er pflege ausschließlich zu Milizionären Kontakt und trinke nur mit ihnen. Am Abend zuvor habe er mit einem der höchstrangigen Milizionäre Moskaus zusammengesessen, und dieser habe ihm in seinem Rausch erklärt, wer das Schwert erhebe, komme durch das Schwert um. Und tatsächlich kämen hochrangige Milizionäre einer nach dem anderen ums Leben. Gestern sei der eine abgeholt worden, in der Woche zuvor ein anderer. »Heute ist man noch am Leben, aber wer weiß schon, wo man morgen ist.« Es versteht sich, dass das Wort »Milizionär« ein Euphemismus war. Uns war klar, dass Babel von Tschekisten sprach, wenngleich unter seinen Trinkgenossen wohl auch Milizionäre waren.

O. M. fragte interessiert, weshalb Babel sich zu »Milizionären« hingezogen fühle. Weil sie in der Schaltzentrale des Todes saßen? Um dort seine Finger hineinzustecken? »Nein«, erwiderte Babel, »ich will mir meine Finger damit nicht dreckig machen, nur ein bisschen die Nase hineinstecken, um herauszufinden, was Sache ist.«

Bekanntermaßen war unter den »Milizionären«, zu denen Babel Kontakte pflegte, auch Jeshow. Nach Babels Verhaftung seufzten Katajew und Schklowskij nur und sagten, er habe solche Angst gehabt, dass er sogar an Jeshow herangetreten sei, aber das habe ihm auch nicht geholfen, Berija habe ihn schließlich aus eben diesem Grund verhaften lassen. Ich bin überzeugt, dass Babel nicht aus Angst Beziehungen zu Jeshow unterhielt, sondern aus Neugier – um seine Nase dort hineinzustecken, um herauszufinden, was Sache ist. Die Frage »Was wird morgen mit uns sein?« war unser wichtigstes Gesprächsthema. Der Schriftsteller Babel legte diese Frage dritten Personen, den »Milizionären«, in den Mund. O. M. schwieg dazu. Sein »morgen« war bereits angebrochen. Nur ein einziges Mal ging es mit ihm durch: Wir kamen auf der Straße mit dem uns völlig unbekannten Scherwinskij ins Gespräch, und O. M. erklärte völlig unvermittelt: »So kann das mit mir nicht weitergehen. Ich bin die ganze Zeit unter Beobachtung. Und sie wissen einfach nicht, was sie mit mir machen sollen. Also werden sie mich bald verhaften.« Es war ein kurzes und erregtes Gespräch. Scherwinskij hörte schweigend zu. Nach O. M.s Tod bin ich ihm noch einige Male begegnet, aber er hat diese Unterhaltung nie wieder erwähnt. Es würde mich nicht überraschen, wenn er das Gespräch vergessen hätte. Man war gezwungen, Unangenehmes zu vergessen. Es gab allzu viel davon.

Alltagsszene

Nicht nur Babel war mit Jeshow bekannt, sondern auch wir kannten ihn offensichtlich. Jener Jeshow, der 1930 zur gleichen Zeit wie wir in einem staatlichen Sommerhaus in Suchumi Urlaub machte, sah dem Jeshow, der auf Fotografien des Jahres 37 zu sehen war, erstaunlich ähnlich. Besonders frappierte diese Ähnlichkeit bei einem Foto, auf dem Stalin dem strahlenden Jeshow die Hand reicht und ihm zur Verleihung eines Ordens durch die Regierung gratuliert. Der Jeshow in Suchumi hinkte wohl auch. Mir ist im Gedächtnis geblieben, dass Podwojskij, der darüber, was ein echter Bolschewik sei, zu philosophieren liebte, mir, der trägen Müßiggängerin, sagte, ich solle mir »unseren Jeshow« als Vorbild nehmen, weil dieser trotz seines kaputten Beins, ja sogar ohne Rücksicht darauf, russische Volkstänze tanzte. Aber es gibt viele Jeshows, und ich kann einfach nicht glauben, dass wir den legendären Volkskommissar gekannt haben sollen, als er am Beginn seiner schwindelerregenden, wenngleich nur kurzen Karriere stand. Man kann es sich nicht vorstellen, dass man am selben Tisch aß und trank und unbedeutende Sätze wechselte mit einem Mann, der einen solchen Willen zum Morden an den Tag legte, der alle Grundlagen des Humanismus nicht nur in der Theorie, sondern auch in der Praxis kompromittierte.

Der Jeshow in Suchumi war ein bescheidener und recht angenehmer Mann. Er hatte sich noch nicht daran gewöhnt, dass er Anspruch auf einen Dienstwagen hatte, und hielt es deshalb nicht für sein exklusives Privileg, etwas zu beanspruchen, worauf der gemeine Mensch kein Recht hatte. Wir baten ihn bisweilen, uns in die Stadt mitzunehmen, und er schlug uns diese Bitte kein einziges Mal ab. Im staatlichen Sommerhaus war diese Frage stets präsent. Von Morgens bis Abends kamen die Automobile der abchasischen Volkskommissare zu uns herauf. Die Kinder der sich dort in der Sommerfrische befindenden ZK-Mitglieder vertrieben die dunkelhäutige Kindermeute der Bediensteten von den Wagen, die durch das Recht der Abstammung von Staatsdienern in verantwortlicher Stellung allein ihnen zustanden, und nahmen mit gewichtiger Miene in den Automobilen Platz. O. M. machte einmal Tonja, Jeshows Ehefrau, und eine andere ZK-Dame auf eine solche Vertreibungsszene aufmerksam. Die beiden Frauen mahnten die Kinder, sie mögen ein wenig zur Seite rücken und die anderen Kinder auch in den Wagen lassen. Die beiden Frauen waren sehr betrübt ob der Tatsache, dass die Kinder mit den demokratischen Traditionen ihrer Väter brachen, und erzählten uns, sie besuchten Allgemeinschulen und seien nicht besser gekleidet als ihre Kameraden, »damit sie sich nicht von der Bevölkerung entfernten«. Diese Kinder wurden damals noch darauf vorbereitet, künftig das Volk zu regieren, viele von ihnen jedoch erwartete ein ganz anderes Schicksal.

Jeshow stand jeden Morgen früher auf als alle anderen, um für eine junge Literaturwissenschaftlerin, eine Bekannte von Bagrizkij, der er den Hof machte, Rosen zu schneiden. Kurz nach ihm erschien Podwojskij im Garten, schnitt ebenfalls eilends Rosen, und zwar für Jeshows in ihrer Ehre gekränkte Ehefrau. Dies war seinerseits, so erklärten die Bewohner des staatlichen Sommerhauses, lediglich ein Akt der Ritterlichkeit, denn Podwojskij sei ein beispielhafter Familienvater und mache keiner außer der eigenen Ehefrau den Hof. Die anderen Damen, denen niemand den Hof machte, schmückten ihre Zimmer mit Rosen, die sie selbst geschnitten hatten, und breiteten sich über Podwojskijs romantisches Betragen aus.

Tonja Jeshowa – ich glaube, ihr Name war Tonja – verbrachte die Tage auf der Chaiselongue gegenüber dem Sommerhaus. Sollte sie in irgendeiner Weise über das Verhalten ihres Mannes betrübt gewesen sein, so verbarg sie es gut. »Wo ist Ihr Genosse?«, fragte sie, wenn ich allein war. Zuerst verstand ich nicht, dass sie O. M. damit meinte. In diesen Kreisen pflegte man nach wie vor die Gewohnheiten aus Zeiten des Lebens im Untergrund, und Ehemänner waren zuallererst Genossen. Tonja las »Das Kapital« und erzählte sich selbst leise den Inhalt nach. Sie ärgerte sich über die lebensfrohe und recht gescheite Ehefrau von Kosior, die mit einem jungen, forschen Musiker, der Material der abchasischen Folklore sammelte, Ausritte unternahm. »Wir kennen Kosior«, sagte Tonja, »er ist ein Genosse. Wer aber ist dieser Musiker? Möglicherweise ein Spion!« Lakobas Leichtsinn, diesen Unbekannten in einem Sommerhaus wie diesem untergebracht zu haben, wurde allseits verurteilt. Vermutlich bot die Anwesenheit eines jeden Parteilosen unter den »Genossen« Anlass für Mutmaßungen und Befürchtungen. Lakoba jedoch nahm darauf keine Rücksicht, denn das Sommerhaus unterstand dem abchasischen Volkskommissariat, also ihm. Mir kam damals sogar gerüchteweise die Forderung zu Ohren, dass es an der Zeit sei, die Verteilung der Plätze in den staatlichen Sommerhäusern zu zentralisieren.

In einem kleinen Zimmer neben dem unseren auf der zweiten Etage wohnte ein ZK-Mitglied der alten Generation, ein kluger Lette. Er wahrte den anderen gegenüber vorsichtige Distanz und unterhielt sich nur mit O. M. Seine Äußerungen waren voll unheilschwangerer Andeutungen, aber wir verstanden sie nicht so recht. Die »Vierte Prosa« war bereits geschrieben, und uns war klar, dass es um die Literatur schlecht bestellt war, aber unser lettischer Gesprächspartner war gar nicht mit der Literatur befasst, er war lediglich einer der führenden Parteifunktionäre, wurde nicht des Abweichlertums beschuldigt – warum also seine Besorgnis und die ständig wiederkehrende Frage: »Was wird nur morgen sein?« Was aus ihm wurde, weiß ich nicht. Er war sicher unter den Delegierten auf dem »Parteitag der Sieger«, und deshalb ist nicht schwer zu erraten, welches Schicksal er nahm.

An den Abenden kam Lakoba aus der Stadt, um Billard zu spielen und im Speisesaal am Flügel mit den Sommerfrischlern zu plaudern. Diese Villa mit ihren ausgesuchten Sommergästen war für ihn ein Ort der Entspannung, an dem er sich zerstreuen und offen reden konnte. Eines Tages brachte er ein Bärenjunges mit, das ihm von Einheimischen aus den Bergen geschenkt worden war. Podwojskij nahm das kleine Raubtier zu sich aufs Zimmer, und Jeshow brachte es dann in den Zoologischen Garten in Moskau.

Lakoba verstand es, mit unterhaltsamen Geschichten zu fesseln. Er erzählte uns von einem seiner Vorfahren, der den Weg nach Sankt Petersburg zu Fuß zurücklegte, um seinen Todfeind, ich glaube, es war Fürst Schewarschidse, zu einem Diner in sein Haus in Suchumi einzuladen. Schewarschidse meinte, dies sei ein Friedensangebot, um ihre Feindschaft zu beenden, nahm die Einladung an und fand den Tod, da er allzu leichtgläubig war. Diese Geschichte Lakobas hinterließ bei O. M. großen Eindruck, er meinte, einen Hintersinn herauszuhören. Soweit ich weiß, war Lakoba im Jahr 37 bereits tot. Er war in einem Ehrengrab beigesetzt worden, doch Stalin befahl, so heißt es, seine sterblichen Überreste auszuheben und der vollständigen Vernichtung zuzuführen. Sollte dies der Wahrheit entsprechen, so kann man um Lakobas willen nur froh sein, dass er rechtzeitig gestorben ist.

Lakoba war es auch, dem wir die Einladung in das staatliche Sommerhaus zu verdanken hatten, da wir aufgrund eines vom ZK ausgestellten Dokuments vor der Reise nach Armenien Anspruch auf einen Erholungsurlaub hatten. Zur gleichen Zeit wie wir hielten sich auch die Schriftsteller Besymenskij und Kasin dort auf, die sich in keiner Weise fehl am Platze fühlten – was man von uns nicht gerade behaupten konnte.

Am Abend des Tages, an dem Majakowski starb, schlenderten wir mit einem eleganten, blasierten Georgier, der beim Rundfunk arbeitete, durch den Garten. Im Speisesaal kamen nach und nach die Sommergäste zusammen, um sich zu amüsieren. Für gewöhnlich wurde gesungen und getanzt. Unser Begleiter sagte: »Georgische Volkskommissare würden am Tag, an dem ihr Nationaldichter gestorben ist, gewiss nicht tanzen.« O. M. machte mir ein Zeichen und sagte: »Sag das Jeshow.« Ich ging in den Speisesaal und übermittelte dem vom Tanzen erhitzten Jeshow die Worte des Georgiers. Es wurde dann nicht mehr getanzt, aber außer Jeshow hat, so glaube ich, niemand begriffen, weshalb.

Einige Jahre zuvor, 1923, hatte O. M. Wyschinskij, der sich laut unterhielt und lachte, während ein junger Dichter seine Gedichte rezitierte, gebeten, er möge sich ruhig verhalten. Das war im Sanatorium der Zekubu in Gaspra. Wir konnten Sanatorien und Erholungsheime nicht ausstehen, aber wenn uns gar nichts anderes blieb, hielten wir uns in seltenen Fällen doch dort auf. Von ihnen ging gewissermaßen der Geruch des Todes aus.

»Der Selbstmörder«

Wer machte sich schon bewusst, dass die freiwillige Aufkündigung der humanistischen Werte – für welche Ziele auch immer – zu nichts Gutem führen konnte? Wer begriff, dass wir den Weg in den Untergang beschritten, indem wir proklamierten, »alles ist zulässig«? Darüber war sich lediglich ein Häuflein Intellektueller im Klaren, aber niemand hörte auf sie. Heutzutage wirft man ihnen »abstrakten Humanismus« vor, in den zwanziger Jahren machte sich jeder über sie lustig. Sie und ihre Ansichten waren aus der Mode gekommen. Sie wurden als »intellektuelle Schwächlinge« und »Weichlinge« bezeichnet und dienten als Vorbilder für Karikaturen. »Schwächlinge« und »Weichlinge« hatten keinen Platz unter den Dreißigjährigen, die »das Neue« vertraten. Vorrangige Aufgabe war es, sie dem Gespött in der Literatur preiszugeben. Das übernahmen Ilf und Petrow und siedelten die »Weichlinge« in »Krähwinkel« an. Im Laufe der Zeit ist in Vergessenheit geraten, wer Vorbild für diese literarischen Personen war, und heutzutage versteht niemand mehr, dass der arme Idiot, der sich seiner Ehefrau, die ihn verlassen hat, weiter aufdrängt, einen typischen Vertreter des Intellektuellen darstellen soll. Die Leser unserer Zeit sind sich bei der Lektüre des unsterblichen Werkes der beiden jungen Wilden gewiss nicht darüber im Klaren, wer in dieser Satire aufs Korn genommen wird. Ähnliches geschah mit einem sehr viel tiefsinnigeren Stück, namentlich mit Erdmans »Der Selbstmörder«, von dem Gorki begeistert war und das Meyerhold auf die Bühne bringen wollte. Der ursprüngliche Gedanke des Stücks war, dass ein paar jämmerliche Intellektuelle, deren Gesichter hinter abstoßenden Masken verborgen sind, einem anderen zusetzen, der sich dazu entschlossen hat, Selbstmord zu begehen. Sie versuchen, seinen Tod für ihre eigenen Ziele zu nutzen, als sei er Protest gegen die Schwierigkeiten ihrer eigenen Existenz, gegen die Ausweglosigkeit ihrer Situation, die allerdings in ihrer eigenen Unfähigkeit gründet, ihren Platz im Leben unter den neuen Bedingungen zu finden. Der Überlebensinstinkt aber siegt, und der, der Selbstmord begehen wollte, bleibt, ungeachtet dessen, dass bereits ein Bankett zu seinem Andenken stattgefunden hat, auf dem liberale Reden gehalten wurden, am Leben und kehrt dem Chor der Masken, die ihn in den Tod treiben wollen, den Rücken.

Erdman war ein wahrer Künstler und schlug mit seinen polyphonen Szenen der Masken der Spießbürger – auch dies eine gern verwendete Bezeichnung für Intellektuelle; »spießbürgerliche Reden« bedeutete entsprechend Äußerungen, die Unmut an der herrschenden Ordnung formulierten – unwillentlich eindrückliche und tragische Töne an. Heutzutage, da es jeder weiß und sich auch nicht scheut, offen auszusprechen, dass ein Leben unter derartigen Bedingungen unmöglich ist, klingt das Klagen der Masken wie ein Chor gequälter Schatten. Die Weigerung des Protagonisten, Selbstmord zu begehen, wird mittlerweile anders gesehen: Das Leben ist widerwärtig und unerträglich, aber man muss leben, weil das Leben einfach das Leben ist. Ob Erdman das bewusst mitklingen ließ, oder war das, worauf er abzielte, schlichter? Ich weiß es nicht. Ich glaube, dass seine ursprüngliche, gegen die Intellektuellen und Spießbürger gerichtete Konzeption ungewollt durch das Thema der Menschlichkeit ergänzt wurde. Es ist ein Stück über die Frage, warum wir weiterleben, obgleich uns alles in den Selbstmord treibt.

Erdman selbst verurteilte sich zum Schweigen, um am Leben zu bleiben.

In Kalinin bewohnte er ein winziges, schmales Zimmer, in dem gerade einmal eine Liege und ein kleiner Tisch Platz hatten. Als wir bei ihm ankamen, lag er auf der Liege, denn dort konnte man entweder liegen oder auf dem einzigen Stuhl sitzen. Er sprang sofort auf und ging mit uns an den Stadtrand, wo manchmal in alten Holzhäusern, die in Privatbesitz waren, Zimmer vermietet wurden. Er war recht häufig unser Gast, kam aber stets ohne seinen Co-Autor und Antipoden Mischa Wolpin. Er besuchte uns offenbar nur dann, wenn Mischa in Moskau war.

Erdman wurden bekanntlich seine Fabeldichtungen zum Verhängnis, die Katschalow leichtfertig auf einem Diner im Kreml zum Besten gab, also in einem ähnlichen Kreis wie jenem, in dem wir uns im staatlichen Sommerhaus in Suchumi befanden, in dem der Begleiter von Kosiors Ehefrau grundlos verdächtigt wurde, ein Spion zu sein. Am gleichen Abend noch wurden Erdman und die anderen Spötter, mit denen er befreundet war, verhaftet. Sie wurden zur Verbannung verurteilt, Mischa Wolpin zu Lagerhaft, da er, soweit mir bekannt, noch alte Rechnungen mit dem Geheimdienst offen hatte (er hatte wohl schon als junger Mann ihre Aufmerksamkeit auf sich gezogen). Es heißt, Erdman habe die Briefe an seine Mutter mit »Mamin Sibirjak« unterschrieben und ein letztes Fabelgedicht verfasst: »Eines Tages kam die GPU zu Äsop / und hatte den Alten am A ... / Der Sinn dieses Gedichts ist klar: / Schluss mit dieser Farce!« Das wurde programmatisch für sein Leben, und es kamen uns keine weiteren Fabel- oder Scherzgedichte Erdmans zu Ohren – er hatte ein Schweigegelübde abgelegt. Im Gegensatz zu O. M., der auf seinem Recht »die Lippen zu bewegen« bestand, verschloss Erdman die seinen fest. Bisweilen vertraute er mir eine Idee für ein Stück an, die ihm gerade in den Sinn gekommen war, das er gar nicht zu schreiben vorhatte. Eines seiner ungeschriebenen Stücke handelte vom Wechsel von der Alltags- zur offiziellen Sprache und der Frage, in welchem Augenblick ein Beamter, der seine Stunden im Dienst abgesessen hat, aufhört, in der offiziellen Sprache zu sprechen, zu denken und zu fühlen, und zur Alltags-, zur allgemein menschlichen Sprache übergeht. Über dieses Thema hat dann schließlich Jaschin geschrieben.

Als er von O. M.s Verhaftung hörte, sagte Erdman irgendetwas Unverständliches wie »Wenn solche Leute abgeholt werden ...« und begleitete mich nach Hause.

Als wir während des Krieges in der Evakuierung in Taschkent lebten, erschienen eines Tages zwei Männer in Militäruniform bei meinem Bruder. Einer der beiden war Erdman, der andere Wolpin, der ohne Unterlass redete, und zwar über Dichtung, die interessant sein müsse. Majakowski sei interessant, Jessenin sei interessant, die Achmatowa interessiere ihn nicht. Er war im Geiste der LEF aufgewachsen und wusste genau, was interessant war. Erdman schwieg und trank. Irgendwann standen sie auf und begaben sich hinauf zur Achmatowa, die über meinem Bruder wohnte.

Manchmal treffe ich Erdman und Wolpin auch heute noch bei der Achmatowa. Immer, wenn wir uns begegnen, sagt Erdman: »Wie schön, Sie zu sehen.« Dann schweigt er und trinkt. Wolpin redet. Sie arbeiten zusammen und sind damit offensichtlich recht erfolgreich.

Als der Schauspieler Garin einen Sommer in Tarussa verbrachte, klagte er über das zeitgenössische Theater und war missgestimmt. Abends stritten wir immer wieder über die Frage, um welchen Bereich der Kunst es schlechter bestellt sei: um die Literatur, das Theater, die Malerei oder die Musik. Jeder trug überzeugend vor, dass seine Kunst den größten Niedergang erlitten hätte. An einem Abend las Garin uns Erdmans »Selbstmörder« vor, jenes Stück, das nie auf der Bühne gezeigt wurde, und es klang für mich plötzlich anders als zuvor – »Ich erzähle euch, warum ihr euch nicht aus dem Fenster gestürzt habt und weiterlebt.«

Angriffe gegen die Intellektuellen gibt es auch heute. Diese Einstellungen sind jedoch ein Vermächtnis der zwanziger Jahre und sollten mittlerweile überholt sein.

Vermutlich werden viele nicht einverstanden sein mit dem, was ich beiläufig über die »Zwölf Stühle« gesagt habe. Ich selbst musste und muss immer noch lachen über das eine oder andere Schelmenstück und bin erstaunt, dass die beiden Autoren zu beschreiben wagten, wie Oskar Bender mit den anderen kleinen Gaunern aus Odessa im Zug der neu eröffneten Turksib im Waggon der Schriftsteller mitfuhr und sein Betrug von seinen schreibenden Kollegen nicht entdeckt wurde. Aber über »Krähwinkel« zu lachen ist unangebracht. Die in diesem der Zerstörung anheimgegebenen Haus lebenden Menschen sind fraglos auf gewisse Weise heruntergekommen, und die Frauen, die etwas auf sich halten, mussten ihre Ehemänner verlassen. Über jemanden zu lachen, der am Ersticken ist, ist wohlfeil.

Bote eines neuen Lebens

Ich muss gestehen, dass ich eine unverbesserliche Optimistin bin. Ganz ähnlich jenen, die zu Beginn des Jahrhunderts glaubten, das Leben müsse gezwungenermaßen besser werden, als es im neunzehnten Jahrhundert war, ja es könne sich gar nicht anmaßen, nicht besser zu werden als zuvor, bin ich heute absolut überzeugt, dass der allumfassende Sieg des Humanismus und der hehren Menschlichkeit ganz kurz bevorsteht. Ein Sieg, der Bereiche des Lebens wie soziale Gerechtigkeit, Kultur und alles andere betrifft. Mein Optimismus ist trotz der furchtbaren Erfahrungen der ersten Hälfte unseres unsäglichen Jahrhunderts ungebrochen. Im Gegenteil scheint mir, dass all das, was wir erleben mussten, dazu führen wird, dass die Menschen auf lange Zeit zurückschrecken werden vor Theorien, die auf den ersten Blick verführerisch erscheinen und behaupten, der Zweck heilige die Mittel und alles sei zulässig. O. M. lehrte mich, dass Geschichte die Überprüfung der Wege von Gut und Böse in der Praxis sei. Wir haben den Weg des Bösen geprüft. Wollen wir auf diesen Weg zurückkehren? Werden denn nicht die Stimmen unter uns lauter, die von Gewissen und dem Guten sprechen? Ich glaube, dass der Anbruch einer neuen Zeit kurz bevorsteht. Ich sehe Symptome einer neuen Weltsicht. Es sind nur wenige. Sie sind kaum spürbar. Aber es gibt sie. Unglücklicherweise teilt kaum jemand meinen Glauben und meinen Optimismus. Die, die Gut und Böse zu unterscheiden wissen, erwarten eher ein Rezidiv von Unheil und Gewalt. Mir ist klar, dass die Möglichkeit eines Rezidivs gegeben ist, aber ich glaube, dass es keinen Weg zurück gibt. Wer von uns wird recht behalten? Das Leben wird es weisen, ja hat uns womöglich schon das ein oder andere gewiesen.*

* Nach der erneuten Lektüre meines Buches im Jahr 1977 ist mir klar geworden, dass ich nicht für eine Kopeke Optimismus besitze, obgleich das Leben nunmehr viel leichter ist, als es jemals war.

Einschränkend muss ich sagen, dass ich selbstredend nicht erwarte, dass das Gute einen letzten Triumph erringt. Es geht mir um etwas ganz anderes, nämlich um die führenden Ideen und nicht um Krokodilstränen. Wir wurden Zeugen, wie der Wille zum Bösen triumphierte, nachdem die humanistischen Werte verunglimpft und in den Dreck getreten worden waren. Dass dies geschehen konnte, liegt vermutlich darin begründet, dass diese Werte sich einzig und allein auf das Vertrauen in den menschlichen Intellekt stützten. Mir scheint, sie sollten nunmehr ein besseres Fundament erhalten, und sei es nur aus dem Grunde, dass wir gezwungenermaßen unsere Vergangenheit kritisch betrachten und die Fehler und Verbrechen der Vergangenheit erkennen. Frühere Versuchungen haben heute ihre Anziehungskraft verloren: Einstmals hat Russland die europäische christliche Kultur vor den Tataren geschützt, nunmehr hat es sie vor dem Rationalismus und seinen Folgen – dem Willen zum Bösen – geschützt. Das erforderte große Opfer. Wie kann ich glauben, dass sie umsonst waren?

Ich habe einen guten Bekannten, ein sehr junger, für sein Alter sehr kluger und resignierter Mann. Von allen Dichtern schätzt er Blok am meisten, und zwar weil diesem die Vorausahnung des Untergangs der russischen Kultur keine Ruhe ließ. Dieser Liebhaber Bloks verachtet mich für meine Sicht auf die Dinge durch die großmütterliche rosarote Brille. Er ist der Überzeugung, die Kultur sei, wie Blok es vorhergesagt habe, tatsächlich untergegangen und wir lägen unter ihren Ruinen begraben. Pessimistisch, wie er ist, bemerkt er nicht, welche Fortschritte es seit unserer ersten Begegnung gibt. Er suchte mich gleich nach dem XX. Parteitag auf, als die Menschen einander fassungslos fragten: »Warum hat man uns das alles gesagt?«, denn die einen wollten das Entsetzliche nicht hören, und andere, die sich auf eine politische Karriere vorbereitet hatten, waren missgestimmt, da jetzt alles nicht mehr so einfach war wie zuvor, und mancher seufzte ratlos, weil es nun nicht mehr möglich war, auf gleiche Weise Karriere zu machen wie früher und man sich etwas Neues ausdenken musste. Diese Epoche wird gemeinhin »Tauwetter« genannt, denn manche glaubten, es werde nun von der Obrigkeit gestattet, seine Meinung laut auszusprechen. Das bewahrheitete sich nicht, aber nicht alle haben begriffen, dass es darum gar nicht geht. Es geht um die Menschen, um jeden einzelnen Menschen und seine Weltsicht. Dass eine Erlaubnis für die Meinungsäußerung vonnöten sein soll, ist ein Relikt der vergangenen Epoche mit ihrem Glauben an die Autorität, an Sanktionierung und richtungsweisende Anordnungen, mit ihrer Angst vor Bestrafung und der Furcht vor Zurechtweisung durch den Vorgesetzten. Das Entsetzen kann zurückkehren, wenn erneut Millionen von Mitbürgern ins Lager geschickt werden, aber jeder einzelne dieser Millionen würde heute ein lautes Geschrei erheben. Und seine Freunde und Nachbarn würden ein lautes Geschrei erheben. Und das ist doch schon etwas.

Mein junger Bekannter besuchte mich zum ersten Mal, als ich in einer dunklen, verdreckten Baracke lebte, in der das Wohnheim für die Lehrkräfte des Pädagogischen Instituts von Tscheboksary untergebracht war. Überall Gestank und alles vom Ruß der Kerosinlampen überzogen. In meinem Zimmer war es so kalt wie draußen, denn in der ersten Etage hatte sich ein Balken gelockert, ragte nach außen und drohte, auf die spielenden Kinder im Hof zu fallen. Der nach tauendem Schnee riechende Wind wehte ungehindert ins Zimmer. Mein Gast erklärte, er verehre O. M. und habe sich deshalb nicht entsagen können, mir einen Besuch abzustatten. Er erschien ohne Einladung und Ankündigung, ohne sich mit Empfehlungsbriefen gemeinsamer Bekannter versorgt zu haben, die mir einen Hinweis gegeben hätten, zu welcher Gruppe Mensch er gehörte. Sein ganzes Gebaren und insbesondere sein Blick ließen mich jedoch sogleich Vertrauen zu ihm fassen.

Ich bat ihn, Platz zu nehmen, und begann eine Unterhaltung, wie ich sie niemals mit einem anderen unbekannten Besucher geführt hätte. »Für gewöhnlich gehe ich davon aus«, sagte ich, »dass jemand, der ohne Vorankündigung bei mir erscheint und behauptet, er verehre Mandelstam, ein Zuträger des Geheimdienstes ist. Der entweder im Auftrag kommt oder mich auf eigene Initiative aufsucht, um eine hübsche Anzeige zu machen. So geht das nun schon seit zwanzig Jahren. Niemand unterhält sich mit mir grundlos über Mandelstam. Wer sich für Literatur interessiert, sie liebt und irgendwann einmal seine Gedichte gelesen hat, erwähnt ihn mir gegenüber niemals. Ich sage Ihnen das alles, weil Sie einen guten Eindruck auf mich machen. Sie scheinen mir vertrauenswürdig. Aber selbst mit Ihnen kann ich nicht über Mandelstams Gedichte sprechen. Sie wissen nun, warum.«

Der Besucher ging. Etwa zwei Jahre später hörte ich, dass wir gemeinsame Bekannte haben, und ließ ihm eine Einladung zukommen. Unangenehm berührt von unserer ersten Begegnung kam er meiner Einladung mit offensichtlichem Widerwillen nach, aber das damalige Vorkommnis war rasch vergessen. Ich weiß nicht, ob er verstanden hat, dass das, was ich ihm bei der ersten Begegnung sagte, ein Akt großen Vertrauens war, das ich sogleich zu ihm hatte.

Dies alles liegt nicht allzu lange zurück, gleichwohl antworte ich mittlerweile jedem, der von mir etwas über Mandelstam wissen möchte. Meist sind es jüngere Menschen, bisweilen aber auch ältere. Wir sprechen nunmehr über vieles, das sich früher von selbst verboten hätte, aber die meisten meiner Generation wollen nicht oder wagen nicht über diese Dinge zu sprechen, oder sie haben es schlicht verlernt, darüber nachzudenken. Ob über manche Themen gesprochen werden darf oder nicht, interessiert mich und manch andere nicht mehr. Wir nehmen darauf keine Rücksicht mehr und haben die Sprechverbote vergessen. Aber das ist nicht alles. Viele Intellektuelle, die in den zwanziger Jahren jung waren, haben bereitwillig ihren Vorgesetzten oder dem Geheimdienst Informationen zukommen lassen. Sie glaubten, sie täten dies zum Wohle der Revolution, um deren Ideale zu verteidigen, und für die schweigende Mehrheit, die nur an Ordnung und Stabilität interessiert war. In den dreißiger Jahren und bis zu Stalins Tod machten sie damit weiter, aber ihre Motive veränderten sich: Nun waren ihre Beweggründe Belohnung, ihr eigener Vorteil oder Angst. Sie trugen die Gedichte Mandelstams oder Informationen über einen Kollegen den Stellen zu, die sich mit solcherlei Dingen befassten, in der Hoffnung, im Gegenzug würden ihre eigenen Werke veröffentlicht oder sie selbst befördert. Andere taten es aus elementarster Angst, damit sie nicht auch verhaftet, inhaftiert, umgebracht würden. Man machte ihnen Angst, und sie bekamen Angst. Man warf ihnen Almosen zu, und sie klaubten sie auf. Darüber hinaus versicherte man ihnen, das, was sie getan hatten, käme niemals ans Licht, würde nie entdeckt. Dieses Versprechen wurde gehalten, sie leben friedlich und nutzen die bescheidenen Vorteile, die ihnen durch das, was sie getan haben, zugefallen sind. Heutzutage indes schenkt niemand, der vom Geheimdienst angeworben wird, irgendwelchen Garantien Glauben. Die Menschen haben sich verändert, und die junge Generation ist nicht mehr so verwirrt und demütig wie die ältere. Wesentlich aber ist, dass ihnen nicht eingeredet werden kann, ihre Väter hätten recht getan, denn sie glauben nicht, dass »alles zulässig« sei. Das Gesagte bedeutet selbstredend nicht, dass es in der jetzigen Zeit keine Spitzel und Informanten mehr gibt. Es sind nur nicht mehr so viele. In früheren Jahren musste ich damit rechnen, dass jeder junge Mensch, ganz zu schweigen von den moralisch verdorbenen Vertretern meiner eigenen Generation, etwas im Schilde führte. Auch heute ist es natürlich möglich, dass sich ein niederträchtiger Mensch in den Kreis meiner Bekannten schleicht, aber es geschieht nicht systematisch. Und selbst dieser niederträchtige Mensch wird wohl kaum etwas Niederträchtiges tun, denn unter den heutigen Bedingungen bringt ihm dies keinen Vorteil und alle würden sich von ihm abwenden. Unter den Intellektuellen der neuen Generation hat die heitere Redewendung »Wahrheit heißt auf Griechisch ›mrija‹« keine Verbreitung mehr, niemand sagt mehr mitfühlend: »Wo gehobelt wird, fliegen Späne«, und nicht einmal mehr: »Es geht halt nicht mit dem Kopf durch die Wand.« Mit anderen Worten: Erneut bilden sich wieder jene Werte heraus, die auf immer verloren schienen, und selbst jene, die ihrer Persönlichkeitsstruktur nach ohne diese Werte auskommen könnten, haben ihnen Rechnung zu tragen. Diese Entwicklung kam für alle unerwartet, für die, die sich dieser Werte erinnerten, ebenso wie für die, die sie vernichtet haben. Irgendwo im Verborgenen haben diese Werte überlebt, sie haben in der Stille unzugänglicher Behausungen bei gedämpftem Licht überdauert. Nun kommen sie wieder ins Gespräch und gewinnen an Macht. Die Initiative für die Umwertung der Werte war von der Intelligenzija ausgegangen. Nach der Umwertung der Werte existierte die Intelligenzija nicht mehr. Nunmehr verläuft der Prozess in die andere Richtung. Er verläuft merkwürdig langsam, und wir haben keine Geduld mehr. Wie sollten wir denn noch Geduld haben? Wir haben allzu viel erduldet und geduldet.

Es ist schwierig zu definieren, was die Intelligenzija ist und wie sie sich von den gebildeten Schichten unterscheidet. Der Begriff Intelligenzija ist ein historischer, der in Russland aufkam und von dort in den Westen gelangte. Die Intelligenzija hat zahlreiche sie charakterisierende Eigenschaften, aber selbst aus der Gesamtheit dieser Eigenschaften ergibt sich keine vollständige Definition. Die historische Entwicklung der Intelligenzija ist unklar und fließend, denn oftmals wird diese Bezeichnung auch fälschlich auf manche Gruppen angewandt. Technokraten und Beamte kann man ja wohl kaum als Intelligenzija bezeichnen, selbst wenn sie Diplome haben oder Romane und Poeme schreiben. Als die echte Intelligenzija zur Kapitulation gezwungen wurde, hat man sie verhöhnt, und die, die sie zur Kapitulation zwangen, haben sich dann selbst als Intelligenzija bezeichnet. Was ist nun aber die Intelligenzija?

Jede ihrer charakteristischen Eigenschaften findet sich nicht nur bei ihr, sondern auch bei anderen sozialen Schichten – ein gewisser Bildungsgrad, kritisches Denken und die damit verbundene Aufmerksamkeit für Veränderungen, freie Meinungsäußerung, Gewissensfreiheit, Humanismus. Letztere Eigenschaften sind gerade in den jetzigen Zeiten besonders wichtig, denn wie wir gesehen haben, verschwindet mit ihnen auch die Intelligenzija selbst. Die Intelligenzija ist Bewahrerin der Werte, und beim geringsten Versuch von deren Umwertung geht sie zugrunde und verschwindet, ganz wie sie in unserem Land verschwunden ist. Jedoch ist nicht die Intelligenzija allein Bewahrerin der Werte. In der Bevölkerung haben die Werte ihre Bedeutung selbst in den dunkelsten Zeiten, als die kulturellen Eliten sich von ihnen losgesagt haben, erhalten. Womöglich ist die Intelligenzija keine feste Größe, und ihre Werte sind nicht statisch. Sie ist Entwicklungen unterworfen und neigt zur Selbstvernichtung. Die Akteure der Revolution, die sich in den zwanziger Jahren hervortaten, gehörten der Intelligenzija an und sagten sich von manchen ihrer Wertvorstellungen zugunsten anderer, die ihnen höher und wichtiger schienen, los. Damit begann die Selbstvernichtung der Intelligenzija. Was haben ein Tichonow und ein Fedin mit einem Vertreter der russischen Intelligenzija gemein? Lediglich die Brille und die künstlichen Zähne. Die Vertreter der neuen Intelligenzija, oftmals sehr junge Menschen, sind leicht zu erkennen, und gleichwohl ist es schwierig zu erklären, welches ihre charakteristischen Eigenschaften sind, die sie zu Vertretern der Intelligenzija machten. Nun denn – es gibt also Vertreter einer neuen Intelligenzija, und dieser Prozess ist nicht mehr rückgängig zu machen, er kann nicht einmal mehr aufgehalten werden durch ihre physische Vernichtung, die von denen, die der Vergangenheit nachhängen, angestrebt wird. Wenn heute ein Vertreter der Intelligenzija Repressionen ausgesetzt ist, nehmen Dutzende neue seinen Platz ein. Das ist während des Prozesses gegen Brodsky deutlich geworden.

Der russischen Intelligenzija ist eine charakteristische Eigenschaft zu eigen, die wohl der westeuropäischen Intelligenzija fremd ist. An den Lehrstühlen für westeuropäische Philologie der Hochschulen in den entlegenen Verwaltungsbezirken bin ich nur ein einziges Mal einer Vertreterin der Intelligenzija begegnet. Sie stammte aus Tschernowitz, und ihr Name war Martha. Sie war erstaunt darüber, dass die Studenten, die nach dem Guten und der Wahrheit strebten, sich unbedingt für Gedichte begeisterten. Das ist wirklich so, denn so ist Russland. Einmal fragte O. M. mich, besser gesagt, sich selbst, was jemanden zum Angehörigen der Intelligenzija mache. Er verwandte diese Bezeichnung zwar nicht, denn sie wurde damals neu bewertet und verunglimpft, und plötzlich verstand man darunter die Funktionärsklasse der sogenannten freien Berufe, aber er hatte sie im Sinn. »Hochschulbildung?«, fragte er sich. »Nein. Besuch des Gymnasiums? – Nein. Was dann? Vielleicht die Einstellung zur Literatur? – Wohl am ehesten, aber das ist noch nicht alles.« Als entscheidende charakteristische Eigenschaft hob er dann die Einstellung zur Dichtung hervor. In Russland spielt die Dichtung eine herausragende Rolle. Sie erweckt die Menschen und formt ihr Bewusstsein. Die Wiedergeburt der Intelligenzija in unseren Tagen geht einher mit einer beispiellosen Hinwendung zur Poesie. Sie ist die reichste Schatzkammer unserer Werte. Die Gedichte erwecken zum Leben und erwecken Gewissen und Denken. Warum das so ist, weiß ich nicht, aber es ist eine Tatsache.

Mein junger Bekannter, der Liebhaber der Gedichte Alexander Bloks, von dem er die Kraft für seinen Pessimismus schöpfte, war der erste Bote, der die Wiederentstehung der Intelligenzija ankündigte, die damit begann, dass man wieder Gedichte abgeschrieben und einander vorgetragen hat. Sein Pessimismus ist nicht gerechtfertigt. Die Dichtung tut das ihre. Alles ist in Bewegung gekommen. Das Denken ist wieder lebendig. Die Bewahrer des Feuers* haben sich in dunklen Höhlen verborgen gehalten, aber das Feuer ist nicht erloschen. Es brennt.

* Die Frauen und Geistlichen.

Die letzte Idylle

Moskau sog uns jedes Mal in sich auf – Gespräche, Neuigkeiten, das Auftreiben von Geld ... Wenn wir rechtzeitig auf die Uhr sahen, eilten wir zum Bahnhof, um den letzten Zug zu erreichen und nicht unnötigerweise in der verbotenen Stadt zu übernachten. Bisweilen bot man mir in den überfüllten Zügen einen Platz an und unterhielt sich merkwürdig mitfühlend mit mir. O. M. erzählte das irgendwann einmal Pjast und dieser schnaubte – sein Lachen glich einem Schnauben. »Das tun sie, weil sie so angezogen ist.« Ich trug damals einen Koshuch, und Pjast wollte sagen, man habe Mitgefühl mit mir, weil man mich für die zur Verbannung Verurteilte hielt. In Moskau wandten sich so viele Menschen aus ebendiesem Grund von uns ab, dass dieses Mitgefühl Unbekannter in Sämischlederstiefeln uns wie ein unerwartetes Geschenk schien. Der Koshuch spielte, nebenbei bemerkt, nur eine untergeordnete Rolle, denn auch wenn ich anders gekleidet war, verhielten sich die Leute mir gegenüber so.

Im Zug begannen wir immer zu streiten, ob wir in Kalinin eine Droschke nehmen sollten. Ich fand, wir sollten besser zu Fuß gehen und das Geld für einen weiteren Tag in Kalinin sparen. O. M. war anderer Ansicht, ein Tag ändere nichts, meinte er, wir müssten ja ohnehin bald wieder nach Moskau fahren, um »unsere Angelegenheiten zu regeln«. Das waren Variationen auf das in seinen letzten Lebensjahren sich immer wiederholende Thema: »Es kann ja nicht ewig so weitergehen.« In unserer Zeit in Kalinin sprachen wir über nichts anderes, aber es gab keine Angelegenheiten, die wir hätten regeln können.

Unsere Unstimmigkeit wurde für gewöhnlich sehr einfach entschieden: Am Bahnhof standen zwei, drei Fuhrleute. Die meisten dieser privaten Fuhrunternehmer waren bereits durch hohe Steuern in den Ruin getrieben und als Klasse vernichtet worden. Auf die wartenden Fuhrleute stürzte sich eine ganze Horde, und sie verschwanden mit jenen Passagieren, die schneller gewesen waren als wir und denen mehr Glück beschieden war als uns. Wir mussten zu Fuß gehen, etwas anderes blieb nicht.

Auf den Brücken über die Wolga und die Tmaka blies ein durchdringender Wind – der Wind der Verbannung und Vertreibung, den ich bereits erwähnt habe. Der Vorort, in dem wir ein Zimmer gemietet hatten, stand im Herbst in undurchdringlichem Morast, im Winter versanken wir im Schnee. Die Menschen konnten dort nur leben, weil sie außer zur Arbeit und zurück nirgendwohin gingen. O. M. geriet vollkommen außer Atem und wiederholte immer wieder, dass wir das Geld für die Droschke doch lieber nicht hätten sparen sollen, und ich trottete hinter ihm her.

Auf unser Klopfen öffnete unsere Zimmerwirtin, eine hagere Frau um die sechzig. Sie blickte uns missgestimmt an und fragte, ob wir hungrig seien. Missgestimmt war sie nicht, weil wir sie mitten in der Nacht geweckt hatten. Sie blickte stets finster und missgelaunt und lächelte nie. Vielleicht meinte sie, ein Lächeln stünde der Mutter, Ehefrau und Hausherrin eines russischen Bauernhauses nicht zu Gesicht. Wir beteuerten, wir seien nicht hungrig, da wir vor der Heimfahrt in Moskau gegessen hätten. Sie zog sich schweigend in ihre Hälfte des Hauses zurück und kehrte sogleich mit einem Krug Milch und Resten des eigenen Abendessens – Hefepfannkuchen, Kartoffeln, Kohl – wieder zurück. Zum Winter wurde ein Schwein geschlachtet, und sie brachte bisweilen auch ein Stück Fleisch: »Esst, das ist von uns, wir haben es nicht gekauft.« Die russischen Frauen rechnen ihre eigene Arbeit nie, alles, was im eigenen Garten wächst oder im eigenen Stall gehalten wurde und kein Geld gekostet hat, ist von Gott gegeben. Während wir aßen, stand sie neben uns und fragte, ob wir in Moskau etwas erreichen konnten, ob wir wieder dort leben dürften oder wenigstens eine Arbeit gefunden hätten. Wir unterhielten uns leise, um die anderen Mieter nicht zu wecken, ein Ehepaar, auch sie Hundertwerstler, die auf der anderen Seite der nicht bis zur Zimmerdecke reichenden Trennwand schliefen.

Der Ehemann stammte aus Leningrad, war Sekretär Schtschogolews gewesen und nach Lager oder Verbannung nun in Kalinin gestrandet. Als wir, wie uns von Menschen, mit denen wir auf der Straße ins Gespräch gekommen waren, geraten worden war, bei Tatjana Wassiljewna – so hieß unsere Zimmerwirtin – geklopft hatten, war der Herr aus Leningrad aus seinem Zimmer gekommen und hatte O. M. erkannt. Und Tatjana Wassiljewna hatte uns, da wir keine Gauner waren, ein Zimmer vermietet, was ein großes Glück war, denn es war stets überaus schwierig, ein Zimmer zu finden, ähnlich wie, so glaube ich, im Europa der Nachkriegszeit, als die Städte nach den Bombardements in Trümmern lagen. Vielleicht war es bei uns gar noch schwieriger.

Tatjana Wassiljewna lebte mit ihrem Ehemann, einem Arbeiter im Eisenhüttenwerk, in diesem Haus. Sie führte das Regiment, und ihr Mann, ein guter und weichherziger Mensch, ordnete sich ihr bereitwillig unter. Sie wahrte allerdings den äußeren Schein und traf keine Entscheidung, ohne den Hausherrn gefragt zu haben. Sie bot uns Tee an und sagte, wenn ihr Mann komme, entscheide er, ob sie uns ein Zimmer vermieten würden, seine Antwort aber war stets, »wie Mutter meint«. Gegen uns als neue Mieter hatte er also nichts einzuwenden. O. M. und er wurden bald die besten Freunde, sie verband die Leidenschaft zur Musik. Zur Silberhochzeit hatten ihnen ihre Söhne – beide waren »große Flieger« geworden, einer von ihnen war sogar Stalin vorgestellt worden – einen Plattenspieler und ein paar Schellackschallplatten geschenkt, hauptsächlich Lieder, die damals bei Komsomolzen und in der Armee beliebt waren. Die Schallplatten, die O. M. auftrieb, gefielen seinem Freund besser – ein Brandenburgisches Konzert, ein geistliches Stück von Dvořák, italienische Barockmusik und Mussorgskij. Es war damals sehr schwierig, Schallplatten zu kaufen, und die Auswahl war dementsprechend zufällig, aber sie bereiteten den beiden Männern viel Freude. Wenn wir abends in Kalinin waren, veranstalteten sie Konzerte, Tatjana Wassiljewna stellte den Samowar auf und bewirtete uns mit Tee und hausgemachter Warenje. O. M. achtete ganz genau darauf, dass der Tee nach seiner Art aufgebrüht wurde, und erzählte, dass Schewtschenko stets zuerst ein Pfund Tee kaufte, wenn er ein Honorar erhalten hatte. Beim Tee sah O. M. für gewöhnlich die Zeitung durch, denn der Hausherr konnte als Kaderarbeiter die »Prawda« abonnieren.

Im Umgang mit diesen Menschen machte ich die Erfahrung, dass in Arbeiterfamilien in jener harten Zeit viel direkter und offener gesprochen wurde als in Familien der Intelligenzija. Nach den Andeutungen und krampfhaften Rechtfertigungen des Terrors, die man in Moskau zu hören bekam, brachten uns die schonungslosen Worte unserer Wirtsleute aus der Fassung. Wir hatten zu schweigen gelernt, und einmal blickte Tatjana Wassiljewna O. M. nach einer ausweichenden Antwort voller Mitgefühl an und sagte: »Da kann man nichts machen, ihr seid alle eingeschüchtert und voller Angst.«

Bereits die Väter und Großväter unserer Wirtsleute waren Fabrikarbeiter gewesen. Tatjana Wassiljewna erklärte nicht ohne Stolz: »Wir sind seit Generationen Proletarier.« Sie erzählte von politischen Kämpfern, die in der Zarenzeit in ihrem Haus Unterschlupf gefunden hatten: »Was haben sie uns erzählt, und was ist dabei herausgekommen!« Beide verurteilten die Entwicklungen nach der Revolution. »Was da alles in unserem Namen gemacht wird«, sagte der Hausherr und warf angewidert die Zeitung auf den Tisch. »Sie kämpfen nur um die Macht« – das war seine Interpretation des Geschehens. Dass all dies als Diktatur der Arbeiterklasse bezeichnet wurde, machte die beiden wütend. »Sie haben uns mit unserer Klasse einen blauen Dunst vorgemacht«, oder »Die Macht ist in den Händen unserer Klasse, aber versuch mal, an die Macht zu gelangen, dann werden sie dir schon zeigen, wo der Platz deiner Klasse ist.« Ich legte den beiden die Theorie dar, dass die Klassen von der Partei geführt werden und die Partei wiederum von den Parteiführern. »Das ist bequem«, sagte unser Hausherr. Sie beide hatten ihre Auffassung vom proletarischen Gewissen, von der sie nicht lassen wollten.

In dieser Familie war der seit langen Zeiten in Russland so ausgeprägte Konflikt zwischen den Generationen der Väter und Söhne offensichtlich. Unsere Wirtsleute waren nicht eben glücklich über den beruflichen Erfolg ihrer Söhne und glaubten nicht an dessen Beständigkeit. »Hier unten sind wir viele, und niemand ist in Gefahr. Aber wenn jemand nach oben klettert, kann er fallen, ehe er sich's versieht«, sagte Tatjana Wassilejwna immer wieder. Der Vater betrachtete die Dinge grundsätzlich – er traute seinen Söhnen nicht. In ihrem Beisein sprach er nicht offen: »Sie werden das sonst sofort hinterbringen. Man weiß ja, wie die Kinder heutzutage sind.« Zum wundesten Punkt drangen wir allerdings erst nach und nach vor. Um zu erfahren, was die Eltern ganz besonders quälte, mussten wir erst das sprichwörtliche Pud Salz mit ihnen essen.

Tatjana Wassiljewna hielt eine Kuh – »Mit dem Arbeitslohn allein kann man keine Kinder großziehen, nur die Kuh hat uns gerettet.« Diese Kuh war die einzige Verbindung dieser Familie, die vor langer Zeit schon in die Stadt gezogen war und zur Klasse der Proletarier gehörte, zum Leben auf dem Land. Das Heu für die Kuh kauften sie bei den Kolchosarbeitern, der Handel wurde am Tisch um den Samowar sitzend abgeschlossen. Tatjana Wassiljewna hörte in diesen Gesprächen beim Tee viel über die Kollektivierung, die Planwirtschaft und die Arbeitseinheiten. Einmal kam sie, aufgewühlt von einem solchen Gespräch, als die Gäste gegangen waren, in unser Zimmer und erzählte O. M. davon, wie ihr ältester Sohn als Komsomolze abgeordnet worden war, sich an der Entkulakisierung zu beteiligen. Er blieb ziemlich lange fort und erzählte seinen Eltern nach seiner Rückkehr nichts, beantwortete keine ihrer Fragen und verließ kurze Zeit später sein Elternhaus. »Was hat er dort nur gemacht? Wir werden es nie gewahr werden. Wozu habe ich ihn nur großgezogen!« Wenn sie mit den Kolchosarbeitern sprach, dachte Tatjana Wassiljewna immer daran, was ihr Erstgeborener dort getan haben mochte, ihr Ehemann aber beruhigte sie: »Lass gut sein. Heute sind alle so.«

Unsere Wirtsleute waren, das merkten wir recht bald, nüchterne Menschen und hatten keine falschen Vorstellungen hinsichtlich unseres Lebens, sie missbilligten jedoch jegliche Form des politischen Kampfes, jegliche Art der politischen Betätigung. Wenn er Berichte über die Prozesse las, sagte unser Hausherr: »Warum haben die sich da eingemischt. Sie hatten doch ein gutes Gehalt.« Er war der Überzeugung, dass die Opfer der Prozesse sich wie auch immer politisch betätigt hätten, während uns hingegen der Gedanke entsetzte, dass niemand auch nur einen Finger rührte, um zu verhindern, dass Stalin die Macht an sich riss. Mehr noch – alle halfen ihm noch, einen nach dem anderen aus dem Weg zu räumen. Unser Hausherr jedoch sah in ihrer früheren politischen Tätigkeit den Grund dafür, dass sie sich »eben doch einmischten«. O. M. mochten beide, denn sie hielten ihn für ein unverschuldetes Opfer des Regimes – »Er hat doch kein Interesse an der Macht, hat doch nur seine Gedichte geschrieben.« Sie wären zufrieden gewesen mit ihren Söhnen, hätten diese sich von der Politik ferngehalten, den politischen Funktionären nicht nahegestanden und sich nicht »von ihrer Klasse entfernt«. Jegliche Form des Widerstands schien ihnen sinnlos, ja trügerisch. Das war es, was sie mit »sich einmischen« meinten. In Kalinin mussten wir erstmals zur Wahl gehen. O. M. war konsterniert über die Art und Weise, wie die Wahlen organisiert wurden, und wusste nicht, was er tun sollte. Er versuchte, sich selbst zu beruhigen: »Das ist nur am Anfang so, später wird die Bevölkerung sich daran gewöhnen, und alles wird verlaufen, wie es sich gehört«, dann wieder sagte er, er werde sich nicht an dieser Komödie beteiligen. Unsere Wirtsleute waren anderer Meinung. Ihr erstes Argument war: »Man kann nicht mit dem Kopf durch die Wand«, das zweite: »Warum sollen wir besser sein als die anderen. Alle gehen wählen, also gehen wir auch«, das letzte und überzeugendste: »Leg dich nicht mit ihnen an, sonst lassen sie dich nicht mehr in Ruhe.« Damit musste man übereinstimmen, insbesondere in unserer Lage. Und deshalb gingen auch wir zur Wahl, unsere Wirtsleute um sechs Uhr morgens, wie sie von der Fabrik angewiesen worden waren, wir später, nach dem Frühstück.

Tatjana Wassiljewna war im Grunde ihres Herzens eine gesetzestreue Frau, aber nicht etwa, weil sie Ehrfurcht vor dem Gesetz empfand – den Gesetzen unseres Landes beispielsweise stand sie durchaus ablehnend gegenüber –, sondern schlicht, weil es die Lebenslage erforderte. Sie hielt es für ihre erste Pflicht zu leben, und daraus folgte für sie, sich aller Betätigungen, die mit diesem Ziel nicht in Einklang zu bringen waren, zu enthalten. Die Vorstellung, um eines Ideals willen sein Leben zu opfern, erschien ihr in höchstem Maße widersinnig. Sie war der Meinung, sie seien »kleine Leute«, denen es nicht anstehe, sich in irgendeiner Weise aus dem Fenster zu lehnen. Uns schien dieser Position ein gewisser Hochmut innezuwohnen: »da oben« herrscht Kampf, Schändlichkeit, verschafft man sich Vorteile – und alles im Namen der Arbeiterklasse, mit der sie ein so starkes Zugehörigkeitsgefühl verband. Sie aber hatte mit alldem nichts zu tun, ihre Hände, Arbeiterhände, waren rein. Für sie gab es nur das Leben und die Arbeit, und die da oben sollen sich doch selber zugrunde richten. Sie war nicht religiös, keine Kirchgängerin, obgleich das Öllämpchen vor den Ikonen brannte – wie es Tradition bei den Vätern war.

In manchen Augenblicken schienen selbst wir Tatjana Wassiljewna ein Teil der eitlen Oberklasse zu sein, und zwar in Situationen, in denen sie meinte, uns fehle es an Lebenskraft und Lebenswillen. Wenn er eine zynische, erschreckende oder grauenvolle Meldung in der Zeitung las, sagte O. M. oft: »Es ist aus mit uns.« Das erste Mal sprach er diesen Satz aus, als er mir Stalins Bemerkung zu Gorkis Märchen zeigte, in dem es hieß: »Dieses Stück ist stärker als Goethes ›Faust‹. Die Liebe besiegt den Tod.« Ein weiteres Mal sagte er »Es ist aus mit uns«, als er auf dem Titelblatt einer illustrierten Zeitschrift eine Fotografie gesehen hatte, auf der Stalin Jeshow die Hand reicht. »Wo hat man so etwas schon einmal gesehen«, kommentierte O. M. erstaunt, »dass ein Staatsoberhaupt sich mit dem Leiter der Staatssicherheit auf einer Fotografie verewigen lässt.« Ihn erstaunte allerdings nicht die Tatsache, wer auf dieser Fotografie abgebildet war, sondern Jeshows Gesichtsausdruck: »Schau ihn dir doch einmal an. Er ist für Stalin zu allem fähig.« Eines Abends, als wir bei Tatjana Wassiljewna am Tisch saßen, las O. M. die Rede, die Stalin vor Mitarbeitern der höheren Schulen gehalten hatte. Stalin trank auf die Wissenschaft, die wir brauchten und explizit nicht auf die Wissenschaft, die wir nicht brauchten. Diese Worte schienen unheilvoll – so es denn eine Wissenschaft gab, die nicht gebraucht wurde und uns fremd war, lag es nicht mehr fern, dass diese vernichtet und mit den Wurzeln ausgerottet würde. O. M. sagte sein übliches »Es ist aus mit uns«, und dieses Mal wurden Tatjana Wassiljewna und ihr Mann wütend. »Ihr wollt wohl, dass es aus ist mit euch. Ihr beschreit es ja! Überlegt euch besser, wie ihr überleben könnt. Nehmt euch ein Beispiel an uns, wir leben doch auch. Lehnt euch nicht aus dem Fenster, und dann werdet auch ihr leben.« – »Die wichtigste Pflicht des Menschen ist es zu leben«, resümierte O. M.

Nach O. M.s Verhaftung kehrte ich noch einmal in das russische Bauernhaus am Stadtrand Kalinins zurück, um den Korb mit den Manuskripten, die ich dort gelassen hatte, abzuholen. Unsere ehemaligen Wirtsleute waren so unglücklich über O. M.s Verhaftung, dass ich mich nicht mehr zurückhalten konnte und zu weinen begann. Die niemals lächelnde Tatjana Wassiljewna umarmte mich und sagte: »Weine nicht – ihr werdet wie Heilige sein«, und ihr Ehemann fügte hinzu: »Dein Mann hat doch niemandem etwas Böses getan. Es ist das Letzte, wenn so jemand wie er abgeholt wird.« Sie beschlossen, ihren Söhnen davon zu erzählen, damit sie wüssten, für wen sie arbeiteten und wen sie verehrten. »Aber hören werden sie trotzdem nicht auf uns«, seufzte der Hausherr plötzlich auf. Tatjana Wassiljewnas Söhne waren »Stalinfalken«, tugendhafte »Sotows«, die Solschenizyn so treffend beschrieben hat. Ihnen brauchte man so etwas wirklich nicht zu erzählen – an Leuten wie ihnen wurde deutlich, dass die Ideale, die einstmals die Welt zusammengehalten hatten, sich überlebt hatten. Heute, in den sechziger Jahren, sind diese Leute die Väter, die sich allerorten über ihre Kinder, Tatjana Wassiljewnas Enkel, beklagen. Die Enkel tun sich mit den Großvätern zusammen und sagen sich von den Vätern los. In diesem Zusammenhang erinnere ich mich an eine Begegnung in einem Eisenbahnabteil mit einem weiteren »Überbleibsel des Imperiums«. Dieser Herr war absolut einverstanden mit dem XX. Parteitag, denn er war unter Stalin wohl gewissen Unannehmlichkeiten ausgesetzt gewesen. Man hatte ihn zwar nicht verhaftet, aber seine Verhaftung hatte in der Luft gelegen. Nunmehr freute er sich seines Lebens und erhielt als einstmaliger Parteiarbeiter in verantwortlicher Stellung eine gute Rente. Da er als Parteigenosse aber nicht die Hände in den Schoß legen wollte, lehrte er nun politische Bildung an einer technischen Fachschule in Leningrad. Und er berichtete mir, der Pädagogin, von seinen Schwierigkeiten dort. Am Wahltag habe er seine Schüler zur Eile gemahnt, aber niemand habe zur Wahl gehen wollen. »Ihr solltet euch ein Beispiel an uns Alten nehmen, wir haben die Revolution gemacht!«, hielt er ihnen vor und sagte, er habe schon früh am Morgen seine Stimme abgegeben. Und zur Antwort erhielt er: »Wer hat Sie denn gebeten, die Revolution zu machen? Davor war das Leben besser!« All seine revolutionären Phrasen kamen nicht an. »Stellen Sie sich vor, was das heute für eine Jugend ist! Wie kommen Sie mit denen zurecht?« Ich antwortete ehrlich, dass auch ich nicht mit ihnen zurechtkomme. Es ist die Generation der Enkel Tatjana Wassiljewnas, aber was haben sie außer einer ablehnenden Reaktion denn zu bieten?

Nachdem ich Tatjana Wassiljewna aufgesucht hatte, kamen sie mit dem Haftbefehl auf meinen Namen. Sie stellten das ganze Haus auf den Kopf, sogar Dachboden, Stall und Gewölbekeller wurden durchsucht, aber sie fanden nichts, denn ich hatte rechtzeitig alles fortgeschafft. Sie hatten eine Fotografie bei sich und betrachteten die beiden Frauengesichter – das der Hausherrin und das meine – sehr aufmerksam. Ich erfuhr davon ein Jahr später auf dem Bahnhof, als ich mich auf den Weg nach Kalinin machte, um mir dort Arbeit und ein Zimmer zu suchen. Die Nachricht, dass sie gekommen waren, um mich abzuholen, war über Leningrad zu mir gelangt, wohin wiederum der einstige Sekretär Schtschogolews sie übermittelt hatte. Hätte ich es früher erfahren, wäre meine Wahl nicht auf Kalinin gefallen, aber meine ganzen Habseligkeiten waren bereits im Abteil verstaut, und ich zuckte nur die Schultern und sagte mir: »Komme, was da wolle.« Damals war auch meine Angst nicht mehr allzu groß, Jeshow war bereits gestürzt und die Massenverhaftungen waren beendet. In Kalinin lebte ich fast zwei Jahre, bis zur Evakuierung, und niemand rührte mich an, obgleich der nicht vollstreckte Haftbefehl in meiner Akte lag. Es ist kaum zu glauben, aber es gab zahlreiche solcher Fälle. Die Zahlenvorgaben für Verhaftung und Vernichtung von Menschen waren verringert worden, und so überlebte, wessen sie nicht rechtzeitig habhaft geworden waren. Auch der Terror wurde nach Planvorgaben, die über Leben und Tod entschieden, durchgeführt.

Die Hausdurchsuchung hinterließ bei Tatjana Wassiljewna bleibenden Eindruck: Drei dumpfgesichtige junge Männer stellten ihr gesamtes Haus auf den Kopf. Tatjana Wassiljewna verfluchte die dumpfgesichtigen Männer und mich, da ich vermeintlich verschwiegen hätte, dass ich im Gefängnis gewesen war, vielleicht hegte sie sogar noch einen anderen Verdacht. »Warum hat man dich rausgelassen, niemand wird heutzutage wieder rausgelassen.« Es ging ihr einfach nicht in den Kopf, dass »sie« jemanden verhaften wollten und es dann doch nicht taten, schlicht, weil sie ihn nicht antrafen. Aber wer kann so etwas schon begreifen? Dann aber beruhigte sie sich und fragte mich, ob ich schon ein Zimmer gefunden hätte. »Wenn nicht, dann wohne in Gottes Namen eben bei uns«, sagte sie. »Man sagt ja, hilf dir selbst, dann hilft dir Gott. Und du kannst dir ja jetzt nicht mehr selbst helfen.« Eigentlich verstieß sie damit gegen ihr Prinzip, sich nicht in das unruhige Leben in unserem Lande einzumischen. Gleichwohl nahm ich ihr Angebot nicht an, denn der Gedanke an die dumpfgesichtigen Männer hätte meinen Schlaf in ihrem Hause mehr als anderswo gestört.

Textilarbeiterinnen

Während der Jahre meines unbehausten Umherirrens hatte ich mit den verschiedensten Menschen zu tun, aber überall war es mir leichter als im Kreise derer, die sich für die Blüte der sowjetischen Intelligenzija hielten – wobei auch diese nicht eben begierig auf meine Gesellschaft waren.

Nach O. M.s Verhaftung ließ ich mich für einige Zeit in Strunino nieder, einer kleinen Textilarbeitersiedlung bei Sagorsk. Von diesem Ort hörte ich durch Zufall auf dem Rückweg von Rostow Welikij nach Moskau, wo ich mir ursprünglich eine Arbeit hatte suchen wollen. Gleich bei meinem ersten Besuch dort traf ich Efros. Er wurde ganz blass, als ich ihm von O. M.s Verhaftung erzählte. Er selbst war gerade erst mehrere Monate im Inneren Gefängnis gewesen. Er war wohl überhaupt der Einzige, der unter Jeshow lediglich mit Verbannung davongekommen war. Als O. M. wenige Wochen vor seiner Verhaftung erfahren hatte, dass Efros aus der Haft entlassen worden war und sich in Rostow niedergelassen hatte, seufzte er auf und sagte: »Efros ist der Große, nicht Rostow.« Und ich vertraute der Weisheit Efros des Großen, der mir riet, nicht in Rostow zu bleiben: »Suchen Sie das Weite«, sagte er mir, »es sind zu viele von uns hier.« Auf dem Rückweg kam ich im Zug mit einer älteren Frau ins Gespräch, sagte, dass ich ein Zimmer suchte und in Rostow keines gefunden hätte. Sie riet mir, in Strunino auszusteigen, und gab mir die Adresse von guten Menschen –

»Er trinkt und flucht nicht.« Und sie setzte noch hinzu: »Seine Mutter hat auch gesessen, sie wird Mitleid mit dir haben.« Die Menschen in den Zügen waren besser als die in Moskau, dort erkannte man sofort, was es mit mir auf sich hatte, obgleich es bereits Frühling geworden war und ich den Koshuch verkauft hatte.

Strunino lag an der Eisenbahnlinie nach Jaroslawl, auf der die Züge mit den Gefangenentransporten fuhren. Ich hatte den wahnsinnigen Gedanken, ich würde irgendwann einmal durch das Fenster, besser gesagt durch die Schlitze eines der Güterwaggons O.M.s Gesicht sehen, deshalb stieg ich in Strunino aus und begab mich zu den guten Menschen. Wir verstanden uns sofort sehr gut, und ich erzählte ihnen, warum ich auf der Suche nach einem »Sommerhäuschen« in der Hundert-Werst-Zone war, was sie im Übrigen auch ohnedies verstanden hatten. Ich mietete bei ihnen einen kleinen Nebenflügel, der ganz allein mir gehörte. Als es kalt wurde, nötigten sie mich, in ihr Zimmer zu ziehen, und teilten mir mit Schrank und Laken eine Ecke ab – »Das ist wie ein eigenes Zimmer, du bist es ja nicht gewohnt, mit anderen einen Raum zu teilen.«

Was den Judenhass betrifft, so kann ich aus eigener Erfahrung sagen, dass es ihn bei der einfachen Bevölkerung nicht gibt. Er kam und kommt immer von oben. Ich habe nie verheimlicht, dass ich Jüdin bin, und von all diesen Familien – Arbeitern, Kolchosarbeitern, kleinen Angestellten – wurde ich wie eine der ihren aufgenommen, und empfand nicht ein einziges Mal etwas in der Art, wie es in den höheren Lehranstalten der Nachkriegszeit deutlich zu spüren war und, nebenbei gesagt, immer noch zu spüren ist. Halbbildung ist das Schlimmste, was es gibt: In einem halbgebildeten Milieu ist der Nährboden für die Verbreitung des Faschismus, für die niedrigsten Formen des Nationalismus und für den allgemeinen Hass gegen die Intelligenzija immer vorhanden. Gegen die Intelligenzija gerichtete Stimmungen sind erschreckender und umfassender als schlichter Judenhass, und sie sind in allen Institutionen mit vielen Mitarbeitern, die wütend ihr Recht auf Unwissenheit verteidigen, deutlich zu spüren. Den Menschen wurde eine stalinistisch geprägte Bildung vermittelt, sie haben stalinistische Diplome erhalten. Dass sie sich nun an jene Privilegien klammern, die ihnen ebendiese Diplome verliehen haben, ist nur allzu verständlich. Wo sollen sie denn sonst unterkommen?

Von Strunino aus fuhr ich häufig nach Moskau, um für O. M. etwas zu übergeben, und mein bescheidenes Hab und Gut – ich verkaufte O. M.s Bücher – wurde weniger und weniger. Meine Wirtsleute bemerkten, dass ich nichts zu essen hatte, und teilten Tjurja und Murzowka mit mir. Rettich nannten sie »Stalinspeck«. Die Hausfrau goss mir euterwarme Milch ein und sagte: »Trink, sonst wirst du noch ganz schwach.« Die Wirtsleute waren gezwungen, den Großteil des Milchertrags zu verkaufen, um Geld für Heu zu bekommen, und gewährten sich deshalb selbst nicht allzu oft ein Glas frisch gemolkener Milch. Ich meinerseits brachte ihnen von meinen Spaziergängen im Wald Himbeeren und andere Beeren mit. Die Tage verbrachte ich im Wald, und auf dem Weg nach Hause verlangsamte ich meinen Schritt, denn ich hoffte jedes Mal, der aus dem Gefängnis entlassene Mandelstam käme mir entgegen. Man kann es ja nicht glauben, dass jemand einfach abgeholt und umgebracht wird. Man kann so etwas nicht glauben, wenngleich man es doch weiß. Wir wussten, dass so etwas geschah, aber glauben konnten wir es nicht.

Im Herbst waren meine Mittel erschöpft, und ich musste mich nach Arbeit umsehen. Mein Zimmerwirt war Textilarbeiter, seine Frau war die Tochter einer Weberin und eines Tuchfärbers. Sie waren betrübt, dass auch ich gezwungen war, mir diese eintönige Arbeit aufzubürden, aber mir blieb keine andere Wahl, und als wieder einmal am Fabriktor ein Aushang angeschlagen war, dass Arbeiter gesucht würden, fand ich eine Stelle in der Spinnerei. Ich arbeitete an den Spulenmaschinen, die den Faden aus dem Vorgespinst herstellen. Des Nachts eilte ich durch die riesige Produktionshalle, und während ich die Maschinen bestückte, murmelte ich Gedichte vor mich hin. Ich musste alles auswendig wissen – Papier konnte beschlagnahmt werden oder diejenigen, denen ich Abschriften zur Aufbewahrung übergeben hatte, konnten sie in einem Augenblick der Angst ins Feuer werfen, so etwas habe ich selbst bei den besten Menschen und größten Liebhabern der Literatur erlebt. Das Gedächtnis war eine weitere Möglichkeit, O. M.s Gedichte zu erhalten, und ich muss sagen, dass mir das bei meiner schweren Arbeit sehr geholfen hat. Die acht Stunden Nachtschicht war ich so nicht nur mit Faden und Vorgespinst, sondern auch mit Gedichten befasst.

Die Arbeiterinnen suchten, wenn sie sich ausruhen wollten, die Toilette auf. Dort versammelte sich so etwas wie ein Klub. Sobald sich mit geschäftigem Schritt eine der Komsomolzinnen näherte, die gern Karriere machen wollten, verstummten sie und gingen rasch auseinander. »Nimm dich vor der in Acht«, warnten mich die anderen. Aber wenn wir ungestört und unter uns waren, redeten sie ohne Unterlass auf mich ein und erzählten mir von ihrem Leben, wie es sich verändert hatte. »Früher war der Tag lang, aber wir konnten Teepausen machen. Weißt du, wie viele Maschinen wir bedienen mussten?« In den Gesprächen mit ihnen wurde mir klar, wie ungemein populär Jessenin war, denn sie erwähnten seinen Namen immer wieder. Er hatte um seine Person eine volkstümliche Legende geschaffen, die einfachen Menschen hielten ihn für einen der ihren und verehrten ihn.

Wenn sie am Morgen nach Schichtende die Fabrik verließen, reihten sich die Arbeiterinnen sogleich in die Warteschlangen ein, um Stoff oder Brot zu kaufen. Vor dem Krieg war Kattun sehr schwer zu bekommen, das Brot reichte nicht für alle und die Arbeiterinnen lebten in Armut. Das ist heute vollkommen vergessen, und meine Bekannten aus Pskow, die ganz auf Stalins Linie waren, behaupteten steif und fest, vor dem Krieg habe es keine Not gegeben, erst seit Kriegsbeginn wisse man, was Not bedeute. Die Menschen haben ein erstaunlich schlechtes Gedächtnis, wenn es ihnen gelegen kommt.

Hier in Strunino hörte ich auch zum ersten Mal das Wort »Hundertfünfwerstlerin«, alle dort nannten mich so. Sie waren mir gegenüber freundlich, insbesondere die älteren Männer. Manchmal kamen sie in die Werkshalle, in der ich arbeitete, und gaben mir einen Apfel oder ein Stück Kuchen. »Iss, den hat meine Frau gestern gebacken.« In den Pausen hielten sie mir in der Kantine einen Platz frei und gaben mir Ratschläge: »Nimm Suppe. Ohne Suppe wirst du nicht satt.« Immerwährend bemerkte ich freundschaftliches Mitgefühl, nicht mir, sondern der »Hundertfünfwerstlerin« gegenüber. Hier war keinerlei Ressentiment gegenüber Intellektuellen zu spüren.

Bei einer der Nachtschichten wurde ich in der Werkshalle von zwei gut gekleideten jungen Männern aufgesucht. Sie stellten die Maschinen ab und wiesen mich an, mit ihnen in die Kaderabteilung zu kommen. Der Weg zum Ausgang – die Kaderabteilung befand sich auf dem Hof in einem anderen Gebäude – führte durch einige andere Hallen. Auf unserem Weg durch die Werkshallen stellten die Arbeiterinnen und Arbeiter die Maschinen ab und folgten mir und meinen Begleitern. Als es die Treppe hinunterging, wagte ich nicht, mich umzublicken, weil ich spürte, dass ein ganzer Zug von Arbeiterinnen und Arbeitern mir folgte, denn sie wussten, dass jemand, der in die Kaderabteilung zitiert wurde, nicht selten auf direktem Wege zur GPU befördert wurde.

In der Kaderabteilung entspann sich ein ziemlich dummes Gespräch. Man fragte mich, warum ich nicht in einem meiner Ausbildung entsprechenden Beruf arbeitete. Ich antwortete, dass ich über keine Ausbildung verfüge. Warum ich mich in Strunino niedergelassen habe? Weil es keinen anderen Ort gibt, an dem ich leben kann. »Sie sind eine Gebildete und sind an die Werkbank gegangen.« Ich hatte damals noch kein Studium, sondern lediglich das Gymnasium abgeschlossen, war also nicht meinem Abschluss nach »eine Gebildete«, sondern einzig aufgrund meiner Zugehörigkeit zur Intelligenzija – und dass ich zu ihr gehörte, rochen sie förmlich. »Warum haben

Sie keine Anstellung in einer Schule?« – »Dort wird man ohne Diplom nicht genommen.« – »Hier stimmt doch irgendetwas nicht. Geben Sie es doch zu.« Ich habe nicht verstanden, was die beiden jungen Männer eigentlich von mir wollten. In jener Nacht ließen sie mich gehen, vielleicht, weil sich auf dem Hof eine große Gruppe von Arbeiterinnen und Arbeitern versammelt hatte. Bevor sie mich gehen ließen, fragten sie, ob ich morgen wieder Nachtschicht hätte, und wiesen mich an, mich vor Arbeitsantritt in der Kaderabteilung zu melden. Ich musste sogar ein entsprechendes Papier unterzeichnen.

Ich kehrte nicht zu meiner Arbeit zurück, sondern ging geradewegs nach Hause. Meine Wirtsleute schliefen nicht, jemand aus der Fabrik hatte sie informiert, dass ich »zu den Kadern« geholt worden sei. Der Hausherr holte eine kleine Flasche, goss drei Gläser ein: »Lass uns trinken, und dann schauen wir, was zu tun ist.«

Nach Ende der Nachtschicht kamen die Arbeiterinnen und Arbeiter einer nach dem anderen zu unserem Haus. Durchs Fenster sagten sie: »Such das Weite« und legten etwas Geld auf die Fensterbank. Die Zimmerwirtin packte meine Habseligkeiten zusammen, und ihr Mann begleitete mich mit zwei Nachbarn auf einen der ersten Züge. So entging ich der Katastrophe dank der Hilfsbereitschaft der Menschen, die noch nicht gelernt hatten, gleichgültig zu sein. Wenngleich man in der Kaderabteilung möglicherweise nicht vorgehabt hatte, mich verhaften zu lassen, so wäre ich, nachdem der Zug der Arbeiter mir gefolgt war, sicherlich nicht mehr heil aus der Fabrik herausgekommen.

Strunino hatte Mitgefühl für das Unglück und das Leben der Ausgestoßenen. Die Gefangenentransporte fuhren vor allem in der Nacht, und jeden Morgen schauten die Arbeiter der Textilfabrik, wenn sie die Bahngleise überquerten, aufmerksam, ob sie nicht Zettel mit Nachrichten fanden, die die Gefangenen manchmal aus dem fahrenden Zug werfen konnten. Wer einen solchen Zettel fand, steckte ihn in einen Umschlag, schrieb die Adresse ab und schickte den Brief los. Auf diese Weise erhielten die Verwandten eine Nachricht von ihrem zur Verbannung Verurteilten. Und wenn ein Zug einmal am Tag anhielt, versuchte jeder hinter dem Rücken der auf und ab laufenden Wachsoldaten, etwas zu essen oder Tabak in den Wagen zu werfen. So hatte meine Zimmerwirtin beispielsweise einmal eine kleine Tafel Schokolade in einen der Waggons geworfen. In Strunino waren auch viele Einheimische abgeholt worden, und die Verbliebenen waren düster und verbittert. Hier hörte ich auch das erste Mal, dass Stalin von der einfachen Bevölkerung »der Pockennarbige« genannt wurde. Wenn man sie fragte, warum, dann antworteten sie: »Ja, weißt du denn nicht, dass er die Pocken hatte? Im Kaukasus ist es damit ganz schlimm.« Für diese Reden hätte es ihnen schlecht ergehen können, aber so etwas sagte man nur, wenn man unter sich war, und sie wussten, wer die wenigen Spitzel in ihrem Ort waren. Das ist der Vorteil eines kleinen Ortes. Wir wussten bei weitem nicht immer, wer uns bespitzelte.

Die Menschen, die in Sawjolowo lebten, waren auch gesetzestreu, aber die ihnen angeborene Gutherzigkeit hinderte sie daran, sich widerspruchslos zu unterwerfen. »Die russische Revolution ist nicht grausam«, sagte Jakulow einmal zu mir. »Die ganze Grausamkeit hat der Staat in sich aufgenommen – sie ist jetzt in der Tscheka.«

In Russland wird offensichtlich alles in den oberen Etagen entschieden. Die Bevölkerung hat keine Stimme, widersetzt sich demütig oder ergibt sich störrisch. Sie verurteilt die Grausamkeit oder zumindest jegliche aktive Beteiligung am Geschehen. Wie sich diese Eigenschaften mit den fürchterlichen Aufständen und Revolutionen vereinbaren lassen, weiß ich nicht. Kann man das überhaupt verstehen?

Die Schklowskijs

Es gab nur ein Haus in Moskau, das Ausgestoßenen offenstand. Wenn wir Viktor und Wassilissa nicht antrafen, kamen uns die Kinder entgegengelaufen: die kleine Warja mit Schokolade in der Hand, die schlaksige Wassja – die Tochter von Wassilissas Schwester Natalja, genannt Talja – und Nikita, ein Junge mit weit ausholenden Bewegungen, Vogelfänger und Wahrheitssucher. Niemand hatte ihnen erklärt, was zu tun sei, sie wussten es wie von selbst, denn Kinder sind stets der Spiegel der ethischen Haltung einer Familie. Sie baten uns in die Küche, dort wurde bei den Schklowskijs gegessen, bewirteten uns mit Essen und Getränken, beruhigten uns mit ihren kindlichen Gesprächsthemen. Wassja, die Viola spielte, sprach gern über Konzerte, die sie besucht hatte – in jenen Tagen erregte Schostakowitschs Symphonie die Gemüter. Schklowskij nahm alles zur Kenntnis, was über sie geschrieben und geredet wurde, und verkündete dann frohgemut: »Schostakowitsch hat weiter gespuckt als alle anderen.« Die Zeit gierte danach, alles dem ihm entsprechenden Platz zuzuweisen: diesem den ersten, jenem den letzten – immer ging es darum, wer besser als der andere sei. Der Staat wandte ein Prinzip der Postenvergabe nach altem Vorbild an und vergab selbst die besten Plätze. Damals wurde beispielsweise Lebedew-Kumatsch, der, wie es heißt, ein überaus bescheidener Mensch gewesen sein soll, zum »Ersten Dichter des Landes« ernannt. Schklowskij stellte diese Rangordnung nicht in Frage, wartete aber sehnlich auf die Hamburger Abrechnung. Wassja erkannte Schostakowitsch ebenfalls die Meisterschaft zu. O.M. hätte die Symphonie zu gern auch gehört, wusste aber nicht, wie wir nach dem Konzert den letzten Zug hätten bekommen können.

Mit Warja unterhielten wir uns über andere Dinge. Sie zeigte uns ihr Schulbuch, in dem die Schüler auf Anweisung der Lehrerin die Porträts der politischen Führer eines nach dem anderen mit dickem Papier überklebt hatten. Sie wollte auch das von Semaschko überkleben: »Das tun wir irgendwann sowieso, dann können wir es auch gleich machen.« Die Redaktion der Enzyklopädie schickte den Subskribenten Listen mit Artikeln, die zu überkleben oder herauszuschneiden waren. Bei den Schklowskijs übernahm Viktor diese Aufgabe. Nach jeder Verhaftung wurden allerorten die Bücherregale durchgesehen, und die Werke der in Ungnade Gefallenen flogen in die Ofen. In den neueren Häusern jedoch gab es keine Öfen und Feuerherde, ja nicht einmal mehr Abzugsklappen, und deshalb zerschnitt man verbotene Bücher, Tagebücher von Schriftstellern, Briefe und andere subversive Literatur mit der Schere und spülte sie den Abfluss hinunter. So war man gut beschäftigt.

Nikita, das schweigsamste der Kinder, schaffte es immer wieder, die Erwachsenen zu verblüffen. Viktor erzählte, der Junge sei einmal mit Paustowskij zu einem Vogelzüchter gegangen, der Kanarienvögel dressierte. Auf ein Zeichen hin flog der Vogel aus seinem Käfig, ließ sich auf einer Sitzstange nieder und begann zu singen. Der Hausherr gab erneut ein Zeichen, der Vogel beendete sogleich sein Konzert und flog zurück in seinen Käfig. »Wie ein Mitglied des Schriftstellerverbands«, kommentierte Nikita und verließ den Raum. Immer, wenn er jemanden verblüfft hatte, zog er sich zurück. In seinem Zimmer lebten Vögel, die er gefangen hatte, sie waren wie seine Freunde, ihm war nicht daran gelegen, sie zu dressieren. Wir erfuhren von ihm, dass Vögel von den Meistersingern ihrer Art den Gesang erlernen. In Kursk waren einmal die berühmten Nachtigallen gefangen worden, und die jungen Vögel konnten bei niemandem mehr das Singen lernen. So begann aus einer Laune des Menschen heraus, der die meisterhaft singenden Vögel in Käfige sperrte, der Niedergang des Gesangs der Nachtigallen von Kursk.

Wenn Wassilissa dann kam, strahlten ihre hellblauen Augen, und sie schritt zur Tat. Sie heizte den Ofen im Bad an und nahm Wäsche für uns aus dem Schrank. Für mich ihre eigene, für O. M. Wäsche von Viktor und eines seiner Hemden. Nachdem wir ein Bad genommen hatten, mussten wir ruhen. Viktor zerbrach sich laut denkend den Kopf darüber, was er für O. M.

tun könne, und berichtete von Neuigkeiten. Als der Herbst bereits fortgeschritten war, trieb er einen Mantel für O. M. auf, und zwar einen Halbpelz aus Hundefell, den im Winter zuvor Andronikow, das Ein-Mann-Orchester, getragen hatte, der damals noch arm gewesen war. Mittlerweile war etwas aus ihm geworden, und er hatte sich einen Mantel zulegen können, der einem Schriftsteller besser zu Gesicht stand. Viktor hatte ihn mit dem Halbpelz zu sich gebeten, und unter Beethoven-Klängen, die Andronikow pfiff, wurde O. M. feierlich mit dem Mantel ausstaffiert. Schklowskij sprach gar einen kleinen Toast aus: »Auf dass alle sehen mögen, dass Sie im Zug und nicht auf den Puffern angekommen sind.« Zuvor hatte O. M. einen gelben Ledermantel getragen, den er auch gebraucht übernommen hatte. Diesen gelben Mantel trug er bei seiner Verhaftung.

Jedes Mal, wenn es klingelte, wurden wir, bevor die Tür geöffnet wurde, in der Küche oder im Kinderzimmer versteckt. Waren es Freunde, so entließ man uns unter Freudenrufen sogleich aus unserer Verbannung, waren es aber Pawlenko oder die Nachbarin Ljolja Powolozkaja, die eine Zuträgerin des Geheimdienstes war – ebenjene, die bei Beginn der Rehabilitierungen aufgrund eines Schlaganfalls gelähmt wurde –, blieben wir in unserem Versteck. Sie überrumpelten uns niemals, und darauf waren wir sehr stolz.

Die Wohnung der Schklowskijs war der einzige Ort, an dem wir uns wie Menschen fühlten. In dieser Familie wusste man, wie mit Ausgestoßenen umzugehen war. In der Küche diskutierten wir, wo wir übernachten, wie wir ins Konzert gehen könnten, wie Geld aufgetrieben werden konnte und, ganz allgemein, was zu tun sei. Die Nacht über bei den Schklowskijs zu bleiben vermieden wir, denn in dem Haus, in dem sie wohnten, gab es Portiersfrauen, Fahrstuhlführerinnen und Hauswärterinnen. Diese gutmütigen und bemitleidenswerten Frauen arbeiteten seit jeher der Ochranka zu. Für diese Dienste erhielten sie kein Geld, es war eine zusätzliche Funktion ihrer Arbeit. Ich erinnere mich nicht mehr, wie wir das Problem mit der Übernachtung gelöst haben, aber das Konzert haben wir schlussendlich doch besucht. Die Portiersfrauen fragten mich später einmal, als ich nach O. M.s Tod allein dort erschien, wo er denn sei. Ich antwortete, er sei gestorben. Sie seufzten auf und sagten: »Und wir haben immer gedacht, Sie wären zuerst an der Reihe.« Daraus zog ich zwei Schlussfolgerungen: zum einen, dass man uns unsere verzweifelte Lage ansah, zum zweiten, dass man diese unglückseligen Geschöpfe nicht zu fürchten brauchte, da sie auf ihre Weise Mitgefühl hatten. Diese Frauen, die mich damals bedauerten, waren auch bald unter der Erde. Sie starben wie die Fliegen an Hunger, da die Lebensmittelrationen nicht ausreichten, sie zu ernähren. Seitdem aber habe ich zu ihren Nachfolgerinnen stets beste freundschaftliche Beziehungen, und sie haben nicht ein einziges Mal bei der Miliz gemeldet, wenn ich ohne polizeiliche Genehmigung bei den Schklowskijs übernachtete. Wenn ich nach Mitternacht klingelte, sie weckte und sie aufstehen mussten, um mir die Tür zu öffnen, drückte ich ihnen stets zwanzig oder dreißig Kopeken in die Hand, wie man es eben so machte. Nach der Währungsreform in den sechziger Jahren gab man nicht mehr Zehnkopekenstücke als Trinkgeld, sondern zwei oder drei Kopeken. Die Bezeichnung der Dinge hat ja doch eine gewisse Macht – das Wort »Rubel« besitzt für uns durchaus Strahlkraft, und einen Fünfrubelschein auszugeben fiel uns vor der Reform vergleichbar schwer wie heutzutage ein Fünfzigkopekenstück. Auch einem Taxifahrer gibt man heute nicht mehr als zehn Kopeken als Trinkgeld, während man vor nicht allzu langer Zeit großzügig einen Rubel mehr bezahlte, als auf dem Zähler stand. Im Jahr 37 gaben wir jedoch keine Trinkgelder, mieden die Portiersfrauen und hatten Angst, bei den Schklowskijs zu übernachten, denn wir wollten ihnen keine Unannehmlichkeiten bereiten, waren ständig außer Atem und fielen fast über unsere eigenen Füße, weil wir immer und ewig irgendwohin eilten.

Mitunter aber blieb uns nichts anderes übrig, als bei den Schklowskijs zu übernachten. Dann wurden für uns im Schlafzimmer ein Bettsack und ein Schaffell auf den Boden gelegt. Im sechsten Stockwerk hört man natürlich nicht, wenn vor dem Haus ein Automobil vorfährt, aber immer, wenn sich nachts der Fahrstuhl in Bewegung setzte, eilten wir alle vier in den Flur, um zu horchen. »Gott sei Dank, er hält ein Stockwerk tiefer«, oder »Gott sei Dank, er fährt nach oben weiter.« Unabhängig davon, ob wir bei den Schklowskijs übernachteten, horchten sie auf den Fahrstuhl. Glücklicherweise setzte er sich nicht so oft in Bewegung, denn die Mieter wohnten zumeist vor allem in Peredelkino und waren solide, und ihre Kinder waren noch jung. In den Jahren des Terrors gab es kein Haus, dessen Bewohner nicht zitternd dem Rauschen der vorbeifahrenden Automobile oder dem Lärmen des Fahrstuhls lauschten. Bis heute jagt mir, wenn ich bei den Schklowskijs übernachte, ein Schaudern über den Rücken, wenn ich in der Nacht den Fahrstuhl höre. Dieses Bild – erstarrte, halb angekleidete Menschen, die an der Eingangstür der Wohnung stehen und sich horchend zu ihr hinbeugen, damit sie hören, wo der Fahrstuhl anhält – ist unvergesslich.

Erst kürzlich träumte ich, vor dem Haus habe ein Automobil gehalten. O. M. weckt mich: »Zieh dich an. Dieses Mal kommen sie deinetwegen.« Aber ich höre nicht auf ihn und antwortete: »Es reicht. Ich werde nicht aufstehen und ihnen entgegengehen. Es ist mir egal.« Und ich drehte mich um und schlief traumlos weiter. Es war ein seelisches Sich-Aufbäumen. Denn auch freiwillig aus dem Bett aufzustehen und sich mit zitternden Händen anzuziehen, wenn sie kommen, um einen abzuholen und ins Gefängnis zu bringen, ist in gewisser Weise Zusammenarbeit mit ihnen. Es reicht. Ich habe genug. Nicht einen Schritt mehr gehe ich ihnen entgegen. Sollen sie mich doch auf einer Trage hinaustragen, sollen sie mich doch gleich zu Hause umbringen. Ich will nicht mehr!

In diesem Winter schien uns einmal, wir könnten die Gutmütigkeit der Schklowskijs nicht weiter ausnutzen. Wir hatten Angst, ihnen Unannehmlichkeiten zu bereiten. Wenn jemand Anzeige bei den Behörden erstatten würde, hätte man mit ihnen nicht viel Federlesens gemacht. Allein der Gedanke, dass wir Schklowskij und mit ihm die gesamte Familie ins Verderben stürzen könnten, brachte uns zur Verzweiflung. Wir teilten ihnen unsere Entscheidung mit, hörten nicht darauf, dass sie uns bedrängten, weiterhin ihre Gäste zu sein, und suchten sie einige Tage nicht mehr auf. Das Gefühl der Heimatlosigkeit und des Verlassenseins stieg exponentiell an. O. M. hielt es nicht aus, und als wir ein paar Tage später bei Bruni waren, rief er bei den Schklowskijs an. »Kommen Sie, so schnell Sie können«, sagte Viktor. »Wassilissa hat solche Sehnsucht nach Ihnen, dass sie ganz unruhig ist.« Eine Viertelstunde später klingelten wir bei ihnen, und Wassilissa begrüßte uns mit Freudentränen in den Augen. Damals begriff ich, dass die blauen Augen dieser Frau das einzig Verlässliche auf der Welt sind. Und davon bin ich bis heute überzeugt.

Eine Einschränkung aber möchte ich machen: Anna Andrejewna fühlte ich mich auch immer sehr stark verbunden. In jenen Tagen jedoch war sie weit weg – Leningrad war für uns unerreichbar.

Marjina Roschtscha

Als wir einmal bei den Schklowskijs waren, erschien Sanja Bernschtejn (Iwitsch) und bot uns an, bei ihm zu übernachten. Dort sprang die kleine Tochter, die »Hase« genannt wurde, herum, und die gemütliche Njura, Sanjas Frau, bewirtete uns mit Tee und plauderte. Der magere, zerbrechliche und verwöhnte Sanja schien äußerlich keineswegs mutig, aber als er mit uns auf der Straße ging, pfiff er vor sich hin, redete Unsinn über die Literatur, als sei es das Selbstverständlichste der Welt, zwei furchtbare Staatsverbrecher, O. M. und mich, in seiner Wohnung zu beherbergen. Ebenso gelassen nahm er im Jahr 1948 O. M.s Manuskripte von Jewgenij Jakowlewitsch entgegen, der sie ihm zur Verwahrung anvertraute. Sein Bruder, Sergej Ignatjewitsch Bernschtejn, versteckte in den Jahren 37–38 einen anderen Verbrecher bei sich, nämlich Viktor Wladimirowitsch Winogradow, der sich aufgrund seiner Vorstrafe nicht in Moskau aufhalten durfte. Als sich in Winogradows Leben wieder alles eingerenkt hatte und er, nachdem er bereits zum Mitglied der Akademie der Wissenschaften aufgestiegen war, an die Spitze der stalinistischen Sprachwissenschaft befördert wurde, vergaß er diese bemitleidenswerten Menschen und zeigte sich nicht einmal auf dem Begräbnis von Sergej Ignatjewitschs Ehefrau, die ihn im Jahr 37 so gastfreundlich aufgenommen hatte.

Meistens jedoch übernachteten wir, wenn wir bei den Schklowskijs waren, bei Wassilissas Schwester Natalja Georgijewna, oder schlicht Talja, die unablässig las und bis heute Hunderte Gedichte aus dem neunzehnten Jahrhundert auswendig rezitieren kann.

Talja hatte in der alten Wohnung der Schklowskijs im Bezirk Marjina Roschtscha ein Zimmer zugewiesen bekommen, das sie gemeinsam mit ihrer Tochter Wassja, der kleinen Violaspielerin, bewohnte. Wenn wir bei Talja übernachteten, blieb Wassja bei den Schklowskijs, und wir schliefen im Zimmer bei ihrer Mutter. In dieser Wohnung hatte auch Nikolaj Iwanowitsch Chardshijew ein Zimmer, und die beiden Männer saßen bis spät in die Nacht zusammen und unterhielten sich. Die ersten Tage nach O. M.s Verhaftung und jene, nachdem ich die Nachricht von seinem Tod erhalten hatte, verbrachte ich bei Chardshijew. Ich lag wie tot da, nahm von Gottes Welt nichts mehr wahr, und Nikolaj Iwanowitsch kochte mir Würstchen und nötigte mich zu essen. »Essen Sie etwas, Nadja, da haben Sie etwas Warmes im Bauch«, oder: »Essen Sie, Nadja, die Würstchen sind teuer.« Der bettelarme Chardshijew suchte mich mit liebevollen Scherzen, heißen Würstchen und teuren Lutschpastillen zum Leben zu erwecken. Er ist der Einzige, der mir und Anna Andrejewna in den schwersten Augenblicken unseres Lebens treu geblieben ist. Einmal sah ich bei ihm ein von

Tatlin mit Bleistift gezeichnetes Porträt Chlebnikows. Es war viele Jahre nach Chlebnikows Tod entstanden, aber er wirkte dort so lebendig, ganz der, wie ich ihn in Erinnerung hatte, als er immer wieder zu uns ins Herzen-Haus kam, um mit uns Buchweizen-Kascha zu essen, und schweigend, die Lippen ohne Unterlass bewegend, dasaß. Plötzlich schoss mir der Gedanke durch den Kopf, dass auch O. M. irgendwann einmal durch ein Porträt, das jemand von ihm zeichnete, wieder zum Leben erweckt würde, und mir wurde leichter zumute. Aber ich vergaß dabei ganz, dass alle Künstler, die ihn gekannt hatten, wohl eher sterben würden, bevor sie wagten, sein Porträt zu zeichnen. Der O. M. der armseligen Zeichnung von Milaschweskij in der Zeitschrift »Moskwa« sieht dem echten nicht im Geringsten ähnlich. Alle gezeichneten oder gemalten Porträts O. M.s sind wenig gelungen, auf Fotografien hingegen ist er immer erstaunlich gut getroffen.

O. M. war der Ansicht, Nikolaj Chardshijew verfüge in Bezug auf Gedichte über ein absolutes Gehör. Aus diesem Grunde bestand ich darauf, dass er die Herausgeberschaft des Buches von O. M. übernahm, das nunmehr seit fast zehn Jahren nicht in der »Dichterbibliothek« veröffentlicht werden kann.

Das halbverfallene kleine Holzhaus in Marjina Roschtscha schien mir wie eine Festung, doch zu dieser Festung musste man erst einmal gelangen. Wir brachen mit Talja gemeinsam von den Schklowskijs auf, defilierten aber nicht zusammen an den Portiersfrauen vorbei. Auch auf dem weiteren Weg ging Talja uns voraus, nahm eine Straßenbahn früher und wartete auf uns an der Haltestelle, an der wir umsteigen mussten. Wir folgten ihr in einiger Entfernung, ohne ihren breiten Rücken aus den Augen zu verlieren. Wir waren schließlich Verschwörer, und deshalb stand es uns nicht an, nebeneinander zu gehen. Wäre O. M. auf der Straße verhaftet worden – von derartigen Fällen hatten wir gehört –, wäre Natalja Georgijewna lediglich ein zufällige Passantin und vollkommen unbeteiligt gewesen. Niemand hätte ihre Ausweisdokumente zu sehen verlangt. Sie hätte ruhig – hätte sie ruhig? – ihren Weg fortsetzen können, und wir hätten unsere Verfolger nicht auf die Spur der Schklowskijs gebracht. Die Konspiration, die wir betrieben, mutet lachhaft an, aber wir waren gezwungen, uns so zu verhalten, denn wir hatten das große Glück, im zwanzigsten Jahrhundert geboren zu sein. Wir gingen also nicht neben, sondern hinter Talja, gleichsam von ihrem wiegenden Gang hypnotisiert.

Sie sah stets aus, als könne sie nichts aus der Ruhe bringen, und wir wussten, dass sie an der nächsten Haltestelle, an der wir umsteigen mussten, oder an der Endhaltestelle auf uns warten würde, wenn wir die Straßenbahn, in die sie gestiegen war, nicht erreicht hatten. Sobald sie uns sah, machte sie sich wieder auf den Weg, und wir beide, die wir vor Müdigkeit fast umfielen, folgten ihr. In dem abgelegenen Haus, in dem sie wohnte, begegneten wir nie jemandem, obgleich dort auch andere lebten, aber wir schlichen uns so unbemerkt hinein, dass niemand uns bemerkte. Talja schloss auf und schaute sich im Haus um, bevor sie uns einließ. Trotzdem muss ihr direkter Nachbar, ein gewisser Waks, der Mitglied des Schriftstellerverbands war, gewusst haben, dass jemand bei Talja übernachtete. Offensichtlich war er ein Mensch von Anstand, denn er hinterbrachte es den Behörden nicht. Morgens sprach er häufig am Telefon, das im Flur stand, mit jemandem vom Schriftstellerverband und versuchte, Baumaterial und Mittel für die Renovierung des heruntergekommenen Mietshauses zu bekommen, das uns Festung oder gar Paradies schien. O. M. verfasste ein scherzhaftes Gedicht über »Waks, den von Renovierung Besessenen«, aber es wurde nie fertig – in einem Leben, wie wir es führten, gibt es keine Muße für Gedichte, gleichwohl entstanden bisweilen einige scherzhafte Verse. Aus irgendeinem Grunde fand Schklowskij diese Gedichte schrecklich. Er meinte, Scherzgedichte seien ein Anzeichen für Gehirnerweichung, wenn nicht Schlimmeres. Aber nicht, weil es nicht die Zeit für Gedichte sei, sondern ganz allgemein – die Reime und die Gedichtform als solche gefielen ihm nicht. Scherzgedichte hatten in Petersburg Tradition, in

Moskau galt nur die Parodie. Schklowskij hatte seine Petersburger Jugend vergessen.

In den Nächten schrie ich. In jenem Winter begann ich furchterregend mit nicht menschenähnlicher Stimme zu schreien, wie ein Tier oder ein Vogel, die gemeuchelt werden. Schklowskij zog mich damit auf, dass alle anderen im Schlaf »Mama!« schrien, ich aber »Ossja«. Bis heute erschrecke ich meine Nachbarn mit diesem Schrei und mit der Farbe meiner Handflächen, die in Augenblicken der Aufregung knallrot werden. O. M. hingegen verlor zu keiner Minute seinen Lebensgeist und hörte nicht auf, Witze zu machen.

Bisweilen waren wir gezwungen, uns länger als geplant in Moskau aufzuhalten, da kein Geld aufgetrieben werden konnte. Der Kreis derer, die etwas für uns gaben, wurde immer kleiner. Wir warteten dann darauf, dass Schklowskij mit dem, was er bekommen hatte, zurückkehrte. Das Geld, das ihm die Leute gaben, trug er in allen Taschen seiner Kleidung verteilt und überließ uns einen Teil seiner Beute. Dann fuhren wir zurück zu Tatjana Wassiljewna, an den Rand der uns fremden Stadt Kalinin, und lebten dort, solange das Geld reichte.

Helfershelfer

Im Herbst des Jahres 37 beschlossen Katajew und Schklowskij, O. M. mit Fadejew bekannt zu machen, der zwar noch nicht an der Macht war, aber über großen Einfluss verfügte. Genauer gesagt, war er fast an der Macht. Die erste Begegnung fand, wenn ich mich recht erinnere, bei Katajew statt. O. M. trug seine Gedichte vor. Fadejew war ergriffen – er war ein empfindsamer Mensch. Mit gleichsam nüchternen Tränen in den Augen umarmte er O. M. und sagte all das, was einem empfindsamen Menschen zu sagen anstand. Ich war bei dieser Begegnung nicht zugegen, sondern wartete einige Stockwerke tiefer in der Wohnung der Schklowskijs. O. M. und

Viktor kehrten zufrieden zurück. Sie waren vor Katajew gegangen, um ihm die Möglichkeit zu geben, Fadejew noch unter vier Augen zu bearbeiten. Fadejew vergaß die Gedichte nicht. Kurze Zeit später fuhr er mit Ehrenburg nach Tiflis – war es anlässlich des Rustaweli-Jubiläums? – und versicherte, er werde versuchen, einen Band mit ausgewählten Gedichten O. M.s zu veröffentlichen. Doch dazu kam es nicht. Vielleicht wurde ihm »abgeraten«. Das war eine beliebte Formel – man fragte jemanden um Erlaubnis für irgendetwas, dessen Gesicht verfinsterte sich, und er antwortete: »Bitte, gern, ganz nach Ihrem Ermessen.« Das finstere Gesicht allein war gleichbedeutend mit einer Absage, aber »die Form war gewahrt«, das verhängnisvolle »Nein« war nicht ausgesprochen worden, und der Verzicht, das Beantragte umzusetzen, schien so »Initiative von unten« und vollkommen demokratisch zu sein.

Diese feinen Nuancen bürokratischer Steuerung sind wohl keinem anderen Machtapparat als dem unseren bekannt, denn dieser zeichnete sich außer durch seine sonstigen Errungenschaften durch unerhörte Bigotterie aus. Wir kamen also zu dem Schluss, man habe Fadejew »abgeraten«, wahrscheinlicher aber ist, dass er sich in dieser Sache erst gar nicht bemüht hat, um nicht »in etwas verwickelt« zu werden. Das ist wohl eher der Fall. Gleichwohl bot er, als er O. M. im Winter 37/38 zufällig im Schriftstellerverband traf, an, sich »in den oberen Etagen« einmal umzuhören und in Erfahrung zu bringen, »was man dort dazu meint«. Einige Tage später sollten wir wieder beim Verband erscheinen, damit er uns die Antwort, genauer gesagt, die in Erfahrung gebrachte Information mitteilen könne.

Zu unserer Überraschung hielt Fadejew Wort und erschien zur verabredeten Zeit. Wir verließen das Gebäude und gingen zu seinem Automobil. Er bot an, uns in seinem Wagen dorthin zu bringen, wohin wir wollten, damit wir uns auf der Fahrt unterhalten könnten. Er setzte sich neben den Fahrer, wir nahmen hinten Platz.

Er drehte sich zu uns um und erzählte, er habe mit Andrejew gesprochen, jedoch nichts erreichen können, denn dieser habe mit Entschiedenheit verlautbart, es könne absolut keine Rede von einer Arbeit für O. M. sein. »Kategorisch« sei dies gewesen. Er war bestürzt und betrübt. O. M. versuchte sogar, ihn zu trösten, und sagte: »Das macht doch nichts, irgendetwas wird sich schon finden.« Wir hatten kurz zuvor vom Literaturfonds die Zuweisung für einen zweimonatigen Aufenthalt in einem Erholungsheim in Samaticha erhalten, der von Stawskij genehmigt worden war. O. M. war ganz unerwartet von ihm empfangen worden, und Stawskij hatte ihm den Aufenthalt in einer »Heilstätte« angeboten, damit er dort die Zeit verbringen könne, bis die Frage der Arbeit geklärt sei. Diese Gunst des Schicksals beflügelte uns, und wir waren deshalb nicht allzu sehr enttäuscht über Fadejews Misserfolg. Er jedoch nahm diese Nachricht durchaus verärgert auf: »Eine Zuweisung? Von wem? Wohin? Wo ist das? Warum nicht in ein Schriftstellerhaus?« O. M. erläuterte, der Schriftstellerverband verfüge nicht über Häuser in den uns zum Aufenthalt genehmigten Bezirken, also hundert Kilometer von den zuzugsbeschränkten Städten entfernt. »Und Malejewka?«, fragte Fadejew. Wir hatten diesen Namen noch nie gehört, und Fadejew nahm das plötzlich zurück: »Das ist ein kleines Haus, das der Schriftstellerverband erhalten hat. Das wird vermutlich gerade saniert.« O. M. bot die Erklärung an, dass man es vielleicht für unangemessen gehalten habe, ihm den Aufenthalt in einem Schriftstellerhaus zu genehmigen, bevor alles andere geklärt sei, und Fadejew griff diese Erklärung erleichtert auf. Er war tatsächlich besorgt und betrübt. Im Rückblick ist mir heute klar, was er dachte: All das, womit er rechnete, kam näher, und er kannte die Instrumente der Umsetzung. Selbst jemand, der vollkommen abgehärtet war, konnte diesen Dingen nicht ruhig ins Auge blicken. Und Fadejew war ein empfindsamer Mensch.

Das Automobil hielt in Kitaj-Gorod. Was wir dort wollten? Ich glaube, dort befand sich die Hauptverwaltung der Erholungsheime, wo wir unseren Abreisetag angeben mussten, damit uns bei unserer Ankunft an der Bahnstation Tscherusti an der Eisenbahnlinie nach Muromsk ein Pferdewagen abholte. Nach Samaticha waren es von dort noch etwa fünfundzwanzig Werst.

Fadejew stieg aus und küsste O. M. zum Abschied. O. M. versprach, ihn unbedingt aufzusuchen, sobald wir zurück seien. »Ja, unbedingt«, antwortete Fadejew, und wir gingen auseinander. Fadejews feierliche Verabschiedung, seine geheimnisvoll finstere Miene und Vieldeutigkeit verunsicherten uns. Was war mit ihm? Aber wir kümmerten uns nicht weiter darum, schließlich war doch jeder in dieser Zeit so oder so von Unglück betroffen. Wir waren wie verblendet von unserem ersten Erfolg der letzten Zeit in Moskau – eine Zuweisung für den Aufenthalt in einem Erholungsheim! Der Schriftstellerverband begann, sich unserer anzunehmen! Nicht im entferntesten kam uns in den Sinn, Fadejews finstere Miene könne mit O. M. und mit Andrejews Antwort, die einem furchtbaren Urteil gleichkam, in Zusammenhang stehen. Der mit allen Wassern gewaschene Fadejew, der die parteiinternen Vorgänge bestens einzuschätzen wusste, musste begriffen haben, wie die Dinge lagen. Warum hatte er eigentlich keine Bedenken, die Unterhaltung mit uns im Beisein seines Fahrers zu führen? So etwas tat sonst niemand. Im Bespitzelungssystem unseres Staates hinterbrachten die Chauffeure aller Persönlichkeiten von herausgehobener Stellung zweifellos jedes von diesen gesprochene Wort und jede Bewegung, die sie machten, den zuständigen Behörden. Zufällig ist mir zu Ohren gekommen, dass Surkow, nachdem er nach Stalins Tod in der Literaturabteilung an die Macht gekommen war, der zuvor von Fadejew genutzte Wagen mit Chauffeur zur Verfügung gestellt wurde. Unter irgendeinem fadenscheinigen Vorwand – der Wagen sei zu alt oder von einer schlechten Marke – verzichtete er auf den Fahrdienst, und der Fahrer wurde entlassen. Offensichtlich wollte er in der neuen Zeit nicht ständig abgehört werden.

Glaubte Fadejew wohl wirklich derart unbeirrbar an seine

Unberührbarkeit, dass er die »Ohren seines Herrn« in seinem Wagen ignorierte? Oder hatte er sich schon mit allem, das Mandelstam bereitet wurde, einverstanden erklärt und war deshalb in der Lage, sich in seinem Wagen mit einem Unberührbaren zu unterhalten, obgleich er sich der Funktion seines Fahrers durchaus bewusst war? Ljuba Ehrenburg sagte mir, Fadejew sei kalt und grausam, was durchaus vereinbar ist mit Empfindsamkeit und der Fähigkeit, zur rechten Zeit eine Träne zu vergießen. Ihrer Überzeugung nach ist das in der Zeit der Repressionen jüdischer Schriftsteller sehr deutlich zu Tage getreten. Auch dort gab es Küsse, Abschiede unter Tränen und stillschweigende Billigung der Verhaftungen und Ermordungen. Dabei war Mandelstam für Fadejew ein Fremder und jene waren für seine Freunde. Wir, die wir der Welt des Beamtentums unseres irrationalen Staatswesens fernstanden, verstanden diese Art der Heuchelei nicht – warum, zum Teufel noch mal, hatte ein Schriftsteller so etwas nötig, selbst wenn er einen Posten in einer ihrer Organisationen innehatte? Uns war die gesamte Tragweite des sittlichen Niedergangs noch nicht klar. Und wir konnten uns nicht vorstellen, dass die Menschen in den Vernichtungsprozess hineingezogen und zu Helfershelfern der führenden Köpfe einer jeden Behörde gemacht und gezwungen wurden, ihre Unterschriften unter die Verhaftungslisten zu setzen. 1938 oblag dies jedoch wohl nicht Fadejew, sondern Stawskij. So heißt es jedenfalls. Doch all das ist bis heute nicht gesichert. Die Vergangenheit liegt weiterhin im Dunkeln, und wir wissen bis heute nicht, was mit uns gemacht wurde.

Kaum ein Jahr später erfuhr Fadejew auf einer Feier in der Lawruschenskij-Gasse anlässlich der Verleihung der ersten Schriftsteller-Orden vom Tod Mandelstams und erhob sein Glas auf sein Angedenken. »Ein großer Dichter wurde ums Leben gebracht.« In die sowjetische Sprache übersetzt bedeutete das: »Wo gehobelt wird, fliegen Späne.«

Die Geschichte unserer Beziehung zu Fadejew ist damit

noch nicht zu Ende. Kurz vor Kriegsende fand ich mich auf dem Weg zu den Schklowskijs plötzlich mit Fadejew im Fahrstuhl wieder. Er stieg nach mir ein, ich war bereits im Begriff, die Tür zu schließen und den Knopf zu drücken, als mir die Portiersfrau zurief, ich möge warten, weil noch jemand mitfahren wolle. Grußlos stieg Fadejew ein. Ich war an so etwas gewöhnt und wandte mich ab, um den, der mich nicht erkennen wollte, nicht in Verlegenheit zu bringen. Doch kaum hatte sich der Fahrstuhl in Bewegung gesetzt, beugte Fadejew sich zu mir herüber und flüsterte mir zu, es sei Andrejew gewesen, der Mandelstams Urteil unterzeichnet habe. Besser gesagt, das ist es, was ich verstanden habe. Der Satz, den er sagte, lautete in etwa folgendermaßen: »Die Angelegenheit mit Ossip Emiljewitsch hatte man Andrejew übertragen.« Der Fahrstuhl hielt an, und Fadejew stieg aus. Ich hatte damals noch keine Kenntnis von der Kommission der Trojka und dachte deshalb, Urteile würden nur von den zuständigen Institutionen erlassen. Aus diesem Grund war ich verwirrt, denn ich begriff nicht, was Andrejew damit zu tun haben sollte. Außerdem war Fadejew, so schien es mir, etwas angetrunken.

Warum er mich angesprochen hat und ob das, was er mir sagte, der Wahrheit entspricht – ich weiß es nicht. Möglicherweise hatte es in seinem vom Alkohol vernebelten Gehirn eine zufällige Gedankenkette gegeben, er hatte sich an die Unterhaltung in seinem Wagen erinnert und die Erinnerung an Mandelstam verknüpfte sich mit Andrejew. Es ist allerdings auch nicht auszuschließen, dass er die Wahrheit sagte. Aus dem Brief des Selbstmörders aus Taschkent ist mir bekannt, dass Andrejew eine führende Stellung in der stalinistischen Politik des Terrors einnahm und eigens nach Taschkent reiste, um die Mitarbeiter der dortigen Geheimdienstbehörde in den Ausführungsbestimmungen »der neuen Etappe« zu instruieren, sprich zu vermitteln, wie die Anweisung hinsichtlich der »vereinfachten Verhörmethoden« zu verstehen sei.

Aber ist es denn letztendlich nicht unerheblich, wer das Urteil unterschieben hat? In jenen Jahren setzte jeder bereitwillig seine Unterschrift unter jedes nur denkbare Dokument, und dies nicht nur aus dem Grund, weil der, der sich weigerte, das zu tun, unverzüglich ins Jenseits befördert worden wäre. Die Macht der Organisationsstrukturen war derart groß, dass jene, die Menschen waren wie wir, die »Augen hatten zu sehen«, ihresgleichen töteten, ermordeten, vernichteten, ihre Spuren verwischten und ihre Taten als »historisch notwendig« rechtfertigten. Die Bartholomäusnacht dauerte genau eine Nacht lang, und die jungen Burschen, die menschliches Blut in Strömen vergossen, prahlten vielleicht bis ans Ende ihres Lebens mit ihren Heldentaten. Diese Nacht bleibt auf immer im Gedächtnis der Menschheit. Die humanistischen Prinzipien des neunzehnten Jahrhunderts – und es ist gleichgültig, dass sie einer soliden Grundlage entbehrten und deshalb die Menschen in Versuchung führten – sind trotz allem fester Bestandteil unseres Bewusstseins geworden. Jemand, der bereit ist, sich als Mörder zu verdingen, wird sich immer finden, aber was empfanden die alten Untergrundkämpfer, zweifelsohne Menschenfreunde, die mit den Idealen des Humanismus des neunzehnten Jahrhunderts aufgewachsen waren und dem Wohl der Menschen ihre Jugend geopfert hatten, als sie Helfershelfer dieser »historisch notwendigen« Taten wurden? Sollten die Menschen denn wirklich an unserem Beispiel nicht lernen, dass die »menschlichen Gesetze« nicht überschritten werden dürfen?

Ich bin keineswegs sicher und kann es nicht mit Bestimmtheit sagen, gleichwohl glaube ich, dass Fadejew an jenem Tag, als wir bei ihm im Wagen saßen, bereits wusste, welches Schicksal seinen Gesprächspartner erwartete. Mehr noch – er hatte sofort begriffen, dass O. M. nicht von ungefähr eine Zuweisung in ein Erholungsheim des Schriftstellerverbands erhalten hatte.

Die Frau Mama hat das junge Fräulein in den Erholungsurlaub nach Samaticha geschickt

Alles lief wie am Schnürchen. Wir stiegen in Tscherusti aus, dort wartete ein großer Bauernschlitten auf uns, es gab Schaffelle, damit wir nicht froren. Ein solch reibungsloser Ablauf war in unserem Leben eine derartige Seltenheit, dass wir uns sehr wunderten und glaubten, es sei wohl besonders resolut angewiesen worden, dass unsere Anreise nicht erschwert würde, denn andernfalls hätte der Schlitten sicherlich nicht zur rechten Zeit bereitgestanden. Wir meinten, man empfinge uns als Ehrengäste. Der März war kalt, und wir hörten, wie die Kiefern im Wald krachten. Es lag hoher Schnee, und in den ersten Tagen machten wir Langlauf. Wie alle Absolventen der Tenischew-Lehranstalt beherrschte O. M. Skifahren und Schlittschuhlaufen sehr gut, und in Samaticha war die Fortbewegung auf Langlaufskiern aufgrund des tiefen Schnees weniger ermüdend als zu Fuß. Wir erhielten gleich ein eigenes Zimmer im Haupthaus, aber dort wurde ununterbrochen gelärmt, und auf unsere Bitte hin wurden wir ohne weiteres in ein kleines Hexenhäuschen umquartiert, das eigentlich der allgemeine Leseraum war. Der Chefarzt teilte uns mit, er sei vorab über O. M.s Aufenthalt informiert und angewiesen worden, sicherzustellen, dass dieser »so angenehm wie möglich« verlaufe, deshalb habe er beschlossen, den Leseraum zeitweise für die Allgemeinheit zu schließen, damit wir es ruhig hätten. Während unseres Aufenthalts erhielt der Arzt wohl einige Telefonanrufe vom Schriftstellerverband, in denen man sich nach O. M.s Befinden erkundigte. Er berichtete uns von diesen Telefongesprächen mit gewisser Verwunderung. Offensichtlich glaubte er, O. M. sei ein hohes Tier, während wir unsererseits in unserem Eindruck bestärkt wurden, etwas sei in unserem Leben in Bewegung geraten, und man habe nun begonnen, sich unserer anzunehmen. War das denn kein Wunder: Wir waren angekündigt worden, es war angewiesen worden, dass O. M.s Aufenthalt so »so angenehm wie möglich« verlaufe, man rief an, erkundigte sich nach uns, behandelte uns wie Menschen. Das hatten wir noch nie erlebt.

Die Gäste des Erholungsheims – vor allem Arbeiter der unterschiedlichsten Betriebe – waren gemütlich und ruhig. Alle waren, wie in solcherlei Erholungsanstalten üblich, ganz von ihren vorübergehenden Liebesaffären in Anspruch genommen und schenkten uns keinerlei Beachtung. Nur die »Betriebsnudel«, ein Mann, der unbedingt einen Abend mit einer Lesung von O. M. veranstalten wollte, war lästig. Doch wir konnten ihn mit der Erklärung abfertigen, die Gedichte seien immer noch verboten und für eine solche Abendveranstaltung brauche es das Plazet des Schriftstellerverbands. Das verstand er sofort und ließ von seinem Plan ab. Es war natürlich langweilig. O. M. hatte Dante, Chlebnikow, den von Tomaschweskij herausgegebenen Puschkinband und einen Band von Schewtschenko, der ihm kurz vor der Abreise von Borja Lapin geschenkt worden war, zur Lektüre mitgenommen.

Einige Male wollte O. M. in die Stadt mitgenommen werden, aber der Arzt sagte jedes Mal, im Schlitten oder Lastwagen sei kein Platz. Privat ein Pferdegespann zu mieten war nicht möglich, denn im Umkreis gab es kaum Dörfer, und Pferde waren ohnehin nur noch im Besitz der Kolchosen. »Sind wir womöglich in eine Falle geraten?«, fragte O. M., als der Arzt seine Bitte, uns in die Stadt mitfahren zu lassen, wieder einmal abschlägig beschieden hatte, vergaß diesen Gedanken aber sogleich wieder. Trotz allem war das Leben in Samaticha behaglich und angenehm, und wir glaubten, das Schlimmste läge hinter uns, schließlich hatte der Schriftstellerverband die Zuweisung des Aufenthalts veranlasst, die Reisekosten für uns beide übernommen und angewiesen, unseren Aufenthalt »so angenehm wie möglich« zu gestalten.

Anfang April – ganz zu Beginn unseres Aufenthalts, als wir noch im Haupthaus untergebracht waren – reiste ein junges

Fräulein von gewissem Niveau an. Sie sprach O. M. an, und wir kamen ins Gespräch. Anscheinend war sie mit Kawerin, Tynjanow und anderen, durchaus integren Leuten bekannt. Auch dieses junge Fräulein war vorbestraft, und aus diesem Grunde hatten die Eltern ihr einen Aufenthalt an einem solch wenig exklusiven Ort wie Samaticha finanzieren müssen – das Sanatorium lag außerhalb der Hundert-Werst-Zone, da konnte man nichts machen. Wir hatten Mitgefühl und waren erstaunt: Sie war doch noch so jung und hatte schon fünf Jahre Haft hinter sich. Je nun, auf dieser Welt ist alles möglich. Das junge Fräulein schaute häufig bei uns vorbei, insbesondere, nachdem wir in das kleine Haus umquartiert worden waren – dort war es doch so gemütlich! Sie erzählte in einem fort von ihren Eltern, wie ihr Papa sie, als sie krank gewesen sei, eigenhändig ins Krankenzimmer getragen hatte – lässt man einen Herrn Papa denn ins Krankenzimmer einer Station für Frauen? –, welch hübsche Langhaarkatzen sie hätten, die immer auf Papachens Schoß säßen, und welch aristokratische Hände und Füße sie hätte. Unvermittelt erzählte sie neben all diesen Belanglosigkeiten vom Untersuchungsrichter: Er habe von dem jungen Fräulein wissen wollen, wer der Autor der Gedichte sei, sie aber habe es kategorisch abgelehnt, seinen Namen zu nennen, und sei dann in Ohnmacht gefallen. »Welche Gedichte?«, fragte O. M. nach. »Was hat es mit diesen Gedichten auf sich?« Daraufhin faselte unsere neue Bekannte irgendetwas von einer Hausdurchsuchung, bei der in ihrer Schreibtischschublade verbotene Gedichte gefunden worden seien, aber sie habe den Namen des Autors dieser Gedichte nicht verraten. Ein anderes Mal fragte sie O. M. aus: Wer sich denn für seine Gedichte interessiere? Wem er seine Manuskripte gegeben habe? Wer sie aufbewahre? »Alexej Tolstoj«, antwortete O. M. verärgert, zog aber keine Schlüsse aus dem Verhalten des jungen Fräuleins. In den ersten Tagen hatte er ihr sogar ein Gedicht vorgetragen, ich glaube, es war »Aufspringen runder Buchten«, woraufhin das junge Fräulein entsetzt aufschrie: »Wie konnten Sie es nur wagen, so etwas zu schreiben«, und fragte, ob es möglich sei, eine Abschrift zu erhalten. Ich machte O. M. sogar Vorwürfe, er lasse sich aus lauter Langeweile gehen. »Unsinn«, erwiderte er. »Sie ist doch eine Bekannte von Kawerin.« Die Behaglichkeit im Erholungsheim und die Langeweile brachten ihn sogar dazu, sich Geschichten über Papachen anzuhören. Ich hatte später noch viele Gelegenheiten, mir solcherlei Geschichten über Papachen, Mamachen und Familienidyllen anzuhören, nämlich von Larissa, der Tochter des Taschkenter Selbstmörders, sowie von anderen Studentinnen gleicher Herkunft, und ich kam zu dem Schluss, dass Gesprächsthemen wie diese in diesem Milieu offenbar für gepflegte Konversation gehalten wurden.

Das junge Fräulein reiste ein paar Tage vor dem ersten Mai ab. Eigentlich hatte sie zwei Monate in Samaticha bleiben wollen, aber dann rief plötzlich ihr Herr Papa sie aus Moskau an und erlaubte, nach Hause zu kommen. Ob er es ihr erlaubt oder nur vorgeschlagen hatte, konnten wir nicht ergründen. Sie wurde gemeinsam mit der Betriebsnudel und einem anderen Gast, der den Auftrag hatte, anlässlich des bevorstehenden Maifeiertags ein paar Einkäufe zu erledigen, im Lastwagen zur Bahnstation gebracht. Auch wir hatten bei ihm eine Bestellung aufgegeben, nämlich uns Papirossy mitzubringen, da am Kiosk vor Ort nur furchtbar schlechter Tabak verkauft wurde. O. M. wollte unbedingt an den Feiertagen nach Moskau fliehen, denn wir ahnten, dass es zu Trinkgelagen, einem ausufernden Vergnügungsprogramm und Chorgesängen kommen würde, aber der Arzt genehmigte es nicht, da der Wagen auf dem Rückweg voll beladen sei, gebe es keinen Platz mehr. Der Mann, den wir gebeten hatten, uns Papirossy mitzubringen, blieb länger als vorgesehen und wurde auf seinem Rückweg von Fuhrwerken mitgenommen, die in dieselbe Richtung fuhren. Er berichtete, das junge Fräulein habe in Tscherusti mit dem Fahrer und der Betriebsnudel zu zechen begonnen. Sie seien derart betrunken gewesen und hätten sich so schlimm aufgeführt, dass er als unfreiwilliger Zeuge nur noch das Weite suchen wollte. Er war erstaunt, dass der Stationsvorsteher angesichts des Radaus, den sie veranstalteten, nicht ungehalten geworden sei, sondern ihnen auf Bitte des jungen Fräuleins hin gleich das Kinderzimmer zur Übernachtung zur Verfügung gestellt habe. Am nächsten Morgen hatten sie das Trinkgelage fortgesetzt, und unser Bekannter beschloss, nicht länger auf den Fahrer zu warten, sondern sich auf eigene Faust auf den Rückweg zu machen. Nach all den Geschichten über die wundervollen und gebildeten Eltern erschien uns die Wahl der Trinkgenossen des jungen Fräuleins durchaus merkwürdig. »Was, wenn sie ein Spitzel ist?«, fragte ich O. M. – »Das ist doch ganz gleich«, erwiderte er. »Sie wollen doch gar nichts mehr von mir. Das ist Vergangenheit.« Nichts konnte uns von der Überzeugung abbringen, dass unser Ungemach vorüber sei. Heute bin ich davon überzeugt, dass das junge Fräulein sich auf einer Dienstreise befand und der Arzt angewiesen war, darauf zu achten, dass O. M. Samaticha nicht verließ, während zur gleichen Zeit in Moskau über sein Schicksal befunden wurde.

1. Mai

Der 1. Mai rückte näher, das Sanatorium wurde von oben bis unten auf Hochglanz gebracht und bereitete sich auf den Feiertag vor. Die Erholungsgäste stellten Mutmaßungen darüber an, was es zu essen geben werde. Gerüchte, dass Eis bestellt sei, machten die Runde. O. M. wollte unbedingt das Weite suchen, aber ich redete ihm zu. Wir konnten ja nicht zu Fuß zur Bahnstation gehen. Die zwei Tage würden wir schon überstehen, und danach gehe alles wieder seinen gewohnten Gang.

An einem der letzten Apriltage gingen O. M. und ich in den Speisesaal, der in einem separaten Bau unweit des Hauptgebäudes untergebracht war. Vor dem Wohnhaus des Chefarztes standen zwei Automobile. Der Anblick von Personenwagen jagte uns stets einen Schauer über den Rücken. Ganz in der Nähe des Speisesaals begegneten wir dem Arzt, der in Begleitung zweier uns Unbekannter war. Sie unterschieden sich ihrem Äußeren nach deutlich von den Gästen des Erholungsheims, waren kräftig, wohlgenährt und geschniegelt. Einer der beiden trug Uniform, der andere war in Zivil. Offensichtlich Vertreter der Obrigkeit – ob sie von der Bezirksverwaltung waren? Die Sekretäre der Bezirksverwaltung, denen wir begegnet waren, sahen irgendwie anders aus. »Eine Inspektion«, dachte ich. »Und wenn sie nun überprüfen, ob ich vor Ort bin?«, fragte O. M. »Ist dir aufgefallen, wie sie mich angesehen haben?« Tatsächlich hatte einer der beiden Unbekannten, und zwar der in Zivil, sich zu uns umgedreht, zu uns herübergesehen und dann etwas zu dem Arzt gesagt. Aber wir vergaßen diesen Gedanken gleich wieder. Viel näherliegend war es doch, dass eine Kommission der Bezirksverwaltung überprüfte, wie die Vorbereitungen auf den internationalen Maifeiertag im Erholungsheim vonstatten gingen. In einem Leben, wie wir es führten, hat man immerfort gegen Angstattacken zu kämpfen, da jeder von uns unwillkürlich allerorten Vorzeichen der herannahenden Katastrophe witterte, bisweilen waren sie real, bisweilen entbehrten sie jeglicher Grundlage, aber es bringt einen an den Rand einer psychischen Erkrankung, wenn man in allem ein Vorzeichen für irgendetwas vermutet. Wir versuchten vergeblich dagegen anzukämpfen. Auf Zustände kalten Grauens folgte Leichtsinn, der uns verleitete, dass wir mit Spitzeln, die auf uns persönlich angesetzt waren, wie mit alten Bekannten plauderten.

Der Maifeiertag war ein einziges Besäufnis. Wir verließen unser Zimmer nur, um den Speisesaal aufzusuchen, aber Geschrei, Lieder und Beschimpfungen bei Raufereien drangen bis zu uns. Eine Textilarbeiterin aus einer Fabrik bei Moskau, die ebenfalls Erholungsgast war, rettete sich zu uns. Sie erzählte irgendetwas, O. M. scherzte, ich saß angsterfüllt dabei, fürchtete, er würde etwas sagen, das sie umgehend zur Anzeige brächte. Das Gespräch kam auf Verhaftungen in der Ortschaft, in der sie wohnte. Sie erzählte von einem, der verhaftet worden war, er sei ein guter Mensch und den Arbeitern gegenüber stets freundlich gewesen. O. M. wollte mehr darüber wissen. Als sie gegangen war, machte ich ihm lange Vorwürfe: »Warum hältst du dich nicht zurück! Kannst du denn deine Zunge nicht im Zaum halten?« Er versprach mir, es nicht mehr zu tun, sich zu bessern und künftig mit Unbekannten kein Wort mehr zu wechseln. Ich werde nie vergessen, dass ich sagte: »Du wirst dich erst bessern, wenn du auf dem Weg nach Sibirien bist.«

In der Nacht darauf träumte ich von Ikonen. Ein Traum, der nichts Gutes bedeutet. Ich erwachte unter Tränen und weckte O. M. »Wovor hast du denn noch Angst? Das Schlimmste liegt doch hinter uns.« Und wir schliefen wieder ein. Weder zuvor noch danach habe ich von Ikonen geträumt. Sie waren nicht Teil unseres Lebens. Die alten Ikonen, die wir liebten, waren für uns nicht mehr als Gemälde auf grundierten Holztafeln.

Im Morgengrauen wurden wir durch zaghaftes Klopfen an der Tür geweckt. O. M. stand auf und öffnete. Drei Personen traten ins Zimmer, zwei Uniformierte und der Chefarzt. O. M. zog sich an, ich warf meinen Morgenmantel über und setzte mich aufs Bett. »Weißt du, wann der Haftbefehl ausgestellt wurde?«, fragte O. M. Es lag eine Woche zurück. »Da kann man nichts machen«, erläuterte einer der beiden Uniformierten. »Wir sind überlastet.« Er beschwerte sich darüber, dass alle anderen am Feiertag frei hätten, sie aber arbeiten müssten und kaum einen Wagen hätten auftreiben können, weil niemand sie fahren wollte. Als ich mich vom ersten Schock erholt hatte, begann ich Sachen zusammenzupacken und bekam dabei das Übliche »Warum so viel? Sie denken wohl, dass er lange bei uns bleiben wird? Wir befragen ihn und er ist entlassen« zu hören.

Es wurde keine Durchsuchung des Zimmers vorgenommen, sondern lediglich der Inhalt des Koffers in einen zu diesem Zweck bereitgehaltenen Sack geschüttet. Weiter nichts. Ich sagte unvermittelt: »Meine Adresse ist: Moskau, Naschtschokin-Gasse. Alle schriftlichen Aufzeichnungen sind dort.« In der Naschtschokin-Gasse waren allerdings längst keine Manuskripte mehr, ich wollte lediglich die Aufmerksamkeit des Geheimdienstes von unserem Zimmer in Kalinin ablenken, wo sich tatsächlich ein Korb voll mit Manuskripten befand. »Was sollen wir mit Ihren Aufzeichnungen?«, fragte mich der eine Uniformierte gutmütig und forderte O.M. auf mitzukommen. »Begleite mich im Wagen nach Tscherusti«, bat O.M. mich. »Nicht erlaubt«, sagte der Uniformierte, und sie gingen. Dies alles dauerte um die zwanzig Minuten, vielleicht auch weniger.

Der Chefarzt ging mit ihnen hinaus. Draußen wurde der Lastwagen angeworfen. Ich saß bewegungslos auf dem Bett. Schloss nicht einmal hinter ihnen die Tür. Als sie weg waren, kam der Arzt noch einmal zu mir. »So sind die Zeiten«, sagte er. »Verzweifeln Sie nicht, vielleicht kommt es nicht allzu schlimm.« Und er fügte noch hinzu, was alle immer sagten, nämlich dass ich meine Kräfte sammeln müsse, da ich sie noch brauchen würde. Ich fragte, was das kürzlich für eine Inspektion gewesen sei. Mitarbeiter der Bezirkszentralverwaltung hätten unter anderem nach den Gästelisten gefragt, antwortete der Arzt. »Aber dass sie Sie im Auge haben, hätte ich nicht gedacht«, sagte er. Es habe zuvor bereits Verhaftungen von Gästen seines Sanatoriums gegeben, sagte er. Einmal sei ebenfalls am Tag zuvor eine Abordnung erschienen, um die Gästelisten zu überprüfen, ein anderes Mal sei lediglich per Telefon gefragt worden, wer von den Gästen sich nicht vor Ort befinde. Die groß angelegte Vernichtung von Menschen folgte einer gewissen Technik. Um einen Menschen verhaften zu können, musste man sichergehen, ihn auch anzutreffen. Der Chefarzt war ein alter Kommunist und ein vortrefflicher Mensch. Er hatte sich vor dem Lärm des Lebens in dieses unscheinbare Arbeitererholungsheim zurückgezogen, dessen Leiter und einziger Arzt er war. Gleichwohl brach das Leben immer wieder auch in seine Klause ein, er konnte ihm nicht entfliehen.

Am Morgen kam die Textilarbeiterin, die ich am Abend zuvor so sehr gefürchtet hatte. Sie begann zu weinen und schüttete furchtbare Schimpfworte über »diese Hundesöhne«

aus. Um zurück nach Moskau fahren zu können, musste ich mancherlei verkaufen. Das letzte wenige Geld, das wir besaßen, hatte ich O. M. mitgegeben. Die Textilarbeiterin half mir beim Verkauf der Sachen und beim Packen. Das Warten auf eine Bauernkutsche zog sich quälend in die Länge. Ich fuhr mit einem Ingenieur, der über die Feiertage zu Besuch bei seinem Vater, einem der Erholungsgäste, gewesen war, zur Bahnstation. Der Arzt verabschiedete sich im Zimmer von mir, zum Wagen kam nur die Textilarbeiterin. Während wir in der Bauernkutsche durchgeschüttelt wurden, erzählte der Ingenieur, er habe zwei Brüder, und sie alle drei arbeiteten im selben Automobilbetrieb. Wenn einer von ihnen ins Verderben stürze, würden die anderen entlassen. Als sie jung gewesen seien, hätten sie nicht darüber nachgedacht, dass man vorsichtig sein müsse und besser an unterschiedlichen Arbeitsplätzen eine Anstellung annehmen solle. Sollte dies geschehen, wäre das für den Vater furchtbar. – Und ich hatte gedacht, er sei Tschekist und bringe mich auf direktem Wege in die Lubjanka. Aber es war mir ganz gleich.

O. M. und ich begegneten uns im Mai des Jahres 1919 zum ersten Mal, und damals erzählte er mir, die Bolschewiki hätten den Mord Urizkijs mit einer »Hekatombe von Leichen« beantwortet. Wir gingen am 1. Mai 1938 für immer auseinander, als er von zwei Soldaten mit Stößen in den Rücken abgeführt wurde. Wir hatten nicht mehr die Möglichkeit, einander etwas zu sagen, wurden mitten im Satz unterbrochen und durften uns nicht voneinander verabschieden.

In Moskau kam ich bei meinem Bruder an und sagte: »Ossja ist abgeholt worden.« Er eilte zu den Schklowskijs, während ich nach Kalinin fuhr, um den Korb mit den Manuskripten zu holen, den wir bei Tatjana Wassiljewna zurückgelassen hatten. Hätte ich dies auch nur einen Tag später getan, wäre der Inhalt des Korbs in einem Sack gelandet und ich selbst in einem »Schwarzen Raben« abtransportiert worden. In jenen Tagen hätte ich den »Schwarzen Raben« meiner sogenannten Freiheit vorgezogen. Was aber wäre aus den Gedichten geworden?

Wenn ich heute die Bücher all dieser Aragons sehe, die ihrem Land zu einem Leben wie dem unseren verhelfen wollen, dann glaube ich, es ist meine Pflicht, von dem, was ich erlebt habe, zu berichten. Um welcher Idee willen war es notwendig, nicht enden wollende Züge mit Strafgefangenen in den Fernen Osten zu schicken, unter ihnen den Menschen, der mir am nächsten stand? O.M. hat immer wieder gesagt, uns würden sie »zweifellos« vernichten, denn nicht nur der Mensch, sondern auch seine Überzeugungen und Gedanken würden vernichtet.

Gugowna

Als mir einmal zufällig ein kleines Büchlein über ausgestorbene Vogelarten in die Hände fiel, war mir sogleich klar, dass all meine Freunde und Bekannten nichts anderes als aussterbende Vögel sind. Ich zeigte O.M. ein Papageienpaar einer bereits nicht mehr existierenden Art, und er begriff sogleich, dass dies wir beide waren. Das Büchlein hatte ich auf meinen Wegen stets bei mir, aber dann habe ich es verloren, doch diese Analogie hat mir die Augen für vieles geöffnet. Das Einzige, was ich damals nicht wusste, ist, dass ausgestorbene Vögel außerordentlich langlebig waren, manche noch lebende jedoch vollkommen lebensuntüchtig sind.

Der verstorbene Dmitrij Sergejewitsch Ussow sagte einmal zu mir, O.M.s Abkunft sei nicht jüdisch, sondern assyrisch. Ich war erstaunt. »Warum?«, fragte ich, und er erläuterte mir den assyrischen Charakter der Verszeile »Die Sonnenblumensonnen – drohend / Drehn sich mir direkt ins Aug«. »Deshalb hat er auch unseren Assyrer so leicht durchschaut«, fügte Ussow hinzu.

Mit Bart, kurzatmig und abweisend, hatte Ussow wie O.M. vor nichts Angst und war über alles erschrocken. Als er in einem Krankenhaus in Taschkent im Sterben lag, rief er mich zu sich, um sich von mir zu verabschieden, aber ich kam zu spät. Möge er mir diese Sünde um dessentwillen verzeihen, dass ich ihm seine letzten Tage mit Versen Mandelstams, den er sehr liebte, versüßt habe. Zu dem Zeitpunkt, als Mischenka Senkewitsch seine Dienstreise an den Kanal unternahm, hatte der Zwangsarbeiter Ussow sich dort bereits sein Herzleiden zugezogen. Er gehörte zur Gruppe derer, die in der »Wörterbuchaffäre« zur Verantwortung gezogen wurden und sicherlich erschossen worden wären, wäre das Urteil nicht nach Fürsprache von Romain Rolland abgemildert worden. Während des Krieges wurden einige in dieser Angelegenheit Verurteilte nach fünf Jahren Lagerhaft entlassen und kamen nach Zentralasien, wohin ihre Ehefrauen verbannt worden waren. Diese Männer starben einer nach dem anderen mit Mitte vierzig an Herzleiden, die sie sich im Lager zugezogen hatten. Einer von ihnen war mein Freund Ussow. Jedes Verfahren dieser sogenannten Affären, die gegen Historiker, Mitarbeiter der Ermitage und Wörterbuchredakteure geführt wurden, war ein kleiner Teil der systematischen Vernichtung des kollektiven Geistes und der kollektiven Seele unseres Volkes.

Alissa Gugowna Ussowa beerdigte ihren Riesen auf dem Friedhof von Taschkent, reservierte neben ihm eine Grabstelle für sich selbst und blieb bis ans Ende ihrer Tage in dem ihrer Gesundheit abträglichen Klima Mittelasiens. Sie brachte es tatsächlich noch fertig, einen ehemaligen Beamten des höheren Dienstes, der sie in den Jahren der Verbannung unterstützt hatte, für sie Brennholz gespalten und Wassereimer geschleppt hatte, mit seiner vielköpfigen Familie aus der Verbannung in einem entlegenen Teil Kasachstans freizubekommen. Sie meldete die gesamte Familie in ihrem Zimmer des zum Pädagogischen Institut gehörenden Wohnhaus an, damit das Erbe von Professor Ussow, also das Zimmer, das ihm zugewiesen worden war, nach ihrem Tod nicht verloren sei. Als dies alles getan war, glaubte sie, sie habe ihre Pflicht auf dieser Erde getan, und starb ruhigen Gewissens, nicht ohne zuvor die Bettler auf dem Friedhof dafür bezahlt zu haben, damit sie auf ihrem Grab einen ebensolchen Baum pflanzten, wie sie ihn auf dem Dmitrij Sergejewitschs gepflanzt hatte, und, so sie es nicht vergaßen, die Blumen gossen. Auf die, die in ihrem Zimmer wohnten, setzte sie nicht allzu große Hoffnungen.

Ihr Lebenslicht erlosch langsam, aber Alissa Gugowna reagierte weiterhin auf alle Launen des Lebens und bedachte Bürokraten, Schwätzer und Pseudogelehrte mit ausgewählten Schimpfwörtern. In der gelehrten Welt war sie wie ein Fisch im Wasser und wusste deshalb sehr gut zu unterscheiden, wer seinen akademischen Grad zu Recht erhalten hatte und wer nicht, wer ein Zuträger der Behörden war und mit wem man ein Fläschchen trockenen Wein trinken konnte. Sie erdachte einen Trinkspruch, der gesprochen wurde, wenn bei einem unserer bescheidenen Umtrünke einer der Doktoranden anwesend war, denen man, selbstredend, nicht vertrauen konnte. Was sollte dieser denn hinterbringen, wenn selbst die Professorenriege den ersten Toast auf jene aussprach, die uns ein derart glückliches Leben beschert hatten! Es gab nichts, das die Spitzel und Doktoranden hätten melden können.

Trotz ihrer Gehbehinderung lief Gugowna behände im Zimmer auf und ab und hatte mit den Resten ihres Porzellans mit abgestoßenen Rändern, mit Wolldecken, die vollkommen zerschlissen waren, aber noch die Zeiten der Leibeigenschaft erlebt hatten, und den verbliebenen Büchern der Bibliothek Ussows ungeahnte Heimeligkeit geschaffen. Ihr beider Lieblingsteeglas hatten Ussow und sie »Stieglitz« getauft und nur dem, der Mandelstams Gedicht auswendig zu rezitieren wusste, war erlaubt, daraus zu trinken. Mit ihren schlanken Fingern massierte Gugowna ihr Gesicht und sagte über Anna Andrejewna: »Eine sehr ungepflegte Frau.« Sie war stets bestens manikürt – dies ist in Zeiten, in denen man den Kanonenofen anfeuern, Töpfe und Fußböden scheuern musste, besonders bemerkenswert – und pflegte sorgfältig ihren langen, grau melierten Zopf, denn sie war insgeheim besorgt ob der Tatsache, dass Ussow sie, wenn sie »ihr gutes Aussehen nicht bewahre«, im Jenseits womöglich nicht wiedererkennen werde. Auch in der Verbannung in Kasachstan, als Ussow seine Lagerhaft abgesessen hatte, hatte sie stets sehr auf ihr Aussehen geachtet und wollte ihm bei seiner Rückkehr ebenso schön gegenübertreten, wie sie es in der Nacht ihrer gewaltsamen Trennung gewesen war. Nach Ussows Tod war sie ihm lange böse, dass er sie so leichtsinnig allein gelassen und seinen Abschied genommen hatte und sie sich nunmehr allein in der Lexikographie und Stilistik zurechtfinden müsse, um ihr hartes täglich Brot der Witwe zu erarbeiten.

Sie war eine der Letzten, die die wundervoll klingende Sprechweise der Moskauer Adelsklasse beherrschte, und Ussow sagte immer wieder, sie werde unter allen Umständen des Lebens nicht als einfache Jüdin angesehen, sondern zur Ehrenjüdin befördert, insbesondere aufgrund ihres Berufs, den sie vor ihrer Verbannung in Moskau ausgeübt hatte – sie war wissenschaftliche Mitarbeiterin in der Lenin-Bibliothek gewesen und hatte Personenzuschreibungen auf Porträts des siebzehnten und beginnenden achtzehnten Jahrhunderts vorgenommen. Aller Klatsch und Tratsch über die Damen jener Epoche war ihr bekannt, und es gab keinen besseren Experten der Genealogie der Familien, der Dichter entstammten, als sie.

Auf diese Weise verbrachten die schönen Frauen meiner Generation, die Witwen der Märtyrer, ihren Lebensabend und trösteten sich in Zuchthäusern, Lagern und in der Verbannung mit ihrem heimlich im Gedächtnis bewahrten Schatz an Gedichten. Leser von Gedichten sind ein ganz besonderer Menschenschlag, der in jenen Jahren ebenfalls zu den aussterbenden Vogelarten zählte. Sie waren die letzten guten Menschen, geradlinig und mutig. Woher nahmen sie ihren Mut, besser gesagt, ihre Standfestigkeit? Ob es wohl eine neue Generation von Lesern geben wird, und wird die, die sich heute, in den sechziger Jahren, neu formiert, der ihr vorangegangenen ähnlich sein? Werden sie die Prüfungen, die das Schicksal für sie bereithält, bestehen, wie Gugowna sie bestanden hat, die stets von sich selbst behauptete, sie sei eine verwöhnte Frau, kapriziös und boshaft? Das Schicksal hat Gugowna so sehr verwöhnt, dass sie sogar in der Verbannung ihr langes Haar nicht schnitt und ihr hervorragendes Gedächtnis für Gedichte und ihre Unduldsamkeit gegenüber jeglicher Art von Konformismus und Lüge nicht verlor.

Einmal wurde Gugowna an der Staatlichen Universität von Taschkent von einem jungen Wissenschaftler aufgehalten, der sie lange über mich ausfragte und zu erfahren versuchte, ob ich Manuskripte Mandelstams aufbewahrte. Gugowna gab ausweichende Antworten und kam danach sogleich eilends zu mir, um mir den Rat dieses jungen Wissenschaftlers zu überbringen, ich möge all diese Aufzeichnungen unverzüglich verbrennen. Er bat nachdrücklich, mir dies auszurichten, und berief sich auf eine geheime Quelle, die er nicht nennen dürfe. »So ein Unsinn«, war ich überzeugt, »ich denke gar nicht daran. Wenn sie kommen und die Manuskripte beschlagnahmen, ist das eine andere Sache, aber einfach so werde ich nichts vernichten.« – »Richtig so«, antwortete Gugowna. »Aber wir dürfen auch nicht zulassen, dass die Manuskripte ihnen in die Hände fallen. Wir fertigen Abschriften für sie an und verstecken die Originale.« Wir saßen die ganze Nacht und schrieben ab, Gugowna nahm die Originale mit und übergab sie jemandem in Verwahrung. Ich wusste nicht, wem, damit ich, sollte ich verhaftet werden, diesen Ort nicht preisgeben könne. Wir waren stets auf das Schlimmste vorbereitet, und vielleicht war ebendas der Grund, warum wir diese Jahre überstanden haben. Wenn wir uns an der Universität, an der wir beide eine Anstellung hatten, über den Weg liefen, setzte Gugowna mich stets über das Befinden der »Stieglitze« in Kenntnis – sie seien wohlauf und sängen hübsch –, was ihr gar den Ruf einbrachte, eine Vogelliebhaberin zu sein. Diesen Geheimcode verwendeten wir in jener Zeit, als ich die »Privatschülerin« hatte, über die Larissa sagte, sie »arbeite« bei ihrem Vater. Vermutlich arbeitete diese »Schülerin« nicht im Auftrag von oben, sondern auf Eigeninitiative, denn Larissas Vater entgegnete auf ihre Beschwerde, Larissas Besuche bei mir störten sie bei ihrer »Arbeit«, sie möge mich doch bitte in Ruhe lassen, denn O. M. sei kein politischer Straftäter, sondern ein Krimineller: »Er wurde in Moskau verhaftet, wo er Randale gemacht hat, obwohl er sich dort gar nicht hätte aufhalten dürfen.« Und er sagte auch, dass ich auf der »Liste Moskaus« stehe. All das hat Larissa mir erzählt. Offensichtlich stand es so in meiner Akte, die mir von Stadt zu Stadt nachgeschickt wurde. Als meine »Schülerin« sich verflüchtigt hatte, brachte Ussowa mir die Originalaufzeichnungen wieder zurück. Sie erlebte Stalins Tod nicht mehr, aber sie war ebenso wie ich eine unverbesserliche Optimistin und zweifelte nicht daran, dass er irgendwann sterben werde. Ich hoffe bis heute darauf.

Der Hinterhalt

Bis ich die Nachricht vom Tod Mandelstams erhielt, träumte ich immer wieder den gleichen Traum: Ich kaufe etwas für das Abendessen, er steht hinter mir, und wir wollen nach dem Einkauf nach Hause gehen. Dann drehe ich mich um, er ist nicht mehr da, ist schon gegangen und in der Ferne zu sehen. Ich renne, kann ihn aber nicht einholen und fragen, was sie »dort« mit ihm machen. Damals gab es bereits Gerüchte darüber, dass Gefangene gefoltert wurden.

Tagsüber quälten mich Gewissensbisse – warum haben wir, als wir die Inspektoren der Bezirksverwaltung gesehen und Ungutes geahnt hatten, nicht unserer Angst vertraut und sind zu Fuß zur Bahnstation gegangen? Wozu diese verfluchte Unerbittlichkeit sich selbst gegenüber, dass man der Panik keine Macht über sich geben darf? Dass man standhalten muss? Wir hätten zu Fuß gehen sollen – einen Wagen hätten wir ja nicht bekommen –, unsere Habseligkeiten einfach zurücklassen sollen und wären vielleicht auf diesem fünfundzwanzig Werst langen Weg auf der Landstraße irgendwo mit einem Infarkt zusammengebrochen.

Warum haben wir es zugelassen, in eine Falle gelockt zu werden, nur damit wir ein paar Wochen nicht darüber nachdenken mussten, wo wir schlafen und was wir essen würden, damit wir unseren Bekannten nicht zur Last fallen und sie nicht um Almosen bitten müssen? Ich zweifle nicht daran, dass Stawskij uns ganz bewusst in diesen Hinterhalt gelockt hat. Offensichtlich wartete man in den oberen Etagen auf eine Entscheidung Stalins oder eines seiner Vertrauten. Ohne entsprechende Sanktionierung von oben war Mandelstams Verhaftung nicht möglich, denn seine Strafakte aus dem Jahr 34 trug den Vermerk »Isolieren, aber erhalten«. Deshalb hatte man Stawskij wohl nahegelegt, uns eine Zeit lang irgendwo unterzubringen, damit man uns dann zu gegebener Zeit nicht lange würde suchen müssen. Um den Behörden ihre Fahndungstätigkeit zu erleichtern, lockte Stawskij uns also liebenswürdigerweise in ein Erholungsheim. Die Geheimdienstmitarbeiter waren ja vollkommen überlastet, und ein derart überzeugter Kommunist wie Stawskij war stets bereit, sie in ihrer Arbeit zu unterstützen. Das Erholungsheim hatte er überaus umsichtig ausgewählt – ein Ort, von dem man, wenn einem sein Leben lieb war, nicht entkommen konnte –, denn ein Fußmarsch von fünfundzwanzig Werst war für einen Herzkranken nicht zu bewältigen.

Stawskij empfing O. M. vor der Reise nach Samaticha zum ersten Mal. Auch das hielten wir für ein gutes Zeichen. Tatsächlich aber benötigte er wohl lediglich noch mehr Material für ein »Gutachten« über Mandelstam, also für eine Beurteilung, die für die Verhaftung notwendig war. Diese Beurteilungen wurden in manchen Fällen erst im Nachhinein geschrieben, wenn der Betreffende bereits in Haft war, in anderen Fällen wurden sie vor der Verhaftung verfasst. Sie waren ein Detail im bürokratischen Ablauf der Vernichtung eines Menschen. Für gewöhnlich wurden diese Beurteilungen von den Leitern der Institutionen, an denen die Betreffenden arbeiteten, verfasst, für die Verhaftung von Schriftstellern jedoch waren häufig mehrere Beurteilungen notwendig, und der Geheimdienst konnte jeden damit beauftragen, der Mitglied des Schriftstellerverbandes war. Heute, in den sechziger Jahren, unterscheiden wir eindeutige Denunziationen und »Beurteilungen«, die unter Druck geschrieben wurden. Niemand, der vorgeladen und beauftragt wurde, die »Beurteilung« eines Kollegen vorzulegen, konnte sich diesem Auftrag entziehen, denn das hätte bedeutet, dass er selbst unverzüglich verhaftet wurde. Und was geschah dann mit den Kindern, der Familie? Diejenigen, die damals solche Beurteilungen geschrieben haben, rechtfertigen sich heute damit, dass sie nichts geschrieben hätten, was nicht ohnehin schon in den Zeitungen zu lesen gewesen sei. Stawskij hat vermutlich die Presse ausgewertet – alle Artikel wurden ihm von seinen beflissenen Sekretärinnen vorgelegt – und seine Ausführungen mit ein paar persönlichen Eindrücken ergänzt, wobei Mandelstam ihm ja geholfen hatte, indem er ihn seine Ansicht hinsichtlich der Erschießungen hatte wissen lassen. Ihm war damals nicht entgangen, dass Stawskij ihm sehr aufmerksam zugehört hatte. Und es ist ja bekannt, dass die Kreise der Mächtigen durch nichts so zusammengeschweißt werden wie durch das gemeinsam begangene Verbrechen, und diese sind in unserem Land in so großer Zahl begangen worden, dass es für alle reichte.

Als ich 1956 zum ersten Mal nach zwanzig Jahren wieder Surkow beim Schriftstellerverband aufsuchte, empfing er mich mit überbordender Freude. In jenen Jahren glaubten viele, die Aufarbeitung der Vergangenheit würde weitaus umfangreicher vonstatten gehen, als es dann tatsächlich der Fall war. Die Optimisten, die dies erwarteten, hatten jedoch nicht berücksichtigt, wie schnell die Antriebskraft zur Aufklärung erlahmen würde, da Stalins Regime vorausschauend so aufgebaut worden war, dass die Massen derer, die in die Verbrechen des einstigen Regimes verstrickt waren, Widerstand gegen die Offenlegung dieser Verbrechen leisteten. Larissa aus Taschkent hat es ja treffend formuliert: »Die Veränderungen hätten nicht so schnell vorgenommen werden dürfen, dadurch wurden die alten Geheimdienstmitarbeiter traumatisiert.« Vermutlich war es das, worauf sie das Ausland aufmerksam machen wollte.

Im Gespräch mit Surkow kam sogleich die Rede auf Mandelstams Hinterlassenschaft – wo waren seine Manuskripte? Er wiederholte mehrmals nachdrücklich, auch er habe von Mandelstams Hand geschriebene Gedichte besessen, aber aus irgendeinem Grund habe Stawskij sie an sich genommen. Wozu habe er, der sich zuvor nie für Gedichte interessiert hatte, diese wohl gebraucht? Ich unterbrach Surkow, um dieses sinnlose Gespräch zu beenden, und sagte ihm, was ich über Stawskij und die Rolle, die er gespielt hatte, denke. Surkow widersprach nicht.

Das Gleiche wiederholte sich bei Simonow, den ich einmal antraf, als Surkow abwesend war. Der große Diplomat Simonow riet mir, im Namen Mandelstams einen posthumen Aufnahmeantrag beim Schriftstellerverband zu stellen, und verwies darauf, Stawskij habe in der Zeit zwischen der ersten und der zweiten Verhaftung O. M. als Mitglied in den Verband aufnehmen lassen wollen. Ich lehnte ein solches Vorgehen ab und ließ Simonow wissen, wie ich Stawskijs Rolle sah. Auch er widersprach nicht. Er war ein Mann von Erfahrung, und ihm war somit bewusst, welche Rolle die Vorgesetzten während der schicksalhaften Jahre gespielt hatten. Sowohl Surkow als auch Simonow hatten offensichtlich Glück gehabt. Sie hatten in jenen Jahren keine vorgesetzte Stellung eingenommen und deshalb weder Verhaftungslisten unterschreiben noch »Beurteilungen« von Todeskandidaten verfassen müssen. Gebe ihnen Gott, dass dem so war.

Aber ist denn der Name des Vorgesetzten wirklich von Belang? Jeder hätte so gehandelt, denn andernfalls wäre auch bei ihm in der Nacht ein Wagen vorgefahren. Wir waren Lämmer, die sich freiwillig schlachten ließen, oder bereitwillige Helfershelfer der Henker, weil wir nicht in die Herde der Lämmer eingereiht werden wollten. Die einen wie die anderen vollbrachten Wunder der Ergebenheit, indem sie alle menschlichen Instinkte in sich abtöteten. Warum sind wir nicht aus dem Fenster gesprungen, haben die dumme Angst unterdrückt, die uns in den Wald, an den Rand des Landes, in den Kugelhagel gehetzt hätte? Warum standen wir ruhig da und schauten zu, wie sie in unseren Sachen wühlten? Warum folgte O. M. demütig den Soldaten, warum habe ich mich nicht auf sie geworfen wie ein wildes Tier? Was hatten wir schon zu verlieren? Hatten wir tatsächlich Angst davor, dass die Anklage um den Punkt »Widerstand bei der Verhaftung« erweitert würde? Das Ende ist doch immer gleich – was also stand zu befürchten? Nein, es war nicht Angst, sondern ein gänzlich anderes Gefühl, nämlich das lähmende Bewusstsein der eigenen Hilflosigkeit, das ausnahmslos alle überwältigt hatte, nicht nur die, die ermordet wurden, sondern auch die Mörder. Unterdrückt von einem System, an dessen Installation auf die eine oder andere Weise jeder von uns beteiligt war, waren wir nicht einmal mehr fähig zu passivem Widerstand. Unsere Demut entfesselte die, die in diesem System aktiv mitarbeiteten, und so entstand ein Teufelskreis. Wie hätten wir ihm entkommen können?

Das Schalterfenster am Sofienufer

Die einzige Möglichkeit, eine Verbindung zu jemandem aufrechtzuerhalten, der verhaftet worden war, war es, ihm Geld oder Pakete zu schicken. Einmal im Monat trat ich, nachdem ich in einer langen Schlange gewartet hatte – die Zahl der Verhaftungen war zurückgegangen, und ich musste deshalb nur noch drei oder vier Stunden warten –, an das dafür vorgesehene Schalterfenster und nannte den Familiennamen. Der Beamte auf der anderen Seite des Schalterfensters blätterte die Liste mit dem Buchstaben »M« durch – ich kam an den Tagen, an denen dieser Buchstabe an der Reihe war. »Vorname, Vatersname?« Ich nannte sie, und aus dem Fenster streckte sich mir eine Hand entgegen. Ich legte meinen Pass und Geld hinein, und nachdem ich meinen Pass mit der dort eingelegten Quittung zurückerhalten hatte, ging ich wieder. Alle beneideten mich, weil ich wusste, an welchem Ort sich mein Verhafteter befand und dass er noch am Leben war. Immer wieder passierte es, dass es jemandem aus dem Schalterfenster entgegenbrüllte: »Habe ich nicht. Der Nächste.« Jede Rückfrage war vergeblich. Statt einer Antwort schlug der Beamte das Schalterfenster zu und ein Wachsoldat ging auf den, der die Frage gestellt hatte, zu. Augenblicklich war die Ordnung wiederhergestellt, der Nächste trat ans Schalterfenster und nannte den Familiennamen seines Verhafteten. Hätte sich jemand etwas länger als notwendig am Schalterfenster aufgehalten, so wären die Wartenden aus der Schlange dem Wachsoldaten behilflich gewesen, ihn hinauszubegleiten.

In der Warteschlange unterhielt man sich für gewöhnlich nicht mit den anderen. Man befand sich am Ort des wichtigsten Gefängnisses der Sowjetunion, das Publikum dort war ausgesucht, diszipliniert und gediegen. Es gab keinerlei Missverständnisse, und wenn bisweilen doch jemand eine unangebrachte Frage stellte, zog er sich gleich darauf beschämt zurück. Einmal allerdings erschienen zwei Mädchen in gestärkten Kleidchen, deren Mutter in der Nacht zuvor abgeholt worden war. Sie wurden vorgelassen, ohne dass man sie fragte, welchen Anfangsbuchstaben ihr Familienname habe. Bei dem Gedanken, dass ihre eigenen Kinder vielleicht selbst bald vor diesem Schalter stehen könnten, zog sich sicherlich das Herz aller dort wartenden Frauen zusammen. Jemand hob das ältere der beiden Mädchen hoch, weil es noch nicht bis zum Fenster reichte, und die Kleine rief hinein: »Wo ist unsere Mama?« und »Wir wollen nicht ins Kinderheim! Wir gehen nicht mehr nach Hause«. Das Fenster wurde zugeschlagen, die Mädchen hatten nur noch sagen können, dass ihr Vater beim Militär sei. Das bedeutete entweder, dass er in der Armee diente oder dass er Tschekist war. Kindern von Tschekisten wurde von frühauf beigebracht zu sagen, dass ihr Vater beim Militär sei, damit die Schulkameraden nicht zur Vorsicht gemahnt seien. »Man mag uns nicht besonders«, erklärten die Eltern ihren Kindern. Und vor Dienstreisen ins Ausland mussten sich Tschekisten-Kinder ihren neuen Familiennamen einprägen, unter dem die Eltern dort arbeiteten. Die Mädchen in den gestärkten Kleidchen lebten offensichtlich in einer Dienstwohnung, und sie erzählten den in der Schlange Wartenden noch, dass andere Kinder aus dem Haus schon abgeholt und ins Kinderheim gebracht worden seien, dass sie aber zur Großmutter in die Ukraine wollten. Dann öffnete sich eine kleine Nebentür, ein Soldat trat heraus und brachte die Mädchen weg. Das Schalterfenster wurde wieder geöffnet, die Arbeit wurde aufgenommen und es herrschte wieder Ordnung. Als die Mädchen weggeführt wurden, sagte eine Frau: »Sind in die Falle getappt, die Dummerchen«, und eine andere fügte hinzu: »Man muss seine Kinder in Sicherheit bringen, bevor es zu spät ist.«

Die Mädchen in den gestärkten Kleidchen waren eine Ausnahme. Normalerweise waren die Kinder, die in der Schlange warteten, zurückhaltend und schweigsam wie die Erwachsenen. Für gewöhnlich wurde zuerst der Vater abgeholt, insbesondere, wenn er Militär oder Tschekist war, und die Mutter brachte den Kindern bei, wie sie sich zu verhalten hatten, wenn sie allein zurückblieben. Vielen gelang es irgendwie, dass sie nicht ins Kinderheim mussten, aber das hing hauptsächlich von der gesellschaftlichen Stellung ihrer Eltern ab – je höher diese war, desto weniger gut standen die Möglichkeiten auf ein eigenes Leben für die Kinder. Das Erstaunlichste aber war, dass das Leben einfach immer weiterging, die Menschen Familien gründeten und Kinder geboren wurden. Wie konnten sie das tun, da sie doch wussten, was an dem Schalterfenster am Sofienufer vor sich ging?

Die Frauen, die mit mir in der Warteschlange standen, versuchten, nicht in Gespräche verwickelt zu werden. Ausnahmslos alle behaupteten, ihr Mann sei aufgrund eines Irrtums verhaftet worden und würde bald wieder entlassen, ihre Augen waren rot von den Tränen, die sie weinten, und der Schlaflosigkeit, aber nie sah ich eine der Wartenden weinen. Wenn sie wieder hinausgingen, nahmen sie ihre ganze Kraft zusammen, glätteten gleichsam ihre Gesichtszüge und wurden wieder schön. Die meisten kehrten zu ihrer Arbeit zurück, von der sie sich unter irgendeinem Vorwand freigenommen hatten, um das Geld oder das Paket abzugeben. Auf der Arbeitsstelle wagten sie nicht, ihren Kummer preiszugeben, dort trugen sie Masken statt eines Gesichts. In den vierziger Jahren hatte ich in Uljanowsk eine Kollegin, die mit ihren beiden Kindern in einem Wohnheim lebte. Sie hatte als Praktikantin angefangen und war bald unersetzlich geworden. Sie wurde sogar befördert und erhielt die Genehmigung, ein Abendstudium aufzunehmen. Sie hatte kaum genug zum Leben, ihre Kinder litten im wahrsten Sinne des Wortes Hunger, denn ihr Mann hatte sie verlassen und kam für den Unterhalt der Kinder nicht auf. Man riet ihr, eine Klage auf Unterhaltszahlungen einzureichen, aber sie weinte nur und sagte, ihr Stolz verbiete ihr das. Alle drei, die Mutter ebenso wie die Kinder, wurden zusehends dünner. Sie wurde zur Gewerkschaftsleitung zitiert, zur Parteiorganisation und zum Direktor, und alle versuchten, ihr klarzumachen, sie müsse um der Kinder willen ihren Stolz vergessen. Sie aber hielt beharrlich an ihrem Standpunkt fest: Er habe sie auf niederträchtige Weise hintergangen, mit einer anderen betrogen, deshalb wolle sie kein Geld von ihm und verbiete ihm den Kontakt zu den Kindern. Man versuchte, über den ältesten Sohn Einfluss zu nehmen, aber er war ebenso unbeugsam wie seine Mutter. Es vergingen ein paar Jahre, dann tauchte ihr Mann plötzlich an ihrer Arbeitsstelle auf, und wir alle sahen, dass sie ihm freudig um den Hals fiel. Sie reichte umgehend ihre Kündigung ein und begann zu packen. Den allgegenwärtigen Portiersfrauen gelangte zur Kenntnis, dass der Antrag des Ehemanns auf eine Propiska abgelehnt worden war, da er aus der Lagerhaft entlassen worden sei. All die Jahre hatte seine Ehefrau gelogen und Geschichten über ihren Stolz und ihr gebrochenes Herz erzählt, um ihre Arbeit nicht zu verlieren. Vermutlich waren die Vergehen, die ihrem Ehemann zur Last gelegt worden waren, so unerheblich, dass nicht einmal die Kaderabteilung darüber informiert worden war, dass ihr Ehemann sich in Haft befand; wahrscheinlicher noch ist es, dass er nicht aufgrund des berüchtigten Paragraph 58, sondern aufgrund einer Strafsache oder eines Zivilverfahrens in Haft war. Er kam kurz vor Stalins Tod in Freiheit und wurde deshalb als sogenannter Wiederholungstäter nicht nochmals verhaftet. Ich hoffe, sie alle sind wohlauf. Und ich stelle mir vor, wie diese drei Verschwörer – die Mutter und ihre beiden Kinder – des Nachts flüsterten: »Was haben sie wegen Papa gefragt?« – »Ich hab sie abgewimmelt.« – »Sie haben versucht, mich zu überreden, aber ich habe nicht nachgegeben.« – »Halte durch!« – »Wenn er doch nur wieder bei uns wäre!« Der Vater hatte eine Dozentur für Politische Ökonomie innegehabt und war eine Kapazität unter den Ideologen, ein Pfeiler des Systems gewesen. Und dann wurde er einer jener zahlreichen Fälle, die von den eigenen Leuten ins Visier genommen wurden.

Nachdem ich einige Monate immer wieder vor dem Schalterfenster am Sofienufer gewartet hatte, erfuhr ich, dass O. M. ins Butyrka-Gefängnis überstellt worden war. Dort wurden die Gefangenentransporte in die Lager zusammengestellt. Ich eilte umgehend dorthin, um in Erfahrung zu bringen, wann dort die Familiennamen mit dem Anfangsbuchstaben »M« an der Reihe waren. Im Butyrka-Gefängnis wurde nur einmal eine Sendung von mir entgegengenommen, schon beim zweiten Mal hieß es, O. M. sei aufgrund des Beschlusses des Sonderkollegiums zu fünf Jahren Lagerhaft verurteilt und bereits überführt worden. Dies wurde mir von Seiten der Staatsanwaltschaft bestätigt, wo ich ebenfalls in verschiedenen Warteschlangen zu stehen hatte. Es gab Schalter, an denen man einen Antrag stellen konnte, und wie alle anderen tat ich das. Genau einen Monat nach Antragstellung erhielt ich, wie alle anderen auch, einen abschlägigen Bescheid. Das war der Weg, den alle Ehefrauen von Inhaftierten zu gehen hatten, so sie denn das Glück hatten, nicht selbst in Lagerhaft zu sein. In die glatte, nicht zu durchdringende Wand, gegen die wir rannten, waren Schalterfenster eingebaut, die lediglich den Zweck hatten, dass Anträge abgegeben und Bescheinigungen sowie abschlägige Bescheide entgegengenommen werden konnten. Aus dem Lager erhielt ich einen Brief – einen einzigen –, und auch das war ein großes Glück, schließlich erfuhr ich auf diese Weise O. M.s Aufenthaltsort. Sofort schickte ich ein Päckchen dorthin, das mit der Angabe »Empfänger verstorben« an mich zurückgesandt wurde. Einige Monate später wurde O. M.s Bruder, Alexander Emiljewitsch, O. M.s Sterbeurkunde ausgehändigt. Keine der mir bekannten Ehefrauen erhielt eine solche Urkunde. Ich weiß nicht, warum gerade mir diese Gunst erwiesen wurde.

Kurz vor dem XX. Parteitag spazierten Anna Andrejewna und ich die Ordynka entlang, und ich bemerkte einen außergewöhnlichen Aufmarsch von Spitzeln. Sie standen buchstäblich in jedem Hauseingang. »Dieses Mal brauchen Sie keine Angst zu haben«, sagte Anna Andrejewna. »Das, was vor sich geht, ist etwas Gutes.« Ihr waren bereits Gerüchte über diesen Parteitag zu Ohren gekommen, auf dem Chruschtschow seinen berühmten Brief verlas. Der Parteitag war auch der Grund, weshalb die Stadt von einer großen Menge von Geheimdienstmitarbeitern in Zivil geschützt wurde. Bei jenem Spaziergang empfahl Anna Andrejewna mir, zum Schriftstellerverband zu gehen und die Lage zu sondieren. Wir hatten bereits erfahren, dass die Witwe von Babel und die Tochter von Meyerhold die Rehabilitierung beantragt hatten. Ehrenburg hatte mir schon einige Zeit zuvor geraten, ihrem Beispiel zu folgen, doch ich hatte es damit nicht eilig, suchte aber trotzdem den Schriftstellerverband auf. Surkow kam aus seinem Büro zu mir heraus, und durch die Art und Weise, wie er mit mir sprach, wurde mir klar, dass die Zeiten sich tatsächlich geändert hatten – zuvor hatte niemand so mit mir gesprochen. Das erste Wiedersehen mit Surkow fand in seinem Vorzimmer in Anwesenheit der Sekretärinnen statt. Er versprach, mich ein paar Tage später zu empfangen, und bat mich, nicht aus Moskau abzureisen, ohne vorher mit ihm gesprochen zu haben. Zwei oder drei Wochen lang rief ich immer wieder in der Kaderabteilung an und wurde stets freundlich gebeten, doch noch ein wenig Geduld zu haben. Das bedeutete, dass Surkow noch keine Anweisung erhalten hatte, wie mit mir umzugehen sei. Ich hatte also Geduld und war erstaunt über den veränderten Ton, den der furchtbare Ort, der sich »Kaderabteilung« nannte, plötzlich mir gegenüber an den Tag legte. Schließlich empfing Surkow mich tatsächlich, und ich bemerkte, wie froh er darüber war, endlich mit mir wie mit einem Menschen zu sprechen. Er versprach, Lew Gumiljow zu helfen und alles zu tun, worum ich für mich bitte. Ihm bin ich zu Dank verpflichtet, dass ich die Jahre bis zur Rente noch eine Anstellung fand, denn zur Zeit unseres Gesprächs war ich wieder einmal ohne Arbeit. Er rief beim Bildungsministerium an und legte dar, wie man mich behandelte. Die Zukunft schien ihm rosig – er versprach, mir eine Propiska und ein Zimmer in Moskau zu beschaffen, sprach über die Veröffentlichung von Mandelstams Werken, über sein Vermächtnis. Zunächst einmal solle ich seine Rehabilitierung beantragen. Ich fragte nach, was denn wäre, hätte Mandelstam keine Witwe, die diesen Antrag stellte, aber ich war nicht dickköpfig. Kurze Zeit später erhielt ich den Rehabilitierungsbescheid im Blick auf das Verfahren von 1938. Die Staatsanwältin diktierte mir den Text für den Antrag auf Rehabilitierung in Bezug auf das Verfahren von 1934: »Der Angeklagte hat Gedichte geschrieben, diese aber nicht verbreitet.« Dieser Antrag wurde während der Ereignisse in Ungarn bearbeitet, die Rehabilitierung wurde abgelehnt. Surkow beschloss, diesen abschlägigen Bescheid zu ignorieren, und stellte ein Gremium zusammen, das sich mit O. M.s literarischem Werk und seinem Nachlass befassen sollte. Ich erhielt fünftausend Rubel für den Tod des Inhaftierten. Die teilte ich unter denen auf, die uns im Jahr 37 unterstützt hatten. Das war das Ritual, mit dem jene Schriftsteller, die in den Lagern umgekommen waren, wieder ins Leben zurückkehrten. Der zweite Schritt war die Veröffentlichung von Büchern ihrer Werke.

Der Hürden bei der Publikation eines Buches gibt es viele. Ich weiß nicht, was es mit der Konkurrenz auf sich hat, die, wie man uns erzählt, fürchterlich sein soll, aber ich weiß aus eigener Anschauung, was es mit dem Kampf um den Platz in der Gesellschaft auf sich hat, der in unserem Land mit allen Mitteln gekämpft wurde. Als erste Gerüchte über die von Mikojan eingesetzten Kommissionen aufkamen, gerieten viele außer sich vor Angst, und zwar nicht nur diejenigen, die die Entfernung eines Gegenspielers aus Amt und Würden befördert hatten. Ich hörte, wie man sich flüsternd darüber unterhielt, wo denn all die, die nun aus den Lagern zurückkehrten, unterkommen sollten – womöglich wollten sie ja gar ihre alte Stellung wiederhaben. Wie viele neue Arbeitsplätze müssten in den sowjetischen Behörden geschaffen werden, um diese Massen von Menschen unterzubringen? Indes, es kam nicht zu der befürchteten dramatischen Situation, denn die meisten derer, die aus den Lagern zurückkehrten, konnten, selbst wenn sie es gewollt hätten, keine Tätigkeit aufnehmen. Alles ging geordnet vonstatten, und die, die befürchtet hatten, es müssten Plätze für andere freigemacht werden, atmeten erleichtert auf. Etwas anders war es im Bereich der Literatur. Die sorgsam erstellte literarische Rangtabelle musste aktiv verteidigt werden, da andernfalls das mühsam erarbeitete Renommee zahlreicher Schriftsteller in sich zusammengebrochen wäre. Deshalb wird Publikationen ermordeter Schriftsteller bis heute tatkräftig entgegengewirkt. Und auch mit denen, die am Leben geblieben sind, geht man nicht viel besser um.

Ein Band mit O. M.s Gedichten wurde in den Publikationsplan der »Dichterbibliothek« für das Jahr 56 aufgenommen. Alle Mitglieder des Redaktionskollegiums sprachen sich für die Veröffentlichung aus. Prokofjews Standpunkt gefiel mir sehr: Er war der Ansicht, Mandelstam sei kein Dichter, und um dies zu beweisen, müssten seine Werke veröffentlicht werden. Unglücklicherweise war er allerdings offenbar nicht in der Lage, seine hehre Position zu verteidigen, und bekämpft seither die

Publikation des geplanten Bandes. Orlow, der Chefredakteur der »Dichterbibliothek«, hatte nicht vorausgesehen, dass er es mit derartiger Gegenwehr zu tun bekommen würde, und schrieb mir liebenswürdige Briefe. Als ihm jedoch bewusst wurde, dass die Veröffentlichung durchaus Unannehmlichkeiten nach sich ziehen könnte, machte er rasch einen Rückzieher und brach umgehend auch die Korrespondenz mit mir ab. Aber was soll man über Orlow – einen hohen Beamten, der O. M.s Dichtung vollkommen gleichgültig gegenübersteht – schon sagen. Der Standpunkt derer, die O. M.s Werk wirklich schätzen, Autorität besitzen, unabhängig und absolut keine Bürokraten sind, ist weitaus ernster zu nehmen. Zwei solcher Persönlichkeiten haben mir erläutert, Orlow habe vollkommen recht, den Band mit O. M.s Gedichten nicht zu publizieren, obgleich er es formal gesehen jederzeit tun könne. »Das könnten seine Feinde gegen ihn verwenden«, argumentieren sie, »seine Stelle würden viele sehr gern einnehmen. Wenn er entlassen würde, wäre es das Ende dieses exquisiten Verlags.« Er bezahlt den Preis, den Mandelstam-Band nicht zu publizieren, um seine Anstellung nicht zu gefährden, erfüllt den Publikationsplan, indem er Bände von Dichtern der zwanziger, dreißiger und vierziger Jahre des vergangenen Jahrhunderts herausbringt, an denen jene beiden Personen beteiligt sind, die ich zitiert habe. In dieser Vermengung der Interessen von Individuen und Gruppen, des Kampfes um persönliche Vorteile und darum, ein Stück des staatlichen Kuchens abzubekommen, kenne ich mich nicht aus. Das Einzige, was ich tun könnte, ist, einen Gedichtband Mandelstams auf eigene Kosten zu veröffentlichen, was allerdings in unserem System nicht vorgesehen ist. Und deshalb ist mir klar, dass ich dieses Buch niemals zu Gesicht bekommen werde, da auch meine Tage gezählt sind. Mich trösten allein Anna Andrejewnas Worte, O. M. bedürfe Gutenbergs Erfindung nicht. Und so leben wir auch heute noch gewissermaßen in einer Epoche wie zu Zeiten vor der Erfindung des Buchdrucks: Die Zahl der Leser von Gedichten steigt, und diese Gedichte werden in handschriftlich angefertigten Kopien von Hand zu Hand gereicht. Gleichwohl würde ich das Buch, das ich niemals sehen werde, doch nur allzu gern sehen.*

Todesdatum

Journalisten der »Prawda«, »Prawdisten«, wie wir sie nannten, erzählten Schklowskij, in ihrem Beisein sei im ZK darüber gesprochen worden, dass es gegen Mandelstam, wie sich herausgestellt habe, gar keinen Grund für ein Verfahren gab. Dieses Gespräch fand Ende Dezember 1938 oder Anfang Januar 1939 statt, kurz nach Jeshows Sturz, und es bedeutete: Das also hat er angerichtet. Ich verstand es so, dass dies bedeutete, dass O. M. nicht mehr am Leben war.

Es verging noch ein wenig Zeit, und ich wurde ins Postamt am Nikita-Tor bestellt. Dort händigte man mir das Päckchen, das ich O. M. geschickt hatte, aus. »Empfänger verstorben«, teilte mir die Dame hinter dem Schalter mit. Mir das Datum wieder ins Gedächtnis zu rufen, an dem ich das Paket zurückerhielt, ist ein Leichtes – an jenem Tag war in den Zeitungen die erste Liste von Schriftstellern veröffentlicht worden, die mit Orden ausgezeichnet worden waren.

An diesem Festtag fuhr Jewgenij Jakowlewitsch in die Lawruschinskij-Gasse, um den Schklowskijs diese Nachricht zu überbringen. Viktor wurde von unten heraufgerufen, wo, ich glaube, in Katajews Wohnung, die Weggenossen mit Fadejew die von der Regierung erwiesene Gnade begossen. Fadejew drückte im Rausch eine Träne heraus: »Ein großer Dichter wurde ums Leben gebracht!« Die Feier der neuen Ordensträger erhielt so den Beigeschmack eines illegalen, geheimen Totenmahls. Allerdings ist mir nicht ganz klar, wer von ihnen außer

* Ich habe es nun gesehen und bin entsetzt.

Schklowskij* tatsächlich in letzter Konsequenz begriff, was die Vernichtung eines Menschen bedeutete. Die meisten von ihnen gehörten ja jener Generation an, die alle Werte umgedeutet und für das »Neue« gekämpft hatte. Und sie waren es, die den Weg bereitet hatten für den starken Mann, den Diktator, der nach Gutdünken handeln, Strafen aussprechen und Gnade erweisen konnte und Ziele sowie die Mittel, um diese zu erreichen, festlegen konnte.

Im Juni 1940 wurde O. M.s Bruder Schura ins Standesamt des Baumann-Bezirks bestellt, wo ihm O. M.s Sterbeurkunde zur Weiterleitung an mich übergeben wurde. Alter: 47 Jahre, Todesdatum: 27. Dezember 1938. Todesursache: Herzstillstand. Man könnte es auch anders ausdrücken: Er starb, weil er starb. Schließlich ist Herzstillstand gleichbedeutend mit Tod. Hinzugefügt war auch: Arteriosklerose. Und ich erinnerte mich an das, was Kljujew darüber gesagt hatte, warum er so früh grau geworden war.

Dass man eine Sterbeurkunde erhielt, war nicht die Regel, sondern die Ausnahme. Lagerhaft oder, genauer gesagt, schon allein Verhaftung, die ja gleichbedeutend mit Verurteilung und Lagerhaft war, wurde ganz offensichtlich gleichgesetzt mit dem physischen Tod eines Bürgers und war seine völlige Auslöschung. Niemand teilte den Verwandten mit, wann ein Lagerhäftling oder Verhafteter gestorben war – Witwentum und eine Kindheit als Waise begannen mit dem Augenblick der Verhaftung. Mitunter erhielten Frauen von der Staatsanwaltschaft bei der Mitteilung des Urteils, das auf zehn Jahre Lagerhaft lautete, den Hinweis: »Sie können wieder heiraten.« Niemand dachte darüber nach, wie ein derart liebenswürdiger Hinweis zu dem offiziellen Urteil passte, das doch faktisch keineswegs den Tod bedeutete. Wie ich bereits gesagt habe, weiß ich nicht, weshalb mir eine solche Gunst erwiesen wurde, mir eine »Ster-

* Schklowskij war sich dessen bewusst, solange er mit Wassilissa zusammenlebte.

beurkunde« zukommen zu lassen. Hatte dies einen tieferen Grund?

Unter Bedingungen wie denen des Lagers war der Tod der einzige Ausweg. Als ich von O. M.s Tod erfahren hatte, hörten die Alpträume auf. »Ossip Emiljewitsch hat gut daran getan zu sterben«, sagte Kasarnowskij später einmal zu mir, »sonst wäre er an die Kolyma gekommen.« Er selbst war in einem Lager im Kolymagebiet gewesen. 1944 war er nach Taschkent gekommen, wo er ohne Propiska und Bezugsscheine für Lebensmittel lebte, sich vor der Miliz versteckte, alles und jeden fürchtete, hemmungslos trank und, weil er keine Schuhe besaß, die winzigen Galoschen meiner verstorbenen Mutter trug. Sie passten ihm gut, denn er hatte keine Zehen mehr. Sie waren ihm im Lager abgefroren, und er hatte sie mit der Axt abgehackt, um sich keine Blutvergiftung zuzuziehen. Wenn die Lagerhäftlinge in den Waschraum getrieben wurden, erstarrte ihre Wäsche von der Luftfeuchtigkeit im Vorraum zu Eis.

Jüngst hörte ich einmal eine Diskussion darüber, wer denn im Lager eher überlebt hat – die, die gearbeitet haben, oder die, die der Arbeit aus dem Weg gingen. Die, die arbeiteten, starben an Erschöpfung, die, die der Arbeit aus dem Weg gingen, kamen ums Leben, weil sie nichts zu essen hatten. Mir, die ich keine auf eigener Erfahrung beruhende Argumente oder Beispiele für die Unterstützung der einen oder der anderen Theorie beisteuern konnte, war klar, dass die einen ebenso starben wie die anderen. Die wenigen, die das Lager überlebt haben, sind die Ausnahme. Mit anderen Worten erinnerte dieser Streit an die Legende vom russischen heldenhaften Bogatyr an der Gabelung dreier Wege, von denen jeder in den Tod führt. Es ist ein besonderes, unvergängliches Merkmal der russischen Geschichte, dass jeder Weg den Helden ebenso wie den, der kein Held ist, in den Tod führt, dem er nur durch einen Zufall entkommen kann. Das ist es nicht, was mich erstaunt, sondern, dass mancher, der schwach war, plötzlich ein Held war und nicht nur sein Leben rettete, sondern auch seinen Verstand und sein Gedächtnis.

Ich kenne Menschen, die das geschafft haben, und würde mit Freuden hier ihre Namen nennen, aber dazu ist es noch zu früh, und deshalb erwähne ich nur den Namen, den heute bereits alle kennen: Solschenizyn.

Kasarnowskij hatte nur sein Leben und ein paar Erinnerungssplitter gerettet. Er war im Winter im Lager angekommen und erinnerte sich, dass es ein vollkommen unbebautes Gelände war – es mussten neue Räume für den großen Strom neuer Häftlinge geschaffen werden. Es gab dort keine Gebäude oder Baracken. Die Häftlinge wohnten in Zelten und bauten das Gefängnis und die Baracken für sich selbst. Sie erschlossen die Landschaft für die neuen Siedler.

Soweit ich gehört habe, wurden die Häftlinge von Wladiwostok aus per Schiff ins Kolymagebiet verbracht. Die Bucht friert zu, wenngleich auch recht spät. Wie also ist Kasarnowskij im Winter an die Kolyma gekommen? Der Seeweg war doch gar nicht passierbar. Oder befand sich das erste Lager, in dem er war, gar nicht im Kolymagebiet, sondern er kam zunächst mit einem Gefangenentransport in ein in der Nähe des vollkommen überfüllten Durchgangslagers gelegenes Lager, um dieses zu entlasten, da ständig neue Gefangenentransporte ankamen? Diese Frage konnte ich nicht klären, da in Kasarnowskijs krankem Hirn alles durcheinandergeraten war. Doch um O. M.s Todesdatum bestimmen zu können, hätte ich wissen müssen, wann genau Kasarnowskij das Durchgangslager verlassen hat.

Kasarnowskij war der erste mehr oder weniger glaubwürdige Zeuge aus der Welt der Lager. Lange bevor er in Taschkent auftauchte, hatte ich von einigen, die von dort zurückgekehrt waren, gehört, dass Kasarnowskij mit O. M. gemeinsam in einer Gruppe war. Im Durchgangslager wohnten sie in derselben Baracke, und Kasarnowskij soll O. M. sogar geholfen haben. Ihre Pritschen standen offensichtlich fast nebeneinander. Aus diesem Grund habe ich Kasarnowskij drei Monate lang in Taschkent vor der Miliz versteckt und nach und nach alle Informationen, über die er verfügte, aus ihm herausgeholt. Sein Gedächtnis war nur noch ein einziger gärender Fladen, in dem sich Tatsachen des Lagerlebens mit aus der Luft gegriffenen Phantasien, Legenden und Erfindungen vermischten. Ich wusste bereits, dass diese Erkrankung nicht nur den unglückseligen Kasarnowskij ereilt hatte und dass sie nicht im Wodka begründet lag. Wie ihm erging es fast allen ehemaligen Lagerhäftlingen, die ich unmittelbar nach ihrer Rückkehr kennenlernte. Für sie existierten weder Daten noch Zeitbegriff, sie konnten das, was sie real erlebt hatten, nicht klar von den Lagerlegenden unterscheiden. Orte, Namen und Abfolgen von Ereignissen verwirrten sich in der Erinnerung dieser traumatisierten Menschen zu einem Knäuel, das zu entflechten mir nicht gelang. Die meisten der Erzählungen aus dem Lager stellten sich mir zunächst als eine unzusammenhängende Aufzählung markanter Momente dar, in denen der Berichtende am Rande des Todes stand und wie durch ein Wunder doch am Leben blieb. Der Alltag im Lager hatte sich in ihrem Gedächtnis in blitzartigen Episoden eingeprägt, die gleichsam als Beweis dessen dienten, dass es eigentlich unmöglich war, am Leben zu bleiben, man es trotz allem aber irgendwie schaffen konnte, wenn der Lebenswille nur stark genug war. Und ich erkannte voller Entsetzen, dass wir in eine Zukunft gehen, ohne dass es Menschen gibt, die Zeugnis ablegen können von dem, was geschehen ist. Sowohl die, die in Freiheit waren, als auch die, die hinter dem Stacheldraht lebten – wir alle hatten unser Gedächtnis verloren. Es zeigte sich jedoch, dass es Menschen gab, die sich von Anfang an zum Ziel gesetzt hatten, nicht nur das blanke Leben zu retten, sondern auch Zeugnis abzulegen. Sie sind die unerbittlichen Hüter der Wahrheit, die in der Masse der Lagerhäftlinge untergegangen sind, aber nur solange es notwendig war. Dort, in den Lagern, gab es, so scheint es, mehr solcher Menschen als in Freiheit, wo allzu viele der Versuchung erlagen, sich mit dem Leben abzufinden und die verbliebenen Jahre in Ruhe zu leben. Selbstredend sind es nicht allzu viele, die einen solch klaren Kopf haben, aber dass sie das, was ihnen angetan wurde, heil überstanden haben, ist der beste Beweis dafür, dass der endgültige Sieg dem Guten und nicht dem Bösen gehört.

Kasarnowskij war keiner dieser Helden. Ich hörte seine nicht enden wollenden Erzählungen an, fand darin das Stäubchen Wahrheit und erfuhr so winzig kleine Details über O. M.s Aufenthalt im Lager. Die Gefangenen in den Durchgangslagern wechselten ständig, aber zu Anfang war die Baracke, in der die beiden unterkamen, mit Intellektuellen aus Moskau und Leningrad belegt, die nach Paragraph 58 verurteilt worden waren. Das machte ihr Leben leichter. Wie überall in jener Zeit hatten Kriminelle die Aufsicht über die Baracke, allerdings nicht Kleinkriminelle, sondern Leute, die bereits zuvor mit dem Geheimdienst in Verbindung gestanden hatten. Diese »unteren Aufseher« in den Lagern zeichneten sich durch außerordentliche Grausamkeit aus, und die »58er« hatten unter ihnen nicht weniger zu leiden als unter den richtigen Lageraufsehern, mit denen sie allerdings kaum etwas zu tun hatten. O. M. war schon immer nervlich labil, und innere Unruhe schlug sich bei ihm in Bewegungsdrang nieder. Im Durchgangslager war diese motorische Unruhe, die ihn dazu trieb, pausenlos von einer Ecke in die andere zu laufen, Anlass für ständige Angriffe von Seiten der Aufseher. Im Hof geriet er häufig in Sperrzonen, in die Nähe des Zauns oder der unter Wachschutz stehenden Abschnitte, und die Aufseher vertrieben ihn von dort mit Schreien, Flüchen und groben Beschimpfungen. Dass er von Kriminellen zusammengeschlagen worden sei, wurde von keinem meiner zehn Zeugen bestätigt. Offensichtlich ist dies eine Legende.

Kleidung wurde im Durchgangslager nicht ausgegeben – in welchem Lager wird Kleidung ausgegeben? –, und O. M. fror erbärmlich in seinem Ledermantel, der bereits vollkommen durchgewetzt war, obgleich die furchtbare Kälte, wie Kasarnowskij sagte, erst nach seinem Tod plötzlich einsetzte, er diese also nicht mehr erleben musste. Auch dieses Detail ermöglicht mir die Bestimmung des Todesdatums.

O. M. aß fast nichts, hatte Angst zu essen, wie später auch Soschtschenko, er verlor seine Brotration, tauschte seinen Essensnapf. Im Durchgangslager gab es Kasarnowskij zufolge einen Kiosk, an dem Tabak und wohl auch Zucker verkauft wurde. Aber woher das Geld dafür nehmen? Außerdem betraf O. M.s Angst, etwas zu essen, auch den Zucker und die anderen Waren, die am Kiosk verkauft wurden. Deshalb nahm er nur die Lebensmittel, die Kasarnowskij ihm gab. Die gesegnete Hand des Lagerhäftlings, auf deren schmutziger Handfläche ein Stückchen Zucker lag – gleichwohl zögerte O. M., dieses Geschenk anzunehmen. Aber hat Kasarnowskij die Wahrheit gesagt? Oder hat er diese kleine Episode erfunden?

Außer von der Angst, etwas zu essen, und von der motorischen Unruhe berichtete Kasarnowskij von einer wahnwitzigen Idee O. M.s, die für ihn charakteristisch war, und das konnte er sich nicht ausgedacht haben. O. M. tröstete sich mit der Hoffnung, man werde ihm Hafterleichterung gewähren, weil Romain Rolland in seiner Angelegenheit Stalin einen Brief schreiben würde. Dieses winzige Detail ist für mich der Beweis, dass Kasarnowskij tatsächlich Kontakt zu Mandelstam hatte. Während unserer Verbannung in Woronesch lasen wir in den Zeitungen vom Aufenthalt Romain Rollands und seiner Ehefrau in Moskau und darüber, dass sie von Stalin empfangen worden waren. O. M. kannte Maja Kudaschewa und seufzte erleichtert auf: »Maja ist in Moskau und trifft Bekannte. Sicher hat man ihr von mir erzählt. Was kostet es Rolland, mit Stalin über mich zu sprechen, damit er meine Freilassung veranlasst.« O. M. konnte schlicht nicht glauben, dass berufsmäßige Humanisten sich nicht für individuelle Schicksale, sondern nur für die Menschheit im Allgemeinen interessieren, deshalb war der Name Romain Rolland für ihn in seiner ausweglosen Lage ein Sinnbild der Hoffnung. Und für mich war dieser Name ein Beweis, dass Kasarnowskij sein Gedächtnis nicht gänzlich verloren hatte.

Hinsichtlich Romain Rollands muss ich der Gerechtigkeit halber hinzufügen, dass er bei seinem Aufenthalt wohl Hafterleichterungen für die in der sogenannten Wörterbuchaffäre Verhafteten erreicht hat. Zumindest wurde dies erzählt. Aber das ändert meine Meinung in Bezug auf berufsmäßige »Humanisten« keineswegs. Echter Humanismus kennt keine Grenzen und streckt jedem seine helfende Hand entgegen.

Ein weiteres signifikantes Element in Kasarnowskijs Berichten war, dass O. M. überzeugt war, auch ich sei im Lager. Er flehte Kasarnowskij an, mich ausfindig zu machen, wenn er zurückkehre: »Bitten Sie den Literaturfonds, ihr zu helfen.« Sein Leben lang war O. M., wie ein Sträfling an seinen Karren, an die Schriftstellerorganisationen gekettet und erhielt nicht ein Stück Brot, ohne dass eine dieser Organisationen das sanktioniert hätte. Sosehr er auch versuchte, sich aus dieser Abhängigkeit zu befreien – es gelang ihm nicht, denn das lassen unsere Machthaber nicht zu, weil es ihnen nicht zum Vorteil gereicht. Aus diesem Grund war seine einzige Hoffnung, dass der Literaturfonds mich unterstützen würde. Mein Schicksal verlief anders: Während des Krieges, als man uns vergessen hatte, gelang es mir, mich in einem anderen Bereich beruflich einzurichten, und deshalb habe ich mein Leben und mein Gedächtnis retten können.

In lichten Momenten trug O. M. seinen Mithäftlingen bisweilen Gedichte vor, die vermutlich von dem einen oder anderen der Zuhörer aufgeschrieben wurden. Ich habe eines dieser handschriftlich aufgezeichneten Büchlein mit seinen Gedichten zu Gesicht bekommen, die im Lager von Hand zu Hand gereicht wurden. Einmal erzählte ihm jemand, er habe in der Todeszelle des Lefortowo-Gefängnisses – die während der Jahre des Terrors vollkommen überfüllt war –, die in die Wand eingekratzte Verszeile »Ist es wahr, und bin ich wirklich, / Und ob der Tod auch wirklich kommt?« gelesen. Das machte O. M. froh, und er war danach einige Tage ruhiger.

O. M. wurde nicht zur Arbeit, nicht einmal zu Arbeiten innerhalb des Lagers wie Putzen abkommandiert. Selbst unter den bis aufs Letzte ausgezehrten Mithäftlingen fiel sein schlechter Zustand ins Auge. So war er die ganzen Tage untätig und wurde von den Aufsehern beschimpft, bedroht und verflucht. Von seinem ersten Tag an hatte man ihn im Blick, und er litt darunter. Er glaubte, dass es nach dem Durchgangslager besser werde, obgleich erfahrene Mithäftlinge ihn vom Gegenteil zu überzeugen suchten.

Eines Tages hörte O. M., dass ein Mann mit dem Familiennamen Chasin im selben Durchgangslager sei, und er bat Kasarnowskij, diesen Mann mit ihm zusammen zu suchen, um herauszufinden, ob er mit mir verwandt ist, aber er war lediglich ein Namensvetter. Dieser Chasin hat Ehrenburg nach der Lektüre von dessen Erinnerungen einen Brief geschrieben, und ich habe mich dann mit ihm treffen können. Die Existenz dieses Chasin war ein weiterer Beweis, dass Kasarnowskij tatsächlich mit Mandelstam zusammen im Durchgangslager war. Chasin selbst hatte O. M. zwei Mal gesehen, und zwar das erste Mal, als dieser ihn mit Kasarnowskij ausfindig gemacht hatte, und ein weiteres Mal, als er O. M. zu einem Häftling gebracht hatte, der ihn gesucht hatte.

Chasin berichtete, die Begegnung O. M.s mit diesem Häftling sei sehr anrührend gewesen. Soweit er sich erinnerte, war der Familienname dieses Mannes Chint, er war Lette, Ingenieur von Beruf. Chint befand sich auf dem Weg aus dem Lager, in dem er gewesen war, nach Moskau, wo sein Fall einer Revision unterzogen werden sollte. Revisionen endeten in jenen Jahren für gewöhnlich tragisch. Wer dieser Chint war, weiß ich nicht. Chasin hatte den Eindruck, er sei ein Schulkamerad O. M.s aus Leningrad gewesen. Chint blieb nur wenige Tage im Durchgangslager. Auch Kasarnowksij berichtete, dass O. M. mit Chasins Hilfe einen alten Freund wiedergetroffen habe.

Den Angaben Chasins zufolge starb Mandelstam während einer Flecktyphus-Epidemie, Kasarnowskij hingegen hat von einer solchen Epidemie nichts erwähnt, aber es muss sie gegeben haben, denn ich habe von unterschiedlichen Seiten davon gehört. Ich müsste wohl versuchen, diesen Chint ausfindig zu machen, aber in unserem System ist das nicht möglich, schließlich kann ich nicht einfach eine Anzeige in der Zeitung aufgeben, dass ich einen gewissen Chint suche, der im Lager meinem Mann begegnet ist. Chasin selbst war ziemlich primitiv. Er wollte Ehrenburgs Bekanntschaft lediglich machen, um ihm seine Erinnerungen an die Anfänge der Revolution zu erzählen. Seine Brüder und er, offensichtlich alle Tschekisten, hatten aktiv gekämpft, und ebendiese Zeit war in seinem Gedächtnis haften geblieben, auch die Gespräche mit mir versuchte er immer wieder auf seine Heldentaten zu lenken.

Doch zurück zu Kasarnowskijs Bericht. Eines Tages konnte O. M., obgleich man ihn anschrie und antrieb, nicht mehr von seiner Pritsche aufstehen. Das war in jenen Tagen, als es kälter zu werden begann – das ist die einzige Zeitangabe, die ich bekommen konnte. Alle wurden zum Schneeräumen abkommandiert, O. M. blieb allein zurück. Ein paar Tage später holte man ihn von seiner Pritsche und brachte ihn in die Krankenstation. Kurz danach hörte Kasarnowskij, O. M. sei gestorben und beerdigt, besser gesagt in eine Grube geworfen worden. Die Toten wurden selbstredend nicht im Sarg beerdigt, sondern fast oder zur Gänze nackt – ihre Kleidung konnte man schließlich noch gebrauchen –, und zwar stets mehrere Leichname, derer es ja genug gab, zusammen in einem Grab. Zuvor wurde den Toten eine Marke mit einer Nummer ums Fußgelenk gebunden.

Das war noch nicht einmal die schlechteste Art zu sterben, und ich möchte allzu gern glauben, dass das, was Kasarnowskij erzählt hat, der Wirklichkeit entspricht, denn es ist mit dem, was Narbut widerfahren ist, nicht zu vergleichen. Über ihn wird berichtet, er habe im Durchgangslager die Jauchegruben reinigen müssen und sei mit anderen Arbeitsunfähigen bei der Explosion auf einer Barke ums Leben gekommen. Die Explosion auf der Barke ist offensichtlich herbeigeführt worden, um das Lager von den Arbeitsunfähigen frei zu machen. Solche Fälle hat es wohl gegeben. Pawel, ein ehemaliger Sträfling, der wiederholt wegen Diebstahls verurteilt worden war, der mir, als ich Tarussa lebte, Wasser und Brennholz brachte, hat mir einmal, ohne dass ich danach gefragt hätte, erzählt, er habe das Geräusch einer Explosion auf dem Meer gehört und gesehen, wie eine Barke unterging, auf der, so hieß es, »58er«, arbeitsunfähige »Politische«, gewesen seien. Diejenigen, die auch heute noch um jeden Preis Rechtfertigungen für das, was geschehen ist, finden wollen – und solche sind selbst unter ehemaligen Lagerhäftlingen zahlreich –, wollen mich immer wieder davon überzeugen, dass dies ein Einzelfall war und der Lagerkommandant, der diesen gesetzwidrigen Vorgang zu verantworten hatte, erschossen worden sei. Das ist tatsächlich ein ergreifendes Ende, allein – es rührt mich nicht.

Die meisten, die ich kannte und die ins Lager kamen, sind fast unmittelbar nach ihrer Ankunft dort gestorben. Geisteswissenschaftler konnten dort kaum überleben, und das Leben dort war es auch nicht wert. Wozu das Leben unnötig in die Länge ziehen, wenn der Tod Erlösung ist? Was hätten ein paar zusätzliche Tage für Morgulis geändert, den die Kriminellen unter ihre Fittiche genommen hatten, weil er ihnen nachts die Romane von Dumas erzählte? Er war zusammen mit Swjatopolk-Mirskij im Lager, der gleich nach seiner Ankunft dort vollkommen entkräftet war und bald darauf starb. Gott sei es gedankt, dass die Menschen sterblich sind. Gleichwohl gab es einen Grund, das Leben auch dort, hinter dem Stacheldraht, nicht aufzugeben, nämlich die Erinnerung daran zu bewahren und den Menschen davon zu berichten. Vielleicht gebietet dies ihnen Einhalt, wenn sie im Begriff stehen, unsere Gräueltaten zu wiederholen.

Der zweite zuverlässige Zeuge war ein Biologe namens Merkulow. O. M. hatte ihn gebeten, er möge, sollte er aus dem Lager zurückkehren, Ehrenburg aufsuchen und ihm von O. M.s letzten Tagen im Lager berichten, denn ihm war klar, dass er nicht überleben würde. Merkulows Bericht gebe ich nach Ehrenburgs Erinnerung wieder, der bis zu meiner Rückkehr nach Moskau aus Taschkent bereits das eine oder andere vergessen hatte. So meinte er beispielsweise, Merkulow sei Agronom, da dieser nach seiner Entlassung aus dem Lager als Agronom gearbeitet hatte, um so lange wie möglich im Verborgenen zu bleiben. M.s Bericht stimmt mit Kasarnowskijs weitgehend überein. Er meinte, O. M. sei gleich im ersten Jahr gestorben, noch bevor der Seeweg wieder frei war, also im Mai oder Juni des Jahres 39. M. hat ein Gespräch mit dem Arzt, glücklicherweise ebenfalls ein Lagerhäftling, der Mandelstam vom Hörensagen kannte, ziemlich genau wiedergegeben. Nach Auskunft dieses Arztes habe O. M. aufgrund sehr starker Entkräftung nicht gerettet werden können. Dies bestätigt die Angabe Kasarnowskijs, O. M. habe Angst gehabt, etwas zu essen, obgleich die Versorgung im Lager derart war, dass selbst jene, die keine Angst hatten zu essen, zu Schatten ihrer selbst wurden. O. M. war wohl nur wenige Tage im Krankenhaus, und M.s Gespräch mit dem Arzt fand gleich nach seinem Tod statt.

O. M. hat gut daran getan, den Biologen M. zu bitten, Ilja Ehrenburg aufzusuchen und von seinen letzten Tagen zu berichten, denn außer Schklowskij hätte kein anderer sowjetischer Schriftsteller in jenen Jahren einen Boten wie ihn empfangen. Und jene Schriftsteller, die selbst Ausgestoßene waren, hätte ein Bote wie er nicht aufzusuchen gewagt, um nicht ein weiteres Mal in die Welt der Lager zu geraten.

Die, die ihre fünf- oder zehnjährige Strafe abgebüßt hatten, also unserem Verständnis nach mit der Mindeststrafe davongekommen waren, blieben – freiwillig oder unfreiwillig – für gewöhnlich am Ort ihrer Lagerhaft wohnen und verkrochen sich. Nach Ende des Krieges kam es zu einer erneuten Verhaftungswelle, und Vokabular und Rechtsbegriff unseres Landes wurden um das grauenvolle Wort »Wiederholungstäter« erweitert. Deshalb haben nur sehr wenige der jüngeren Generation ihre Überstellung ins Lager der Jahre 37/38 überlebt, denn ihr Irrweg durch die Lager begann, als sie noch jung waren. Das ist auch der Grund, weshalb ich nur mit wenigen sprechen konnte, die in Lagerhaft gewesen waren und dort O. M. begegnet waren. Gerüchte über sein Schicksal indes zogen in den Lagern weite

Kreise, und Dutzende von Menschen erzählten mir Lagerlegenden vom unglückseligen Poeten. Es kam immer wieder vor, dass ich zu einem Treffen eingeladen wurde und mir Leute vorgestellt wurden, die irgendetwas über O. M.s Verbleib gehört hatten – in ihren Berichten klang das so: »Ich weiß es bestimmt« –, dass er am Leben sei oder bis Kriegsende gelebt habe, dass er immer noch im Lager oder bereits in Freiheit sei. Andere wollten seinen Tod bezeugen können, aber wenn sie mir gegenübersaßen, sagten sie verlegen, sie hätten das nur von anderen gehört, aber diese seien selbstverständlich absolut zuverlässige Zeugen.

O. M.s Tod wurde auch Sujet literarischer Werke. Die Erzählung von Schalamow ist lediglich eine Reflexion darüber, wie Mandelstam gestorben ist und was er bei seinem Tod empfunden haben muss. Sie ist Tribut eines Künstlers an seinen Bruder in Kunst und Schicksal. Es gibt aber auch andere Werke, die den Anspruch haben, die Wahrheit zu erzählen und mit Einzelheiten reich ausgeschmückt sind. Eines dieser Werke erzählt davon, dass O. M. auf einem Schiff gestorben sei, das auf dem Weg ins Kolymagebiet gewesen sei. Es folgt eine ausführliche Beschreibung dessen, wie sein Leichnam ins Meer geworfen worden sei. Zu den Legenden sind auch jene Berichte zu rechnen, die behaupten, Mandelstam sei von Kriminellen zu Tode geprügelt worden oder er habe am Feuer Petrarca rezitiert. Letzteres glaubten viele dankbar, denn es ist eine so poetische Vorstellung. In den »realistischen« Erzählungen spielen unbedingt Banditen eine wichtige Rolle. Eine der kunstfertigeren dieser Art stammt aus der Feder des Dichters R. Des Nachts, so heißt es bei R., habe es einmal an der Tür geklopft, und es sei nach »dem Dichter« verlangt worden. R. erschrak ob des nächtlichen Besuchs – was wollten diese Verbrecher? Sie waren aber durchaus freundlich und riefen ihn zu einem Sterbenden, der ebenfalls Dichter war. Als R. zu dem Sterbenden, also zu Mandelstam kam, lag dieser bewusstlos oder im Fieberwahn auf seiner Pritsche, kam aber, als er R. sah, sogleich zu sich, und sie unterhielten sich die ganze Nacht lang. Gegen Morgen starb

O. M., und R. schloss ihm die Augen. Selbstredend fehlt hier jegliche Angabe eines Datums, aber der Ort des Geschehens ist richtig: »Wtoraja Retschka«, das bei Wladiwostok gelegene Durchgangslager. All dies hat mir Sluzkij erzählt. Er gab mir auch R.s Adresse, aber dieser hat meinen Brief nicht beantwortet.

All meine Informanten waren wohlgesinnt. Ein einziges Mal nur bin ich an jemanden geraten, der mich richtiggehend schikanierte. Das war in Uljanowsk ganz zu Beginn der fünfziger Jahre, noch zu Stalins Lebzeiten. Ein Mitarbeiter des Lehrstuhls für Literatur, nämlich der stellvertretende Direktor, ein gewisser Tjufak, hatte die Angewohnheit, mich abends mit ungebetenen Besuchen zu überraschen. Er war Kriegsinvalide, über und über behängt mit Orden für seine Arbeit in der Politischen Abteilung der Armee, Liebhaber von Kriegsromanen, in denen Feiglinge oder Deserteure vor der gesamten aufmarschierten Truppe erschossen werden. Sein ganzes Leben hatte er der »Umgestaltung der Hochschulen« gewidmet und deshalb keinerlei akademischen Grad erworben, ja er hatte nicht einmal ein Studium absolviert. Er war einer jener, die ihr Leben lang ein Komsomolze der zwanziger Jahre blieben und »unersetzliche Mitarbeiter« waren. Seit er »vom Studium freigestellt« und mit verantwortungsvollen Aufgaben betraut wurde, war er damit befasst, die Reinheit der Lehre an den Hochschulen zu überwachen und über die geringsten Abweichungen an zuständiger Stelle Meldung zu erstatten. Er wurde von Hochschule zu Hochschule versetzt, und sein Auftrag war die Überwachung von Direktoren, die des Liberalismus verdächtig waren. Ebendies war auch in Uljanowsk seine Aufgabe, wo er den merkwürdigen und ehrenvollen Posten des »Stellvertreters« einnahm, den man nicht loswerden konnte, obgleich er formal gesehen nicht einmal über die entsprechende Eignung verfügte, an einer Hochschule zu arbeiten. Es gab damals zwei solcher lebenslangen Komsomolzen an unserer Fakultät, nämlich Tjufak und einen gewissen Gluchow – dieser Name sollte der nachfolgenden Generationen, der

Kinder und Enkel wegen, die Kurse in Geschichte und Literatur geben, nicht in Vergessenheit geraten. Gluchow war ein Orden für seine Verdienste während der Entkulakisierung sowie ein Doktorgrad für seine Dissertation über Spinoza verliehen worden. Er arbeitete vollkommen offen, zitierte die Studenten in sein Büro und legte ihnen nahe, mit welchen Worten sie Beiträge bestimmter Kollegen auf Versammlungen diskreditieren sollten, Tjufak hingegen arbeitete diskret. Beide waren mit der Aufgabe der gewaltsamen Neuorganisation der Hochschulen seit den zwanziger Jahren betraut.

Tjufakow »arbeitete« ehrenamtlich, außerdienstlich mit mir, zum Zeitvertreib und Spaß. Das bereitete ihm geradezu ästhetisches Vergnügen. Jedes Mal, wenn er zu mir kam, hatte er eine neue Geschichte auf Lager: Mandelstam ist erschossen worden; Mandelstam war im Lager bei Swerdlowsk, wo Tjufak ihn aus humanitären Gründen aufgesucht habe; Mandelstam wurde bei einem Fluchtversuch erschossen; Mandelstam wurde aufgrund einer Straftat erneut zu Lagerhaft verurteilt; Mandelstam wurde von Kriminellen zu Tode geprügelt, weil er ein Stück Brot gestohlen hatte; Mandelstam wurde entlassen und lebt hoch im Norden mit einer neuen Ehefrau; Mandelstam hat sich erst kürzlich aufgehängt, da ihm Shdanows Brief, der erst jetzt in die Lager gelangt war, Angst eingejagt hatte. Bei jeder neuen Version teilte er mir feierlich mit, er sei darüber auf seine Nachfrage hin soeben erst von der Staatsanwaltschaft informiert worden. Und ich musste mir all das anhören, weil man diesen Spitzeln ausgeliefert ist.

Unsere Gespräche endeten immer damit, dass Tjufak über Literatur sinnierte: »Unser bester Dichter ist Dolmatowskij … Ich schätze besonders Gedichte von akkurater Form … Ein Gedicht ohne Metapher ist, ob Sie das nun glauben oder nicht, kein Gedicht und wird es niemals sein … Stil ist nicht nur ein formales, sondern auch ein ideologisches Phänomen, denken Sie nur an die Worte von Engels, ihnen muss man einfach beipflichten … Sind eigentlich keine Gedichte Mandelstams aus dem Lager zu Ihnen gelangt? Er hat dort viel geschrieben…« Tjufaks magerer Körper wurde straff. Unter seinem Stalin-Bart blitzte ein Lächeln. Er hatte durch das Kreml-Krankenhaus echten Ginseng bekommen und warnte alle vor künstlich hergestellten Präparaten: »Absolut kein Vergleich.«

Häufig hörte ich Gerüchte über Gedichte Mandelstams, die im Lager entstanden sein sollten, aber das erwies sich stets als wissentlich oder unwissentlich wiedergegebene Mystifikation. Vor nicht allzu langer Zeit jedoch hat mir jemand ein paar interessante Varianten von Gedichten gezeigt, die aus den »Lageralben« zusammengestellt worden waren. Es waren ziemlich entstellte Versionen von bis dato unveröffentlichten Gedichten, darunter keines mit eindeutig politischem Unterton wie beispielsweise »Die Wohnung«. Die Hauptquelle waren von Hand angefertigte Niederschriften der Gedichte, die in den dreißiger Jahren kursierten, aber auch diese wurden bereits aus dem Gedächtnis niedergeschrieben, und so kam es zu einer Vielzahl von Ungenauigkeiten und Entstellungen. Manche Gedichte sind in alten Versionen, die O.M. später verworfen hatte, in die Sammlung aufgenommen worden, so zum Beispiel »An die deutsche Sprache«. Das eine oder andere Gedicht hat zweifellos Mandelstam diktiert, denn es existierten zuvor keine Abschriften davon. Ob er selbst es war, der sich an sein Kindergedicht über die Kreuzigung erinnert hat? In den Lageralben fanden sich auch einige Scherzgedichte, die ich selbst nicht habe, zum Beispiel »Der Kutscher und Dante«, leider jedoch in einer ungenügenden Fassung. Dieses Gedicht kann nur jemand aus Leningrad in dieses entlegene Gebiet mitgebracht haben, derer gab es in den Lagern ja mehr als genug.

Diese Sammlung von Gedichten zeigte mir Dombrowskij, der ein Buch über das Leben in unserem Land mit, wie man früher sagte, »Herzblut geschrieben« hat. Dieses Buch beschreibt, obgleich es von Ausgrabungen, Schlangen, Architektur und Bürodamen handelt, die wesentlichen Merkmale unseres unglückseligen Lebens. Wer dieses Buch aufmerksam liest, wird begreifen, wie die Lager zum wichtigsten Instrument wurden, um das Gleichgewicht in unserem Lande zu erhalten.

D. behauptet, er habe Mandelstam während des »seltsamen Krieges« gesehen, also etwas mehr als ein Jahr nach dem 27. Dezember des Jahres 38, den ich als seinen Todestag ermittelt habe. Der Seeweg war bereits wieder frei, und der Mann, den D. für O. M. hielt oder der tatsächlich O. M. war, war in der Gruppe der Häftlinge, die ins Kolymagebiet eingeschifft werden sollten. Die Begegnung spielte sich noch im Lager »Wtoraja Retschka« ab. D., damals ein kraftvoller und leidenschaftlicher junger Mann, hatte von irgendwem gehört, dass unter den Häftlingen, die abtransportiert werden sollten, ein Mann sei, der von allen »der Dichter« genannt wurde, und wollte ihn sehen. Dieser Mann reagierte auf D.s Ruf: »Ich grüße Sie, Ossip Mandelstam« – D. kannte O. M.s Vatersnamen nicht. Der »Dichter« machte den Eindruck eines psychisch Kranken, schien sich aber trotzdem einigermaßen in der Situation zu orientieren. Die Begegnung dauerte nur einen Augenblick. Sie unterhielten sich darüber, inwieweit die Überfahrt in Kriegstagen möglich sei. Dann wurde der alte Mann – der »Dichter« wirkte, als sei er um die siebzig Jahre alt – gerufen, weil es Kascha gab, und er ging.

Das greisenhafte Aussehen des Häftlings, des vermeintlichen oder tatsächlichen Mandelstam, besagt gar nichts: Während der Zeit im Lager alterten die Menschen unvorstellbar schnell, noch dazu sah O. M. nie besonders jugendlich aus, sondern wirkte stets älter, als er tatsächlich war. Wie aber ist dieser Bericht mit dem, was ich ermittelt habe, zu vereinbaren? Man könnte vermuten, dass Mandelstam aus dem Krankenhaus entlassen wurde, als alle, die ihn kannten, bereits in andere Lager überstellt worden waren, und als Schatten seiner selbst noch einige Monate oder gar Jahre weiterexistiert hat. Oder der alte Mann war ein Namensvetter – bei den Mandelstams waren wenige Vornamen verbreitet, und es gab bei allen eine gewisse Familienähnlichkeit –, der im Lager »der Dichter« genannt wurde, weil man ihn für den Dichter Ossip Mandelstam hielt? Gibt es Gründe anzunehmen, dass dieser Mann, dem D. begegnet ist, tatsächlich O. Mandelstam war?

Alles, was ich herausgefunden hatte, erschütterten D.s Gewissheit, er sei O. M. begegnet, und sein Bericht verunsicherte wiederum mich. Mittlerweile bin ich mir in nichts mehr sicher. Gibt es denn irgendetwas in unserem Leben, dessen wir uns sicher sein können? Diese Frage bleibt, obgleich ich doch bei allem Pro und Contra abgewägt habe.

D. kannte Mandelstam nicht persönlich, hatte ihn in Moskau aber ein paar Mal gesehen, immer jedoch in Zeiten, in denen O. M. einen Bart trug, während der »Dichter« im Lager glatt rasiert war. Gleichwohl erinnerten seine Gesichtszüge D. an O. M.

Das ist selbstredend nicht ausreichend für vollständige Gewissheit – wie leicht kann man jemanden verwechseln. D. brachte noch in Erfahrung, allerdings nicht direkt beim »Dichter«, sondern aus dritter Hand, dass O. M.s Schicksal aufgrund eines von Bucharin geschriebenen Briefes entschieden worden sei. Offensichtlich war man im Jahr 38 auf Bucharins Brief an Stalin und seine zahlreichen kurzen Mitteilungen an O. M. gestoßen, die damals bei der Hausdurchsuchung beschlagnahmt worden und der Akte des ersten Verfahrens beigelegt waren. Das ist mehr als wahrscheinlich. Und davon hatte nur der echte Mandelstam Kenntnis. Allerdings bleibt die Frage unbeantwortet, ob der geheimnisvolle alte Mann, den alle den »Dichter« nannten, davon berichtet hat oder ob ihm etwas zugeschrieben wurde, das über einen bereits Verstorbenen im Lager erzählt wurde, für den man den alten Mann hielt. Mit anderen Worten: Die Lagerhäftlinge wussten, dass in Mandelstams Strafsache ein Brief von Bucharin eine Rolle gespielt hatte. Und sie schrieben einem alten Mann, der möglicherweise ein Namensvetter O. M.s war, den sie aber für O. M. selbst hielten, diesen Brief zu. Es kann nicht geklärt werden, wie es sich tatsächlich verhalten hat. Für mich jedoch ist interessant, dass der Brief erwähnt wurde. Das ist das Einzige, was ich über die Zeit in der Lagerhaft aufgrund des zweiten, wiederholten Strafverfahrens in Erfahrung bringen konnte. Nicht von ungefähr heißt es in O. M.s »Vierter Prosa«: »Das Verfahren ist noch nicht abgeschlossen und, so wage ich zu versichern, wird niemals abgeschlossen sein.« Aufgrund des Briefes, den Bucharin an Stalin schrieb, wurde das Verfahren im Jahr 34 einer Revision unterzogen, und ebendieser Brief wurde offensichtlich auch in das Verfahren von 1938 einbezogen. Eine erneute Prüfung des Falles erfolgte 1955, aber diese konnte kein Licht ins Dunkel bringen, und ich hoffe, dass man sich des Falles nochmals annimmt.

Was also spricht nun für meine Annahme, O. M. sei im Dezember 1938 zu Tode gekommen? Die erste offizielle Mitteilung zum Tod von O. M. war für mich das zurückgesendete Päckchen mit dem Vermerk »Empfänger verstorben«. Allerdings reicht das nicht aus, denn es sind Tausende von Fällen bekannt, in denen Postsendungen mit diesem Vermerk zurückgesandt wurden, während der Empfänger jedoch lediglich in ein anderes Lager überstellt worden war und das Päckchen deshalb nicht erhalten hatte. Ein zurückgesandtes Päckchen wurde stets mit dem Tod in Verbindung gebracht, für die meisten war dies die einzige Nachricht, durch die sie vom Tod eines Angehörigen erfuhren. Zugleich versahen die dreisten uniformierten Beamten im Durcheinander der überfüllten Lager Postsendungen oftmals willkürlich mit Vermerken – tot oder lebendig, welchen Unterschied macht das? Die, die sich hinter Stacheldraht befanden, wurden aus dem Leben getilgt, und man machte ihretwegen kein Gewese. Auch von den Kriegsfronten wurden Mitteilungen über den Tod von Soldaten oder Offizieren verschickt, auch wenn diese oftmals nur verwundet oder in Gefangenschaft genommen worden waren. Im Krieg geschah das irrtümlicherweise, und denen, die eine Todesmitteilung erhielten, wurde von den anderen, die in der gleichen Situation waren, Aufmerksamkeit und Mitgefühl entgegengebracht. Lagerhäftlingen gegenüber wurde ein anderes Verhalten an den

Tag gelegt: Sie wurden behandelt wie Vieh, und die viehischen Menschen, die über ihr Leben verfügten, wurden eigens darin unterwiesen, alle Rechte der Gefangenen mit Füßen zu treten. Die Rücksendung eines Pakets beweist noch nicht, dass der, an den es adressiert war, zu Tode gekommen war.

Auch das auf der vom Standesamt ausgestellten Sterbeurkunde angegebene Todesdatum beweist absolut gar nichts. Die Eintragungen von Daten auf solchen Urkunden wurden vollkommen willkürlich vorgenommen, oftmals wurden sogar Millionen von Todesfällen bewusst mit einer bestimmten Zeit, beispielsweise mit Kriegsereignissen, in Zusammenhang gebracht. Es wirkte sich günstig für die Statistik aus, wenn die Zahlen der Todesfälle in den Lagern und die der Kriegstoten zusammengefasst wurden. Das Bild der Repressionen wurde so verfälscht, und niemand interessierte sich für die Wahrheit. In den Jahren der Rehabilitierungen wurde als Todesjahr fast automatisch 1942 oder 1943 angegeben. Wie soll man die auf den Sterbeurkunden angegebenen Daten schon überprüfen? Und wer hat das Gerücht im Ausland aufgebracht, Mandelstam sei in einem Lager im Gebiet von Woronesch gewesen und dort von den Deutschen umgebracht worden? Es ist doch eindeutig, dass dies einer unserer progressiven Schriftsteller oder Diplomaten war, der, von Ausländern in die Enge getrieben, die sich, wie Surkow zu sagen pflegte, in fremde Angelegenheiten einmischten, die Verantwortung für Mandelstams Tod auf die Deutschen schob, weil es so bequem und einfach war.

Laut Sterbeurkunde wurde O.M.s Tod im Mai 1940 ins Sterberegister eingetragen. Das ist die einzige existierende Angabe, die belastbar ist. Denn man kann hoffen, dass noch Lebende nicht ins Sterberegister eingetragen wurden, obgleich es auch diesbezüglich keinerlei Gewissheit gibt. Unterstellt man, ein Romain Rolland, dessen Meinung Stalin nicht ignorieren konnte, habe sich an Stalin gewandt und um die Freilassung Mandelstams gebeten – es gab tatsächlich Fälle, bei denen jemand aufgrund eines Ersuchens aus dem Ausland an unseren

Machthaber aus der Haft entlassen wurde –, könnte es natürlich sein, dass Stalin nicht der Sinn danach stand, dieser Bitte nachzukommen, oder dass er es nicht konnte, weil Mandelstam in der Haft zu Tode gekommen war. Wenn das der Fall war, so war es ein Leichtes, ihn für tot zu erklären und mich durch die Übermittlung der Sterbeurkunde zum Sprachrohr dieser staatlichen Lüge zu machen.

Warum erhielt ich eine Sterbeurkunde, während kein anderer in meiner Lage eine solche erhielt? Was wurde damit bezweckt?

Wenn Mandelstam tatsächlich vor Mai 1940 gestorben ist – nehmen wir einmal an, im April –, ist es möglich, dass D. ihm begegnet ist, dann war der alte Mann, der von allen »der Dichter« genannt wurde, also tatsächlich O. M.

Ist den Angaben von Kasarnowskij und Chasin zu vertrauen?

In den meisten Fällen können die Lagerhäftlinge keine genauen Daten aus ihrer Haftzeit angeben. Im Einerlei und Wahnwitz des Lagerlebens existierte keine Zeit. Kasarnowskij war zu dem Zeitpunkt, als O. M. aus dem Krankenhaus entlassen wurde, möglicherweise bereits auf dem Weg ins Lager, in dem er seine Haft verbüßen sollte – wann er weiterdeportiert wurde, konnte trotz aller Bemühungen nicht herausgefunden werden. Auch dass unter den Lagerhäftlingen das Gerücht kursierte, O. M. sei gestorben, bedeutet nichts. Die Lager lebten von Gerüchten. Das Gespräch M.s mit dem Arzt lässt sich ebenfalls nicht datieren. Womöglich sind die beiden sich erst ein oder zwei Jahre nach O. M.s Tod begegnet.

Niemand weiß irgendetwas. Und niemand, weder auf dieser noch auf jener Seite des Stacheldrahts, kann etwas in Erfahrung bringen. Niemandem wird es je gelingen, Licht in das Dunkel des fürchterlichen Durcheinanders und Kodders der Lager zu bringen, in denen Menschen zusammengepfercht waren und Tote mit ihren Marken ums Fußgelenk neben den Lebenden lagen.

Niemand hat O. M. tot gesehen. Niemand hat seinen Leichnam gewaschen. Niemand hat ihn in einen Sarg gelegt. Der Fieberwahn derer, die in den Lagern gequält wurden, kennt keine Zeit und unterscheidet nicht zwischen Realität und Phantasie. Die Berichte dieser Menschen sind nicht glaubwürdiger als andere Märtyrerlegenden. Und die wenigen, die als Zeugen überlebt haben – D. ist einer von ihnen –, hatten nicht die Möglichkeit, ihr Wissen zu überprüfen und vor Ort die Angaben zu analysieren.

Alles, was ich weiß, ist, dass ein Mensch, ein Leidender und Märtyrer, irgendwo gestorben ist. Der Tod ist das Ende eines jeden Lebens. Vor seinem Tod lag er auf einer Pritsche und war von anderen Todgeweihten umgeben. Vermutlich hat er auf ein Paket von mir gewartet. Es wurde ihm nicht zugestellt, oder es kam nicht rechtzeitig an. Das Paket wurde zurückgesandt. Das kam für uns der Nachricht gleich, dass O. M. nicht mehr am Leben war. Für ihn, der auf das Paket wartete, bedeutete dessen Ausbleiben, dass wir nicht mehr am Leben waren. Und all dies womöglich einzig aus dem Grund, dass ein feister Beamter in Uniform, der abgerichtet war auf die Vernichtung von Menschen, der es satt hatte, in den langen, sich ständig ändernden Listen mit den Namen der Verhafteten nach einem unaussprechbaren Familiennamen zu suchen, die Adresse durchgestrichen hat, auf dem Formular, mit dem das Paket bei der Rücksendung versehen wurde, das Erste, das ihm in den Sinn kam, vermerkte – »Empfänger verstorben« –, es auf den Weg zurück beförderte, damit ich, die ich für den Tod meines Gefährten betete, zusammenzuckte, als ich am Schalter von der Postbeamtin diese letzte und unausweichliche, aber gnädige Nachricht erhielt.

Und nach seinem Tod – oder davor? – lebte O. M. in den Lagerlegenden als siebzigjähriger wahnsinniger alter Mann mit Essnapf für die Kascha, ein Mann, der einstmals Gedichte geschrieben hatte und deshalb von allen »der Dichter« genannt wurde. Und ein anderer alter Mann – oder war es O. M.? –, der im Lager »Wtoraja Retschka« war, wurde von dort ins Kolymagebiet deportiert, und viele glaubten, das sei Ossip Mandelstam gewesen, und ich weiß bis heute nicht, wer er war.

Das ist alles, was ich über Mandelstams letzte Tage, seine Krankheit und seinen Tod in Erfahrung bringen konnte. Andere wissen noch weniger darüber, wie ihre Angehörigen ums Leben gekommen sind.

Ein letzter Bericht

Ein wenig mehr weiß ich indes doch. Der Gefangenentransport ging am 27. September 1938 ab. L., der als Physiker an einer technischen Hochschule in Moskau gearbeitet hatte, deren Mitarbeiterstab vollkommen zerschlagen wurde, weil dort der Sohn eines von Stalins Feinden* arbeitete, bat mich, seinen vollen Namen nicht zu nennen: »Heutzutage könnte man ihn nennen, aber wer weiß schon, was noch geschieht.« Er war aus dem Taganka-Gefängnis in den Gefangenentransport überstellt worden, die anderen Häftlinge waren erst kurz vor dem Abtransport aus der Lubjanka ins Butyrka-Gefängnis überstellt worden. Schon auf der Fahrt hörte L., dass Mandelstam unter den Gefangenen des Transports sei. Einer der Gefangenen des Wagens, in dem L. fuhr, war krank geworden und einige Tage im Krankenwagen gewesen und hatte bei seiner Rückkehr erzählt, dort sei auch Mandelstam gewesen. Seinen Worten zufolge habe Mandelstam dort die ganze Zeit mit der Decke über dem Kopf auf seiner Pritsche gelegen. Er hatte noch etwas Geld und die Soldaten des Begleitschutzes kauften ihm an den Bahnstationen manchmal ein Brötchen. O. M. brach es entzwei und gab die eine Hälfte einem der Gefangenen, seine eigene rührte er nicht an, bis er aus einem Spalt unter der Decke beobachtet hatte, dass der andere die Hälfte,

* Lew Trotzkis Sohn.

die er ihm gegeben hatte, aufgegessen hatte. Erst dann setzte er sich auf und aß. Er war von der Angst, vergiftet zu werden, gepeinigt. Das war seine Krankheit, er hungerte lieber, als den Fraß, den die Gefangenen erhielten, anzurühren.

Mitte Oktober kam der Gefangenentransport in Wladiwostok an. Das Lager »Wtoraja Retschka« war schrecklich überfüllt. Die Gefangenen des Transports konnten nirgendwo untergebracht werden, und es wurde ihnen befohlen, sich zwischen zwei Baracken unter freiem Himmel niederzulassen. Das Wetter war trocken, und L. war nicht unglücklich darüber, kein Dach über dem Kopf zu haben. Er hatte gleich bei seiner Ankunft bemerkt, dass Häftlinge halbnackt neben den Waschräumen hockten – und was Waschräume im Lager sind, kann man sich vorstellen – und ihre zerlumpte Kleidung nach Läusen absuchten. Die Fleckfieber-Epidemie war jedoch noch nicht ausgebrochen.

Nach einigen Tagen wurden die Neuankömmlinge vor eine Kommission aus Vertretern der Lagerhauptverwaltung des Kolymagebiets gebracht. Dort wurde gebaut, und dafür brauchte man gute Arbeitskräfte – die waren allerdings unter den durch die Gefängnishaft, die nächtlichen Befragungen und die »vereinfachten Verhörmethoden« entkräfteten Menschen nicht eben leicht zu finden. Viele wurden ausgemustert, unter ihnen der damals zweiunddreißigjährige L. aufgrund eines Beinbruchs, den er in der Kindheit erlitten hatte. Der Weitertransport der Häftlinge aus dem Durchgangslager ging langsam vonstatten, neue Gefangenentransporte kamen an und brachten Hunderte, wenn nicht gar Tausende ausgehungerter, dreckiger und verwahrloster Menschen. L. überschlug in etwa die zahlenmäßige Belegung des Lagers. Als Mann von genauem mathematischem Verstand analysierte und registrierte er alles, was er im Laufe seines über zwanzigjährigen Aufenthalts in den Lagern sah, und prägte es sich ein.

Seine Erinnerung wird jedoch niemals allgemeines Wissen werden, denn er hat sich, erschöpft vom Leben in den Lagern, ganz in sich und sein Leben mit seiner neuen Familie zurückgezogen, vertraut niemandem und will nur mehr Ruhe. Er lebt ausschließlich für seine Tochter, die die einzige Freude im Leben dieses frühzeitig gealterten und kranken Menschen ist. Er ist einer der wenigen hervorragenden Zeugen, aber er will kein Zeugnis ablegen. Für mich machte er eine Ausnahme. Bisweilen hat er bereits im Lager und auch nach seiner Freilassung über seine Begegnung mit Mandelstam gesprochen, die ihn tief beeindruckt hat. Ich habe ihn nicht gefragt, obgleich ich das wohl hätte tun sollen, ob seitens der Lagerverwaltung des Kolymagebiets lange gute Arbeitskräfte gesucht wurden. Vielleicht hat man sich ja bald schon auch mit denen als Arbeitskraft begnügt, die bereits entkräftet waren, um sie schnellstmöglich als Abgang zu verbuchen. Möglicherweise hat man ja versucht, die schlechte Qualität der Arbeitskräfte durch Quantität aufzuwiegen.

Die Regenzeit begann, und es war ein Kampf, einen Platz in einer der Baracken zu ergattern, auf Schritt und Tritt gab es Schlägereien. L. hatte es mittlerweile zum Gruppenleiter einer Brigade von sechzig Mann gebracht. Seine Aufgabe bestand lediglich in der Verteilung der Brotrationen, aber als der Regen einsetzte, verlangte seine Brigade von ihm, er möge dafür sorgen, dass sie endlich untergebracht würden. L. schlug vor, man könne schauen, ob es irgendwo Dachböden gebe, die nicht belegt seien. Wer noch flink und kräftig war – das waren meist die Jüngeren –, schätzte die Räume unter dem Dach, denn dort war man nicht so zusammengepfercht und die Luft war nicht so stickig. Im Winter mussten die Dachböden indes wieder freigemacht werden, weil man dort hätte erfrieren oder am Schornstein verbrennen können, aber niemand schaute so weit in die Zukunft – im Lager lebt man nur von einem Tag zum nächsten. Die Aussicht darauf, die Nächte auf einem Dachboden zu verbringen, verhieß ein paar Wochen relativer Freiheit.

Bald war ein Dachboden gefunden, auf dem sich eine Gruppe von fünf Kriminellen eingerichtet hatte, obgleich dort dreimal so viele Männer hätten unterkommen können. L. machte sich mit ein paar Kameraden auf, um die Lage zu erkunden. Der Eingang zum Dachboden war mit Brettern vernagelt. Ein Brett ließ sich bewegen. L. riss es ab und stand Kopf an Kopf dem Anführer der Gruppe von Kriminellen gegenüber. L. stellte sich schon auf eine Schlägerei ein, aber sein Gegenüber stellte sich ihm höflich vor: »Archangelskij.« Sie begannen zu verhandeln. Es stellte sich heraus, dass der Dachboden Archangelskij und seinen Kameraden vom Lagerkommandanten überlassen worden war. L. schlug vor, zum Kommandanten zu gehen, Archangelskij erklärte sich höflicherweise einverstanden. Der Lagerkommandant nahm eine unerwartete Verhandlungsposition ein: Er legte nahe, einen Kompromiss zu finden. Vielleicht empfand er Respekt vor L., der keine Angst vor einer Auseinandersetzung mit Kriminellen hatte, oder er glaubte, dass dieser ebenfalls ein Krimineller war. Er sagte: »In dieser Situation müssen wir irgendwie zurechtkommen. Ihr müsst zusammenrücken, denn es gibt nicht ausreichend Platz für alle.« Mit dem Sieg, den er errungen hatte, kehrte L. zu seiner Brigade zurück, um zehn Mann auszuwählen, die auf den Dachboden ziehen sollten, aber seine Kameraden hatten es sich anders überlegt, und keiner wollte mit Kriminellen zusammenwohnen, denn diese hätten sie ja bestehlen können. L. versuchte, seine Kameraden zu überzeugen, dass es doch nichts gebe, was man ihnen stehlen könne, außerdem sei ihre Gruppe doppelt so stark wie die der Kriminellen, aber sie zogen es vor, weiterhin unter freiem Himmel zu nächtigen. L. aber hatte einen neuen Freund gefunden, und immer, wenn sie sich über den Weg liefen, grüßten Archangelskij und L. einander höflich. Die Begegnungen fanden meist im Zentrum des Lagers statt, wo die Lagerinsassen sich auf einem Tausch- und Schwarzmarkt trafen.

Einmal lud Archangelskij L. ein, am Abend zu ihnen auf den Dachboden zu kommen, es würden Gedichte vorgetragen. Davor, dass man ihn bestehlen würde, hatte L. keine Angst – seit Monaten schlief er in dem, was er auf dem Leibe trug, und seine zerlumpte Montur hätte selbst einen Dieb im Lager nicht in Versuchung bringen können. Das Einzige, das ihm geblieben war, war sein Hut, aber im Lager stellte so etwas keinen Wert dar. Er war neugierig auf die Gedichte und ging hin.

Als er auf den Dachboden kam, brannte dort eine Kerze. In der Mitte des Raumes stand ein Fass, auf dem geöffnete Konservendosen und Weißbrot lagen. Für das hungernde Lager war dies eine ganz außergewöhnliche Opulenz – die Menschen lebten dort von Wassersuppen mit Linsen, und selbst diese reichte nicht für alle. Zum Frühstück erhielten die Häftlinge ein halbes Glas wässriger Brühe.

Mitten unter den Kriminellen saß ein Mann mit grauem Stoppelbart in einem gelben Ledermantel. Er rezitierte Gedichte. L. kannte die Gedichte – dieser Mann war Mandelstam. Die Kriminellen bewirteten ihn mit Brot und Konserven, er aß gelassen – offensichtlich hatte er nur Angst vor dem vom Lagerpersonal ausgegebenen Essen. Sein Publikum lauschte schweigend, bisweilen bat man ihn, ein Gedicht nochmals vorzutragen. Er trug es nochmals vor.

Nach diesem Abend ging L., wenn er Mandelstam begegnete, stets auf ihn zu. Sie unterhielten sich dann ein wenig, und L. bemerkte, dass O. M. unter Verfolgungswahn oder Zwangsideen litt. Seine Erkrankung fand ihren Ausdruck nicht nur in der Angst vor dem Lageressen, aufgrund derer er fast verhungerte. Er hatte auch Angst vor Spritzen. Schon vor seiner Verhaftung hatte er von Injektionen mit geheimnisumwitterten Substanzen gehört, die den Inhaftierten in der Lubjanka verabreicht würden, um sie willenlos zu machen und die notwendigen Geständnisse von ihnen zu erhalten.

Gerüchte dieser Art hielten sich seit den zwanziger Jahren hartnäckig. Ob sie einen wahren Hintergrund hatten, wussten wir selbstverständlich nicht. Des Weiteren war das schreckliche Wort »sozialgefährlich« im Umlauf, denn die Urteile der Sonderkommission des NKWD beruhten hauptsächlich darauf, dass jemand potentiell »sozialgefährlich« sei. Bei O. M. geriet all dies durcheinander, seine vierte Verhaftung hatte er nicht ausgehalten, und in seiner seelischen Verstörtheit phantasierte er davon, dass man ihm die Tollwut eingeimpft habe, damit er tatsächlich eine Gefährdung für die soziale Sicherheit darstelle, um sich seiner schneller entledigen zu können.

Er hatte ganz vergessen, dass man sich in unserem Land der Menschen auch ohne »Impfungen« entledigen konnte.

Von psychiatrischen Erkrankungen verstand L. nichts, aber er wollte O. M. helfen. Er zweifelte O. M.s Aussagen nicht an, sondern tat, als sei er der Meinung, O. M. behaupte ganz bewusst, er sei an Tollwut erkrankt. Vielleicht, damit die anderen ihm aus dem Weg gingen. »Mich wollen Sie doch aber nicht abschrecken?«, fragte L. ihn. Diese Täuschung gelang, und zu L.s Überraschung sprach O. M. fortan nicht mehr über Injektionen und Tollwut.

Im Durchgangslager bestand keine Arbeitspflicht. Auf dem den krimineller Vergehen wegen verurteilten Lagerhäftlingen zugewiesenen Gelände – die nach Paragraph 58 Verurteilten sollten in der Regel, da sie als besonders gefährlich galten, von den anderen Gefangen isoliert werden, was jedoch aufgrund der Überfüllung der Lager so gut wie nie befolgt wurde – wurde Baumaterial abgeladen. Die Häftlinge, die sich an diesen Arbeiten beteiligten, erhielten keine Vergünstigungen, nicht einmal ihre Brotration wurde erhöht, gleichwohl fanden sich Leute, die freiwillig arbeiteten, weil sie es leid waren, in der Enge des überfüllten Lagers unter den verwahrlosten und verstörten Mithäftlingen tatenlos herumzusitzen. Sie wollten hinaus, und sei es nur auf das benachbarte Gelände, das nicht derart überfüllt war, und so den ansonsten auf den Hofgang beschränkten Aufenthalt an der frischen Luft verlängern. Und nicht zuletzt hatten die jungen Männer nach der langen Zeit im Gefängnis das Bedürfnis nach körperlicher Betätigung. Als sie später entkräftet im Lager des endgültigen Bestimmungsortes ankamen, meldeten sie sich selbstredend nicht mehr freiwillig zum Arbeitseinsatz, aber im Durchgangslager war es anders.

Auch L. meldete sich freiwillig zur Arbeit. Er gab niemals auf. Je unerträglicher die Umstände waren, desto stärker wurde sein Wille durchzuhalten. Er biss die Zähne zusammen und sagte sich immer wieder: »Ich sehe alles und weiß alles, aber das wird mich nicht umbringen.« Er hatte nur ein einziges Ziel: Nicht zuzulassen, dass man ihm sein Leben nehme, das um alles auf der Welt er retten wollte. Ich kenne dieses Gefühl nur zu gut, denn auch ich habe fast dreißig Jahre mit zusammengebissenen Zähnen überlebt. Und deshalb empfinde ich L. gegenüber den höchsten Respekt. Ich weiß, was es bedeutete, unter normalen Umständen am Leben zu bleiben, er aber hat sich dieses Ziel unter den schwierigsten Umständen im Lager des Jahres 38 gesetzt und es im Laufe all der schreckensreichen Jahre nicht aufgegeben. Er kehrte 1956 zurück, litt an Tuberkulose, sein Herz war auf immer geschädigt, aber er kehrte zurück, an der Seele unversehrt und mit einem Gedächtnis, das besser war als das der meisten derer, die ein normales Leben geführt hatten.

L. nahm O. M. mit zur Arbeit, er sollte ihm helfen. Das war möglich, weil im Durchgangslager keine Arbeitsnorm zu erfüllen war und auch L. sich nicht zu überanstrengen gedachte. Sie luden ein, zwei Steine auf eine Trage, trugen sie etwa einen halben Kilometer weit, luden sie ab und setzten sich, um ein wenig auszuruhen. Auf dem Rückweg nahm L. die Trage. Einmal, als sie auf Haufen aufgeschütteter Steine ausruhten, sagte O. M.: »Mein erstes Buch hieß ›Der Stein‹, und das letzte wird ebenfalls ein Stein sein.« L. hat sich diesen Satz eingeprägt, aber er kannte die Titel von O. M.s Büchern nicht. Als er dies erzählte, unterbrach er seinen Bericht und fragte mich: »Hieß sein Buch wirklich ›Der Stein‹?«, und er freute sich über meine Bestätigung, denn sie zeigte ihm, wie gut sein Gedächtnis war.

Durch den Abstand zu den anderen Lagerhäftlingen auf dem relativ leeren und ruhigen Gelände der kriminellen Strafgefangenen schöpften beide neuen Mut.

L.s Bericht half mir, einen Satz aus O. M.s letztem Brief zu verstehen. Er schrieb dort, er gehe zur Arbeit und das habe seine

Befindlichkeit verbessert. Da aber alle sagten, im Durchgangslager müssten die Häftlinge keine Zwangsarbeit leisten, konnte ich mir keinen Reim darauf machen, was er damit meinte. Durch L. ist mir das nun verständlich geworden.

Anfang Dezember brach eine Fleckfieber-Epidemie aus und L. verlor O. M. aus den Augen. Die Lagerverwaltung ergriff energische Maßnahmen: Die Häftlinge wurden in die Baracken getrieben, in denen durch die Krankheitsfälle Plätze frei geworden waren, die Tür verschlossen und niemand wurde hinausgelassen. Am nächsten Morgen wurde wieder aufgeschlossen, die Kloeimer wurden geleert und das medizinische Hilfspersonal maß bei allen die Temperatur. Diese Art der Prophylaxe hatte natürlich keinerlei Nutzen, und die Krankheit raffte die Menschen dahin. Die Kranken wurden auf die Isolierstation verlegt, über die Unheimliches erzählt wurde. Es hieß, niemand komme von dort lebend zurück.

L. hatte sich eine mittlere der dreistöckigen Pritschen erkämpft. Das war ein großes Glück, denn auf den unteren Pritschen herrschte ständiges Geschubse, auf den oberen war es unerträglich stickig. L. bekam Schüttelfrost. Um nicht zu frieren, bot er an, seinen Platz gegen einen auf den oberen Pritschen zu tauschen, was nicht schwierig war. Aber auch dort oben hörte der Schüttelfrost nicht auf, und ihm wurde klar, dass er sich angesteckt hatte. Er wollte nur eins: in der Häftlingsbaracke gesund und auf gar keinen Fall auf die Isolierstation verlegt werden. Es gelang ihm einige Male, die Krankenhelfer zu täuschen, indem er die Temperatur, die das Fieberthermometer anzeigte, manipulierte. Sein Fieber stieg, sein Betrug wurde entdeckt, und er wurde verlegt. Auf der Isolierstation erzählte man ihm, dass kurz zuvor auch Mandelstam dort gewesen sei. Bei ihm sei allerdings kein Typhus festgestellt worden. Die Ärzte, die selbst Häftlinge waren, hätten ihn gut behandelt und sogar einen Halbpelz für ihn aufgetrieben. Es gab mittlerweile einen Überschuss an Kleidung – das Vermächtnis der Verstorbenen. Die Menschen starben wie die Fliegen. O. M. brauchte damals ganz dringend warme Kleidung, denn er hatte schon seinen Ledermantel gegen Zucker getauscht. Für den Mantel hatte er anderthalb Kilo bekommen, die ihm sogleich gestohlen wurden. L. fragte, wo O. M. nun sei, aber niemand konnte ihm diese Frage beantworten.

Nach einigen Tagen auf der Isolierstation diagnostizierten die Ärzte bei L. Fleckfieber, und daraufhin wurde er ins Lagerkrankenhaus verlegt. Das Lager »Wtoraja Retschka« verfügte offensichtlich über ein durchaus anständiges Krankenhaus, zweistöckig und sauber. Dort wurden die Typhuskranken versorgt. Zum ersten Mal nach Monaten lag L. hier in einem frisch bezogenen Bett, und die Krankheit wurde so zur Erholung und vermittelte das Gefühl von unerhörtem Luxus.

Nach seiner Entlassung aus dem Krankenhaus hörte L., dass O. M. gestorben sei. Das muss zwischen Dezember 1938 und April 1939 gewesen sein, denn ab April war er dann im Zwangsarbeitslager. Er traf niemanden, der O. M.s Tod bezeugen konnte. Seine eigenen Erinnerungen sind genau, aber ob seine Informanten ebenso zuverlässig waren wie er, ist schwer zu beurteilen. L.s Bericht scheint Kasarnowskijs Version zu bestätigen, dass O. M. schon bald nach seiner Ankunft im Durchgangslager gestorben ist. Ich ziehe indes einen weiteren Schluss: Da im Krankenhaus lediglich die an Typhus Erkrankten behandelt wurden, muss O. M. auf der Isolierstation gestorben sein und konnte sich so auch vor dem Tod nicht in einem eigenen Bett erholen, zugedeckt mit dem erbärmlichen Laken des Lagerkrankenhauses, das doch unerhört wundervoll war.

Ich habe keine Möglichkeit, Auskünfte zu bekommen, ja es gibt dafür auch gar keinen Ansprechpartner. Wer würde Mandelstams wegen in all diesen schrecklichen Dingen wühlen wollen, wo doch nicht einmal dessen Buch veröffentlicht werden kann?

Jene, die in den Lagern ihr Leben gelassen haben, müssen glücklich sein, wenn sie posthum rehabilitiert oder zumindest das Verfahren gegen sie aufgrund des fehlenden Tatbestands niedergelegt wurde. Selbst bei den Bescheinigungen in unserem Lande gibt es zwei Kategorien, da gibt es keine Gleichmacherei. Und Mandelstam wurde eine Bescheinigung der zweiten Kategorie ausgestellt. Deshalb kann ich nur aus all dem wenigen, das ich zusammengetragen habe, Mutmaßungen darüber anstellen, wann Mandelstam gestorben ist. Bis heute sage ich mir: Je früher sein Tod eingetreten ist, desto besser. Nichts ist furchtbarer als ein langsamer Tod. Es ist eine schreckliche Vorstellung für mich, dass O. M., nachdem ich mich nach der Mitteilung der Postbeamtin getröstet hatte mit dem Gedanken, er sei tot, womöglich doch noch gelebt hat und ins Kolymagebiet deportiert worden ist. Nicht einmal sein Todesdatum ist bekannt. Und es steht nicht in meiner Macht, es zu ermitteln.

ANMERKUNGEN

7 ***Nachdem er Alexej Tolstoj geohrfeigt hatte***

Alexej Tolstoj (Aleksej Nikolaevič Tolstoj, 1882–1945), Dichter, Dramatiker, Autor von sozialpsychologischen, historischen und Science-Fiction-Romanen und Erzählungen, dreimaliger Träger des Stalinpreises (1941, 1943, 1945 posthum). Nach dem Umsturz durch die Bolschewiki 1917 emigrierte er, lebte in Konstantinopel, Paris und Berlin und kehrte nach 1923 in die Sowjetunion zurück, wo der »Rote Graf« einer der Lieblingsschriftsteller Stalins wurde. Als Abgeordneter des Obersten Sowjets der UdSSR, Mitglied der Akademie der Wissenschaften und Vorsitzender des Schriftstellerverbands der UdSSR (1936–1938) nahm er eine führende Rolle in der Sowjetliteratur ein.

Der im ersten Satz von Nadeschda Mandelstams Erinnerungen beschriebene Vorfall ereignete sich Mitte April 1934. Auslöser für Mandelstams Tätlichkeit gegen den offiziösen Schriftsteller war dessen Verhalten als Vorsitzender des vom Schriftstellerverband gebildeten Schiedsgerichts in der Sargidjan-Affäre im September 1932 (vgl. Anm. zu S. 51).

Anna Andrejewna

(Anna Andreevna Achmatova, 1889–1966) war die »Königin der russischen Literatur«. Als Anna Gorenko bei Odessa geboren, wuchs sie in Zarskoje Selo auf, einem Vorort von Sankt Petersburg und Sommersitz der Zarenfamilie (vgl. Anm. zu S. 17). Ihre 1912 und 1914 unter dem Pseudonym Anna Achmatowa veröffentlichten Gedichtbände *Večer* (Abend, 1912) und *Četki* (Rosenkranz, 1914) erhielten weite Anerkennung, und Achmatowa wurde zur gefeierten Lieblingsdichterin Russlands. Anna Achmatowa gehörte wie Ossip Mandelstam der im Oktober 1911 von ihrem ersten Ehemann Nikolaj Gumiljow gegründeten Zunft der Dichter an (vgl. Anm. zu S. 8), aus der es zur Bildung des Akmeismus kam (vgl. Anm. zu S. 257). Nachdem Achmatowas Gedichte aufgrund eines geheimen Parteierlasses aus dem Jahr 1925 fünfzehn Jahre lang nicht gedruckt worden waren, erschien im Mai 1940 ein Auswahlband ihrer Gedichte. Mit

Michail Soschtschenko wurde sie 1946 Opfer grober Angriffe im Rahmen der durch einen Beschluss des ZK der Kommunistischen Allunions-Partei (Bolschewiki) eingeleiteten Kampagne zur Verschärfung der Politik im kulturellen Bereich, zwei bereits gedruckte Auswahlbände wurden eingestampft, Achmatowa aus dem Schriftstellerverband der UdSSR ausgeschlossen. Nach Stalins Tod, in den Zeiten des politischen »Tauwetters«, konnte sie wieder veröffentlichen, jedoch unter strenger Zensur. Anna Achmatowa war frei. Niemand verbannte sie in ein Lager. Man erschoss und quälte ihre »Liebsten«, ihren Lebensgefährten Nikolaj Punin und ihren Sohn Lew Nikolajewitsch Gumiljow. Aus Verzweiflung und in der Hoffnung, ihren Sohn retten zu können, schrieb Achmatowa einige Lobeshymnen auf den Sozialismus. Diese wurden publiziert, doch das half ihrem Sohn nicht. Ihr *Rekviem* (Requiem), in dem sie die »schrecklichen Jahre des Justizterrors« beschreibt, und ihr *Poėma bez geroja* (Poem ohne Held), an dem sie von 1940 bis 1962 gearbeitet hatte, wurden in Russland erst zwei Jahrzehnte nach ihrem Tod veröffentlicht. Entstanden in einer Atmosphäre von Leid und Angst, zeugen *Requiem* und das *Poem ohne Held* von der inneren Unabhängigkeit der Dichterin, von einer »stillen Freiheit«, die Achmatowas *Poem ohne Held* neben Pasternaks *Doktor Schiwago* zur »großen russischen Selbstbehauptung in den Leiden und Ängsten des Terrors« macht.

Punin

(Nikolaj Nikolaevič Punin, 1888–1953), Kunsthistoriker und Kunstkritiker, lebte zwischen 1926 und 1938 mit Anna Achmatowa zusammen, ließ sich allerdings nicht von seiner Frau scheiden. Anna Achmatowa und ihr Sohn lebten mit Punin, dessen Frau und deren gemeinsamer Tochter zusammen. Von 1913 bis 1934 arbeitete Punin am Russischen Museum (Sankt Petersburg, Petrograd, Leningrad), nach der Revolution wurde er von Anatolij Lunatscharski (1875–1933) zum Kommissar der Eremitage und des Russischen Museums ernannt. 1927 verantwortete Punin die Ausstellung *Neueste Tendenzen in der russischen Kunst* im Russischen Museum. Er war Stellvertreter Kasimir Malewitschs in dessen Funktion als Direktor des Leningrader Gosudarstvennyj Institut Chudožestvennoj Kultury, kurz GINCHUK (Staatliches Institut für künstlerische Kultur), das 1926 aufgelöst wurde, später Professor an der Leningrader Staatlichen Universität und des Instituts für Malerei, Bildhauerei und Architektur der Allrussischen Akademie der Künste in Leningrad. 1934 aus dem Dienst am Russischen Museum entlassen. 1921 im Zusammenhang mit der Taganzew-Affäre (vgl. Anm. zu S. 255) erstmals verhaftet, nach einer zweiten Verhaftung in den 1930er-Jahren Freilassung aufgrund der Fürsprache von Anna Achmatowa und Boris Pasternak. Erneute Verhaftung 1949, Deportation nach Workuta, wo Punin 1953 starb. 1957 posthume Rehabilitierung.

»Und schließlich auf dem Bauernschlitten«
Aus Achmatowas Gedicht: *Ja znaju, s mesta ne sdvinut'sja* (Ich weiß, dass es nicht möglich ist, sich dorthin zu begeben, 1937).

In den zitierten Zeilen des Gedichts bezieht Achmatowa sich auf das Gemälde *Die Bojarin Morosowa* des Malers Wassilij Surikow (Vasilij Ivanovič Surikov, 1848–1916). Die russische Bojarin Feodossija Morosowa (Feodossija Prokof'evna Morozova, 1632–1675) war Unterstützerin Awwakums (vgl. Anm. zu S. 84), der führenden Figur der Bewegung der Altgläubigen, die sich gegen die Reformen des russischen Ritus des Patriarchen Nikon (1605–1681) aus dem Jahr 1652 wandten. Gegner dieser Kirchenreformen wurden verfolgt, Tausende hingerichtet. Morosowa war gemeinsam mit ihrer Schwester ab 1674 im Pafnuti-Kloster inhaftiert, wo beide verhungerten. Sie wurde von einigen Altgläubigen als Märtyrerin verehrt.

Surikows großformatiges Historiengemälde zeigt den Abtransport Morosowas in einem Schlitten nach ihrer Verhaftung 1671. Ihren ungebrochenen Glauben symbolisieren die beiden in die Höhe gestreckten Finger – die Bekreuzigung mit zwei, nicht mit drei Fingern stand für die Bekreuzigung nach Art der Altgläubigen.

Ljowa
(Lev Nikolaevič Gumilëv, 1912–1992), Archäologe, Orientalist, Historiker und Philosoph. Sohn Anna Achmatowas und Nikolaj Gumiljows. Während des stalinistischen Regimes wurde Lew Gumiljow vier Mal verhaftet. Nach den ersten beiden Inhaftierungen (1933 und 1935) wurde er ohne Anklageerhebung wieder entlassen. Nach der dritten Verhaftung 1938 wurde er zu fünf Jahren Lagerhaft verurteilt. 1944 trat er freiwillig in den Dienst

der Roten Armee ein und nahm an der Schlacht um Berlin teil. Nach Abschluss seiner Dissertation wurde er 1949 erneut verhaftet und zu zehn Jahren Lagerhaft verurteilt. Seiner Mutter Anna Achmatowa blieb es erspart, nach stunden- oder tagelangem Warten vor den Schaltern der Staatsorgane die Worte »Aus der Liste gestrichen« zu hören, ihr Sohn wurde nicht zu »10 Jahren ohne Recht auf Briefverkehr« verurteilt, was, wie damals niemand ahnte, gleichbedeutend mit Erschießung war. Man brauchte den Sohn der Dichterin lebend – als Geisel. Drei Jahre nach Stalins Tod wurde Lew Gumiljow 1956 rehabilitiert und nach Hause entlassen. Bis zu seiner Pensionierung 1987 arbeitete er im Wissenschaftlichen Institut für Geografie an der Leningrader Universität.

8 ***in der Zunft der Dichter***
Mit dem russischen Symbolismus begann um 1890 die als »Silbernes Zeitalter« bezeichnete russische »Renaissance des 20. Jahrhunderts«, eine Zeit des Höhenflugs der russischen Kultur. Die Protagonisten auf der Bühne des kulturellen Lebens sahen sich in der Tradition des »Goldenen Zeitalters« der russischen Literatur, das mit dem Namen Alexander Puschkins (1799–1837) verbunden ist, der schon zu Lebzeiten eine Legende war – ein Rebell mit dem Nimbus des genialen Poeten. 1910 wurde die Krise des Symbolismus ausgerufen, die anfängliche Bewunderung der jüngeren Generation von Dichtern für die Symbolisten wich der Rebellion gegen die verstaubt und pathetisch wirkende Überhöhung des Realen durch den Symbolismus. Es kam zum Bruch und als Gegengewicht gegen die symbolistische Versakademie gründeten Nikolaj Gumiljow und Sergej Gorodezkij (Sergej Mitrofanovič Gorodeckij, 1884–1967) am 20. Oktober 1911 die Zunft der Dichter. Bei einer der nächsten Sitzungen fand am 20. Dezember 1911 die erste Begegnung Ossip Mandelstams mit Anna Achmatowa statt.

Slutschewskij
(Konstantin Konstantinovič Slučevskij, 1837–1904), Dichter, Schriftsteller, Dramatiker und Übersetzer. Nach seinem Studium in Paris, Berlin und Heidelberg nahm er eine Stellung am Innenministerium an, später war er Chefredakteur des *Pravitel'stvennyj Vestnik* (Regierungsnachrichten), Mitglied des Rates des Innenministers sowie des Rates der Leitenden Behörde für Veröffentlichun-

gen. Seine Gedichte, die 1860 publiziert wurden, fanden Anerkennung bei Schriftstellerkollegen wie Iwan Turgenjew (1818–1883), wurden aber auch kritisiert. Nach seinem Tod geriet Slutschewskij in Vergessenheit, von den Vertretern des »Silbernen Zeitalters« wurden seine Gedichte jedoch bewundert.

Polonskij
(Jakov Petrovič Polonskij, 1819–1898), Dichter, Schriftsteller und Librettist. Nach dem Studium der Rechtswissenschaften stand er in Diensten von Michail Woronzow (Michail Semënovič Voroncov, 1782–1856), des Generalgouverneurs von Odessa und späteren Vizekönigs des Kaukasus, und war nach seiner Rückkehr nach Sankt Petersburg bis 1857 als Hauslehrer der Familie des Zivilgouverneurs von Sankt Petersburg tätig. 1859 wurde er Herausgeber der literarischen Zeitschrift *Russkoe Slovo* (Russisches Wort), gab die journalistische Tätigkeit jedoch nach einem Jahr wieder auf und stand bis 1896 im Rat der Leitenden Behörde für Veröffentlichungen des Komitees der ausländischen Zensur in Diensten. Polonskij wurde 1886 korrespondierendes Mitglied der Kaiserlichen Sankt Petersburger Akademie der Wissenschaften. Seit 1840 veröffentlichte er Gedichte und war seit dieser Zeit eng mit Iwan Turgenjew befreundet. Zahlreiche Gedichte Polonskijs wurden von russischen Komponisten vertont.

9 ***Narbut***
(Vladimir Ivanovič Narbut, 1888–1938), Dichter. Bereits während seines Studiums an der Universität Sankt Petersburg publizierte Narbut Gedichte und machte die Bekanntschaft der wichtigsten Vertreter des literarischen Lebens jener Jahre. Mitglied der Zunft der Dichter. Seine 1912 veröffentlichte Gedichtsammlung *Hallelujah* wurde von den Behörden als »pornographisch« eingestuft, Narbut floh vor dem Strafprozess ins Ausland. Nach einer Amnestie anlässlich des 300. Jubiläums der Romanow-Dynastie im März 1913 kehrte er nach Russland zurück und wurde Herausgeber des *Novyj žurnal dlja vsech* (Neue Zeitschrift für alle). Nach der Februarrevolution 1917 wandte er sich den Bolschewiki zu. 1918 wurde er Herausgeber der Zeitschrift *Sirena* in Woronesch, in der Dichter wie Alexander Blok, Ossip Mandelstam und Anna Achmatowa publizierten. Zwischen 1920 und 1922 leitete er die Agentur

ROSTA in Odessa und Charkow, ab 1922 arbeitete er im Volkskommissariat für Bildung und Erziehung. 1924–1927 Stellvertreter der Abteilung für Veröffentlichungen des ZK der Kommunistischen Allunions-Partei (Bolschewiki). 1927–1928 einer der Leiter der VAPP (vgl. Anm. zu S. 226). 1928 aus der Partei ausgeschlossen und seiner Tätigkeiten enthoben. 1936 aufgrund des Vorwurfs der Propaganda des »ukrainischen bürgerlichen Nationalismus« verhaftet, 1937 wegen antisowjetischer Agitation zu fünf Jahren Lagerhaft verurteilt. Am 14. April 1938 nach Eröffnung eines neuen Strafverfahrens unter dem Vorwurf der konterrevolutionären Sabotage zum Tode verurteilt und in einem Lager im Kolymagebiet erschossen. 1959 Rehabilitierung.

10 ***Tschekist***

Die Bezeichnung »Tschekist« ist abgeleitet von der Abkürzung »Tscheka« (»ČK«), die für Vserossijskaja Čresvyčajnaja komissija po borb'be s kontrrevoljuciej i sabotažem gebräuchlich war. Die Allrussische Außerordentliche Kommission zur Bekämpfung von Konterrevolution und Sabotage wurde im Dezember 1917 im Auftrag Wladimir Lenins gegründet, ihr erster Leiter war Felix Dserschinskij (Feliks Dzierżyński, 1877–1926). Im Februar 1922 wurde die Tscheka aufgelöst und ging in der neu gegründeten Gosudarstvennoe Političekoe Upravlenie, kurz: GPU (Staatliche Politische Verwaltung), nach 1923 in der der sowjetischen Regierung des Rates der Volkskommissare unterstellten OGPU pri SNK SSSR (Ob"edennenoe Gosudarsvennoe Političekoe Upravlenie pri SNK SSSR, Vereinigte Staatliche Politische Verwaltung) auf. Sie galt als »bewaffneter Arm der Diktatur des Proletariats«, Lenin bezeichnete die Tscheka als »unser Werkzeug gegen die zahllosen Verschwörungen und Angriffe auf die sowjetische Macht.«

Babel

(Isaak Emmanuilovič Babel, 1894–1940), Schriftsteller. Im Ghetto Odessas als Sohn eines unbegüterten chassidisch-jüdischen Händlers geboren, besuchte Isaak Babel die Thora-Schule und später das Gymnasium. Nach Abschluss der Fachhochschule für Wirtschaft und Finanzwesen in Kiew – ein Studium an der Universität Odessa war ihm aufgrund der Zugangsbeschränkung für Juden nicht möglich – zog er 1916 nach Petrograd, laut seiner Autobiographie

»ohne Aufenthaltsgenehmigung«, denn die Niederlassung in der Hauptstadt war Juden untersagt. Im selben Jahr machte er die Bekanntschaft von Maxim Gorki. Zwei in der von Gorki herausgegebenen Zeitschrift *Letopis'* (Annalen) veröffentlichte Erzählungen führten zu einer strafrechtlichen Verfolgung wegen Pornographie und des Versuchs, die Gesellschaftsordnung zu untergraben. Zu einer Anklage kam es nicht. »Für mich trat 1917 das Volk ein«, heißt es in Babels Autobiographie: »Zusammen mit der Anklageschrift verbrannte es gleich das ganze Gebäude des Kreisgerichts.« Babel kämpfte als Soldat des letzten Zaren in Rumänien, arbeitete als Übersetzer bei der Tscheka, war Reporter, wurde Rotarmist und 1920 Kriegskorrespondent bei Budjonnyjs Erster Kavallerie-Armee im Russisch-Polnischen Krieg. In den Jahren 1923 bis 1925 erschienen in verschiedenen Zeitschriften kurze Erzählungen, aus denen die 1923/24 veröffentlichten Odessaer Erzählungen sowie der 1926 erschienene Erzählzyklus *Die Reiterarmee* hervorgingen, die seinen Ruhm begründeten. Das nicht sehr umfangreiche Werk Isaak Babels umfasst Dramen sowie einige Filmdrehbücher (so zusammen mit Sergej Eisenstein zu dessen Film *Beschinwiese*). Das Stück *Maria*, das als Auftakt einer Trilogie gedacht war, behandelt politische Korruption, Verfolgung Unschuldiger und Schwarzhandel in der sowjetischen Gesellschaft und wurde von der Theaterzensur verboten. Mit der »Gleichschaltung« der russischen Literatur, die Anfang der 1930er-Jahre zur Proklamation des »Sozialistischen Realismus« führte, neigte sich Isaak Babels kurze schriftstellerische Karriere ihrem Ende zu. Auf der ersten Versammlung des Schriftstellerverbands der UdSSR 1934 bemerkte er ironisch, er sei »Meister eines neuen literarischen Genres, des Genres des Schweigens«. Im Mai 1939 aufgrund des Vorwurfs »antisowjetischer Verschwörung, terroristischer Handlungen und Spionage« verhaftet, wurde Isaak Babel am 27. Januar 1940 zum Tode verurteilt und am selben Tag erschossen. Nach seiner Rehabilitierung 1954 konnten seine Werke ab 1956 in der Sowjetunion wieder erscheinen.

11 ***Carbonari***
(Köhler) nannten sich die Mitglieder eines italienischen politischen Geheimbunds (Carboneria), gebildet 1806 gegen die französische Herrschaft in Neapel und dann in ganz Italien verbreitet. Die Car-

bonari strebten nach Unabhängigkeit Italiens und vertraten eine Mischung von nationalen und westlichen demokratischen Ideen, die sich von den vorrevolutionären Geheimbünden der Aufklärung herleiteten.

Zu uns kamen sie in der Nacht vom dreizehnten auf den vierzehnten Mai des Jahres 1934
Das von Nadeschda Mandelstam angegebene Datum der Hausdurchsuchung und ersten Verhaftung Ossip Mandelstams ist ungenau. Der Haft- und Hausdurchsuchungsbefehl ist auf den 16. Mai 1934 datiert, die Verhaftung fand in der Nacht des 16. auf den 17. Mai 1934 in der damaligen Wohnung des Ehepaars in der Furmanow-Gasse Nr. 3 (zuvor: Naschtschokin-Gasse) statt.

12 *Chlebnikow*
(Velimir Chlebnikov, eigentlich: Viktor Vladimirovič Chlebnikov, 1885–1922), Dichter des russischen Futurismus, gehörte mit Wladimir Majakowski, David Burljuk (David Davidovič Burljuk, 1882–1967) und Alexej Krutschonych (Aleksej Eliseevič Kručënych, 1886–1968) der Gruppe »Gileja« an, die in ihrem Vorwort zum Almanach *Eine Ohrfeige dem Geschmack der Gesellschaft* (1912) das erste und wichtigste Manifest des russischen Futurismus veröffentlichte. Er war der »Mystiker und Sprachalchimist« unter den russischen Futuristen und übertraf mit seinen formalen Experimenten seine Freunde an Kühnheit. 1915 verließ Chlebnikow Petrograd, lebte fortan isoliert von den literarischen Zentren und starb 36-jährig an den Folgen chronischer Unterernährung und zweier Typhusinfektionen. Vom künstlerischen Gestus her eine Art russischer Rimbaud, war Chlebnikow zu Lebzeiten so gut wie keine Resonanz beschieden, seine Bedeutung für die russische und europäische Moderne sind gleichwohl immens.

13 *Sascha Tschornyj*
(Saša Čërnyj, eigentlich Alexander Michailovič Glikberg, 1880–1932), Dichter, Satiriker und Erzähler. Einer der prominentesten Vertreter des »Silbernen Zeitalters« (vgl. Anm. zu S. 8). Seit 1918 lebte er in der Emigration und wandte sich dort vor allem der Kinderliteratur zu. In seinem Poem *Komu v ėmigracii žit' chorošo?* (Wer kann in der Emigration glücklich sein? 1931/32) beschreibt er das

Unbehaustsein und die Einsamkeit des Emigranten in einer fremden Welt.

Sewerjanin
(Igor' Severjanin, eigentlich Igor' Vasilevič Lotarëv, 1887–1941), »Dichterkönig« der Futuristen, in dessen Gedichten die Individual- und Zivilkultur der Epoche ihren Ausdruck finden. In seinen Gedichten griff er leichte Themen auf, manche Zeitgenossen warfen ihm »Friseursalondichtung« vor, andere wie Sergej Prokofjew (1891–1953) bewunderten ihn für seine Verse von erstaunlicher Musikalität. Emigration nach Estland, wo er kurz nach dem Einzug der deutschen Truppen starb.

an den Plänen für die Literatur
Durch den Erlass *O perestrojke literaturno-chudožestvennych organizacij* (Über den Umbau der literarisch-künstlerischen Organisationen) des ZK der Kommunistischen Allunions-Partei (Bolschewiki) vom 23. April 1932 wurde die Auflösung der »proletarischen literarisch-künstlerischen« Organisationen, die seit Mitte der 1920er-Jahre für den »Klassenkampf« in der Kunst eingetreten waren, beschlossen. Alle sowjetischen Schriftsteller, die die Sowjetmacht unterstützten und am sozialistischen Aufbau teilzunehmen bereit waren, sollten fortan dem neu zu gründenden einheitlichen Schriftstellerverband der UdSSR angehören. Zwei Jahre später fand der Erste Allunions-Kongress der sowjetischen Schriftsteller in Moskau statt, auf dem der »Sozialistische Realismus« zur für die sowjetische Literatur verbindlichen künstlerischen Methode erklärt wurde. Im Statut des Schriftstellerverbandes heißt es, der »Sozialistische Realismus« »fordert vom Künstler wahrheitsgetreue, historisch konkrete Darstellung der Wirklichkeit in ihrer revolutionären Entwicklung. Wahrheitstreue und historische Konkretheit der künstlerischen Darstellung müssen mit den Aufgaben der ideologischen Umformung und Erziehung der Werktätigen im Geiste des Sozialismus abgestimmt werden.«

14 ***Teil der Dritten Abteilung***
Anspielung auf die von Zar Nikolaj I. 1826 nach dem Dekabristenaufstand begründete »III. Abteilung seiner Majestät höchsteigener Kanzlei«, später in die Abteilung zum Schutz der allgemeinen

Sicherheit und Ordnung (Otdelenie po ochraneniju obščestvennoj bezopasnosti i porjadka, kurz: Ochrana) überführt. Diese zaristische Geheimpolizei war ein ebenso wirkungsvolles wie zwiespältiges Überwachungsorgan. Anfang des 20. Jahrhunderts waren in knapp 30 größeren Städten des russischen Reiches derartige Abteilungen der Ochrana installiert, und ein Heer von inoffiziellen Mitarbeitern und Agents Provocateurs forschte die politischen Parteien und Verbände aus. Nach der Februarrevolution 1917 wurden mit Beschluss der Provisorischen Regierung vom 4. März 1917 alle Sicherheitsabteilungen aufgelöst, gleichwohl waren die Bezeichnungen »Dritte Abteilung« und »Ochrana« für die Instrumente staatlicher Verfolgung und Repression in der Bevölkerung weiterhin präsent.

Das Verfahren gegen Mandelstam wurde von der 4. Abteilung des Geheimpolitischen Referats geführt. Auf einem der Dokumente findet sich der Zusatz: »Konterrevolution von Schriftstellern«.

15 *Pjast*
(Vladimir Alekseevič Pjast, eigentlich Pestovskij, 1886–1940), symbolistischer Dichter, Übersetzer und Literaturkritiker. 1930 verhaftet und aufgrund des Vorwurfs der konterrevolutionären Betätigung sowie der Mitgliedschaft in einer konterrevolutionären Organisation zu drei Jahren Verbannung verurteilt. 1936 Rückkehr nach Moskau, wo er seit 1926 gelebt hatte.

Petrarca-Sonette
Mit den »Petrarca-Sonetten« sind vier von Ossip Mandelstam übersetzte Sonette des italienischen Dichters gemeint.

Entwurf des »Wolf«
»Für den pochenden Mut einer künftigen Zeit,
Für die Menschen von freierem Stamm –
Blieb mein Becher beim Gastmal der Väter verwaist,
und der Frohsinn, die Ehre: entrann.

Und das Wolfshund-Jahrhundert, es springt auf mich los,
Doch ich bin nicht von wölfischem Blut,
Stopf mich Mütze hinein in den Ärmel getrost,
In den Pelz der sibirischen Glut.

Nicht die Feigheit zu sehn, nicht den elenden Stamm,
Nicht die blutigen Knochen im Rad:
Nein der blaue Polarfuchs soll strahlen, nachtlang –
Und so ursprünglich schön, wie ich's mag.

Hin zum Fluss Jenissej führ mich weg, in die Nacht,
Wo die Kiefer zum Stern reicht so stumm –
Denn ich bin nicht von wölfischem Blut, und das macht:
Wer mir gleichkommt, nur der bringt mich um.«

17.–28. März 1931

ein Spottgedicht auf den Hauswart

Gemeint ist das im Frühjahr 1934 entstandene Scherzgedicht:

»Sebastian und Bach

Ein Bürger, na, der war wohl nicht grad blau,
Doch wohl auch gänzlich nüchtern war er nicht,
Wollte bei sich zuhaus ne Orgel haben, au!
Das Instrument erdröhnt. Die Mieter ärgerts schlicht.
Den Hausverwalter holt man – der läuft wutrot an
Und ruft sogleich den Pförtner Sebastian:
Bums! Krach! Die Orgel liegt ganz flach,
der Schurke kriegt eins über

Doch nicht mal da liegt ja das Übel:
Wär der Sebastian nur so ein Grobian,
Schlimm ist, dass der Bums-Krach
Zu grob ist für den Bach!«

Jagoda

(Genrich Grigor'evič Jagoda, eigentlich Jenoch Geršenovič Jehuda, 1891–1938), einer der wichtigsten Führer der sowjetischen Geheimdienstorgane. Nach Besuch des Gymnasiums erste Kontakte zu Anarchisten, einige Verhaftungen und Verbannung. Jagodas Karriere als Tschekist begann 1919, 1926 wurde er stellvertretender Vorsitzender der OGPU (vgl. Anm. zu S. 10) und war federführend am Ausbau der 1930 gegründeten Hauptverwaltung Lager (Glavnoe Upravlenie Lagerej, kurz: GULag) beteiligt, ab 1934 Leiter des nunmehr Narodnyj komissariat vnutrennych del, kurz: NKWD (Volkskommissariat für Innere Angelegenheiten) genannten Apparates. Seine Karriere als Generalkommissar für Staatssicherheit währte jedoch nicht lange, und er wurde selbst Opfer der von ihm mitverantwortlich entfesselten Säuberungen: Im September 1936 in das Volkskommissariat für Post- und Fernmeldewesen versetzt, wurde er 1937 Häftling des zuvor von ihm geleiteten Gefängnisses, der Moskauer Lubjanka. Im dritten der berüchtigten Moskauer Prozesse saß er 1938 auf der Anklagebank und wurde unmittelbar nach der Urteilsverkündung erschossen.

Zwischen dem 23. Februar und dem 5. März 1937 tagte das Februar-März-Plenum des ZK der Kommunistischen Allunions-Partei (Bolschewiki), zu dem die Führungsspitze der Partei aus allen Teilen der Sowjetunion zusammenkam. Das vierzehntägige Plenum spielte in der Geschichte des Großen Terrors eine entscheidende Rolle. Fast alle Referate und Wortbeiträge hatten zum Inhalt, dass das Land voll sei von »Spionen, Diversanten und Schädlingen«, die es mittlerweile auf die höchsten Posten geschafft hätten. Ein Block von »Trotzkisten« und »Rechten« versuche seit Beginn der 1930er-Jahre an die Macht zu gelangen und arbeite dafür mit »ausländischen Faschisten« zusammen. Auf diesem Plenum wurde nach einem Referat Nikolaj Jeshows eine Resolution verabschiedet, in der es hieß, es sei ein »nicht zu akzeptierendes System für die Feinde der Sowjetmacht geschaffen worden«, deren »Unterbringung häufig eher an die zwangsweise Unterbringung in einem Erholungsheim als an ein Gefängnis gemahnt«. Für die vermeintliche Schonung der Feinde der Sowjetmacht wurde als Leiter des NKWD Genrich Jagoda verantwortlich gemacht.

16 ***Jewgenij Emiljewitsch***

(Evgenij Ėmil'evič Mandel'štam, genannt Shenja, 1898–1979), Drehbuchautor und Dokumentarfilmer, jüngerer Bruder Ossip Mandelstams.

Rudakow

(Sergej Borisovič Rudakov, 1909–1944), Dichter und Literaturwissenschaftler. 1928 bis 1930 Studium der Literaturwissenschaft am Institut für Kulturwissenschaft des Volkskommissariats für Bildung der RSFSR bei Jurij Tynjanow (Jurij Nikolaevič (Nasonovič) Tynjanov, 1894–1943), Viktor Schklowskij und Boris Ejchenbaum

(Boris Michajlovič Ėjchenbaum, 1886–1959), Mitherausgeber eines Gedichtbands von Wilhelm Ludwig (von) Küchelbecker (Wilgelm Karlowitsch Kjuchelbeker, 1797–1846). Nach Schließung des Instituts Tätigkeit als technischer Zeichner. Nach der Ausweisung der Adligen aus Leningrad im Jahr 1935 (vgl. Anm. zu S. 105) lebte Rudakow von März 1935 bis Juli 1936 in der Verbannung in Woronesch, wo er die Bekanntschaft der Mandelstams machte. Nach der Rückkehr nach Leningrad Dozent für Literatur an einer Schule für Erwachsenenbildung. Nach einer Kriegsverletzung seit 1942 Instrukteur für Militärausbildung (zu Rudakow s. auch S. 413–419).

Beide hatten ihre seherischen Verse damals bereits geschrieben

Lew Gumiljow und Mandelstam hatten im März 1916 jeweils ein Gedicht geschrieben, das ihre eigene Vernichtung vorwegnahm. Mandelstams Gedicht beginnt mit der Zeile »Auf Stroh, auf einem strohbedeckten Schlitten«.

17 ***sondern schlicht der »zahllos geteilte« Weg***

Aus den *Versen vom unbekannten Soldaten*:

»Von dem Blut schwellen an die Aorten
Und ein Flüstern klingt hin durch die Schar:
– Vierundneunzig da bin ich geboren
Und ich Zweiundneunzig, in jenem Jahr …
Und dann press ich, zerreibe im Fäustepaar
Meine Jahreszahl, die zahllos geteilte,
Und ich flüstre mit blutleeren Lippen:
Bin geboren zur Nachtzeit vom zweiten zum dritten
Jahr Einundneunzig im glücklosen Jahr –
Und wie Feuer umzingeln mich: Zeiten.«

Februar/März 1937

Zarskoje Selo

heute Puschkin (bis 1917 Zarskoje Selo, Zarendorf, bis 1937 Detskoje Selo, Kinderdorf), ist eine 25 km südlich von Sankt Petersburg gelegene Stadt. Mitte des 18. Jahrhunderts gegründet als Zarenresidenz mit dem von dem Architekten Bartolomeo Francesco Rastrelli (1700–1771) im russischen Rokokostil erbauten Katharinen-Palast, in dem sich das ebenfalls von Rastrelli entworfene weltberühmte Bernsteinzimmer befand. In Zarskoje Selo befand sich auch das Lyzeum, ein Internat für Kinder aus höchsten Adelskreisen, in dem Alexander Puschkin (1799–1837) erzogen wurde.

diese Reminiszenz an die Literatur
Nadeschda Mandelstam bezieht sich hier auf die Erzählung *Mainacht oder Die Ertrunkene* aus *Abende auf dem Weiler bei Dikanka* von Nikolaj Gogol (1809–1852).

18 ***des Gedichts über Stalin***
»Epigramm gegen Stalin

Und wir leben, doch die Füße, sie spüren keinen Grund,
Auf zehn Schritte nicht mehr hörbar, was er spricht, unser
Mund,

Doch wenn's reicht für ein Wörtchen, ein kleines –
Jenen Bergmenschen im Kreml, ihn meint es.

Nur zu hören vom Bergmenschen im Kreml, dem Knechter,
Vom Verderber der Seelen und Bauernabschlächter.*

Seine Finger wie Maden so fett und so grau,
Seine Worte wie Zentnergewichte genau.

Lacht sein Schnauzbart dann – wie Küchenschaben,
Und sein Stiefelschaft glänzt hocherhaben.

Um ihn her – seine Führer, die schmalhalsige Brut,
Mit den Diensten von Halbmenschen spielt er, mit Blut.

Einer pfeift, der miaut, jener jammert,
Doch nur er gibt den Ton an – mit dem Hammer.

Und er schmiedet, der Hufschmied, Befehl um Befehl –
In den Leib, in die Stirn, dem ins Auge fidel.

Jede Hinrichtung schmeckt ihm – wie Beeren,
Diesem Breitbrust-Osseten zu Ehren.«

November 1933

* Variante

19 ***Gorki***
(eigentlich Aleksej Maksimovič Peškov, 1868–1936) war die dominierende Gestalt der offiziellen sowjetischen Literatur nach deren auf dem Ersten Allunions-Kongress der sowjetischen Schriftsteller in Moskau 1934 postulierter dogmatischen Neuausrichtung. Sein Roman *Mat'* (Die Mutter, 1906/07) galt für den »Sozialistischen Realismus« als richtungsweisend. Geboren als Sohn eines Tischlers, wuchs Maxim Gorki bei seinen Großeltern auf. Nach nur kurzem Schulbesuch musste er bereits als Elfjähriger seinen Lebensunterhalt als Laufjunge, Tellerwäscher und Hafenarbeiter selbst verdienen, was ihn zur Idealfigur des proletarischen Schriftstellers machte. Seine erste Erzählung *Makar Tschudra* veröffentlichte er unter dem Pseudonym Gorki (der Bittere), das er beibehielt. Der Schriftsteller stand früh revolutionären Kreisen nahe, verbrachte deshalb bis 1913 sieben Jahre im Exil und lebte vor allem auf Capri. Gorki befürwortete die Revolution, stand der »Diktatur des Proletariats« jedoch kritisch gegenüber, was zu Konflikten mit Wladimir Lenin (1870–1924) führte, den er seit 1905 persönlich kannte. Seit 1921 wieder im westeuropäischen Exil, kehrte er auf Einladung Stalins im Jahr 1931 aus dem italienischen Sorrent endgültig in die Sowjetunion zurück, wo er mit zahlreichen Ehrungen bedacht wurde. 1934 wurde Gorki erster Vorsitzender des neu gegründeten Schriftstellerverbands der UdSSR.

20 ***Andrej Belyj***
(eigentlich Boris Nikolaevič Bugaev, 1880–1934), Schriftsteller, Dichter, Literaturkritiker. Der Sohn eines Mathematikprofessors studierte in Moskau Naturwissenschaften, Philosophie und Religion und kam durch die Bekanntschaft mit Alexander Blok und Konstantin Balmont (Konstantin Dmitrievič Bal'mont 1867–1942) in den Kreis der Symbolisten. Seine in den Jahren 1900–1906 verfassten Prosasymphonien, mit denen er ab 1902 auf der literarischen Bühne debütierte, stellen eine bis dahin unbekannte literarische Gattung dar, die aufgrund ihrer musikalischen Gestaltungsmittel

besondere Beachtung fanden. Sein Roman *Petersburg* (1913/14) gilt mit der Auflösung von Realität in Visionen, Halluzinationen, Selbstgespräche, Träume und Bewusstseinsspiegelungen, die den »Stream of Consciousness« in James Joyce *Ulysses* vorwegnahm, als einer der größten Romane des 20. Jahrhunderts. Ossip Mandelstam bezeichnete Belyjs Werke als »Höhepunkt der psychologischen Prosa«. Von 1912 bis 1916 setzte Andrej Belyj sich intensiv mit der Anthroposophie Rudolf Steiners auseinander und arbeitete ab 1914 an der Errichtung des ersten Goetheanums in Dornach in der Schweiz mit. Den Umsturz des Jahres 1917 nahm Belyj positiv auf und interpretierte ihn aus mystischer Sicht als Möglichkeit für eine religiöse und geistige Erneuerung Russlands. Nach seiner Rückkehr aus zweijähriger Emigration in Berlin im Oktober 1923 veröffentlichte er 1934 sein dreibändiges Memoirenwerk und die Stilstudie *Mastertsvo Gogol'ja* (Die Meisterschaft Gogols, posthum).

Koktebel

Das auf der Halbinsel Krim in Koktebel an den Ufern des Schwarzen Meeres gelegene Sommerhaus des symbolistischen Dichters und Malers Maximilian Woloschin (Maksimilian Aleksandrovič Vološin, 1877–1932) war seit Beginn des 20. Jahrhunderts ein Wallfahrtsort der russischen Künsterboheme, hier trafen sich Schriftsteller verschiedenster Anschauungen und politischer Couleurs – Andrej Belyj, Maxim Gorki, Alexej Tolstoj, Marina Zwetajewa, Ossip Mandelstam, Michail Bulgakow, Kornej Tschukowskij. Nach langen Aufenthalten in Paris ließ Woloschin sich nach dem Umsturz durch die Bolschewiki 1917 in Koktebel nieder und gewährte als erklärter Pazifist in den Jahren des Bürgerkriegs, während derer die Krim abwechselnd von den »Weißen« und den »Roten« erobert wurde, Verfolgten beider Seiten Zuflucht. Nach Mandelstams Verhaftung in Feodossija auf der Krim im August 1920 setzte Woloschin sich für Mandelstam ein und konnte dessen Freilassung erwirken.

In den Jahren 27 und 29 war ein Sturm über die theosophischen Kreise hinweggefegt

Nach dem Tod Helena Blavatskys (1831–1891), der charismatischen Führungsfigur der 1875 in New York gegründeten Theosophischen Gesellschaft, kam es zu verschiedenen Abspaltungen und Neugründungen, deren bekannteste die 1912 gegründete

Anthroposophische Gesellschaft Rudolf Steiners war. Bereits vor Gründung der Rossijskoe Teosofičeskoe Obščestvo (Russische Theosophische Gesellschaft) im Jahr 1908 bildeten sich in Russland kleinere theosophische Gesprächskreise heraus. Das theosophische Denken übte zu Beginn des 20. Jahrhunderts starken Einfluss auf den sich in Russland neu konstituierenden literarischen Symbolismus aus, wobei in der Rezeption des theosophischen Gedankengutes ein Bruch mit der von Blavatskys mehr dem östlichen Denken verpflichteten Theosophie und eine Hinwendung zur von Rudolf Steiner (1861–1925) aus theosophischen Prämissen entwickelten, sich auf westliche Denktraditionen berufenden Anthroposophie auszumachen ist.

Nach Beendigung des Bürgerkriegs wuchs der staatliche Druck auf Verbände und Vereinigungen. 1922 wurde der Russischen Anthroposophischen Gesellschaft die Registrierung verweigert und sie musste ihr Bestehen als offizielle Organisation einstellen. Schon im Jahr nach der Schließung begannen erste Repressionen. Unter dem Vorwurf, die Anthroposophie sei der verlängerte Arm des deutschen bzw. englischen Imperialismus, wurden zahlreiche Anthroposophen seit Ende der 1920er-Jahre verhaftet.

außerhalb der Hundert-Werst-Zone

Werst, russ. »versta«, ist ein altes russisches Längenmaß, entspricht 1,067 km.

Vorbestraften war die Niederlassung in Großstädten untersagt, der ständige Aufenthalt war ihnen lediglich in Orten außerhalb einer Bannmeile von hundert Kilometern strategisch wichtiger Städte gestattet. Die Kontrolle dieser Zuzugsbeschränkung für politische Gegner des Regimes war durch das System der Propiska (vgl. Anm. zu S. 37) gewährleistet.

21 ***Boris Kusin***

(Boris Sergeevič Kuzin, 1903–1973), Biologe, Übersetzer, langjähriger Freund Ossip Mandelstams. Nach dem Studium an der Moskauer Universität arbeitete er als wissenschaftlicher Mitarbeiter am Zoologischen Museum und am Institut für Zoologie der Moskauer Universität. Aufgrund des Vorwurfs der konterrevolutionären Tätigkeit mehrmals verhaftet. Kusin gehörte zu den Personen, die Kenntnis von Mandelstams *Epigramm gegen Stalin* hatten, und wurde deshalb wegen »verbrecherischer Tätigkeit« gegen den »Führer der Völker« im Juni 1935 zu drei Jahren Lagerhaft verurteilt.

Furmanow

(Dmitrij Andreevič Furmanov, 1891–1926), Schriftsteller. Als Divisionskommissar hatte Furmanow im Bürgerkrieg an der von Vasilij Ivanovič Čapaev (1887–1919) geleiteten Operation gegen die Kolčak-Armee in den Steppen östlich der Wolga teilgenommen. Sein zeitgeschichtlicher Romanbericht *Čapaev* (1923) begründete den Mythos des legendären Bürgerkriegshelden und wurde als Errungenschaft der sozialistischen Literatur gefeiert. Furmanows Roman wurde 1934 von den Brüdern Sergej und Georgij Vasil'ev verfilmt.

NEP-Mann

Nach Ende des Ersten Weltkriegs und des Bürgerkriegs war die Lage in der Sowjetunion katastrophal – Krieg, Terror, Epidemien und Hungersnöte hatten zwischen zwölf und dreizehn Millionen Menschen das Leben gekostet, weitere Millionen von Waisen und Kriegsversehrten, Flüchtlingen und Obdachlosen bevölkerten die Städte und Dörfer, die Industrie lag am Boden, die Landwirtschaft war zerrüttet. Die neuen Machthaber standen vor der Herausforderung, die Versorgungssituation zu verbessern, um Revolten gegen die politische Führung der Bolschewiki zu verhindern und die eigene Macht zu konsolidieren. Nachdem während der Jahre des Kriegskommunismus versucht worden war, durch Verstaatlichung der Produktionsmittel und der Unternehmen die gesamte Wirtschaft unter zentrale Verwaltung zu bringen, privater Handel komplett unterbunden und durch ein staatliches Verteilungssystem ersetzt wurde, wurde im März 1921 durch Lenin auf dem X. Parteitag der Kommunistischen Partei Russlands (Bolschewiki) ein neues wirtschaftspolitisches Programm verkündet, das freien Handel wieder zuließ, berechenbare Steuern einführte, kleinere Industriebetriebe privatisierte und den Terror gegen die Bauern vorläufig einstellte. Diese Neue Ökonomische Politik (Novaja Ėkonomičeskaja Politika, kurz: NĖP) führte zu einer Verbesserung der Versorgungslage und zu relativen gesellschaftlichen Freiheiten. Es entstand eine neue Schicht von Händlern und Kaufleuten,

Gewinnler der Neuen Ökonomischen Politik, die ihren Wohlstand teilweise demonstrativ zur Schau stellten und als »NEP-Männer« bezeichnet wurden. Die Periode der NEP endete mit Beschluss auf dem XV. Parteitag im Dezember 1927.

24 ***Jewgenij Jakowlewitsch***
Jewgenij Jakowlewitsch Chasin (Evgenij Jakovlevič Chazin, 1893–1974), Autor historischer und populärwissenschaftlicher Bücher für Kinder und Jugendliche. Nadeschda Mandelstams jüngerer Bruder, genannt Shenja.

Emma Gerschtejn
(Emma Grigor'evna Gerštejn, 1903–2002), Literaturwissenschaftlerin. 1928 Bekanntschaft mit Nadeschda und Ossip Mandelstam, durch die sie einen großen Kreis von Dichtern und Schriftstellern kennenlernte. Für ihre 1998 erschienenen Memoiren wurde sie mit dem Kleinen Booker- und dem Antibooker-Preis ausgezeichnet.

25 ***Offenbar hatte der Untersuchungsrichter bereits die […] beschlagnahmten Manuskripte durchgesehen***
Aus dem Protokoll der Hausdurchsuchung geht hervor, dass »Briefe, Notizen mit Telefonnummern und Adressen sowie Manuskripte im Umfang von 48 Blatt« beschlagnahmt wurden. Die beschlagnahmten Dokumente sind nicht in der Verfahrensakte erhalten.

Das Manuskript, für das er sich interessierte
Das Manuskript des Stalin-Epigramms (vgl. Anm. zu S. 18).

26 ***In Taschkent, wo ich mit Anna Andrejewna zusammenwohnte***
Bei Ausbruch des »Großen Vaterländischen Krieges« lebte Nadeschda Mandelstam in Kalinin (heute wieder Twer). Gemeinsam mit ihrer Mutter floh sie vor den Kriegsereignissen nach Mittelasien, wo sie auf einer Kolchose im Gebiet Schambyl in Kasachstan unterkam. Dort machte sie ihr Bruder Jewgenij Chasin im Frühjahr 1942 ausfindig. Mit Unterstützung Anna Achmatowas, die nach Beginn der Blockade Leningrads durch die Nationalsozialisten 1941 mit anderen Schriftstellern über Moskau nach Taschkent ausgeflogen worden war, konnte Nadeschda Mandelstam sich im Juli 1942 in

Taschkent niederlassen. Dort unterrichtete sie zunächst Fremdsprachen im Haus der Kunsterziehung für Kinder und legte das externe Universitätsexamen ab. Von 1944 bis 1949 arbeitete sie als Dozentin für Englisch an der 1918 gegründeten Volksuniversität der Republik Turkestan.

27 ***Innenhof des Fontannyj-Hauses***
Das Fontannyj-Haus ist eines der Palais der Familie Scheremetew in Sankt Petersburg und erhielt seinen Namen aufgrund der Lage an der Fontanka, einem Flusslauf im Zentrum der Stadt. Der von Sawa Tschewakinskij (1709 oder 1713–zwischen 1770 und 1783), einem Schüler des Baumeisters Bartolomeo Rastrelli, im Stil des elisabethanischen Barock errichtete Prachtbau wurde nach dem Umsturz durch die Bolschewiki 1917 verstaatlicht, und es wurde dort ein Museum eingerichtet, dessen Bestände hauptsächlich Kunstgegenstände aus der Privatsammlung der Familie Scheremetew umfassten. Nach Auflösung des Museums 1931 wurde das Palais für staatliche Behörden und wissenschaftliche Institute genutzt. Von 1924 bis 1952 lebte Anna Achmatowa in der Wohnung Nikolaj Punins im Südflügel des Palais. Besucher Achmatowas mussten einen Passierschein (»propusk«) zum Arktischen und Antarktischen Forschungsinstitut vorweisen, Achmatowa selbst war im Besitz einer dauerhaften Zugangsberechtigung mit dem Stempel des Sevmorput' (»Nordostpassage«), unter dem Punkt Dienststellung war dort »Bewohner« eingetragen. Seit 1989 befindet sich in der ehemaligen Wohnung Achmatowas das Achmatowa-Museum.

wer bei der in Ungnade Gefallenen zu Gast war
Während des Krieges kam es zu ideologischen Lockerungen und ausgegrenzte Autoren konnten wieder publizieren. 1940 erschien erstmals seit über einem Jahrzehnt ein Auswahlband der Gedichte Achmatowas. Diese Entwicklung schien sich nach dem Krieg fortzusetzen, und Achmatowa veröffentlichte nach der Begegnung mit Isaiah Berlin (1909–1997) den Gedichtzyklus *Cinque* (November 1945 – Januar 1946). Möglicherweise war die Begegnung mit dem britischen Diplomaten Auslöser für die Kampagne, deren Opfer Achmatowa 1946 wurde.

Erlass bezüglich Achmatowas und Soschtschenkos
Achmatowas Gedichtzyklus *Cinque* und die Groteske *Priključenjia obez'jany* (Abenteuer eines Affen, 1945) des Satirikers Michail Soschtschenko (Michail Michailovič Zoščenko, 1894–1954) boten Anlass für die im August 1946 verabschiedete literaturpolitische Resolution des ZK der Kommunistischen Allunions-Partei (Bolschewiki), mit der alle Lockerungen im Bereich der Literatur zurückgenommen und mehrere Kampagnen eingeleitet wurden. Die Veröffentlichungen von Achmatowas Gedichten und Soschtschenkos Affen-Humoreske wurde aufs schärfste kritisiert und als »in der Sowjetunion unduldbar« bezeichnet, Achmatowa und Soschtschenko unflätig beschimpft, zu Unpersonen erklärt und aus dem Schriftstellerverband der UdSSR ausgeschlossen. Der inkriminierende Beschluss des ZK vom August 1946 wurde erst fast vierzig Jahre später am 20. Oktober 1988 aufgehoben.

30 ***Gosisdat***
Der Gosudarstvennoe izdatel'stvo RSFSR, kurz GOSIZDAT (Staatsverlag), war der erste große sowjetische Staatsverlag. Er wurde auf Grundlage einer Verfügung des Allrussischen Zentralen Exekutivkomitees im Mai 1919 gegründet und war dem Volkskommissariat für Bildung und Erziehung zugeordnet. Zahlreiche Verlage gingen bei Gründung des Gosisdat in diesem auf, der bis 1922 auch Zensurfunktion hatte. Die Publikationen des Gosisdat unterlagen nicht der Zensur durch die 1922 gegründete Glavnoe upravlenie po delam literatury i izdatel'stv, kurz GLAVLIT (Hauptverwaltung der Angelegenheiten der Literatur und des Verlagswesens). Dem Gosisdat oblag die Planung der Papierproduktion und -zuteilung für die als notwendig erachteten Publikationen.

32 ***liberale Kursistin***
In den 1870er-Jahren wurden in einigen Städten des Russischen Reiches höhere Kurse für junge Frauen eröffnet. Die bekanntesten waren die Bestuževskij-Kurse in Sankt Petersburg, die 1878 den Frauen die Möglichkeit zu höherer Bildung eröffneten. Die Kursistin – in bescheidener, dunkler Kleidung mit weißem Kragen, ohne Schmuck, dafür aber mit einem Stapel Bücher unter dem Arm, geschäftig und zielstrebig an den Vorübergehenden vorübereilend, wie sie Nikolaj Jarošenko (1846–1898) in seinem gleichnamigen

Gemälde aus dem Jahr 1883 festgehalten hat –, gilt als Merkmal der Epoche.

Nikolaj Iwanowitsch Bucharin
(Nikolaj Ivanovič Bucharin, 1888–1938), Funktionär. Bereits als Gymnasiast und während seines Studiums der Ökonomie an der Moskauer Universität betätigte Bucharin sich politisch, wurde verhaftet und infolgedessen exmatrikuliert. 1912 lernte er in der Emigration Wladimir Lenin kennen. Nach seiner Rückkehr nach Moskau 1917 leitete er bis 1929 das Parteiorgan *Prawda*, nahm führende Posten in der Politik ein und veröffentlichte wegweisende theoretische Schriften wie *Das ABC des Kommunismus* (1920). Wladimir Lenin bezeichnete ihn in seinem »Testament« als den »größten und wertvollsten Theoretiker der Partei«. Seit 1928 geriet er mit seinen Positionen zur NĖP (vgl. Anm. zu S. 21) und der erbarmungslosen Kollektivierungspolitik in Opposition zu Stalin und verlor seine Posten. 1930 erkannte er die Positionen der »rechten Abweichler«, als deren führender Kopf er galt, als fehlerhaft und unvereinbar mit denen der Partei an. Am 25. Februar 1937 begann das ZK der Kommunistischen Allunions-Partei (Bolschewiki), Nikolaj Bucharins »Aktivitäten als Spion und Saboteur« und Mitglied eines »rechtstrotzkistischen antisowjetischen Blocks« zu überprüfen. Unmittelbar nach der Sitzung des ZK-Plenums am 27. Februar 1937 wurde Bucharin verhaftet und ins Innere Gefängnis der Lubjanka (vgl. Anm. zu S. 43) überstellt. Nach dem dritten Moskauer Prozess im März 1938 wurde Bucharin erschossen. 1988 Rehabilitierung.

33 ***Paragraph 58 des Strafgesetzbuchs***
Mit Paragraph 58 wurde im Jahr 1922 die sogenannte »konterrevolutionäre Tätigkeit« als Straftatbestand ins Strafgesetz der RSFSR und später der UdSSR aufgenommen. »Als konterrevolutionär ist jede Art von Betätigung zu betrachten, die auf den Sturz, die Untergrabung oder Schwächung der Arbeiter- und Bauernräte und die auf Grundlage der Verfassung der RSFSR gebildeten Arbeiter- und Bauernregierung gerichtet ist«, heißt es in der Einführung.

Strategie des revolutionären Terrors
Terror war von Anfang an ein wesentlicher Bestandteil der von den Bolschewiki installierten Diktatur des Proletariats. Ein Attentat auf Wladimir Lenin am 30. August 1918 war Anlass für die Bolschewiki, zum Generalangriff auf ihre Gegner überzugehen und den Roten Terror auszurufen. Im November 1918 erklärte Martyn Latsis (1888–1938), einer der Stellvertreter des Tscheka-Vorsitzenden Dserschinskij, womit in der Zukunft zu rechnen sei: »Wir führen nicht Krieg gegen Einzelne. Wir vernichten die Bourgeoisie als Klasse. Während der Untersuchung suchen wir nicht nach Beweisen, dass der Beschuldigte in Worten und Taten gegen die Sowjetmacht gehandelt hat. Die ersten Fragen, die gestellt werden müssen, lauten: Zu welcher Klasse gehört er? Was ist seine Herkunft? Was sind seine Bildung und sein Beruf? Und es sind diese Fragen, die das Schicksal des Beschuldigten bestimmen sollen. Darin liegen die Bedeutung und das Wesen des Roten Terrors.« Das Regime überzog die Bevölkerung daraufhin mit einem Massenterror ungeahnten Ausmaßes. Die Ermordung Sergej Kirows, des Ersten Sekretärs der Parteiorganisation Leningrads und Weggenossen Stalins, am 1. Dezember 1934 (vgl. Anm. zu S. 302) diente als Vorwand, die Repressionen gegen vermeintliche Gegner des Sowjetsystems zu verstärken. Die Säuberungswelle erfasste zu Beginn des Jahres 1935 ganz Leningrad und wurde Auftakt des Großen Terrors, der nahezu alle Altbolschewiki auslöschte und zahlreiche unterschiedliche Gruppen mit Unterdrückungsmaßnahmen überzog. Zwischen August 1937 und November 1938 erreichte der Große Terror seinen Höhepunkt – durchschnittlich 1500 Menschen pro Tag wurden erschossen, die Zahl der in den Zwangsarbeitslagern des GULag Inhaftierten wuchs auf fast zwei Millionen.

Auch Nikolaj Bucharin befürwortete den Terror als Instrument zur Durchsetzung der Politik. In seinem vor seinem Erschießungstod als Vermächtnis geschriebenen Brief *An die künftige Generation der Parteiführer* erkennt er die Notwendigkeit der »Grausamkeit gegenüber den Feinden« an, mit der die Tscheka unter Dserschinskij »den Staat vor jeglicher Konterrevolution schützte«.

schaute ich noch einmal in der »Iswestija« vorbei
Dort suchte Nadeschda Mandelstam Nikolaj Bucharin auf, der in der Zeit zwischen Februar 1934 und Januar 1937 Chefredakteur der Zeitung *Isvestija* war.

34 ***Ehrenburg***
(Il'ja Grigor'evič Ėrenburg, 1891–1967), Schriftsteller und Journalist. Wegen politischer Betätigung 1907 des Gymnasiums in Moskau verwiesen, emigrierte Ehrenburg nach Verhaftung und achtmonatiger Untersuchungshaft ein Jahr später nach Paris, wo er erste Gedichte veröffentlichte und als Journalist arbeitete. Seine Reportagen von der Front in Frankreich, die er seit 1915 als Kriegskorrespondent für russische Zeitungen schrieb, erschienen 1917 unter dem Titel *Lik vojny* (Das Gesicht des Krieges) als Buch. Nach der Februarrevolution 1917 kehrte er nach Russland zurück. Die Politik der Bolschewiki kritisierte er in Artikeln anfangs scharf, änderte später aber seine Position. Mit Unterstützung seines einstigen Schulkameraden Nikolaj Bucharin konnte er Russland 1921 verlassen und lebte bis 1941, seit 1932 Auslandskorrespondent der Zeitung *Isvestija*, hauptsächlich im Ausland, zunächst in Berlin, später in Paris. Veröffentlichung mehrerer Romane, 1942 und 1947 Auszeichnung mit dem Stalinpreis. Zusammen mit Wassilij Grossman (Vasilij Semënovič Grosman, 1905–1964) dokumentierte Ehrenburg die Shoah in der Sowjetunion mit einer Sammlung von Augenzeugenberichten. Auszüge aus dem *Schwarzbuch der russischen Juden* erschienen Anfang 1944 in einer Moskauer Zeitschrift, nach der Änderung der sowjetischen Judenpolitik musste die literarische Kommission zur Vorbereitung des *Schwarzbuch*s ihre Tätigkeit einstellen. Ehrenburgs Roman *Ottepel'* (Tauwetter, 1954) gab der auf dem XX. Parteitag der KPdSU im Februar 1956 eingeläuteten Periode der Entstalinisierung und kulturpolitischen Lockerung ihren Namen. Ehrenburgs Autobiographie *Menschen, Jahre, Leben* (1960–65) gilt als sein bedeutendstes Werk.

Peschkowa
(Ekaterina Pavlovna Peškova, 1876–1965) lebte nach der Trennung von ihrem Ehemann Maxim Gorki und dem Tod der gemeinsamen Tochter seit 1907 in Paris, wo sie gemeinsam mit der Sozialrevolutionärin Vera Figner (1853–1942) im Hilfsverein für Zwangsarbei-

ter und Verbannte arbeitete. Nach Ausbruch des Ersten Weltkriegs kehrte sie nach Russland zurück und übernahm die Leitung der Moskauer Zweigstelle der in den 1880er-Jahren gegründeten Menschenrechtsorganisation »Komitee zur Hilfe politischer Gefangener und Verbannter« nach deren Neugründung im Jahr 1918 unter dem Namen »Moskauer Gesellschaft des Roten Kreuzes zur Hilfe für Politische Gefangene« bzw. »Moskauer Politisches Rotes Kreuz«. Die Organisation wurde 1937 auf Anweisung Nikolaj Jeshows aufgelöst.

zu Katorga oder Einzelhaft verurteilt
Das sowjetische GULag-System hatte seine Vorläufer im zaristischen Russland. Bis zum Untergang des zaristischen Reiches bildete das Verbannungssystem den Kern des Strafsystems für kriminelle und politische Häftlinge. Eine besondere Form der Verbannung (»ssylka«) stellte die Zwangsarbeit (»katorga«) dar. An die Verbüßung der Zwangsarbeitsstrafe in einem speziell dafür vorgesehenen Gefängnis schloss sich zumeist die lebenslängliche Ansiedlung in Sibirien an.

Winawer
(Michail Lvovič Vinaver, 1880–1942) arbeitete zusammen mit Jekaterina Peschkowa im Moskauer Politischen Roten Kreuz. Als ehemaliger Menschewik bereits 1919 und 1921 kurzzeitig in Haft, wurde Winawer 1937 aufgrund des Vorwurfs der Spionage für Polen verhaftet und zu zehn Jahren Haft verurteilt. Nach einer Amnestie wurde er 1940 aus der Lagerhaft entlassen.

35 ***Jeshowschtschina***
Die Gewaltexzesse des Großen Terrors gingen als Jeshowschtschina (»Jeshow-Herrschaft«) in die Geschichte ein. Nikolaj Iwanowitsch Jeshow (Nikolaj Ivanovič Ježov, 1895–1940) war Parteifunktionär und Generalkommissar der Staatssicherheit. Nach nur wenigen Jahren Grundschule begann er mit fünfzehn Jahren als Fabrikarbeiter in den Putilow-Werken in Sankt Petersburg zu arbeiten. Seit 1917 Mitglied der Sozialdemokratischen Arbeiterpartei Russlands (Bolschewiki), diente er ab 1921 in der Tatarischen Republik und wurde 1925 zum Parteisekretär von Kirgisien ernannt. 1934 wurde Jeshow ins ZK der Kommunistischen Allunions-Partei (Bolsche-

wiki) gewählt und nach dem Mord an Sergej Kirow zum Sonderbeauftragten des Generalsekretärs Stalin ernannt. Im September 1937 löste er Genrich Jagoda an der Spitze des NKWD ab. Durch die im Sommer 1937 ins Leben gerufene Institution der »Trojka« (vgl. Anm. zu S. 537) konnten Häftlinge ohne Gerichtsverfahren exekutiert werden. Fast eine Million vermeintlicher Volksfeinde fanden in diesen zwei Jahren den Tod. Mit der Ablösung Jeshows durch Lawrentij Berija (Lavrentij Pavlovič Berija, 1899–1953) im November 1938 war der Große Terror der Stalin-Zeit zu Ende. Jeshow blieb bis Januar 1939 Volkskommissar für Binnenschifffahrt, im April wurde er verhaftet und im Februar des folgenden Jahres zum Tode verurteilt.

36 ***Lubjanka***
ist bis heute die inoffizielle Bezeichnung für das am Lubjanskaja-Platz gelegene Hauptquartier des sowjetischen Geheimdienstes. 1897/98 als Verwaltungssitz der »Allgemeinen Versicherungsgesellschaft Rossija« in der Ul. Bol'šaja Lubjanskaja Nr. 2 erbaut, wurde das Gebäude nach der Auflösung aller privaten Versicherungsgesellschaften im Dezember 1918 in staatlichen Besitz überführt und war seit Mai 1919 Sitz der Tscheka (vgl. Anm. zu S. 10). Dort befanden sich die Haftanstalt für politische Gefangene sowie Verhörräume und Liquidationskeller. In dem Neoklassizismusbau befindet sich heute der Sitz des russischen Geheimdienstes.

Jenukidse
(Avel Safronovič Enukidze, 1877–1937), Revolutionär und Parteifunktionär. Nach dem Studium an der Technischen Fachschule in Tiflis arbeitete der Bauernsohn in den Werkstätten der Transkaukasischen Eisenbahngesellschaft. Seit 1894 Mitglied von marxistischen Gruppen, seit 1901 Berufsrevolutionär. Mehrere Verhaftungen. Mitbegründer der Untergrunddruckerei Nina in Baku. Vertrauter Stalins seit Jugendtagen. Von 1922 bis 1935 Sekretär des Präsidiums des Allrussischen Zentralen Exekutivkomitees, seit 1924 Mitglied des ZK der Kommunistischen Allunions-Partei (Bolschewiki), seit 1927 Mitglied der Zentralen Kontrollkommission der Kommunistischen Allunions-Partei (Bolschewiki). Im März aufgrund der Beschuldigung, durch fehlende Wachsamkeit terroristischen Gruppierungen den Boden bereitet zu haben, seiner

Posten enthoben und in die Provinz versetzt. 1937 verhaftet und aufgrund des Vorwurfs der antisowjetischen, rechtstrotzkistischen Betätigung zum Tode verurteilt. 1959 Rehabilitierung.

Sejfullina

(Lidija Nikolaevna Sejfullina, 1889–1954), Schriftstellerin und Pädagogin. Die Tochter eines orthodoxen Pfarrers war kurzzeitig Mitglied der Partei der Sozialrevolutionäre und studierte am Pädagogischen Institut in Moskau. Veröffentlichte seit 1922 einige mittelmäßige propagandistische Werke. 1934 in den Vorstand des Schriftstellerverbands der UdSSR gewählt. Mitunterzeichnerin eines am 31. August in der *Literaturnaja gazeta* (Literaturzeitung) veröffentlichten offenen Briefes von Schriftstellern unter dem Titel »Auslöschen vom Antlitz der Erde!«, der die Kampagne gegen die Angeklagten des ersten Moskauer Prozesses begleitete.

37 ***Propiska***

Die »propiska« bezeichnet sowohl die polizeiliche Anmeldung als auch die Niederlassungsgenehmigung, mit der im zaristischen Russland und in der Sowjetunion die innerstaatliche Migration gesteuert wurde. Sie wurde im Russischen Reich eingeführt und nach der Machtübernahme durch die Bolschewiki 1917 abgeschafft, mit der Einführung des Inlandspasses im Jahr 1932 jedoch wieder eingeführt. Die wörtliche Bedeutung »Eintragung, schriftlicher Vermerk« bezieht sich auf den Eintrag im Inlandspass, mit dem die Niederlassungsgenehmigung bzw. Wohnadresse vermerkt wurde. Die Propiska wurde im Melderegister der lokalen Milizbehörde registriert. Der längere Aufenthalt an einem Ort ohne zeitlich befristete oder unbefristete Propiska war nicht gestattet.

Pasternak

(Boris Leonidovič Pasternak, 1890–1960), Dichter, Schriftsteller und Übersetzer. Der Sohn des Malers Leonid Osipovič Pasternak (eigentlich Abrum Icchok-Lejb oder Isaak Iosifovič Pasternak, 1862–1945) und der Pianistin Rozalija Isidorovna Pasternak (geb. Kaufmann, 1969–1939) studierte Musik, Rechtswissenschaften und Philosophie in Moskau und Marburg. 1913 erste Veröffentlichung von Gedichten. Mitglied der futuristischen Gruppe »Centrifuga « (Zentrifuge). Nach der Veröffentlichung der Gedichtbände

Sestra moja žisn' (Meine Schwester das Leben, 1923) und *Temy i variacii* (Themen und Variationen, 1923) galt Pasternak als der bedeutendste Dichter der jüngeren Generation im nachrevolutionären Russland. Seit 1925 auch Veröffentlichungen von Prosa. Ab 1936 vor allem als Übersetzer, insbesondere von Shakespeares Tragödien und Goethes *Faust*, tätig. Pasternaks 1956 abgeschlossener Roman *Doktor Živago* (Doktor Schiwago) wurde 1957 in Italien veröffentlicht, es folgten Übersetzungen in zahlreiche Sprachen. Die Annahme des Nobelpreises für Literatur, der ihm 1958 verliehen wurde, musste Pasternak aufgrund einer Hetzkampagne verweigern. Gleichwohl wurde er aus dem Schriftstellerverband der UdSSR ausgeschlossen und blieb bis zu seinem Tode verfemt. *Doktor Schiwago* konnte erst 1988 in der UdSSR veröffentlicht werden.

38 ***Demjan Bednyj***
(eigentlich Efim Alekseevič Pridvorov, 1883–1945), Dichter. Nach einer Feldscherausbildung studierte der Bauernsohn in Sankt Petersburg Philologie und veröffentlichte erste Gedichte, nach seinem Eintritt in die Sozialdemokratische Arbeiterpartei Russlands (Bolschewiki) 1912 vor allem in Zeitungen und Zeitschriften der Bolschewiki. 1913 erschienen seine *Basny* (Fabeln). Erhielt mit seiner Familie 1918 eine Wohnung im Kreml. Seine leicht eingängigen Gedichte waren überaus populär und seine Werke erreichten in den 1920er-Jahren Millionenauflagen. Aufgrund des Vorwurfs der Verunglimpfung der russischen Geschichte wurden ihm auf dem Ersten Allunions-Kongress der sowjetischen Schriftsteller 1934 alle Preise aberkannt, sein Libretto zur komischen Oper *Bogatyri* (Die Recken, 1936) führte 1938 zum Ausschluss aus der Partei und dem Schriftstellerverband der UdSSR.

»Sie bringen dich nicht um.«
Aus Mandelstams Gedicht *Der 1. Januar 1924*:

»Da glüht der Schnee im Himbeerlicht der Apotheke,
Da klappert eine Underwood halbstumm;
Der Kutscherrücken, Schnee, ein halber Meter:
Was willst du noch? Sie bringen dich nicht um.«

39 ***Auf jeden Fall war auch Demjan damals bereits in Ungnade gefallen***

Der Niedergang Demjan Bednyjs begann im Januar 1932. Musa Raskolnikowa-Kaniwes (Muza Raskolnikova-Kanivez, 1913–2006), die Witwe des KP-Funktionärs Fjodor Raskolnikow (Fëdor Fëdorovič Raskolnikov, 1892–1939), berichtet in ihren Erinnerungen von einem Gespräch Bednyjs mit ihrem Ehemann, das von einem auf ihn angesetzten Spitzel notiert und weitergereicht wurde: »Nach einem Abendessen bei Stalin erzählte Demjan Bednyj Raskolnikow: ›Er weiß genau, dass ich es nicht leiden kann, wenn man die Seiten eines Buches mit den Fingern aufreißt, und stellen Sie sich vor, Stalin hat ein neues Buch genommen und, nur um mich zu ärgern, die Seiten mit dem Finger aufgerissen. Ich habe ihn gebeten, das nicht zu tun, aber er lachte nur und fuhr fort, die Seite mit dem Finger aufzureißen.« (*Minuvšee* 1992, Bd. 7, S. 95)

Surkow

(Aleksej Aleksandrovič Surkov, 1899–1983), Dichter, Literaturkritiker und hochrangiger Literaturfunktionär. Nach der Grundschulausbildung begann der im Gouvernement Jaroslawl geborene Bauernsohn im Alter von zwölf Jahren eine Ausbildung in einer Sankt Petersburger Tischlerei. 1918 Veröffentlichung erster Gedichte in der *Krasnaja gazeta* (Rote Zeitung). Er trat freiwillig in die Rote Armee ein, kämpfte als MG-Schütze bis 1922 im Bürgerkrieg und erhielt zahlreiche Orden. Parteimitglied seit 1925, war er 1928 Delegierter des Ersten Allrussischen Kongresses Proletarischer Schriftsteller und wurde in den Vorstand der RAPP (vgl. Anm. zu S. 226) gewählt. Von 1931 bis 1934 studierte er Literatur am 1921 gegründeten Institut der Roten Professur, einer bis 1938 bestehenden Kaderuniversität der Partei. 1930 erschien eine Sammlung von Bürgerkriegslyrik, 1939–45 war Surkow Frontberichterstatter. Für seine Kriegslyrik erhielt er 1943/44 den Stalinpreis, für den Gedichtband *Miru mir* (Der Welt den Frieden, 1950) wurde er mit einem zweiten Stalinpreis ausgezeichnet. 1953 folgte er Alexander Fadejew als Vorsitzender des Schriftstellerverbands der UdSSR nach und blieb bis 1959 in diesem Amt. Seit 1954 Abgeordneter des Obersten Sowjet, 1962–75 Chefredakteur der *Kratkaja literaturnaja ėnciklopedija* (Kurze Literaturenzyklopädie).

40 ***Majakowski***
(Vladimir Vladimirovič Majakovskij, 1893–1930), Dichter, Dramatiker, »Trommler« der Revolution. Als Sohn eines verarmten Adligen aus dem Kaukasus nahm Wladimir Majakowski 1911 in Moskau ein Kunststudium auf und schloss sich 1912 den Kubofuturisten an. Seine Freunde von der »Gileja« (vgl. Anm. zu S. 12) erklärten ihn zum genialen Dichter und Menschen der Zukunft. Vor der Revolution Veröffentlichung des Zyklus *Ja* (Ich, 1913) und vier großer Poeme von »empfindsamer Brutalität« (Karl Dedecius). Nach der Revolution stellte er sich mit den anderen Futuristen in den Dienst der Politik, ab 1923 wurde die LEF (vgl. Anm. zu S. 221) zu ihrer Plattform. Auf Reisen im In- und Ausland propagierte er das neue System. In seinen grotesken Komödien *Klop* (Die Wanze, 1928) und *Banja* (Das Bad, 1928) richtet Majakowski sich gegen das sowjetische Funktionärsspießertum und die Auswüchse der Sowjetbürokratie. 1930 Eintritt in die RAPP (vgl. Anm. zu S. 226). Wsewolod Meyerholds Inszenierung von *Banja* wurde abgesetzt, ein Auslandsvisum verweigert, die Retrospektive seines dichterischen Schaffens boykottiert. Literarisch isoliert und in schwierige persönliche Beziehungen verstrickt, setzte Majakowski seinem Leben am 14. April 1930 mit einem Revolver ein Ende. 1935 erklärte ihn Stalin zum »besten und begabtesten Lyriker unserer Sowjetepoche«, gleichwohl blieben seine kritischen Werke bis nach Stalins Tod von der Zensur gesperrt.

Journalistenkongress
Worauf Nadeschda Mandelstam sich hier bezieht, ist unklar. Im Mai–Juni 1934 wurde auf zahlreichen Konferenzen und Versammlungen der Erste Allunions-Kongress der sowjetischen Schriftsteller vorbereitet.

Baltruschaitis
(Jurgis Kazimirovič Baltrušaitis, 1873–1944), Dichter, Übersetzer und Diplomat. Geboren im seit 1795 unter russischer Herrschaft stehenden Litauen, studierte Baltruschaitis in Moskau und schloss sich den Symbolisten an. Unterstützte aktiv den litauischen Kampf um Unabhängigkeit. Als Präsident des 1919 gegründeten Verbands russischer Schriftsteller unterstützte er Schriftsteller und Intellektuelle in den ersten Jahren des Sowjetregimes. Nach der Unabhän-

gigkeit Litauens 1918 bis 1939 litauischer Botschafter in der Sowjetunion, danach Konsulent der Botschaft Litauens in Paris.

und O. M. selbst war in Warschau geboren
Bis zu den polnischen Teilungen war das Großfürstentum Litauen Teil der Staatenunion Polen-Litauen und kam 1795 unter die Herrschaft des Russischen Reiches. Nach Ende des Ersten Weltkriegs wurde am 16. Februar 1918 die unabhängige Republik Litauen ausgerufen.

41 ***Lida Bagrizkaja***
(Lidija Gustavovna Suok, Bagrickaja, 1895–1969), Ehefrau des Dichters und Übersetzers Eduard Bagrickij, 1937 repressiert, 1956 Rückkehr aus der Verbannung in Karaganda nach Moskau.

Postupalskij
(Igor Stefanovič Postupalskij, 1907–1990), Schriftsteller, Übersetzer, Literaturwissenschaftler. 1937 aufgrund des Vorwurfs der Gründung einer ukrainischen nationalistischen Organisation verhaftet und zu Lagerhaft im Kolymagebiet verurteilt. Freilassung nach Ende des Zweiten Weltkriegs.

42 ***Sonja Wischnewskaja***
(Sof'ja Kas'janovna Višnevskaja (1899–1962), Theatermalerin und Drehbuchautorin. Freundin Nadeschda Mandelstams seit Jugendtagen und erste Ehefrau von deren Bruder Jewgenij Chasin. Wie Nadeschda Mandelstam Schülerin Alexandra Exters (1882–1949). Ehefrau von Wsewolod Wischnewskij.

43 ***Soldaten des Inneren Gefängnisses***
Im Innenhof des Bauensembles der Lubjanka (vgl. Anm. zu S. 36) befand sich das Gebäude des ehemaligen Hotel Imperial, in dem sich seit 1920 die Untersuchungshaftanstalt für politische Gefangene mit insgesamt 118 Zellen, davon 94 Einzelzellen, sowie Verhörräume befanden. Das sogenannte Innere Gefängnis existierte bis 1961.

44 ***als die Verhörmethoden »vereinfacht« wurden***

Am Tag des Mordes an Sergej Kirow, also am 1. Dezember 1934, wurde die Verordnung des Allrussischen Zentralen Exekutivkomitees über *Änderungen der geltenden Strafprozessordnung der Sowjetrepubliken* erlassen, auf Grundlage derer die Verfahren des Terrorismus Angeklagter beschleunigt und innerhalb von zehn Tagen einem Urteil zugeführt werden sollten. Die Anklageschrift wurde am Tag des Gerichtsverfahrens zugestellt, die Vertretung des Angeklagten durch einen Rechtsanwalt sowie die Öffentlichkeit und Revision des Verfahrens waren laut dieser Verordnung nicht zugelassen. Die »körperliche Einwirkung« bei den Verhören durch den NKWD war seit 1937 ausdrücklich erlaubt.

»Und dort hinter dem Stacheldraht«

Nadeschda Mandelstam zitiert hier ungenau aus dem Epilog des *Poem ohne Held* von Anna Achmatowa:

»Und dort hinter dem Stacheldraht,
Im Herzen der tiefsten Taiga
Ich weiß nicht, welches Jahr es ist,
Zu einem Häufchen Lagerstaub geworden,
Zur Legende aus einem Schreckensleben geworden
geht mein Doppelgänger zum Verhör.«

der Untersuchungsrichter hatte einen [...] bekannten Vatersnamen

Anspielung auf Konstantin Alexander Karl Wilhelm Christoph Graf von Benckendorff (russ. Aleksandr Christoforovič Benkendorf, 1781–1844), General der russischen Armee und erster Direktor der 1826 als III. Abteilung seiner Majestät höchsteigener Kanzlei gegründeten zaristischen Geheimpolizei (vgl. Anm. zu S. 14). Benckendorff oblag auf Anordnung Zar Nikolajs I. (1796–1855) die Beaufsichtigung des Dichters Alexander Puschkin (1799–1837).

Christoforytsch

Untersuchungsrichter des Strafverfahrens gegen Ossip Mandelstam war Nikolaj Christoforovič Šivarov, der seit den 1920er-Jahren mit dem Tatbestand »Konterrevolution von Schriftstellern« befasst war und an den »Dossiers« über Maxim Gorki und Michail Bulgakow (1891–1940) sowie Andrej Platonow (1899–1950) beteiligt war. 1934 leitete er u.a. auch das Strafverfahren gegen den Dichter Nikolaj Kljujew (1884–1937). 1937 verhaftet, zu Lagerhaft verurteilt, wo er ungesicherten Angaben zufolge Selbstmord beging.

Zarskoje Selo
vgl. Anm. zu S. 17.

46 ***dass der Untersuchungsrichter eine Abschrift des Gedichts besaß***
Gemeint ist das Stalin-Epigramm. Die Dichterin Maria Petrowych (1908–1979) hatte mit Einverständnis Ossip Mandelstams das Gedicht in der ersten Variante notiert.

47 ***Zwangsarbeit beim Kanalbau***
Im Jahr des Baubeginns des Weißmeer-Ostsee-Kanals (vgl. Anm. zu S. 67) beschloss das ZK der Kommunistischen Allunions-Partei (Bolschewiki) den Bau einer Verbindung der Flüsse Moskwa und Wolga, die die Wasserversorgung Moskaus verbessern sowie die Transportwege effizienter machen sollte. Der Bau des 128 km langen Kanals war eines der größten Vorhaben des Fünfjahresplans 1932–1937. Im September 1932 wurde für den Bau das östlich von Moskau gelegene DmitrowLag errichtet. In dem in den fünf Jahren seines Bestehens größten Zwangsarbeiterlager des GULag-Systems arbeiteten zwischen 600000 und 700000 Häftlinge an der Errichtung eines der wichtigsten Vorzeigeprojekte des Sozialismus, Zehntausende fanden dabei den Tod.

48 ***Lilja Jachontowa***
(Jelikonida Jefimovna Popova-Jachontova, 1903–1964), Theaterregisseurin. Ehefrau des Schauspielers Wladimir Jachontow. Eine »Stalinistin anrührenden Typs« und von großer Schönheit, der Ossip Mandelstam einige Gedichte widmete.

51 ***Sargidjan bzw. Borodin***
(Sergej Petrovič Borodin, Pseudonym bis 1941: Amir Sargidjan, 1902–1974), Autor populärer historischer Romane. Der Abkömmling eines tatarischen Fürstengeschlechts studierte am von Wladimir Brjussow gegründeten Literaturinstitut in Leningrad, nahm in

den 1920er- und 1930er-Jahren an zahlreichen ethnographischen Forschungsreisen vor allem nach Zentralasien teil und verarbeitete das dort gesammelte Material in seinen Romanen.

Sargidjan war Nachbar der Mandelstams im Moskauer Schriftstellerhaus und vermutlich mit der Bespitzelung des Dichters beauftragt. Aufgrund einer Geldschuld Sargidjans kam es zu einer Auseinandersetzung, bei der Sargidjan Nadeschda Mandelstam gegenüber tätlich wurde. Ein vom Schriftstellerverband der UdSSR einberufenes Schiedsgericht unter Vorsitz Alexej Tolstojs verurteilte beide Seiten. Empört richtete Mandelstam daraufhin einen schriftlichen Protest an das Moskauer Schriftsteller-Stadtkomitee.

53 ***Elsberg***
(Jakov Efimovič Elsberg, eigentlich Šapirštejn, 1901–1976), Literaturwissenschaftler und Kritiker, 1950 ausgezeichnet mit dem Stalinpreis. Nach dem Studium an der Historisch-Philologischen Fakultät der Moskauer Universität veröffentlichte Elsberg 1922 ein Buch über die Literatur des russischen Futurismus. Nach seiner Untersuchungshaft erschien 1924 sein Buch *Vo vnutrennej tjurme GPU. Nabljudenija arestovannogo* (Im Inneren Gefängnis der GPU. Bericht eines Häftlings). Literaturwissenschaftliche Veröffentlichungen über Alexander Herzen (1930 und 1948) sowie über Saltykow-Schtschedrin (1953) und Maxim Gorki (1968). In der zweiten Hälfte der 1920er-Jahre Assistent des später in Ungnade gefallenen Lew Kamenew am Institut für Weltliteratur. Aufgrund des Vorwurfs, in den 1930er-Jahren Kollegen denunziert zu haben, 1962 aus dem Schriftstellerverband der UdSSR ausgeschlossen. Nach Berufung durch Elsberg wurde dieser Beschluss 1963 rückgängig gemacht.

als ich einmal die Überschrift eines seiner Artikel las
Elsbergs Artikel *Nravstvennyj opyt ėpochi* erschien am 14. August 1960 in der *Literaturnaja gazeta*.

Schtejnberg
(Evgenij Lvovič Štejnberg, 1902–1960), Asien-Historiker, Autor historischer Romane. Nach dem Studium der Außenbeziehungen und Wirtschaftswissenschaften am Moskauer Institut für Orient-Studien im Jahr 1924 war Schtejnberg wissenschaftlicher

Mitarbeiter und Dozent an verschiedenen wissenschaftlichen und pädagogischen Instituten. 1941 Habilitation und Berufung zum Professor. Im Zusammenhang mit der als »Kampf gegen den Kosmopolitismus« bezeichneten antisemitischen Kampagne der Jahre 1948–1953 (vgl. Anm. zu S. 172) nach einer Denunziation durch seinen Freund Jakow Elsberg verhaftet und im Februar 1952 vom Sonderkollegium des MGB aufgrund des Vorwurfs der »antisowjetischen Agitation« zu zehn Jahren Lagerhaft verurteilt. Rehabilitierung und Entlassung aus der Lagerhaft im Mai 1954.

54 ***Als Schtejnberg nach dem XX. Parteitag zurückkehrte***
Aus den Machtkämpfen nach Stalins Tod am 5. März 1953 ging Nikita Chruschtschow (1894–1971) als Sieger hervor. Seit 1918 Mitglied der Kommunistischen Partei Russlands (Bolschewiki), gehörte der Metallarbeiter aus dem Donbass Ende der 1930er-Jahre dem engsten Führungskreis um den Diktator an. Als Erster Sekretär des ZK der KPdSU rief Chruschtschow zum Abschluss des XX. Parteitags der KPdSU nach Abreise der ausländischen Delegationen die sowjetischen Delegierten am Morgen des 25. Februar 1956 zu einer geschlossenen Sitzung im Großen Kremlpalast zusammen. Einziger Tagesordnungspunkt war eine »Bericht« genannte Rede des Parteichefs. Drei Jahre waren nach Stalins Tod vergangen, der im Mausoleum neben Wladimir Lenin ruhende »Führer der Völker« galt weiterhin als gottähnliche Lichtgestalt, die Gewaltexzesse des Regimes des Siegers über den Faschismus und Vaters der Supermacht UdSSR wurden totgeschwiegen. In seiner Geheimrede rechnete Nikita Chruschtschow mit den monströsen Verbrechen seines Vorgängers, mit seinen militärischen Fehlentscheidungen, seinem Unverstand auf dem Gebiet der Ökonomie und dem Personenkult um Stalin ab. Eine Diskussion nach der Rede war nicht vorgesehen. Mit seiner Geheimrede leitete Chruschtschow die Entstalinisierung ein, es begann die Periode des »Tauwetters«. Chruschtschow stieß Reformen an, mit der die Sowjetunion zu den »Prinzipien Lenins« zurückkehren sollte. Das sowjetische System als solches und die Diktatur der Partei wurden nicht in Frage gestellt, ebenso wie lediglich die Kommunisten, die unter Stalins Terror gelitten hatten, erwähnt wurden, die Millionen Opfer des Großen Terrors und der Kollektivierung jedoch nicht zur Sprache gebracht wurden.

Alissa Gugowna Ussowa
(Alisa Gugovna Usova, geb. Levental', 1895–1957), Kunsthistorikerin. Ehefrau des Dichters und Übersetzers Dmitrij Ussow. Im Zusammenhang mit der Verurteilung ihres Ehemanns im Februar 1936 nach Kirgisien verbannt.

»Wörterbuchaffäre«
1931 begann im Auftrag der Redaktion der Sowjetischen Enzyklopädie die Arbeit am Großen Deutsch-Russischen Wörterbuch. Die Leitung der Arbeitsgruppe oblag der Sprachwissenschaftlerin Jelizaweta Alexandrowna Mejer (1898–1937). Nach dem Studium an der Universität Leipzig war sie zur Professorin am Moskauer Pädagogischen Institut für Fremdsprachen berufen worden und leitete dort die Fakultät für Deutsche Sprache. 1934 erschien der erste Band des Wörterbuchs. Ein Jahr später »enttarnte« der NKWD einige der Mitglieder der Arbeitsgruppe als »deutsche Spione und Volksfeinde«. Gegen etwa 140 Wissenschaftler wurden Strafverfahren aufgrund des Vorwurfs der Bildung einer »deutsch-faschistischen konterrevolutionären Organisation auf dem Territorium der UdSSR« eingeleitet. Jelizaweta Mejer wurde beschuldigt, die Arbeitsgruppe der Sprachwissenschaftler als »faschistisches Kollektiv« ins Leben gerufen und geleitet zu haben. Sie wurde im September 1937 nach Paragraph 58 Strafgesetzbuch RSFSR (vgl. Anm. 33) von einer Trojka des NKWD zum Tode verurteilt und erschossen. 1989 wurde sie rehabilitiert.

Shirmunskij
(Viktor Maksimovič Žirmunskij, 1891–1971), Literatur- und Sprachwissenschaftler. Nach dem Studium an der Kaiserlichen Universität Sankt Petersburg hatte er Professuren an der Universität Saratow und Petrograd/Leningrad inne. 1957 wurde er Leiter des Instituts für Sprachwissenschaft der Akademie der Wissenschaften der UdSSR, 1966 zum Mitglied der Akademie der Wissenschaften der UdSSR gewählt. 1933, 1935, 1941 verhaftet, 1949 im Zusammenhang mit der Kampagne des »Kampfes gegen den Kosmopolitismus« (vgl. Anm. zu S. 172) aufgrund des Vorwurfs des »jüdischen bürgerlichen Nationalismus« als Professor an der Universität Leningrad entlassen, Neuberufung 1956. Als Literaturwissenschaftler ein Vertreter der Formalen Schule, als Sprachwissen-

schaftler grundlegende Arbeiten zur Dialektologie wie *Deutsche Mundartkunde* (1956, dt. 1962 und 2010).

Schklowskij
(Viktor Borisovič Šklovskij, 1893–1984), Schriftsteller und Literaturwissenschaftler. Erste Publikationen bereits als Gymnasiast. Studium der Philologie an der Universität Sankt Petersburg, u.a. bei Baudouin de Courtenay. Seit 1916 Mitglied der Obščestvo izučenija poetičeskogo jazyka, kurz OPOJAZ (Gesellschaft zur Erforschung poetischer Sprache), einer der wichtigsten Vertreter der Formalen Schule. 1917 kämpfte er als Mitglied der Partei der Sozialrevolutionäre im Bürgerkrieg gegen die »Weißen« und die Bolschewiki. 1920 Professor am Russischen Institut für Kunstgeschichte. 1922 Emigration, dort Veröffentlichung der ersten belletristischen Werke. 1923 Rückkehr in die Sowjetunion, dort aufgrund der offiziellen ideologischen Ausrichtung Abkehr vom Formalismus und Tätigkeit im Bereich des Films und der Kinderbuchliteratur. Autor von Biographien über Wladimir Majakowski (1940), Lew Tolstoj (1963), Sergej Eisenstein (1976) und Autobiographien.

55 ***Zekubu***
steht kurz für die 1921 auf Initiative Maxim Gorkis mit Unterstützung Wladimir Lenins gegründete, dem Rat der Volkskommissare der RSFSR zugeordnete Zentralkommission zur Verbesserung der Lebensbedingungen von Wissenschaftlern (Central'naja komissija po ulučeniju byta učennych). 1931 wurde sie zur Kommission zur Unterstützung von Wissenschaftlern umgestaltet. Diese existierte bis 1937.

56 ***zu den Bulgakows***
(Michail Afanas'evič Bulgakov, 1891–1940), Schriftsteller. Als Sohn eines Dozenten der Geistlichen Akademie und einer Lehrerin des Progymnasiums für junge Damen in Kiew geboren, schloss Michail Bulgakow 1916 das Studium der Medizin ab und praktizierte bis 1919 als Arzt, während des Ersten Weltkriegs und des Bürgerkriegs beim Roten Kreuz, 1918 in Kiew. 1921 Übersiedlung nach Moskau, wo er für verschiedene Zeitschriften und Zeitungen tätig war und Erzählungen und publizistische Prosa veröffentlichte. Die Veröffentlichung seines ersten Romans *Belaja gvardija* (Die Weiße

Garde, 1924) in der Zeitschrift *Rossija* (Russland) blieb unvollendet. Der 1925 veröffentlichte Band *D'javoliada* (Teufeliade) mit satirischen Erzählungen blieb Bulgakows einziges zu Lebzeiten publiziertes Buch. 1926 Aufführung des auf Grundlage des Romans *Belaja gvardija* verfassten Theaterstücks *Dni Turbiny* (Die Tage der Turbins), das mit Unterbrechung 1929–1932 aufgrund von Angriffen durch die RAPP (vgl. Anm. zu S. 226) bis 1941 fast tausend Mal aufgeführt wurde. Bulgakows zweites Revolutionsdrama *Beg* (Die Flucht, 1926–1929) wurde, ebenso wie weitere Theaterstücke, verboten. Beschlagnahmung des Manuskripts des Romans *Sobač'e serdce* (Hundeherz) und des Tagebuchs bei einer Hausdurchsuchung 1926. Nach einem Hilfsgesuch an die Regierung nach Stalins Intervention 1930–1936 Regieassistent am Moskauer Künstlertheater. Seit 1934 Mitglied des Schriftstellerverbands der UdSSR. Von 1929 bis 1940 arbeitete Bulgakow an seinem Roman *Master i Margerita* (Der Meister und Margarita), der in gekürzter Version erst 1966 veröffentlicht wurde.

57 ***Sima Narbut***
(Serafina Gustavovna Narbut, geb. Suok, 1902–1983), Schönheit und Schriftstellermuse. Ehefrau von Wladimir Narbut. 1936 Eheschließung mit Nikolaj Chardshijew, 1956 Eheschließung mit Viktor Schklowskij.

Dligatsch
(Lev Michailovič Dligač, 1904–1949), Dichter und Übersetzer.

58 ***Alexander Emiljewitsch***
(Aleksander Ėmil'evič Mandel'štam, genannt Schura, 1894–1942), Gynäkologe, Doktor der Medizin, Bruder Ossip Mandelstams.

Narodowolzen
In den 1860er-Jahren entstand im Russischen Reich eine Bewegung von Angehörigen der Intelligenzija, die »ins Volk« (»v narod«) gingen, da sie ihre Aufgabe darin sahen, dem russischen Bauernstand zu Bildung zu verhelfen. Dieser Bewegung schlossen sich zunehmend revolutionär gesinnte Gegner des Zarismus an, die für eine Erhebung der Bevölkerung gegen die bestehende Ordnung agitierten. Die Narodniki wurden seit Mitte der 1870er-Jahre von

der Regierung Alexanders II. (1818–1881) massiv bekämpft. So entstand die sozialrevolutionäre Organisation Narodnaja volja (Volksfreiheit bzw. Volkswillen), deren Mitglieder mit gewaltsamen Aktionen den Umsturz herbeiführen wollten und Attentate auf Funktionäre von Regierung und Verwaltung unternahmen. Im August 1879 verhängte die terroristische Gruppe ein »Todesurteil« über Zar Alexander II., dem er nur entgehen könne, wenn er eine gesetzgebende Nationalversammlung einberufe. Nach fünf gescheiterten Attentatsversuchen wurde Alexander II. am 13. Mai 1881 von Nikolaj Ivanovič Rysakov (1861–1881), einem Mitglied der Organisation Narodnaja volja, erschossen.

61 *Pud*
Alte russische Gewichtseinheit. 1 Pud entspricht 16,36 Kilogramm.

65 *L. E.*
(Ljubov' Michailovna (Moiseevna) Ėrenburg, geb. Kozincova, 1899–1970), Malerin und Graphikerin. Unterricht der Malerei im Studio von Alexandra Exter, 1920–1921 Studium an der WCHUTEMAS (Höhere Künstlerisch-Technische Werkstätten) bei Alexander Rodtschenko (1891–1956) und Robert Falk (1886–1958). 1922 Beteiligung an der Ersten Russischen Kunstausstellung Berlin der Galerie Van Diemen & Co sowie an einer Ausstellung der Galerie Der Sturm in Berlin, danach zahlreiche internationale Ausstellungen. Nach der Rückkehr nach Moskau im Jahr 1940 Redakteurin bei Mosfilm. Schwester des Regisseurs Sergej Kozincov (1905–1973), seit 1919 Ehefrau von Ilja Ehrenburg.

66 *Michail Alexandrowitsch (Senkewitsch)*
(Michail Aleksandrovič Zenkevič, 1886–1973), Dichter, Schriftsteller und Übersetzer. Studium der Philosophie in Jena und Berlin, anschließend Jura an der Universität Sankt Petersburg. 1911 Mitbegründer der Zunft der Dichter (vgl. Anm. zu S. 8). Tätigkeit als Journalist, 1925–1935 Redakteur für fremdsprachige Literatur bei der Verlagsgesellschaft Zemlja i Fabrika (Land und Fabrik), 1934–1936 leitender Redakteur der Abteilung für Dichtung der Zeitschrift *Novyj mir* (Neue Welt). Später vor allem als Übersetzer amerikanischer Literatur tätig. Veröffentlichung von Gedichten, Biographien und zur Theorie der Übersetzung.

eine neue Wendung in Politik oder Gewaltanwendung […] und Entkulakisierung
In dem Artikel *Der große Umschwung*, der anlässlich des zwölften Jahrestags der Oktoberrevolution am 7. November 1929 im Parteiorgan *Prawda* erschien, bezeichnete Stalin den ersten Fünfjahresplan (1928–1932) als revolutionären Kampf gegen »kapitalistische Elemente« in der UdSSR. »Wir gehen mit Volldampf den Weg in die Industrialisierung – zum Sozialismus und lassen unsere uralte ›reußische‹ Rückständigkeit hinter uns«, verlautbarte er. Die Vorgaben des Wirtschaftsplans wurden drastisch erhöht: »Den Fünfjahresplan in vier Jahren!« lautete die Parole. Fundament des »großen Umschwungs« war die Kollektivierung. Im Januar 1930 legte eine Kommission des Politbüros Sollzahlen fest, nach denen 60000 sogenannte »Kulaken«, also als wohlhabend geltende Bauern, in Arbeitslager geschickt und weitere 150000 »Kulakenhaushalte« in den Norden, nach Sibirien, in den Ural und nach Kasachstan verbannt werden sollten. Das war Teil des Gesamtplans, eine Million »Kulakenhaushalte« zu enteignen und in Arbeitslagern oder »Sondersiedlungen« unterzubringen. Mit der Umsetzung dieses Planes wurde die OGPU (vgl. Anm. zu S. 10) beauftragt. In den ersten beiden Monaten des Jahres 1930 wurden etwa 50 Prozent der sowjetischen Bauern (etwa 60 Millionen Menschen) in die Kollektivwirtschaft getrieben. Die Kollektivierung wurde allerdings der gesamten Bevölkerung zum Verhängnis. Die kollektivierten Bauern weigerten sich, das Land, das nicht ihnen gehörte, zu bewirtschaften, darüber hinaus hatten sie kaum genug Nahrung zum Überleben. Die Produktivität der Landwirtschaft war zu diesem Zeitpunkt bereits so stark gesunken, dass es im Winter 1932/33 zu einer Hungerkatastrophe kam, die fünf bis sechs Millionen Menschen das Leben kostete. In der als Kornkammer der Sowjetunion besonders stark von der Zwangskollektivierung betroffenen Ukraine verhungerten etwa 3,5 Millionen Menschen.

67 ***im Hof des Herzen-Hauses***
Seit den 1920er-Jahren war das im Moskauer Zentrum gelegene Palais der Familie von Alexander Herzen Sitz verschiedener Literaturorganisationen und Redaktionen von Literaturzeitschriften. Im Keller befand sich ein zahlreich von Schriftstellern frequentiertes Restaurant. Zugleich war das Herzen-Haus (auch: Schriftsteller-

haus) Wohnstätte zahlreicher Schriftsteller. Im Januar 1932 erhielt Ossip Mandelstam vermittelt durch Nikolaj Bucharin die Zuweisung für ein Zimmer in der ehemaligen Hausmeisterwohnung im rechten Flügel des Herzen-Hauses. 1934 wurde im Herzen-Haus eine dem Leben des Philosophen und Publizisten gewidmete Ausstellung eröffnet. Seit 1976 befindet sich dort das Alexander Herzen Museum.

Senkewitsch war einer der Ersten, die an den Kanal fuhren

Nachdem Maxim Gorki als Erster das »Nördliche Lager zur besonderen Verwendung« auf den Solowezki-Inseln im Weißen Meer besucht hatte, das erste Lager des GULag-Systems, in dem seit Beginn der 1920er-Jahre politische Häftlinge der OGPU inhaftiert waren, beauftragte Stalin ihn 1933, mit einem Schriftstellerkollektiv den Bau des Weißmeer-Ostsee-Kanals als eine der Errungenschaften der revolutionären Entwicklung zu dokumentieren. Das Großbauprojekt des Belomorkanals, der Weißes Meer und Ostsee verbindet, war ein Symbol des ersten Fünfjahresplans der Sowjetunion. Die Baustelle war das erste Straflager in der Sowjetunion, in dem Zwangsarbeit systematisch eingesetzt wurde. Nur 200 Kilometer vom nördlichen Polarkreis entfernt hoben Hunderttausende Arbeitssklaven den Kanal zwischen November 1931 und Juni 1933 unter mörderischen Bedingungen aus, Tausende verloren dabei ihr Leben.

Im August 1933 brach die von Gorki zusammengestellte Delegation von 120 Schriftstellern zur Großbaustelle des Kanals auf. Die Chronisten der sozialistischen Geschichte reisten in einem »Vorgeschmack auf den vollendeten Kommunismus« aufs Fürstlichste bewirtet in speziell für sie reservierten Waggons. Das eigens für den Kanalbau errichtete Straflager erstrahlte in schönsten Farben, man zeigte sich beeindruckt vom Speiseplan für die Gefangenen. Die Frage, ob diese die angegebene Tagesration auch tatsächlich erhielten, stellte sich niemand. Das unter der redaktionellen Leitung von Maxim Gorki im Januar 1934 veröffentlichte Buch mit dem eindrucksvollen Titel *Belomor, die Baugeschichte des nach J. W. Stalin benannten Kanals zwischen Weißem Meer und Ostsee*, in dem die Schriftsteller nach ihrer Rückkehr das Großbauprojekt mit ideologischer Bedeutung priesen, wurde ein exemplarisches Werk für die neue Literaturdoktrin des »Sozialistischen Realismus«.

der ehrende Namenszusatz »Tjan-Schanskij«
Pëtr Petrovič Semënov-Tjan-Šanskij (bis 1906 Semënov, 1827–1914), Geograph, Botaniker, Entomologe, Zentralasienforscher. Studium der Naturwissenschaften in Sankt Petersburg. In Berlin Bekanntschaft mit Alexander von Humboldt (1769–1859). 1856–1858 im Auftrag der Kaiserlichen Russischen Geographischen Akademie, deren Mitglied Semënov seit 1849 war, als erster europäischer Forschungsreisender Erforschung des zentralasiatischen Gebirges Tian Shan (Göttliche Berge). Mit Kaiserlichem Erlass vom 23. November 1906 wurde ihm für seine Verdienste bei der Erschließung der Geographie und Botanik des Gebirges der mit dem Namenszusatz Tjan-Šanskij versehene Adelstitel verliehen.

Lahuti
(Abolqāsem Ahmedzade Lahūtī, 1887–1957), Dichter, begann früh Gedichte mit religiösem Inhalt zu schreiben. Beteiligte sich an den Aufständen in Persien 1905–1911. 1918–1921 lebte er in der Emigration in Konstantinopel. 1922 nahm er eine führende Rolle beim Aufstand in Tabriz ein. Seit 1924 Mitglied der Kommunistischen Allunions-Partei (Bolschewiki), 1926–1930 stellv. Volkskommissar für Bildung und Erziehung der Tadschikischen SSR. 1939 aufgrund eines Gedichts in Ungnade gefallen. Heute gilt Lahuti als Nationalheld Tadschikistans.

69 ***Dmitrij Sergejewitsch Ussow***
(Dmitrij Sergeevič Usov, 1896–1943), Dichter und Übersetzer. Nach dem Studium der Philologie an der Moskauer Universität wurde er 1918 zum Professor für Geschichte der Westeuropäischen Literatur an der Universität Astrachan ernannt. Seit 1923 Mitarbeiter der Kommission zur Erforschung des kulturellen Lebens in Russland während der Epoche der Oktoberrevolution an der Staatlichen Akademie für Kunstwissenschaften (GAChN). Seit 1931 Leiter der Arbeitsgruppe Phraseologie des Großen Deutsch-Russischen Wörterbuchs (vgl. Anm. zu S. 54). Im Februar 1935 aufgrund des Vorwurfs der Mitgliedschaft in einer »deutsch-faschistischen konterrevolutionären Organisation auf dem Territorium der UdSSR« verhaftet und zu fünf Jahren Lagerhaft verurteilt. Verbüßte seine Haft im Zwangsarbeiterlager zum Bau des Weißmeer-Ostsee-Kanals (vgl. Anm. zu S. 47 und 67). 1940 entlassen, 1989 rehabilitiert.

Jarcho
(Boris Isaakovič Jarcho, 1889–1942), Literaturhistoriker und -theoretiker, Übersetzer. Nach dem Studium in Moskau, Heidelberg und Berlin lehrte er bis 1921 als Professor an der Moskauer Universität. 1922–1930 Leiter der Kommission für literarische Übersetzung an der Staatlichen Akademie für Kunstwissenschaften (GAChN). Im Februar 1935 aufgrund des Vorwurfs der Mitgliedschaft in einer »deutsch-faschistischen konterrevolutionären Organisation auf dem Territorium der UdSSR« verhaftet, Verbannung nach Omsk. 1940 Professur an der Universität Kursk.

70 ***Wassilissa Schklowskaja***
(Vasilisa Georgievna Šklovskaja-Kordi, 1890–1977), Malerin. Erste Ehefrau von Viktor Schklowskij.

72 ***»Der letzte Tag eines Verurteilten«***
Le dernier jour d'un condamné, 1829, Roman von Victor Hugo (1802–1885).

Larissa Rejsner
(Larisa Michailovna Rejsner, 1895–1926), Schriftstellerin und Revolutionärin. Die Tochter eines Professors der Rechtswissenschaften mit Sympathien für die sozialistische Bewegung lernte bereits in früher Jugend Politiker wie August Bebel (1840–1913), Karl Liebknecht (1871–1919) und Wladimir Lenin kennen. Zwischen 1915 und 1916 gab sie gemeinsam mit ihrem Vater die Zeitschrift *Rudin* heraus, danach war sie Mitarbeiterin der von Maxim Gorki herausgegebenen Zeitung *Novaja Žizn'* (Neues Leben). 1916–1917 leidenschaftliche Liebesaffäre mit Lew Gumiljow. 1917 Sekretärin von Anatolij Lunatscharskij, des ersten Kommissars für Bildung und Erziehung der RSFSR. 1918 Eintritt in die Kommunistische Partei Russlands (Bolschewiki) und von Lew Trotzki (1879–1940) zur Kommissarin des Generalstabs der Marine der RSFSR ernannt. 1921–1923 Mitglied der diplomatischen Mission der UdSSR in Afghanistan unter Leitung ihres Ehemanns Fjodor Raskolnikow. Mit Karl Radek (1885–1935) 1923 als Korrespondentin der Zeitungen *Isvestija* und *Krasnaja zvezda* (Roter Stern) in Deutschland. Zahlreiche Veröffentlichungen von »Revolutionsdokumenten«.

73 ***Porzellan der Manufaktur Kusnezow***
Die von Matvej Sidorovič Kuznecov (1846–1911) 1887 gegründete »Produktionsgesellschaft für Porzellan, Fayence und Majolika« war eine der größten Porzellanmanufakturen des Russischen Reiches. 1917 verstaatlicht, Wiedereröffnung 1922 in der Republik Litauen, 1940 erneute Verstaatlichung.

74 ***ein Namensvetter O.M.s und dessen, an den das Gedicht adressiert war***
Ossip ist die russifizierte Form des biblischen Namens Iosif (Joseph). Oska ist eine familiäre Koseform von Ossip.

76 ***Erzählung vom alten Zigeuner***
Alexander Puschkins Poem *Cygany* (Die Zigeuner, 1825) gilt als das bedeutendste seiner »südlichen Poeme« und regte zahlreiche Adaptionen an. Sergej Rachmaninow (1873–1943) verarbeitete die Erzählung über den jungen Helden Aleko, einen Zivilisationsflüchtling, der eine neue Heimatstatt bei einem Zigeunerstamm in Bessarabien findet und dort mit der Zigeunerin Zemfira in Liebe verbunden ist, in seiner Oper *Aleko* (1892), ebenso Ruggero Leoncavallo (1857–1919) in *Zigari* (1912). Prosper Mérimée (1803–1870) übersetzte Puschkins Poem 1840 ins Französische und wurde durch Puschkins Text möglicherweise zu seiner später von George Bizet (1838–1875) vertonten Novelle *Carmen* (1847) angeregt.

»Stamm der Uniformpuschkinisten«
Zitat aus dem Gedicht *Unser Tag, er kam fünfköpfig daher* (1935).

82 ***»Du denkst wahrscheinlich an die sechsundzwanzig Kommissare?«***
Durch den Zusammenbruch des Russischen Reiches trat das »Great Game« zwischen Russland und der Kolonialmacht Großbritannien, der Konflikt um die Vorherrschaft in Zentralasien, in eine neue Phase. In der Auseinandersetzung um die strategisch wichtige Landbrücke zwischen Schwarzem und Kaspischem Meer zwischen den Deutschen, Türken und Bolschewiki entsandte Großbritannien im Dezember 1917 eine Gruppe ausgewählter britischer Offiziere unter dem Kommando von General Lionel Charles Dunsterville (1865–1946) nach Transkaukasien, um die Ölfelder

in Baku vor der »Armee des Islams« des Enver Pascha (1881–1922) und vor den deutschen Truppen, die im benachbarten Georgien waren, zu schützen und die Konsolidierung der Bolschewiki im Kaukasus und Zentralasien zu verhindern. Im November 1917 hatte sich in Baku der erste Regionalsowjet in der Region Transkaukasien konstituiert, bis Frühjahr entstanden weitere Sowjets, die zusammen die Kommune von Baku bildeten. Unter Führung von Stepan Schahumjan (1878–1918) wurde im April 1918 schließlich der Bakuer Rat der Volkskommissare gegründet. Kaum ein halbes Jahr später wurde die Kommune von Baku von der vom Vereinigten Königreich unterstützten Zentralkaspischen Diktatur abgelöst. Nach der Ankunft britischer Truppen in Baku traten die Kommissare der Kommune die Flucht an, wurden jedoch gefasst, ins umkämpfte Baku zurücküberstellt und erschossen. Die sowjetische Propaganda schrieb den Mord den britischen Truppen zu. 1925 wurde in Baku ein monumentales Denkmal zum Gedenken an die erschossenen Kommissare errichtet, das bis 2009 existierte.

83 ***Awerbach***
(Leopol'd Leonidovič Averbach, 1903–1937) Literaturfunktionär. 1926–1928 Generalsekretär der VAPP (vgl. Anm. zu S. 226), Mitglied der Redaktion von deren Zeitschrift *Na literaturnom postu* (Auf dem literarischen Posten). 1928 Mitbegründer und Generalsekretär der RAPP (vgl. Anm. zu S. 226). Nach der Auflösung der Literaturvereinigungen durch den Parteierlass vom 23. April 1932 (vgl. Anm. zu S. 13) Teilnahme an den Vorbereitungen zum Ersten Allunions-Kongress der sowjetischen Schriftsteller. Herausgeber der Zeitschrift *Molodaja Gvardija* (Junge Garde) und Mitherausgeber des Buches *Belomor, die Baugeschichte des nach J. W. Stalin benannten Kanals zwischen Weißem Meer und Ostsee* (vgl. Anm. zu S. 67). Nach der Verhaftung Genrich Jagodas wurde Awerbach, dessen Schwester Ida mit Jagoda verheiratet war, im April 1937 verhaftet, aufgrund des Vorwurfs der antisowjetischen Verschwörung zum Tode verurteilt und erschossen. 1961 Rehabilitierung.

84 ***des Protopopen Awwakum***
(Avvakum Petrov oder Petrovič, 1620–1682), Priester. Als Gegner der Reformen des russischen Ritus des Patriarchen Nikon nach Sibirien verbannt. Nach der Rückkehr nach Moskau erneute Ver-

bannung in den äußersten Norden Russlands, wo er 1672/73 eine Lebensbeschreibung *Žitie protopopa Avvakuma* (Das Leben des Protopopen Awwakum), verfasste, die als eines der bedeutendsten Werke der altrussischen Literatur gilt. Seine polemischen Schriften und Sendschreiben an seine Anhänger waren lange Zeit nur den Altgläubigen bekannt und wurden erst im 19. und 20. Jahrhundert veröffentlicht. Am 14. April 1682 starb Awwakum als Märtyrer für seinen Glauben den Tod auf dem Scheiterhaufen.

»Der Selbstmörder«

Drama von Nikolaj Robertovič Erdman (1900–1970), Dichter, Dramatiker, Drehbuchautor. Veröffentlichung erster Gedichte 1920. Zu Beginn der 1920er-Jahre schrieb Erdman Kabarett-Texte und Texte für satirische Revuen für das Theater, sein erstes abendfüllendes Stück *Mandat* wurde 1925 am Wsewolod-Meyerhold-Theater uraufgeführt und erlebte in den folgenden Jahren mehr als 350 Aufführungen. Sein zweites Stück *Samoubijc*a (Der Selbstmörder, 1928) wurde nicht zur Aufführung zugelassen. Seit 1927 Drehbuchautor, Co-Autor der musikalischen Verwechslungskomödie *Vesëlye rebjata* (Lustige Burschen, 1934), die zum Klassiker des sowjetischen Filmmusicals avancierte. 1933 verhaftet und zu drei Jahren Verbannung verurteilt.

Zu Erdman und *Der Selbstmörder* vgl. auch S. 494ff.

85 ***Wir wurden zur Tscheka gebracht***

Wie aus der von der OGPU-Abteilung des Kreises Tscherdyn dem »auf dem Verwaltungsweg Verbannten O. E. Mandelstam« ausgestellten Bescheinigung einer Ersatz-Niederlassungsgenehmigung mit Meldepflicht jeweils am 1., 5., 10., 15., 20., 25. des Monats hervorgeht, kamen die Mandelstams am 3. Juni 1934 in Tscherdyn an.

87 ***»Ein Sprung. Ich bin erwacht.«***

Zeile aus dem 7. Gedicht der Woronescher *Stanzen*:

»Von Raufern, Lästerböcken schon ganz taub gemacht
Wälz ich mich in dem Wirrwarr, sieben Daumen klein,
Bin wie ein Hahn schon, in der hellen Sommernacht –
Da: Speisen und Gespeie, was noch: Schwindeleien –
Den Spechtschlag warf ich ab. Ein Sprung. Ich bin erwacht.«

Mai–Juni 1935.

90 ***Sie hatten den alten Parteien und Bewegungen angehört***

Erst nach der blutigen Revolution des Jahres 1905 gewährte Zar Nikolaj II. (1868–1918) mit dem Oktobermanifest einige Grundrechte, darunter die Gründung von Parteien und die Wahl eines Parlaments. In der Folge formierten sich Parteien wie die nach dem Oktobermanifest benannten liberal-konservativen »Oktobristen«, die als Vertretung der monarchistischen Gutsbesitzer galten, die linksliberalen »Konstitutionellen Demokraten«, kurz »KD« (»Kadetten«), denen größtenteils Akademiker und Vertreter des Bürgertums angehörten, die Demokratie und eine republikanische Verfassung anstrebten, sowie die 1898 im Untergrund gegründete Sozialdemokratische Arbeiterpartei Russlands (SDAPR), die sich 1903 in die Fraktionen der Menschewiki und der Bolschewiki gespalten hatte. Die von Wladimir Lenin geführte Fraktion der Bolschewiki bestand zum Großteil aus Berufsrevolutionären, die sowohl die Autokratie als auch die Demokratie ablehnten und für eine Diktatur des Proletariats kämpften. Die Partei der »Sozialrevolutionäre« (SR) war aus verschiedenen Gruppierungen der Narodniki (vgl. Anm. zu S. 58) 1901 illegal gegründet worden, vertrat in ihrem Programm den Terror als legitimes politisches Mittel und hatte eine militante Kampforganisation gegründet, die durch zahlreiche Attentate das zaristische Regime zu Fall bringen wollte. Prominentestes Opfer eines dieser Attentate war 1911 Ministerpräsident Pëtr Stolypin (1862–1911). Mit Beginn des Roten Terrors 1918 wurden die Mitglieder und Anhänger der Parteien, die nunmehr in Opposition zu den Bolschewiki standen, systematisch verfolgt.

93 ***die Anhänger der Wechi-Bewegung***

1909 erschien in Moskau der Band *Vechi. Sbornik statej o russkoj intelligencii* (Wegzeichen. Sammelband von Artikeln über die russische Intelligencija) mit Artikeln zur gesellschaftlichen Entwicklung in Russland. Die von dem Philosophen Michail Gerschenson (Michail Osipovič Geršenzon, 1869–1925) herausgegebene Publikation fasste die Standpunkte der Intellektuellen zur Situation im Russischen Reich nach der Revolution des Jahres 1905 zusammen und stieß auf ein breites Echo in der Gesellschaft. Philosophen, Rechtsgelehrte und Politiker lehnten Gewalt als politisches Mittel ab und forderten im Rückgriff auf die Philosophie Immanuel Kants die Freiheit des Individuums und persönliche Entwicklung als Gegenentwurf zu den Programmen der radikalen Parteien. Wladimir Lenin bezeichnete den Sammelband als »Enzyklopädie liberalen Renegatentums« und »Schwall reaktionären Unrats, der über die Demokratie ausgekippt wird.«

94 ***Je. M. Tager***
(Elena Michailovna Tager, 1895–1964), Dichterin, Schriftstellerin, Übersetzerin. Besuch der Bestuževskij-Kurse in Sankt Petersburg (vgl. Anm. zu S. 32) und Mitglied des Zirkels junger Dichter der Puschkin-Gesellschaft an der Universität Sankt Petersburg, Veröffentlichungen von Gedichten unter dem Pseudonym Anna Regatt. 1921 aufgrund des Vorwurfs der »Wirtschaftsspionage« verurteilt, sechs Jahre Verbannung in Archangelsk. 1927 Rückkehr nach Leningrad, 1929 Veröffentlichung eines Bandes mit Erzählungen. 1938 erneute Verhaftung, Verurteilung zu zehn Jahren Lagerhaft aufgrund des Vorwurfs der Wirtschaftsspionage und der Kollaboration mit einem faschistischen Geheimdienst. 1948 Entlassung aus der Lagerhaft, danach »Ansiedlung auf Lebenszeit« in Westsibirien, danach Zentralasien. 1954 Niederlassung in Moskau, zwei Jahre später Rehabilitierung.

96 ***im »Raben«***
Als »Rabe« (voronok) oder »schwarzer Rabe« (čërnyj voronok) wird im Russischen umgangssprachlich das Fahrzeug zum Gefangenentransport bezeichnet. Entspricht der deutschen Bezeichnung »grüne Minna«.

99 ***Adalis***
(Adelina Alekseevna (Efimovna) Adalis, auch Adalis-Efron, 1900–1969), Dichterin, Schriftstellerin, Übersetzerin. Seit 1918 Veröffentlichung von Gedichten, Schülerin und Geliebte des Dichters Walerij Brjussow. Nach dessen Tod im Jahr 1924 bis 1931 Aufenthalt in Zentralasien. Veröffentlichung von Reiseskizzen und eines Abenteuerromans.

104 *Natascha Schtempel*
(Natal'ja Evgenevna Štempel', 1908–1988), seit September 1936 enge Bekannte der Mandelstams während der Zeit in Woronesch, der Mandelstam einige Gedichte gewidmet hat. Nach Abschluss des Studiums der Literatur und Linguistik an der Universität Woronesch unterrichtete sie bis 1970 ebendort russische Sprache und Literatur an der Hochschule für Luftfahrt.

Fedja Maranz
(Fëdor Jakovlevič Maranc, 1897–1952), enger Bekannter der Mandelstams während der Zeit in Woronesch. Geboren in Wien, studierte Maranz Landwirtschaft in Bonn und arbeitete dann als Inspektor in der Zuckerindustrie. Zu Beginn der 1930er-Jahre Leiter der Niederlassung der Agro-Joint, einer Unterorganisation des American Jewish Joint Distribution Committee, das in den Jahren zwischen 1924 und 1938 in Zusammenarbeit mit den sowjetischen Behörden ehemalige jüdische Kaufleute bei der Umschulung in landwirtschaftliche Berufe unterstützte. Seit 1932 in der Planungsabteilung des Saatzuchtmonopols. 1938 Verhaftung und Verbannung nach Woronesch.

105 *Alexander Morgulis*
(Aleksandr Osipovič (Iosifovič) Morgulis, 1898–1938), Dichter, Literaturkritiker, Übersetzer. Studium der Rechtswissenschaften an der Don-Universität, seit 1927 Redakteur verschiedener Verlage, seit 1929 Tätigkeit als Übersetzer. Mitglied des Vorstands des Schriftstellerverbands der UdSSR. 1936 Verhaftung aufgrund des Vorwurfs der antisowjetischen Propaganda und Verurteilung zu fünf Jahren Lagerhaft. 1955 Rehabilitierung.

Isa Chanzin
(Iza Davydovna Chancin, 1899–1984), Pianistin. 1912–1917 Studium am Konservatorium in Sankt Petersburg, Fortsetzung der musikalischen Ausbildung in Kiew. 1925–1929 Dozentin an der Fachhochschule für Musik in Leningrad, zugleich Kompositionsstudium am dortigen Konservatorium. 1936 Abschluss mit der Dissertation, wissenschaftliche Mitarbeiterin und Dozentin am Konservatorium in Leningrad. Im Zusammenhang mit der Verhaftung ihres Ehemanns Alexander Morgulis musste sie 1938 Lenin-

grad verlassen und lebte bis 1939 in Samarkand. Rückkehr nach Leningrad und als Dozentin ans Konservatorium.

mit anderen Adligen aus Leningrad ausgewiesen
Nach der Ermordung des Leningrader Parteichefs Sergej Kirow am 1. Dezember 1934 (vgl. Anm. zu S. 302) erließ Stalin eine Notverordnung, in der er Schnellverfahren gegen mutmaßliche Terroristen sowie deren Hinrichtung anordnete. Stalin machte die Anhänger Grigorij Sinowjews, eines Vorgängers von Kirow, für den Mord verantwortlich und forderte, sie als »deutsch-faschistische weißgardistische« Spione in Haft zu nehmen. Die Repressionskampagne erfasste zu Beginn des Jahres 1935 ganz Leningrad – 11000 »ehemalige Persönlichkeiten«, also enteignete Aristokraten und Angehörige des Großbürgertums, zaristische Beamte usw. wurden in Lager oder an Verbannungsorte geschickt.

106 ***im Zusammenhang mit den Strafprozessen gegen die Biologen***
1928 trat in der Sowjetunion der junge Agrarbiologe Trofim Lyssenko (Trofim Denisovič Lysenko, 1898–1976) mit einer Publikation über eine neue landwirtschaftliche Technologie, die Vernalisation, in den Fokus der Öffentlichkeit und wurde mit einer breit aufgestellten Pressekampagne als genialer Bauernsohn gefeiert, der eine revolutionäre Entdeckung gemacht habe. In den folgenden Jahrzehnten wurde die von ihm entwickelte, von Stalin geförderte Theorie der Vererbung von durch Umwelteinflüsse erworbenen Eigenschaften zur alleingültigen Lehrmeinung in der Biologie erklärt. Lyssenkos Theorie leugnete die Erkenntnisse der als »faschistische« und »bourgeoise« Wissenschaft bezeichneten Genetik und versuchte dem dialektischen Materialismus eine wissenschaftliche Grundlage für die direkte, erblich fixierbare Einflussnahme auf Lebewesen zu geben. Mit Lyssenkos Aufstieg – er wurde Direktor von vier landwirtschaftlichen Forschungsstationen, Vizepräsident des obersten Sowjet und Präsidialmitglied der sowjetischen Akademie für Wissenschaften – begann die Verfolgung missliebiger Gegner seiner Pseudowissenschaft, die bis 1964 die biologische Forschung in der Sowjetunion beherrschte.

Wermel
(Julij Matveevič Vermel', 1906–1938?/43?), Zoologe. Wermel schloss 1924 sein Studium der deskriptiven Biologie an der Universität Moskau ab. Im selben Jahr erschien der von ihm gemeinsam mit Boris Kusin und dem Professor Jewgenij Smirnow (Evgenij Sergeevič Smirnov, 1899–1977) verfasste Band *Očerki po teorii evoljucii* (Studien zur Evolutionstheorie). Bis 1932 war Wermel wissenschaftlicher Mitarbeiter an der Timirjasew-Akademie, danach Mitarbeiter am Institut für Zoologie an der Moskauer Universität. Im Frühjahr 1935 Verhaftung und Verurteilung zu drei Jahren Lagerhaft »ohne Recht auf Briefverkehr«.

Timirjasew-Akademie
Das 1921 gegründete, seit 1929 der Kommunistischen Akademie unterstehende, nach dem Biologen und Pflanzenphysiologen Kliment Timirjazev (1843–1920) benannte Institut für Biologie.

107 ***Shukowskij***
(Vasilij Andreevič Žukovskij, 1783–1852), Dichter und Übersetzer. Seine erste Veröffentlichung, eine freie Übersetzung von Thomas Grays *Elegy Written in a Country Church Yard* (1802), begründete seinen Dichterruhm. Verfasste die ersten elegischen Kunstballaden, die zu den typischsten Erscheinungen der russischen Romantik wurden. Seit 1842 lebte Shukowskij in Deutschland und vermittelte dem russischen Publikum als Übersetzer wichtige Werke der deutschen Klassik und Romantik. Seine Übersetzungen zählen zum Kanon der russischen Literatur.

»Braut von Korinth«
Goethes Ballade *Die Braut von Korinth* (1797) in der Übersetzung Alexej Tolstojs.

Chodassewitsch
(Vladislav Felicianovič Chodasevič, 1886–1939), Dichter, Schriftsteller und Literaturkritiker. Das Studium an der Historisch-Philologischen Fakultät der Universität Moskau brach Chodassewitsch 1910 ab. Seine 1908 und 1914 veröffentlichten Gedichtbände fanden kaum Widerhall. 1918 Dozent am Literaturstudio des Proletkult in Moskau, 1918–1919 Mitarbeiter der Abteilung für Theater

des Volkskommissariats für Bildung und Erziehung. 1918–1920 Leitung der Moskauer Niederlassung des Verlags für Weltliteratur. 1922 Emigration mit Nina Berberowa (1901–1993), seiner späteren Ehefrau. Einer der führenden Literaturkritiker der russischen Emigration in Paris.

109 ***Konfiszierung von Wertsachen***
Am 25. Juli 1920 trat die vom Rat der Volkskommissare der RSFSR erlassene Verordnung »Über die Beschlagnahme von Edelmetallen, Geld und anderer Wertsachen« in Kraft, auf deren Grundlage bewegliche Wirtschaftsgüter natürlicher und juristischer Personen konfisziert und in staatlichen Besitz überführt wurden.

113 ***Losinskij***
(Michail Leonidovič Lozinskij, 1886–1955), Dichter und Übersetzer. Der Sohn eines Juristen hörte Vorlesungen in Berlin, schloss 1909 das Studium der Rechtswissenschaften an der Universität Sankt Petersburg ab und war dann als wissenschaftlicher Mitarbeiter an der juristischen Fakultät tätig. 1912 Gründung des Verlags Hyperborea, Mitbegründer der Zunft der Dichter (vgl. Anm. zu S. 8). 1913–1914 Redakteur der Zeitschrift *Apollon*. 1914–1937 Bibliothekar an der Staatlichen Öffentlichen Bibliothek in Petrograd/Leningrad. 1916 Veröffentlichung des Gedichtbands *Gornyj ključ* (Bergquelle). Einige Jahre als Lektor und Übersetzer für den Verlag Weltliteratur tätig. Umfangreiches Werk als Übersetzer aus verschiedenen westeuropäischen Sprachen (Cervantes, Dante, Molière, Goethe, Schiller, Heine). »In der schwierigen und noblen Kunst der Übersetzung ist Losinskij für das zwanzigste Jahrhundert das, was Shukowskij für das neunzehnte Jahrhundert war« (Anna Achmatowa). 1946 Auszeichnung mit dem Stalinpreis für seine Übersetzung von Dantes *Göttlicher Komödie*. 1921, 1928 und 1932 verhaftet. 1932 zu drei Jahren Freiheitsentzug auf Bewährung verurteilt. 1988 Rehabilitierung.

121 ***Wyschinskij***
(Andrej Janur'evič Vyšinskij, 1883–1954), Jurist und Diplomat. Als Student der Rechtswissenschaften an der Universität Kiew 1902 wurde der Sohn eines beamteten Apothekers und einer Musiklehrerin aufgrund politischer Betätigung exmatrikuliert. 1908 zu

einem Jahr Haft verurteilt, im Gefängnis Bekanntschaft mit Stalin. Nach Abschluss des Studiums Assistent des vom Gericht bestellten Rechtsanwalts des Moskauer Gebietsgerichts Pawel Maljantowitsch (Pavel Nikolaevič Maljantovič, 1869–1940), des späteren letzten Justizministers des Russischen Reiches. Als Kommissar der Miliz des Moskauer Jakimanka-Bezirks unterzeichnete er nach der Februarrevolution 1917 die »Anordnung zur unverzüglichen Umsetzung des von der Provisorischen Regierung erlassenen Haftbefehls gegen den deutschen Spion Lenin und dessen Überstellung an die Gerichtsbehörden auf dem ihm unterstellten Gebiet«. 1920 Austritt aus dem Parteiflügel der Menschewiki der Sozialdemokratischen Arbeiterpartei Russlands und Eintritt in die Kommunistische Partei Russlands (Bolschewiki). Trotz seiner Herkunft aus dem Bürgertum und seines späten Parteieintritts gelang Wyschinskij der bruchlose Aufstieg bis in die innersten Zirkel um Stalin. 1925–1928 wurde er als Rektor der Universität Moskau zum Richter im »Schachty-« und im »Prompartija-Prozess« (vgl. folg. Anm.) berufen. Seit 1931 Generalstaatsanwalt der RSFSR, seit 1935 Generalstaatsanwalt der UdSSR, Vertreter der Anklage bei den drei Moskauer Prozessen der Jahre 1936–1938. 1937–1941 Direktor des Juristischen Instituts der Akademie der Wissenschaften der UdSSR, 1939 Stellvertretender Vorsitzender des Rates der Volkskommissare, Mitglied des Zentralkomitees der KPdSU. 1940–1946 Vertreter des Volkskommissariats für Auswärtige Angelegenheiten der UdSSR, seit 1946 Stellvertretender Minister für Auswärtige Angelegenheiten der UdSSR, 1949–1953 Minister für Auswärtige Angelegenheiten der UdSSR, von 1953 bis zu seinem Tod ständiger Vertreter der Sowjetunion bei der UNO.

was von Wyschinskij zu erwarten war
Noch während seiner Amtszeit als Direktor der Universität Moskau war Wyschinskij im Jahr 1928 Oberster Richter des Sondertribunals des Obersten Gerichtshofs der UdSSR im »Schachty-Prozess« genannten Verfahren gegen 53 russische Ingenieure, Techniker und Funktionäre sowie drei deutsche Ingenieure, denen die Verantwortung für angebliche Sabotageakte in der Region Schachty im Donezbecken zur Last gelegt wurden. 1930 war Wyschinskij Oberster Richter im Prozess gegen die Prompartija (Industriepartei), in dem eine Gruppe von Ingenieuren und Technikern der Gründung einer

antisowjetischen Partei beschuldigt wurde und für Sabotageakte in Industrie und Infrastrukturwesen verantwortlich zu sein. In der Folge dieser Prozesse wurden bis 1931 etwa 7000 Fachleute verhaftet, in Lager deportiert oder unter Hausarrest gestellt. 1931 fand der dritte dieser frühen Schauprozesse gegen 14 Ökonomen und einstige Mitglieder des Parteiflügels der Menschewiki statt.

122 ***O. M. stritt nicht ab, dass er das Gedicht einigen Bekannten vorgetragen habe***
Mandelstam nannte neun Personen, die Kenntnis von seinem *Epigramm gegen Stalin* hatten, nämlich seine Ehefrau, seinen Bruder und den Bruder seiner Ehefrau sowie Emma Gerschtejn, Anna Achmatowa, deren Sohn Lew Gumiljow, Boris Kusin, Maria Petrowych und Wladimir Narbut.

124 ***Schaginjan***
(Marietta Sergeevna Šaginjan, 1888–1982), Schriftstellerin. Die Tochter eines Arztes und Hochschullehrers schloss 1912 das Studium der Geschichte und Philosophie der Höheren Frauenkurse in Moskau ab und studierte bis 1914 Philosophie an der Universität Heidelberg. Bis 1919 arbeitete sie als Journalistin für verschiedene Zeitungen und als Dozentin für Ästhetik am Konservatorium in Rostow am Don. Den bolschewistischen Umsturz begrüßte sie als christlich-mystische Revolution. 1921–1927 lebte sie in Petrograd/Leningrad und war Mitarbeiterin am Kunsthistorischen Institut sowie bis 1948 Korrespondentin der *Prawda*. Seit 1931 lebte sie in Moskau. Ihre literarische Karriere begann 1903 mit symbolistischen Gedichten, ihr zweiter Gedichtband *Orientalia* erlebte zwischen 1913 und 1922 sieben Auflagen. Ihre Kurzromane *Peremena* (Der Umschwung, 1922/1923) und *Priključenija damy iz obščestva* (Abenteuer einer Dame aus der Gesellschaft, 1923) missfielen der offiziellen Kritik. 1923–1925 publizierte sie unter dem ironischen Pseudonym Jim Dollar den sehr populären Fortsetzungsroman *Mess-Mend ili Janki v Petrograde* (Mess-Mend oder die Yankees in Petrograd). Nach dem Fünfjahresplan-Roman *Gidrocentral* (Das Wasserkraftwerk, 1931) veröffentlichte Schaginjan bis 1957 vor allem publizistische Prosa und literaturwissenschaftliche Abhandlungen. Für ihr Buch über Taras Schewtschenko wurde ihr 1941 der Doktorgrad verliehen. 1942 Eintritt in die Kommunistische

Allunions-Partei (Bolschewiki). 1951 Auszeichnung mit dem Stalinpreis. 1976 Heldin der Sozialistischen Arbeit.

125 ***Pawlenko***
(Pëtr Andreevič Pavlenko, 1899–1951), Schriftsteller, Drehbuchautor und Literaturfunktionär. Nach Abschluss der Realschule in Tiflis trat der Sohn eines Eisenbahners 1920 in die Kommunistische Partei ein und wurde Kommissar in der Roten Armee. Von 1924 bis 1927 Vertreter der sowjetischen Handelsmission in der Türkei, Veröffentlichung erster Erzählungen. 1928–1930 Mitglied der Gruppe »Pereval« (Umwälzung, Wende). Mit Nikolaj Tichonow, Wladimir Lugowskoj und anderen Schriftstellern reiste Pawlenko 1930 nach Turkmenien, im selben Jahr Veröffentlichung des Kurzromans *Pustyn'ja* (Wüste). 1932 Veröffentlichung des ersten Romans *Na Vostoke* (Im Osten). Für seinen 1947 erschienen Roman *Ščast'e* (Glück) erhielt Pawlenko den Stalinpreis, drei weitere Auszeichnungen mit diesem Preis für Drehbücher von propagandistischen Filmen wie *Alexander Newskij* (1938, in der Regie von Sergej Eisenstein) und *Padenie Berlina* (Der Fall Berlins, 1948). Auf der Gründungssitzung des Schriftstellerverbands der UdSSR 1934 in den Vorstand gewählt, 1938–1941 Mitglied des Präsidiums des Schriftstellerverbands der UdSSR. Im Zweiten Weltkrieg Korrespondent für die Zeitungen *Prawda* und *Krasnaja zvezda* (Roter Stern). Pawlenko war geheimer Zeuge beim Verhör Ossip Mandelstams 1934.

Bulgarin
(Fadej Venediktovič Bulgarin, geb. Jan Tadeusz Krzysztof Bułharyn, 1789–1859), Schriftsteller und Literaturkritiker. Für seine Zusammenarbeit mit den zaristischen Behörden berüchtigter »Lakai und Spion der Monarchie«.

126 ***»Staryj Krim« – »Die Wohnung«***
Von den Mandelstams informell gebrauchte Titel der Gedichte *Ein kaltes Frühjahr. Krimstadt – nur ein Hungergeist* (Mai 1933) und *Die Wohnung, papierne Stille* (November 1933).

127 ***Tarassenkow***
(Anatolij Kuz'mič Tarasenkov, 1909–1956), Literaturwissenschaftler und -kritiker. Erste Veröffentlichungen 1925. 1930 Abschluss

des Studiums an der Fakultät für Literatur an der Universität Moskau. 1932–1941 leitete Tarassenkow den Bereich Literaturkritik der Zeitschrift *Znamja* (Banner). Im Zweiten Weltkrieg Kriegsberichterstatter für verschiedene Zeitungen. 1944–1947 stellvertretender Chefredakteur der *Znamja*. 1950–1953 stellvertretender Chefredakteur der Zeitschrift *Novyj mir* (Neue Welt).

130 ***Soschtschenko***
(Michail Michajlovič Zoščenko, 1894–1958), Schriftsteller, Dramatiker und Übersetzer. Das Studium der Rechtswissenschaften an der Universität in Sankt Petersburg brach der Sohn eines Kunstmalers ab und meldete sich 1915 als Kriegsfreiwilliger. 1918–1919 Soldat der Roten Armee. Nach dem Bürgerkrieg häufig wechselnde Berufe und Besuch des dem Verlag für Weltliteratur angegliederten Literaturstudios. 1922 literarisches Debüt mit einem Sammelband komischer und satirischer Kurzgeschichten. Mitglied der Serapionsbrüder. Soschtschenko war in den 1920er- und 1930er-Jahren überaus populär, seine Bücher wurden in hohen Auflagen veröffentlicht. Mit Zunehmen der dogmatischen Kritik wandte er sich unkomischen Gattungen zu. 1941 nach Alma-Ata evakuiert. Die Veröffentlichung der ersten Kapitel seiner Selbstanalyse *Pered voschodom solnca* (Vor Sonnenaufgang), des ersten Teils seines autobiographischen Werkes *Kluči ščastija* (Schlüssel des Glücks) 1943, wurde scharf verurteilt. Nach dem Parteierlass vom August 1946 wurde er mit Anna Achmatowa Opfer heftiger Angriffe, die zum Ausschluss aus dem Schriftstellerverband der UdSSR führten. Wiederaufnahme 1953, nur noch eine Veröffentlichung eines Auswahlbandes 1956 vor seinem Tod.

132 ***ein gewisser D.***
Der Dichter Lew Dligatsch. In einem seiner Gedichte heißt es: »An seinem Lied erkenne ich den Feind: /Seine letzte Saite ist noch straff.« In der letzten Strophe der *Stanzen* nimmt Mandelstam Bezug auf die »straffe Saite«:

»Geplündert bin ich nicht, und nicht geknickt vom Hieb,
Ein wenig überladen nur, und aus dem Lot –
Die Saite straff wie's alte Igor-Lied,
Und in der Stimme, meiner, nach der Atemnot,

Klingt Erde auf, wie eine letzte Waffe nah –
Die trockne Feuchte schwarzen Erdreichs da ...«

D. hatten wir Mitte der zwanziger Jahre in Kiew kennengelernt

In der Zeitung *Kievskij proletarij* (Kiewer Proletarier) erschienen im Mai 1926 zwei literarische Essays Ossip Mandelstams, zwei Jahre zuvor war in der in Kiew erscheinenden Zeitung *Krasnaja armija* (Rote Armee), bei der Dligatsch arbeitete, ein Artikel von Mandelstam veröffentlicht worden.

»Moskowskij komsomolez«

Von Herbst 1929 bis Anfang 1930 betreute Mandelstam die Literaturseite der Zeitung *Moskovskij komsomolec* (Moskauer Komsomolze).

133 ***ein anderer, deutlich jüngerer Schriftsteller***

Alexander Jaschin (Alexander Jakovlevič Jašin, 1913–1968), Dichter, Schriftsteller, Journalist. Der Bauernsohn aus dem Gouvernement Wologda schloss 1931 die Pädagogische Fachhochschule ab und arbeitete als Dorflehrer. Seit 1928 Veröffentlichung von Gedichten in Zeitungen und Zeitschriften, 1934 erster Band mit Gedichten. Nach der Übersiedlung nach Moskau im Jahr 1935 studierte Jaschin am Maxim-Gorki-Literaturinstitut, das er 1941 abschloss. Seit 1939 Mitglied des Schriftstellerverbands der UdSSR. Im Zweiten Weltkrieg berichtete er als Kriegskorrespondent aus Leningrad während der Blockade, aus Stalingrad und von der Krim. Seit Ende der 1950er-Jahre Veröffentlichung von Erzählungen. Seine Erzählung *Ryčagi* (Hebel, 1956) wurde erst nach der Perestrojka wieder veröffentlicht. »Der Autor von *Ryčagi* wird stets ein Teil der Weltliteratur sein«, schrieb Alexander Solschenizyn über Jaschin.

134 ***Jachontow***

(Vladimir Nikoaevič Jachontov, 1899–1945), Schauspieler, Rezitator. Nach dem Schauspielstudium am Studio des Moskauer Künstlertheaters war Jachontow von 1924 bis 1926 Schauspieler am Staatlichen Meyerhold-Theater in Moskau. 1927 Mitbegründer des Alleinunterhalter-Theaters *Sovremennik* (Zeitgenosse), das bis 1935 bestand. Kommentierte zusammen mit dem Radiosprecher

Jurij Levitan (1914–1983) die Moskauer Siegesparade auf dem Roten Platz am 24. Juni 1945.

Besymenskij
(Alexander Il'ič Bezymenskij, 1898–1973), Dichter und Drehbuchautor. Der Sohn eines jüdischen Handwerkers war seit 1916 Mitglied der Sozialdemokratischen Arbeiterpartei Russlands (Bolschewiki) und langjähriger führender Funktionär der Komsomol-Bewegung. Seit 1918 Veröffentlichung von Gedichten, 1922 Mitbegründer der Gruppierungen »Molodaja gvardija« und »Oktjabr'«, Mitglied der RAPP (vgl. Anm. zu S. 226). Arbeitete für die *Prawda* und die *Komsomolskaja prawda*. Im Zweiten Weltkrieg Kriegskorrespondent. In den 1920er- und 1930er-Jahren erreichten Besymenskijs Werke Millionenauflagen. Besymenskij kritisierte Schriftstellerkollegen, die sich nicht der sowjetischen Literaturdoktrin unterwarfen, wie Michail Bulgakow und Boris Pasternak, scharf.

138 ***»Minus zwölf«***
Mit »Minus zwölf« wurde umgangssprachlich das Verbot der Wohnsitznahme in zwölf Großstädten der Sowjetunion bezeichnet. Das Sonderkollegium der OGPU erließ am 10. Juli 1934 folgenden Beschluss: »In Abänderung des zuerst ergangenen Beschlusses ist Mandelstam, Ossip Emiljewitsch für die verbleibende Zeit seiner Strafe die Wohnsitznahme in den Gebieten Moskau und Leningrad sowie in Charkow, Kiew, Odessa, Rostow/a. D., Pjatigorsk, Minsk, Tiflis, Baku, Chabarowsk und Swerdlosk untersagt.«

140 ***Das offizielle Telegramm traf am nächsten Tag ein***
Vermutlich am 14. Juni 1934. Am Vortag hatten die Mandelstams ein Telegramm von Nadeschda Mandelstams Bruder Jewgenij Chasin mit der Mitteilung »Änderung bestätigt« erhalten. An diesem Tag hat offensichtlich Stalin Pasternak angerufen (vgl. dazu S. 216ff.). Am 16. Juni reisten die Mandelstams aus Tscherdyn ab und fuhren mit dem Schiff über Perm nach Kasan, von dort mit dem Zug über Moskau nach Woronesch.

147 ***Ein Passeport ist Privileg des Städters***
Am 27. Dezember 1932 verabschiedeten das Allrussische Zentrale Exekutivkomitee und der Rat der Volkskommissare das »Gesetz

eines einheitlichen Passeportsystems in der UdSSR und der obligatorischen Propiska«, das alle Bürger über 16 Jahre, die ihren ständigen Wohnsitz in Städten oder Arbeitersiedlungen hatten und in Infrastruktur und Sowchosen arbeiteten, zum Besitz eines Passes verpflichtete. Ziel dieses Gesetzes war die »verbesserte Erfassung der Bevölkerung [...] sowie die entsprechende Säuberung der genannten Orte von sich dort verbergenden [...] antibolschewistischen Elementen.« Die Dorfbevölkerung unterlag nicht der Passbesitzpflicht.

Einführung des Systems der Bezugsscheine für Lebensmittel

Die Bezugsscheine für Lebensmittel wurden im November 1928 zunächst nur für Brot eingeführt, Ende 1929 wurden fast alle Lebensmittel nur noch auf Vorlage von Bezugsscheinen ausgegeben. Für die Dorfbevölkerung galt dieses System nicht.

152 ***Bljumkin***

(Jakov Grigor'evič Bljumkin, 1900–1929), Sozialrevolutionär, Agent der Tscheka. Nach dem Besuch der Talmudschule arbeitete Bljumkin seit 1914 als Hilfsarbeiter im Straßenbahndepot und in einer Konservenfabrik in Odessa und trat in die Partei der Sozialrevolutionäre ein. 1918 zum Leiter der Abteilung zur Bekämpfung der deutschen Spionage innerhalb der Allrussischen Außerordentlichen Kommission (Tscheka) ernannt. Am 6. Juni 1918 ermordete Bljumkin gemeinsam mit seinem Begleiter Nikolaj Andreev (1890–1918) im Roten Saal der Villa der deutschen Botschaft in Moskau den Botschafter Kaiser Wilhelms II. in Sowjetrussland, Wilhelm Graf von Mirbach-Harff (1871–1918). Ziel des Mordes war es, den von Lenins Regierung in Brest-Litowsk unterzeichneten Frieden mit den Deutschen zu unterminieren. Die Ursachen des Mordes sind jedoch nicht nur in der Entwicklung der sowjetisch-deutschen Beziehungen, sondern auch in der innenpolitischen Situation in Russland 1917–1918 zu suchen. Das Attentat war Auftakt zu einem bewaffneten Aufstand der Sozialrevolutionäre gegen die von den Bolschewiki geführte Regierung, der niedergeschlagen wurde. Bljumkin floh nach Petrograd und in die Ukraine. 1920 trat er in die Kommunistische Partei Russlands (Bolschewiki) ein und nahm im Mai 1920 am Staatsstreich in der iranischen Provinz Gilan teil.

Im August 1920 führte er das Kommando über den Panzerzug, der führende Kommunisten vom II. Weltkongress der Kommunistischen Internationale in Moskau zum Kongress der »unterdrückten Völker des Ostens« in Baku bringen sollte. Danach Studium an der Akademie des Generalsstabs der Roten Armee, in der Folge Adjutant des Volkskommissars für Armee und Marine, Lew Trotzki. Aufgrund seiner Nähe zu Trotzki nach dessen Ausweisung aus der UdSSR 1929 zum Tode verurteilt und erschossen.

Konrad

Mit Konrad ist möglicherweise Fëdor Michailovič Konar (eigentlich Palaščuk, 1895–1933) gemeint. Der Sohn eines Priesters nahm 1912 das Studium der Rechtswissenschaften an der Universität Lemberg auf. Im selben Jahr trat er in die Ukrainische Sozialdemokratische Partei ein. 1913 Wahl zum Sekretär des Sozialistischen Jugendverbands der Ukraine. 1918 Beteiligung an der Organisation des Aufstands gegen das Regime des vom Deutschen Kaiserreich gestützten Hetmans des Ukrainischen Staates, Pavlo Skoropadskyj (1873–1943). Bis November 1919 stellvertretender Gouverneurskommissar des Gouvernements Podolsk, dann in Moskau Leiter der Abteilung für Information, Presse und Propaganda der Roten Gewerkschafts-Internationalen. 1930 Leiter der Finanzabteilung des Volkskommissariats für Landwirtschaft und Stellvertreter des Kommissars für Landwirtschaft, Abteilung Maschinen-Traktoren-Stationen. Aufgrund seiner Nähe zu Nikolaj Jeshow 1933 verhaftet und erschossen.

Wer hier gemeint ist, ist unklar. Bljumkin wurde im November 1929 zum Tode verurteilt, über die Erschießung Konars berichtete die *Prawda* am 12. März 1933. Am 25. September 1930 meldete die *Prawda* die Erschießung einer Gruppe von 48 führenden Fachkräften der Lebensmittelproduktion aufgrund des Vorwurfs, einer Gruppe von Saboteuren unter Leitung von Professor Alexander Rjazancev (1874–1930) angehört zu haben.

Boris Sergejewitsch (Kusin)

lernten die Mandelstams in Jerewan kennen, wo sie sich im Mai und Juni 1930 aufhielten.

des damals noch »allzu neuen Staates«
Bezug auf eine Variante der ersten Strophe des Gedichts *O diese Luft, berauscht von Wirren* aus dem Jahr 1916:

»Über den allzu neuen Staat
Trägt Trauer noch die ganze Welt –
Wir stehen in einer Reihe schwarz
Auf einem schwarzen Kreml-Platz!«

Georgij Iwanow
(Georgij Vladimirovič Ivanov, 1894–1958), Dichter, Schriftsteller und Übersetzer. Der Sohn eines Artillerieoffiziers absolvierte in Jaroslawl und Sankt Petersburg das Kadettenkorps. 1910 erste Veröffentlichungen von Gedichten. Mitglied der Zunft der Dichter (vgl. Anm. zu S. 8). 1922 Emigration mit seiner Ehefrau Irina Odojewzewa (Irina Vladimirovna Odoevceva 1895–1990), zunächst nach Berlin, dann nach Paris, wo er zu einem der bekanntesten Dichter der ersten Emigration wurde und auch als Literaturkritiker mit zahlreichen Zeitschriften zusammenarbeitete. Seine 1928 erschienenen Erinnerungen *Peterburgskie zimy* (Petersburger Winter) bieten ein subjektives Bild des russischen literarischen Lebens.

Diese ereignete sich 1919 in Kiew
Im April 1919 erschien Jakow Bljumkin, der sich seiner Haftstrafe nach dem Mord an Graf von Mirbach-Harff im Juni 1918 durch Flucht entzogen hatte, vor der Tscheka in Kiew und das in Abwesenheit gesprochene Urteil wurde durch Verordnung des Allrussischen Zentralen Exekutivkomitees vom 16. Mai 1919 aufgehoben. Die von Nadeschda Mandelstam hier beschriebene Episode ereignete sich wohl in dieser Zeit. Ein weiterer Zwischenfall zwischen Bljumkin und Ossip Mandelstam spielte sich in Moskau im Oktober 1920 ab (vgl. dazu Ilja Ehrenburg: *Menschen, Jahre, Leben*, Buch 2, Kap. 16).

153 ***Lipki***
ist ein historisches Quartier im Zentrum von Kiew und gehört zum Verwaltungsbezirk Pečersk. Der Name geht zurück auf die dort im 18. Jahrhundert angelegte Lindenallee. Im Russischen Reich Wohnquartier zaristischer Würdenträger und der Aristokratie, in der Sowjetunion befanden sich in zahlreichen der hochherrschaftlichen Palais die Niederlassungen wichtiger staatlicher Behörden.

der den Gesandten des Kaisers, Graf Mirbach, erschossen hatte

vgl. Anm. zu S. 152.

Petljura

(Symon Vasyl'ovyč Petljura, 1879–1926), ukrainischer Politiker. Vom Studium am Priesterseminar in seiner Geburtsstadt Poltawa ausgeschlossen, trat Petljura 1900 in die Revolutionäre Ukrainische Partei ein und begann als Journalist zu arbeiten. Nach einer Verhaftung aufgrund antizaristischer Artikel emigrierte er 1904 nach Lemberg, wo er als Redakteur für Zeitschriften der Revolutionären Ukrainischen Partei arbeitete. Nach seiner Rückkehr nach Kiew im Jahr 1905 Mitglied des Zentralkomitees der neu gegründeten Ukrainischen Sozialdemokratischen Partei, Redakteur der Zeitschrift *Vil'na Ukraina* (Freie Ukraine), 1912–1917 Mitherausgeber der Zeitschrift *Ukrainska Žittja* (Ukrainisches Leben). Nach der Februarrevolution im Juni 1917 zum Verteidigungsminister der Regierung der zuvor gegründeten Volksrepublik Ukraine gewählt. Nach der Unterzeichnung des Friedensvertrags in Brest-Litowsk im März 1918 besetzten deutsche Truppen die gesamte Ukraine. Durch einen Staatsstreich wurde Pavlo Skoropadskyj im April Staatsoberhaupt der Ukraine. Ein halbes Jahr später wurde der von den Deutschen gestützte Skoropadskyj gestürzt, 1919 wurde Petljura Regierungschef und kämpfte als militärischer Oberbefehlshaber gegen die Bolschewiki und die Truppen der »Weißen« sowie gegen Anhänger Skoropadskyjs und Nestor Machnos (1888–1934). Nach dem Sieg der Truppen der Roten Armee floh Petljura über Warschau und Budapest nach Paris, wo er im Mai 1926 einem Attentat zum Opfer fiel. Petljura und seine Truppen waren verantwortlich für zahlreiche Pogrome gegen die jüdische Bevölkerung, denen über 30000 Juden zum Opfer fielen. Petljuras Mörder Schalom Schwarzbard, der Sohn eines der Ermordeten, gestand, Petljura erschossen zu haben, seine Tat wurde im Prozess im Oktober 1927 jedoch als zu rechtfertigender Vergeltungsakt klassifiziert und Schwarzbard wurde freigesprochen.

die Juden des Dorfes vor den Pogromen zu bewahren

Nach der Ermordung Zar Alexanders II. am 1. März 1881 kam es in zahlreichen Städten im Süden des Russischen Reiches zu gewalttätigen Übergriffen gegen die jüdische Bevölkerung. Eine weitere, sehr viel blutigere Welle von Pogromen ereignete sich zwischen 1902 und 1906. Weltweit traurige Berühmtheit erlangte der Pogrom in der russischen Stadt Kischinjow. Die Gräueltaten während der Ostertage des Jahres 1903 forderten 45 Tote und 86 Schwerverletzte. 1500 jüdische Häuser wurden geplündert und zerstört. Die Mörder, Brandschatzer und Vergewaltiger gingen straflos aus.

155 ***er hatte die Reise in den für die Regierungsmitglieder eingesetzten Zügen zurückgelegt***
Im März 1918, als der Regierungssitz von Petrograd in den Moskauer Kreml verlegt wurde.

Gorbunow
(Nikolaj Petrovič Gorbunov, 1892–1938), Politiker und Bergsteiger. 1917 Abschluss des Studiums der Chemie am Technologischen Institut in Petrograd, Mitglied der Sozialdemokratischen Arbeiterpartei Russlands (Bolschewiki). Bis 1920 Sekretär des Rats der Volkskommissare und persönlicher Sekretär Lenins, zugleich 1918–1919 Vorsitzender des Kollegiums der Abteilung Wissenschaft und Technologie des Obersten Rats für Volkswirtschaft der UdSSR. 1923–1929 Rektor der Technischen Baumann-Hochschule in Moskau. 1928 Leiter der von der Akademie der Wissenschaften der UdSSR und der Notgemeinschaft der deutschen Wissenschaft durchgeführten Deutsch-Sowjetischen Alai-Pamir-Expedition, bei der die Erstbesteigung des zum damaligen Zeitpunkt höchsten Gipfels der Erde, der 7134 m hohen Lenin-Spitze (Pik Lenin), gelang. 1933 Leiter der Pamir-Expedition mit der Erstbesteigung der 7495 m hohen Stalin-Spitze (Pik Stalin, ab 1962 Pik Kommunizm, seit 1998 Pik Ismoil Somoni). 1931–1934 Mitglied der Staatlichen Wirtschaftsplankommission (Gosplan) der UdSSR. Seit 1935 Vollmitglied der Akademie der Wissenschaften der UdSSR. Im Zusammenhang der sogenannten »Alpinisten-Affäre« aufgrund des Vorwurfs der Mitgliedschaft in einer konterrevolutionären und terroristischen Gruppierung 1938 verhaftet und erschossen. 1954 Rehabilitierung. Nach Gorbunow ist eine Spitze (6026 m) im Tanymas-Gebiet im Pamir-Gebirge benannt.

Tschitscherin
(Georgij Vasil'evič Čičerin, 1872–1936), Diplomat und Politiker. Nach dem Studium an der Historisch-Philologischen Fakultät an der Universität Sankt Petersburg wurde Tschitscherin Beamter im Außenministerium. Seit 1904 Mitglied der Sozialdemokratischen Arbeiterpartei Russlands (Menschewiki), lebte bis 1918 in Berlin, Paris und London. 1917 Festnahme in London und Ausweisung nach Russland, Übertritt zur Fraktion der Bolschewiki und Ernennung zum stellvertretenden Volkskommissar für Auswärtige Angelegenheiten. Nach dem Rücktritt Trotzkis vom Posten des Volkskommissars für Auswärtige Angelegenheiten im März 1918 wurde Tschitscherin sein Nachfolger. Unterzeichnete 1922 für die Sowjetunion den Vertrag von Rapallo. 1930 abgelöst durch seinen Stellvertreter Maxim Litwinow (Maksim Maksimovič Litvinov, 1876–1951). Nach seiner Demission widmete sich der musikalisch hochgebildete und in der Kultur des Silbernen Zeitalters verankerte Tschitscherin ausführlichen Studien zu Mozart und verfasste ein Buch über den Komponisten, das erst vierzig Jahre nach seinem Tod veröffentlicht und zu einem Bestseller wurde.

156 ***Moskauer Dichtercafé***
Gemeint ist wohl das Journalistencafé am Prečistenskij-Boulevard (seit 1924 Gogol-Boulevard). Das Dichtercafé war zu dem Zeitpunkt geschlossen. Die Auseinandersetzung zwischen Mandelstam und Bljumkin ereignete sich einige Tage vor dem Mord an Graf von Mirbach-Harff am 6. Juli 1918 (vgl. Anm. zu S. 152). Nadeschda Mandelstam bezieht sich hier auf Iwanows Bericht des Vorfalls in seinen Erinnerungen *Peterburgskie zimy* (vgl. Anm. zu S. 152).

157 ***Dserschinskij erwähnt in seinem Bericht über die Ermordung Mirbachs***
In Dserschinskijs Stellungnahme vom 10. Juli 1918 zum Mord an Graf von Mirbach-Harff heißt es: »Bljumkin wurde in die Kommission [gemeint ist die Tscheka, U. K.] [...] aufgenommen und mit der Organisation der Spionageabwehr in der Abteilung zur Bekämpfung der Konterrevolution beauftragt. Einige Tage, möglicherweise auch eine Woche vor dem Attentat habe ich von Raskolnikow und Mandelstam Kenntnis darüber erhalten, dass sich diese Person in Gesprächen Äußerungen erlaubt wie ›Das Leben der Menschen ist

in meiner Hand. Ich unterschreibe ein Papier und innerhalb von zwei Stunden ist der Betreffende tot. Hier sitzt der Dichter Puslowskij, eine herausragende Persönlichkeit der Literatur, ich unterschreibe sein Todeurteil‹, aber wenn jemandem der Anwesenden das Leben des Dichters wichtig sei, würde er davon absehen usf. Als Mandelstam empört protestierte, habe Bljumkin ihm gedroht, er werde seinetwegen Meldung machen und sich mit allen ihm zur Verfügung stehenden Mitten an ihm rächen. Am gleichen Tag hat die Kommission auf meinen Vorschlag hin den Beschluss gefasst, die Abteilung für Spionageabwehr aufzulösen und Bljumkin von seinen Dienstpflichten zunächst zu entbinden.« (*Iz istorii VČK. Sbornik dokumentov*. M. 1958, S. 154) Die Abteilung für Spionageabwehr der Allrussischen Außerordentlichen Kommission zur Bekämpfung von Konterrevolution und Sabotage wurde am 1. Juli 1918 aufgelöst. Mandelstam hat Dserschinskij also an diesem Tag aufgesucht.

160 ***Tschastuschki von Majakowski***
Častuški sind eine Gattung der russischen Folklore, die kurzen Gedichte bestehen nur aus zwei oder vier Reimen und haben meist humoristischen oder satirischen Inhalt. Möglicherweise meint Nadeschda Mandelstam Majakowskis *Oda revoljucii* (Ode an die Revolution, 1918).

161 ***Diese Erfahrung musste auch Pasternak machen***
Am 11. Juni 1937 meldeten die sowjetischen Zeitungen, dass der NKWD ein Verfahren gegen eine Gruppe neun hochrangiger Militärs aufgrund des Vorwurfs der »Verletzung der militärischen Pflicht (des Fahneneids), Landesverrat, Verrat der Völker der UdSSR, Verrat der Roten Arbeiter- und Bauernarmee« eingeleitet habe. Die Verhandlung gegen die Militärführer fand am selben Tag in einer nichtöffentlichen Sitzung vor dem Außerordentlichen Gericht des Militärkollegiums des Obersten Gerichts der UdSSR statt. Alle Beschuldigten wurden der Organisation einer Verschwörung mit dem Ziel der Ergreifung der Macht für schuldig befunden und am Morgen des 12. Juni 1937 erschossen. Die staatliche Inszenierung solcher Verfahren gegen Hochverräter sah vor, dass die Öffentlichkeit das Urteil durch offene Briefe der Vertreter der Arbeiterklasse, der Kolchosarbeiter und der Intellektuellen einstimmig begrüßte.

Unter den Schriftstellern, die den offenen Brief in der sogenannten Tuchatschewskij-Affäre unterzeichneten, waren Alexander Fadejew, Alexej Tolstoj, Nikolaj Tichonow und Michail Scholochow.

162 ***nach ihrer Rückkehr aus Afghanistan***
vgl. Anm. zu S. 72.

Berdjajew
(Nikolaj Aleksandrovič Berdjaev, 1874–1948), Philosoph. Als Mitglied eines marxistischen Studentenbunds wurde der Sohn eines Generalleutnants und Adelsmarschalls von Kiew 1898 von der Universität Kiew exmatrikuliert und drei Jahre nach Wologda verbannt. Nach seiner Rückkehr aus der Verbannung engagierte er sich in der sozialliberalen Befreiungsbewegung und war als Publizist und Zeitschriftenredakteur tätig. 1909 Mitautor des Sammelbands *Vechi* (vgl. Anm. zu S. 93). 1919 Gründung der Freien Akademie Geistlicher Kultur. Zusammen mit über 150 russischen Ärzten, Ingenieuren, Schriftstellern und Philosophen Ausweisung aus der Sowjetunion 1922 auf dem sogenannten »Philosophenschiff«. Lebte ab 1923 in Paris, wo er seine Religiös-Philosophische Akademie bis 1940 weiterführte und als Redakteur der Zeitschrift *Put'* (Weg) und Autor von 15 philosophischen Werken einer der führenden Intellektuellen der russischen Emigration war. 1947 Verleihung der Theologischen Ehrendoktorwürde der University of Cambridge.

164 ***Ozup***
(Nikolaj Avdeevič Ocup, auch: Nikolaï Avdeïevitch Otsoup, 1894–1954), Dichter, Übersetzer und Publizist. Angeregt durch sein Studium bei Henri-Louis Bergson (1859–1941) in Paris, begann Ozup Gedichte zu schreiben. Nach der Rückkehr nach Sankt Petersburg studierte er an der Historisch-Philologischen Fakultät und leistete Militärdienst. Mitarbeit als Übersetzer des auf Initiative von Maxim Gorki gegründeten Verlags Vsemirnaja literatura (Weltliteratur). 1921 erschien im Verlag der Zunft der Dichter sein erster Gedichtband. Nach der Erschießung seines älteren Bruders und seines Freundes Nikolaj Gumiljow emigrierte Ozup und lebte seit Mitte der 1920er-Jahre in Paris. 1930 Veröffentlichung der Abhandlung *Über die neueste russische Dichtung* und Gründung der Zeitschrift für Kunst und Literatur *Čisla* (Zahlen, Daten), die

bis 1934 existierte. Als Freiwilliger der französischen Armee 1942 in Italien verhaftet. Nach dem Zweiten Weltkrieg Dozent an der École normale supérieure in Paris.

165 ***Kurz nach der Revolution sollten einige Militärs verhaftet werden***

Nadeschda Mandelstam bezieht sich hier wohl auf die Umstände der Verhaftung des Kapitäns zur See Alexej Michailowitsch Schtschastnyj (1881–1918). Im März 1918 war Schtschastnyj zum Großadmiral der Baltischen Flotte ernannt worden und hatte den Oberbefehl beim Rückzug der Marinestreitkräfte aus Helsingfors vor der Besetzung Finnlands durch die Deutschen nach dem Frieden von Brest-Litowsk. Er widersetzte sich beim Rückzug Lew Trotzki, dem kurz zuvor ernannten Volkskommissar für Militär und Marine, der per Geheimtelegramm den Befehl erteilt hatte, Helsingfors beim Abzug der Flotte zu bombardieren. Nach der Ankunft in Kronstadt wurde Schtschastnyj nach Moskau befohlen und am 27. Mai 1918 verhaftet. Larissa Rejsner war zu jenem Zeitpunkt Kommissar des Generalstabs der Marine, ihr Ehemann Fjodor Raskolnikow stellvertretender Volkskommissar für Militär und Marine. Schtschastnyj wurde der »Befehlsverweigerung und konterrevolutionären Tätigkeit« beschuldigt, am 21. Juni 1918 vom Revolutionskomitee des Allrussischen Zentralen Exekutivkomitees zum Tode verurteilt und am 22. Juni 1918 hingerichtet. 1995 Rehabilitierung.

166 ***Woronskij***

(Aleksandr Konstantinovič Voronskij, 1884–1937), Revolutionär und Literaturpolitiker. Vom Geistlichen Seminar in Tambow aufgrund »politischer Unzuverlässigkeit« ausgeschlossen. 1904 Eintritt in die Sozialdemokratische Arbeiterpartei Russlands (Bolschewiki) und politische Arbeit in zahlreichen Städten des Russischen Reiches. Erste Verhaftung nach der niedergeschlagenen Revolution 1905. Gefängnisaufenthalt und Verbannung. 1912 Delegierter auf dem VI. Parteitag der Sozialdemokratischen Arbeiterpartei Russlands (Bolschewiki) in Prag. 1917–1920 Mitglied des Allrussischen Zentralen Exekutivkomitees. 1921–1927 Chefredakteur der neu gegründeten Literaturzeitschrift *Krasnaja nov'* (Rotes Neuland), 1922–1927 Redakteur der illustrierten satirischen Literaturbeilage der *Prawda* (*Prožektor*). Gegner des Proletkults. Die Ideologen der

RAPP (vgl. Anm. zu S. 226) bedachten Woronskijs literaturpolitischen Standpunkt mit dem Schimpfwort »Voronščina«. 1927 Parteiausschluss, Verhaftung und Verbannung. Nach einem Reuebekenntnis konnte Woronskij 1930 nach Moskau zurückkehren und wurde Redakteur beim neu gegründeten Staatsverlag für Schöne Literatur (Gosudardstvennoe izdatel'stvo chudožestvennoj literatury, kurz GICHL). Verhaftung und Hinrichtung 1937. 1957 Rehabilitierung.

das eine törichte kleine Zeitschrift herausgab
vgl. Anm. zu S. 72.

168 ***Lakoba***
(Nestor Apollonovič Lakoba, 1893–1936), Funktionär. Vom Geistlichen Seminar in Tiflis aufgrund revolutionärer Propaganda 1811 ausgeschlossen, trat der Bauernsohn 1912 in die Sozialdemokratische Arbeiterpartei Russlands (Bolschewiki) ein. Nach dem Abschluss des Realgymnasiums in Grosny begann Lakoba das Studium der Rechtswissenschaften in Charkow. 1917 Gründung einer bolschewistischen Organisation in Abchasien. 1918 einer der Führer im Aufstand gegen die Regierung der Menschewiki in Georgien. 1921 einer der drei Führer des Revolutionskomitees in Abchasien und Volkskommissar für Militär. 1922–1930 Vorsitzender des Rats der Volkskommissare Abchasiens, 1930–1936 Vorsitzender des Zentralen Exekutivkomitees Abchasiens. Delegierter auf dem Außerordentlichen VIII. Allunions-Parteitag der UdSSR im November und Dezember 1936, bei dem die neue Verfassung der UdSSR verabschiedet wurde. Lakoba wurde im Kampf um die Vorherrschaft im Kreis um Stalin vermutlich von Lawrentij Berija vergiftet.

169 ***als dieser Mann [...] im Mittelpunkt der kommunistischen Weltbewegung gestanden hatte***
Nikolaj Bucharin war von 1926 bis 1929 Generalsekretär der Kommunistischen Internationale.

von der bevorstehenden Erschießung von fünf alten Herren
Am 14. April 1928 wurden sechs Vorstandsmitglieder von Kreditanstalten und ein Mitarbeiter des Volkskommissariats für Finanzen aufgrund des Vorwurfs der »wirtschaftlichen Konter-

revolution« zum Tode verurteilt. Die Strafverfahren gegen diese Vertreter des Finanzsektors waren ein Vorspiel des sogenannten Schachty-Prozesses (vgl. Anm. zu S. 121), der am 18. Mai 1928 begann.

seinen soeben erschienenen Gedichtband
Der Band *Gedichte (1908–1925)*, den Ossip Mandelstam Bucharin sandte, erschien im Mai 1928 und war mit dem Prosaband *Die Ägyptische Briefmarke* und der Essaysammlung *Über Poesie*, die ebenfalls 1928 publiziert wurden, die letzte Buchveröffentlichung zu Lebzeiten Mandelstams.

170 ***der »wunderbare Eid, dem Vierten Stand geleistet«***
Nadeschda Mandelstam zitiert hier aus Ossip Mandelstams Gedicht *Der 1. Januar 1924*, in dem es heißt:

»Lass ich sie je verleumden und verlästern –
Von neuem Apfelduft des Frosts –
Der wunderbare Eid, dem Vierten Stand geleistet,
Die schweren Schwüre, tränengroß?«

Der »vierte Stand« sind im Russland des 19. Jahrhunderts die Rasnotschintzen (vgl. Anm. zu S. 260), zu denen Ossip Mandelstam sich auch im Gedicht *Mitternacht in Moskau* und im *Rauschen der Zeit* bekannt hat.

Herzens Postulat »prioritas dignitatis«
Aleksandr Ivanovič Gercen (Pseudonym Iskander, 1812–1870), Philosoph und Publizist. Das Studium der Naturwissenschaften in Moskau schloss der Sohn eines Gardeoffiziers 1835 mit Auszeichnung ab. 1835 Verbannung nach Wjatka wegen »oppositioneller Umtriebe«. 1840 konnte er zurückkehren und lebte als freier Publizist in Sankt Petersburg und Moskau. Sein Roman *Kto vinovat?* (Wer ist schuld?, 1847) und die Erzählungen *Doktor Krupov* (1847) und *Soroka-vorovka* (Die diebische Elster, 1848) machten gesellschaftliche Probleme in zuvor nicht gekannter Art zum Thema. Seit 1847 lebte Herzen in Frankreich, Italien, der Schweiz und von 1852 bis 1865 in England. Die von ihm herausgegebenen Zeitschriften *Kolokol* (Die Glocke) und *Golosa iz Rossii* (Stimmen aus Russland) hatten großen Einfluss auf die russische Emigration ebenso wie auf die oppositionelle Intelligenz in Russland. Herzen trat für das Ideal einer sozial gerechten und dezentralistisch aufge-

bauten Gesellschaft ein, die durch Aufklärung und Schulung des Volkes erreicht werden könne.

171 ***Verlag »Semlja i fabrika«***
Die Verlagsgesellschaft Zemlja i fabrika, kurz ZIF (Land und Fabrik), wurde 1922 gegründet und ging 1930 im Staatsverlag für Schöne Literatur auf. Dort wurde russische und internationale Belletristik sowie eine Reihe von Periodika publiziert. In den Jahren 1925 bis 1935 arbeitete Michail Senkewitsch als Redakteur für fremdsprachige Literatur bei der Verlagsgesellschaft Zemlja i Fabrika und beauftragte seinen Akmeistenkollegen Mandelstam mit Übersetzungen.

172 ***Zeit der Ärzteprozesse***
Der Tod von Solomon Michoels (vgl. Anm. zu S. 221), dem Direktor des Moskauer Staatlichen Jüdischen Theaters, im Januar 1948 war Auftakt zu einer antisemitischen Hetzkampagne gegen »entwurzelte Kosmopoliten« und andere »antipatriotische Gruppen« im Kulturbereich. Es kam zu Ausschlüssen aus der Partei, dem Schriftstellerverband der UdSSR, Entlassungen an Universitäten und Forschungsinstituten. Die Kampagne erreichte Ende 1952 mit der sogenannten »Ärzteverschwörung« ihren Höhepunkt. Eine Gruppe angesehener Moskauer Ärzte wurde beschuldigt, die sowjetische Führung durch bewusst falsch gestellte Diagnosen oder Behandlung ermorden zu wollen. Die meisten der betroffenen Ärzte waren Juden. Der Vorwurf ging zurück auf einen Brief der Kardiologin Lidija Timašuk (1898–1983), die als Ärztin im Kreml-Krankenhaus arbeitete, an Stalin, in dem sie behauptete, die Ärzte des Chefideologen Andrej Ždanov (1896–1948) hätten den Ernst seines Gesundheitszustands verkannt und ihn deshalb falsch behandelt. Der Brief wurde zunächst ignoriert, drei Jahre später jedoch dazu benutzt, die Kreml-Ärzte einer »zionistischen Verschwörung« gegen die Sowjetführung zu bezichtigen. Hunderte von Ärzten und Funktionären wurden verhaftet. Im Dezember 1952 erklärte Stalin, dass »jeder Jude ein potentieller Spion der Vereinigten Staaten« sei, Tausende Juden wurden verhaftet, von ihren Arbeitsplätzen entlassen, aus ihren Wohnungen vertrieben und in entlegene Regionen der UdSSR deportiert. Die Hetzkampagne fand mit Stalins Tod am 5. März 1953 ihr Ende.

1922 setzte er sich für seinen Bruder Jewgenij ein
Das bezieht sich wahrscheinlich auf die Zeit nach dem Plenum des ZK der Kommunistischen Partei Russlands (Bolschewiki), das am 21. und 22. Februar 1923 stattfand. »Er hörte sehr aufmerksam zu«, berichtete Ossip Mandelstam seinem Vater in einem Brief, »und wird heute noch mit Sinowjew über Shenja sprechen. Er versprach, alles ihm Mögliche zu unternehmen, und bat mich, mit ihm in Verbindung zu bleiben. Er sagte unter anderem: ›Ich kann nicht für ihn bürgen. Seit ein paar Tagen ist das den Mitgliedern des ZK verboten. So bleibt nur ein Umweg.‹ Dann sagte er noch: ›Bürgen Sie (also ich?) für ihn. Sie sind eine bekannte Persönlichkeit (?).‹ Morgen werde ich bei Bucharin in Erfahrung bringen, was Sinowjew auf seine Bitte geantwortet hat, und welche ›auspicii‹ (so sagte Bucharin), also Aussichten die Angelegenheit hat.«

Jewgenij Mandelstam wurde in Petrograd verhaftet, wo er lebte. Deshalb kündigte Bucharin Mandelstam gegenüber an, dass er sich in dieser Angelegenheit an den dortigen Parteichef Sinowjew (vgl. Anm. zu S. 302) wenden werde. Offensichtlich führte das Gespräch mit ihm nicht zum gewünschten Ergebnis, woraufhin Bucharin sich am nächsten Tag an Dserschinskij wandte, wie Nadeschda Mandelstam hier berichtet.

174 *Molotow*
(Vjačeslav Michajlovič Molotov, eigentlich Skrjabin, 1890–1986), Politiker, enger Vertrauter Stalins. In der Zeit des Besuchs des Realgymnasiums in Kasan, das er 1908 abschloss, trat der Kaufmannssohn 1906 in die Sozialdemokratische Arbeiterpartei Russlands (Bolschewiki) ein. 1909 Verhaftung wegen politischer Agitationen und Verbannung ins Gouvernement Wologda. 1911 Entlassung aus der Verbannung, Beginn eines Studiums am Polytechnischen Institut in Sankt Petersburg. 1912–1913 Redaktionssekretär des Organs der Bolschewiki *Prawda*. Bekanntschaft mit Stalin. Wiederholte Verhaftungen, 1915 Verbannung nach Irkutsk, Annahme des Parteinamens Molotow (Hammer). 1916 Flucht aus der Verbannung nach Petrograd, Eintritt in das russische Büro des ZK der Bolschewiki. 1917–1920 Leitender Funktionär in den Gebieten Petrograd, Nischnij-Nowgorod und im Donbass. 1921–1957 Mitglied des ZK der Kommunistischen Partei. 1921–1926 Kandidat, 1926–1957 Mitglied des Politbüros der Kommunisti-

schen Partei. 1930–1941 Vorsitzender des Rats der Volkskommissare Sowjetunion. Molotow wurde zum engsten Gefährten Stalins. 1939–1949 Volkskommissar für Auswärtige Angelegenheiten. Unterzeichnung des Nichtangriffspakts mit Adolf Hitler (1939) und des Neutralitätspakts mit Japan (1941). Teilnahme an den Konferenzen von Teheran (1943), Jalta (1945) und Potsdam (1945). Nach Stalins Tod 1953 bildete Molotow zusammen mit dem Ministerpräsidenten Georgij Malenkow (1902–1988) und dem Innenminister Lawrentij Berija (1899–1953) das entscheidende Triumvirat, bis sich Nikita Chruschtschow im Machtkampf um die Nachfolge Stalins durchsetzte. 1953–1956 erneut Außenminister, 1956–1957 Minister für Staatskontrolle. 1957 nach einem missglückten Versuch, Chruschtschow zu stürzen, als »Parteifeind« sämtlicher Partei- und Regierungsämter enthoben und als Botschafter nach Ulan Bator (Mongolei) versetzt. 1960–61 Vertreter der UdSSR bei der Internationalen Atomenergiekommission in Wien. Mit Molotows Namen ist die Antipanzerwaffe »Molotow-Cocktail« verbunden.

die Rente, die O. M. erhalten hatte
Für seine »Verdienste in der russischen Literatur in der Vergangenheit bei gleichzeitiger Nichteignung« für die sowjetische Literatur wurde Ossip Mandelstam im März 1932 auf Grundlage des Erlasses des Rats der Volkskommissare in Bezug auf Renten aus den Jahren 1928 und 1930 eine Rente in Höhe von 200 Rubeln zugesprochen.

175 ***O. M. war [...] nach Leningrad zurückgekehrt***
Im August 1920 wurde Ossip Mandelstam von der Spionageabwehr der dem Oberbefehlshaber Pëtr Nikolaevič Vrangel' (Freiherr Peter von Wrangel, 1878–1928) unterstellten Einheiten der Russischen Armee, die auf der Krim im Bürgerkrieg gegen die Truppen der Roten Armee kämpften, in Feodossija als »bolschewistischer Spion« festgenommen. Ein zweites Mal wurde er im September 1920 von bewaffneten Einheiten der Menschewiki als »weißer« und »bolschewistischer« Doppelagent in Batumi verhaftet. Im Oktober 1920 kehrte Mandelstam gemeinsam mit Ilja Ehrenburg, dem als Diplomatenkurier Passierscheine für sich und Mandelstam ausgestellt worden waren, über Moskau nach Petrograd zurück.

Maxim Gorki stand damals der Kommission zur Verbesserung der Lebensumstände von Wissenschaftlern (vgl. Anm. zu S. 55) vor.

179 ***kam Jachontow zu einem Gastspiel***
Die in Woronesch erscheinende Zeitung *Kommuna* kündigte Jachontows Auftritte mit den Programmen »Peterburg« und »Puschkin« am 24. März 1935 an.

179/80 ***»Nowyj mir« – »Krasnaja now«***
Wichtige sowjetische Literaturzeitschriften. Die *Novyj mir* wird seit 1925 in Moskau herausgegeben, die *Krasnaja Nov'* bestand von 1921 bis 1941.

180 ***Ausschnitte aus Puschkins »Reise nach Arzrum«***
Zwei Jahre vor seinem frühen Tod 1837 fasste Alexander Puschkin die Tagebuchaufzeichnungen seiner viermonatigen Reise an die Peripherie des Zarenreiches während des Russisch-Türkischen Krieges 1928/29 zu dem ursprünglich nicht zur Veröffentlichung vorgesehenen Reisebericht *Die Reise nach Arzrum während des Feldzugs im Jahr 1829* zusammen, der die Folgen der rücksichtslosen russischen Kolonisierung mit geradezu dissidentischem Gestus schildert.

182 ***Zweiunddreißig Jahre lang ist keine Zeile von ihm im Druck erschienen***
Also seit dem 23. November 1932, als in der *Literaturnaja gazeta* drei Gedichte von Ossip Mandelstam veröffentlicht worden waren.

188 ***Mit diesem Wort wurden nicht nur ganze Städte***
Bezug auf Nikolaj Gumiljows Gedicht *Slovo* (Wort): »Die Sonne haben sie angehalten mit einem Wort, / Mit einem Wort haben sie Städte zerstört.«

189 ***Als er sich entschied, eine erste Zahlung zu leisten***
Gemeint ist die Entscheidung im Januar 1937, eine Stalin-Ode zu schreiben (vgl. dazu S. 308 ff.).

190 ***auf Grundlage des Dekrets***
Offensichtlich ist hier die am 7. August 1932 vom Allrussischen Zentralen Exekutivkomitee des Rats der Volkskommissare erlassene Verordnung zum *Schutz des Eigentums staatlicher Unternehmen, Kolchosen und Kooperativen und Sicherung des gesellschaftlichen (sozialistischen) Besitzes* gemeint. Mit dieser Verordnung

wurde der Begriff des »Diebstahls sozialistischen Eigentums« als »Verbrechen gegen den Staat und die Bevölkerung« ins sowjetische Rechtssystem eingeführt, also mit Hochverrat gleichgesetzt. Ungeachtet des Werts des Diebesguts wurde der Diebstahl sozialistischen Eigentums mit der Todesstrafe bzw. bei mildernden Umständen mit Lagerhaft in Höhe von zehn Jahren geahndet. Umgangssprachlich wurde die bis 1933 geltende Verordnung deshalb als »Gesetz der drei/fünf Ähren« bezeichnet.

193 *Luppol*
(Ivan Kapitonovič Luppol, 1896–1943), Philosoph. Nach dem Abschluss des Studiums der Rechtswissenschaften an der Universität Moskau arbeitete Luppol von 1919 bis 1921 in der Abteilung für Propaganda der Roten Armee. Seit 1920 Mitglied der Kommunistischen Partei Russlands (Bolschewiki). 1921–1924 Studium der Philosophie am Institut der Roten Professur. 1924–1927 Mitarbeiter der vom Marx-Engels-Institut herausgegebenen Zeitschrift *Letopis' Marksizma* (Chronik des Marxismus). 1925–1931 Professor des Lehrstuhls für Historischen Materialismus an der Staatlichen Moskauer Universität, 1925–1938 Professor des Lehrstuhls für Marxistisch-Leninistische Philosophie am Institut der Roten Professur. Seit 1934 Mitglied des Vorstands des Schriftstellerverbands der UdSSR. 1935–1941 Mitbegründer und Direktor des Maxim-Gorki-Instituts für Literatur, Chefredakteur des Staatsverlags für Schöne Literatur. Seit 1933 Korrespondierendes Mitglied, seit 1939 Mitglied der Akademie der Wissenschaften der UdSSR. 1940 Verhaftung, 1941 Verurteilung zum Tode durch das Militärgericht des Obersten Gerichtshofs, 1942 Umwandlung des Urteils in 20 Jahre Lagerhaft. 1956 Rehabilitierung.

194 *Kretowa*
(Ol'ga Kapitanovna Kretova, 1903–1994), Schriftstellerin. Seit 1920 Hilfslehrerin in der Schule ihres Vaters, war sie Mitbegründerin der ersten Pionierorganisation im Landkreis Woronesch und die erste Komsomolzin dort. 1925 erste Veröffentlichungen, 1929 Delegierte auf dem Ersten Allrussischen Bauernschriftstellerkongress. 1930 Eintritt in die Kommunistische Partei Russlands (Bolschewiki). 1934 Delegierte auf dem Ersten Allunions-Kongress der sowjetischen Schriftsteller, eines der ersten Mitglieder des Schrift-

stellerverbands der UdSSR, Stellvertreterin des Vorsitzenden der Woronescher Sektion des Schriftstellerverbands der UdSSR. 1939–1941 Studium am Maxim-Gorki-Literaturinstitut. 1946–1950 Vorsitzende der Woronescher Sektion des Schriftstellerverbands der UdSSR. 1953–1956 Korrespondentin der *Literaturnaja gazeta*.

Sadonskij
(Nikolaj Alexeevič Zadonskij, 1900–1974), Schriftsteller. Nach dem Besuch des Gymnasiums wurde der Kaufmannssohn 1918 Korrektor einer Druckerei in Woronesch und schrieb für die Zeitung. Autor von historischen Romanen und Theaterstücken.

Kalezkij
(Pavel Isaakovič Kaleckij, 1906–1942), Literaturwissenschaftler. Nach dem Studium der Literaturwissenschaft an der Moskauer Universität 1930 arbeitete Kalezkij an der Bibliothek der Kommunistischen Swerdlow-Universität und im Staatsverlag für Schöne Literatur. 1933 Ausweisung aus Moskau. Dozent für Literatur am Staatlichen Pädagogischen Institut und Redakteur im Verlag Kommuna in Woronesch. 1934 Kandidat für die Mitgliedschaft im Schriftstellerverband der UdSSR. 1935 Bibliothekar an der Bibliothek der Akademie der Wissenschaften der UdSSR, 1936 Konsultant in der Abteilung Drehbuch bei Lenfilm, später wissenschaftlicher Mitarbeiter am Institut für Russische Literatur.

heute gingen sie zur GPU
vgl. Anm. zu S. 10.

195 ***Vorladung zum MGB***
Im Juli 1934 ging die OGPU im neu organisierten NKWD auf und wurde in Hauptverwaltung für Staatssicherheit (Glavnoe upravlenie gosudarstvennoj bezopasnosti, GUGB) umbenannt. Zugleich wurde die Institution des Sonderkollegiums des NKWD eingeführt, die Verdächtige ohne Gerichtsverfahren verurteilen konnte. Urteile des Sonderkollegiums wurden in Abwesenheit des Angeklagten gefällt, gerichtsverwertbare Beweise mussten nicht vorgelegt werden. Das NKWD ging 1946 im Ministerstvo Gosudarstvennoj bezopasnosti, kurz MGB (Ministerium für Staatssicherheit), auf.

196 ***Stawskij***
(Vladimir Petrovič Stavskij, eigentlich Kirpičnikov, 1900–1943), Literaturfunktionär. Der Sohn eines Möbeltischlers besuchte die fünfklassige Realschule in Pensa und arbeitete nach dem Tod seiner Mutter 1915 unter anderem in einer Papierfabrik. 1918 Eintritt in die Rote Armee. Nach seiner Demobilisation 1922 wurde er Redakteur der in Rostow am Don erscheinenden Zeitung *Molot* (Hammer). 1928 Sekretär der RAPP (vgl. Anm. zu S. 226). Seit 1932 im Auftrag des ZK der Kommunistischen Allunions-Partei (Bolschewiki) beteiligt an den Vorbereitungen zur Gründung des Schriftstellerverbands der UdSSR, nach dessen Gründung 1934 Vorstandsmitglied, seit 1936 Generalsekretär. 1937–1941 Chefredakteur der Literaturzeitschrift *Novyj mir*. 1934–1939 Mitglied der Zentralen Kontrollkommission des ZK der Kommunistischen Allunions-Partei (Bolschewiki), seit 1941 Kriegskorrespondent der *Prawda*.

198 ***O. M.s Sanatoriumsaufenthalt in Tambow***
21. Dezember 1935 bis 5. Januar 1936.

204 ***Goslitisdat***
Der Staatsverlag für Schöne Literatur (Gosudardstvennoe izdatel'stvo chudožestvennoj literatury, kurz: GOSLITISDAT oder GICHL) wurde 1930 in Moskau aus der Abteilung für schöne Literatur des Gosisdat (vgl. Anm. zu S. 30) und der Verlagsgesellschaft Zemlja i fabrika (vgl. Anm. zu S. 171) gegründet. Seit 1963 trägt der Verlag den Namen Izdatel'stvo chudožestvennaja literatura, kurz ICHL (Verlag für Schöne Literatur).

Ich übersetzte rasch einen grauenhaften Roman
Den Roman *Babel* (1934) von Victor Margueritte (1866–1942), der 1935 im Staatsverlag für Schöne Literatur veröffentlicht wurde. Im Anschluss an diese Übersetzung erhielt Nadeschda Mandelstam einen Vertrag für die Übersetzung des Romans *Nest of Simple Folk* (1933) des irischen Schriftstellers Seán Ó Faoláin (John Francis Whelan, 1900–1991), der 1941 in der Übersetzung von N. Aver'anova erschien.

206 ***Sergej Antonowitsch Klytschkow***
(Sergej Antonovič Klyčkov, eigentlich Lešenkov, 1889–1937), Dichter und Schriftsteller. Nach Abschluss des Realgymnasiums in Moskau 1905 erste Veröffentlichungen von Gedichten über revolutionäre Themen. 1908 Reise nach Italien, wo er die Bekanntschaft von Maxim Gorki und Anatolij Lunatscharskij machte. Nach seiner Rückkehr nach Russland Studium der Philologie an der Universität Moskau, 1913 Exmatrikulation von Amts wegen. 1911 Veröffentlichung seines ersten Gedichtbands *Pesni* (Lieder). Im Ersten Weltkrieg Soldat. Nach dem Umsturz durch die Bolschewiki 1917 lebte er in Moskau. Gehörte wie sein Freund Sergej Jessenin zu den »Bauerndichtern«. Seine drei in den 1920er-Jahren veröffentlichten Romane wurden wegen der Hinwendung zum vorrevolutionären, mythenverbundenen Dorf als reaktionär kritisiert. Seit 1927 als Vertreter der »Kulaken-Literatur« bekämpft. 1937 Verhaftung und Verurteilung zum Tode. 1956 Rehabilitierung.

Emigrantenzeitung »Nakanune«
Die Emigrantenzeitung *Nakanune* (Vorabend) erschien zwischen März 1922 und Juni 1924 in Berlin und war das wichtigste Periodikum der Anhänger einer Gruppierung, die seit der Publikation des Sammelbands *Smena vech* (Änderung der Wegzeichen) 1921 in Prag die ideologische Linie vertrat, die Gegner der Oktoberrevolution des Jahres 1917 und der danach installierten Sowjetregierung sollten umdenken und diese akzeptieren. Der Titel *Smena vech* spielte auf den 1909 publizierten Band *Vechi* an (vgl. Anm. zu S. 93). Die Zeitung war Instrument der sowjetischen Außenpolitik und plädierte, wie auch die zwischen Oktober 1921 und März 1922 in Paris erscheinende Zeitschrift *Smena vech*, für die Rückkehr der Emigranten in die Sowjetunion. In der wöchentlichen Literaturbeilage wurden Gedichte und Artikel Ossip Mandelstams veröffentlicht.

Marschak hatte »Luftballons« und »Die beiden Trams« vollkommen entstellt
Die Kinderbücher *Luftballons* und *Die beiden Trams* erschienen 1926 und 1925 im Gosudarstvennoe Izdatel'stvo (Staatsverlag) unter der Redaktion von Samuil Marschak.

Samuil Marschak (Samuil Jakovlevič Maršak, 1887–1964), Dichter und Übersetzer. Bereits als Gymnasiast in Sankt Petersburg veröffentlichte Marschak Gedichte auf Jiddisch. 1907 Veröffentlichung des ersten Gedichtbands. 1912–1914 Studium der Philosophie in London, Beginn seiner Tätigkeit als Übersetzer englischer Lyrik. Seit 1923 Veröffentlichung von Kinderbüchern in Versen, 1924–1937 Leiter der Kinderbuchabteilung des Staatsverlags in Leningrad, förderte Autoren wie Daniil Charms (1905–1942) und Alexander Wwedenskij (1904–1941). 1938 Übersiedlung nach Moskau, 1939–1947 Abgeordneter des Moskauer Stadtsowjets. Während des Zweiten Weltkriegs verfasste Marschak auch satirische Verse, die in der *Prawda* veröffentlicht wurden. In den 1960er-Jahren Veröffentlichung von autobiographischer Prosa und literaturwissenschaftlichen Essays. Mehrfache Auszeichnung mit dem Stalinpreis.

207 ***Stalins Artikel im »Bolschewik«***
Gemeint ist Stalins im November 1931 veröffentlichter Brief an die Redaktion der Zeitschrift *Proletarskaja revoljucija* (Die Proletarische Revolution, 1921–1941). Der Brief mit dem Titel *Über einige Fragen der Geschichte des Bolschewismus* nahm einen dort erschienenen Artikel des Historikers der Geschichte der internationalen kommunistischen Bewegung, Anatolij Sluzkij (vgl. Anm. zu S. 299), zum Anlass für eine Abrechnung mit dem Trotzkismus, der als »führende Abteilung des konterrevolutionären Bürgertums« bezeichnet wurde, die versuche, die Konterrevolution in der Literatur zu etablieren. Stalins Brief eröffnete eine breit angelegte ideologische Kampagne, alle zu publizierenden Werke einer genauen Prüfung zu unterziehen.

Ich arbeitete damals bei der Zeitschrift »SKP«
Nadeschda Mandelstam arbeitete im Herbst 1931 und nach einer Unterbrechung 1932 bei der Zeitschrift *Za kommunističeskoe prosveščenie* (Für die kommunistische Bildung). Die Zeitschrift wurde 1924 gegründet und erscheint heute unter dem Titel *Učitel'skaja gazeta* (Lehrerzeitung).

Für die Publikation der »Reise nach Armenien«
Die Erstpublikation von Ossip Mandelstams *Reise nach Armenien* erfolgte mit zensurbedingten Auslassungen und Namensänderungen in der Zeitschrift *Zvezda* (Stern) 1933 (Nr. 5).

Zesar Wolpe
(Cezar' Samuilovič Vol'pe, 1904–1941), Literaturkritiker. Nach dem Abschluss des Studiums der Philologie an der Universität Baku 1925 arbeitete Wolpe von 1926 bis 1930 am Institut der west- und osteuropäischen Literatur in Leningrad. 1930–1933 wissenschaftlicher Mitarbeiter an der Staatlichen Akademie für Kunstwissenschaften. Redakteur der Zeitschriften *Zvezda* und *Literaturnaja učeba* (Literaturunterricht).

Kotschetow
(Vsevolod Anisimovič Kočetov, 1912–1973), Schriftsteller und Literaturfunktionär. Der Bauernsohn verließ fünfzehnjährig seine Geburtsstadt Nowgorod, schloss 1931 in Leningrad eine Technische Schule ab, arbeitete dann als Agronom und wurde Direktor einer Maschinen-Traktoren-Station. Seit 1938 arbeitete er als Journalist und war Kriegsberichterstatter. 1944 Eintritt in die Kommunistische Allunions-Partei (Bolschewiki), 1946 erste Veröffentlichung als Schriftsteller. Sein 1952 erschienener Roman *Žurbiny* (Die Shurbins), ein Porträt einer Arbeiterfamilie, wurde in zahlreiche Sprachen übersetzt und Grundlage für den Film *Eine große Familie*, der auf dem Festival in Cannes im Jahr 1955 mit dem Preis für das beste Schauspielerensemble ausgezeichnet wurde. 1953 wurde Kotschetow zum Verantwortlichen Sekretär der Leningrader Sektion, 1954 zum Vorstandsmitglied des Schriftstellerverbands der UdSSR befördert. Seine danach veröffentlichten Werke, in denen er das literarische »Tauwetter« anprangerte und die Opfer des Stalinismus verunglimpfte, wurden von der *Prawda* als Übertreibung kritisiert. Als Chefredakteur der *Literaturnaja gazeta* (1955–1959) und der Zeitschrift *Oktjabr'* (1961–1973) setzte Kotschetow sich konsequent gegen alle liberalen Tendenzen in der sowjetischen Literatur ein.

Zwetajewa
(Marina Ivanovna Cvetaeva, 1892–1941), Dichterin und Schriftstellerin. Die Tochter des Kunsthistorikers und Gründungsdirektors des heutigen Puschkin-Museums in Moskau, Iwan Zwetajew (1847–1913), und der Pianistin Maria Mejn (1868–1906) besuchte bis zum Alter von 12 Jahren die Klavierklasse der Moskauer Musikschule. Während der Gymnasialzeit Aufenthalte in Deutschland,

Frankreich, Italien und der Schweiz. Die Veröffentlichung des ersten Gedichtbands *Večernyj al'bom* (Abendalbum) 1910 lenkte die Aufmerksamkeit von Maximilian Woloschin, Nikolaj Gumiljow und Walerij Brjussow auf sie, 1912 und 1913 zwei weitere Gedichtbände. 1911 lernte Zwetajewa in Koktebel (vgl. Anm. zu S. 20) ihren späteren Ehemann Sergej Efron (1893–1941) kennen, 1913 und 1917 Geburt zweier Töchter. »Meine erste Antwort auf die Oktoberrevolution war, dass ich auf die Flagge, die mein Gesicht streifte, spuckte«, beschrieb Marina Zwetajewa ihr Verhältnis zum neuen Regime. Ihr Ehemann Sergej Efron schließt sich den »Weißen« an und kämpft im Bürgerkrieg gegen die Bolschewiki. In den Wirren des Bürgerkriegs war Zwetajewa fünf Jahre ohne Nachricht von ihm. 1918 arbeitete sie einige Monate im Volkskommissariat für Nationalitäten. 1920 Tod der Tochter Irina in einem Kinderheim wegen Unterernährung. 1922 Emigration nach Berlin, dann Prag, ab 1926 in Paris, wo sie in gespanntem Verhältnis zu den führenden Kreisen der literarischen Emigration stand. 1925 Geburt des Sohnes Georgij. 1937 musste Sergej Efron, der auf die Seite Sowjetrusslands übergelaufen und als Agent des NKWD an einem politischen Attentat beteiligt war, Frankreich verlassen. 1939 mit dem vierzehnjährigen Georgij Rückkehr in die Sowjetunion. Kurze Zeit später Verhaftung Sergej Efrons (1941 Verurteilung zum Tode aufgrund des Vorwurfs der konterrevolutionären Betätigung. Rehabilitierung 1956) und der Tochter Ariadna (Verurteilung zu Lagerhaft, Entlassung 1948, 1949 erneute Verhaftung und Verurteilung zur Verbannung, 1955 Rehabilitierung). Nach dem Angriff der deutschen Truppen auf die Sowjetunion im Juni 1941 und Beginn der Bombenangriffe auf Moskau wurde die Dichterin mit ihrem 16-jährigen Sohn nach Jelabuga in der Tatarischen Volksrepublik evakuiert. Tod durch Selbstmord am 31. August 1941.

208 ***»Klagen an den Mauern des Kremls«***
Zitat aus Achmatowas Gedicht *Sie führten dich im Morgengrauen ab*, unter dem sie vermerkt hat: Moskau (Kutaf'ja). An der Kutaf'ja am Dreifaltigkeitstor des Moskauer Kremls hatte Achmatowa im Oktober 1935 nach der Verhaftung Nikolaj Punins und ihres Sohnes Stalin einen Brief übergeben.

sprach […] mit Funktionären des Schriftstellerverbands
In der Zeit von Ossip Mandelstams Sanatoriumsaufenthalt zwischen dem 5. Dezember 1935 und dem 6. Januar 1936.

Martschenko
(Ivan Alexandrovič Marčenko, 1902–1941), Assistent von Alexander Schtscherbakow.

Schtscherbakow
(Alexander Sergeevič Ščerbakov, 1901–1945), Funktionär. Nach Abschluss der Grundschule begann Schtscherbakow im Alter von zwölf Jahren als Falzer in einer Druckerei in Rybinsk zu arbeiten. 1917 wurde er Mitglied der Roten Garde, der bewaffneten Arbeitermiliz der Bolschewiki, ein Jahr später Mitglied der Kommunistischen Partei Russlands (Bolschewiki). 1921–1924 Studium an der Kommunistischen Swerdlow-Universität in Moskau, 1930–1932 Studium am Institut der Roten Professur. 1932–1934 Stellvertreter des Leiters der Organisationsabteilung des ZK der Kommunistischen Allunions-Partei (Bolschewiki). 1934–1936 Sekretär des Schriftstellerverbands der UdSSR, beauftragt mit der Aufsicht der Einhaltung der von der Politik vorgegebenen ideologischen Linie des Verbands. 1936–1937 Sekretär des Leningrader Gebietskomitees der Kommunistischen Allunions-Partei (Bolschewiki), 1937–1938 Sekretär des Irkutsker Gebietskomitees der Kommunistischen Allunions-Partei (Bolschewiki), 1938 Sekretär des Donezker Gebietskomitees der Kommunistischen Allunions-Partei (Bolschewiki), als solcher Vorsitzender von Trojka-Verfahren. Seit 1939 Mitglied des ZK der Kommunistischen Allunions-Partei (Bolschewiki), seit 1941 dessen Sekretär.

209 ***Pissarew***
(Dmitrij Ivanovič Pisarev, 1840–1868), Literaturkritiker, wichtiger Vertreter der radikalen Bewegung der 1860er-Jahre. Nach dem Abschluss des Studiums der Philologie an der Universität Sankt Petersburg 1861 wurde er zum führenden Kritiker der Zeitschrift *Russkoe slovo* (Russisches Wort). Aufgrund eines Artikels, in dem er die Dynastie der Romanows kritisierte und die Veränderung des politischen Systems als »einzige Hoffnung aller aufrichtigen Bürger Russlands« bezeichnete, 1862 zu fünf Jahren Festungs-

haft verurteilt. 1867–1868 Zusammenarbeit mit der Literaturzeitschrift *Otečestvennye zapisi* (Vaterländische Annalen). Für Pissarew zählte allein die Beziehung eines Kunstwerks zur Wirklichkeit, wobei ausschließlich der Inhalt, nicht jedoch die künstlerische Form von Bedeutung sei. Das literarische Kunstwerk hatte in erster Linie sozial nützlich zu sein. In seiner Schrift *Čto delat'?* (Was tun?, 1902) nahm Wladimir Lenin ausführlich Bezug auf Pissarew.

210 ***»Über den Partisan?«***
Schtscherbakow hatte offensichtlich »Kamo« statt »Kama« verstanden. Kamo (eigentlich Simon Aršakovič Ter-Petrosjan, 1882–1922) war ein Revolutionär und früher Weggefährte Stalins. Er war an zahlreichen militanten Aktionen beteiligt und spielte die zentrale Rolle bei dem von Stalin organisierten Überfall auf die Niederlassung der Staatsbank in Tiflis im Juni 1907, der weltweit für Aufsehen sorgte.

Zu diesem Schritt entschloss er sich erst im Jahr 37
vgl. Anm. zu S. 189.

211 ***Leo Ginzburg***
(Leo Moricevič Ginzburg, 1901–1979), Dirigent. 1930–1979 Professor am Staatlichen Konservatorium in Moskau.

Georgij Ginzburg
(Georgij Romanovič Ginzburg, 1904–1969), Pianist. 1927 Preisträger des Warschauer Chopin-Wettbewerbs. 1928–1959 Professor am Staatlichen Konservatorium in Moskau.

Maria Wenjaminowna Judina
(Marija Venjaminovna Judina, 1899–1970), Pianistin. Nach dem Abschluss des Staatlichen Konservatoriums in Petrograd 1921 begann sie ebendort ihre Lehrtätigkeit. 1930 Entlassung aufgrund ihrer religiösen Überzeugungen. 1932–1936 Professorin am Staatlichen Konservatorium in Tiflis, 1936–1951 Lehrtätigkeit am Staatlichen Konservatorium in Moskau und 1944–1960 am Gnessin-Institut. Entlassung aufgrund ihrer religiösen Überzeugungen und ihres Interesses für die zeitgenössische Musik Westeuropas.

Nach der Rezitation eines Pasternak-Gedichts als Zugabe nach einem Konzert erhielt Judina fünf Jahre Auftrittsverbot.

212 ***Sekte der Priguny***
Die religiöse Gemeinschaft der Priguny (Springer) oder Sopuny (Zitterer) hat sich in den 1850er-Jahren von den Molokany (Milchtrinker) abgespalten. Während ihrer gemeinschaftlichen Gebete versetzten sich die Gläubigen durch andauerndes Springen in den Zustand der Ekstase und stießen unzusammenhängende Laute aus, was als Zungenreden aufgefasst wurde. Die den Gemeinschaften vorstehenden »Propheten« wurden durch die Mitglieder gewählt und von weiblichen »Prophetinnen«, die vom Propheten bestimmt wurden, unterstützt.

213 ***auf dem Achmatowa »zögernd geht«***
Bezug auf Achmatowas Ossip Mandelstam gewidmetes Gedicht *Woronesch* vom 4. März 1936. Achmatowa hatte die Mandelstams im Februar 1936 in Woronesch besucht.

»Und diese Stadt ist ganz zu Eis erstarrt.
Wie unter Glas ruhn Bäume, Firste, Schnee.
Unsicher ist des bunten Schlitten Fahrt.
Trägt der Kristall, auf dem ich zögernd geh.
[...]
Und in des verbannten Dichters Zimmer
Stehn wechselnd Angst und Muse ihre Wacht.
Nun kommt die Nacht,
Und einen neuen Morgen kennt sie nimmer.«

214 ***Katanjan***
(Ruben Pavlovič Katanjan, 1880–1966), Funktionär und stellvertretender Generalstaatsanwalt der UdSSR (1933–1937). Während des Studiums der Rechtswissenschaften an der Universität Moskau trat der Sohn eines Gymnasiallehrers in Tiflis 1903 in die Studentenvereinigung der Sozialdemokratischen Arbeiterpartei Russlands ein. Seit 1906 als Rechtsanwalt tätig. Seit 1912 stand er aufgrund seiner Aktivitäten in der revolutionären Studentenbewegung unter Beobachtung durch den zaristischen Geheimdienst. Nach 1917 Stellvertreter des Leiters der politischen Abteilung der Roten Armee und Leiter der Abteilung für Agitation und Propag-

anda der Sozialdemokratischen Arbeiterpartei Russlands (Bolschewiki). Beteiligt am Aufbau der Moskauer Abteilung der Tscheka. Seit 1923 in der Staatsanwaltschaft der RSFSR und der UdSSR tätig. 1927–1931 Professor am Lehrstuhl für Strafrecht an der Staatlichen Universität Moskau. 1933–1938 als stellvertretender Generalsstaatsanwalt des Obersten Gerichts der UdSSR, Vertreter der Anklage bei politischen Prozessen. 1938 der Bildung einer »sozialrevolutionären menschewistischen terroristischen Gruppe in den Organen der Justiz und Staatsanwaltschaft« angeklagt. 1938–1948 und 1950–1955 in Haft, 1948–1950 in Verbannung. 1955 Rehabilitierung.

215 ***All unsere Bemühungen fanden im Sommer des Jahres 36 ihr Ende***
Am 15. August 1936 meldeten die Medien, die Ermittlungen im Mord des Leningrader Parteichefs Kirow seien abgeschlossen (vgl. dazu S. 302).

Kasarnowskij
(Jurij Alexeevič Kazarnovskij, 1904–1960?), Dichter. Im Dezember 1927 Verhaftung aufgrund des Vorwurfs der Mitgliedschaft in einer konterrevolutionären Gruppierung. 1928 Verurteilung zu fünf Jahren Lagerhaft. 1934 Kandidat für die Mitgliedschaft im Schriftstellerverband der UdSSR. 1936 Veröffentlichung eines Gedichtbands. 1937 erneute Verhaftung, 1938 aufgrund des Vorwurfs der antisowjetischen Agitation Verurteilung zu fünf Jahren Lagerhaft. 1944 Übersiedlung nach Mittelasien, Autor für Zeitungen und Rundfunk. 1954 Übersiedlung nach Moskau. Mehrere Psychiatrieaufenthalte. 1955 Rehabilitierung. (Zu Kasarnowskij vgl. S. 569ff.)

216 ***Das Telefongespräch fand Ende Juni statt***
Der Anruf Stalins bei Pasternak erfolgte vermutlich am 13. Juni 1934 (vgl. dazu Anm. zu S. 140).

Schengeli
(Georgij Arkad'evič Šengeli, 1894–1956), Dichter, Literaturwissenschaftler, Übersetzer. 1914 Veröffentlichung des ersten Gedichtbands, den er bald selbst vernichtete. Bekanntschaft mit Wladimir Majakowski, David Burljuk und Igor Sewerjanin. 1916 Veröffent-

lichung des Gedichtbands *Gong*. 1918 Abschluss des Studiums der Rechtswissenschaften an der Universität Charkow, 1919 als Kommissar der Kunst nach Sewastopol abkommandiert. 1920 Übersiedlung nach Moskau, bis 1925 reiche Publikationstätigkeit von Gedichten, dramatischen Verserzählungen und Übersetzungen. 1925–1927 Vorsitzender des Allunions-Verbands der Dichter. Dozent am Brjussow-Literaturinstitut und Beschäftigung mit Verstheorie. Abwendung vom Futurismus, Polemik mit Majakowski. Nach 1939 keine Veröffentlichungen als Dichter mehr.

219 ***Lominadse***

(Vissarion (Beso) Vissarionovič Lominadze, 1897–1935), Parteifunktionär. Seit 1913 in sozialdemokratischen Studentengruppen in Kutaisi und Sankt Petersburg aktiv. 1917 Eintritt in die Sozialdemokratische Arbeiterpartei Russlands (Bolschewiki), Tätigkeit in der militärischen Abteilung der Partei. Als Sekretär des Parteikomitees 1918 in Kutaisi von den Menschewiki verhaftet. 1918–1919 Vorsitzender des Komitees der Kommunistischen Partei Russlands (Bolschewiki) in Tiflis, 1919–1920 Mitglied des Komitees der Kommunistischen Partei Russlands (Bolschewiki) in Baku. 1921 wechselte er als Parteiorganisator nach Petrograd und beteiligte sich an der Niederschlagung des Kronstädter Matrosenaufstands. 1922–1924 Sekretär des ZK der Kommunistischen Partei Georgiens. 1925–1929 Mitarbeiter der Komintern sowie 1925–1926 Sekretär des Exekutivkomitees des Komsomol. Im Dezember 1927 gemeinsam mit Heinz Neumann (1902–1937) und Edmondo Peluso (1882–1942) als Vertreter der Komintern in China am Aufstand in Gŭangzhōu beteiligt. 1925–1930 Kandidat für die Mitgliedschaft im ZK der Kommunistischen Allunions-Partei Russlands (Bolschewiki), 1930 Mitglied des ZK. Ausschluss im gleichen Jahr als Kritiker der Kollektivierung (»linker Schreihals«). 1930–1931 Sekretär der Kommunistischen Allunions-Partei (Bolschewiki) in Transkaukasien. 1933 Sekretär des Stadtkomitees der Kommunistischen Allunions-Partei (Bolschewiki) in Magnitogorsk. Selbstmord vor der erwarteten Verhaftung.

221 ***Michoels***

(Solomon Michailovič Michoels, eigentlich Shlojme Vovsi, 1890–1948), Schauspieler und Regisseur. Nach der Exmatrikulation vom Studium am Institut für Volkswirtschaft aufgrund der Beteiligung an Studentenunruhen 1913 studierte Michoels von 1915 bis 1918 Rechtswissenschaften an der Universität Sankt Petersburg. 1918–1919 Schauspielstudium am Studio von Alexej Granowskij (eigentlich Abram Azarch, 1890–1937). Seit 1919 Schauspieler am Jüdischen Kammertheater in Petrograd, das ab 1920 seinen Sitz in Moskau hatte und 1925 zum Moskauer Jüdischen Staatstheater wurde. Nach einer Gastspielreise durch Westeuropa 1928 kehrte Granowskij nicht nach Moskau zurück und Michoels wurde künstlerischer Leiter und wichtigster Regisseur des Theaters. Seit 1931 darüber hinaus Dozent, seit 1941 Professor am Staatlichen Jüdischen Theater-Institut in Moskau. 1942 Ernennung zum Vorsitzenden des neu gegründeten Jüdischen Antifaschistischen Komitees, in dieser Funktion ein Jahr später von Stalin in die Vereinigten Staaten entsandt, um Spenden zu sammeln und zur Eröffnung einer zweiten Front gegen Hitlerdeutschland aufzurufen. 1946 Verleihung des Stalinpreises. Zu Beginn der antisemitischen Hetzkampagne der Jahre 1948 bis 1953 (vgl. Anm. zu S. 172) bei einem bis heute ungeklärten Autounfall ums Leben gekommen.

LEF

Levyj Front iskusstva, kurz LEF (Linke Front der Kunst), war eine marxistische literarische Gruppierung, die 1922 in Moskau von einer Gruppe einstiger Anhänger des Futurismus um Wladimir Majakowski gegründet wurde und bis 1929 existierte. Die LEF propagierte, in Konkurrenz zu Gruppen wie Proletkul't und VAPP (später RAPP, vgl. Anm. zu S. 226) ein neues Kulturmodell und neue Formen in der Kunst. Nach der Umgestaltung der gesellschaftlichen und politischen Verhältnisse durch die Revolution sollten nun Kunst und Literatur revolutioniert werden und ihren »gesellschaftlichen Auftrag« erfüllen, denn die Kunst sei schlicht ein Produktionszweig wie jeder andere.

»Dichter der Vergangenheit«

Zitat von Nikolaj Tichonow auf dem Ersten Allunions-Kongress der sowjetischen Schriftsteller im August 1934 in Moskau.

222 ***Fedin***

(Konstantin Aleksandrovič Fedin, 1892–1977), Schriftsteller und Literaturfunktionär. Nach dem Studium am Moskauer Handelsinstitut 1913 erste literarische Veröffentlichungen. Während des Ersten Weltkriegs als Zivilinternierter in Deutschland als Schauspieler tätig. Nach der Rückkehr 1919–1921 Zeitungsredakteur in Syrzan, dann in der Roten Armee. Eintritt in die Kommunistische Partei Russlands (Bolschewiki) 1919, zwei Jahre später Austritt. 1921 wurde er Mitglied der Serapionsbrüder in Petrograd, einer Gruppe junger Schriftsteller, die sich für den Primat der Kunst vor der Ideologie einsetzte. 1923 Veröffentlichung eines Bandes von Erzählungen, später zahlreiche zeitgeschichtliche Romane. 1934 Wahl in den Vorstand des Schriftstellerverbands der UdSSR. 1948 Auszeichnung mit dem Stalinpreis. 1958 Wahl zum Mitglied der Akademie der Wissenschaften der UdSSR. 1959 Generalsekretär, von 1971 bis zu seinem Tod Vorsitzender des Vorstands des Schriftstellerverbands der UdSSR. In dieser Funktion veranlasste er 1968 das Verbot von Alexander Solschenizyns *Rakovyj korpus* (Krebsstation).

Oschanin

(Lev Ivanovič Ošanin, 1912–1996), Dichter. Arbeitete als Dreher in Moskau. Nach der Veröffentlichung erster Erzählungen Aufnahme in die RAPP (vgl. Anm. zu S. 226). 1936–1939 Studium am Maxim-Gorki-Literaturinstitut in Moskau. Seit 1937 Liedtexte, die aktuelle Themen der Parteilinie entsprechend illustrieren. Bekannt wurde vor allem seine *Hymne der demokratischen Jugend der Welt* (1947). 1944 Eintritt in die Kommunistische Allunions-Partei (Bolschewiki). 1950 Auszeichnung mit dem Stalinpreis. 1956–1990 Mitglied des Vorstands des Schriftstellerverbands der RSFSR, seit 1976 auch des Schriftstellerverbands der UdSSR.

Blagoj

(Dmitrij Dmitrievič Blagoj (1893–1984), Literaturwissenschaftler. Nach dem Studium der Philologie an der Universität Charkow 1919 bis 1922 Dozent an unterschiedlichen Fachhochschulen in Moskau. 1931–1936 Professor am Staatlichen Pädagogischen Institut in Moskau, 1936–1941 am Tschernyschewskij-Institut für Philosophie, Literatur und Geschichte. 1943–1953 Professor an der Philologischen Fakultät der Universität Moskau, 1950–1952 deren Dekan. 1953–1968 Korrespondierendes Mitglied der Akademie der Wissenschaften der UdSSR, 1968 Wahl zu deren Mitglied.

223 ***O. M. verfluchte die Wohnung***
Im Gedicht *Die Wohnung: papierne Stille,* das im November 1933 entstand, heißt es:

»Nur irgendein biederer Wischer,
Ein Hechler von Kolchosen-Flachs,
Ein Tinten- und Blutspurverwischer
War würdig des missratnen Dachs.«

226 ***Fadejew***
(Alexander Alexandrovič Fadeev, 1901–1956), Schriftsteller und Literaturfunktionär. 1918 brach Fadejew die Handelsschule in Wladiwostok ab, trat in die Kommunistische Partei Russlands (Bolschewiki) ein und arbeitete in der Agitationsabteilung der Partei. 1919–1921 Soldat der Roten Armee. 1921–1923 Studium am Bergbauinstitut in Moskau. 1923 Veröffentlichung einer Erzählung. 1924–1926 Parteiarbeit in Krasnodar und Rostow am Don. Als einer der Führer der RAPP (vgl. folg. Anm.) 1926–1932 maßgeblich an der Gleichschaltung der Literatur beteiligt. Seit 1934 Mitglied von Vorstand und Präsidium, 1939–1944 Sekretär, 1946–1956 Generalsekretär des Schriftstellerverbands der UdSSR. 1939–1956 Mitglied des ZK der KPdSU. 1942–1944 Chefredakteur der *Literaturnaja gazeta.* Die Veröffentlichung des Bürgerkriegsromans *Razgrom* (Zerschlagung, dt. unter dem Titel *Die Neunzehn* 1928, 1977) 1925–1926 machte Fadejew bekannt. Für seinen 1945 veröffentlichten Roman *Moladaja gvardija* (Die junge Garde, 1948, 1977), eine tendenziös verfälschende Darstellung jugendlichen Heldentums einer Untergrundorganisation des Komsomol, die gegen die Nazis kämpfte, wurde Fadejew 1946 mit dem Stalinpreis ausgezeichnet, ein Jahr später jedoch wegen mangelnder Betonung der Rolle der Partei kritisiert. 1951 erschien der Roman in überarbeiteter Form. Die beiden einzigen abgeschlossenen Romane Fadejews wurden Pflichtlektüre an den Schulen. Als theoretischer Vorkämpfer für die Erziehung zum Kommunismus durch die Literatur trug Fadejew Mitverantwortung für Publikationsverbote, Unterdrückung, Verhaftung und Tod zahlreicher Schriftsteller.

Nach Stalins Tod verlor er seine Macht und wurde im Zuge des XX. Parteitags in der *Prawda* als »herrschsüchtiger Generalsekretär« bezeichnet. Tod durch Selbstmord.

RAPP

Die Rossijskaja associacija proletarskich pisatelej (Russische Assoziation proletarischer Schriftsteller) war die führende kommunistische Schriftstellerorganisation der Sowjetunion bis zum Parteierlass bezüglich der Auflösung aller literarischen Organisationen im April 1932 (vgl. Anm. zu S. 13). Auf dem Ersten Allunions-Kongress Proletarischer Schriftsteller 1928 aus der Vserossijskaja associacija proletarskich pisatelej, kurz VAPP (Allrussische Assoziation proletarischer Schriftsteller) hervorgegangen, übernahm die RAPP die Zeitschrift *Na literaturnom postu* (Auf dem literarischen Posten), die in der militant kommunistischen Tradition stand, und führte einen unerbittlichen Kampf gegen alle anderen literarischen Vereinigungen, die Anfang der 1930er-Jahre faktisch zerschlagen wurden. Nach dem Parteierlass vom 23. April 1932 wurde auch die RAPP aufgelöst und die führenden Funktionäre in das Organisationskomitee des Schriftstellerverbands der UdSSR aufgenommen.

227 ***ihre sogenannten »positiven« Gedichte***

1950 erschienen in drei Nummern der Zeitschrift *Ogonëk* einige Loblieder Anna Achmatowas auf die sowjetische Freiheit aus dem Gedichtzyklus *Slava miru* (Es lebe der Friede). Achmatowa hatte vergeblich gehofft, ihrem Sohn Lew, der im März 1938 verhaftet worden war, aus der Lagerhaft für den Kriegsdienst entlassen wurde und 1949 erneut verhaftet worden war, mit diesen Gedichten helfen zu können. Ihr Lebensgefährte Nikolaj Punin war 1949 ebenfalls zum zweiten Mal verhaftet worden und starb 1953 in Lagerhaft.

228 ***Kommissionen zur Verbesserung der Lebensbedingungen von Wissenschaftlern***

vgl. Anm. zu S. 55.

Linde

(Fëdor Fëdorovič Linde, 1881–1917), Revolutionär, Feldwebel des Finnländischen Regiments. Während seines Studiums der Mathematik wurde der Apothekersohn zu einem der führenden Köpfe der studentischen Protestbewegung. Aktive Beteiligung an der Revolution 1905, nach Verhaftung und Gefängnisaufenthalt Emigration nach Westeuropa. Nach einer allgemeinen Amnestie aus Anlass der Dreihundertjahrfeier der Romanow-Dynastie 1913 Rückkehr nach Russland, 1914 Einberufung zum Finnländischen Regiment, Beförderung zum Feldwebel. In den Tagen der Februarrevolution 1917 führte Linde eine Gruppe von Soldaten, die den Aufstand unterstützten. Soldatendeputierter des Exekutivkomitees des Petrograder Arbeiter- und Soldatenrats. Im April 1917 führte er Soldaten des Finnländischen Regiments, die die Forderung von Demonstranten nach dem Rücktritt des liberalen Außenministers Pawel Miljukow (1859–1943) unterstützten. Ernennung zum Kommissar an der Südwestfront. Nach der Ermordung durch meuternde Soldaten im August 1917 Heldenbegräbnis in Petrograd.

Familie Sinani
Über die Familie des Arztes und Psychiaters Boris Naumovič Sinani (eigentlich Beracha Babakaevič, 1851–1922) vgl. das Kapitel »Familie Sinani« in Ossip Mandelstams autobiographischem Essay *Das Rauschen der Zeit*.

»Zu segnen dich bis in die Hölle schickt /
Sich Russland leichtfüßig geschwinde«
Aus Mandelstams Gedicht *Als er das Joch von Bosheit und Gewalt uns brachte* (November 1917).

In seinem Aufsatz über Hamlet
Nadeschda Mandelstam bezieht sich hier auf das Kapitel über Hamlet aus Pasternaks *Zamenčanija k perevodam Šejkspira* (Anmerkungen zu den Übersetzungen Shakespeares), in dem Pasternak Hamlet als »Prinz des Blutes« bezeichnet, der sein Anrecht auf den Thron keinen Augenblick in Zweifel ziehe.

229 ***und sie schlug es tatsächlich aus***
Bezug auf ein Gedicht Marina Zwetajewas, in dem sie sich von ihrem Jahrhundert lossagt, das sie im September 1934 vermutlich im Zusammenhang mit Ossip Mandelstams Verhaftung schrieb:

»Nicht gedacht an den Dichter hat die
Epoche – und ich brauche sie nicht.
Geh er mit Gott, der Donner, Geh er mit Gott, der Lärm
Es ist nicht meine Zeit!

Wenn die Epoche die Ahnen nicht braucht –
Dann brauche ich die Urahnen nicht: eine Herde.
Meine Epoche – meine Hölle, Meine Epoche – mein Schaden.
Meine Epoche – mein Feind. Meine Epoche – die Hölle.«

Wjatscheslaw Iwanow

(Vjačeslav Ivanovič Ivanov, 1866–1949), Dichter und Philosoph. Ab 1884 Studium an der Historisch-Philologischen Fakultät der Universität Moskau, ab 1886 Studium der Geschichte in Berlin bei Theodor Mommsen (1817–1903), Dissertation 1896. Beschäftigung mit der Philosophie Friedrich Nietzsches (1844–1900) und dem Dionysos-Kult. Reisen nach Griechenland, Ägypten und Palästina. Veröffentlichung von Gedichtbänden 1903 und 1904, 1905 Rückkehr nach Russland. Seine Wohnung in Sankt Petersburg war bis etwa 1910 wichtiges Zentrum der literarischen Boheme, Iwanow galt als Autorität in den Fragen der mystisch-religiösen Ästhetik des Symbolismus. 1920–1924 Hochschullehrer in Baku, 1921 Dissertation über den Dionysoskult. 1924 reiste Iwanow nach Italien und lebte dort bis an sein Lebensende.

in Artikeln, in denen Brjussow den »Neoakmeismus« [...] pries

Walerij Brjussow (Valerij Jakovlevič Brjusov, 1873–1924), Dichter und Schriftsteller. Der Sohn eines Moskauer Kaufmanns schloss 1899 das Studium der Geschichte an der Universität Moskau ab. 1894–95 Veröffentlichung von drei kleinen, vom französischen Symbolismus beeinflussten Sammelbänden mit dem Titel *Russkie simvolisty* (Russische Symbolisten), die überwiegend eigene Gedichte enthielten. Zahlreiche weitere Veröffentlichungen auch von Prosa und Übersetzungen, Herausgeber von Puschkinbriefen (1903) sowie einem Band mit Beiträgen über russische Dichter von Tjutschew bis zur Gegenwart (1912).

Durch die Leitung der Zeitschrift *Vesy* (Waage) wurde Brjussow zu einer der führenden Persönlichkeiten des russischen Symbolismus. 1917–1919 Leiter des Komitees für Registrierung von Druckerzeugnissen, 1919–1921 Vorsitzender des Allrussischen Dichterverbands. Seit 1920 Mitglied der Kommunistischen Partei Russlands (Bolschewiki). 1821 Gründung des Höheren Literatur-Instituts, das bis 1925 existierte. Redakteur für Literatur, Geschichte und Kunstgeschichte der Großen Sowjetenzyklopädie, die 1926 in erster Auflage zu erscheinen begann.

In seinem Artikel *Včera, segodnja i zavtra russkoj poezii* (Die russische Poesie gestern, heute und morgen) bezeichnete Walerij Brjussow Ossip Mandelstam als den »ungekrönten König« der Schule der Neoakmeisten, dessen Gedichte »stets schön und wohl durchdacht« seien (in: *Pečat' i revoljucija*, 1922, Nr. 7).

230 ***O. M.s Gegnerschaft zur Anthroposophie und Theosophie***
»Die Zeit kann rückwärts gehen«, heißt es in Ossip Mandelstams Aufsatz *Puschkin und Skrjabin* aus dem Jahr 1915. »Der ganze Verlauf der neuesten Geschichte, die sich mit erschreckender Gewalt vom Christentum zum Buddhismus und zur Theosophie abgewandt hat, legt davon Zeugnis ab.« Auch in seinen Essays *Über die Natur des Wortes* (1922) und *Das 19. Jahrhundert* (1922) äußerte Mandelstam sich kritisch über die Theosophie (zu Theosophie und Anthroposophie vgl. Anm. zu S. 20).

232 ***Kamenews Vorwort zu seinem Buch über Gogol***
Lew Kamenew verfasste ein Vorwort zu Andrej Belyjs Erinnerungen *Načalo veka* (Beginn des Jahrhunderts, 1933), nicht zu dessen Buch über Gogol. Dort heißt es: »Die bürgerliche Intelligenzija dieser Epoche hat eine ganze Plejade von Dichtern und Künstlern hervorgebracht, deren Begabung und Talent in Frage zu stellen lachhaft wäre [...]. Ihre weltanschaulichen Ansichten indes waren ein Bankrott. [...] Andrej Belyj meint aufrichtig, er sei ein Führer einer kulturellen und historischen Bewegung, und hat sich doch die ganze Zeit über nur auf den muffigen Hinterhöfen der Geschichte, Kultur und Literatur herumgetrieben.« Das Vorwort des später selbst in Ungnade gefallenen und im ersten Moskauer Prozess im August 1936 zum Tode verurteilten Parteifunktionärs macht den Standpunkt der offiziellen Literaturpolitik zum Silbernen Zeitalter und seinen Vertretern deutlich.

233 ***Artikel über Skrjabin***
Puschkin und Skrjabin wurde nach dem Tod des Komponisten am 27. April 1915 wohl als Vortrag auf der Religiös-Philosophischen Gesellschaft Sankt Petersburgs gehalten (vgl. Anm. zu S. 259). Das Manuskript ging verloren und wurde nach dem Tod des Vaters von Ossip Mandelstam in einem als Ablage dienenden Koffer wiedergefunden.

234 ***An dem Abend [...], als O. M. in der Redaktion der »Literaturnaja gaseta« seine Gedichte vortrug***
Am 10. November 1932.

Markisch
(Perez Davidovič Markiš, 1895–1952), Dichter und Schriftsteller. In der heutigen Ukraine in einer sephardisch-jüdischen Familie geboren, besuchte Markisch den Cheder, eine traditionelle, religiös geprägte Schule. Seit 1918 lebte er in Kiew und wurde Mitglied einer Gruppe junger jiddischer Dichter. 1919 Veröffentlichung des Gedichtbands *Schweln* (Schwellen). Nach einer Serie von Pogromen Übersiedlung nach Warschau und Westeuropa. 1922 Veröffentlichung des Gedichtzyklus *Di kupe* (Der Trümmerhaufen). Mitherausgeber der expressionistischen Anthologie *Chalyastre* (Die Bande), ein zweiter Band, illustriert von Marc Chagall, erschien 1924 in Paris. 1926 Rückkehr in die Sowjetunion. Autor von das Sowjetregime glorifizierenden Poemen und zahlreichen Stücken für das Moskauer Jüdische Staatstheater. 1939 Auszeichnung mit dem Lenin-Orden. Seit 1942 Mitglied der Kommunistischen Allunions-Partei (Bolschewiki), Mitglied des Jüdischen Antifaschistischen Komitees. 1949 im Zusammenhang mit der antisemitischen Hetzkampagne der Jahre 1948 bis 1953 (vgl. Anm. zu S. 172) verhaftet, im August 1952 zusammen mit über zwanzig Mitgliedern des Jüdischen Antifaschistischen Komitees in der Nacht der ermordeten Dichter nach einer geheimen Gerichtsverhandlung erschossen. 1955 Rehabilitierung.

235 ***die furchterregenden Schatten in der Ukraine und im Kubangebiet***
Die »schattengleichen« Flüchtlinge in den von Hungersnöten betroffenen Gebieten im Süden der Sowjetunion. Das Gedicht *Ein kaltes Frühjahr. Krimstadt – nur ein Hungergeist* war Beweisstück

für die Verleumdung des Aufbaus der Kollektivwirtschaft im Verfahren gegen Ossip Mandelstam im Jahr 1934.

Tschetschanowskij
(Mark Osipovič Čečanovskij, 1899–1980?), Übersetzer.

236 ***Nicht zufällig nannte O. M. Anna Andrejewna Kassandra***
In seinem im Dezember 1917 entstandenen Gedicht *An Kassandra*:

»Ich hab sie nicht gesucht in blühenden Momenten,
Kassandra, deine Augen, deinen Mund,
Doch in Dezembernächten – schlaflos, ohne Ende –
Quält uns nun die Erinnerung.

Im Jahre Siebzehn, im Dezember
Verloren wir – liebend – alles, was zählt:
Der eine – vom Volk geplündert
Der andere plündert sich selbst …

[…]

Rauchschwälbchen, liebes, Kassandra,
Du stöhnst, du glühst – wozu, warum
Schien wohl die Sonne Alexanders
Vor hundert Jahren uns zum Ruhm?

Und irgendwann, in dieser Wahnsinns-Metropole
An der Newa, beim Fest der Skythenschar –
Bei einem widerlichen Ball und zum Gejohle,
Reißt man das Tuch von deinem schönen Haar.«

239 ***Schtschepkin***
(Michail Semënovič Ščepkin, 1788–1863), Schauspieler. Ursprünglich am Leibeigenentheater, stand Schtschepkin ab 1822 vor allem auf der Bühne des Malyj-Theaters in Moskau. Er gilt als Begründer des realistischen Schauspiels in Russland.

240 ***»Auf zehn Schritt nicht mehr hörbar, was er spricht, unser Mund«***

Aus Mandelstams *Epigramm gegen Stalin* (vgl. Anm. zu S. 18).

241 ***dass »zehn Himmel uns diese Erde wert« war***

Aus Mandelstams im Mai 1918 entstandenem Gedicht *Die Dämmerung der Freiheit*:

»Nun los, versuchen wirs: das Steuer linkisch wenden
Wir um, und mags auch knirschen sehr!
Die Erde schwimmt. Nur Mut, ihr Männer!
Wir sind der Pflug, der in die Meere fährt,
Dass wirs im Lethe-Frost noch wissen werden:
Zehn Himmel war uns diese Erde wert.«

247 ***Erlass des ZK über die Literatur***

Erlass des ZK der Russischen Kommunistischen Allunions-Partei (Bolschewiki) *Über die Politik der Partei auf dem Gebiet der schönen Literatur* vom 18. Juni 1925, mit der ein Modus vivendi zwischen den verschiedenen proletarischen und nichtmarxistischen literarischen Gruppierungen nach den Vorstellungen von Nikolaj Bucharin festgelegt wurde. Der Klassenkampf in der Gesellschaft und an der »literarischen Front« wurde als wichtigstes Prinzip der Literatur festgelegt sowie die Ablehnung einer »neutralen Kunst« erklärt, gleichwohl wurden mehrere Richtungen nebeneinander zugelassen. Dieser Erlass war bis 1927 wirksam.

Kawerin

(Venjamin Alexandrovič Kaverin, eigentlich Zil'ber, 1902–1989), Schriftsteller. 1920 schloss Kaverin sein Studium der Arabistik am Zentralinstitut für östliche Sprachen in Leningrad ab. 1929 Dissertation. Seit Beginn der 1920er-Jahre Mitglied der Serapionsbrüder. 1923 erste Erfolge mit dem Band phantastischer Erzählungen *Master i podmaster'ja* (Meister und Gesellen) unter dem Pseudonym Kawerin. In den folgenden veröffentlichten Romanen *Konec Chazy* (Chazas Ende, dt. Titel: Das Ende einer Bande, 1926), *Chudožnik neistvesten* (Künstler unbekannt, 1931) und *Ispolnenie želanij* (Erfüllung der Wünsche, 1935/36) behandelte Kawerin aktuelle Themen der Zeit und wurde vor allem für die Auseinandersetzung mit dem Thema der übermächtigen Literaturfunktionäre und ihrer Macht über die Schriftsteller in seinem zweiten Roman von der RAPP (vgl. Anm. zu S. 226) scharf angegriffen. Im Zweiten Weltkrieg Korrespondent der *Iswestija*. 1946 Auszeichnung mit dem Stalinpreis für seinen Roman *Dva Kapitana* (Zwei Kapitäne). 1956 zusammen mit Konstantin Paustowskij u. a. Herausgeber des in der Folge verbotenen Almanachs *Literaturnaja Moskva* (Das literarische Moskau). In den 1960er-Jahren trug er zur Rehabilitierung von Michail Bulgakow bei. In einem offenen Brief kritisierte er 1968 das Verbot von Solschenizyns *Rakovyj korpus* (Krebsstation). Drei Jahre vor seinem Tod wurde Kawerin 1986 Mitglied des Vorstands des Schriftstellerverbands der UdSSR.

248 ***Tairow***

(Alexander Jakovlevič Tairov, eigentlich Kornblit, 1885–1950), Schauspieler und Theaterregisseur. Während seines Studiums der Rechtswissenschaften in Kiew debütierte er unter dem Pseudonym Tairow als Schauspieler. 1905–1906 Mitglied am Theater der Schauspielerin Vera Komissarshewskaja (Vera Fëdorovna Komissarževskaja, 1864–1910) in Sankt Petersburg. 1908 erste Arbeiten als Theaterregisseur. 1914 Gründung des Moskauer Kammertheaters, das 1950 aufgelöst wurde.

Meyerhold

(Vsevolod Ėmil'evič Mejerchol'd, eigentlich Karl Kasimir Theodor Meierhold, 1874–1940), Schauspieler und Theaterregisseur. Nach dem Abbruch des Studiums der Rechtswissenschaften an der Universität Moskau nahm Meyerhold 1896 das Schauspielstudium an Staatlichen Institut für Theaterkunst auf und war von 1898 bis 1902 Ensemblemitglied des Moskauer Künstlertheaters, danach erste Regiearbeiten. 1906–1907 Chefregisseur am Theater der Schauspielerin Vera Komissarshewskaja in Sankt Petersburg, Inszenierungen am Kaiserlichen Alexandrinskij-Theater. 1918 Eintritt in die Kommunistische Partei Russlands (Bolschewiki). 1920–1921 Leiter der Sektion für Regie an der Abteilung für Theater des Volkskommissariats für Bildung. 1920 Gründung eines eigenen Theaters, des Weiteren von 1922 bis 1924 Leiter des Moskauer Theaters der Revolution. Im Zusammenhang mit der Änderung der kulturpolitischen Linie geriet Meyerholds künstlerischer Ansatz in die Kritik, sein Theater wurde 1938 geschlossen.

1939 Verhaftung, 1940 Verurteilung zum Tode. 1955 Rehabilitierung.

Wachtangow
(Jewgenij Bagrationovič Vachtangov, 1883–1922), Schauspieler und Theaterregisseur. Nach dem Schauspielstudium an der Schule des Schauspielers Alexander Adašev (eigentlich Platonov, 1871–1934?) wurde Wachtangow Ensemblemitglied am 1898 von Konstantin Stanislawski und Vladimir Nemirovič-Dančenko gegründeten Moskauer Künstlertheater. 1919 übernahm Wachtangow die Leitung der Sektion für Regie an der Theaterabteilung des Volkskommissariats für Bildung und Erziehung und gründete 1920 ein eigenes Theaterstudio, das vier Jahre nach seinem frühen Tod nach ihm benannt wurde (heute: Staatliches Akademisches Wachtangow-Theater Moskau).

WIFLI
Mit WIFLI ist vermutlich LIFLI (Leningradskij institut filosofii, literatury, lingvistiki i istorii, Leningrader Institut für Philosophie, Literatur, Linguistik und Geschichte) gemeint.

Subow-Institut
Das umgangssprachlich Subow-Institut genannte Kunsthistorische Institut wurde 1912 von dem Kunsthistoriker Pawel Subow (Pavel Plantonovič Zubov, 1884–1969) gegründet. In der Abteilung für Sprache arbeiteten Vertreter der philologischen Formalen Schule.

Das Institut der Roten Professur mit seinem dreijährigen Lehrgang in den Fächern Wirtschaft, Geschichte und Philosophie wurde 1921 gegründet mit dem Ziel, der offiziellen Parteilinie nahestehende Professoren auszubilden, und existierte bis 1938.

250 ***Wsewolod Roshdestwenskij***
(Vsevolod Aleksandrovič Roždestvenskij, 1895–1977), Dichter und Übersetzer. Das 1914 an der Universität Sankt Petersburg begonnene Studium der Philologie musste Roshdestwenskij aufgrund seiner Einberufung zur Armee 1915 unterbrechen und konnte es erst 1926 abschließen. Neben seinem Hauptstudium an der Universität studierte er nach seiner Demobilisation am Kunsthistorischen Zubov-Institut (vgl. Anm. zu S. 248). 1914 erste Veröffentlichung eines

Gedichtbands. 1920 Mitglied der dritten Zunft der Dichter. Die beiden 1921 veröffentlichten Gedichtbände *Leto* (Sommer) und *Zolotoe vereteno* (Goldene Spindel) sind beeinflusst von der Dichterschule des Akmeismus (vgl. Anm. zu S. 257). 1920–1924 Sekretär der Petrograder Sektion des Allrussischen Dichterverbands. Mitarbeit als Übersetzer im Verlag Vsemirnaja literatura (Weltliteratur), Veröffentlichung von Libretti. 1962 Veröffentlichung der Autobiographie *Stranicy žisni. Iz literaturnych vospominanij* (Seiten des Lebens. Literarische Erinnerungen).

252 ***Vogelsprache***

Als »Vogelsprache« bezeichnete Herzen in seiner Schrift *Byloe i dumy* (*Vergangenheit und Betrachtungen*, dt. Die gescheiterte Revolution. Denkwürdigkeiten aus dem 19. Jahrhundert, 1988) die Sprache, in der sich in seiner Zeit die Zöglinge der »Stifte des deutschen Idealismus« verständigten.

im Löwenjungen, das der gleichgültigen Masse seine schmerzende Pfote entgegenstreckt

Bezug auf Ossip Mandelstams Gedicht *Der Pflasterstein* aus dem Jahr 1923.

in seinen Übersetzungen Barbiers

Henri-Auguste Barbier (1805–1882), Dichter. Barbier wurde bekannt für seine satirischen Gedichte *Iambes* (Jamben, 1931), in denen er den politischen Missbrauch der Julirevolution von 1830 thematisierte. 1869 als einer der 40 Unsterblichen in die Académie française gewählt.

253 ***Omnia mea mecum porto***

»Alles, was mein ist, trage ich bei mir« ist ein von Cicero dem griechischen Philosophen Bias von Priene, von Seneca dem Philosophen Stilpon zugeschriebener Ausspruch, in dem das philosophische Idealkonzept der Stoa deutlich wird. Materieller Besitz und dessen Verlust ist unwichtig, von Bedeutung sind allein die Fähigkeiten und Tugenden des Menschen.

255 ***Brik***

(Osip Maksimovič (Meerovič) Brik, 1888–1945), Literaturtheoretiker und -kritiker. 1911 schloss der Sohn eines jüdischen Juweliers das Studium der Rechtwissenschaften an der Universität Moskau ab, 1912 heiratete er Lilja Kagan (Lilja Brik, 1891–1978), die spätere »Muse der russischen Avantgarde«. 1915 Bekanntschaft mit Wladimir Majakowski, Herausgeber von dessen *Oblako v štanach* (Wolke in Hosen) und *Flejta pozvonočnik* (Die Wirbelsäulenflöte). Mitglied der LEF (vgl. Anm. zu S. 221). Mitbegründer der Obščestvo izučenija poetičeskogo jazyka (Gesellschaft zur Erforschung der poetischen Sprache), einer Gruppe von Linguisten und Literaturwissenschaftlern der Formalen Schule. 1920–1923 für die Rechtsabteilung der Tscheka tätig. Seit Ende der 1920er-Jahre im Bereich der Kinematographie u.a. als Drehbuchautor tätig.

Agranow

(Jakov Saulovič Agranov, eigentlich Jankel Šmaevič, Šelevič Sorenson, 1893–1938), Kommissar der Staatssicherheit. Nach dem Abschluss der vierklassigen Volksschule arbeitete der Sohn eines Krämers im Kontor eines Holzhändlers. 1912 trat Agranow in die Sozialrevolutionäre Partei ein. 1915 Verhaftung und Verbannung, Eintritt in die Sozialdemokratische Arbeiterpartei Russlands (Bolschewiki). 1918 Sekretär des Rats der Volkskommissare. 1919 zum Sonderbeauftragten der Sonderabteilung der neu gegründeten Tscheka ernannt, seit 1921 Sonderbeauftragter der geheimen Operativabteilung. In dieser Funktion leitender Ermittler im Verfahren gegen die Taganzew-Gruppe, einer Kampagne gegen missliebige Intellektuelle in Petrograd, der über hundert Personen, u.a. der Dichter Nikolaj Gumiljow zum Opfer fielen, sowie federführend an der Niederschlagung des Kronstädter Matrosenaufstandes und des Bauernaufstands von Tambow beteiligt. 1922 im Auftrag Wladimir Lenins Erstellung von Listen Intellektueller, die als »antisowjetische Elemente« aus der Sowjetunion ausgewiesen wurden. 1923 stellvertretender Leiter, 1929 Leiter der Geheimabteilung der OGPU. 1934 Stellvertreter des Kommissars für Innere Angelegenheiten Genrich Jagoda und als dieser verantwortlich für alle operativen Abteilungen der Hauptverwaltung Staatssicherheit des NKWD. Nach dem Mord an Sergej Kirow (vgl. Anm. zu S. 302) zum Leiter des NKWD in Leningrad ernannt und leitender Ermittler im

Mordfall. Einer der Organisatoren der Verfahren gegen Sinowjew und Kamenew (vgl. Anm. zu S. 302) und betraut mit der Vorbereitung aller wichtigen politischen Prozesse der 1930er-Jahre. 1936 Ernennung zum Leiter der Hauptverwaltung Staatssicherheit des NKWD. 1937 Verhaftung aufgrund des Vorwurfs der Mitgliedschaft in einer konterrevolutionären Gruppe innerhalb des NKWD, Verurteilung zum Tode durch das Militärkollegium des Obersten Gerichts der UdSSR und Hinrichtung im August 1938.

Lelewitsch
(G. Lelevič oder L. Mogilevskij, eigentlich Labori Gilelevič Kalmanson, 1901–1937), Dichter und Literaturkritiker. Der Sohn des Dichters Gilel' Moiseevič Kalmanson (1868–1937) trat 1917 in die Sozialdemokratische Arbeiterpartei Russlands (Bolschewiki) ein und veröffentlichte 1921 seinen ersten Gedichtband *Nabat* (Sturmläuten). Als einer der Mitbegründer der Gruppe proletarischer Schriftsteller »Oktjabr'« (1922), der Moskovskaja asociacija proletarskich pisatelej (Moskauer Assoziation proletarischer Schriftsteller, 1923), die später in der RAPP aufging (vgl. Anm. zu S. 226), und der Zeitschrift *Na postu* (Auf dem Posten) trat Lelewitsch für eine neue proletarische Kunst und für die »Führerschaft der Partei« in der Literatur ein. 1928 aufgrund des Vorwurfs, Anhänger der trotzkistischen Opposition zu sein, aus der Partei ausgeschlossen und zu drei Jahren Lagerhaft verurteilt. 1934 stellvertretender Direktor des Wissenschaftlichen Forschungsinstituts für Nationale Kultur der Autonomen Sowjetrepublik Dagestan. Nach dem Mord an Sergej Kirow im Dezember 1934 erneute Verhaftung und Verurteilung zu fünf Jahren Lagerhaft. 1937 wiederholtes Verfahren und Verurteilung zum Tode. Posthum rehabilitiert.

256 ***Parnok***
ist Ossip Mandelstams Alter Ego in seiner Erzählung *Die Ägyptische Briefmarke* (1928).

257 ***In zwei in »Russkoje isskustwo« veröffentlichten Aufsätzen findet sich Kritik an Achmatowa***
Die Aufsätze *Sturm und Drang*, veröffentlicht in der Zeitschrift *Russkoe iskusstvo* 1923, Nr. 1, und *Vulgata,* veröffentlicht ebendort, Nr. 2 und 3.

ein Artikel O. M.s in der Charkower Zeitung
Der Artikel *Brief über die russische Poesie*, veröffentlicht in der in Rostow erscheinenden Zeitung *Sovetskij Jug* (Sowjetischer Süden), 21. Januar 1922.

in einer noch früheren, unveröffentlichten Rezension des »Musenalmanach«
Über die zeitgenössische Poesie. Zum Erscheinen des *Musenalmanachs* aus dem Jahr 1916, zu Lebzeiten Ossip Mandelstams unveröffentlicht.

1937 hielt er in Woronesch einen Vortrag über den Akmeismus
Aus der Zunft der Dichter (vgl. Anm. zu S. 8), die das Handwerkliche des Dichtens besonders hervorhob, kam es 1913 zur Bildung der neuen Schule des Akmeismus, deren Bezeichnung abgeleitet ist vom griechischen ›akme‹ – Reife, Höhe, Blütezeit. Laut Ossip Mandelstam ist im Akmeismus mit seiner »Sehnsucht nach Weltkultur« die Realität in der Poesie »das Wort als solches«. 1913 veröffentlichen die beiden Gründer der Zunft der Dichter, Nikolaj Gumiljow und Sergej Gorodezkij, ihre Manifeste der neuen Schule, eine Absage an die subjektive Aufwertung des Realen durch den Symbolismus. »Bei den Akmeisten ist die Rose an sich wieder schön«, heißt es dort, »durch ihre Blütenblätter, ihren Duft und ihre Farbe und nicht durch ihre erdachte Wesensverwandtschaft mit einer mystischen Liebe oder Sonstigem.«

Im Februar 1935 hielt Ossip Mandelstam auf einer »gut besuchten Sitzung der Woronescher Sektion des Schriftstellerverbands« einen Vortrag über den Akmeismus, zu dem er eingeladen worden war, um seine »Einstellung zu seiner Vergangenheit zu erfahren«, wie der Vorsitzende Stepan Stojzew (1891–1938) auf einer Parteiversammlung im April 1936 berichtete. »Mit seinem Auftritt hat Mandelstam gezeigt, dass er nichts gelernt hat, sondern der ist, der er immer schon war.« Gleiches wiederholte Stojzew in seiner Antwort auf die Anfrage des Schriftstellerverbands der UdSSR am 28. September 1936 in Bezug auf die »Enttarnung von Klassenfeinden an der Literaturfront«.

258 ***Der Versuch, sich 1922 vom Akmeismus loszusagen***
Im Juli/August 1923 schrieb Ossip Mandelstam an Lew Gornung (1902–1993): »Die Wahrnehmung der Zeit verändert sich. Der Akmeismus des Jahres 1923 ist nicht jener des Jahres 1913. Genauer gesagt gibt es gar keinen Akmeismus. Er wollte nur das ›Gewissen‹ der Poesie sein. Er ist ein Gericht über die Poesie und nicht die Poesie selber. Verachten Sie die zeitgenössischen Dichter nicht. Auf ihnen liegt der Segen der Vergangenheit.«

259 ***Versammlung der Religiös-Philosophischen Gesellschaft***
Die Petersburger Religiös-Philosophische Gesellschaft wurde 1907 gegründet und war ein Forum für die Diskussion philosophischer und religiöser, gesellschaftspolitischer und literarischer Themen. Die Veranstaltungen der Religiös-Philosophischen Gesellschaft riefen in der Öffentlichkeit häufig heftige Polemiken hervor. Nach 1917 kamen die Aktivitäten der Gesellschaft zum Erliegen.

Fähnrich Sawin
(Nikolaj Gerasimovič Savin, 1854 oder 1855–1937), Hochstapler. Des Kaiserlichen Lyzeums in Zarskoje Selo verwiesen, trat der Sohn eines Oberleutnants in die Armee ein und diente 1874 als Fähnrich im Garderegiment in Sankt Petersburg. Dort war er mit der amerikanischen Theaterschauspielerin und Geliebten von Großfürst Nikolaj Konstantinowitsch Romanow (1850–1918) angeblich in einen Diamantendiebstahl im Marmorpalast verstrickt. 1877 kämpfte er im Russisch-Türkischen Krieg in Bulgarien. In den 1880er-Jahren lebte er als vorgeblich von den zaristischen Behörden verfolgter Emigrant in Paris, später in Italien. 1891 in Moskau wegen Betrugs verurteilt, konnte er fliehen und wurde Offizier der amerikanischen Armee, als der er 1898 nach Europa zurückkehrte. 1909 in Belgien wegen Hochstapelei zu acht Monaten Haft und 700 Francs Geldstrafe verurteilt. 1911 gab er sich in Bulgarien als Großfürst Nikolaj Konstantinowitsch aus und erhob Anspruch auf die Thronfolge. Er wurde überführt und nach Russland überstellt, wo er 1911 wegen seines 1900 veröffentlichten Buches *Ot Petra Velikogo do Nikolaja ničtonogo* (Von Peter dem Großen zu Nikolaj dem Winzigen) zu »ewiger Verbannung« verurteilt wurde. 1917 kam er vermeintlich durch seinen Freund Alexander Kerenskij

(1881–1970), nach der Februarrevolution 1917 Ministerpräsident der Provisorischen Regierung, in Freiheit und wurde vorgeblich in geheimer Mission der Regierung nach Japan beordert. 1937 starb Sawin verarmt in Shanghai.

Kablukow
(Sergej Platonovič Kablukov, 1881–1919), Mathematiker, Sekretär der Religiös-Philosophischen Gesellschaft.

260 ***Rasnotschinzen***
(Raznočincy) sind Menschen von unterschiedlichem Stand und Titel (ljudi raznogo čina i zvanija) und bilden eine etwas ungenaue Kategorie der Bevölkerung im Russischen Reich im 17. bis 19. Jahrhundert. Als »Rasnotschinzen« wurden Personen bezeichnet, die keinem der Stände, also nicht dem Adel, dem Kaufmannsstand, dem Kleinbürgertum, nicht dem in Zünften organisierten Handwerkerstand oder dem Bauernstand, angehörten sowie keinen persönlichen Adelstitel oder kirchlichen Rang trugen. Zumeist wurden als »Rasnotschinzen« Personen bezeichnet, die durch Bildung aus ihrer zuvor unterprivilegierten Abkunft aufgestiegen waren. Der Terminus wurde im 19. Jahrhundert synonym zu »Intellektueller« verwendet. Die »Rasnotschinzen« bildeten eine eigene Schicht, die zumeist mit fortschrittlichen, demokratischen oder revolutionären Auffassungen in Verbindung gebracht wurde. In der russischen Literatur des 19. Jahrhunderts verkörpern Jewgenij Basarow aus Iwan Turgenjews *Väter und Söhne* (1862) und Rodion Raskolnikow aus Fjodor Dostojewskijs *Verbrechen und Strafe* (1866) typische »Rasnotschinzen«.

Makowskij
(Sergej Konstantinovič Makovskij, 1877–1862), Dichter und Verleger. Bereits während seines Studiums an der Universität Sankt Petersburg veröffentlichte der Sohn des bekannten Malers Konstantin Makowskij (1839–1915) kunsthistorische Artikel und legte 1905 eine erste Sammlung von Gedichten vor. Als Herausgeber der Zeitschrift *Apollon* (1909–1917) und Veranstalter von Ausstellungen war er wichtiger Förderer der Kunst und Literatur des Silbernen Zeitalters. 1920 emigrierte Makowskij, lebte zunächst in Prag und ab 1925 in Paris, wo er 1926–1932 der Redaktion der Zeitschrift *Vozroždenie* (Wiedergeburt) angehörte, 1939–1944 war

er Vorsitzender der Vereinigung russischer Schriftsteller. Regelmäßige Veröffentlichung von Gedichten in Zeitschriften, 1941 zweite Buchpublikation *Večer* (Abend). 1955 und 1962 Veröffentlichung von für die Geschichte der russischen Literatur wichtigen autobiographischen Essays.

261 ***W. I.***
Mit W. I. ist vermutlich Wladimir Narbut gemeint.

»Wahrheit heißt auf Griechisch ›Mrija‹«
Dieses Zitat von Valentin Katajew führt Ossip Mandelstam in seiner *Vierten Prosa* an: »Irgendein Gauner hat mir gesagt, dass Wahrheit auf Griechisch ›Mrija‹ heiße.« »Mrija« ist ukrainisch für Phantasie, Traum, Hirngespinst.

Katajew
(Valentin Petrovič Kataev, 1897–1986), Schriftsteller, Drehbuchautor und Dramatiker. Bereits als Jugendlicher erste Veröffentlichung von Kurzgeschichten. Seit 1919 Mitarbeiter der ROSTA, für die Katajew propagandistische Text verfasste. 1922 Mitarbeiter der satirischen Zeitschrift *Gudok* (Pfeife) in Moskau. 1926 Veröffentlichung des ersten Romans *Rastratčiki* (Die Betrüger), der, vom Autor am Moskauer Künstlertheater sowie 1930 von Alfred Polgar dramatisiert (*Die Defraudanten*), auch am Berliner Theater Erfolge feierte und 1931 als *Der brave Sünder* mit Heinz Rühmann von Fritz Kortner verfilmt wurde. 1928 Verwechslungskomödie *Kvadratura kruga* (Die Quadratur des Kreises). Der 1932 veröffentlichte Roman *Vremja, vperëd!* (Im Sturmschritt vorwärts!) beschreibt die enthusiastische Übererfüllung des sozialistischen Plansolls in Magnitogorsk und ist Ausdruck von Katajews Anpassung an die Parteilinie, durch ihn und seine folgenden Romane wurde Katajew zum Klassiker der Sowjetliteratur. Seit 1934 Mitglied des Schriftstellerverbands der UdSSR. Im Zweiten Weltkrieg Kriegskorrespondent für *Prawda* und *Krasnaja zvezda* (Roter Stern). 1955 Gründer der Zeitschrift *Junost'* (Jugend), bis 1962 deren Chefredakteur. Seit 1958 Mitglied der KPdSU. Mitunterzeichner des Briefes gegen Alexander Solschenizyn im August 1973.

262 ***in den Winter desselben Jahres fiel sein Eid, den er dem Vierten Stand geschworen hat***
In dem Gedicht *Der 1. Januar 1924*.

263 ***»ein zu früh geholtes Brot«***
In Mandelstams Gedicht *Schöner Brotteig* aus dem Jahr 1922 heißt es:

»Dürrer Stiefsohn dieser Zeiten
Findest endlich deinen Platz –
Den zu früh geholten Broten
Als ein Zustück mitverpasst.«

264 ***die Eulenspiegel-Affäre mit all ihren Auswüchsen***
Im September 1928 erschien in Moskau der Eulenspiegel-Roman des belgischen Schriftstellers Charles De Coster (1827–1879) mit Nennung Ossip Mandelstams als Übersetzer. Allerdings hatte Mandelstam von der Verlagsgesellschaft Zemlja i Fabrika lediglich den Auftrag zur Überarbeitung der Übersetzung von Arkadij Gornfeld (1867–1941) erhalten und wurde von Gornfeld im November 1928 öffentlich des Plagiats beschuldigt, ein Vorwurf, gegen den Mandelstam sich empört wehrte. Im Mai 1929 erschien daraufhin in der *Literaturnaja gazeta* ein Artikel von David Saslawskij mit dem Titel *Simples Plagiat und dreister Pfusch*. Nach einer Solidaritätserklärung für Mandelstam von Schriftstellern wie Boris Pasternak, Valentin Katajew und Michail Soschtschenko wurde eine Konfliktkommission der Föderation sowjetischer Schriftstellervereinigungen gegründet, die die sowjetischen Literaturfunktionäre nutzten, um den unliebsamen Mandelstam zum Schweigen zu bringen.

Schkirjatow
(Matvej Fëdorovič Škirjatov, 1883–1954), Funktionär. Der Bauernsohn aus dem Gouvernement Tula war seit 1906 Mitglied der Sozialdemokratischen Arbeiterpartei Russlands (Bolschewiki), arbeitete in illegalen Parteiorganisationen und wurde mehrfach verhaftet. 1915 Einberufung zur Armee. Nach der Februarrevolution 1917 Mitglied des Exekutivkomitees des Soldatenrats in Moskau. 1918–1920 Sekretär der Textilarbeitergewerkschaft in Moskau. 1921 zunächst Vorsitzender der Zentralen Kommission für Inspektion und Säuberung der Parteireihen der Kommunistischen

Partei Russlands (Bolschewiki). 1923–1924 Sekretär der Zentralen Kontrollkommission der Kommunistischen Partei Russlands (Bolschewiki) sowie 1930–1934, Sekretär der Zentralen Kontrollkommission der Kommunistischen Allunions-Partei (Bolschewiki) 1934–1939 Mitglied, 1939–1952 stellvertretender Vorsitzender, seit 1953 Vorsitzender der Zentralen Kontrollkommission des ZK der Kommunistischen Allunions-Partei (Bolschewiki). 1952–1953 Mitglied des Präsidiums des ZK der KPdSU.

Saslawskij

(David Iosifovič (Osipovič) Zaslavskij, 1880–1965), Journalist und Literaturkritiker. Der Universität Kiew aufgrund seiner politischen Aktivitäten verwiesen, trat der Beamtensohn 1903 in den Allgemeinen Jüdischen Arbeiterbund (Der Bund) ein und nahm 1907 am Fünften Parteitag der Sozialdemokratischen Arbeiterpartei Russlands in London teil. Seit 1904 Mitarbeit in Publikationsorganen des Bund sowie der Menschewiki. 1917–1919 Mitglied des Zentralkomitees des Bund, 1919 Ausschluss aus dem Bund aufgrund »falscher Einschätzung des Bolschewismus«. Hinwendung zur Literaturkritik. Seit 1924 Redakteur der *Prawda*, seit 1934 Mitglied der Kommunistischen Allunions-Partei (Bolschewiki). Mitglied des Jüdischen Antifaschistischen Komitees. Im Zusammenhang mit der antisemitischen Kampagne der Jahre 1948–1953 (vgl. Anm. zu S. 172) 1953 aus der KPdSU ausgeschlossen und kurzzeitiges Arbeitsverbot. Saslawskij war in den 1930er- bis 1950er-Jahren einer der einflussreichsten sowjetischen Literaturkritiker und führte scharfe Angriffe gegen Ossip Mandelstam und Boris Pasternak. Der im Januar 1936 anonym in der *Prawda* veröffentlichte Artikel *Chaos statt Musik* über Dmitrij Schostakowitschs Oper *Lady Macbeth von Mzensk*, der traurige Berühmtheit erlangte, wird Saslawskij zugeschrieben. Saslawskij behielt seinen Einfluss auch nach Stalins Tod.

265 ***Vor unseren Augen begann die Abrechnung mit Lominadse***

Nadeschda Mandelstam ging bei der Niederschrift ihrer Erinnerungen offensichtlich davon aus, dass Lominadse, kurz nachdem er nach Moskau zitiert wurde, ermordet wurde. Er starb allerdings erst im Januar 1935 (vgl. Anm. zu S. 219).

Gussew
(Sergej Ivanovič Gusev, eigentlich Jakov Davidovič Drabkin, 1874–1933), Funktionär. 1896 nahm der Sohn eines Lehrers aus dem Gouvernement Saratow das Studium am Technologischen Institut in Sankt Petersburg auf. Seit 1896 Mitglied der Sozialdemokratischen Arbeiterpartei Russlands. 1897 Verhaftung aufgrund der Teilnahme an einer Studentendemonstration, 1899 Ausweisung aus der Hauptstadt nach Orenburg und Rostow am Don. 1904–1905 Sekretär des Parteikomitees der Sozialdemokratischen Arbeiterpartei Russlands (Bolschewiki) in Sankt Petersburg sowie in Odessa. 1906 Verhaftung und Verbannung. Im Oktober 1917 Vorsitzender des Sekretariats des Militärischen Revolutionskomitees in Petrograd, 1918 Leiter des Bundes der Kommunen des Nordens, enger Mitarbeiter von Grigorij Sinowjew. 1921 Leiter der Politischen Verwaltung des Revolutionären Kriegsrats. 1920–1924 Kandidat für die Mitgliedschaft des ZK der Kommunistischen Partei Russlands (Bolschewiki). 1923 Ernennung zum Sekretär der Zentralen Kontrollkommission des ZK der Kommunistischen Partei Russlands (Bolschewiki). Seit 1928 Leiter des Europäischen Zentralsekretariats der Komintern, 1929–1933 Mitglied des Präsidiums des Exekutivkomitees der Komintern.

266 *Obkom*
steht kurz für Oblastnoj komitet (Gebietskomitee). Das Obkom war das höchste Parteiorgan der jeweiligen Oblast- und dem Zentralkomitee der KPdSU unterstellt.

268 *Wischnewskij*
(Vsevolod Vitalevič Višnevskij, 1900–1951), Schriftsteller, Dramatiker und Drehbuchautor. Nach dem Besuch des Gymnasiums schloss Wischnewskij sich 1917 den Bolschewiki an und nahm am Aufstand in Petrograd teil, im Bürgerkrieg kämpfte er in der Ersten Roten Reiterarmee und war dann Politfunktionär bei der Flotte. 1921 Inszenierung eines Massenschauspiels über den Kronstädter Aufstand in Noworossijsk. 1929 Veröffentlichung des episch-dramatischen Massenschauspiels *Pervaja konnaja* (Die Erste Reiterarmee). Seit 1937 Mitglied der Kommunistischen Allunions-Partei (Bolschewiki). 1941–1942 Kriegsberichterstatter der *Prawda* in Leningrad. 1934–1944 Redakteur der Zeitschrift *Znamja*. Gehörte

zu den aktiven Gegnern Bulgakows und Soschtschenkos, unterstützte aber Ossip Mandelstam in der Verbannung in Woronesch. 1946 als stellvertretender Generalsekretär des Schriftstellerverbands der UdSSR maßgeblich an der Durchsetzung des verschärften Kurses in der Kulturpolitik beteiligt. Für das zu Stalins 70. Geburtstag verfasste Stück *Nezabyvaemyj 1919 g* (Unvergessliches Jahr 1919), eine offensichtliche historische Fälschung, erhielt Wischnewskij 1949 den Stalinpreis.

271 ***Sologub***
(Fëdor Kusmič Sologub, eigentlich Teternikov, 1863–1927), Dichter und Schriftsteller. Der Sohn eines Schneiders schloss 1882 das Lehrer-Institut in Sankt Petersburg ab und arbeitete danach zehn Jahre in der Provinz, von 1892 bis 1907 in Sankt Petersburg als Mathematiklehrer. Seit 1884 Publikation von symbolistischen Gedichten, ab 1896 auch Romane. 1907 Veröffentlichung des Romans *Melkj bes* (Kleiner Dämon), der ihn weithin bekannt machte. Sologubs Lyrik ist von skeptischem Idealismus und Melancholie geprägt und von Phantastisch-Dämonischem und dem Motiv des Todes und der Todessehnsucht durchdrungen. Nach dem Umsturz durch die Bolschewiki 1917 waren Sologubs Publikationsmöglichkeiten eingeschränkt, bis 1923 erschienen noch acht kleine Lyrikbände.

275 ***In O. M.s Gedichten heißt es***
Nadeschda Mandelstam bezieht sich hier auf zwei Gedichte aus dem Ersten Woronescher Heft: *Die Lippen rühren sich, ihr könnt sie mir nicht nehmen* und *Ich liege in der Erde, rühre meine Lippen*.

276 ***(Karl) Schwab***
(1873–1939), Flötist im Woronescher Symphonieorchester, Dozent an der dortigen Musikschule. Im Dezember 1935 zusammen mit 13 anderen Musikern aufgrund des Vorwurfs, eine Hitlerrede gehört zu haben und die Ideen des Faschismus zu propagieren, verhaftet. 1936 zu fünf Jahren Lagerhaft verurteilt. Zehn Tage nach Mandelstam im Durchgangslager Wtoraja Retschka gestorben.

noch vor »Beginn der furchtbaren Taten«
Also vor August 1936, als die Medien meldeten, die Ermittlungen im Mord des Leningrader Parteichefs Kirow seien abgeschlossen (vgl. Anm. zu S. 302). Zitat aus Ossip Mandelstams Gedicht *Wie ein verspätetes Geschenk.*

277 ***»national in der Form, sozialistisch im Inhalt«***
Wladimir Lenin unterstützte zunächst das nationale Selbstbestimmungsrecht im »Völkergefängnis« Russland. Nach dem Umsturz durch die Bolschewiki 1917 begann jedoch die »Sammlung der russischen Erde« und die Unterwerfung selbständig gewordener Nachfolgestaaten des Russischen Reiches der Sowjetherrschaft. Zwar erhielt die Union der Sozialistischen Sowjetrepubliken 1923 einen föderalistischen Aufbau, die den Republiken formal sogar das Sezessionsrecht zugestand, tatsächlich jedoch übte die zentralistisch geführte Partei der Bolschewiki die Kontrolle aus. Mit dem »Sozialismus in einem Land« führte Stalin dann einen großrussisch geprägten Nationalkommunismus ein. Dieser förderte die Sowjetrepubliken, die »national in der Form, sozialistisch im Inhalt« sein sollten, um Macht und Legitimität zu gewinnen. Zugleich jedoch sollten durch Kollektivierung der Landwirtschaft, Industrialisierung und Planwirtschaft nationale Unterschiede und Selbständigkeitsbestrebungen liquidiert werden.

278 ***»Übersetzer eines vorgefertigten Sinns«***
Bei diesem Zitat Nadeschda Mandelstams handelt es sich um eine Variante, in der Endfassung heißt es »Setzer eines vorgefertigten Sinns«.

279 ***die Klagen Schewtschenkos***
»Mir war sehr wohl bewusst, dass die Malerei mein Brotberuf sein sollte«, erinnerte sich der Dichter und Maler Taras Schewtschenko (1814–1861) im Juli 1950 in seinem Tagebuch an seine Studienjahre an der Akademie der Künste in Sankt Petersburg. »Aber statt die Geheimnisse der Malerei zu studieren, noch dazu bei einem Lehrer, wie es der unsterbliche Brjullow war, schrieb ich Gedichte, für die mir niemand auch nur einen Groschen bezahlen würde, die mich schlussendlich der Freiheit beraubt haben, die ich ungeachtet des autokratischen unmenschlichen Verbots gleichwohl weiterhin

schreibe. Und ich denke bisweilen gar darüber nach, diese meine weinerlichen und kümmerlichen Kinder drucken zu lassen (selbstredend unter anderem Namen). Diese Berufung ist wahrlich eine nicht zu bändigende.«

281 *Tscharenz*
(Ełiše bzw. Ełišē Č'arenc, eigentlich Soghomonjan, 1897–1937), Dichter und Übersetzer. Nach Abschluss des Realgymnasiums kämpfte der Sohn eines Krämers aus dem armenischen Ghars in der heutigen Osttürkei als Angehöriger eines armenischen Freiwilligenbataillons im Ersten Weltkrieg an der kaukasischen Front und wurde Zeuge des Völkermords an den Armeniern. 1916 nahm er in Moskau ein Studium an der privaten Volksuniversität des Unternehmers und Mäzens Alfons Schanjawskij (1837–1905) auf. Erste Veröffentlichung von durch den russischen Futurismus geprägten Gedichten 1912. 1918 Eintritt in die Rote Armee. 1919 Rückkehr nach Armenien, wo er ein Jahr später Leiter der Abteilung für Kunst des Volkskommissariats wurde. 1921 Studium in Moskau. Zunächst überzeugter Kommunist, war Tscharenz bereits ab 1922 immer wieder starken Anfeindungen und Diffamierungen ausgesetzt. 1934 Publikationsverbot. Verhaftung aufgrund des Vorwurfs der Konterrevolution, des Nationalismus, Trotzkismus und Terrorismus. Im November 1937 im Gefängniskrankenhaus in Jerewan gestorben. In den 1950er-Jahren Rehabilitierung.

284 *Kusmin*
(Michail Alexeevič Kuzmin, 1872–1936), Dichter und Schriftsteller. Am Konservatorium in Sankt Petersburg war Kusmin von 1891–1894 Kompositionsschüler von Nikolaj Rimsky-Korsakow (1844–1908). Seine Reisen nach Italien, Ägypten und zu nordrussischen Siedlungen der Altgläubigen fanden Niederschlag in seinen Gedichten, mit denen er 1905 debütierte. 1906 erschienen der Zyklus *Aleksandrijnskie stichi* (Alexandrinische Gedichte) und der Kurzroman *Kryl'ja* (Flügel), in dem Kusmin erstmals in der russischen Literatur das Thema der Homosexualität aufgriff. 1906 Komponist der Musik für Meyerholds Inszenierung von Alexander Bloks *Balaganščik* (Die Schaubude). Sein 1910 veröffentlichter programmatischer Aufsatz *O prekrasnoj jasnosti* (Über die Schöne Klarheit), in dem er die Loslösung vom Symbolismus

und eine rationale Gestaltung des Kunstwerks forderte, begünstigte die Entstehung des Akmeismus (vgl. Anm. zu S. 258). Nach 1917 stand Kusmin außerhalb der politischen Entwicklungen, wurde ab 1924 vollständig aus dem literarischen Leben verdrängt und war nur noch als Übersetzer tätig.

288 ***eine vornehme Dame***
Ol'ga Davidovna Kameneva (1883–1941), Revolutionärin. Kurz nach ihrem Eintritt in die Sozialdemokratische Arbeiterpartei Russlands 1902 heiratete die Schwester Leo Trotzkis Lew Kamenew. 1908 emigrierte das Ehepaar Kamenew und lebte in der Schweiz, wo Kamenewa an der Universität in Bern studierte, sowie in Paris. 1914 Rückkehr nach Russland. 1918–1920 Leiterin der Abteilung für Theater des Volkskommissariats für Bildung und Erziehung. 1921–1923 leitendes Mitglied des von einer Gruppe Intellektueller um den Schriftsteller Maxim Gorki gegründeten Allrussischen Komitees zur Hilfe der vom Hunger Betroffenen (Pomgol), dessen Leitung ihr Ehemann Lew Kamenew innehatte. 1925–1929 Vorsitzende des Vorstands der Allunions-Gesellschaft für kulturelle Verbindung mit dem Ausland. 1935 Entzug der Niederlassungsgenehmigung in Moskau und Leningrad für die Dauer von fünf Jahren. Nach Erschießung ihres Ehemannes Lew Kamenew im Zusammenhang mit dem Mord an Sergej Kirow nach dem ersten Moskauer Prozess 1936 wurde Olga Kameneva ebenfalls verhaftet und 1941 bei einer Massenexekution des NKWD in Orjol erschossen. Die beiden Söhne des Ehepaars Jurij und Alexander waren bereits 1938 und 1939 im Alter von 17 und 33 Jahren erschossen worden.

Prischwin
(Michail Michajlovič Prišvin, 1873–1954), Schriftsteller. 1893 nahm der aus dem Gouvernement Orjol stammende Kaufmannssohn das Studium der Agronomie am Polytechnikum in Riga auf, wo er 1897 wegen seiner Verbindungen zu sozialdemokratischen Kreisen festgenommen und später zu Hausarrest verurteilt wurde. Nach Abschluss des Studiums an der Universität Leipzig 1902 arbeitete Prischwin bis 1905 als Journalist. Zahlreiche Reisen in Russland, nach Karelien, Norwegen und Mittelasien, die in Publikationen ihren Niederschlag fanden und seinen Ruf als »Sänger

der russischen Natur« (Konstantin Paustowskij) begründeten. Prischwin führte seit 1905 Tagebuch mit scharfen Analysen seiner politischen und gesellschaftlichen Gegenwart, die 1991–2017 veröffentlicht wurden.

289 *Andronikow*
(Iraklij Luarsabovič Andronikov, Andonikašvili, 1908–1990), Schriftsteller und Literaturwissenschaftler. Der Sohn eines angesehenen georgischen Juristen schloss 1930 das Studium der Philologie an der Universität Leningrad ab und arbeitete seit 1934 an der Öffentlichen Michail-Saltykow-Schtschedrin-Bibliothek. 1939 erschien seine Biographie über Michail Lermontow, im selben Jahr Aufnahme in den Schriftstellerverband der UdSSR. Seit 1935 humoristische Auftritte mit Ein-Mann-Schauspielen mit humoristischen Porträts bekannter Schriftsteller zunächst auf der Bühne, dann im Rundfunk und Fernsehen. 1964 Auszeichnung mit dem Staatspreis der UdSSR, 1976 Auszeichnung mit dem Leninpreis.

290 *Baudouin*
Jan Ignacy Niecisław Baudouin de Courtenay (1845–1929), Sprachwissenschaftler und Slawist, Wegbereiter der strukturalistischen Linguistik.

292 *Iosif Brodsky*
(Iosif Alexandrovič Brodsky, 1940–1996), Dichter. Nachdem er im Alter von fünfzehn Jahren die Schule abgebrochen hatte, arbeitete Brodsky als Fräser, Labor- und Fabrikarbeiter, Krankenhausangestellter und Teilnehmer an geologischen Expeditionen, zugleich erlernte er im Selbststudium Polnisch und Englisch und beschäftigte sich mit klassischer Philosophie, Mythologie sowie englischer und amerikanischer Literatur. Ende der 1950er-Jahre begann Brodsky, Gedichte zu schreiben, von denen sehr wenige in sowjetischen Almanachen und einige 1959/60 in der Samisdat-Zeitschrift *Sintaksis* veröffentlicht wurden. 1964 wegen »Parasitentums«, also des Nichtausübens einer gesellschaftlich nützlichen Tätigkeit, zu fünf Jahren Zwangsarbeit verurteilt. Aufgrund massiver Proteste von Schriftstellern wie Anna Achmatowa, Konstantin Paustowskij u.a. sowie der internationalen Presse wurde Brodsky bereits anderthalb Jahre später freigelassen. 1965 und 1970 Ver-

öffentlichung von Gedichten im russischen Original in den USA. Im Rahmen der Ausreisegenehmigungen für Juden wurde Brodsky 1972 gezwungen, die Sowjetunion zu verlassen. Emigration in die USA. 1987 Nobelpreis für Literatur.

297 ***Chardshijew***
(Nikolaj Ivanovič Chardžiev, 1903–1996), Kunsthistoriker, Literaturwissenschaftler und Kunstsammler. Das Studium an der rechtswissenschaftlichen Fakultät des Instituts für Volkswirtschaft in Odessa beendete Chardshijew 1925 ohne Diplom. 1925–1928 war er Dozent an der Fachhochschule für Kinematographie in Odessa und Redakteur der politischen Propagandaabteilung. Seit 1928 lebte Chardshijew in Moskau, veröffentlichte populäre Bücher und Broschüren zu kulturwissenschaftlichen Themen und beschäftigte sich mit Literatur und Kunst der Avantgarde. Seit 1940 Mitglied des Schriftstellerverbands der UdSSR. 1935–1936 Herausgeber der ersten beiden Bände der dreizehnbändigen Werkausgabe Wladimir Majakowskis, 1940 Herausgeber des Bandes *Neizdannye proizvedenija* (Unveröffentlichte Werke) von Welimir Chlebnikow. 1957 und 1968 Mitglied der Kommissionen des Schriftstellerverbands der UdSSR, die sich mit Ossip Mandelstams literarischem Nachlass befassten. Als Sammler besaß Chardshijew eine umfangreiche Kollektion von Werken und Manuskripten der klassischen Moderne, darunter allein rund 200 Werke und Skizzen von Kasimir Malewitsch (1878–1935). Chardshijew emigrierte 1993 in die Niederlande, zuvor war seine Sammlung zum großen Teil unter bis heute nicht vollständig geklärten Umständen aus Russland verbracht worden.

299 ***Sergej Ignatewitsch (Bernschtejn)***
(Sergej Ignatevič Bernštejn, 1892–1970), Linguist. Nach dem Studium der Philologie an der Universität Sankt Petersburg wurde Bernschtejn wissenschaftlicher Mitarbeiter an der Kaiserlichen Öffentlichen Bibliothek und gehörte zu den Mitbegründern der Formalen Schule. 1923 gründete er am Kunsthistorischen Institut das Kabinett zur Erforschung der künstlerischen Sprache und fertigte bis in die 1930er-Jahre Aufnahmen von rund hundert zeitgenössischen Dichtern, darunter zahlreiche Vertreter des Silbernen Zeitalters, sowie von Schauspielern an. Nach einem öffentlichen

Angriff unter der Überschrift »Wissenschaftliche Scharlatanerie« wurde Bernschtejn entlassen und seine Phonothek geschlossen. Seit 1931 war Bernschtejn Dozent an verschiedenen pädagogischen Fachhochschulen in Moskau, seit 1947 Professor an der Moskauer Staatlichen Universität.

Alexander Iwitsch

(Alexander Ivič, eigentlich Ignatij Ignatevič Bernštejn, 1900–1978), Autor populärwissenschaftlicher Bücher für Kinder und Jugendliche. Nach der Februarrevolution 1917 wurde Iwitsch einer der Assistenten des Vorsitzenden der Staatsduma. 1923–1927 arbeitete er am Kunsthistorischen Institut und war dann in Moskau als Journalist tätig, 1930 erschien sein erstes Buch, eine Wissenschaftsgeschichte für Kinder. Vielfach ausgezeichnet für seine Arbeiten als Kriegskorrespondent während des Zweiten Weltkriegs, sah er sich während der antisemitischen Kampagne der Jahre 1948–1953 (vgl. Anm. zu S. 172) Angriffen ausgesetzt. Alexander Fadejew bezeichnete ihn als »Feind Nr. 1 der Kinderliteratur«. Nadeschda Mandelstam übergab Iwitsch 1946 einen Großteil des Archivs Ossip Mandelstams.

Sluzkij

(Anatolij Grigorevič Sluckij, 1894–1979), Historiker. Während seines Studiums am Bechterew-Institut in Sankt Petersburg schloss Sluzkij sich der revolutionären Studentenbewegung an. In den 1920er-Jahren Dozent an der 1918 gegründeten und bis 1937 existierenden Kommunistischen Swerdlow-Universität sowie Mitarbeiter am Institut für Geschichte der Kommunistischen Akademie. 1923 Veröffentlichung einer Chrestomatie der Geschichte der revolutionären Bewegung in Westeuropa, die bis 1930 sechs Auflagen erlebte. Sein 1930 veröffentlichtes Buch *Bol'ševiki o germanskoj social-demokratii v period ee predvoennogo krizisa* (Die Bolschewiki über die deutsche Sozialdemokratie während der Krise der Vorkriegsjahre) wurde 1931 von Stalin kritisiert. 1937 Verhaftung, mehr als zwanzig Jahre Lagerhaft. In den 1960er-Jahren Mitarbeiter des Instituts für Geschichte der Akademie der Wissenschaften der UdSSR.

302 ***Tichon von Sadonsk***
(Tichon Zadonskij, bürgerlich Timofej Savelevič Sokolov, 1724–1783), Bischof von Woronesch (1763–1767), Heiliger der Russisch-Orthodoxen Kirche.

Die Mörder Kirows, so verlautbarte der Sprecher, seien ermittelt
Der Parteifunktionär Sergej Kirow (Sergej Mironovič Kirov, eigentlich Kostrikov, 1886–1934) wurde als Mitglied der Sozialdemokratischen Arbeiterpartei Russlands (Bolschewiki) vor dem Umsturz durch die Bolschewiki 1917 mehrmals verhaftet und arbeitete nach 1917 an der Durchsetzung der Macht der Bolschewiki in Transkaukasien. 1920 Mitglied des Kaukasischen Büros des ZK der Russischen Kommunistischen Partei (Bolschewiki) sowie zum bevollmächtigten Vertreter Sowjetrusslands in Georgien ernannt. Leiter der sowjetischen Delegation zur Verhandlung eines Friedensvertrags mit Polen in Riga. 1921 Erster Sekretär des ZK der Kommunistischen Partei Aserbaidschans. 1923 Mitglied des ZK der Russischen Kommunistischen Partei (Bolschewiki). 1926 Erster Sekretär des Leningrader Parteikomitees auf Bezirks- und Stadtebene sowie des Nord-West-Büros des ZK der Kommunistischen Allunions-Partei (Bolschewiki) mit dem Auftrag, die oppositionelle Fraktion um Grigorij Sinowjew und Lew Kamenew zu bekämpfen. Seit 1930 Mitglied des Politbüro des ZK und des Präsidiums des Allrussischen Zentralen Exekutivkomitees. Kirows Ermordung am 1. Dezember 1934 wurde zum Auftakt der Abrechnung mit dem sogenannten »trotzkistisch-sinowjewschen Block« und des Großen Terrors.

Grigorij Sinowjew (Grigorij Evseevič Zinov'ev, eigentlich Ovsej-Geršen Aronovič Radomysl'ski, 1883–1936), Revolutionär und Funktionär. 1919–1926 Vorsitzender des Exekutivkomitees der Komintern. Nach dem Umsturz durch die Bolschewiki 1917 bis 1918 Vorsitzender des Petrograder Stadtsowjets. 1921–1926 Mitglied des Politbüros der Partei, 1923–1924 Mitglied des Organisationsbüros des ZK der Kommunistischen Partei Russlands (Bolschewiki). Sinowjew war nach Lenins Tod einer der wichtigsten Kandidaten für die Führungsposition innerhalb der Partei. 1927, 1932 und 1934 Ausschluss aus der Partei, zweimalige Wiederaufnahme nach öffentlichen Reuebekenntnissen. Aufgrund des Vorwurfs, auf Trotzkis Befehl hin eine terroristische Verschwörung organisiert zu haben, um Stalin und andere Mitglieder der Parteiführung ermorden zu lassen, beim ersten der Moskauer Prozesse mit Kamenew und weiteren vierzehn ehemaligen Parteiführern im August 1936 zum Tode verurteilt. 1988 Rehabilitierung.

Lew Kamenew (Lev Borisovič Kamenev, eigentlich Rozenfel'd, 1883–1936), Revolutionär und Funktionär. 1918–1926 Vorsitzender des Moskauer Stadtsowjets. 1917–1927 Mitglied des ZK der Partei, 1919–1926 Mitglied des Politbüros des ZK. 1924–1926 Vorsitzender des Rats für Arbeit und Verteidigung. 1927 und 1932 Ausschluss aus der Partei, einmalige Wiederaufnahme nach öffentlichem Reuebekenntnis. Beim ersten der Moskauer Prozesse im August 1936 zum Tode verurteilt. 1988 Rehabilitierung.

305 ***In einem seiner Aufsätze erzählt O. M. von einem jungen Dichter***

In seinem im November 1923 veröffentlichten Essay *Eine Armee von Dichtern.*

306 ***Das Gedicht über die Sterne***

Nadeschda Mandelstam meint hier die siebenzeilige Strophe aus dem Gedicht *Verse vom unbekannten Soldaten:*

»In Bewegung: als Weintraubenbeeren,
Diese Welten – Bedrohung für uns,
Sind gestohlene Städte im Leeren,
Sind die goldnen Verleumder verheerend,
Und die Beeren von giftkalten Meeren,
sind geweitete Zelte des Dunsts –
Goldne Bilder des Sternbilderbunds.«

307 ***Das Gedicht »Die Kiewerin«***

Gemeint ist das im April 1937 entstandene Gedicht *Auf den Straßen von Kiew voller Geister*, in dem Ossip Mandelstam den Tag reflektiert, an dem er im August 1919, als die »Roten« ihren Rückzug antraten, Kiew verlassen hat. Die Zeile »Und nach Tod riechen herrschaftliche Linden« nimmt Bezug auf die Gräueltaten der Tscheka, deren Hauptquartier sich zu der Zeit im Bezirk Lipki (vgl. Anm. zu S. 153) befand.

insbesondere jene Verse über die Frau
Das Gedicht *Deine Schultern so schmal, rotgepeitscht an der Wand* ist wohl bereits im Februar 1934 in Moskau entstanden und möglicherweise nicht Nadeschda Mandelstam, sondern der Dichterin Maria Petrowych zugedacht.

308 ***er verweist hier auf den »im Schlitten Sitzenden«***
In den *Poučen'ja Vladimira Monomacha* (Belehrungen des Wladimir Monomach), einem von dem Großfürsten von Kiew Wladimir Monomach (1053–1125) verfassten Lebensbericht aus dem 12. Jahrhundert, heißt es: »Mich in den Schlitten setzend, meiner Sünden gedenkend und Gott preisend, welcher mich Sünder nun begleitet.« Im alten Russland wurde der Leichnam eines Verstorbenen im Schlitten transportiert, gemeint ist hiermit also das Lebensende.

309 ***Assyrien***
ist bei Ossip Mandelstam stets Chiffre für eine menschenfeindliche, totalitäre Macht.

Assejew
(Nikolaj Nikolaevič Aseev, 1889–1963), Dichter und Literaturkritiker. Nach Abschluss des Realgymnasiums in Kursk schloss Assejew 1912 das Wirtschaftsstudium am Moskauer Handelsinstitut ab und studierte danach bis 1923 an der geisteswissenschaftlichen Fakultät der Universitäten in Moskau und Charkow. Seit 1909 regelmäßig Publikation von Gedichten, 1914 erster Gedichtband *Nočnaja flejta* (Nächtliche Flöte). Gehörte zu den wichtigsten Vertretern des Futurismus. Nach dem Militärdienst im Ersten Weltkrieg und kurzer kulturpolitischer Tätigkeit im Fernen Osten nach dem Umsturz durch die Bolschewiki 1917 kehrte Assejew 1922 nach Moskau zurück, wurde Mitglied der LEF (vgl. Anm. zu S. 221) und arbeitete mit Wladimir Majakowski zusammen. 1923 Versepos über Semjon Budjonnyj (*Poema o Budennym*), in dem er die Biographie des Reitergenerals mit einer ideologischen Darstellung des Revolutionsgeschehens verbindet. Der Budjonnyj-Marsch aus diesem Poem wurde vertont und zum populären Lied. 1925 folgte er mit typischer Agitationslyrik in seinem *Poema o dvadcatišesti bakinskich komissarach* (Poem über die sechsundzwanzig Kom-

missare von Baku, vgl. Anm. zu S. 82) dem Aufruf der Partei zur dichterischen Gestaltung der Eroberung des Kaukasus durch die Bolschewiki. 1941 Auszeichnung mit dem Stalinpreis. Veröffentlichte mehr als 70 Gedichtbände.

311 ***Überreste der reichen Sammlung der Universität zu Dorpat***

Vor der Besetzung Dorpats/Tartus durch die Deutschen 1918 wurden die universitären Sammlungen sowie einige Professoren und Universitätsdozenten der 1632 unter König Gustav II. Adolf von Schweden (1594–1632) gegründeten ältesten Universität Estlands nach Woronesch evakuiert.

314 ***»Warum«, so fragte er mich, »sehe ich, wenn ich an ihn denke, nur Köpfe«***

vgl. die Stalin-Ode, in der es heißt:

»Er beugt von der Tribüne wie vom Berge sich
Zu Hügeln: Köpfen.
[...]
In weite Ferne gehen Hügel: Menschenköpfe,
Mich wird man nicht mehr sehen, ich werde verschwindend klein –
In Kinderspielen, Büchern, zärtlichen Geschöpfen
Sag ich einst auferstehend, dass die Sonne scheint.«

317 ***ins »große Haus«***

Als »großes Haus« wurden umgangssprachlich die Gebäude bezeichnet, in denen die GPU (vgl. Anm. zu S. 10) ihren Sitz hatte.

318 ***Furmanow d. J.***

Der Bruder des Schriftstellers Dmitrij Furmanow.

324 ***Meine Tugend***

Der Vorname Nadeschda bedeutet Hoffnung. Nadeschda Mandelstam spielt mit dieser Überschrift auf die drei christlichen Tugenden Glaube, Liebe, Hoffnung an.

327 ***Sogar Ehefrauen und Kinder***
Mitte der 1930er-Jahre wurde der Kampf gegen Staatsverbrechen intensiviert. Mit Verordnung des Allrussischen Zentralen Exekutivkomitees vom 8. Juni 1934 wurden die entsprechenden Paragraphen des Strafgesetzbuches ergänzt, nunmehr konnten auch Familienmitglieder von »Volksverrätern« zur Rechenschaft gezogen werden und bei Nichtkenntnis des Straftatbestands des Hochverrats des Familienangehörigen zu fünf Jahren sowie bei Kenntnis des Straftatbestands und Nichtinformation der Behörden zu fünf bis zehn Jahren Verbannung in »entlegene Gegenden Sibiriens« verurteilt werden.

328 ***Pawlik Morosow***
(Pavel Trofimofič Morozov, bekannt als Pawlik Morozov, 1918–1932), Helden-Pionier und »Märtyrer« des Kommunismus. Der Schüler und Bauernsohn Pawlik Morosow wurde bekannt als aufrichtig an den Sozialismus glaubender Jugendlicher, der während der Zwangskollektivierung gegen seinen Vater, einen »Kulaken«, eine Sonderbeschwerde wegen Getreidediebstahls einlegte und gegen ihn vor Gericht aussagte. Pawlik und sein jüngerer Bruder wurden daraufhin von »reaktionären« Verwandten ermordet. Die Geschichte über den jugendlichen Helden, der an die »lichte Zukunft des Kommunismus« glaubte und bereit war, selbstlos sein Leben dafür zu opfern, wurde zum sowjetischen Mythos. Pawlik Morosows wurde mit Denkmälern und Briefmarken gedacht, zahlreiche Poeme, Lieder, Bücher und Filme wurden ihm gewidmet, um die sowjetische Jugend in seinem Geiste zu erziehen.

334 ***im kleinen Museum in der Kropotkin-Straße***
Das 1923 gegründete Museum für Neue Westeuropäische Kunst mit den Sammlungen der Kunstsammler Iwan Morosow (1871–1921) und Sergej Schtschukin (1854–1936). Das Museum befand sich im ehemaligen Stadtpalais Morosows und war nach der Verstaatlichung der Kunstsammlungen Morosows und Schtschukins international das erste staatliche Museum moderner Kunst. Im Zusammenhang mit dem Kampf gegen »bürgerliche Kunst« wurde das Museum auf Anordnung Stalins 1948 aufgelöst. Die Bestände gingen ins Puschkin Museum in Moskau sowie in die Ermitage in Leningrad über.

Tyschler
(Alexander Grigor'evič Tyšler, 1898–1980), Maler und Bühnenbildner. Nach dem Studium an der Kunsthochschule in Kiew und im Studio Alexandra Exters meldete Tyschler sich 1919 freiwillig für den Militärdienst in der Roten Armee. Er entwarf Propagandaplakate für die russische Telegrafen-Agentur ROSTA und illustrierte Lesefibeln. 1921 Studium an der WCHUTEMAS in Moskau. 1925 Mitglied der OST (s. folg. Anm.). Seit 1927 zahlreiche Arbeiten als Bühnenbildner in Moskau und Leningrad. Als nicht dem »Sozialistischen Realismus« verpflichteter Maler wurden Tyschlers Werke bis in die 1960er-Jahre kaum ausgestellt.

OST
Die Obščestvo stankovistov oder Obščestvo chudožnikov stankovistov (Gesellschaft der Tafelmaler), kurz OST oder OCHST, wurde 1925 von Absolventen der WCHUTEMAS gegründet und existierte bis 1931. Die programmatische Ausrichtung der Künstlergruppe war die künstlerische Dokumentation der Errungenschaften der sowjetischen Macht und der Industrialisierung mit den Mitteln des Expressionismus. Tyschlers Illustrationen zu dem Stück *Der Wetterdirektor* von Anatolij Mariengof (1897–1962) wurden auf der zweiten Ausstellung der OST gezeigt.

337 ***Altman***
(Natan Isaevič Al'tman, 1889–1970), Maler und Bühnenbildner. Altman studierte von 1901 bis 1907 Malerei und Bildhauerei an der Kunstschule in Odessa. 1910–1912 Studium bei Marie Vassilieff (1884–1957) in Paris. Auseinandersetzung mit den zeitgenössischen Strömungen der Kunst, insbesondere dem Kubismus. 1912 Rückkehr nach Russland, bis 1921 lebte er in Petrograd. Zahlreiche Ausstellungen in Petrograd und Moskau. Von 1921 bis 1928 lebte Altman in Moskau und war als Bühnenbildner sowie als Buchillustrator tätig. 1922 Teilnahme an der Ersten Russischen Kunstausstellung in der Galerie van Diemen in Berlin. 1925 Goldmedaille auf der Exposition Internationale des Arts Décoratifs et Industriels Modernes in Paris. Während einer Gastspielreise des Staatlichen Jüdischen Theaters 1928 blieb er in Paris, kehrte aber 1935 in die Sowjetunion zurück. Wegen der Doktrin des »Sozialistischen Realismus« wandte er sich von der Malerei ab

und arbeitete als Bühnenbildner sowie Buchillustrator und Bildhauer.

ein Italiener, der ebenfalls Maler war
Der Maler Giovanni Grandi (russifiziert Ivan Antonovič Grandi, 1886–1963), der zwischen 1913 und 1922 in Russland lebte und arbeitete.

338 ***Garschin***
(Vladimir Georgievič Garšin, 1887–1956), Arzt und Pathologieanatom. Der Neffe des Schriftstellers Wsewolod Garschin (1855–1888) war zwischen 1938 und 1952 Professor am Leningrader Institut für Medizin und leitete die Abteilung für pathologische Anatomie am Institut für Experimentelle Medizin. Garschin und Achmatowa lernten sich 1937 kennen, Achmatowa widmete ihm einige Gedichte und Teile ihres *Poem ohne Held*. Nach dem Tod seiner Ehefrau im Oktober 1942 machte Garschin Achmatowa, die sich zu der Zeit in der Evakuierung in Taschkent befand, brieflich einen Heiratsantrag. Kurze Zeit nach Achmatowas Rückkehr nach Leningrad beendete Garschin jedoch die Beziehung zu der Dichterin.

339 ***Später nannte man so etwas »Gaponowschtschina«***
Anspielung auf den Geistlichen Georgij Gapon (1870–1906), der 1903 in Sankt Petersburg eine der ersten staatlich genehmigten Arbeiterorganisationen, die Versammlung der Sankt Petersburger Fabrik- und Werksarbeiter, gegründet hatte. Gapon führte am Sonntag, den 9./22. Januar 1905 einen nicht genehmigten Demonstrationszug von 50000 bis 100000 Arbeitern zum Platz vor dem Winterpalais in Sankt Petersburg an, mit dem Ziel, Zar Nikolaj II. eine Petition zu übergeben, in der die Demonstranten eine Verbesserung ihrer sozialen Lage forderten. Viele der Demonstranten sangen, beteten und trugen Ikonen, sodass der Zug eher einer Prozession als einem Aufmarsch radikaler Revolutionäre glich. Gleichwohl gab das Militär den Befehl zu schießen. Mit mehr als dreihundert Toten und Schwerverletzten ging dieses Massaker als Blutsonntag in die Geschichte ein. Die Empörung über das Blutbad rief eine Woge von Proteststreiks und Aufständen hervor und war der Auftakt für die revolutionären Erhebungen des Jahres

1905. Nach den Ereignissen floh Gapon in die Schweiz. Nach seiner Rückkehr nach Russland wurde er im April 1906 von einer Gruppe militanter Sozialrevolutionäre in der Nähe von Sankt Petersburg ermordet. Georgij Gapon galt, da er mit den zaristischen Behörden zusammenarbeitete und Gewalt als Mittel, die politische Verhältnisse zu verändern, ablehnte, den Vertretern der militanten revolutionären Gruppierungen als Verräter und Agent Provocateur der zaristischen Ochrana (vgl. Anm. zu S. 14).

Lermontow

(Michail Jur'evič Lermontov, 1814–1841), Dichter. Neben Alexander Puschkin und Fjodor Tjutschew einer der bedeutendsten Vertreter der russischen Romantik.

340 ***diesen Gedanken fand ich später bei Berdjajew wieder***

Vgl. dazu Berdjajews posthum veröffentlichtes Werk *Samopoznanie. Opyt filosofskoj avtobiografii* (Selbsterkenntnis. Versuch einer philosophischen Autobiographie, 1949), in dem es heißt, der Monotheismus sei »die letzte Stufe der Götzenverehrung«.

in jener kleinen Straße, die später […] in Furmanow-Gasse umbenannt wurde

Die im historischen Zentrum von Moskau gelegene, nach dem im 18. Jahrhundert dort ansässigen Hauptmann Naschtschokin benannte Gasse wurde 1933 in Furmanow-Gasse umbenannt (zu Dmitrij Furmanow vgl. Anm. zu S. 21). In dem 1970 abgerissenen Haus Nr. 3 befanden sich Schriftsteller-Genossenschaftswohnungen. Dort lebten die Mandelstams von 1933 bis 1934. Von 1934 bis zu seinem Tod 1940 wohnte dort auch Michail Bulgakow.

341 ***denn mit dem gefürchteten 58er***

vgl. Anm. zu S. 33.

343 ***Nilender***

(Vladimir Ottonovič Nilender, 1883–1965), klassischer Philologe, Übersetzer.

Wygotskij
(Lev Semënovič Vygotskij, 1896–1934), Psychologe. Zusammen mit Alexej Leontjew (1903–1979) und Alexander Lurija (1902) entwickelte Wygotskij die Grundprinzipen der »Kulturhistorischen Schule« und der »Tätigkeitstheorie«, mit der die soziokulturelle Perspektive in die Entwicklungspsychologie eingebracht wurde. Nach 1936 vollständige Zensur seines Werkes in der Sowjetunion, das heute als wichtigster psychologischer Beitrag zum Sozialkonstruktivismus gilt.

344 ***Stolpner***
(Boris Grigor'evič Stolpner, eigentlich Boruch Bencion Emdin Stolpner, 1871–1937), Übersetzer. Professor am Marx-Engels-Institut in Moskau. Übersetzte als Erster einen Großteil von Hegels Werken ins Russische. Autor für die Enzyklopädie von Brokgaus-Efron.

347 ***»Die Geradheit des Redens«***
Paraphrase eines Verses aus einem dem Andenken Andrej Belyjs gewidmeten Gedicht Ossip Mandelstams vom 10. Januar 1934:

> »Die Geradheit des Denkens – keine Kinderrevolver-Halbheit:
> Nicht ein Bogen Papier, nein die Botschaft, die Menschen
> befreit.«

350 ***im Hotel-Chjuranoz***
Chjuranoz ist das armenische Wort für »Hotel«.

Strzygowski
Das zweibändige Werk *Die Baukunst der Armenier und Europa. Ergebnisse einer vom Kunsthistorischen Institut der Universität Wien 1913 durchgeführten Forschungsreise* (Wien 1918) des Kunsthistorikers und Begründers der vergleichenden Kunstforschung Josef Strzygowski (1862–1941).

Moses von Choren
(Movsēs Xorenac'i, gest. 487), armenischer Geschichtsschreiber, Verfasser des Werkes *Des Moses von Chorene Geschichte Gross-Armeniens.*

»Darstellung der Kameralistik Armeniens« von Chopin
Ivan Ivanovič Chopin (1798–1870), Historiker, Ethnograph, Staatsmann. Der in Frankreich geborene Chopin war seit Mitte der 1820er-Jahre zaristischer Beamter im Kaukasus. 1829 erhielt er von Iwan Paskewitsch (1782–1856), dem Statthalter des Zaren in der Region, den Auftrag, die Chanate Jerewan und Nachitschewan zu beschreiben, die durch den Frieden von Turkmantschai nach dem russisch-persischen Krieg (1826–1828) an das Russische Kaiserreich gefallen waren, wobei Chopin Ethnographie und Geschichte der Region besonderes Interesse entgegenbrachte.

352 *(Henri-Louis) Bergson*
(1859–1941), Philosoph. 1927 ausgezeichnet mit dem Nobelpreis für Literatur.

Keats hätte sicherlich verstanden
Nadeschda Mandelstam bezieht sich hier auf das Gedicht *Lines on the Mermaid Tavern* von John Keats (1795–1821).

353 *Natalja Gontscharowa*
(Natalija Grigor'evna Gončarova, 1812–1863), Ehefrau Alexander Puschkins. Vier Jahre nach der Eheschließung mit Puschkin im Jahr 1831 machte Gontscharowa die Bekanntschaft des Kornett der Chevaliergarde Georges-Charles de Heeckeren d'Anthès (1812–1895), der 1836 ihre ältere Schwester Jekaterina (1809–1843) ehelichte. Vor und nach der Eheschließung mit Jekaterina machte d'Anthès Natalja den Hof, was zu Aufsehen und Gerüchten in der Petersburger Gesellschaft führte. Puschkin forderte d'Anthès deshalb zum Duell, an dessen Folgen Puschkin verstarb. Gontscharowas Rolle beim Duelltod des Dichters beschäftigt bis heute die Forschung.

Poletika
(Idalija Grigor'evna Poletika, 1807 oder 1811–1889), Großcousine Natalija Gontscharowas, die Alexander Puschkin gegenüber Abneigung empfand.

Anna Grigorjewna Dostojewskaja
(Anna Grigor'evna Dostoevskaja, 1846–1918), zweite Ehefrau des Schriftstellers Fjodor Dostojewskij (1821–1881).

354 ***Florenskijs »Pfeiler und Grundfeste der Wahrheit«***
Der Pfeiler und die Grundfeste der Wahrheit. Versuch einer orthodoxen Theodizee in zwölf Briefen ist das Hauptwerk des Philosophen, Theologen, Mathematikers und Kunstwissenschaftlers Pawel Florenskij (1882–1937). Das ursprünglich unter dem Titel *O duchovnoj istine. Opyt pravoslavnoj teodicei* (Die geistliche Wahrheit. Versuch einer orthodoxen Theodizee) als Arbeit zur Erlangung des Magistergrads verfasste Buch erschien nach mehrfacher Überarbeitung durch den Autor 1914 in Moskau.

Wladimir Solowjow
(Vladimir Sergeevič Solov'ëv, 1853–1900), Philosoph und Dichter. Solowjow war eine der zentralen Persönlichkeiten der russischen Philosophie des 19. Jahrhunderts und beeinflusste mit seinen Gedanken zum Gottmenschentum und der universalen Gottesherrschaft die russische Religionsphilosophie und Kultur, insbesondere die Symbolisten, grundlegend.

Erholungsheim der Zekubu in Uskoje
Uskoje war um die Wende des 19. zum 20. Jahrhundert der unweit Moskaus gelegene Landsitz des Moskauer Adelsmarschalls Pjotr Trubezkoj (1858–1911). Nach dem Umsturz durch die Bolschewiki 1917 wurde nach der Verstaatlichung des Landguts dort zunächst eine Sowchose und im Haupthaus ein Erholungsheim für Kinder eingerichtet. Ab 1922 war das Haupthaus Erholungsheim der Zekubu (vgl. Anm. zu S. 55), seit 1937 bis heute Erholungsheim der Akademie der Wissenschaften der UdSSR bzw. Russlands.

356 ***Notiz von Bach [...] über den »Kurzen Lehrgang«***
Die *Istorija VKP (B). Kratkij kurs* (Geschichte der Kommunistischen Allunions-Partei (Bolschewiki). Kurzer Lehrgang) wurde zunächst im September 1938 in zehn Ausgaben der *Prawda* veröffentlicht und erschien Ende des Jahres 1938 in einer Auflage von einer Million Exemplaren als Buch. Ossip Mandelstam war zu der Zeit bereits in Haft. Nadeschda Mandelstam bezieht sich hier wohl auf die Rede Alexej Bachs (eigentlich Abram Lipmanovič Bak, 1857–1946), der als Alterspräsident des Obersten Sowjet der UdSSR die erste Sitzung des Unionssowjets am 12. Januar 1938 eröffnete und dort sagte: »Die Stalin-Verfassung ist gleichbedeu-

tend mit einer neuen, höheren Stufe in der Geschichte der Menschheit.« Im Januar 1938 lebten die Mandelstams in Kalinin.

357 *Kolja Tichonow*

(Nikolaj Semenovič Tichonov, 1896–1979), Schriftsteller und Literaturfunktionär. Nach dem Besuch der Handelsschule in Sankt Petersburg arbeitete Tichonow als Schreiber in der Verwaltung der Marine. Nach dem Militärdienst im Ersten Weltkrieg war er 1918–1921 Soldat der Roten Armee. 1922 wurde er Mitglied der Serapionsbrüder. Seit seiner Militärzeit veröffentlichte Tichonow erste Gedichte und wurde durch Revolutionsballaden wie *Ballada o sinem pakete* (Ballade von der blauen Depesche, 1922) bekannt. In den 1920er- und 1930er-Jahren zahlreiche Reisen, insbesondere nach Mittelasien und in den Kaukasus. 1934 ins Präsidium des Vorstands des Schriftstellerverbands der UdSSR gewählt, 1944–1946 dessen Vorsitzender. 1935 als Mitglied der sowjetischen Delegation eines internationalen Friedenskongresses in Paris erste Reise nach Westeuropa. Militärdienst im Zweiten Weltkrieg an der Finnischen Front und in Leningrad während der Blockade 1941–1944. Für das Leningrader Kriegsepos *Kirov s nami* (Kirow ist mit uns, 1941) erhielt er den Stalinpreis, weitere folgten 1947 und 1951. Seit 1946 Abgeordneter des Obersten Sowjet der UdSSR, seit 1949 aktiv in der Weltfriedensbewegung. Als erster Schriftsteller 1966 als Held der Arbeit ausgezeichnet. 1973 Mitunterzeichner eines gegen die »antisowjetischen Handlungen und Auftritte A. Solschenizyns und A. Sacharows« gerichteten offenen Briefes von Schriftstellern an die Redaktion der *Prawda*.

Kolja Tschukowskij

(Nikolaj Korneevič Čukovskij, 1904–1965), Dichter und Übersetzer. Der Sohn des Dichters und Literaturkritikers Kornej Tschukowskij (1882–1969) schloss 1921 die Tenischew-Lehranstalt ab, studierte an der Historisch-Philologischen Fakultät der Universität in Petrograd und schloss 1930 die Höheren Staatlichen Kurse des Kunsthistorischen Instituts ab. Seit 1922 Veröffentlichung von Gedichten, nach der Publikation seines ersten Gedichtbands 1928 nur noch Veröffentlichung von literarischen Übersetzungen aus dem Englischen.

359 ***das Gedicht über den Kater und Koschtschej***
Das im Dezember 1936 entstandene Gedicht *Daher kommt es, all mein Elend*, das von Ossip und Nadeschda Mandelstam *Der Koschtschej* oder *Koschtschejs Kater* genannt wurde. Der Koschtschej, ein böser Zauberer, oft mit dem Beinamen Bessmertnyj, der Unsterbliche, versehen, ist eine Figur aus der ostslawischen Mythologie, die vielfach in der russischen Literatur, Kunst und Musik aufgegriffen wurde.

360 ***kurz vor der Publikation von Solschenizyns Erzählung***
Bezug auf Alexander Solschenizyns literarisches Debüt mit dem Roman *Ein Tag im Leben des Iwan Denissowitsch*, der im November 1962 in der Literaturzeitschrift *Novyj mir* erschien. Das Manuskript war vom Autor bereits im November 1961 bei der Zeitschrift eingereicht worden, wurde aber erst nach einer entsprechenden Entscheidung des ZK der KPdSU im Oktober 1962 zur Veröffentlichung freigegeben. 1970 erhielt Solschenizyn für dieses Werk den Nobelpreis für Literatur.

Lugowskoj
(Vladimir Alexandrovič Lugovskoj, 1901–1957), Dichter. Nach dem Abschluss des Gymnasiums 1918 nahm der Sohn eines Lehrers und einer Sängerin das Studium an der Moskauer Universität auf, trat dann in die Rote Armee ein und leistete Militärdienst in einem Feldlazarett an der Westfront. 1919–1921 Studium an der Militär-Lehrer-Schule und am Militärischen Pädagogischen Institut. 1926 Veröffentlichung des Gedichtbands *Spolochi* (Wetterleuchten). 1926–1930 Mitglied der Konstruktivisten, 1930 trat er der RAPP (vgl. Anm. zu S. 226) bei. Zahlreiche Reisen nach Mittelasien und in den Kaukasus, die in seinen Gedichten Ausdruck fanden. In einem Beschluss verurteilte der Schriftstellerverband der UdSSR einige Gedichte Lugowskojs 1937 als politisch schädlich. Aufgrund eines Reuebekenntnisses blieb Lugowskoj in Freiheit, konnte aber kaum mehr publizieren. Nach der Verbesserung des politischen Klimas durch die Tauwetterperiode Veröffentlichung zahlreicher Bücher.

362 ***einen mehrbändigen Larousse***
Das von Pierre Larousse (1817–1875) zusammengestellte *Grand Dictionnaire universel du XIXe. siècle* (1866–1876).

363 ***den Gedichtband »Cor ardens«***
Gedichtband von Wjatscheslaw Iwanow aus dem Jahr 1911–1912.

364 ***Lomonossow***
(Michail Vasil'evič Lomonosov, 1711–1765), Naturwissenschaftler, Dichter und Reformer der russischen Sprache. Er gilt als Universalgelehrter in der Zeit der Aufklärung. Lomonossow entwarf 1755 das Konzept einer Moskauer Universität, die schließlich nach ihm benannt wurde. »Er gründete die erste Universität. Oder besser gesagt: Er selbst war eine ganze Universität.« (Alexander Puschkin).

365 ***Fotografie O. M.s mit Majakowski, Liwschiz und Tschukowskij***
Ein am 13. Dezember 1913 in den *Birževye novosti* (Börsennachrichten) veröffentlichtes Gruppenfoto, auf dem die Teilnehmer eines Disputs nach einem Vortrag von Nikolaj Kulbin (1868–1917) über den Futurismus zu sehen sind, neben Ossip Mandelstam Nikolaj Burljuk (1890–1929), Wladimir Pjast (1886–1940), Georgij Iwanow (1894–1958) u. a. Majakowski und Tschukowskij haben an dem Disput nicht teilgenommen und sind auch nicht auf dem Gruppenfoto.

Tjutschew
(Fëdor Ivanovič Tjučev, 1803–1873), Dichter und Diplomat. Machte bereits als 14-Jähriger mit einem Gedicht auf sich aufmerksam, galt aber, da seine Gedichte verstreut in verschiedenen Zeitschriften veröffentlicht wurden, lange als poetischer Außenseiter. Dies änderte sich mit einer von Iwan Turgenjew besorgten Ausgabe der Gedichte Fjodor Tjutschews 1846. Übersetzer von Gedichten Goethes, Schillers und Heines. Im politischen Denken konservativ, gilt Tjutschew als Vordenker des Panslawismus.

Baratynskij
(Evgenij Abramovič Baratynskij, 1800–1844), Dichter und Übersetzer. Enger Freund Alexander Puschkins und von diesem als bester russischer elegischer Dichter gepriesen.

Fet
(Afanasij Afanas'evič Fet-Šenšin, 1820–1892), Dichter und Übersetzer. Als einer der wichtigsten Vertreter der »reinen Kunst« wurde Afanasij Fet zum Opfer bissiger Angriffe von Kritikern wie Dmitrij Pissarew. Übersetzer von Schopenhauers *Die Welt als Wille und Vorstellung*, von Goethes *Faust* und zahlreicher Gedichte der deutschen Romantiker.

367 ***Gneditsch***
(Nikolaj Ivanovič Gnedič, 1784–1833), Dichter und Übersetzer. Nach dem Studium der Philologie 1802 wurde Nikolaj Gneditsch Beamter im Ministerium für Volksbildung in Sankt Petersburg. Als Anerkennung für seine Gedichte und Übersetzungen wurde er 1811 zum Mitglied der Akademie der Wissenschaften gewählt und zum Bibliothekar in der Kaiserlichen Öffentlichen Bibliothek bestellt, wo er die Abteilung für griechische Literatur leitete.

die Oxford-Ausgabe von 1904
Die von dem britischen Altphilologen und Dante-Forscher Edward Moore (1835–1916) herausgegebene Dante-Werkausgabe *Tutte le opere di Dante Alighieri*, Oxford 1904.

368 ***Übersetzungen der Klage über Alexius und von Aliscans***
Im Mai 1922 hatte Ossip Mandelstam Übersetzungen aus dem Altfranzösischen beim Staatsverlag eingereicht, unter anderem Ausschnitte aus dem *Leben des Heiligen Alexius* (11. Jahrhundert) und dem Heldenlied *Aliscans* (12. Jahrhundert). Die Veröffentlichung wurde abgelehnt. Das *Leben des Heiligen Alexius* sollte dann 1925 in der Nr. 6 der Zeitschrift *Rossija* publiziert werden, aber diese Nummer, in der das Ende des in Fortsetzungen veröffentlichten Romans *Weiße Garde* von Michail Bulgakow veröffentlicht werden sollte, konnte nicht erscheinen. Ossip Mandelstams Übersetzung des *Leben des Heiligen Alexius* wurde im Institut für Weltliteratur (IMLI) entdeckt.

wie jenen Zweizeiler mit der Vorhersage
Das Gedicht *Deine Schultern so schmal, rotgepeitscht an der Wand* (vgl. Anm. zu S. 307).

369 ***Tschaadajew***
(Pëtr Jakovlevič Čaadaev, 1794–1856), Philosoph. In seinen 1829–1831 entstandenen, insgesamt acht *Lettres philosophiques* (Philosophische Briefe), von denen der erste 1836 publiziert wurde, während die unveröffentlichten Briefe in Handschriften kursierten, kritisierte Pjotr Tschaadajew Russland als »geistig [...] vollständig unbedeutend, eine Lücke in der Weltordnung« und wurde daraufhin als Staatsfeind eingestuft und für unzurechnungsfähig erklärt. In seiner als Reaktion auf die Vorwürfe des fehlenden Patriotismus geschriebenen *Apologie d'un fou* (Apologie eines Wahnsinnigen, 1837) postulierte er, ausgehend von Hegel und Herder, die Bestimmung Russlands, »die Mehrzahl der Gedanken [...] zu verwirklichen, über die wichtigsten das Menschheitsgeschlecht beschäftigenden Fragen ein endgültiges Urteil zu fällen.« Tschaadajew beeinflusste mit seinen Arbeiten sowohl Westler, die auf seine frühen Werke Bezug nahmen, als auch Slawophile, die seiner *Apologie* folgten.

mit der unglücklichen Fürstentochter
Die *Svoeručnye zapiski knjagini Natal'i Borisovny, dočeri g. fel'dmaršala grafa Borisa Petroviča Šeremeteva* (Eigenhändige Notizen der Fürstin Natalja Borisovna, der Tochter des Feldmarschalls Boris Petrovič Šeremetev), die 1912 veröffentlicht worden waren. Natalja Borissowna Dolgorukowa (oder Dolgorukaja, 1714–1771) gilt als eine der ersten russischen Schriftstellerinnen. Die Schwester ihres Ehemannes, Jekaterina Dolgorukowa (Ekaterina Alekseevna Dolgorukova, 1712–1747), war die Braut von Zar Peter II., der zwei Wochen vor der Hochzeit im Januar 1730 im Alter von 14 Jahren starb. Nach der Inthronisierung Anna Ioannownas (1693–1740) fielen die Dolgorukows in Ungnade und wurden nach Sibirien verbannt.

Es wanderte deshalb auch Kljutschewskij ins Regal
Die 1918 veröffentlichten *Skazanija innostrancev o Moskovskom gosudarstve* (Berichte von Ausländern über den Moskauer Staat) des Historikers Wassilij Kljutschewskij (Vasilij Osipovič Ključevskij, 1841–1911).

»Katorga i ssylka«
Die Zeitschrift *Katorga i ssylka* (Katorga und Verbannung, zu Katorga vgl. Anm. zu S. 34) wurde seit 1929 von der Gesellschaft ehemaliger politischer Zwangsarbeiter und Zwangsumgesiedelter herausgegeben und befasste sich mit Themen der revolutionären Bewegungen in Russland. In den Jahren ihres Bestehens bis 1935 erschienen 116 Ausgaben der Zeitschrift.

Tenischew-Lehranstalt
Die Tenischew-Lehranstalt war ein Realgymnasium des sekundären Bildungsbereichs, das zur Hochschulreife führte. Sie wurde 1898 von dem Unternehmer und Mäzen Fürst Wjatscheslaw Tenischew (Vjačeslav Nikolaevič Tenišev, 1843–1903) in Sankt Petersburg gegründet und erhielt 1900 den Status einer Handelsschule. Neben den kaufmännischen Fächern wurde besonderer Wert auf den praktischen Unterricht der Naturwissenschaften gelegt. Mandelstam besuchte die Tenischew-Lehranstalt von 1900 bis 1907. Ein anderer prominenter Absolvent der Tenischew-Lehranstalt war Vladimir Nabokov (1899–1977).

370 ***Darwins »Reise auf der Beagle«***
Das von Charles Darwin herausgegebene, mehrteilige Werk *The Zoology of the Voyage of H.M.S. Beagle*, in dem die zoologischen Ergebnisse seiner Ende 1831 begonnenen und fast fünf Jahre dauernden Reise mit der H.M.S. Beagle veröffentlicht wurden.

die Zeitschrift »Rossija«
Die von Issaja Leshnjow (Isaja (Isaj) Grigor'evič Ležnev, eigentlich Isaak Al'tšuler, 1891–1955) herausgegebene Zeitschrift *Rossija* (Russland) oder *Novaja Rossija* (Neues Russland) mit dem Untertitel *Erste überparteiliche Zeitschrift für Gesellschaftspolitik und Literatur* war das inoffizielle Publikationsorgan der Smena-wech-Bewegung (vgl. Anm. zu S. 206) und erschien zwischen 1922 und 1926. Die Zeitschrift wurde im März 1926 verboten, im Mai 1926 wurde Leshnjow aufgrund des Vorwurfs, in der Zeitschrift *Novaja Rossija* eine antisowjetische Gruppierung gebildet zu haben, festgenommen und ausgewiesen. 1930 konnte Leshnjow in die Sowjetunion zurückkehren. 1933 wurde er Mitglied der Kommunistischen Allunions-Partei (Bolschewiki), 1934–1939 war er Redakteur der

Prawda und leitete dort die Redaktion für Literatur und Kunst. Ab 1943 war er Mitarbeiter des Sowjetischen Informationsbüros.

Das Manuskript seines Buches, das niemand veröffentlichen wollte

Das Manuskript seines Buches *Zapiski sovremennika* (Aufzeichnungen eines Zeitgenossen) legte Leshnjow seinem Aufnahmeantrag in die Kommunistische Allunions-Partei (Bolschewiki) bei. In seinem Brief an Stalin schrieb er am 26. November 1933, die Arbeit an seinem Buch habe ihm geholfen, »die Relikte der Vergangenheit abzuschütteln und zu überwinden, [sich] ideologisch und psychisch auf den Rhythmus der neuen Zeit einzustellen und tatsächlich ein neuer Mensch zu werden.« Leshnjows Buch erschien 1934 nach persönlicher Empfehlung Stalins und erlebte in den folgenden Jahren zwei weitere Auflagen.

375 ***das Wörterbuch***

Das 1930 und 1931 in zweiter Auflage sowie 1939 neu herausgegebene *Kratkij filosofskij slovar'* (Kurzes philosophisches Wörterbuch), ein Standardwerk des Marxismus-Leninismus.

376 ***weil es durch das »Vierte Kapitel« ersetzt wurde***

Das von Stalin verfasste Kapitel »Über den dialektischen und historischen Materialismus« in der *Geschichte der Kommunistischen Allunionspartei (Bolschewiki). Kurzer Lehrgang* (vgl. Anm. zu S. 356).

377 ***Gleb Struve***

(Gleb Petrovič Struve, 1898–1985), Dichter, Übersetzer und Literaturwissenschaftler. Vor dem Abschluss des Studiums am Polytechnischen Institut in Petrograd emigrierte Struve gemeinsam mit seinem Vater, dem Philosophen und Politiker Pjotr Struve (Pëtr Berngardovič Struve, 1870–1944), 1919 nach Großbritannien und studierte Geschichte an der University of Oxford. Nach Aufenthalten in Prag, Berlin und Paris, wo er als Autor für russische Emigrantenzeitschriften arbeitete, 1932–1947 Dozent für Slawistik an der University of London, dann Professor am Lehrstuhl für Slawische Sprachen und Literatur an der University of California, Berkeley. Über 900 Publikationen unter anderem als Herausgeber der Werke russischer Autoren wie Boris Pasternak, Ossip Mandelstam, Anna Achmatowa, Marina Zwetajewa.

379 ***Eisenstein***
(Sergej Michajlovič Ėjzenštejn, 1898–1948), Regisseur und Filmtheoretiker. Der Sohn eines Architekten studierte ab 1915 an der ersten russischen Fachhochschule für Architektur in Petrograd und trat 1918 als Techniker für Militärbauten in die Rote Armee ein. 1919 Entwürfe für Bühnenbilder und Theaterkostüme und Gründung einer Amateurtheatergruppe. 1921 Studium am Staatlichen Hochschulstudio für Regie bei Wsewolod Meyerhold. Der Film *Panzerkreuzer Potemkin* über die Matrosenmeuterei im Russisch-Japanischen Krieg 1905, der anlässlich des zwanzigsten Jahrestags dieses Aufstands im Dezember 1925 uraufgeführt wurde, fand internationale Beachtung und wurde, ebenso wie *Oktober* (1928) und *Iwan der Schreckliche* (1945), zum Klassiker der Filmgeschichte. 1928–1948 Professor an der Staatlichen Schule für Kinematographie. 1941 und 1946 Auszeichnung mit dem Stalinpreis.

mit den Ochsenkarren des »Barbarenzugs«
Bild aus Ossip Mandelstams 1914 entstandenem Gedicht *Von alten, rauen Zeiten sprechen*, in dem es heißt:

»Wie ein Ovid – gebrochen liebend –
Im Lied Rom und den Schnee hintrug,
Die Ochsenkarren, die sich wiegen
Besingend im Barbarenzug.«

381 ***Blok***
(Aleksandr Aleksandrovič Blok, 1880–1921), Dichter. Aus einer hochgebildeten Familie stammend – Bloks Vater war Professor für Staatsrecht an der Universität Warschau, seine Mutter Übersetzerin schöner Literatur und Tochter des Botanikers und Rektors der Kaiserlichen Universität Sankt Petersburg, Andrej Beketow (1825–1902) –, studierte Alexander Blok zunächst Rechtswissenschaften und schloss 1906 das Studium der Philologie an der Universität Sankt Petersburg ab. Seit 1902 im Kreis der Petersburger Symbolisten. Der seiner späteren Ehefrau Ljubow Dmitriewna (Ljubov'

Dmitrievna Blok, 1881–1939) gewidmete Gedichtzyklus *Stichi o prekrasnoj dame* (Gedichte über die schöne Dame, 1901–1902) fand im Kreis der Symbolisten Beachtung. 1903 erste Veröffentlichung von Gedichten in der Zeitschrift *Novyj put'* (Neuer Weg). Die Aufführung seines Schauspiels *Balagančik* (Die Schaubude) durch Wsewolod Meyerhold 1906 führte zu erheblichen Diskussionen. Die Veröffentlichung zweier weiterer Dramen und zahlreicher Gedichtzyklen machten Blok zum Idol der jungen russischen Intelligenzija. 1918 Veröffentlichung der Verserzählung *Dvenadcat'* (Die Zwölf) über zwölf schießende und plündernde Rotgardisten, die »im Gleichschritt mit der Revolution« durch einen Schneesturm in Petrograd marschieren. Vorneweg schreitet Christus und wird damit zum Führer der Revolution. Nachdem Blok die Revolution zunächst als Fegefeuer für die verrottete Welt Europas begrüßt und an die messianische Mission der Bolschewiki geglaubt hatte, war er drei Jahre später desillusioniert und starb entkräftet und verzweifelt im Alter von vierzig Jahren.

383 ***Mrawjan***
(Askanaz Arutjunovič Mravjan, 1886–1929), Funktionär. Nach dem Studium an der Pädagogischen Fakultät des Petersburger Instituts für Psychoneuropathologie war Mrawjan, der seit 1905 Mitglied der Sozialdemokratischen Arbeiterpartei Russlands (Bolschewiki) war, von 1915 bis 1917 Redakteur verschiedener Zeitschriften der Bolschewiki in Jerewan, Tiflis, Baku und Petrograd. 1918 Sekretär des Gebietskomitees des Kaukasus. 1920–1922 Mitglied des Revolutionskomitees Armeniens und anschließend Sekretär des ZK der Kommunistischen Partei (Bolschewiki) Armeniens und Volkskommissar für Auswärtige Angelegenheiten der SSR Armenien. Seit 1923 Volkskommissar für Bildung und Erziehung und Stellvertretender Vorsitzender des Rats der Volkskommissare der SSR Armenien. Mitglied des Allrussischen Zentralen Exekutivkomitees.

384 ***eines Dramas der Achmatowa***
Das Prosastück *Enuma elisch*, das Achmatowa in der Evakuierung in Taschkent geschrieben und 1944 vernichtet hat.

Filippow
(Boris Andreevič Filippov, eigentlich Filistinskij, 1905–1991), Literaturwissenschaftler und Schriftsteller. 1924–1928 Studium am Leningrader Orient-Institut, 1933 Abschluss des Studiums an der militärtechnischen Fakultät der polytechnischen Universität. 1936 Verhaftung und Verurteilung zu fünf Jahren Lagerhaft, seit 1941 in Nowgorod ansässig. Während des Zweiten Weltkriegs Leiter der Hilfspolizei der Nationalsozialisten in Nowgorod, als solcher beteiligt an Massenhinrichtungen. Flucht aus der Sowjetunion 1944 mit den deutschen Truppen. 1950 Übersiedlung in die USA, dort Mitarbeiter des Radiosenders Voice of America und Dozent für russische Literatur an verschiedenen Universitäten. Mit Gleb Struve Herausgeber der Werke von Boris Pasternak, Anna Achmatowa, Nikolaj Gumiljow, Ossip Mandeltsam und Nikolaj Kljujew.

385 ***Rubljow***
(Andrej Rublëv, um 1360–1430), Ikonenmaler und Heiliger der Russisch-Orthodoxen Kirche. Andrej Rubljow gilt als Symbolgestalt der Wiedergeburt des Heiligen Russland nach zwei Jahrhunderten des tatarisch-mongolischen Jochs. 1405 erstmals erwähnt als einer der Ikonenmaler in der Verkündigungskirche im Kreml. Die Kirche des Andronikow-Klosters, in dem er lebte, wurde von ihm ebenso ausgemalt wie die Kirche der Entschlafung der Gottesmutter in Wladimir (1408), eines der Hauptheiligtümer des Großfürstentums Moskau, und nach 1422 die Dreifaltigkeitskirche im Sergij-Kloster in Sergijew Possad. Um 1411 malte Andrej die Dreifaltigkeits-Ikone, die den dreieinigen Gott als Szene des Besuchs der drei Engelsboten bei Abraham zeigt. Die Original-Ikone wurde erst 1904 wiederentdeckt und ist heute in der Tretjakow-Galerie in Moskau ausgestellt.

388 ***im Finnischen Krieg***
Sowjetisch-Finnischer Krieg, auch Winterkrieg, der nach Gebietsforderungen der Sowjetunion an Finnland am 30. November 1939 mit dem Angriff der Roten Armee auf Finnland begann und am 13. März 1940 mit dem Friedensvertrag von Moskau endete, in dem Finnland große Teile seines Staatsgebiets an die Sowjetunion abtreten musste.

395 ***als in der Zeitschrift »Bolschewik« ein Brief Stalins veröffentlicht wurde***

vgl. Anm. zu S. 207.

396 ***dass ich Luppol O. M.s Epigramm über ihn vorgelesen hatte***

»Ich brauch keine römische Kuppel
Und kein herrliches Weit,
Es reicht mir der Anblick von Luppol
Unterm Schirm von Jean-Richard Bloch.«

Mit diesem Epigramm bezieht Ossip Mandelstam sich auf ein in sowjetischen Zeitschriften veröffentlichtes Foto, das Iwan Luppol mit dem französischen Schriftsteller Jean-Richard Bloch (1884–1947) zeigt, der 1934 anlässlich des Ersten Allunions-Kongresses der sowjetischen Schriftsteller nach Moskau gereist war.

Pawel Wassiljew

(Pavel Nikolaevič Vasil'ev, 1910–1937), Dichter. Nach Beendigung der weiterführenden Schule studierte der Sohn eines Dorfschullehrers einige Monate an der Fernost-Universität in Wladiwostok. Besuch der Seminare einer literarischen Vereinigung, deren Sektion für Dichtung von Rjurik Iwnew (eigentlich Michail Aleksandrovič Kovalëv 1891–1981) geleitet wurde. Veröffentlichung von Gedichten in verschiedenen Zeitschriften. 1927 Studium an der RabFak (Arbeiterfakultät) in Moskau. 1928 mit Nikolaj Titow (Nikolaj Il'ič Titov, 1906–1960) Reise durch Sibirien, die Niederschlag in den Büchern *V zolotoj razvedke* (Auf der Goldsuche, 1930) und *Ljudi v tajge* (Menschen in der Tajga, 1931) fand. Zahlreiche Veröffentlichungen von Gedichten. 1932 Verhaftung aufgrund des Vorwurfs, einer Gruppierung konterrevolutionärer Schriftsteller anzugehören, Verurteilung zu dreijähriger Verbannung, Freilassung auf Bewährung. 1935 Beginn einer Kampagne gegen den sehr populären Dichter wegen Alkoholismus, Rowdytum, Antisemitismus u.Ä., als »Volksfeind« aus dem Schriftstellerverband der UdSSR ausgeschlossen, Verhaftung und Gefängnisaufenthalt. Prototyp des Antihelden in dem Film *Partyjnyj bilet* (Parteiausweis). 1937 aufgrund des Vorwurfs, einer terroristischen Gruppe anzugehören, die ein Attentat auf Stalin plane, erneute Verhaftung, Verurteilung zum Tode vom Militärkollegium des Obersten Gerichts der UdSSR. 1956 Rehabilitierung.

Einmal wurden […] Gedichte von Klytschkow unter dem Namen Mandelstam veröffentlicht

Das Gedicht *Pylaet za oknom zvezda* (Es flammen die Sterne), das 1923 in der Aprilausgabe der Zeitschrift *Krasnaja niva* (Rote Flur) erschien.

399 »*Oh, lieber war ihr das Gekreisch von Ruderdollen*«

Zitat aus Ossip Mandelstams Gedicht *Der rosa Schaum der Müdigkeit* (Mai 1922).

400 »*nicht im Himmel – auf Erden, hier unten*«

Zitat aus Ossip Mandelstams Gedicht *Doch vielleicht ist's die Spitze zum Irrsinn* (11. März 1911).

403 *Weresajew*

(Vikentij Vikent'evič Veresaev, eigentlich Smidovič, 1867–1945), Schriftsteller und Übersetzer. Nach dem Studium an der Historisch-Philologischen Universität in Sankt Petersburg studierte der Sohn eines Arztes Medizin an der Universität Dorpat und war seit 1894 als Arzt tätig. Seit Studentenzeiten Veröffentlichungen von Prosa in marxistischen Zeitschriften, seine *Zapiski vrača* (Aufzeichnungen eines Arztes, 1901), eine halbdokumentarische Kritik am medizinischen System in Russland, machte ihn weithin bekannt. Sein Roman *V tupike* (In der Sackgasse, 1921) dokumentiert das Entsetzen über die Politik des Terrors der Bolschewiki. Veröffentlichung literaturwissenschaftlicher Arbeiten wie *Puškin v žizni* (Puschkin im Leben, 1926/27) und *Gogol' v žizni* (Gogol im Leben, 1930) und von Übersetzungen der *Ilias* und *Odysee*. Für sein Gesamtwerk 1943 mit dem Stalinpreis ausgezeichnet.

404 »*Und neben Bauernbärten träumend / Geh ich vorüber, geh nur, geh.*«

Zitat aus Ossip Mandelstams Gedicht *Die stille Vorstadt und der Schnee* (1913).

und nannte deshalb nicht von ungefähr Herzen […] einen »Werten Herrn«
In der »Vierten Prosa«, Abschnitt 11.

407 ***Je. Rapp***
(Evgenija Judifovna Rapp, 1875–1960), Schwester der Dichterin Lidija Berdjajewa (Lidija Judifovna Berdjaeva 1871–1945), Ehefrau des Philosophen Nikolaj Berdjajew. Lebte seit 1914 im Haushalt des Ehepaars Berdjajew und folgte ihnen nach der Ausweisung Nikolaj Berdjajews in die Emigration. Hinterließ Erinnerungen, aus denen Auszüge veröffentlicht wurden.

»Unsere ganze zweitausendjährige Kultur«
Zitat aus Ossip Mandelstams Vortrag über Alexander Skrjabin sowie aus dem Gedicht *Auf dem Athos-Berg noch heute* (1915).

409 ***Verlag »Petropolis«***
Verlag des Publizisten Jakow Bloch (1892–1968), der seit 1922 in Berlin ansässig war. Über die Veröffentlichung des Gedichtbands *Tristia* hatte der Verlag zwar bereits im Juni 1920 einen Vertrag mit Ossip Mandelstam geschlossen, der Band erschien jedoch erst 1922, da die Publikation vom damaligen Hauptverwaltungsleiter des Gosidat (vgl. Anm. zu S. 30), Nikolaj Meschtscherjakow (Nikolaj Leonidovič Meščerjakov, 1865–1942), nach Drucklegung verboten wurde.

411 ***Lengis***
Der Leningradskoe izdatel'stvo, kurz Lengiz (Leningrader Verlag), war der Nachfolgeverlag des 1917 gegründeten Izadeltel'stvo Petrogradskogo soveta (Verlag des Petrograder Sowjet), existierte von 1924 bis 1933 und ging dann im Leningradskoe izdatel'stvo, kurz Lenizdat (Leningrader Verlag), auf, der bis 2009 bestand.

Ljonja Landsberg
(Leonid Emmanuilovič Landsberg, 1898–1957), Jurist, Dozent für Zivilrecht an der Universität Rostow am Don. Ossip Mandelstam lernte die Familie Landsberg 1919 auf der Krim kennen. Landsbergs Exemplar des Gedichtbands *Der Stein* ging nach dessen Tod in den Besitz des Dichters Leonid Grigorjan (Leonid Grigor'evič

Grigor'jan, 1929–2010) über, der es Ende der 1960er-Jahre Nadeschda Mandelstam übergab. In seinem Exemplar des Gedichtbands hatte Landsberg das Gedicht *Wo die Nacht die Anker wirft* (1917?) notiert. Das zweite Gedicht *Wie fremd ist alles in der Zoten-Hauptstadt* (Mai/Juni 1918) bewahrte der Kunsthistoriker Alexander Gabritscheskij (Aleksandr Georgievič Gabričeskij 1891–1968) auf.

413 ***zu Zeiten der Denikin-Pogrome in Kiew***
Anton Denikin (Anton Ivanovič Denikin, 1872–1947) war Generalleutnant der Kaiserlich-Russischen Armee. Aufgrund seiner Verdienste im Ersten Weltkrieg 1915 zum Generalleutnant befördert, war er 1917 Chef des Generalstabs, später Oberbefehlshaber der West- und Südwestfront. Nach dem Umsturz durch die Bolschewiki 1917 trat Denikin in die von Lawr Kornilow (Lavr Georgievič Kornilov,1870–1918) und Michail Alexejew (Michail Vasil'evič Alekseev 1857–1918) aufgestellte weiße Freiwilligenarmee ein und war von 1919 bis 1920 Oberkommandierender der Truppen im Süden Russlands. 1920 Emigration. Im Zusammenhang mit den Auseinandersetzungen im Bürgerkrieg kam es in den Jahren 1918 bis 1920 auf dem Gebiet der heutigen Ukraine zu zahlreichen Pogromen, denen 30000–50000 Juden zum Opfer fielen, von Seiten der »weißen« Generäle oftmals als Vergeltung für die Taten der »jüdischen« Tscheka und der »jüdischen« Bolschewiki.

Sein Vater und seine älteren Brüder waren kurz nach der Revolution erschossen worden
Rudakows Vater, Boris Aleksandrovič Rudakov (1857–1920), diente als General der Kaiserlich-Russischen Armee im Ersten Weltkrieg an der Südwestfront, im Bürgerkrieg kämpfte er zunächst auf Seiten der weißen Freiwilligenarmee, trat dann in die Rote Armee ein und wurde als Vertreter der alten Ordnung schließlich erschossen.

421 ***Die Frau, von der ich erzählen werde***
Anna Michailowna Larina (1914–1996), Witwe Nikolaj Bucharins, Autorin der Erinnerungen *Nezabyvaemoe* (Unvergessliches, 1988). Nach der Verhaftung ihres Ehemanns im Februar wurde Larina 1937 zunächst nach Astrachan verbannt, dann Verhaftung und Verurteilung zu acht Jahren Lagerhaft. Von 1938 bis 1942 in Moskau inhaftiert, 1942 bis 1956 Lagerhaft.

Die Phonothek Sergej Ignatjewitsch Bernschtejns
vgl. Anm. zu S. 299.

422 ***Nikulin***
(Lev Venjaminovič Nikulin, eigentlich Ol'enickij, 1891–1967), Schriftsteller. Seit dem Abschluss der Handelsschule in Odessa 1910 Publikation von Gedichten und Satiren in verschiedenen Zeitungen. 1919–1921 in der Abteilung für Agitation und Propaganda der Roten Armee tätig, anschließend Sekretär des Botschafters in Kabul. 1933–1938 Redakteur der *Prawda*. 1934 einer der Autoren des Sammelbands *Belomor, die Baugeschichte des nach J. W. Stalin benannten Kanals zwischen Weißem Meer und Ostsee* (vgl. Anm. zu S. 67). Seit 1940 Mitglied der Kommunistischen Allunions-Partei (Bolschewiki). 1952 Auszeichnung mit dem Stalinpreis.

Das im April 1931 entstandene ironische Trinklied *Ich trink auf soldatische Astern* wurde zwar nicht veröffentlicht, Zitate daraus wurden von der Kritik jedoch verwendet, um Mandelstam politisch zu diskreditieren und innerhalb der Sowjetliteratur zu isolieren.

im neu erbauten »Haus der Schriftsteller«
Das Grundstück in der Lawruschinskij Pereulok Nr. 17 im Zentrum von Moskau wurde nach dem Generalplan zur Umgestaltung Moskaus 1935 vom Schriftstellerverband der UdSSR erworben und der Schriftsteller-Wohnbaugenossenschaft Sovetskij pisatel' (Der sowjetische Schriftsteller) für den Bau des Hauses der Schriftsteller übergeben. Die ersten, zu stattlichen Mietpreisen vermieteten Wohnungen wurden 1937 bezogen. Das Gebäude hat heute den Status eines Baudenkmals.

425 ***Das neue Moskau [...] errang erste Rekorde***
So mit der international ersten Eisdriftstation Sewernyj poljus-1 (Nordpol-1), die im Mai 1937 unter der Leitung des Polarforschers Iwan Papanin (1894–1986) eingerichtet wurde, sowie dem Langstrecken-Rekordflug von Moskau über den Nordpol nach Vancouver, der im Juni 1937 von dem sowjetischen Piloten Walerij Tschkalow (1904–1938) in einer Tupolew ANT-25 durchgeführt wurde.

428 ***Viele waren nicht mehr am Leben***
Wladimir Narbut war im Oktober 1936 verhaftet worden, Alexander Morgulis' Ende 1936, Sergej Klytschkow wurde nach Mandelstams Rückkehr aus Woronesch am 31. Juli 1937 verhaftet.

430 ***Zeitschrift »Moskwa«, in der einige seiner Gedichte veröffentlicht worden sind***
Eine erste Auswahl von Gedichten Mandelstams erschien in der Zeitschrift *Moskva* (Moskau) im August 1964.

437 ***Solschenizyns Erzählung in der Zeitschrift »Nowyj mir«***
vgl. Anm. zu S. 360.

die Erzählung ›Der Goldklumpen‹
Der Schriftsteller Georgij Schelest (Georgij Ivanovič Šelest, Egor Ivanovič Malych, 1903–1965), der nach Verhaftungen 1937 und 1948 insgesamt dreizehn Jahre in Lagerhaft verbrachte, berichtete in der Erzählung *Samorodok*, die im November 1962 zeitgleich mit Alexander Solschenizyns *Ein Tag im Leben des Iwan Denissowitsch* erschien, vom Leben im Gulag. Die Erzählung diente als Vorlage für den Film *Esli ty prav* (Wenn du recht hast, 1963).

440 ***die »Tscheljuskinzy«***
Die nach dem Polarforscher Semjon Iwanowitsch Tscheljuskin (Semën Ivanovič Čeljuskin, vermutlich 1700–vermutlich 1764) benannte »Tscheljuskin« war ein 1933 von der dänischen Werft Burmeister & Wai im Auftrag der Sowjetunion gebauter Frachtdampfer, auf dem die Nordostpassage erstmals nicht mit einem Eisbrecher bewältigt werden sollte. Mit 112 Passagieren an Bord geriet das Schiff im Februar 1934 in Packeis und sank nach der Evakuierung der Passagiere, darunter zwei Kleinkinder, von denen eines auf der Fahrt geboren worden war, und der Besatzung. Die von den USA angebotene Hilfe zur Rettung der Schiffbrüchigen lehnte die Sowjetunion ab. Erst im März und April konnten die »Tscheljuskinzy« von drei sowjetischen Fliegergruppen gerettet werden. Die Heimkehr der spektakulär Geretteten wurde als Triumphzug inszeniert, für die sieben Rettungspiloten wurde der neue Orden »Held der Sowjetunion« geschaffen.

441 *erlitt er auf der Treppe einen Herzanfall*
Dem im Archiv Mandelstams erhaltenen ärztlichen Attest zufolge ereignete sich dies am 25. Mai 1937.

442 *Nesterow*
(Michail Vasil'evič Nesterov, 1862–1942), Maler, Mitglied der Peredwishniki, Vertreter des religiösen Symbolismus in der russischen Malerei. Seit 1920 vor allem als Porträtist tätig. Für sein 1935 entstandenes Porträt von Iwan Pawlow, der 1904 den Nobelpreis für Physiologie oder Medizin erhalten hatte, erhielt Nesterow 1941 den Stalinpreis.

443 *vom Rettungswagen nach Hause gebracht*
Einem weiteren ärztlichen Attest zufolge ereignete sich dies am 19. Juni 1937.

447 *In der Nähe lag Kaljasin*
Die im 12. Jahrhundert erstmals urkundlich erwähnte, im Gouvernement Twer an der Wolga gelegene Ortschaft Kaljasin gewann seit Gründung des Dreifaltigkeitsklosters im 15. Jahrhundert zunehmend an Bedeutung. 1775 wurde Kaljasin von Katharina II., der Großen (1729–1796), das Stadtrecht zuerkannt. Die Kreisstadt wurde im 18. und 19. Jahrhundert zu einem wichtigen Handelszentrum. Im Zusammenhang mit dem Bau des Uglitscher Wasserkraftwerks am Oberlauf der Wolga, der 1935 begonnen wurde, wurde die Wolga in diesem Bereich zum Uglitscher Stausee gestaut und ein Teil der historischen Altstadt von Kaljasin mit den wichtigsten Baudenkmälern wie dem Dreifaltigkeitskloster geflutet.

450 *Mitglied der RAPM*
Die Rossijskaja associacija proletarskich musykantov, kurz RAPM (Russische Assoziation proletarischer Musiker), wurde 1923 mit dem Ziel der Schaffung eines massentauglichen revolutionären Repertoires in Moskau gegründet. Nach dem Parteierlass vom 23. April 1932 (vgl. Anm. zu S. 13) wurde die RAPM aufgelöst.

455 *einen Artikel Kosiors*
Der Erste Sekretär der Kommunistischen Partei der Ukraine (Bolschewiki), Stanislaw Kosior (Stanislav Vitkent'evič Kosior, polnisch

Stanisław Kosior, 1989–1939), war mitverantwortlich für die Kollektivierung, den Terror und die Hungersnot in der Ukraine der Jahre 1932–1933. Er beschuldigte 1937 Vertreter der ukrainischen Intelligenzija, einen »faschistischen Staat« errichten zu wollen, wurde gleichwohl im Mai 1938 aller seiner Ämter enthoben, verhaftet und im April 1939 zum Tode verurteilt.

469 ***Sarra Lebedewa***
(Sarra Dmitrievna Lebedewa, 1892–1967), Bildhauerin. 1910–1914 Studium an der Schule für Zeichnen, Malerei und Bildhauerei von Michail Bernschtejn und Leonid Scherwud in Sankt Petersburg, anschließend im Atelier von Michail Kusnezow. 1918–1920 Dozentin an den Freien Kunstateliers in Petrograd, Bekanntschaft mit Wladimir Tatlin, Kasimir Malewitsch und Nathan Altmann. Denkmäler für Georges Danton, Maximilien de Robespierre und Alexander Herzen. 1928 und 1932 Beteiligung an der Biennale di Venezia. Seit 1926 Mitglied des Verbands Russischer Bildhauer. 1941 Einzelausstellung im Staatlichen Museum für Westeuropäische Kunst in Moskau. Seit 1958 Korrespondierendes Mitglied der Akademie der Künste der UdSSR. Lebedewa schuf eine Vielzahl von Porträts ihrer Zeitgenossen.

470 ***Belinskij***
(Visarion Grigor'evič Belinskij, 1811–1848), Literaturkritiker. 1829–1932 Studium als Kronstipendiat an der Philologischen Fakultät der Moskauer Universität. Exmatrikulation von Amts wegen aufgrund seines von der Zensur verbotenen Dramas *Dmitrij Kalinin*. Tätigkeit als Repetitor, Übersetzer französischer Unterhaltungsromane und Journalist. 1834 Debüt als Literaturkritiker mit dem Aufsatz *Literaturnye mečtanija* (Literarische Träumereien). Mit seinem Programm der Natürlichen Schule Begründer der realistischen Ästhetik mit dem konkreten Ziel einer soziographischen Bestandsaufnahme Russlands. Sein Brief an Nikolaj Gogol vom 15. Juli 1847, in dem er dem Schriftsteller die Rolle des Erretters des Volkes vor Finsternis, Selbstherrschaft und Orthodoxie zuweist, kursierte unter Intellektuellen und beeinflusste junge Autoren wie Iwan Turgenjew und Fjodor Dostojewskij.

Dobroljubow
(Nikolaj Aleksandrovič Dobroljubov, 1836–1861), Literaturkritiker. Nach dem Besuch des Geistlichen Seminars in Nishnij Nowgorod studierte der Priestersohn von 1853 bis 1857 an der Universität in Sankt Petersburg. Seit 1856 Veröffentlichungen im *Sovremennik* (Zeitgenosse), seit 1857 als Redakteur für Literaturkritik. Vertreter des von Belinskij theoretisch begründeten Realismus als fortschrittlicher und revolutionärer Richtung der Literatur.

Kursistin alter Prägung
vgl. Anm. zu S. 32.

471 ***Isaakskathedrale***
1810 bis 1858 nach Plänen des französischen Architekten Henri Louis Auguste Ricard de Montferrand (1786–1858) erbaut, sollte der imposante Prachtbau im Zentrum der damaligen Hauptstadt Sankt Petersburg die Position des Russischen Reiches als neue europäische Großmacht zum Ausdruck bringen. Mit ihrer gigantischen Goldkuppel, deren Durchmesser 26 Meter beträgt, dominiert die Kathedrale, die zu den größten sakralen Kuppelbauten der Welt gehört, die Silhouette der Stadt. Auf Grundlage des Parteierlasses *Über die Trennung von Kirche und Staat* vom Februar 1918 verstaatlicht. 1928 Einstellung der Gottesdiensttätigkeit. 1931 Eröffnung des Staatlichen Museums für Geschichte der Religion der Akademie der Wissenschaften der UdSSR. Seit 1948 befindet sich dort das Museum Isaakskathedrale. Die Gottesdiensttätigkeit wurde 1990 wieder aufgenommen.

473 ***dass dieses Gedicht bereits eine Widmung trug***
Das Gedicht *Leimiger Eid – Geruch von Knospen* (Mai 1937) widmete Ossip Mandelstam Natascha Schtempel.

474 ***eine Kämpferin der Narodnaja Wolja***
vgl. Anm. zu S. 58.

476 ***der freudig den Pogrom im Jahr 53 anführte***
vgl. Anm. zu S. 172.

Tschechow

(Anton Pavlovič Čechov, 1860–1904), Schriftsteller und Dramatiker. Der Nachkomme eines Leibeigenen schloss 1884 ein Medizinstudium an der Universität Moskau ab und arbeitete dann als Arzt. Seit 1879 Veröffentlichung von Prosa. In seinen fast 600 Erzählungen entwarf er in Miniaturen ein Gesamtbild der russischen Gesellschaft seiner Zeit. Nach einer Reise nach Sachalin, der Grenzinsel zwischen dem Ochotskischen Meer und dem Japanischen Meer, 1890, nahm das Drama in Tschechows Werk zunehmend Raum ein. In seinen heute als Klassiker geltenden Dramen mit abgeschwächter szenischer Handlung schwelgen die Personen in Vergangenheit und Zukunft, ihre Dialoge sind Musterbeispiele für gestörte Kommunikation. Tschechow erkrankte an Tuberkulose und verbrachte ab 1898 sein Leben in Kurorten in Südrussland und in Westeuropa. Er starb 1904 in Badenweiler.

477 ***der gegen Lyssenko Partei ergriffen hatte***

vgl. Anm. zu S. 106.

Stenitsch

(Valentin Iosifovič Stenič, eigentlich Smetanič, 1897–1938), Dichter und Übersetzer. Der Sohn eines wohlhabenden Kaufmanns besuchte das traditionsreiche, 1709 gegründete deutschsprachige Gymnasium Sankt-Petri-Schule in Sankt Petersburg. Ein in den Jahren 1917–1918 geplanter Gedichtband konnte nicht veröffentlicht werden. In den 1920er- und 1930er-Jahren zahlreiche Übersetzungen aus westeuropäischen Sprachen, unter anderem *Ulysses* von James Joyce. 1937 Verhaftung, 1938 Verurteilung zum Tode. 1990 Rehabilitierung.

478 ***»Die Versammlung des Sownarkom«***

Als Sowjet narodnych kommissarow, kurz Sownarkom (Rat der Volkskommissare), wurde von 1917 bis 1946 die Regierung bezeichnet.

480 ***Alexej Dikij***

(Aleksej Denisovič Dikij, 1889–1955), Schauspieler und Theaterregisseur. Gründete und leitete die Schauspielschule Studio Dikogo (1931–1936). 1936–1937 Leitender Regisseur am Großen Dramatischen Theater in Leningrad. 1937 Verhaftung und Verurteilung zu fünf Jahren Lagerhaft. 1941 vorzeitige Entlassung. Mehrfache Auszeichnung mit dem Stalinpreis.

Er musste bis zum Winter warten
Valentin Stenitsch wurde im November 1937 verhaftet.

482 *Kornilow*
(Boris Petrovič Kornilov, 1907–1938), Dichter. Seit 1922 war der Sohn eines Dorfschullehrers in der Komsomol-Bewegung aktiv. 1923 erste Veröffentlichung von Gedichten. Seit 1925 in Leningrad ansässig, dort Mitglied der Gruppe »Smena« (Wechsel). 1928 Veröffentlichung des ersten Gedichtbands *Molodost'* (Jugend), dem bis 1935 zehn weitere Gedichtbände folgten. Kornilow geriet zunehmend in die Kritik und wurde 1936 aus dem Schriftstellerverband der UdSSR ausgeschlossen. 1937 Verhaftung und in der Haft verstorben. 1957 Rehabilitierung. Kornilows bekanntestes Werk ist *Pesnja o vstrečnom* (deutsch unter dem Titel: Entgegen dem kühlenden Morgen), das von Dmitrij Schostakowitsch vertont und 1932 in dem Film *Vstrečnyj* (Der Gegenplan) als Filmmusik verwendet wurde. Das Lied wurde zu einer der bekanntesten Melodien der Sowjetunion und nach der Verfemung des Autors mit dem Vermerk »volkstümlich« gedruckt.

484 *Selwinskij*
(Il'ja (Elij Karl) Lvovič Sel'vinskij, 1899–1968), Dichter. Der Sohn eines krimtschakischen Pelzhändlers und Kürschners studierte Rechtswissenschaften in Moskau und schloss sich den Konstruktivisten an. Seit 1915 Veröffentlichung von Gedichten, 1926 erster Gedichtband *Rekordy* (Rekorde). Auseinandersetzung mit Wladimir Majakowski über die neue sprachliche Form. Seit Ende der 1920er-Jahre ging Selwinskij zu avantgardistischen Versdramen über, sein *Komandarm 2* (Der Kommandeur der 2. Armee, 1928) wurde von Wsewolod Meyerhold inszeniert, *Umka – Belyj med'ved'* (Umka – Der Eisbär, 1933) auch im Ausland gespielt. Ab 1937 historische Versdramen. Im Zweiten Weltkrieg Offizier, seit 1941 Mitglied der Kommunistischen Allunions-Partei (Bolschewiki).

Paustowskij
(Konstantin Georgievič Paustovskij, 1892–1968), Schriftsteller. Das Studium der Rechtswissenschaften an der Universität in Moskau brach Paustowskij 1914 ab. Im Ersten Weltkrieg war er Sanitäter, während des Bürgerkriegs als Journalist in Kiew, Odessa und im Kaukasus. Sein erster Erzählband *Morskie Nabroski* (Meer-Skizzen, 1925) wurde kaum beachtet, erst mit der Veröffentlichung *Kara-Bugaz* (1932) gelang ihm der Durchbruch als Schriftsteller. Im Zweiten Weltkrieg Kriegsberichterstatter von der Südfront. Sein Hauptwerk, die aus sechs Büchern bestehende autobiographische *Povest' o žizni* (Erzählung vom Leben, 1945–1963) konnte er erst nach Beginn des »Tauwetters« 1954 beenden. 1948–1955 Dozent am Maxim-Gorki-Literaturinstitut in Moskau. Als Mitherausgeber der Sammelbände *Literaturnaja Moskva* (Literarisches Moskau, 1956) und *Tarusskie stranicy* (Seiten aus Tarusa, 1961) setzte er sich für die Rehabilitierung verfolgter und die Anerkennung politisch angegriffener Schriftsteller ein.

485 *Ljowa Bruni*
(Lev Alexandrovič Bruni, 1894–1948), Maler. Studium der Malerei am Institut für Malerei, Bildhauerei und Architektur in Sankt Petersburg, 1912–1913 Studium an der Académie Julian in Paris. Nach der Rückkehr nach Russland 1916 Zusammenarbeit mit Wladimir Tatlin. 1917 Mitglied der Künstlergruppe »Karo-Bube«. 1920–1921 Dozent an der Hochschule für angewandte Kunst in Petrograd, 1923–1927 Dozent für Graphik an der WCHUTEMAS in Moskau, 1927–1930 Dozent am WCHUTEIN (Höheres Künstlerisch-Technisches Institut), 1935–1938 Leiter des Bereichs Monumentalmalerei am Institut für Architektur in Moskau. Als Monumentalmaler gestaltete er das Zentrale Haus der Pioniere in Moskau (1935), die Pavillons der Allunions-Landwirtschaftsausstellungen (1938 und 1939) und den Pavillon der UdSSR auf der Weltausstellung in Paris 1937.

seines Bruders Nikolaj
Nikolaj Bruni (Nikolaj Alexandrovič Bruni, 1891–1938), Pianist, Pilot, Flugzeugbauer, Priester. Nach dem Studium am Konservatorium in Sankt Petersburg Auftritte als Pianist. Im Ersten Weltkrieg Pilot der Luftwaffe. 1919 Priesterweihe. 1928–1932 Mitarbeiter

am Zentralen Aerohydrodynamischen Institut in Moskau, 1933 Professor am Luftfahrtinstitut in Moskau. 1935 Ausweisung aus Moskau. Verurteilung zu fünf Jahren Lagerhaft. 1937 nach erneutem Prozess Verurteilung zum Tode. 1956 Rehabilitierung.

489 ***Scherwinskij***

(Sergej Vasil'evič Šerviskij, 1892–1991), Dichter und Übersetzer. Scherwinskijs Abschlussarbeit des Studiums an der Historisch-Philologischen Fakultät an der Universität Moskau über die Architektur der Kreml-Kathedralen wurde 1914 mit einem Preis ausgezeichnet. 1916 literarisches Debüt als Dichter und Übersetzer. 1934 Übersetzung des *Igorlieds* in Versform. Zahlreiche Übersetzungen aus verschiedenen Sprachen. Mitglied des Redaktionskollegiums der Serie Bibliothek antiker Literatur, die vom Verlag für Schöne Literatur in den Jahren 1963 bis 1989 herausgegeben wurde.

Jener Jeshow, der 1930

Nikolaj Jeshow war im April 1930 Stellvertreter des Volkskommissars für Landwirtschaft der UdSSR und stieg im selben Jahr an die Spitze des Parteiapparats auf.

Foto, auf dem Stalin dem strahlenden Jeshow die Hand reicht

Auf einer außerordentlichen Sitzung des Präsidiums des Zentralen Exekutivkomitees der UdSSR am 27. Juli 1937 wurde Nikolaj Jeshow »für herausragende Erfolge in der Leitung des NKWD bei der Erfüllung der Aufträge der Regierung« der Lenin-Orden verliehen.

Podwojskij

(Nikolaj Il'ič Podvojskij, 1880–1948), Revolutionär und Funktionär. Vom Besuch des Geistlichen Seminars in Tscherningow 1901 wegen revolutionärer Betätigung ausgeschlossen, besuchte der Sohn eines Priesters bis 1905 das Juristische Lyzeum in Jaroslawl. Seit 1901 Mitglied der Sozialdemokratischen Arbeiterpartei Russlands, seit 1903 Mitglied der Fraktion der Bolschewiki. Bei den revolutionären Erhebungen des Jahres 1905 leitete er eine militante Kampfgruppe in Jaroslawl und hatte eine führende Rolle in der Streikbewegung inne. Nach der Rückkehr aus der Emigration in Deutschland und der Schweiz 1907 einer der leitenden Redakteure des legalen Parteiverlags Zerno (Samenkorn), 1916 Verhaftung und Verbannung nach Sibirien, Rückkehr nach der Februarrevolution 1917. Mitglied des Petrograder Komitees der Sozialdemokratischen Arbeiterpartei Russlands (Bolschewiki), Abgeordneter des Petrograder Stadtsowjets, Organisator der Truppen der Roten Garde und Autor verschiedener Zeitschriften. Bis März 1918 Volkskommissar für Militärische Angelegenheiten der RSFSR. 1924–1930 Mitglied der Zentralen Kontrollkommission der Kommunistischen Allunions-Partei (Bolschewiki). Seit 1935 im Ruhestand.

491 *Bagrizkij*

(Ėduard Georgievič Bagrickij, eigentlich Eduard Godelevič Dzjubin, 1895–1934), Dichter und Übersetzer. Nach der Ausbildung an der Landvermesser-Fachhochschule in Odessa debütierte der Sohn eines Kaufmanns 1915 mit Gedichten und schloss sich einer Gruppe junger Dichter und Schriftsteller an. 1919 Eintritt in eine Propagandaabteilung der Roten Armee, verfasste Agitationsgedichte. 1920 Autor von Plakaten, Flugblättern bei der Jug-ROSTA in Odessa. Seit 1926 in Moskau, Mitglied der Konstruktivisten. 1928 Veröffentlichung des ersten Gedichtbands *Jugo-zapad* (Südwest), zwei weitere Gedichtbände 1932.

Musiker, der Material der abchasischen Folklore sammelte

Konstantin Vladimirovič Kovač (1899–1939), Autor des Buches *Pesni kodorskich abchascev* (Die Lieder der Abchasen des Kodori-Gebiets, 1930). Über ihn und andere Gäste des Sommerhauses der Regierung in Suchumi vgl. Ossip Mandelstams *Notizbuch zur »Reise nach Armenien«*.

492 *»Parteitag der Sieger«*

Drei Jahre nach dem XVI. Parteitag der Kommunistischen Allunions-Partei (Bolschewiki), auf dem der erste Fünfjahresplan beschlossen worden war, und zehn Jahre nach Lenins Tod fand vom 26. Januar bis 10. Februar 1934 der XVII. Parteitag in Moskau statt, auf dem der zweite Fünfjahresplan für die Jahre 1933–1937 verabschiedet wurde. »Das Jahrzehnt seit Lenins Tod war ein Jahrzehnt gewaltiger Arbeit, das Jahrzehnt des historischen Sieges des Leninismus«, feierte die *Prawda* die Erfolge der Sowjetunion. Der Parteitag wurde »Parteitag der Sieger« genannt, ging aber auch als »Parteitag der Erschossenen« in die Geschichte ein, da von den 1966 Delegierten des Parteitags 1108 in den folgenden Jahren des Großen Terrors ermordet wurden.

493 ***Kasin***
(Vasilij Vasil'evič Kazin 1898–1981), Schriftsteller. Nach dem Besuch des Realgymnasiums in Moskau studierte Kasin am Moskauer Proletkult-Studio und arbeitete für das Volkskommissariat für Bildung und Erziehung. 1920 Mitbegründer der Gruppe proletarischer Schriftsteller »Kuznica« (Schmiede), die bis 1932 existierte. Seit 1914 Veröffentlichung von Gedichten – die Gedichtbände *Rabočij maj* (Arbeitermai, 1922) und *Lis'ja šuba i ljubov'* (Der Fuchspelz und die Liebe, 1926) machten ihn als Proletarierdichter bekannt. 1931–1940 Redakteur im Staatsverlag. 1938–1953 kaum Veröffentlichungen, neue Anerkennung brachte ihm seine Verserzählung *Novyj počin* (Neuer Anfang, 1954), in der er die Einführung der freiwilligen Arbeitseinsätze (Subbotnik) verherrlicht und Lenin persönlich auftreten lässt.

des Tages, an dem Majakowski starb
»Die in Suchumi versammelte Gesellschaft nahm die Nachricht vom Tod des urgewaltigen Dichters mit schändlicher Gleichgültigkeit auf«, heißt es in Ossip Mandelstams *Notizbuch zur »Reise nach Armenien«*. »Am gleichen Abend tanzten sie einen Kasatschok und sangen im Haufen ums Klavier wirblige Soldatenlieder.«

494 ***Das übernahmen Ilf und Petrow***
Das Autorenduo Ilja Ilf (eigentlich Il'ja Arnol'dovič Fajnzil'berg, 1897–1937) und Jewgenij Petrow (Evgenij Petrovič Petrov, eigentlich Kataev, 1903–1942) wurde durch die Romane *Dvenadcat' stul'ev* (Zwölf Stühle, 1928) und *Zolotoj telenok* (Das goldene Kalb, 1931) bekannt, in denen sie ein satirisches Panorama der NĖP-Zeit (vgl. Anm. zu S. 21) entwerfen. In den 1930er-Jahren wurden die Werke als »Entstellung der Wirklichkeit« verunglimpft und bis zum Beginn des »Tauwetters« nur noch einmal wiederaufgelegt.

Ilf starb 1937 an Tuberkulose, Petrow kam 1942 bei einem Flugzeugabsturz ums Leben.

495 ***Mischa Wolpin***
(Michail Davydovič Vol'pin, 1902–1988), Drehbuchautor. Als Jugendlicher erhielt der Sohn eines Juristen und einer Lehrerin Malunterricht bei dem bekannten Maler Wassilij Surikow. Im Bürgerkrieg kämpfte er in der Roten Armee. Von 1920 bis 1921 arbeitete Wolpin für die ROSTA und entwarf Texte und Graphiken für Propagandaplakate. 1921–1927 Studium an der WCHUTEMAS. Autor von satirischen Versen und Komödien, Zusammenarbeit mit Autoren wie Valentin Katajew und Ilja Ilf. Seit 1930 fester Mitarbeiter der Satirezeitschrift *Krokodil*. 1933 Verhaftung aufgrund des Vorwurfs der antisowjetischen Propaganda, 1934 Verurteilung zu fünf Jahren Lagerhaft, Freilassung 1937. Mit Nikolaj Erdman Autor von mehr als 30 Drehbüchern von populären Filmkomödien und Animationsfilmen. 1951 Auszeichnung mit dem Stalinpreis.

Katschalow
(Vasilij Ivanovič Kačalov, eigentlich Šerubobič, 1875–19848), Schauspieler. An der Seite der Ehefrau von Konstantin Stanislawskij gab Katschalow 1900 sein Debüt am Moskauer Künstlertheater. 1922–1924 Auslandstournee mit dem Ensemble des Moskauer Künstlertheaters durch Westeuropa und die USA. Seit 1924 einer der führenden Schauspieler des Ensembles. Sprecher von Tonaufnahmen für Rundfunk und Schallplatten. 1936 als einer der Ersten als Volkskünstler der UdSSR ausgezeichnet, 1943 Auszeichnung mit dem Stalinpreis.

496 ***Es heißt, Erdman habe die Briefe an seine Mutter mit »Mamin Sibirjak« unterschrieben***
Wortspiel mit dem Namen des Schriftstellers Dmitrij Mamin-Sibirjak (1852–1912), der zugleich wörtlich »Mamas Sibirier« bedeutet.

Jaschin
(Aleksandr Jakovlevič Jašin, eigentlich Popov, 1913–1968), Dichter und Schriftsteller. 1928 erste Veröffentlichung von Gedichten. 1932 Abschluss des Pädagogischen Instituts in Wologda, dann als Lehrer tätig. Leiter der Sektion Wologda des Schriftstellerverbands

der UdSSR. 1934–1941 Studium am Maxim-Gorki-Literaturinstitut in Moskau, zugleich Redakteur einer Fabrikzeitung. Einige Gedichtbände seit 1934, seit den 1950er-Jahren vor allem Veröffentlichungen von Prosa. Seit 1941 Mitglied der Kommunistischen Allunions-Partei (Bolschewiki). 1950 Auszeichnung mit dem Stalinpreis.

497 ***Garin***
(Erast Pavlovič Garin, eigentlich Gerasimov, 1902–1980), Schauspieler und Regisseur. 1922–1936 Schauspieler am Wsewolod-Meyerhold-Theater in Moskau. 1936 Debüt als Filmschauspieler. 1936–1950 Schauspieler und Regisseur am Komischen Theater in Leningrad. 1941 Auszeichnung mit dem Stalinpreis. 1977 Verleihung des Titels Volkskünstler der UdSSR.

499 ***Ich habe einen guten Bekannten***
Karl Lewitin (Karl Efimovič Levitin, 1936–2010), Wissenschaftsjournalist und Schriftsteller. Nach dem Studium der Elektrotechnik in Moskau seit 1960 Veröffentlichungen. 1966–1988 leitender Redakteur der Abteilung Naturwissenschaften der Zeitschrift *Znanie – sila* (Wissen ist Macht), 1990–1992 Wissenschaftskolumnist der Zeitschrift *Nauka v SSSR* (Wissenschaft in der UdSSR), 1991–2001 Leiter des Moskauer Büros der Zeitschrift *Nature*.

504 ***während des Prozesses gegen Brodsky***
Im November 1963 setzte mit dem Artikel *Tunejadec na poljach literatury* (Ein Schmarotzer auf den Feldern der Literatur) in der Zeitung *Večernyj Leningrad* (Leningrad am Abend) eine Hetzkampagne gegen Iosif Brodsky ein. 1964 wurde aufgrund des Vorwurfs des »Parasitentums« Anklage gegen Brodsky erhoben und er wurde zu fünf Jahren Zwangsarbeit verurteilt (vgl. auch Anm. zu S. 292).

506 ***Koshuch***
Traditioneller Schaffellmantel, oft mit Stickereien verziert, gewöhnlich von Männern getragen.

508 ***Schtschogolew***
(Vladimir Nikolaevič Ščegolev, 1890–1966), Enthomologe. 1918–1920 Mitarbeiter im Volkskommissariat für Landwirtschaft als

Experte für angewandte Enthomologie. 1920–1930 Leiter von Forschungsstellen zur Pflanzenzucht in Wologda und im Kaukasus. 1939 Berufung zum Professor der Staatlichen Universität Leningrad.

510 ***das sprichwörtliche Pud Salz***
Die Redensart »ein Pud Salz mit jemandem essen« drückt aus, dass es eine lange Zeit braucht, um eine gute und vertrauensvolle Beziehung zu einem Menschen aufzubauen.

511 ***In Kalinin mussten wir erstmals zur Wahl gehen***
Mit der Verfassung vom 5. Dezember 1936 wurde der Sowjetunion ein demokratisches Erscheinungsbild verliehen und das allgemeine, gleiche, unmittelbare und geheime Wahlrecht für Sowjetbürger über 18 Jahren eingeführt. Am 12. Dezember 1937, wurden die ersten Wahlen zur Regierung der Sowjetunion, dem Obersten Sowjet, durchgeführt, die aus zwei Kammern, dem Unionssowjet und dem Nationalitätensowjet, bestand. Mit der Einführung des Wahlrechts inszenierte die Sowjetunion sich als »größte Demokratie der Welt«, weil kein anderes Land auf der Welt mehr Einwohner habe als die Sowjetunion und darüber hinaus, anders als in kapitalistischen Staaten, nicht die Geldgeber der Parteien die Wahlen entschieden.

512 ***Stalins Bemerkung zu Gorkis Märchen***
Das Poem *Devuška i smert'* (Das Mädchen und der Tod), ein frühes Werk Maxim Gorkis, wurde 1892 aus Zensurgründen nicht veröffentlicht und erschien erst 1917. Nach einer persönlichen Lesung des Poems für Stalin am 11. Oktober 1931 vermerkte dieser auf Gorkis Exemplar handschriftlich seine Einschätzung des Werkes. Die Bemerkung »Das Stück ist besser als Goethes ›Faust‹« wurde zur geflügelten Redewendung in der Sowjetunion.

513 ***die Rede, die Stalin vor Mitarbeitern der höheren Schulen gehalten hatte***
Anlässlich eines Empfangs für Mitarbeiter der höheren Schulen im Kreml sprach Stalin über die »fortschrittliche Wissenschaft«, die sich in den Dienst des Volkes stelle und sich nicht selbstzufrieden in ihren Elfenbeinturm zurückziehe. Der Empfang fand am

17. Mai 1938 statt, als Ossip Mandelstam bereits verhaftet worden war.

514 ***tugendhafte »Sotows«***
Wassilij Sotow ist der Protagonist der im November 1962 veröffentlichten Erzählung *Slučaj na stancii Kočetovka* (Eine Begebenheit an der Bahnstation Kotschetowka) von Alexander Solschenizyn. Die Erzählung spielt an einem Tag im November 1941 nach dem Überfall des Deutschen Reiches auf die Sowjetunion und porträtiert Sotow, den an der Bahnstation diensthabenden Adjutanten des Kommandeurs, als gutmütigen Idealisten und überzeugten Patrioten, der sich freiwillig zum Militärdienst gemeldet hat, um sein Land zu verteidigen. Im Laufe des Tages kommt er mit unterschiedlichen Menschen ins Gespräch, darunter mit einem zum Militärdienst einberufenen Schauspieler, der ihn im Verlaufe ihrer Unterhaltung fragt, was denn der frühere Name von Stalingrad gewesen sei. Diese Frage erscheint Sotow verdächtig, er sieht in seinem Gesprächspartner plötzlich einen Spion und meldet den Schauspieler zur Überprüfung seiner Identität dem NKWD. Sotow ist überzeugt von der Richtigkeit seines Handelns, gleichwohl versucht er, beim Geheimdienst das Schicksal des Schauspielers in Erfahrung zu bringen, was ihm nicht gelingt. Ihm wird von dort lediglich beschieden, man »finde sich mit den Leuten schon zurecht«.

kamen sie mit dem Haftbefehl auf meinen Namen
Ossip Mandelstam war seit dem 3. Mai 1938 im Inneren Gefängnis des NKWD inhaftiert. Am 29. Mai erging aus der Hauptverwaltung des NKWD in Moskau die Weisung an den Leiter des NKWD in Kalinin, in der Wohnung der Mandelstams in Kalinin eine Hausdurchsuchung durchzuführen. Am 9. Juni erfolgte nach der Hausdurchsuchung die Mitteilung nach Moskau, dass weder Waffen noch beweiskräftige Dokumente gefunden werden konnten.

516 ***Rostow Welikij***
Das im 9. Jahrhundert gegründete Rostow in der Oblast Jaroslawl ist eine der ältesten Städte Russlands und gehört zum Goldenen Ring der altrussischen Städte nordöstlich von Moskau. Seit dem 12. Jahrhundert wurde die Stadt Rostow Welikij, »das Große Rostow«, genannt.

Efros
(Abram Markovič Efros, 1888–1954), Kunst- und Theaterhistoriker, Übersetzer. 1907–1911 Studium der Rechtswissenschaften an der Universität in Moskau. Seit 1909 Veröffentlichung von Übersetzungen, seit 1911 als Kunstkritiker. 1918–1927 Mitglied der mit den Museumsbeständen und Kunst- und Kulturgegenständen befassten Kommission des Volkskommissariats für Bildung und Erziehung der RSFSR. Seit 1928 stellvertretender Leiter der wissenschaftlichen Abteilung des Museums der Schönen Künste in Moskau und Leiter der Gemäldegalerie des Museums. Kurator mehrerer Ausstellungen. Mitglied der literarischen Kommission des Schwarzbuchs der russischen Juden, einer Sammlung von Augenzeugenberichten, mit der Wassilij Grossman gemeinsam mit Ilja Ehrenburg die Shoah in der Sowjetunion dokumentierte. 1937 und 1950 Ausweisung aus Moskau für zwei bzw. fünf Jahre. 1950–1954 Professor am Lehrstuhl für Kunstgeschichte am Institut für Theaterwissenschaft in Taschkent.

518 *und teilten Tjurja und Murzowka mit mir*
Tjurja und Murzowka sind Brotsuppen auf Wasser- oder Kwasbasis, die bis ins 19. Jahrhundert hinein tägliche Mahlzeiten der Landbevölkerung waren und als Arme-Leute-Essen galten bzw. in der Fastenzeit gegessen wurden.

519 *Jessenin*
(Sergej Aleksandrovič Esenin, 1895–1925), Dichter. Bäuerlicher Herkunft, wuchs Sergej Jessenin im streng religiösen Milieu bei den wohlhabenden Großeltern auf und studierte von 1912 bis 1915 in Moskau. Nach der Veröffentlichung erster Gedichte 1914 schloss er sich den Bauerndichtern an. 1918–1920 Mitglied der Moskauer Gruppe der »Imaginisten«. 1921 Eheschließung mit der amerikanischen Tänzerin Isadora Duncan (1877–1927), mit der er von 1922 bis 1923 auf Weltreise war. Die Skandale des exzentrischen Paares wurden in der internationalen Presse ausführlich erörtert. 1925 wurde Jessenin tot im Leningrader Hotel Angleterre aufgefunden, nach offizieller Version hatte er Selbstmord begangen. Nach seinem Tod aus der offiziellen Literatur verdrängt, wurden Jessenins Gedichte erst seit 1955 wieder gedruckt.

523 ***in jenen Tagen erregte Schostakowitschs Symphonie die Gemüter***

Am 29. Januar 1938 fand im Großen Saal des Konservatoriums die Moskauer Erstaufführung von Dmitrij Schostakowitschs 5. Symphonie statt und wurde in den folgenden zwei Monaten fünf Mal aufgeführt. Nach der Hetzkampagne gegen Schostakowitsch, deren Auftakt der Artikel *Chaos statt Musik* in der Prawda am 28. Januar 1936 war, wurde die 5. Symphonie offiziell als die Rückkehr Schostakowitschs zur von der Partei vorgegebenen Kulturpolitik anerkannt und zu einem großen Publikumserfolg. »Sei das auch Kunst«, schrieb Mandelstam am 10. März 1938 an Boris Kusin. »Ich akzeptiere das nicht!«

Lebedew-Kumatsch

(Vasilij Ivanovič Lebedev-Kumač, 1898–1949), Dichter und Liedtexter. Der Sohn eines Schuhmachers schrieb seit dem Umsturz durch die Bolschewiki 1917 propagandistische Verse und Prosa für Zeitungen und Zeitschriften. 1922–1934 Mitarbeiter der satirischen Zeitschrift *Krokodil*. Seit 1934 vor allem Texte für politische Lieder, die teilweise Auflagen von über 20 Millionen Exemplaren hatten. Lebedew-Kumatsch gilt als Begründer des Massenliedes. Die Anfangstöne seines *Pesnja o rodine* (Lied von der Heimat, 1936) waren jahrzehntelang das Pausenzeichen der Auslandssendungen von Radio Moskau. Seit 1934 Mitglied, seit 1939 Vorstandsmitglied des Schriftstellerverbands der UdSSR. Seit 1940 Mitglied der Kommunistischen Allunions-Partei (Bolschewiki). 1941 Auszeichnung mit dem Stalinpreis.

die Hamburger Abrechnung

Bezug auf Viktor Schklowskijs Buch *Gamburgskij ščët* (Hamburger Abrechnung, 1928). Dort heißt es: »Die Hamburger Abrechnung ist ein außerordentlich wichtiger Begriff. Ringer betrügen bei ihren Kämpfen und legen sich auf den Rücken, wie der Veranstalter es ihnen vorgibt. Einmal im Jahr finden sich die Ringer in einer Hamburger Kneipe zusammen. Dort kämpfen sie hinter verschlossenen Türen und zugehängten Fenstern. Lange, unschön und hart. Hier werden die echten Sieger ermittelt, es wird nicht geschummelt. Eine Hamburger Abrechnung braucht es auch in der Literatur. Dieser zufolge gäbe es keinen Serafimowitsch oder Weresajew. Sie drängen nicht in die Städte vor. In Hamburg steht Bulgakow im Ring. Und Babel, ein Leichtgewicht. Gorki ist ein unsicherer Kandidat und häufig nicht in Form. Chlebnikow ist der Champion.« Hamburger Abrechnung steht also für den tatsächlichen Rang und Einfluss einer Person in der Gesellschaft, der von der offiziellen Hierarchie abweicht.

Semaschko
(Nikolaj Aleksandrovič Semaško, 1874–1949), Arzt und Funktionär. Als Volkskommissar für Gesundheitswesen 1918–1930 für den Aufbau des sowjetischen Gesundheitssystems zuständig.

524 ***Die Redaktion der Enzyklopädie***
Bezug auf die *Große Sowjetische Enzyklopädie*, deren erste Auflage in 65 Bänden zzgl. Ergänzungsband von 1926 bis 1933 erschien.

525 ***Ochranka***
vgl. Anm. zu S. 14.

529 ***Viktor Wladimirowitsch Winogradow***
(Viktor Vladimirovič Vinogradov, 1895–1969), Linguist und Literaturwissenschaftler. Nach dem Abschluss des Studiums der Philologie und Archäologie 1917 wurde der Priestersohn 1921 zum Professor für Geschichte der Russischen Sprache des Archäologischen Instituts in Petrograd berufen, seit 1929 Professor in Moskau. 1934 Verhaftung im Zusammenhang mit der sogenannten »Slawisten-Affäre«, in der eine Gruppe von Wissenschaftlern beschuldigt wurde, eine nationalistische Partei gegründet zu haben. Bis 1936 Verbannung nach Wjatka. Nach seiner Rückkehr bis 1939 illegaler Aufenthalt in Moskau. 1943 Streichung der Vorstrafe. 1944 Berufung zum Professor an der Staatlichen Universität in Moskau. 1946 Berufung zum Mitglied der Wissenschaften der UdSSR. 1951 Auszeichnung mit dem Stalinpreis.

530 ***Tatlin***
(Vladimir Evgrafovič Tatlin, 1885–1953), konstruktivistischer Künstler. 1902–1904 Studium an der Moskauer Schule für Malerei, Bildhauerei und Architektur. 1904 Matrose auf einem Segelschulschiff. 1905–1910 Studium der Malerei in Pensa, seit 1909

Beteiligung an Ausstellungen. 1914 erste Ausstellung von abstrakten Reliefkombinationen in seinem Atelier. 1918 als Professor an die SWOMAS (Freie staatliche künstlerische Werkstätten, später WCHUTEMAS) berufen. 1922 Teilnahme an der Ersten Russischen Kunstausstellung in der Galerie van Diemen in Berlin. 1924 Teilnahme an der Biennale di Venezia. 1925–1927 Professor an der Kiewer Kunsthochschule, danach am Moskauer WCHUTEIN. 1931 Ernennung zum Verdienten Künstler der Russischen Föderation. 1932 präsentierte er den Letatlin, einen durch Muskelkraft betriebenen Flugapparat. Er arbeitete als Bühnenbildner und Kostümdesigner für Theater in Moskau und Leningrad. Nach der Einleitung der stalinistischen Kampagne gegen den Formalismus in der Kunst 1936 verteidigte er als einer der wenigen Künstler öffentlich seine künstlerischen Ansichten. In den 1940er- und 1950er-Jahren weiterhin für Theater und als Buchillustrator tätig.

Tatlins Porträt Ossip Mandelstams wurde 1940 in dem von Nikolaj Chardshijew herausgegebenen Buch *Neizdannyj Chlebnikov* (Der unveröffentlichte Chlebnikow) veröffentlicht.

Milaschweskij

(Vladimir Alekseevič Milašeskij, 1893–1976), Maler und Grafiker. 1913–1915 Studium an der Fachhochschule für Kunst in Sankt Petersburg/Petrograd. 1921 erste Ausstellung im Petrograder Haus der Kunst. Zahlreiche Arbeiten als Buchillustrator. 1972 Veröffentlichung seiner Autobiographie *Včera, pozavčera. Vospominanija chudožnika* (Gestern, vorgestern. Erinnerungen eines Künstlers).

533 ***Kurze Zeit später fuhr er mit Ehrenburg nach Tiflis***

Vom 24. bis 30. Dezember 1937 fand in Tiflis ein Plenum des Vorstands des Schriftstellerverbands zu Ehren des 750. Geburtstags des Dichters Schota Rustaveli (1172–1216) statt.

534 ***Wir hatten kurz zuvor vom Literaturfonds die Zuweisung […] erhalten***

Am 2. März 1938 wurde auf einer Sitzung des Vorstands des Literaturfonds beschlossen: »In Abänderung des Beschlusses des Vorstands des Literaturfonds vom 20. 11. 1937 wird O. E. Mandelstam und seiner Ehefrau die Zuweisung für einen zweimonatigen Aufenthalt im Erholungsheim in Samaticha auf Kosten des Literaturfonds und zugleich eine Beihilfe in Höhe von 300 Rubeln zuerkannt. Das Sekretariat des Schriftstellerverbands wird gebeten, die Angelegenheit O. E. Mandelstams vollumfänglich zu entscheiden.«

537 ***Andrejew***

(Andrej Andreevič Andreev, 1895–1971), einer der hochrangigen Parteifunktionäre, die 1937 als Abgesandte des Politbüros in den Regionen und Landkreisen die Einhaltung der Politik des Terrors beaufsichtigten und vorantrieben.

Kommission der Trojka

Mit dem Operativen Erlass des Volkskommissars für Innere Angelegenheiten der UdSSR vom 30. Juli 1937 wurde mit dem Ziel der Bekämpfung »antisowjetischer Elemente« eine als Trojka bezeichnete Kommission des NKWD eingeführt. Diese bestand aus drei Personen, nämlich dem Leiter des NKWD, dem Parteisekretär und einem Staatsanwalt (jeweils auf staatlicher, regionaler oder Gebietsebene), und war befugt, Verhaftete zum Tode oder zu Gefängnis- bzw. Lagerhaft von acht bis zehn Jahren zu verurteilen. Die Trojkas waren Organe der Exekutive, die verhängten Verwaltungsstrafen unterlagen nicht der Revision. Mit Erlass vom 17. November 1938 wurde die Kommission der Trojka abgeschafft.

545 ***»Weißt du, wann der Haftbefehl ausgestellt wurde?«, fragte O. M.***

Der Haftbefehl ist datiert auf den 30. April 1938, die Verhaftung fand in der Nacht auf den 3. Mai statt.

547 ***Mord Urizkijs***

Am Morgen des 30. August 1918 wurde der Tscheka-Chef und Kommissar für Innere Angelegenheiten Petrograds, Moissej Urizkij (Moisej Solomonovič Urickij, 1873–1918), ermordet. Attentäter war der Dichter Leonid Kannegiser (Leonid Iokimovič (Akimovič) Kannegiser, 1896–1918), der mit dem Mord seinen Freund Wladimir Perelzwejg rächen wollte, der kurz zuvor aufgrund des Vorwurfs der konterrevolutionären Verschwörung hingerichtet worden war. »Urizkij wurde ermordet«, titelte die *Krasnaja gazeta* (Rote Zeitung). »Auf diesen gegen Einzelne gerichteten Terror unserer Feinde müssen wir mit Massenterror antworten. Für den Tod eines unseres Kämpfers müssen Tausende Feinde mit ihrem Leben bezahlen.« Als Vergeltung für das Attentat begann die Tscheka im September 1918 mit der »Erschießung von Geiseln« und ermordete mehr als fünfhundert Angehörige sogenannter »feindlicher Klassen«.

549 ***Jedes Verfahren dieser sogenannten Affären***

Im Mai 1931 meldete die Presse, unter den Mitarbeitern der Leningrader Ermitage seien zahlreiche »volksschädliche Elemente« entdeckt worden. Bereits 1927 war der Direktor des Museums, Sergej Trojnizkij (Sergej Nikolajevič Trojnickij, 1882–1948), seiner Dienstpflichten entbunden worden. Die Kampagne gegen die Mitarbeiter der Ermitage fiel zusammen mit dem groß angelegten Verkauf von Gemälden und Kunstgegenständen der Eremitage ins Ausland über die eigens dafür gegründete Agentur Antiquariat, mit dem Deviseneinnahmen für die Sowjetregierung generiert wurden.

Die Historiker-Affäre begann im Oktober 1929 mit Verhaftungen von Mitarbeitern akademischer Institutionen in Leningrad und betraf insbesondere wissenschaftliche Mitarbeiter der Akademie der Wissenschaften. Im Zentrum dieser Affäre stand der Historiker Sergej Platonow (Sergej Fëdorovič Platonov, 1860–1933), der wissenschaftlicher Leiter der Bibliothek der Akademie der Wissenschaften und Direktor des Puschkin-Hauses war. Platonow wurde im Januar 1930 aufgrund des Vorwurfs, eine Vereinigung zur Wiedergeburt der Freiheit Russlands gegründet zu haben, verhaftet und zu drei Jahren Verbannung verurteilt. 1967 Rehabilitierung.

Zur Wörterbuch-Affäre vgl. Anm. zu S. 54.

557 ***Das Schalterfenster am Sofienufer***

Laut Ermittlungsakte wurde Ossip Mandelstam am 4. August 1938 ins Butyrka-Gefängnis überstellt. Dort wurde ihm am 8. August der Beschluss des Sonderkollegiums des NKWD vom 2. August 1938 mitgeteilt, dem zufolge er zu fünf Jahren Lagerhaft verurteilt worden war.

561 ***Im Butyrka-Gefängnis wurde nur einmal eine Sendung von mir entgegengenommen***

Am 23. August 1938.

aufgrund des Beschlusses des Sonderkollegiums
Das Sonderkollegium des NKWD war eine von 1934 bis 1953 bestehende Institution, die bevollmächtigt war, von ihr als der sowjetischen Gesellschaft schädlich überführte Personen außergerichtlich zu Verbannung, Lagerhaft von bis zu fünf Jahren und Ausweisung außerhalb der Grenzen der UdSSR zu verurteilen. Dem Sonderkollegium des NKWD gehörten fünf Personen an, namentlich der Volkskommissar für Innere Angelegenheiten der UdSSR sowie sein Stellvertreter, ein Bevollmächtigter des Volkskommissariats für Innere Angelegenheiten der UdSSR, der Leiter der Hauptverwaltung der Arbeiter- und Bauernmiliz sowie ein Volkskommissar der Unionsrepublik, in der das Verfahren eingeleitet worden war.

562 ***Aus dem Lager erhielt ich einen Brief***
In diesem an seinen Bruder Alexander adressierten Brief schrieb Ossip Mandelstam: »Bin in Wladivostok, SVITL [Severo-Vostočnyj ispravitel'no-trudovoj lager', Nord-Östliches Umerziehungs-Arbeitslager], Baracke 11. Habe auf Beschluss des OSO [Osoboe Soveščanie, Sonderkollegium] 5 Jahre bekommen. Der Transport ging am 9. September aus Moskau, der Butyrka, ab, angekommen am 12. Oktober. Gesundheit sehr schlecht. Sehr geschwächt. Abgemagert fast bis zur Unkenntlichkeit. Weiß aber nicht, ob es sinnvoll ist, Kleidung, Lebensmittel oder Geld zu schicken. Versucht es trotzdem.« Der Brief ist versehen mit dem Wladiwostoker Poststempel vom 30. November 1938 und traf am 13. Dezember 1938 in Moskau ein. Am 15. Dezember 1938 nahm Nadeschda Mandelstam eine telegrafische Überweisung vor, die am 10. Januar 1939 vom Lagerpostamt in Wladiwostok nach Moskau zurücküberwiesen wurde.

563 ***erhielt ich den Rehabilitierungsbescheid***
Mit Entscheid des Gerichtskollegiums für Strafrechtsverfahren des Obersten Gerichts der UdSSR vom 31. Juli 1956 wurde der Beschluss des Sonderkollegiums des NKWD vom 2. August 1938 im Verfahren gegen Ossip Mandelstam aufgehoben. Die Rehabilitierung im Zusammenhang mit dem Verfahren gegen Ossip Mandelstam aus dem Jahr 1934 erfolgte mit Entscheid des Obersten Gerichts der UdSSR am 28. Oktober 1987.

während der Ereignisse in Ungarn
Im Oktober 1956 begann in Ungarn ein Volksaufstand gegen die repressive Politik der Kommunistischen Partei der Ungarischen Werktätigen und gegen die Besetzung des Landes durch die Sowjetunion. Die Unruhen dauerten bis zum 11. November 1956 und wurden von der sowjetischen Armee blutig niedergeschlagen. Die Kämpfe kosteten etwa 2500 Aufständische und 700 Sowjetsoldaten das Leben, rund 20000 ungarische Zivilisten und 1500 Sowjetsoldaten wurden verletzt.

Surkow [...] stellte ein Gremium zusammen
Im Juni 1957 wurde auf Beschluss des Sekretariats des Schriftstellerverbands der UdSSR eine Kommission einberufen, die über die Publikation eines Auswahlbandes von Ossip Mandelstams Gedichten entscheiden sollte. Dieser Band erschien erst 1973 in gekürzter Form in der Serie *Biblioteka Poėta* (Dichterbibliothek).

564 ***Mikojan***
(Anastas Ivanovič Mikojan, Anastas Howhannessi Mikojan, 1895–1978), Politiker. Seit 1915 Parteimitglied, seit 1923 Mitglied des ZK, 1935–1966 Mitglied des Politbüros des ZK. Seit 1937 Stellvertreter, 1955–1964 erster Stellvertreter des Ministerrats der UdSSR. 1964–1966 Vorsitzender des Präsidiums des Obersten Sowjet der UdSSR. Mikojan war der einzige sowjetische Funktionär und Politiker, der nach dem Umsturz durch die Bolschewiki 1917, während der Jahre des Stalinismus bis in die ersten Monate nach Amtsantritt Leonid Breschnews als Vorsitzender des Präsidiums des Obersten Sowjet (1906–1972) hinein hochrangige Posten in Partei und Politik einnahm. In den 1970er-Jahren kursierte deshalb über ihn die Redewendung: »Von [Vladimir] Iljitsch [Lenin] bis [Leonid] Iljitsch [Breschnew] – ohne Herzinfarkt und Schlaganfall.«

Nach Stalins Tod im März 1953 wurden 1954 dem Ministerium für Innere Angelegenheiten und der Justiz unterstellte Kommissionen eingesetzt, die systematisch alle Verurteilungen aufgrund des Vorwurfs der »konterrevolutionären Betätigung« überprüfen und Verurteilte rehabilitieren sollten. Die Prüfungen fanden zunächst am Haftort statt und wurden auf Grundlage von Listen mit den Paragraphen des Strafgesetzbuchs, die zur Verurteilung geführt hatten, vorgenommen. Anastas Mikojan stand der Zentralen Rehabilitierungs-Kommission bis 1956 vor.

Prokofjew
(Aleksandr Andreevič Prokof'ev, 1900–1971), Dichter. Zahlreiche von Prokofjews Gedichten wurden vertont. 1946 Stalinpreis, 1961 Leninpreis. 1970 Auszeichnung als Held der Sozialistischen Arbeit.

566 ***die erste Liste von Schriftstellern [...] die mit Orden ausgezeichnet worden waren***
Die Auszeichnung von insgesamt 102 Dichtern und Schriftstellern mit Lenin-Orden u.Ä. fand am 1. Februar 1939 statt.

572 ***lasen wir in den Zeitungen vom Aufenthalt Romain Rollands [...] in Moskau***
Wie zahlreiche andere westeuropäische Intellektuelle gehörte der französische Schriftsteller Romain Rolland (1866–1944) zu denen, die in den 1920er- und 1930er-Jahren die Sowjetunion bereisten. Diese Reisen der »Freunde der Sowjetunion« wurden von der sowjetischen Kulturdiplomatie großzügig finanziert und mit Besichtigungen von sowjetischen Vorzeigeeinrichtungen sowie Treffen mit hochrangigen Politikern und Vertretern des Kulturbetriebs aufwendig inszeniert. Auf Einladung von Maxim Gorki reiste Romain Rolland im Juni 1935 in die Sowjetunion, wo er von Stalin als Repräsentant der französischen Intellektuellen empfangen wurde. 1939 ging Romain Rolland auf Distanz zum sowjetischen Regime.

Maja Kudaschewa
(Marija Pavlovna Kudaševa, 1895–1985), Dichterin und Übersetzerin, zweite Ehefrau Romain Rollands. Die Tochter einer französischsprachigen Schweizerin studierte an den Höheren Frauenkursen der Universität in Moskau. Sie war seit ihrer Jugend mit den Schwestern des späteren Ehemanns von Marina Zwetajewa, Sergej Ėfron, befreundet und dadurch ebenso wie durch ihre erste Ehe mit Sergej Kudaschew, einem Neffen von Nikolaj Berdjajew, mit der literarischen und künstlerischen Bohème bekannt. Sie schrieb Gedichte und wurde in den 1920er-Jahren Übersetzerin der Werke Romain Rollands, den sie 1934 heiratete. Kudaschewa

begleitete den Schriftsteller 1935 auf seiner Reise in die Sowjetunion.

573 ***wie ein Sträfling an seinen Karren***
Bezug auf Ossip Mandelstams im Oktober 1938 entstandenes Gedicht:

»Tierisch das kreischt eine Menschenbrut,
Menschlich verkleideter Tier-Übermut ...
Reist ohne Reiseschein – ein guter Gesandter,
Bald an den Sträflingskarren gespannter,
Nippte am Schwarzmeergetränk, an der Flut –
Salzig die Schenke am Weg nach Erzerum.«

575 ***was Narbut widerfahren ist***
Wladimir Narbut wurde in der Nacht zum 17. Oktober 1936 verhaftet und im Juli 1937 durch ein Sonderkollegium des NKWD zu fünf Jahren Lagerhaft verurteilt. Im September traf er im Durchgangslager ein und wurde von dort im November ins Kolyma-Gebiet deportiert. Dort wurde er von einer Trojka des NKWD am 7. April 1938 aufgrund des Vorwurfs der konterrevolutionären Betätigung zum Tode verurteilt und erschossen.

576 ***Swjatopolk-Mirskij***
(Dmitrij Petrovič Svjatopolk-Mirskij, 1890–1939), Literaturwissenschaftler. Der Sohn des einstigen russischen Innenministers Fürst Pjotr Swjatopolk-Mirskij (1857–1914) emigrierte 1921 nach Großbritannien, lehrte Russische Literatur an der University of London und veröffentlichte dort die zweibändige, von Vladimir Nabokov hoch gelobte russische Literaturgeschichte *A History of Russian Literature. From Its Beginnings to 1900 in two volumes* (1926, 1927). Nach ideologischer Wandlung 1932 Rückkehr nach Russland. 1934 einer der Autoren des Sammelbands *Belomor, die Baugeschichte des nach J. W. Stalin benannten Kanals zwischen Weißem Meer und Ostsee* (vgl. Anm. zu S. 67). Verhaftung 1937 aufgrund des Verdachts der Spionage, Verurteilung zu acht Jahren Lagerhaft. 1963 Rehabilitierung.

ein Biologe namens Merkulow
Vasilij Lavret'evič Merkulov (1908–1980), Physiologe.

578 *Die Erzählung von Schalamow*
In seiner 1958 entstandenen Erzählung *Cherry-Brandy* berichtet Warlam Schalamow (Varlam Tichonovič Šalamov, 1907–1982) von der Überstellung nach Wladiwostok, wo der Autor selbst ein Jahr zuvor gewesen war, bei der Mandelstam ums Leben kam. Schalamow trug diese Erzählung bei einer Lesung zum Gedenken Ossip Mandelstams am 13. Mai 1965 vor, die Nadeschda Mandelstam besuchte.

580 *Neuorganisation der Hochschulen*
Am 2. September 1921 wurde Fachhochschulen und Universitäten per Parteierlass die Selbstverwaltung aberkannt. In der Folge wurden Rektoren und andere leitende Mitglieder der Fachhochschulen und Universitäten vom Volkskommissar für Bildung und Erziehung ernannt.

Dolmatowskij
(Evgenij Aronovič Dolmatovskij, 1915–1994), Dichter und Liedtexter. Als Komsomolze arbeitete Dolmatowskij von 1933 bis 1934 beim Bau der Metro in Moskau mit und studierte dann am Maxim-Gorki-Literaturinstitut in Moskau, das er 1937 abschloss. Seit 1934 Veröffentlichung von Gedichten. Seit 1941 Mitglied der Kommunistischen Allunions-Partei (Bolschewiki). Dolmatowskij bezog sich mit den Themen seiner Gedichte auf die Ereignisse der Zeit und erreichte damit ein breites Publikum. Seine Liedtexte wurden unter anderem von Dmitrij Schostakowitsch vertont.

581 *Dombrowskij*
(Jurij Osipovič Dombrovskij, 1909–1978), Schriftsteller. Sein Studium an den Höheren Literaturkursen konnte Dombrowskij nicht abschließen, da das Institut 1929 geschlossen wurde. Im Anschluss Ausbildung zum Korrektor beim Staatsverlag. 1933 Verhaftung und Verbannung nach Alma-Ata. Nach einer zweiten Verhaftung 1936 Veröffentlichung des ersten Romans *Deržavin* (1939). 1939 erneute Verhaftung und Lagerhaft. 1943 vorzeitige Entlassung. Erneute Verhaftung 1949, Lagerhaft bis 1955. Bis zur Genehmigung der Rückkehr in seine Geburtsstadt Moskau lebte Dombrowskij in Alma-Ata. In seinem 1964 veröffentlichten Roman *Chranitel' drevnostej* (Hüter der Altertümer), auf den sich Nadeschda Mandel-

stam hier bezieht, veranschaulicht Dombrowskij die Atmosphäre der Gewalt, der Intellektuelle in den 1930er-Jahren ausgesetzt waren. Sein nächster Roman *Fakul'tet nenužnych veščej* (Fakultät unnützer Dinge, 1964–1970), der einen realistischen und literarisch bedeutsamen Einblick in die menschliche Entwürdigung in einem totalitären System gibt, konnte zunächst nur in Frankreich erscheinen. Dombrowskij wurde nach der Publikation Opfer eines Überfalls, an dessen Folgen er verstarb.

582 ***während des »seltsamen Krieges« gesehen***
Bezug auf die ersten Monate nach dem Überfall der deutschen Wehrmacht auf die Sowjetunion im Juni 1939. Da der Seeweg auf dem Ochotskischen Meer bereits wieder frei war, fand die Begegnung mit dem, den Dombrowskij für Ossip Mandelstam hielt, im Mai 1940 statt.

589 ***Das Wetter war trocken***
Den Wetteraufzeichnungen zufolge stieg die Temperatur in Wladiwostok am 14. Oktober 1938 von 4 auf 12 bis 15 Grad und lag damit über dem Jahresdurchschnitt. Die Wärmeperiode hielt bis Ende Oktober an, im November fiel die Temperatur auf unter 0 Grad.

NACHWORT VON URSULA KELLER
DIE ERINNERUNG NIEDERSCHREIBEN

Nadeschda Chasin ist gerade einmal neunzehn Jahre alt, als sie am 1. Mai 1919 dem schon bekannten Dichter Ossip Mandelstam in einer Kiewer Künstlerkneipe zum ersten Mal begegnet. Sie stammt, wie er, aus einer wohlsituierten und aufgeklärten jüdischen Familie, ihr zum russisch-orthodoxen Glauben konvertierter Vater hatte an der Kaiserlichen Universität Sankt Petersburg Doktorgrade der Rechtswissenschaften und Mathematik erlangt und war als Rechtsanwalt an den Kiewer Gerichten zugelassen, ihre Mutter war Ärztin. Nach dem Abschluss des renommierten Gymnasiums der fortschrittlichen Pädagogin Anna Shekulina (1866–1950), an dem junge Damen nach dem Lehrplan der Knabengymnasien unterrichtet wurden, hatte Nadeschda das Studium an der juristischen Fakultät der Universität Kiew aufgenommen, aber bald wieder abgebrochen, um Malerei zu studieren. Sie wurde Schülerin im Atelier der bekannten Künstlerin Alexandra Exter (1882–1942), die sich mit den damals noch neuen Richtungen in der Kunst wie dem Konstruktivismus und dem Suprematismus auseinandersetzte und auch als Bühnenbildnerin für das Moskauer Kammertheater für Aufsehen gesorgt hatte. Das Leben schien der jungen Frau offenzustehen.

Nach dem Epochenjahr 1917 mit seinen zwei Revolutionen versinkt das Russische Reich im Chaos des Bürgerkriegs. Ossip Mandelstam, vor Gewalt und Hunger aus Moskau geflohen, empfindet die Begegnung mit der fast neun Jahre jüngeren Nadeschda als schicksalhaft und widmet seiner neuen Geliebten gleich nach ihrer ersten Begegnung ein von Sapphos Hochzeitsliedern inspiriertes Gedicht. Nur wenige Monate später jedoch müssen die beiden sich wieder voneinander trennen. Ossip reist aus dem umkämpften Kiew, das von den berüchtigten Truppen

Symon Petljuras (1879–1926) erobert worden ist, auf die Krim, Nadeschda bleibt in Kiew zurück. »Mein Kind, ohne dich kann ich nicht und will ich nicht leben, Du bist meine ganze Freude, Du bist meine Liebste, das ist für mich so klar, wie Gottes heller Tag«, schreibt Ossip Mandelstam ihr im Dezember aus Feodossija. Im März 1922 heiraten Ossip und Nadeschda, und sie trägt fortan seinen Namen – Mandelstam. »Ossip liebte Nadja unglaublich, unvorstellbar. So etwas ist mir in meinem ganzen Leben nicht wieder begegnet«, notierte die Dichterfreundin Anna Achmatowa (1889–1966).

Das junge Paar lebt zunächst in Moskau, dem politischen und kulturellen Zentrum des neuen Staates. Im Herzen-Haus des Allrussischen Schriftstellerverbandes erhalten sie ein kleines, spärlich möbliertes Zimmer. Sie brauchen nicht viel. Sie haben einander.

Kurz vor der Hochzeit war Mandelstams zweiter Gedichtband *Tristia* im nach Berlin verlagerten Verlag Petropolis erschienen. Sein Vorschlag für eine Übersetzung aus dem Altfranzösischen wird im Mai 1922 vom Staatsverlag abschlägig beschieden, und auch die Publikation eigener Gedichte wird immer schwieriger. Ossip Mandelstam verweigert sich den Zumutungen, die das neue Regime für seine Dichter bereithält. »Nein ich war nirgendwo und niemands Zeitgenosse, / Solch eine Ehre passt mir nicht«, formuliert er seine Ablehnung der herrschenden Verhältnisse 1924 in einem Gedicht. 1925 beginnt Mandelstam zu schweigen, schreibt fünf Jahre lang keine Gedichte mehr und ist offiziell zunehmend isoliert. Die Isolation findet 1928 ihren ersten Höhepunkt in einer Hetzkampagne gegen den Dichter aufgrund eines Plagiatsvorwurfs, der sogenannten Eulenspiegel-Affäre, die 1930 vor Gericht verhandelt wird. Ossip Mandelstam ist empört und kämpft stolz für seine Ehre. Er erklärt seinen Austritt aus der Föderation Sowjetischer Schriftsteller und schreibt in seiner *Vierten Prosa*: »Sämtliche Werke der Weltliteratur teile ich ein in genehmigte und solche, die ohne Genehmigung geschrieben wurden. Die Ersteren sind schmutziges Zeug, die Letzteren – gestohlene Luft. Den Schriftstellern, die im Voraus genehmigte Dinge schreiben, möchte ich ins Gesicht spucken, ihnen mit dem Stock eins überziehen.« Mandelstams *Vierte Prosa* wird in der Sowjetunion selbstredend nie erscheinen. 1928 ist das Jahr der letzten Buchveröffentlichungen zu Mandelstams Lebzeiten.

Nadeschda ist stets an Mandelstams Seite. Ihr ist klar, welche Folgen die kompromisslose Haltung ihres Ehemanns zeitigen kann. Seit Anbeginn ihres Regimes überziehen die Bolschewiki erklärte und vermeintliche Gegner des neuen Staates unerbittlich mit dem Roten Terror. Allein der Verdacht sogenannter »konterrevolutionärer Betätigung« reicht aus, um in Schnellverfahren zum Tode verurteilt und erschossen zu werden. Auch ein enger Dichterfreund Ossip Mandelstams aus Zeiten des Silbernen Zeitalters – Nikolaj Gumiljow (1886–1921) – war bereits um sein Leben gebracht worden.

Für den Dichter und seine Ehefrau ist kein Platz in der Gesellschaft der neuen Menschen. Sie ziehen von Moskau nach Zarskoje Selo bei Leningrad, wie die einstige Hauptstadt des Zarenreiches Sankt Petersburg seit dem Tod des Führers der Bolschewiki 1924 heißt. Auf einer Reise in den Kaukasus findet Mandelstam seine dichterische Sprache wieder. Nach der Rückkehr verweigert ein hochrangiger Literaturfunktionär die Wohnsitznahme in Leningrad, das Paar lässt sich wieder in Moskau nieder. Der Alltag ist geprägt von gesundheitlichen Problemen und materieller Armut.

Im April 1932 werden per Parteierlass alle künstlerischen Gruppierungen aufgelöst, Kunst und Literatur werden gleichgeschaltet. 1934 wird der Schriftstellerverband der UdSSR gegründet und der »Sozialistische Realismus« zur einzigen Methode der sowjetischen Kunst erklärt, dessen wichtigstes Prinzip die Aufklärung der Massen im Sinne des Kommunismus und der Verständlichkeit der Kunst ist. Hauptthema des »Sozialistischen Realismus« ist die Überhöhung der Führer und Helden des »revolutionären Alltags«, die den neuen Menschen verkörpern und Beispiel sein sollen, sowie die Verherrlichung der Errungenschaften des sozialistischen Staates.

Im Jahr zwischen diesen beiden historischen Ereignissen erscheint in einer Zeitschrift Mandelstams letztes Prosawerk – *Die Reise nach Armenien*. Der für die Veröffentlichung verantwortliche Redakteur wird entlassen, der Dichter im Parteiorgan *Prawda* heftig angegriffen. Auf einer Lesung in Leningrad bekennt Mandelstam: »Ich bin ein Zeitgenosse Achmatowas« und dokumentiert so sein Festhalten an all jenem, das die Machthaber auf den Müllhaufen der Geschichte geworfen haben. »Und das Wolfshund-Jahrhundert, es springt auf mich los, / Doch ich bin nicht von wölfischem Blut / … und das macht: / Wer mir gleichkommt, nur der bringt mich um«, schreibt der Dichter, überzeugt, dass er – und sei es nur in seinen Gedichten – das Wolfshund-Jahrhundert, die stalinistische Epoche, überdauern wird.

Mit seinem *Epigramm gegen Stalin*, das 1933 entsteht und vom Diktator als »Bergmenschen im Kreml, dem Knechter, / vom Verderber der Seelen und Bauernabschlächter« spricht, fordert Mandelstam sein Schicksal heraus. In einem Staat, in dem Denunziation und Angst das Leben der Menschen bestimmen, trägt er das Gedicht geradezu todesmutig einigen Bekannten vor. Ein halbes Jahr später wird er verhaftet und zu drei Jahren Verbannung verurteilt. Zwei Versuche, seinem Leben selbst ein Ende zu setzen, scheitern.

Nadeschda Mandelstam folgt ihrem Ehemann in die Verbannung und ist unermüdlich damit beschäftigt, das Überleben zu sichern. Sie reist nach Moskau, klopft bei Bittgängen an zahlreiche Türen von Freunden, Bekannten und Funktionären, erledigt Übersetzungsaufträge, mit deren Honoraren die materielle Situation ein wenig erleichtert wird, und hilft tatkräftig, das Überleben der Gedichte sicherzustellen. In der Verbannung beginnt das Paar, die Gedichte der bei der Hausdurchsuchung vor der Verhaftung beschlagnahmten Manuskripte zu rekonstruieren und schriftlich festzuhalten, wobei Ossip Mandelstam, wie er es seit den ersten Tagen ihrer Ehe tut, die Gedichte seiner Ehefrau diktiert.

»Man hat mir alles genommen: das Recht auf Leben, auf Arbeit, auf ärztliche Fürsorge«, schreibt Ossip Mandelstam im Januar 1937 an einen Freund. »Ich bin in die Stellung eines Hundes, eines Köters versetzt. ... Ich bin ein Schatten. Mich gibt es nicht. Ich habe nur das Recht zu sterben. Mich und meine Frau treibt man in den Selbstmord.« Die Frage, dem Leben selbst ein Ende zu setzen, wird immer wieder erörtert, aber die beiden entscheiden sich für das Leben. Der lebensfrohe und von seiner Position überzeugte Dichter hat seinen Zeitgenossen noch viel zu sagen. Die in der Verbannung entstehenden Gedichte der drei *Woronescher Hefte* sind sein Vermächtnis.

Im Mai 1937 kehren die Mandelstams nach Moskau zurück. Der Große Terror gegen mutmaßliche Gegner der stalinistischen Herrschaft befindet sich auf seinem Höhepunkt. Das Wohnrecht in Moskau wird den Mandelstams entzogen. Sie mieten sich in Kalinin ein, fahren sooft es geht auf der Suche nach Unterstützung nach Moskau. Freunde erschrecken, wenn die beiden vor ihrer Tür stehen. Viktor Schklowskij (1893–1984) ist der Einzige, der es noch wagt, den Paria und seine Gefährtin als Gast zu haben. Ein offiziell zugesprochener Aufenthalt in einem staatlichen Erholungsheim erweist sich als Hinterhalt. Dort wird der Dichter am 2. Mai 1938 verhaftet, im August zu fünf Jahren Zwangsarbeit verurteilt. Er stirbt am 27. Dezember 1938 in einem Durchgangslager in der Nähe von Wladiwostok.

»Ossja, liebster, ferner Freund!«, schreibt Nadeschda Mandelstam ein halbes Jahr nach der Verhaftung ihres Mannes und zwei Monate vor dessen Tod in ihrem letzten Brief an ihn. »Mein Lieber, ich habe keine Worte für diesen Brief, den Du vielleicht nie lesen wirst. ... Ossjuscha – unser kindliches Leben – wie glücklich war es. ... Jeder Gedanke gilt Dir, jede Träne und jedes Lächeln. Ich preise jeden Tag und jede Stunde unseres bitteren Lebens, mein Freund, mein Gefährte, mein blinder Blindenführer. ... Das Leben ist lang. Wie lang und mühsam, wenn man zugrunde geht ohne den anderen, ohne die andere. Ist uns Unzertrennlichen tatsächlich dieses Los beschieden?«

Nach der Verhaftung ihres Ehemannes rettet Nadeschda Mandelstam sich nach Moskau zu einem Freund, der sie, die wie zerstört ist, umsorgt. Sie weiß, was geschehen wird, und hofft dennoch, es möge nicht geschehen. Dann nimmt sie all ihre Kraft zusammen und tut, was zu tun ist. Reiht sich ein in die Warteschlagen, um Auskünfte zu erhalten und Sendungen an ihren Häftling zu übergeben, klopft an zahlreiche Türen und bringt die Manuskripte der Gedichte bei vertrauenswürdigen Freunden in Sicherheit. Im Februar 1939 erhält sie ein Päckchen, das sie ihrem Ehemann geschickt hatte, mit dem Vermerk »Empfänger verstorben« zurück.

Neunzehn kurze Jahre war Nadeschda Mandelstam die Ehefrau des Dichters. Zweiundvierzig lange Jahre wird sie nun seine Witwe sein. Sie überlebt die Epoche – was einem Wunder gleichkommt. Das Leben ohne festen Wohnsitz, das sie als Paar geführt haben, muss sie weiterführen. In der Angst, dass Stalins Schergen auch sie vernichten, sitzt sie, stets bereit, die Flucht anzutreten, die nächsten zweieinhalb Jahrzehnte auf gepackten Koffern. Sie schlägt sich durchs Leben, beseelt von der Aufgabe, die Gedichte ihres Mannes für die Nachwelt zu erhalten. Arbeitet in Fabriken, lehrt Englisch an verschiedenen Instituten in der Provinz und schreibt eine Dissertation. Und erhält die Gedichte ihres Ehemannes in schriftlich fixierter Form und in ihrem Gedächtnis. Das auswendige Rezitieren der Texte und der Gedanke, dass ihr Gedächtnis ein immaterielles Archiv ist, hält sie am Leben.

1964 wird Nadeschda Mandelstam das Wohnrecht in Moskau wieder zuerkannt. Nach Jahrzehnten des Unbehaustseins kann sie, die nun Mitte sechzig ist, endlich sesshaft werden. Mit Beginn des politischen »Tauwetters« hat sie begonnen, ihre Erinnerungen niederzuschreiben. Sie will Zeugnis ablegen von dem, was ihrem Ehemann und ihr in jener dunklen Epoche des Wolfshund-Jahrhunderts widerfahren ist. »Mein Ziel war die Rechtfertigung von Mandelstams Leben«, schreibt sie, »der Weg, um dies zu bewahren, bestand darin nachzuweisen, dass dieses Leben einen Sinn hatte.«

Sie schreibt, Seite um Seite, jeden Tag und jede Nacht, in der sie nicht schlafen kann, weil die Erinnerung sie peinigt. Wenn sie schlafen kann, schreit sie in der Nacht den Namen ihres Mannes. Sie befreit sich von der Erinnerung, indem sie sie niederschreibt. Indem sie sie niederringt. Durch das Schreiben.

Die Publikation des ersten Bandes von Nadeschda Mandelstams Erinnerungen 1970 in einem russischen Verlag in New York gleicht einer Sensation. Zeitgleich mit der Veröffentlichung des russischen Originals des aus der Sowjetunion ins westliche Ausland geschmuggelten Manuskripts erschienen Übersetzungen ins Englische, Französische und ins Deutsche. In Russland können die autobiographischen Aufzeichnungen Nadeschda Mandelstams erst nach der Lockerung der Zensur in der Sowjetunion 1989 und 1990 veröffentlicht werden. Gleichwohl werden illegale Abschriften der Erinnerungen in Intellektuellenkreisen von Hand zu Hand gereicht, »bringen Licht ins Bewusstsein der Nation« (Iosif Brodsky) und sind der Auftakt der weltweiten Wiederentdeckung eines der bedeutendsten russischen Dichter.

Nadeschda Mandelstams autobiographische Aufzeichnungen umfassen drei Bände von insgesamt nahezu dreitausend Druckseiten. Der nun in neuer Übersetzung vorliegende erste Band der Erinnerungen setzt ein mit der Beschreibung der Begebenheiten am Tag vor und in der Nacht der ersten Verhaftung Ossip Mandelstams im Mai 1934 und endet mit den Recherchen der Autorin hinsichtlich seiner Todesumstände. Zum Zeitpunkt der Niederschrift ihrer Erinnerungen kann sie nicht einmal das genaue Todesdatum ihres Ehemanns in Erfahrung bringen.

Die Erinnerungen sind ein Dokument. Das Manuskript wurde weder lektoriert noch von der Autorin vor der Drucklegung überarbeitet, sondern in ebender Form, in der es in den Westen gelangt ist, veröffentlicht. Dies erklärt Wiederholungen und Redundanzen. Sieben Jahre nach der Veröffentlichung hat die Autorin ihren Text lediglich noch mit einigen kurzen Anmerkungen ergänzt.

Nadeschda Mandelstams autobiographische Prosa mit ihrem Blick für die Details ist zugleich ein Meisterwerk der russischen Literatur des 20. Jahrhunderts. Anders als Wassilij Grossman und Alexander Solschenizyn, die ihre autobiographischen Berichte aus den Abgründen der Sowjetunion im Hinblick auf eine Publikation dort verfassten, schrieb die Dichterwitwe ihre Erinnerungen für sich selbst und spätere Generationen, ohne die Möglichkeit einer Publikation auch nur in Erwägung zu ziehen.

Nadeschda Mandelstams Reflexionen über das Leben in einem totalitären Staat und wie es die Menschen verändert, über die bewussten und unbewussten Strategien der Menschen, sich mit diesem Leben zu arrangieren und in ihm einzurichten, und ihre Überzeugung, dass die von ihrem Ehemann und ihr vertretenen kulturellen Werte Bestand haben, sind das eindrucksvolle Vermächtnis einer furchtlosen Frau, die durch das Niederschreiben der traumatischen Erfahrungen ihres Lebens Zeugnis ablegte als Mahnung für die nachfolgenden Generationen, und haben zeitlose Bedeutung. »Ihre Erinnerungen sind mehr als der Bericht einer Zeugin der Epoche«, schreibt »Ossja der Jüngere«, Iosif Brodsky (1940–1996), in seinem Nekrolog auf Nadeschda Mandelstam. »Es ist eine Sicht auf die Geschichte aus dem Blickwinkel von Gewissen und Kultur. In diesem Blickwinkel wird die Geschichte kleiner, und das Individuum erkennt, dass es eine Wahl hat – zwischen der Suche nach einer Quelle des Lichts oder der Beteiligung am Menschheitsverbrechen gegen sich selbst.«

Nadeschda Mandelstam wurde zur Identifikationsfigur der Opposition. Bis zu ihrem Tod im Dezember 1980 war sie in ihrer winzigen Wohnung umgeben von jungen Dichtern und Dissidenten. Sie lag auf ihrem Bett, rauchte Papirossy und sprach über Gott. Nach ihrem Tod wurde dieser nonkonformistische Wallfahrtsort umgehend vom KGB versiegelt. Nadeschda Mandelstams persönlicher Nachlass wurde 1983 bei einer Hausdurchsuchung bei einem ihrer Freunde beschlagnahmt. Das ihr Wichtigste aber, das Mandelstam-Archiv und ihre autobiographischen Aufzeichnungen, lag längst sicher verwahrt an der University of Princeton. »Mein Leben begann mit der Begegnung mit Mandelstam«, hat Nadeschda Mandelstam gesagt. Und zugleich begann Ossip Mandelstams zweites Leben als Dichter kraft ihrer Erinnerung.

REGISTER

R

S

T

U

W

Z

INHALT

Erinnerungen ist im Juni 2020 als vierhundertsechsundzwanzigster Band der ANDEREN BIBLIOTHEK erschienen.

Die Herausgabe und das Lektorat lagen in den Händen von Christian Döring.

Bei der Redaktion wurde er unterstützt von Ron Mieczkowski, das Korrektorat besorgte Kirsten Skacel.

Die Übersetzung aus dem Russischen von Nadeschda Mandelstams *Erinnerungen* stammt von Ursula Keller. Sie hat der vorliegenden Edition auch die Anmerkungen und das Nachwort beigegeben.

Die Arbeit der Übersetzerin an diesem Buch wurde gefördert mit einem Arbeitsstipendium des Deutschen Übersetzerfonds und mit einem Aufenthaltsstipendium der Kunststiftung des Landes Nordrhein-Westfalen am Europäischen Übersetzerkollegium Straelen.

Das Original der *Erinnerungen* von Nadeschda Mandelstam erschien 1970 in den USA und kurz danach, 1971, in einer ersten deutschen Übersetzung als *Das Jahrhundert der Wölfe* im S. Fischer Verlag, Frankfurt am Main. Die Rechtsnachfolger von Nadeschda Mandelstam konnten bisher nicht ausgemacht werden, berechtigte Ansprüche werden abgegolten.

Dieses Buch wurde von Lichten, Hamburg, gestaltet.

Den Satz übernahm Dörlemann Satz, Lemförde, mit den Schriften Constantia und Basetica.

Die Herstellung und Ausstattung lagen bei Katja Jaeger, Berlin.

Das Memminger MedienCentrum druckte auf 80 g/m² holz- und säurefreies, ungestrichenes Schleipen Fly. Den Einband besorgte die Verlagsbuchbinderei Conzella in Aschheim-Dornach.

Die Originalausgaben der ANDEREN BIBLIOTHEK sind limitiert und nummeriert.

1.– 3.333 2020

Dieses Buch trägt die Nummer:

0249 ❊

ISBN 978-3-8477-0426-3
AB – DIE ANDERE BIBLIOTHEK GmbH & Co. KG
Berlin 2020